U0942765

Yilin Classics

GUSTAV SCHWAB

经/典/译/林

Sagen des Klassischen Altertums

希腊古典神话

[德国] 古斯塔夫 · 施瓦布 著

曹乃云 译

译林出版社

图书在版编目（CIP）数据

希腊古典神话／（德）古斯塔夫 · 施瓦布著；曹乃云译．—南京：译林出版社，2019.9（2024.4重印）
（经典译林）
ISBN 978-7-5447-7739-1

Ⅰ.①希… Ⅱ.①古… ②曹… Ⅲ.①神话－作品集－古希腊 Ⅳ.①I545.73

中国版本图书馆 CIP 数据核字（2019）第 078981 号

希腊古典神话 ［德国］古斯塔夫 · 施瓦布 ／ 著　曹乃云 ／ 译

责任编辑　张紫毫
装帧设计　韦　枫
责任印制　颜　亮
校　　对　梅　娟

原文出版　Verlag Carl Ueberreuter, Wien, 1974
出版发行　译林出版社
地　　址　南京市湖南路 1 号 A 楼
邮　　箱　yilin@yilin.com
网　　址　www.yilin.com
市场热线　025-86633278
排　　版　南京展望文化发展有限公司
印　　刷　南京爱德印刷有限公司
开　　本　880 毫米 × 1240 毫米　1/32
印　　张　21.5
插　　页　4
版　　次　2019 年 9 月第 1 版
印　　次　2024 年 4 月第 7 次印刷
书　　号　ISBN 978-7-5447-7739-1
定　　价　49.00 元

译者前言

《希腊古典神话》反映了古希腊从公元前11世纪到9世纪被人们习称为“荷马时代”的那段历史中的社会生活面貌，赞颂了古希腊人民的智慧和创造。它以丰富的想象和精彩生动的情节把人们带入群岛环绕、海陆交错的爱琴海区域的古代文明。

美丽的希腊半岛东临爱琴海，西通爱奥尼亚，北穿赫勒持滂海峡（即达达尼尔海峡）入普罗彭提斯海（即马尔马拉海）。希腊半岛三面环洋，与它相邻的爱琴海中星罗棋布的四百八十多座岛屿则犹如遍撒海面的玉石玛瑙，爱琴海的山山水水孕育了灿烂的希腊文化。《希腊古典神话》就诞生其中。

古希腊人的神的意识

希腊人在古时候的神的意识其实源于人类蛮荒时期对大自然的朦胧认识。在古希腊人的想象中，曾有一个神创造了世界，创造了人类。这个神统管天空、人间和地狱，主宰过去、现在和未来。人们对他崇敬如父。显然，其中已经打上了父系社会的原始烙印。

后来，古希腊人从多姿多彩的社会生活中逐步形成了一个为数众多的神组成的谱系。神成为有生命行为的实体，被分作男女两大性别。在迷幻般的自然力量和生命现象的铁幕背后，神被赋予人的禀性。古希腊诗人荷马给人类留下了两卷历史巨著《伊利亚特》和《奥德修斯》。他的书中出现了一批神，每一个神都有分管名下的具体任务，各司其责。不过，荷马式的神的谱系已经是人类在其漫长发展过程中认识逐渐积累的结果。

按照这种认识,希腊众神是一群超人的物体。他们被划分成不同的等级,享有不同的威仪,俨然生活在一个等级森严的国体中。众神虽然统治着自然和人类,却也像人类一样需要膳食、饮料、休息、睡觉。他们具有人类的感情、人类的习俗、人类的优点和缺点。他们饮用玉液琼浆,他们餐食长生不老的物品。这些食品和饮料可以让众神与天地齐寿,让他们从此脱离生命的自然羁绊,进入人类生活中最高的幻想境界,令人羡慕不已。然而,众神的生活不过是人类给自己构思的一架永动机。

在古希腊人的想象里,诸神善知过去和未来,是万能而又无敌的。可是,智慧和权力对不同的神来说又是各不相同的。诸神都有智慧和权力的极限和局限。尽管他们都应该是一批"脱离烦恼"的活体,却又都像人类一样担受着忧愁和苦恼。从外形上看,他们似乎也像是人,只是他们比普通人更漂亮、更高贵。当然,他们中间也不乏许多高大如山的巨人。他们的血液和女神的乳汁都比普通人的液汁更珍贵,可以让凡人顿时成神。有时候,诸神也向人类显现真身真貌。他们变作熟人的形象,或者托梦于人,向人类阐述神意,甚至显示奇迹。

古希腊的神国实际上是荷马时代人类骑士社会制度的缩影。宙斯处于神国的顶峰。他召集众神举行隆重的会议,俨然如同人间国王召集贵族或文武大臣开会一样。宙斯的个人意志超越一切,可是他也常常遭到旁路诸神、尤其是与会诸神的非议甚至反对。因此,宙斯的愿望和意志都受到环境的局限,他必须服从命运的威力。命运的威力规范着世界的一切流程。命运,就是没有被古希腊人认识的社会发展的客观规律。

古希腊人的想象犹如给脱缰的野马插上了翅膀。他们把国内的最高山脉,即奥林匹斯变成众神居住和生活的洞天福地。艺术的火神赫淮斯托斯为他们建造了城堡和宫殿。一批职位低微的神在那里承担必要的劳务:时序女神看管各道大门,兼职喂养天上神马;雨虹女神伊里斯执行传递信息的使者之职;永恒的青春女神赫柏给众神斟倒长生不老的玉液琼浆;而九位掌管艺术和知识的缪斯女神在饮餐期间给就席的诸神歌唱助兴；安详的司美女神舞蹈其间。好一幅歌舞升平的天上胜景。

在荷马时代，人们跟由他们亲自创造的众神自由交往、和睦相处。神呈现了全面的世人品性和气质，因此，人们很难对他们表示特别的虔诚和敬畏。相反，有时候这一位或者那一位神没有允诺凡人的愿望，凡人还会恼恨他们。凡人对神表示敬意的外在形式一般都局限在祈祷、发愿、洁净灵魂、抵偿罪恶、祭供和捐赠圣洁礼物等方面。古希腊人在每一个重大的生活举措面前几乎都习惯于向神恳求祷告，借以实现自己的愿望。举办这类活动时，古希腊人通常光着脑袋，站立在表示神所在的庙宇或圣林前大声地朗诵祷文。当然，凡人在祷告前必须以净水洗手，浇洒圣水，头戴花环，手上擎拿几根裹扎羊毛的树枝。等到这一切准备停当，他们就在神像圣地前简短地表示请求和愿望。感谢的祷告很少举行。

宣立誓愿是另一种祷告的形式，那是人们对神答应承担相应的义务。只要他们的请求得到满足，他们会向神祭供丰富的牺牲或者敬献昂贵的礼物。为此，人们可以请求神对敌人或者恶人施加惩罚。这类祷告往往呈现咒语甚至咒骂的形式。

本来，祭供是对神提供服务的标志。祭供分血腥和非血腥两类。最常见的做法是在有关的神的祭坛前摆设宰杀的牛、羊或者肥猪。为了添加节庆的浓烈气氛，人们常常祭供大宗的牲口。古希腊人把这样的祭供称作百牲大祭。非血腥祭供是指浇祭饮料，祭供糕饼、水果，燃点乳香。献祭物都是名贵的装饰品，供摆在寺庙或者安放在神永远居住的地方。有的寺庙设立自己的珍宝馆，用于珍藏宝贵的献祭物。在荷马时代，给神提供服务或者礼拜活动都是由祭司进行的。当然，希腊的国王或族长都可以领导这类活动。

按照古人的认识，神是通过信号向人类阐述自己意愿的。因此，它要求祭司善解神意，能够破译信号，从中获悉信息。古希腊人对鸟儿的飞行和天空中的种种自然现象给予高度的重视，希望从中认识神的指示本意，从而揭示未来祸福。

祭供现场的实际反应是详示未来的又一种依据。这取决于祭供牲口的内脏具备何种特性,并依据祭供时的某些自然现象和环境反应。在战争时期,人们尤其注重对神意的观察和研究。所以,古希腊的军队中从来不会缺少善观天意的预言家。人类实在难以抗拒大自然的威力。

必须指出,希腊神话的丰富想象对罗马神话乃至罗马宗教都具有引导和深化的影响。古罗马人原来是一个农耕民族。农民是喜爱简洁和单纯的。因此,罗马宗教在其想象艺术中显得朴实无华。古罗马人具有强烈的法制意识,它无疑会折射并且反映到宗教生活中去。古罗马人原先十分注重对宗教义务的内在联系的分析,注重宗教和宗教义务的确切定义。他们的祷告具有固定的仪式和条文。人们对之十分虔诚和畏惧,祭供也完全按照明确规定的章程进行。直到古希腊人的宗教广泛影响古罗马宗教时,古罗马人才向自身的宗教观念敞开了想象的心扉。他们除了接受古希腊人的文化以外,也几乎全盘接受了古希腊的宗教和神话。结果,罗马神话完全丧失了古罗马式的特点,只在相应的神祇头上保留了系统而又古老的罗马称谓。古代的罗马人原先给生活中每一个活动和现象都确立了一位主管的神。这类神随着民族文化的观念转变而功成身退,只留下亚奴斯算作例外。亚奴斯是罗马众神谱系中家宅和年岁的门槛神,执掌事物的开始和结束。亚奴斯神长着两颗脑袋,一张脸面向过去,一张脸面向未来。面向过去的脸苍白衰老,面向未来的脸透现着无限的青春活力。他也主管战争与和平。在战争期间,罗马的亚奴斯庙庙门始终开启着,从不闭锁。而在和平时期,他的庙门始终关闭着,从不开启。古罗马的历史几乎是一部闪烁着刀光剑影的战争史。因此,亚奴斯庙门关闭的时机是很少的。这就不难理解,为什么表示家庭和国家的守护神拉瑞斯和珀那忒斯在罗马显示了如此巨大的作用。这是民心所向的反映。

古老而又美丽的希腊神话

古希腊的神的世界具有明确而又固定的等级制度。这类森严的等级制度来源于众神的产生过程。它除了显示希腊民族的智慧,在人类文化史上也具有重大的史学、美学和哲学价值。

在古希腊人的意识里,世界在开创和形成以前呈现了一片混沌的迷茫状态。人们利用语言的本意把它称作卡俄斯,说它是最古老的神。卡俄斯张着空空大口,是广阔无垠的空间。人们想象它是天然状态的集合体,而后来世界上存在的全部内容在当时都处于萌芽时期,相互之间处于一种毫无规则的排列状态。卡俄斯神在英语中是Chaos,西班牙语中是Caos,德语中是das Chaos,《德汉词典,Deutsch-Chinesisches Wörterbuch》解释这个词的本意为:①[神]混沌(天地开辟前的世界);②混乱,骚乱,乱七八糟,杂乱无章(见该词典第241页注释)。由此,人们即能看出,希腊神话是人类意识和语言的产物,是色彩浓郁而又内容精彩的文化现象,具有丰富想象力。

希腊神话的发展脉络是这样的:

卡俄斯恰如一座原始天尊神。他具备生命的繁衍能力,于是生下了大地女神该亚、爱神厄洛斯,生下了黑暗和黑夜女神厄瑞玻斯和尼克斯。从此以后,神的家族香火鼎盛,呈现蓬蓬勃勃的发展形势。大地女神该亚生天神乌拉诺斯,生下夜空繁星、高山和海洋。不期天神乌拉诺斯既是大地女神该亚的儿子,又是大地女神的丈夫。而黑暗和黑夜女神则分别生下太空神以太和光明神。黑夜女神后来又成了死神、睡神、苍老神和苦恼神的母亲。

天神乌拉诺斯跟大地女神结合,生下十二位提坦神。他们是六男六女的巨人物体。六个男提坦神为:俄刻阿诺斯,科俄斯,许珀里翁,克洛诺斯,克赖伊俄斯和伊阿珀托斯;六个女提坦神为:忒提斯,福柏,忒伊亚,瑞亚,摩涅莫绪涅和忒弥斯。

俄刻阿诺斯是世界大洋神。按照古老的传说,天神乌拉诺斯与该亚的儿子俄刻阿诺斯从四面八方包围了地表面。俄刻阿诺斯跟妹妹忒提斯匹配成婚,生下了三千个海洋女神以及一切水源和河流。三千个海洋女神统称俄刻阿尼得斯。科俄斯和福柏成了勒托的生身父母。勒托与宙斯生阿波罗和阿耳忒弥斯,即太阳神和月亮女神。许珀里翁和忒伊亚婚配,生下赫利俄斯、塞勒涅和厄俄斯。克洛诺斯和瑞亚是奥林匹斯众神的父母亲。

赫利俄斯是原来的太阳神。他每天乘坐光芒万丈的金车从俄刻阿诺斯中跳跃而出,登上天空。到了傍晚,他再重新返归俄刻阿诺斯休息。他的妹妹塞勒涅是月亮女神,厄俄斯是曙光女神。

克赖伊俄斯与海洋女儿欧律比婚配,生下天上的星儿和陆上的风儿。伊阿珀托斯娶大海女儿克吕墨涅为妻,生下阿特拉斯、普罗米修斯和厄庇墨透斯。摩涅莫绪涅是记忆女神,生了九个女儿,取名缪斯,是文艺和科学女神的通称。忒弥斯是掌管法律和正义的女神。

克洛诺斯和瑞亚的孩子有哈得斯、波塞冬、宙斯、赫斯提、得墨忒耳和赫拉。乌拉诺斯和该亚除了生有十二个提坦神以外还生下三个库克罗普斯巨人。三个巨人儿子的名字分别叫作勃隆忒斯、斯忒洛珀斯和阿尔盖斯。他们在额间长着一只圆圆的转动着的眼睛,专门为宙斯制造闪电。诗人荷马描述的库克罗普斯人是一个巨人族第,他们没有文化,吞吃生人,从不敬畏神。据说,这个野蛮的食人民族住在西方天尽头的一座海岛上。该亚生下库克罗普斯以后又生了三个儿子,统称赫卡同舍埃伦,都是长着一百只手的勇士。

乌拉诺斯却仇视自己的儿子。他痛恨提坦神、库克罗普斯巨人和赫卡同舍埃伦。乌拉诺斯甚至想迫使这批孩子重新挤入母腹。该亚十分愤怒,她唆使最小的儿子克洛诺斯用镰刀把父亲切斩致残。父亲受了刀伤,鲜血四溅,从溅飞的血液中产生了复仇女神。复仇女神在大地上游荡,她们密切地注视着人间一切违反自然秩序的越轨行为。除此以外,她们还在地府执掌惩罚。

乌拉诺斯的血中还生出了巨人、梣树女仙等。人们从粗壮的梣树中制造了杀人的投枪。乌拉诺斯濒临死亡时曾经预言,说克洛诺斯将丧身在自己儿子手上。克洛诺斯畏惧预言,便把自己的孩子生下以后统统吞咽下肚,只有幼子宙斯例外。母亲瑞亚在克里特岛生下宙斯,把儿子立即藏匿在山洞里,然后用襁褓包裹一块石头,把石头交给克洛诺斯。克洛诺斯不知就里,像往常一样把石头吞吃下去。

宙斯吮吸山羊阿尔泰玛亚的羊奶长大。后来,他迫使父亲把吞食的孩子重新呕吐出来。宙斯把克洛诺斯吐出来的石头树立在特尔斐,用于象征人类。接着,他又联合兄弟姐妹,一起对父亲展开了激烈的斗争。提坦神立即分作两派:俄刻阿诺斯、忒弥斯和摩涅莫绪涅支持宙斯,其他的提坦神都站在克洛诺斯一边。激战的双方抢占山头,分别站在奥林匹斯和奥蒂尔斯山顶,相互对峙着,抗争十年,不分胜负。

宙斯听从地母该亚的建议,解放了库克罗普斯人和赫卡同舍埃伦。他们都是被克洛诺斯塞进该亚母腹的。众神一起努力,终于制服了克洛诺斯和他的提坦盟友。宙斯把他的对手一直送进塔耳塔洛斯地狱,那是地府中最深远、最黑暗的地方。他把对手们关进地狱,让赫卡同舍埃伦担任看守。

按照罗马神话传说,克洛诺斯逃到意大利地界,在那里成了果实神萨图恩,执掌为民造福的权柄。他的节日被称作农神节。农神节在冬至前后,罗马人纵情欢庆,奴仆和长工们停下劳动,受到主人的殷勤招待。

宙斯在确立世界新秩序前,还经历了一系列的斗争和考验。首先对他发难的是该亚的儿了堤丰。堤丰是喷吐烟雾的妖怪,状如恶龙。当年,该亚在为儿子们遭受失败而十分愤怒时生下了这位妖儿。宙斯与之展开了艰苦的战斗。最后,他用闪电把妖怪送入塔耳塔洛斯地狱。据另一则传说,宙斯端起火山埃得纳朝堤丰投掷过去。山石震动激烈,直到今天还在喷吐火焰。

巨人们奋起反抗宙斯。在造型艺术中,巨人们被描绘成摆弄着蛇尾的高大物体。他们朝天空投掷山岩巨石和燃烧的树木。宙斯向他们回掷电闪。直到赫拉克勒斯用神箭帮助战斗,宙斯才制服巨人,赢得了战争。

宙斯摆脱困境以后便和兄弟波塞冬以及哈得斯共同瓜分世界的统治

权。结果,宙斯主管天空,波塞冬管海洋,哈得斯在地府当冥王。宙斯管辖着奥林匹斯的各座宫殿。波塞冬的深海金宫就在爱琴海的攸俾阿岛的海岸旁。他跟妻子安菲特里特生活在一起。妻子是海神涅柔斯的女儿。跟波塞冬一起生活的还有儿子特里同以及涅柔斯的其他女儿们。特里同的下半身像鱼,他拥有一只用于吹奏的海螺壳。他能用海螺壳吹奏传遍世界的乐声。乐声穿云裂石,可以兴风作浪,又可以使风浪平息。哈得斯自然居住在地府。

希腊神话产生的文化基因

人类生活在无边无际的空间和时间内,生命受着自然规律的约束。人们把时间分为过去、现在和未来三大段,又把空间分作天堂、陆地和地府三大块。空间和时间组成反映生命活动的坐标。他们以空间的地面和时间的现在为生命活动的基础,努力追求永恒的未来,追求位列天堂的美好生活。不过,人类几乎在其初期就经受着灵魂在生命结束以后何处去的疑问的折磨。他们以模糊的观念建立了脱离人体的灵魂理论,绘制了一幅幅阴森而又可怕的地狱图景。当时,希腊人普遍地相信死者的灵魂附着在落葬后的尸体一旁,所以就给死者安置许多殉葬物品。殉葬物品通常是食物和饮料,贵重的首饰,家具,武器,衣服,书籍。不少殉葬物品被置放在罐内。殉葬的目的很明确,死者生前乐意使用的物品应该供他们死后继续使用。他们认为死亡并不表示生命的结束,而是生命气息,亦即灵魂调换了一处存在的地方。生前富有的人,死后就会得到很多的殉葬品。今天,人们在诸多的帝王墓穴中发掘了无数珠宝,出土了当年许多日常用品和首饰,便是有力的佐证。

随着时间的推移,人们的观念也在不断地改变。后来,人们认为死者的灵魂不在死者的坟墓里,而是统一集中在地下深处的某一王国内。荷马诗歌就已经详尽地反映了这类想象。人们感到生命结束以后的图景十分暗淡，精神十分悲伤，认为灵魂离开人的躯壳以后会丧失一切意识，丧失对尘世生活和欢乐的任何记忆。灵魂只有享用了动物血以后才能恢复对从前生活的意识。因此，人们在祭祀死者时常常把宰杀后的动物血滴洒在地上。

不难看出，希腊神话中的英雄千方百计地牵系着世俗的生活。他们悲叹人生短暂，抱怨生活中的无数折磨和苦难。大英雄阿喀琉斯在地府时的一番话富于当时的时代特色。他在冥界受到奥德修斯的帮助，终于恢复了记忆。回想昔日叱咤风云的战斗岁月，他无限悲痛地自白："我宁愿在阳间活着当长工，也不愿死去统治整个阴间世界。"这哪里还是一个死者的语言？

荷马史诗发挥了丰富的想象，据其认为在大地的深处有一个死者的王国。正如天空离开地球无限遥远一样，在离开地球无限遥远的另一个地方是塔耳塔洛斯地狱，那里关押着提坦巨人。步入地狱的洞口位于地球的西方极点，在俄刻阿诺斯的另一面。那里是永远黑暗的基米里人居住的迷雾王国。国内长着白杨和垂柳。珀耳塞福涅的圣林就在这个王国。圣林中间有一个黑古隆冬的洞口，那就是传说中进入地府的起点。据说人们后来又知道了几个进入冥府的通道和途径，而且正如民间谚语"条条大道通罗马"一样，到处都有进入地府的路途。例如许多通向地下深处的洞穴，显得阴森可怕，希腊人认为它们都是通向冥王哈得斯的便道。罗马民族的先祖埃涅阿斯是个传说纷纭的人物，相传他在意大利地区库米附近的阿佛纳斯湖旁找到一个前往阴司的地道。他径直走了下去，准备聆听已故父亲对他未来命运的预言。

人类顺着想象的意识流，让死者的灵魂首先进入一座陌生的前厅。厅前是一块草地，草地上长满了为死者栽种的常春花。所谓的地府原来是指阳世和阴间的黑暗区域，区内流动几条冥河。死者进入冥界后必须穿越的第一条河叫阿刻戎，船夫卡隆在此摆渡亡灵去冥府。为此，他可以得到一个欧北尔的渡资。那是希腊当年的小银币，人们常让死者衔在口中。那是免得空手见冥王的意思。

冥界的第二条河流名叫库奇托斯，是一条引人悲伤的鬼河。再往下就是忘川勒忒,亡灵喝了勒忒河的河水以后就会忘掉过去的一切,尤其忘掉尘世间的一切欢乐,所以它叫做忘川。此外,阴间还流动着菲律弗勒格通河以及斯提克斯河。菲律弗勒格通意为“闪烁火花”,而斯提克斯则表示“令人憎恨”的意思。诸神常常对着斯提克斯河宣立誓言。他们一旦食言,他们的身子就会逾越斯提克斯河,从而失去长生不老的神的资格。神话啊,那是典型的神话!

除了认为对着斯提克斯河起誓是诸神宣立的最大誓言外,古希腊人还设计出一条看守冥河阿刻戎的地狱恶狗刻耳柏洛斯。刻耳柏洛斯长着三颗脑袋,脑袋分别像狮子、狼和狗。它的尾巴像蛇,蓬乱的狗毛犹如蠕动的毒蛇。刻耳柏洛斯摇动尾巴,迎接每一个过来的亡灵,却从不让任何人翻转回去。

古希腊人认为死者的灵魂是一团虚无飘渺的阴影。灵魂没有语言,没有意识,是一团气,飘荡在地府。灵魂的生活是极其单调、毫无乐趣可言的。而据另一种观念认为,灵魂仍然致力于自己在阳世的习惯事业,保持业已取得的地位。灵魂具有坚强的忍耐力,可以忍受种种惩罚。

在古时候,希腊人还没有形成后来的人所持的恩怨报应的观念。而且,类似冥王弥诺斯、拉达曼堤斯和埃阿科斯执掌法庭、审判鬼魂的传说也是后来人的发明。按照这类设想,善良人的灵魂进入厄利斯翁岛屿。那是一个欢乐的地方,死者在那里过着幸福的生活。恶人正好相反,他们的灵魂进入塔耳塔洛斯地狱那个永远遭受折磨的地方。还有一批不好不坏的人,他们的灵魂游荡在生长常春花的草地上,找不到一处安宁的归宿。

塔耳塔洛斯地狱里除了拘禁提坦神以外还关押着一批罪大恶极的坏人。他们在阳世做尽了坏事,到了阴司以后领受永远的惩罚。坦塔罗斯首当其冲。他被判处忍受无限的饥渴。从前,在尘世生活期间,诸神视坦塔罗斯为上宾,邀请他一同进餐。坦塔罗斯却配不上这份殊荣:他向凡人透露了神的秘密,从诸神的餐桌上偷盗玉液琼浆和长生不老的食品,甚至还把偷盗的物品分发给自己的朋友。坦塔罗斯骄傲自大,不可一世。为了考验诸神到底能否洞察一切、知晓一切，他趁邀请诸神进餐的机会，竟然把自己的儿子杀掉，烧烤成菜，端上餐桌。诸神发现了他的残忍和卑鄙，于是让他的儿子重新恢复生命，而坦塔罗斯却必须在地府抵偿他的罪孽。他被罚站在一池湖水中间，湖水浸到他的下巴，他的头顶上悬挂着鲜甜可口的水果。可是这一切都不能让他解渴止饿。当他举手想摘水果时，水果随着树枝倏的一声飞了上去；当他张开干渴的嘴唇想喝湖水时，湖水突然从下巴前消失了。不仅如此，他的头顶上空还荡着一块山岩巨石。巨石摇摇欲坠，随时有砸落下来的危险。坦塔罗斯饥渴交加，整天还提心吊胆地防备着天空的滚石。他度日如年，给希腊人留下了“坦塔罗斯折磨”的成语和口头禅。

科林斯的国王西绪福斯是一位暴君。他十分奸诈，甚至骗过了诸神和死亡。为此，他被罚在阴司受折磨。他必须把一块沉重的花岗岩推上山顶。可是，每当他精疲力竭地把山石推到山顶时，石块又嘟的一声滚落回去。西绪福斯只得再打精神，重新开始艰苦的劳动。这样的折磨周而复始，永无止境。今天，希腊人把任何徒劳的努力统统称作“西绪福斯的劳动”。

伊克西翁是拉庇泰国王，统治一个传说众多的民族。国王爱上了女神赫拉，所以在冥府接受惩罚，被捆绑在永不停转的车轮上。拉庇泰的另一位国王珀埃律拖斯也犯下了类似的罪行。他在妻子死后曾经图谋劫持阴司女神珀耳塞福涅。最后，他也被捆绑起来，遭到几乎跟坦塔罗斯同样的惩罚。他被安置在餐桌旁，桌上摆放着山珍海味。可是站立一旁的复仇女神却阻碍他享受任何食品。他的头顶上也悬着一块巨石，巨石随时都有掉落下来的威胁。

该亚的儿子提坦俄斯追求阿波罗和阿耳忒弥斯的母亲勒托。他被绑在地府，飞鹰永不停息地扑食他的肝脏，被撕裂的肝区又不断地重新痊愈。提坦俄斯像普罗米修斯一样受尽了痛苦的折磨。

希腊国王达那俄斯的一群女儿，统称达那伊得斯。她们必须违心地服从双方父亲的旨意跟国王埃古普托斯的儿子们结婚。新婚夜晚，新娘们除了许珀耳涅斯特拉以外统统都把自己的丈夫一刀杀死。为此，她们在阴司接受惩罚，必须不停地舀水装进水桶，直到装满水桶为止。可是水桶却是永远装不满的，因为水桶底是漏的。希腊人直到今天还把繁重而又徒然的劳动称作“达那伊得斯劳动”。

当然，地府也是歌手俄耳甫斯传说的发源地。俄耳甫斯的歌声穿云裂石，任何力量都难以抵挡它的魅力，甚至连树林和岩石都侧耳倾听，河水停止流动，野兽也驯服地驻足不前。可惜他的妻子欧律狄刻中道弃他而去，死了。俄耳甫斯赶到冥界，准备恳请冥王放还妻子欧律狄刻。俄耳甫斯的歌声如怨如诉，悲悲戚戚，终于感动了冥王哈得斯和冥后珀耳塞福涅，连心冷如冰的复仇女神也第一回洒下了同情的眼泪。俄耳甫斯获准带妻子返回阳间，只是不准他在离开冥府的途中回头看望妻子。俄耳甫斯不能控制自己渴望的心情，还没有步出地府的大门，便迫不及待地回过头去。不料妻子欧律狄刻倏的一声，重新坠落地狱，从此再也无法返回阳世了。

人们把社会生活的万般恩怨摇纺成万般色彩的艺术丝线，然后开动想象的织机，编织了一幅幅充满想象甚至无法想象的神奇图案。这里孕育着人类的智慧，抛洒着人类苦难的泪水。从这一层意义上讲，《希腊古典神话》不愧是伟大的文学创作。

《希腊古典神话》是伟大的文学创作

希腊神话的产生和发展经历了漫长的岁月。它是多个民族的多种思想和多门语言共同熔炼而成的丰富的文化遗产。马克思在《政治经济学批判》导言中指出：“任何神话都是用想象和借助想象以征服自然力，支配自然力，把自然力加以形象化。”[①]而恩格斯曾在《家庭、私有制和国家的起源》中列举古希腊人在史前各文化阶段的成就和发明，他在最后还提到“荷马

① 《马克思恩格斯选集》第2卷第113页。

的史诗以及全部神话——这就是希腊人由野蛮时代带入文明时代的主要遗产”。① 当然，希腊神话在诞生千百年以后仍然只是民间口头演唱的题材。荷马史诗中增加了许多关于公元前几千年希腊流行的原始宗教的详细记录，使得希腊神话从那时以后素享“希腊圣经”的盛名。必须指出，希腊神话毕竟不同于宗教式的《圣经》。它是具有浓厚的浪漫主义色彩，并且打上现实主义时代特色的伟大的文学创作。德国诗人古斯塔夫·施瓦布(1792—1850)正是在前人的基础上重新整理、挖掘，并最后创作了《希腊古典神话》。

古斯塔夫·施瓦布生于德国符腾堡一个宫廷官员家庭，曾担任弗里德里希·席勒的教师。他结识了乌兰德、歌德、沙米索、霍夫曼等一代名流，担任过牧师、编辑以及高级中学教师，1847 年获神学博士学位。施瓦布致力于挖掘和整理古代文化遗产，曾出版《美好的故事和传说集》、《德国民间话本》和《希腊古典神话》。另外，他还写有《博登湖上的骑士》等。

跟历史上，尤其跟亚洲历史上许多作品致力于大规模的造神运动相反，希腊神话的特点之一便是神仙凡人化。

希腊神话的众神几乎来自于全部的自然现象，例如太阳神、月亮神、风神、星神、山神、海神、树神、花神、睡神、梦神等等。而许多神又拥有自己的随从，分别组成了各自的活动范围。如太阳神阿波罗升帐神位时，在其面前按朝廷礼仪站立两路神，其中一列为世纪神、年神、月神、日神、小时神，而春神、夏神、秋神、冬神等组成了第二列。这是多么丰富的想象，多么动人的诗情画意！

另有一位睡神，除了把自己的宫殿建筑在深山黑洞之中外，还拥有一批侍从。侍从的名字叫梦儿。众多的梦儿伴随着法力广大、令世人无可抵敌的睡神。古斯塔夫·施瓦布在其创作《希腊古典神话》时挂念着德意志民族的读者，大胆地使用德语给众神命名，如睡神称作斯拉芙，在德语中写作

---

① 《马克思恩格斯选集》第 4 卷第 22 页。

Schlaf,名词“睡觉”的意思。困意袭人,谁能抵敌?诗人把睡觉这一常见的自然现象加以神化、诗化、拟人化,足见匠心之妙!

印欧语系诸民族的原始宗教主要是自然崇拜,即把自然力量和自然现象人物化,尊奉它们为神,而希腊神话就是叙述这些自然神的故事。可是,无论在荷马史诗或是在施瓦布的《希腊古典神话》中,诸多的文学题材均源于生活而高于生活,成为精致的艺术珍品。这才是文学和诗意的魅力!

《希腊古典神话》除了讴歌大自然,塑造了一个神人共聚的社会以外,还严肃地讨论了人类在社会生活中的伦理道德。直接造成特洛伊战争十年灾难的元凶帕里斯“在无路可循的山谷里放牧”时,突然面临挑选和判断最漂亮女子的任务。“乍一看,他觉得三位神都可以摘取最漂亮女子的桂冠。可是再仔细观察,他原来的判断就开始动摇了。他一会儿觉得这位女子漂亮,过一会又转向另一位女子,越看越漂亮,越漂亮越想看。”原来,这三位女子分别是赫拉、帕拉斯和阿佛洛狄忒,标志着权力、荣誉和爱情。帕里斯权衡再三,终于沉湎于爱情。他放弃了荣誉,得罪了权力,掀起一场轩然大波,遭致了滔天大祸。

当然,人间英雄还常常面临善与恶的选择,面临生与死的选择。大英雄阿喀琉斯宁愿当活人的奴隶,不愿做死人的国王,这也是一种明确的生死观念。至于人,《希腊古典神话》在《普罗米修斯》的故事里叙述说:

“普罗米修斯知道大地上孕育着天神的种子,因此就用河水调和黏土,按照天神、亦即世界的主宰模样捏塑成一种形体。他为了让这团泥块具有生命,便借用了动物灵魂中善与恶的两重性格,将它们锁闭在泥团的胸内。从此世界上就有了人。”

这段文字生动地描述了创造人的具体过程,告诉读者锁闭在泥团胸内的有“善与恶的两重性格”,是“动物灵魂”所具备的内容。

善与恶是人类之所以产生宗教的根本意识,扬善惩恶几乎构成了宗教活动的主要内容。人类把光明的天堂让给善者,让他们插上理想的翅膀,自由飞翔在幸福的王国里;人类把黑暗的地狱交给恶者,让他们戴上惩罚的镣铐,困在苦难的深渊中。于是,在人类的头顶和脚底下形成截然不同的两个世界。人类面临着自身的选择。

《希腊古典神话》给人类社会送上一只潘多拉礼盒,它让“盒内升腾起一股祸害人间的黑烟,黑烟犹如乌云迅速布满了天空,其中有疾病、癫狂、灾难、罪恶、嫉妒、奸淫、偷盗、贪婪等等。种种祸害闪电般地充斥了人间。盒子底部藏着唯一的好礼物,那就是希望。潘多拉听从神之父的建议,趁着希望还没有来到盒口的时候,连忙把盖子重新关上,从此把人们的希望永远锁闭在潘多拉的盒子内。”人间原来是没有希望的。荷马时代的文学经过世世代代多少人的千锤百炼,是古希腊人民集体的创造、天才的结晶。

应该强调指出,希腊神话的核心是以人为本。神话赞美人的美好,痛斥神的邪恶,歌颂劳动,歌颂生活,坚信世人自身的力量。人,就是社会的希望。

曹乃云

CONTENTS · 目录

第一卷

天地变幻与种种传说

普罗米修斯

天地造成，气象万新。

大海在咆哮。巨浪滚滚，气势磅礴地拍击着两旁海岸，激起了层层浪花。波涛间，鱼儿游乐，自由自在，生活得无限甜蜜。

小鸟在空中飞翔，欢乐地鸣啭歌唱。

在陆地上，动物成群，生机盎然，到处呈现一派朝气蓬勃的生动景象。

可是世界上缺乏一个供精神和灵魂借住的躯壳。他们应该是未来的大地主宰。

普罗米修斯应运而生，降临大地。普罗米修斯是古老的神的族第的后裔，是地球之母与乌拉诺斯的后代，可惜乌拉诺斯后来被宙斯废黜。

普罗米修斯知道大地上孕育着天神的种子，因此就用河水调和黏土，按照天神、亦即世界的主宰模样捏塑成一种形体。他为了让这团泥块具有生命，便借用了动物灵魂中善与恶的两重性格，将它们锁闭在泥团的胸内。从此世界上就有了人。

普罗米修斯在蓝天下的繁华世界上有一位女友，名叫雅典娜，她是智慧女神。雅典娜十分赞赏提坦神伊阿珀托斯的儿子的杰作，于是便朝着具备一半灵魂的泥团造物上吹了一口仙气，让泥团获得了灵性。

世界上出现了第一批人。他们生殖繁衍，马上发展成为一大群，布满了东南西北。可是这批人却在很长时间内不知道应该如何运用自己的四肢，不知道怎样使用天赐的灵魂。他们有眼睛，却什么也看不见；他们有耳朵，却什么也听不到。他们就像梦中幽灵，浑浑噩噩地只知道来回走动，却不能够使用和发挥造物的作用。另外，诸如采石、烧砖、从森林里砍伐木头做成房梁，然后再用砖瓦、石块、木梁建造房屋等等，他们对这样高深的艺术是从来都不敢问津的。他们像蚂蚁一样，钻在没有阳光的土洞里，一切都毫无计划，毫无方向。

普罗米修斯开始了他的劳动和创造。

他教会人们观察天体运行，观察日月升落，星辰闪烁；他发明了数字和文字艺术，又教会人们驾驭牲口，使他们懂得牲口是帮助自己劳动的伙伴，从而学会给骏马套上缰绳，用它拉车或者作为坐骑。他还发明了船和帆，用于航行。他关心人类生活中的一切活动，教会人们如何生活。

从前，人们没有医药知识不知道使用药物防治疾病。他们不知道使用涂抹油膏来减轻病痛。由于缺医少药，许多人病魔缠身，最后，悲惨地死去。普罗米修斯教会他们调制药剂，用来防治疾病。另外，他又教人们学占卜，给他们解释预兆和梦境，解释鸟的飞翔和祭祀供奉。他引导大家开采地下矿产，让他们发现矿石，寻找铁矿、白银和黄金。他教会人们农艺耕种，让他们生活得轻松舒适。

那时候的天空完全归宙斯和他的儿子们掌管。宙斯废黜了父亲克洛诺斯，推翻了古老的神族世家。普罗米修斯正是出身于这个神的族第。

新任主宰的诸神开始注意刚刚形成的人类世界。诸神要求人类敬重他们，并答应用保护人类作为条件。后来，神和凡人在希腊的墨科涅聚会商议，一致确定了人类的权利和义务。普罗米修斯出席了会议。他作为维护人类的代表参与讨论，希望诸神不要因为答应保护凡人从而提出过分苛刻的条件。作为提坦巨人伊阿珀托斯的儿子，普罗米修斯聪颖过人，决意愚弄一番众神。他以自己造物的名义宰杀了一头大公牛，让天上的神自由选择，看他们到底需要牛的哪些部分。普罗米修斯把祭祀的公牛分成碎块，摆成两堆：其中一堆放着牛肉、内脏和牛的脂肪。他用公牛皮把这一堆覆盖得严严实实，然后把牛胃搁在牛皮上；而另一堆内却全部是骨头，普罗米修斯把牛骨故意浇上煎熬过的牛油。置放牛骨的那一堆看上去又高大又饱满，分外诱人。

宙斯是一位无所不晓的神之祖。他早已看穿了普罗米修斯的诡计，便说："伊阿珀托斯的公子，尊敬的国王，仁慈的朋友，你把祭品分配得多么不公平啊!”

普罗米修斯正想欺骗他,于是便微微地笑了笑,说:“尊敬的宙斯,永恒的神之祖,你就按自己的心愿挑选一堆吧!”

宙斯很气愤,故意伸出双手,抓住浇过白色牛油的那一堆。等到看清这堆全是骨头时,宙斯又装作直到现在才发现受骗上当,生气地说:“我看到了,伊阿珀托斯的儿子,你还没有忘掉骗人的伎俩!”

宙斯决定为受到欺骗报复普罗米修斯。他拒绝向人类提供最后一件礼物,那就是为了维持生命而必须使用的火。可是伊阿珀托斯的儿子十分机灵,想出了巧妙的办法。普罗米修斯取来一根粗壮的大茴香长茎,扛着它悄悄地走近奔驰而来的太阳火焰车。他把茴香茎秆置放在闪闪发光的火苗上,带着余烬未熄的火花回到地球。不久,地面上架起了人类第一堆准备燃烧的木柴,熊熊的烈火直冲天空。宙斯看到人间热气腾腾、烈火熊熊,十分生气。他计上心来,立刻想出一个新的磨难用来惩罚人类,以便最后夺取他们的火种。

原来火神赫淮斯托斯因为有超人的工艺而闻名遐迩。他给宙斯赶制了一尊美貌少女的石像。而雅典娜也渐渐地对普罗米修斯嫉妒起来,于是给石像披上一件白色闪光的外衣,并在它的脸上蒙了一道面纱。雅典娜给石像戴上花环,还给它挂了一条金项链。赫淮斯托斯为取悦父亲,又用各种动物造型装点项链。给众神服务的使者赫耳墨斯向妩媚的造型传授语言;执掌爱与美的女神阿佛洛狄忒则赐给它种种迷人的魅力。

宙斯利用美的形象制造了一场恶毒的祸端。他把自己的造物称作潘多拉,意思是具备各种人间礼物的女子,那是因为每一个神都给这位姑娘送上一件施祸于人类的礼物。宙斯把年轻的女子潘多拉带到人间。他看到神和凡人在地面上散步休憩,十分自在。大家看到天上降落下一位漂亮女子,齐声称赞。潘多拉来到普罗米修斯的弟弟厄庇墨透斯跟前,给他献上宙斯赠送的礼物。厄庇墨透斯是个心地善良的人。

普罗米修斯曾经警告过弟弟,决不能接受奥林匹斯山上宙斯的任何礼物,而必须迅速把礼物退回去。可是,厄庇墨透斯想不起这番忠告,高兴地接纳了美丽的姑娘。直到后来祸端连绵,他才意识到当时的轻率。因为迄今为止,人类社会的男男女女都遵循着厄庇墨透斯的哥哥的教诲,远避祸害，从来没有繁重的劳动，也没有折磨人的疾病。

姑娘双手送上她的礼物。这是一只紧锁的礼盒。她当着厄庇墨透斯的面拉开了盒盖。厄庇墨透斯正想瞧个仔细，看看盒内是什么礼物时，只见盒内升腾起一股祸害人间的黑烟，黑烟犹如乌云迅速布满了天空，其中有疾病、癫狂、灾难、罪恶、嫉妒、奸淫、偷盗、贪婪等等。种种祸害闪电一般地充斥了人间。盒子底部藏着唯一的好礼物，那就是希望。潘多拉听从神之父的建议，趁着希望还没有来到盒口的时候，连忙把盖子重新关上，从此把人们的希望永远锁闭在潘多拉的盒子内。

从此以后，地面、空中和海洋里失去了平静，到处充满了各种各样的灾难。形形色色的疾病，侵害着人们的肌体。疾病无比猖獗却又悄然无声，那是因为宙斯不让他们发出声响，高烧犹如歇斯底里的狂犬病包围了全球，死亡也加速了迅猛的步伐。

接着，宙斯又对普罗米修斯施加报复。他把这名倔强的敌人迅速交给火神赫淮斯托斯以及两名仆人，克拉托斯和农亚，这是两位执行强迫和暴力使命的仆人。他们一起动手，把普罗米修斯押送到中亚细亚斯库提亚荒山野岭，用永远不能开启的铁链把普罗米修斯锁在高加索山岩的峭壁上。赫淮斯托斯并不愿意执行父亲的命令，把这位提坦神的儿子看作自己的亲戚，认为他是曾祖乌拉诺斯的子孙，因此是门第相当的神的后裔。可是执行残酷使命的仆人们却粗鲁地把他骂了一通，因为他说了许多同情普罗米修斯的话。

普罗米修斯被强行吊锁在悬崖峭壁上，他直挺挺的，根本无法入睡，也不能让疲惫的双膝弯曲一下。“不管你发出多少叹息和抱怨，这一切都是无济于事的，”赫淮斯托斯对他说，“宙斯的意志是无情的。这批不久才登上奥林匹斯山的神都是十分狠毒的人。”

折磨这位俘虏的旨意已经天定，大家都认为对他的磨难应该永无止境，至少也必须经历几千年的历史。普罗米修斯大声地叫唤，希望唤起风儿、河流、山川、海洋、大地之母以及洞察一切的太阳的同情，让它们见证自己的苦难。可是，他在思想上却是不屈不挠的。“命运中注定了的事，”他说，“对那些意识到必须承受暴力的人来说，那就应该乐于去承受。”他丝毫没有为宙斯的恐吓所屈服。宙斯再三威逼，要他说出“一场新的婚姻将使宙斯面临灭亡”的预言究竟来源何处,可是始终没有得到回答。

宙斯不忘诺言,给捆绑着的普罗米修斯派去一只凶猛的鹰。鹰每天飞来啄食普罗米修斯的肝脏。肝区的伤口不断地痊愈,又被鹰不断地啄开。为此,普罗米修斯必须永远忍受痛苦的煎熬。直到将来出来一个人,他心甘情愿地准备为普罗米修斯而献身,才能最终结束对普罗米修斯的折磨。

拯救苦难的普罗米修斯的时辰终于来到了。普罗米修斯被紧紧地锁在山岩上,度过了漫长的悲惨岁月。这一天,大英雄赫拉克勒斯在前往寻找夜神赫斯珀洛斯的四个女儿,即在寻访赫斯珀里得斯的旅途中经过高山危岩。当看到一只鹰在啄食一个可怜人的肝脏时,大英雄连忙放下大棒和狮皮,取出了弓箭,把那只残酷的鹰从苦难的人的肝脏旁边一箭射落。接着,他解开了锁在普罗米修斯身上的铁链,带他离开了山地。为了满足宙斯的条件,赫拉克勒斯把半人半马的肯陶洛斯家族的喀戎留在山边当作替身。喀戎是一位不死的神,情愿放弃自己的永生,为解救普罗米修斯而甘愿牺牲。后来,为了彻底执行宙斯的判决,普罗米修斯必须戴一条铁项圈,项圈上镶嵌一粒高加索山上的石子。这样,宙斯可以自豪地宣称,他的敌人还一直锁铐在高加索的山岩上。至于宙斯费尽心机而百思不得其解的预言原来就是跟海洋女神忒提斯的那场婚姻。一则神谕指明,忒提斯生下的儿子将会超过父亲。宙斯后来把女神嫁给人间英雄珀琉斯。他们生下了威风凛凛的阿喀琉斯。可惜宙斯当时也难识其中奥妙。

各代人生

众神创造的第一批人称作黄金的一代。那时候统治天空的是克洛诺斯(即罗马神话中的萨图恩)。大家生活得如同天上的神一样,无忧无虑,没有繁重的劳动和扰人的贫困。大地给他们生长了各种水果,应有尽有;肥美鲜嫩的草原,无边无际;草地上牛羊成群,活泼欢腾。人们安详地从事劳动,几乎没有年龄的困扰。他们感到应该死亡的时候,便沉浸在温暖而又柔和的长眠之中。

随着命运的迁移,黄金的一代人从地球上消失了。他们都成为虔诚的佑护神,来去如烟雾,飘浮在地面的上空。他们是一切善举的施主,维护着法律和正义,惩除一切违法的弊端。

后来诸神用白银塑造了第二代人。第二代跟第一代无论在体形或是在思想上都有不同。娇生惯养的男孩生活在父母亲家中,受到母亲的宠爱和无微不至的关怀。可是他们过了一百年以后在思想上仍然不成熟。等到男孩步入小伙子行列时,他们的一生只剩下短短的几年了。毫无理智的生活把这批人推入了苦难的深渊。他们无法调节自己激烈的感情,相互间尔虞我诈,肆无忌惮地违法乱纪。他们不再给诸神祭供牺牲。宙斯十分生气。他要在地球上除掉这批人,因为他不愿意看到有人亵渎诸神。当然,这批人也有不少优点。他们荣幸地获得恩准,在离开生命以后让自己灵魂的魔影仍然留在地球上,到处游荡。

宙斯创造了第三代人。他们是用青铜塑造的一代。青铜代人跟白银代人又不一样。他们性格粗鲁,行为粗暴,一天到晚就知道拼斗厮杀。每个人都要千方百计地侮辱其他人。他们专门寻吃动物肉类，鄙视并且拒绝采食田野上的各种果实。他们顽固、执拗，思想僵化得犹如花岗岩，人也长得非常高大，不同寻常。青铜代人的武器和住房都是青铜铸成的。那时候世界上还没有铁，他们用青铜农具耕种田地。他们陷入了连绵的战争。可是，不管他们长得多么高大，手段多么残忍，面对黑色的死亡，他们却无可奈何，一点逃遁的办法也没有。他们只得乖乖地离开亮堂堂、光闪闪的太阳世界，钻进阴森可怕的冥府之中。

当这一代人也长眠在大地怀抱的时候，宙斯又创造了第四代人。这批人应该住在肥沃的地面上，比上一辈人显得高尚和正义。这是神的英雄的一代，即祖先们称作半人半神的英雄。可是，这批人最后也因为陷入战争和重重矛盾而惨遭灭绝：其中一部分人倒在底比斯的七座城门前，那是为了夺取国王俄狄甫斯的王国；另外一些人为了美女海伦而成群结队地跨上战船，僵卧在特洛伊城周围的田野上。当他们在尘世间结束了战争和苦难以后，宙斯把他们送往极乐海岛，让他们居住和生活在那里。极乐海岛位于世界之极的大洋里，那是风景优美的地方。他们生活得无忧无虑，非常幸福。肥沃的岛国给他们提供了蜂蜜一般甜蜜的水果，水果一年长三茬。

给人们讲述这一优美传说的希腊诗人希西阿无限感叹地说："如果我，唉，如果我跟刚刚诞生的第五代人不共天日的话，如果我能早一点去世，哪怕是迟一点出生，该多么理想啊！因为这一辈人是铁的一代！彻底堕落，彻底败坏，他们充满着痛苦、罪孽；他们满心忧虑和苦恼，日夜不得安宁。诸神源源不断地给他们送上新的悲惨的折磨，他们还是自身最大的祸害。父亲反对儿子，儿子加害父亲，客人仇恨款待他的朋友。人间充满怨仇，即使兄弟之间也不像从前那样坦诚相见，没有友爱。甚至对白发苍苍的老人，人们也缺乏怜悯和敬重。老人们受到许多虐待。这批残酷的人啊，你们怎么想不到神的法庭，你们竟然忘却了老人的养育之恩。强权霸道，拐骗欺诈的人横行天下。他们心里恶毒地盘算着如何去毁灭对方的城市和村庄。正直、善良和公平被人踩在脚底下；拐子、骗子扶摇直上，几乎被抬上空中楼阁。权利和节制遭受践踏；阴险恶毒的人侮辱善良高尚的人。他们口出狂言，用诽谤和诋毁制造事端。实际上，这是一批非常不幸的人。从前，主管羞耻和神圣畏惧的女神还常常来往人间，可是后来她们住不下去了，悲哀地用白色衣衫裹住自己漂亮的身躯，离开了人间，回到寂寞的神的世界。这时候，人间社会充满着绝望和痛苦，没有任何的拯救和希望。

丢卡利翁和皮拉

世界上曾经有过一个铁的时代。作为宇宙之主的宙斯不断地听到这代人的恶行和弊端，便决定亲自扮作凡人的模样前去视察地球。他来到大地以后发现情况比传说中还要恶劣。一天傍晚，他趁着夜幕走进阿耳卡狄亚国王吕卡翁的内室。吕卡翁不仅待客冷淡，而且残暴成性。宙斯通过奇迹表明自己是一位神。一群人看得目瞪口呆，都一字排开，在神面前跪了下来。

吕卡翁却不以为然。他嘲笑这些虔诚的人装模作样，说："让我们考证一下，看看他到底是凡人还是神！"为此，他决定趁着客人在半夜酣睡不醒的时候把客人一刀杀掉。在这之前他首先悄悄地杀了一名人质，这是摩罗西亚人送来的可怜人。杀掉的人质被洗剥以后，吕卡翁让人剁下他的四肢，然后丢在沸腾的水里烧煮，尸体的其余部分分别放在火上煎炒烘烤，做成菜肴，给陌生的客人端上作夜宵。

宙斯把这一切都看在眼里，被这顿奇特的晚餐激怒得跳了起来。他唤来一团复仇的怒火，把火置放在这个没有心肝的人的大院里。国王惊恐万分，想夺路逃到野外去。可是，他发出的第一声呼号却突然变作凄厉的嚎叫；他身上的衣服变成蓬乱的毛皮；两只手竟然颤颤悠悠地落到地上，变成了两条前腿。从此吕卡翁成了一条嗜杀成性的恶狼。

宙斯回到奥林匹斯神山。他与众神一起商量，决定根除这一代丧尽天良的人。他想把闪电扔到世界的每一个角落，可是担心苍天会陷入火海，担心宇宙之轴会因此而被烧毁。于是，他放弃了这种粗鲁报复的想法。他把独眼神给他锻铸的霹雳雷锤搁在一旁，改向地球灌注倾盆大雨，决定用大水灭绝人类。这时候，所有的风都被锁在埃俄罗斯的地窖内。只有南风例外。它接受命令，扇动着湿漉漉的翅膀直扑地面。南风面目狰狞，一张脸黑得犹如锅底。他的胡须沉甸甸的，好像满天乌云。洪水从他的白发间奔流直下，他的额间弥漫着一片浓雾，胸脯间雨水流淌。南风挂在天空里，用一只手紧紧地抓住云彩，开始狠狠地挤压他们。一刹时，雷声隆隆，瓢泼般的大雨自天而降。田野里的青苗全给打折了腰。农民的希望破产了，整整一年来的辛勤劳动付诸流水。

宙斯的弟弟波塞冬也不甘寂寞，急忙赶来一起破坏。波塞冬把所有河流都召集起来，说："你们应该肆无忌惮地掀起万丈狂澜，冲塌房屋，捣毁堤坝！"河流们雀跃欢腾，不折不扣地完成他的命令。波塞冬亲自上阵，手执三叉戟，掘地引水。洪水突破缺口，汹涌澎湃，势不可挡。

水灾、水患、水祸、水害。泛滥的河水涌上田野，犹如狂暴的野兽，把大树连根拔起，还冲走了无数的庙宇和房屋。水势不断上涨，不久便淹没了宫殿的山墙，连教堂的塔尖也消失在急速转动的漩涡中。水天一色，根本分不出哪儿是海洋，哪儿是陆地。整个世界成了一片汪洋大海，无边无际。

地球上的人犹如蚂蚁，在滔滔水患前绝望地寻找着可能生存的机会。有的人爬上山顶，有的人驾起木船，从沉没的农舍房顶上漂泊而过。大水一直浸到种植葡萄园的山坡上，船的龙骨在葡萄架上蹭来蹭去，葡萄枝蔓间游动着许多活泼的鱼儿。漫山遍野奔跑的大公猪也逃脱不了厄运，淹死在水里。人类一群群地惨遭灭顶之灾，侥幸逃出洪水威胁的人后来也饿死在光溜溜的山顶上。福喀斯国有一座高山只露出两个山峰，其余的部分全都浸在洪水里，这就是帕耳那索斯。普罗米修斯的儿子丢卡利翁事先获悉神的警告，造了一条大船。当洪水到来时，他和妻子皮拉驾船驶往帕耳那索斯。这一对夫妇的正直和虔诚是独一无二的。

宙斯召唤大水淹没地球，报复了人类。他看到人类几乎全部陈尸水下，只有一对可怜的夫妇还在水中漂泊。这是一对无辜而又信仰众神的夫妇。宙斯平息了怒火。他唤来北风，北风顿时驱散了重重乌云，牵走了浓浓密雾，让天空重见光明。海洋王波塞冬见状也立即把三叉戟搁在一旁，安抚着汹涌奔腾的海潮。海水驯服地退到高高的堤岸下，洪水也回到原来的河床。

树林从深水中露出了树梢,树叶上面覆盖着厚厚的淤泥。山坡重新显示了青葱优美的色彩,洪水终于从陆地上退了回去。

丢卡利翁环顾四周。荒芜的大地一片泥泞,世界犹如一座大坟墓,静寂得可怕。先前的喧哗已经无影无踪。看着这一切,他的眼泪止不住地挂落面颊。他回过头去,对妻子皮拉说:"亲爱的,我朝远处望了一下,没有看到一个活人。我们两个人组成了这个世界的整个人类,而其他人全都命归水下,葬身鱼腹。可是,我们也很难生存下去。我看到的每一朵云彩都给我带来无限的惊恐。即使将来没有危险了,我们孤孤单单地被抛在这个被众神遗忘了的地球上,又怎么生活呢?唉,要是我的父亲普罗米修斯教会我造人的本领,教会我如何把灵魂灌注在捏成的泥团里,那该多好啊!"妻子听他说完,也很悲伤。两个人抱头痛哭。他们没有了主意,只好来到一半已被毁坏了的女神忒弥斯的神坛前,双双跪下,恳求着说:"啊,女神,请告诉我们,我们应该如何塑造业已崩溃的一代!求你帮助沉沦的世界,让它重新恢复生命!"

"你们应该离开我的祭坛,"坛前传来女神的声音,"戴上面纱,解开腰带,然后把你们母亲的骸骨扔到你们的身后去!"

两个人十分惊讶。他们莫名其妙,不理解这番谜语般的指示。皮拉忍不住打破了寂静,说:"高贵的女神,请原谅我的浅薄,我不得不违背你的意愿,因为我不能搬动母亲的遗骸,不能妨碍她的安宁!"

可是丢卡利翁却眼前一亮,顿时觉悟了。于是他好言好语地安慰妻子说:"如果我的智慧没有骗我,女神的话中并没有隐藏亵渎和不敬。大地是我们仁慈的母亲,石块一定是她的骸骨。皮拉,我们应该把石块扔到背后去!"

话是这么说,两个人仍然将信将疑,只是愿意尝试一番。于是,他们侧转身子,将头蒙住,再松下衣带,然后按照女神的命令,把石块朝身后扔了过去。不料身后顿时出现了奇迹:石头突然失却了坚硬和松脆,变得又灵活又柔软。它们不断地发展生长,变化出许多具体的形象,看起来都像人的身体一样,可是还没有彻底成型。面前这些轮廓真像艺术家刚从花岗岩中开始雕琢的粗模。石头上松散的泥土和潮湿的水分变成了一块块肌肉,而坚硬如铁的石头全部化成了骨头,石块间的矿脉组成了人的脉络。奇怪的是,丢卡利翁往后扔的石块都变作男人,而妻子皮拉扔的石块全都成了女人。直到今天,人类都没有否认他们的这一起源和历史。那是坚强硬朗的一代,适宜从事任何繁重的劳动。

人类始终记住了历史,知道他们是从这个谱系里发展和生长起来的。

据说,皮拉后来给丢卡利翁生下儿子赫楞。赫楞成了赫楞人,亦即希腊人的鼻祖。他的儿子有埃洛斯、多罗斯和克素托斯。这些儿子又分别成为后来各自民族的祖先。

伊娥

彼拉斯齐人是古代希腊最初的居民。他们的国王名叫伊那科斯。伊那科斯的女儿人才出众,聪明漂亮,大家都高兴地唤她伊娥。奥林匹斯神山上众神对她十分垂青。只要伊娥在勒那莫地上出现,诸神就会把眼睛注视着她,久久不愿离开。

宙斯特别爱她。他扮作凡人的模样,下界来千方百计地挑逗伊娥,说:"哦,年轻的姑娘,能够拥有你的人是多么幸福啊!可是世界上任何凡人都配不上你,你应该成为至高无上的神的妻子。告诉你吧,我就是宙斯,你不用害怕!中午时分酷热难挡,快跟我到树林的阴影下面去休息,树林就在我们的左侧。阳光炙炙,你何苦遭受折磨?你不走进茂密的森林里去,我愿意保护你。我是执掌天庭统治的神,可以把闪电直接送到地面。"

姑娘非常害怕,一溜烟地逃走了。如果不是这位法力无边的神滥用权术,把整个地区变作一团漆黑,姑娘几乎已经逃脱厄运。现在,她裹胁在浓幛密雾之中。不一会儿,她竟然感到步履艰难,担心撞在岩石上或者掉在河水中。不幸的伊娥终于落入神的暴力。

天后赫拉是宙斯的妻子。长期以来,她早已习惯丈夫对婚姻的不忠。他抛弃了妻子的爱情,却醉心于凡间的姑娘或半人半神的女儿。赫拉内心的猜疑与日俱增。她密切地注视着丈夫在人间的脚印和去向。突然,她非常惊异地发现,地面上有一块地方在大白天也遮掩于一片迷雾中。这片浓雾不是自然原因移来的。赫拉顿时想起了她那不忠实的丈夫。她站在奥林匹斯神山的山顶上,睁大着眼睛到处张望,就是找不到宙斯。"如果我不受这一切的欺骗的话,”她十分恼怒地自言自语,“我大概又在遭受丈夫的戏弄!”说完,她驾起一朵祥云,落到地面,命令浓浓密密的大雾迅速散开。她没有料到大雾正好包裹着劫持人间姑娘的宙斯和他的猎物。

宙斯知道妻子来了,为了让心爱的姑娘逃脱妻子的报复,他把伊那科斯的漂亮女儿刹时变作一头雪白而又漂亮的小母牛。即使成了这副模样,灵巧的伊娥仍然不失风雅。赫拉迅速识穿了丈夫的诡计。她称赞这头漂亮的牲口,并且装作不知内情地问道,这是谁家的小母牛?属于什么品种?为了掩饰自己的窘态,宙斯不惜当面撒谎。他说这头母牛生于大地,纯净的品种。赫拉内心感到好笑,请求丈夫把这头美丽的牲口送给自己。这位失望的说谎行家该怎么办呢?他觉得左右为难:他如果答应把小母牛交出来,那么他就失掉了可爱的姑娘;他如果拒绝妻子的要求,势必引起她的猜疑和嫉妒。其结果还是会让这位不幸的姑娘遭受恶毒的报复。思来想去,他决定临时放弃姑娘,把闪亮的小母牛送给妻子。赫拉装作受宠若惊的模样,用一条带子系在美丽牲口的脖子上,然后牵着这位遭劫的姑娘,满怀喜悦地凯旋而回。

可是,女神虽说骗得了母牛,心里却仍然惴惴不安。她只要寻不到一块安置自己爱情的竞争对手的可靠地方,总是难得平静的。于是,她急忙去找阿耳戈斯。那位怪神是阿利斯多的儿子,头上长着一百只眼睛,特别适合充当看守等职务。因为他在疲倦休息时也只是闭上一些眼睛,而让另外大部分的眼睛始终张开着,炯炯有神。

赫拉雇他看守可怜的伊娥。她担心丈夫又来劫走这位落难的情人。伊娥在阿耳戈斯一百只眼睛的严密看守下,整天放在肥美鲜嫩的草地上。阿耳戈斯始终站在她的附近,瞪着一百只眼睛,忠诚地履行看守职务,紧盯不放。有时候,他转过身去,用背对着姑娘,可是他还是能够看到姑娘,因为一百只眼睛均匀地分布在阿耳戈斯头部的上下前后。太阳下山时,他将小母牛锁起来,项间挂上沉重的铁链。姑娘的食物是一些苦涩的青草和树叶,坚硬而又冰凉的大地成了姑娘的眠床。她在泥泞而又龌龊的水塘里饮水解渴。这一切仅仅因为她是一头小母牛。

伊娥常常忘掉她现在已经不属于人类。她想伸出可怜的双手,借以唤起阿耳戈斯的怜悯和同情。可是,她突然想起自己没有手臂,那是两条前腿；她想苦苦地向他哀求，然而从她口中出来的只是哞——的一声惨叫。哞声倒把姑娘自己都吓了一跳。

阿耳戈斯跟她并不总是待在一个固定的牧场。赫拉希望不断地调换伊娥居住的地方，借以最终逃脱丈夫的寻找。伊娥的看守牵着她在国内到处转动。一天，伊娥被牵着来到了自己的故乡。他们来到一条河边，这里是伊娥孩童时代经常玩耍的地方。这时候，伊娥第一次从清净的河水中看到了自己的面容。当水中出现一个头顶双角的动物脑袋时，她惊吓得倒抽一口冷气，不由自主地后退几步，不敢看下去了。姑娘留恋万分地来到姐妹们和父亲伊那科斯身旁。可是大家都不认识她。伊那科斯抚摸着美丽的牲口，又从灌木丛中捋了一把树叶，送到小母牛的口旁。伊娥感激地舔着他的手，用泪水和亲吻湿润了父亲的手指。老人却一无所知。他不知道自己抚摸的是谁，更不明白刚才被谁充满感激地亲吻过。

伊娥终于有了一个拯救自己的主意。她尽管被变作一头小母牛，可是自己的灵魂却是不受折磨的。姑娘灵机一动，用脚在地上踩出一行字，以此引起了父亲的注意。伊那科斯很快从地面的灰土文字中知道，原来面前站着的竟是自己的亲生女儿。“天哪，我是一个不幸的人！”老人惊叫一声，张开双臂，紧紧地抱住落难女儿的脖颈。“我在全国各地到处寻找，想不到就是这样地看到了你！痛煞我也！我在四面八方寻找你的时候，内心的痛苦却比见到你时还要轻松万分！你为什么不说话？可怜你不能给我说一句安慰的话，只能用一声长哞回答我！我真是个傻瓜蛋，我一直在想，如何才能给你找上一个匹配的夫婿，想着给你置办新娘的火把，赶办未来的婚事。现在，你却成了牧群中的孩子……”

阿耳戈斯是一名残暴的看守。他还没有等到悲伤的国王讲完话，就一把牵住伊娥走开了。他费尽气力登上一座高山，睁开了一百只眼睛，警惕地环顾四周。

宙斯不愿意看到姑娘长期地经受折磨。他把儿子赫耳墨斯召到跟前，命令他运用计谋，帮助自己完成任务。儿子提上一根催人昏睡的荆树木棍，离开父亲的宫殿，来到人间大地。他把帽子和翅膀搁在一旁，手上提着木棍，怀中揣着牧笛，看上去完全像是牧人。赫耳墨斯呼唤着羊群，把它们赶到邻近的草地放牧。这里是伊娥在啃青、阿耳戈斯担任看守的地方。

来到牧地以后，赫耳墨斯从怀中掏出牧笛。牧笛古色古香，优雅别致，他凑上去吹了一曲。笛声穿云裂石，萦绕天空，实在不是凡间牧人所能比拟的。阿耳戈斯十分欣赏令人心醉的笛音。他从坐着的山石上站了起来，喊话说："吹笛子的朋友，不管你是谁，我都热烈地欢迎你。来吧，坐到我身旁的岩石上，休息一会！别的地方的青草都没有这里肥美鲜嫩。看，这里的树荫下多么舒服！"

赫耳墨斯说了声谢谢，爬上山坡，挨近看守坐了下来。两个人天南地北、山高水深地攀谈起来。他们越说越投机，不知不觉地白天即将过去了。阿耳戈斯接连打了几个哈欠，他那头上的许多眼睛都支撑不住地昏昏欲睡。赫耳墨斯重新掏出牧笛，尝试着要把阿耳戈斯彻底送入梦乡。可是阿耳戈斯却不敢怠慢，念念不忘女主人的乖戾性情。尽管他的一百只眼睛抵制不住酣睡的甜蜜诱惑，他还是振作精神，让一部分眼睛先睡，而用另一部分眼睛紧紧地盯住小母牛，防备它趁机逃脱。

阿耳戈斯虽说有一百只眼睛，却从来没有看到过那种牧笛。他十分好奇地打听这管乐器的来历。

"我很愿意告诉你，"赫耳墨斯说，"如果你不嫌天色已晚，并且还有兴趣听我讲述的话，我将非常乐意。从前，在风景优雅的阿耳卡狄亚雪山山地上住着一位有名的女树神，名叫哈玛得律阿得斯，又名绪任克斯。那时候，众多的森林神和农神萨图恩都十分仰慕她的美貌。他们日思夜想，百般追求，可是姑娘总是巧妙地摆脱了他们的骚扰。姑娘害怕结婚，愿意像月亮和狩猎女神阿耳忒弥斯一样，始终保持独身贞洁。绪任克斯跟阿耳忒弥斯常常一起外出打猎，两位姑娘结成了好朋友。

一天，强大的山神潘在森林里漫游。他看到了绪任克斯，便走近姑娘，凭着自己显赫的地位急急地希望娶姑娘为妻。女神不屑一顾地夺路而逃，不一会就消失在茫茫的草原上。她一路匆忙，来到淤塞的拉同河边。拉同河缓慢地流动着，可是河面很宽，无法趟涉过去。姑娘万般无奈，只得呼唤她的守护女神阿耳忒弥斯，希望得到她的怜悯和帮助。

说话间，山神潘已经飞奔到面前。他张开双臂，一把抱住站在河岸旁边的女神。等到他定睛一看，他惊奇地发现怀中只抱了一根芦苇。山神心情忧郁地悲叹一声，想不到声音经过芦苇管时变得又粗又长。奇妙的声音让失望的神十分欣慰。“好吧,变化多端的女神,”他突然灵机一动,又高兴地喊叫起来,“我们的结合还没有结束!”说完,他把芦苇切成长短不同的小杆,用蜡把芦苇杆封扎在一道,当场就以姑娘哈玛得律阿得斯的名字命名声音悠雅的芦笛。从此以后,这样的牧笛都叫绪任克斯。”

赫耳墨斯一面讲故事,一面注意地看着百眼看守。这故事还没有讲完,他看到阿耳戈斯的眼睛一只只地眯缝下去。最后,看守的一百只眼睛全部睡着了。眼看时间已到,这位神的使者压低声音,用手上的魔杖一一地触摸了阿耳戈斯的百只神眼,借以深化效果。阿耳戈斯终于抑制不住地呼呼大睡。赫耳墨斯迅速从牧人上衣的口袋内掏出一把利剑,把阿耳戈斯的脑袋齐脖子一剑斩断。

伊娥获得了解放。她仍然保持着小母牛的模样,只是已经除掉了颈上的绳索。她高兴得在草地上来回奔跑,无拘无束。当然,地面上的这一切故事都逃脱不了赫拉的目光。她给自己爱情的竞争对手又想出了一种新型的折磨法:她送去一种牛虻,让牛虻叮咬可爱的小母牛,直到小母牛忍受不住,发疯为止。

小母牛惊恐万分,被牛虻追来逐去,逃遍了世界上的无数地方。它逃到高加索,逃到斯库提亚,逃到亚马孙人那里,也到了基米里人的博斯普鲁斯海峡和俄罗斯的阿瑟夫海。它穿过海洋到了亚洲。最后,经过长途奔逃,它绝望地来到埃及。伊娥站在尼罗河河岸上,疲惫万分地把两只前蹄弯曲着伏在地上,然后仰起脖子,朝奥林匹斯张着一双哀求援助的眼睛。小母牛的眼神深深地感动了宙斯,宙斯急忙来到妻子身旁。他一把抱住赫拉,请她对可怜的姑娘大发慈悲。姑娘虽然迷途在外,却是洁白无辜的。宙斯在神立誓的斯提克斯河,即阴阳交界的冥河边上向妻子发誓,从此以后再也不以爱情为理由追踪姑娘了。

正在这时,赫拉又听到小母牛朝着奥林匹斯神山发出求救的哀叫声。这位神之母终于受到感动,软下心肠,答应丈夫恢复伊娥原来的姑娘面貌。

宙斯急忙来到尼罗河边,伸出手抚摸着母牛背。奇迹立刻出现了:小母牛身上蓬乱的牛毛消失了,它的牛角收缩进去,牛眼变小,牛嘴往后变成小巧的双唇,肩膀和两只手也渐渐地成型;一会儿,牛蹄也不见了,小母牛身上的一切,除了美丽的白色以外全都不见了。伊娥从地上站立起来。她重新恢复了从前楚楚动人的美丽形象，亭亭玉立，格外令人疼爱。

就在尼罗河的急流边上，伊娥给宙斯生下了后来当埃及国王的厄帕福斯。当地人民十分爱戴这位神奇变化并且最终获得拯救的女子，把她尊为女神。伊娥在那里统治了很长时间，成了当地的女君主。不过，她始终没有得到赫拉的彻底宽恕。赫拉唆使野蛮的库埃特人劫持了她那年轻的儿子厄帕福斯。伊娥不得不再次长途跋涉，寻找被人抢走了的儿子。后来，宙斯用闪电劈死了库埃特人，伊娥在临近埃塞俄比亚的国境旁才找到了儿子。她带着儿子一起回到埃及，让儿子在一旁辅佐她治理国家。

厄帕福斯长大以后娶妻门菲斯，生下女儿利彼亚。从此以后，人们把埃及西边的国家称为利比亚，那是因为厄帕福斯的女儿曾经有过这个名字。厄帕福斯和他的母亲在埃及受到人们的尊敬和爱戴。为纪念他们，埃及人后来为他们立下庙宇，尊奉他们为埃及的神牛，长年祭供，香火不断。

法厄同

太阳神的宫殿是用华丽的大石柱支撑着建造起来的。它们闪亮着黄金般的色泽和宝石般的火花。宫墙的上方镶嵌着雪白铮亮的象牙，两扇银质的大门上雕刻着美丽的花纹和人像，记载着人间无数美好而又古老的传说。一天，太阳神赫利俄斯的儿子法厄同大步跨进宫殿，要求与父亲谈话。他跟父亲保持着一段距离，因为父亲身上散发着炙人的热光，靠近以后烧烤得让人忍受不住。

赫利俄斯身穿古铜色的衣服。他坐在国王般的宝座上，座上装饰着耀眼的绿宝石，座前站立着他的文武随从，分左右两行。他们是：日神、月神、年神、世纪神、时序女神、时光女神等组成一行；而春、夏、秋、冬四大季节神组成第二行。但见春神花枝招展，颈脖间围着鲜花项链；夏神目光炯炯，披着金黄的麦穗衣裳；秋神仪态万千，手上捧着芬芳诱人的葡萄；冬神寒光嗖嗖，雪花一般的白发显示了无限的智慧。赫利俄斯端端正正地坐在他们中间。他正要抬头说话，突然看到儿子来了。儿子也为这天地间稀罕的威武仪仗万分惊讶。

“什么风把你吹来父亲的宫殿，我的孩子？”他友好地问道。

“尊敬的父亲，”儿子法厄同回答说，“凡间有人嘲笑我。他们谩骂我的母亲克吕墨涅。他们说我的天堂出身是谎话，说我是杂种，说我的父亲是不知名和姓的野男人。我因此跑来，希望父亲给我一个凭证，让我在全世界能够出示它，从而表明我是你的儿子。”

听完这番话，赫利俄斯按下头间的万丈光芒，命令年轻的儿子走上一步，靠近着说话。他拥抱着儿子，说："我的孩子，你的母亲克吕墨涅吐露的全是真话。我永远也不会否认你，不管在什么地方。你是为了消除怀疑，才向我要求一份礼物的。我对着冥河发誓，一定满足你的愿望！"

法厄同没有等到父亲说完，接过话头便说："那么请首先满足我最最渴望的要求：给我一天时间，让我独自驾驶你的那辆带翼的阳光金车！"

太阳神感到一阵惊恐，脸上流露出十分后悔的神色。他一连摇了三四回头，终于忍不住喊叫起来："哦，我的孩子，我如果能够收回诺言，那该多么好啊！你的要求远远超出了你自己的力量。你还年轻，而且又是凡胎！没有一个神敢像你这样提出如此大胆的要求。因为除了我以外，他们中间还没有哪个能够站在喷吐火焰的车轴上。我的金车经过的道路十分陡峭。马儿们拉动金车必须费尽艰难才能踏上早晨的旅程。旅程的中点是在高高的天空上。当我站在金车上到达如此高的顶点时，请相信我吧，我真的头晕目花。只要我低头往下面深处张望一下，看到辽阔的大地和海洋在我的眼前无边无际地展开，我就会吓得腿肚子都有点儿打颤。过了中点以后，行驶的道路又开始大幅度地往下倾斜。这时候，我必须稳稳地抓住缰绳，安全地驾驶。即使是每回都愉快地接纳我的海洋女神也常常担心，生怕我一不注意便会摔下万丈深渊。你只要想一下，天空在不断地迅速转动，我必须奋力保持着与它平行逆转。因此，就是我把金车借给你，你又如何驾驶得了它？我的可爱的儿子，收回你的愿望吧，趁着现在还来得及。你可以从天地间一切财富中重新挑选一个要求。我以冥河起誓，你什么都能得到！"

可是年轻人坚持自己的愿望，而父亲又立过神圣的誓愿，怎么办呢？他无可奈何地牵过儿子的手，两人一起朝太阳金车走去。这里的车轴、车辕和车轮全都是黄金的。车轮上的桡骨是用白银制作的，车轭具上嵌着晶莹闪亮的宝石。法厄同对神奇的太阳金车赞叹不已。不知不觉地，天已破晓，东方露出了一抹朝霞。星星一颗颗地隐落下去，月亮的弯角也消失在西方的天边上。

赫利俄斯对时序女神一声命令，让她们迅速套马。女神们从豪华的秣槽旁牵过喷吐火焰的骏马，秣槽里堆着长生不老的神马饲料。大家一阵忙碌，将漂亮的辔具给马套上，父亲却在一旁用圣膏涂抹儿子的面颊。否则，他无法忍受熊熊燃烧的火焰。他把光芒万丈的太阳帽戴到儿子的头间，止不住叹息一声，警告说："孩子，千万要爱惜耀眼的光刺，紧紧地抓住缰绳。骏马识途，它们是自由奔驰的，很难控制并且驾驶它们。你不能过分地弯下腰去；否则，地面会烈焰腾腾，甚至会火光冲天。可是你也不能站得太高，当心别把天空烧焦了。上去吧，黎明前的黑暗已经过去，抓住缰绳吧！或者——现在还有一丁点儿时间，你可以重新考虑一下，把金车交给我，让我去给世界送光明，而你留在这里静坐观看！"

年轻人好像没有听到父亲的讲话，嗖的一声跳上金车，满怀喜悦地抓住缰绳，朝着忧心忡忡的父亲点点头，表示由衷的感谢。

四匹双翼的骏马嘶鸣着，火花充满了空间。马蹄踩动，法厄同让马儿拉着车杆，即将起程了。外祖母忒提斯走上前来。她不知道外孙法厄同的命运，亲自给他打开两扇大门。世界蓦地展现在年轻人的眼前，无边无际。骏马沿着轨道飞速往前，奋勇地撕开了遮掩额前的晨雾。

骏马们似乎感到今天驮在背上的是另外一个人，觉得套在颈间的轭具比平日里轻松了许多。如同一艘载重过轻的大船会在海上前后晃动一样，太阳金车也在空中不断跳跃，左右摇摆，好像是一辆空车。后来，套车的骏马终于明白了今天的特殊情况。它们离开了平常的轨道，任意地奔跑起来。

法厄同上下颠簸，失去了主张，不知道如何抓紧缰绳，也找不到原来的道路，更没有办法驯服这批撒野的奔马。

当这位不幸的年轻人偶尔朝下张望，看到下面诸多的国家和大片土地时，他紧张得面如土色，膝盖也开始抖索起来。他回过头去，看到自己已经走了很长一段路程。可是面前的路更长。他手足无措，不知道怎么办才好，只是慌张而又直瞪瞪地看着远方，双手抓住缰绳，既不敢放松，也不敢过分抽紧。他想吆喝骏马，却连一匹马的名字也叫不上。惊慌之余，他看到空中星星呈现荒诞而又可怕的景象。他不禁倒抽一口冷气，不由自主地松掉了手中的缰绳。

骏马拉动太阳金车越过了天空的最高点，开始往下滑行了。它们欢乐得干脆离开了轨道，漫无边际地溜入了陌生的空中地盘，一会儿高，一会儿低，完全没有目标。有一回，它们已经触摸到了天上的恒星，然后又随着纵横于四面八方的阡陌小道坠入邻近地面的半空。它们绊上了第一层云彩，云彩被烧烤得直冒白烟。后来，马儿又不经意地拉着金车几乎撞在一座高高的山顶上。

大地受尽了折磨。酷热难熬，地面龟裂，大地上的各种水分全都烤干了。田野里差一点冒出了枯焦的火花，草原上一片干枯，森林里频频起火。一会儿，大火又滚动着来到广阔无垠的平原。庄稼地犹如一片沙漠，多少城市在烈火中变成灰烬，农村和农民们早被烧烤成焦土灰烬。丘陵、树木，甚至光秃秃的山石上到处都是烈焰腾腾。黑人或许就是那时候烤黑了的。

汹涌的大河翻滚着沸腾的热水，可怕地溯流而上，朝着源泉席卷而去。大海在急剧地收缩。从前是湖泊的地方，现在成了一块块干巴巴的泥沙地。

法厄同看到地面各处都在冒火，热浪滚滚，直冲九霄云天，他自己也快要忍受不住了。法厄同呼吸的空气似乎是从大烟囱底里冒出来的一样，又烫又呛。他感到脚下的金车好像一座燃烧的火炉。浓烟、蒸汽和从地面上爆裂开来的灰石从四面八方裹挟着他。法厄同支撑不住了，骏马和金车完全失去了控制。

烈焰在狂乱地跳跃，最后烧着了法厄同身上的毛发。他一头扑倒，被摔出豪华的太阳金车。可怜的法厄同浑身上下都在燃烧着，在空中随风飘荡。最后，他的故乡，宽阔的急流埃利达努斯接纳了他的遗体。

赫利俄斯把这一切都看在眼里。他抱住头，深深地陷于无限的悲哀之中。

水泉女神那伊阿得斯同情这位遭难的年轻人。她们一起动手，埋葬了法厄同。可怜他的尸体被烧得残缺不全。绝望的母亲克吕墨涅与她的女儿赫利阿得斯或者称作法厄同尼腾们抱头痛哭。她们一连哭了四个月，直到温柔的妹妹们变成白杨树，她们的眼泪成了晶莹的琥珀，实在哭不出声了，才勉强打住。

欧罗巴

腓尼基王国的首府泰尔和西顿是一块富庶的地方。国王阿革诺耳有一个女儿，名叫欧罗巴。女儿一直住在父亲的王宫大院里，与世隔绝。

一天，欧罗巴在午夜时分做了一个奇异的梦。她梦见世界的两大部分都化作女人的模样，双方激烈地争夺，希望霸占她。其中一位妇女非常陌生，而另一位——她就是亚细亚——长得完全跟当地人一样。亚细亚十分激动，她温柔而又无微不至地关怀着欧罗巴，说自己是欧罗巴的母亲，从小把她喂养大；而陌生的女人却像抢劫一样强行抓住欧罗巴的胳膊，拉着她往前，不容欧罗巴做丝毫的抵抗。“跟我走吧，亲爱的，”陌生女人对她说，“我背你去见宙斯！这是你命中注定的大事！”

欧罗巴醒来以后，心慌乱地跳个不停。她从眠床上爬起来，刚才的梦还清清楚楚地浮现在眼前，犹如白天一般。她久久地坐在床上，直挺挺地，一动也不动。“天上哪一位神，”她寻思着，“给我送来这样一副景象？梦中见到的那位陌生女人是谁呢？我是多么渴望能够遇上她啊！她待我是多么地友好，即使动手抢夺我时，还始终向我微笑着！但愿诸神让我重新返回到梦境中去！”

清晨，明亮的阳光拂去了姑娘夜间美梦的记忆。一会儿，许多姑娘又都聚拢过来，一同游戏玩耍。毫无疑问，她们都是显赫家庭的名门闺秀。大家推欧罗巴当头，并邀请她一起前往海边的草地上散步休憩，这是姑娘们乐意聚会的地方。濒临大海，鲜花铺地，多么美妙的去处。姑娘们穿红着绿，衣服上绣着美丽的花卉。

欧罗巴穿了一件带有长襟拖裙的衣服，十分漂亮。衣服上用金丝银线织出了许多神的故事的图案。这件价值无比的衣服还是火神赫淮斯托斯的手工杰作。善于呼风唤雨，常常引起地震的海神波塞冬曾把这件衣服送给利彼亚。那时候他们正在热恋之中。后来，这件衣服成了传家宝，传到儿子阿革诺耳手上。欧罗巴穿上漂亮的衣服，光彩熠熠，领着大家一直朝海边的草地奔了过来。草地上鲜花怒放，格外芳香。

姑娘们欢笑着各自散了开来。大家采摘着自己喜欢的花朵，有的摘水仙；有的摘风信子；有的寻紫罗兰；有的找百里香；还有的喜欢黄颜色的藏红花。欧罗巴也很快发现了目标。她站在众位姑娘中间，手上擎了一束玫瑰花，看上去真像一尊爱情女神。

姑娘们采集了各种鲜花，然后围在一起，坐在草地上，大家动手，编织花环。为了感激草地仙子，她们把花环挂在翠绿的树枝上。

宙斯为年轻美貌的欧罗巴深深地打动。可是他害怕妻子赫拉醋意大发，而且也不希望迷惑洁白无辜的姑娘，于是他狡猾地想出了一个新的计策。他嗖的一下变作一头公牛。那是怎样的一头公牛啊！它决不是弯身曲背，拱在轭具下面，拉着沉重大车的公牛，而是膘肥体壮的巨型大牛。一对牛角小巧玲珑，犹如精雕细刻的工艺品，晶莹闪亮，像珍贵的钻石。牛的额前留着一块半月形的乳白胎记，闪闪发光。它的全身毛皮金黄色，一双蓝色的眼睛炯炯有神，流露出无限的眷恋和渴望。

当然，宙斯在变化身段以前，已经把赫耳墨斯叫到跟前，吩咐他不要走漏自己的消息："快过来，我的孩子，你是执行我的命令的忠实使者。你看到腓尼基王国了吗？你迅速下去，把山间牧场上国王的牲口给我统统赶到海岸边上。"

一会儿，赫耳墨斯鼓动翅膀，飞到西顿的高山牧场。他赶着国王的牲口群从山上一直来到草地，那是阿革诺耳的女儿欧罗巴无忧无虑地采集玩弄鲜花的地方。可是赫耳墨斯没有料到，他的父亲宙斯已经变作公牛，混杂在国王的牧群中间，一起被赶到了草地。

牧群在草地上慢慢地散开，只有体内隐藏着天神的大公牛渐渐地来到山坡草地旁，欧罗巴和一群姑娘正坐在这里嬉闹玩耍。公牛骄傲地穿过肥沃的草地，却没有一点威胁或是令人惊恐的神色，而是散发出一阵阵温顺的气息。欧罗巴和姑娘们都起劲地称赞公牛那高贵的气概和安静的姿态，兴致勃勃地走近公牛，看着它，还伸出手去抚摸油光闪闪的牛背。

公牛似乎很通人性，愈来愈靠近姑娘。最后，它依偎在欧罗巴的身旁。欧罗巴吓了一跳，不禁往后倒退几步。她看到公牛只是驯服地站在那里，又壮着胆子走上前来，把手里的花束直凑到公牛的嘴边。公牛撒娇地舐着送到嘴边的鲜花和姑娘的手。姑娘用手拭去公牛嘴角边的白沫，温柔地抚摸着牛身。漂亮的公牛让姑娘越来越喜欢，她终于大着胆子在牛的前额上轻轻地吻了一下。公牛发出一声欢乐的哞叫。哞叫声不像平常公牛的咆哮，听起来倒像是吕狄亚人的牧笛声，在山谷间飘荡回转。

公牛温顺地躺倒在姑娘的脚旁，无限渴望地瞅着她，用头摇摆着，向她示意自己宽阔的牛背。

欧罗巴看着高兴，便喊着对伙伴们说："你们快过来，我们可以坐在美丽的牛背上。这里地方很大，我敢打赌，一下子可以坐四个人。这头公牛又温顺又友好，一点也不像别的蛮牛。我想它大概有灵性，像人一样，只不过缺少说话的本领！"说完，她从伙伴们手上接过花环，挂在牛角间，然后大胆地骑上了牛背。其他的伙伴们仍然犹豫不决。

公牛一骨碌跳起身，迈开轻松的步伐，欧罗巴的女伴们却怎么也赶不上。当它走出草地，面对一片光秃秃的沙滩时，公牛反而加快了速度，活像一匹飞奔的骏马。欧罗巴还没有来得及想发生了什么事，公牛已经猛地一步跳进了大海，高兴地驼着猎物游开了。姑娘用右手紧紧地抓着牛角，左手抱着牛背。风儿劲吹，鼓动着她的衣服，好像张开的船帆。她非常害怕，回过头去盯着自己已经留在远方的故乡。欧罗巴大声呼喊女伴们，可是风又把她的声音挡着送了回来。海水在漂浮的公牛旁缓缓地流着，姑娘生怕弄湿了衣衫，她努力地把双脚提起来。公牛却像一艘海船一样，平稳地向大海纵深游去。一会儿，背后的海岸消失了，太阳沉入了水面下。夜色朦胧之中，惊恐不安的欧罗巴看到周围水天一色，除了波浪就是星星，她十分孤寂。

公牛驮着姑娘一直往前。他们在游动中迎来了黎明，在水中又游了整整一天。周围永远是无边无际的海水，可是公牛却能十分机智地分开波浪，它那可爱的猎物身上竟然没有沾上一点水珠。傍晚时分，他们终于来到了另外一边的海岸，公牛爬上陆地，来到一棵大树旁，让姑娘从背上轻轻走下来，自己却突然消失不见了。姑娘正在惊异，却看到面前站着一位穿戴齐整如神一般的男子。男子向她解释说，他是克里特岛的主人；如果姑娘愿意嫁给他，他可以保护姑娘。欧罗巴绝望之余便朝他伸出一只手去，表示答应他的要求。宙斯实现了自己的愿望，然后……他又像来时一样消失了。

一轮红日冉冉升起，欧罗巴从昏迷中慢慢地醒了过来。她惊慌失措地环顾四周，呼喊着父亲的名字。这时候，她想起了所发生的这一切，于是十分哀伤地怨诉着：“我是个卑劣的女儿，怎么可以呼喊父亲的名字？败坏的道德必须让我忘掉一切！”她仔细地审视周围，心里反复地问着：“我从何而来，往何而去？——可是，难道我真的醒着，这件丑事难道是真的吗？不，我肯定是无辜的，也许只是一场梦幻歪曲着我的精神。”

姑娘展开手掌，揉了揉双眼，似乎想把这场丑恶的梦从眼前拭掉。可是那些陌生的情景犹在，不知名的山峦树木包围着她。大海的波涛汹涌澎湃，奋力地撞击着悬崖峭壁，发出震天动地的轰隆声。

绝望之中，姑娘忿恨不已，高声地呼喊起来：“天哪，该死的公牛要是再度出现在我的面前，我一定把它的妖角全部拧碎，可是这只能是一种愿望而已！家乡远在天边，我除了死还有什么出路呢？天上的神，给我送上一头雄狮或者猛虎吧！”一头凶猛的野兽也没有，眼前只是一片陌生。太阳从蔚蓝的天空里露出了容光焕发的笑脸。

如同被复仇女神所驱使，欧罗巴突然跳了起来。“卑鄙的造物！”她大声地呼号着，“如果你不想结束这种不名誉的生活，难道你不会感到父亲会咒骂你吗？你难道愿意给一位野兽的君王当侍妾，辛辛苦苦地为他当女佣吗？你怎么可以忘掉自己是一位高贵国王的公主呢？”

惨遭命运遗弃的姑娘痛恨万分，想到了死，可是又拿不出死的勇气。突然，她听到背后传来一阵低低的嘲笑声。姑娘惊讶地回过头去，看到女神阿佛洛狄忒站在面前，浑身上下闪发着天神光彩。女神旁边是她的小儿子爱情天使。他弯弓搭箭，跃跃欲试。女神开始讲话前，嘴角边上泛起一丝笑容：“美丽的姑娘，放弃你的愤怒和争执，你所诅咒的公牛马上就来。它会把牛角送来给你拧个粉碎。我就是给你托梦的那位女子。欧罗巴，你可以借以自慰了！抢劫你的正是宙斯本人。你现在成了地面上的女神，你的名字将与世长存，因为世界上接纳你的那块地方从此以后就按你的名字叫作欧罗巴！”

欧罗巴恍然大悟，默认了自己的命运，跟宙斯生了三个强大而又睿智的儿子。他们是弥诺斯、拉达曼提斯和萨耳珀冬。弥诺斯和拉达曼提斯后来成为冥界判官。萨耳珀冬是一位大英雄，死前在小亚细亚当吕喀亚王国的国王。那是一位德高望重的老人。

卡德摩斯

卡德摩斯是腓尼基国王阿革诺耳的儿子，是欧罗巴姑娘的兄长。宙斯劫持了欧罗巴以后，国王阿革诺耳十分痛苦。他急忙派出卡德摩斯和其他三个儿子福尼克斯、基立克斯和菲纽斯外出寻找，而且告诉他们，找不到妹妹不准回来。

卡德摩斯出门以后东寻西找，始终打听不到妹妹欧罗巴的消息。当他几乎不抱希望还能找到妹妹的时候，他转身去找太阳神福玻斯·阿波罗，请求神指点，他到底应该落脚何地才好，因为他实在没有勇气回到父亲那里去。阿波罗迅即给他指示："你将在一块孤寂的牧场上遇到一头牛。那头牛还没有套上轭具，它会带着你一直往前。等到牛躺在草地上休息的时候，你可以在那里造一座城市，而且将城市命名为底比斯。"

卡德摩斯刚要离开卡斯泰利阿水泽（他是在这里接受阿波罗神谕的），突然，他看到前面绿色的草地上有一头母牛在神色疑虑地啃草。他朝着太阳神福玻斯做了一个致谢的祈祷，迈开轻松的步伐，顺着母牛的方向走了过去。母牛领着他蹚过了凯菲索斯浅流，站在岸边不走了。母牛抬起头，大声地哞叫着。它又回过头来，看着跟在后面的这位男子，然后满意地躺了下去，卧伏在高高的草地里。

卡德摩斯感激地跪在地上，亲吻着这块陌生的土地。后来，他想给宙斯呈献一份祭品，于是派出仆人，命他们到活水水源处取水，以供神品饮。附近有一片古老的森林，是樵夫和斧子从未光顾过的地方。森林里的山石间涌出了一股清泉，蜿蜒流转，穿过了层层灌木。泉水晶莹甜蜜，十分可爱。

在这片森林里隐藏着一条巨龙。它火红色的头冠闪闪发光，眼中喷射着熊熊的火焰，身体在不断地变粗膨胀；口中伸出三条长舌，犹如三叉戟，吱吱有声；龙口内长着三排尖尖的牙齿。腓尼基的仆人走进山林，正把水罐沉入水中，准备打水时，蓝色的巨龙突然从洞中伸出脑袋，口中发出一阵可怕的响声。

仆人们吓得连水罐都拿不住，浑身的血液好像冰住了一样，巨龙卷起了多鳞的身体，将自己裹成了一个滑溜溜的球团，然后蜷曲着身子往前跳动起来，甚至高高地站立着，俯视着树林。最后，它终于朝腓尼基人冲了过来。腓尼基人被它冲得七零八落，一部分人被它咬死；一部分人被它用身体蜷缩着勒死；第三部分人在它的粗气下窒息而死；剩下的那部分人也终于未能逃出剧毒的巨龙口水，全都死了。

卡德摩斯想不出为什么他的仆人出去这么久还不回来。最后，他决定亲自去寻找他们。他披上一块从狮子身上剥下的皮，手执长矛和梭镖。此外还有奇勇无比的胆量，它比任何武器都显得更为重要。卡德摩斯进入灌木树林的时候看到尸横于地。这里躺下的全是他的仆人。再往前走，他看到恶龙得胜似的吐出血红的长舌，舐食着遍地的尸体。“可怜的朋友们啊！”卡德摩斯痛苦万分地叫了起来，“我将为你们报仇雪恨，否则就跟你们一起同归于尽！”

说完，他抓起一块大石头朝着巨龙投掷过去。这样大的石头，连城墙和塔楼都能打穿砸塌。可是巨龙竟无动于衷，它的坚硬的黑皮和鳞壳保护着它，犹如一辆铁甲车。卡德摩斯又狠狠地扔去一杆梭镖，梭镖的枪尖深深地钉入妖龙的内脏。巨龙疼痛难熬，狂暴地转过头来从背上掸下这根梭镖，又用身体将它压成粉末，可是枪尖却仍然留在体内，恶龙受了重伤。卡德摩斯无畏而又大胆的恶作剧使得恶龙尤其生气，它的咽喉迅速地膨胀开来，口中飞出了剧毒的白沫，恶龙腾的一声钻出洞口。卡德摩斯连忙后退了一步，用狮皮裹住身体，恶龙一口咬住长矛。卡德摩斯奋力抵住，龙的牙齿纷纷掉落。终于，恶龙的脖子里流出了汩汩的血水。可是伤口并不严重，恶龙还可以左躲右闪，卡德摩斯很难一下子结果它。

卡德摩斯愈斗愈勇。最后，他提着宝剑，看准机会，朝恶龙嗓根下挥去一剑。好厉害，利剑不仅斩断了恶龙的头，连后面一棵大栎树也被齐腰斩断。战事结束，敌人被制服了。

卡德摩斯久久地打量着被斗败的恶龙。当他终于想离开的时候，只见帕拉斯·雅典娜站在他的身旁，指点着说，必须把龙的牙齿播种在松软的土地下面，从中自会长出他的未来的人民。卡德摩斯听从女神的指教，在地上开了一条宽阔的畦，然后把龙的牙齿慢慢地撒入土内。突然，泥土下面开始活动起来。卡德摩斯首先看到一杆长矛的枪尖，然后又看到土中冒出了一顶武士的头盔。整片树林在晃动。不久，泥土下面又露出了肩膀、胸脯和一条全副武装的胳膊。最后，一位雄纠纠的士兵从土中诞生了。当然，还不止一个。不一会，地下长出了一支武装的队伍，清一色的全是男人。

卡德摩斯吃了一惊，以为又面临着一场恶战，连忙摆开架势。可部队中有一位男子却对他喊道："别拿武器，千万别参加内讧的战争！"说完，他对准刚从畦中生长出来的一位兄弟狠狠地挥一拳，而他自己又被别人用梭镖打倒在地。一时间，男人们混战一团，厮杀得难解难分。大地母亲吞饮着她第一批儿子的鲜血。恶战以后只剩下五位男子，其中一人——后来取名为厄喀翁——首先响应雅典娜的倡仪，放下武器，愿意和解，其他人一致同意。

腓尼基王子卡德摩斯在五位士兵的大力帮助下建造了一座新的城市。根据太阳神福玻斯的旨意，卡德摩斯把这座城市叫作底比斯。

众神为了嘉奖卡德摩斯，便把美丽的姑娘哈墨尼亚嫁给他为妻。大家都赶来参加婚礼，赠送了不少的礼物。爱与美的女神阿佛洛狄忒是哈墨尼亚的母亲，送上一根贵重无比的项链和无限优美的丝织面纱。

卡德摩斯和哈墨尼亚生女儿塞墨勒。宙斯对塞墨勒十分垂青。由于受到赫拉的诱惑，塞墨勒曾经要求天神宙斯显示一下真正的神的面貌。宙斯因为答应满足姑娘的要求，不敢失约，就显示了雷声隆隆，电光闪闪，逐渐走近姑娘。塞墨勒忍受不住，临死前给宙斯生下了一个孩子。那就是狄俄尼索斯，又叫巴克科斯。宙斯把孩子交给塞墨勒的妹妹伊诺教育抚养。后来，伊诺带着另一个儿子墨里凯耳特斯躲避丈夫阿塔玛斯杀害时，不幸失足落海。母子两人被波塞冬救起，当了救助旁人的海神。从此以后，伊诺称作洛宇科忒阿，她的儿子名叫帕勒蒙。

后来，卡德摩斯和哈墨尼亚年老。他们为子女们的不幸而十分悲伤，于是双双前往伊里利亚，最后变作两条大蛇，死后被接纳进仙境福地。

彭透斯

酒神巴克科斯，又名狄俄尼索斯，是宙斯和塞墨勒在底比斯所生的儿子。所以，他就是卡德摩斯的外孙，被封为果实神，又是种植葡萄的首创神。

狄俄尼索斯是在印度长大的。不久，他离开了养育自己成长的众女神，准备去周游世界，向世人传授种植葡萄的技术，同时还要求人们敬重他的神道。他对待朋友宽厚大方，可是对不相信他的神道的人却常常施以残酷的惩罚。不久，狄俄尼索斯声名大震，传遍希腊全国，还闻名故乡底比斯。那时候，卡德摩斯已经把王国传给彭透斯。彭透斯是从土中出生的厄喀翁和阿高厄的儿子。阿高厄是巴克科斯母亲的妹妹。彭透斯藐视众神，尤其是憎恨作为亲戚的狄俄尼索斯。

当酒神巴克科斯带着一群欢乐的巴克坎忒斯狂热的信女到来，准备对底比斯的国王阐述神道时，国王却十分顽固，坚持不听年老的盲人占卜者提瑞西阿斯的警告和劝说。有人告诉他，底比斯城内涌现了许多男人、妇女和姑娘。他们亦步亦趋，紧紧地跟着新来的神。这时，彭透斯愤怒地破口大骂："是什么神经病迷惑了你们，竟然成群结队地跟在后面？尽是些懦弱的傻瓜和疯癫般的女人。你们难道忘掉出身于怎样的英雄民族吗？你们难道甘愿让一个娇生惯养的男孩征服底比斯吗？他是一位虚荣的懦夫，头发间套着一个葡萄叶编织起来的花环。他身上穿着的不是铁甲，而是青铜和黄金。他不能骑马，是个逃避每一场战斗的懦夫。如果你们终于清醒过来，那么将会看到，他实际上跟我们一样是个凡人。我是他的堂兄弟，宙斯并不是他的父亲。他的显赫的神的仪式全是虚伪的一套！"骂完，他又转过脸来，命令仆人们把这一新运动的领头给抓起来,套上脚镣手铐。

国王的亲戚朋友们大吃一惊。他们为罪孽的命令诚惶诚恐,十分害怕。老国王卡德摩斯年事已高。他摇摇头,不赞成外孙的行为,可是这一切却越发激怒了彭透斯。

这时候,派出去执行任务的仆人都头破血流地逃了回来。

"你们在什么地方遇到了巴克科斯?"彭透斯愤怒地责问道。

"我们根本没有看到巴克科斯。我们抓了他的一个随从。他好像侍候巴克科斯的时间还不长。"仆人们据实回答。

彭透斯仇恨地瞪着抓来的人,大声问道:"该死的东西,你叫什么名字?父母亲是谁,家住何方?为什么信奉新的风俗?"

抓来的人无所畏惧,大胆地回答说:"我叫阿克忒斯,我的家乡在梅俄尼恩。我的父母亲是平民百姓,既没有牲口,又没有土地。父亲只教我用钓竿钓鱼,因为这套本领就是他的财富。后来我学会开船,熟悉天象,观察风向,认识便于停靠的港口,开始驾驶船只。有一回,船在开往爱琴海提洛斯岛的时候遇上了一个无名浅滩。我一步跳下泥地,一个人躲在岸边过了一夜。第二天,我迎着朝霞爬上一座山坡,试试风力风向。这时候,我们船上的伙伴们也纷纷登上陆地。我在回船的途中遇上他们,只见他们还牵着一个男孩。他们是在无人的荒滩上制服这个男孩的。男孩长得清风仙骨,十分漂亮,好像喝醉了酒,走起路来踉踉跄跄的,跟睡着了似的,很难跟上大家的步伐。

"'哪位神藏在这个孩子的身体里了?'我问众人。

"'不知道,可是肯定有一位神隐藏在他身上。'有人回答。

"'不管你是谁,'我继续说,'希望你保佑我们,促使我们劳动!原谅我们这些拖曳你的人吧!'

"'你在唠叨什么?'一名船员叫了起来,'停下你的祷告吧!'

"其他人也嘲笑我,我根本无法与他们对阵:他们中间一位最年轻并最有力气的小伙子,其实也是位杀坯,竟然抓住我的咽喉,把我嗖的一声扔在水里。我如果不是偶然抓住一根船上的绳索,几乎淹死在水里。

"这时候,大家七手八脚地把男孩拖上大船。他躺在那里犹如酣睡一般。后来,他被大家吵醒,于是来到船员中间,大声问道:'你们为什么大声

喧哗？我怎么会来到这里？你们要把我送到哪儿去？’

“‘你不用害怕，’有一位阴险的船员回答说，‘你给我们指点一个自己愿意去的港口，我们将随你的心愿，把你一直送到那里。’

“‘好吧，’男孩说，‘请你们把船开往那克索斯岛吧，那里是我的故乡！’

“这批骗人的水手假心假意地答应他，并且吩咐我立即张帆，准备启程。那克索斯岛位于我们的右上手方向。可是当我在升帆时，他们却嘟哝着示意我：‘你这个笨蛋，你在干什么？你难道疯了吗？向左！’

“我不明白，‘那请你们换一个人来执行命令！’说完，我就退了下来。

“‘好像真的离不开你似的！’有一位二愣子大声地说着，走上前来，升起船帆。

“就这样，那克索斯在右边，船却向着相反的方向奋力行驶。男孩似乎这时才发现骗局。他抑制住一丝冷笑，在后甲板上眺望着大海。他佯装绝望的样子，哀求着：‘呵，水手们，你们答应把我送到那克索斯，现在行驶的方向错了！你们这些男子汉骗一个孩子，那是没有道理的。’

“水手们只是嘲笑着看看他和我，手上不停地划桨，并没有改变方向。

“突然，船停在海上，一动也不动了，好像搁浅似的，不管水手们如何用桨划水，都无法前进半步。一会儿，葡萄藤缠住了船桨，还不断地往上延伸，已经靠近船帆了。

“巴克科斯——原来男孩就是他——神采奕奕地站在那里，额间挂着一串串晶莹透亮的葡萄，酒神杖上飘动着紧紧裹缠的葡萄叶，周围卧伏着猛虎、山猫、山豹。香甜的葡萄酒味弥漫全船。水手们吓得跳了起来。第一个人刚要叫喊，不料嘴唇和鼻子连在一起，猛地弯曲成鱼嘴。其他人还没来得及惊讶，就遭到了同样的命运：他们身上长出了蓝色的鳞片，脊背弯曲起来，双臂收缩着成为鳍，而两只脚早就合并在一起成了尾巴。他们一个个都变成鱼，从甲板上跳入大海，上下漂游。船上一共二十个人，只剩下我安然无恙。不过我的四肢抖得如同筛糠一样，随时等待着同样的变化。

“可是，巴克科斯却友好地走上前来，因为我曾经对他行过善心，所以他说:‘你别害怕,请把我送往那克索斯。’当我们到达那里的时候,他把我拉在祭坛旁边,将我封为侍候神的仆人。”

“我们听腻了你的这套唠唠叨叨,”国王彭透斯大声地斥责,“来人,把他抓起来,赏他一千回折磨,然后请他回地府!”奴仆们如狼似虎,把水手捆绑着送进了监狱。可是一只看不见的手却不费吹灰之力便解救了他。

国王十分愤怒,大规模迫害巴克科斯信徒的围剿开始了。彭透斯的生身母亲阿高厄和几位姐妹都参加了热烈的礼拜活动。国王派人跟踪,把巴克科斯的信徒们统统投入城市的大牢里。可是,没有任何人的帮助,那些手铐脚镣全部脱落,监狱的大门也自动打开。大家又对巴克科斯十分神往地回到了树林间。派去锁拿酒神的仆人莫名其妙地走了回来。因为巴克科斯微笑着心甘情愿地让他套上枷锁。巴克科斯站在国王面前。国王尽管不想看,还是被酒神的仙风道骨般的年轻美貌所动心。不过,他还是坚持自己的愚蠢和盲目,把酒神当作盗用巴克科斯的名字的骗子。国王命人给抓来的酒神钉上重镣,关在靠近马厩的一个安全的山洞里。可是酒神一声令下,随即出现地动山摇。洞口的砖墙被震塌了,神的手脚上的镣铐也早已消失不见。他安然无恙地走了出来,回到众多追随者的中间,显得比以前更漂亮,更洒脱。

又有一名使者来到国王彭透斯面前,向他汇报那些热情而又兴奋的妇女们做出了一系列的奇迹。而他的母亲和姐妹们正是这批妇女的领头人。她只要用手杖敲击岩壁,石头缝里顿时流出了清泉和美酒,溪水中流淌着牛奶,空心的树干里滴出了蜂蜜。

“是的,”一位打探消息的人补充说,“如果你自己在场,亲眼目睹神做祈祷的情景,那你一定会朝他跪下去!”

彭透斯更加怒不可遏,组织了全副武装的士兵、马队和轻骑。没想到巴克科斯却亲自来到国王面前,答应将女信徒一起带来,可是国王却必须穿上女人的衣衫,因为他是男人,又不是其中的局内人物,当心女人们把他撕成碎片。国王彭透斯非常不乐意而又满腹狐疑地接受了建议,跟在神的背后。不料当他走出城外的时候却突然精神错乱起来。这是万能的神送给他的教训。他好像觉得眼前有两个太阳,一个双倍大的底比斯城,每一座城门都有原来的两倍高,而巴克科斯在他的眼中却像一头公牛。公牛迈着大步走在前面，头上竖着一对巨大的牛角。他自己则违心地充满着对巴克科斯的激情。他希望并真的得到了一根酒神杖，于是一路往前，迅猛异常。

他们来到一处深山大谷，周围布满了松树。醉心于巴克科斯的妇女们向着神唱着颂歌，用新鲜的长青藤包裹着手上的酒神杖。可惜彭透斯已经双目失神。也许是巴克科斯故意如此地引导他，总之他没有看到妇女们兴奋无比的集会。

酒神奇异地把一只手伸向天空，抓住松树的树冠，将它弯曲下来，就像拨弄一根柳树的树枝一样，然后把疯狂的彭透斯置放在上面，让松树慢慢地回到先前的位置。

犹如经过一场奇迹，国王稳稳地坐在高高的树冠上。山谷里隐藏着无数女子，她们都是巴克科斯的信徒。大家看到了国王，可惜国王看不见她们。

这时候只听见酒神狄俄尼索斯对着山谷大声地呼喊了一声："妇女们，他就是嘲笑我们神圣节日的人，惩罚他吧！"

森林里没有一片树叶飘动，没有一声野蛮的叫喊。巴克科斯的信徒们立起身来，因为她们听到了呼唤的声音。等到她们认出了原来是自己的主人时，大家顿时激烈地奔跑起来。疯狂的野蛮来自神的差遣，驱使着她们穿过淙淙流动的山溪。她们终于走近了，看到坐在树顶上的冤家对头。顿时，大家像乱了窝的马蜂。石块、折断的松树枝和酒神杖一齐飞向不幸的国王。可是这些东西都达不到国王颤悠悠盘坐着的高度。大家没有办法，用坚硬的栎树棒挖掘松树的周围，刨出了树根。大树"呼啦"一声倒了下来，彭透斯一头栽倒在地。

彭透斯的母亲阿高厄这时候也被神蒙蔽了双眼，神生怕她认出自己的儿子。母亲一马当先，做了一个打的手势。国王大惊失色。他突然恢复了知觉，于是高呼一声"母亲"，便想扑进母亲的怀抱。"你还认识你的儿子吗？我是彭透斯，是你在厄喀翁家时亲生的儿子。可怜我吧，千万别惩罚你自己的孩子！"

阿高厄是位狂热的巴克科斯女信徒。她斜着双眼，满口白沫，没有认出彭透斯是自己的亲生儿子，而是看作一头山岭野狮。她一把抓住儿子的肩膀，猛地把他的右手拉断下来。她的姐妹们蜂拥而上，揪下国王的右手。一群妇女疯狂地奔上前来。大家七手八脚,各自从他身上撕下一块皮肉。阿高厄又伸出血淋淋的双手,紧紧地拧住儿子的脑袋,最后将它穿在酒神杖上,好像扛着一只巨大的狮子头,高高兴兴地穿过基太隆的树林,走了一程又一程。

珀耳修斯

珀耳修斯是宙斯的儿子。他出生后，他的外祖父阿克里西俄斯，即亚各斯国王，将珀耳修斯和他的母亲达那厄锁在一只箱子里，投入大海。因为一则神谕说：国王的外孙将会夺取他的王位和生命。宙斯保佑着在万顷碧波中漂流着的母子平安。他们顺流一直漂到赛里福斯岛，靠近了海岸。这里有两位兄弟，狄克堤斯和波吕得克忒斯。他们治理着岛屿，是赛里福斯岛上的两位国王。狄克堤斯正在海边捕鱼，看到水里漂来一只木箱，就连忙把它拉上海岸。回到家中，兄弟二人对遭遗弃的落难人十分同情，便收留了他们。波吕得克忒斯娶达那厄为妻，并悉心地教育珀耳修斯，把他扶养成人。

珀耳修斯长大以后，继父波吕得克忒斯劝说他外出去经历生活的险遇，从而希望他能够建功立业，做一番大事业。勇敢的小伙子雄心勃勃，准备砍下墨杜萨那颗丑恶的脑袋，把它送往赛里福斯，交给国王。

珀耳修斯整理完行装就上路了。诸神引导他一直来到遥远的地方。那是生有一群可怕妖怪的父亲福耳库斯居住的地方。珀耳修斯一开始就遇到了福耳库斯的三个女儿格赖埃。她们生下来就是满头白发。三个人都只有一只眼睛，嘴里只有一颗牙齿，互相之间轮流着商借使用。

珀耳修斯把她们的牙齿和眼睛全部拿掉，三个女子哀求不已，请求归还她们这些不可缺少的东西。他提出一个条件，请她们指明寻找仙女的道路。仙女都是奇异的造物，拥有飞鞋、神袋和狗皮头盔。有了这些东西，人们就可以随心所欲地自由飞翔，看到愿意看到的人，而别人却看不见他。福耳库斯的女儿们给珀耳修斯指路，并且讨回了自己的眼睛和牙齿。

到了仙女那里，珀耳修斯得到了三件宝贝。他背上神袋，在脚上系上飞鞋，戴上狗皮头盔。此外，他又从赫耳墨斯那里得到一把铁镰刀。他用这些神物把自己武装一新，跳起身，向大海飞了过去。那里住着福耳库斯的另外三个女儿，即戈耳工。在那三个女儿中小女儿墨杜萨是凡胎，珀耳修斯就是奉命前来斩杀取讨她的脑袋的。

珀耳修斯看到妖怪正在睡觉。她们的头上布满了龙鳞，根根头发都成了一条条毒蛇。她们像公猪一样都长着一副獠牙、铁手、金翅膀，看到她们的人立即变成石头。珀耳修斯知道这秘密。他背过脸去，不看酣睡中的女人，然后使用光亮的盾牌作镜子。这时候他清楚地看出三个戈耳工中谁是墨杜萨。雅典娜又助了他一臂之力。他挥去一刀，斩下了女妖的头颅。

珀耳修斯还没有收起刀，突然从女妖身躯里跳出一匹双翼的飞马珀伽索斯，后面又紧跟着一位巨人克律萨俄耳。他们都是波塞冬的后代。珀耳修斯小心地把墨杜萨的头颅塞在背上的神袋内，离开了那里。

这时候，墨杜萨的姐妹们从床上坐了起来。她们瞅见了妹妹被杀害了的躯体，便一起展开了翅膀，准备追赶杀人凶手。可是珀耳修斯戴着仙女的狗皮头盔，躲过了跟踪和追捕。不过他在空中也遇到了狂风袭击，被吹得来回打转。当他飘着经过利比亚沙漠地带时，从墨杜萨的脑袋上滴下了点点鲜血，一直落到地上。血中长出了各种颜色的毒蛇。世界上许多地方从此以后就有了危险的蛇类。

珀耳修斯继续往西一路飞行，最后在国王阿特拉斯的王国里降落下来，希望休息一会儿。这里有一片丛林，树上结着金果，旁边守卫着一条巨大的恶龙。珀耳修斯请它给自己一块庇身之地，可恶龙不答应。阿特拉斯担心他的黄金财产遭到损失，狠心地驱逐珀耳修斯，让他离开宫殿，到远处去。珀耳修斯十分愤怒。他当场从神袋中掏出墨杜萨的首级，自己却背过身子，把首级向国王递了过去。国王身材高大，如同一位巨人。他看到墨杜萨的头后立即变作一块巨石，简直像一座大山，胡须和头发一直延伸到城外的树林；肩膀、手臂和大腿统统成了山间脊梁；那颗脑袋变成山峰，直冲九霄云外。

珀耳修斯重新系上飞鞋，戴上头盔，鼓动着翅膀飞上高空。他一路飞行，来到埃塞俄比亚的海岸边。那是国王刻甫斯治理的地方。珀耳修斯降落云头,看到耸立大海之中的山岩上捆绑着一位年轻的姑娘。海风吹乱了她的头发,姑娘泪流不止。珀耳修斯为她的年轻美貌所动心,便跟她打起招呼:"你为什么捆绑在这里?你叫什么名字?家住哪里?"

姑娘反背着双手,沉默着,一声不吭,羞愧难言。她真想用双手掩住自己的脸面,可是却不能动弹,眼睛里饱噙着辛酸的眼泪。终于,她开口了。她为了不让陌生人造成错觉,以为她真的做了什么见不得人的事,说:"我叫安德洛墨达,是埃塞俄比亚国王刻甫斯的女儿。我的母亲曾吹嘘,说我比海神涅柔斯的女儿们,即海洋女仙更漂亮。海洋女仙十分愤怒。她们共有姐妹五十人,于是请海神发大水,淹没了整个国家。海神果然派了一条大鲨鱼,让它前去吃掉陆上的一切。一则神谕告诉我们,如果想使国家得到解救,必须把我,王后的女儿丢入海中喂鱼。国内顿时人声鼎沸,纷纷要求我父亲采取这一拯救全国的办法。绝望之余,国王果然下令将我锁在这里。"

姑娘的话还没有讲完,只见滔天的海浪漫山遍野,滚滚而来。海水中冒出了一个妖怪。妖怪胸脯宽阔,盖住了整个水面。姑娘见到后发出一声惊叫,而姑娘的父母亲也接踵而来。他们看到大祸临头时万分绝望,母亲的神情中明显地流露出内疚的痛苦。他们紧紧地抱着捆绑着的女儿,却无能为力,一点也没办法。

这时候只听见陌生人说道:"你们要想痛哭流涕,将来还有时间;现在迫在眉睫的事是救人。我叫珀耳修斯,是宙斯和达那厄的儿子。我战胜了墨杜萨。神奇的翅膀让我飞越高空。姑娘如果愿意挑选的话,她一定会首先看中我。我现在向她正式求婚,愿意前去救她一命。你们愿意接受我的条件吗?"

父母亲连连点头,不仅答应将女儿嫁给他,还答应将王国送给他作为嫁妆。

说话间妖怪已经顺水而来,只有一箭之地了。年轻人见状便把双脚往地上一蹬,高高地飞入云端。妖怪看到海面上投下男子的身影,立即狂怒地扑上前去,像要跟威胁着想抢它猎物的敌人作战一样。珀耳修斯在空中犹如一只矫健的雄鹰猛扑下来。他用杀死墨杜萨的利剑狠狠地刺进大鲨鱼体内,外面只剩一柄剑把。还没等他把剑拔出来,鲨鱼疼得猛地蹿到空中,然后又沉入水底,疯狂地挣扎着。珀耳修斯在它身上反复刺杀,直到鲨鱼口中血流如注。这时候,他自己身上的翅膀也全部湿透了。他不敢在空中久留,恰好水面上露出一块礁石,便扇动翅膀轻轻地落在岩壁上,然后又用剑在妖怪内脏搅动了三四回。大海漂走了它的尸体,不久它就消失在连绵起伏的波浪中间。珀耳修斯飞到岸边,登上山顶,把姑娘从锁链中解救出来,送交给不幸的父母亲。他受到隆重的款待,成了宫廷里的贵客佳婿。

正当婚礼宴会举行到高潮的时刻,王宫的前厅里突然骚动起来,传来一声沉闷的吼声。原来国王刻甫斯的弟弟又带了一批武士闯了进来。他从前曾经追求过安德洛墨达,现在他重申自己的要求。菲纽斯挥舞着长矛闯进婚礼大厅,朝着惊讶万分的珀耳修斯大声叫喊起来:"我在这里,你抢走了我的未婚妻,我要报复。无论你的翅膀或者你的父亲都无法在我的面前保护你!"说着,他摆开架势,准备把长矛扔过来。

只见刻甫斯从席间猛地站起身子,"且慢,"他大声喝斥着,"并不是珀耳修斯夺你所爱。当我们将她交给死亡,你看着她被锁在那里的时候,她已经不再属于你了。你为什么没有亲自把她从锁链中解脱出来?"

菲纽斯回答不上,反复地盯着他的兄弟和情敌,好像在思考首先瞄准哪一个。终于,他积起一股疯狂的力量,挥动着长矛朝珀耳修斯奋力掷去。可是他的眼力不好,长矛一下子挂在垫子上难以脱身。珀耳修斯趁机站了起来,朝门口抖出一梭镖,梭镖直朝菲纽斯飞去。要不是菲纽斯蹦跳着转到祭坛的后面,梭镖肯定会穿透他的胸脯。虽然菲纽斯逃过,但他的一名随从却被打中额头。这下成了双方激战的导火线,闯进来的不速之客和参加婚礼的客人扭作一团,难分难解。闯进来的人数占优势,珀耳修斯的队伍中有国王夫妇,新婚妻子等。他们被菲纽斯的人团团围住。箭如飞蝗,从各个方向飞过来。珀耳修斯背靠一根大柱,保护背部不受袭击。他奋力抵御敌人的进攻,打倒了一个又一个冲上来的敌人。

后来,他看到自己毕竟孤掌难鸣,于是决定拿出难以抵挡的最后一招。"我也是被逼得没有办法,"他说,"因此就想到老冤家那里寻求帮助。是我的朋友,都请把脸转过去!"说毕,他从神袋里取出墨杜萨的头,朝着对手伸了过去。对手正盲目地向这边冲过来。"你应该去找另外一个人,"他一边冲锋,一边蔑视地叫喊道,"他才会被你的鬼名堂吓倒。"可是,当他伸手准备投掷梭镖时,手却僵硬得不能动弹了。后面的人接踵而来,一个个难逃变成石头的厄运。这时候，珀耳修斯干脆把戈耳工的首级高高地举起，让大家都能够瞅见。他用这种办法把最后的不速之客全都变成了僵硬的石块。

直到这时，菲纽斯才对这场无理取闹的争端感到后悔。他看着左右两面全是姿态不同的石像，呼喊着朋友们的名字，疑虑地推动着他们的躯体。他们全都成了花岗岩。他惊恐万分，一改往日的骄横，绝望地哀求着："饶恕我的生命吧！王国和妻子都是你的！"说完他转过身子。可是珀耳修斯为刚才阵亡的朋友而激怒，不想宽恕他。"你这个叛徒，"他愤怒地骂着，"我将在岳父的房子里给你永远竖立一块纪念碑！"

菲纽斯左躲右闪，不想看到那可怕的头颅，可是它却终于进入了菲纽斯的视野。一刹时，菲纽斯带着可怕的神色僵硬成一团。他双手下垂，呈现一副当差听命的仆人姿态。

珀耳修斯终于能够带着年轻的妻子安德洛墨达返乡了。他们恩爱无比，前程辉煌，并且看到了母亲达那厄。当然，珀耳修斯始终记着外祖父阿克里西俄斯所遭受的折磨。外祖父由于害怕神谕，悄悄地逃到彼拉斯齐国当了国王。珀耳修斯来到时，那里正在举行比武。他不知道外祖父就在这里当国王，还准备去亚各斯问候外祖父。珀耳修斯看到比武十分高兴，抓过一块铁饼扔出去，不幸正好打中外祖父。不久，他就知道了事情的原委，明白了打死的人是谁。他非常悲痛地在城外择地埋葬了外祖父阿克里西俄斯。外祖父死了以后王国也就归属珀耳修斯。从此以后命运再也不妒嫉他了。安德洛墨达给他生了一群可爱的儿子，父亲的荣誉永远埋藏在儿子们的心中。

伊翁

雅典的国王厄瑞克透斯有一位漂亮的女儿，名叫克瑞乌萨。国王视爱女为掌上明珠。太阳神阿波罗事先没有征得国王同意便与克瑞乌萨结婚。克瑞乌萨生了一个儿子。由于害怕父亲生气，她把孩子锁在木箱里，置放在山洞里。那儿是她跟太阳神幽会的地方。她虔诚地希望众神能够怜悯被遗弃了的儿子。为了不让儿子身上毫无辨认的印记，她把自己当姑娘时佩戴的首饰挂在孩子的身上。

儿子出世的事自然瞒不过阿波罗。他既不想背叛自己的妻子，又不想让自己的孩子落得无依无靠，于是他寻到了兄弟赫耳墨斯。作为神的使者，赫耳墨斯可以在天地之间自由来往，不受阻拦。"亲爱的兄弟，"阿波罗说，"有一位凡间女子给我生下了一个孩子，她是雅典国王厄瑞克透斯的女儿。她因为畏惧父亲，所以把孩子藏在一个山岩洞穴内。请你帮忙给我救下这个孩子，把孩子连同木箱和襁褓送到特尔斐。那里有我的神殿。你可以把孩子搁在神殿的门槛上，其余的事情由我去办，因为这是我的儿子。"

赫耳墨斯展开翅膀，急匆匆来到雅典，在指定的地方找到了孩子，然后把孩子放在柳条筐里，背着来到特尔斐，按照阿波罗的指示，他把孩子搁在神殿的门前，打开柳条筐的盖子，以便有人及时发现孩子。这些事情都在夜间完成。

第二天早晨，当太阳升起的时候，从外面走进一位特尔斐的女祭司。她正想跨进神殿，突然发现了睡在柳条筐内的婴儿。她估猜是一位私生子，便想把孩子从门槛前移走。可是她在内心却突然升起了一股怜悯，那是神搅动了她的心思。女祭司把孩子从筐内抱起来,带在自己的身边抚养着,尽管她也不知道谁是孩子的父母亲。

孩子一天天长大,终日在父亲的神坛前玩耍,却对父母亲的实际情况一无所知。他出落成一位标致少年。特尔斐的居民把他从小就看作神殿守护,大家都喜欢他,让他当看管祭品的司库。于是他在父亲的神殿里高高兴兴地生活着。

克瑞乌萨从此以后再也没有听到太阳神阿波罗的信息,她以为神早已将她和儿子忘掉了。

在这段时间里,雅典人与邻近的攸俾阿岛上的居民发生战事,双方一直杀得尸横遍野。攸俾阿人最后终于败北,雅典人取得了战争的胜利。他们尤其感谢从阿开雅来的一位陌生少年的帮助。他是希腊人的祖先赫楞的儿子,名叫克素托斯,是丢卡利翁的后代。他勇敢地拔刀相助。为此,国王的女儿克瑞乌萨终于同意嫁给他。可是,这件婚事似乎激怒了与她秘密相好的太阳神,她怎么可以再跟别人共枕婚床,所以他们的婚姻中没有生育孩子。

过了很久以后,克瑞乌萨摆脱不了前往特尔斐神殿的念头,想祈求太阳神保佑他们的孩子。其实这是阿波罗的意思。他是决不会忘掉自己的儿子的。克瑞乌萨公主偕同丈夫率领着一群仆人动身了。他们要去特尔斐神殿朝贡,一行人来到神殿时,只见阿波罗的儿子正从殿内出来。他站在门槛上,用桂花树枝装饰门框。他看到一位高贵的妇人,妇人看到神殿时禁不住眼泪直涌。阿波罗的儿子小心翼翼地询问妇人为何悲哀。

"我不会勉强你的,"他说,"可是请告诉我,你是谁,从什么地方来?"

"我叫克瑞乌萨,"公主回答道,"我的父亲是厄瑞克透斯,雅典是我的故国家乡。"

小青年听后禁不住高兴地喊了起来:"那是多么有名的地方,你是多么高贵的出身呵!不过,请你告诉我,那可是真的?我们从图画上看到,令尊祖父厄里克托尼俄斯像庄稼一样,是从地里长出来的。雅典娜女神把土地生的孩子锁在箱子内,里面藏着两条巨龙,然后将箱子交给开克虏帕斯的女儿看管。听说那些女儿抑制不住自己的好奇,悄悄地打开箱盖。等到她们看到男孩时都一下子疯了,后来从开克虏帕斯城堡的山岩上跳了下去。这难道也都是真的吗?”

克瑞乌萨默默地点点头,因为她那祖先的遭遇使她想起了自己弃婴的事。儿子正站在面前,无拘无束地继续问着:“听说你的父亲厄瑞克透斯因为地裂而惨遭身亡,那是波塞冬的三叉戟伤害了他。在他的坟旁还有一座山洞。我的主人,即神秘莫测的阿波罗,对那座山洞十分喜爱。那是真的吗?”

“陌生的年轻人,请你别再讲这座山洞,”克瑞乌萨中断他的讲话,“那里隐藏着不忠诚,而且还犯下了一桩极大的罪孽。”

公主沉默了一阵,振作起精神,把年轻人当作神殿的守护,于是告诉他说,自己是克素托斯王子的夫人,他们一起前来特尔斐朝贡进香,请神保佑他们早生贵子。“福玻斯·阿波罗知道我没有孩子的原因,”她说,“只有他一个人能够帮助我。”

“你没有儿子,是个不幸的人吗?”年轻人同情而又忧伤地问了她一句。

“我早就是个不幸的人了,”克瑞乌萨回答说,“我非常羡慕你的母亲,能够有你这么乖巧的儿子。”

“我不知道谁是我的母亲和父亲,”年轻人悲伤地说,“我也不知道我是从哪里来的。我的养母是神庙的女祭司,她曾经对我说过,她对我十分同情,便把我养大。从此以后,我就住在神庙里。我是神的仆人。”

听到这番话时公主心里一动。她沉思了一会,又把思想转了回来,心痛地说:“我认识一个妇人,她的命运跟你的母亲一样。我是因为这位女人的悲惨命运来到这里的。跟我一起过来的还有她的丈夫。他为了听取特洛福尼俄斯的神谕,特地绕道过去了。趁他没有到神殿之前,我愿意把那位女人的秘密告诉你,因为你是神的仆人。那位夫人说过,她在目前的婚姻之前曾经跟伟大的神福玻斯·阿波罗有过甚密的交往。她并没有征求父亲的意见便跟阿波罗生了一个儿子。女人将孩子遗弃了,从此杳无音讯。为了在神面前打听儿子的生死下落,我代那位女人亲自赶到这里。”

“这个孩子死了多久了?”年轻人问。

“如果他还活着,那么跟你同龄。”克瑞乌萨说。

“你的那位女友的命运跟我多么相似啊!”年轻人惊叫着,“她寻找自己的儿子,我寻找自己的母亲。而这一切都发生在一个遥远的国度里,只是我们都互不相识。可是你别指望香炉前的神会给你一个满意的答复。你是为了向他申述一位女人的悲惨命运而来的,他不会愿意担任其中的仲裁!"

"别说了!"克瑞乌萨打断他的话,"那位女人的丈夫过来了。你千万别让他知道我向你吐露的秘密。"

克素托斯高高兴兴地跨进神殿,赶忙来到妻子身旁。

"特洛福尼俄斯给了我一个幸福的消息,他说我不会膝下荒凉地离开这里。咦!这位年轻的祭司叫什么名字?"克素托斯问。

年轻人走上一步,谦恭地回答说,他只是阿波罗神殿的仆人。这里是特尔斐人最敬重的圣地,他们通过抽签进行挑选,然后围着三脚香炉,听取女祭司从这里颁发神谕。

克素托斯听完这番话,立即指示克瑞乌萨,跟前来求取神谕的人一样,赶紧用树枝将自己打扮起来,让她在阿波罗的祭坛面前向神祈祷,请神赐给他们一个愉快的音讯。克瑞乌萨看到露天祭坛上绕放着桂花树环,而克素托斯则匆忙走进圣殿的里间。那位年轻人就在门外把守着。

不一会儿,年轻人听到圣殿内间的门开了以后又轰隆一声关了起来,只见克素托斯王子兴冲冲地走了出来。他突然狂热地一把抱住门外守卫的年轻人,反复地称他是自己的儿子,不断地要求年轻人跟自己击掌同意,要求他给自己送上一个儿子的吻。年轻人不知道发生了什么事,他以为老人疯了,便以年轻人的冷漠将他推开。可是克素托斯决不退让。"神亲自给我指明,"他说,"神谕说,我出得门来遇到的第一个人便是自己的儿子。这是神的赐予。这是什么原因,我并不明白,因为我的妻子从来没有给我生过孩子。可是我相信神的话,他也许会亲自给我阐明的。"

听完这番话,陌生人也不由得高兴起来,不过他还是有些半信半疑。他承受着父亲的拥抱和亲吻,然后叹息着说:"呵,可爱的母亲啊,你究竟是谁啊,你在哪里?我什么时候才能获得恩准,见到你的慈颜。"这时候,他在心底里又泛起一阵阵疑虑:他不知道克素托斯的妻子是否愿意把他认为儿子;她既没有亲生孩子,又不认识这个年轻人。而且雅典城能不能接受这位不合法的王子呢?他的父亲千方百计地安慰他,答应不在雅典人和自己的妻子面前认他为儿子,而称他为伊翁,即漫游天涯海角的人。

这时候,克瑞乌萨还在阿波罗的祭坛前。她不敢离开半步。克瑞乌萨正在默默地祈祷,突然被女佣们一阵嘈杂的喧哗声打断,只听她们抱怨着走了过来:"不幸的女主人啊,你的丈夫满怀喜悦,可是你却还没有拥抱一下自己的儿子。阿波罗给你丈夫赐送了一个儿子,儿子已经长大成人。这是他和另外一个女人从前生养的。他从神殿里走出来的时候,儿子正好朝他走过来。他为重新找到自己的孩子高兴万分。"

神没有让公主的精神开窍。她连近在身旁的秘密都无法破晓,因此继续为自己苦恼的命运而忧伤。终于,她鼓起勇气打听一下这位自天而降的儿子叫什么名字。"就是守护神殿的年轻人,你认识他的,"女佣们回答,"他的父亲给他起了个名字叫伊翁。我们不知道谁是他的母亲。你的丈夫现在到巴克科斯祭坛去了。他想悄悄地为他的儿子再给神上贡,然后跟儿子一起为相认而进餐庆祝。他严格地禁止我们把这件事告诉你。可是我们喜欢你,所以不惜违反规定。你可千万别出卖我们!"

只见队列里又走出一位老仆人。他盲目地忠于厄瑞克透斯家族,对女主人十分虔诚。他认为克素托斯国王是不忠诚的婚姻伴侣,所以愤怒而又妒嫉地出主意,要把这位将来继承厄瑞克透斯王位的私生子清除掉。克瑞乌萨认为自己被丈夫和从前的情人,即阿波罗神遗弃了。她痛苦难熬,于是听信了老仆人的谋害计划,并且把从前跟神私通的关系也告诉了他。

克素托斯跟伊翁离开神殿,又一起登上巴那萨斯的高山顶上。那是祭祀巴克科斯神的地方。伊翁在这里浇祭一番,然后在旷野上跟仆人们一起搭建了一座漂亮的帐篷。他用从阿波罗神庙里带来的地毯作为帐篷的装饰。那看起来非常雅致。帐篷里搁起了长餐桌。餐桌上摆满了山珍海味、金杯、银碗和名酒,十分丰盛。雅典人克素托斯派人进特尔斐城邀请所有的居民前来参加宴会。一会儿,帐篷里挤满了头戴花环的贵客。在饭后用点心的时候走出一位老人,他那特殊的姿态引得客人们哈哈大笑。老人走进帐篷,打量着掌酒官。克素托斯认出他是妻子克瑞乌萨的老仆,于是当着客人的面夸奖他的勤奋和忠诚。大家也称赞他慈祥善良。

老人站在酒柜前,开始给客人们服务。等到宴会罢了开始吹笛子时,他连忙传令仆人,撤去桌上的小杯,端上金银大碗,好像要给年轻的新主人斟酒。果然,老人走近酒柜,满满地倒了一碗酒。他趁人不注意时将金碗轻轻晃了晃,碗内放入了致人死命的剧毒。老人悄悄地来到伊翁身旁,往地上滴了几滴烈酒，算是祭祀。这时候只听见旁边站着的一位仆人毒骂了一句。伊翁是在神殿里长大的，知道神圣的风俗，明白无意的咒骂实际上是一种凶兆的表示，于是便把碗里的剩酒全部倾倒在地。此外，他命仆人给他递上一只新碗，他以此进行隆重的浇祭仪式。客人们全都跟在他的后面仿效他。

正在这时，外面飞进来一群圣鸽。它们都是在阿波罗神殿里长大的。鸽子进帐后看到地面上全是浇祭的美酒，于是全都飞下来，争相抢饮。鸽子喝过祭酒后都没受到伤害。唯有啄饮过伊翁从碗内倒出来的酒的那只鸽子扑腾着翅膀，发出一阵阵哀鸣，不一会竟痉挛着死掉了。

伊翁愤怒地从椅子上站了起来，紧握双拳，大声地呼喊着："是谁竟然要谋害我？老头子，你说！是你给我混合酒的。"他一把抓住老人的肩膀，不让他逃脱。老人出人意料地承认了这件罪行，并且供出了受克瑞乌萨的指使。听罢这话，伊翁离开了帐篷。客人们个个义愤填膺，一齐跟在后面。来到外面空地的时候，他对着天空举起双手，朝着四面围着他的特尔斐贵客说："神圣的大地，你可以为我作证，这位陌生的女子竟然想用毒药清除我！"

"用石头打死她！用石头打死她！"周围的人异口同声，一齐呼喊，簇拥着伊翁一起去寻找罪恶的女子。克素托斯随着人流，不知道到底该怎么办。

克瑞乌萨在阿波罗的祭坛旁等待着罪恶行动的消息。可是，事情结果却大出意料。远方一阵嘈杂声把她从沉思中惊得跳了起来。她正在纳闷外面怎么回事的时候，只见她丈夫身旁的一名仆人急匆匆地走在最前面。他是忠于克瑞乌萨的，所以特地前来告诉她阴谋已经败露、特尔斐人不会善罢甘休的消息。

听到这消息，克瑞乌萨的女仆人一齐将她围了起来保护她。"女主人，你必须紧紧地抓住祭坛，别松手，"她们说，"如果圣地不能保护你免遭杀害，那么他们将会血债累累，犯下不可饶恕的罪行。"说话时，一群愤怒的人已经来到面前。伊翁成了他们的首领，风中传来了他的讲话声："诸神向我大发慈悲，告诉我后母将对我下毒手。她十分憎恨我，她在哪里？你们一齐动手，把她从最高的山顶上推下万丈深渊！"

大家来到祭坛旁。伊翁抓住女人，不知道女人正是自己的亲生母亲，还一味地把她看作不共戴天的死敌，因此千方百计地想要把她拖离祭台。神圣的祭台成了女人不可侵犯的避难所。

阿波罗不愿看到自己的儿子成为杀死生身母亲的刽子手。他让执掌神谕的女祭司恍然大悟,明白了前后事情的原委,知道自己领养的孩子原来不是克素托斯的儿子,而是阿波罗和克瑞乌萨的嫡出。她离开了三足香炉,找出从前搁在庙门旁边盛放婴儿的小木箱,匆忙来到祭坛旁,看到克瑞乌萨和伊翁正揪扯得难分难解。

伊翁看到女祭司,连忙虔诚地迎上去,说:"欢迎你,亲爱的母亲,尽管你没有生我,可是我却愿意叫你母亲!你知道我躲避了怎样的祸事吗?我还没有找到父亲,他的妻子却想出了谋杀我的计划!"女祭司听后警告他说:"伊翁,请以一双干干净净的手回到雅典去!"伊翁沉思了一会儿,寻找着合适的回答:"杀掉自己的敌人难道是没有道理的吗?"

"在我把话讲完以前,你千万别动手!"仁慈的女祭司说,"你看到这只小箱子了吗?你就是装在这里被送来的。"

"这只小箱子跟我有什么相干?"伊翁问。

"里面还有襁褓,你那时就被包裹在里面。"女祭司回答说。

"我的襁褓吗?"伊翁大吃一惊地叫喊了起来,"这是一条线索,可以帮助我找到我的亲生母亲。"

女祭司给他递上开着的小箱子,伊翁贪婪地伸过手去,从中抓出一堆小心翼翼折在一起的亚麻布。他十分悲伤地打量着这些宝贵的证物,眼里饱噙着泪水。克瑞乌萨也渐渐地去除了怕意。她一眼瞅见了拿在伊翁手上的证物和小木箱,心里顿时明白了。只见她跳起身来离开了祭坛,高兴地惊叫起来:"我的儿啊!"说毕用双手紧紧抱住诧异不已的伊翁。伊翁却满腹狐疑地看着她,不情愿地摆脱身子。克瑞乌萨往后退了几步,说:"这块亚麻布向我证明了一切,孩子!你把它摊开,那我就能够找到当年给你的记痕。这块布的中间画着戈耳工的首级,周围全是毒蛇,像盾牌一样。"

伊翁半信半疑地展开亚麻布襁褓,突然满怀喜悦地叫了起来:"呵,伟大的宙斯,这里是戈耳工,那里全是游蛇!"

"木箱里还有一条小金龙,"克瑞乌萨继续说,"用于纪念厄里克托尼俄斯箱内的巨龙。这是送给婴儿挂在颈项上的首饰。"

伊翁在篮子里又搜索了一阵,幸福地微笑着,看到了巨龙画。

"最后一个标志,"克瑞乌萨说,"是从雅典橄榄树上摘下来的橄榄,它们组成了一个果环。这是我给婴儿戴上的礼物。”

伊翁在箱底又搜索一阵，果然发现一个美丽的橄榄花环。“母亲，母亲！”他呼喊着，声音不时被呜咽声打断。伊翁抱住母亲的脖子，在她的面颊上频频地吻着。最后他离开了母亲，想去寻找父亲克素托斯。这时候，克瑞乌萨公开了有关他出生的秘密，告诉他，他就是在那座庙里忠诚服务了那么多年的神的儿子。

克素托斯把伊翁看作神恩赐的宝贵财富。他们一行三人又回到阿波罗神殿，感谢神的恩典。女祭司却从三脚香炉上给他们指示未来，伊翁将成为某一大族的鼻祖，即爱奥尼亚人的祖先。

雅典国王夫妇满怀喜悦和对未来的希望，带着重新找到的儿子返回故里。特尔斐城的居民全部出门相送，十分热烈，十分隆重。

代达罗斯和伊卡洛斯

雅典的代达罗斯也是一位厄瑞克族人，墨提翁的儿子，厄瑞克透斯的曾孙。他是一位擅长艺术的人，建筑师、雕刻家，从事石刻艺术。世界各地都十分赞赏他的艺术品，人们对他创作的石柱佩服得五体投地，说它是具有灵魂的造物，因为从前的大师创作艺术作品的时候都让人物的眼睛闭着，让双手连着自己的身体，懒散地垂落下来，而他却是第一个例外。他雕刻的人像都是张开着眼睛，往前伸展着双手，双腿呈现迈步的姿势。可是，代达罗斯是一个爱虚荣和爱妒嫉的人。这一缺点使得他不惜违法犯罪，将他驱入苦难的境地。

代达罗斯有一位侄子，名叫塔洛斯。塔洛斯从叔学艺，立志要比叔叔具有更大的天才和成就。还在儿童时塔洛斯就已经发明了陶工旋盘。他利用蛇的鸽骨作为锯子，用锯齿锯断一块小木板。后来，他又依样造了一把铁锯，从此成为锯子的发明者。

塔洛斯还发明了圆规。开始的时候，他把两根铁棒连结起来，然后让其中一根固定位置，让另一根旋转。塔洛斯是个善于开动脑筋的人，还发明了其他一些工具。他的这些成绩都是独立完成的，没有叔父即师父的帮助。为此他的名声大震，获得了很大的荣誉。

代达罗斯担心他的学生的名声不久将会超过他。他抑制不住一股嫉妒的怒火，竟然阴险地把侄子塔洛斯从雅典城墙上推下去，残酷地杀害了自己的学生。代达罗斯埋葬侄子的时候十分惊恐，诡称是在掩埋一条蛇，可是他仍然因为谋害受到古希腊雅典最高法院的传唤和审讯，结果被判有罪。

匆促之间他连忙逃奔出去，结果在阿提喀迷失方向，流浪多时，最后来到克里特岛。他找到国王弥诺斯，并在那里住下来。他成为国王的朋友，被当作有名望的艺术家，受到极大的尊重。国王选派他给弥诺陶洛斯建造一幢住房，以便这头巨怪终于能够逃脱众人的目光。弥诺陶洛斯是一头可怕的妖怪，是一个双重形体。他从头顶到肩膀是一头公牛的形状，其余的部分则像一个人。代达罗斯十分聪明，构想出了一座迷宫。这是一座充满曲里拐弯的大楼，使得来人的眼睛和双脚不由自主地想要寻到岔道上去。无数的过道互相交叉，犹如夫利基阿密安得河流的杂乱走向一样，一会儿流向前，一会儿流向后，常常与它的本身意志背道而驰。迷宫修造完毕，代达罗斯前去检查。这位设计师自己也几乎找不到出口处。弥诺陶洛斯就深藏在迷宫的深处。根据一份古老的协议，雅典城每九年必须给克里特国王呈献七名童男童女，作为上贡弥诺陶洛斯的牺牲祭品。

代达罗斯离家日久，怀着对家乡无限眷恋之情，而且他意识到国王其实十分霸道，甚至对朋友都无真诚，因此，他不愿意在四周环海的弹丸之地虚度一生。他想，弥诺斯尽管可以从陆上和水上封锁我的去路，而在天空中却是畅通无阻的。他开始收集并整理大大小小的羽毛，把最小最短的羽毛拼凑成长毛，看上去像天生的一般。他把羽毛用线拦腰捆住，下面再用蜡封牢固。然后，他又把羽毛微微地弯曲，以致从整体上看起来像两肩翅膀一样。

代达罗斯还有一个儿子，名叫伊卡洛斯。儿子喜欢站在他的身旁，用一双小手帮父亲劳动。父亲让他在一起随意地摆弄，微笑地看着儿子干了许多无用的活。

最后，他终于完成了任务。代达罗斯把翅膀裹在身上做了一番尝试，他像鸟一样飞了起来，轻轻地升上九霄云天。他重新降落在地，指教儿子伊卡洛斯如何操纵。代达罗斯先前已经给他备下了一副小型的羽翼。“你要当心，”他叮嘱着，“必须在中空飞行。你如果飞得太低，羽翼会掠过海水，然后变得沉重，从而把你拉入水中；可是你要是飞高了，你那翅膀上的羽毛将会靠近太阳，甚至突然着火。”

代达罗斯一边说话一边把羽翼给儿子系在肩膀上，他的手却在微微地发抖。最后，他拥抱着儿子，还给他一个鼓励的吻。

两个人展开翅膀渐渐地升上了天空。父亲飞在前头。他像一只带着雏鸟第一次离开窝上天飞行一样,左右操心着。他不时地回过头来,看儿子飞行状况如何。开始的时候一切都很顺利。不久他们就到达萨玛岛上空,随后又飞越了提洛斯和培罗斯。

伊卡洛斯兴高采烈,感到一切都很美好,不由得骄傲起来。于是,他操纵着羽翼朝高空飞去。惩罚终于来临了！太阳以强烈的光热融化了封蜡,用蜡封在一起的羽毛开始松动。伊卡洛斯还没有发现,羽翼已经完全散开,从他肩膀两面滚落下去。不幸的孩子只得用两手在空中绝望地划动,可是他抓不住空气,一头倒栽着滚落下来,最后掉在汪洋大海的万顷碧波之中,淹死了。这一切来得突然,都在瞬间结束了,代达罗斯还没有看到。当他又一次回过头来看儿子的时候,儿子不见了。“伊卡洛斯,伊卡洛斯!”他预感不妙,大声呼喊起来,“你在哪里？我到哪里才能找到你?”最后,他惊恐地朝下面瞅了一眼。他看到海面上漂着许多羽毛。代达罗斯连忙结束飞行,降落在一座海岛上,收起羽翼。

代达罗斯张大眼睛,满怀希望地寻找着。一会儿,只见汹涌的波涛把他儿子的尸体推上了海岸。天哪！被他杀害的塔洛斯以此报仇雪恨了！绝望的父亲掩埋了儿子的尸体。收留伊卡洛斯尸体的海岛自此以后被叫做伊卡利亚,永志纪念。

代达罗斯埋葬了儿子的尸体,又继续向前飞去。他一路来到西西里岛。那是国王科卡罗斯统治的地方。就像从前在克里特岛上受到弥诺斯的款待一样,他在这里也受到上等礼遇,被当作尊贵的客人。他的艺术天才使得当地居民十分惊讶。他在那里兴修水利,挖了一座人工湖,又把湖水顺着河流一直送到临近的大海。陡峭的山峦顶上,是无法攀登冲击的险要去处,连树木也难生长。他在上面建造了一座坚固的城池,修筑了一条小巧玲珑的艺术小道盘旋而上,直到山顶。这样的城堡只要三四个人就可以守护,固若金汤。

科卡罗斯把这座难以攻克的城池用于珍藏珠宝。

代达罗斯在西西里岛上的第三件功勋是在地面上挖一座深洞。他从中巧妙地接取地下火的热气,让人们即使住在一座潮湿的岩洞里也感觉舒适如春,好像房间具有调节取暖的设备一样。人在慢慢地出汗,却又不受炎热的灼人之苦。此外,他还扩建了厄里山斯山上的阿佛洛狄忒大庙,给女神祭献了一只金制的蜂房。经过代达罗斯精心雕刻,它几乎达到乱真的地步,跟天然的蜂窝一模一样。

国王弥诺斯听说代达罗斯逃到西西里岛,非常生气,决心派出强大的部队,把他重新抢回来。他武装了一支舰队,从克里特一直驶往西西里岛。上岛以后他让部队驻扎下来,然后派出使者前往京城,寻找国王科卡罗斯,要他交出潜逃在外的代达罗斯。

科卡罗斯对外邦君主的霸道和大兵压境十分愤怒。他思量着准备一举消灭这位来犯的头领。科卡罗斯装作答应克里特人的要求,邀请弥诺斯国王会面商谈。弥诺斯来到京城,受到科卡罗斯的盛情款待。经过长途跋涉,弥诺斯准备洗个温水澡,借此消除疲乏,等他坐在浴缸里时,科卡罗斯让人不断加火升温,直到弥诺斯在沸水缸里窒息而死。西西里国王把尸体交给克里特人,说弥诺斯在洗澡时不慎失足,跌入沸水池。克里特士兵在阿格里根特城郊隆重地埋葬弥诺斯。人们在他的墓碑上方建造了一座开放的阿佛洛狄忒神庙。

代达罗斯成了科卡罗斯国王的座上客。他在这里培养了许多有名的艺术家,成为西西里岛土著文化的奠基人。可是,由于儿子伊卡洛斯惨死海中,他尽管在避难的国度里由于功高盖世而受到无比的敬重,内心却一直闷闷不乐,晚年时更加心情忧郁,凄苦万分。最后,他终于客死他乡,尸体也埋葬在西西里岛。

坦塔罗斯

坦塔罗斯是宙斯的儿子，吕狄亚王国的君主。他的首都定在西庇洛斯，是位富裕而又出名的国王。由于出身高贵，众神对他十分信任。他可以跟宙斯同桌用餐，不用回避诸神的谈话。可是他的虚荣心又让人们感到他实在不配这样的信任。于是，他开始对众神作恶。他向凡人泄密，告诉他们天上诸神是如何生活的。他从诸神的餐桌上偷蜜酒和神丹，并把这些珍馐佳酿分发给凡间的老百姓。有人在克里特的宙斯庙里偷走了一条黄金铸成的狗，并将金狗藏在坦塔罗斯家里。坦塔罗斯窝藏赃物，后来还拒不交出金狗，将赃物窃为己有。有一天，他邀请众神到家中作客。为了考验一下众神通晓一切的本领，他让人把自己的儿子珀罗普斯杀死，然后煎烤烧煮，做成一桌菜，款待大家。在场的谷物女神得墨忒耳因为思念被抢走的女儿珀耳塞福涅，从而心神不定，出于礼貌她稍微尝了几口这顿可恶的宴席。其他神则早已发现了这场诡计，纷纷起身，把撕碎的男孩肢体丢在锅里。珀尔策·克罗托让他重新活了过来，可惜肩膀上缺了一块。那是被得墨忒耳吃掉的，后来只好用象牙补了起来。

坦塔罗斯因此得罪了诸神，罪恶滔天。他被诸神投入冥府，让他在那里备受苦难和折磨。他站在一池深水中间，波浪一直滚动到他的下巴。可是他却忍受着烈火般的干渴，从来也喝不上一滴凉水，虽然凉水就在嘴边。他只要弯下腰去，想用嘴喝水，池水立即就从身旁流去，留下他孤身一人空空地站在一块平地上，就像有一个妖魔作法，把池水抽干了似的。这时候他又饥饿难挡，在他身后就是湖岸，岸上长着一排果树，结满了累累果实，树枝被果实压弯了，吊挂在他的额前。他只要抬头朝上张望，就看到树上水汪汪的生梨，红扑扑的苹果，火灼灼的石榴，香喷喷的无花果和绿油油的橄榄，这些水果似乎都在微笑着向他招呼。可是，等到他踮起脚来准备摘水果时，空中就会刮起一阵飓风，把树枝吹弹回去。伴随着这场折磨的还有持久不断的死亡般的恐惧，因为头顶上空吊着一块巨大的山石，山石随时都会坠落下来，危险万分。

坦塔罗斯蔑视众神，被罚到冥府忍受三重的折磨。这种折磨永无休止，将一直延续下去，无穷无尽。

珀罗普斯

珀罗普斯是坦塔罗斯的儿子。与父亲相反，珀罗普斯对众神十分虔诚。父亲被惩罚送入冥府以后，他被邻近的特洛伊国王伊洛斯赶出了故国家园，一路辗转，来到希腊。他在选中一位未婚妻子准备结婚的时候，还是一个乳臭未干的少年。他的妻子名叫希波达弥亚，是伊利斯国王俄诺玛诺斯和妻子斯忒洛珀的女儿。这位妻子很难娶到，因为一则神谕曾经对父亲指明，他在女儿找到丈夫的时候便会死去。父亲信以为真，因此千方百计地阻挠任何前来向他女儿求婚的人。他让人四面八方张贴告示，说希望娶他女儿的人必须跟他赛车，只有赢他的人才能享受这份荣誉。如果国王赢了，那么他的对手就会被斩首示众。

比赛就从比萨开始，一直到哥林多海峡的波塞冬神坛为止。国王规定了车辆出发的顺序：他想先给宙斯贡上一头公羊祭品，于是让求婚的人驾上四匹马车在前面先走，等到他祭供完毕，然后就开始追赶。他的驾车人叫密耳提罗斯。国王站在车上，手上提一柄长矛。他如果赶上前面的车辆，将用长矛把求婚的人挑翻在地。

求婚的人纷至沓来，大家都仰慕希波达弥亚的年轻美貌。另外，他们虽然听说有苛刻的比赛，不过都不以为然，大家把国王俄诺玛诺斯看作是年老而又虚弱的老朽，认为他有意让年轻人先走一程，那是他实际上没有比赛的意思，而在后面可以为自己获得一个体面的借口。大家来到伊利斯，希望娶国王女儿为妻。

国王每次都十分友好地接待他们，给他们提供一辆漂亮的马车。四匹马在前面拉动,威武雄壮。他自己则去向宙斯祭供公羊,而且动作一点也不匆忙紧张。等到祭供完毕,他跨上一辆轻便车,前面由两匹骏马菲拉和哈尔彼那拉动,轻快异常,赛过强劲的北风。他很快就赶上了前来求婚的人。他残忍地用长矛刺穿了这些小伙子,十二名求婚人枉死在他矛下。

这时,珀罗普斯为求婚来到这座海滨半岛。这座半岛后来就叫作珀罗普纳索斯。不久他就听到有关求婚人在伊利斯惨遭厄运的消息,于是他趁着黑夜来到海边大声地呼唤强大的守护神波塞冬。波塞冬应声随着波浪来到他的面前。"伟大的神,"珀罗普斯恳求说,"如果你自己也垂意爱情女神的礼品,那么就请交给我,让我平安地度过俄诺玛诺斯的铁矛灾难,让我在最快的路上到达伊利斯,并保佑我取得胜利。"

珀罗普斯的恳求立即生效,水中又起来一阵哗哗声,波涛中推出了一辆金光闪闪的神车,前面有四匹带翼的飞马拉动,速度犹如飞箭一般。珀罗普斯飞身上车,飓风一般地朝伊利斯扑了过去。

俄诺玛诺斯看到珀罗普斯时,十分吃惊。他一眼就认出了来者乘坐的是波塞冬的神车。可是他不愿意拒绝与小伙子按照既定顺序比赛。此外,他对自己骏马的神力充满信心。

珀罗普斯经过长途奔驰十分疲倦。他让骏马一起休息几天,等到恢复精力以后,便摆开架势,准备比赛。一路上他扬鞭催马,已经快要接近比赛的终点了。俄诺玛诺斯国王按照常规先给宙斯祭祀牺牲,然后跳上马车,呼啸一声从后面赶了上来。他挥舞着长矛,已经看到前面求婚人的后背了。他正要扑过去用长矛刺死珀罗普斯,海神波塞冬急忙从中帮助。为了保护珀罗普斯,国王的车轮在比赛途中突然松动了,马车顿时瘫作一团。俄诺玛诺斯飞出马车,一跤摔在地上,当时就死了。这时候,珀罗普斯驾着四匹飞马顺利地到达终点。他回头一看,只见国王的宫殿里烈火熊熊,早已烧成一片火海。原来是雷电击中了宫殿,将它烧成平地,光剩下一根柱子露在外面。珀罗普斯驾着飞骑朝失火的宫殿扑了过去。他从烈火中勇敢地救出了自己的未婚妻希波达弥亚。

后来,他把自己的统治扩大到伊利斯全国,并夺取了奥林匹亚城,创办了闻名世界的奥林匹克运动会。他和妻子希波达弥亚生了很多儿子。儿子长大成人以后,分布在珀罗普纳索斯全境,各自建立了自己的王国。

尼俄柏

尼俄柏是一位骄横的女人。她的丈夫安菲翁是底比斯的国王。他从缪斯女神那里获得一把漂亮的古琴。他在弹奏古琴的时候,底比斯城墙上的砖石竟然自动地黏合起来。尼俄柏的父亲名叫坦塔罗斯,是众神的客人——当然是在被推入冥府以前。她成为强大王国的女君主,漂亮动人,仪态万千。不过她感到最为高兴、自豪的还是有七个儿子和七个女儿。人们称她为幸运的母亲,尼俄柏自己也扬扬得意,认为的确如此。

有一次,盲人占卜者提瑞西阿斯的女儿芒托受神指使,站在街道中间呼唤底比斯城的妇女全都出来祭拜勒托和她的孪生孩子,阿波罗和阿耳忒弥斯。底比斯的妇女应该在头上戴一顶桂花树的花环,焚香礼拜。底比斯城的女人一起拥了出来,尼俄柏也跟在宫女的队列里。她穿着一件镂金嵌银的衣裳,神采奕奕,美丽无比。妇女们在露天摆上祭供,尼俄柏站在她们中间。她环顾四周,眼睛里露出得意而又骄傲的神情,大声地说:

“人们给你们胡乱编造了几位神祇,你们就显得如此虔诚。可是,这些享受天堂特权的人难道真的来到你们中间了吗?你们给勒托摆上了祭供,为什么不在我的名下焚香礼拜?我的父亲可是赫赫有名的坦塔罗斯,是唯一可与众神一起用餐的凡人。我的母亲叫狄俄涅,普雷雅德的妹妹。他们都是天空上闪闪发光的人物。阿特拉斯也是我们的祖先。他是一位力大无穷的人,把整个天体都扛在自己的肩膀上。宙斯是我的祖父,又是众神之祖。所有的夫利基阿人都听从我的指挥。卡德摩斯的城池,包括所有的城墙都隶属于我和我的丈夫。它们是由于我们弹奏古琴才缝合而成的。我的宫殿里珍藏着无数的珠宝。我身段漂亮，实足像一位女神。我生了一群儿女，世界上谁能与我相比：七个如花似玉的女儿，七个强壮的儿子，不久就会有七个女婿，七个媳妇。请问，我难道没有足够的理由骄傲吗？你们还敢把勒托，一位提坦神的不知名的女儿放到我的前面去吗？她在陆地上几乎找不到一块生养孩子的地方，只有漂浮的提洛斯岛才给她提供了这样的机会，而且那也是出于同情和无奈。她一共生了两个孩子，真可怜啊，刚好是我的七分之一。我难道不可以比她高兴七倍吗？谁敢否定我应该更幸福？谁敢否定我将会永远幸福的命运？命运女神如果要毁灭我的一切，那她一定得忙碌一阵，否则还不那么方便！所以你们应该撤掉全部祭供！各自回家，以后再也不要参加这类愚蠢的活动！"

妇女们惊恐地取下头上的花环，撤下供品，悄悄地回家去，不过大家心里都在悄悄地祷告，请求宽恕她们亵渎神灵之罪。

在提洛斯的库恩拖斯山顶上，勒托带着一对孪生儿女。她睁开神眼，把远方底比斯发生的一切都看得清清楚楚。"你们看，孩子，"她说，"我作为你们的母亲为生下这一对儿女而感到自豪。我除了赫拉以外没有避让过任何人，今天却被一个撒泼的人间女子侮辱了一番。如果你们不支持我，我将被她赶出古老的圣坛。我的孩子，连你们也遭到尼俄柏的恶毒咒骂！"

福玻斯打断了母亲的讲话，说："别生气，她早晚会遭到惩罚！"他的妹妹也随声附和。说完，兄妹二人都隐身在云层背后。不一会，他们就看到了卡德摩斯的城墙和城堡。城门外面是一块宽广的平地，那是比赛车马的演武场。尼俄柏的七个儿子正在那里欢乐戏耍：一边骑着烈性野马，另一边进行着激烈的比武竞赛。大儿子名叫伊斯墨诺斯，骑着快马不断地打着回旋。突然，他双手一抬，缰绳啪的一声滑落下去。他被一支飞箭射中心脏，顿时从马上跌落下去。他的兄弟西庇洛斯在一旁听到空中飞箭的声音，吓得连忙伏鞍逃跑。可是一支飞镖追上了他，西庇洛斯当场毙命，从马上滚落下来。另外两位兄弟——其中一人如同其祖父一样也叫坦塔罗斯，另一位叫弗提摩斯——揪扯着躺在地上。这时候又听见了弓箭响声，结果被一支飞箭双双穿透，死于非命。第五个儿子叫阿尔菲诺耳，他看到四个哥哥都已经死了，便惊恐地赶了过来，把哥哥们冰冷的肢体抱在怀里，想让他们重新活过来，不料他最后也倒在一起。因为福玻斯·阿波罗狠狠地射去一箭，正中阿尔菲诺耳的心口。第六个儿子，达玛锡西通是一位温柔的青年，蓄着长长的卷发。他被一箭射中膝盖骨。正当他弯下腰去，准备用手拔去箭镞的时候，另一箭又从他口中穿过，把他一直送到极乐世界。第七个儿子还是个小男孩，名叫伊里俄纽斯。他看到这一切，急忙跪在地上，伸开双手，哀求着："呵，诸神啊，请饶恕我吧！"哀求声尽管打动了可怕的射手，可是他的利箭却飞了出去再也唤不回来了。男孩噗的一声倒了下去。他也死了，只是伤势最轻。

不幸的消息很快传遍了全城。安菲翁，孩子的父亲听到传说时，悲伤已极，禁不往拔出刀来自刎而死。他的仆人和全体市民哭声震天，他们的悲哀声不久就传进内宫。尼俄柏久久不能理解这样可怕的消息。她不相信天上的神竟会如此强大，可是不久就已经彻底明白了。这时候她跟从前的尼俄柏判若两人。她刚才还把众多的妇女们从强大的女神祭坛前吓唬着轰走，还趾高气扬地走过全城，抬着头，不可一世，现在却一下子惊慌失措地扑到野地里，抱着儿子的尸体。只见她又伸开双臂，指向天空，然后大声呼喊着："勒托，你这个残酷的女人，看着我的苦难，你该赏心悦目了吧，该心满意足了吧！七个儿子的死亡把我一下子扔进了坟墓！"

这时候她的七个女儿也一齐穿着丧服来到身旁。风儿吹散着她们的长发，她们悲伤地站在那里，围着七个惨遭横死的兄弟。

看到女儿，尼俄柏苍白的脸上突然闪过一道幸灾乐祸的异样光彩，她忘乎所以地看着天空，嘲笑着说："不，我即使遭到了不幸也胜过你的幸福；即使遭到了这么大的损失，我还是比你更富裕，还是一个强者！"

话还没有说完，人们又听到一阵弯弓搭箭的声音，大家都十分害怕，只有尼俄柏无动于衷。巨大的不幸已经冷漠并坚固了她的心。突然，七姐妹中有一人紧紧地捂着自己的心口。她挣扎着拔出箭镞，软软地瘫倒在一个已死的兄弟身旁。另一个姐妹急忙奔向不幸的母亲，想去安慰她，可是箭下无情，她也一声不响地倒了下去。第三个姐妹在逃跑中被射倒在地，其余的几个也相继倒在已死的姐妹身上。只剩下最后一个女儿了，她惊恐地躲在母亲的怀里，钻在母亲的衣服下面。

"给我留下最后一个吧，"尼俄柏凄苦万分地朝着苍天呼喊着，"她是兄弟姐妹中最年轻的人！"可是，她还在哀求的时候，孩子也突然从她的怀里瘫倒在地。尼俄柏孤零零寂寞地坐在她丈夫、七个儿子和七个女儿的尸体中间。她伤心得突然僵硬了：头发在风中一动也不动，血色从脸上消失了，眼珠直瞪瞪地，一点也不转动。她的身体内已经没有了生命，血管里也停止了血液的流动和脉搏。尼俄柏变成了一块冰冷的石头，只有眼泪在流淌。石洞一般的眼睛里滴落着眼泪，流个不息，无穷无尽。

一阵巨大的旋风裹着石块，把它提到空中，又吹过了大海，一直把她送到尼俄柏的故乡，搁在吕狄亚国度的一座荒山上，上面是西庇洛斯山岩。尼俄柏成了一座石像，搁在那里，石像整日整夜地流着悲伤的眼泪。

阿克特翁

阿克特翁是阿里斯塔俄斯和卡德摩斯的女儿奥托纳沃的儿子。他父亲是一位生性喜爱打猎的人。阿克特翁年轻时跟智慧的半人半马的肯陶洛斯人喀戎学习打猎的诀窍。有一回,他跟一群欢乐的伙伴在基太隆山区的森林里围猎。时到中午,火辣辣的太阳当空照耀,酷暑难熬,大家急切地希望寻找一块树荫纳凉。这时候,阿克特翁把伙伴们召集起来,对大家说:"我们今天打到了许多野味。因此,今天的围猎到此为止!明天再一起进行。"说完,他解散了围猎的队伍,自己则带着几条猎犬走进森林深处,希望找一块荫凉的地方,睡一觉避暑纳凉。

附近有一座山谷,名叫加耳菲亚,长满了松树和柏树,是呈献给阿耳忒弥斯的一块圣地。山谷的深处拐角上有一个树丛覆盖着的山洞。清泉聚成一池湖水,年轻的女神如果狩猎回来,常常在这里洗澡,借以消除疲劳。这时候,她正由一群女佣仙子陪同着,走进山洞。她把猎枪、弓箭和箭袋交给后面扛武器的女子。一位仙女给她脱下衣服,还有两位仙子姑娘从她脚上松下鞋带。聪明而又美丽的库洛卡勒将阿耳忒弥斯那松散的头发扎成一把。然后她们从清泉里舀来凉水,让凉水慢慢地从她身上冲洗流淌。

正当女神冲凉洗澡十分快乐的时候,卡德摩斯的外孙儿阿克特翁来到树丛深处。他无意之中踏进了阿耳忒弥斯的圣林,找到一块凉爽的休息地,非常高兴。仙女们突然看到闯进一位不速之客,一齐惊叫起来,冲过去,围住女主人,不让这位男人的目光落在她身上。可是女神高高地站在那里。她满面通红,羞愧难当,一双眼睛直瞪瞪地盯着闯入浴地的男子。那人还呆呆地站在那里，不肯移动半步。他非常吃惊，完全被眼前这幅美景迷住了。多么不幸的男人啊！他如果迅速逃走，尽快地退出这块是非之地，那该多好啊！这时候，只见女神突然俯下身子，退到一旁，用手在湖水里舀起一掌水，喷在对面小伙子的头上和脸上，一面又大声地威胁着说："去向人们披露吧，告诉人们你看到了什么，如果你有本领的话！"

女神的话还没有说完，小伙子感到一阵害怕。他扭头就跑，他跑得多快啊，连他自己都感到吃惊。不幸的男人没有发现，原来他在头上长出了一对树枝般的角，脖子也变长了，耳朵往外延伸，又长又尖。他的双臂变成了大腿，两只手变成了蹄子，四肢掩住了身上斑斑点点的毛皮。他已经不是人了，愤怒的女神将他变成了一头鹿。奔逃中他从水的倒影里看到了自己的容貌。"天啊，我这个可怜人！"他真想呼喊一声，可是嘴巴却僵硬得犹如石头，发不出声来。他痛哭流涕，脸颊上挂满了泪珠，只有心脏和理智还残留在身体里。

他该怎么办呢？回到外祖父的宫殿里去吗，还是深深地藏在树林里？正当他又羞又怕的时候，他的一群猎狗围近过来。它们一齐冲向面前的雄鹿，将它赶得漫山遍野地乱奔狂逃。他一会儿跳上悬崖峭壁，一会儿跳下深山峡谷，惊恐万状地在他从前围追猎物的熟悉场地上逃命，自己成了今天围猎的目标。最后，一条凶恶的猎犬吠叫着窜上去，一口咬在他的背上。其余的猎狗呼啸而上，锋利的牙齿将他咬得遍体鳞伤。正在这时，他的一群狩猎的朋友也闻声而来。他们一齐放出恶狗，让它们拼命撕咬着这头壮鹿。猎友们高声欢呼着，寻找他们的头领。"阿克特翁！"呼喊声传遍了深山密林，"你在哪里？瞧，我们猎到了多么肥壮的野鹿！"

可怜的鹿被穿在他的朋友的猎枪上，渐渐地断了气，死于非命。

普洛克涅和菲罗墨拉

潘狄翁是从地中形成的厄里克托尼俄斯和帕茜特阿仙女所生的儿子，后来治理雅典当了国王。潘狄翁娶了策雨茜波为妻，一位漂亮的女水神。策雨茜波生下一对孪生儿子，厄瑞克透斯和波特斯。此外她还生下两个女儿，普洛克涅和菲罗墨拉。

有一回，底比斯的国王拉布达科斯与潘狄翁发生争执，率领部队拥进了希腊的阿提喀州。雅典人经过激烈的抵抗，最后都缩在城内。潘狄翁眼看敌人兵临城下，匆忙向英勇善战的色雷斯国王忒瑞俄斯发出呼救。忒瑞俄斯是战神阿瑞斯的儿子。他迅速率领部队前来解围，最后把底比斯人赶出了阿提喀州。潘狄翁感激涕零，把女儿普洛克涅嫁给这位声誉赫赫的英雄为妻。

可是，临近婚礼的并不是婚礼歌，也不是神的未婚妻，不是婚姻守护神赫拉，更不是仁慈可爱的贤娴贞洁的三女神。恐怖狰狞的复仇女神挥舞着昏暗的火把，那是她从葬礼上拖来的猎物。象征灾难的猫头鹰停在房子的山墙边，下面正是忒瑞俄斯和普洛克涅举行婚礼的地方。年轻的夫妇一点也不知道有这些灾异，高高兴兴地渡过海去，祭祀神灵，受到底比斯人的热烈欢迎。普洛克涅生下儿子伊迪斯的时候，色雷斯全国轰动，热烈庆祝。

不知不觉又过去了五年时间，普洛克涅逐渐感到远离家乡的孤单和寂寞，心中非常怀念妹妹菲罗墨拉。于是，她来到丈夫面前说："如果你对我还有一点爱情的话，那么请让我回到雅典，去接我的妹妹；或者你去那里，将她接过来。你可以告诉父亲，她在这里稍住一时就会回去的。否则父亲会不放心，而且，他也不愿让女儿离开很长时间。”

忒瑞俄斯很快就同意了。他带着仆人，当即就乘船开往雅典。不久，他们到了雅典的海港城市拜里厄司，受到岳父的热情接待。还在进城的途中，忒瑞俄斯就转告了妻子的愿望，并对国王保证，让菲罗墨拉不久就回到家乡。到了宫殿以后，菲罗墨拉亲自前来问候姐夫忒瑞俄斯，向他提了一千个问题打听姐姐的情况。忒瑞俄斯看到她光彩夺目，美丽动人，心里早就燃起了一股扑腾而又压制不住的爱慕之情。他从此刻开始便下决心想要诱骗菲罗墨拉。

他暂时按住心中翻江倒海的激烈情绪，又说到妻子渴望妹妹的迫切心情。他尽管心中酝酿着邪恶的计划，表面上却装作像一位谦逊君子。潘狄翁对他称赞不已。菲罗墨拉也被迷住了。她用双手勾住父亲的脖子，恳求他同意，让她到远方看望姐姐。国王心情沉重地答应了女儿的请求，女儿则万分高兴，连忙谢过父亲。然后，他们三人一起进入宫殿，宫殿里早已摆好宴会的餐桌。美酒，佳肴，又吃又喝，真如人间神仙，美不胜收。傍晚时分，太阳落山了，大家各自就寝休息。

第二天清晨，年迈的潘狄翁在跟女儿分别时止不住热泪滚滚。他紧紧地握住女婿的手，说：“我的可爱的儿子，因为你们都有此番愿望，我把心爱的小女儿托付给你。凭着你的婚姻和我们的亲戚关系，对着天上的众神，我恳请你，千万要像慈祥的父亲一样爱护妹妹，而且不久以后就将妹妹送回来。”他一边说，一边吻着自己的孩子，然后跟他们一一握手，嘱他们转达对女儿普洛克涅和外孙、外孙女的问候。一会儿，波涛声伴随着橹槁声，船儿张开大帆，慢慢地驶入了汪洋大海。

不久他们就到了色雷斯。水手们把船稳稳地停靠在港口，他们一起上岸。由于旅途疲劳，大家各自回家去了。忒瑞俄斯却悄悄地把菲罗墨拉带进密林深处，将她锁在一间牧人小屋里。菲罗墨拉十分害怕，流着泪打听姐姐的情况，忒瑞俄斯谎称普洛克涅已经死了，为了爱护潘狄翁老人的身体，他才故意编造了邀请菲罗墨拉的故事。实际上他是为了娶菲罗墨拉为妻，才赶去希腊的。说完他又假惺惺地哭了起来，装作十分悲伤的模样。

菲罗墨拉又苦苦哀求，然而一切都无济于事，她只得流着痛苦的眼泪屈服于暴力，成了忒瑞俄斯的妻子。可是，没过多久她就恢复了理智和思考，在心中升起了一股不祥的预感和可怕的怀疑。她默默地沉思着,忒瑞俄斯为什么将我锁在远离宫殿的密林深处,像对待犯人一样呢?为什么他不让我像一个真正的王后一样生活在他的宫殿里呢?

有一次,她无意中听到仆人们的议论,知道普洛克涅原来还活着,知道她跟忒瑞俄斯的结合原来是一场罪恶。她成了以为已死的姐姐的情敌,跟姐姐在争风吃醋。她的心里充满着无名怒火和对姐夫背叛姐姐的仇恨。想到这里,她飞也似地冲进他的房间,当面喊叫着告诉他,说自己已经知道真相。她狠狠地诅咒他,要把这桩卑鄙的秘密,把他的罪恶和过失向全世界宣布,让大家知道他是怎样无耻的人。她的话激怒了忒瑞俄斯,同时,他也十分害怕。

忒瑞俄斯作出一个恶毒的决定。为了保险起见,他决定不让任何人知道他的这桩丑闻,可是他又害怕杀害一位手无寸铁的女子。他从剑鞘中抽出宝剑,将女孩的双手在背后紧紧地捆住。忒瑞俄斯比划着利剑,像要杀害她一般。她高兴地期待着一刀结束她不幸的生命。可是,正当她痛苦地呼喊父亲名字的时候,忒瑞俄斯却举刀割掉了她的舌头。现在他不再担心有人泄露秘密了。他像什么也没有发生似的离开了可怜的女孩,严厉地命令仆人对她严加看管,不准稍有疏忽。

忒瑞俄斯回到宫殿,来到普洛克涅身旁。当她问到妹妹怎么没有一起回来的时候,他叹息一声,硬挤出几滴眼泪说,菲罗墨拉已经死了,而且早就埋葬了。普洛克涅听后急忙撕下身上的金银彩服,换上一身黑纱丧服。她悲伤地筑起了一座空墓,给妹妹的亡灵摆上了祭供。

一年过去了。被残暴制哑的菲罗墨拉仍然活着,看守和大墙封锁了她的一切自由。她有口难言,不能向人间数落忒瑞俄斯的卑鄙和可耻。可是不幸磨砺了她的理智。她坐在织机旁,在雪白的麻纱布上织出了紫铜色的字样。她要让这场丑剧大白于天下。她费尽力量完成了工作,然后又以种种手势苦苦地哀求仆人将织物送给王后普洛克涅。仆人答应了,他不知道其中的奥妙。

普洛克涅展开织物,读懂了这则骇人听闻的秘密。她没有流泪,甚至都没有发出一声叹息——她的痛苦太深了,思想中只有一个念头:报仇!向这位暴徒报仇!

夜晚来临了。色雷斯的妇女们热情地庆祝巴克科斯酒神节。王后也头戴葡萄花环，手里拄着酒神杖，匆忙跟着一群妇女来到丛丛的密林。她在内心充满着悲愤的痛苦，大声呼号着，发泄着巴克科斯的怒火。她一步步地走近孤寂的牧人小舍，那里关押着她的妹妹菲罗墨拉。她兴奋地呼唤一声便扑了过去，拉着妹妹一路来到忒瑞俄斯的宫殿。她把妹妹藏在一间密室里，告诉她："眼泪救不了我们！为了洗雪这场冤仇大恨，我作好了一切准备。"说话间，她的小儿子伊迪斯走了进来，他要前来问候母亲。母亲却直瞪瞪地看着他，小声地自言自语："他长得很像父亲！"儿子在她身旁跳了起来，用小手臂勾住母亲的脖子，在她脸上密密麻麻地吻了个遍。母亲的心只是稍微地感动了一阵，然后，她一把推开孩子，拿出一把尖刀，以疯狂的报复欲望将尖刀插进亲生儿子的心脏。

国王忒瑞俄斯坐在祖先的祭坛前。他的妻子给他送上可口的菜肴，他吃得津津有味。等到酒醉饭饱以后，他问了一声："我的儿子伊迪斯在哪里？"

"远在天边，近在眼前，他离你不能再近了！"普洛克涅冷笑了一声，回答说。

忒瑞俄斯疑虑地环顾四周，只见菲罗墨拉走了进来，她把一颗血淋淋的孩子脑袋扔在父亲的脚前。国王顿时明白了这一切，掀翻了这一桌翻肠倒胃的饭菜，从刀鞘里拔出剑，扑向两位拼命逃跑的姐妹。她们跑得真快，像展翅飞翔一样。咦，她们真的长出了翅膀；其中一人飞进了树林，另一人飞上去落在屋顶上。普洛克涅变成一只燕子；菲罗墨拉变成一只夜莺，在胸脯前还残留着几滴血迹，这是杀人的烙印。当然，卑鄙的忒瑞俄斯也有变化，他变成了一只戴胜。他以高耸的羽毛和尖尖的嘴永远地追赶着夜莺和燕子，成为它们的天敌。

可是，神话也是越来越神的。另有一则类似的，却稍微缓和的传说里讲到：底比斯国王仄忒斯的夫人埃冬对她的弟媳尼俄柏十分妒忌，因为尼俄柏一共有七个儿子，七个女儿，而她却只有一个儿子，名叫伊迪斯。埃冬受妒火驱使，趁着夜深人静的时候潜入尼俄柏的儿子和伊迪斯一起睡觉的房间。她手起一刀——本想杀掉尼俄柏的孩子——却杀害了自己的儿子。第二天清晨，埃冬发现了真情，绝望得差一点昏死过去。天上的神却对她十分同情,把她变作一只夜莺。春暖花开的时候,她躲在树丛中,以抑扬顿挫的音调悲叹着自己的孩子,那是被她亲手杀害的。她无数遍地呼唤着“伊迪斯,伊迪斯”!

仄忒斯和安菲翁

卡德摩斯的儿子，底比斯国王波吕多洛斯病危弥留之际把他尚未成年的儿子拉布达科斯托交给他的岳父尼克透斯抚养。尼克透斯统治了很长时间。拉布达科斯在这期间长大成人，可是他只执政一年就死了。尼克透斯又接管了抚养拉布达科斯的小儿子拉伊俄斯的任务。

尼克透斯有一个漂亮的姑娘，名叫安提俄珀。众神之父宙斯对她十分喜爱。可是另一位垂青她的美貌的青年埃波卜俄斯却也悄悄地来到底比斯，结果诱骗了姑娘。他在西基翁占有了安提俄珀，娶她作了妻子。安提俄珀的父亲十分生气，率领部队进入埃波卜俄斯的国家。双方发生了激烈的战斗，结果两败俱伤，埃波卜俄斯勉强赢得了胜利。底比斯人只得抬着他们奄奄一息的国王退了回去。国王在临死前，确定他的兄弟吕科斯为王位继承人，一直到拉伊俄斯长大成人再把王位交给他。国王还再三叮嘱兄弟，千万别忘记向埃波卜俄斯报仇雪恨，一定要把安提俄珀重新接回底比斯。

吕科斯对着垂亡的兄弟发誓，一定要完成他的遗愿。后来，他积极训练部队，准备对埃波卜俄斯发动战争。可是埃波卜俄斯也因为伤势过重而死了。他的王位继承人洛墨冬甘心情愿地把安提俄珀送交了出来。吕科斯接她回底比斯的途中，安提俄珀在埃洛宇特拉生下两个儿子。两个儿子生下以后就被遗弃在山里，一位善良的牧牛人收留了孩子，将他们拉扯长大，给他们取了名字，叫安菲翁和仄忒斯。不过谁也不知道，安菲翁和仄忒斯竟然是神之祖宙斯的儿子。再说两个孩子虽说相互间感情深厚，可是在性格上却有很大的差异。仄忒斯逐渐发展成为一个头脑冷静却又十分健壮的牧人。安菲斯却喜欢唱歌、弹琴,从赫耳墨斯那里得到一件古琴礼物。安菲翁的艺术造诣很高,连阿波罗也常常止步不前,悄悄地听他弹奏,演唱。

正当兄弟二人在寂寞中成长的时候,他的母亲安提俄珀却心情十分沉重,忍受着感情的煎熬。吕科斯是个善良温和的男人,可是他妻子狄耳刻却是一个恶毒的女人。她十分妒忌,以为丈夫一定爱上了自己的侄女,于是常把无名怒火发泄到可怜的姑娘身上。有一回,她把一块烧得通红的铁块搁在侄女的头发上,另有一回用拳头将侄女打得鼻青脸肿。安提俄珀受尽了种种折磨,像女奴一般地纺纱、劳动,还得不到一餐饱饭。白天,她就关在阴暗的地下室里,晚上只能睡在光溜溜的木板上。终于安提俄珀熬出了头。

一天夜晚,宙斯让她手上的镣铐自行脱落,关闭她的监狱大门也呀的一声自行打开了。可怜的安提俄珀飞一般地逃到基太隆的山头上,只剩下孤身只影,不料迷了路。她看着周围又黑又怕,不知道该往何处走。慌乱之中,她来到深山密林里,看到眼前有一间牧人住的小草棚。安提俄珀走上前去,请求暂住一宿。她看到从房间里走出两位年轻人。安菲翁马上想收留这位可怜的女人。不知怎么的,他对这个女人怀有一股难以名状的亲切的感情。倔强的仄忒斯开始想拒绝她,可是后来他也良心发现,终于同意让求宿的人借住一夜。

可是狄耳刻已经发现囚禁的女子逃走了。她顺着踪迹追了过来,找到两位年轻人,让他们相信安提俄珀是一位卑鄙的罪恶女人。由于受不住王后的利诱和威胁,兄弟俩顺从地牵来一头烈性公牛,准备把他们的生身母亲绑在牛身后,让牛把她拖曳而死。

正在危难紧急关头,年老的牧人匆匆忙忙地赶了过来,是他曾经把兄弟两人从死亡的边缘上救了回来。牧人大声呼喊:“安提俄珀是仄忒斯和安菲翁的母亲!”听完叙述,兄弟二人把满腔怒火一股脑儿地发泄到狄耳刻身上。狄耳刻取代了安提俄珀,被紧紧地绑在烈牛背后让牛在山地上拖曳着走了一遭,受尽折磨而死。酒神狄俄尼索斯将狄耳刻的尸体变成一池泉源。它就在底比斯城附近。泉源按照恶毒的王后命名,一直涌流很久,没有干涸。

安菲翁和仄忒斯带着他们重新寻得的母亲一起回底比斯,将软弱的吕科斯赶下台,自己亲自上台执政,还围着城池砌造了牢固的城墙。仄忒斯从山上搬来巨大的石块,用于建造城墙。安菲翁弹起他的古琴。瞧吧,巨大的石块伴随着古琴声响的韵律自动叠合在一起,形成一堵密不透风的城墙。有名的底比斯城墙就是这样建成的。安菲翁发明了七弦古琴。为表彰他的聪明才智,城墙上一共建造了七座城门。

珀洛克利斯和凯珀哈洛斯

珀洛克利斯是厄瑞克透斯的一个女儿,姐妹中间数她长得最漂亮。她爱上了赫耳墨斯和凯克洛珀的女儿赫耳塞所生的儿子凯珀哈洛斯。结婚的时候,所有的雅典人全都赶来贺喜,可是这一对夫妇却没能白头偕老,永相伴随。幸福没有扎下根来,驻足常留。

一天早晨,凯珀哈洛斯在打猎时追赶一头鹿进了丛山密林。他遇到一位年轻的女子厄俄斯,即曙光女神。曙光女神见来人长得漂亮,十分倾心,便一把搂住他,把他从山中一直劫持到自己的宫殿。可是不管厄俄斯如何动人,凯珀哈洛斯还是不改初衷,始终怀念着自己喜爱的妻子。他百般地恳求女神,让他回到珀洛克利斯身边去。厄俄斯尽管十分伤心,却十分感动。她说:"好吧,你可以重新回到珀洛克利斯那里去了。可是你终究会有一天殷切地希望再也不要看到她。"

凯珀哈洛斯在回去的途中始终想着女神的话,心里渐渐地产生一股恐惧和怀疑:珀洛克利斯真会对他保持忠诚吗?最后他决定变幻成另一副模样去考验一下妻子。厄俄斯似乎已经改变了他的形象。他一路匆忙来到雅典,回到自己家中。大家见来了一个生人,没有在意,又纷纷议论女主人的贞洁,讲到她对失踪了的丈夫的担扰。他想方设法地走进了妻子的房间。可是不管他如何诱骗,妻子却始终不为这个陌生人所动。这时候他几乎不能再继续装下去了。如果他猛地扑上前去,抱住妻子,泪水浇面,吻着妻子,那该是多么欢乐的久别重逢。不幸的是他却坚持着还要试探。他对珀洛克利斯许以重金礼品,而且诡称凯珀哈洛斯已经不在人世。珀洛克利斯经不起利诱交迫，竟然犹豫着动摇了。这时候，凯珀哈洛斯忍不住蛮横地骂了起来："不忠诚的女人，你这回可是露出了狐狸尾巴！我就是你准备背叛的丈夫。"妻子羞愧难当。她一声不响，含着屈辱悲伤地离开了丈夫的家。

珀洛克利斯来到遥远的克里特岛。她加入了喜欢狩猎的贞洁女神阿耳忒弥斯的队列，从此仇恨一切男人。凯珀哈洛斯却十分后悔，非常怀念可爱的妻子。当然妻子也不能简单地把往日感情一笔勾销：阿耳忒弥斯见情便送她一根绝不会偏离目标的梭镖和一条奔跑如飞的名犬雷拉泼斯。珀洛克利斯带着宝贝，高高兴兴地回到雅典。她原谅了后悔莫及的丈夫，重新跟他一起生活了很多年，夫妻和睦美满。因为再也用不上梭镖和雷拉泼斯，于是她就把这两件宝贝作为第二次结婚后的晨礼送给了丈夫。

凯珀哈洛斯喜欢趁着清晨外出到山上打猎，不带仆人，不骑马，也不带猎狗。等到心满意足地打上许多猎物时，他就寻找一块树荫处，呼唤晨风前来吹拂自己，好让自己消除疲劳，解除困乏。为此，他对着天空自言自语："来吧，可爱的曙光。来吧，你是个友好的女子。给我力量，给我凉爽！"

一天，有人从旁走过，听到他含情脉脉地呼喊，那人相信凯珀哈洛斯正在呼唤当地女仙，在密林中私自幽会。他急忙赶回去，找到珀洛克利斯，把这一情况原原本本地告诉她。珀洛克利斯十分悲伤，痛哭流涕，愤恨丈夫欺骗了自己。而且，他的情人叫曙光，真凭实据，如何抵赖得了？可是后来她又想到不能轻易地相信以免冤枉了自己的丈夫。她疑虑重重，又恨又怨，打定主意，亲自去探听一回，弄个水落石出。

第二天一大早，凯珀哈洛斯一如往常又上山打猎去了。狩猎完毕，他高兴地躺在草地上休息，愉快地唱起来："来吧，温柔的曙光，快来按摩疲劳的我吧！"他正唱得高兴，突然停止了歌唱——附近的树丛里发出一阵窸窸窣窣的声音。他以为那是一头鹿，于是立即拿起梭镖，那支百发百中的神镖，猛地扔了出去，正好打中他的妻子。

"痛死我了！"可怜的妻子大叫一声，连忙用手捂住伤口。凯珀哈洛斯还没完全听清妻子的声音便急忙扑了过来。他看到妻子珀洛克利斯已经躺在血泊之中，连忙撕下自己的衣服，绑扎妻子的伤口。妻子却已奄奄一息，眼看不济事了。她只是费力地低语着："对着天上的神，对着神圣的婚姻，我诅咒你，是你破坏了我们的幸福。可是，我死了以后，你千万别让曙光进入我们共同生活过的安静的房间。”

凯珀哈洛斯直到这时才明白原来是一场误会。他抽泣着解释这一切，说话时早已泪流满面。他发誓，自己是无辜而忠诚的。

唉，可惜已经晚了！妻子又一次回过神来，温柔地看着丈夫，苍白的嘴角边上泛起一阵痛苦的微笑，脸色十分平静，犹如阳春三月——就这样，她躺在丈夫的怀里，停止了最后的呼吸。

埃阿科斯

河神阿索波斯一共生有二十个女儿。二十个女儿个个如花似玉，其中最漂亮的要数埃癸娜。有一次，宙斯看到了这位女仙。他心中燃点起一股炽烈的爱情之火，于是摇身一变，变作一头苍鹰，从云空中直扑下来，劫持着姑娘一直飞到当时被称作安诺纳的岛屿才停下来。后来，这座岛也被称作埃癸娜。阿索波斯到处寻找他的女儿。一天，他来到哥林多城。阴险的暴君西绪福斯向他透露，是宙斯劫持了他的女儿。阿索波斯跟宙斯免不了一场激烈的交锋。宙斯用闪电迫使追赶者退回到自己原来的河床。

宙斯和埃癸娜生下儿子埃阿科斯。埃阿科斯聪明伶俐，虔诚正直，深得众神的欢心。长大以后，埃阿科斯治理岛屿，是一位开明善良的国王，受到大家的拥护和爱戴。

这一年希腊遭受大旱，土地龟裂，张开着干巴巴的大口渴望雨水。可是空中却是万里无云。庄稼、果实全都枯萎干瘪，河流湖泊也都干得露了河床。人畜死亡，尸横遍野，人间一副悲惨的景象，让人目不忍睹。

希腊人深受灾难之苦。他们前往特尔斐，求取神谕。女祭司宣布说，如果埃阿科斯向宙斯求情，干旱会立即停止，因为埃阿科斯是杰出的凡人，他的行为能够感动天地。希腊的各位君王连忙派出使者前往埃癸娜，请国王代他们向宙斯求情。埃阿科斯登上岛屿的最高山头，举起双手，向他的神的父亲请求帮助。他的祈祷刚刚结束，天空间突然浓云密布。顿时间瓢泼大雨，浇遍全希腊，解除了这一年的干旱之苦。

于是，宙斯的儿子既是强大的国王又是虔诚的祭司，无论百姓或是神，都对他十分喜欢。他娶了妻子恩达埃斯。妻子给他生下两个强壮的儿子,珀琉斯和忒拉蒙。他还有第三个儿子,名叫福科斯,是海中仙女涅瑞伊得斯姐妹彼萨玛特所生。在世人的眼睛里,埃阿科斯不仅是最善良的,也是最幸福的人。

可是,严厉的天后赫拉却痛恨这个名叫埃癸娜的王国,因为这是与她争风吃醋的情敌的名字,它勾起她的一腔宿怨。她给全岛送去可怕的瘟疫。瘴气和令人窒息的毒雾弥漫山野,阴惨惨的浓雾裹住了太阳,然而就是不下一场雨。四个月过去了,海岛上天天刮着闷热的南风,地上升起一股股死亡的气息,池塘和河流里的水全都发绿变臭,荒芜的田野里毒蛇成群。它们的毒涎渗流在井水或河水里,四处泛滥。疯狗、疯牛、疯羊,飞禽走兽全都疯了。最后,瘟疫的灾害也降临到人的身上。尸横遍野,一片恶臭。

仁慈而又高尚的国王虽然跟他的儿子们幸免于难,可是他目睹这一切都悲伤无比,连心都在淌血。唉,他的臣民们忍受着死亡的折磨!他向天神苦苦地哀求着:“哦,宙斯,尊敬的父亲,我如果真是你的儿子,或者你并不因为我感到惭愧,那就请你归还我应有的一切,或者干脆让我死掉!”

天上突然打起一道闪电,安静的天空中传来了隆隆的雷声。埃阿科斯愉快地看到恩赐的先兆,他感谢神的父亲给他的恩惠和希望。埃阿科斯站在一棵巨大的栎树旁,这是献给宙斯的祭品。宙斯的多度那圣栎树就是它的种子长出来的。突然,国王的目光落在这棵巨树的树干上。那里有无数的蚂蚁,在树皮和树根上匆匆忙忙地爬来爬去,拖曳着一颗颗粗壮的谷粒。“赐给我这么多的臣民吧!”埃阿科斯大声呼喊着,“让他们充满空旷的城池,就像这里有许多蚂蚁一样!”这时候,树冠突然动摇起来,树叶沙沙,犹如弹奏一曲优美的歌儿。国王听着,跪倒在树旁,吻着大地和神圣的树干,答应给宙斯祭献丰富的礼品。直到夜幕降临的时候,他才满怀着希望,安静地回去休息。

这一夜他做了一个奇怪的梦:栎树又浮现在眼前,蚂蚁忙忙碌碌地搬运谷粒。可是,这些奇怪的小虫子却在不断地长大,而且越来越大,最后都直立起来。它们的脚的数量在减少,身体逐渐地呈现人的形状。国王正在奇怪,却突然醒了。他睁开眼睛,发现原来是一场美梦。然而怎么啦?远方传来一阵阵嘈杂的讲话声。

房门被急速地拉开了，儿子忒拉蒙一头撞了进来，大声地呼唤着："父亲，快来，出奇迹了！真是闻所未闻！宙斯给了你这么多，远远超过你所希望的事。"听到这话，埃阿科斯急步走了出去。看看门外的奇迹，他感动得流出了热泪：正如他所梦见的那样，他的面前站着黑压压的一大群人。他们越来越近，向他恭贺，把他当作自己的国王。他高兴地欢呼起来："了不起啊，蚂蚁们，等着：你们从此以后就叫弥尔弥杜纳人。"

英勇的弥尔弥杜纳人就是这样起源的。他们对自己的历史毫不忌讳，因为他们是一个勤劳得像蚂蚁祖先一般的民族。他们一年四季在辛辛苦苦地劳动，节约每一颗粮食，对生活十分知足。埃阿科斯把无主的财物和田地分配给这批海岛的新居民。后来，当这位虔诚的国王年迈逝世的时候，众神一起把他扶上冥府判官的宝座。与他一起共事的还有弥诺斯和拉达曼堤斯。埃阿科斯的儿子和孙子都成为人间豪杰。忒拉蒙的儿子是强大的埃阿斯。珀琉斯的儿子阿喀琉斯，打仗时英勇无比，赛过神仙。

菲利门和巴乌希斯

在夫利基阿王国的一座山坡上生长着一棵千年栎树。旁边有一棵菩提,也是千年古龄。两棵树的四周围着一堵矮墙,伸展在外的树枝上挂着漂亮的花环。不远处是一池湖水,水面上飞着苍鹭和潜水鸟。这里景色幽雅安静。

有一回,宙斯带着他的儿子赫耳墨斯经过这里。儿子手上拿着一根拐杖,这回却没有戴上翼帽。他们化作人的模样,希望前来考验人的友好程度。为此,他们敲过了一千户人家的大门,请求住宿一夜。可是人们却十分自私残忍,以至于天上的神在人间到处找不到落脚的地方。

这天,他们来到村子的尽头处。这里有一幢小草房,屋顶上盖着稻草和芦苇,显得矮小贫穷。可是贫穷的屋子里却住着一对幸福的夫妇,正直的菲利门和他的妻子巴乌希斯。

他们相依为命,厮守着一起度过了愉快的青春,又在一起步入了幸福的晚年。由于贫穷,他们无力做出多少善事,可是他们却能忍受清贫,诚挚的爱情永远也不衰竭。他们膝下荒凉,没有子女,小屋里却时常传出他们欢乐的笑声。

正当两位神弯着腰走近矮房子的小门时,这对热情的夫妇早已朝着他们迎了出来。老人搬出椅子请客人坐下休息。老太急忙走近灶边,拨弄着火苗尚存的柴灰,把干木柴和干树枝堆砌在一起,然后轻轻地吹着火星,让它重新点燃木柴。木柴点燃以后,老太又急忙在火上挂了一把水壶,而菲利门早已从菜地上取回了大白菜。老太太接过白菜,挑选洗净,菲利门又在熏黑的厨房中取来一块熏制的猪肉。他们一直盼望有一个隆重的时刻,用熏肉招待客人。趁着菲利门切斩猪肉烧汤的时候,老太则跟客人们热情地谈话,问寒问暖,借以缩短等待的时间。他们还把热水舀入木盆,给客人舒舒服服地烫脚清洗。

神愉快地微笑着,接受着热情的款待。正当他们用热水烫脚的时候,老太太又去给他们铺床了。床就搁在小屋的当中,芦苇花作褥垫,柳条编织成床脚和床架。菲利门又取出了地毯。这些都是节日时才用的家什——由于年长时久,地毯也早已磨损破旧了。两位神高高兴兴地坐了上去,准备用膳。桌子上摆开了新鲜的瓜果和饭菜,有橄榄和秋天的大樱桃,水淋淋的,质地鲜美。此外还有萝卜、菊苣、上等的乳酪和在热灰中烧煮的鸡蛋。老太太用一只瓷盘把菜肴一一端上来,其中还有一罐葡萄酒。一会儿,菲利门又从灶边端来了热腾腾的大菜。饭后,老太太帮助菲利门一起,把杯盏往桌旁移动了一下,腾出地方搁放饭后点心。有核桃、无花果、圆圆的大枣,还有两瓢李子和喷香的苹果。葡萄发出诱人的甜味,桌子中间还有一块乳白色的蜂蜜片。神吃得津津有味。他们看到主人的脸上充满了愉快而又热情的笑容,看到他们慷慨而又忠实的神情,心里更加喜欢。

等到大家酒足饭饱的时候,菲利门发现葡萄酒酒罐仍然满满的。一点也没浅下去。直到这时他才惊讶而又害怕地意识到今天的客人都是谁了。他诚惶诚恐地请求神的谅解,因为家道贫穷,所以拿不出丰富的菜肴款待他们,请神高抬贵手,千万别见怪！可是老夫妻俩还有什么能够拿出来招待客人呢？突然,他们想起外面牲口棚内还有一只肥鹅,他们愿意拿来孝敬神。想到这里,两口子急忙走了出去。可是鹅逃得比他们还要快,扑扇着翅膀,嘎嘎地叫着,一忽儿跑到东,一忽儿跑到西,把两个老人累得气喘吁吁,奔得上气不接下气。蠢鹅不蠢,最后冲进小屋,躲在两位客人的背后,似乎在向两位神哀求保佑。神果然站了起来,面露慈祥的微笑,说:“我们想考验一下人间的友好程度,所以化了装来到人间。你们的邻居十分悭吝,难逃厄运惩罚。你们却必须离开这幢房子,跟我们到山顶上去。这样你们就不会跟有罪的人忍受同样的苦难。”

菲利门和妻子巴乌希斯连忙答应。他们拄着拐杖,费力地朝陡峭的山上走去。将近山顶的时候,他们胆颤心惊地回头看了一眼,山下的平地早就成了汪洋大海。高楼大厦也塌倒在地,只有他们的那幢小房子还屹立在波涛里,如一个漂亮的小岛。正当他们惊讶不止,悲叹村民命运的时候,只见可怜的小草房竟然变成一座华丽的庙宇。门口耸立着粗大的石柱,金色的琉璃瓦在阳光下闪发着艳丽的色彩,地面上铺着光溜溜的大理石。

宙斯转过身来,看着颤颤发抖的两位老人,说:“告诉我,你们有什么愿望?”菲利门跟老伴商量了一阵,回答说:“我们希望成为你们的祭司!请你大发慈悲,让我们看守这座庙宇。我们相互厮守着过了一辈子,所以也希望将来死在同一个时辰。”

他们的愿望实现了,两个人在有生之年担任看守庙宇的任务。有一天,菲利门和巴乌希斯感到自己的生命已经走到了尽头,于是又双双站在庙门口的台阶上。巴乌希斯看着菲利门,菲利门看着巴乌希斯。突然,他们身上都长出了碧绿的树叶。这一对虔诚的夫妇迎来了自己的大限,他变成了一棵栎树,妻子成为菩提树。两棵树互相对望着,厮守着,就像他们生前一样永不分离,流传为千古美谈。

阿拉喀涅

在吕狄亚王国里有一座小城许珀巴。那里住着一个出身低微的年轻妇女,名叫阿拉喀涅。她的父亲伊特蒙是科罗封地区的颜料商,母亲早年去世,也是出身于贫穷人家。可是阿拉喀涅却闻名四方,因为她作为织布女子,其手艺胜过所有的姐妹们。连山区和河水女仙们都来到她的草屋,赞赏她的精湛艺术。阿拉喀涅将羊毛纺成粗纱,把粗纱不断整细并且灵巧地晃动纱缍或用细针缝绣的时候,这些动作都像纺织大师帕拉斯·雅典娜的一样。可是阿拉喀涅却不买账,常常不服气地大声说:“我并没有向女神学本领!她可以来跟我比赛。如果我输了,甘愿忍受任何的惩罚!”

雅典娜听到这番吹嘘的话很不高兴。她变作老太婆的模样来到阿拉喀涅的小草房,劝说道:“不值钱的年龄终会有一点作用的。经验随着时光才能成熟,因此你千万不能鄙视我的建议!你的纺纱本领超过了凡间的任何女子,取得了巨大的荣誉,你该知足才是。向女神低头臣服吧,请求她原谅你所说的大话吧!只有这样,你才能得到宽恕。”

阿拉喀涅有眼不识女神。她一边穿线一边生气地回答说:“老太婆,你真愚蠢,年龄的重担已经淡化你的智慧。回去跟你的女儿说教吧,我不需要你的劝告。帕拉斯为什么不亲自来?为什么她不敢跟我比赛?”女神的宽容总会有尽头的时候。“她就在这里!”女神大喝一声,突然显现了天神的面貌。在场的女仙子跟吕狄亚的妇女们顿时跪倒在女神的脚下,只有阿拉喀涅不动声色。可是在她倔强的脸上也微微红了一下。宙斯的女儿应战了。

两个人在各自的地方架起布机,一起开始了工作。她们将羊毛染成千百种颜色,让金线穿过其中,于是织出了漂亮绝顶的图案,让在场的人赞叹不已。

雅典娜在图案中织出了雅典的城堡和山岩,织出雅典与海神争夺国家的战争故事。宙斯率领着十二位神坐在其中。另一边站着波塞冬,手持巨大的三叉戟,奋力冲向山岩,激起一层层咸津津的海浪,四散漂溅。艺术女神也在画中,拿着盾牌和长矛,头戴钢盔,胸前是一个可怕的神盾图案。上面讲的是她用枪尖让荒凉的土地上长出橄榄树的故事。雅典娜把自己的胜利织进图案,而在四只角上她又织了人们由于骄傲而遭受神惩罚的四则故事:色雷斯国王赫莫斯和他的王后罗杜泼,狂妄自大,自称宙斯和赫拉,因此被变作两座山;另一个角落上是一位不幸的母亲,名叫皮格玛恩,败在赫拉手下,变作一头鹤,常常跟自己的孩子发生纠纷争执;第三个角落上织出的女子叫安提戈涅,洛墨冬的漂亮女儿,一头卷发十分动人,以至于要跟赫拉比美,天后盛怒之下,把她的头发变作毒蛇,折磨并撕咬头皮,十分吓人,最后还是宙斯发善心,将她变作一头仙鹤的模样,不过它现在还时常炫耀自己的年轻美貌;最后的一幅画上是帕拉斯哀悼女儿的故事。她们骄傲自大,不可一世,激起赫拉的愤怒。赫拉把她们变作自己庙前的石阶。父亲悲伤地跪在石阶上,以泪洗面,浇洒在冰冷的大理石上。雅典娜织出了漂亮的橄榄枝叶的花环,把四幅图案连结在一起。匠心所致,巧夺天工。

与此相反,阿拉喀涅在织物上织了一些嘲笑神的题材,尤其嘲笑了宙斯。例如他一忽儿变作公牛,一忽儿变作雄鹰或天鹅,然后又变作淫荡的色鬼萨蒂尔,或者是熊熊燃烧的火焰或金雨。宙斯就是以这些形象前来愚弄人间女子的。这些故事都编织在一根常青藤上,饰以许多花卉。当她完成织造以后,连帕拉斯·雅典娜也佩服得无可挑剔。可是她从画面上看到阿拉喀涅对神的嘲笑。雅典娜十分愤怒。一把抓过织物,撕得粉碎。另外她还用梭子在阿拉喀涅的额角上连敲了三下。可怜的阿拉喀涅顿时失去了理智,拿起一根绳子围在自己的脖子上,便颤悠悠地吊挂在空中了。女神一见便动了恻隐之心,一把抓住绳子,把阿拉喀涅从绳扣中解救出来,说:“你应该保留一条生命!你的全族直至孩子都将受到惩罚。”说完,女神在阿拉喀涅脸上撒了几滴魔液,然后扔下她独自走了。

阿拉喀涅却可怜地发生了变化,她的头发,鼻子和耳朵全都消失不见了。整个人干瘪地收缩变成一只细小难看的蜘蛛。不过,直到今天她还操持着古老的艺术,把线跟线努力地搭织起来,织成一张漂亮的蜘蛛网。

弥达斯

有一回,强大的酒神狄俄尼索斯带着他的女祭司巴克坎忒斯和农神萨图恩轻轻松松地前往小亚细亚。他们一行人在特莫洛斯山区庆祝节日。山坡上长满了茂密的葡萄藤。可是西勒诺斯老人却没有来,因为他被甜蜜的葡萄气息熏陶得如醉如痴,睡着了,耽误了盛会。夫利基阿的农民看到一位昏昏欲睡的老头儿,便用花环扣住他,把他带到国王弥达斯的面前。国王敬畏地迎接了这位神朋友,留下他,摆起欢乐的酒宴,招待他十天十夜。到了第十一天清晨,国王把他的客人送到吕狄亚国的旷野上,将他交给了酒神巴克科斯,那是狄俄尼索斯的别名。

酒神十分感动,答应让国王任意挑选一份礼物。只见弥达斯开口说:"伟大的巴克科斯,请让我挑选一件宝贝。它使我具有魔力,让一切碰着我的东西全都变成闪闪发光的黄金。"酒神惋惜他没有挑选更好的礼物,但满足了他的愿望。

弥达斯高高兴兴地离开了酒神回去了。路上,他匆忙尝试了一下。瞧吧!他刚从栎树上折下一根树枝,树枝立即变成黄金;他从地上拣起一块石头,石头顿时金光闪闪,成了结结实实的金块;他从麦秆上摘下麦穗,收获的却是金粒;他刚从树上摘下水果,水果刹时变成黄金,真像赫斯珀里得斯看守的金苹果。弥达斯十分奇怪,也十分高兴。他一路回到自己的宫殿,跨进门槛的时候,他的手指刚触到门框木柱,木柱顿时成了金柱。甚至连水也是一样,他把双手浸入水中,水变成了黄金。

弥达斯喜出望外,立即叫来了仆人,吩咐给他备下一餐盛宴。他要庆祝一番。不一会,餐桌上摆满了山珍海味,煎鸡烤鸭,水果面包,一应俱全。国王伸手抓过一块面包——面包变成石头一般坚硬的黄金,他把一块肉塞进嘴里——闪闪发光的黄金差点绷断了他的门牙。他端起了高脚酒杯——喷香扑鼻的美酒早已成了滚滚流动的黄金淌进了他的喉咙。

直到这时他才明白原来自己竟然乞求到了一份多么可怕的礼物。他富到天,穷到地,诅咒着自己的愚蠢,因为他已经没有办法充饥解渴,这种生活的结局自然不难想象。他绝望地用拳头猛打自己的额角——哦,天哪,他的脸也金光闪闪,变成一张金脸,他十分害怕,举起双手向苍天哀求:“饶恕我吧,狄俄尼索斯神,饶恕我的愚蠢,去掉加在我身上的点金术吧!”

巴克科斯是一位友好的神。他听到这位愚蠢人后悔的祈祷,对他说:“你应该前往珀克托洛斯河,在山地里找到它的源头。在山石中喷涌泉水的地方,你可以把头浸入冷水中去。清净的泉水可以洗刷你的黄金罪孽。”

弥达斯遵循神的吩咐,魔法迅速消退了。可是点金的魔力却传给了河水。从此以后,水中常常蕴含着丰富的矿物,可以提炼宝贵的黄金。

而弥达斯却恨透了一切财富。他离开了华丽的宫殿,喜欢在原野和山地漫步浪游。他敬重农神潘。潘喜欢蹲在荫凉而隐密的岩石山洞里 。弥达斯改变了生活起居,然而一颗心却仍然像从前那样愚蠢无比。

农神潘喜欢在特莫洛斯山上给女神们吹奏笛子。他是一位带有羊腿羊脚的神。大公羊自然是雄劲十足的标志。有一次,他竟然大胆地向阿波罗挑战,要比试武艺。年迈的山神特莫洛斯充当仲裁。他已经白发苍苍,太阳穴上戴着一圈栎树叶花环,周围坐着女仙和凡人。大家都兴致勃勃地希望看这场比赛的结果。国王弥达斯也在其中。

特莫洛斯端端正正地坐在山石上。他看到农神潘开始吹奏管笛,笛音悠扬,声震云霄,十分轻松快活。弥达斯听得着了迷。潘吹奏结束以后,阿波罗走上前来,左手拿了一把象牙七弦琴。他用手弹了一番琴弦,琴声犹如天庭之音,惟妙惟肖,听者全都肃然起敬。特莫洛斯宣布阿波罗赢得比赛的胜利。

在场的人除了弥达斯全都热烈鼓掌,表示赞同。弥达斯却禁不住大声呵斥起来。他认为潘该是赢家。阿波罗趁人不注意走上前来,抓住弥达斯的两只耳朵轻轻地一拉,却不料把他的耳朵拉长了许多。嘿!这下瞧吧,两只耳朵尖尖地往外伸展着,外面全都长了一层灰暗的长毛。原来神容不得他这般愚蠢的人枉生一副人的模样。从此,两只驴耳朵装点着国王的头面,国王羞愧得无地自容。他找来一条宽大结实的头巾,希望遮住丑陋的长耳朵,从而对外界保守秘密。不过,纸里包不住火。弥达斯有一个专门的理发师,他给国王理发时发现了这个秘密。他惊讶得几乎要向全世界披露这桩奇异的新闻。可是他没有这个胆量,于是便悄悄地来到河边,在地上掘了一个洞,用嘴向洞口吐露了一番心事和秘密,然后才心满意足地离开。没有几天,洞口周围长出一圈茂密的芦苇。微风吹过,芦苇低声悄语,相互传说着:"国王弥达斯长了一对驴耳朵!"

弥达斯的秘密终于传遍了天南地北。

雅辛托斯

雅辛托斯是拉哥尼亚国王阿弥克拉斯的儿子。福玻斯·阿波罗看中了他,对他十分喜欢。他想把雅辛托斯请到奥林匹斯山上去,让小伙子终日伴随自己。

阿波罗常常离开特尔斐神殿。他来到斯巴达城附近的欧罗塔水边,跟他的朋友雅辛托斯一起游玩戏耍。他为此几乎忘了操弓练琴。

一天中午,正当热辣辣的太阳当头迎空的时刻,他们晒得脱掉了衣服,身上擦了一层油,然后又一起练习掷铁饼。阿波罗先拣了一个大铁饼,思忖着搁在手臂上,然后用力向高空扔了过去。阿波罗不愧为大力士,扔出的铁饼在天空嗖的一声飞过去,把一朵白云劈作两半。过了很久,铁饼才重新落到地上。

雅辛托斯急忙跳上前去,想抓住铁饼,马上效法他的神师父,也创造一个铁饼奇迹。不料铁饼在坚硬的泥地上弹跳起来,重重地砸在雅辛托斯头上。阿波罗眼看不妙,脸色苍白地赶到出事地点,一把托住正要倒下去的孩子。他想把孩子僵硬的肢体重新温暖一下,再擦去孩子脸上的血迹,却发现伤口极其严重,连忙抓了一把药草,敷在伤口上。可是,一切已经太迟了!雅辛托斯的头无力地垂挂在阿波罗的胸前。阿波罗千呼万唤,悲痛的泪水洒遍了孩子的面庞。唉,为什么他偏偏是一位神,不能替孩子或者干脆跟孩子一起去死!

最后,他大声地说:“不!你不能就这样死去!我的歌声将为你四处传扬。你将成为花朵,亲自听到我的痛苦的心声。”

他的话还没说完，只见滴洒在草地上的鲜血突然变作一朵风信子。花朵呈现暗灰的色泽，犹如紫金黄铜。一根花茎上长满了百合一般的鲜花。花朵的花片上都清清楚楚地长出了一行表示神叹息的字母：ai，ai。看到花的人似乎都听到阿波罗在悲痛地叹息：唉！唉！

从此以后，拉哥尼亚国每年夏天都要纪念雅辛托斯和他的神朋友。人们举办一个盛大的节日，悲悼英年早逝的孩子，纪念阿波罗的忠诚友谊。在当地，这个节日就被称作雅辛托斯。

墨勒阿革洛斯和狩猎野猪

卡吕冬国的国王俄纽斯十分虔诚，他把这一年获得丰收的首批果实祭给众神：谷物归得墨忒耳，葡萄归巴克科斯，油料归雅典娜。每位神祗都有相应的祭品，可是他却忘掉了月亮和狩猎女神阿耳忒弥斯。她的祭坛前空空如也，连香火也没有。女神十分生气，决定报复国王。

阿耳忒弥斯朝卡吕冬国的原野上送去一头巨大无比的野猪。野猪血红的眼睛里喷射出熊熊燃烧着的火焰。猪背又阔又硬，一副獠牙往外叉着，如同象牙一般。它在庄稼地里来回践踏，把葡萄和橄榄连藤连枝一起咬断吃掉。牧人和牧羊狗看到它都赶紧躲开，根本没有办法守护牧羊。野猪成了可怕的妖怪。

国王的儿子墨勒阿革洛斯挺身而出。他召集一批猎人和猎犬，准备捕杀这头凶恶的野猪。他邀请了全希腊国一批最勇敢的人前来围猎。其中也有来自亚加狄亚的英雄处女阿塔兰忒。她是伊阿里斯的女儿，幼年时被遗弃在树林内，由一头母熊哺乳。后来，她被猎人发现带回，并由猎人将她抚养成人。从此她就依树林为家，靠狩猎为生，出落成一位漂亮的女子，却对男人十分仇恨。她拒绝一切男人。有两个半人半马的妖怪企图在荒野之中伏击她，都被她用弓箭彻底制服。现在，她对狩猎十分感兴趣，顾不上人间陌生的拘束了。她把头发挽成发髻，象牙色的箭袋挂在肩上，左手操弓，脸色红润，俨然一位风流倜傥的美男子。

墨勒阿革洛斯看到这位女子才华出众，便寻思着："能够娶这位女子为妻的丈夫该是多么幸福啊！"时间让他来不及多加思索，因为危险的狩猎任务迫在眉睫,再也不能拖延了。

猎人们首先来到一座原始老林。它从平原缓缓沿山坡盘旋而上。男人们来到这里以后,大家分头行事。一部分人张罗地网架设陷阱;一部分人解开猎犬的铁绳;又有一部分人顺着踪迹追赶下去。不一会,他们来到一座峻峭的山谷,山谷里长满了灯芯草和沼泽水草。柳树和芦苇密密麻麻连成一片,野猪就躲在这里。它被许多猎犬惊扰,蹿了出来,折断了大量树木。猎人们齐声呼唤,紧紧抓住铁矛,眼看着野猪面对面地冲了过来。不料野猪看到前面人多势众,便朝斜里穿了过去。猎人们赶紧追过去,朝它投枪,投掷飞镖。可是这一切都无济于事,反而激怒了它的野性。它瞪着冒火的眼睛重新转过头来,扑向猎人。一会儿,三个猎人已被它踹倒在地,几乎当场死去。

阿塔兰忒及时赶到。只见她弯弓搭箭,朝着野猪射去一箭,正中野猪耳下。猪鬃上第一次沾上了血迹,染成一片通红。

墨勒阿革洛斯看到野猪受了伤,立即给猎人们报出了这一好消息。男人个个羞愧难当,因为一个女人竟然跑在他们头上立下大功。他们猛地跳起身子,又把长矛和飞镖朝野猪扔过去。可是这一阵混乱反倒妨碍了围猎野猪。有个亚加狄亚人愤怒地扑上去。他用双手举着一柄利斧,可是他刚到野猪旁边,还没有来得及砍杀,就被野猪的獠牙拱翻在地,差点送了性命。这时候,只见伊阿宋投去一枪,不料正好打中一条猎狗。墨勒阿革洛斯接连投出两枪,第一枪投在地上,第二枪正好打中猪背。野猪兽性大发,在原地暴躁地打转,口中喷吐着鲜血和白沫。墨勒阿革洛斯赶上去,举起长枪,一枪刺进野猪的颈背。刹时间,猎人们纷纷举枪刺杀,野猪顿时被戳成一团蜂窝。它挣扎着倒在血泊之中,奄奄一息了。

墨勒阿革洛斯一脚踏在死猪的头上,用剑连毛带肉地剥下了猪皮。他把猪皮连同猪头一起交给勇敢的阿塔兰忒,对她说:“收下猎物吧! 按理说它应该归我。可是其中更大的荣誉却是属于你的!”

猎人们却认为她不该享受这份荣誉。他们站在一旁,口中愤愤不平。墨勒阿革洛斯的几个舅舅更是不服,紧握着拳头,猛地站到阿塔兰忒面前,说:“放下手中的猎物,你休想取得这份不义之财,它是属于我们的!”说完,他们从女人那里把礼物拿过来就走了。墨勒阿革洛斯哪里受得了这样的侮辱，他大叫一声：“你们这批强盗！”挺起长矛就朝一个人刺了过去。等到第二个舅舅刚刚明白怎么回事时，墨勒阿革洛斯的长矛也已经在他身上前胸而进，后胸而出了。

再说墨勒阿革洛斯的母亲阿尔泰亚听到儿子围猎野猪的胜利十分高兴。她匆匆忙忙地前往神庙，准备去给神摆设祭供，感谢神灵佑护。途中，她看到的却是人们正抬着她两位兄弟的尸体。阿尔泰亚匆忙赶回宫殿，穿上哀悼的礼服。可是阿尔泰亚却听说凶手原来是自己的儿子墨勒阿革洛斯。她强忍着泪水，将一股悲哀变成满腔仇恨，思量着想要替兄弟们报仇。她想起墨勒阿革洛斯生下不久时命运三女神曾经前来祝福过。“你的儿子将成为一个勇敢的英雄。”第一个女神预言说。“你的儿子寿命好像……”第二位女神还没有说完，第三位女神就接过了话头：“木柴一样，它搁置在炉子上熊熊燃烧，火苗永远也不会消失。”

命运女神刚刚离开，作为母亲的阿尔泰亚连忙把木柴从火中抽出来，用水浇灭，然后藏在自己的卧室里。现在她悲愤异常，又想起这段木柴，于是匆忙走进房间，吩咐仆人用大根硬木架在树枝上，下面点起熊熊大火。阿尔泰亚的心里交织着母亲之爱和手足之情的矛盾。她四次走近火堆，准备将木柴扔入火苗，又四次把手抽了回来。终于，兄弟的情谊战胜了母爱。她呼喊了一声：“啊，复仇的女神们，请你们前来看顾这根烈火中的祭品吧！还有你们，我的兄弟们，你们刚逝的亡灵，也张目观看吧，我在为你们干着什么事？一颗母亲的心已经破碎。不久，我也将步你们的后尘，赶上你们！”说完，她闭上眼睛，用一只颤抖的手将木柴投进熊熊燃烧的烈火。

墨勒阿革洛斯这时候正在回城的途中。突然他感到内心有一股难以名状的灼痛。刚到宫殿，难以忍受的疼痛迫使他一头躺倒在床铺上。他竭力地挣扎着，心里十分羡慕那些凯旋归来的猎友们。他们一个个兴高采烈，庆祝狩猎的胜利。墨勒阿革洛斯赶紧把兄弟和妹妹、年迈的父亲以及心力交瘁的母亲喊到跟前。母亲还呆呆地站在火堆旁，瞪着一双迟钝的眼睛看着烈火在熊熊燃烧。儿子的痛苦随着火焰而剧烈。最后，当木柴成为一片苍白的灰烬时，儿子的痛苦也彻底消失了。父亲、姐妹和整个卡吕冬都为失掉了这位英雄而悲哀。只有母亲远远地站在那里，人们看到她始终不忍心离开火堆，不过她已经死了。

关于墨勒阿革洛斯还有一则更为古老而又简单的传说，其中没有阿塔兰忒的故事。那一天，墨勒阿革洛斯捕杀了凶恶的野猪。这件事惹恼了月亮和狩猎女神阿耳忒弥斯。她挑动附近的库埃特人跟墨勒阿革洛斯的埃陀利亚人发生争斗。墨勒阿革洛斯十分悍勇，只要他披挂上阵，库埃特人总是大败而逃。他们赶紧躲在城墙后面，寻找逃命的地方。有一回，墨勒阿革洛斯在战斗中打死一名库埃特人，不料他却是墨勒阿革洛斯的舅舅。母亲阿尔泰亚听到消息禁不住把儿子诅咒一顿。残暴的复仇女神厄里倪厄斯听到了咒骂。这是一位凶恶的女神，她身材高大，眼中冒血，头发由许多毒蛇盘结而成，专管惩罚人间罪恶，尤其对家庭和氏族内部不和更是严惩不赦。

墨勒阿革洛斯取得了胜利，却受尽了屈辱。他非常生气，回到城里闭门不出。不久，库埃特人又耀武扬威地拥到城门下。他们大肆叫骂，百般寻衅。卡吕冬国陷入一片恐慌。城内的老人和祭司，年迈的父亲俄纽斯跪在他的脚下。姐妹们，朋友们，甚至包括后悔莫及的母亲都来到他的房间，可是他们都不能让他回心转意。

库埃特人已经朝城内开火了。炮弹落在宫殿上下，城内一片火海。这时候，墨勒阿革洛斯的夫人克勒俄帕特拉也来请求。墨勒阿革洛斯见夫人虔诚恳切，终于答应再上战场。他拿起武器，把库埃特人彻底打败。可是他自己却也没有能够活着回来。复仇女神听信了他母亲的诅咒，让他正在青春年华时英年早逝。据说，墨勒阿革洛斯是被阿波罗的弓箭射死的。

阿塔兰忒

阿塔兰忒是一位闻名于世的女英雄。她在卡吕冬围猎野猪时建立了丰功伟绩,争得许多荣誉。不过论她的身世却也悲惨。她的父亲望儿心切,见生了个女儿,便把她遗弃山林。山中有一母熊,因为熊崽被猎人捕杀,正急得到处乱走时发现了弃婴,便把她叼回洞中,用熊奶给她哺乳。有一天,几个猎人经过那里。他们看到了熊孩,把她带回去,扶养成人。因此,阿塔兰忒从小就是在亚加狄亚的阴凉山林里长大的。她健步如飞,十分骁勇。太阳和山风让她的脸色变得一片黝黑,可是她却出落得犹如一位美丽的林中仙女,又像月亮和狩猎女神阿耳忒弥斯。在寂静的山林里,阿塔兰忒生活得纯洁而自豪,不愿出嫁为妻,却喜欢徒步打猎,手拿猎枪成了最大的快乐。

有一天,两个半人半马的妖怪,律科斯和许勒奥斯看到了漂亮的女猎手。他们商量了一阵,决定劫持她,逼她成亲。当他们靠近她的时候,阿塔兰忒却嗖嗖射出两箭,两个妖怪应声倒地。她的英勇常常使得许多男子羞愧,让他们自叹不如。当珀利阿斯的儿子为纪念亡父而举办演武比赛时,阿塔兰忒也参加了这场著名的决斗。她跟力大无穷的珀琉斯比赛角力。珀琉斯是埃阿科斯的儿子,阿耳戈英雄之一。不过他还是败在阿塔兰忒的手下。

阿塔兰忒长大以后,重新找到了自己的父母亲。她的父亲伊阿索斯曾恳求女儿一定要嫁给一个勤劳的丈夫。阿塔兰忒却不愿意听这种话,因为她记得从前占卜时曾经得到一则预言:“逃避丈夫吧,阿塔兰忒,可是你却逃脱不掉丈夫!”她不知道这是什么意思。

为了摆脱那些累赘而又咄咄逼人的求婚人的困扰,她在一块草地边上埋下一根三尺木桩。她宣布木桩成为比赛奔跑的起点,只有胜过她的人才能成为她的丈夫,可是比她后到目的地的人却会被处死。条件虽然苛刻,年轻美貌的姑娘的魅力却更吸引人。前来求婚的人络绎不绝,几乎踏平了门槛。

有一回比赛的时候,连英俊的小伙子希波墨涅斯也坐在观众席上,大声地嘲笑那些求婚人的愚蠢。可是等到阿塔兰忒来到他面前,他也被姑娘的美貌征服了,惊讶得连一句话也说不出来。

比赛开始了。勇敢的阿塔兰忒让那些前来求婚的人先跑一程。她满怀信心,稳操胜券,然后像飞箭一般赶了上去。激烈的奔跑更显示了姑娘的青春魅力。她已经高高兴兴地到达终点,回过头来看着一群求婚人气喘吁吁地正在奔跑。

这时候,只听见希波墨涅斯来到木桩旁边大声地喊叫起来:"你为什么专门跟体弱无力的人进行比赛?你敢跟我比吗?如果命运看顾我,让我取得胜利,那么你至少不会感到委屈。我叫希波墨涅斯,麦伽洛宇斯的儿子,海神波塞冬的曾孙。要是我输掉了,那么你的荣誉将会更大,因为你终于战胜了希波墨涅斯。"

阿塔兰忒含情脉脉地看了他一眼,希波墨涅斯是个漂亮的少年。"你最好放弃跟我比赛,"她说,"你还年轻,出身尊贵,为人高尚,任何一个姑娘都会愿意嫁给你,让你当她们的如意郎君。可是,你如果和我比赛奔跑,我是不会输给你的。那种结局多么可怕啊!"

她紧紧地盯着风流倜傥的小伙子,还没有意识到,自己的心里早就燃起了一股激烈的爱情。希波墨涅斯悄悄地向着爱情女神祈祷:"神圣的阿佛洛狄忒,请仁慈地佑护我吧!"女神听到他的祷告,飞速地前往塞浦路斯,在一棵神奇的树上摘下三只金苹果。然后她又不动声色地来到希波墨涅斯身旁,把奇异的苹果交给他。

又一轮比赛开始了,喇叭热烈地吹奏起来。希波墨涅斯一马当先,奔跑在前,周围响起一阵阵热烈的掌声。希波墨涅斯拼尽全力,双腿犹如生了风一般,可是离终点还有不少路程。

阿塔兰忒紧紧地追上来。他急忙从口袋里掏出一只阿佛洛狄忒送交的金苹果,噗的一声扔在地上。阿塔兰忒吃了一惊,急忙站住,弯下身子,从地上把金苹果拾了起来。这时候年轻的小伙子已经往前奔跑了很远的路程。当阿塔兰忒重新赶上他的时候,他又把第二只苹果扔在跑道上。阿塔兰忒又抵制不住诱惑。

“慈悲的女神,保佑我取得胜利吧!”希波墨涅斯大声地祷告着,又扔出了第三只金苹果。阿塔兰忒犹豫了一会儿,还是弯下腰去拾了起来。希波墨涅斯顺利地到达终点。周围响起一片欢呼声,祝贺他取得了胜利。

听说,比赛输掉的阿塔兰忒丝毫没有不乐意当希波墨涅斯妻子的神情。这真是一对世间少有的恩爱夫妻,甜甜蜜蜜,如胶似漆。他们生了一个儿子,儿子名叫帕耳忒诺派俄斯,风流倜傥,温文尔雅,后来壮烈地死在攻打底比斯的城前。

西绪福斯和柏勒洛丰

埃俄罗斯的儿子西绪福斯是一个无比奸诈的人。他在两个国家之间的狭窄地带建造了一座美丽的城市科任托斯，当上了国王。他因为背叛宙斯，死后被罚在冥府接受惩罚。每天清晨，他都必须将一块沉重的大石头从平地搬往山坡。等到他以为把石头搬上山顶的时候，石头就会自动地顺着山势重新滚回平地。受尽折磨的西绪福斯万般无奈，必须重新搬动石头，艰难地往山坡上一步步走上去。

西绪福斯有一位孙子，名叫柏勒洛丰，是科任托斯国王格劳卜斯的儿子。他由于不慎失手杀了人畏罪潜逃，来到提任斯，即国王普洛托斯统治的地方。柏勒洛丰在这里受到了热烈的款待并被赦免了罪行。柏勒洛丰长得英俊魁梧。国王普洛托斯的王后安忒亚对他一见倾心，禁不住时刻想要引诱他。可是柏勒洛丰心地善良，为人高尚，拒绝王后的挑逗。王后见欲望不能得逞，恼羞成怒，于是在丈夫面前百般地挑拨离间说："我的丈夫，如果你不想戴上绿帽子最终落得一个不名誉的下场的话，你应该把柏勒洛丰打死，因为他是个不忠实的人，企图拐骗我背离你的爱情。"

国王听信了这番鬼话，心里升起一股无名怒火。可是他对年轻的柏勒洛丰十分赏识，所以又不忍心加害于他。左右思量，他还是不愿放弃能够让柏勒洛丰受到报复的愿望。为此，他决定把柏勒洛丰派到岳父伊俄巴忒斯那里去。伊俄巴忒斯是统治吕喀亚的国王。

柏勒洛丰不知就里，高高兴兴地带上普洛托斯国王交给的家信朝吕喀亚走去，准备把信原封不动地交给伊俄巴忒斯，其实信上写着请国王把来者处死的建议。正当柏勒洛丰急匆匆往前走,走向死亡时,天上诸神连忙过来佑护他。渡过大海以后,柏勒洛丰穿过美丽的河流克珊托斯,一路来到吕喀亚,见到了国王伊俄巴忒斯。伊俄巴忒斯是一位热情好客的英明君王。他设宴招待陌生的贵客,连来者是谁都没有问起,更没有问他从哪里来。他的高尚的行为和君王的风度表明,他的客人也一定不是等闲之辈。他给客人享受各种荣誉,每天都像过节似的宴请他,还给诸神上供一头牛的祭品。一直到第十天,他才问起客人的身世和去向。

柏勒洛丰介绍说,他刚从普洛托斯国王那里来,说罢又把一封家书交给伊俄巴忒斯。伊俄巴忒斯国王读完女婿写给他的家信,吓得倒抽了一口冷气,因为他对面前这位骑士般的贵客十分喜爱。可是他想,如果没有重大缘由,他的女婿一定不会动此杀机。国王点点头,不过他拿不定主意。面前的小伙子已经是他的客人,而且举止高尚文明。他怎能忍心把这样一位朋友突然杀掉呢?最后,他只得委婉地鼓励小伙子投身凶险的战事。他估计那是必死无疑的地方,断无生还的道理。

想到这里,他命令柏勒洛丰去收拾危害吕喀亚的妖魔喀迈拉。喀迈拉是丑恶的堤丰和巨蛇厄喀德那生的怪物。妖怪上半身像狮子,下半身像恶龙,中间像山羊,嘴里喷着火苗,烈焰腾腾,着实可怕。

天上众神可怜这位无辜的年轻人。他们眼看着柏勒洛丰将要遭塌天大祸,便急忙送给他一匹带有翅膀的神马珀伽索斯,供作脚力。珀伽索斯是波塞冬和墨杜萨生育的后代。可是神马如何才能帮助一位凡人呢?它从来还没有让一位凡人骑坐过,十分狂野撒泼,连抓住它都不可能。柏勒洛丰忙碌了一阵,累得一身大汗,最后竟然在皮勒纳河边睡着了。

柏勒洛丰做了一个梦,梦中见到了他的佑护神雅典娜。雅典娜交给他一副华丽的辔具,辔具上带有金色的饰物,还说:“你怎么睡着了?带上这件器具吧,给波塞冬祭献一头公牛。记住,使用这副辔具!”柏勒洛丰突然从梦中醒来,跳起身,看到手上果然有一副金光闪闪的马辔具。

柏勒洛丰找到解梦和算命的波吕德斯,把梦中情景告诉他,请他圆梦。波吕德斯劝他听从女神的建议,杀头公牛祭祀波塞冬。波吕德斯还让他给佑护女神雅典娜造一座祭坛。等这一切都完成后,柏勒洛丰果然毫不费力地就把带翼的神马驯服了。他给珀伽索斯佩上辔具,全副装备,然后从空中降落在地，弯弓搭箭，射死了妖魔喀迈拉。

接着，伊俄巴忒斯又派柏勒洛丰前去跟索吕默人打仗。索吕默人蛮勇好战，与吕喀亚相邻。出乎国王的意外，柏勒洛丰又在艰苦的战斗中取得了胜利。后来，国王又派他去跟亚马孙人作战，他也安然无恙地度过了这道难关。伊俄巴忒斯见几次为难难不住柏勒洛丰，于是心生一计，在柏勒洛丰凯旋回来的途中设下一重埋伏，准备把柏勒洛丰一举杀掉。可惜吕喀亚的士兵在袭击柏勒洛丰时全被他一个个打翻在地，没有一个生逃出去。直到这时，伊俄巴忒斯看出，原来他热情款待的客人根本不是罪犯，而是神的宠儿。他再也不敢加害客人了，连忙把柏勒洛丰接回宫殿，封他当了个并肩王，还把女儿菲罗诺厄嫁给他为妻。吕喀亚人送给他最肥沃的土地和作物。他的妻子生下三个孩子，两男一女，生活过得十分美满。

时过境迁，柏勒洛丰的幸福也渐趋尽头。他的大儿子伊桑特洛斯有一次在跟索吕默人战斗中不幸阵亡。女儿拉俄达弥亚跟宙斯生了英雄的儿子萨耳珀冬，后来却被月亮和狩猎女神阿耳忒弥斯用箭射死。只有小儿子希波洛库斯活到高龄。他在特洛伊人反对希腊人的战斗中派自己的儿子，英雄格劳库斯率领一支庞大的吕喀亚的部队帮助特洛伊。当时，伴随格劳库斯一同出征的还有叔父萨耳珀冬。

柏勒洛丰因为拥有双翼的神马而渐渐骄傲起来。他甚至想到奥林匹斯山参加众神会议，可是神马却不愿听从他的指挥。它竖起身子，猛地窜上天空，把骑手突然抖落在地上。柏勒洛丰虽然没有当场摔死，仍艰难地爬起来，却被扔在一块陌生的地方，到处漂泊流浪。从此，他仇恨众神，羞于见人，一直躲藏着，隐居在没有人烟的地方。

萨尔摩纽斯

萨尔摩纽斯是西绪福斯的兄弟,埃俄罗斯的儿子,伊利斯的国王。他是一位豪富,却又是无理的狂横君主。他建造了一座漂亮的城市萨尔摩尼亚,要求那里的臣民们对他像神一样地祭奉和尊重,要求人们把他当作宙斯一样向他礼拜。他甚至穿戴得像宙斯一样视察全国。此外,他还让人打造一辆行车,跟雷神的行车一模一样。萨尔摩纽斯模仿宙斯挥舞着火把,以为这是射向人间的道道闪电;而且,他还把拉车的马匹赶上铁桥,让马蹄声音作隆隆的雷声。每当这样寻欢作乐的时候,他立即命令周围的人躺倒在地,以便让他感到这是被雷电触死的人。

宙斯在奥林匹斯山上睁开慧眼,看到了这个蠢人的愚蠢举动。他从浓浓的乌云中抓过一道真正的闪电,对着地上的萨尔摩纽斯劈下去。一道火花把国王打倒,烧毁了由他建造的城市。可惜城内的居民也都被雷电击中。

萨尔摩纽斯的女儿蒂洛却是个贤慧的女子,生育了几个英雄儿子。她跟波塞冬生下珀利阿斯和纳瑙宇斯。另外她又跟自己的凡人丈夫克瑞透斯生下埃宋(伊阿宋之父)、斐瑞斯(阿德墨托斯之父)和阿密忒翁。

狄俄斯库里

海中仙女勒达是美丽的女子海伦的母亲。此外，她还生了两个儿子，卡斯托耳和波吕丢刻斯。卡斯托耳是斯巴达的国王廷达瑞俄斯的儿子，属凡人；波吕丢刻斯其实是宙斯跟勒达所生的儿子，所以属神的行列。可是这一对兄弟朝夕相处，不愿分离，并且两人面貌相似，所以人们干脆按卡斯托耳父亲的名字把他们称作廷达里得斯，有时候又称他们是狄俄斯库里，意思为宙斯的儿子。两个儿子成为母亲的掌上明珠，伴陪着她一直到老。他们长得一表人才，共同创建了伟大的英勇业绩，生活得愉快幸福。

卡斯托耳善于驾驭各种烈马，而波吕丢刻斯是他那个时代的最出名的拳击大王。他们还在年轻的时候就已经崭露头角，显示了豪迈的英勇气概，尤其当他们听说忒修斯抢走妹妹海伦的时候，更是大显身手。他们兄弟二人骑上神赠送的追风马，风驰电掣，一路朝强盗逃走的方向追去，直到阿菲得纳城堡，把妹妹从城堡中解救出来。

后来，这一对孪生兄弟又参加围猎卡吕冬公猪的活动，并参加阿耳戈英雄的征伐。波吕丢刻斯在跟凶残的珀布律喀亚国王阿密科斯拳击时一拳击中他的耳根，把他的头盖骨打碎致死。通过这一系列的战斗，狄俄斯库里兄弟两人建立了不朽的功勋，以致大英雄赫拉克勒斯任命他们担任奥林匹克运动会的主持和领导。

那时候，美索尼亚的国王名叫阿法洛宇斯，是廷达瑞俄斯国王的姻弟。他也生有两个英勇无比的儿子，取名林扣斯和伊达斯。林扣斯即希腊语敏锐的眼睛之意。他也确实名实相符，因为他可以透过树干甚至透过地面看到后面或下面的东西。伊达斯力大无穷,甚至对阿波罗也全无惧怕。

阿波罗爱上河神奥宇纳奥斯的女儿玛尔珀萨。他将玛尔珀萨锁在自己的神殿里。不料伊达斯对玛尔珀萨也十分垂青,勇敢地闯入圣地,偷偷地带走了自己爱恋的女子。阿波罗十分生气,赶上前来,站在伊达斯面前,威胁着要将他杀死。伊达斯毫无畏惧,弯弓搭箭,对准阿波罗准备战斗。要不是宙斯及时赶到,排解了这场纠纷,他们一定会厮杀得难解难分,直到日月无光,天地惊颤。宙斯劝说他们,让玛尔珀萨在他们中间自由选择。玛尔珀萨愿意嫁给伊达斯。伊达斯十分高兴,将她带回家去。可惜玛尔珀萨为此也付出了代价,她必须青春早逝,不能长寿。

林扣斯和伊达斯跟狄俄斯库里兄弟曾经是非常衷心的朋友,可惜后来又成了不共戴天的敌人,原因是这样的:

有一回,两对兄弟共同出外抢劫。他们在亚加狄亚抢到一群牛,四个人商量着准备瓜分。伊达斯掌执公牛。他把一头公牛分成四份,宣布说将其中一半给首先吃掉自己那份的人,其余的一半归剩下的三个人共有。瓜分完毕,他们四个人开始了稀罕的比赛。不料其他人刚刚开始动嘴,伊达斯却早已吃完了自己的一份。他理所当然地走过来,又从兄弟三人手上拿走一份,吃了起来。狄俄斯库里兄弟感到上了当。他们越想越生气,干脆闯进美索尼亚,抢走月神福柏以及洛宇契珀斯和许勒拉的女儿,抢走林扣斯兄弟的妻子,并跟她们婚配。然后,弟兄两人商量着将掠物藏在安全的地方。那是一棵蛀空了的大栎树,他们躲在树内,窥视着林扣斯兄弟的动向。

林扣斯急忙来到达埃格拖斯。他登上最高峰往下一看,伯罗奔尼撒半岛尽收眼底。他看到弯曲的海岸和蔚蓝的大海。一会儿,他那敏锐的眼睛就已经发现了卡斯托耳跟波吕丢刻斯藏匿的地方。他们迅速猛扑着追了过来。狄俄斯库里兄弟还没有发现,只见伊达斯扔过来一杆沉重的标枪,标枪穿透了卡斯托耳的胸膛,他噗的一声倒在地上。波吕丢刻斯看到兄弟躺在血泊之中,怒不可遏地跳出来,准备跟面前的两位仇敌做一殊死的拼斗。林扣斯兄弟一看架式,吓得连忙往后退。匆促之间,他们来到父亲阿法洛宇斯的墓旁。蛮勇过人的伊达斯突然搬起坟丘上的墓石,朝着后面追来的人砸过去。

墓石没能伤害波吕丢刻斯。他猛地扑到林扣斯面前,用长矛把林扣斯戳翻在地,结果了他的性命。波吕丢刻斯又追了上去。他跟伊达斯面对面站着。仇人相见,分外眼红,一场恶战在所难免。他们都发誓要为死去的兄弟报仇雪恨,于是一方面使尽了吃奶的力气,另一方面亮出了看家的绝招。你来我往,直杀得天昏地暗,日月无光。

宙斯高高在上,把这一切都看在眼里。这时候,伊达斯正从地上拾起一块巨石,高举着准备朝波吕丢刻斯的头上砸去。宙斯一看自己的儿子要吃亏,急忙扔出一道火光闪电。闪电击中伊达斯,可惜阿法洛宇斯的两个儿子就这样死于非命。

波吕丢刻斯抬起眼睛,感激地看着父亲,然后朝奄奄一息的兄弟奔了过去。卡斯托耳还没有咽气,正在做着痛苦的挣扎。波吕丢刻斯大声地呼喊起来:“啊,父亲宙斯,让我跟他一起去死吧!”

天父听到儿子的呼声,弯下身子对儿子说:“你是神胎,具有不死之身,因为你是我的儿子;他的父亲是个凡人,与你不能相比。儿子,你必须自由选择。你愿意在奥林匹斯与神为伍,永世永生当神,还是跟你的兄弟同甘共苦,分担他的命运?那样你必须有一半时间生活在黑暗的冥府,另一半时间则享受神的天庭快乐。”

波吕丢刻斯立即高高兴兴地选择了与兄弟分担命运的机会,宙斯这才让卡斯托耳口眼闭合。从此以后,这一对孪生兄弟犹如在人世间一样永不分离。他们一天跟天父宙斯以及其他神一起过天庭的生活,另一天则在黑暗的冥王哈得斯那里过地狱的日子。人们遇到生活中的苦难时都愿意向他们祈求,因为他们是世人危险场合中的慈悲救助。鏖战时,这一对兄弟常常出现在困苦的英雄面前,犹如闪烁的星星,指引他走向胜利。在巨浪滔天的洋面上,即使暴风掀起万丈狂澜,他们都会鼓起金色翅膀降落下来,救助绝望的落难者。

默浪姆珀斯

阿密忒翁是克瑞透斯的儿子。他在美索尼亚建造了一座城市皮洛斯，一家人住在里面，极尽天伦之乐。妻子伊多墨纽为他生下两个儿子，取名皮亚斯和默浪姆珀斯。默浪姆珀斯就是黑脚的意思。从前有一回，当时他还是一个孩子，在野外游玩时睡着了，热辣辣的太阳当空烤晒着他的双脚，一双脚顿时变得漆黑。兄弟两人相亲相爱。父亲把他们从小送入乡林，沐浴着湖光山色，在诗情画意的田园里生活得十分悠闲而宁静。

他们的住宅门前有一棵古老的大栎树。年长日久，树干内盘踞着一个硕大的蛇窝。默浪姆珀斯十分喜爱这些聪明的小动物。当人们宰杀大蛇的时候，他常常为无依无靠的小蛇们觉得惋惜。于是，他垒起木材，点起火，把被打死的大蛇烧成灰烬，又把小蛇带回家去，慢慢地饲养着。蛇儿渐渐地长大了。一次，它们趁主人睡觉的时候爬了出来，游上了他的肩膀，并且用舌头舔遍他的耳朵。

默浪姆珀斯惊醒过来，突然发现自己能够听懂飞越头顶的飞鸟的歌声。从此以后他成了一位远近闻名的预言人和占卜家，因为鸟儿能够预知未来。后来，他又学得了本领，从祭供的牲口内脏中获知未来的信息。于是，默浪姆珀斯成了预言神阿波罗的座上客。他们常常在一起，谈得十分投机。

除了默浪姆珀斯以外，在皮洛斯城还有一位知名人士，名叫纳洛宇斯。他的女儿佩罗是一位绝色美女，天下慕名前来求婚的人络绎不绝。纳洛宇斯却一个也不答应。默浪姆珀斯的兄弟皮亚斯也十分看中佩罗，心中燃起了一股强烈的爱情之火。他来到纳洛宇斯面前，表示对他女儿垂慕之意。

纳洛宇斯回答说，只有能够把伊菲克洛斯的牛群给他牵来的人，才能娶他的女儿作妻子。那群牛是他的母亲的遗产。这群牛现在被围圈在帖撒利的菲拉克地，旁边有一条恶狗看守着，无论是人或者牲口都休想靠近得了。

皮亚斯想尽了办法，甚至不惜冒险去偷，可是都没有得手。最后，他只好请兄弟帮助他一起完成任务。默浪姆珀斯虽然知道人们会在这场大胆的冒险举动中将他一把抓住，把他当作小偷关押起来。可是，他实在因为兄弟情谊，不惜铤而走险。而且他知道，再过几年以后，他毕竟可以获取这批牛群。打点行装以后，他欣然履约，动身前往菲拉克。到了那里他正要下手偷牛时，却被当场抓获。他被上了手铐脚镣以后，锒铛入狱，从此不见天日。

几乎过去了整整一年时间。一天，默浪姆珀斯正苦闷地坐在监狱里，突然听到屋檐下面的木椽里有一批攒木虫正在起劲地劳作，同时又在热烈地论长说短。默浪姆珀斯向它们提了一个问题。他想知道这场破坏性劳动的进展程度。“快了，快了，现在还有一小部分没有攒透！”虫子们七嘴八舌地纷纷回答，“再过一个小时就可以大功告成了。”默浪姆珀斯听说以后急忙呼喊着寻找典狱长，说这座监狱即将塌毁，希望换到另一幢房子里去。他的要求刚刚实现，监狱的房子就倒掉了。

事隔不久，这个囚犯具有预言本领的消息就在纷纷扬扬的传说中进入了王宫。国王菲拉扣斯，即伊菲克洛斯的父亲，连忙召见这个囚犯。他让人解开了囚犯身上的锁链，然后把他引到一旁，向他保证，只要他能治愈伊菲克洛斯的疾病，他就可以得到那笔牛的财产。

伊菲克洛斯在小时候又健康，又强壮。天有不测风云，一场特殊的事故让他突然患上了疾病。从此以后他就病恹恹的，衰弱不堪。默浪姆珀斯答应进行一次尝试，而国王再次重申愿把那群牛作为代价送给他。

默浪姆珀斯杀掉两条牛，祭供宙斯。另外，他又切下一些牛肉，剁成碎屑，呼唤鸟儿前来就餐。不一会，鸟儿从四面八方飞着聚拢过来。占卜的默浪姆珀斯问它们是否晓得伊菲克洛斯生病的原因，鸟儿们都不知道。突然，一只年轻的小鹰提了个建议，说它的父亲由于年迈体弱，这回没有来，留在家中，蹲在窝里，也许它知道一点这方面的秘密。默浪姆珀斯立即派了几名使者前往并找到了那只老鹰。老鹰不久便蹒跚着飞了过来，对默浪姆珀斯讲述了以往的一个故事：一天，菲拉扣斯在树林里砍柴时，看到儿子在附近游玩滚耍，便开了一个玩笑，想吓唬一下儿子。他把手中的斧子嗖的一声扔了过去。斧子擦着儿子的鼻尖，飞进面前的树干里，从此拔不出来了。

父亲开个玩笑不要紧，儿子伊菲克洛斯吃了一惊，恐吓却钻进了骨髓，因此患上重病。“如果找到那把斧子，”老鹰见多识广，对默浪姆珀斯说，“那就刮下斧子上的铁锈，用铁锈浸酒，让伊菲克洛斯分十天喝下，这样他才能重新获得健康。”

默浪姆珀斯按照老鹰的指示和建议找到了那把斧子。他刮下铁锈，让铁锈溶入酒中。伊菲克洛斯把酒分十天喝下，果然从此精神大振，又健康，又潇洒。国王十分高兴，不忘诺言，把一群牛给了默浪姆珀斯。默浪姆珀斯赶着牛回到了皮洛斯，把牛献给国王纳洛宇斯。因此，他接回了漂亮的佩罗，让兄弟与她完婚，并一起在美索尼亚生活了几年时间。

伊菲克洛斯大有出息。他成为一个比赛中所向无敌的英雄。名扬天下。伊菲克洛斯尤其善于奔跑，速度之快让人为之惊叹。他在麦田上奔跑时可以脚不着地，到达终点时还没有伤害一根麦穗。有时候，他还敢于在惊涛骇浪的大海上疾走，海水都不会湿到脚踝骨。

再说附近的亚哥利斯国，原来由国王，孪生兄弟阿克里西俄斯和普洛托斯共同治理。他们是达那伊得斯中许珀耳涅斯特拉和丈夫林扣斯的孙子。兄弟二人从小就不和睦，长大以后更是为统治王国的权力争得不可开交。最后，阿克里西俄斯占了上风，把普洛托斯赶出了国家。普洛托斯逃到吕喀亚，见到国王伊俄巴忒斯。伊俄巴忒斯收留了他，并将女儿许配给他为妻，然后让他统领一支军队赶回亚哥利斯。他在那里占领了提任斯城。一批独眼巨人在这里给他建造了堡垒，堡垒外围有城墙，固若金汤，难以攻拔。阿克里西俄斯不得不与兄弟平分王国。他成为亚哥利斯国王，弟弟普洛托斯当了提任斯国王。

普洛托斯生有三个女儿，十分美丽，前往求婚的希腊人纷至沓来。可是三个姑娘却十分骄傲。有一回，她们进入一座众神女王赫拉的庙宇，竟不知天高地厚地说，她们父亲的房子要比这里更加光辉灿烂，富丽堂皇。女神自然不会容忍有人嘲笑她的神圣；她把疯癫打入邪恶的姑娘体内。三个女人顿时丧失神志。她们以为自己是愚蠢的母牛，便哞哞地吼叫着走出庙门，走遍全国，到处叫唤。三位姑娘疯疯癫癫，足迹遍及亚哥利斯、亚加狄亚以及伯罗奔尼撒整个地区。姑娘的父亲十分惆怅。他因为听说了预言家默浪姆珀斯的高超本领,于是派人把他找了过来,央求他医治三位可怜的姑娘。

默浪姆珀斯说:"我可以满足你的愿望,不过你却要将三分之一的王国割让给我。"国王十分吝啬,不愿意接受这一苛刻的条件。结果三位姑娘咆哮和疯癫得更为厉害。她们的疯癫甚至传染给别的女人。她们都残忍地杀死自己的亲生子女,离家出走,然后像牛一样地哞哞地叫着,漫无目标,到处走动。

国王普洛托斯十分害怕,再次派人找来默浪姆珀斯,请求帮助。这回他一口答应割让三分之一的王国,可是预言家却拒绝相助,除非普洛托斯答应把另外三分之一王国割让给默浪姆珀斯的兄弟。国王虽然感到对方的要求过于苛刻,不堪忍受,可是他害怕时间耽搁久了,默浪姆珀斯会向他要整个王国,于是便一口答应了。

默浪姆珀斯召集了一批身强力壮的处女,率领她们进入了群山之中。他让年轻的女人们大声呐喊并举行种种顶礼膜拜的狂热舞蹈。三个疯狂的姑娘果然也在其中,一直被拖到西克翁附近。在这场疯狂的活动中,国王普洛托斯的大女儿吃累不起,疲倦而死,而另外两个女儿却被治好了疯癫。那是因为默浪姆珀斯向被激怒的女神赫拉祭供了牺牲并做了祈祷,赫拉才原谅了她们。姑娘们终于恢复了理智。她们的父亲慷慨地履行了诺言。他除了把三分之二的国土给了默浪姆珀斯兄弟以外,还把两个女儿分别嫁给他们兄弟。默浪姆珀斯和皮亚斯成为强大的国王。他们香火鼎盛,后代兴旺,繁衍出一支庞大而又荣耀的后裔,即默浪姆珀蒂氏。他们祖先预言的本领自然也世代相传。

俄耳甫斯和欧律狄刻

俄耳甫斯是一个杰出的歌手,无与伦比。他是色雷斯国王,河神俄阿戈斯和缪斯卡利俄珀的儿子。阿波罗送给他一架弦琴。当他拨动琴弦,悠扬的琴声四处飘扬的时候,天上的飞鸟,水下的游鱼,林中的走兽,甚至连树木顽石都不由自主地运动过来,聆听这一奇妙的声音。俄耳甫斯的妻子欧律狄刻是位温柔的女子,伉俪恩爱,至诚至深,天上少有,地上稀罕。可惜好景不长,婚礼上的欢乐歌声还在蓝天白云下回荡的时候,死神就已经伸出魔手,胁裹着年轻的欧律狄刻离开了人间。原来美丽的欧律狄刻正伴随着众位仙女一起在原野上散步,突然一条毒蛇从隐藏的草地里游了出来。它在欧律狄刻的脚后跟上咬了一口,欧律狄刻立刻倒在地上,奄奄一息。

山川,河谷,不,天地间响起仙女们悲哀的回声。俄耳甫斯也悲痛万分,把满腔的激愤化作歌声。可是他的眼泪和请求却挽救不了妻子逝去的命运。这时候,他勇敢地作出一个闻所未闻的惊人决定:他准备前往残酷的阴间冥府,要使阴府世界归还他的妻子欧律狄刻。

他从特那隆进入了阴间世界的大门。死人的阴影惊恐地围绕着他。他穿过奥卡斯的黄泉地段,不顾阴森恐惧,一直来到面色苍白的冥王哈得斯和他严厉的妻子的殿前。他在那里竖起弦琴,拨动了琴弦,以甜蜜的歌声唱了起来:

“啊!冥府的主宰,仁慈的君王,请接受我的恳求吧!我不是出于好奇才来到这里,不是的,只是为了我的妻子才敢冒犯尊严。阴险的毒蛇咬她一口,让她中毒。她倒在自己艳丽的青春花泊丛中。她只是我的短暂的欢乐。

瞧吧,我愿意承担这一无法承担的苦难,脑海里也已经翻腾了千万遍。可是,爱情绞碎了我的心肝。我不能没有欧律狄刻。因此我恳求你们,可怕而又神圣的死亡之神!凭着这块无比恐惧的地方,凭着你们地界的无限荒凉,把我的妻子重新还给我吧!重新给她一条生命!如果这一切都没有可能,那么请把我也收入你们的死人行列中。没有我的妻子,我决不重返阳间!”一番话,字字如金,掷地有声。

他一边唱,一边用手指弹着琴弦,悠扬的琴声让没有血性的鬼魂们听得如痴如醉,眼泪不由自主地滚落下来。悲惨的坦塔罗斯不再思饮流动的凉水;伊克西翁的惩罚车轮停止了转动;达那俄斯的女儿们放弃了徒劳的努力,依偎在一起,在骨灰坛前,静静地聆听;西绪福斯忘掉了自己的折磨,盘坐在刁钻的石块上,听美妙无比如怨如诉的音乐。那时候,据人们后来回忆说,甚至连残酷的复仇女神欧墨尼得斯都在脸颊上挂满了泪水。主宰阴司的冥王夫妇尽管凄惨阴郁,可是他们也第一回动了恻隐之心。冥后珀耳塞福涅召唤欧律狄刻的鬼影,影子犹豫不决地走上前来。只听见阴司女神吩咐俄耳甫斯说:

“你就带上她回去吧,可是得记住:只要你们二人没有穿过冥界的大门,你就决不允许朝她回顾一眼。这样她就能够重归于你。要是你过早地看她一眼,那么你将永远地失去她。”

两人一声不吭地在阴暗的道路上攀登着。周围是夜的恐惧。俄耳甫斯心中充满了渴望。他仔细地听,希望听到妻子的呼吸声以及她走动时衣服发出的沙沙声。可周围死一般的寂静,他心里充满了一股抵御不住的恐惧和爱情。他终于回过头去,飞速看上一眼。唉,天哪!他看到欧律狄刻的眼神无比悲哀却又娇柔万千地注视着自己,可惜她的身影却不由自主地往后移动起来,坠入可怕的深渊。他绝望地伸出双臂,希望挽回妻子。然而不成,她第二次死去了。

俄耳甫斯手脚冰凉,惊恐万分地站在那里,然后又一头扑向阴暗的深渊。但是,这回不行了。在冥河上渡亡灵去冥府的神明卡隆拒绝让他再过漆黑的冥河。俄耳甫斯在河岸上接连坐了七天七夜。他不吃不喝,悲哀的泪水像散落的珍珠。他恳求地府的神灵们大发慈悲。可他们全都铁面无私,决不再动恻隐之心。俄耳甫斯伤心裂肺地回到阳间。他悄悄地躲在寂寞的色雷斯山林里，隐居了三年。

一天，这位神仙般的歌手又像往常一样坐在光溜溜的青石板上唱了起来。森林为之感动，渐渐地移拢过来，伸出茂密的树枝为他挡荫遮日。林中的走兽和欢乐的飞鸟也停住了步伐和飞行。它们侧耳倾听，神奇的歌声使它们为之动容。可是，这一天又有许多色雷斯妇女正在庆祝酒神狄俄尼索斯的节日。她们在树林里手舞足蹈，十分欢乐。妇女们痛恨这位歌手，因为自从死掉妻子以后，歌手就断绝了跟所有女人的友谊。

女人们看到了歌手。“你们瞧，他正在嘲笑我们呢！”有一位疯狂的女子突然喊了起来。刹时间，大家呼啸着朝他聚拢过来。她们捡起了石块，或者把手中的酒神杖纷纷投向唱歌的俄耳甫斯。忠诚的动物们奋起抵抗，要保护这位可爱的歌手。可是，当他的歌声逐渐地淹没在疯狂的女人们愤怒的号叫声中的时候，她们却又突然惊恐地逃进密林中去了。这时候，一块石头击中俄耳甫斯的太阳穴。他奄奄一息地倒在青石板上。

这批杀人的女人们刚刚离开，一群鸟儿扑扇着翅膀飞了过来。它们悲伤地盘旋在青石板的上空。此外还有许多动物、溪水和树木女仙们都急忙赶了过来。仙女们一律穿着黑衫。她们悲痛地哀悼俄耳甫斯，然后又一起动手，埋葬了他那伤痕累累的尸体。河神赫伯罗斯急忙升腾海水，接过了俄耳甫斯的头和手琴。汹涌的波涛在呜咽声中把头和手琴直送大海，送到列斯堡岛的滩涂。那里的居民虔诚地从水中捞上这两件东西，埋葬了俄耳甫斯的头，把手琴挂在一座神庙里。因此，那座岛上出了许多有名的诗人和歌手。他们在坟前追悼神仙般的俄耳甫斯，甚至连岛上夜莺的鸣啭也比其他地方的更为悦耳动听。他的灵魂飘扬着进入了阴间世界，俄耳甫斯在那里重新找到了日夜思恋的亲人。他们一起生活在福地仙境，永生永世再不分离。

刻宇克斯和哈尔西翁

刻宇克斯是长庚星和仙女菲罗尼斯所生的儿子。一则预言说他将会遇上不祥之兆,他非常惊恐,决定前往小亚细亚的克拉罗斯。那里有一座名声很响的阿波罗神殿。他的妻子哈尔西翁是风神埃洛斯的女儿,对丈夫十分温顺体贴。她想打消丈夫出门的念头,或者至少能够说服丈夫,带上她一起漂洋过海,踏上这趟危险的旅途。

"我们虽然不忍分离,"刻宇克斯试图安慰妻子,"可是我当着金光闪闪的父亲的面对你起誓,当月亮完成第二回圆缺的时候,我就回来了。"说完,他就着手整理行装。

临近告别的时候,哈尔西翁抑制不住内心的痛苦。"再见!"她呜咽着说了一句便晕倒在海岸上。刻宇克斯急忙想奔过来,可是船上的水手们已经把船桨浸入水中。他们摇动起来。海水涨潮了,他无法久留。

当哈尔西翁抬起一双模糊的泪眼时,她看到丈夫正站在大船的后甲板上,用手向她召唤着。她连忙挥手,目送着大船,直到白色的船帆消失在视线之外。然后,她回到家中,一头扑在床铺上放声大哭。从此,她时时刻刻地惦记着远方的亲人。

帆船离岸以后渐渐驶进大海。海面上轻拂着一股微风,顺风顺水,大家把船桨搁在一旁。一会儿,一半路程就已经过去了。这时候,风云突变,可怕的东风神欧洛斯趁着夜幕自南往北,呼啸而来。它给汹涌的波浪套上一道白色的泡沫镶边,海面上掀起了巨大的风浪。"放下横杆!"舵手大声疾呼,"把船帆卷住裹紧!"他的话刚一出口就被狂风卷走了,消失在隆隆作响的巨浪之间。大家手忙脚乱，自行其事：有人收起了船桨，有人急忙修补船舵上的破洞；这里收下了船帆，那里再把打进来的海水舀入大海。正当大家忙作一团的时候，风力更加肆虐起来，几乎把大海吹了个底朝天。舵手心惊胆颤地站在船舵旁边，失掉了主张，不知道今天到底该怎么办。

天上乌云密布，漆黑的夜晚降临了。电闪阵阵，雷声隆隆，滔天的巨浪盘旋而上，降落的时候给船上送去无数的咸水。人们大声地号叫，船体开始松动了。又一阵巨浪扑进了大船的内舱，许多人眼巴巴地看着自己被无力地卷了进去。

刻宇克斯只是思念着妻子哈尔西翁。他的嘴唇间不断重复着妻子的名字。可是尽管他无限地惦念着哈尔西翁，他还是十分庆幸，妻子毕竟没有一同前来经历这场骇人听闻的危险。

突然，裂断的主桅杆倒了下来，轰隆一声打碎了船舵。又是一阵巨浪，它裹胁着大船沉入了海底，水手们多数被卷进了漩涡。刻宇克斯连忙抱住一块木板。当他感到双臂麻痹的时候，他大声呼喊着“哈尔西翁”；当波浪铺天盖地在他头顶轰然落下时，他叹息了一声“哈尔西翁”；最后，在他即将淹死的时候，他在口中还勉强发出一声“哈尔西翁”。

哈尔西翁在家里数着白天和黑夜，看看丈夫还有几天就可以回到家乡。她已经翻寻出衣服，准备欢乐地迎接丈夫刻宇克斯。当然，她也没有忘掉给诸神，尤其给赫拉端送祭供，请她保佑刻宇克斯安全健康，将他送回故乡。赫拉焦虑地看着这一切，对彩虹女神伊里斯说：“快去睡神洞府，请他给哈尔西翁托一个梦，把刻宇克斯的真实命运告诉她。”伊里斯就是为诸神报信的使者。听完吩咐，她立即穿上七彩衣衫，越过闪闪发光的天庭桥梁，一直来到睡神居住的山岩洞府。在地球的西方边沿上有一座高山，山上有一个大洞，这里是睡神的王宫。太阳神赫利俄斯的光芒永远也不能进入。地面上升起一股浓密的重雾，笼罩着一切，使得周围始终一片朦胧。这里是寂静的故乡，没有一丁点的声响。附近流动着蜿蜒的溪水，在洞府的门前引人入睡般地喃喃自语。河的两岸生长着茂密的青草，散发着诱人的清香。夜晚就从它们的茎叶里积聚着迷醉的神液。山洞门敞开着。最里面的小房间内有一张乌木床，铺着波浪一般的软垫，睡神无比舒坦地睡在床上。他伸开四肢，周围站立着一群漂亮的美梦，千姿百态。他们是睡神的儿子。

伊里斯踏进洞府,她的亮闪闪的衣衫照亮了内室。睡神疲惫地抬起眼睛,然后又闭了起来。他酒醉糊涂地点点头,表示欢迎,然后才爬起来!“什么风将你送到这里来的?”他终于懒洋洋地问了一句。神的女使迅速传达任务,并赶紧离开那里前往奥林匹斯。因为她不敢久待,否则瞌睡的迷醉实在吸引人。那股引人酥骨的香味弥漫了整个洞府。

睡神哈欠连天地从他千百个孩子中挑选了莫耳甫斯,让他去执行神的命令。莫耳甫斯立即扇起无声的翅膀,穿过黑夜悄悄地来到熟睡中的哈尔西翁床前。莫耳甫斯装扮成淹死的刻宇克斯模样,面色苍白,一丝不挂,水嗒嗒的胡子,湿淋淋的头发,双颊上全是泪水。他看着哈尔西翁说:“可怜的妻子,你还能认出刻宇克斯吗?难道死亡已经改变了我的脸型?你是认识我的!不过我不是刻宇克斯。我只是他的阴影。亲爱的,我已经死了。我的尸体漂浮在爱琴海上。狂风巨浪击沉了我们的船只。你快穿上悲痛的黑衫,尽情地痛苦吧。我不能在没有哀悼的气氛中进入地府。”

睡梦中的哈尔西翁颤抖着朝他伸出双臂,呜呜咽咽地把自己哭醒了。“哦!请停一下!你如此匆忙地要到哪里去?”她努力地追忆着梦中消逝了的景象。“让我跟你一起走吧!”等她一切都明白过来的时候,她用双手捶打着自己的头,扯拔着自己的头发,撕碎了身上的衣衫,无限悲痛地号啕大哭。

清晨,她走出家门,来到海边。她站在那回送别亲人的地方,一双泪眼,搜索着远方,张望着。突然,她在遥远的波浪丛中似乎看到一个人的身影,正朝着海岸漂泊过来。“正是他!”不幸的女人喊了起来,连忙伸出双手,希望拉住丈夫的尸体。“你难道就是这样回到我身旁的吗?现在,让我来接你!”正当她准备跃入海浪的时候,她却突然被一双翅膀托到空中。她悲哀地鸣叫着变成一只小鸟,越过水面,呜呜咽咽地飞进了丈夫的胸膛。可是,他却好像感到妻子已经来临,特意放慢了漂流的速度。众神看到这幕情景大为感动。他们变换了刻宇克斯的模样,又重新借给他一回生命。夫妇俩顿时都成为海上的翠鸟。它们永远忠实于往日的爱情,至诚至深,永志不变。隆冬时节,海面上每年都有七天风平浪静的日子。哈尔西翁停驻在光滑如镜的海面上,那里是一只漂浮的鸟窝。说起来还得感谢她的父亲埃洛斯。他在这段时间内把所有的风儿全都关锁在家中,从而保佑外孙们获得平安和宁静。

阿耳戈英雄

伊阿宋和珀利阿斯

伊阿宋是埃宋的儿子，克瑞透斯的孙子。克瑞透斯在帖撒利国的海湾筑造了一座城市，建立了爱俄尔卡斯王国。他把王国传给儿子埃宋。后来，埃宋的弟弟珀利阿斯篡夺了国家。埃宋死后，他的儿子伊阿宋被送到半人半马的肯陶洛斯族人喀戎处。伊阿宋在那里长大成人。

珀利阿斯年迈高龄时听到一则神谕，要他提防脚上只穿一只鞋的人。神谕使他心惊肉跳，坐立不安。他反复思考这番话的含义，可是百思不得其解。

时光如水。伊阿宋二十岁了。他动身回到家乡，准备向珀利阿斯讨还理属归他的王位。伊阿宋带了两根长矛，一根用于投掷，一根用于刺杀。他把打猎时擒获的野豹剥下皮来，裹扎在自己身上，然后披散长发，急匆匆地往前走去。途中，伊阿宋经过一条大河，看到河旁站着一位老妇人。老妇人央求他，请他帮助一起渡过急流。实际上，这位老妇人就是众神之母赫拉，她是国王珀利阿斯的仇人。

因为变了模样，伊阿宋竟然没有认出她来。他背着老妇，与她一起过了急流。匆忙之际，他把一只鞋子陷在泥淖里，拔不出来了。伊阿宋赤着一只脚，继续往前，一路来到爱俄尔卡斯，看到广场上一群人忙忙碌碌。原来是叔父珀利阿斯正在广场上率领着人马给海神波塞冬虔诚地供献祭品。

人们看到伊阿宋,纷纷称赞他是一位标致的少年,说他气宇非凡,具有王室风度。有人甚至说一定是阿波罗或者阿瑞斯突然降临人间。这时候,摆设祭品的国王也抬头看到了走近过来的伊阿宋。国王吃了一惊,因为来人只穿了一只鞋子。神圣的祭祀完毕以后,他立即朝陌生人走了过去,问来人是谁,家住哪里。珀利阿斯问话的时候掩饰不住内心的焦虑和恐惧。

伊阿宋回答说,他是埃宋的儿子,在喀戎的洞府中长大。他现在回来了,想要看看父亲的房子。

聪明的珀利阿斯听后连忙堆下一脸笑容,友好地接待客人,不让丝毫的惊恐与不安表露在外。他命人带领伊阿宋在宫殿内到处走了一遭。伊阿宋极力称赞父亲的住房,他还跟堂兄弟及其他的亲戚们为久别重逢共同庆祝了五天五夜。第六天时,大家离开了为客人到来而特意搭建的帐篷,来到国王珀利阿斯的面前。伊阿宋谦恭地对叔父说:"国王,正如你知道的,我是合法君王的儿子,这里被你占领的一切都是我的财产。我愿意把羊群、牛群和土地都给你,尽管这些都是被你霸占过去的。我要讨回的只是国王的权杖以及我父亲曾经坐过的王位。"

珀利阿斯立即振作起来,友好地回答说:"我愿意满足你的要求。可是你也应该容许我有一个请求,希望你能给我完成一桩事业。我因为年迈体弱,自觉难以胜任这项使命。长期以来,我在夜晚梦中都看到了佛里克索斯的阴影。他要求我超度他,满足他的灵魂愿望。按理说我应该到科尔喀斯去,寻找国王埃厄忒斯,并从那里取回他的遗骸和金羊皮。现在只得把任务委托给你,你可以在这场事业中获得巨大的荣誉。如果你能取回这笔宝贵的战利品,那么就能从我的手中获得国王的权杖和王国。"

阿耳戈英雄踏上征途

金羊皮的来历是这样的:

佛里克索斯是玻俄提亚国王阿塔玛斯的儿子。他受尽了父亲的妃子伊诺的虐待。为了保护儿子免遭妃子的迫害,佛里克索斯的生母涅斐勒跟赫勒一起努力,把儿子从宫中悄悄地抱了出来。涅斐勒是一位云神,赫勒是她的女儿,佛里克索斯的姐姐。涅斐勒让儿子和女儿骑坐在生有双翼的公羊身上。公羊的羊皮是纯金的。那是众神的使者、亡灵接引神赫耳墨斯送给她的礼物。姐弟两人乘坐怪骑在空中飞过了陆地和海洋。不料姐姐赫勒在途中一阵头昏目眩，竟从羊背上跌落下去，摔在海里，淹死了。从此以后，那座海洋就被称作赫勒海，又称赫勒持滂。人们知道，它就是达达尼尔海峡的古称。

佛里克索斯平安地来到黑海海滨的科尔喀斯王国，受到国王埃厄忒斯的热情接待。国王把女儿契俄柏嫁给佛里克索斯。佛里克索斯用金羊祭供宙斯，感谢宙斯帮助自己成功地逃脱厄运。然后，他把剥下的金羊皮作为礼物，献给国王埃厄忒斯。国王把金羊皮祭供战神阿瑞斯。他命人把羊皮张开，用钉子钉在纪念阿瑞斯的神林里，再派一条火龙专门看守金羊皮，因为一则命运的谶语把他跟占有这张金羊皮紧密地联系在一起。

金羊皮被看作稀世珍宝，希腊人对它议论纷纷。一些英雄和君王对金羊皮向往日久，垂涎欲滴。因此，珀利阿斯国王理所当然地认为，应该激发伊阿宋去获得这件宝贵的战利品。伊阿宋欣然答应。他不明白叔父的真正用意，不知道叔父其实希望伊阿宋客死他乡。叔父不相信他能经历如此巨大的冒险，还能活着回来。

闻名希腊的英雄们都被召集起来，他们决心共同参加这一场英勇的事业。聪明卓绝的希腊建筑大师阿耳戈在佩利翁山脚下按照雅典娜的指示，用浸在水中不烂的坚木造了一条华丽的大船，船上共有五十把船桨。大船按照建筑师的名字称作阿耳戈号。阿耳戈是阿利斯多的儿子。阿耳戈号船是希腊人用于航海的最大的一条船。女神雅典娜从多度那宙斯神殿前一棵会说话的大栎树上锯下一块可供占卜用的木板，将它安装在桅杆上。华丽的大船上装饰着许多美丽的的花纹板，可是船体却很轻，英雄们嘿唷一声就能把它架在肩膀上运走。

等到船上设备一切就绪以后，阿耳戈号船上的水手全都参加抽签，决定自己的工作位置。伊阿宋是整个船队的总指挥，提费斯掌舵，眼力敏锐的林扣斯担任领港，著名的英雄赫拉克勒斯掌管前舱，珀琉斯和忒拉蒙负责后舱。（珀琉斯和海洋女神生下儿子阿喀琉斯，忒拉蒙是埃阿斯的父亲。）内舱里还有宙斯的儿子卡斯托耳和波吕丢刻斯。此外还有皮罗斯国王涅斯托耳的父亲涅琉斯，虔诚的妻子阿尔刻提斯的丈夫阿德墨托斯，战胜卡吕冬野猪的墨勒阿革洛斯，天才而又可爱的歌手俄耳甫斯，帕特洛克罗斯的父亲墨诺提俄斯，后来当了雅典国王的忒修斯以及他的朋友庇里托俄斯，赫拉克勒斯的年轻朋友许拉斯，海神波塞冬的儿子奥宇弗莫斯和俄琉斯。俄琉斯是罗克里斯国王、小埃阿斯的父亲。伊阿宋把他的船祭献给海神波塞冬。起航前，他们给波塞冬和一切海神祭供牺牲，虔诚地祷告，祈求保佑。

众位英雄在船中坐定。伊阿宋一声令下，有人启动船锚，五十支船桨一起划动。顺风顺水，船借风势，不一会大船便离开了爱俄尔卡斯岛。英雄们斗志昂扬，他们驶过了海岛和山峦。第二天，海上起了一阵飓风。滔天的波浪把英雄们一直推到雷姆诺斯岛的港口。

阿耳戈英雄在雷姆诺斯岛

一年前，雷姆诺斯岛上发生一件怪事：

妇女们清除了全岛的男人。她们受了爱与美的女神阿佛洛狄忒的情绪驱使，心中妒火中烧，因为她们的丈夫竟敢又从色雷斯娶了许多外乡女子。妇女中只有许珀茜伯勒例外，她原谅了父亲托阿斯国王。许珀茜伯勒将父亲锁在木箱内，任木箱在海上漂泊。

从此以后，妇女们总是担忧色雷斯人会发动突然进攻。她们常常站在海岸上眺望远方，眼睛里流露出惊恐的神色。现在，她们看到阿耳戈船快速驶来，大家十分吃惊。妇女们纷纷涌出城门，像亚马孙女战士一样，全副武装地站立在海岸上，准备迎战。

阿耳戈的英雄们看到前面岸上一字排开武装的妇女，感到非常奇怪：为什么岸上连一个男人也没有？英雄们派出一位使者，手持和平的节杖，来到这支稀罕的队列前。妇女们团团地围着女王许珀茜伯勒，使者以谦恭的语言表达了阿耳戈船员们的请求：他们希望进港内休息。

女王把她的女子部下召集在城市的贸易广场上。她自己端端正正地坐在从前父亲坐过的石板王位上，向大家报告了阿耳戈英雄的和平请求，然后说："亲爱的姐妹们，我们已经犯下了极大的罪孽，愚蠢地清除了全部的男人。现在，船员们央求我们，我们不能拒绝朋友。但是，我们也要提防，别让他们知道我们的蠢事。因此，我建议把食物、美酒和其他的必需品送上船去。我们以友好的姿态把这批陌生人远远地隔离在城墙外端。”

女王说完话坐了下去。这时候站起来一位老阿嬷，她已经老得连说话都十分费劲：“你们给陌生人送礼吧，这是一件美事。可是，你们也应该想到，如果色雷斯人聚涌过来，那时候你们该怎么办？要是有一位仁慈的神保佑，那么你们就可以放心大胆地睡觉，不用担心种种危险。当然啰，老太婆们，比如我就是一个，根本用不着害怕。任何危险还没有到来，一切还没有鸡飞蛋打的时候，我们就已经死了。你们年轻人可不一样，以后靠什么维持生活呢？难道耕牛会自己套上牛轭，自觉地走到田地里，给你们耕田吗？你们年纪大了时，它们会替代你们前去收割庄稼吗？你们是不愿意独自干这类苦活的。我劝你们别错过天赐良机，把一切财产统统交给陌生人，请他们过来治理你们的城市！”

老人的建议赢得了大家的赞同。女王派出一名年轻的女子跟来使一起回到船上，向阿耳戈的英雄们表示了大家的意见。英雄们听到消息，十分愉快。他们还以为许珀茜伯勒是在父亲死后自然而又和平地接替王位的。

伊阿宋披上雅典娜赠送的紫色大袍，动身进城了。当他穿过一道道城门的时候，女人们友好地问候他，朝他蜂拥挤来，她们非常喜欢这位客人。伊阿宋按照礼仪，下垂双眼，急步朝女王的宫殿走去。使女们打开宫殿的大门，热情地欢迎贵客。年轻的女使者把他一直领进女君主的内室。伊阿宋在女王面前的一把华丽的椅子上坐了下来。

许珀茜伯勒低垂着头，脸颊上泛起一阵红晕。她以温柔的声音开口说：“陌生人，你们为什么胆小地停在城外？雷姆诺斯城里没有男人，你们丝毫不用害怕。我们的丈夫不讲信义，他们离开了我们。他们把战争中俘虏的色雷斯女人当作自己的小妾，现在又跟她们回去了。丈夫们带走了儿子和男佣，我们孤立无援地被抛弃在这里。我希望你们到这里来。你如果愿意，可以登坐我父亲的宝殿，统领我们。我们的王国是大海中最肥沃的岛屿，是无可挑剔的地方。希望你回去以后，把我们的建议告诉你的伙伴们，你们别再逗留在城外了。”

伊阿宋回答说：“女王，我们以感激的心情收下你的帮助和礼物。我会把好消息带给伙伴们，我也愿意重新回到城里来。可是，我们却不能接受王杖和岛屿，还是请你自己执掌！我不敢蔑视它们，只是我们在遥远的地方还要打一场激烈的恶仗。”说完，他伸出双手向女王告别，然后急忙回到海岸。

一会儿，妇女们都驾着快车，装上礼物，顺着伊阿宋的脚步跟踪而来。船上的英雄们已经听到了伊阿宋的解释，因此很容易地就被女人们说服了。他们一起回到城里，各自住进女人的家中。伊阿宋直接住在王宫内，其他人散住在各处，大家都很高兴。只有大英雄赫拉克勒斯生来不重女色，他跟少数伙伴坚持留守城外，住在船舱里。而城内早已美酒佳肴，歌舞相伴，乐作一团。祭供的牺牲香飘万里，直达天庭。女人和客人都虔诚地礼拜岛屿的佑护神赫淮斯托斯和他的妻子阿佛洛狄忒。

乐不思战，出航的日期一天天地往后拖延着。要不是赫拉克勒斯终于忍不住地大声叫唤起来，阿耳戈的英雄们在那些热情洋溢而又温顺友好的女主人那里还不知道会待多长时间哩！“你们这些傻瓜，”他不屑一顾地说着，“难道自己国家的女人还不够你们消受吗？你们是到这里庆祝婚礼来的吗？难道你们想要留在雷姆诺斯当农民耕地度日吗？你们以为天上会降下一位神，他取来金羊皮，然后把羊皮扔在你们的脚下，真有那么便宜的事吗？我们干脆回去算了。按照我的意思，伊阿宋应该在这里跟许珀茜伯勒结成夫妻，生养一大堆儿子，以后分布着居住在全岛，自己则兴致勃勃地准备倾听其他人所创立的英雄业绩！”

赫拉克勒斯十分倔强，其他人都不敢违背他。大家收拾一番，准备出航。城里的女人们猜出了他们的意图，她们像一群蜜蜂似的聚在一起，抱怨、请求、哭泣，乱哄哄的声音经久不息。后来，她们终于不得不屈从于命运。许珀茜伯勒含着眼泪走上前来，握住伊阿宋的手，说：“去吧，但愿神保佑你和你的伙伴，让你们如愿以偿，取得金羊皮！等到将来凯旋回来的时候，别忘了这座岛屿和我的父亲的王杖，它们也在殷切地等待着你。我知道，这也许不是你的初衷，那么至少在远方还能想念我！”

伊阿宋第一个登上船，其他人鱼贯而入。英雄们解下缆绳，摇动船桨。不一会，他们就远远地离开了达达尼尔海峡。

阿耳戈英雄与杜利奥纳人

色雷斯的风吹送着阿耳戈英雄的大船，把他们一直送到夫利基阿海岸旁。那里有一座岛屿,名叫基奇科斯,跟岛上居民杜利奥纳人相邻的还住着一些极其野蛮的土著巨人。巨人长着六只胳膊:强健的肩膀上长着两只胳膊,另外四只分别长在腰身两旁。

杜利奥纳人是海神的后裔,海神保佑他们不受巨人欺侮。他们的国王就是虔诚的基奇科斯。国王听说海上驶来一艘大船,马上率领全城人一起出来,迎接阿耳戈英雄。欢迎的气氛十分热烈友好。大家劝说阿耳戈英雄把船停泊在港口,准备长住下来。国王曾经听到过一则预言:如果有一队高贵的英雄前来,国王应该友好地接待他们,千万不能兵戎相见、发生战争。国王牢记预言,因此给英雄们宰杀牲口,送上美酒,慷慨地帮助阿耳戈英雄。

基奇科斯国王年轻有为,他的嘴角边上还没有开始生长胡须。基奇科斯的王后重病在身,躺在王宫里,不能前来。基奇科斯对神的旨意十分虔诚,他安顿好王后,又来跟陌生人一起用膳。阿耳戈英雄告诉他此番出航的目的和意图后,他给英雄们详细指点该走的路程。第二天清晨,大家登上一座高山,观察岛屿在大海里的方位,又欣赏了一阵海天相连的绝妙景色。

突然,从海岛的另外一端拥来一群巨人。他们用巨大的山石把港口封锁起来,不让船只进出。阿耳戈船由赫拉克勒斯担任守卫,他这回也没有上岸。赫拉克勒斯看到来了一批不速之客,便操起硬弓,箭不虚发,射死了许多巨人。其他的英雄们闻讯赶来,他们投枪射箭,把巨人们打得落花流水。最后,巨人们的尸体像砍伐下来的树木一般堆塞在港口周围。阿耳戈英雄们取得了胜利。他们趁着顺风扬帆起锚,又踏上征途,驶入大海。

夜里,大海上掉转了风向。还没有等到大家明白过来,阿耳戈英雄们又被大风吹送到杜利奥纳海岸,他们还以为到了夫利基阿港哩!杜利奥纳人突然从睡梦中惊醒,也来不及看清对方原来就是昨天隆重款待的贵宾,便急忙拿起武器。双方展开了一场不幸的厮杀!伊阿宋英勇无比,亲手把长矛刺入慷慨而又虔诚的国王基奇科斯的胸膛。杜利奥纳人大败而逃。他们紧锁城门,躲在后面,不敢动弹。直到第二天太阳升起,朝霞染红天空的时候,激战的双方才发现原来是一场可怕的误会。

伊阿宋和他的英雄们内心充满了无限的悲痛。他们哀悼躺在血泊中的年轻国王。杜利奥纳人和阿耳戈英雄一起悼念了三天。后来,英雄们又起航出海了。杜利奥纳人的王后克利特却因忧伤悲愤而死。

赫拉克勒斯留在海湾

阿耳戈号大船全速航行，英雄们来到奇奥斯城前的俾斯尼亚海湾。这里住着密西埃人，他们友好地款待客人。大家燃起熊熊的篝火，用绿色的树叶给客人们铺设了柔和的睡床，晚餐时还端上了佳肴美酒。

赫拉克勒斯在旅行途中放弃了一切舒适的享受。这回他又离开了大家，独自走进茂密的树林，想要寻找一棵结实的松树，用它劈削一把船桨。不一会，他果然找到一棵合适的大树。他把箭袋和弓箭放在地上，解开缚在身上的狮皮，又把大木锤搁在地上，然后用双手抱住树干，用力一拔，大树一下子就连根离开了地面，像被飓风吹倒的一样。

这时候，赫拉克勒斯的朋友许拉斯也离开了餐桌。赫拉克勒斯在征伐德律约本人时由于话不投机打死了他的父亲，把他孩子从那里带回来扶养长大，当了自己的仆人和朋友。许拉斯带了一只铁罐，要为主人和朋友到泉边去取水。迎着一轮满月，年轻英俊的许拉斯满怀喜悦。他来到泉水旁，弯下腰去打水。水面如镜，影映着许拉斯的优美身段。这早就惊动了泉边的女仙，她如醉似痴地看着许拉斯，突然伸出左手，一把拉住许拉斯的脖子，又用右手抓住他的胳膊，不容分说地把他拉入深渊。

正在泉水附近的波吕斐摩斯，也是阿耳戈大船上的一位英雄，他正在等候赫拉克勒斯。突然，他听到了孩子的呼救声，可是却看不到孩子在哪里。赫拉克勒斯从树林里迎面走来。“喂，我必须告诉你一个不幸的消息，”波吕斐摩斯急忙说，“你的仆人许拉斯去打水，可是他却不能回来了。不知道是被强盗抓了去，还是被野兽撕吃了，我只是听到他恐惧地大喊一声。”

赫拉克勒斯听完这番话，愤怒地把松树扔在地上，急忙朝山泉奔去。

启明星已经升起，高高地悬挂在山岭间。微风荡漾，十分凉爽。舵手催促众位英雄赶快上船。他们趁着月色航行了一程，有人突然发现两位伙伴，波吕斐摩斯和赫拉克勒斯不在船上，他们留在岸上了。大家一阵骚动，激烈地争执着。他们难道能够忘掉最英勇的伙伴，独自走掉吗？

伊阿宋一言不发，静静地坐在那里，十分悲伤。忒拉蒙可就沉不住气了，他狂怒地对着首领说：“你怎么能够如此安静地坐在这里？你大概担心赫拉克勒斯会争夺你的荣誉，你听到大家正在议论纷纷吗？如果大家都支持你，那么我愿意独自回去，寻找丢失的伙伴和英雄。”说完，他劈胸一把抓住舵手提费斯的衣服，瞪着的眼珠里快要喷射出火花。要不是北风神波瑞阿斯的两个儿子，卡雷斯和策特斯抓住他的双手，他几乎要迫使大家往回驶过去。

正在大家吵得不可开交的时刻，从波浪滔天的海水里跳出了河神格劳科斯。他用强有力的手拖住船尾大声呼喊起来。“英雄们，你们在争执什么？你们为什么希望违背宙斯的愿望，带上勇敢的赫拉克勒斯前往科尔喀斯？他命中注定另有一场英雄事业。而许拉斯已经被泉水的女仙拖去成亲了。赫拉克勒斯是因为他才留下来的。”说完话，他又沉入水中。深暗的海面上留下一个急转的漩涡。

忒拉蒙十分惭愧。他来到伊阿宋面前，伸出一只手，谅解似的解释说：“伊阿宋，别生我的气，我无法遏制兄弟的情谊，痛苦万分。忘掉我的粗暴，让我们重归于好，还是亲密的朋友吧！”伊阿宋跟他握了握手，表示友好。大家高高兴兴地又往前驶去。

波吕斐摩斯留在密西埃人那里。他率领大家建造了一座城池。赫拉克勒斯继续往前，宙斯给他安排了新的战场，新的使命。

波吕丢刻斯和珀布律喀亚国王

第二天清晨，当太阳跃出海面的时候，阿耳戈英雄们来到一座海岬旁。大家抛锚，准备休息。这里是珀布律喀亚王国，凶残的国王阿密科斯在海岬旁建造许多牲口棚和乡村住宅。阿密科斯生性好斗，他规定陌生的客人如果不能跟他在拳击时取胜，便不得离开他的王国。为此，他已经杀害了许多近邻。

阿耳戈英雄刚刚上岸，国王阿密科斯就迎着他们走了过来，大声叫嚷：“听着，你们这批海上流浪者，陌生人如果不能战胜我，那么谁也不准离开我的王国。你们赶快挑选一个人前来跟我对阵，否则我就让你们彻底遭殃！”

在阿耳戈船员里，波吕丢刻斯是希腊国最杰出的拳击手，是勒达的儿子。国王的挑战使他大怒，波吕丢刻斯大叫一声跳上前来：“你别来吓唬人，碰上我算你找对了人!”珀布律喀亚国王听了讲话睁大眼睛转了转,上下打量着陌生的英雄。波吕丢刻斯冷冷一笑,显得十分从容。他伸出双手,在空中比划了一阵,看看双手是否因为掌舵而变得僵硬,不灵活了。英雄们离开大船时,比赛的双方早已面对面地站着,跃跃欲试。一位宫廷仆人朝他们中间扔了两副决斗手套。

“自己挑吧,看哪一双手套适合你的手。”阿密科斯说,“我用不了多久就能结果你的!你将会亲自品尝到,我是一位多么优秀的剥皮手。”

波吕丢刻斯又是一阵冷笑,一声不吭地就近拿了一副手套,转过身来,请朋友们给他扎紧。珀布律喀亚国王也照此办理。拳击开始了。国王朝希腊人奋力冲过来,连连出击,根本不让波吕丢刻斯有喘息和还手的机会。波吕丢刻斯却一再巧妙地回避着他的攻击,不让他的重拳落到身上。不一会儿,他就明白了对手的弱点,于是瞅准机会,给他狠狠地送上几拳。国王这时才领略到对方的力量。几个回合以后,双方都咬牙切齿地搏斗起来,一直厮杀得气喘吁吁,才各自稍息一会儿,退到一旁,深深地吸口气,擦去满头大汗。

当他们重新投入拳击的时候,阿密科斯一拳朝对方头颅挥去,不料打空,只碰了下对方的肩膀。波吕丢刻斯瞅准机会,迎上一拳,拳头落在国王的耳根上,国王痛得跪倒在地上。

阿耳戈英雄们齐声欢呼。可是珀布律喀亚人也不含糊,他们跳过来帮助国王。大家亮出狼牙棍和打猎钢叉,一起对准波吕丢刻斯冲了过来。阿耳戈英雄们嗖的一声拔出了寒光闪闪的刀剑,往前几步,挡住了自己的朋友。好一场血战,直杀得天地昏暗,日月无光。珀布律喀亚人抵挡不住,逃了回去。他们藏在腹地深处,闭门不出。英雄们搜出留下的许多牲口,获得了许多丰富的战利品。夜晚,大家都留在岸上,他们包扎伤口,向神祭供牺牲,欢乐地畅饮美酒,常常通宵达旦。高兴的时候,大家还用桂树扎成花环,戴在额头间。俄耳甫斯弹奏琴弦,伴随大家开怀歌唱,寂静的海岸似乎也在侧耳倾听。他们一起歌唱波吕丢刻斯,那是宙斯的儿子,他取得了辉煌的胜利。

菲纽斯和哈尔庇亦恩神鸟

早餐完毕,阿耳戈英雄登上大船,扬帆出航了。历经几回冒险,他们一路来到俾斯尼亚国。大家把船靠近海岸,抛锚休息。这里是国王菲纽斯居住的地方,他是英雄阿革诺耳的儿子,阿波罗曾经传授他预言祸福的本领。可是他滥用这套法术,所以等到后来年迈体衰时突然双目失明。一群粗鲁而又难看的哈尔庇亦恩神鸟则搞得他用膳没有安宁的时刻。它们尽一切可能把他面前的饭菜抢走,而剩下的那部分也被糟踏得几乎无法食用。

然而宙斯的另一则神谕则使菲纽斯十分欣慰:如果北风神波瑞阿斯的儿子与一群希腊船员一起来到的时候,他就可以安静地享用食物。现在听说来了一条船,菲纽斯急忙离开小房间来到岸边。他骨瘦如柴,看上去犹如鬼魂阴影,四肢颤颤悠悠,抖动不已。当他终于来到阿耳戈英雄面前时,累得精疲力竭地倒在地上。大家围住可怜的老人,为他的可怕形象感到惊讶。

国王苏醒过来的时候,恳求大家说:"英雄们,如果你们如神谕告诉我的那样,真是我的救星,那就快向我伸出援助之手。我不仅被剥夺了眼睛的光明,还被复仇女神派来的丑鸟糟踏了饭食。你们帮助的不是一个陌生人,我叫菲纽斯,是阿革诺耳的儿子。跟你们一样,我也是希腊人。能够拯救我脱离灾难厄运的波瑞阿斯的儿子实际上是克勒俄帕特拉的弟弟,他是我在色雷斯时的妻弟。"

菲纽斯的一番话使大家想起北风神的往昔经历:波瑞阿斯曾经追求雅典国王厄瑞克透斯的女儿奥律蒂里阿但遭到了拒绝。北风神恼羞成怒,他劫持着姑娘从空中一直飞到遥远的色雷斯海湾,从此安顿下来,伉俪和谐,生下两个儿子:策特斯和卡雷斯;他们还生了两个女儿:克勒俄帕特拉和茜欧纳。

波瑞阿斯的儿子策特斯听完这番话急忙扑进他的怀里,答应请他的兄弟帮助,让国王最终能够摆脱哈尔庇亦恩神鸟的困扰。他们摆下一桌丰盛的宴席,借以吸引神鸟。突然,神鸟们犹如旋风一般拍扇着翅膀,贪婪地从云彩里直扑下来,奔向餐桌。英雄们大声吆喝着,可是神鸟们无动于衷。它们停在桌子上,直到把一切都享用完毕,然后扶摇着身子,飞上九霄云空。

餐桌上只留下一点儿味道怪异的饮料。

策特斯和卡雷斯勃然大怒。他们放出密集的飞剑,急速地追了上去。宙斯又给他们添上了翅膀,让他们享用无穷无尽的力量。兄弟两人腾空飞了起来,尾随着神鸟,几乎伸手就能逮住它们,然后拧断它们的脖子。突然,宙斯的女使伊里斯从太空中降临下来,朝着兄弟俩喊话说:"喂,你们两位波瑞阿斯的儿子,千万不能杀害伟大宙斯的猎犬——哈尔庇亦恩神鸟。我可以凭着冥河斯提克斯向你们立下高贵的神的誓言:这批猛禽再也不会折磨阿革诺耳的儿子了。"

听到这番话,波瑞阿斯的儿子们停止追赶。他们带着伊里斯的誓言回到自己的船上去。

再说希腊的英雄们急忙扶起年迈的菲纽斯。他们准备了一餐祭供的盛宴,邀请这位饥饿难忍、几乎奄奄一息的国王。他贪婪地吞食着清洁的食物,感到这一切似乎都在梦中一样。夜幕降临时,大家趁着等待波瑞阿斯的儿子回来的时刻,请年迈的国王菲纽斯为他们预言祸福,占卜未来。

"你们将来会在海洋的狭路之际遇上两堵巨型岩石,这是陡峭的海岛大山。它们不是从海底生长的,而是从远方漂泊而来,所以经常往一起挤。每当相挤时,两山之间潮水奔流,大海发出可怕的吼声。如果你们不想船破人亡,那么在经过两山之间时必须急速划动,要像鸽子一般地飞速穿过。

"然后,你们又会来到玛丽安蒂纳海滨,那是通向冥府的入口。一路上,你们必须经过千山万水,穿过许多海湾,越过亚马孙女子的城市和卡律贝尔王国,看到有人汗流满面地从地下挖出铁矿。最后,你们到达科尔喀斯海滨。法瑞斯把宽阔的急转漩涡送入大海。你们在那里可以瞅见埃厄忒斯国王的宏伟宫殿,那里有一条从不睡觉的巨龙。它看守着金羊皮,金羊皮张开着,悬挂在大栎树的树冠上。"

英雄们听得心里不寒而栗。他们正想仔细动问的时候,只见波瑞阿斯的两个儿子已经从云端里降落下来,站在大家的中间。他们给国王带来了伊里斯的喜讯,国王听了十分欣慰。

高山巨岩

菲纽斯深受感动，恋恋不舍地跟大家告别，挥手看着阿耳戈的英雄又踏上了新的冒险征途。

海面上刮起了西北风，英雄们耽搁了四十天的航程。他们轮番地向全部的十二位神祭祀，虔诚地恳请，最后才获得佑护，起锚航行。不一会，他们听到远方传来巨大的呼啸声。附近海面上的两堵浮动的大山又在往一起挤压过来，它们发出了轰然巨响和海水哗哗流动的响声。提费斯操稳船舵，奥宇弗莫斯从船舱里站起来，在手上抓了一只鸽子。

菲纽斯曾给他们作过预言，如果鸽子能够无所畏惧地穿过两座高山飞出去，那么他们也可以放心大胆地随后航行。他们看到两座高山刚刚开启并各自向外移动的时候，奥宇弗莫斯瞅准机会，急忙抖手，放出了鸽子。大家都把目光投向它，满怀期望地看着鸽子飞向远方。

鸽子正在展翅飞翔，两座大山又开始相互聚拢。海面上掀起万丈狂澜，发出急速的咆哮声，声震如雷，响彻着海面及其上空。两座漂浮的山几乎挤压在一起了，只给鸽子留下一线腾越的空间。鸽子扇动着翅膀，终于幸运地飞了过去。

提费斯大声地鼓励众位划桨的英雄，趁着山岩现在又在开启的当儿奋勇前进。海水把船儿呼的一声吸入进去。这时候，灾难铺天盖地迎面扑来：一阵巨浪，黑塔一般地席卷而来。看到它，英雄们禁不住倒吸一口冷气，急忙低下头来。可是提费斯镇定如神，命令大家握紧船桨。巨浪翻滚着钻入船底，把大船高高地举起来，几乎送上悬崖的顶峰。

英雄们齐心协力，拼命划动，船桨都弯成了弓箭一般。突然，大船又掉进峭壁间的漩涡，岩石几乎擦上了船身。佑护女神雅典娜从看不见的地方悄悄地推了一把，保佑大船没有被撞得粉身碎骨。不过，相互合击起来的岩石还是夹住了船尾的几块木板。木板被挤压成碎块，掉进海水里，一会儿就被冲得无影无踪。

大家等重新见到蓝天和大海的时候，才放心地舒了一口气。他们真的好像是从阴司里获得拯救，重新回到了人间一样。

“这不是我们的力量所能取得成功的，”提费斯大声地说，“雅典娜保佑我们，我们再也用不着惧怕了。按照菲纽斯的预言，我们还会遇上其他的种种困难。可是，这一切困难都会迎刃而解！”

不料伊阿宋却悲伤地摇摇头，说：“好心的提费斯，当我被珀利阿斯说服着委以重任时，我曾经询问过各路神仙。其实，现在想起来，我还真愿意当时被他斩剁成碎末肉酱！我日日夜夜地担忧着，担忧着你们的生命危险。我们遇到的险恶如山，我能够率领大家平安地回到家乡吗？”

伊阿宋说这番话，借以考验他的众位伙伴。大家却情绪高涨，一致呼唤着，要求继续前进。

英雄们又精神饱满地行驶在一望无际的大海上。他们终于来到忒耳莫冬河的入海口。忒耳莫冬河跟地球上任何河流都不相同。它发源于丛山峻岭之中的一处水洼，流淌一程以后便分成许多支流，然后分九十六处出口流入海洋。亚马孙人就住在一条最宽的河流入海处。这个民族全是妇女，是战神阿瑞斯的后裔。她们生性好战。阿耳戈英雄如果从这里登陆上岸，那么毫无疑问将跟亚马孙妇女血战一场。她们跟善战的英雄们势均力敌，妇女们没有住在城里，而是分散在乡村地带，各个族第围聚而居。

一阵西风挡住了阿耳戈号大船的航向，让大家有利地避开了好战的亚马孙女人。又经过一天一夜的航行，他们如同菲纽斯预言的那样，来到卡律贝尔王国。卡律贝尔人既不务农，又不牧畜，整天就是在荒凉的泥地里采矿挖铁，与邻人交换食品。他们艰苦地劳动，在阴暗和浓密的烟雾中度日如年。

阿耳戈英雄来到阿瑞蒂亚，或称阿瑞岛的时候，岛上有一位居住者竟然朝他们施放毒箭。那是一只鸟儿，它飞临大船的上空，抖动着翅膀，一根尖尖的羽毛箭一般地刺进英雄俄琉斯的肩头。俄琉斯中箭倒在船舱里，不能继续划船。周围的人给他拔出羽镞，包扎伤口。他们看到这样的飞箭十分奇怪。

不一会儿又飞来第二只鸟。克吕蒂沃斯弯弓搭箭，嗖地射去，飞鸟应声落下，掉在船上。“看来岛屿就在眼前了！”久惯旅途、富有经验的安菲达姆斯对大家说，“别去理会这些鸟儿。等到我们登陆上岸的时候，需要使用的弓箭很多。让我们思量一个办法，如何驱逐这批无理取闹却又乐于施箭的飞鸟。我建议大家都戴上头盔，上面插上高大的树枝，再用寒光闪闪的长矛和盾牌装点在船上，然后一起发出一阵阵可怕的叫唤声。鸟儿听到叫声，看到头盔上的树林，直挺挺的长矛，光闪闪的盾牌，一定会十分害怕，急忙飞走。”

英雄们称赞这是一个好主意，一切都按他的建议办理。一路上，他们连鸟毛都没有看到。等到他们靠近海岛，盾牌撞击着发出一阵阵咚咚的声响时，无数受了惊吓的鸟儿扑扑地飞了起来，越过大船的上空。阿耳戈英雄用盾牌挡住自己，鸟儿们的羽箭飞蝗一般地掉落下来，可是却伤害不了任何人。无限惊恐的凶猛鸟儿穿过大海，一直飞到另外一边的海岸上，栖息下来。阿耳戈的英雄们高高兴兴地登上了海岛。

天涯无处不逢客。没想到他们在这里又遇到了朋友和伙伴。英雄们刚刚踏上海滨，只见迎面过来四位衣衫褴褛的年轻人。他们脚步匆忙，主动跟英雄们打着招呼，说：“善良的人们，不管你们是谁，请帮助我们这些可怜的遇难人，给我们一点衣服，让我们遮挡裸体；再给我们一点饭食，让我们充塞饥肠，免得我们客死他乡！”

伊阿宋友好地答应了他们的请求，然后问起他们的姓名和身世。

“你们一定听到过关于佛里克索斯的故事。他是阿塔玛斯和涅斐勒的儿子。”四位小伙子中有人开口回答，“你们知道，正是他把金羊皮送往科尔喀斯，是吗？国王埃厄忒斯把大女儿卡尔契俄珀许配给他，我们就是他的儿子。我的名字叫阿耳戈斯，父亲佛里克索斯不久前去世了。我们根据他的遗愿，前去取回宝贝，那是他留在奥耳肖楣诺斯城的物件。”

听完这番话，英雄们十分高兴。伊阿宋立即认他们为堂兄弟。因为阿塔玛斯和克瑞透斯的祖父是亲兄弟，小伙子们又继续说到他们的船如何受风浪颠簸而沉没，说他们如何抱着一块木板，最后漂泊到这座无人救助的岛屿。阿耳戈英雄们介绍了自己出海的意图，希望小伙子们一起加入冒险的行列。小伙子们听说后惊吓得瞪大了眼睛。“我们的祖父埃厄忒斯是一个残酷的人。他也许是太阳神的儿子，具有超人的力量。他统治着无数的科尔喀斯氏族，而金羊皮旁边还有一条可怕的巨龙看守着。”听到这样的介绍，有些人顿时害怕得面如土色。

埃阿科斯的儿子珀琉斯愤然站起身来，说：“你们别以为我们会败在科尔喀斯的国王手下，别忘了我们也是神的儿子！如果他不愿意把金羊皮好好地交给我们，我们就把它抢走！”大家听了点头称是。接着，他们又在用膳的时候相互鼓励，增添了不少勇气。膳食自然也十分丰盛。

第二天清晨，佛里克索斯的儿子穿戴一新。他们酒足饭饱后，一起登上大船，又扬帆出航了。经过一昼夜的航行，大家看到了高加索山峰远远地耸立在海面上。等到暮色降临的时候，他们听到头顶上一阵阵鸟儿的噪声。那是惊扰普罗米修斯的雄鹰。它巡视着天空，从大船上端飞过。雄鹰的翅膀非常强健，船帆在它的扇动下犹如在风中摇晃。这是一只巨大的鹰，一对翅膀就像鼓满风的船帆。一会儿，大家听到远方传来普罗米修斯的呻吟，那是雄鹰在啄食他的肝脏。又过了一阵，叹息声消失了。大家看到雄鹰在高空中扇动着翅膀，往回飞去。

就在当天夜晚，阿耳戈英雄们到达了目的地，来到法瑞斯河的出海口。有几个人高兴地攀缘上桅杆，拆了船帆，用桨把船划到河流的宽阔处。波浪似乎都在船前绕开了道路。他们看到船的左边是高加索山和科尔喀斯王国的首都基泰阿城。右面是一望无际的田野和阿瑞斯的圣林。金羊皮张开着挂在栎树树枝上，旁边是一条巨龙，瞪大着眼睛看守着。

伊阿宋立即站起来，端着满满的金杯美酒，高举着给河流、给大地之母、各路神仙以及航行途中死去的英雄浇祭牺牲。他请求诸位帮助，保护阿耳戈大船。

“看来我们已经平安地到达科尔喀斯国，”舵手安克奥斯说，“现在该是时候了，我们必须认真地讨论一下，到底是好意地央求埃厄忒斯，还是用其他的办法实现我们的意图。”

“明天再说吧！”疲倦的英雄们意见一致。

伊阿宋当即下令，把船停靠在河流的荫凉处。大家争相伸着懒腰，展开四肢，躺下睡觉。这是一次短暂的休息，一会儿天就要亮了，一轮红日又会把大家唤醒，投入新一天的生活。

伊阿宋在埃厄忒斯的宫殿

清晨，阿耳戈英雄们正在议论纷纷。伊阿宋站立起来，说：“我提议：大家都要安静地留在船上,不过要武器在手,做好准备。我想带佛里克索斯的儿子,另外再从你们中间挑选二人,一起进入国王埃厄忒斯的宫殿。我将好言相问,看他是否愿意把金羊皮交给我们。毫无疑问,他会拒绝我们的请求,那么以后所可能发生的一切,都必须归咎于他。谁知道呢,也许我们的话能够改变他的主张。他那时候也曾让人说服,同意收留无辜的佛里克索斯。佛里克索斯只是逃避后母才流落野外的。"

年轻的英雄们同意伊阿宋的主张。他手持赫耳墨斯的和平杖,带着佛里克索斯的儿子以及伙伴忒拉蒙和厄利斯国王奥革阿斯离开大船。他们踏上一块大田,周围长满了婀娜的柳树。他们惊恐地看到树上悬挂着许多尸体,全用铁链锁捆着。死者生前不是罪犯,也不是被杀害的陌生人。在科尔喀斯,人们不准把死去的男子火化或者土葬。他们将尸体裹在粗糙的牛皮里,吊挂在远离城市的树木上,让尸体在空中风干,只有妇女死后才埋葬入土。

科尔喀斯是一个人口众多的大民族。为了让伊阿宋和他的随从一路上没有干扰和阻碍,阿耳戈英雄的佑护女神施法在城内降下浓幛密雾。直到英雄们进入宫殿以后,她才把重雾驱散。他们站在宫殿的前院,啧啧连声,称赞厚实的砖墙,称赞巍峨的大门和雄伟的立柱,连大楼也镶嵌了一道突出的大理石横脚线。他们悄悄地踏过前院的门槛。高高的葡萄藤攀缘而上,下面珍珠似的点缀着四个常年流动的喷水池。奇异的是一口井内喷出了沙沙作声的牛奶,第二口井内是酒,第三口井内流出了芬芳的香油,第四口井内是水,冬暖夏凉。技艺高超的赫淮斯托斯亲自完成了这座人间稀罕的作品,他用矿石冶炼成公牛的艺术模型。公牛口中喷吐烈火。他又用生铁铸造耕犁。他把这些工艺品全部送给埃厄忒斯的父亲,感谢这位太阳神在巨人之役中拯救了赫淮斯托斯,让他坐进了太阳神的巨车。

走过前院以后,又来到中院。左右两旁是巨大的石柱。一路往前,石柱后面有不少门厅。阿耳戈英雄们正在往前,迎面看到几座宫殿。一座宫殿里住着国王埃厄忒斯,另一座宫殿里住着他的儿子阿布绪尔托斯,其他的房间里住着宫廷使女和国王的女儿卡尔契俄珀和美狄亚。小女儿美狄亚几乎很少露面,常常在赫卡忒神庙里生活,是赫卡忒的女祭司。这一回却是出于赫拉的原因。赫拉是希腊人的佑护女神,她让美狄亚留在宫殿里。

正当美狄亚离开自己的房间，准备去姐姐那里时，在途中撞见了一批英雄。姑娘猝不及防，惊叫一声。卡尔契俄珀闻声急忙开门出来，却突然欢呼地叫了起来，因为她看到面前站着自己的四个孩子，那是佛里克索斯的儿子。真是喜从天降，孩子们也立即扑入母亲的怀抱。

美狄亚和埃厄忒斯

埃厄忒斯和他的王后厄伊底伊亚闻声赶来。不一会，大院里挤满了人。仆人们忙碌着宰杀一头大公牛，用来款待客人。另一些人劈木柴，生火。第三部分人急忙烧水待客。正在大家忙碌不堪的时候，爱神却高高地飞翔在空中。她从箭袋中抽出一杆羽箭，然后无声无息地朝地面降落下来，蹲伏在伊阿宋的身后，目光炯炯地瞄准了国王的女儿美狄亚。一会儿，箭已着身，美狄亚觉得心口一阵绞痛。姑娘深深地呼吸着，不时悄悄地抬起目光注视着伊阿宋。除此以外，她觉得思想里空空如也。

嘈杂声中，大家都没有发现美狄亚的变化。仆人们端上佳肴美酒，阿耳戈英雄用热水沐浴，然后高高兴兴地坐上餐桌，开怀畅饮。席间，埃厄忒斯的孙子叙述了途中的遭遇，国王趁机悄悄地跟他打听这批陌生人是谁。“我不想对你隐瞒，祖父，”阿耳戈斯轻轻地附在他的耳后，说，“这些人是为了金羊皮前来找你的。有个国王想把他们赶出故国家园，因此给了他们这个危险的任务。他希望这批英雄会招惹宙斯的愤怒，会招致佛里克索斯的报复。帕拉斯·雅典娜帮助他们造了一条大船，非常牢固。大船经历了多少风浪，牢不可破。希腊国的英雄们大胆地聚集到船上，英勇无比，一往无前。”

国王听到这里吃了一惊，他对孙儿们十分生气。他认为无风不起浪，一定是孙儿们招引来这么多陌生人，现在聚集在王宫大院。国王眨巴着眼睛，眼睛里充满着怒火。他大声地说：“你们这批叛徒，滚出去，别让我看见你们！你们不是来取金羊皮，而是来抢我的王杖和王冠。要不是你们远道而来，我今天真的会大发雷霆！”

忒拉蒙坐在国王边上。他听到这些话，十分生气。忒拉蒙正想站起来回答国王，伊阿宋及时阻止了他。伊阿宋说：“埃厄忒斯，请你放心，我们来到你的城市，进入你的宫殿，却不是为了前来抢劫。谁愿意漂洋过海，经历如此险恶的行程，掠夺一些陌生的财产，从而使自己富裕起来呢？可怜我的家庭命运和凶恶的国王命令把我推上了这条道路。你如果把金羊皮赠送给我，整个希腊国都会因此而称赞你，我们也一定以行动来感谢你。如果你遇上战事，那就可以把我们看作你的同盟兄弟。"

伊阿宋说这番话，想要安慰国王，国王却在暗暗思量如何当场把这批人杀死或者预先试试他们的力量。经过一阵激烈的思考，他渐渐地平静下来，说："我们何必如此害怕呢？如果你们真是神的儿子，那么就可以把金羊皮带回去。我喜欢勇敢的男子汉，愿意把一切都赏赐给他们。可是你们如何才能向我显示才干呢？在阿瑞斯的田地里放牧着两头公牛：铁蹄，口中喷火。我习惯用这两头牛耕地。等我把土地全部平整以后，我在沟洼里并不撒下谷物，而是播种丑恶的龙牙，龙牙入地后长出一群男人，他们从四面八方朝我围拢过来。我必须挥动长矛，把他们一个个打倒在地。每天，我赶清晨给牛套上轭具，经过一天辛勤的劳动，直到晚上我才能休息。陌生人，如果你能够像我一样行事，那么在你事成的当天就可以得到金羊皮。可是我不能事先给你礼物，因为勇敢的男子汉是不能畏惧艰难和险阻的。"

伊阿宋一声不吭地坐在那儿，拿不定主张，不敢不假思索地跃身于一场困难的冒险。后来，他拿定了主意，回答说："不管这回任务多么艰巨，我愿意经历一切考验。国王，我不惜为此而献身。对一个凡人来说，难道还有比死亡更糟糕的危险吗？命运把我送到这里，我乐意听从它的安排。"

"好吧，"国王说，"你可以回到伙伴中去，可是应该好好地思考一下。如果你不能完成任务，那么干脆还是让我去干，你们尽快离开这里，免得为难！"

阿耳戈斯的建议

伊阿宋和两位随从立即从座位上站起身来，佛里克索斯的儿子中只有阿耳戈斯愿意跟随他们，一行数人离开了宫殿。美狄亚透过面纱观察着伊阿宋，她的思绪早已魂牵梦绕地跟着他一路去了。当她重新回到自己的闺房，不由得失声痛哭，可是一会儿她又自言自语地说道："我干吗悲伤呢？这位英雄跟我有什么相干？即使他是最显赫的英雄，或是最糟糕的狗熊，甚至倒楣下地狱，这一切都是他的事情。可是，唉，但愿他能逃避厄运！仁慈的女神赫卡忒，保佑他平安回家吧！如果他被公牛制服了，那么他应该事先知道，至少我将为他的命运感到悲哀！"

阿耳戈的英雄们兴致勃勃地朝大船走去，阿耳戈斯告诉伊阿宋："你也许不赞成我的建议，不过我还是愿意告诉你。我认识一位姑娘，她跟冥界女神赫卡忒学会了使用魔汤。如果我们能够争取到她的帮助，那么你将胜利地完成这场斗争。只要你愿意，我可以争取到她的支持。"

"如果你愿意干的话，我的朋友，"伊阿宋回答说，"我不会说一个不字。可是，对我们来说，名声也不好，因为我们回去的命运取决于一个女人的恩德 。"

说话间他们已经回到船上，来到伙伴中间。伊阿宋介绍了他对国王的承诺，朋友们一声不吭地坐在那里。最后，珀琉斯站起来打破沉默，他说："伊阿宋，如果你想履行你的诺言，那么就请做准备吧！如果你觉得没有把握，那就干脆别去插手。可是，在这种情况下，你要知道，你的朋友们面临的前途只有死亡，别无选择。"

忒拉蒙和另外四位伙伴却忍不住地跳了起来。他们斗志昂扬，希望拼杀一场。阿耳戈斯安慰他们，他继续说："我认识一位姑娘，她会使用魔汤。她是我的母亲的妹妹，让我去说服母亲，争取那位姑娘支持我们。到那时候我们才可以谈得上战胜各种冒险。伊阿宋才能履行自己的责任和义务。"

他的话刚说完，面前突然出现一道征兆：一只鸽子被雄鹰追赶着，扑入伊阿宋的怀里，俯冲下来的猛禽却像石头一样掉在船尾的舱板上。看到这里，一位英雄突然想起年迈的菲纽斯曾为他们做过预言，阿佛洛狄忒将会帮助他们，让他们最后返归故里。大家都同意阿耳戈斯的计划，只有阿法洛宇斯的儿子伊达斯十分不情愿，他说："当着众神的面，难道我们到这里来只是想当女人的奴仆吗？我们为什么不找阿瑞斯，却找了个阿佛洛狄忒呢？难道一只鸽子就会阻挡我们去进行拼战吗？"又有一些英雄动摇了，他们小声地咕噜着，可是伊阿宋却支持阿耳戈斯的主张。大船靠在岸旁，大家在船上等待着使者带回来喜讯。

阿耳戈斯果然找到了母亲，请她说服美狄亚帮助希腊英雄。卡尔契俄珀十分同情那位陌生男子，可是她不敢惹父亲生气发火。现在看到儿子恳切相求，她答应给予帮助。

美狄亚烦躁不安地躺在床上。她做了一个可怕的恶梦。在梦中她看到伊阿宋正在跟公牛搏斗，他这回不是为了金羊皮，而是为了要娶美狄亚为妻，要把她带回家乡。于是，伊阿宋跟公牛展开了生死决斗。美狄亚十分起劲，她似乎亲自参加决斗并战胜了公牛。没料想她的父亲却不守信义，拒绝给予伊阿宋已经答应了的代价和条件。于是在父亲和陌生人之间又开始了激烈的争执，双方都拉她当仲裁。她在梦中选择了陌生人。父母亲痛哭流泪，突然间又大声叫唤起来——叫唤声把美狄亚从梦中惊醒了。

醒来以后，她急着想去姐姐的房间。可是她踌躇不前，于是在前厅里停留了好一阵。她离开前厅四次，又四次倒转回来。最后，她痛苦万分地扑在自己的床上，哭了起来。一位贴身的女仆看到了，十分同情女主人美狄亚，急忙把消息告诉卡尔契俄珀。卡尔契俄珀闻讯赶来，看到妹妹面色羞红，双泪直下，心里非常同情。她问："发生什么事了？你病了吗？"

美狄亚答应帮助阿耳戈英雄

美狄亚脸上泛起一阵红晕。她十分害羞，不敢说话。可是爱情给了她勇气。于是，她绕了一个弯子，机智地说："卡尔契俄珀，我为你的儿子们担忧，我害怕父亲会把他们连同陌生人一起杀掉。这是我在梦里见到的可怕情景。但愿众神保佑，让梦境不得灵验。"

卡尔契俄珀听了十分害怕，"我就是为此来找你的，"她说，"我向你发誓要支持他们，反对我们的父亲！"说完，她用双手抱住美狄亚的膝盖，把头靠在她的怀里。姐妹俩哭得泪人一般，无比悲伤。这时候只听美狄亚说："凭着天地，我对你起誓：为了拯救你的儿子，只要我能做的，我都在所不辞。"

"那么，"姐姐接过话，说："为了我的孩子，你也应该给那位陌生人一个办法，让他幸运地完成那场可怕的决斗。我的儿子阿耳戈斯以他的名义请求我，希望得到你的帮助。"

美狄亚的心高兴得激烈地跳动起来。她满面通红，不由自主地冲口说出一番话:“卡尔契俄珀,如果你的生命以及你的儿子的生命安危不能成为我最关心的事,那么明天的曙光就不再为我照耀。明天我将赶大早去赫卡忒神殿,为陌生人取拿魔药,它能够缓和公牛的攻势。”

卡尔契俄珀离开了妹妹的闺房,她给阿耳戈斯送去令人安慰的消息。

整整一夜,美狄亚翻来覆去,进行着激烈的思想斗争。“我是否答应得太多了?”她追问着自己,“为了一个陌生人,用得着我花费这么大的精力吗? 对,我应该救他一命,他应该如心中所愿地去生活。可是,等到事情成功了,我却要死了,到那时一定会有人糟蹋我,说我毁掉了我们一家,因为我是为了一个陌生人而死的。那该是多么可怕的谣言啊!”她从房间取出一只小箱子,里面藏着生药和死药。她把箱子搁在膝盖上,打开,想要尝尝死药的味儿。突然,一切生活的欢乐一股脑儿地涌现脑海,太阳比平日里更可爱,她的心里充满了对死的恐惧。美狄亚把箱子合上,搁在地上,那是伊阿宋的佑护女神赫拉撩拨了她的心绪。她来不及等到曙光初现,便急忙要去取回已经答应了的魔药,希望带着它来到心爱的英雄面前。

伊阿宋和美狄亚

东方刚刚透现鱼肚白,一抹朝霞还没有照亮天空,姑娘便急忙从床上跳下来,扎好金黄的头发。先前它们还悲伤地披散在肩头。她从脸颊上擦去最后的一丝泪痕,用花蜜般的脂霜打扮了一通。夜晚的悲伤如烟消云散,她敏捷地穿过宫殿,命令十二名女仆,迅速给她驾车,把她送到赫卡忒的神殿。美狄亚自己则从小箱子里取出一种药膏,人们称之为普罗米修斯油。这是一种宝物,如果有人前往冥府恳求女神,然后又用这种药膏涂抹全身,此人在那一天将会刀枪不入,火烧不进,可以在整整一天内所向无敌,战无不胜。药膏是由一种根须的黑汁制成的。说来话长,普罗米修斯的肝脏被啄食的伤口不愈,滴血不止。他的血流入地里,从中长出的幼芽,生成根须,里面的黑汁熬成药膏,所以称为普罗米修斯油。美狄亚亲自用一只贝壳,一滴滴地积聚了这类植物的宝贵汁液。

马车已经备好,两个使女跟女主人一起登上车。美狄亚接过缰绳和马鞭,扬鞭催马。马车滚动着穿过了城市,其余的女佣们在后面步行。她们追赶得大汗淋漓，气喘吁吁。两旁的行人都恭恭敬敬地为国王的女儿让路。

美狄亚终于来到神殿。她跳下马车，想了一阵，开口跟女仆们说："朋友们，我跟这位陌生的男子接触，真是罪孽深重。我的姐姐和她的儿子阿耳戈斯要求我帮助他们的头领，他要制服那批公牛，让我用魔药使得他刀枪不入。我表面上答应了，而且约他到神殿里来，说是单独与他会面，那是为了得到他的礼物，回头我再分给你们。我其实会给他毒药，让他彻底失败。所以我进门的时候，你们不要跟随在我的左右，否则他会产生怀疑！"

女仆们对这狡猾的主意感到十分满意，果然照吩咐行事。

阿耳戈斯和他的朋友伊阿宋以及利用飞鸟占卜的莫珀索斯一路赶来。赫拉让她的佑护弟子伊阿宋今天更加气宇轩昂，身段不凡。美狄亚不时地透过庙门朝大街上张望，一有脚步声，甚至风声，她就急忙探出头去，想要听个明白。伊阿宋和他的朋友终于跨进了大殿，风流倜傥，十分自豪，犹如大海中升起的天狼星，神采奕奕。姑娘猛地看到英雄，连呼吸都停住了。她眼前一阵漆黑，双颊一阵发热，心慌意乱，不知道怎么办才好。

伊阿宋和美狄亚面对面站着，沉默了好一阵子。最后，伊阿宋开口打破了沉默，"你为什么见我害怕呢？我是来求取援助的。请把答应你姐姐的魔药给我吧，我需要你的帮助。不过请别忘掉，我们的脚下正是一块神圣的地方，任何的欺骗在这里都是罪孽。我们阿耳戈英雄的母亲和妻子们也许已经在悲哭我们的命运，你可以帮助她们摘除钻心的烦恼。那样，你会受到全希腊的尊重，希腊人将会把你当作神。"

美狄亚默默地听他说完，微笑着看着地面，为受到称赞而高兴。多少话涌到嘴边，她多么希望把一切都告诉他啊！可是她还是一声不吭，只是从小箱子上解下喷香的扎带，伊阿宋连忙从她手中接了过去。她多么希望趁机把自己的心从胸膛里剖开，也一起送给他，如果他需要的话。他们都害羞地看着地面。然后，两束眼光终于渴望地交织在一起，激起了多少爱的火花。

美狄亚说话时显得很艰难，"听着，我将如何帮助你：如果我的父亲把龙牙交给你，让你去播种，那么你可以先在河水中找一寂静之处，下去洗个澡，然后穿上黑衣衫，在地上掘一道旋转式的土沟，填上一堆木柴，杀一头母羊羔，架在木柴堆上烧掉，再用甜甜的蜂蜜给赫卡忒祭献一杯饮料。等这一切做完以后你再离开木柴堆。可是，不管你身后响起脚步声或听到狗的吠叫，你都不能转过身去。否则,祭献的牺牲会变质坏掉。等到第二天清晨,你可以用我给你的魔药涂抹全身。魔药具有无穷的力量。你不仅可以感觉到能够战胜一切凡人,甚至超过一切仙人。你还应该把你的长矛、宝剑和盾牌也抹上一层油脂,那么你就能够刀枪不入,火烧不伤。当然,你的强大只能维持一天时间。你就在那一天前去战斗。我还可以给你一点帮助。当你套上公牛,耕遍土地,播种完龙牙,并看到龙牙破土而出的时候,你别忘掉往里面扔一块大石头。狂怒的家伙们将会激烈地争夺石头,就像一群疯狗争抢一块面包一样。你应该趁机扑过去,把他们一一砍翻在地。那时候你也许可以毫不费力地从科尔喀斯取回金羊皮,离开这里!对,从此以后,你可以离开这里,只要你愿意。”

说话的时候,她早已双眼流泪。因为她想,果真如此,陌生人可就又要漂洋过海,离开科尔喀斯了。她悲伤地握住对方的右手,心里止不住地一阵阵痛苦,说:“你回去以后,别忘掉美狄亚。我也会惦念你的。告诉我,你的祖国在哪儿?是啊,你将和伙伴们一起乘坐美丽的大船回到故国家园。”

伊阿宋感到有股抵御不住的感情,他也深深地爱着美狄亚:“请相信我,高贵的公主,我只要能够逃离大难,将会日日夜夜地怀念你。我的家乡在帖撒利的爱俄尔卡斯,那是普罗米修斯的儿子丢卡利翁建造许多城市和庙宇的地方。那里的人们还不知道你们的国家叫什么名字。”

“啊,你住在希腊国,”她回答说,“希腊国人要比我们这里人大方慷慨。因此,千万别讲到你在这里受到怎样的接待,只是在寂静处悄悄想念我吧!即使这里的人全都把你忘掉了,我也会想念你的。但要是你忘掉我了,那么让爱俄尔卡斯的风吹来一只小鸟,我会使它让你回忆起,你是通过我的帮助才逃离厄运的!唉,多么想亲自来到你的家乡,亲自提醒你一声啊!”说到这里,姑娘的眼泪像断了线的珍珠,嗖嗖地滚落下来。

“你在说什么呀?”伊阿宋回答说,“把你的风和鸟都送到九霄云外去吧!不过,你如果跟我一起回到希腊,一起回到我的故乡,那里的女人和男人们都会尊重你,把你看作神一样,向你祈求,因为你的建议让他们的儿子、兄弟、丈夫避免了死亡。而且你还完全属于我,除了死神以外,谁也不能夺走我们的爱情!”

美狄亚听到此话感到十分幸福,可是她同时又思量起来,因为要离开自己的祖国,那是多么的可怕啊。不过她还是决定到希腊去,那是因为赫拉撩拨了她的心绪。女神希望作为科尔喀斯女子的美狄亚离开自己的祖国,前往爱俄尔卡斯,从而帮助伊阿宋识穿珀利阿斯的阴谋。

再说女仆们在门外焦急地等待着。时间过得很快,美狄亚早就应该回去了。要不是细心的伊阿宋提醒她,她也许还真的忘掉回家了哩。伊阿宋说:“时间到了,该回去了,否则大家都要知道我们间的事情了。我们以后还会在这里见面的。”

伊阿宋完成了埃厄忒斯的使命

伊阿宋满怀喜悦地回到船上,见到了伙伴们。

美狄亚也朝女仆们走去。她们早就迎了过来——美狄亚却一点儿也没有看到。她的心在激烈地颤抖。姑娘轻捷地登上马车,催动牲口,然后由着牲口把车子一直拉到宫中。卡尔契俄珀在宫殿里心惊胆战地等待着,为儿子的命运担忧。她坐在一张小小的矮凳上,左手支撑着下垂的脑袋。

伊阿宋兴致勃勃地告诉伙伴们,说美狄亚已经把魔药交给了他。阿耳戈英雄们十分高兴,只有伊达斯生气地把牙齿咬得格格作响。第二天早晨,他们派了两位勇士去见埃厄忒斯,准备催讨龙的种子。国王把几颗龙的牙齿交给他们。那条龙是被底比斯国王卡德摩斯杀掉的。国王胸有成竹,知道伊阿宋绝对完成不了播种龙牙的任务。

接到任务以后,伊阿宋趁着深夜在河水里洗了一个澡。他完全按照美狄亚的吩咐,又给赫卡忒祭献牺牲。女神听到了她的祈祷,带着一群丑恶的游龙,从洞府中出来。龙口里衔着熊熊燃烧的栎树树枝。冥府的猎犬吠叫着围着她转来转去。伊阿宋十分害怕,可是他仍然记得恋人的吩咐,头也不回地朝前走去。他一直回到大船上,又跟伙伴们在一起。他们看到高加索的雪山顶上映着一抹朝霞,新的一天开始了。

埃厄忒斯穿上结实的铠甲:那身装束还是上回跟巨人作战时穿戴的。他头上戴着金盔,旁边配备四朵大花饰,手中拿着一块四层皮的盾牌。盾牌很重,除了他和赫拉克勒斯以外,几乎没有旁人能够将它举起来。儿子给他牵来一群快马。他登上马车,飞也似的离开了城区。后面跟着一大批人。

国王只是想从旁观看这天的搏斗。可是他却全身披挂,好像亲自出征似的。

遵照美狄亚的指导,伊阿宋用魔油涂抹了长矛、宝剑和盾牌。伙伴们在他周围舞枪弄棒,想跟伊阿宋的长矛较量一番。不料长矛坚硬如山,谁也别想将它弄弯。伊达斯十分生气,他抓住枪杆试试枪尖是否结实。枪尖如新的那样十分锋利。英雄们看到以后,大声喝彩。

伊阿宋又用油把自己的身体擦拭一遍。他突然感到四肢无比强大,力量大增。英雄们陪着他们的首领摇船前往阿瑞斯田地,国王埃厄忒斯率领一群人已在等候他们。他们把船拢岸、扎紧。伊阿宋首先跳下岸去。他手执长矛、盾牌,拿出头盔,接到国王递给的龙牙。龙牙又尖又硬,装满了一头盔。然后,他把宝剑用一根皮带斜挂在肩膀上,迈步朝大田走去。他看到地上放着沉重的轭具,那是准备套公牛耕田用的。旁边搁着耕犁和犁铧,全是铁制的。他把枪尖紧紧地拧在长矛顶端,把头盔搁在地上,然后手持盾牌,大步流星地朝前走去。他在寻找耕牛,不料耕牛却突然从另一端的地下钻了出来。那里是它们的牛棚。只见公牛鼻孔里喷射着火焰,被笼罩在浓密的烟雾中间。

伊阿宋的朋友看到公牛像妖怪一样冲来,都很害怕。伊阿宋却不以为然。他立定双腿,把盾牌挂在身前,等待着公牛前来冲撞,进攻。公牛低着头,叉着一对凶恶的牛角,呼啸着朝他奔驰过来,可是激烈的冲撞没有能使伊阿宋移动半步。公牛又退回几步,咆哮着跳起双腿,鼻孔里喷吐烈火,又是狠狠地几下。伊阿宋岿然不动。姑娘的魔力保护着他。突然,他瞅准机会,一把抓住牛角,用尽力气,把公牛拖到搁轭具的地方。他往公牛前蹄上踢去一脚,猛地使牛腿弯曲着跪倒在地上。然后他又用同样的方法制服了第二头公牛。这时候,他扔下手中的盾牌,迎着公牛喷吐的火焰,双手把两头公牛按在地上。不管公牛力气多大,现在却一点儿动弹不得。看到这里,埃厄忒斯也不由得大声称赞,夸奖这位陌生人力大无穷。卡斯托尔和波吕丢刻斯兄弟俩如同约定似的来到面前,拣起地上的轭具,给公牛紧紧地系在脖子上。面对强大的对手,两头公牛只得乖乖地就范。

伊阿宋重新拾起盾牌,把它用皮带系着挂在背上,然后拿起装满龙牙的头盔。他手执长矛,用枪尖逼着倔强、暴躁而又喷吐火焰的公牛拉犁耕田。土地在犁尖下松动,巨大的土块在沟洼里滚动。伊阿宋一步步地跟上,开始播种龙牙，把龙牙撒在犁开的土地上，同时又警惕地注视着身后，看看巨人是否破土而出，并且朝着他扑过来。公牛起劲地耕着地，拖着它们的铁蹄一步步往前。下午，整块土地全部耕完了，公牛被解下了耕犁。伊阿宋扬起武器猛地一挥，吓得公牛顺着田野一溜烟地撒腿奔跑，连头也没有回。

伊阿宋看到沟洼里仍然没有冒出巨人苗，就回到大船上，准备休息。伙伴们高声地向他欢呼。可是他却一声不吭，用头盔盛满河水，饱饱地畅饮一气，以解烈火一般的干渴。然后，他又松动一下关节，心里重新充满了拼斗的愿望。

巨人已经从田地里破土而出了。阿瑞斯的丛林里刀枪林立，盾牌闪耀着银色的光亮。伊阿宋想起聪明的美狄亚的建议。他举起一块又大又圆的石头，蹦跳着扔在巨人的中间，然后将身子悄悄地蹲下，躲在盾牌后面。

科尔喀斯人大声地叫喊起来。埃厄忒斯目瞪口呆地看着大石头。通常情况下，需要四个人才能移动得了的石头，伊阿宋却一个人搬了就走。

地上冒出来的巨人开始像拼命争抢的恶狗一样蹦跳起来。他们相互残杀，绝不留情，双方都造成了致命的创伤。正当他们厮杀得昏天黑地时，伊阿宋扑过去，手起剑落，如砍瓜切菜一般，把这批巨人全部结果了。

国王大怒。他一言不发，转过身子，回城去了。他的脑子里只有一个想法，即如何才能对付伊阿宋。国王一筹莫展。

美狄亚抢出了金羊皮

国王埃厄忒斯连夜召集贵族们前来王宫商议对策，如何才能战胜阿耳戈英雄。因为他已经听说白天发生的这一切，都是由于女儿的参与和帮助，才使得那位希腊人获得成功。赫拉女神看到这重危险，便撩拨起美狄亚的心绪，让美狄亚内心充满着畏惧。美狄亚估计父亲已经知道了她的行为。另外，她还担心女仆们也知道了事情的底细。她想来想去，决定逃走。“再见了，亲爱的母亲，”美狄亚流着泪，自言自语，“再见了，卡尔契俄珀姐姐，还有你，我的父亲的宫殿！唉，陌生人啊，要是世界上根本就没有你，要是你在来到科尔喀斯之前就已经葬身大海，那该多好啊！”

她像一名逃犯似的，匆匆忙忙地离开了家乡。她用咒语念开了宫殿的大门，然后光着脚穿过一条条窄小的弄堂。她把面纱撩到鼻梁，用右手束住睡服，免得走路时受到影响。城门的守卫没有看出她来。不一会儿，她来到城外。美狄亚从小路前往神殿，终于看到一阵阵欢乐的火光。那是英雄们为庆祝伊阿宋的胜利而通宵燃烧的篝火。

当她在河岸上走到跟大船靠近的地方时，便大声地呼喊自己的小侄子弗隆蒂斯的名字。弗隆蒂斯直到第三遍呼喊时才认出了原来是美狄亚。英雄们先是吃了一惊，接着把船摇到岸边。还没等船靠岸，伊阿宋一步跨了出去。弗隆蒂斯和阿耳戈斯也随后跟了上来。

"救救我吧！"姑娘大声急叫，"一切都已经败露了，现在已经无计可施。在我父亲尚未骑上快马追赶过来时，请赶快驾船逃跑吧！哦，我再帮你们将金羊皮抢到手。我施用催眠术将龙送入梦乡，你们就可以下手抢走金羊皮了。不过你，陌生人，可得当着众位英雄的面向神宣誓，保证在那遥远的陌生地方保护我的尊严！"

伊阿宋心内一阵欢喜，轻轻地把姑娘从地上扶起来，抱住她，说："亲爱的，让主宰婚姻的宙斯和赫拉作证，我愿意把你当作我的原配夫人带回家乡！"宣誓完毕，他把自己的手放在她的手中。

美狄亚让英雄们连夜动手，把船摇往丛林附近，准备前去抢夺金羊皮。伊阿宋和美狄亚从另一条草地小路上来到小丛林。他们努力地寻找那棵高大的栎树。那是张挂金羊皮的地方。不料他们却看到对面有一条巨龙。巨龙精神抖擞，毫无倦意地伸长着脖子，朝他们迎面游来。龙口里发出一阵阵可怕而又尖厉的吼叫，河岸和树林里响起一阵阵沉闷而又凄凉的回声。美狄亚毫无畏惧地迎了上去，以恳求的声音呼唤睡神斯拉芙。那是诸神最强大的一位，具有无可阻挡的神奇本领。美狄亚请他呼唤妖魔入睡。同时，她又恳请冥府的强大女神，请求赐福，借以实现自己的计划。伊阿宋看着这一切，心里也十分害怕。

说话间，他们看到巨龙已经在昏昏欲睡的魔幻歌声中垂下了身体，它那盘旋的身子慢慢地舒展开来。只有那颗丑恶的脑袋还保持着直立。它张开大口，威胁着步步紧逼的两个陌生人。美狄亚跳上一步，用荆柏树枝把魔液洒滴在巨龙的眼睛里。一股香味直扑龙鼻，难以抵挡。现在，它闭上大口，伸直了身体，稳稳地躺在长长的树林里，睡着了。

美狄亚拿出魔油涂抹巨龙头额的时候，伊阿宋连忙从栎树上取下金羊皮。两个人迅速离开阿瑞斯树林。伊阿宋把金羊皮扛在肩膀上。一张大羊皮从他的脖子一直垂挂到脚跟，金光闪闪，照耀得田间阡陌一片亮堂。他连忙把金羊皮放下，卷起来，因为他担心有人或者甚至神仙会看中这块宝贝，把金羊皮抢走。

天刚蒙蒙亮的时候，他们回到了大船。伙伴们围着两人问长问短。他们都想用手摸一下羊皮，伊阿宋却不答应。他用一件新做的大衣盖在羊皮上面，然后，他又给美狄亚在后舱准备了一张舒服的眠床。他对众位朋友开口说道："亲爱的朋友们，让我们返航，回到家乡去！由于这位姑娘的帮助，我们终于完成了使命。为表彰她的功绩，我把她接回家乡，娶她作为我的原配夫人。一路上你们应该帮助我照顾好她。我相信事情还没有结束：埃厄忒斯马上就会跟踪而来，他会带领人马阻挡我们的归路。你们可以轮流替换，一半人划桨，另一半人操长矛，执盾牌，准备打退他的进攻。"说完，他挥去一剑，砍断缆绳，然后全副武装地站在美狄亚和舵手安克奥斯旁边。大船箭一般地朝着河流的出海口驶去。

阿耳戈英雄带着美狄亚逃离虎口

街谈巷议，传说纷纷。

埃厄忒斯和科尔喀斯人都知道了美狄亚的爱情，以及她的行为和逃跑的事。大家操着武器，聚集在集市广场上，然后急忙赶到河岸。埃厄忒斯乘坐一辆大车，驾车的马匹全是太阳神借给他的。他左手拿一块圆形盾牌，右手擎着一根巨形火把，粗大的长矛靠在他的身旁。他的儿子阿布绪耳托斯亲自驾车。大队人马来到河流入海口时，阿耳戈英雄的船早已进入大海，只剩下一个黑点在巨流中上下颠簸。国王放下盾牌和火把，把双手高高地举起，对着天空，请宙斯和太阳神见证这场罪孽，然后愤怒地对属下申明：如果他们不能把女儿美狄亚在水上或者岸上擒获，他们一个个必须提头前来相见。科尔喀斯人大为惊恐，连忙推船下海，升起船帆，直往前面黑点扑去。阿布绪耳托斯一马当先，率领着全体追赶的船只。

阿耳戈号大船在海洋上顺风顺水。到了第三天清晨，船已经进入哈律斯河。他们已到达巴夫拉哥尼阿海岸。按照美狄亚的吩咐，英雄们在这里摆设祭祀，感谢赫卡忒女神救了大家。英雄们突然想起来，年迈的菲纽斯曾给他们一则预言，让他们回来的时候选取另一条路，可是没有人知道在哪里。还是佛里克索斯的儿子阿耳戈斯有能耐，他从祭司文字中知道了那条路，于是大家把船驶入伊斯忒河。伊斯忒河发源于遥远的律珀恩山地，一半流入爱奥尼亚海，另一半流入西西里海。正当大家议论纷纷的时候，天空上出现了一条宽阔的长虹，给英雄们指示了方向，同时又刮起一阵大风。天上的征兆不停地启示着大家，大家毫不犹豫地拔锚启航，一路来到爱奥尼亚海和伊斯忒河的交叉口。河水平稳地流动着，似乎在欢迎英雄们凯旋归来。

科尔喀斯人没有放弃追赶。他们驾着轻舟，抢在英雄们的前头到达伊斯忒河的入海口。他们埋伏在岛屿和海湾里，准备切断英雄们的归路。阿耳戈英雄看到科尔喀斯士兵人多势众，吓得弃船逃跑。他们躲在河流的岛屿上，不敢露面。科尔喀斯人到处寻找他们。一场短兵相接的遭遇战眼看着避免不了，被逼得走投无路的希腊人准备谈和。双方议定：希腊人可以携带国王允诺的金羊皮返回家乡，可是他们必须把国王的女儿送入另一座岛屿的阿耳忒弥斯神庙里去。以后再由当地国王作仲裁，确定她到底回到父亲那里去，还是追随阿耳戈英雄前往希腊国。

美狄亚忧心忡忡。她把心爱的人拉到一旁，禁不住双泪直下，说："伊阿宋，你们为我作出了怎样的决定？你难道忘掉了在困难时立下的庄严誓言吗？因为相信你讲的话，我才轻率地离开了祖国和父母亲。我的大胆举动帮助你获得了金羊皮。为了你，我在自己的名下受尽了凌辱。我像你的妻子一样跟你回希腊，你应该保护我。千万别让我任命运随波逐流！要是那个仲裁把我判给父亲，那我就完了；倘若你离开我，那么你会无限地怀念我；金羊皮也会像梦一样离开你，消失在冥王哈得斯的手中；我的复仇的灵魂将要搅得你心神不定地离开祖国，就像我离开自己的祖国一样！"

她任凭感情淋漓尽致地流露着，越说越激动。看到姑娘时，伊阿宋又拨动了自己的良心，他安慰着说："镇静！亲爱的，我并没有认真对待这个条约。我们只是为了你才寻找一个缓兵之计，因为我们面临着一大群敌人。如果真的现在就与他们开战，那我们一定会惨死战场，那么你的处境将更加没有指望。实际上这个条约只是一种伏兵，它将会把阿布绪耳托斯打得落花流水，一败涂地。”

听完这番话，美狄亚又献上一条恶毒的计策。“我已经作过一次孽，惹出一场祸，”她说，“现在已经到了无法回头的地步，因此也不怕继续作恶或作孽。你应该把科尔喀斯人打败，我将愚弄一回我的兄弟，把他交在你的手上玩一通。你去准备一次丰盛的宴会。我再争取说服传令官，让他们离开他，使得你们两人单独在一起。你可以趁机除掉他。”

英雄们给阿布绪耳托斯设下了埋伏。他们送去许多礼物，其中有一件华丽的紫金衣服，是雷姆诺斯女王为伊阿宋特意缝制的。狡猾的美狄亚告诉使者，让阿布绪耳托斯赶在黑夜前往阿耳忒弥斯神庙，她将在那里思量一个计谋，让阿布绪耳托斯重新把金羊皮抢到手，带回去交给父亲。美狄亚假惺惺地说她已经身不由己了，她是被佛里克索斯的儿子们用暴力抓住，交给陌生人的。

事情果然如她所预料的那样，阿布绪耳托斯对美狄亚的信誓旦旦深信不疑。他在漆黑的深夜来到神圣的岛屿，希望从姐姐口中获悉一则制服陌生人的计策。不料伊阿宋手提寒光闪闪的宝剑从背后冲出来。美狄亚急忙转过身子，拉上面纱，不忍观看弟弟被杀害的惨状。可怜的国王儿子像一头祭祀的牲口被伊阿宋砍杀后躺倒在地。天网恢恢，复仇女神把这一切都看在眼里。她注视着这一场可恶的行为，眼神中流露出一阵阴暗。

伊阿宋掩埋尸体，清扫血迹的时候，美狄亚举起火把，示意阿耳戈英雄赶快前来。伙伴们蜂拥般地登上阿耳忒弥斯岛，如猛虎下山，扑向阿布绪耳托斯带来的随从。随从们没有一个逃脱死亡。

神话越传越神。又有人说美狄亚带着小弟阿布绪耳托斯一起逃往希腊，无奈父亲紧追不舍。美狄亚举刀杀掉了弟弟，然后把死者的尸体分段投入大海。埃厄忒斯在追赶途中发现恶情。他一段段拾起小儿子的残骸，最后放弃了追赶，带着儿子的遗体无限悲痛地回到了科尔喀斯。

阿耳戈英雄返航途中

珀琉斯一看大功告成，急忙劝说大家拔锚起航，免得等到其他的科尔喀斯人再度回过神来，夜长梦多。科尔喀斯人听到事情急变，都很愤怒，准备追赶敌人。赫拉从天上扔下一串恐惧的闪电，把他们一一吓住。可是，他们既没有抓到国王的女儿，现在又失掉国王的儿子，将来回去怎么交待呢？大家思来想去，没有主意，最后都留在阿耳忒弥斯岛。他们生活在伊斯忒河的入海处，驻扎下来。

阿耳戈英雄绕过了许多海湾和海岛，还经过了阿特拉斯的女儿，即卡吕普索女王统治的岛屿。大家相信，远方已经呈现了家乡的山峰。他们欢呼雀跃着，可是赫拉却十分畏惧被激怒的宙斯的意图。于是，她在海上吹起了一阵狂风。阿耳戈船无可奈何地随风漂泊，一直来到埃莱克特律斯岛，一座荒凉的孤岛。这时候，被雅典娜拼凑在船上的占卜树木板开口说道："你们逃避不掉宙斯的愤怒，所以只能在海上长期漂泊。"这时，大家又听到中空的木板继续说："直到魔术女神喀耳刻给你们洗却了谋杀阿布绪耳托斯的残酷罪孽！卡斯托耳和波吕丢刻斯应该祈求神，让他们在海上开辟一条捷径，让你们最终能够找到喀耳刻。她是太阳神赫利俄斯和珀耳塞的女儿。"

英雄们看到稀罕的预言大师口吐人言，而且说出如此可怕的话来，又是奇怪，又是害怕。只有孪生兄弟卡斯托耳和波吕丢刻斯勇敢地站出来，大胆地恳求神的帮助。

船在海上漫无目标地飞速航行，一直来到埃利达努斯的内湾。那里是太阳神的儿子法厄同在太阳车上被烧死，最后掉入波涛中的地方。直到现在水中还冒着热气和火花。法厄同的姐妹们赫利阿得斯化作高高的白杨树，围着河岸在风中发出阵阵的叹息声。晶莹的泪珠犹如琥珀一般滴落在大地上，一部分被太阳晒干，一部分被潮水接聚到埃利达努斯大河中去。阿耳戈号大船虽然帮助英雄们脱离了危险，可是他们早就丧失了任何的欢乐，变得索然无趣。白天，曾经收留烧死的法厄同残骸的埃利达努斯河潮水汹涌，送上一股难闻的臭味，让人难受极了。深夜，他们又清楚地听到赫利阿得斯姐妹们撕心裂胆的悲哭声，看到她们琥珀般的泪珠犹如油滴一样滚落大海。

后来，他们又来到罗达诺斯河的入海口。要不是赫拉突然出现，并且以可怕的神的语调警告他们，阿耳戈英雄们几乎想驶入河内，再也不图活着出来了。赫拉把大船宠罩在黑雾之中。他们又航行了许多个白天和黑夜，经过无数凯尔特人的部落，终于能够望见第勒尼安海岸了。不一会儿，他们平安地驶进喀耳刻斯岛的港口。

他们在这里找到了魔术女神，她正在海湾的波浪间洗头。女神做了一个梦，梦见她的小房间和整幢房子里全是鲜血，大火吞食着她用来迷惑陌生人的魔药，可是她却用手掌舀起了血水，浇灭了熊熊燃烧的火焰。噩梦吓得她从床上跳了起来，没头没脑地奔到海边。她在这里又洗衣服，又洗头发，似乎上面沾满了血迹一般。奇异的野兽成群结队地跟在她的身后，就像牲口围绕着牧人一样。

阿耳戈英雄们大吃一惊，尤其当他们看清喀耳刻的嘴脸，明白她就是残暴的埃厄忒斯的妹妹的时候，更是心慌意乱。女神终于摆脱了黑夜梦境的恐惧，很快地镇静下来，呼唤着野兽，然后像人们抚摸狗似地用手梳理着它们的毛皮。

伊阿宋命令众人留在船上。他和美狄亚上岸朝喀耳刻宫殿走去。喀耳刻不知道两位陌生人前来的意图，请两人坐下。美狄亚把头埋在双手中间，伊阿宋把杀害阿布绪尔托斯的宝剑摔在地上。他双手紧握剑把，闭着眼睛，把下巴搁在手上。喀耳刻这才明白，来人希望寻得帮助。同时，她马上知道，这里牵涉着驱逐流放和请求宽恕谋杀罪孽等等情由。他们害怕宙斯降罪，何况宙斯又是恳求人的佑护神。喀耳刻端出了要求祭供的牺牲，杀掉一只刚刚出世的母狗。她的女佣们，水泉女神那伊阿得斯把所有赎罪的祭品全部端出屋去，送入大海。她则亲自站到了灶旁，神色庄严，口中念念有词地烧掉祭供的圣饼，借以平息复仇女神厄里倪厄斯的愤怒，唤起天父对罪人的谅解。

等到这一切都完成以后，她方在两个人的面前坐了下来，问他们家住哪里，怎么来到这里，为了什么过失寻求佑护。说话的时候，她又想起梦中鲜血淋漓的可怕景象。美狄亚抬起头来。看到她的脸时，喀耳刻觉得那一对水汪汪的大眼睛似曾相识，十分引人注目。原来美狄亚跟喀耳刻一样，也是太阳神的后裔。她们都有一双亮晶晶、光闪闪的眼睛。

喀耳刻十分高兴，急于听到家乡的语言。美狄亚果然以地道的科尔喀斯方言叙述了一切，讲到埃厄忒斯、阿耳戈英雄以及她本人的命运，只有谋杀自己胞弟阿布绪尔托斯的事实在难于启口。魔术女神洞察一切，不过她在心底里却同情这位侄女。她说："你这位可怜的孩子，你未能正大光明地离开家乡,相反却犯下了巨大的孽障。你的父亲一定会寻找到希腊国,为他的儿子向你报仇雪恨。我不能给你施以惩罚,因为你在我的佑护之下,另外我们又是亲戚。可是我也不能帮助你,你带那位陌生人赶快离开吧。不管他是哪一位,我都无能为力。我既不能支持你的计划,又不能同意你的逃跑!”听到这话,美狄亚十分痛心。她从头上取下面纱,哭得无限悲伤。伊阿宋抓住她的手,牵着她走出了喀耳刻的宫殿。

赫拉对自己佑护的孩子非常同情。她让女使伊里斯穿过彩虹小道,前去寻找海洋女神忒提斯,邀请忒提斯前来商议,请她保佑阿耳戈大船。

伊阿宋和美狄亚跨上船舷的时候,突然吹起一股暖和的西风。英雄们高兴地扬帆启锚,大船趁着风势慢慢地驶入了大海。不一会儿,他们看到面前一座美丽的岛屿。那是骗人的塞壬住地。她们用美妙的歌声吸引从旁经过的船民,并让他们葬身鱼腹。她们一半像鸟儿,一半像女人,始终蹲坐在瞭望台上,张望远方。一旁航行的人,谁也逃脱不了她们的目光。现在,她们正朝着阿耳戈英雄起劲地唱着动听的歌儿。英雄们已经准备抛缆绳,傍岸停靠了。俄耳甫斯突然从座位上站立起来,开始弹奏神器般的古琴,悠扬的琴声压过了塞壬的歌声。正巧又从船后吹来一阵呼啸而又舒适的南风,把塞壬的歌声带到了九霄云外。

阿耳戈船上也有一位伙伴,是来自雅典的忒勒翁的儿子波忒斯。他实在抵挡不了塞壬歌声的诱惑,于是丢下船桨,跳入大海,然后朝着动听的歌声挥臂游去。要不是西西里岛的厄里克斯高山守护神阿佛洛狄忒及时发现,并把他从水中拉上来,扔在岛屿的山脚下,他也许早就完了呢!波忒斯从此以后就住在那里。阿耳戈英雄们以为他已经葬身鱼腹,十分悲伤。

战胜塞壬的歌声以后,英雄们又来到一个海峡,那里隐藏着许多新的危险。他们看到一边是峻峭的西拉山岩,高高地屹立在大海里,好像要把过往的船只撞得粉身碎骨。而船舷的另一面正是卡利布提斯大漩涡。海水急速旋转,被深深地吸下去,好像吞食一切过往船只的魔口。此外,旋转的海水又显露了海下的无数险礁。平日里,它们都是火神赫淮斯托斯的地下作场,现在正是烟雾腾腾,把天空熏染得漆黑一团。海中仙女紧紧地围绕着阿耳戈英雄,她们是海神涅柔斯的女儿。珀琉斯的妻子忒提斯亲自在船尾掌舵。她们围着大船游泳前进。遇到漂浮的山岩逐步靠近时,仙女们抓起大船,像一只球似的朝前传过去。于是,阿耳戈船一会儿在波浪中被举到了云端,一会儿又顺着波浪几乎落进万丈深渊。

赫淮斯托斯站在礁石的顶端。他把锤子扛在肩膀上,仔细地观看着这一幕幕惊心动魄的海上情景。赫拉从布满星星的天空里徐徐降落,紧紧地抓住了雅典娜的手,因为海上的这幕景色实在让她头晕眼花。

阿耳戈英雄终于冲破了重重险阻。他们进入了辽阔的大海,又来到一座美丽的岛屿。那是善良的淮阿喀亚人和他们虔诚的国王阿尔喀诺俄斯居住的地方。

科尔喀斯人跟踪而来

阿耳戈英雄在海岛上受到了热情的接待。他们正想松懈一下,休息一阵时,突然看到海边上又开来一船科尔喀斯人。他们是从另一路跟踪而来的。他们要求把美狄亚带回自己的祖国,否则就要在海岛上摆开阵势,血战一场。

善良的阿尔喀诺俄斯看到阿耳戈英雄跃跃欲试,连忙阻止他们莽撞行事。美狄亚一把抱住他的妻子阿瑞忒的膝盖,说:"女君王,我恳求你,别让他们把我送回祖国去。我不是轻率私奔的,实在是天大的恐惧才促使我下决心跟这位男子一起出逃的。他把我当作未婚的姑娘带回家乡去。请你格外开恩,神会保佑你长寿、健康、多子多福,给你的城市带来不朽的荣誉。"此外,她又朝着各位英雄跪拜着恳求。每一个英雄都信誓旦旦地向她保证,即使国王阿尔喀诺俄斯想把她交出去,他们也决不放弃她。

深夜,国王跟他的妻子商议如何处置这位科尔喀斯的姑娘。阿瑞忒为她求情,告诉他说,大英雄伊阿宋愿意娶她为结发妻子。阿尔喀诺俄斯是一个温和的丈夫,听到这里十分感动。"当然,我也希望亲自拿起武器,"他说,"把科尔喀斯人赶出海岛。可是,我又担心这样会损害宙斯的迎客礼仪。而且,刺激强大的国王埃厄忒斯也不是聪明的行为,因为他虽然居住在遥远的地方,不过他还是有能力前去袭击希腊国。听着吧,我的决定是这样的:如果她还是一位未婚的姑娘,那么应该把她交给父亲去处置;如果她已经成为大英雄的妻子,那么我不能夺人之美,破坏他们的幸福,因为他更有权利拥有自己的妻子。”

阿瑞忒听到国王的决定，十分吃惊。她连夜派出一名传令官，把消息传过去，而且建议伊阿宋在黎明前马上跟美狄亚缔结良缘。伊阿宋征求英雄们意见，大家觉得这个建议非常好。他们选择一个圣洁的山洞，让美狄亚成了伊阿宋的妻子和伴侣。

第二天清晨，海面上升起了一轮朝阳。一刹时大海蔚蓝，阳光灿烂。淮阿喀亚人聚集在城市的街道上，岛屿的另一端站着杀气腾腾的科尔喀斯人。他们手中操持着武器，随时准备打仗。阿尔喀诺俄斯慢慢地步出宫殿。他的手上握着金色的王杖，用来仲裁姑娘的命运。他的身后站着一批民族的精英，他们是国王的后盾。妇女们也伸长了脖子，希望亲眼看一下希腊的英雄。还有不少人从乡下一直赶到这里，那是赫拉给他们送去了消息。

一切都准备就绪。祭供的牺牲香气扑鼻，阿耳戈英雄也在等待国王的宣判。

国王在王位前就座。伊阿宋走上一步，以誓言强调国王的女儿美狄亚是他的合法妻子。阿尔喀诺俄斯听完申诉，又传唤证人前来，说明他们确实已成夫妇，于是便庄严地宣判，美狄亚已成人妻，不能交给科尔喀斯人。他答应向阿耳戈英雄提供保护。科尔喀斯人一再反对，可是没用。国王声明，他们可以像客人一样和平地居住在岛上，否则就请他们驾船离开港口。

科尔喀斯人夺不回国王的女儿，害怕埃厄忒斯会大发雷霆，因此不敢再回祖国，于是他们干脆选择前者，留住在海岛。

又过了一个星期，阿耳戈英雄们依依不舍地告别了国王阿尔喀诺俄斯。他们带着满船的礼物，高高兴兴地又朝大海驶去。

英雄们的最后险遇

阿耳戈英雄们又驶过了许多海湾和岛屿，已经远远地看到了伯罗奔尼撒的故国海岸。不料风云突变，一场狂暴的北风裹胁着大船，把大船推到利比亚海，漂泊了九天九夜。最后，他们来到非洲的瑟提斯海湾。海水里长着稠密的大叶藻，盖着一层厚厚的泡沫，犹如一块平静的沼泽地。周围是平展的沙滩，沙滩上没有野兽，也没有飞鸟。阿耳戈大船被潮水远远地送了上来，船身紧紧地搁在沙滩上。英雄们十分担心，纷纷跳下大船。面前是一片无边无际的泥淖，单调、荒凉至极。没有水源，没有通道，没有牧舍，周围只有死一般的寂静。

“我们，唉，这是什么国度？风浪把我们送到哪里来了？”大家纷纷抱怨，“我们还情愿冒险穿越漂浮的悬崖，或者为一桩壮烈的事业而献身！”

“是啊，”舵手安克奥斯说，“潮水让我们在这里搁浅，可是它却忘掉了接我们回去。一切继续航行或尽快回家乡的希望都化作了泡影！”

如同在一个城市里被瘟疫传染的男人，他们无能为力，只好眼睁睁地看着魔鬼肆虐横行，阿耳戈英雄们也到了山穷水尽的地步。夜幕降临的时候，他们不吃不喝，和衣躺在地上，静静地等候死亡。国王阿尔喀诺俄斯作为礼物送给美狄亚的几位姑娘也惊恐地围住女主人。如果不是利比亚的保护使者，三位半人半仙的女子怜悯大家，这批人真会悲惨地客死他乡！

三位半仙的女子从脖子到脚踝骨用山羊皮遮盖得严严实实。她们在炎热的中午时分来到伊阿宋身旁，掀开他的盖在头上的大衣。伊阿宋害怕地跳起身子，直瞪瞪地看着女仙子，十分虔诚，恭敬。“不幸的人啊，”她们说，“我们知道你的艰难。可是用不着难过多久的，当海洋女神驾起波塞冬的马车时，你们应该对早就把你们抱在怀里的母亲连声称谢。那时候你们就能够顺利地返回希腊国。”

仙女们消失不见了。伊阿宋把令人兴奋而又深奥莫测的神谕告诉伙伴们。正当大家苦苦思索的时候，出现了一件稀罕的神奇征兆：一匹巨大的海马从海洋跳上岸来，金黄的鬃毛披散在马背上，拂去了水中的泡沫。珀琉斯高兴地欢呼起来：“谜语般的话中已有一半得到了解释。海洋女神驾起了马车，这匹马正好用来驾辕拉车。把我们抱在怀里的母亲就是阿耳戈号大船。现在我们应该对她表示感谢。让我们把船扛在肩膀上，扛过这块泥地，顺着海马的踪迹走。它一定会给我们指出一块停泊的地方。”

说到做到。男人们果然扛着大船，在泥淖里走了十二个白天和夜晚，到处都是荒凉的沙滩。要不是有一位神给他们增强了信心和力量，他们也许早在第一天就被重担压垮了。他们终于来到忒律托尼海湾，大家疲倦地把船从肩膀上放下来。由于干渴难忍，他们急于要去寻找一处水源。

歌手俄耳甫斯在找水的途中碰上夜神赫斯珀洛斯的四个女儿赫斯珀里

得斯，全是善于唱歌的仙女。她们坐在圣地上，那是巨龙拉冬看守金苹果的地方。俄耳甫斯恳求她们给疲惫不堪的人指示一下清水在哪里。仙女们十分同情他们。其中有一位最为仁慈，她的名字叫埃格勒。她告诉他说：

"昨天，这里出现一个勇敢的强盗。他杀掉巨龙，抢走了金苹果，对你们很有帮助。这是一位野蛮无比的人，愤怒的表情，晶亮的眼神，身上披一张粗糙的狮子皮，手上拿着橄榄树树枝和弓箭。他用弓箭除掉了妖孽。这个人刚从沙漠中出来，口渴难忍。因为到处找不到水喝，他用脚后跟朝一块岩壁蹬了一脚。说来奇怪，岩壁如中了魔似的，里面顿时流出了清凉的泉水。可怕的男人平躺在地上，用两手扶着岩壁，尽情地喝了个痛快。"

埃格勒把岩泉指给大家看。一会儿，英雄们全都赶了过来。清凉的山泉浇活了他们干枯的生命，大家都很高兴。"真的，"有一位英雄还用泉水湿润一下烈火般的嘴唇，"那个人是赫拉克勒斯，他救了大家！但愿我们还能遇上他！"说完，他们分头前去寻找。等到大家垂头丧气走回来时，只有洞察千里的慧眼林扣斯说是看到了他。不过他正在遥远的地方，没有人能够前往接他回来。

可惜他们无意之中又丢失了两位伙伴，大家十分悲伤。后来，他们终于又上了船。大家想方设法，要把船开出忒律托尼海湾，进入一望无际的大海。无奈海面上刮着大风，船在港口里上下颠簸，左右摇晃。歌手俄耳甫斯建议大家重新上岸，给当地的神明祭献一副最大的三脚鼎，这是他们带在船上的备用礼物。祭献完毕，他们在回来的途中就遇到海神忒律托尼。海神装扮成少年模样。他从地上捡起一块泥土，交给阿耳戈英雄奥宇弗莫斯，表示友好。奥宇弗莫斯接过土块，将它藏在胸间。

"父亲把这块海域封赐给我，"海神说，"我成了当地保护神。你们看，那里冒着黑水的地方，是一条从海湾通往大海的小道。你们往那边划船，我再给你们送上一股顺风。过去不远，你们就会看到伯罗奔尼撒了。"

大家听到这一消息非常高兴，纷纷登上大船。忒律托尼扛起了三脚鼎，又消失在波涛中间。

几天航行以后，阿耳戈英雄平安地来到了喀耳巴托斯岛。他们想从这里转向驶往克里特。岛上的守护正是可怕的巨人塔洛斯。他是铜时代所残留下来的唯一的人。宙斯让他把守欧洲的大门。他每天都迈开铜腿在岛上巡视一回。塔洛斯一身都是铜质的，因此天下无敌，是个无可战胜的人。只是在他的脚踝骨上有一根人肉做成的筋，还有一根流动血液的血管。谁要是知道这一点，把它打中，就能够杀害塔洛斯。因为他是凡人，没有真正的不死之身。

阿耳戈英雄朝海岛驶来。塔洛斯站在最外端的礁石上。他一看到陌生人来了，便连忙抓起石块，没头没脑地朝船上掷过去。

英雄们吃了一惊，急忙躲避。为了逃脱危险，他们尽管口渴难忍，还是准备把船停靠到岛屿的一侧。这时候，只见美狄亚站起身来，说："男子汉们，你们听着：我知道如何制服这个妖孽。把船靠拢过去，靠在石块投掷不到的地方。"说完，她拎起紫金衣衫的摺边，登上大船的甲板，伊阿宋连忙跟在一旁。美狄亚以恐怖的声音念叨一番魔咒，连续三次召唤命运女神。那是冥府的快犬，到处追逐世上的活人。召唤完毕，她又使用魔术作用在塔洛斯的眼皮上。塔洛斯感到眼皮沉重不堪，终于紧紧地合在一起。黑色的梦境进入他的灵魂深处。睡梦中他跷起肉质的脚，蹬在一块尖尖的石头上，伤口里血流如注。

塔洛斯痛醒了，挣扎着想要立起身来，可是人却像一棵被砍断一半的松树。一阵风起，巨人大吼一声，倒在海里，葬身鱼腹。

阿耳戈英雄们安全地来到陆地。他们在岛上舒舒服服地休息到第二天清晨。可是，等到他们刚刚离开克里特岛的时候，一场新的危险又铺天盖地地席卷而来。天空突然变成可怕的夜晚，没有月亮，没有星星。黑暗好像从地狱里升腾起来，连接着天空。英雄们不知道现在身陷何处，也不知道是在海上，还是顺着波浪流向地狱塔耳塔洛斯。

伊阿宋举起双手，恳请太阳神福玻斯·阿波罗，让太阳神把伙伴们从可怕的黑暗里拯救出来。太阳神听到了他的祈求，从奥林匹斯山上走下来，跳上大海里的一块岩石，双手高举起金色的弓箭。他把锃亮的光束箭一般地射过去。英雄们顿时眼明心亮，看到前面有一座小岛。他们一路驶过去，放下铁锚，高高兴兴地欣赏着令人欢乐的曙光。

阳光灿烂，英雄们又驾船驶入了辽阔的大海，只听到奥宇弗莫斯正在讲述晚间的怪梦。他似乎感到忒律托尼送给他的土块在胸间活动并上下流淌起来。泥块突然变成一位少女，她开口说："我是忒律托尼和利彼亚的女儿。

把我交给海神涅柔斯的女儿，让我跟阿娜弗住在一起。然后我就会靠近阳光，支配你的孙男孙女。”

伊阿宋很快明白了梦中的意思。他劝说朋友，把揣在胸口的泥块扔进大海。奥宇弗莫斯照此办理。咦，瞧吧！一座肥沃的岛屿刹那间就在英雄们的眼皮底下长出了海面。人们把它称为卡里斯特，表示最漂亮的意思。后来，奥宇弗莫斯就居住在岛上，生儿育女，香火鼎盛。

这就是阿耳戈英雄们所遇到的最后一场冒险。不久，他们就看到了伊齐那岛。驶过海岛以后，阿耳戈英雄一路平安地进入爱俄卡尔斯港口。伊阿宋把阿耳戈船搁在科任托斯海峡上祭供海神波塞冬。天长日久，大船后来也毁了，终于成为一堆灰烬。然而它就被送上天空，在南天变成一颗晶亮的星星。

再说珀利阿斯，他在接到伊阿宋送上的金羊皮时，还不敢相信这一切竟是真的。在这期间，他已经除掉了伊阿宋的父亲埃宋。埃宋的妻子不胜悲痛，自尽而死。她的小儿子普罗玛库斯遭到珀利阿斯残酷杀害。伊阿宋在美狄亚帮助下为这一笔暴行向珀利阿斯讨还血债。美狄亚杀了一头老公羊，剁成小块，然后放在滚烫的水里，用各种魔草将它煮烂。一会儿，锅里跳出一头小羊羔。珀利阿斯的女儿们亲眼看到了这一幕人间奇迹，便请美狄亚帮助珀利阿斯恢复青春。美狄亚一口答应。于是，珀利阿斯的女儿们亲自动手，杀掉了她们的父亲，剁成小块，然后放在锅里。可是美狄亚这回却用了无效的魔草，珀利阿斯当然也不能复生。

再经几番传扬，人们说伊阿宋回来的时候埃宋还活在人间。他给美狄亚传授本领，让老公羊变成小羊羔，恢复青春。珀利阿斯的女儿为了让她们的父亲年轻，果然也照此办理。结果不言而喻，中了美狄亚的计。珀利阿斯的儿子为表彰他的父亲，举办隆重的超度活动。全希腊的头面人物纷纷前来追悼。

伊阿宋的结局

伊阿宋还是没有能够登上爱俄卡尔斯的宝座。尽管他为此经历了危险的航程，把美狄亚从她的父亲手上抢走，还残酷地杀害了她的弟弟阿布绪尔托斯。王国已经传给了珀利阿斯的儿子阿卡斯托斯。伊阿宋只得带领年轻的妻子逃往科任托斯。他们住了十年,美狄亚给他生下三个儿子,上面两个是双胞胎,名叫忒萨罗斯和阿耳奇墨纳斯,第三个儿子叫蒂桑特洛斯,年龄尚小。又有人说他们其实只生了两个儿子,名叫墨耳墨罗斯和菲勒斯。

在这段时间里,美狄亚不仅年轻美貌,而且品格高尚,举止得当,所以深得丈夫的钟爱和尊重。可是时过境迁,她的魅力日见消失。伊阿宋又为科任托斯国王克雷翁的女儿所迷。姑娘名叫格劳克,十分漂亮。伊阿宋没有告诉妻子,擅自向少女求婚。直到国王答应婚事,选定了结婚日期,他才打定主意,准备说服妻子美狄亚,让她自愿放弃迄今为止的婚姻。他信誓旦旦地说,他之所以选择新的婚姻,并不是对他们原来的爱情感到厌烦,而是出于对孩子的担忧和关心。他为了孩子的安全,方准备攀结王室亲戚。

美狄亚非常愤怒,大声地呼唤众神前来作证。伊阿宋并无顾忌,还是准备与国王的女儿结婚。

美狄亚绝望了,在丈夫的宫殿里急得团团转。"天哪,我还怎么能活下去?让死神前来怜悯我吧!呵,我的父亲,我的故乡,我多么可鄙地离开了你们!啊,弟弟,我谋杀了你,你的血现在朝我流淌过来!可是,我的丈夫伊阿宋不该惩罚我,我是为了他才身染罪孽、难得清白的!正义的女神啊,但愿你能毁灭掉他,毁灭掉他那年轻的姘妇!"

她正在宫中走动,又碰上伊阿宋的新岳丈,国王克雷翁。"你仇恨你的丈夫!"克雷翁跟她打了个招呼,"牵着你的儿子,立即离开我的国家。我在没有把你赶出国境之前,决不回家去。"美狄亚强压怒火,克制着自己,回答说:"你为什么怕我惹祸,克雷翁?你给我干了什么坏事,给我欠下了多大的债孽?你看中了那个男人,就把女儿嫁给了他。难道我得罪过你吗?我只是仇恨我丈夫。可是木已成舟,但愿他们像夫妻一样,天长地久。让我住在你的国度里吧,我虽然受了极大的屈辱,但我会一声不吭,安于弱者的命运!"

克雷翁看到她的眼睛里充满着仇恨。尽管美狄亚抱住他的双腿,指着他的女儿格劳克的名字立下誓言,国王还是不敢相信。"走开!"他说,"别让我还有这番隐患!"

美狄亚没有办法,只得要求延长一天期限,以便为孩子们选择一下出逃的途径和以后的归宿。

“我不是一位暴君,”国王思量了一阵,说,“尽管有很多事实证明我在当时的犹豫和宽容是错误的。现在也是这样,我感到自己的决定并不聪明。可是,你还是可以推迟一天。”

美狄亚获得了希望的期限。她的思想里充满着狂妄和错乱。她决定采取一个大胆的行动。计划在她的脑海里激烈地盘旋,不过,对实现这番计划的可能性,连她自己也不敢相信。

可是,她还是事先作了一番尝试,准备向她的丈夫指明过失。美狄亚走到他的面前,说:“你背叛了我,现在又缔结了新的婚姻,把自己的孩子都抛弃不顾了。你要是没有孩子,那我就应该原谅你,现在却对你无法原谅。你难道以为从前听你宣誓表示忠诚于爱情的神现在已经下台,不再过问事情了吗?而且,你以为现在又有新法章,可以允许你虚立伪誓吗?我现在问你,就好像你是我的朋友似的。你建议我到哪里去落脚谋生?难道你想把我送回父亲那里?那是我背弃了他、杀害了他的儿子、却只是为了爱你的地方,你忘掉了吗?也许你还有另外一块地方容我栖息。让你的第一房妻子领着你的儿子在世界各地到处求乞,你一定会感到无限荣光!”

伊阿宋铁石心肠。他答应给她和孩子一笔钱财,并答应给各地的朋友写信。美狄亚鄙弃这一切。“去你的,你在鄙薄自己,”她说,“你将会庆祝一场痛苦的婚礼!”可是,在她离开丈夫的时候,她却对刚才的一番讲话感到后悔。原来她并不是改变了思想,而是担心引起伊阿宋的怀疑。于是,她要求重新商谈。这一回,她却改变了神色,说:“伊阿宋,请原谅我的话。盲目的愤怒引诱着我的感情,我现在明白了,你的一切努力都是为了我们的利益。我们被放逐到这里,一无所有。你想通过一场新的婚姻为你、为你的孩子,最终也会为我谋求幸福。好吧,你可以接回自己的孩子,让他们跟后来的弟弟妹妹们一起成长。我想,你们一定会生儿育女的。孩子们,过来吧!来,吻一下你们的父亲,原谅他,就像我已经原谅了他一样!”

伊阿宋深信不疑。他喜出望外,给美狄亚和孩子们开列了长长的一串礼单。美狄亚却以更多的语言让他陶醉在安全之中。她请求丈夫,让孩子留在宫殿,她自己则愿意独自一个人从此离家出去。为了让新夫人和国王容忍孩子,美狄亚又从自己的储藏室里取出许多贵重的金银衣衫,交给伊阿宋,算是给新娘的礼物。伊阿宋思量了一会,便答应了。他派了一个仆人,将礼物给新娘送去。

当然,这些贵重的衣服上都浸透了魔法的威力。美狄亚假惺惺地告辞了丈夫。出门以后她就一刻不停地等待着,她要知道这些礼物的效果。有一位可靠的仆人会把消息告诉她的。

仆人终于气喘吁吁地奔了过来。他打老远就喊叫起来:“美狄亚,赶快上船,赶快逃走!你的女仇人和她的父亲死了。当你的儿子和伊阿宋走进新娘房间时,我们这些下人都很高兴,不和睦的根子终于去除了,这真是天理报应。事情是这样的:国王的女儿看到你的丈夫时非常开心,然而看到孩子时却又在脸上堆起了一层乌云。她转过脸去,不想搭理孩子。伊阿宋却走上一步,安慰她。他也说了你的好话,还把礼物当场拿给她看。国王的女儿看到美丽的衣裳时顿时变换了一副神情。她答应丈夫,满足他的一切要求。你的丈夫立即把儿子送到她的面前,她却只是贪婪地看着首饰。她穿上金外套,又把金色的花环套在头上,十分骄傲地在镜子前上下打量。后来,她还手舞足蹈地穿过一间间房间,高兴得像一位小姑娘在欢度节日。

“可是,她脸上的欢乐突然消失了。只见她四肢痉挛,摇摇晃晃地往后退缩着。她还没有抓到椅子,就已经噗的一声翻倒在地上,眼睛也完全翻白,嘴角边吐出了一层层白沫。

“大家都惊住了。一部分仆人去找国王,另一部分人赶紧去喊她的未婚夫伊阿宋。突然,戴在头上的金花环起火了,火苗烫烤得头皮吱吱作响。等到国王悲怆万分地赶到时,他只看到女儿的一具尸体完全变了形。绝望之际,国王一头扑向女儿。可是女儿身上漂亮衣服的剧毒也结束了他的生命。

“可惜我不知道伊阿宋的情况怎么样了。”

仆人一口气介绍完了当时的情景,只是美狄亚的复仇心理非但没有得到满足,相反却扇动得更加强烈,她完全成了一名复仇女神。她急忙奔出去,准备给她的丈夫和自己一个致命的打击。她首先来到儿子的卧室,因为天已晚了。“我的心啊,你应该有所准备,”她自言自语地说,“还犹豫什么?它虽然丑恶,却是万分必要的。忘掉他们是你的孩子,忘掉你是生养他们的母亲,只要在这一刻钟内忘却这一切!将来你可以为之痛哭一辈子!不是你杀害他们的,他们死在仇人的手上。”

伊阿宋也急忙赶回自己的家中,要为年轻的妻子向美狄亚报仇。正当他踏进房子的时候,听到里面传来孩子们的惨叫声,他们都倒在血泊之中。伊阿宋奔过去,看到他的儿子也像祭供的牺牲一样被杀害了,美狄亚却不在房里。

伊阿宋绝望地离开了自己的家,听到空中传来阵阵声响。伊阿宋抬起头来,看到了可怕的杀人凶手。她好像乘坐一辆龙车,那是她用魔术变幻而来的宝物。

美狄亚升上天空,离开了她借以复仇的人间舞台。伊阿宋无可奈何,无法惩罚美狄亚的暴行。绝望裹胁着他,谋杀阿布绪尔托斯的情景又历历在目。他没有其他选择,一头撞死在自己的宝剑上,尸体正好倒在自己家的门槛当中。

传到后来,人们又说伊阿宋百无聊赖,在科林斯地峡的阿耳戈大船的阴影里躺了下来。突然,早已锈蚀毁坏的大船倒了下去,把这位不幸的英雄彻底埋葬在一片废墟之中。

赫拉克勒斯

赫拉克勒斯的出身和童年

赫拉克勒斯是阿尔克墨涅的儿子。阿尔克墨涅是珀耳修斯的孙女,底比斯国王安菲特律翁的妻子。安菲特律翁也是珀耳修斯的孙子,泰林斯国王,只是后来离开了那个城市,移居底比斯。

宙斯的妻子赫拉对阿尔克墨涅当了丈夫的姘妇十分痛恨,对赫拉克勒斯自然也不会宠爱。相反,宙斯却亲自向众神披露过,他的这位儿子前程无量,将有大作为。

阿尔克墨涅生下儿子以后,担心儿子住在赫拉的宫殿里不安全,于是将他搁在一个铺了点稻草的篮里,迁至另一去处。那去处在后世被称为赫拉克勒斯之地。当然,如果不是一个神奇的偶然事故,这个孩子毫无疑问早已离开了人世。

那是有一回,雅典娜跟赫拉走到那地方。雅典娜看到孩子生得漂亮,十分喜爱。她怜悯孩子没人哺乳,于是便动员赫拉解怀,给孩子送上神奶。没料想孩子力大,在赫拉的怀里,把赫拉的奶头吮吸得十分疼痛。赫拉生了气,把孩子扔在地上。

雅典娜同情地把孩子拾起来,带回城里,交给王后阿尔克墨涅,请她抚养这位可怜的弃儿。阿尔克墨涅一眼就认出了自己的儿子,高兴地把孩子放进摇篮。由于害怕后母厉害,这位亲生母亲曾经强忍母爱的天性,抛弃了孩子。而后母呢，她在心内充满了妒嫉的仇恨，必欲置孩子于死地而放心。不过，生母和后母都没有想到，赫拉克勒斯奇迹般地被拯救出来，避免了死亡。而且，尽管那一回吮吸赫拉奶时被摔在地上，可是这几滴神奶却使他脱离了凡胎。

女神洞察一切，赫拉很快就明白那个吃奶的孩子是谁，而且知道他现在又回到了宫殿。她十分后悔当时没有下毒手报复孩子，于是立即派出两条可怕的毒蛇，前去杀害孩子。

深夜，宫殿沉浸在甜蜜的酣睡之中。卧室里的女佣和梦中的母亲都没有发现，两条毒蛇已经从敞开的房门游了进来。它们游上孩子的摇篮，开始盘绕孩子的脖子。孩子大叫一声醒了过来。他抬起头来，四面张望，只是感觉这项链紧得难受，于是便初试了他的神的力量：

他一只手抓住一条蛇的七寸不放。孩子略一使劲，竟然把两条毒蛇捏得气也喘不过来，死了。

阿尔克墨涅听到孩子的惊叫，突然醒了。她打着赤脚，连忙奔了过来，冲向两条大蛇，只见它们笔直地垂挂在孩子的两只手上，早已捏死了。底比斯的王室里的侯爵们也全副武装拥入卧室。国王安菲特律翁非常吃惊。他把孩子看作宙斯赐予的礼物，十分喜爱。听到内室惊慌，他也连忙提了宝剑赶过来。当他听说并看到事情的究竟时，他又惊又喜，为儿子竟有如此神力而自豪。他把这件事看作伟大的奇迹预兆，令人找来底比斯的盲人占卜者提瑞西阿斯。

提瑞西阿斯当着大家的面预言孩子的未来，他说：“孩子长大以后，将除却多少多少的陆上妖怪，除却若干若干的海中魔鬼；他将会如此地战胜巨人，这般地历尽艰险；后来，他将会永享青春女神赫柏的爱情。”

赫拉克勒斯经受的教育

国王安菲特律翁从盲人占卜者口中知道儿子具有极高的天赋，决心让儿子享受应有的教育。各地英雄也纷纷聚拢过来，给年轻的赫拉克勒斯传授种种本领。他的父亲教他掌车的本领；俄卡利亚国王欧律托斯指导他拉弓射箭；哈耳珀律库斯跟他操练角斗和拳击；刻莫尔库斯教他弹琴唱歌；宙斯的孪生儿子卡斯托耳指导他全副武装地在野外战斗;阿波罗的儿子,白发苍苍的里诺斯教他读书识字。

赫拉克勒斯显示了巨大的学习才能。可是他不能忍受艰苦,恰好年迈的里诺斯又是一个缺乏耐心的教师。有一回,他无端地动手捶打赫拉克勒斯。赫拉克勒斯顺手抓起齐特儿琴,朝老师头上扔了过去。不料老师当场翻倒在地,死了。赫拉克勒斯十分后怕,不过他仍然要上法庭。

为人正直而又知识渊博的法官拉达曼提斯宣布他无罪释放。法官颁布法令,坚持由于自卫而打死人者免受处罚。可是,安菲特律翁担心他将来力大无穷以后,又会犯出类似的事来,所以把他送到乡下,让他跟牛群一起生活。日复一日,年复一年,赫拉克勒斯长得又高大又强壮。他身长四托,双眼炯炯有神,犹如闪烁的炭火。他能骑会射,射箭时百发百中,挥舞的刀剑处处不离目标。等到十八岁时,赫拉克勒斯成了希腊国最英俊、最强壮的男子汉。他面临着命运的挑战,看这一身武艺和气力到底是用来造福还是用来造孽。

赫拉克勒斯面临抉择

赫拉克勒斯离开了牧人和牛群。他来到一块寂寞的地方,思考着人生的道路,看自己到底应该选择怎样的生活道路。突然,他看到两位高贵的妇女迎面走了过来。一位女子仪态万千,透现了贵族般的纯洁。她目光谦和,举止合乎礼俗,衣服洁白无瑕。另一位则透现了雍容华贵,皮肤上遍抹脂霜,挺直的腰板比自然赋予的还要硬朗。她的目光遥望远方,衣服深处闪烁着无限魅力。她自我欣赏一番,然后又顾盼四周,看看别人是否都在仰慕地打量着她。这位女子抢前几步,赶在另一位女子前面,朝着标致少年走过来,打着招呼说:“赫拉克勒斯,我看出来了,你仍然在犹豫不决,不知道选择怎样的生活道路。如果你选择我当你的女友,那么我可以领你走上一条最舒适的生活之路。你不会丧失任何的生活乐趣,一生中再也没有烦恼和苦闷;你用不着担心战争,用不着操心商贾,王室的美酒佳肴听凭你自由享用;你将永远地躺卧在温暖和软的床铺上,衣来伸手,饭来张口,毫无体力和精神负担;异国情调,外来瓜蔬,应有尽有;你有享不尽的荣华富贵,因为我的朋友有权享用一切。”

赫拉克勒斯听了一番诱人的话语，奇怪地问道：“美丽的陌生女子，你究竟是谁呀？”

“我的朋友们，”她回答说，“称我为幸福女神。而那些想贬低我的仇人则相反，他们说我是轻佻女子。”

正在说话时，另一位女子也赶了上来。“我来到这里找你，”她说，“亲爱的赫拉克勒斯。我认识你的父亲，知道你的天赋和享受的教育，这一切都给我一种希望。你如果跟着我，那么终将驾驭世上的一切善事和大事。可是我不能允诺你享有多少豪华和奢侈。我只是愿意告诉你，天上的神是多么地喜欢你。但是，一切的愿望和好事都不会从天上凭空落下。你如果希望众神佑护你，那么你首先应该尊重他们；你要得到朋友们的爱戴，那么就该为你的朋友做好事；你要国家尊重你，你就应该为它服务；你要希腊国推崇你的高贵品质，那么你就应该为希腊谋幸福；有播种才有收获，你想赢得战争，就得学会战争的艺术；你要保持矫健的体魄，就应该通过艰苦的劳动磨炼。”

轻浮的女子突然打断了她的讲话。“你看，亲爱的赫拉克勒斯，”她说，“这位女子将需要多么漫长而又崎岖的道路，才能把你送上满意的殿堂。而我则相反，我以最短的途径并且最舒服的方式就能把幸福端到你的面前。”

“你是个说谎的女人，”道德女子回答道，“你拥有什么好处，你知道什么是满足？兴趣怎能在没有产生之前就被你像桃子一样摘落下来，端送给客人？你无饥而食，无渴而饮。你的床永远是柔软而又温暖的，你让你的朋友们通宵达旦地放荡挥霍，而让多少白天的美好时光付诸甜蜜的酣睡与美梦。他们在无忧无虑的生活天地里踉踉跄跄，费力地拖曳着自己穿过时光的岁月。而你呢？尽管你已经挣得了不老之身，然而却遭到众神的唾弃，为世人所不齿。你从未听到过赞扬，从未做过一件好事——相反，我跟神以及一切善良的人保持着友谊。我是帮助一切艺术家的使者，是父母亲的忠诚佑护，是仆人们的支柱。我帮助着和平事业，在战争中是可靠的伴侣。我是最忠诚的女友。对我的朋友们说来，膳食、寝宿和饮料要远远地胜过懒散。年轻人为受到老人们的承认而高兴，老人为受到年轻人的尊重而欢呼。他们满意地回忆起从前的行为，并且为现在的事业感到高兴。我使人们相敬如宾，让他们受到众神和朋友们的宠爱，受到祖国的推崇。大限来临的时候，他们不会毫无光彩地被送进令人遗忘的坟墓，而会受到后世的仰慕。如果你有志于这样的生活，你会感到真正的幸福。”

赫拉克勒斯最初的英雄之举

两位女子说完话，顿时消失了。赫拉克勒斯孤零零地一个人留在原地，决心选择道德之路走下去。不久，他找到了行善做好事的机会。正如人们知道的，希腊国那时候丛林密布、沼泽遍野，到处是凶恶的猛狮、公猪以及其他的妖孽。因此，清除这类孽障，把希腊国从这类危害中解放出来，都成了自古以来无数英雄的伟大之举。赫拉克勒斯也不例外，同样面临着艰巨的任务。当他听说，在国王安菲特律翁的牧场基太隆山脚下，居住着一头可怕的狮子时，年轻的英雄下定决心，准备为民除害。他全副武装，登上了荒凉的山林地区，打死了狮子，剥下皮来披在自己的肩上，然后又把狮头割下来当作头盔。

等他打猎凯旋回来的时候，途中遇到了明叶国王埃尔吉诺斯派出的使者。他们要去向底比斯人收取年贡，而那是既不合理又让人屈辱难堪的沉重负担。赫拉克勒斯心怀忠诚，要为一切受压迫的人鸣不平。他看到使者们滥施淫威，心中十分生气，没有几个回合，便把使者们打翻在地。他把使者们捆绑起来，送回去见他们的国王。

埃尔吉诺斯勃然大怒。他要求底比斯国王交出打人凶手。而底比斯国王克瑞翁十分胆小，他准备满足对方的愿望。赫拉克勒斯动员了一批血气方刚的青年，率领他们前往迎敌。可是，当时却没有一户人家留有武器，那是因为明叶人收缴了全城的武器，借以防止底比斯人滋长任何的抵抗意识。

雅典娜女神看到这一切。她把赫拉克勒斯召进神庙，用自己的武器将他武装一新。神庙里还挂着不少武器装备，那是彪炳列祖列宗显赫战功的缴获物件，后来又被祭献给诸位神仙，一直挂在那里。随着赫拉克勒斯一同前来的青年们纷纷动手。他们全副武装，又跟着赫拉克勒斯一起出征。他们只有小小的一队人马，而明叶人则是庞大的兵团，显然是拿着鸡蛋碰石头。

没料到两支部队狭路相逢，在一块转不过身子的谷地山猛之间摆开了战场。明叶的士兵纵然人多势众，可是他们的兵力根本无法施展。埃尔吉诺斯无可奈何，他的部队被彻底击溃，他自己也战死沙场。可是，安菲特律翁也在这场战役中被打死了。战争结束以后，赫拉克勒斯迅速挺进奥耳肖楣诺斯，那是明叶人的首都。他穿城夺府，所向披靡，一把大火烧毁了王室城堡，将城市设施破坏殆尽。

希腊国十分钦佩他的奇特历绩。为表彰少年的丰功伟绩，底比斯国王克瑞翁把女儿墨伽拉嫁给赫拉克勒斯。墨伽拉为英雄生下三个儿子。众位神仙纷纷解囊，帮助这位半仙般的凡人。赫耳墨斯送给他一把剑，阿波罗赠给他一把弓，赫淮斯托斯带来一只金色的箭袋，雅典娜给他穿上崭新的军装。可惜他的母亲阿尔克墨涅却重结婚姻，嫁给了法官拉达曼堤斯。

赫拉克勒斯与巨人之战

赫拉克勒斯受到众神的热情馈赠，心中感激不尽。不久，他就寻得了机会，准备报答他们的知遇之恩。

原来大地女神该亚给天空神乌拉诺斯生下一群巨人。这批巨人儿子脸面狰狞，杂乱的胡须，长长的飘发，身后拖着一根带鳞的龙尾巴，就成了他们的脚。真是一批妖怪！母亲唆使他们前去反对宙斯，因为宙斯当了世界新的主宰，把该亚从前生下的一群儿子，即诸位提坦巨人全部送入地狱塔耳塔洛斯。几年以后，他们冲破了地府，又像春苗一样撒布在帖撒利的大地上。魔鬼出世，天地惊慌，日月减色，连福玻斯都掉转了太阳车的行驶方向。

“去吧，孩子们，为了我，为了往昔的神之子去报仇，”大地之母平静地说，“让雄鹰啄食普罗米修斯的肝脏；提堤俄斯也应该受到惩罚，他竟敢伸出罪恶的手触摸勒托的神体。宙斯用电闪击中了他，他僵硬地平躺在地府的地板上。派去两头雄鹰，啄食他的肝脏！阿特拉斯必须肩扛天庭；提坦巨人必须一一地被捆绑起来。去吧，去报复，去拯救他们！你们应该使用我的肢体，那座高山峻岭，用它作阶梯，用它作武器！攀登上满天星斗的城堡！阿耳克尤纳宇斯，你去扯下暴君手中的权杖和闪电！恩克拉多斯，你去征服海洋，将波塞冬赶走！律杜斯前去夺下太阳神的那根缰绳，珀耳菲里翁去占领特尔斐的神殿!”

巨人们听到命令一阵欢呼,好像已经取得了胜利一样。他们纷纷登上了帖撒利山,准备从那里向天空发起冲击。

再说专为神通风报信的彩虹女神伊里斯,她看到大事不好,便连忙召集众位天神、水神以及地府的亡灵们,让他们一起前来,共商对付的办法。冥后珀耳塞福涅离开了阴森森的王国,而她的夫君,即沉默的国王也骑着畏光的骏马爬上了金光闪闪的奥林匹斯神山。如同一座被包围的城市,居民们从四面八方聚拢过来,准备保卫自己的城堡家园。众神也聚集在奥林匹斯山上,形态各异,跃跃欲试。

“诸神,”宙斯召唤着说,“你们看到了,大地之母如何起劲并又恶毒地反对我们。大家起来进行战斗!她给我们派来多少个儿子,我们就要给她送回多少具尸体!”

神之父刚把话讲完,天空中就响起了阵阵雷鸣声。该亚积极响应,在下面掀起一阵轰隆隆的地震。大自然又像造物时一样陷于一片混乱。巨人们拔掉一座又一座高山,把帖撒利的俄萨山,把佩利翁、俄塔、阿拖斯全部推倒。然后,他们又利用赫贝罗斯的一半源泉冲走了罗杜泼山。巨人们沿着山势一步步地朝着众神住地攀缘而上,把燃烧着的栎木大棒和巍峨挺拔的大山抓在手上,武装自己,开始向奥林匹斯山冲击。

众神得到一则神谕:如果没有一名凡人参与战斗,那么众神则不能伤害前来侵犯的巨人。该亚听到消息,急忙寻找一种方法,以保证自己的儿子们面对凡人不受伤害。天下果然有一种草。不料,宙斯捷足先登,他不让朝霞、月亮和太阳露出光芒。正当该亚在黑暗中到处寻找药草时,宙斯却把药草收割起来。他请雅典娜将药草交给自己的儿子赫拉克勒斯,并要求儿子前往参战。

奥林匹斯山上燃起了熊熊的战火。战神阿瑞斯端端正正地坐在战车上,车前的骏马高声嘶鸣。他驾着马车朝着密集的敌人冲了过去。阿瑞斯手执金盾,金盾闪闪发光,比火焰还要亮堂。他的头盔也闪烁着光芒,在风中呼啸作响 。鏖战时,他一枪刺穿了巨人珀洛罗斯。珀洛罗斯的两只脚实际上是两条蠕动的活蛇。后来,战神又驾着战车在地上碾碎许多人的肢体。突然,他看到凡人赫拉克勒斯已经从下面爬到奥林匹斯山顶,阿瑞斯连忙吹着送出去三个灵魂。赫拉克勒斯在战场上环顾四周,要为自己的弓箭寻找一个目标:他一箭把阿耳克尤纳宇斯射翻在地,让他沿着无底的深渊坠落下去。可是,等到他接触到家乡的土地时,他又生气勃勃地站立了起来。

按照雅典娜的主意,赫拉克勒斯也追了下去。他把阿耳克尤纳宇斯拖出了故国地界。可怜阿耳克尤纳宇斯在异国他乡还没有站立起来,便已经呼的一声断了气。

这时候,巨人珀耳菲里翁气势汹汹地朝赫拉克勒斯和赫拉猛扑过来,要跟他们决一死战。宙斯看着这一切,立即让巨人心里产生一股仰望天空、观看神的颜面的悬念。正当珀耳菲里翁撕扯赫拉面纱的时候,宙斯用炸雷击中了他。赫拉克勒斯射出一箭,使他当场毙命。巨人的战斗行列里又奔出了眼中直喷火花的埃菲阿耳忒斯。

“来得正是时候,他已经成为我们射箭的明靶。”赫拉克勒斯大笑着对身旁的福玻斯·阿波罗说。于是,阿波罗和半神一起动手,嗖嗖两箭,埃菲阿耳忒斯顿时双目失明。酒神狄俄尼索斯举起酒神杖,将律杜斯打翻在地。赫淮斯托斯抖手扔出一把烧得通红的铁浆。一阵灼热的铁雨迎头浇下,巨人刻吕提俄斯当场死于非命。帕拉斯·雅典娜抓起西西里岛,猛地朝着正在逃跑的恩克拉托斯砸过去,将他镇压在内。巨人波吕波特斯被波塞冬在大海上追赶得无处躲藏,一直逃到爱琴海的可斯岛。波塞冬撕下海岛的一角,将他埋在里面。赫耳墨斯头戴普路同的隐身帽,举手打死了希波吕拖斯。另外两个巨人也被命运女神的铁棒砸得粉碎。宙斯大发神威。他用雷电把其他巨人全都打翻在地,赫拉克勒斯再用弓箭把他们一一射死。

战斗结束了,天神们十分称道赫拉克勒斯的赫赫战绩。宙斯把众神中参与战斗的一律称作奥林匹斯人,借以表彰有功之神。他把这一荣誉称号也封赐给凡间女子为他生育的两个儿子,即狄俄尼索斯和赫拉克勒斯。

赫拉克勒斯与欧律斯透斯

在赫拉克勒斯出世之前,宙斯曾经在众神会议上解释说,从此以后,珀耳修斯的第一个孙子将成为珀氏后裔的主宰。他是想把这份荣誉交给自己和阿尔克墨涅所生的儿子。可是赫拉十分嫉妒。她不愿意把这份幸福让给自己丈夫的情妇，于是抢在前面施展诡计。她让珀耳修斯的另一位孙子欧律斯透斯比赫拉克勒斯先行出世。因此，欧律斯透斯成了迈肯尼的国王，后来出生的赫拉克勒斯是他的臣属。国王担忧地看到他的那位年轻的兄弟声誉显赫，于是便把他召唤过来，给他布置了一大堆困难的任务。赫拉克勒斯不愿服从。宙斯也不愿意违背自己的声明，于是命令儿子执行希腊国王的命令。赫拉克勒斯坚决不当凡人的奴仆，离开家来到特尔斐，占卜请问神谕。神谕昭示他说：欧律斯透斯骗取了王位，他将由于众神的教诲而变得温良谦和。赫拉克勒斯必须完成国王交给的十项任务。等到这些任务完成以后，他就可以挣得不老之身。

赫拉克勒斯深深地陷入悲哀之中。为一个微不足道的人服务，实在有悖于他的感情，似乎降低了他的身份。可是他却不敢违背父亲宙斯的旨意。赫拉利用这一时机，让赫拉克勒斯心头忧郁变作野蛮的暴躁。尽管赫拉克勒斯为众神立下了巨大的战功，可是这不能消除他的心头仇恨。赫拉克勒斯控制不了自己，甚至想要杀害可爱的侄子伊俄拉俄斯。侄子吃此一惊，连忙逃了出去。狂乱之中，赫拉克勒斯用箭射死了他和墨伽拉所生的孩子们，然后又把弓箭指向巨人。后来，他又从这样的狂躁中解脱出来，不过那是很久以后的事。他看到自己闯下的大祸，陷入深深的悲哀和不幸。他闭门不出，避免见到任何人。流逝的时光抚平了他心头的痛苦。他重新振作起来，决心去完成欧律斯透斯交给他的各项任务。

恶斗尼密阿巨狮

国王交给赫拉克勒斯的第一件任务是，赫拉克勒斯必须剥下尼密阿巨狮的兽皮，把它交给国王。这头巨兽居住在伯罗奔尼撒半岛的密林里，位于亚哥利斯的尼密阿和克雷渥纳村之间。狮子厉害无比，人间武器根本不能伤害它。有人说，狮子本是巨人堤丰和半人半蛇女怪厄喀德那生下来的儿子。另有部分人则说，狮子是从月亮掉到地球上来的。

赫拉克勒斯动身征服狮子去了。他一路奔波，来到克雷渥纳，遇见一位可怜的短工，名叫莫洛耳库斯，受到了热情的接待。莫洛耳库斯正想宰杀一头牲口，祭供宙斯。“好朋友，”赫拉克勒斯说，“让你的牲口再苟且偷生一个月吧！如果那时我能顺利地打猎回来，那么你就可以给宙斯救星宰杀牲口；如果我失败了，那么你应该把牲口给我作祭，把我当作列入神的行列的英雄。”

说完，赫拉克勒斯又往前走了。他把箭袋背在背上，一只手里拿着弓，另一只手上提了根大棒。那是他在赫利孔山上亲自寻得的一棵野生橄榄树做成的。当时他把橄榄树连根拔起，把树干部分削成这根大棒。走了几天以后，他来到尼密阿的树林里。他在树林里慢慢地寻找，希望发现这头巨兽，而且必须抢在被狮子看到自己的前面。可是，周围到处没有狮子活动的痕迹。树林、田野上也没有人。恐惧像浓雾一样，笼罩着这块地方。家家闭门锁户，没有人敢迈出门槛一步。

傍晚时分，狮子终于在一条林中小路上出现了。它刚刚捕食回来，准备回狮穴去休息。狮子吃得肚腹滚圆。狮子头上、狮鬣和胸脯上滴落着点点鲜血。它用舌头舔着上嘴唇。赫拉克勒斯看到它一步步靠近，连忙躲进茂密的树丛，悄悄地等它过来。狮子越走越近，赫拉克勒斯立起身，拉开弓箭，嗖的一声从侧面射去一箭。可是箭镞却近不了狮身。它像一块石头一样被弹了回来，软软地掉落在森林的沼泽地上。

狮子抬起了血淋淋的狮头，圆睁着眼睛向四面张望，露出一排凶恶的巨牙。这样，它正好把胸脯暴露在赫拉克勒斯面前。赫拉克勒斯不失时机，又朝狮子的心脏射去第二支箭。可是这回也失败了，箭掉在狮子脚下。赫拉克勒斯正要拉第三箭时，狮子已经看到了他。突然，狮子暴怒地伸展着长长的尾巴，脖子间剧烈地上下起伏着，发出一阵阵沉闷的狮吼，鬣毛早已竖了起来。狮子弯曲着背，瞪着血红的大眼，狂怒地朝它的冤家走了过来。

赫拉克勒斯放下手中的箭，还没等到狮子跳起身来，便一把按住狮背，右手拿着木棒朝着狮头猛烈地挥打下去。狮子正要转动，他又拦腰狠命一击。狮子疼痛得跳起来，又扑倒在地上，狮腿都在发抖。赫拉克勒斯还没有等它缓过神来，又悄悄地接近了它。他干脆把弓箭全扔在地上，无所畏惧地从后面朝巨兽扑了过去。他用双手一把抱住狮子的脖子，狠命地捏住狮子喉咙，直到狮子挣扎着断气为止。

狮子死了。赫拉克勒斯花费了很大的周折，也没有把狮子皮剥下来，因为任何铁石都无法在狮子身上划出一道口子。最后，他尝试着用巨兽的利爪撕划狮皮，想不到立即起了作用。于是，他用这张奇特的兽皮缝制了一件盔甲，又用狮头做了一只新头盔。赫拉克勒斯收拾一下衣服和武器，把尼密阿巨狮的狮皮带上，动身回泰林斯去。

赫拉克勒斯回到约定的朋友莫洛耳库斯身边时，时间正好过去了三十天。老朋友正在忙碌着准备给赫拉克勒斯摆上亡灵祭供，不料这位英雄却一步踏进屋来。他们惊喜重逢，于是一起给救世主宙斯祭供礼品。祭毕，赫拉克勒斯友好地告辞，又往家乡走去。

国王欧律斯透斯看到赫拉克勒斯带着可怕的狮皮回来时，对英雄具有神仙般的力量十分惊恐，吓得连腿也站不直了。从此，他再也不让赫拉克勒斯走近自己，而是请珀罗普斯的儿子库泼洛宇斯替他转达各项命令。

九头蛇怪许德拉

国王交给赫拉克勒斯的第二件任务是让他战胜九头蛇怪许德拉。许德拉就是堤丰和厄喀德那的女儿。她是在希腊亚哥利斯的勒那沼泽地里长大的，不时地来到乡村田野，践踏庄稼，危害牲畜。许德拉蛇怪其大无比，全身长了九颗脑袋，其中八颗脑袋是属于凡间的，而中间那颗直立的蛇头却是仙胎。

赫拉克勒斯大胆地前往迎战。他登上一辆大车。可爱的侄子伊俄拉俄斯给他驾马赶车。伊俄拉俄斯是赫拉克勒斯的继兄弟伊菲克勒斯的儿子，一直伴随着他，成了不可分离的左右手。一路上，他们急匆匆地朝勒那驶去。到了阿密玛纳源泉的山坡时，他们看到许德拉蛇怪正在洞内。伊俄拉俄斯急忙拉住马缰绳，赫拉克勒斯跳下马车。他一连放了许多火箭，迫使多头的许德拉蛇妖离开栖身的洞穴。

许德拉发出咝咝的声响。她来到赫拉克勒斯的面前，九个脖子威胁似地向上竖立着，模样十分吓人。赫拉克勒斯无所畏惧地迎了上去，一把抓住蛇妖，将她捏得紧紧的。情急之中，她却猛地缠住赫拉克勒斯的一只脚。赫拉克勒斯举起木棒朝蛇头狠命地砸打着。可是他却需要无穷无尽地扑打才行。原来一个蛇头被打碎了，旁边又长出两个来。这时又来了一只巨大的螯子，奋力帮助许德拉，在赫拉克勒斯的脚上紧紧地咬住不放。

赫拉克勒斯十分生气。他抽出木棒，将螯子一棒打死，同时大声呼喊伊俄拉俄斯快来帮助。伊俄拉俄斯手上举着一根火把。他把附近的树林点着，然后用熊熊燃烧的树枝烫烧蛇妖的脖子，不让新生的蛇头重新长出来。这时候，赫拉克勒斯趁机把许德拉的那颗属于仙胎的脑袋也打落下来，埋在路旁，上面压着一块沉重的石块。接着，他又把蛇身劈作两段。他把箭镞拿过来放在蛇血里浸泡一阵。蛇血剧毒无比。从此以后，中了赫拉克勒斯的箭，伤再也无法医治痊愈。

刻律涅亚山上的牝鹿

欧律斯透斯布置的第三项任务是，赫拉克勒斯必须生擒刻律涅亚山上的牝鹿。这是一头漂亮的动物，金角钢蹄，自由地生活在亚加狄亚的山坡上。它是女神阿耳忒弥斯在首次打猎时捕捉到的五头牝鹿之一。女神只把这一头鹿又放回树林。这也是命运所定，准备让赫拉克勒斯为捕捉它而追赶得疲惫不堪。

赫拉克勒斯接到任务以后日夜追赶，围猎时一直奔到极北净土族人和伊斯忒河的地界。极北净土人是北极地区传说众多的民族。据诗人们叙述说，这里的太阳在一年之间只出来一回。庄稼地里的果实迅速成熟。这里从来没有狂风暴雨。在阿波罗的佑护下，这是一块没有纷争、没有烦恼的地方。人们在那里千年如一，过着幸福的生活。赫拉克勒斯终于在拉同河边看到了牝鹿。那里离安诺埃城不远，就在亚加狄亚的阿耳忒弥斯山上。可是，他也迫不得已地射去一箭，然后把受伤的牝鹿扛在肩膀上，一路走回去。

途中，赫拉克勒斯遇到女神阿耳忒弥斯和阿波罗。阿耳忒弥斯斥责他，问他为什么伤害放生了的牝鹿。她准备夺下这头猎物。

“伟大的女神，这不是我的恶作剧，”赫拉克勒斯辩解着回答说，“我也是迫于无奈，否则我怎么完成欧律斯透斯交待的任务呢？”

一番话缓和了女神的愠怒。赫拉克勒斯扛着活牝鹿又一路往迈肯尼走了回去。

厄律曼托斯野猪

第四项任务迅速下达了。赫拉克勒斯必须生擒厄律曼托斯野猪,把它带回迈肯尼,交给国王欧律斯透斯。这头野猪是用来祭祈女神阿耳忒弥斯的,可是它在厄律曼托斯践踏庄稼,危害很大。

赫拉克勒斯接过任务,动身前往厄律曼托斯,途中来到西勒诺斯的儿子福罗斯家中。西勒诺斯身材矮小,秃顶,大扁鼻子,长着一对马耳,身后还拖着一根尾巴。福罗斯半人半马,是肯陶洛斯人。他热情地招待来客,端出一盆烤肉给客人,自己则生吞活剥,把生肉吃得津津有味。赫拉克勒斯希望用美酒伴佳肴,福罗斯听后笑着说:“尊贵的客人,在我的地下室里果真有一桶美酒。它是所有肯陶洛斯人的财产。可是我担心不能把酒桶打开,因为我知道我们的肯陶洛斯人到底有多么的慷慨。”

“打开吧,”赫拉克勒斯鼓励他说,“我答应你,帮助你一起对付他们。我只是口渴难忍!”

原来,这桶酒是酒神巴克科斯加盖以后交给一位肯陶洛斯人的。酒神吩咐他不能提前打开,必须等四代人马以后,赫拉克勒斯到来时才能开启。福罗斯看赫拉克勒斯确实口渴,便来到地下室。他刚把酒桶打开,顿时酒香扑鼻,洋溢四周。肯陶洛斯人闻到陈年酒香,都聚拥过来。他们手执石块或者木棒,把福罗斯的地下室团团围住。

赫拉克勒斯看到情况危急,拿起火把朝第一批肯陶洛斯人投掷过去。他把另一部分人一直驱逐到伯罗奔尼撒半岛的东南角的玛勒河,那是赫拉克勒斯的老朋友喀戎居住的地方。肯陶洛斯人纷纷投奔喀戎。赫拉克勒斯朝着人群射去一箭,不料箭穿过一位肯陶洛斯人手臂,最后刺伤了喀戎的膝盖。赫拉克勒斯直到这时才认出了早先的朋友。他替朋友从膝盖上拔下箭镞,然后又用精通医道的喀戎自己调制的药膏敷贴伤口。可是,喀戎的伤口浸透了许德拉的毒汁,是无法治愈的。喀戎请人把自己抬回洞穴,希望最后死在自己朋友的怀里。可惜这个愿望也是徒劳的,因为他忘掉了自己已经属于不死之身。赫拉克勒斯含泪告别了喀戎,答应不管花多大的代价,也要满足老朋友的心愿。人们知道,他是不会食言的。

赫拉克勒斯重新回到福罗斯的洞穴时,看到这位朋友已经死了。原来福罗斯从一个肯陶洛斯死者的身上拔出箭镞,禁不住大为惊奇。这么小小的一个东西,想不到竟有如此大的力量,竟至于杀害了一条生命。他顺手把箭往地上丢去,不料沾满毒汁的箭镞却划破了自己的脚,他当即中毒死去。赫拉克勒斯十分悲伤,将朋友葬在一座山下,那座山从此以后就被称作福罗斯。

赫拉克勒斯继续往前,准备猎野猪。他大声呐喊,把野猪赶出丛山密林,又在后面追赶不停,直到把野猪赶到冰天雪地里,最后才用绳子将精疲力尽的野猪缚住。如同国王欧律斯透斯在命令中所说的那样,他生擒了厄律曼托斯野猪,把野猪一直送往迈肯尼。

奥革阿斯牛圈

国王欧律斯透斯立即送来了第五项命令。这项任务似乎跟一位英雄的身份不相匹配。赫拉克勒斯必须在一天时间内把奥革阿斯牛圈彻底打扫干净。奥革阿斯是厄利斯的国王,拥有大量的牧群。他的畜群全都按年份分类,围圈在宫殿门前的牲口棚内,里面共有三千多头牛。多年来里面堆积了许多牛粪。赫拉克勒斯不知道该如何奋力,才能在短短的一天时间内把牛粪铲尽运完。

赫拉克勒斯来到国王奥革阿斯面前,答应给他清理牛圈,不过他没有提到欧律斯透斯委托的任务。奥革阿斯听说有这等便宜事,非常高兴。他满意地打量着眼前这位魁梧的男子汉,看他穿着狮子皮的衣服,禁不住地笑了起来。他不知道一位高贵的武士怎么会答应干这类仆人的脏活。他想:私欲引诱着多少人走上歧途。这位武士也许想在我身上发一笔小财,那么他真是打错了算盘。他如果真能在一天之内把牛圈打扫干净,那么我肯定会给他一笔丰厚的报酬。可是,这么多牛粪怎能在一天内铲除干净呢?这是不可能的。

想罢心思,国王开口说:“听着,陌生人,如果你真能做到在一天时间内,把宫殿门前的牛圈铲除干净,并冲洗一遍,我将把牲口的十分之一送给你作为奖励。”

赫拉克勒斯答应了这桩交易。国王想，陌生人一定得马上开始劳动。没想到赫拉克勒斯却拉上奥革阿斯的儿子菲洛宇斯，请他为这桩协议作证，然后才走出宫殿。他在牛圈的一边掘松了下面的地基，然后又通过一条运河把阿尔弗俄斯和佩纳俄斯河水引来，让它流经牛圈，把里面粪土冲涮得干干净净。结果，他连手都没有弄脏，就完成了任务。

奥革阿斯这时才听说，赫拉克勒斯原来是奉欧律斯透斯的命令前来执行任务的，于是他便想赖帐，否认作过任何允诺，不肯给赫拉克勒斯任何报酬。此外，他还扬言，赫拉克勒斯如有不服，他们可以对簿公堂，直接打官司。等到法官审理官司的时候，奥革阿斯的儿子菲洛宇斯出庭作证，说他的父亲答应给赫拉克勒斯一笔报酬。

奥革阿斯大失所望。他没有等到判决词下来，立即凶恶地下达命令，请陌生人和他的儿子一起，立即离开他的王国。

斯廷法罗斯湖的怪鸟

赫拉克勒斯完成了任务，高高兴兴地回到欧律斯透斯的王国。欧律斯透斯却不承认他的这项功绩，因为赫拉克勒斯为此要求了报酬。不过，他还是派赫拉克勒斯去进行第六场冒险，委托他赶走斯廷法罗斯湖的怪鸟。这是一种巨大的猛禽，铁翼，铁嘴，铁爪，十分了得。它们栖息在亚加狄亚的斯廷法罗斯湖畔。它们抖落的羽毛犹如射出的飞箭。它们的铁嘴甚至能够啄破铁盔甲，给人畜造成巨大的危害。

赫拉克勒斯接过任务，动身往斯廷法罗斯湖走去。不久，他看到斯廷法罗斯湖原来坐落在茂密的树荫丛中。树林中飞动着一群怪鸟。它们惊恐地飞来飞去，好像害怕被狼撕吃了似的。赫拉克勒斯看到鸟在空中飞转，而自己却对它们无可奈何。他不知道如何才能战胜这批捣蛋的鸟儿。

突然，赫拉克勒斯感到肩膀上被轻轻地拍了一下。原来雅典娜正好站在他的身后，交给他两把铁制的巨型拍子，那是赫淮斯托斯亲自为她锻造的。她告诉赫拉克勒斯，使用铁拍驱赶斯廷法罗斯的怪鸟。说完话，她又消失不见了。

赫拉克勒斯在湖旁登上一座小丘。他狠命地挥动铁拍子，准备赶鸟。

鸟儿们经受不住铁拍的惊吓，仓皇出逃，飞出了树林。赫拉克勒斯瞅准了机会，弯弓搭箭，嗖嗖地连射出去。许多鸟儿应声跌落，其他鸟儿也急忙飞走，从此以后再也没有回来。它们飞越大海，一直来到阿瑞蒂亚岛。阿耳戈英雄在他们将来的冒险生活中还曾吃过这类怪鸟的亏。

克里特的公牛

克里特的国王弥诺斯答应海神波塞冬，他将把看到的从大海里浮现出来的第一件物品当作祭品，用以祭供神。因为弥诺斯觉得，他几乎没有跟无限高贵的神相匹配的牲口祭礼。波塞冬很受感动，特地让一头健壮的公牛分开海水，浮现出来。弥诺斯看到海中竟然浮出一头公牛，非常喜欢。他抵制不住诱惑，实在不舍得将公牛贡献出去，于是将它悄悄地藏在自己的牛群内，然后牵了另一头公牛，作为上供波塞冬的祭礼。

海神非常生气，他让海中浮现的公牛变得疯狂暴躁起来，给克里特岛带来巨大的危害。为此，赫拉克勒斯得到了第七项任务，即要制服克里特的公牛，然后把公牛交给国王欧律斯透斯。

赫拉克勒斯来到克里特岛，见到了国王弥诺斯。弥诺斯大喜过望，他已经为这头公牛的危害背上了沉重的负担。国王听说有人愿意为他除害，当然高兴万分，便亲自帮助赫拉克勒斯前去捕捉疯狂的公牛。

赫拉克勒斯力大无穷。他把公牛制服得规规矩矩，然后骑在牛背上，好像乘坐大船一样回到了伯罗奔尼撒。

欧律斯透斯国王十分满意。他很快把公牛放了出去。公牛一旦脱离了赫拉克勒斯的约束，又开始狂乱地暴躁起来。它在拉哥尼亚和拉加狄亚地区横行霸道，然后再穿过地峡，前往阿堤喀州的马拉敦。公牛到处践踏，如同它从前在克里特岛上一样地危害人畜。直到后来，希腊英雄忒修斯出世，才重新制服了这头疯牛。

狄俄墨得斯的牝马

赫拉克勒斯又获得了第八项任务。他必须把色雷斯人狄俄墨得斯的一群牝马赶回迈肯尼。狄俄墨得斯是战神阿瑞斯和皮斯托纳人的国王生下的儿子,那是一个强悍而又好战的民族。

狄俄墨得斯养了一群牝马,马儿凶猛狂野,人们必须把它们用铁链条紧锁在铁制的马槽上。喂养牝马的饲料不是给寻常马儿的燕麦等,而是不幸误入国王城堡的陌生人。武士们将生人干脆扔在马槽里喂马。

赫拉克勒斯来到以后做的第一件事,就是把无道的昏王投入马槽。当然,在这以前他得首先制服看守马匹的战士。马儿吃过国王以后,立即变得驯服起来。它们老老实实地听从赫拉克勒斯的指挥,一直被赶到汹涌澎湃的大海边上。突然,他听到背后人声嘈杂,原来皮斯托纳人全副武装地从后面追赶上来。眼看着一场恶战在即,赫拉克勒斯连忙做好一切准备。他把马儿交给同来的阿珀特洛斯看管。阿珀特洛斯是众神的使者、亡灵的接引神赫耳墨斯的儿子。

等到赫拉克勒斯离开以后,牝马又都变得疯狂起来。它们食欲大振,想吃人肉。后来,赫拉克勒斯打退了皮斯托纳人重新回来的时候,看到自己的朋友已被马儿撕吃干净了。赫拉克勒斯十分悲哀,在附近建造了一座城池。为纪念自己的朋友,他把这城市称作阿珀特拉。然后,他又制服了牝马,将马儿一直顺利地交到欧律斯透斯手上。欧律斯透斯将牝马全部祭供给天后赫拉。牝马繁衍成群,一直延续到很久以后。马其顿的国王亚历山大曾经骑过的一匹马就是其中的后裔。

赫拉克勒斯完成这项任务以后,随同伊阿宋一伙前去科尔喀斯征讨金羊皮。那又是一段后话。

征服亚马孙人

赫拉克勒斯跟随伊阿宋东讨西伐,转战一场,重新回到欧律斯透斯身旁的时候,又接过任务,开始了第九场的冒险。原来欧律斯透斯有一个女儿,名叫阿特梅塔。欧律斯透斯命令赫拉克勒斯前往亚马孙女王希波吕忒处,夺取她的腰带,然后把腰带交给阿特梅塔。

亚马孙人居住在本都的特耳莫冬河的两岸。这是一个巨大的女子民族。她们经营着男人的手工艺。她们把生下的女孩留下,养大成人。自古以来,这儿就是一个尚武好战的民族。她们的女王希波吕忒腰束一根战神亲自赠送的剑带。这是显示女王权力的标志。

赫拉克勒斯召集了一批志愿参战的男子汉。经过一番周折以后,他们乘船下了黑海,最后来到特耳莫冬河的入海口。大家驾船顺流而上,进了亚马孙人的港口特弥斯奇拉。他们在这里遇到了亚马孙人女王。女王看到赫拉克勒斯相貌魁梧,十分欢喜和敬重。当她听说英雄前来的目的时,一口答应将腰带送给赫拉克勒斯。

可是天后赫拉是赫拉克勒斯的仇敌。她扮作一位亚马孙女子的模样,混杂在人群中间散布谣言说,陌生的男子想要劫持她们的女王。亚马孙人一听大怒,立即跳上马背,朝赫拉克勒斯率领的士兵营房扑杀过来。

好一场恶战!勇敢的亚马孙女人与赫拉克勒斯的士兵激烈地战斗。另有一批久经沙场的女子则一直冲了过来,准备抓获赫拉克勒斯。与赫拉克勒斯交手的第一个女子因为手脚敏捷,人们称她为阿埃拉,又称风快姑娘。可是她看到赫拉克勒斯比她更为敏捷。她正想逃跑,被赫拉克勒斯一记打下马来。第二位女子刚一交手,就被打倒。这时上来了第三位女子,她的名字叫珀洛特埃,取得过七回决战的胜利。可惜这一回也死于非命。在她以后又上来八位女子。其中的三位是伴陪阿耳忒弥斯打猎的女友,另一些也是百发百中的投枪手。不过,她们在这场战斗中却无论如何也显示不出能耐和威风,都失去了目标。立誓独身一辈子的阿尔奇泼也血染战场。最后,连亚马孙女人的首领,英勇善战的麦拉尼泼也被赫拉克勒斯生擒活捉。亚马孙女子眼看着大事不好,如鸟兽散,一窝蜂地逃了出去。

女王希波吕忒急忙解下腰带,如同战前她已经答应的那样,交了出去。赫拉克勒斯收下腰带,把麦拉尼泼释放回去。

赫拉克勒斯高高兴兴地回迈肯尼去了。途中,他在特洛伊海岸上又遇到一场新的冒险。原来特洛伊国王拉俄墨冬的女儿赫西俄涅被捆绑在一块岩石旁,准备送给一个妖怪吞食。海神波塞冬曾经给拉俄墨冬在特洛伊造了一堵城墙,结果却遭受欺骗,没有付给报酬。为了报复,他就使特洛伊地界上出现一头海怪。海怪蹂烂土地,危害人畜,一直折磨得连国王拉俄墨冬也不得不绝望地交出了自己的女儿,以求得自身和当地的太平。赫拉克勒斯经过那里的时候,国王连忙招呼,请求帮助,而且还一口答应,为酬谢拯救自己的女儿,他将送给赫拉克勒斯一群漂亮的骏马。那还是拉俄墨冬的父亲从宙斯那里领来的礼物。

赫拉克勒斯埋伏在海怪出没的地方,等待妖怪出现。不一会,妖怪果然来了。它张开血盆大口,准备吞食姑娘。这时候,只见赫拉克勒斯猛地蹿上去。他自己跳进了妖怪的大口,进入妖怪的腹腔。进入以后,他挥着刀,把妖怪内脏切得粉碎,然后从妖怪的尸体上剁了一个洞,安然无恙地从洞中走了出来。可是拉俄墨冬这回又不遵守诺言。赫拉克勒斯威胁了他一通,悻悻地离开了。

巨人革律翁的牛群

赫拉克勒斯把女王希波吕忒的腰带放在国王欧律斯透斯的脚下。欧律斯透斯没有让他休息,又急忙将他派遣出去,要他牵回巨人革律翁的一群壮牛。革律翁在伽狄拉海湾的厄里茨阿岛上放牧着一群棕里透红的牛,那里有一个巨人和一条双头猎犬看管着。革律翁身高如山。他长着三头六臂,三个身体,六条腿。世上没有一个人敢走近他的身旁。

赫拉克勒斯知道,完成这项艰巨的任务需要做一些准备。因为革律翁的父亲是世界上闻名的富户,他的名字叫金剑,是全意卑利亚的国王。意卑利亚后来分成西班牙和葡萄牙。金剑国王除了革律翁以外还有三位牛高马大的勇猛儿子,每个儿子都率领一支属于自己指挥的军队。正是这重原因,欧律斯透斯国王才给赫拉克勒斯布置这项任务。因为他希望赫拉克勒斯在征伐这个国家的时候被打死在那里,再也不能回来就好了。

可是赫拉克勒斯不畏艰险。他像从前一样组建军队,让部队在克里特岛上集结,然后乘船直到利比亚登陆。他在这里遇到大地之母该亚的儿子——巨人安泰俄斯。两人打作一团。安泰俄斯是海神波塞冬和大地之母该亚所生的儿子。凡经过利比亚的过路人,都必须跟他格斗。可是,在格斗的时候,安泰俄斯只要身不离地,都能从大地母亲身上汲取战斗的力量。赫拉克勒斯把他打倒三次,终于发现他恢复力量的秘密。于是他干脆用强有力的手臂,将安泰俄斯抱在手上,举在空中,然后将他捏死。他同时又把利比亚从凶猛的动物危害中解放出来。

经过一场旱路的长途跋涉，他终于来到一个满布河流的富庶地方。他在这里建立了一座巨大的城市，把它称作赫卡托姆皮洛斯，百座城门的意思。最后，他又来到了大西洋，在这里竖立了两根有名的赫拉克勒斯大柱。这里骄阳似火，酷暑难熬。赫拉克勒斯睁开眼睛，看着天空，威胁性地举起弓箭，要把太阳神射翻下来。太阳神惊异于他的勇敢，于是借给他一盏金钵。那是在太阳落山到太阳东升之间，太阳神坐着它走夜路用的宝贝。赫拉克勒斯乘坐金钵一直来到意卑利亚。他的战船张着船篷，跟在他的旁边。那里，克律萨俄耳带着儿子们率领三支军队严阵以待，准备抗击赫拉克勒斯。

赫拉克勒斯大胆地杀上岸去。他在战斗中如同砍瓜切菜，把对方的首领一个个地打翻在地，然后占领了全国。随后，他又来到厄里茨阿岛，那是革律翁放牧牛群的地方。

岛上的双头恶狗发现了赫拉克勒斯。它吠叫着蹿了上来。赫拉克勒斯挥动木棒，打死了恶狗和巨人牛倌。原来巨人牛倌看到恶狗被打死，想上来帮助，结果被一起解决了。赫拉克勒斯急忙赶出牛群，离开了那里。可是，他前脚刚走，革律翁就在后面追了上来。两个人还没有搭话，就展开了一场激烈的恶战。赫拉亲自帮忙，要让巨人革律翁取得胜利。赫拉克勒斯不客气地射去一箭，深深地射中女神的胸脯。赫拉大吃一惊，负伤急忙逃走。再说巨人虽然有三个身体，可是却在胃的部位中了致命的一箭，翻倒在地。

凯旋回去的途中，赫拉克勒斯赶着牛群经过意卑利亚和意大利，一路上又完成了许多光荣业绩。他来到后来建造罗马城的地方时，已十分疲惫，于是就在台伯河岸上倒下身子睡着了。这时来了一位面貌狰狞、口吐烈焰的巨人卡科斯。此人头部和身子像人，下边长着羊腿，常常伏在洞中袭击过往行人，并把人头挂在门楣上。这回他趁赫拉克勒斯睡觉的当儿，从牛群中偷走了两头漂亮壮实的牛。卡科斯抓住牛尾巴，让牛倒着退到他的洞穴。这样，牛蹄移动的方向就不会暴露踪迹。可是牛的叫声惊醒了赫拉克勒斯。他顺着声音寻到卡科斯的洞穴，经过一场恶仗，把卡科斯打倒在地。当地的居民感激他除了一大贼害。其中还有虔诚的亚加狄亚人，他们一起努力，给赫拉克勒斯建造了一座祭坛。

到了意大利南部勒奇翁姆地界时，有一头公牛逃了出去，穿过海湾到了西西里岛。赫拉克勒斯立即赶着其他的公牛也一起下水。他抓住一只牛角，游到西西里岛，并且顺利地穿过了意大利、伊利里亚（即达尔马西亚和阿尔巴尼亚一带），最后经过色雷斯来到希腊国。

至此，赫拉克勒斯虽然完成了十项任务，但欧律斯透斯却不承认其中两项。因此他必须再次努力，前去经历两番冒险。

赫斯珀里得斯的金苹果

宙斯跟赫拉结婚时非常隆重，各位神都给他们送上新婚的礼物。大地之母该亚自然不甘落后。她让世界大海的西海岸上生长一棵茂密的大树。树上结满了金苹果。看守这一神圣园地的是四位年轻的姑娘。她们是黑夜的女儿，名叫赫斯珀里得斯。此外，树旁还有一条百头巨龙，名叫拉冬，是福耳库斯和刻托的后代。福耳库斯是许多妖孽的父亲，刻托是地母该亚的女儿。百头巨龙从来不会睡觉。它走动的时候，一路上总会发出震耳欲聋的响声，因为它的每一个喉咙里都会跳出一种不同的吱吱声。欧律斯透斯在下达的命令中说到，赫拉克勒斯必须从巨龙身旁摘来赫斯珀里得斯的金苹果。

赫拉克勒斯踏上了漫长的冒险旅途。他必须盲目地依靠天机良缘，依靠偶然，因为他连赫斯珀里得斯到底住在哪里都不知道。

他一路辛劳，首先来到帖撒利，那是巨人忒耳默罗斯居住的地方。巨人用坚硬的头颅把一切过往旅客追赶得死去活来。可是这回却碰上了对头，巨人的脑袋在赫拉克勒斯的头上碰撞得粉碎。到了埃希杜罗斯河时，赫拉克勒斯又遇到了一名挡路的妖怪，那是阿瑞斯和皮瑞涅的儿子库克诺斯。赫拉克勒斯不知就里，向他打听赫斯珀里得斯苹果园。没料想妖怪还没有回答就要求与来者决一雌雄，结果当场被赫拉克勒斯打死。这时候，阿瑞斯也急忙赶过来，他要为死去的儿子报仇。赫拉克勒斯不得不挥拳上阵，准备拼杀一场。可是宙斯却不愿意看到他们当中有人流血，因为两人都是他的儿子。他用一道闪电隔开了跃跃欲试的双方。

赫拉克勒斯继续往前。他穿过伊利里亚，跨过埃利达努斯河，来到一群山林水泽女神面前。她们是宙斯和忒弥斯的女儿，居住在埃利达努斯河的两岸。赫拉克勒斯向她们打听路程。“你去找年迈的河神涅柔斯，”女神们回答说，“他是一位智者，知道一切答案。你应该趁他睡觉的时候袭击他，将他捆起来，然后他才会告诉你真实的情况。”

赫拉克勒斯按照建议制服了河神，尽管河神本领高强，通常情况下他能够变成各种模样。赫拉克勒斯直到确切地知道赫斯珀里得斯金苹果到底在哪里，才最后把河神涅柔斯释放回去。

后来，他又穿过利比亚和埃及。那里的国王名叫波席列斯，是波塞冬和吕茜阿那萨的女儿。当地遇到了连续九年的干旱，塞浦路斯的一位占卜者带来一则神谕。他说，只有每年向宙斯祭供一名生人，那里的干旱才会结束。为感谢占卜者的功劳，波席列斯国王拿他上了祭台，开了头。后来，这位野蛮的国王对残暴的行迹十分感兴趣。他把来往埃及的陌生人全部杀害，连赫拉克勒斯也被抓了起来，捆绑着一直送到祭供宙斯的坛前。赫拉克勒斯跳起身来，挣脱了捆绑的绳子，把波席列斯国王连同他的儿子和祭司统统打死在祭坛前。

赫拉克勒斯又往前走了，一路上又遇到许多危险。这一天他来到罗德岛，看到一位农民赶着两头公牛正在耕地。赫拉克勒斯饥饿难忍，便上前请农民给一点食物充饥。农民却对他十分粗暴，什么也不愿意给他。赫拉克勒斯大怒，便不管农民如何地诅咒，擅自动手解下一匹公牛，杀掉，架起火来烧烤着，竟然吃掉了一头公牛。后来，他又在高加索山旁救出了捆绑着的提坦神普罗米修斯。最后，他还来到阿特拉斯肩扛天庭重担的所在，那里是赫斯珀里得斯看管金苹果的地方。普罗米修斯建议赫拉克勒斯不用亲自去抢摘金苹果，而是派阿特拉斯前去完成任务。

赫拉克勒斯一想也对，于是答应在这段时间内亲自扛天庭，让阿特拉斯去完成任务。阿特拉斯答应了，把肩扛天空的重担让给了赫拉克勒斯，然后动身朝山坡上走过去。他想法把巨龙送入梦乡，又挥刀把睡龙斩成两段。阿特拉斯骗过了看守的姑娘，最后盗得了三枚金苹果，高高兴兴地回到赫拉克勒斯面前。

“不过，”他开始讨价还价，“我的肩膀尝够了扛抬天空的滋味，也知道没有担子的轻松，我不想再扛了。”说完，他把金苹果扔在赫拉克勒斯脚前的草地上，让他扛着沉重的负担站在那里。

赫拉克勒斯必须想出一条计策,才能摆脱这场重压。“喂,我想寻找一块软垫搁在头上,”他对阿特拉斯说,“否则,这副重担都快把我的脑袋压炸了。”

阿特拉斯上前一看,果不其然,因此同意先暂时再把重担肩扛一会。他接过担子,等赫拉克勒斯找到软垫,前来替他。那可不知道需要等多长时间了,因为赫拉克勒斯早已从草地上拾起金苹果,迅速离开了那里,跑得无影无踪了。

另有一番传说讲到赫拉克勒斯亲自前往赫斯珀里得斯看守的苹果园。他杀掉了巨龙,摘取了金苹果。

赫拉克勒斯把金苹果交给国王欧律斯透斯。国王又把苹果送给赫拉克勒斯。原来,他感到懊丧的是这回又没能清除掉生活道路上的障碍。他其实并不关心、也并不喜欢金苹果。赫拉克勒斯把苹果放在雅典娜的祭台前。女神再把金苹果送回原来的地方,让赫斯珀里得斯继续看管。

冥府之狗——刻耳柏洛斯

迄今为止,欧律斯透斯不但没有能够除掉讨厌的竞争对手,反而帮助他扬名四海,让许多人对赫拉克勒斯感激不尽,因为他免除了人们的许多苦难。狡猾的国王费尽心机,又想出了最后一个冒险任务。赫拉克勒斯这回不能施展他的英雄神力了,那是一场与地府阴暗势力的斗争:他必须从冥王那里牵回地府的看门狗——刻耳柏洛斯。这条狗生有三个脑袋,狗嘴难看无比,里面滴出剧毒的口液。狗的身子下面长着一条龙尾巴,狗头和狗背上盘缠着条条毒蛇。

为了准备这场旅行,赫拉克勒斯来到阿提喀州的挨琉西斯城,那里的祭司精通阴阳世界的秘密之道。他首先在神圣之所洗涤了自己杀害肯陶洛斯人的罪孽,然后由祭司奥宇莫尔珀斯传授秘道。

赫拉克勒斯获得了神秘的力量,不再惧怕地府的恐怖。他在伯罗奔尼撒半岛上转战奔波,来到岛的南端,那是传说众多的忒那隆山地。这里有一座城市叫忒那罗斯,便是通往地府的入口处。他在这里由亡灵接引神赫耳墨斯带领着,沿着地缝深渊,一直往下,来到冥王普路同,亦即哈得斯的城池。哈得斯城前转悠着许多悲哀的阴影——阴间不像阳间似的,那里没有欢乐的生命——阴影们见到来了一个血肉之躯的生人,惊吓地四散奔逃。只有戈耳工墨杜萨和墨勒阿革洛斯的灵魂能够经得住看一眼的考验。

正当赫拉克勒斯想要朝戈耳工挥去一剑时,赫耳墨斯急忙抓住他的手臂,正色告诫说,亡人的灵魂是空洞的阴影图像,是不会遭受损伤的。此外,赫耳墨斯还跟墨勒阿革洛斯的幽灵进行友好的交谈。幽灵请他回到阳间以后,给他的姐姐达埃阿尼拉致以殷切的问候。

就在哈得斯城门口附近,赫拉克勒斯看见了他的朋友忒修斯和庇里托俄斯。庇里托俄斯是陪着忒修斯前来地府向珀耳塞福涅求婚的。他们两人由于这场罪孽而被普路同锁在岩石上,最后,不得已才精疲力尽地住了下来。

两个人看到老朋友赫拉克勒斯经过身旁时,便伸出手来,大声向他呼救。他们希望通过赫拉克勒斯的力量重新回到阳间。赫拉克勒斯果然抓住了忒修斯的手,把他从捆绑之中救了出来。当他又想解救庇里托俄斯时,不料脚下的大地开始剧烈地抖动。可惜这回的努力没有取得成效。后来,赫拉克勒斯又认出了阿斯卡拉福斯。他曾经告发别人,说珀耳塞福涅偷吃哈得斯的红石榴,从而被珀耳塞福涅的母亲得墨忒耳把他变作猫头鹰。得墨忒耳由于女儿的损失迁怒于他,把一块大石头滚来压在阿斯卡拉福斯身上。赫拉克勒斯搬开了石头,救出了受难的阿斯卡拉福斯。

普路同的牧群就在附近。赫拉克勒斯宰杀了一头牛,想让亡灵们喝一口牛血。牧牛人墨诺提俄斯却不答应,要求跟赫拉克勒斯进行摔跤比赛。赫拉克勒斯拦腰抱住他,把他的肋骨捏得粉碎。地府的王后珀耳塞福涅急忙出来求情,赫拉克勒斯才重新放下了墨诺提俄斯。

冥王普路同站在亡灵城的门前。他拦住了赫拉克勒斯,不让他进去。赫拉克勒斯嗖地射去一箭,正中冥王的肩胛,痛得他如同凡人一样乱跳乱叫。赫拉克勒斯要他交出地狱恶狗刻耳柏洛斯,他略微犹豫了一阵便答应了。不过,他还是提出了一个条件,赫拉克勒斯不能使用武器。赫拉克勒斯听从了建议。他只穿了胸甲,披着狮皮,准备前去捕捉恶狗。

赫拉克勒斯在冥河的河口上看到那条三头狗。他不管三只狗头如何地吠叫,周围的回声传过来犹如打雷,一把抓住狗腿,把狗拎了起来。同时他又用手臂挟住狗的脖子,不让它趁机逃走。狗的尾巴完全变作一条活蛇,弯曲地盘绕着,妄图回过头来咬他。赫拉克勒斯紧紧地捏住狗脖子,最后终于制服了这倔强的动物。他用双手抱住狗,通过哈得斯的另一个出口,在亚哥利斯的特律策恩重新返回了阳间世界。

地狱之狗刻耳柏洛斯一见到阳光,立即从口中流出了毒汁,流到地上以后变作了剧毒的乌头草。赫拉克勒斯用铁链拴住刻耳柏洛斯,把它带到提任斯,交给欧律斯透斯。欧律斯透斯吃惊不已,他都不敢相信自己的眼睛了。现在,国王再也不敢相信能够最后摆脱讨厌的宙斯儿子。他只得屈服于命运,命令英雄赫拉克勒斯赶紧把地狱之狗送回地府,交还给它的主人。

赫拉克勒斯和欧律托斯

赫拉克勒斯经过种种努力,排除无数困难和障碍,完成了国王欧律斯透斯交给的各项任务,终于免除了国王对他的奴役,回到了底比斯。他由于在狂乱中杀害了自己跟妻子墨伽拉所生的几个孩子,因此再也不能跟妻子一起生活了。后来,当他的爱侄伊俄拉俄斯表示愿意娶墨伽拉为妻时,赫拉克勒斯点头答应了。他自己则思量着想要重新娶一房妻室。他把爱情又移植到漂亮的伊俄斯身上。那是俄卡利亚国王欧律托斯的女儿,他们住在攸俾阿岛。赫拉克勒斯小时候曾跟欧律托斯学习弓箭。

有一回,国王答应如果有人在弓箭上超过他和他的儿子,便可以娶他的女儿为妻。赫拉克勒斯闻讯后急忙赶到俄卡利亚,加入求婚者的行列。比赛中,他显示了不愧为欧律托斯高足的弓艺,因为他不仅胜过了国王的儿子,而且还胜过了国王欧律托斯。国王极其隆重地接待了他。可是国王心中十分不安,他不得不想到墨伽拉的命运,所以为自己的女儿担忧。为此,国王解释着说,他必须为婚事再思考一段时间。这时候,欧律托斯的大儿子伊菲托斯跟赫拉克勒斯成了莫逆之交。他们同龄,因此他毫无妒意地极力建议父亲,接纳这位技艺超群的高贵客人。欧律托斯坚持自己的主张。赫拉克勒斯深感屈辱,离开了王宫,出外闯荡,漂泊了很长时间。

一天,仆人来到国王欧律托斯面前,向他汇报说,有一个强盗潜入国王的牛群。那是奸诈而又狡猾的奥托吕科斯,他的偷窃本领闻名千里。可是恼怒的欧律托斯却不相信地说:“这不会是别人,一定是赫拉克勒斯。他是杀害自己孩子的刽子手。我不答应把女儿嫁给他,他就干出了这样卑鄙的报复勾当!”

伊菲托斯极力为他的朋友辩护。他热情地劝说父亲,说自己愿意跟赫拉克勒斯一起去寻找被偷掉的牛。

原来,奥托吕科斯是赫拉克勒斯的摔跤教师。他是赫耳墨斯的儿子,又是欺骗和偷窃的能手。他住在珀耳那索斯山脚下。他的女儿安提克勒亚嫁给绮色佳岛的国王拉厄耳忒斯,生下了名扬四海的儿子奥德修斯。当然,奥德修斯也继承了外祖父的狡猾和诡计多端。

赫拉克勒斯看到伊菲托斯前来寻找自己,非常高兴。他热情地招待王子,答应一块儿出去寻找被偷窃的牛。

最后,他们一无所获地重新走了回来。当他们登上提任斯的城墙,准备察看丢失的牛时,不幸的狂妄意识又突然占据了赫拉克勒斯的身心。身受赫拉的狂怒驱使,赫拉克勒斯居然把忠诚的朋友伊菲托斯看作是他父亲的同谋。他狂暴地一使劲,把伊菲托斯从高高的提任斯城墙上推了下去。

赫拉克勒斯与阿德墨托斯

赫拉克勒斯非常懊丧地离开了俄卡利亚的王宫,到处漂泊,四海为家。与此同时,方方面面又发生了一系列的变化,出现了一系列的事端:

在帖撒利的弗赖生活着高贵的国王阿德墨托斯。他的妻子阿尔刻提斯年轻、漂亮,对丈夫十分忠诚,爱丈夫胜过一切。有一回,宙斯用闪电把神奇的医生阿斯克勒庇俄斯击死,那是因为宙斯担心,这位医药神连死人都能医治救活。阿斯克勒庇俄斯是阿波罗的儿子。阿波罗悲痛万分,一举杀掉了为主神锻造霹雳锤棒的独眼巨人。为避免宙斯降怒,他急忙逃出了奥林匹斯山,在人间寻找避难所。

那时候,斐瑞斯的儿子阿德墨托斯友好地接待了他。阿波罗为他看管牛群。等到宙斯宽恕他的罪行时,弗赖国王阿德墨托斯一直受到神的荫护。后来,阿德墨托斯年迈体衰,将近大限,他的朋友阿波罗劝说诸位命运女神,准备拯救阿德墨托斯,免得他遭受哈得斯地狱之苦。条件只是,必须有一个人愿意为他去死，代替他进入冥府。

阿波罗离开奥林匹斯山。他来到弗赖，告诉老朋友，说命中已经注定，老朋友必死无疑。不过，他又透露了一个秘密，借此可以改变老朋友的命运。阿德墨托斯是一个正直的人，热爱生活。然而，他的家人和仆人听说这个秘密，都吃了一惊。于是，阿德墨托斯希望寻得一个愿意为他去死的朋友，可是却没有一个人显示这样的兴趣。尽管他们一再听说阿德墨托斯危在旦夕，他们还是一再拒绝履行这样的义务。这里包括国王的父亲，年迈的斐瑞斯以及同样上了年纪的母亲。死神已在他们门前转悠，随时随地有可能降临他们的生活。然而他们还是希望保持这么一丁点儿弱如游丝的生命，不愿把生命献给自己的儿子。只有他的妻子阿尔刻提斯，一个朝气蓬勃、热情向上的女人，表示愿意为丈夫去死。她还没有把想法讲完，可怜死神塔那托斯就已经接近宫殿的大门，准备把他们搜寻的对象带到地府去。

阿波罗是一位活神。他看到死神来临，急忙离开国王的宫殿，免得在死神的近旁亵渎神圣。虔诚的阿尔刻提斯却开始沐浴，然后穿上节日的衣衫。她又从箱子里取出首饰，穿戴齐整，然后在家庭祭坛前向阴府女神祷告，愿意充当死神的祭礼。说完，她一一地拥抱孩子和丈夫。然后，她替代丈夫和孩子走进小房间，准备在那里迎接冥府的使者。

“我愿意坦白地告诉你，”她对丈夫说，“你的生命比我的宝贵，因此我愿意为你去死。可是没有你，我也不愿意生活。你的父亲和母亲背叛了你，他们其实是应该为你作出牺牲的。那样，你就用不着孤苦伶仃地剩下一个人，还要抚养那些孤儿。可是，既然是神决定的事，那么我只得央求你，别忘掉给我祭供。而且，你还应该答应我，你既然喜欢我们的孩子，那就不要再为他们寻找另一位母亲了。她会虐待这些可怜的孩子的。”

阿德墨托斯含着眼泪，向他的妻子发誓说，即使在她死了以后，她仍然是他唯一的妻子，正如她活着的时候一样。阿尔刻提斯把泪汪汪的孩子交给了阿德墨托斯，自己则不省人事地晕了过去。

宫殿里正在准备丧事的时候，赫拉克勒斯来到弗赖，直奔国王的宫殿。阿德墨托斯强忍着自己的痛苦，热情地接待了远方来的朋友。赫拉克勒斯看到他身穿孝服，问宫殿里到底发生了什么事。阿德墨托斯为了不使朋友难过，支支吾吾，没有直接回答。赫拉克勒斯一时糊涂，还以为宫中死了一位无足轻重的远房女子，于是仍然乐滋滋的。他让一位仆人陪着来到餐厅，又叫人打来了美酒。他看到仆人也很悲哀，便斥责地说：“你为什么如此严肃而又认真地盯着我看？一个仆人对待陌生人必须十分友好！你们这里只是死了一个陌生的女子，情况并不严重。这只是个人的命运。对苦难的人来说，生活只是一种折磨。去吧，像我一样头上戴个花环，跟我一块来喝酒。满满的一杯美酒自会抚平你额间的皱纹。”

仆人悲伤地转过脸去。“我们遭受了命运的打击，”他说，“以至于我们都没有心情欢笑一声。”

赫拉克勒斯不停地追问，直到把真实情况彻底盘查清楚。“难道这是真的吗？”他大叫起来，“他失去了一个光彩照人的妻子，他怎么还能这么慷慨大方地招待客人？我在举办丧事的人家还头戴花环，大声欢呼，举杯畅饮，唉！但是请告诉我，这位虔诚的妻子到底葬在哪里？”

“你如果要去寻找这条路的话，那就沿着那里萨的方向一直走下去。”仆人回答说，“途中你会看到为她竖立的纪念碑。”说完话，仆人悲伤地离开了客人。

赫拉克勒斯立即作出决定。“我必须，”他自言自语，“救出这位已死的女子，将她领回家来。否则，我就不配享受阿德墨托斯的厚爱。我去找墓碑，然后在那里等候死神塔那托斯。他一定会前来汲收祭品的鲜血。我就从他的身后跳出去，一把抓住他，用双手捏住他。在他答应把猎物交出来前，我绝对不会松手，不让他逃脱。”想罢心思，他不声不响地离开了王宫，独自走了。

阿德墨托斯回到了自己的房间，跟失却母亲的孩子们一起十分悲伤。任何安慰都难以减轻他的苦痛。突然，他看到赫拉克勒斯跨进了门槛，后面跟着一个遮着面纱的女人。“你连妻子去世的消息都不告诉我，”他走进房间，说，“那是不对的。你让我住在王宫里，好像只是遇到一件小事，好像是别人家的丧事一样。我因为不知道实情，做出许多违反礼仪的事来。我在丧户人家喝酒取乐，忘乎所以。可是，我不愿让你继续痛苦下去了。听着，我告诉你为什么又来到这里。我在一场比武中赢得一位年轻的妇女。我把她交给你，给你当个女佣。直到我重新回来，你一定得多多关心她的生活。”

阿德墨托斯吃了一惊，急忙解释说：“并不是因为我轻视朋友或者不认朋友。我没有把妻子去世的消息告诉你，那是我不愿意看到你为此再搬到另一位朋友家里去住。现在我请你把这位姑娘带到弗赖城的另一位居民家中去。我怎么能不每天都噙着眼泪想王后呢？我难道可以把亡妻的房间腾出来给她居住吗？此外，我还担心弗赖人风言风语，担心受到我那亡妻的责备！”

不过，阿德墨托斯还是抑制不住奇怪的渴望，朝遮盖得严严实实的女人又看了一眼。“不管你是谁吧，”他叹息一声，“你的个儿和模样跟我的妻子阿尔刻提斯十分相像。我当着众神向你起誓，赫拉克勒斯，把这位女人从我的眼前带走，别再苦苦地折磨我了。”

赫拉克勒斯继续地装模作样，悲痛地回答说：“唉，要是宙斯授予我法力，从地府把你勇敢的妻子接回来，那该多么好啊！”

“我不知道你有这副本领。”阿德墨托斯回答说，“可是，你听说过一个死人能从地府回来的故事吗？”

“啾，”赫拉克勒斯兴高采烈地接口回答说，“因为这是不可能的，所以时间可以减轻你的痛苦。亡妻已经无法召唤回来了。也许你稍过一阵能够再娶一个妻子，她会让你的生活变得欢乐。还是让我把这位高贵的姑娘送进你的房间去吧，你至少可以尝试一番嘛。如果事实证明，她不能让你的生活轻松愉快，那么她可以再离开你的家！”

阿德墨托斯不想羞辱他的客人，不情愿地命令仆人，把这位姑娘送进内房去。赫拉克勒斯却不同意，他说：“国王陛下，请别把我的宝贝交在仆人们的手上！你应该亲自带她过去。”

“不行，”阿德墨托斯说，“我不碰她一下。否则我就亵渎了自己的诺言，那是我对亲爱的亡妻亲口答应的。她可以走了，可是不能由我陪同着。”

赫拉克勒斯却一再坚持。阿德墨托斯被纠缠得没有办法，只得朝蒙面的女人伸出一只手去。“啾，”赫拉克勒斯高兴地说，“你就收留下她吧！你仔细瞧瞧这位年轻的姑娘，看看她跟你的妻子是不是相像？”

说毕，他伸手揭开女子头上的面纱，把重新活转的妻子交给了惊讶得目瞪口呆的国王。阿德墨托斯高兴地扑进妻子的怀抱，她却缄默着，一声不吭，无法对丈夫深情的呼喊作出回答。“再过三天，”赫拉克勒斯告诫他说，“等到给她的亡灵祭供结束以后，你就能够听到她的讲话声音了。你尽可以放心地把她带回房间去。她又回到了你的身边,那是因为你对陌生人显示了如此巨大的热情和慷慨!”

赫拉克勒斯服务于翁法勒

尽管是在疯狂发作的时候干的事,但赫拉克勒斯毕竟亲手从城墙上推下了伊菲托斯。这一场杀害人的罪孽如同一重债务,深深地压在赫拉克勒斯的心头。他恳求着从一个祭司转到另一个祭司,希望洗涤自己的良心,可是大家都拒绝帮助他。后来,他找到了得伊福波斯。那是阿弥克勒的国王,国王同意为他洗涤罪行。不过,众神为惩罚赫拉克勒斯而让他身患重病。

赫拉克勒斯曾经叱咤风云,是个大英雄,浑身充满了力量,洋溢着健康,现在却忍受不住重病缠身。他转悠着来到特尔斐,希望在深奥的神谕中寻得自己痊愈的灵丹妙方。女祭司们却不理睬他,因为他是杀人凶手,不给他解释神谕的条文。赫拉克勒斯恼怒之下扛走了庙前的三只香炉,搁在野外田地上,在那里给自己造了一座神庙。阿波罗对他的这番侵犯权益的举动十分不满。他出现在赫拉克勒斯面前,提出挑战,要求决一雌雄。

宙斯这一次又不愿意看到他的儿子们流血。他抖手扔出去一道霹雳,挡住了争斗的双方,平息了一场血战。直到这时,赫拉克勒斯才获得一则神谕:他只有卖身为奴,当三年苦差使,并且把这笔卖身银交给死者的父亲,那样才能解除罪孽。赫拉克勒斯遵照这一苛刻的要求,带领几个朋友,乘船来到亚洲,把自己卖给翁法勒为奴。翁法勒是伊阿尔达奴斯的女儿,梅俄尼恩的女国王。梅俄尼恩就是后来小亚细亚的吕狄亚。

有一位朋友给欧律托斯送上了卖身钱。欧律托斯拒绝收纳,后来只得把钱交给了伊菲托斯的儿子。直到这时,赫拉克勒斯才恢复了气力和道德。他感到精力旺盛,因此他在这里不仅为翁法勒当奴仆,而且还继续当英雄,给人们做好事。他制服了所有危害和扰乱当地的强盗,维护了女主人和周围邻居们的安全。当时住在以弗所的克耳库泼人抢劫掠夺,做尽了坏事。赫拉克勒斯起而反对,把他们彻底打败。他把那些俘虏来的人用绳子捆起来,押送到翁法勒的面前。根据另外一种传说,人们知道克耳库泼原来是两个侏儒般的妖魔。他们趁赫拉克勒斯熟睡的机会企图偷抢他的武器。赫拉克勒斯及时醒来，一把抓住两个妖魔小偷，用绳子捆住他们的双手和双脚，再用一根杠子穿在当中挑起来就走，走了很长一段路。两位小偷虽说头往下，脚朝上地被他挑着走，可是他们在途中仍然戏耍不止。最后，他们逗得赫拉克勒斯满心欢喜，他竟哈哈大笑着把他们松绑了，释放回去。

奥丽斯的国王茜洛宇斯原是波塞冬的儿子。他捕捉过往行人，强迫他们在国王的葡萄园里劳动。赫拉克勒斯对他的霸道十分气恼。他挥拳将他打死，又用铁锹把葡萄藤连根拔掉。

翁法勒经常遭到伊托纳人的骚扰。赫拉克勒斯奋起反击。他把伊托纳人彻底征服，把他们变作奴隶，为翁法勒服务。

当年在吕狄亚有一个名叫里蒂埃塞斯的人，是弥达斯的儿子。他作恶多端，危害乡里。大家对他十分讨厌。平日里，他无事可干，于是凭借家中财富，坐在门口招揽过往客人。他热情地把客人们请回家来，视若贵宾。等到饭后，他强迫客人跟着他一起外出。趁着夜深人静之时，他又把客人们一个个砍下头来杀死。赫拉克勒斯把这位乡霸拧作两段，尸体丢在密安得河水里。

赫拉克勒斯有一回转战着来到杜利奇岛。他看到沙滩上躺着一具尸体，波浪不时地从尸体上洗涮而过。原来这就是不幸的伊卡洛斯。他跟父亲一起驾着蜡翼离开了克里特的迷宫。可是他忘记了忠告，飞离太阳过近，以至于蜡翼融化，一头栽到大海里。赫拉克勒斯同情地掩埋了他的尸体。为纪念这位朋友，他把这座岛称作伊卡里尼。伊卡洛斯的父亲，建筑师和雕刻家代达罗斯为感谢赫拉克勒斯的功德，在伊利斯的比萨建造了一座赫拉克勒斯纪念碑。一天，赫拉克勒斯来到比萨，由于夜晚天黑，他把纪念碑前的雕像当作一个活人，可见功夫之深。赫拉克勒斯却认为有人向他寻衅，于是抓过石块，把石像砸得粉碎。

赫拉克勒斯在为翁法勒服务的时间里还参加了围猎卡吕冬公猪的活动。

翁法勒十分赞赏她的仆人的英雄业绩，估猜这位仆人一定是位有名的英雄。当她听说仆人就是宙斯的儿子赫拉克勒斯时，她立即恢复了赫拉克勒斯的自由身份，并且与他婚配成亲。从此以后，赫拉克勒斯过着东方式的花天酒地般的生活，逐渐忘掉了道德在他年轻时期所给予的教诲而耽于享乐,不思进取,甚至连妻子翁法勒也开始瞧不起他了。她自己披上英雄的狮皮大毡,把女人的衣服却给赫拉克勒斯穿上。

赫拉克勒斯迷醉于爱情,竟至于愿意坐在妻子的脚旁,专心致志地赶纺羊毛。他在原先几乎能够扛得动天空的脖子上挂了一条金项链,两只健壮的英雄胳膊上戴上玉石手镯,头上戴顶法冠,身上披了一件女人宽大的衣袍。他跟女佣们坐在一起,面前挂了一根纺纱杆,瘦骨伶仃的手指摇纺粗大的纱线。他担心完不成任务会遭到女主人的嘲笑和责骂。有时候,当翁法勒情绪好的时候,让穿起女人服饰的丈夫给她和女佣们讲起赫拉克勒斯年轻时的英雄事迹。例如他是怎样在摇篮里就捏死了大蛇,年轻时如何制服革律翁,如何砍下许德拉的仙蛇头,如何从哈得斯那里牵回地狱之狗刻耳柏洛斯。女人们如同听说精彩的童话一样,十分高兴。

赫拉克勒斯给翁法勒服务的期限即将到头时,突然从沉沦中清醒过来。他惭愧地脱掉穿在身上的女人衣服,顿时又恢复了宙斯儿子的强健模样,浑身充满了力量。他愿意充分使用重新获得的自由,向他往昔的敌人挑衅报复。他实在忘不掉他们。

赫拉克勒斯的晚年业绩

赫拉克勒斯恢复自由以后,立即动身前往特洛伊。他要征服那个暴虐而又刚愎自用的国王拉俄墨冬,那是特洛伊的缔造者和统治者。赫拉克勒斯对他耿耿于怀。原来他在讨伐亚马孙人凯旋而归的途中,勇敢地救出了被恶龙威胁着的国王女儿赫西俄涅。拉俄墨冬原先答应选送骏马感谢搭救女儿的英雄,后来却自食其言。赫拉克勒斯决定对他实施报复。他率领一批战士,赶乘六艘大船。跟随他一起去的有希腊国的著名英雄:珀琉斯、忒拉蒙和俄琉斯等。

赫拉克勒斯穿着狮皮来到忒拉蒙面前,看到他正在用膳。忒拉蒙连忙从桌旁站起身,给客人在金碗内倒了满满一碗美酒,叫他坐下,一起喝酒。赫拉克勒斯为朋友的热情所感动,用手指着苍天,祈祷说:"父亲宙斯,如果你愿意施恩,愿意听从我的请求,那么请赐给膝下无后的忒拉蒙一个勇敢的儿子。那是一个无敌的儿子,就像穿着尼密阿的狮皮的我一样!"

赫拉克勒斯的话还没有讲完，宙斯给他送来一匹矫健的雄鹰。赫拉克勒斯兴奋地喊叫起来："喂，忒拉蒙，你即将有一个儿子了，那是你朝思暮想的事！他矫健得犹如天空里的雄鹰。孩子的名字就叫埃阿斯。"

说完他就坐下用膳。最后，他们联合了其他英雄一起征伐特洛伊。到了特洛伊准备登陆的时候，他把看守船只的任务交给俄琉斯，自己则率领着英雄们向特洛伊城进发。拉俄墨冬一看形势紧张，急忙召集人员前来袭击英雄们乘坐的船只，并在战斗中杀害了俄琉斯。拉俄墨冬完成任务后正想撤退，发现已经被赫拉克勒斯的战友们包围住了。同时，他们又前往围困城市。

忒拉蒙攻破了城池，一马当先冲进了特洛伊城。在他后面的是赫拉克勒斯。大英雄一生中首次被人在战斗中超过了自己。他又气又急，妒火中烧，于是拔出宝剑，想把走在前面的忒拉蒙砍翻在地。忒拉蒙正好回头看到了这一情景。他猜出了赫拉克勒斯的意图，便连忙弯下腰去，把近旁的砖石收拢过来堆成一堆。有人问他在这里做什么时，他回答说："我为胜利者赫拉克勒斯在这里建造一座祭坛！"这番回答让大英雄感到十分惭愧，他们又一起战斗。赫拉克勒斯用弓箭射死了拉俄墨冬和他的儿子。拉俄墨冬的儿子中只有一人得以幸免。

城池被占领了。赫拉克勒斯把拉俄墨冬的女儿赫西俄涅作为战利品交给了忒拉蒙。同时他又允许姑娘在俘虏中挑选一个人，让那位俘虏获得自由。姑娘挑选了她的兄弟扑达尔克斯。"好吧，他就归你了。"赫拉克勒斯说，"可是，他必须先经历一番耻辱，当一名奴仆。然后你用一笔赎金将他赎出，这样才能归还他的自由之身！"兄弟果然成为奴隶被卖掉了，赫西俄涅从头上扯下了贵重的首饰作为兄弟的赎身钱。因此，这位兄弟后来就叫作普里阿摩斯（希腊语中"命运中买来的人"的意思）。关于他，还有一系列的故事有待讲述。

赫拉不能让赫拉克勒斯取得这场战斗的圆满结局。从特洛伊回去的途中他们遇到了狂风暴雨。直到宙斯出面干涉，才阻止了赫拉的暴行。经过一番周折和征战，赫拉克勒斯决定再去报复国王奥革阿斯。奥革阿斯自食其言，克扣了应该给他的报酬。赫拉克勒斯攻占了他的厄利斯城，把国王及其儿子们尽数杀死。后来，他把王国交给了菲洛宇斯。菲洛宇斯由于保持对赫拉克勒斯的友谊曾被驱逐出去。

取得这场征战胜利以后,赫拉克勒斯举办了奥林匹克运动会。在运动会期间,连宙斯也变作人的模样前来与赫拉克勒斯角逐比赛。他常常输给自己的儿子。尽管如此,他还是衷心祝贺赫拉克勒斯,称赞他是了不起的大力士。

赫拉克勒斯与得伊阿尼拉

赫拉克勒斯在伯罗奔尼撒半岛上经历了许多的冒险。后来,他又来到埃陀利亚和卡吕冬,找到国王俄纽斯。俄纽斯的女儿得伊阿尼拉,长得十分匀称,漂亮,引得路途上的求婚者络绎不绝。

起先,姑娘生活在珀洛宇宏,那是她父亲王国里的另一座城市。河神阿刻罗俄斯倾慕得伊阿尼拉年轻美貌,也前来求婚。可是他的形象丑陋,着实怕人。有一回他变作一头公牛,另一回变作一条闪闪发亮的、蠕动着身躯的巨龙。最后,他虽然变作人的模样,却顶着一副公牛的脑袋,蓬乱的下巴底下流出了一股清新的泉水。

得伊阿尼拉见到这位求婚的人就害怕,绝望地逃到诸神面前,请求一死。河神却步步紧逼。不过她的父亲却也无意将女儿嫁给阿刻罗俄斯,尽管这位河神从前也出身于高贵家庭。正在大家进退两难的时刻,赫拉克勒斯也慕名前来求婚。他早在地府时就已经听朋友墨勒阿革洛斯讲起妹妹的出众才华。赫拉克勒斯知道,没有一场激烈的争斗是得不到这样一位贤淑的妻子的。

头上长角的河神看到赫拉克勒斯,气恼得牛头上的血管都暴涨起来。他扬了扬牛角,冲过去就想抵住赫拉克勒斯。国王俄纽斯看到面前站着两位激烈争斗的求婚者,不便于拒绝任何一位,免得因此而伤害了他们。国王只是答应,谁要是取得了拼搏的胜利,就可以娶国王的女儿为妻。

当着国王、王后和他们女儿得伊阿尼拉的面,两个求婚人展开了一场残酷的拼战。赫拉克勒斯左旋右转,厮杀很久都未能得手,没有能够杀伤河神那个巨大的牛头。而河神也千方百计地寻找机会,准备用牛角将赫拉克勒斯抵翻在地。最后,他们扭在一起摔打起来。手臂绞着手臂,脚绊着脚,额角和身体上的汗水如雨点般冒了出来。两个人拼尽全力,累得气喘吁吁。最后,宙斯的儿子占了上风。他把河神猛地一摔,按倒在地。河神却突然变作一条长蛇,赫拉克勒斯抢上一步,一把捏住蛇头。要不是长蛇又变作一头公牛,说不定早给赫拉克勒斯掐死了呢!赫拉克勒斯决不让他轻易溜走。他抓住一只牛角,把河神尽力往上一扔,可怜一只牛角早已断成两截。河神阿刻罗俄斯只得告饶,退出了求婚者的行列。后来,海中仙女阿玛尔忒亚用各种水果汁,如石榴、葡萄等浇灌阿刻罗俄斯的断角,才医治了赫拉克勒斯给他造成的创伤,让他又长出了新的牛角。

赫拉克勒斯跟得伊阿尼拉高兴地举办婚礼。可是结婚丝毫也没有改变他的生活方式。他一如既往,总是急匆匆地从一场冒险走到另一场冒险。有一回,他又回到妻子及岳父的身旁。可是,他在无意之中又失手打死了一个男孩。为此,他不得不再度出走。事情是这样的:有一个男孩名叫奥宇诺摩斯。国王俄纽斯设宴招待贵宾时他在一旁相助,由于一时疏忽,没有看清客人的要求。赫拉克勒斯想给他一个小小的教训,于是轻轻地拍打他一下。可是英雄手重,想不到竟把男孩当场打死。岳父尽管饶恕了这一不经意的行为,而赫拉克勒斯却不得不以流放作为对自己的惩罚。这回陪伴着他的有年轻的妻子和他的小儿子许罗斯。

赫拉克勒斯与涅索斯

赫拉克勒斯从卡吕冬又来到特拉奇斯,要拜访从前的朋友刻宇克斯。这是赫拉克勒斯一生经历中厄运多难的旅行。

他一路奔波,来到奥宇埃诺斯河,看到肯陶洛斯人涅索斯。涅索斯每回都向来回的旅客索要渡资,他是用双手把来往行人抱着过河的。涅索斯认为这是一笔对得起良心的正当的钱,连众神也不会见怪的。赫拉克勒斯自然用不着他的帮助,迈开大步,涉水而过。妻子得伊阿尼拉却需要请涅索斯帮助才能过河。肯陶洛斯人涅索斯托着赫拉克勒斯妻子的肩头,抱着她涉水过河。

得伊阿尼拉是一位漂亮的妻子。涅索斯在河中看得神魂颠倒,竟至于用手在她身上乱摸起来。赫拉克勒斯已经涉水过河,站在对面的河岸上。

他突然听到妻子的急叫声,仔细一看,原来这个浑身长毛、半人半马的妖怪正对妻子施行无礼。他不由得连忙从箭袋中拔出箭来。涅索斯刚刚上岸,就被在背上射中一箭,顿时倒在地上。得伊阿尼拉挣脱了肯陶洛斯人的手臂,就要朝丈夫那里急步奔过去,只听地上垂死的人呼喊着对她说:"听着,俄纽斯的女儿!你是我抱着渡河的最后一个人,因此也负有掩埋我尸体的责任。你把我的伤口中流出的最后一滴血保留起来!它会起到神奇的作用。你要是用它涂抹你的丈夫的衣服,那么从此以后除了你以外,他再也不会爱上另一个女人!"原来他在垂死之中仍然不忘报复。

涅索斯说完这番用心险恶的话以后就死了。得伊阿尼拉虽说从来也不会怀疑丈夫对自己的忠诚和爱情,可是仍用一只杯子接过肯陶洛斯人的最后一滴血,保存好。赫拉克勒斯一点儿也不知晓。两人又经历了一番冒险,终于找到了朋友,帖撒利的国王刻宇克斯。他十分友好地接待了赫拉克勒斯夫妇,让他们安心地居住下来。

赫拉克勒斯的结局

赫拉克勒斯经历的最后一场激战是讨伐俄卡利亚国王欧律托斯。国王曾经亲口答应凡是射箭胜过他和他儿子的人,可以娶他女儿伊俄勒为妻,可是后来又拒绝实行。赫拉克勒斯集合了一支部队,一路进发,前往攸俾阿,准备围困俄卡利亚,捕捉欧律托斯和他的儿子。赫拉克勒斯稳操胜券。他攻陷城池,打死了国王和他的三个儿子。伊俄勒仍然年轻美貌,可惜成了赫拉克勒斯的俘虏。

得伊阿尼拉留在家里,焦急地等待着丈夫的战事消息。王宫里终于爆发了一阵欢呼,一名使者急忙奔了过来:"你的丈夫,"他汇报说,"即将凯旋回来了!他的仆人利卡斯正在给大家汇报胜利的喜讯。赫拉克勒斯需要推迟几天才能赶回来。他在忙碌着给宙斯准备牺牲祭供。"

不一会儿,利卡斯带了一群俘虏过来了。"问候你,尊敬的夫人,"他看到得伊阿尼拉连忙招呼说,"赫拉克勒斯的正义事业已经取得了胜利。我们攻占了城池,抓获了一批俘虏。你的丈夫说,请你好生看待这批被俘虏的人,尤其是那位不幸的年轻女子。瞧,她正扑倒在你的脚下呢!"

得伊阿尼拉同情地看了一眼年轻的女子。她把姑娘从地上扶起来,说:“你是谁?你看上去还没有结婚,而且一定出身于高贵家庭!利卡斯,告诉我,这位年轻姑娘的父母亲是谁?”

“我怎么知道呢?你为什么问起这个来?”利卡斯躲躲闪闪地回答。他的表情透露出,他似乎在隐瞒一桩秘密。“自然,这个女子,”利卡斯踌躇一番又回答说,“决不会出身于俄卡利亚的寻常人家。”

听到这里,年轻的姑娘长叹一声,又沉默不言了。得伊阿尼拉好生奇怪,不再追究,而是命令把姑娘送进内室,不能亏待她。利卡斯执行任务去的时候,起先的那名使者走上一步,靠近女主人,悄悄地对她说:“得伊阿尼拉,你不要相信利卡斯的话。他对你隐瞒着事情的真相。他曾经亲口说过,赫拉克勒斯只是为了这位年轻的女子才讨伐俄卡利亚的。她就是伊俄勒,欧律托斯的女儿。赫拉克勒斯认识你以前,对她十分爱慕。她这回来可不是为了当你的女佣,而是你的竞争对手。她是赫拉克勒斯的小情妇。”

得伊阿尼拉十分悲伤。可是她马上又镇静下来,命令丈夫的仆人利卡斯前来见她。利卡斯指着苍天向宙斯起誓,说他讲的一切都是真话,而且他确实不知道姑娘的父母亲到底是谁。得伊阿尼拉恳请他别玩弄宙斯,她说:“即使我指责丈夫的不忠,也决不会糊涂到把罪责推诿给这位姑娘的地步。她可从来没有伤害过我。很抱歉,她的容貌使她尝够了命运的苦难,把她的整个祖国都推入被奴役的悲惨境地!”

利卡斯见夫人如此通情达理,便把一切都告诉了她。得伊阿尼拉一点也没有责备他,只是让他稍等片刻,她要为丈夫取得的辉煌战果准备一件回报的礼物。

按照肯陶洛斯人涅索斯临死前的吩咐,得伊阿拉尼把那时从箭镞上刮下的毒血制成血膏。她把血膏藏在不见火、不见光的地方。她以为那是无害的。而且,也只是为了重新唤回赫拉克勒斯的爱情和忠心,她才大胆地保存了这块血膏。现在她悄悄地钻进那间小房间,取出血膏,将它涂抹在一件珍贵的衬衣上。她用羊毛调制颜料,然后把血红的衣服折叠起来,锁在一只漂亮的小箱子里。得伊阿尼拉把使用过的羊毛随手扔在地上,然后走到外间,把送给丈夫的礼物交给仆人利卡斯。

“请把这件衣服,”她叮嘱着说,“带给我的丈夫,这是我亲自缝制的。

除了他以外，谁也不能穿这件衣服。他在节日祭拜众神前不能把衣服放在火炉或阳光底下，这是我立下的誓言。我交给你一枚作证的戒指，让他相信，这确实是我托你转交的信息。”

利卡斯答应一切照办。他带着礼物匆忙赶往攸俾阿，免得主人长期等候家乡的消息。过了几天，赫拉克勒斯和得伊阿尼拉生的大儿子许罗斯前去看望父亲。他要说服父亲迅速回家。而得伊阿尼拉又偶然走进盛放血膏的小房间，那是她亲手染制丈夫衬衣的地方。她看到地上的羊毛经过太阳光照已经融化开了。得伊阿尼拉大吃一惊，预感事情不妙，因为面前的羊毛已经化作灰烬，里面还冒出一股股泡沫状的毒汁。得伊阿尼拉惊吓得在宫殿里团团转。她失魂落魄，不知道怎么办才好。

儿子许罗斯终于回来了。可是身旁却没有父亲：“唉，母亲，”儿子一副鄙视的神色，对母亲说，“我真希望世界上从来就没有你，希望你从来就不是我的母亲！”

夫人吃了一惊，她连忙问道：“孩子，你这是怎么啦？”

“我刚从开纳翁山回来，母亲！”儿子回答说，声音开始抽泣不清了，“正是你剥夺了父亲的生命！”

得伊阿尼拉面色惨白，镇静了一下，说：“你究竟知道了什么？我的儿子，谁能够指责我做下如此伤天害理的恶事来？”

“我亲眼看到了父亲的悲惨命运，”儿子回答说，“我在开纳翁山遇到他的时候，他正忙碌着宰杀牺牲准备给宙斯摆设祭供。这时候利卡斯来了，他带来了你的礼物，那是一件应该诅咒的衬衣。父亲立刻把它穿在身上，漂漂亮亮地开始祭祀。那天一共宰杀了十二头公牛。开始时，父亲十分安详地做着祷告。突然，当祭供的烈焰熊熊燃烧的时候，他浑身冒出了豆粒般的汗珠。那件衬衣像是用金属焊在他的身上一样。他发出一阵阵的颤抖，好像一条毒蛇在咬他。父亲大声地呼唤利卡斯。利卡斯其实是无辜的。他忠实地转交了你的那件毒衬衣。利卡斯来了，重申了你的委托。父亲却一把抓住他，将他扔在大海里的岩石上。可怜他撞得粉身碎骨，葬身鱼腹。附近的人大声疾呼，不过没有人敢于靠近父亲。父亲在地上痛苦地号叫着，滚来滚去，然后又突然跳了起来。他诅咒你和你们的婚姻。最后，他对着我喊叫说：‘儿子，如果你同情父亲的话，那就迅速送他回去。我不能死在一个陌生的国度。'我们把这位可怜的英雄抬到船上,他痛苦得大声咆哮。他已经来到门口,你马上就能看到他那或生或死的模样。这就是你的成绩,母亲,你奸诈地谋害了人间最为辉煌灿烂的大英雄!"

得伊阿尼拉一声也没有辩解。她绝望地离开了儿子。仆人们也早已知道了涅索斯所赠送的那份爱情魔药。他们向孩子解释,说他在忿怒中错误地责怪了母亲。儿子听说以后,急忙朝不幸的母亲走去。可是他来得太晚了。得伊阿尼拉直挺挺地躺在丈夫的床上,死了。她的胸口上插着一把两面刀刃的利剑。儿子躺在母亲的身旁,痛哭着抱住母亲的尸体,为自己过激的语言深深地懊悔着。突然,他听说父亲回到了宫殿,吓得连忙跳起身来。

"儿子,"赫拉克勒斯大声地叫唤着,"儿子,你在哪里呀? 拔出宝剑来,对准你的父亲,看准我的脖子,以此治愈你的母亲赐于我的痛苦!"说完,他又绝望地转向站立一旁的人,伸出双臂,大声地说:"没有一杆长矛,没有一头野兽,没有一支巨人的部队能够制服我。可是一个女人的手却起到了这一切起不到的作用! 因此,我的儿子,你应该杀死我,再去惩罚你的母亲!"

赫拉克勒斯从儿子许罗斯的口中获悉,母亲是无意之中酿成这场惨祸的。为了抵偿自己的罪行,母亲已经拔刀自尽了。赫拉克勒斯顿时惊呆了,立即让儿子许罗斯与被俘的伊俄勒订婚。当然,赫拉克勒斯对她的确十分爱慕。

因为特尔斐的神谕中曾经讲过,赫拉克勒斯必将死在俄塔山上。俄塔山属于特拉奇斯地区。赫拉克勒斯不顾身体的疼痛,让人把自己抬到俄塔山的山顶上。那里架起了一堆木柴,人们把他就搁在木柴堆上。赫拉克勒斯命令在下面点火,可是没人愿意执行这一令人悲痛的命令。最后,由于经不住再三的恳求,他的朋友菲罗克忒忒斯看到赫拉克勒斯痛苦难熬,便出来准备点火。赫拉克勒斯为感谢他,特地把自己战无不胜的弓箭送给他。

架设的木柴刚被点燃,天上就闪起了几道闪电。闪电迎着火苗扑了过来。然后,只见一朵祥云垂落柴堆。趁着隆隆雷声,不朽的英雄被迎送到奥林匹斯山。等到木柴烧成灰烬,伊俄拉俄斯和其他一些朋友走近柴堆,准备捡拾英雄的骨殖时,不料什么也没有找到。毫无疑问,赫拉克勒斯应了古老的神的谶语,他从凡人变成了神,挣得了不老之身。朋友们给他摆设祭供,推崇他为神。后来,整个希腊国都隆重地纪念他。

赫拉克勒斯上天以后碰到女友雅典娜。她正在迎候英雄,并且把英雄引入神的行列。赫拉宽恕了他,还把自己的女儿赫柏嫁给他为妻。赫柏是永恒的青春女神。他们在奥林匹斯山上生活下来。赫柏又为他生下了很多神胎的孩子。

赫拉克勒斯的族第

赫拉克勒斯的子孙来到雅典

赫拉克勒斯被召唤上天。亚各斯的国王欧律斯透斯去除了一大心患，再也用不着为之担惊受怕。于是，国王把一腔心思专门用来对付大英雄的子孙，借以对赫拉克勒斯施行报复。赫拉克勒斯的子孙们都跟大英雄的母亲阿尔克墨涅生活在一起，住在阿耳戈斯的首都迈肯尼。他们为了逃脱国王的迫害和追踪，一路来到特拉奇斯，希望得到国王刻宇克斯的帮助。欧律斯透斯跟踪而至，要求刻宇克斯交出赫拉克勒斯的后裔，否则就要对这弹丸之地的小邦国发动战争。赫拉克勒斯的族第们深感不安，离开了特拉奇斯，在全希腊到处逃窜。赫拉克勒斯的侄子和朋友伊俄拉俄斯，即伊菲克勒斯的儿子，替父尽责，始终跟随着他们。他如同从前跟赫拉克勒斯一起分担共同的命运和苦难一样，不顾年迈，白发苍苍，始终照应着朋友的遗族，跟他们一起转战南北。他们的目的在于巩固赫拉克勒斯在伯罗奔尼撒所取得的地位和财产。于是，他们被欧律斯透斯追赶着一直来到雅典城。那是忒修斯的儿子得摩丰治理的地方。得摩丰赶走了非法占据王位的梅纳斯透斯。

到了雅典以后，他们在靠近宙斯祭坛的旷野地里搭建帐篷，受到雅典人的庇护和支持。欧律斯透斯派来一位使者威胁他们。使者嘲讽地对伊俄拉俄斯说："伊俄拉俄斯，你以为在这里找到了一块安全的避难所了吗？可是谁有胆量，敢于跟强大的欧律斯透斯作对呢？还是赶快率领人马回到亚各斯去。那里等待你们的是严厉的法律判决,人们会用乱石把你们击死!”

伊俄拉俄斯勇敢地回答说:“不!这座祭坛将会保护我不再受到你以及你的主人派遣的军队的迫害,这里是我们获得拯救的自由王国。”库泼洛宇斯——原来这是使者的名字——听完这话威胁着回答说:“好吧,那么听着,”他讲话的声音越来越大,“我不是单身一人,在我的后面是一支强大的军队。它将会很快地把你们从这块所谓的自由之地驱逐出去!”

伊俄拉俄斯回过头来,对着雅典的居民大声呼喊说:“虔诚的居民们,你们不能眼睁睁地看着有人赶走了宙斯庇护的人,不能眼睁睁地看着神圣遭到亵渎。你们的城市将受到灾难。”

雅典人听到呼救声从四面八方赶了过来。他们看到一群人围着神坛席地而坐。“那位年迈的老人是谁?那些漂亮的年轻人是谁?”大家纷纷提问。等到他们听说这些人就是大英雄赫拉克勒斯的后裔,希望得到雅典人的庇护时,居民们都投去尊敬和同情的目光。他们命令那位蛮横的使者迅速离开神坛,说要把他的无礼行为向国王禀报。

“谁是这里的国王?”库泼洛宇斯一下子被怔住了,不由得问了一声。

“他是一位伟人,”有人回答说,“你一定会服从他的判决的。我们的国王是不朽的英雄忒修斯的儿子:得摩丰。”

得　摩　丰

国王得摩丰住在城堡内。他很快就得到消息,说外面的广场上全是逃难的人,说那里还有一支军队,为首的是一位使者,使者要求把难民交给他处置。国王听说消息后来到广场,从使者的口中知道欧律斯透斯的目的所在。“我是亚各斯人,”库泼洛宇斯开始说,“我要求带回去的正是一批亚各斯人。他们是我们国王的仆人。忒修斯的儿子,你大概不会丧失理智,成为全希腊唯一为了庇护这群难民跟欧律斯透斯兵戎相见的君王吧!”

得摩丰是一位沉着而又开明的国王。“我还没有听到双方的意见,”他说,“那又怎能对事情妄加论断,竟至于决定一场战争呢?这样吧,这批年轻人的首领,你有什么话可说吗?”

伊俄拉俄斯从祭坛前的石级上站立起来,虔诚地向着国王鞠了一个躬,说:“国王,我第一次感到我是到了一座自由的城市。这里允许我讲话,这里有人听取我们的讲话。另外的那块地方却把我们驱逐出故国家园,不给我们有分辩的权利。欧律斯透斯把我们从亚各斯赶了出来。我们既然不准在自己的家乡逗留,那么他又怎能把我们称作臣民呢?难道逃出亚各斯的难民必须在全希腊回避吗?不!至少在雅典不会如此!这座英雄城池的居民不会把赫拉克勒斯的子孙赶出他们的国土。他们的国王不会让士兵把请求保护的人拖离诸神的祭坛。你们尽可以放心,我的孩子们!我们在一个自由的国度里,这里有我们的亲戚。国王啊,你所保护的不是一批陌生人。这些遭受迫害的人都是赫拉克勒斯的子孙。赫拉克勒斯跟你的父亲忒修斯都是珀罗普斯的孙子。对,这批难民的父亲还曾经在地府里救出你的父亲。”

国王听完这番话朝伊俄拉俄斯伸出手,说:“三重原因使我负有义务不能拒绝你们的请求。首先,是宙斯和这座神坛,其次是亲戚关系,最后是赫拉克勒斯为我父亲所做下的好事。如果我同意让人们把你们从神坛旁拖走,那么这个国家就不再是自由的国家,不再是崇敬神明的国家,也不再是道德的国家!因此,使者先生,请你回到迈肯尼去,告诉你们的君王,我决不允许你把这批难民重新带回去!”

“我走,我走!”库波洛宇斯起身回答着,威胁似地抖了抖使者的节杖,“我会带领一支亚各斯的军队再度过来的。一万盾甲手等待着,只待我的主人一声令下。他将亲自统帅军队,而这支部队早就围困在你的边界上。”

“见你的哈得斯去吧!”得摩丰大义凛然,不屑一顾地说,“我不害怕你,也不怕你的亚各斯!”

赫拉克勒斯的子孙们听到这里都欢呼着跳了起来。一群朝气蓬勃的年轻人和孩子,奔走相告,感谢这位慷慨的救命恩人。伊俄拉俄斯又代表大家作了一番发言,感谢国王和雅典城的居民们。

回到城堡以后,国王得摩丰紧急地做出各种准备,迎接新的敌人来犯。他召集了一批占卜和善观天象的人,吩咐准备隆重的祭礼。他又让伊俄拉俄斯及其率领的人住在宫殿里。伊俄拉俄斯却一再不肯。他解释说,大家都不愿离开宙斯的神坛,愿意留在那里,为城市的繁荣昌盛而祈请降福。“直到神帮助国王取得胜利以后,”他说,“我们才愿意把自己疲劳不堪的身体躲进热情友好的屋檐下去！”

国王登上了城堡的最高塔楼，眺望着越来越近的敌方部队。他召集了雅典士兵，下达种种紧急的作战命令，然后又跟看星象和占卜的人一起商量，并且安排隆重的牺牲，准备祭供。突然，得摩丰以焦急的面色急步来到伊俄拉俄斯面前。“你说我该怎么办？朋友，”他大声地呼喊起来，“我的军队虽然装备好了，准备痛击亚各斯人。可是每个占卜的人都说这场战斗的胜利取决于一个难以完成的条件。神谕明确地告诉我们：‘你们不能宰杀牛犊和公牛，而应该牺牲一位贵族家庭的年轻女子。只有这样，你们，包括这座城市才能指望取得胜利或者获得拯救。’可是如何才能做到这一点呢？我虽然有几个女儿，然而哪一个父亲愿意作出这样的牺牲？而且，即便我敢于要求，又有哪一位贵族人家愿意把他们的女儿交给我呢？这是会引起一场内战的麻烦事！”

赫拉克勒斯的子孙们听到国王的话吓得面如土色。“天哪！”伊俄拉俄斯大呼一声，“我们真像沉船遇难的人，刚刚爬上海滩，又被巨浪卷走了，送入了汪洋大海。希望啊，你怎么如此虚伪地把我们哄入你的迷梦？完了，孩子们，现在他会把我们交出去的。我们还不能为此而责怪他。”正说着，老人的眼中突然闪过一丝希望。“你知道我们该怎样拯救自己吗？你把赫拉克勒斯的儿子们留下来，把我交出去，送给欧律斯透斯！他一定会把我凌迟处死，因为我是大英雄的伙伴，是他的忠实的朋友。我已经是上了年纪的人，愿意为这批年轻的子孙们牺牲自己的生命！”

得摩丰看着他悲伤地回答说：“你的精神是高贵的，可是它帮助不了我们。你以为欧律斯透斯会满足于死掉一个人吗？不！他要铲除的是赫拉克勒斯的一族。你如果还有别的主张，那就告诉我。刚才的这个主意却是不行。”

玛卡里阿

听到残酷的神谕内容，广场上群情激昂，怨声震天。消息一直传到国王的城堡内院。原来国王得摩丰在难民进入雅典城不久便把阿尔克墨涅，即赫拉克勒斯的母亲，一位被年龄和苦难压抑得弯腰曲背的老人，以及赫拉克勒斯和得伊阿尼拉生下的漂亮女儿玛卡里阿藏在宫内，免得她们抛头露面，被好奇的人群指指点点。阿尔克墨涅耳聋目花，听不到外面有任何动静。可是孙女儿却听到人声鼎沸。她非常担心众位兄弟的命运，于是匆匆忙忙来到广场。她藏在一堆堆的人群中，所以听到议论纷纷，知道雅典和赫拉克勒斯一族人面临怎样的灾难和危险，知道神谕让人们遇到了怎样的困难和麻烦。

玛卡里阿听到这里便大胆而又坚定地来到得摩丰面前，说："你们正在寻找一个保证战争取得胜利的祭礼。它可以保证我的兄弟们的安全，免得让他们遭受暴君的蹂躏。你们想过没有，赫拉克勒斯的女儿正在你们当中？我请求把自己当作祭礼，因为这是我个人自愿的，所以诸神会更加感到高兴。这座城市为了保证赫拉克勒斯儿孙们的安全而甘愿承受一场战争，甘愿牺牲数百儿郎的生命。难道大英雄的子女们中竟然没有一个人甘愿为取得胜利而牺牲自己吗？如果我们中间没有人敢于这样地思考问题，我们这些人还有什么被拯救的价值？"

伊俄拉俄斯和周围站立的人惊愕良久，没有做声。赫拉克勒斯族人的这位首领终于开口说话了："你不愧为赫拉克勒斯的女儿。不过，我觉得还是让他的女儿们全部集中起来，大家抽签决定自己的命运，看应该轮到谁去为众位兄弟们献出生命。"

"我不希望通过抽签去死，"玛卡里阿愉快地回答说，"而是心甘情愿。行了，大家别再犹豫不决，免得让敌人趁机偷袭过来，最后把神谕弄得一钱不值。"

说毕，这位思想高尚的年轻女子在雅典城的贵妇人们陪同下，兴高采烈地朝着死亡一步步走了过去。

拯救赫拉克勒斯族人的战斗

赫拉克勒斯的女儿玛卡里阿慷慨赴祭。国王和雅典的居民们敬佩地看着她的背影。命运告诉他们，大家都不能沉湎于个人的感情和思想。玛卡里阿刚刚消失不见，一位使者就以愉快的神情匆忙来到神坛。"伊俄拉俄斯在哪里？"他大声询问，"我给他带来一个好消息！"伊俄拉俄斯从神坛旁站起身。他仍然驱散不掉满怀的悲伤。

“你不认识我了吗?”使者问道,“我是许罗斯的老仆!许罗斯不正是赫拉克勒斯和得伊阿尼拉的儿子吗?你是知道的,我的主人在逃跑途中跟你们失散了。他是前去寻找帮助的伙伴的,现在刚刚回来,带来了一支强大的部队。”

难民群中一阵欢呼。大家欣喜异常,奔走相告。年迈的伊俄拉俄斯没容大家多说,便急忙操起武器,穿上盔甲。他建议把小孩和赫拉克勒斯的母亲留在城里,交给雅典的老人们陪同。他自己则随着一支年轻人的队伍和国王得摩丰一起出征,准备跟许罗斯的部队会合一道。

两支部队终于合并了。他们勇敢地迎着欧律斯透斯的士兵开了过去。等到双方部队靠近的时候,许罗斯走下自己的战车,站在道口上对着亚各斯的国王大声地喊话:“欧律斯透斯国王,在一场无益的流血战斗开始之前,在两座大城市仅仅为了少数人的利益拼搏厮杀之前,请你听听我的建议:由我们两人进行一场体面的战斗,从而决定胜负。我如果输在你的手上,那么你就带走我的兄弟姐妹,让他们听凭你的发落;你如果输掉了,那么应该把父亲的职位及其在伯罗奔尼撒的统治权全部归还给我们!”

许罗斯身后的士兵们齐声欢呼喝彩。对面阵营中亚各斯的士兵们也交头接耳,纷纷赞同这一主张。欧律斯透斯早先在赫拉克勒斯面前就显得胆小如鼠,现在也不敢把自己的生命孤注一掷,不敢离开由他率领的战斗部队。许罗斯看他胆怯,不敢出来决战,就重新回到自己的队伍当中。占卜的和观看星象的人急忙宰杀牲口,祭供牺牲。

战斗的号角终于吹响了。

国王得摩丰回头对自己的士兵大声地呼吁着:“居民们,你们应该想到,这是为了你们的家园,为你们的城市,为生育和抚养你们的地方而战斗!”

欧律斯透斯国王也恳请士兵们别给亚各斯和迈肯尼抹黑,鼓励他们奋勇争先。

第勃尼安的军号嘹亮,盾牌撞击。不一会,车声隆隆,长矛相击,刀剑挥舞。双方士兵缠混在一道,直杀得鬼哭狼嚎,血流成河。开始时,赫拉克勒斯的联合部队在亚各斯长矛队的冲击下眼看体力不支,阵脚开始动摇。不久,他们打退了敌人的进攻,又往前推进了。一会儿,双方士兵进行徒手肉搏。刹时间，天地昏暗，日月惨淡。士兵们搏杀许久，还是厮杀得难解难分。最后，亚各斯士兵的队列开始混乱。将士们驾着战车纷纷逃跑，相互之间野蛮冲撞，死伤惨重。

年迈的伊俄拉俄斯斗志昂扬。他看到许罗斯驾着马车正从旁边呼啸而过，便连忙伸出右手，请求跟他一起登车战斗。许罗斯恭敬地给他父亲的朋友让了个座位。伊俄拉俄斯上车以后坐定身子，费力地用自己年迈的双手指挥着战马，勇敢地向前冲了过去。经过雅典娜寺庙的时候，他看到欧律斯透斯正乘坐马车在前面逃窜。

伊俄拉俄斯连忙站起身来，恳请宙斯和青春女神赫柏，希望授予他年轻人的力量，让他取得今天战斗的胜利，为赫拉克勒斯报仇雪恨。赫柏正是赫拉克勒斯归了奥林匹斯山上娶得的年轻妻子。伊俄拉俄斯祷告完毕，天空中果然出现了一大奇迹：两颗晶亮的星星慢慢地垂落下来，端端正正地附着在马鞍上。马车被笼罩在浓浓密密的大雾之中。不一会，云消雾散，天上的星星也不见了。伊俄拉俄斯却年轻了许多。他朝气蓬勃地站在马车上，一头黑发，挺直着腰板，挥动着两只有力的胳膊，紧紧地握着战马的缰绳，义无反顾地朝前扑了过去。

欧律斯透斯正想逃入一座山谷，却看到后面追赶的人快要抓住自己了。欧律斯透斯不认识追来的人，于是便站在马车上准备抵抗。伊俄拉俄斯凭借神赐予的力量，一下子便把他的老对手逼下马车，然后又把他结结实实地捆绑起来，塞在自己的马车上，高高兴兴地押送回去。

亚各斯人一看自己的国王欧律斯透斯都给人家俘虏了，群龙无首，哗的一声四散逃走了。欧律斯透斯的儿子和许多士兵都被打死在战场上。一会儿，阿提喀的土地上再也见不到一个亚各斯赶来的敌人了。

欧律斯透斯和阿尔克墨涅

雅典的部队取得了战斗的胜利，重新回到城里。伊俄拉俄斯又恢复了老年人的模样，牵着手和脚都被捆绑结实的欧律斯透斯国王来到赫拉克勒斯的母亲面前。欧律斯透斯早已失掉了当年的威风。

“你终于来了！”年迈的老媪一见欧律斯透斯，大声地喝斥起来，“神的惩罚和正义终于没有把你忘掉。看看你那些冤家对头的眼睛吧！正是你，多年来把繁重的劳动和耻辱累累地加在我的儿子身上，派他出去捕捉毒蛇猛兽，目的就是让他惨死其间。你把他赶入哈得斯的地府，不是为了让他陷落地狱吗？而你现在又妄图把我和他的子孙们统统地赶出希腊国。可是这一回你打错了主意，你碰到一批不怕你滥施淫威的男子汉和一座自由的城市。命中轮到你去死了，你可以为自己的末日拍手称快，因为你的所作所为，实在有理由让人们把你慢慢地折磨到死！”

欧律斯透斯镇定一番，强打起精神，冷酷地回答说：“我不拒绝去死，可是我还得为自己做一番辩解。我并不是出于个人的欲望成为赫拉克勒斯的私敌的。女神赫拉委托我进行这场斗争。我所做的一切都是出于她的计划。我违背自己心愿地把这位强健的男子汉和半神当作自己的敌人，只是为了不让她的怒火发泄到我的头上。我多么愿意从来也没有进行过这一系列的活动啊！我在他死去以后又迫害他的后裔，我相信他的族第里一定会拥有大量的敌人和为他父亲报仇的人！行了，你想怎么处置就怎么处置我吧！我如果必须交出自己一条命来，那么对任何人间折磨都不会感到疼痛的。”

欧律斯透斯讲完这番话后，显得平心静气，似乎准备领受命运的摆布了。

许罗斯带头为欧律斯透斯说情。雅典的居民们也依据城市的高尚心境，说他们通常都会宽大处理被战胜了的罪犯。可是赫拉克勒斯的母亲阿尔克墨涅却是铁石心肠。她想起了儿子从前为这位残暴的国王作奴的时候必须忍受的无限苦难；她想起了孙女的死亡，孙女为了保证战胜欧律斯透斯，甘愿舍身祭台；她又设想了自己的命运，如果自己和儿孙们被欧律斯透斯俘虏过去，成为他的阶下囚时，那真是不堪想象！

“不！他应该死掉。”阿尔克墨涅大声地说。

欧律斯透斯转过身来对着雅典人说道：“感谢你们，一切为我说情的英雄们，我的死不会给你们带来灾难。如果你们给我一座正式的坟墓，将我埋葬，正如命中注定的那样，将我埋葬在珀拉的雅典娜庙旁，那么我会以降福的客人替你们看守边界，不让任何军队越过它。你们别忘掉，现在被你们支持和扶养的赫拉克勒斯的子孙们，他们终会有一天前来袭击你们。他们会恩将仇报,破坏你们的美满生活。那时候,赫拉克勒斯一族所切齿痛恨的敌人,我,就是你们的救星。”说完话,他头也不回地走了过去,领受死亡。

许罗斯及其子孙们

赫拉克勒斯的子孙们向他们的荫护人得摩丰宣誓,永远感谢他的帮助。后来,他们在许罗斯兄弟以及父亲的朋友伊俄拉俄斯的率领下井然有序地离开了雅典城。他们到处遇到了联合的部队,一路上浩浩荡荡,开进了父亲的世袭领地伯罗奔尼撒半岛。他们花费了整整一年时间,东讨西伐,攻占了除亚各斯以外的全部城市。

这时候,整个半岛上瘟疫流行,绵绵不断,无穷无尽。赫拉克勒斯的子孙们从一则神谕中获悉,这场不幸原来出于他们自身的过失。他们还没有权利如此早地回到伯罗奔尼撒半岛来。于是,他们又连忙撤出了已经被占领了的半岛,重新回到阿提喀地区,住在马拉敦的大地上。许罗斯遵照父亲的遗愿,跟美丽的姑娘伊俄勒完婚。想当年,赫拉克勒斯为了娶她曾经作出过巨大的牺牲。许罗斯千方百计地想要夺回父亲承封的领地。他又一次来到特尔斐,请示神谕。答复是:等到第三回果实成熟,你的回归计划便能成功。许罗斯把它理解为第三年的庄稼成熟。他耐心地等到第三个夏天,然后又大举兴兵,开往伯罗奔尼撒。

欧律斯透斯死后,阿特柔斯在迈肯尼当了国王。阿特柔斯是坦塔罗斯的孙子,珀罗普斯的儿子。他看到赫拉克勒斯的子孙们大兵压境,便与特格阿城以及邻近城市修订盟好,组织部队,前来迎敌。双方士兵抵近哥林多海峡,扎下营盘,相互对峙。许罗斯不愿加害希腊国,希望通过一场决斗避免许多士兵的流血牺牲。为此,他向对方阵营挑战,要求有人出来与他决一死战。他希望双方签订誓约:如果许罗斯获胜,那么应该允许赫拉克勒斯的子孙们占领欧律斯透斯的王国;相反,如果许罗斯被打败,那么赫拉克勒斯的后裔在未来的五十年内不得进入伯罗奔尼撒一步。

他的挑战传到对方阵营时,特格阿国王厄刻摩斯立即响应。国王厄刻摩斯是一位善斗的勇士。出阵以后,两个人你来我往,斗智斗勇,厮杀得难解难分。最后,许罗斯不幸战败。临死之际他痛苦地回想起神谕的模糊含义。赫拉克勒斯的子孙们按照双方说定的条件，撤回哥林多地峡，居住在马拉敦地区。

五十年过去了。赫拉克勒斯的子孙们从未犯过违约的念头，没有兴兵犯境的打算。在这期间，许罗斯和伊俄勒所生的儿子克莱沃特奥斯已经成了五十岁的男子汉。因为约定的五十年期限已过，他不再忍受拘束，于是便联合赫拉克勒斯的其他孙子们一起举兵，进犯伯罗奔尼撒。那时候特洛伊战争已经过去了三十年。可是他也不比父亲幸运，最后只得率领部队重新败了回来。

又过了二十年，克莱沃特奥斯的儿子，即许罗斯的孙子，赫拉克勒斯的重孙阿里斯多玛库斯再度兴兵，而统治伯罗奔尼撒的国王是俄瑞斯忒斯的儿子蒂萨梅诺斯。阿里斯多玛库斯率兵入境前，也错误地理解了神谕的指示。神谕中说：穿过地峡陌路，必定取得胜利。他穿过哥林多地峡，却被一举击败，结果像他的父亲和祖父一样，马革裹尸，饮恨沙场。

再过了三十年。特洛伊已经淹没在砂砾之中八十年了。阿里斯多玛库斯的几个儿子，即克莱沃特奥斯的三个孙子，忒梅诺斯、克瑞斯丰忒斯和阿里斯多特莫斯领兵举行最后一次讨伐。尽管以往几回征战时神谕的含意十分模糊，他们仍然没有丧失对神的信仰。大家又来到特尔斐，向女祭司打听战争的前景。神谕的内容跟他们的父辈们所听到的完全一样。长兄忒梅诺斯不由得抱怨说：“我的父亲、祖父和曾祖父都遵循神谕，可是他们却全部惨遭厄运！”

神可怜他们，于是通过女祭司向他们阐述神谕的内容：“你们的一切不幸，”她说，“全都是你们父辈们的自身错误引起的，因为他们不知道如何详示神谕的真实含意！这里指的不是地球上的三茬庄稼，而是人类的三回生育。第一回是克莱沃特奥斯，第二回是阿里斯多玛库斯，第三回果实，亦即预言取得胜利的那一代就是你们。而且，所谓取得胜利的地峡也被彻底解释错了。它不是指哥林多地峡，而是指地峡右面的大海。你们现在知道了神谕的真正含意。你们究竟如何行事，那就有待神的帮助了！”

忒梅诺斯这才恍然大悟。他联合兄弟们迅速装备了一支部队，并在克洛里建造战船。从此以后，那块地方就被称作诺帕克托斯，希腊语船厂的意思。当然，这回征战对赫拉克勒斯的子孙们也不是一件容易的事。他们抛洒了多少泪珠,领受了无限悲伤,真不是一句话所能说尽的。正当部队集结,准备开拔的时候,小兄弟阿里斯多特莫斯突然遭到雷击。他们埋葬了兄弟,再要挥泪告别时,突然来了一位观察星象的占卜人。占卜人受神的委托,给大家带来了神的指示。慌乱之中,大家却把占卜人当作魔术师,当作伯罗奔尼撒人派来捣乱的细作。希珀特斯朝他投过去一杆飞镖,把占卜人当场打死。众神对赫拉克勒斯的子孙们十分恼火,于是他们的战局不利,灾难接踵而至。战船突然遇到狂风巨浪,死伤了不少士兵。陆地上的战事也不理想。士兵们断炊断粮,军无斗志,部队慢慢地松懈下来,直到最后解散。

忒梅诺斯就接二连三的灾难请示神谕。"你们杀害了无辜的占卜人,"神启示他们说,"这才导致了不幸的战祸。你们必须把杀人凶手赶出国土,十年以后才准许他回来。另外,你们必须找到一个三只眼睛的人,让他指挥部队!"

神谕中的第一项内容不难完成。希珀特斯被赶出了部队,经历了曲折的流放之苦。可是第二项内容却让赫拉克勒斯的子孙们感到绝望。他们如何而且到哪里才能找到一位三只眼睛的人呢?大家怀着对神的无限信任,孜孜不倦地到处寻找。突然有一天,他们遇到了海蒙的儿子俄克雪洛斯。那是挨陀利亚王族的后裔。正当赫拉克勒斯的子孙们进入伯罗奔尼撒时,俄克雪洛斯犯了打死人的过失。他逃离了挨陀利亚,前往伯罗奔尼撒的小国厄利斯避祸。过了一段时间,他寻思着想要回归故里,于是骑着骡子遇到了赫拉克勒斯的子孙后代。俄克雪洛斯只有一只眼,另一只眼早在年轻时就被人用箭射瞎了,因此靠骡子帮助他一起观察寻路。他们合在一起成了三只眼。

赫拉克勒斯的后裔们感到这一则神谕已经得到满足。于是一致推选俄克雪洛斯担任他们的部队司令。他们又重整部队,再造战船,大举向敌人进攻。他们终于战胜敌人,杀掉了对方的首领。

赫拉克勒斯的后裔瓜分伯罗奔尼撒

赫拉克勒斯的子孙们经过不懈努力和多年征战,终于征服了伯罗奔尼撒半岛。他们给先祖宙斯设立了三座祭坛,然后通过抽签决定半岛上的城市归属。第一支签决定亚各斯,第二支签决定拉西提蒙,第三支签决定美索尼亚。他们的抽签方法是这样的:每人将一支签投在装满水的瓦罐内,签上写着自己的名字。忒梅诺斯和阿里斯多特莫斯的儿子,欧律斯透斯和珀洛克勒斯的孪生儿子都把写过名字的石块放进瓦罐。狡猾的克瑞斯丰忒斯希望分得美索尼亚地区,于是他拣了一团泥块投入水中,泥团迅速融化开了。

投过石块以后开始抽签。首先决定亚各斯的归属。人们抽到了写有忒梅诺斯名字的石块;然后又决定拉西提蒙,人们抽到了阿里斯多特莫斯的儿子投入的石子;这时候他们觉得没有必要再去寻找第三颗石子,因此,克瑞斯丰忒斯轻而易举地得到了领地美索尼亚。

瓜分领地以后,他们各自带着仆人去给神上供祭品。突然,他们看到了稀罕的征兆。每个人都在自己祭供的神坛旁看到一头动物:分到亚各斯的人看到那里有一只蟾蜍;分得拉西提蒙的人看到那里有一条龙;分得美索尼亚的人看到那里有一只狐狸。他们疑虑重重地请教当地占卜的人,得到的回答说:"看到蟾蜍的人最好留待家中,在浪游途中是得不到保护的;看到有巨龙盘缠神坛的人将成为一个强大的攻击者,会越出自己的疆界;看到狐狸躺在祭坛边的人,表明那里的人既不会动用暴力,又不能轻信诚实,他们守卫国土的武器是诡计。"

后来,亚哥利斯人、斯巴达人和美索尼亚人把这三种动物绣制在他们佩戴的纹章上。自然,他们也没有忘掉独眼司令俄克雪洛斯。他们把厄利斯王国分给他,用以感谢他执掌兵印。这时候,伯罗奔尼撒半岛上只有一块多山石的牧地亚加狄亚还没有被赫拉克勒斯的后裔们所占领。而先前建立的三大王国中只有斯巴达延续了较长的时间。忒梅诺斯统治亚各斯。他把爱女希尔纳嫁给赫拉克勒斯的一位曾孙达埃丰特斯,对达埃丰特斯言听计从。人们怀疑他想把王国也交给这一对爱女爱婿。他自己的儿子们十分不满,团结起来一致反对父亲,竟至于把他活活打死;亚哥利斯人虽然承认他们的王子执掌王权,可是他们更加看重自由和平等,因此都竭力限制国王的权力。到后来,国王及其子孙们只落得保留了一个国王的称号,实际权力早已烟消云散,不见踪迹了。

墨洛柏与埃比托斯

美索尼亚的国王克瑞斯丰忒斯也遇到了重重磨难,他的命运丝毫不比忒梅诺斯强。克瑞斯丰忒斯娶墨洛柏为妻,生了许多孩子,其中最年轻的儿子名叫埃比托斯。墨洛柏原来是亚加狄亚的国王库普塞罗斯的女儿。他们给自己以及孩子们修造了一幢华丽的城堡。

克瑞斯丰忒斯是一位贤明的国王,特别愿意帮助平民百姓。许多富户对此十分恼怒,集合起来,竟然动手把国王和他的几个儿子打死了。只有小儿子埃比托斯侥幸逃脱,那是因为母亲把他送往亚加狄亚,让儿子悄悄地跟着外祖父库普塞罗斯一起生活,接受教育。

美索尼亚更换了君王。赫拉克勒斯的另一位子孙波吕丰忒斯篡夺了王位。他强迫墨洛柏改嫁。另外,他听说克瑞斯丰忒斯还有一位继承人活在世上,于是便不惜出高额赏金,悬赏继承人的脑袋。可是没有人愿意,也没有人能够赚取这笔赏金,因为这只是一个不确切的谣传,谁也不知道这位被废黜的继承人究竟住在哪里。

埃比托斯慢慢地长成一位健壮的青年。他悄悄地离开了外祖父的宫殿,神不知鬼不觉地来到美索尼亚。埃比托斯已经听说悬赏他的脑袋的事。他大着胆子,装作一个陌生人,亲自来到波吕丰忒斯国王的宫殿,连生母都没有把他认出来。他走到国王和王后面前,说:“呵,国王陛下,我准备领取这笔悬赏小王子脑袋的赏金。他作为克瑞斯丰忒斯的合法继承人的确威胁着你的王位。我认识他,就像认识我自己一样。因此,我愿意把他交到你的手上,由你处置他。”

听到这番话,墨洛柏吓得脸色煞白。她急忙找来一名心腹老仆。老仆从前曾经帮助救助埃比托斯,由于畏惧新的国王,所以避居在远离宫殿的地方。墨洛柏派他悄悄地前往亚加狄亚,让他警告自己的儿子千万当心,别忘了将来率兵前来重新夺回王位。波吕丰忒斯是位无道的昏君,大家都很痛恨他。

老仆来到亚加狄亚,见到了国王库普塞罗斯和其他的王室成员。然而令他十分担忧的却是,埃比托斯不知踪迹,没有人知道他到底发生了什么事。老仆急忙赶回美索尼亚,向王后详细汇报。两个人一致认为,来到国王面前的那个陌生人一定在亚加狄亚谋害了埃比托斯,然后把他的尸体运来美索尼亚。他们没有多加思考,因为陌生人就住在宫内。王后断然操起一把斧子,让忠诚的老仆伴着她,一起趁着黑夜踏进陌生人的房间,准备趁陌生人睡觉时将他一斧砍死。

年轻人睡得平静而安详。月光如泻,照着他的脸。墨洛柏举起杀人的斧子,老仆却突然惊叫一声,急忙托住王后向下劈动的手臂:"住手!"他大喝一声,"你要赶杀的人正是你的亲生儿子埃比托斯!"

听到这话,墨洛柏连忙让斧子停在空中,继而又扔在地上。她扑到床上,儿子突然醒了过来。经过一阵拥抱以后,儿子告诉母亲,他回来了,要来惩罚那些杀人凶手。他要解除母亲那桩可恨的婚姻,再在居民们的帮助下重登王位。他为此跟母亲和宫殿里的老仆一起商量,到底如何实施这些计划。大家商量停当,决定分头行事。

墨洛柏果然穿起丧服。她来到丈夫面前,说她已确切知道小儿子死了的不幸消息,因此决心与丈夫平安相处,白头偕老,借以忘掉从前的那些烦恼。这位暴君中了圈套,感到去除了心头大患,十分高兴。他还答应给神设立祭供,庆祝他的敌人全都以失败而告终。

城内的居民不情愿地来到广场。他们怀念从前的国王克瑞斯丰忒斯,哀悼他的儿子埃比托斯。突然,埃比托斯从人群中跳出来袭击正在祭供的国王,用利剑直刺国王的心脏。墨洛柏也带着仆人急忙上前,一起向居民们解释,说这位陌生的刺客就是埃比托斯,是王位的合法继承人。埃比托斯替天行道,惩罚了谋害他的父亲和兄长的罪魁祸首,赢得高尚的美索尼亚人的尊重。他获得了崇高的威望,以致于他的后裔不再称为赫拉克勒斯族人,而被叫作埃比托人。

忒修斯

英雄的出身和少年

雅典的国王和大英雄忒修斯是埃勾斯和妻子埃特拉的儿子。埃特拉是特洛曾国王庇透斯的女儿。他的父系先祖是年迈的国王埃利希突尼奥斯以及传说中从泥地里生长起来的雅典人；母亲的先祖是伯罗奔尼撒诸位国王中最强大的珀罗普斯。珀罗普斯的儿子庇透斯建立了特洛曾城。有一回，他亲自接待了从雅典过来的国王埃勾斯。埃勾斯在伊阿宋进行阿耳戈英雄征战前二十年就已经统治着雅典，并且是国王潘秋翁的长子。潘秋翁共有四个儿子，他与妻子皮利亚生了埃勾斯。埃勾斯觉得痛苦的是膝下无子。于是他暗暗地生了一个念头，不让妻子知晓，再悄悄地跟一位女子结婚，寄希望于由此得到一个儿子，以支撑王国安慰晚年。否则，他对已拥有五十个儿子的兄弟帕拉斯实在担心，更何况帕拉斯历来与埃勾斯意见相左，这让他更增加了一层恐惧。

埃勾斯把自己的心思吐露给朋友庇透斯。真是洪福齐天，想上门的幸福再怎样努力也推不出去。原来庇透斯正在为一则神谕不理解而犯难。神谕说他的女儿虽然没有婚嫁之运，却会生下一个有名的儿子。两厢情愿，正好合拍，国王庇透斯决意把女儿埃特拉悄悄地嫁给埃勾斯，尽管埃勾斯已有妻室。

婚后，埃勾斯在特洛曾又待了几天之后回到雅典。他在海边跟新婚的妻子告别,告别时他把一把宝剑和一双鞋子搁在海岸旁的一块巨石之下,说:“如果神降福于我们,并且赐给你一个儿子,那就悄悄地把他抚养长大,别让他人知道孩子的父亲是谁。等到孩子长大成人,身强力壮,能够搬动这块岩石的时候,你将他带到这里来。让他自己取出宝剑和鞋子,命他到雅典来找我!”

埃特拉果然生了一个儿子,取名忒修斯。忒修斯一直在外公庇透斯抚养下长大。母亲从未说过谁是孩子的生身父亲。庇透斯对外面说,他是海神波塞冬的儿子。特洛曾人把波塞冬看作自己城市的保护神,对他特别尊重。他们把每年采摘的新鲜果实拿来祭供波塞冬。而波塞冬手中的三叉戟就是特洛曾城的标志。对这样一位虔诚敬仰的神赐给国王女儿一个儿子,大家都深信不疑,不敢诽谤的。

孩子渐渐长大,成为一位沉着机智,胆大心细,勇力过人的英雄少年。一天,母亲埃特拉把儿子带到海边的岩石旁,向他吐露了他的真实身世,要他取出父亲埃勾斯藏在下面的相认信物,然后带上这些宝物乘船前往雅典。

忒修斯靠近巨石,轻轻地把它推到一旁,拎起寒光嗖嗖的宝剑,又把鞋子穿在自己的脚上。尽管母亲和外祖父一再要求他从海路过去,可是他却不愿意乘船。那时候从哥林多地峡前往雅典的陆路传说纷纷,十分危险,因为途中到处有剪径强人和毒蛇猛兽。有几个强人虽然以前已经被赫拉克勒斯打倒或打死了,可是当他在吕狄亚的翁法勒女王手下作奴隶的时候,希腊的暴力活动又重新风行,那是因为没有人能够制止他们。从伯罗奔尼撒到雅典的旅途上充满了危险。外祖父庇透斯给年少气盛的忒修斯详细描述了这批强盗和杀人凶手,介绍他们会对陌生人如何行暴。可是忒修斯决意以赫拉克勒斯和他的英雄事迹为生活的榜样,所以对前途上的种种困难丝毫也不害怕。

当年忒修斯只有七岁的时候,赫拉克勒斯正好前来拜访他的外祖父。忒修斯也荣幸地跟大英雄同桌用餐。赫拉克勒斯用膳时把披在身上的狮皮解下来,搁在一旁。其他孩子看到狮子皮时吓得顿时逃了出去。忒修斯却一点儿也不怕。他走出去,从一位仆人手上接过斧子,大胆地朝狮子皮扑了过来。他还以为眼前是一头真狮子呢!自从这次相遇以后,忒修斯梦寐以求建立赫拉克勒斯一般的功绩,愿意经历同样的险遇。

细论起来，赫拉克勒斯和忒修斯还有亲戚关系。他们的母亲曾经有过共同的祖先。当然，按照最古老的传说，他们之间原本无亲。后来，人们把赫拉克勒斯说成珀罗普斯的曾孙，于是就在两位大英雄之间拉扯出一种合乎理想的关系来。这就不难理解，十六岁的忒修斯怎么能眼看着自己的表兄弟到处建功立业，而自己则甘心情愿地逃避斗争呢？“我的父亲是一位神，如果我从他的安全腹地上渡海而去，结果在他的信物鞋子上丝毫没有沾上征战的灰尘，宝剑上也没留下激战的血迹，我的父亲将会说什么呢？”忒修斯的一番讲话慷慨激昂，深得外祖父的欢心。外祖父其实也是一位勇敢善战的英雄。母亲听了儿子的话，连忙为儿子祈福。忒修斯整理了一番，便勇敢地踏上征途。

忒修斯寻父险遇

忒修斯风尘仆仆，爬山涉水，转战陆路，前往寻找父亲埃勾斯。他正走着，路旁突然跳出一名拦路的汉子，名叫佩里弗特斯。他舞着一根包铁皮的狼牙棒，常常把路人打成肉饼，惨死途中。当地的人见到他就害怕，送他绰号舞棍大王。

忒修斯来到埃比道罗斯地带时，这位剪径恶棍猛地从密林里窜出来，拦住他的去路。忒修斯全无惧色，高兴地对强人大喝一声：“来得好！”说着他便向强盗扑了过去。两人刚一交手，舞棍大王便被打倒在地，死了。忒修斯从死尸手里夺过狼牙棍，带在身旁作为胜利的纪念和武器，又不辞辛苦地往前赶路了。

到了科任托斯，他又遇到了另一名贼人，那是扳树大王辛尼斯。人们叫他扳树大王，因为他力大无穷，伸出两手能同时扳住两棵松树的树冠。他把捕捉到的过往行人绑在树梢上，然后让树梢猛地向上弹去，顿时把树上的人弹得粉身碎骨。忒修斯十分愤恨，两个人打作一团。铁棍对恶棍。时间不长，恶棍就葬身于铁棍之下。忒修斯重新祭供一下他的铁棍。辛尼斯有一个女儿珀里古纳，身材修长，面孔漂亮。她看到父亲被杀，便惊恐地逃走了。忒修斯追上去到处寻找。情急之中，姑娘藏在灌木丛里，她以孩子般无辜的嗓音恳求树丛救她一命。她发誓说，如果树丛愿意救她，掩藏她，那么今后决不伤害或焚烧灌木丛林。当听到忒修斯在外面大喊，说他决不会伤害姑娘时，珀里古纳便走了出来。从此以后她就在忒修斯的佑护下生活。后来忒修斯把姑娘嫁给俄卡利亚的国王、欧律托斯之子达埃阿纳宇斯为妻。为此，珀里吉纳的子孙都遵循先祖奶奶的遗训，从来不焚烧一片灌木丛林。

忒修斯不仅遇到了凶神恶煞般的强盗，还像赫拉克勒斯一样，大胆地征服过凶猛的野兽。

他在克罗米翁战胜了一头凶猛、烈性的野猪费亚。到达墨伽瑞斯边界时，他又遇到臭名昭著的剪径强人斯喀戎。强盗通常出没于墨伽瑞斯和阿提喀山林地区，住在高大的岩洞之中，经常挡住生人，命令生人给自己洗脚。趁人洗脚时，他会卑鄙地跷起一脚，把洗脚人踢进大海里淹死。忒修斯这回也请他品尝了同样的杀人方式，把他一脚踢进大海。

进入阿提喀地区以后，忒修斯在埃琉西斯城附近又遇到了强盗刻耳库翁。刻耳库翁要求过往行人同他举行摔跤比赛，如果他取胜，就把对手杀掉。忒修斯接受了他的挑战，战胜了他，为当地除了一大祸害。

不久忒修斯遇到了此行最后一个，也是最残酷的客店强盗大马斯特斯。大家只知道他的绰号，叫普洛克路斯忒斯，希腊语拉肢体的意思。这个强盗有两张床，一张很长，一张很短。如果过往的陌生人是个小个子。心怀叵测的强盗在睡觉时把他带到大床跟前，说："正如你看到的，我的床对你显得太长了。朋友，你还是努力地适应一下这张床吧！"说完，他就把陌生人的肢体全部拉开，直到陌生人断气为止；如果来的客人是人高马大，他就让客人睡小床，然后解释说："真抱歉，好朋友，这张床太小了，不是为你做的。这样吧，我帮你一下！"说罢他就把客人的脚砍掉，直到客人跟那张床正好适合为止。忒修斯问清原因以后识穿了强盗的伎俩。他一把抓住强盗巨人大马斯特斯，把他丢在小床上，用利剑修短了他的身躯，直到把他杀死为止。

忒修斯在这艰难的旅行途中几乎没有遇到一个热情友好的人。后来，他来到开菲索斯河，碰到了几位菲塔利腾族人。他们的祖先菲塔罗斯在埃琉西斯河热情地款待了女神得墨忒耳。女神为感谢主人，回赠了一棵无花果树。他们的子孙们就成了菲塔利腾人。这回他们又热情地接待忒修斯。应忒修斯的要求，主人们按照传统的风俗给他洗礼，让他涤除沾染的血迹，并且还在家中招待他吃喝。忒修斯吃喝完毕，谢过正直的主人，然后朝着父亲的故乡一路走了下去。

忒修斯在雅典

忒修斯到了雅典,可是却没找到期望中的平静和快乐。居民中互不信任,一片混乱。他看到父亲埃勾斯的王宫也破败不堪,十分凄凉。原来美狄亚乘坐着龙车离开了科任托斯和绝望了的伊阿宋,也来到雅典,并且骗取了国王埃勾斯的宠爱。美狄亚答应用魔药让国王恢复青春,所以两个人生活得十分融洽。

美狄亚通过魔术知道忒修斯到了雅典。她生怕被忒修斯赶出王宫,便劝说埃勾斯,把那位陌生人在席间用毒药灌倒,彻底清除隐患。美狄亚说他是个危险的奸细。埃勾斯心事重重地看到城中居民相互猜疑,十分不安,于是也没有对美狄亚细究。

忒修斯果然来用早餐。他非常高兴能让父亲辨认一下面前的人到底是谁。装有毒药的酒杯已经端到面前了,美狄亚焦急不安地等待着年轻人喝过毒酒后的最终结果。忒修斯却把酒杯推到了一旁,十分热情地想在父亲面前显示一下当年的信物。他佯作切割席上的烤肉,抽出从前父亲压在岩石下的宝剑,以便能引起埃勾斯的注意。埃勾斯看到熟悉的武器,立即扔掉手中的酒杯。经过一番询问,他完全确信面前的青年就是他命运中渴望求得的儿子。他张开双臂,一下把儿子抱在怀里,并且马上把儿子向周围的人做了介绍。忒修斯也把一路险遇跟他们做了详细的介绍。雅典人热烈地欢迎这位年轻的英雄,诡计多端的美狄亚却被赶出了希腊国。她一路匆忙地来到自己的家乡科尔喀斯。那时候她父亲埃厄忒斯的王位已被他的弟弟篡夺,美狄亚跟父亲取得了谅解。她用魔术帮助父亲重新登上了王位,美狄亚死后被科尔喀斯人尊奉为女神。

忒修斯和弥诺斯

忒修斯当上了王子,并被认为阿提喀王位的继承人。后来,他开始的第一件事便是斩杀叔父帕拉斯的五十个儿子。他们早就窥视王位,所以对突然到来的这位陌生人十分恼恨。陌生人将来还要管辖他们,治理国家,五十个儿子拿起武器,准备袭击新来乍到的忒修斯。

可是他们的传令兵,一位陌生的男子,把这一阴谋都给忒修斯揭露了。忒修斯立即袭击了他们的埋伏地点,把五十个人统统杀死。经过这场自卫以后,忒修斯生怕人民起来反抗他,于是立刻主动外出,干一件有利于大家的险事:征服马拉敦野牛。这头野牛正是赫拉克勒斯从克里特捕捉过来,后来又奉欧律斯透斯之命释放出去的。它给四个阿提喀的乡镇造成巨大的危害。忒修斯把野牛捉住,带回雅典,供人观看,后来又将它宰杀,祭供太阳神阿波罗。

这时候,克里特岛的国王弥诺斯已经三次派使者来取讨贡物。原来情况是这样的:弥诺斯的儿子安德洛革俄斯在阿提喀山地里被人阴谋杀害。弥诺斯起兵为儿子报仇,给那里的居民一次毁灭性的打击。众神也把旱灾和瘟疫降在那里,让那里成了荒凉世界。阿波罗神庙降下预言:雅典人如果能够平息弥诺斯的愤恨,取得他的谅解,那么雅典人的灾难和众神的愤怒都会立即停止。雅典人请求弥诺斯息怒,并且答应每九年时间向他提供七对童男童女,送往克里特岛,作为贡物,为此才取得了弥诺斯的谅解。

弥诺斯接到童男童女时将他们关在有名的克里特迷宫里,再由丑陋的弥诺陶洛斯把他们一一杀死。弥诺陶洛斯是个半人半牛的怪物。他的头部是牛,身子像人,是个吃人的妖怪。

现在又到了第三回交纳贡物的时间。未婚的青年男女们面临着可怕而又残酷的命运。居民们开始埋怨,说埃勾斯是祸端,他把一位不知何处来的私生子任命为王位继承人,对别人家的孩子则无所谓了,反正不关自己的痛痒。埋怨声传到忒修斯的耳中,他十分心痛。趁着大家集中的当儿,他毅然地站立起来,说自己用不着抽签就算一个。雅典人称赞他的勇气和高尚。埃勾斯听到讲话,跌跌撞撞奔了过来。可是忒修斯丝毫不动摇自己的意志,尽管父亲再三要求他收回刚才的话。忒修斯安慰埃勾斯,说他一定能够制服弥诺陶洛斯。

迄今为止,装载着悲惨祭物的船都是挂着黑帆,然后开往克里特。埃勾斯听到儿子的豪言壮语,便交给舵手一张白帆。他命令说,如果忒修斯获救回来,立即把船上的黑帆换成白帆,以示吉庆。

抽签完毕，年轻的忒修斯带着抽签决定的童男童女首先来到阿波罗神庙，以众人的名义向阿波罗神祭供白羊毛缠制的橄榄枝，这是寻求保护的祭物标志。然后，他们又一起来到海边，登上了悲哀的大船。特尔斐的神谕建议他应该选用爱情女神为向导。忒修斯对此不甚理解地给爱与美的女神阿佛洛狄忒祭供牺牲，结果却甚为理想。因为忒修斯到达克里特岛，出现在国王弥诺斯面前时，他的青春活力和英武美貌深得国王那位妩媚动人的女儿阿里阿德涅的欢心。

阿里阿德涅向忒修斯吐露了爱慕之意，并且交给他一只线团，让他把线团的一端拴在迷宫的入口，然后跟着滚动的线团一直往前走，直到丑恶的弥诺陶洛斯站岗守卫的地方。另外，她又交给忒修斯一把剑，这把剑可以用来斩杀弥诺陶洛斯妖怪。

弥诺斯把忒修斯一行送入迷宫。忒修斯首当其冲，走在前面。他手上的两件宝贝大展神效，他们战胜了弥诺陶洛斯，并且顺着线团又幸运地钻出了迷宫的鬼怪途径。忒修斯带着童男童女急忙逃了出来。阿里阿德涅跟他们一起出逃。听从她的建议，忒修斯把克里特人的船底全部打碎，不让弥诺斯追赶上来。

上船以后，他们以为太平无事了，于是便无忧无虑地顺船来到迪亚岛。这座海岛后来被称作那克索斯。忒修斯在梦中突然见到酒神巴克科斯。酒神声称阿里阿德涅跟他早就订婚，于是威胁忒修斯，如果不把阿里阿德涅留下来，那就会降下无限灾难。

忒修斯从小跟外祖父一起长大，接受敬仰神灵的教育。他害怕神迁怒于他，只得将悲哀的公主留在荒凉的小岛上，他们自己乘船走了。深夜时分，酒神巴克科斯来到小岛上，把阿里阿德涅劫到德里沃斯山。到了山上，神首先隐身而去。不一会儿，阿里阿德涅也悄然不见了。

忒修斯一行见失去了姑娘阿里阿德涅，都十分狼狈、颓唐。悲哀之余，他们竟然忘掉了船上仍然张着黑帆。他们就是这样离开阿提喀海岸的。他们忘掉了现在应该张挂白布帆。海船飞快地朝家乡的海岸驶了过去，显得无限的悲哀沉痛。

埃勾斯自从儿子离开以后，寝食不安。他正在码头上翘首相望，突然看到远方驶来一条海船。等到他从黑色的船帆上意识到儿子已经死了时，老人顿时绝望了,便纵身顺着岩石跳入大海。从此以后,希腊国和小亚细亚之间的海就被称作埃勾海(爱琴海),意为埃勾斯海洋。

不一会儿,忒修斯率领众人上岸了。他在码头上向神祭供了许诺过的供品,又派了一名使者前往城里,把童男童女们获救的消息告诉大家。使者不知道城里人接待他的气氛究竟是什么意思。他看到有些人对他的到来表示热烈欢迎,而另一些人则沉浸在无限的悲哀之中。谜底终于显露了,国王葬身鱼腹的消息渐渐地传了开来。使者回到海滨,看到忒修斯正在庙中祭供牺牲。他站在门前,丝毫没有声张,生怕悲伤的消息中断了神圣的仪式。最后等到浇奠了火祭之后,他才把埃勾斯国王的结局告诉忒修斯。忒修斯就如触电一样,顿时倒在地上,不省人事。

忒修斯当了国王

忒修斯带领阿提喀的童男童女乘坐的那艘船共有三十个划桨的位置。他们得到高人帮助,遇救出险,逃离虎口。雅典人十分赏识,大家把船保留了起来,作为永久的纪念。船上的朽木不断地更新掉换。迄今为止,尽管亚历山大大帝时代已过去多少年,人们还是津津乐道地向朋友们介绍这一古老的遗物。

当了国王以后,忒修斯不仅显示了在战斗中是一位英雄,而且还表现了治理国家、让人民安居乐业的巨大才干。这方面他甚至于超过了自己树立的榜样赫拉克勒斯。在他执政之前,阿提喀的居民大多数分散居住在城堡里和雅典的小城周围。他们在零星的农舍中居住,形成了一些稀稀落落的村庄。如果要把村民们召集起来,那真是一件十分困难的事。忒修斯把整个阿提喀地区的居民全部集中在一个城里,把星罗棋布的零星村庄组织起来,建设成为一个国家。他并没有使用武力完成这一巨大的工程,而是周游各方,亲自去各个村镇,找各方人商谈,征得他们的自愿同意,共同完成大业。他对穷人或职业低贱的人并没有作出慷慨的承诺,只是强调他们在共同生活中一定会有所裨益;对富者和强者,忒修斯则答应一定要限制国王的权力。迄今为止,国王的权力在雅典是至高无上的。此外,他还答应制订一部完全自由的宪法。“至于我本人,”他说,“我只愿在战争时当你们的首领,平时当一名保护宪法的人。我认为我们所有的居民都应该享受平等的权利。”

忒修斯的讲话给那些享有特权的人很多启发,当然也还有一批对国家改革不抱欢迎态度的人。可是他们惧于忒修斯在民众间的威信并害怕他巨大的权力和惊人的胆量,因此,趁着忒修斯还没有强迫他们的时候,那批人也纷纷表示自愿赞同。

忒修斯取消了各个市镇的单独的市议会和独立的机构,在市中心建立一个共同的市议会。他还给全体居民创立了一个节日,并命名为泛雅典节,即全体雅典人共同节日的意思。雅典直到那时才成为一个真正的城市,被越来越多的人所接受、传颂。从前它只是一座国王的城堡,建造的人把它称作开克虏帕斯堡,周围没有几间居民的住房。为了扩大这一新建的城市,他在保证所有居民同等权利的条件下从各地吸引新的移民,希望雅典成为一个多民族聚居的中心。可是为了避免呼涌而来的人群造成没有必要的混乱,他在新城内先把居民分为贵族、耕地农民和手工业者三大阶层,规定每个阶层的人拥有自己的权利和义务。作为国王,他也限制自己的权力。正如他亲口答应的那样,他让国王的权力受到贵族议会和人民会议的限制。

亚马孙战争

忒修斯把国家置于女神雅典娜的庇护下,对波塞冬也十分敬仰。他自己就是波塞冬特别看顾的宠儿,为此他在哥林多地峡引进了神圣的摔跤搏斗运动。那时候雅典又面临一场罕见和奇异的战争。

原来忒修斯在年轻时曾在讨伐途中到达亚马孙河岸。奇怪的是那些亚马孙女人不仅没有见到魁梧的英雄而吓得四处逃窜,却一反常态地给他赠送许多礼物。忒修斯不但喜欢这些珍玩珠宝,还看中了一名美丽的亚马孙女子,并且把她骗走了。女子名叫希波吕忒。忒修斯邀请她上船。等到姑娘上船以后,忒修斯马上解缆开船。希波吕忒并不反对给这样的英雄当妻子,可是好战的亚马孙女子族人却对无理抢劫感到愤怒。长期以来,她们一直思量着寻机报复。

一天,她们突然带了一支船队,开过来占领陆地,围困城市,并且攻陷城池,又在雅典城的中心地带扎下营盘。居民们早已惊恐地逃进了城堡。两方面防守严密,好久都不敢贸然进攻。后来,忒修斯给威吓神祭供牺牲。他按照神谕开始在城堡里巡逻,组织战斗。开始时,雅典的男子汉们遭到亚马孙女子的猛烈攻击,一直败退到复仇女神厄里倪厄斯的神庙边上。后来,亚马孙女人的右翼力量被一直压迫着赶回到她们的中心大营,许多人被杀死在地。王后希波吕忒在战斗中跟丈夫一起抗击亚马孙人。一枝飞镖从忒修斯旁边击中了她,把她打倒在地。为纪念这位亚马孙女子,人们造了一根大柱。战争结束了,双方缔结和约。亚马孙人离开了雅典,回到自己的祖国。

忒修斯与庇里托俄斯

忒修斯身强力壮,无比勇敢。他英名在外,令人十分敬仰。那时候还有一位闻名于世的英雄庇里托俄斯。他是伊克西翁的儿子,饶有兴趣地希望跟忒修斯比试一番。于是他故意偷走忒修斯的几头牛。他听说忒修斯全副武装地追赶过来时,觉得正中下怀,于是就在一旁守候。

两位英雄猛然见面,相互赞赏对方的英武和胆略。如同有一道命令,他们都把手中的武器放在地上,各自朝着对方奔了过去。庇里托俄斯伸出右手,要求忒修斯自己充当仲裁,处决偷牛的事。而忒修斯则眼中闪烁着欢乐的光芒,说:“我所希望获得的唯一满足就是,你能成为我的朋友和战友!”两位英雄立即拥抱在一起,相互立誓,永远忠实于他们的友谊。

后来,当庇里托俄斯与拉庇泰族人希波达弥亚结婚时,他也邀请战友忒修斯参加婚礼。拉庇泰人是帖撒利地区的有名部落,凶猛、粗犷,犹如野兽一般的山里人,是第一批学习驯马的凡人。新娘却是一位身材修长的女子,面孔标致,生性善良。她感谢客人们的祝贺。庇里托俄斯感到由衷的高兴。帖撒利地区的王侯们全都应邀贺喜。一起前来参加婚礼的还有庇里托俄斯的亲戚,肯陶洛斯人。他们是一群半人半马的怪物,是从云端里诞生并降落下来的。说起来还跟庇里托俄斯的父亲伊克西翁有着密切的关系。

伊克西翁原来是拉庇泰国王,第一个残杀亲戚的人。有一回,他克扣通常的彩礼,岳父达埃翁心中不满,特地前来催讨。伊克西翁却恶意地将他推入熊熊燃烧的火炭洞穴。后来,他逃到宙斯那里,宙斯收留了他。他却又向众神的王后赫拉提出无礼的要求，宙斯为惩罚他，将他打入地府，绑在一只带翼的转轮上。转轮以飞快的速度永远不停地旋转，让他受尽了折磨。

当时在云端里的时候，宙斯用一片乌云冒充赫拉欺骗伊克西翁。不料这位情神却与乌云勾合，生下了那批非人非马的怪物。肯陶洛斯人为此又称为云朵的儿子，是拉庇泰人的仇敌。这回由于跟新娘的亲戚关系，他们忘却了旧恨，安安静静地一块前来欢度节日。

拉庇泰人和肯陶洛斯人的纷争

婚礼在热烈的气氛中欢乐地进行。由于酒量过多，肯陶洛斯人中最野蛮的欧律提翁醉意蒙眬地看到美丽的新娘希波达弥亚时顿生歹意，想要抢夺她占为己有。谁也不知道怎么回事，谁也没有注意到，客人们却突然看到了怒气冲冲的欧律提翁一把抓住希波达弥亚的头发，使她倒过身子，在地上拖曳着。希波达弥亚竭力挣扎，大呼救命。欧律提翁的暴行对其他一些酒醉糊涂的肯陶洛斯人无疑是个动员令，要他们照样行事。两位英雄和拉庇泰人还没有从座位上站起来，每一个肯陶洛斯人早就搂住一位帖撒利姑娘。这些姑娘都是宫殿里的使女或者前来参加婚礼的客人。妇女们的惊叫声、呼喊声乱作一团，连宫殿都快要震塌了。新娘的亲戚朋友们都异常愤怒地从座位上跳了起来。

“你中了什么邪，欧律提翁！”忒修斯大声喝斥道，“你竟敢当着我的面刺激庇里托俄斯。这不是同时侮辱两位英雄吗？”说完，他一把抢回强盗手中的新娘。欧律提翁不知道该怎么行事，抬手朝忒修斯当胸一拳。忒修斯手上没有武器，顺手抓起一只金属罐，朝对手劈面砸过去。欧律提翁躲闪不及，被打倒在地，脑浆和血从头部伤口里喷涌而出，十分狼狈。

“快拿武器！”各个角落里声震如雷。一刹时杯盏飞舞，酒瓶碰撞，乱作一团。突然，一位肯陶洛斯人从祭坛前抓起牺牲供品，另一个人举起烛台朝人群中扔了过来。第三人摘下挂在墙上的鹿角。这是装饰神坛，供做祭品用的。拉庇泰人遭到了惨重的损失。

庇里托俄斯勃然大怒。他把手中的长矛掷了出去。长矛刺穿了大个子肯陶洛斯人珀特勒奥斯。珀特勒奥斯当时正想从地上拔起一棵大栎树来充当武器。第二位肯陶洛斯人狄克提斯被希腊英雄打得重重地跌倒在地，摔倒时压断了一根粗大的楞木。第三位急忙上来报仇，被忒修斯挥上一棍，打成肉饼。契拉罗斯是肯陶洛斯人中生得最漂亮的一个怪物。他披散一头金黄的卷发，蓄着胡须，年轻的脸上一团和气，脖、肩、双手和胸部都长得十分匀称，身体的下半部虽然是马，却也长得无可挑剔。他这回带着情人，美丽的肯陶洛斯女子许罗诺默一起前来赴宴。席间他们就已经粘粘乎乎地纠缠在一起，现在更是互相支持，共同战斗。契拉罗斯被飞箭射中，凄惨地倒在情人的怀抱里，奄奄一息。许罗诺默朝他弯下腰去，吻着他。她拔出射中契拉罗斯心脏的飞箭，急忙冲了出去。

战斗还激烈地进行着，最后肯陶洛斯人被彻底打败。他们在逃跑的时候互相践踏，又被追赶的人杀掉不少。直到这时，庇里托俄斯才稳稳地占住了自己的新娘。忒修斯在第二天清晨跟他告别。共同的战斗经历使得这一对兄弟之间的情谊更为牢不可破。

忒修斯与淮德拉

忒修斯面临着命运的转折关头。

从前，当忒修斯年轻时看中弥诺斯的女儿阿里阿德涅，把她从克里特岛劫持走的时候，阿里阿德涅的小妹妹淮德拉也跟着一起逃了出来，她不想离开他们。后来，阿里阿德涅被酒神巴克科斯抢夺去了，淮德拉跟着忒修斯来到雅典，因为她不敢回到暴虐的父亲跟前去。直到父亲死了以后，姑娘才回到了故乡克里特，住在哥哥、即国王丢卡利翁家里，出落成一位聪明、漂亮的少女。

忒修斯自从妻子希波吕忒死后一直未曾结婚。他听到很多关于淮德拉妩媚动人的故事，心中暗暗地希望她能跟姐姐阿里阿德涅一样美貌、善良。丢卡利翁对忒修斯表示友好，看到忒修斯从帖撒利朋友的血腥婚礼上战斗回来，就与他共同订立了保护和防御条约。

忒修斯请求他，将妹妹淮德拉嫁给自己为妻。这件事顺利地办妥了。不久，忒修斯把年轻的妻子从克里特带回家乡。妻子真的如同阿里阿德涅一般漂亮，忒修斯顿时觉得年轻了许多。为了给他的新婚增添更多的幸福和甜蜜，妻子一连生了两个儿子，阿卡玛斯和得摩丰。可是，淮德拉对待婚姻却不如她的容貌那般美好，而是不忠实的。国王跟希波吕忒生了个儿子，取名希波吕托斯，正好跟淮德拉同岁。希波吕托斯年轻力壮，风流倜傥，胜过父亲。希波吕托斯的母亲是亚马孙女子，是忒修斯为自己劫持到的妻子。父亲曾把年轻的希波吕托斯送往特洛曾，以便和埃特拉一起生活，接受教育。希波吕托斯回到雅典和挨琉西斯，一向敬仰神明。他愿把自己的一生献给纯洁的女神阿耳忒弥斯，对女人的事还从来没有思量过。

淮德拉第一次看到希波吕托斯时，还以为面前站着年龄变轻了的丈夫。他那优美姿态和洁白无瑕犹如一团烈火，顿时燃烧得淮德拉魂不守舍。可是她把感情深深地埋藏在内心深处。希波吕托斯走了以后，她在雅典的城堡上给爱情女神建造了一座神庙。后来人们把它称为远望女子的阿佛洛狄忒神庙，从这里可以远眺特洛曾。淮德拉整日地坐在那里，眼光朝着大海，心潮随着波浪起伏。

有一回，忒修斯前往特洛曾旅行，要探望亲戚和儿子。淮德拉伴随着他。在这里，她也仍然压制着自己的满怀激情。她常常寻找孤僻的地方，躲在桃金娘树下悲哀自己的命运。最后，她实在控制不住了，就向一位年老的乳母吐露了自己爱不可挡的心事。那是一位狡黠的老妇，她答应把后母的心思告诉少年希波吕托斯。无辜的少年听到消息后十分恼怒。可是，等到丢掉伦理的后母建议他推翻自己的父亲，从而和她共享王位，执掌政权时，他十分害怕。为此他决意逃避所有的女人，认为光听到这样一件不名誉的建议就是亵渎神明。因为忒修斯外出办事了——这个时机让淮德拉正中下怀——希波吕托斯声明说，他决不跟后母在同一个屋顶下一起生活。他断然赶走了年老的乳母，自己则匆匆来到野外，准备一方面为敬爱的女神阿耳忒弥斯服务，另外又去森林打猎，借以远离王宫，消遣时光。他想等到父亲回来，再把情况向父亲汇报。

淮德拉受到他的拒绝以后，恼羞难当，痛不欲生。感情和罪孽相互激烈地斗争着，她难得片刻安宁。后来，还是恶念占了上风。等到忒修斯回来，他只看到妻子死前所写的一封遗书。读罢遗书，忒修斯气恼得浑身发抖。原来信中写道：

“希波吕托斯破坏了我的名誉。我无路可走，只得在破坏对我丈夫的忠贞之前,奔赴黄泉。”

忒修斯站立了一会,最后伸出双手指着青天,央求道:“父亲波塞冬,你爱我胜过自己的儿子。你以前曾允许我可以实现三个愿望,现在我提醒你的这番承诺。我只要满足一个愿望:让我那可鄙的儿子在今天日落之前离开这个世界吧!”

他的诅咒刚刚结束,希波吕托斯就已经打猎归来。他知道父亲回来了,匆忙走进宫殿。听到父亲的一顿咒骂和诽谤,儿子平静地回答说:“父亲,我的良心是纯洁的,我没有做过任何坏事。”忒修斯不相信,把后母的信扬了扬,驱逐他立即离开这片土地。希波吕托斯大呼年轻的保护女神阿耳忒弥斯,请她作证,说明自己是纯洁而又无辜的,然后就跟特洛曾——他的第二故乡诀别。

当天晚上,一位急使来到国王忒修斯面前,说:“国王陛下,你的儿子希波吕托斯可惜再也见不到阳光了。”忒修斯冷冷地听了这一消息,尖刻地微笑一声,说:“他奸污了一位妇女,就像奸污了他的父亲的妻子一样,于是被一位仇人打死了,是吗?”

“不,陛下,”使者回答说,“是他的车子杀害了他!”

“哦,波塞冬!”忒修斯大喊一声,感激地举起双手,指着苍天,“你今天真的成了我的父亲,终于听取了我的请求!可是,告诉我,我的儿子是怎么死的?”

使者开始叙述:

“我们几个仆人正在河边刷马。主人希波吕托斯走过来,命令我们立即备马驾车,准备外出。当一切准备停当以后,他用双手对着青天,祈祷说:‘宙斯,如果我是一个坏人,那么就请你把我除掉!而且,不管我是生是死,都要让我的父亲知道,他对待我是多么的无理!’说完,他跳上马车,抓住缰绳,一路奔往亚各斯和埃比道利亚。我们一溜小跑,跟在后面。我们到达荒凉的海滩,右面是起伏的波浪,左面有高山悬崖。突然,我们听到一阵嘈杂的声响,犹如地底下传来的隆隆雷声。马儿竖起耳朵,我们也面面相觑,十分害怕,不知道响声是从哪里来的。正在这时,我们看到海面上升起一股波浪,塔一般地冲向天空,挡住我们的视线,让我们看不清楚对岸和哥林多地峡。一会儿,波浪带着泡沫,犹如一堵巨大的山墙,排山倒海地涌了过来,卷上海岸。波涛间，一个妖怪分开水面走了出来。这是一头巨大的公牛，它叫喊一声，地动山摇。看到这景象，拉车的马儿都被吓住了。可是希波吕托斯却抖动缰绳，一点儿也不慌张，马儿又奔跑起来。正当马儿拉动马车走上平坦大道的时候，水怪跳上前，挡住了去路。马车沿着峭壁，想给妖怪让道。可是妖怪还是挡住了马车，直到马车完全沿着石壁往前，车轮都已经撞到了石块。

"事故终于发生了：车轮撞击着岩石爆裂了。你那不幸的儿子一头栽倒下来，连同翻掉的马车被马儿拖过了平地和山岩。这一切发生得太突然，我们这些人什么还没来得及思量，一块岩石挡住了我们的视线。一会儿，海上的妖怪又不见了，好像被大地吞吃了似的。"

忒修斯一声不吭，呆呆地望着地面："我并不为他的不幸而高兴，可是我也不为此而抱怨，"终于，他疑虑重重地说，"但愿我能见到他还活着，问他，责问他的罪孽。"他还没说完，只听到一位老妇人呼天抢地的哭喊声。她挤出仆人们的行列，扑上来跪在国王忒修斯的脚下。她就是王后淮德拉的乳母，她深受着良心的折磨，再也不敢隐瞒，于是含着眼泪把国王儿子的无辜和王后的歹毒说了个明明白白。不幸的父亲还没有反应过来，只见他的儿子躺在担架上，浑身碾轧得惨不忍睹，只剩下一口气，被抬进了王宫。

忒修斯后悔莫及，绝望地扑倒在奄奄一息的儿子身上。儿子只是向周围的人提了一个问题："我的冤屈是否已经明白？"大家纷纷点头。希波吕托斯这才得到安慰，然后拼尽全力地说："可怜的父亲，我原谅了你！"说完，他就死了。

忒修斯把儿子葬在淮德拉与爱情反复挣扎的桃金娘树下，她的尸体也埋在这块可爱的地方。妻子已经死了，忒修斯国王自然也不愿意让她有失体面。

忒修斯抢夺女色

忒修斯与年轻的小英雄庇里托俄斯结下了深厚的友谊。忒修斯虽然上了年纪，却又焕发了大胆、深沉，甚至放浪不羁的冒险欲望。庇里托俄斯的妻子希波达弥亚在婚后不久就死了，忒修斯现在也独身在家。两个光棍相约着出去抢夺妇女。

那时候有一位姑娘还尚年轻,就是后来闻名于世的美女海伦。她是宙斯跟勒达的女儿。勒达是在后父斯巴达国王廷达瑞俄斯的宫殿里长大的。忒修斯和庇里托俄斯在前往斯巴达抢劫妇女的征途上看到她在阿耳忒弥斯神庙里舞蹈。两位男子汉抵挡不住爱情的欲火,便大胆地闯进神庙,抢出女子,先把她送往亚加狄亚的特格阿。他们在这里抽签决定海伦归谁。两个人兄弟般地相约,帮助抽签输掉的人再去抢一位漂亮的女人。结果忒修斯抽签胜利,他把姑娘送往阿提喀地区的阿弗得纳,由母亲埃特拉陪伴海伦,让忒修斯的朋友保护她。

安顿完毕,忒修斯又跟自己的老朋友一起外出,两人商量着去进行一场伟大而又惊人的事业。庇里托俄斯决定从地府里骗出冥王普路同的妻子珀耳塞福涅,并占有她,这就为抽签没有得到海伦作了抵偿。可是这场斗争遭到了彻底的失败,两个人被普路同永远地镇压在地府。赫拉克勒斯想要救出他们俩,最后也只能拉回了忒修斯。这段故事早在前面讲过了,不再赘述。

忒修斯被镇压在哈得斯的地府时,海伦的两位兄长,卡斯托耳和波吕丢刻斯,来到雅典。他们礼貌地要求归还海伦。雅典人回说年轻的公主不在雅典,而且人们不知道忒修斯将她藏在哪里。兄弟俩勃然大怒,威胁说要动用武力。雅典人十分害怕,其中有一人名叫阿卡特摩斯,他知道忒修斯的秘密,于是向兄弟俩泄密说,海伦藏在阿弗得纳。卡斯托耳和波吕丢刻斯立刻赶到城前,并且很快就攻陷了城池。

这时候雅典城里也发生了几桩不利于忒修斯的事。厄瑞克透斯的孙子梅纳斯透斯担当了群众的发言人。他反对王位始终虚设。为此,他鼓动城里的贵族们,说国王让他们从乡下迁来城里,其实是让他们当臣仆做奴隶。他答应人民群众享受梦寐以求的自由,让他们摆脱乡间神庙和神仙,让他们不再依赖当地的大小主人,而现在却只能侍候一位陌生的暴君。现在,阿弗得纳被廷达瑞俄斯族人占领了,雅典城也危机四伏。梅纳斯透斯利用人民的情绪,说动居民,从卫士那里抢出海伦,然后给廷达瑞俄斯的儿子们打开城门,友好地迎接他们入城。因为卡斯托耳和波吕丢刻斯只是反对忒修斯抢夺姑娘才诉诸武力,发动战争的;另外,那些外来人的行为证明梅纳斯透斯的话说对了。人们看到那些士兵们虽然从打开的城门里冲了进来，控制了一切地区，可是他们并不伤害任何人。他们救出了海伦，又在居民的陪同下离开了城市，回到自己的家乡去了。

忒修斯的结局

忒修斯在哈得斯的地狱里长期蹲坐着反省。他对自己最后一场与英雄行为完全不合的冒险有了新的认识和悔意。回到阳间世界时，他成了一位严肃的老人。听到海伦被她的兄弟们救了回去，忒修斯反而如释重负，因为他为从前的行为感到惭愧。

看到国内一片混乱，他虽然重新执掌政权，并且挫败了梅纳斯透斯逆党，内心却十分痛苦，难以平静。当他正要开始治理国家的时候，国内又掀起一股反对他的新浪潮。不满的人群中为首的仍然是梅纳斯透斯，他的身后是一群贵族。贵族们在帕拉斯及其儿子们被推翻以后还是把自己称作帕拉斯族人。另有一批原先仇恨他的人，现在也对他无所畏惧了。普通人更被梅纳斯透斯怂恿得只能恭维，不愿服从命令。

一开始，忒修斯尝试着动用武力，可是无论是秘密的反抗或是公开的对立都使得他的努力付诸流水。于是，不幸的国王终于决定彻底放弃这一不服管教的城市。事先他已经把儿子阿卡玛斯和得摩丰送往攸俾阿，让他们投奔国王埃勒弗诺阿。他在阿提喀的一个小镇伽尔盖拖斯上庄严地骂了一通雅典人，直到很久以后人们还喜欢摘录或指出他当年的骂人话。后来，他抖落了身上的灰尘，又乘船前往斯库洛斯。他把这座岛上的居民看作特殊的朋友，因为那里的国王拥有大宗的财富。说起来国王还是继承了忒修斯父亲的财产。

那时统治斯库洛斯的国王是吕科墨德斯。忒修斯向他提出归还以往的财产，以便让他能在那里居住下来。然而命运却让他走上了一条可怜的绝路。不知是吕科墨德斯惧怕这位英雄的名声，还是他和梅纳斯透斯订有秘密协议，总之，他计划毫无顾忌地把这位不速之客彻底清除掉。

于是他引着忒修斯来到岛上的最高峰处，往下是一片悬崖峭壁，他说希望让忒修斯看一下他父亲从前拥有的财产。站在山峰顶上，忒修斯极目四望,那是一片广阔的原野。这时候,那位毫无忠诚可言的国王却从背后对他猛地一推,忒修斯一个倒栽葱,滚了下去。到达山脚的时候,尸体早已滚成了血肉模糊。

在雅典,不知感恩戴德的雅典人在忒修斯死后不久就把他遗忘了。梅纳斯透斯上台执政,就好像继承了祖先的王位一样。忒修斯的儿子们被当作平常的士兵,跟随英雄埃勒弗诺阿一起出征特洛伊。几百年以后,雅典人在马拉敦与波斯人作战。忒修斯这位大英雄的灵魂又从地底下冒了出来,率领着那批不知感恩戴德的臣仆们的后裔取得了战争的胜利。于是,特尔斐的神谕命令雅典人,取回忒修斯的遗骸,隆重地为他安葬。

可是,人们该到哪里去寻找他呢?而且,即使他们在斯库洛斯岛上找到了坟墓,他们又怎能从野蛮人的手中抢回遗骸呢?

这时候,希腊出了一位有名的人,那是密尔策阿特斯的儿子西门。他在一次新的讨伐中征服了斯库洛斯岛。正当他起劲地寻找那位民族英雄的坟墓时,他看到一座山坡上空盘旋着一头雄鹰。他站定了身子,看到雄鹰突然像箭一般地直冲下来,用爪子刨开一座坟墓的泥土。西门把这个现象看作是神差天意。他命人在那里深挖刨翻,果然在泥土深处发现一座大棺,棺旁埋葬着一根铁矛,一把宝剑。西门和随从们毫不怀疑地认定,这就是忒修斯的墓!他们把神圣的遗骸抬上华丽的战船,搁在三张摇橹的座椅上。雅典城内一片欢呼,迎接忒修斯的遗骸,就像忒修斯本人回到这座城市一般隆重。忒修斯死了几百年以后,子孙们才向这位自由和雅典宪法的创始人表示了他们的感谢,而当年无礼的同时代人却实在欠了他一笔冤孽宿债。

俄狄甫斯

杀 父 记

底比斯国王拉布达科斯是卡德摩斯的后裔。他的儿子拉伊俄斯后来继承王位,娶妻伊俄卡斯特,那是著名的底比斯人墨诺机斯的女儿。拉伊俄斯和伊俄卡斯特结婚后,很长时间内未曾生育。他渴望着能够后继有人,于是请教特尔斐的阿波罗神庙,为此得到了一则神谕:"拉伊俄斯,拉布达科斯的儿子!你会有一个儿子的。可是你要知道,你命中注定,将丧命于你的亲生儿子手上。这是克洛诺斯族人宙斯的命令。他听信了珀罗普斯的诅咒,那是因为你抢夺了他的儿子。"

拉伊俄斯早在年轻的时候就被赶出故国家园。他在伯罗奔尼撒长大,住在国王珀罗普斯的宫殿里,被当作客人一样款待。后来,他却恩将仇报,在尼密阿的赌博中拐骗了珀罗普修的儿子克律西波斯。克律西波斯是珀罗普斯跟女神阿刻西俄刻的私生子。他除了面貌漂亮以外,实在是个不幸的人。父亲通过一场战争把他从拉伊俄斯手中救了出来,可是他的异母兄弟阿特柔斯和提厄斯忒斯受了母亲希波达弥亚的唆使,把克律西波斯残酷地杀害了。

拉伊俄斯知道自己的罪孽。他对神谕深信不疑,所以长期以来跟妻子分开住宿。可是深厚的爱情又让他们难以抵挡,于是两个人不顾命运的警告又同床合被,住在一起。伊俄卡斯特终于给丈夫生下一个儿子。孩子出世的时候，父母亲又想起了神谕的内容。为了阻止预言的实现，他们在孩子生下后三天，就命人用钉子将婴儿双脚刺穿，然后用索子捆绑起来，扔在喀泰戎荒山下。

执行这一残酷命令的牧人可怜平白无辜的孩子，就把孩子交给另一位牧人，那是给科任托斯国王波吕玻斯在同一座山上赶放牧羊的人。执行命令的牧人回去后向国王和他的妻子伊俄卡斯特汇报，说任务已经完成。夫妇两人相信孩子已经死掉，或者给野兽撕吃掉了，因此觉得神谕已经无法应验。他们认为赶在儿子杀父以前就结束了孩子的生命，所以内心十分平静。

国王波吕玻斯的牧人从被钉子刺穿的孩子脚上解开绳索。按照孩子脚上的伤口，他给孩子起了一个俄狄甫斯的名字，希腊语肿脚的意思。他把孩子带到科任托斯，交给国王波吕玻斯。国王可怜这位弃儿，就把孩子交给妻子墨洛柏。墨洛柏对待他犹如亲生的儿子。俄狄甫斯渐渐地长大，相信自己是国王波吕玻斯的儿子和继承人，认为波吕玻斯除了他以外没有别的孩子。

一场突然的事故使得他从信心的顶峰上跌到了绝望的深渊。有一位科任托斯人长期以来一直妒嫉他的特殊地位。他趁着一次宴会上喝醉了酒的机会，大声地呼喊俄狄甫斯，说他不是他父亲的儿子，俄狄甫斯深受刺激，几乎不能等到宴会结束。不过，他还是努力隐瞒着自己绝望的心情。

第二天清晨，他来到父母面前，向他们打听事情的原委。波吕玻斯和他的妻子对播弄是非的人很生气，并想方设法地排解儿子的疑虑，然而却没有作出一个明确的回答。俄狄甫斯从话语中听出父亲母亲对自己的爱心。他虽然感动，可是难以相信的思想却仍然咬食着自己的良心，因为那个人的话太使他悲哀伤心。最后，他悄悄地来到特尔斐神庙，希望神给他指点迷津，让他对破坏名誉的诽谤能有一个答复和交待。可是福玻斯·阿波罗没有给他答复，反而给他蒙加了一层新的、更为残酷的不幸，给他造成了巨大的威胁。

“你将会，”神谕中说到，“杀害生父，娶生母为妻，给人们留下可鄙的后代。”

俄狄甫斯无比惊恐，因为他始终认为慈祥的波吕玻斯和墨洛柏是自己的生身父母。他再也不敢回到自己的家乡去了。他害怕实现神谕的命运预言时,他会加害于父亲波吕玻斯。另外,神一旦让自己失掉理智,疯狂地与母亲墨洛柏结成夫妇,这是多么可怕啊！他决定到俾俄喜阿去。他正在特尔斐到道里阿城的大路上急匆匆地走着,前面十字路口上迎面驶来一辆马车,车上坐着一位陌生老人。老人身旁带着一名使者,一名车把式,两名仆人。

车把式看到对面窄路上来了一个人,便粗暴地赶他让路。俄狄甫斯生性急躁,抬手给无礼的车把式就是一拳。车上的老人见到小伙子如此莽撞,便举起两面有铁刺的大杖,给小伙子头上重重地打了一记。俄狄甫斯怒不可遏,用随身带着的木棒扫了上去,把老人打落下车。大家立时格斗起来,俄狄甫斯力敌三位进攻者。他因为年轻气盛,不一会就取得了胜利。他把那伙人打倒在地,独自走了。

他认为,他是因为紧急防卫才报复了那个卑鄙的俾俄喜阿人,而那个人一定是仗着人多势众企图谋害他的生命,因为他遇到的那位老人并没有显赫的标志。不料那位被俄狄甫斯打死的老人正是底比斯国王拉伊俄斯,他的生身父亲。

到此为止,那则父亲和儿子都已获得的神谕,尽管他们双方都想逃避它的实现,却仍然悲惨地应验了。

娶 母 记

俄狄甫斯杀父事件过后不久,底比斯城门前又涌来了带翼的妖怪斯芬克斯。从身前看,斯芬克斯像一位亭亭玉立的少女;从身后看她则像一头虎虎生威的雄狮。她是堤丰和厄喀德娜的女儿。厄喀德娜是半人半蛇的女怪,生下许多妖怪般的儿女,如地狱之狗刻耳柏洛斯,勒那水蛇许德拉,口中喷吐火焰的喀迈拉,等等。

斯芬克斯盘坐在一块巨石上,对底比斯的居民提出各种各样的谜语,猜不出谜语的人会被她撕碎,并吞吃掉。这件事就发生在全城都在哀悼他们的国王的时刻——他们不知道是谁——可是国王在旅途中被人打死了。现在执政的是王后伊俄卡斯特的兄弟克瑞翁。斯芬克斯的危害十分严重,连国王克瑞翁的儿子也难免其难。他猜不中谜底,被生吞活剥地吃掉了。克瑞翁迫于无奈,公开张贴告示,谁能解除城外的这个祸端,他愿意把王国拱手相让,并把姐姐伊俄卡斯特嫁给他作妻子。

告示刚刚贴出,俄狄甫斯带着旅行木棍来到底比斯城。他看到城内有这般威胁和除害以后的刺激,便跃跃欲试。另外,由于有潜在而又可怕的神谕压力,他也乐意冒生命之险。于是他来到山岩上,见到斯芬克斯盘坐在上面,便大胆地请她出题猜谜。斯芬克斯十分狡猾,想给陌生人一个永远也难以猜出的谜语,只见她启口说道:

"早晨四条腿,中午两条腿,晚上三条腿。在一切造物中,只有他改动腿脚的数目;可是在他用腿最多的时候,肢体的力量和速度却是最小。"

俄狄甫斯听到这么方便和容易的谜语,不禁微微一笑。

"你的谜底是一个人,"他回答说,"人在幼年,即生命的早晨,是一个气力弱小的孩子,他用两条腿和两只手在地上爬行;等他长大成人,进入生命的中午,毫无疑问只用两条腿走路;后来,他终于年迈体衰,进入生命的黄昏,只好拄着一条拐杖帮着走路,好像三条腿一样。"

谜语猜出来了,斯芬克斯羞愧难当。她猛然绝望地从山岩上跳下去,当场身亡。不过也有人说她被俄狄甫斯当场杀死。俄狄甫斯得到了国家和妻子伊俄卡斯特,她是前国王的遗孀。俄狄甫斯当然不知道这正是自己的生母。

婚后,伊俄卡斯特给俄狄甫斯生下四个儿女,起先的一对孪生儿子,厄忒俄克勒斯和波吕尼刻斯;后来一对女儿,姐姐安提戈涅,妹妹伊斯墨涅。这四位既是俄狄甫斯的儿女,又实在像是他的兄弟姐妹。

揭　晓　记

俄狄甫斯连自己也不知道已经犯了杀父娶母的天条,这一残酷的秘密在很长时间内也无人知悉。他除了偶有失误以外,还算一位善良、正直的国王。在伊俄卡斯特的辅佐下,他治理着底比斯,深得民众的爱戴。

过了一段时间以后,神给这个地区降下了瘟疫。疾病流行,任何灵丹妙药都失去了作用。底比斯人把这场可怕的灾难看作神对他们的惩罚。他们自动集中到宫殿门前,寻找庇护。底比斯人相信他们的国王是神的宠儿,一定会有办法的。祭司们手拿橄榄枝条,率领着男女老少到达王宫门前。他们沿着神坛的台阶坐了下来,等待着国王出来。

俄狄甫斯步出城堡,问城内为何香烟缭绕,怨声震天。一位老年祭司回答说:"陛下,你亲眼看到,我们面临怎样的磨难:瘟疫流行,牧场和田地里干旱难熬。我们忍受不住这番折磨,前来找你,请求帮助。你曾经从残酷的猜谜女子手上把我们解放出来,这一定是得到了神的帮助,所以我们信任你,你一定能够拯救我们度过难关。"

"可怜的人们,"俄狄甫斯回答说,"我明白你们恳请的原因,我知道你们的苦难。没有人比我更关心这些情况了。我不仅关心着具体的某个人,而且关心着整个城市的命运!我思考来,思考去,相信我已经找到了一个解决的办法。我把内弟克瑞翁派到特尔斐,前去寻找知悉玄妙的阿波罗,请他回答,到底怎样做才能解救这座城市。"

国王正在讲话的时候,克瑞翁已经回来了。他当着男女老少的面向国王汇报神谕的内容。这神谕并不让人感到安慰,它说:

"神的命令,把王国里收留的一位罪孽之徒驱逐出去。否则,你们永远摆脱不了苦难的惩罚,因为谋杀国王拉伊俄斯将成为一笔巨大的血债压在城市的上空。"

俄狄甫斯一点也不知实情,希望把杀害国王的事讲述一遍,并且严正声明说,一定要亲自过问这一桩杀人案件,最后才解散了集中起来的居民。

俄狄甫斯当即在全国发布命令,凡是知晓杀害拉伊俄斯的人,必须立即前来报告。如果知情不报,或者意欲窝藏同伙,以后一律不得参加祭祀神灵,不得出席祭祀宴会,也不准再跟居民有任何来往。最后,他立下重誓,诅咒杀人凶手必须承受一切痛苦和折磨——即使他隐藏在王宫里也难逃重责。此外,他又派出两位使者前去请盲人占卜者提瑞西阿斯。提瑞西阿斯对隐秘事物能够看得清清楚楚,简直不亚于占卜的阿波罗本人。

提瑞西阿斯由一名男孩牵着过来,到了居民和国王面前。俄狄甫斯把心中的忧虑告诉了他,说这不仅像一座山一样压在他心头,还使得全国人民挺不起腰杆。他请提瑞西阿斯运用神秘的观察威力,帮助大家找出谋杀国王的凶手。

没料到提瑞西阿斯发出一声惊叫,朝国王伸出双手,推辞着说:"知识给懂得知识的人带来杀身之祸，这是多么可怕啊！国王，让我回去吧！你承担你的命运，让我承担我的命运吧！”

俄狄甫斯更加要求他显示本领，而围着他的居民们则纷纷跪在他的面前，可是他仍然不肯回答。俄狄甫斯心中大怒，正色指责提瑞西阿斯知情不报，说他莫非就是杀害拉伊俄斯的凶手。国王的指责松开了提瑞西阿斯紧咬的牙关。“俄狄甫斯，”他说，“你说出了对自己的判决。你用不着指责我，也别指责居民中的任何人。你自己正是祸害整个城市的元凶！你是杀害国王的凶手，又是你跟自己的母亲生活在伤天害理的婚姻之中。”

俄狄甫斯对此全然不加理睬，嘲笑盲人是骗人魔术师，诡计多端的流氓。另外，他又怀疑自己的妻弟克瑞翁，埋怨他们两人玩弄阴谋。提瑞西阿斯不住口地称他是杀父亲的刽子手和娶母亲的丈夫，预言他即将面临的灾难。说完，他愤怒地让男孩牵着离开了国王。克瑞翁也激烈地指责俄狄甫斯。两个人唇枪舌剑，各不相让。伊俄卡斯特无论怎样劝说也只能枉费口舌。克瑞翁气愤难平，决心与俄狄甫斯势不两立，于是拂袖而去，离开了俄狄甫斯。

伊俄卡斯特比她的国王丈夫更加盲目。“看吧，”她大声叫唤着，“这位占卜的盲人所说的事是多么的糊涂啊？就拿这件事为例吧！我的第一个丈夫拉伊俄斯也得到过一则神谕，说他将会死在自己儿子的手上。事实呢？拉伊俄斯被强盗打死在十字路口上。而我们唯一的儿子早就绑住双脚，扔在荒山野岭上，可惜他出世还没有三天就已经死了。”

这一番嘲讽着讲的话对俄狄甫斯却别有震动，王后对此根本估计不到。“在十字路口？”他高度紧张地问道，“拉伊俄斯死在十字路口吗？告诉我，他是什么模样，他有多大年龄？”

“他的个子很高大，”伊俄卡斯特回答说，她不明白丈夫为什么激动，“头上开始有一些白发。在外貌上，我的夫君，跟你也非常相像。”

“啊！提瑞西阿斯并不是瞎子，提瑞西阿斯是个心明眼亮的人！”俄狄甫斯惊恐地大声说。他那灵魂的黑夜如同被一道闪电照亮了。然而，可怖的历史促使他仍然进一步去探讨，似乎他会得出一个新的结论，借以证明这一令人毛骨悚然的结果原来是一场误会一样。可是一切细节都相符。最后他听说当时曾有一名仆人逃命回来汇报凶讯。而那位仆人早先看到俄狄甫斯坐在王位上的时候,便连忙恳请让他离开城市,回到国王的牧场上去。俄狄甫斯想亲自盘问他,便命人去乡村把仆人召唤回来。仆人还没有来到的时候,科任托斯的使者却抢先到了宫殿。他向俄狄甫斯汇报父亲波吕玻斯逝世的消息,召请他回去继承王位。

听到这个喜讯,王后又得意起来:“尊贵的神谕啊!你们都到哪儿去了?俄狄甫斯应该杀死的父亲现在却因为年迈而去世了啊!”

不过,这一消息给俄狄甫斯又是另外一种效果。他虽然乐意承认波吕玻斯是他的父亲,可是他不能理解,一则神谕怎么会毫无灵验呢?再说他也不愿意回到科任托斯去,因为那里还有母亲墨洛柏。而神谕的另一半内容,说他将会娶母亲为妻,尚未得到应验。科任托斯过来的使者却打消了他的这番疑虑,原来他正是许多年以前,从拉伊俄斯的仆人手中接过孩子的另一位牧人。他告诉俄狄甫斯,说他虽然继承王位,可他只是科任托斯国王波吕玻斯的养子。俄狄甫斯又追问把他送给科任托斯人的那位牧人在哪里。底下人告诉他,那个人正是在打死拉伊俄斯现场中逃出来的仆人。

王后伊俄卡斯特把这一切听得明明白白。突然,她离开了丈夫,离开了聚集宫殿的市民。

那位年老的牧人从遥远的地方被召唤过来了。科任托斯使者马上认出了他。可是老牧人吓得面如土色,想否认一切,说他什么都不知道。直到盛怒的俄狄甫斯加以威胁,他才大着胆子,终于说出了真相:

俄狄甫斯是国王拉伊俄斯和王后伊俄卡斯特的儿子。他将会杀死父亲的那个可怕的神谕,可惜已成为现实;而且,他还会娶母亲为妻,也已经在残酷的朗朗乾坤下不能逆转。

忏悔记

一切怀疑都消除了!恐怖的事实揭晓了!俄狄甫斯狂叫一声,冲出人群。他在宫殿里到处奔走,寻找宝剑。他要从地球上除掉那个妖怪,她既是自己的母亲,又是自己的妻子。见到他的人早就让开了,他只得又寻到自己的卧室,踢开了紧锁着的两道门,冲了进去。眼前是一副阴森森的悲惨景象:

他看到伊俄卡斯特散乱的头发,她在床的上方已经悬梁自尽了。俄狄甫斯久久地盯着死者,然后大叫一声,呜咽着走上前去。他解开绷紧拉直的绳子,把伊俄卡斯特的尸体放在地面上,又从妻子衣服上撕下了漆成金色的胸针。他用右手把胸针高高地举起,诅咒自己的眼睛竟然看到这样一幅景象,然后用胸针刺穿了自己的两只眼球。他愿意在全体居民面前承认自己是杀父凶手,是娶母的丈夫,是天的诅咒,地的妖孽。底比斯人并不嫌弃这位他们从前热爱和尊敬的国王,反而对他表示衷心的同情,连他的妻弟克瑞翁也放弃前嫌赶了过来,把这位灾难重重的男人引进内室。心神破碎的俄狄甫斯大受感动,把王位交给妻弟克瑞翁,让他代替自己两位年幼的儿子执掌王权。此外他又请求为他不幸的母亲建造一座坟墓。他还把无人照应的女儿交给新国王。至于自己,他希望大家把他赶出国家,因为他以双重罪孽玷污了这块土地。他说自己应该被烧死在喀泰戎山顶上,那里有父母亲为他指定的坟墓。而他现在是生是死,一切皆由神作数,由天决定了。

最后他又一次召唤女儿,希望听到女儿的声音。他用手抚摸着无辜女儿们的脑袋,还为克瑞翁请福,感谢他对自己的深情厚谊,希望他和全体居民永远地保护神明。

俄狄甫斯和安提戈涅

当可怕的现实终于大白天下的时候,俄狄甫斯只求速死。他觉得要是全体人民起来反抗他,把他用石块砸死,那真是一桩慈善的举动,所以他把放逐当作给自己的一件礼物。可是,他毕竟双目失明,而且到自恨自怨的火气逐渐消失时,他感到漂泊异乡实在是可怕的命运,心中重新泛起对故乡的留恋。他想,他为自己不情愿而又是无意识所犯下的罪孽已经获得足够的惩罚。伊俄卡斯特悬梁自尽,他也用胸针捣瞎了自己的眼睛。因此,他思量着留在家里。他当着克瑞翁和孪生儿子厄忒俄克勒斯和波吕尼刻斯的面讲出了自己的心愿。

可是,国王克瑞翁的态度好像发生了很大的变化,他的两个儿子也显得铁石心肠和自私自利。克瑞翁强迫他的姐夫维持原先的决定。两个儿子离他而去。有人塞给他一根讨饭棒,把他从宫殿中推了出去。只有两个女儿对他十分同情。小女儿伊斯墨涅留在两位兄长的家中,借以维护被赶走的父亲的权益。大女儿安提戈涅与父亲一起流放,牵着盲人,四处漂泊。她打着赤脚,忍着饥饿,不怕日晒雨淋,跟父亲穿过了片片森林。如果跟兄长住在一起,她该生活得多么舒适啊!

俄狄甫斯开始时希望在喀泰山的旷野上挣扎度日。他是一个虔诚的人,所以他把一切都置于神的意志之下,因此他决定先去朝拜阿波罗神庙。

他在这里得到一则给人安慰的神谕,众神承认俄狄甫斯违心地乱了天伦,犯下破坏人类圣律的罪行。通过沉重的经历可以抵偿罪孽,尽管这是强迫执行的,可是惩罚不会无穷无尽。众神向他启示:过了很长时间以后,他可以期待赎罪的一天。等他到达命中注定的那个国度时,庄严的女神,即严厉的欧墨尼得斯将会给他一处归宿。现在,欧墨尼得斯的名字,意即寻找快活的人,成了厄里倪厄斯或复仇女神的别名,因为世上的凡人希望用一个庇护的名字安慰自己。神谕的内容谜语一般,非常恐怖。俄狄甫斯应该在复仇女神那里找得赎罪的惩罚。他听从神的吩咐,把命运交给神谕去安排。于是,他在全希腊到处流浪,乞讨度日,四海为家。他一直请求尽量少给他一点,实际得到的也不多。可是,他已经心满意足。长期的流放、苦难的生活和他的自身高贵的精神教会他知足常乐。

俄狄甫斯在库洛诺斯

经过漫长的奔波,一天晚上,俄狄甫斯和他的女儿安提戈涅来到一个温暖而又舒适的地方。那是一个美丽的村庄,夜莺在灌木丛中鸣啭歌唱,葡萄花散发着阵阵清香,橄榄树和桂花树下凉风习习,连瞎眼的俄狄甫斯都感到了这块地方的安详。按照女儿的描述,他断定这儿一定是个神圣的地方。前面不远处,一座城市的塔楼高高耸起。安提戈涅打听以后知道,他们现在离雅典不远。

俄狄甫斯疲倦地坐在一块岩石上。旁边走来一位村民,却叫他离开这块神圣的地方。这里是任何人都不能攀登、不能触及的。直到这时,两位浪迹天涯的人才知道,他们到了库洛诺斯,就是欧墨尼得斯的小树林,那是雅典人推崇复仇女神的名字。

俄狄甫斯知道,他已经来到了浪游的目的地,命运的平安解决已经迫在眉睫。他的话让库洛诺斯人吃了一惊,他不敢再驱赶坐在石头上的陌生人了,而是希望赶快去向国王汇报。

“是谁在治理你们的国家?”俄狄甫斯问,长期的苦难折磨使他对世界的历史陌生起来了。

“你认识强大而又高尚的英雄忒修斯吗?”乡民问他,“全世界都钦佩他的荣誉!”

“如果你们的国王如此高尚,”俄狄甫斯回答说,“那么请你告诉他,让他到这儿来一趟。为这样的小事我可以给他一大笔报酬。”

“一位双目失明的男子能给我国王多少恩惠?”农民禁不住问了一句,投去一束同情的眼光。“对,”他又继续说道,“如果你不是双目失明,你的一副仪容真是又威风又高尚。这就迫使我应该尊重你,所以我愿意把你的请求告诉我们的同胞和国王。”

俄狄甫斯又跟他的女儿单独在一起了。他从座位上站起来,扑倒在地,虔诚地恳请欧墨尼得斯:“威严而又仁慈的女神,”他说,“按照阿波罗的神谕,请告诉我终身的前途吧,如果我在艰难的岁月里还算尽了自己心意的话!黑夜的孩子们,原谅我吧!尊敬的雅典城,原谅俄狄甫斯的阴暗吧!他就在你们面前,而他自己已经不再是那个阴影了!”

他们单独呆着没有多久,一位神态威仪的瞎子在复仇女神的树林里坐下来的消息便纷纷扬扬地传说开来。村里的老人立即围聚过来,想来制止这一亵渎神圣的事情。等到盲人介绍自己就是被命运驱逐的人时,村民们更是吃惊。他们害怕神会迁怒当地,所以不敢相留这个遭天惩罚的人,都命令他迅速离开这里。俄狄甫斯诚恳地请求他们,别把他从神亲自指定的浪游目的地赶走。安提戈涅也一再央求:“如果你们不愿意原谅白发苍苍的老人,那么就请接纳我吧,我是无辜的。”

村民们又同情父女又敬畏复仇女神,举棋不定。安提戈涅突然看到一位姑娘骑着小马奔了过来。姑娘头上戴了顶旅行帽,用于遮挡太阳,后面还跟着一名仆人,也骑着马。“那是伊斯墨涅,”安提戈涅高兴地惊叫起来,“她一定给我们带来家乡的新消息!”

伊斯墨涅带了一名仆人,离开了底比斯,来给父亲送递消息。他的两个儿子在那里遇到了自作自受的巨大困难。开始时，他们愿意把王国让给舅父克瑞翁治理，因为大家对他们这一族人的咒骂还不绝于耳，令人害怕。可是，父亲的形象逐渐淡漠了，他们又逐渐地渴望统治权和国王的威仪。兄弟之间开始不睦，波吕尼刻斯先登王位。然而兄弟厄忒俄克勒斯心怀不满，他不希望跟兄长两人轮流执政，于是扇动民众，把哥哥赶出了国家。底比斯人纷纷谣传，说哥哥已经到了亚各斯，在那里当了国王阿德拉斯托斯的驸马，说他聚集朋友和伙伴，准备对父亲的城市实施报复。这时候又盛传另一则神谕，即俄狄甫斯的儿子们没有父亲将会一事无成。儿子们为了自身的幸福，到处寻找俄狄甫斯，不管是死是活都要把他找到。

库洛诺斯人听到伊斯墨涅的报告惊讶不止。俄狄甫斯站起身，说："向一位流浪者，"瞎子的脸上仍然显示了国王的威仪，"向一位乞丐寻找帮助？喏，我因为一钱不值，难道不希望首先是一个正常的人？"

"对，正是这样，"伊斯墨涅接下去说，"舅父克瑞翁也会马上来到这里，我是赶在他前面过来的。他想要说服你，甚至劫持你，接你回到底比斯境内。那是为了让神谕有利于他和我的哥哥，而你的现状现在已经不再亵渎底比斯城了。"

"你怎么知道我们在这里的？"俄狄甫斯问。

"那是前往特尔斐朝圣的人告诉我们的。"

"如果我死在那里呢？"俄狄甫斯继续问，"你们会把我埋葬在底比斯的土地上吗？"

"不！"女儿回答说，"你的血债不允许这样做。"

"那么，"老国王愤怒地喊叫着说，"你们也永远得不到我！如果我的儿子权欲大于孝顺，老天将永远也不会让他们之间的不睦彻底消失。如果决定他们纠纷的权利在我，那么，既不是现在执掌权杖的人应该留在王位，也不是被驱逐出去的人应该重新看到祖国！只有两个女儿才是我的真正的孩子！她们不应该受我的罪孽影响。我为她们向苍天请福，并为她们请求你们保护。仁慈的朋友们，向她们和我伸出援助的手吧，你们将为自己的城市寻得有力的佑护！"

俄狄甫斯与忒修斯

库洛诺斯人非常害怕盲人俄狄甫斯,因为他在流放期间仍然显示了巨大的威力。大家建议他去给复仇女神献上饮料,以求得神的宽恕。城里的老人直到这时才知道面前的就是俄狄甫斯,他曾经犯下不可饶恕的罪行。如果不是他们的国王忒修斯及时赶到,谁知道大家将会如何处置他的亵渎行为呢?

忒修斯怀着尊敬而又友好的心情走近陌生的盲人,说:"可怜的俄狄甫斯,我知道你的厄运。你那大胆戳瞎的眼睛告诉我,我的面前到底是谁。你的不幸使我深受感动。说吧,你向这个城市以及我个人有什么要求?"

"从你这番简短的讲话中我品出了你的高尚心灵,"俄狄甫斯回答说,"我的请求实际上是一件礼物,我把自己一副疲倦的躯体赠送给你。这是一件不足挂齿,却又十分巨大的礼物。你应该将我埋葬掉,然后会得到无限的幸福。"

"呵,你所要求的恩惠是很小的,"忒修斯惊讶地说,"要求一些更好更高的吧,你会得到满足的。"

"这份礼物不如你想象的那么渺小,"俄狄甫斯继续说道,"你必定会卷入争执这个躯体的纠纷中去。"他开始讲到自己被放逐,后来那些自私自利的亲属们又固执地要求重新占有他,因此,他恳切地请求忒修斯给予帮助。

忒修斯仔细地听他叙述,然后庄严地回答:"我的王国向任何朋友敞开礼遇的大门,因此我决不会对你袖手旁观。我之所以不能漠然处之,因为是神之手把你牵送到我这里来的。"他问俄狄甫斯是否愿意跟他一起回雅典,还是留在库洛诺斯。俄狄甫斯选择了后者,命运决定了他应该在这里战胜敌人并且结束自己的生命。雅典国王忒修斯答应给他提供保护。说完,他转身回城去了。

命运把俄狄甫斯带到了库洛诺斯。

俄狄甫斯与克瑞翁

不一会儿，国王克瑞翁带着武装从底比斯涌入库洛诺斯。

“你们被我的部队惊吓得想要逃往阿提喀地区去，”他对乡民解释说，“可是别担忧也别生气。我不是年轻气盛的人，所以不会凭着血气方刚就大胆地进入希腊国最强大的城市。我是一位老人，市民们派我来是为了说服这个人，让他跟我一起回底比斯去。”说完，他又转过身子，看着俄狄甫斯，假惺惺地表示同情。

俄狄甫斯举起乞丐棒，向着克瑞翁国王伸过去，示意他不得靠近。“无耻的骗子，”他大声地说，“你还嫌我经历的折磨不够，想把我劫持走！你休想通过我让你的城市免除即将到来的灾难，我不到你们那里去。我会给你们降下复仇的妖魔。我的两个不争气的儿子在底比斯土地上只要占有两块坟墓的地方，以便死后能有葬身之处，其余的土地不是属于他们的！”

克瑞翁想用暴力劫持瞎了眼的国王，可是库洛诺斯的居民则寸步不让。忙乱之中，克瑞翁打了一个眼色，底比斯人把伊斯墨涅和安提戈涅从俄狄甫斯身旁抢夺下来。他们不顾库洛诺斯人的反抗，把两位姑娘拖拽着带走了。克瑞翁嘲笑着说：“我夺走了你的支柱。瞎子老兄，现在你一个人去转悠吧！”他因为抢夺姑娘胜利，愈发大胆起来，甚至重新走近俄狄甫斯，还把手放在他的身上。

正在不可开交的时候，忒修斯赶了过来。底比斯人武装进入库洛诺斯的消息激起他的巨大愤怒。他立即命令仆人们兵分两路，骑马的和步行的都去追赶底比斯人劫持的两位姑娘。同时，他向克瑞翁说，他只要将俄狄甫斯的两个女儿交出来，便能获释回去，否则休怪无礼。

“埃勾斯的儿子，”克瑞翁带着谄媚地说，“我不是来跟你、跟你的城市打仗的。我事先不知道你的居民竟会如此地捍卫我的瞎姐夫。我不知道他们如此地钟爱杀父凶手，娶母的乱伦汉，而且还不准他返回故乡！”

忒修斯命令他闭嘴，让他立即跟上忒修斯，并且指出藏匿两位姑娘的地方。不一会，忒修斯把救回的两个姑娘交到深受感动的俄狄甫斯手上。克瑞翁只得带着仆人悻悻地离开了库洛诺斯。

俄狄甫斯与波吕尼刻斯

可怜的俄狄甫斯始终难得安宁。

一天，忒修斯给他带来消息，俄狄甫斯的一位血亲来到库洛诺斯。他不是从底比斯过来的，现在正在波塞冬庙旁的神坛边请求保护。

“这是我的儿子波吕尼刻斯，”俄狄甫斯叫了起来，“我不跟他讲话！”安提戈涅却不一样，她不能忘掉自己的胞兄。于是她努力安慰父亲，让俄狄甫斯平静下来，要他至少听听波吕尼刻斯会说些什么。俄狄甫斯事先又一次请求忒修斯保护自己。他担心儿子动用武力劫持他，然后才让波吕尼刻斯走近过来。

波吕尼刻斯凭着进来的模样就表明他的意图不同于克瑞翁。安提戈涅把自己的印象告诉瞎眼的父亲：“我看到他没有带任何随从，而且脸上还滚落着泪珠。”

“难道真是他吗？”俄狄甫斯问了一句，转过头去，不愿意理睬波吕尼刻斯。

“是的，父亲。”安提戈涅回答说，“你的儿子波吕尼刻斯正站在你的面前。”

波吕尼刻斯扑倒在父亲的面前，双手抱住他的膝盖。他无限同情地看着父亲褴褛的乞丐衣衫，看着他深深陷落的大眼，看着他那随风飘散的银丝乱发。“我罪孽深重，很难得到你的宽恕，父亲！你能原谅我吗？你不理睬我，是吗？哦，亲爱的妹妹，帮助我，让父亲饶恕我吧！”

“说吧，哥哥，你为什么而来？”安提戈涅平静地问了一句，“也许你的讲话能让父亲张开嘴唇说话。”

波吕尼刻斯原原本本地叙述了以往的历史，讲到弟弟如何驱逐他，亚各斯的国王阿德拉斯托斯如何收留他，招他为驸马，又说他在那里聚结了七路诸侯，统率七支部队，而且大军已经把底比斯地区围得水泄不通。他涕泪俱下，请求父亲跟他一起回去，答应推翻骄横的弟弟以后，把王冠重新从弟弟手上夺过来，让父亲第二次执掌王权。

不管儿子多么后悔，俄狄甫斯始终不让步。“当王位和权杖在你手上的时候，”他说，“你亲自将父亲赶出了故国家园。你和你的弟弟，你们都不是我的真正的儿子。要是依靠你们的话，我早就已经死了。只是因为女儿们的帮助，我才活到今天。你们应该受到神的惩罚。你不能毁灭你父亲的城市，不然你将会躺在你的血泊之中，如同你弟弟躺在他自己的血泊之中一样。这就是你应该给那些同盟者带去的回答！”

听到父亲的诅咒，波吕尼刻斯惊讶地从地上跳了起来，往后倒退了几步。“波吕尼刻斯，你应该听从我的劝告，”安提戈涅衷心地劝说着，“你应该率领队伍回到亚各斯，决不能跟父亲的城市发生战斗！”

“那是不可能的，”波吕尼刻斯踌躇着回答说，“父亲的咒骂将陷我于不名誉和堕落的境地！如果我们两个人都必须身败名裂，那么我的兄弟和我永远也不能成为朋友。”说着，他从妹妹的怀中挣脱出来，绝望万分地走了出去。

俄狄甫斯的结局

俄狄甫斯抵挡住亲属们的种种诱惑，诅咒他们必将遭受众神的报复，而他个人的厄运也悄悄地接近了尾声。

一天，天空中响起了阵阵的雷声。老人听明白了这个声音，要求与忒修斯会面。刹时间，整个地区都笼罩在漆黑的乌云之中。瞎眼的国王十分担忧，生怕不能再活着见到忒修斯，因为有许多话要跟忒修斯讲，感谢他的善心保护。忒修斯终于来了，俄狄甫斯衷心地为雅典城祝福。然后，他又要求忒修斯国王响应神的号召，陪他前往一个地方。他在那里不容凡人染指，可是却会当着忒修斯的面安然死去。忒修斯不能告诉任何人关于俄狄甫斯死地的秘密。他的墓地是保密的，所以任何雅典的敌人都无法伤害他。他得到了安全的保证。俄狄甫斯同意他的女儿和库洛诺斯的乡民们陪伴他走一程。于是一队人马可怕地踏上复仇女神小树林的阴暗之地，任何人不能用手碰一下俄狄甫斯。迄今为止他一直是位瞎子，由女儿牵着他走路。现在，他却突然成为一个眼光明亮的人。他挺直腰板，站在最前列，给大家指示自己命运终极的道路。

到了复仇女神小树林深处的时候，人们看到那里有一个隐秘的地洞，洞口有一道铁门槛。洞旁有许多通道,左右盘绕。关于这个地洞历来就有传说,说它是通向地府的一处入口。俄狄甫斯不让随从们走近洞口。他在一棵蛀空的树前停下来,然后坐在一块岩石上,解下乞丐衣衫的腰带。他要来了流动的洁水,洗涤了身上长期漂泊所积存的多少污垢,又穿上女儿们从附近住地给他拿来的整洁的衣裳。等他穿好衣服,重新站在那里的时候,地下又传来了阵阵的隆隆雷声。俄狄甫斯拥抱着女儿,吻着她们,说:"孩子们,再见了!从今天开始你们将没有父亲了!"

突然,他们又听见一阵隆隆的响声。大家不知道这响声是来自天空,还是来自地狱。"俄狄甫斯,你还犹豫什么?你怎么还在耽搁?"清清楚楚地传来一声呼喊。

盲人国王放下了怀中的孩子,请来忒修斯,把自己的双手放在忒修斯手中,表示决不离开。然后,他命令其他人全部转过身,迅速回去,只有忒修斯可以跟他一起跨过铁门槛。他的女儿和随从背过身子站在那里。很久以后他们才重新转过脸来。眼前真如奇迹一般,俄狄甫斯已经踪影全无。天空中既无闪电,又无雷声,连一丝风也没有。周围出奇地安静,忒修斯一个人孤零零地站在那里。他用一只手掩住眼睛,好像看到了神的面孔一样。经过一阵祈祷以后,忒修斯国王来到两位姑娘面前,带着她们一起回到雅典。

底比斯战争

波吕尼刻斯、堤丢斯和阿德拉斯托斯

亚各斯国王阿德拉斯托斯是塔拉俄斯的儿子。他自己生有五个孩子，其中两个漂亮的女儿，名叫阿尔琪珂和得伊皮勒。关于女儿们的命运他曾经得到一则奇怪的神谕：父亲会将女儿嫁给一头狮子和一头公猪作妻子。国王思来想去，不知道这句莫测高深的话有何意义。等到姑娘长大成人以后，他愿意把姑娘嫁人，使得十分令人担忧的神谕根本无法实现。

有一天，两个逃难的人同时到达亚各斯城门前，请求避难。他们是波吕尼刻斯和堤丢斯。底比斯的波吕尼刻斯被他的兄弟赶出家园。堤丢斯是俄纽斯和珀里玻亚的儿子，墨勒阿革洛斯和得伊阿尼拉的继兄弟。得伊阿尼拉是赫拉克勒斯的妻子。堤丢斯在围猎时不经意地伤害了一位亲戚，便从卡吕冬逃了出来。

两个逃难的人在亚各斯的宫殿门口相遇了。夜色朦胧，他们各自都把对方当作敌人，于是相互间格斗起来。阿德拉斯托斯听到门外武器的撞击声，便出来分开了正在激战的两位勇士。等他看到两位格斗的英雄站在自己左右手下时，不禁大吃一惊。他看到波吕尼刻斯的盾牌上画着一只威武的狮子脑袋，而在堤丢斯的盾牌上是一只勇猛的公猪头。波吕尼刻斯用这个图形纪念赫拉克勒斯，另一位则是纪念卡吕冬围猎野猪并借以纪念墨勒阿革洛斯。

阿德拉斯托斯现在理解了神谕的曲折含意，便把两个逃难的英雄招为驸马。波吕尼刻斯娶了大女儿阿尔琪珂，小女儿得伊皮勒嫁给堤丢斯。国王同时又庄重地答应两位娇客，帮助他们征服原先属于父亲的王国。

首先决定攻打底比斯。阿德拉斯托斯召集了各方英雄。这里有七路人马。他自己当然也是一方，共同率领七支部队。七路诸侯的名字为阿德拉斯托斯，波吕尼刻斯，堤丢斯，安菲阿拉俄斯，卡帕纽斯，最后，还有两兄弟，希波迈冬和帕耳忒诺派俄斯。其中安菲阿拉俄斯是阿德拉斯托斯的姻兄，卡帕纽斯是他的侄子。安菲阿拉俄斯以前曾是国王的仇敌，他有未卜先知的本领，知道这场征战的结局悲惨。他反复劝说国王阿德拉斯托斯和其他的英雄们放弃这场战争。可是各种努力均告失败，他只得找了一块隐蔽的地方躲了起来，闭门不出。那个地方只有他的妻子厄里费勒，即国王阿德拉斯托斯的姐姐知道。

英雄们到处打听，可是找不到他。国王阿德拉斯托斯却不敢少了他相陪左右，因为他把安菲阿拉俄斯看作是整个军队的眼睛，所以他也不敢贸然出征。

波吕尼刻斯逃离底比斯时曾经带出一根项链和一方头巾。两件著名的灾难礼物，是女神阿佛洛狄忒送给哈耳摩尼亚与卡德摩斯举行婚礼的贺礼。卡德摩斯是底比斯城的缔造者，而戴上这份礼物的人就会惨遭厄运。它们已经使得哈耳摩尼亚、酒神巴克科斯的母亲塞墨勒以及伊俄卡斯特都遭受了灭顶之灾。最后，它们又转落在波吕尼刻斯的妻子阿尔琪珂手上。波吕尼刻斯尝试着用项链贿赂厄里费勒，要她说出藏匿丈夫的地方。

厄里费勒早就垂涎这根项链。那是陌生人送给侄女的首饰。当她看到闪闪发光的宝石、黄金胸针时，她实在抵制不了这股巨大的诱惑。她叫上波吕尼刻斯跟在自己身后，将他一直带到安菲阿拉俄斯的秘密藏身之处。安菲阿拉俄斯的确不敢恭维未来的那场征战。不过，他从前曾答应阿德拉斯托斯，遇到有任何争议的问题时，一切由妻子厄里费勒作主。为此，他才能够娶了阿德拉斯托斯的姐姐为妻。现在妻子带人寻了过来，安菲阿拉俄斯只得召集武士，披挂上阵。可是，他在出发前正式把儿子阿尔克迈翁叫到跟前，庄重地叮嘱他，要儿子在他死后千万别忘了向不忠诚的母亲报仇雪恨。

七英雄征战底比斯

其他的几路英雄也整装待命。不久,阿德拉斯托斯组建了一支强大的部队,分成七个纵队,由七位英雄分别统领。大家满怀希望,浩浩荡荡地离开了亚各斯。可是途中已经出现了第一回不幸。他们来到尼密阿的树林,那里的河流、小溪和湖泊都干涸得底朝天。赤日炎炎,干渴难忍,盔甲、盾牌都成了沉重的累赘。尘土飞扬,连马匹也渴得在口边堆出了层层的白沫。

阿德拉斯托斯带了几位武士在森林里到处寻找水源,可惜枉费心机。他们遇到一位绝顶漂亮、却又十分可怜的女人。女人抱着一个男孩。她的衣衫褴褛,头发飘散。她坐在树荫下,脸上却透出了一股宫殿大家的神情。阿德拉斯托斯吃了一惊,以为见到了森林女仙,连忙双膝跪倒,请求指点迷津,让他逃离苦难。可是女人却下垂着双眼,回答说:"陌生人,我不是女神。看你一副显赫的外貌,我估计你大概出身于神仙世家。我唯一超人的地方就是一生所忍受的苦难,它比加在世间任何凡人头上的都多。我叫许珀茜伯勒,曾是雷姆诺斯岛上亚马孙人的女王,父亲是威风凛凛的托阿斯。自从我被海盗劫持并拐卖以后,我就成了尼密阿国王来喀古士的俘虏和女佣。这个男孩不是我的儿子。他叫俄菲尔特斯,是我的主人之子,我是他的保姆。可是你们要求我做的事,我很愿意帮助你们。在这片干旱荒凉的地带只有一处水源。除了我以外,谁也不知道它的入口处。那里水量丰富,足够你整个部队解渴止乏!"

妇人站立起来,把孩子放在草地上,哼了一支摇篮曲,把孩子哄睡了。英雄们通知部队,大家都顺着许珀茜伯勒的足迹一路往前。他们穿过茂密的森林,不一会来到怪石嶙峋的山谷地带,只见一股清凉的泉水涌出来。这时候,大家已经听到一股瀑布飞流的声音。

"有水了!"山谷间回荡起一阵欢乐的喊声。"有水了! 有水了!"部队欢呼雀跃,遇到了救星,大家都扑倒在水溪边,伸直干渴冒烟的喉咙,尽情地喝上一气,那是早就渴望着的甘露。一会儿,人们又赶着车,牵着马,穿过树林,舒舒服服地走过山谷。驾车人干脆连车带马一起进入激流,让马儿浸在水中冲凉。马儿连缰绳也未解脱,就吱吱地饮水解渴。

真痛快，真凉爽啊！许珀茜伯勒带领阿德拉斯托斯和他的英雄们走回了宽阔的大路。大家怀着敬意，跟在她的身后，到了妇人刚才哄睡孩子的树下。可是，她还没有找到那块地方，却已经听到远处传来一声可怜的呜咽声。这是陪伴她的人难以觉察的。许珀茜伯勒已经是许许多多、大大小小的孩子的母亲了。那是她在遭到劫持期间被雷姆诺斯的强盗们反复强奸从而生养下来的。现在，她把全部的母爱都转移到这个嗷嗷待哺的婴儿身上。一阵可怕的预感震撼着她的心，她急匆匆地走在英雄们的前头。

可是天哪！婴儿不见了！她也听不到孩子的声音。许珀茜伯勒朝四周看了一眼，顿时明白了。前面不远的地方有一条大蛇盘绕在树上，蛇头搁在波浪式滚动的肚腹上方。许珀茜伯勒惊叫一声。英雄们急步赶了过来。第一个看到恶蛇的是英雄希波迈冬。他迅速搬起一块巨石朝怪物投掷过去。可是他盔甲在身，行动不便，结果扔出去的好像是一把泥土。他又把长矛投了过去，打中了目标。长矛正好钉在大蛇张开的血盆大口里面，枪尖一直从蛇头上冒了出来。蛇吃不住疼痛，把身子转得犹如一只陀螺，最后终于在吱吱的叫声中咽了气。

直到大蛇被打死以后，可怜的许珀茜伯勒才敢于顺着孩子的踪迹寻过去。她看到一副悲惨的景象。草地被孩子的鲜血染红了，旁边散乱地放着小孩的肢体。许珀茜伯勒绝望地把肢体拾起来，捧在怀里，交给站在一旁的英雄们。英雄们隆重地埋葬了这具细小的尸体。为纪念孩子，他们还举行了神圣的尼密阿竞赛。阿尔席莫洛斯，希腊语即先完成的人，被大家推崇为半神。

许珀茜伯勒被那个孩子的母亲欧律狄刻打入监狱，被残酷地判了死刑，即将执行。幸运的是，许珀茜伯勒的儿子们终于救出了他们的母亲。

围困底比斯

“你们也许得到了预兆，知道这场征战该是什么结果了吧！”预言的英雄安菲阿拉俄斯神色阴郁地说。可是其他人却都在回想打死毒蛇的胜利。他们称之为幸运的前兆，于是都兴致勃勃地十分高兴，甚至还嘲笑预言的失灵。安菲阿拉俄斯心情沉重，长吁短叹，可是却毫无办法。部队昼夜兼程。

没过多久,亚各斯的士兵就来到底比斯城下。战争的序幕即将拉开!

城里也在紧张地行动。厄忒俄克勒斯和他的舅父克瑞翁做好了一切艰苦的准备。他对集合起来的居民们动员说:“你们应该想想对祖国和城市的责任。你们,无论是青年还是壮年,都应该起来为城市而战,保卫家乡的神的祭坛!保卫你们的父亲,母亲,妻子儿女和你们脚下的自由的土地!占领战壕,拿起武器,站到塔楼上去!仔细地监视每一条通道,别害怕城外有多少敌人!城外有我们的耳目。我相信他们会给我们带来确切的消息。我将根据他们的情报决定行动。”

这时候,安提戈涅也站在宫殿城墙的最高雉堞上。旁边站着一位老人,他还是从前替祖父拉伊俄斯肩扛武器的人。父亲去世后,安提戈涅在雅典国王忒修斯庇护下生活,不久就带着伊斯墨涅回到了往昔父亲统治的城市。克瑞翁和她的兄长厄忒俄克勒斯张开双臂欢迎他们。他们把安提戈涅当作一个自投罗网的人质,一个受到欢迎的仲裁人。

她看到城外的平地上,沿着伊斯墨诺斯河岸,在闻名于世的古泉狄尔刻的周围驻扎着强大的敌人。军队在不断地运动,到处闪烁着金属盔甲和武器的冷光。步兵和骑兵呐喊着蜂拥而来,把一座城池围困得铁桶一般。

安提戈涅不禁倒吸一口冷气。老人却在一旁安慰她说:“我们的城池高大厚实。我们的栎木城门配制着大铁栓。城内安全可靠,勇敢的士兵决心与城墙共存亡,所以用不着担心。”然后,他又把前来围城的各路英雄的情况向姑娘做了介绍和叙述:“那边戴着闪亮头盔的人就是希波迈冬——再过去,右边的那一位,穿一身陌生的战衣,看上去像半个野蛮人似的就是堤丢斯,他是你哥哥的姻亲。”

“那个人是谁?”姑娘问道,“那位年轻的英雄?”

“那是帕耳忒诺派俄斯,”老人告诉她说,“阿塔兰忒的儿子。阿塔兰忒是月亮和狩猎女神阿耳忒弥斯的女友。可是你看那里两个英雄,他们站在尼俄柏女儿的坟旁。年龄大的是阿德拉斯托斯,这支讨伐部队的总督。而那位年轻的,你认识他吗?”

“我看到了,”安提戈涅心颤得疼痛,“我只看到他的胸脯和轮廓,可是我认出他了:这是我的兄长波吕尼刻斯!呵,但愿我能腾云驾雾飞到他的身旁,拥抱他的颈项!可是那个驾驶一辆白色车子的人是谁呢?”

“他是预言家安菲阿拉俄斯。”老人说。

“可是你看到那个在墙上走来走去的人了吗？他测量着，并且非常仔细地打听着可以让部队穿过的地方。那是谁呀？”

“这是骄横不可一世的卡帕纽斯。他在嘲笑我们的城市，说要把你们，所有的姑娘，带去勒那泽国当奴隶。”

听到这样的讲话，安提戈涅吓得面如土色。她转过身子，不敢往下看了。老人伸出手，牵着她，一步一步地走了下去。

墨诺扣斯

克瑞翁与厄忒俄克勒斯运筹帷幄，商量对策。他们分派七位首领把守底比斯的七座城门。可是在战争开始以前，他们也想探询一下鸟儿占卜的预兆。底比斯城内生活着早在俄狄甫斯时代就十分有名的预言高手提瑞西阿斯。他是奥宇埃厄斯和女仙卡里克多的儿子，可惜从小就被女神雅典娜降灾瞎了双眼。母亲卡里克多再三央求女友开恩，恢复孩子的视力，可这个要求超出了雅典娜的权限。不过雅典娜让孩子有了更加敏锐的听觉。年长日久，孩子能够听懂各类鸟儿的声音。从这时起，他成了鸟儿占卜者。

提瑞西阿斯年事已高。克瑞翁派他的小儿子墨诺扣斯去接他，将他领到宫殿中来。老人在女儿曼托和墨诺扣斯的搀扶下，颤颤巍巍地来到克瑞翁面前。国王要求他说出过往鸟儿议论底比斯城命运的话。提瑞西阿斯沉默良久，终于悲伤地说：“俄狄甫斯的儿子对父亲犯下了沉重的罪孽，给底比斯带来巨大的灾难；亚各斯人和卡德摩斯族人将会自相残杀；两个儿子惨死对方手下；为了挽救城市，只有一个办法。可是我却不能告诉你们，再见！”

说完话，提瑞西阿斯转身要走。可是克瑞翁不断央求，直到他留下为止。“你真的想要听吗？”占卜者声音严厉地说，“那就听着，可是我先告诉你，你的儿子墨诺扣斯在哪里？是他刚才把我引到这里来的。”

“他就在你的身旁！”克瑞翁回答说。

“那请他赶紧逃离这里吧，越快越好！”老人说。

“为什么？”克瑞翁连忙问，“墨诺扣斯是他父亲的儿子，必要的话他可以一声不吭。可是如果他知道有什么办法可以拯救我们，他一定会非常高兴的。”

“你们还是听着，看我从过往鸟儿的声音中知道为什么吧！”提瑞西阿斯说，“幸运是会降临的，可是有一座沉重的门槛。龙牙种子中最年轻的一颗必须倒落。只有在这种条件下，胜利才能是你们的！”

“天哪！”克瑞翁喊叫起来，“你的话究竟是什么意思？”

“卡德摩斯的最小的孩子必须献出他的生命，整个城市才能获得拯救。”

“你要我的儿子墨诺扣斯去死吗？”国王愤怒地跳了起来，“滚你的吧！我不需要你的占卜和预言！”

“如果事实带给你灾难，难道它就不成其为事实了吗？”提瑞西阿斯严肃地问道。直到这时，克瑞翁才知道事情的严重。他扑倒在提瑞西阿斯的跟前，抱住他的膝盖，请求这位盲人占卜者，收回已经出口的话，盲人却丝毫不为所动。“要求是不可逆转的，”他说，“狄尔刻泉泽从前曾是妖龙藏匿的地方，他必须用自己的血浇奠死神。这样，大地才能成为你们的朋友。这位大地女神从前曾让龙齿冒出地面，后来交给了卡德摩斯。现在，小孩为他的城市作出牺牲，他将成为全城的救星。你自己选择吧，克瑞翁，看你究竟愿意哪一种命运。”

占卜的人说完话，又让他的女儿牵着手离开了。克瑞翁一声不吭，久久地站立着。最后，他终于惊恐地喊叫起来：“我多么愿意亲自去为我的祖国去死啊！可是你，我的孩子，我能牺牲得起吗？逃走吧，我的孩子，逃得越远越好。离开这座可诅咒的城市，穿过特尔斐、挨陀利亚，一直到多度那神庙，躲在神庙的佑护下！”

“行，”墨诺扣斯眼中闪烁着光芒，他应声回答，“我一定不会迷路的。”

克瑞翁这才放心，又去指挥作战了。男孩却突然跪在地上，虔诚地向着神明祷告：“原谅我吧，你们在天的圣洁之灵，我用错误的语言安慰了我的父亲，因此说了谎。如果我真的背叛了祖国，那我该是多么可鄙和胆怯啊！请听我的誓言吧：在天之神，仁慈地收下我的一片真心！我愿意用死来拯救我的祖国！我愿从城墙上跳进又深又暗的龙穴。正如预言中说的一样，我要用我的牺牲解脱祖国的灾难。”

说完，男孩高兴地跳了起来，朝雉堞走去。他站在城墙的最高处，一眼就看到了对方阵营的分布。墨诺扣斯神色庄重地诅咒他们,希望他们尽快地灭亡。然后,他抽出一把贴身的宝剑,朝自己身上抹了一把,并立即从高处栽倒下去。墨诺扣斯跌得粉身碎骨。他平静地躺在狄尔刻泉源的岸旁。

攻打底比斯

墨诺扣斯作出了牺牲,神谕实现了。

克瑞翁忍住了巨大的悲伤。厄忒俄克勒斯指挥七位首领把守七座城门,使得容易遭受进攻的地方处处有人守卫。亚各斯人也开始了进攻。攻打和防守底比斯城的战争开始了。

战歌嘹亮,双方部队同时吹起了战号。女猎手阿塔兰忒的儿子帕耳忒诺派俄斯一马当先。他率领部队带着盾牌攻打第一座城门。盾牌上画着他的母亲英武的神像,表现母亲用飞箭征服埃陀利亚野猪的场面;具有先知预言本领的安菲阿拉俄斯冲到第二座城门下。他在战车上装着祭供的牲口。盾牌上朴实无华,没有任何图案和色彩;希波迈冬攻打第三座城门。他的盾牌上画着百眼巨人阿耳戈斯,巨人在看守被赫拉变成母牛的伊俄姑娘;堤丢斯率领部队攻打第四座城门。他在盾牌上画着一张蓬乱的狮皮,而在右手野蛮地挥舞着一盏火把;被赶下台的国王波吕尼刻斯指挥攻打第五座城门。他的盾牌上画着愤怒直立的车前骏马;卡帕纽斯带领士兵来到第六座城门下。他甚至敢于和神阿瑞斯试比高下。他的盾牌上画着一位顶天立地的巨人,巨人把城池从根基上掀翻,扛在自己的肩膀上;最后,也就是第七座城门前站着阿德拉斯托斯,亚各斯人的国王。他的盾牌上画着百条巨蛇,蛇口里衔着底比斯的儿童,可见用心良苦。

当双方士兵逐渐接近的时候,他们首先投扔一气,然后又对射飞箭,舞弄长矛。第一次围攻被底比斯人打败了,亚各斯人急忙后撤。堤丢斯和波吕尼刻斯大声命令,"步兵、骑兵、战车等通力合作,分小股攻击城门!"命令传遍了部队。亚各斯人重振旗鼓,又加大力度开始进攻,可是不久又失败了。进攻者在防守者脚下的城门前碰得头破血流,一排排地倒在城墙脚下,死了。

这时候,亚加狄亚人帕耳忒诺派俄斯如旋风一般冲向城门。他大声呼喊拿火和斧子,准备砸开城门。底比斯人珀里刻律迈诺斯坐镇城门。他观察着对方的动静,命令把铁制的胸墙拉开一点,正好容得下一辆战车进出,然后猛地砸下去,帕耳忒诺派俄斯惨死城下。第四座城门前堤丢斯气恼得如同一条妖龙。他的头在飞转的头盔下摇动着,盾牌发出嗷嗷的战斗声。堤丢斯用右手挥舞长矛,朝着最高的城墙冲了过来。底比斯人见他来势凶猛,吓得几乎逃离城门。正在关键时刻,厄忒俄克勒斯来到门口。他召集了士兵,带领大家重新登上雉堞,然后又逐个城门检查过去,碰上了咆哮如雷的卡帕纽斯。卡帕纽斯扛来了一架高大的梯子,气势汹汹地吹嘘,即使是宙斯的闪电也不能阻挡他彻底攻陷固若金汤的城池。他把梯子靠在墙上,架着盾牌作保护,不管上面的投石如雨,勇猛地攀登上去。宙斯这时亲自动手,前来惩罚他的胆大妄为。卡帕纽斯攀登城墙快要成功了,天上落下炸雷。霹雳声震得地动山摇,卡帕纽斯肢体飞散,着火的头发冲着蓝天熊熊燃烧。

国王阿德拉斯托斯从这些预兆中看出,宙斯是反对他们攻城意图的。他带领自己的士兵退出战壕,组织他们撤退。底比斯人或驾车,或步行,冲出了城门。他们感谢宙斯降给的福旨。步兵们冲入对方步兵阵营,战车撞着战车,底比斯人大获全胜。他们直到把敌人追赶很远以后才班师回城。

同室操戈,兄弟决战

攻打底比斯的战斗结束了。当克瑞翁和厄忒俄克勒斯率领队伍退回城市以后,亚各斯的士兵重新聚集起来,围在城前。

厄忒俄克勒斯作出一项重大的决定,派出一名使者前往城外亚各斯的兵营,请求罢兵息战。亚各斯的部队又重重地困住了底比斯城。厄忒俄克勒斯站在城堡的顶端,面对着双方的士兵,大声地说:“亚各斯的士兵们,你们远道而来;还有底比斯人,你们根本用不着一边为波吕尼刻斯,一边为我,即他的兄弟丢却自己的生命!让我自己亲自前来接受战斗的危险,与我的兄长波吕尼刻斯决一死战,分个高低。如果我把他杀掉,那么我就留在底比斯的王位上;如果我败在他的手下,那么国王的权杖就应该归属于他。你们亚各斯人应该回到自己的国土去,别在异国他乡的城池前,做无谓的流血牺牲。”

波吕尼刻斯顿时从亚各斯人的行列里跳了出来，朝着城墙大声呼喊，愿意接受兄弟的挑战。两方面士兵欢声雷动，双方签订协议。各自的首领相互宣誓，表示坚决照此办理。

决定命运的战斗开始之前，两边的占卜者都忙碌地祭供牺牲，借以标志战斗是从祭祀的火焰中开始的。他们获得的预兆也是模糊不清的，好像双方都是胜利者，又都是失败者。波吕尼刻斯恳切地举起双手，转过头，看着远方的亚各斯国土，祈祷说：“赫拉女神，亚各斯的女君主，我在你的国土上娶妻，在你的国土上生活。保佑你的居民取得战斗的胜利吧！”

厄忒俄克勒斯也回到底比斯城内雅典娜的神庙，乞求着说：“啊，宙斯的女儿，保佑我舞动的长矛一直取得最后的胜利！”

他的话音刚落，战斗的号角吹响了。兄弟俩野蛮地冲到一起，同室操戈，进行了一番残酷的血战。长矛挑动着，呼啸着从身旁穿来穿去，撞击着盾牌，铿锵有声。后来，他们又把飞镖朝对方猛力投掷过去。因为双方的盾牌都很坚固，所以各自的武器都很难奏效。一旁观看的士兵们紧张得汗水直流，汗水把视线都挡住了。最后，厄忒俄克勒斯控制不住自己了。原来他在拼刺时看到路上搁着块石头。他想用右脚把石头踢到一边去，无意中却把腿脚暴露在盾牌之外。波吕尼刻斯挺起长矛冲了过来，一枪刺中厄忒俄克勒斯的胫骨。

亚各斯士兵一片欢呼，认为战局已定。可是受伤的一方始终保持着清醒的神智。他看到对方肩膀上光滑滑的没有遮拦，便飞出一镖，正好打中。厄忒俄克勒斯立即退后几步，抓起石头，把波吕尼刻斯的长矛砸得粉碎。

战局不分上下，双方的投掷武器都被剥夺了。他们赶紧抽出宝剑，又刀光剑影地飞舞起来。盾牌相击，一片杀声。厄忒俄克勒斯突然想起另一路攻击的办法，那是他在帖撒利国学的防身绝招。他突然改变自己的攻击姿势，把左脚往后收拢，挡住下半部身子，然后伸出右脚。波吕尼刻斯还没有反应过来，他的臂部已经被刺了一剑。利剑直达肚腹，他疼痛难熬，弯着身子退到一旁，终于忍不住地倒在地上，血流如注。

厄忒俄克勒斯眼看着胜券在握，丢下宝剑，向垂死的敌人弯下腰去。波吕尼刻斯虽然跌倒在地，却仍然紧抓剑柄不放。他看着厄忒俄克勒斯弯腰过来,便拼足全力,将宝剑直刺过去,一直刺透兄弟的肝脏。厄忒俄克勒斯弯下腰,重重地倒在垂死的哥哥身旁。

父亲俄狄甫斯的诅咒可惜被彻底地实现了。

底比斯的七座城门统统打开。女人和仆人们冲了出来,围着他们国王的尸体放声大哭。安提戈涅扑倒在兄长波吕尼刻斯的尸体上。厄忒俄克勒斯很快就咽气了,他只是从绝望呼唤的胸膛里发出一声低沉的叹息。波吕尼刻斯却仍在喘气,朝着妹妹转过脸来,眼睛逐渐模糊地看着妹妹,说:"我该如何感叹你的命运,妹妹,还包括已死弟弟的厄运!他从我的朋友成为我的敌人,直到临死我才感到我是爱他的!亲爱的妹妹,把我埋葬在自己的家乡,请求愤怒的家乡原谅我,至少满足我的这一遗愿。"

说完话,他就死在妹妹的怀抱里。这时候,人群中传来一声大叫。底比斯人认为他们的主人厄忒俄克勒斯取得了胜利,对面的敌人认为波吕尼刻斯取得了胜利。争执之际,大家又要拿起武器动武。原来,刚才兄弟决战时,底比斯人排着队,井然有序,拿着武器在一旁观看。亚各斯人则不然,他们放下武器,以为自己必胜无疑,于是站立一旁,呐喊助威。底比斯人突然朝亚各斯人冲了过来。亚各斯人还来不及捡拾武器,抵挡不住,溃散逃跑。底比斯人趁胜追杀,直杀得血流成河。投扔出去的飞镖横扫逃跑的士兵,成百上千的士兵一排排地倒了下去。

亚各斯人逃跑的时候出了一件怪事。底比斯英雄珀里刻律迈诺斯把预言家安菲阿拉俄斯一直追赶到伊斯墨诺斯河岸。河水高涨,挡住了驾着马车逃命人的去路。底比斯人接踵而至。绝望之中,安菲阿拉俄斯命令驾车的士兵赶着马车下河探路。可是,他还没有下水,追兵已经到了河边,伸出的长矛铮光闪亮,威势吓人。宙斯把这一切都看在眼里,他不愿意让他的预言人死在逃跑的途中,于是抖手一道闪电,把土地劈开。裂开的泥缝犹如漆黑的地狱,正在探路的马车嘟的一声掉落下去。安菲阿拉俄斯连同他的伙伴全都消失不见了。

不一会儿,底比斯城的周围恢复了平静。勇敢的英雄希波迈冬和强大的堤丢斯双双阵亡。底比斯人收拾了阵亡人的盾牌,把它们集中起来,连同其他的战利品一起装运上车。他们高高兴兴地胜利回城。

克瑞翁的决定

兄弟两人在底比斯城前决战一场,同归于尽。底比斯王国的权力转归克瑞翁,他思虑着两位外甥的葬事。克瑞翁让厄忒俄克勒斯享受国王的葬仪。居民们倾城出动,陪随灵车直到墓地;可是他却让波吕尼刻斯暴尸城下,不予安葬。克瑞翁宣布,对背叛祖国的敌人既不痛惜,也不掩埋,而是任凭狗撕鸟啄,不加理睬。此外他还晓谕全城居民,必须遵守国王的旨意,不得违抗。为此,他还特地增加守卫,不许有人偷盗或者掩埋尸体,违反者一律投乱石击死!

安提戈涅也听到了这一残酷的命令。她在兄长临死前曾做过承诺,自然也不敢忘怀。安提戈涅心事重重地来到妹妹伊斯墨涅面前,想要说服她共同采取行动,从敌人手中抢回兄长的躯体。伊斯墨涅非常害怕,流着泪说:"姐姐,你难道忘掉了父母亲惨死的景象,难道两个哥哥的残酷战斗的景象也已经从脑海里忘得精光了吗?你愿意让我们也惨遭横死吗?"

安提戈涅转过身子。"我用不着你来帮助,"她说,"我会独自一人埋葬哥哥尸体的。如果我能完成这件事,即使死掉,我也是高兴的!"

事情过去不久。一天,一位看守心情不安地来到克瑞翁面前,说:"我们看守的尸体已经被埋掉了,肇事的人已经逃掉了,没有抓到。而且我们也不知道,这到底是怎么发生的。有人跟我们讲起这件事时,我们都感到莫名其妙。死者身上只有一层薄薄的沙土。真的只有很薄的一层泥。就像在地府诸神面前进行的葬礼一样,旁边没有筛子,也没有铲子。附近连一点儿的车痕也没留下,真是奇怪。"

克瑞翁听到消息后大发雷霆。他威胁着说,如果不把做这件事的人交出来,那么所有的看守都要一律处死。另外,他又命令立即掸去尸体上面的泥土,重新设立岗哨,严加盘查看守。看守们不敢怠慢,从上午坐到中午,迎着热辣辣的太阳。突然,天空中刮起一阵飓风,空中飞沙走石。看守们看到天有异象,十分害怕。他们正在纳闷,又看到一位姑娘走近过来。姑娘手中拎着一把大壶,里面装满细土灰尘,然后再悄悄地走近波吕尼刻斯的尸体,举起大壶,在尸体上浇洒三层细沙土。

看守们都坐在对面的山坡上。他们一看到有人,立即奔了过来,抓住那位姑娘,不由分说地把她送到暴躁狂怒的国王面前。

安提戈涅与克瑞翁

公然违反克瑞翁命令的女子被当场抓获,带到国王克瑞翁面前。国王认出那位女子就是安提戈涅。“你真是笨蛋,”他叫喊起来,“怎么样 ,你是承认事实,还是否认?”

“我承认。”姑娘回答说,高高地昂起了头。

“你知道吗?”国王又问,“你已经违反了法律?”

“是的,我知道,”安提戈涅坚定而平静地说,“可是这个法律不是出于不朽的神之手。而且,我还知道法律不分现在和过去,它们能够永远有效。尽管无人明白其中的出典,然而这是凡人不能逾越的规矩,否则众神就会迁怒于他们。正是这样的法律命令我,不能让我母亲的儿子暴尸天下。你觉得我的行为愚蠢可笑,那么就是这个愚人让我去完成这一愚蠢的举动。”

“你认为,”克瑞翁说。他看到姑娘倔强,于是火上加油,“你的坚强是不可屈服的吗?处于别人的暴力之下,那就不得违反!”

“除了把我杀死,你大概不能给我更多的折磨了吧?”安提戈涅立即起身回答,“为什么还要推迟呢?我的名字不会因为我死了,从而受到玷污。而且我明白,你的居民们只是因为害怕才封住了他们的正义之口。他们都在心底里赞赏我的行为,因为尊敬和爱戴兄长,这是做妹妹们的首项义务。”

“那么你就在哈得斯那里去尊敬和爱戴他吧,”国王大声说,“如果你一定要爱戴他的话!”他立即发布命令,让仆人们抓住安提戈涅。突然,国王看到伊斯墨涅冲了过来。她听到了关于姐姐的命运,似乎在一瞬间彻底抛却了软弱和害怕。她勇敢地来到残酷的国王面前,承认自己是同谋,要求跟姐姐共赴黄泉。同时,她又提醒国王,安提戈涅不仅是他的妹妹的女儿,她也是国王亲生儿子海蒙的未婚妻。

克瑞翁未加回答,让人把妹妹也抓了起来。姐妹俩人被刽子手们押解着走到宫殿的内室。

海蒙与安提戈涅

克瑞翁看到他的儿子急冲冲奔了过来。他相信一定是关于判决未婚妻的事让儿子感到生气,所以前来反抗父亲的旨意。却不料海蒙一反常态,显得十分孝意、温顺。直到他认为父亲已经相信他的忠实,才大胆地开始为未婚妻求情,“你不知道,父亲,”他说,“人民在议论什么,他们如何批评这件事? 当着你的面,人们不敢说有逆于你的耳朵的话。我却听到了许多,那就让我告诉你吧。全城的人都同情安提戈涅,她的行为受到全体居民的赞赏。没有人会想到她没有被嘉奖,反而被推上断头台,那只是因为不让疯狗和飞鸟撕食自己胞兄的遗体! 亲爱的父亲,你应该对人民的呼声让步。面临蓬勃发展的潮流,不可阻挡的流势,能够向水流的威力让步的大树,才是真正的树木;相反,如果抵制潮流,汹涌的波浪一定会冲翻它的根基。”

“你是教训我应该有理智吗?”克瑞翁大声喝斥,不屑一顾,“看起来你跟她是一伙的。”

“我只是为了你的最高利益才跟你讲这番话。”儿子迅速回答。

“我知道,”父亲十分愤怒,“盲目的爱情使你已经依恋上一位女囚犯。可是,你已经不能跟她活着结婚了。她必须趁活着的时候被砌进一层岩洞。给她少许食物,够她不至于被谋杀就行了。让她到地府的神面前去哀求解放吧! 她已经无法懊悔罪行。我认为你应该更多地听从活人而不是死人的话。”

说完,父亲生气地转过身去,离开了儿子。不一会,全部的工作都已经准备就绪。仆人们立即执行暴君的残酷决定,安提戈涅当着众人的面被送进坟墓般的石穴。她大呼众神和亲人,希望跟他们永远生活在一起,然后无所畏惧地走了进去。

波吕尼刻斯的尸体已经腐烂了,可是还没有得到掩埋。狗儿鸟儿争相撕食。年迈的预言家提瑞西阿斯来到克瑞翁面前,就像当年来到俄狄甫斯面前一样。他把预计的灾难告诉国王。提瑞西阿斯听到被腐肉喂食得过饱的鸟儿们在吱吱喳喳地议论,说供在神坛旁的祭畜没有显露吉祥的神气,反而冒出了悲惨的晦气。“毫无疑问,众神一定迁怒于我们了。”最后他又补充着说,“因为你亏待了被打死的国王的儿子。国王,你不能再倔强固执了!把死者重新宰杀一回,会给你带来怎样的荣誉呢?”

又似当年俄狄甫斯一样,克瑞翁用一番侮辱的话把预言家赶出宫去。他骂提瑞西阿斯贪图钱财,说他一派谎话。预言家气恼万分,不顾国王的面子,直截了当地泄露天机,说:“你要知道,在太阳还没有赶下山之前,你的血统中就会有人给这具尸体再添加两个伙伴!你犯了一条双重的罪行:第一,死者应该命赴黄泉,可是你却耽搁了他的去程;第二,活着的人属于阳间世界,可是你就不让她回到阳间;我的孩儿,快,快牵我回去!让这个人品尝他的不幸去吧!”

提瑞西阿斯牵着孩儿的手,拄着他的预言杖,离开了王宫。

克瑞翁的报应

国王看着盛怒的预言家提瑞西阿斯的背影,心中突然升起了一股难以名状的恐惧。他召集了城市的老年人聚在一起,向他们请教该如何办。

“从石牢中放出姑娘,埋葬暴尸的王子遗体!”众人一致意见。

刚愎自用的国王十分为难,不愿意作出让步。可是,他又对自己的勇气发生怀疑。国王动摇不定。最后,他只得同意,这是避免他全家走向毁灭的唯一途径。提瑞西阿斯的预言已经说得明明白白了。他率领着仆人和随从、士兵先来到波吕尼刻斯尸体躺着的地方,然后再去关押姑娘安提戈涅的坟墓石牢。夫人独自留在宫中。不久,她听到街上人声嘈杂,一片呜咽声。夫人急忙离开内宫,来到前厅,碰上迎面过来的使者。

“我们向阴间的神做了祈祷,”使者叙述着,“给死者洗了圣浴,然后火化了他的遗骸,用故乡的泥土给他立了一个坟丘。后来,我们就去石穴。那里关押着安提戈涅,她应该饿死其中的。我们还没有到达那里时,有一个仆人就听到了恸哭声。国王马上就从声音上听出了:那是他的儿子在悲悼。仆人们遵照他的命令赶了过去,透过石缝朝里张望。在死穴的深处,我们看到了安提戈涅。她用面纱裹住了自己,已经上吊死了。你的儿子海蒙躺在她面前,抱着她的尸体不放。他哭泣着,悲哀未婚妻惨死其中,咒骂父亲的残酷无礼。

“这时候,国王凑着打开的门走了进去。他大声呼喊着:‘我的孩子,快回到父亲身边来吧!我跪下来求你了!’儿子绝望地看了他一眼,不作回答地从剑鞘里拔出两边锋利的宝剑。父亲急忙退出石洞,躲避剑刺。这时候,海蒙猛地扑向了锋利的宝剑。”

欧律狄刻听到消息呆住了。她匆忙离开了宫殿。国王克瑞翁绝望地回到宫殿。仆人们抬着国王唯一的儿子的尸体,陪着他。不一会儿,人们又给他报来消息,他的王后也已经躺在内室的血泊之中,死了。

安葬亚各斯英雄

俄狄甫斯一族中,只剩下伊斯墨涅幸免于难了。据神话传说,她始终没有结婚,没有孩子。等到她死了,这一不幸的族第也就最后熄灭了烟火。

在围困底比斯的七位英雄中,只有国王阿德拉斯托斯逃脱了不幸的冲击和最后的战役。那是他的神马乌睢阿里翁救了他的一条生命。他幸运地回到了雅典,在神坛旁恳求避难,希望雅典人大发慈悲,帮助他讨回在底比斯城下丧身的诸路英雄和士兵,要给他们隆重安葬。

雅典人听取了他的愿望,忒修斯亲自率兵出征。底比斯人只得掩埋了那些阵亡的冤魂屈鬼。阿德拉斯托斯给阵亡的英雄设立了七座柴堆,并为纪念阿波罗举办了一次赛马。当点燃卡帕纽斯的柴堆时,他的妻子奥宇阿特纳突然跃身扑入火堆,跟丈夫一起烧成灰烬。被大地吞食了的安菲阿拉俄斯的尸体始终未有下落。国王十分悲痛不能亲自为朋友送葬。“从此以后,”他说,“我失掉了军队的一只眼睛。他是勇敢的战士,又是超人的预言家,一身两职。”

等到隆重的安葬仪式过后,阿德拉斯托斯在底比斯城前,给报应女神涅墨西斯造了一座神庙,然后带着他的联盟弟兄雅典人,重新离开了那片地方。

后辈英雄厄庇戈诺伊

十年过去了,底比斯城前阵亡的那批英雄后继有人。他们的儿子长大成人,决定再度征讨底比斯,为他们的死难父亲报仇。他们通称为厄庇戈诺伊,后辈英雄的意思。其中共有八条好汉,他们是:安菲阿拉俄斯的儿子阿尔克迈翁和安菲罗科斯;阿德拉斯托斯的儿子埃癸阿勒俄斯;堤丢斯的儿子狄俄墨得斯;帕耳忒诺派俄斯的儿子普洛玛科斯;卡帕纽斯的儿子斯忒涅罗斯;波吕尼刻斯的儿子忒耳珊特罗斯和墨喀斯透斯的儿子欧律阿罗斯。墨喀斯透斯本不是七位英雄中的人物,却是国王阿德拉斯托斯的兄弟。年事已高的国王阿德拉斯托斯也跟他们一起行动,可是他不担任统帅。八位英雄一起请示阿波罗神庙,希望知道选谁担任主帅为好。神谕告诉他们,合适的人选是阿尔克迈翁。

阿尔克迈翁心中无数,不知道在为父亲报仇雪恨之前,他能不能担任这个职务。于是他也亲自造访,观察天意。阿波罗回答说,他应该让两件事同时进行。而他的母亲厄里费勒不仅占有了晦气的项链,还获得了阿佛洛狄忒的第二项倒霉的礼物,即一方面纱。那是波吕尼刻斯的儿子忒耳珊特罗斯作为遗产继承了这方面纱,现在又用来贿赂厄里费勒,要她说服儿子,参加讨伐底比斯的战争。

遵循神谕的要求,阿尔克迈翁执掌主帅,把为父报仇的事推迟到回来以后再说。他在亚各斯建立一支强大的军队。另外,邻近城市里还有许多英勇好斗的武士也跟他联合起来。于是,一支浩浩荡荡的部队杀奔底比斯城来。如同十年前父辈们的行动一样,底比斯城门前又展开一次激烈的战斗。他们要比父辈们幸运,阿尔克迈翁稳操胜券。白热化的战斗高潮中只有一位厄庇戈诺伊族人饮恨沙场,那是国王阿德拉斯托斯的儿子埃癸阿勒俄斯。他死在底比斯人拉俄达马斯手下。拉俄达马斯是厄忒俄克勒斯的儿子,后来又被厄庇戈诺伊的主帅阿尔克迈翁打死。

底比斯人见丧失了首领和很多士兵,迅速撤离战场,退归城内,闭门不出。大家来到盲人提瑞西阿斯跟前,向他讨教对策。预言家提瑞西阿斯那时也许一百来岁的年纪了,不过他还生活在底比斯城内。他建议大家先派出一名使者去亚各斯营内议和,权作缓兵之计。其他人则撤离城市,各奔前程,逃命为上策。

底比斯人采纳了建议,派了一名使者前往敌营。趁着谈判的空隙,他们则把妻儿老小通通装在车上,逃离了底比斯城。当天深夜,他们到了俾俄喜阿的一座城内。跟随众人一起逃命出来的提瑞西阿斯由于喝冷水受寒,不幸去世。聪明的预言家到了阴间以后也受到了器重。他那高超的感觉和占卜的本领保存了下来。他的女儿曼托没有一起外逃。她留在底比斯城内,落入占领者的手上。占领者在进城前立下重誓,将把在城内发现的最后的战利品祭献给阿波罗。现在一致认为神肯定喜欢女预言家曼托,因为她继承了父亲的神仙般的本领。厄庇戈诺伊把曼托带到特尔斐,将她献给神。曼托受到热烈的欢迎,大家赞赏她的预言术和智慧。不久,曼托就成了当时最有名的预言女子。人们常常看到跟她一起进进出出的还有一位老人。她把美丽的歌谣教会老人。不久,那些歌便在希腊国内到处流行。老者就是著名的梅俄尼恩诗人荷马。

阿尔克迈翁与项链

阿尔克迈翁撤离底比斯城时,决定再去实现神谕的第二部分内容,报复他的母亲杀父之仇。他的心中仍然忿忿不平,尤其在回来以后听说厄里费勒曾经接受礼物,将他出卖的时候,仇恨的情绪更加上涨。他认为对她无需怜悯,于是便带着宝剑袭击了母亲,将她杀了。然后,他接过项链和面纱,离开了父亲的故居,那是一个令他憎恶的地方。

可是,尽管神谕命令他去实施报复,杀害母亲却是一件违反自然的罪孽,不可能不受神的惩罚。一位复仇女神受命前来迫害阿尔克迈翁。可惜阿尔克迈翁变得疯疯癫癫了。为此,他首先来到亚加狄亚,见到国王欧伊克琉斯。他是安菲阿拉俄斯的父亲,实际上正是阿尔克迈翁的祖父,有人说他曾经陪同赫拉克勒斯攻打特洛伊阵亡,有人说他后来死在亚加狄亚,那里有他的坟墓作证。可是,阿尔克迈翁在这里也不得安宁,复仇女神驱使他继续流浪。最后,他在亚加狄亚的珀索菲斯投靠国王菲格乌斯,找到一块安身立命之处,娶了国王的女儿阿尔茜诺埃。而两件厄运不断的礼物,项链和面纱,又转归她的名下。

阿尔克迈翁解除了疯癫之苦,可是灾殃还没有离开他。因为岳父的王国由于他的原因遭受连年灾荒,五谷不结。阿尔克迈翁询问神谕,神谕也没有给他带来安慰的回答:他必须寻找杀母时还没有出现过的地方,那样才能找到安宁。原来,厄里费勒在临死前,曾经诅咒过任何准备收留杀母凶手的国度。

阿尔克迈翁绝望地离开了妻子和小儿子克吕堤俄勒,又外出四海为家,漂泊他乡。经过长途跋涉,他终于找到了预言上要求的那个地方。他来到阿克洛斯河,看到那里有一座新生长出来的小岛。阿尔克迈翁在岛上居住下来,从此免除了灾难。可是新的欢乐和幸福又使他得意忘形起来。他忘掉了先前的妻子阿尔茜诺埃和小儿克吕堤俄斯,重新娶了阿克洛斯河河神的女儿,美丽的姑娘卡吕尔荷埃为妻。妻子一连给他生了两个儿子,阿卡尔男和阿姆福特罗斯。因为风传阿尔克迈翁占有四件稀世之宝,不久,年轻的妻子也向他打听美丽的项链和面纱。阿尔克迈翁知道这两件礼物留在前妻手上。他自然不便向现在的妻子提起从前的婚姻,所以他灵机一动,编造了一则新的故事。他说把这两件宝贝藏在一个遥远的地方,并且答应给她取回来。

说罢,阿尔克迈翁又动身回珀索菲斯,重新来到先前的岳父和被他抛弃的妻子面前,向他们道歉,说自己由于精神混乱,才客居他乡,没有回来。他的精神错乱确实一直未能彻底痊愈。"为了彻底摆脱病魔缠身,"他说,"按照占卜所示,只有一种办法,即把我从前送给你的项链和面纱带到特尔斐,献给神,作为祭礼。"

妻子把两件礼物交给他,阿尔克迈翁高高兴兴地又上了路。不料这两件倒楣的礼物在他身上显示了效应。他的一名仆人向国王菲格乌斯告密说,阿尔克迈翁又娶了一房妻子,现在要把礼物送给第二房夫人。菲格乌斯的儿子听说妹妹遭到欺骗,不禁大怒。他们急忙冲了出去,赶上阿尔克迈翁,悄悄地袭击了他,最后把项链和面纱带回来交给妹妹。

阿尔茜诺埃仍然爱着不忠实的丈夫。她责怪兄弟们不该把阿尔克迈翁打死。两件带来灾难的礼物终有一天会在阿尔茜诺埃身上显示作用。她的几位兄弟十分生气,决定惩罚阿尔茜诺埃。他们把阿尔茜诺埃抓住,塞在一只木箱里,将她运到特格阿,交给国王阿伽帕诺尔,告诉这位外乡朋友说,阿尔茜诺埃是谋杀阿尔克迈翁的凶手。可惜阿尔茜诺埃惨遭横死。

卡吕尔荷埃听到丈夫阿尔克迈翁死掉的消息,扑倒在地,恳求宙斯施放奇迹,让她的两个儿子,阿卡尔男和阿姆福特罗斯立即长大成人,前去惩罚杀父的凶手。卡吕尔荷埃是个清白无辜的女子。宙斯听取了她的请求。她的两个儿子第一天晚上睡觉的时候还是小男孩,第二天醒来时已经牛高马大,满面胡须,力大无穷,充满着报仇雪恨的欲望。

兄弟两人一起出门,不知不觉地来到了特格阿。这时候,菲格乌斯的两个儿子,帕洛诺斯和阿根诺尔正好也把不幸的妹妹阿尔茜诺埃送到那里,准备再到特尔斐,把阿佛洛狄忒的晦气礼物搁在庙里,作为祭品。当两位满面胡须的青年人冲进来的时候,他们还不知道究竟是怎么回事。等到问清袭击的原因时,他们已经被兄弟俩人打死在地,不能吭声了。

兄弟两人向阿伽帕诺尔解释了事情的前因后果,然后又前往亚加狄亚的珀索菲斯。他们踏进宫殿,杀掉国王菲格乌斯和他的妻子。回来以后,他们向母亲汇报,说大仇已报。后来,他们再去特尔斐,按照祖父阿克洛斯的建议,把项链和面纱供在阿波罗神庙里作祭礼。等到这件事完成,安菲阿拉俄斯一族人的灾难从此烟消云散。他的孙子,即阿尔克迈翁和卡吕尔荷埃的儿子阿卡尔男和阿姆福特罗斯在伊庇鲁斯集中移民,建立了阿卡尔男尼亚王国;而克吕堤俄斯,即阿尔克迈翁和阿尔茜诺埃的儿子在父亲被杀害以后,愤恨地离开了母亲一方的亲戚们。他在厄利斯落脚谋生,寻得了活命之处。

第　二　卷

特洛伊传说

战争的爆发

特洛伊城的由来

古时候，在爱琴海的撒摩特刺岛上住着兄弟两人，伊阿宋和达耳达诺斯。他们都是宙斯与普勒阿得斯生下的儿子。相传普勒阿得斯姐妹七人，是阿特拉斯和仙女普勒俄涅的七个女儿。因为巨大的猎人俄里翁围追了她们五年时间，宙斯最后把她们安置在天上，作了七颗灿烂的星星。伊阿宋和达耳达诺斯的母亲名叫厄勒克特拉。伊阿宋作为神的儿子，竟然敢朝奥林匹斯山的一位女子抬头相望，以狂热的感情追逐女神得墨忒耳。为惩罚他的胆大妄为，父亲宙斯用一道闪电把他击倒。达耳达诺斯为兄长的死十分悲伤，离开了家乡，前往亚细亚大陆，来到密西埃海湾。那是西莫伊斯河和斯康曼特尔河汇合入海的地方。爱达山朝着大海渐渐下倾，形成一座平原。这里的国王名叫透克洛斯，土著的克里特人，所以这个地区的牧民也称作特拉人。

达耳达诺斯在这里受到国王透克洛斯的热情接待。他得到一块土地作为自己的领地，还娶了国王的女儿为妻。达耳达诺斯在山区建立一块居民区。这块地方按他的名字就叫做达耳达尼亚，而这个地区的特拉人从此后改称达耳达尼亚人。达耳达诺斯的儿子厄里克托尼俄斯继承王位，而他的儿子特洛斯又继承厄里克托尼俄斯的王位。于是，特洛斯统治的地区被叫做特罗阿斯，特罗阿斯的首都被称作特洛伊。而特拉人和达耳达尼亚人自然就称自己为特洛伊人,或叫作特洛埃人。

国王特洛斯的继承人是他的大儿子伊罗斯。有一次他去邻国夫利基阿访问。那里的国王邀请他比试武艺。伊罗斯赢得了摔跤比赛。作为奖励,他获得五十名男孩,又获得五十名女孩,外加一头花斑母牛。国王向他叙述了一则神谕的指示:牲口躺下休息的地方,他必须在那里建立一座城堡。

伊罗斯赶着母牛。因为母牛休息的地方正是自从他的父亲特洛斯以来国内最主要的地方,即特洛伊,那里又是他自己的住地。于是,伊罗斯就在那里的山坡上建立了一座坚固的城堡,称作伊利阿姆,又称伊利阿斯,还被叫做柏加马斯。这就是那个地方有时称作特洛伊,有时候称作伊利阿姆,有时候又被称作柏加马斯的原因。

建城工程结束前,伊罗斯请先祖宙斯降下兆意,看神是否同意这项工程。第二天,伊罗斯在自己的帐篷前捡到自天上落下的女神雅典娜的肖像,它被称作帕拉斯神像。像高六尺,两脚合拢,右手举着长矛,另一只手上拿着衣服和纺锤。

这幅神像另有来历:

据说,女神雅典娜出生以后就一直被海神特里同收养。特里同另有一个女儿,名叫帕拉斯。两个女孩年龄相同,一块游戏,成了很好的朋友。

一天,两位年轻的姑娘开玩笑举行一场比赛。当帕拉斯摆出一副姿态,准备刺杀她的女友时,宙斯担心女儿受伤,就在她面前挡了一只神盾。那是山羊皮质做成的,十分牢固。帕拉斯突然看到,吃了一惊,结果露出一处破绽,想不到竟给雅典娜一枪刺中,死了。女神十分悲痛。她让人赶作一幅女友帕拉斯的肖像图。她把一副胸甲围在神像上。这副胸甲如同盾牌一样,也是用羊皮制作的。雅典娜做成一副盾甲。她把女友的画像高高地挂在宙斯的画柱上,以志纪念。此外,她还把自己叫作帕拉斯·雅典娜。

宙斯征得女儿的同意,把帕拉斯神像从天空降落下来,表示伊利阿姆城堡将处于他和他的女儿佑护之下。

拉俄墨冬是国王伊罗斯的儿子。伊罗斯的另外两位弟弟是阿萨拉扣斯和该尼墨得斯。伊罗斯在达耳达尼亚执掌统治,他的孩子是英雄安喀塞斯。安喀塞斯的儿子是闻名遐迩的埃涅阿斯。

该尼墨得斯人材出众,是凡间少有的漂亮男儿。宙斯派出雄鹰,将他劫持到天庭,作为雷神的伴随和酒童,获得不老之身。

拉俄墨冬是一位专横、武断、凶恶、残暴的人,甚至不惜欺天害理。这一回他看到特洛伊城尚未建筑牢固,便想在周围建造一堵城墙,使得城市呈现全封闭状态。那时候阿波罗和波塞冬正在城内到处转悠。他们由于反对宙斯而被赶出天空,到了大地以后四海为家,到处漂泊。

宙斯把一切都看在眼里。他感到正中下怀,便让两位神帮助国王拉俄墨冬建造城池,让他和他的女儿所喜爱的城市得到一堵牢不可摧的城墙。命运把他们送到伊罗斯的身旁,那里正在忙碌着加固城池。阿波罗和波塞冬向拉俄墨冬建议,他们收取低廉的工资,准备为国王干一年重活。因为他们到了人间以后不能无所事事地浪荡度日,也不能只吃长生不老的神的饭食却一点也不干活。波塞冬立即投入工作。城墙围着古老的城市,砌得又高又宽,十分漂亮,固若金汤。福玻斯·阿波罗赶着国王的畜群,在爱达山区的山谷和河岸间放牧。

一年时间过去了,城墙已经竣工。可是国王拉俄墨冬却开始抵赖答应的工资。阿波罗激烈地批评国王不守信义,国王却下令将他们两人赶出国去。他威胁着说,要把福玻斯手脚捆绑,并把两只耳朵割下来。因此,两位神发誓,与国王不共戴天,还跟特洛伊人结成冤家。雅典娜等都离开了城市,赫拉怒气冲冲地加入了神的同盟。这里已经孕育着城市毁灭的萌芽。国王一族和人民也要跟着倒楣,而这一切都得到了宙斯的默许和支持。

普里阿摩斯、赫卡柏与帕里斯

国王拉俄墨冬和他的女儿赫西俄涅的命运经历已经在赫拉克勒斯的英雄传中详细叙述了。后来,他的王位由儿子普里阿摩斯继承。普里阿摩斯娶了第二房夫人就是赫卡柏,夫利基阿国国王迪马斯的女儿。婚后,他们生下的第一个儿子名叫赫克托耳。生第二个孩子前夕,赫卡柏在夜深之际做了一个奇怪的梦。她好像生下一根火把,火把点燃了特洛伊城,把城市烧成一片灰烬。

赫卡柏十分害怕,把梦境告诉丈夫普里阿摩斯。普里阿摩斯顿生疑虑。他把第一房夫人生的儿子埃萨库斯召来,埃萨库斯向外祖父迈罗泼斯学得精湛的释梦本领。他仔细听过父亲叙述的梦中情景，解释说，他的继母赫卡柏将会生下一个把特洛伊城彻底毁灭的儿子。因此，他建议把那即将生下的婴孩遗弃掉。

王后赫卡柏果然生了一个儿子。可是，她爱国家胜过自己的母爱。因此，她动员丈夫把婴儿交给一名仆人，命他把孩子送到爱达山上去。仆人名叫阿革拉俄斯，他遵命立即照办，果然把孩子遗弃在山里。幸好一头母熊收留了孩子。过了五天以后，阿革拉俄斯看到孩子安然无恙地躺在森林里，便决定把婴孩带回家去，抚养成人。他对孩子犹如自己的亲生儿子一样，给他取名帕里斯。

王子帕里斯在牧人家中长大，成了一位勇力过人，才貌出众的英俊少年，远近闻名。

帕里斯的判断

一天，帕里斯在无路可循的山谷里放牧，山谷顺着爱达山绵延展伸。帕里斯靠在一棵大树上，坐了下来。他交叉着手臂，透过朦胧的山势，朝特洛伊的宫殿和远方的大海张望着。突然，他听到一位神的脚步声直走得地动山摇。帕里斯回过头去，看到赫耳墨斯站在跟前。赫耳墨斯是众神的使者，告诉他说身后还有神过来。果然，奥林匹斯山的三位女神体态轻盈地穿过柔软的草地，款款走来，帕里斯心内升起一股神圣的惊悸。

身上长着翅膀的神的使者开口对帕里斯说："你别害怕，三位女神前来找你，那是因为她们选中你，请你当她们的仲裁。你需要判定，她们中间谁是最漂亮的女子。宙斯传下命令，让你担当此一重任。他不会忘掉以后给你的佑护和帮助。"

说毕，赫耳墨斯展开翅膀，升腾在狭窄的山谷上空。他的话使得牧人勇气倍增。他大着胆子，抬起目光，仔细地打量三位神中女子的优美身段。乍一看，他觉得三位神都可以摘取最漂亮女子的桂冠。可是再仔细观察，他就开始动摇了原来的判断。他一会儿觉得这位女子漂亮，过一会又转向另一位女子，越看越漂亮，越漂亮越想看。最后，他的眼光盯在最年轻、最妩媚的女神身上。他感到这位女神显得尤其可爱、动人。

这时候,三名女子中最骄傲的一位开口说话了,她无论在身材或是威仪方面都超过了另外两人。“我是赫拉,宙斯的妹妹和妻子。你们瞧这个金苹果,这是不睦女神厄里斯参加珀琉斯英雄与忒提斯婚礼上当众投下的礼物,上面写着‘最漂亮人’的字样!如果你把它判给我,你可以统治地球上最美丽的国家,虽然你只不过是一名从王宫里驱逐出去的牧人。”

“我叫帕拉斯,智慧女神。”另一位女子说。她的额角宽敞洁净,明亮而又蔚蓝的眼睛,美丽的脸庞上呈现了少女的娇矜。“如果你把胜利判给我,你将通过智慧和男子汉的道德赢得人间最高的荣誉。”

这时候,第三位女子朝牧人投来一束甜蜜的微笑。直到目前为止,她始终是用美丽的眼睛说话的:“帕里斯,你千万不要受礼物的诱惑。那两位女子包藏祸心,是不可靠的。我愿意送给你礼物,它会愉快地让你懂得爱情。我愿把世界上最漂亮的女子引入你的怀抱!我是阿佛洛狄忒,专司爱情的女神!”

阿佛洛狄忒站在牧人面前,身系腰带,使她具有无以名状的魔术般的诱惑。其他两位女子的魅力在爱情女神的光泽熠熠下顿时显得苍白无力。帕里斯把金苹果判给了阿佛洛狄忒。他先从赫拉女神的手中接下了这枚黄金宝物。这时,赫拉和帕拉斯愤怒地转过背去,发誓不忘今日的奇耻大辱,要对他,他的父亲普里阿摩斯,对特洛伊人和他们的王国报仇雪恨,让他们彻底毁灭。尤其是赫拉,她从这一刻起跟特洛伊人结下了不共戴天之仇。

阿佛洛狄忒以深深的祝福告别了惊悸不安的牧人,以庄严的神的誓言重申刚才许下的承诺。

从此以后,帕里斯满怀希望地作为一名不起眼的牧人生活在爱达山上,可是女神给他许下的心愿一直没有得到实现。他就娶了一个漂亮的姑娘,名叫俄诺涅,她是河神与一位女仙生下的女儿。婚后,帕里斯与妻子俄诺涅在爱达山上牧群旁厮守相伴,生活很幸福。一天,帕里斯听说国王普里阿摩斯为一位死去了的亲戚举办比赛活动,便饶有兴致地赶进城去。迄今为止,他还没有进过城哩!

普里阿摩斯为这场运动比赛设立一项公牛奖。他让仆人去爱达山牧群中牵来一头公牛,准备奖给运动比赛的优胜者。谁料想这头公牛正是帕里斯最喜爱的。可是他却无法阻止主人和国王牵走它。于是,他决心至少要在比赛中赢得这项奖励。比赛时,帕里斯灵活机智,英勇无比。他战胜了任何对手,甚至战胜了高大的赫克托耳。赫克托耳是普里阿摩斯和赫卡柏的儿子。兄弟中间,数他最勇敢。国王普里阿摩斯的另一个善斗好勇的儿子得伊福玻斯见状,不禁又羞又恼。他挥舞长矛,就要把牧人挑翻刺死。帕里斯大为惊恐,逃到宙斯神坛旁边,遇到普里阿摩斯的女儿卡珊德拉。卡珊德拉得到神的传授,有占卜预言的本领,一眼就看出面前的牧人正是从前被遗弃的兄弟。父母亲听说后,立即抱住了失散多年的儿子。他们高兴得忘掉了从前孩子出生时有关厄运多难的神谕,收留了他。

作为王子,帕里斯得到一幢华丽的住房,住房就在爱达山上。他高高兴兴地回到妻子和牧群旁。不久,他获得了一次机会,要去完成一项国王交给的委托和任务。

抢劫海伦

普里阿摩斯的姐姐赫西俄涅当年被赫拉克勒斯抢去,然后送给他的朋友忒拉蒙为妻。出现这段故事的时候,普里阿摩斯还是一个虚弱的小男孩。他知道赫拉克勒斯杀死了拉俄墨冬,并且攻占了特洛伊城。他还知道英雄忒拉蒙娶了赫西俄涅,让她当了萨拉密斯的女君主,自然没有亏待她。可是普里阿摩斯及其一家对这场抢劫却始终耿耿于怀,感到受了侮辱。

有一天,国王宫殿里又议论起这场劫婚耻辱。国王普里阿摩斯十分想念姐姐。只见帕里斯从众位儿子中站立起来说:“如果给我一支舰队,让我开往希腊国,那么我觉得可以凭借众神的支持,用武力从敌人手中重新夺回父亲的姐姐。”他讲话时胸有成竹,因为他没有忘掉爱情女神阿佛洛狄忒给他的许诺。帕里斯向父亲和兄弟们叙述了那天在牧群边上的神遇。普里阿摩斯一点也不怀疑,相信儿子帕里斯生活在众神的佑护之下。

普里阿摩斯的儿子中间另有一位知晓占卜的人,名叫赫勒诺斯。他突然起身,说了一通预言:如果兄弟帕里斯从希腊带回一名女子,希腊人就会接踵而至,踏平城市;普里阿摩斯和他的儿子们全都葬身沙场。

这则预言使得大家举棋不定。小儿子特洛伊罗斯童言无忌,说不愿相信这类预言。他嘲笑兄弟胆怯,劝说大家不要被这种话吓得失去主张。其他人还在思考,权衡利弊,普里阿摩斯却大胆支持儿子帕里斯的建议。

国王举行一次全民会议。会上,他告诉特洛伊人,以前曾派出安忒纳沃斯率领使团前往希腊,要求希腊人对抢劫姐姐赫西俄涅表示赔罪,并且让她回国。那时候安忒纳沃斯受尽屈辱,被赶了回来。现在,他想让儿子帕里斯率领一支强大的部队,动用武力,强迫实现用好话无法实现的目的。安忒纳沃斯站起来发言支持这一建议。他回忆了那时作为使节在希腊国遭受的羞辱,说希腊人都是和平的狂人,战争的懦夫,不堪一击。他的讲话鼓舞了众人的士气,他们一致要求进行战争。

可是国王普里阿摩斯十分贤明。他不愿过早地作出决议,而是要求大家畅所欲言,讲出自己的任何顾虑。这时候,人群中果然站出一位年事已高的特洛伊人潘托斯。他在童年曾经听父亲奥蒂尔斯说过,如果将来拉俄墨冬血统中有一位王子从希腊带回一个妻子,特洛伊人就已经面临灾难了。据说这还是一则神谕。"因此,"老人结束自己的讲话说:"我们不能受战争荣誉的迷惑。朋友们,还是宁愿在和平和安宁中生活,别把生命在战争中孤注一掷。最后,连自由也彻底失掉。"

人群中一片嘟哝声,大家对这项建议不满,纷纷呼喊着国王普里阿摩斯,不要理睬一位老人的恐吓语,大胆地按心中的决定行事。

普里阿摩斯命令装备船只,工场就设在爱达山上。那里一片忙碌。同时,他又派儿子赫克托耳前往大利基阿国,派帕里斯和得伊福玻斯前往邻近的珀契尼亚,争取他们的支持并组成同盟。特洛伊的青壮年自愿报名。不久,一支强大的部队建立起来了。国王命令他的儿子帕里斯统帅军队,并让他的兄弟得伊福玻斯、潘托斯的儿子波吕达玛斯以及埃涅阿斯辅佐他,共掌兵权。

强大的战船下海了,一路朝着希腊的锡西拉岛昼夜兼程。帕里斯想首先从那里登陆。航行途中,他们遇到希腊的诸侯,斯巴达国王墨涅拉俄斯的船队。墨涅拉俄斯正要前往皮洛斯,访问贤明的国王涅斯托耳。他看到迎面驶来的战船高大巍峨,十分赞赏。特洛伊人也看到他的船只装饰一新,非常惊奇。他们知道船上一定坐着希腊国重要的王侯。可是双方面都不认识,因此两支船队相擦而过。

特洛伊的战船幸运地来到了锡西拉岛。帕里斯想从那里转往斯巴达,准备与宙斯的儿子卡斯托耳以及波吕丢刻斯商洽,希望接回他的姑母赫西俄涅。如果希腊人拒绝交出赫西俄涅,那么帕里斯已从父亲那里得到旨意准备扬帆前往萨拉密斯,用武力劫持王后。

帕里斯动身前往斯巴达时,突然想起要在祭拜爱神阿佛洛狄忒和月亮以及狩猎女神阿耳忒弥斯的庙里敬献供品牺牲。岛上的居民纷纷传说,说华丽的战船开往斯巴达去了,那里只有王后海伦在家,丈夫墨涅拉俄斯出外访问尚未回来。

海伦是宙斯和勒达的女儿,卡斯托耳和波吕丢刻斯的妹妹,是她那个时代最漂亮的女子。还在当姑娘的时候,她被忒修斯劫持抢走。后来由两位兄长重新把她夺回来。她跟随继父斯巴达国王廷达瑞俄斯长大。姑娘的美貌引得求婚的人络绎不绝。国王担心他最后因为选中一位女婿,从而得罪了那么多的求婚人。伊塔刻国王奥德修斯建议他让所有的求婚人都宣立誓言,将来跟有幸选中的新郎建立同盟,共同反对任何因为对这场婚姻不满而企图加害国王的求婚人。奥德修斯是最聪明的希腊英雄。

廷达瑞俄斯依计行事,让求婚人当众立下了誓言。后来,他选中了墨涅拉俄斯。墨涅拉俄斯是阿特柔斯的儿子,阿伽门农的兄弟,亚各斯人的国王。他与海伦结婚以后,还从岳父手上继承了斯巴达的王权。

海伦给丈夫生下一个女儿,起名赫耳弥俄涅。帕里斯来到希腊的时候,赫耳弥俄涅还是躺在摇篮里的婴孩。

美丽的王后海伦在丈夫外出期间生活得十分单调乏味。她孤零零地住在宫殿里,形单影只,非常寂寞。这时候,她听说一位陌生的王子即将率领强大的战船来到锡西拉岛。出于女性的好奇,海伦也想见见这位陌生人,看看他的随从阵营。于是,她动身前往锡西拉岛,在阿耳忒弥斯神庙里隆重地祭供牺牲。海伦走进神庙,帕里斯正好完成祭供。他看到端庄的王后走进庙门,惊讶得立即把举起祈祷的双手垂落下来。他几乎不能自已,因为他感到重新见到了爱神阿佛洛狄忒本人,就像那天在牧场上显现的一模一样。

帕里斯早就听说海伦的美貌,可是他觉得爱情女神给他送来的这位女子要比传说中的美女海伦还要漂亮一万倍。

此外,他见到这位神差遣而来的美女时,心想肯定是一位姑娘,没有想到她可能是一位男人的妻子。现在,当斯巴达的王后亲自站在他的面前,眼看着能与爱情女神媲美的女子，帕里斯顿时明白了，这一定就是她，而且是奉爱情女神的命令前来相会的。于是，父亲的委托，征战的目的在这一刻都化为乌有。他觉得带领着千军万马，就是为征服海伦而来的。

正当帕里斯陷入情网深思的时候，王后海伦也在打量这位漂亮的亚洲王子。他一头长发，东方的服饰闪金亮银，身材魁梧，十分迷人。海伦依稀觉得丈夫的形象从意识中被抹拭了，取而代之的却是这位年轻的陌生人，他深深地占据了自己的心灵。

祭拜完毕，海伦回到斯巴达。她千方百计想要从心中驱逐那幅陌生王子的图像，希望仍然逗留在皮洛斯的丈夫墨涅拉俄斯迅速回到自己身边。殊不料帕里斯捷足先登，带着精兵强将来到斯巴达，带着随从进入宫殿大厅。墨涅拉俄斯的妻子热情大方地接待了前来造访的陌生王子。帕里斯王子讲话娓娓动听，眼睛里燃烧着激情的火焰，又弹得一手精湛的弦琴，早把王后一颗没有防备的心迷惑得不知所措。

帕里斯见海伦已经动摇，便彻底忘掉父亲和士兵们的委托，心中只有爱情女神的许诺，十分向往，十分动人。他命令集合部队。士兵们全副武装地跟着他一起来到斯巴达。帕里斯答应满足他们的任何条件，然后带领他们冲进宫殿，把希腊国王的财产掳掠一空，同时劫走了美丽的海伦。海伦表面上抵抗着，可是心底里却也不无情意地跟着就走。

正当帕里斯带着丰富的战利品在爱琴海上航行的时候，海面上突然风平浪静，船只顿时停了下来。在装载抢劫王后的船前面，波浪自动分开，古老的海神涅柔斯从水中冒出戴着芦花花环的脑袋和满面的络腮胡子，头发上还滴着海水，船只像被钉子钉在水面上一样。涅柔斯大声向他们宣告了一个不幸的预言："不幸之鸟飞翔在你们的船旗前！希腊人带着军队紧跟而来，他们要摧毁你们的罪孽联盟和普里阿摩斯的古老帝国！苦哇，达耳达尼亚人中多少男子汉将要为你的罪行付出生命！帕拉斯已在整理盔甲、盾牌了！这一场血战需要经历几年时间，只有一位英雄的愤怒才能阻挡你那城市的覆灭！一旦等到时机降临，特洛伊的房子将被希腊人烧成一片灰烬！"

年迈的海神说完预言以后又潜入万顷碧波。帕里斯听到讲话，心中十分害怕。一会儿，海面上又吹起了欢快的顺风。躺在王后的怀里，他马上忘掉了一切预言。他们一路航行，来到克拉纳岛，大家在岛前下锚登陆。轻率而又毫不忠诚的墨涅拉俄斯的妻子在这里自愿跟帕里斯共度蜜月,他们举行了隆重的婚礼。婚后,两个人都忘掉了家乡和责任,倚仗带来的奇珍异宝,在岛上挥霍度日,生活得十分愉快。多少年过去了,他们才想到动身回特洛伊去。

希 腊 人

帕里斯作为一名使者前往斯巴达。可是他的行为违背常理,既不合民法,又不合客人之道。于是不久就结出了恶果:

斯巴达国王墨涅拉俄斯和他的兄长阿伽门农,即迈肯尼的国王,都是希腊人中强大的诸侯王族。兄弟两人都是宙斯儿子坦塔罗斯的后裔,珀罗普斯的孙子、阿特柔斯的儿子。这是一个高贵与卑鄙门当户对的家族。兄弟两人十分了得,除了统治亚各斯、斯巴达以外,他们还主宰着伯罗奔尼撒的其他许多王国。希腊国的许多诸侯都是他们的同盟兄弟。

墨涅拉俄斯获悉夫人被劫持的消息后,愤怒至极,即刻前往迈肯尼,把事情告诉兄长阿伽门农。阿伽门农的妻子克吕泰涅斯特拉算起来还是海伦的半个姐姐。夫妇两人共同分担着兄弟的痛苦与屈辱。阿伽门农安慰他,并且答应提醒从前追求海伦的求婚人,提醒他们宣立的誓言。于是,兄弟两人遍游全希腊国。要求所有的诸侯全部参加讨伐特洛伊的战争。第一批响应号召的人有特勒帕勒摩斯,是罗德岛上有名的国王,赫拉克勒斯的一个儿子。他愿意共同出征,并且准备了九十只战船;亚各斯国王和神堤丢斯的儿子狄俄墨得斯答应率八十条海船参战;他们自然没有忘掉狄俄斯库里,即宙斯的两个儿子卡斯托耳和波吕丢刻斯的总称,那是海伦的两位兄长。殊不知,兄弟两人听到妹妹被抢劫的消息后便立即扬帆出海,跟踪追击,一直来到靠近特洛伊海岸的列斯堡岛。可怜遇到一阵风暴,船只被刮得无影无踪。传说他们并没有被风浪击沉,葬身鱼腹,而是父亲宙斯把他们召回天空,让他们变作两团星星。他们从此成为海上水手的佑护神和航行的保护人,照耀天空,千秋万代。

这时候,几乎整个希腊国都起来响应阿特柔斯后裔的号召。最后还只有两家君王迟疑着没有答复。一家是狡猾的奥德修斯,另一家是阿喀琉斯。

伊塔刻国王奥德修斯是珀涅罗珀的丈夫。他不愿意为了一个不忠实的女人离开自己年轻的妻子和幼小的儿子忒勒玛科斯。当他看到帕拉墨得斯带着斯巴达国王前来寻找自己时，便佯装精神病人。他没有牵牛，却在耕犁前驾了一头驴，奇形怪状地前去耕地。后来，他又忘掉撒种子，只是把盐丢在一畦畦的地上。

帕拉墨得斯十分聪明，洞察一切凡人的诡计。正当奥德修斯扶犁耕地的时候，他悄悄地走进宫殿，抱出忒勒玛科斯，把幼小的婴儿放在奥德修斯正要犁耕的地上。奥德修斯小心翼翼地把犁提起来，从儿子旁边让过去。这就表明他根本没有精神病，而是装疯卖傻。他无法再倔强下去，逗留在征伐战争的局外了，最后只得答应率领伊塔刻和邻近岛屿的十二条战船，听候墨涅拉俄斯国王的调遣。可是从此以后他却心怀不满，跟帕拉墨得斯结下了深刻的私仇。

阿喀琉斯也迟迟没有作出回答。他是阿耳戈英雄珀琉斯和海洋女神忒提斯的儿子。人们对他的行踪还不明了。

原来，当他还是一个新生婴儿的时候，他的女神母亲也想将儿子炼成不老之身。她背着父亲趁黑夜把儿子塞在天火中燃烧，要把父亲遗传给他的凡胎部分彻底熔化掉。到了白天，她又用神药给儿子医治烧伤的伤口。如此反复，一连数夜。有一晚，珀琉斯悄悄偷听。他看到儿子在烈火中手脚挥舞时，不由惊吓得大叫一声。这一声惊叫妨碍忒提斯完成她的秘密使命。她不顾儿子便夺路而出，躲进海中，和仙女涅瑞伊得斯一起，共同沉没在万顷碧波的深海王国，闭门不出。

珀琉斯相信儿子受到严重伤害，便把他送到著名的伤科医生喀戎那里。喀戎是个聪明的肯陶洛斯族人，半人半马，收留并抚养过许多英雄。他非常高兴地留下了孩子，并且动用狮肝猪胆以及狮子骨髓喂养孩子。等到阿喀琉斯九岁的时候，希腊的预言家卡尔卡斯说，位于亚洲的特洛伊城没有男孩的参战是攻陷不下的。预言一直透过大海传到孩子的母亲耳中。她知道这场征战将会吞食她儿子的生命，因此连忙浮上海面，潜入丈夫的宫殿，给儿子穿上姑娘的衣服，把他送到斯库洛斯岛，交给国王吕科墨得斯。吕科墨得斯见他是个女孩，便让他跟自己的女儿们一起生活、戏耍，住了下来。

后来，当他在下巴上长出一圈绒毛的时候，他便向国王的女儿得伊达弥亚承认自己男扮女装。温暖的柔情暗中撮合了两位脉脉含情的恋人。岛上的居民都还以为他是国王的一位女眷,而他却正悄悄地当了公主得伊达弥亚的如意郎君。后来,王子成为特洛伊战场上取得胜利的必要条件时,预言家卡尔卡斯泄露了他的居住地方,因为阿喀琉斯的命运和住处对预言家根本不是秘密。

诸侯们派奥德修斯和狄俄墨得斯前去接他参战。两位英雄到了斯库洛斯岛,见到国王和他的一群女儿。可是,无论两位希腊英雄眼力如何敏锐,如何打量一个个姑娘,他们都看不出哪件花衣服下面的是阿喀琉斯。奥德修斯想出一条计谋。他让人拿来一根长矛和一只盾牌,放在姑娘们集中的大厅里。突然,外面吹奏起战斗的号角。好像敌人已经冲进宫殿一般。姑娘们大惊失色,夺路奔逃,离开了大厅。阿喀琉斯却岿然不动,勇敢地抓起长矛、盾牌,奥德修斯的计策果然暴露了谁是阿喀琉斯。于是他整理行装,率领密耳弥冬和帖撒利两大族人的士兵,由他的教师福尼克斯和朋友帕特洛克罗斯伴随左右。帕特洛克罗斯从前跟阿喀琉斯一起在珀琉斯那里长大。故事是这样的:帕特洛克罗斯的父亲墨诺提俄斯是冥土判官阿科斯的半个兄弟,他从沃普斯逃往洛克里斯时,被帖撒利的珀琉斯收留。珀琉斯认他和他的儿子为亲戚,友好地款待他们。两个孩子从小相识。现在,他们准备停当,率领五十只战船驶入希腊海,前往奥里斯港集中。奥里斯是俾俄喜阿国的一座港城,位于攸俾阿海湾,那是阿伽门农为所有的希腊诸侯和战船选定的集中地点。阿伽门农被大家推选为最高统帅。

奥里斯港周围除了驻扎着上述的诸侯及其战船以外,还有许多旁路英雄。其中最主要的有大埃阿斯、忒拉蒙和厄里玻亚的儿子,他带着著名的弓箭手透克洛斯一起前来,透克洛斯是大埃阿斯的异母兄弟。来自洛克里斯的小埃阿斯,俄琉斯的儿子;雅典的梅纳斯透斯;奥耳肖楣诺斯的阿斯卡拉福斯和伊阿尔梅诺斯,他们是战神的儿子;另外还有来自俾俄喜阿的诸位将领;来自佛西斯和攸俾阿等地的英雄好汉;亚各斯和伯罗奔尼撒人中还有斯忒涅罗斯、卡帕纽斯和欧阿德涅,以及墨喀斯透斯的儿子欧律阿罗斯;来自皮洛斯的涅斯托耳老人,他已经成了三朝元老;来自亚加狄亚的阿伽帕诺耳,安刻俄斯的儿子;来自厄利斯和其他城市的安菲玛库斯、塔耳庇俄斯、迪俄瑞斯和波吕克珊诺斯;厄利斯国王奥革阿斯的孙子梅革斯;拖阿斯率领挨陀利亚人;来自克里特的伊多墨纽斯和迈里俄纳斯;来自罗德岛的赫拉克勒斯的后裔特勒帕勒摩斯;来自西马岛的尼瑞乌斯,他是希腊军队中最漂亮的男子;来自卡吕冬诸岛的赫拉克勒斯的后裔菲迪普斯和安底福斯;来自菲拉克的帕达尔克斯和帕洛特西拉俄斯,他们是伊菲克洛斯的儿子;来自弗赖的奥宇梅洛斯,那是阿德墨托斯与虔诚的妻子阿尔刻提斯的儿子;来自特里卡的两兄弟帕达里律奥斯和马哈翁,兄弟两人医术高明,是阿斯克勒庇俄斯的儿子;来自奥尔门尼翁的欧律皮罗斯;来自阿格律萨的波吕帕特斯,庇里托俄斯的儿子,忒修斯的朋友;来自克福斯的古诺宇斯以及来自佩利翁附近马克纳西亚的帕洛拖乌斯。

他们就是除了阿特里得斯的后裔,奥德修斯和阿喀琉斯以外的希腊诸侯和国王。大家率领无数战船,驶往奥里斯港集中。希腊人那时称谓很多。他们有时称自己为丹内阿人,系由古代埃及国王丹内阿斯而来,他到了伯罗奔尼撒的亚各斯居住下来;有时候称自己为亚各斯人,系由希腊亚各斯人强大的力量而来;有时候称自己为阿希亚人,那是由希腊的古代名字阿开雅而来;后来,他们又称希腊人为格莱库斯,那是按照忒萨罗斯的儿子格莱库斯称呼的;他们还称自己为赫楞人,那是按照希腊人的祖先赫楞而称呼起来的。赫楞是丢卡利翁和皮拉的儿子。

希腊人知会普里阿摩斯

希腊人紧张准备的同时,又在阿伽门农主持下召开会议,作出决定,不放弃使用和平的方式解决问题。于是,他们决定派出使团前往特洛伊,知会普里阿摩斯国王,谴责特洛伊王子违反民法,抢劫希腊王后,要求归还墨涅拉俄斯国王的妻子以及一切被掠夺的财物。会议推选帕拉墨得斯、奥德修斯和墨涅拉俄斯为使团代表。奥德修斯尽管在心底里跟帕拉墨得斯势不两立,可是为了他们共同的利益,还是服从这位诸侯的见解。帕拉墨得斯由于经验丰富,阅历广泛,在希腊军队中深受爱戴。因此,奥德修斯同意他担任发言人,一起前往普里阿摩斯国王的宫殿。

特洛伊人和他们的国王看到威风凛凛的战船上走下一个外交使团,吓得惊慌失措。因为帕里斯跟他抢来的妻子还一直住在克拉纳岛,特洛伊人感到他们失踪了。普里阿摩斯及其居民们都认为帕里斯率领的军队在希腊国全军覆没了。他本来应该接回姑母赫西俄涅,现在却弄得下落不明。姑母没有接回来,希腊人却全副武装地杀奔特洛伊来了。因此,希腊使团接近城市的消息使得宫殿里一片紧张,可是他们却情愿打开大门。三位诸侯迅速被带进宫殿,来到国王普里阿摩斯面前。国王召集他的众多的儿子和城市的头面人物共商大计。

帕拉墨得斯在发言中,以全体希腊人的名义谴责普里阿摩斯的儿子帕里斯,说他抢劫王后海伦,伤天害理,公然破坏民法和宾客权利。接着,他指出了战争的危险,它将给普里阿摩斯的王国造成无限的损失。他列举希腊国所有强大诸侯的名字,说他们率领一千多条战船,已经出现在特洛伊城前的海面上。他要求在这种形势下和平解决,希望归还被抢夺的王后。"希腊人,"最后,他强调指出,"宁愿赴死,也不愿让他们的任何同胞忍受陌生人的侮辱和欺凌。他们都怒火燃烧,决心洗雪强加在他们人民头上的耻辱。因此,我们的最高统帅,全希腊的第一国王,强大的亚各斯国王阿伽门农,以及跟随他一起的希腊英雄和诸侯都委托我们告诉你们:交出被你们偷窃而来的希腊女人,否则便是你们的彻底灭亡!"

听到这一番狂妄自大的讲话,普里阿摩斯的儿子们怒火冲天,特洛伊城的老人们也拔出宝剑,斗志昂扬地敲击着盾牌。普里阿摩斯要求大家安静。他从王位上站起身来,说:"陌生的人们,你们以你们人民的名义向我们发出如此威胁性的讲话,请允许我首先从我的惊讶中缓过神来,因为我们对这样一桩罪行并不知晓。相反,正是我们应该谴责你们的恶行,你们却把它强加在我们头上。你们的首领赫拉克勒斯在和平时期袭击我们的城市,把我的无辜的姐姐赫西俄涅当作俘虏一样押解回去,然后,又把她送给朋友当女奴。他的朋友是萨拉密斯的国王忒拉蒙。感谢忒拉蒙的好意,把我的姐姐升级为他的夫人,才避免了卖身作奴的命运。可是它仍然挽回不了这是抢劫的罪行。现在,我们共派出了两个使团,这回派我的儿子帕里斯去你们的国家,希望接回被屈辱抢去的我的姐姐。我的儿子帕里斯如何执行我的任务,他究竟做了些什么,而且他现在住在哪里,我的确不清楚。在我的宫殿和城市里并没有任何的希腊女子。关于这一点,我都是清清楚楚的。我现在不能答应你们的要求,即使想干也不行。如果我的儿子平安地回到特洛伊，而且真的带回来劫持的希腊女子，那么可以把她交给你们，不过还得看她是否主动要求我们的庇护。可是，你们无论如何，而且决不会在把我的姐姐赫西俄涅归还我们之前就获得那位女子的！”

特洛伊人的会议一致同意国王的讲话，而帕拉墨得斯却顽固地坚持：“实现我们的要求是不以任何条件为前提的。我们相信你的讲话，墨涅拉俄斯的妻子不在你的城内。可是，你不要怀疑，她会回来的。你那个不名誉的儿子抢夺她，那可是事实。我们的父辈在赫拉克勒斯时所干的事，我们已经无法对它负责。而你的一位儿子肆意侮辱我们，对他所干的事，我们要求你赔偿。赫西俄涅自愿跟忒拉蒙一起出去，这回还派儿子前来参战，那就是强大的国王大埃阿斯。海伦是被迫遭受耻辱的，你们可以感谢苍天，它让你的儿子逗留在外，你们也因此赢得了思考的时间。还是作出一项明智的决定，借以避免你们的彻底毁灭吧！”

普里阿摩斯和特洛伊人认为帕拉墨得斯的挑衅性的讲话是一场羞辱，可是他们却尊重公使的权利。会议结束了，特洛伊城的一位老人，即通情达理的安忒诺尔保护着使者，迎着一片痛骂声走出宫殿。他把使者带回家，按照客人礼遇款待他们，直到次日早晨。然后，老人陪他们来到海滩，看到他们登上闪亮的战船，看着他们扬帆拔锚，渐渐地驶入大海。战争，已经无可避免了。

阿伽门农与伊菲革涅亚

奥里斯港口停泊着上千条战船，整装待发。阿伽门农战前无聊，以打猎消遣时光。一天，一头雄壮的梅花鹿进入他的射程，那是人们给女神阿耳忒弥斯敬献的祭品。国王围猎兴浓，不顾三七二十一，端枪瞄准，打下了这头漂亮的动物。他为此夸口说，即使是狩猎女神阿耳忒弥斯的枪法也不一定会比他好。女神听到他如此无礼的讲话十分生气。她让港口前风平浪静，船只根本无法从奥里斯海湾开出去，可是战争却应该开始了。

希腊人手足无措，找到大预言家忒斯托耳的儿子，预言人卡尔卡斯，向他请教如何办理才能逃脱困境。卡尔卡斯是随军祭司和占卜人。他说：“如果希腊人的最高首领，即阿伽门农国王愿意把他和克吕泰涅斯特拉所生的女儿伊菲革涅亚向阿耳忒弥斯女神祭供,女神就会原谅我们。海面上将会刮起顺风,到那时再也不会有自然现象影响攻占特洛伊城了。”

预言人的讲话让希腊人的军事统帅陷于绝望。他把来自斯巴达的传令官塔耳堤皮奥斯叫到跟前,让他向全体参战的希腊人宣布,阿伽门农放弃对希腊军队的最高指挥权,因为他在良心上不能承受杀害孩子的罪责。希腊人围聚一道。他们群情激愤,野蛮得几乎难以收拾。墨涅拉俄斯急忙奔进统帅大营,把可怕的消息告诉他的兄弟,警告他的决定所产生的严重后果。阿伽门农终于回心转意,决定承受祭献女儿的可怕结果。

阿伽门农写了一封信给迈肯尼的妻子克吕泰涅斯特拉,让她把女儿伊菲革涅亚送到奥里斯军队中来。为了解释这件事情,他向妻子谎称,为女儿跟珀琉斯的小儿子,高尚的英雄阿喀琉斯订婚。人们对阿喀琉斯与得伊达弥亚的秘密婚事一无所知。可是,送信的使者刚被打发走,父亲的感情又在阿伽门农的心里占了上风。他忧虑重重,无限后悔,痛恨自己轻率的决定。于是他又在当天夜晚派出心腹老仆,重新给了他一封信,让他交给妻子克吕泰涅斯特拉,不能把女儿送到奥里斯军中来。阿伽门农说他另有打算,女儿订婚的事情且推迟到明年春天再说。

忠诚的仆人接过信连忙就动身,可惜他没有达到目的。他趁着清晨刚离开大营,怀里揣着的信就被墨涅拉俄斯动用武力抢夺过去。他对兄弟的迟疑不决和优柔寡断早有所知,于是密切注视着他的各种步骤。

墨涅拉俄斯手拿阿伽门农的书信,跨进兄弟的营帐,说:“真见鬼,动摇了!”他不由得提高嗓门数落起来,“你还记得当时如何地希望谋取这项统帅权,心中燃起了多么炽烈的欲火,要想率领征讨特洛伊的军队!你当时显得多么地谦恭,多么宽容地跟全体丹内阿人握手亲热,是吗?当时,你的大门向每一个愿意进来的人敞开着,哪怕他是最平常的人,而这一切只是为了让你得到这一指挥权。今天,你手中执掌了这份权利,许多事情又顿时变了。你不再像从前一样,成为你的朋友的朋友了,在家里也很少见到你的人影。外面呢,你很少在军队中露面。你带着军队来到奥里斯港,军队遭到神的命运的折磨。可是,当他们开始抱怨,说:‘我们希望扬帆起锚,不愿在奥里斯坐等老死!’而你却举棋不定,只是徒劳地等待刮顺风。从前,你召唤我,征求主张,谋求出路,为了不至于丢失你那个美妙的统帅权。而当预言人卡尔卡斯命令不要向阿耳忒弥斯摆设牺牲,可是得把你的女儿祭供时,你自愿地立誓,答应这场牺牲。可是现在却又讲话不算数。像你这样的人真有千万个榜样。他们到处奔波,十分忙碌地想要执掌舵柄,然而一旦看到需要作出个人的牺牲才能摇动船舵时,又惊吓地退了回去。没有理智和见识的人,是统率不了军队,掌握不了国家命运的。对他来说,即使处于丧失生命的艰难关头,也不能失掉这种本领!"

"你为什么激动得这副模样。"阿伽门农回答说,"是谁惹了你啦?你还缺什么呢?缺少你的可爱的妻子海伦吗?我可不能为你再创造一个!你为什么不把她好好地看住呢?我如果有更好的办法,难道会在这里发傻吗?更要紧的倒是你缺乏理智,因为你在重新追求,希望获得那位不忠实的女人。其实你应该感到高兴,终于能够幸运地摆脱了她。不!我决不能杀死我的亲生的孩子!"

兄弟两人口角起来,互不相让。突然一名仆人来到面前,向国王阿伽门农汇报,说他的女儿伊菲革涅亚已经来到,随同前来的还有母亲和弟弟俄瑞斯忒斯。仆人还没有离开,阿伽门农突然陷于走投无路的绝望境地。墨涅拉俄斯连忙抓住他的手安慰他。阿伽门农痛苦地说:"兄弟,你赢了,你把她带去吧!"

墨涅拉俄斯却改变了主意。他也不愿意为了海伦却杀掉了伊菲革涅亚。"如果神谕让我决定你的女儿的命运,"他大声地宣布,"那么我愿意放弃她,而把我的那位拿来取代伊菲革涅亚。"

阿伽门农扑进兄弟的怀里。"我感谢你,"他说,"亲爱的兄弟,你的高尚的精神使得我们又走到一起。我的命运已定,女儿的血腥惨死是无法避免的。全希腊国都在期待它。卡尔卡斯和狡猾的奥德修斯达成默契。他们在争夺人民,甚至要来谋害你和我,并且还在利用牺牲伊菲革涅亚的机会。如果我们逃到亚各斯,请相信我的话,他们会追过来,把我们从城堡里抓走。最后,他们还会踏平古老的希腊城。因此我请你,兄弟,能够关心一下,别让克吕泰涅斯特拉知道,保证这一回神谕顺利地实现。"

说话间,女人们走了进来。墨涅拉俄斯心情忧郁地走开了。夫妻两人短暂地寒暄一通,阿伽门农既冷淡又尴尬。女儿衷心地拥抱着父亲。她看到父亲脸上愁云满面,便关心地问道:"你的眼光为什么如此地不安?父亲,你难道不高兴我到了这里吗?”

“不,亲爱的孩子,”国王心情沉重地回答说,“一个国王有许多的忧愁!”

“可是你哭了,父亲?”伊菲革涅亚追问。

“因为我们面临一次漫长的分离!”父亲回答。

“呵,如果我能够跟你一起去,”女儿高兴地叫喊起来,“那该多么幸福啊!”

“是的,你也要动身去的。”阿伽门农神情严峻地说,“首先我们要作一番祭供,亲爱的女儿,在这场祭供中,你是不可缺少的!”最后的讲话几乎噎住了眼泪。他让毫不知情的孩子带着一批随从住到为她准备的帐篷里去。

面对着妻子克吕泰涅斯特拉,阿伽门农也要做一番游戏,向她介绍新郎的身世和命运。等他与妻子分手以后,阿伽门农立即来到卡尔卡斯面前,跟他商讨这一场无可避免的祭供事宜。

一个偶然的事情使得克吕泰涅斯特拉与青年王子阿喀琉斯在营帐里见了面。阿喀琉斯前来寻找阿伽门农,因为他的士兵不愿再干等下去了。克吕泰涅斯特拉像对待未来的女婿一样招呼他,阿喀琉斯惊奇得往后退了回去。他问:“你说谁的婚姻大事,王后?我从来没有追求过你的孩子。而且,你的丈夫也从来没有给过我有关这方面事情的邀请!”

克吕泰涅斯特拉这才知道,原来自己上当受骗了。她满面羞愧,心神不定地站在阿喀琉斯面前。阿喀琉斯却以年轻人的善良说:“请不要难过,王后,一定是有人拿我跟你开玩笑。别当它一回事。而且,如果我的惊讶伤害了你,也请你多多原谅。”说完,他正想再打一声招呼就赶紧离开前去寻找统帅时,阿伽门农的心腹仆人正好走了进来。他那天早晨被墨涅拉俄斯抢去信件,所以把克吕泰涅斯特拉拉到营帐外,悄悄地对她说:“阿伽门农想要亲手杀死你的女儿!”母亲恍然大悟,知道了神谕的详细内容。

克吕泰涅斯特拉转过身,扑在阿喀琉斯的脚前,抱住他的膝盖,大声呼喊起来:“哦,女神的儿子,快救救我,救救我的孩子!我把你当作她的未婚夫婿,替你把女儿戴着花环一直送到军前营帐。我虽然已被蒙蔽,可是你仍然是我女儿的如意郎君!我当着一切,当着你的女神母亲恳请你,帮助我救下女儿。向我们伸出双手吧,那样才能救助我们!”

阿喀琉斯满怀敬意地扶起了扑在地上的王后,说:“请放心,王后!我是在一个虔诚而又乐于助人的家庭里长大的,我向喀戎学会朴实而又灵活的思考方式。我愿意服从阿特柔斯的儿子们的指挥,如果他们引导我走向荣誉。可是,我不会听从罪恶的命令。因此,我愿意保护你。不管我的手臂能有多长,也要把你的女儿从她父亲的刀下救回来,人们还说她就是我的妻子。而且,由于关于我的谣传中的婚姻将会导致这个孩子的死亡,我感到自己负有共同的罪责。如果我不能救出你的孩子,那就让我自己去死掉!”

珀琉斯的儿子跟伊菲革涅亚的母亲信誓旦旦,然后他离开了。克吕泰涅斯特拉惊恐地走到丈夫阿伽门农面前。丈夫不知道她已经知晓了秘密,还用意义双关的话对妻子说:“把你的孩子送到她的父亲这儿来。面粉、水和牺牲都已经准备完毕。婚礼举办前夕就要向牺牲品开刀了。”

“好极了!”克吕泰涅斯特拉大叫一声,她的眼睛闪闪发光,“出来吧,女儿,带着你的弟弟俄瑞斯忒斯!”等到女儿伊菲革涅亚出来时,她又接着说:“看吧,她就站在这里,准备着听从你的吩咐。现在,我只要你一句话:你公开并且诚实地告诉我,你真的愿意杀害我们的女儿吗?”

统帅站在那里许久,一声不吭。最后,他终于绝望地呼叫起来:“啊,多么凄惨的命运啊!我的秘密被揭穿了,一切都完了!”

“那么请听我讲吧,”克吕泰涅斯特拉接着说,“我们的婚姻是伴随着罪恶开始的。你用暴力劫持了我,而把我从前的丈夫打死。我原来嫁给坦塔罗斯,那是堤厄斯忒斯的儿子。那时候,你把我的孩子从怀中抢走,而且残酷地杀害了。我的两位兄长卡斯托耳和波吕丢刻斯兴兵问罪。正是我那年迈的父亲廷达瑞俄斯看到你可怜,你那时急叫救命,我的父亲救了你,你这才重新有了婚姻,成了我的丈夫。关于我在这场婚姻中无可指责的生活,你自己便可以作证。我成为你室内的幸福,室外的骄傲,给你生下三个女儿和这个儿子。你现在却要抢走我的大孩子,是吗?为了什么呢?为了让墨涅拉俄斯重新得到他那位背叛婚姻的妻子!你愿意屠杀自己的女儿吗?你在这时候将念怎样的祷告词?你在杀害女儿时指望从祈祷中得到什么呢?充满不幸地返回故乡,就像你现在羞辱满面地离开故乡一样,对吗,还是让我为你祈求降福呢?为什么正好拿你自己的孩子充作祭供的牺牲呢?你为什么不跟所有的希腊人讲一声:如果你们愿意顺利地征服特洛伊,那么就共同抽签,决定究竟谁家的女儿该做牺牲。墨涅拉俄斯的事情已成事实,难道为了允许让他拥有自己的女儿赫耳弥俄涅,就要让我牺牲自己的女儿?请回答,我是否讲了哪怕是一个不真实的字?如果我讲的全部是事实,那么就不要杀害我的女儿,你自己斟酌吧!"

伊菲革涅亚听到这番话也扑倒在父亲脚下,泣不成声地说:"如果我拥有俄耳甫斯的魔术竖琴,呵,父亲啊,如果我能感动顽石,我会来请求你的同情!现在,眼泪成为我的唯一的武器。请求别人怜悯的人都在自己的手上拿一根橄榄枝,我只得用双手代替它,抱住你的双膝。父亲,别让我这么年纪轻轻地就死去!你愿意杀死我!呵,千万别这样。我当着母亲恳求你。母亲怀着疼痛生下了我,现在为了我受到更大的折磨。海伦跟帕里斯与我有何相干?她要到希腊去,而我却为什么该死呢?啊,看着我的眼睛,可怜可怜我吧!"

阿伽门农决心已定,站在那里犹如磐石,丝毫也不动摇,说:"我在哪里可以表现同情,就在哪里表现了同情,因为我爱自己的孩子,否则我就连野兽都不如。我现在以沉重的心情做着可怕的事情,可是我必须这样做。你们看到了,我的周围是多么大的一支船队。多少诸侯身穿盔甲,站在我的前后左右。我的孩子,按照预言人的话,如果我不敢牺牲你,特洛伊将不能被攻陷。英雄们全都希望,希望任何希腊女子在将来再也不会遭到劫持,为此他们都下了铁一般的决心。我如果违反这一神谕和天意,那么他们会杀掉你们,也杀掉我。我的权力在这里已到了极限。我不是向弟弟墨涅拉俄斯妥协,而是面对整个希腊国的请求作让步。"

说完,还没有等到回答,国王就离开了,营帐里留下了哭泣的女人。突然,人们又听到了武器的撞击声。"那是阿喀琉斯!"克吕泰涅斯特拉高兴地喊了起来。阿喀琉斯急匆匆地跨了进来,身后跟着一群随从。"整个大营都乱套了,一致要求你的女儿去死,"他大声地说,"我反对这些人,几乎被他们用乱石击死。"

"你的家乡士兵呢?"克吕泰涅斯特拉屏住气问道。

"他们带头起哄,"阿喀琉斯继续说,"骂我是一个患相思病的吹牛大王,我带的这些都是忠诚的伙伴。我愿跟他们一起保护你们,不让奥德修斯等人伤害你们。我将用生命掩护你们。而且,我倒想看看,他们是否真有胆量,敢于进攻女神的儿子。要知道,特洛伊的命运跟我的生命紧密相连,息息相关。”

这时候,只见伊菲革涅亚突然从母亲的怀里挣脱出来。她抬起头来,以坚定的步伐走到王后和阿喀琉斯面前:“听我说吧!”声音沉着坚定,“亲爱的母亲,你不要惹你的丈夫生气了。他不能违反命运。我佩服这位陌生人的高尚、勇敢。可是他将为此付出代价,他将会遭到辱骂。因此不妨听听我的决心。我将去领受死亡。我驱逐了心头任何的可鄙念头,愿意了结这件事情。希腊人都把眼光盯着我。战船的开航,特洛伊的攻陷都取决于我,希腊女人的荣誉系在我的身上。我的名字将载誉千秋万代,将被称作解放希腊的女子。我是一名凡人,女神阿耳忒弥斯的事业要我为祖国献身,这就是我的荣誉碑石,是我的结婚典礼。”

伊菲革涅亚目光炯炯,如同一位女神站在母亲和阿喀琉斯面前。年轻人突然跪在她的面前,说:“阿伽门农的女儿,如果我能享受你的爱情,那么是神让我成为天底下最幸福的人。我为你而羡慕希腊国,又为希腊国而羡慕你,羡慕它能造就你这样的女子。我这回认识你了,请好好思考一下吧!死亡是可怕的,我愿意给你创造良好的条件,愿意将你带回家乡,让你过上幸福的生活。”

伊菲革涅亚微微一笑:“女人的美貌已经引起了足够的战争和残杀。例如廷达瑞俄斯的女儿海伦。我的亲爱的朋友,你可别也是为了一个女人而死,而且还要为了我再去残杀别人。不,让希腊国拯救我吧,我是自愿的!”

“高尚的灵魂,”阿喀琉斯大声地说,“你去按照自己的心愿行事吧!我带着武器赶到祭坛去,希望能够阻挡住你的死亡。也许你在临死前还能想起我的话。”说完,他匆忙赶在姑娘的面前朝祭坛走去。姑娘却心地明亮,为了拯救祖国,愉快地接受死神的挑战。母亲噗的一声倒在地上,不愿意跟随女儿一同前往。

希腊国的战斗部队全部集中在女神阿耳忒弥斯的小树林里。小树林位于奥里斯城外。祭台已经搭建,祭司和预言人卡尔卡斯站在祭台旁。伊菲革涅亚在一群忠诚的使女陪同下走入小树林。她迈着稳健的步伐朝父亲走去,士兵队列中传来一阵同情的呼唤声。阿伽门农低下了目光,姑娘走近他,说:“亲爱的父亲,如同神谕所要求的,我在女神的祭台旁为祖国献出自己的生命，把它交给了军队的首领们。我很高兴，但愿你们都能幸运而又胜利地返回故乡！”

部队中又传来一阵阵赞叹的低语声，这时使者塔耳堤皮奥斯发令肃静。预言人卡尔卡斯从鞘中抽出一把寒光嗖嗖的钢刀，将它搁在祭台前的金筐里。只见阿喀琉斯全副武装，提着宝剑，走上祭台。姑娘朝他投去一瞥，顿时改变了他的主意。他把剑扔在地上，用圣水浇奠了祭台，然后抓起牺牲筐，像一位祭司在主祭台上走来走去，说：“啊，高贵的女神阿耳忒弥斯，请仁慈地接受这一自愿而又神圣的祭礼吧！那是阿伽门农和希腊国给你供献的，让我们的船只顺风顺水，让特洛伊降伏在我们的长矛枪下。”

士兵们全都一声不吭，他们的眼睛看着地面。卡尔卡斯拿出钢刀，祷告了一番。人们清楚地听到他的祭物倒地的声音。可是，奇迹！就在这一时刻，姑娘却在士兵们众目睽睽下消失不见了。阿耳忒弥斯怜悯她，一头高大雄伟的梅花鹿挣扎着躺在地上，牺牲的鲜血浓浓密密地喷洒在祭台上。

“希腊联合部队的首领们，”卡尔卡斯大声说，“看看这里的牺牲吧，这是女神阿耳忒弥斯送来的。她宁愿要这头梅花鹿而不要牺牲那位姑娘。祭台无需使用姑娘的热血祭洒了。女神已经原谅了我们，让我们的船自由进出，而且答应让我们直捣特洛伊。拿出勇气来吧，海上的战友们，我们今天就要离开奥里斯海湾！”他一边说一边看着牺牲的动物在火中慢慢地烧成灰烬。等到最后一点火星熄灭的时候，祭台前的寂静立即被呼啸的风声打断了。士兵们抬头观看海港，看到船只在起伏的海面上摇动着。大家一阵欢呼，匆忙朝帐篷奔了过去。

阿伽门农回到自己的营帐。他看到妻子克吕泰涅斯特拉不在这里。她的心腹仆人赶在前面就回来了，告诉她有关女儿遇救的好消息。王后高兴地举起双手，感谢苍天有眼。然后，她又痛苦地呼喊着：“我的孩子被抢走了！他是一名杀人凶手！离开这里，我的眼睛不能用来看谋杀孩子的凶手！”仆人为她叫来了马车和随从。等到阿伽门农完成祭礼回来时，他的妻子早已上路回迈肯尼去了。

遗弃箭手菲罗克忒忒斯

祭礼完毕，希腊人当天就扬帆启航，一股顺风把他们送入辽阔大海的旅程。不久，他们来到卡律塞小岛，准备补给生活用水。菲罗克忒忒斯在岛上发现一座倒塌的祭台，这是阿耳戈英雄伊阿宋在航行途中祭献给女神帕拉斯·雅典娜的古迹。菲罗克忒忒斯是帖撒利地区、墨里波阿的国王帕阿斯的儿子，是赫拉克勒斯的战友，久经考验的英雄，又是赫拉克勒斯神箭的传人。

虔诚的英雄菲罗克忒忒斯十分高兴。他想给希腊人的佑护女神在已遭遗弃的圣地上祭供牺牲。不料石堆间窜出一条毒蛇。毒蛇常常看守这些圣地。它在英雄的脚跟上咬了一口。英雄受了重伤，被抬上战船，等到新鲜水补足完毕，船又启航了。可是菲罗克忒忒斯却受尽伤口的折磨。不一会，同船的士兵们便无法忍受化脓伤口的恶臭和有人不断大声叫痛的呼唤。

最后，阿特柔斯的儿子们与狡猾的奥德修斯一起商量。因为陪伴中了蛇伤人的士兵们十分不安，已经影响了整个部队的行动。人们担心受伤的菲罗克忒忒斯会给全体部队在到达特洛伊前传染瘟疫，而且疼痛的叫喊会失掉希腊人的斗志。讨论结果，首领们作出了残酷的决定，把可怜的英雄遗弃在荒无人烟的雷姆诺斯岛的滩涂上。可是他们没有想到，随着这位英勇的箭手，他们失掉了战无不胜的弓箭技艺。

狡猾的奥德修斯担当执行阴险任务的人。他把睡着的菲罗克忒忒斯装上一条小船，划上海滩，将英雄置放在一座岩洞里，给他留下足够的衣服和食物。小船在滩涂上只停留了一会儿时间。等到把不幸的菲罗克忒忒斯遗弃之事安置完毕，他们又驾着小船归队了。希腊大军重新乘风破浪，踏上讨伐特洛伊的征途。

希腊人攻击密西埃

希腊人的船队一路顺风来到小亚细亚海湾。可是英雄们并不认识这块地方，于是又趁着顺风，远离了特洛伊。他们一路往南，来到密西埃湾，准备在这里抛锚登陆。沿着海湾他们到处遇到武装的阻拦,阻拦人以当地国王的名义禁止希腊人登陆,要他们先向国王说出远道而来的是谁家的部队。

密西埃的国王就是一位希腊人,名叫忒勒福斯,是赫拉克勒斯和奥革生下的儿子。他的命运乖戾,经过种种磨难曲折在密西埃的国王忒宇特拉斯那里偶然遇到了失散多年的母亲。这里还有一段奇异的故事:原来奥革是亚加狄亚国王的女儿。她把生下的孩子遗弃以后,逃到密西埃国,投奔国王忒宇特拉斯。忒勒福斯受到一头母鹿的哺育,后来被牧人发现。牧人们将他送到国王刻律托斯跟前,国王收留了男孩。长大以后,忒勒福斯按照特尔斐神谕的旨意前往密西埃寻找生母。那时候忒宇特拉斯正遭受伊达斯的侵袭,形势十分紧张。忒勒福斯赶走了伊达斯。作为嘉奖,他获得娶奥革的权利。他不知道奥革正是他的生身母亲,奥革却激烈地反对嫁给忒勒福斯。他愤怒得几乎要拔出剑来把奥革杀死。绝望之中,奥革大呼赫拉克勒斯的名字。忒勒福斯这才知道差点闹出一桩天大的误会。

后来,忒勒福斯娶国王的女儿阿尔基俄泼为妻。忒宇特拉斯国王去世后,忒勒福斯继承王位统治密西埃。

希腊士兵这回根本不由分说,也不问这里的国王是谁,便操起武器杀上岸来,早把几位看守海岸的人撩倒在地。另有几个看守急忙逃了回去,汇报国王忒勒福斯,说有几千名陌生的敌人侵入国土,杀死岗哨,占领海岸,十分野蛮,无可抵挡。国王闻讯,急忙召集部队,迎面朝陌生的部队开了过去。他不愧为赫拉克勒斯的儿子,是一位高尚的英雄。他的军队也是按照希腊的方式训练起来的。所以希腊人遇到他们激烈的抵抗,这是未曾预料得到的。双方展开一场殊死血战,真是将遇良才,直杀得昏天黑地,难分胜负。

希腊士兵中厮杀出了一位神奇的英雄,叫忒耳珊得耳,著名的国王俄狄甫斯的孙子,波吕尼刻斯的儿子,狄俄墨得斯的忠实战友。他作为厄庇戈诺伊的后辈英雄已经取得了许多荣誉。他在忒勒福斯的士兵群中横冲直撞,最后,终于打死了国王的第一统帅和最亲密的朋友。国王大怒,奋力扑了过去。于是,俄狄甫斯的孙子与赫拉克勒斯的儿子展开了一场惊天动地的大决战。后来,赫拉克勒斯的儿子取得了胜利,忒耳珊得耳被一枪刺中,倒在尘土中。

狄俄墨得斯从远处看到这一切,急忙跳上前来。还没有等到国王忒勒福斯缴下死者的武器，狄俄墨得斯抢过朋友的尸体，扛在肩膀上，迈开大步背离了混乱的战场。当他背着尸体经过埃阿斯和阿喀琉斯面前时，他们也止不住一腔悲愤，连忙收拾溃散的部队，再将部队兵分两路，通过巧妙的迂回，最后合击一道。不一会，希腊人又占了上风。

忒宇脱朗堤俄斯是忒勒福斯的异母兄弟，被埃阿斯一箭射翻。忒勒福斯正在追赶奥德修斯，见兄弟遇险连忙过来帮助，却不料被葡萄藤绊了一跤。希腊人十分狡猾。他们把对方引入葡萄田，从而改变了战场的局势。阿喀琉斯一看形势有利，趁忒勒福斯站起身的时候，投出一杆镖枪，刺穿密西埃国王的下半身。忒勒福斯坚持着站起来，拔出枪尖。他的士兵也奔了过来，保护他。如果不是夜幕降临，双方的激战还要展开多回的拉锯，而现在却只得全部撤离战场。

第二天，双方交换使者，谈判停战，以便各自寻找并掩埋阵亡将士的尸体。希腊人直到这时才惊讶地知道，原来如此英勇地保卫这片国土的国王正是他们的同民族兄弟，是伟大的半神赫拉克勒斯的儿子。而且，他们又知道在自己的队伍中还有三位诸侯是忒勒福斯的亲戚。他们是赫拉克勒斯的儿子特勒帕勒摩斯，国王忒萨罗斯的两个儿子菲迪普斯和安底福斯。三位诸侯王自动要求，跟着密西埃使者一同回到兄弟忒勒福斯跟前，向他解释，在滩涂上登陆的希腊人是怎么回事，他们为什么要前往亚洲。

忒勒福斯高兴地接待了远道而来的亲戚，津津有味地听着他们神话般的叙述。这时他才知道，帕里斯如何倒行逆施，侮辱了希腊国；墨涅拉俄斯如何联合他的兄长阿伽门农和其他希腊诸侯一起前来讨伐。“因此，”特勒帕勒摩斯因为是国王的半个兄弟，所以担任发言人，“亲爱的兄弟和同乡，不要离开你们自己的民族。我们的父亲赫拉克勒斯在世界的各个地方都为了它而英勇作战。他以对祖国的热爱在全希腊树立了无数的纪念碑。治愈你给希腊人烙下的创伤，将你的军队与我们一起合并，共同围困特洛伊人！”

忒勒福斯由于伤势沉重，躺在床上。他费力地站起身子，友好地回答说：“你们讲的话是不对的。亲爱的兄弟们，我们从朋友和亲戚成为今天血战的敌人，那是你们的过失。我的守护海岸的士兵曾经问起你们的姓名和原因。可是你们却认为只要为了反对野蛮人，不管什么手段都行。你们干脆呐喊一声，跳上岸来，对我的士兵不作任何回答，也不听任何劝告，就动手把他们砍翻在地。你们还在我身上——”他指了指伤口,“留下了永恒的纪念。我这辈子决计不会忘掉昨天的这场血战。当然我不会用这些琐事破坏你们的雅兴。我很高兴,能在我的国家欢迎自己的亲戚和希腊朋友。可是我不能答应跟你们一起讨伐普里阿摩斯。我的第二房妻子阿斯堤约黑就是他的女儿。他是一位虔诚的老人,而他的其他一些儿子都是品德高尚的人,并没有参与轻率的帕里斯犯下的种种罪行。你们瞧我的儿子欧律皮罗斯,我难道可以帮着共同毁灭他的外祖父的王国吗?正像我不参加讨伐普里阿摩斯的战斗一样,我也无论如何不会影响你们的战事。你们都是我的同乡。请收下我的一份薄礼吧。我给你们准备一点粮草。不管你们需要多少,尽管开口!然后就去征伐,以神的名义战斗到底。这一场战争我是阻拦不住的。”

得到一番好意的回答,三位诸侯满意地回到亚各斯人的营帐,向阿伽门农和其他诸侯汇报,说他们如何以希腊人的名义与忒勒福斯建立了友谊。英雄们召开军前会议,决定派埃阿斯和阿喀琉斯迅速去见国王,与他订立同盟。到了那里,他们看到赫拉克勒斯的这位儿子伤势沉重,十分痛苦。阿喀琉斯痛苦地说,他实在出于无意,伤了一位希腊同乡,伤了赫拉克勒斯的高贵的儿子。国王却忘掉了疼痛,说贵客临门,未曾远迎,有失宫廷礼貌。他请两位客人进入城堡客厅,设宴隆重招待,对他们送来的礼物表示高兴和赞赏。

希腊人应阿喀琉斯嘱咐,立即派出两名世界闻名的医生,帕达里律奥斯和马哈翁,请他们帮助国王检查并治疗伤势。两个人虽然不能手到病除,因为神的儿子的镖枪也并非等闲之物,可是他们敷贴的药膏却使国王解除了难熬的疼痛。忒勒福斯国王当即在病榻上向希腊人作出种种建议,供应战船的生活用品和食物,直把他们挽留到严寒过去、春暖花开的季节才让部队远航出征。他还详细介绍了特洛伊城的环境和通途,告诉他们该走怎样的路,甚至透露了唯一可以登陆的位置。那是斯康曼特尔河的入海口,一处非常关键的军事要地。

帕里斯回来了

在特洛伊，人们尽管并不知道庞大的希腊战船已经开拔启航，可是自从希腊使节离开以后，全国上下笼罩着一片惊惶失措的恐慌，害怕即将而来的战争。这时候，帕里斯也带着劫持的公主、丰富的战利品和整个船队回来了。普里阿摩斯国王看到儿媳妇像个不速之客似地闯入宫殿，心情并不舒畅。他立即召集儿子和大臣们举行紧急会议。可是他的儿子们却不以为然。帕里斯给他们分发宝物，又把随海伦带来的一群漂亮的女子送给兄弟们成亲。礼物的光泽，美女的姿色使得这批兄弟大饱眼福，外加他们年轻气盛，因此一个个摩拳擦掌，决心保护这位陌生的女子，将她收留在王宫里，决不给希腊人交出去。

城里的居民十分害怕希腊人发动进攻，围困城市。他们对王子及其美丽的劫持物终于回来了怀着不满。只是畏惧年迈的国王，居民们才不敢贸然反对接纳一位新女子。

普里阿摩斯在会上作出决议，收留公主，不将她驱逐出去。国王立即派王后去内室寻找海伦，要证实海伦是自愿跟帕里斯一起回到特洛伊来的。

只听海伦娓娓动听地声明说，她的身世标志着，她既是特洛伊人，也是希腊人，因为丹内阿斯和阿根诺尔如同特洛伊的国王谱系同样是她的祖先之地。她是违心地被抢劫而来的，可是现在却由于衷心的爱情而跟新的丈夫紧紧地系在一道。她自愿成为他的妻子。根据已经发生的一系列事变，她已经不可能期待从前的丈夫以及希腊人的原谅。耻辱与死亡将是她的未来的命运。如果她真的被驱逐出去，交给希腊人处置的话，那样的悲惨命运一定是无可避免的。

她含着眼泪扑倒在王后赫卡柏的脚下。赫卡柏对海伦十分同情，扶着她站起来，告诉她，国王和众位儿子已经下定决心。为了保护她，大家准备抵抗任何的侵略和攻击。

希腊人来到特洛伊城下

海伦在特洛伊平安地住了下来，和帕里斯拥有一幢宫殿。人民渐渐地适应了她的到来，赞美她的天生丽质和亲切善良。后来，等到陌生的船队出现在特洛伊海岸前时，城里的居民也不再像从前似的恐惧怕事了。

他们清点了市民和同盟军队的力量，感到有把握对付希腊人。于是，他们希望借助于天神的佑护击退围城的部队，并且迫使敌人迅速撤退。他们知道，神的行列里除了阿佛洛狄忒以外还有战神阿瑞斯、阿波罗和众神之父宙斯都站在他们一边。

虽然他们的国王普里阿摩斯已经年迈体弱，不能参战，可是他有五十个儿子，其中十九个儿子是国王现在的妻子、王后赫卡柏所生。儿子中数赫克托耳尤其出众，得伊福玻斯也不示弱。除了这两人以外还有预言家赫勒诺斯、帕蒙、波吕忒斯、安提福斯、希波诺斯和温柔的特洛伊露斯。一旁还有四位可爱的女儿，她们是克瑞乌萨、劳迪克、卡珊德拉和在童年就因美貌出众而闻名内外的波吕克塞娜。大家簇拥在国王普里阿摩斯的座位前，同心协力。部队早已进入战斗状态。赫克托耳担任最高统帅，率领全军迎敌。辅佐他的是达耳达尼亚人埃涅阿斯。他是国王普里阿摩斯的女婿，克瑞乌萨的夫君，女神阿佛洛狄忒和老英雄安喀塞斯的儿子。安喀塞斯是特洛伊人引为骄傲的先辈。另外一支部队的统领是潘达洛斯。他是吕卡翁的儿子，曾经得到阿波罗赠送的神箭。前来援助特洛伊的部队统领还有阿德拉斯托斯及其兄弟安菲俄斯，阿西俄斯及其儿子阿达玛斯和弗诺珀斯，来自拉里萨的战神后裔希珀拖乌斯和彼勒俄斯，安忒诺尔和伊庇玛达斯的儿子阿革诺耳、阿尔席洛库斯和阿卡玛斯，皮赖克墨斯、弗莱迈纳斯、荷迪奥斯及其兄弟埃庇斯特洛福斯，率领密西埃援军的克洛密斯和恩诺摩斯，率领夫利基阿援军的福耳库斯和阿斯卡尼俄斯，率领梅俄尼恩援军的墨斯忒勒斯和安提福斯，率领加里亚援军的纳斯忒斯和安菲玛库斯兄弟，吕喀亚人、英雄柏勒洛丰的两个孙子萨耳佩冬和格劳库斯也引兵前来援助。

希腊人已经登陆。他们沿着沙滩在西革翁和律忒翁海角扎下一个巨大的营盘，看上去像一座城池。战车上了陆地，一排排整齐地排成行；各个支队的战船如同他们登陆时的阵势，组成纵队。船只抬离水面，掠在岩石上，免得在水中长期浸泡遭损失。

双方部队虎视眈眈，尚未正式交战。一天，希腊人突然遇到一名不速之客，那是国王忒勒福斯专程从密西埃远道赶来。他慷慨地支持希腊人，无奈自己受了标枪重伤，难以治愈，连帕达里律奥斯和马哈翁给他敷贴的药物也不再奏效了。忒勒福斯疼痛难熬，托人询问福玻斯·阿波罗的神谕。答复是这样的：只有刺中他的标枪才能治愈他的伤口。不管神的语言多么隐晦曲折，忒勒福斯还是命人驾船，忍着疼痛追上希腊船队。他在斯卡曼德洛斯河的入海处上岸，让人抬着进入阿喀琉斯的营帐。年轻的阿喀琉斯看到国王遭受痛苦的凄惨景象时十分悲伤。他把标枪拿过来，倚在国王的脚前，不知道如何用它医治已经发炎化脓的伤口。英雄们团团站在受难人的床前，手足无措。奥德修斯突然省悟，命人请来随军的两位医生，向他们谋求良策。

帕达里律奥斯和马哈翁听到召唤急忙赶来。他们听说阿波罗神谕的内容时，身为阿斯克勒庇俄斯的聪明儿子，立即明白其中含意。他们从阿喀琉斯的标枪上锉下一点铁屑，小心地敷撒在伤口上，顿时便出现了奇迹：铁屑刚刚撒入化脓的伤口，伤口便在众目睽睽下立刻愈合结痂。过了几个时辰，高贵的国王忒勒福斯便轻松地下地行走。他向众位英雄再三称谢，并祝福希腊人战事顺利，然后登上船只回到密西埃王国去了。他急忙离开，是为了避免亲眼看到这场战争。这是他的亲密的客籍朋友反对他的亲密的岳父的战争。

阿喀琉斯的愤怒

战争爆发了

国王忒勒福斯在希腊军营里受到医生的精心治疗，化脓的伤口治愈以后，急忙离开，那是为了避免亲眼看到即将掀起的战事。这是他的朋友反对他的岳父的一场战争。

希腊人正在忙碌着跟国王忒勒福斯告别，特洛伊城的几座城门却突然开启。全副武装的特洛伊士兵在赫克托耳率领下蜂拥而来，漫山遍野地铺满了斯康曼特尔平原。驻扎在船上的希腊士兵急忙操起武器，朝着排山倒海、迎面而来的敌人挡了过去。可是对方人多势众，形势非常吃紧。特洛伊人恋战时久，希腊士兵终于从驻扎陆地的营盘里集中起来，有组织地朝着敌人扑了过去。战斗顿时成了多种局面：赫克托耳在的地方，特洛伊人就沾光，就胜利；而其他的特洛伊军队则被希腊人攻击得往后溃退。

希腊人第一位遭特洛伊英雄埃涅阿斯打死阵亡的是伊菲克洛斯的儿子帕洛特西拉俄斯。帕洛特西拉俄斯订婚以后急忙开往特洛伊前线，在登陆时是第一个跳上陆地的希腊人，所以也难保不当第一个牺牲品。他的未婚妻拉俄达弥亚是阿耳戈英雄阿卡斯托斯的漂亮女儿，怀着恐惧答应未婚夫前往战场，现在却见不到面了。拉俄达弥亚恳求诸神，让她的未婚夫从阴间转阳回来三个小时。她悲哭恸天，感动天神，愿望果然得到实现。三个小时以后，姑娘自刎身死，终于跟未婚丈夫生死一道，永葆一体。

阿喀琉斯还始终没有进入战场。他陪着国王忒勒福斯，心思重重地目送着渐渐驶去的孤帆远影。只见他的朋友帕特洛克罗斯匆忙赶到面前，抓住他的肩膀，大声急叫："你到哪里去了？希腊人需要你，第一场战斗正在进行。敌人阵营中为首的赫克托耳勇猛得像一头狮子。不论多少猎人在它的洞穴前围猎，狮子毫无惧怕。埃涅阿斯，即特洛伊方面国王的女婿还打死了我们的帕洛特西拉俄斯。你如果再不回来，将有更多的英雄在阵前遇难。"

阿喀琉斯穿过战船营的隙缝回到自己的营房，直到这时他才开始说话。他大声发布命令，呼唤他的帖撒利士兵拿起武器，迅速跟他奔赴战场。阿喀琉斯的反击如旋风一般，连赫克托耳也抵挡不住。阿喀琉斯接连砍翻普里阿摩斯的两个儿子，跟他并肩作战的还有忒拉蒙的儿子大埃阿斯，他盖过一切丹内阿人。在两位英雄的激烈攻打下，特洛伊人犹如羊落虎口，纷纷逃窜，最后终于溃不成军，败退回去，闭门不出。希腊人从容不迫地回到战船，着手扩建他们的营盘。阿喀琉斯和大埃阿斯被阿伽门农封为船队卫士。其他英雄纷纷效法，成为战船上的种种卫士。

帕洛特西拉俄斯被隆重入葬。士兵们架起高大的柴堆将他火化，然后把他的骨灰埋在海湾的一座半岛上。周围是美丽、高大的榆树林。希腊人在这里还没有结束葬礼，第二场袭击又把他们紧张地拉回战场。

国王库克诺斯的袭击

科罗奈位于特洛伊附近。那里的国王库克诺斯是女仙和海神波塞冬的儿子。一只天鹅在忒纳杜斯岛上奇异地把他养大，他因此得名，叫做库克诺斯，希腊语中天鹅的意思。

库克诺斯与特洛伊人结成联盟。他看到陌生人在特洛伊城前登陆作战，没有等到普里阿摩斯特别告急，便自告奋勇地赶来援助老朋友。他从国内组建一支部队，悄悄地从希腊战船营的后面包抄上来，恰逢希腊人正在悼念他们的阵亡英雄。他们手无寸铁，毫无戒备地站在火堆旁边，静静地等候把帕洛特西拉俄斯化成灰烬。突然，希腊人看到自己已经陷入重围，四周全是战车和武装的士兵。大家还没有弄明白怎么回事，库克诺斯便率领部队展开了一场血腥的屠杀。他们横冲直撞，杀人如割草，十分了得。

当然，参加帕洛特西拉俄斯葬礼的只有一小部分亚各斯人。其他船上和营帐里的士兵迅速拿起武器，在阿喀琉斯率领下，迅速赶来增援。阿喀琉斯乘坐战车，挥舞长矛，左右扫荡，枪不落空，直杀得科罗奈人鬼哭狼嚎，尸横遍野。混战中，他马上看清远方人堆中敌人的首领正在赶杀希腊士兵。阿喀琉斯催动雪白的骏马，拉动马车，径直扑了上去。当他站在库克诺斯跟前时，他挥舞着晃动的长矛，大声地叫喊起来："年轻人，不管你是哪路英雄，都请把安慰带入死亡吧，因为你有幸死在女神忒提斯儿子的枪下！"说完，他扔出一杆标枪。可是，尽管他瞄得很准，标枪落在波塞冬儿子的胸膛上又噗的一声弹了回去。阿喀琉斯惊奇地打量着这位刀枪不入的对手。

"别奇怪，女神的儿子，"对方微微一笑，对他说，"这不是我的盔甲或坚固的盾牌挡住了你的标枪。我有时也穿那种玩意儿，只是像战神阿瑞斯一样，为了要弄一番武艺。阿瑞斯根本不要借此保护自己的神体。我即使脱下所有的战袍，你的标枪也不能伤害我的肤体。我的身体如同钢铁。我不是普通仙女的儿子。不，我是神的宠儿。我的父亲统帅着海洋上的涅柔斯和他的女儿们。瞧吧，你的面前站着海神波塞冬的儿子！"

说完，他把自己的长矛朝阿喀琉斯扔了过来。长矛刺穿了阿喀琉斯的盾牌，穿透了盾牌的铁面和裹扎的九层牛皮，一直进了第十层牛皮时才停了下来。阿喀琉斯从盾中拔出长矛，又朝神的儿子投去一枪。对方还是刀枪不入，第三次尝试仍然不能奏效。阿喀琉斯大怒，像一头面前挡住一块红布的公牛，公牛牴着双角横冲直撞。可是每次都是扑空，因此急得眼睛都发红了。他又朝库克诺斯投出一杆梣木标枪，标枪击中他的左肩，肩上一片血迹。阿喀琉斯大声欢呼。

可是，他这回又高兴得太早了。与库克诺斯并肩战斗而又不幸被别人击中的伙伴鲜血飞溅，湿透了库克诺斯的肩头。阿喀琉斯愤怒得把牙齿咬得格格作响。他跳下战车，挥动宝剑，朝库克诺斯左右上下砍杀。库克诺斯体硬如钢。阿喀琉斯把宝剑都砍断了，绝望地举起十层牛皮裹扎的盾牌，冲到对方面前，朝着他的太阳穴，连连猛砸，砸了三四回。库克诺斯这才疼痛得开始后撤，感到眼前一片模糊，不幸在一块石头上绊了一跤。阿喀琉斯抢前一步，从背上抓住库克诺斯，将他彻底摔倒在地。阿喀琉斯用盾牌和双膝抵住地上人的胸口，脱下自己的衬衣，裹住库克诺斯的喉咙。科罗奈人一看神仙般的首领都跌倒在地吃了亏,顿时失掉斗志。他们一哄而散,溃不成军,逃离了战场。

这回袭击的战果是,希腊人趁机进入被打死的库克诺斯的国家,在首都墨拖拉带走了国王的儿子,算作战利品。然后,他们又向邻近的基拉国进攻,占领了这座坚固的城池,满载着丰富的战利品,浩浩荡荡地回到自己的战船营地。

帕拉墨得斯之死

希腊军队中最有见识的英雄就是帕拉墨得斯。他为人勤劳、聪明、正直、坚定,能唱善弹,智慧文静,是一位不可多得的战将。帕拉墨得斯成功地游说了全希腊的大多数诸侯,共同参加讨伐特洛伊的战斗。他的才智甚至识破了拉厄耳忒斯的儿子奥德修斯。为此,他在丹内阿人的军营中得罪了那位英雄,双方结下了不共戴天的怨仇。大英雄日日夜夜地谋算他,企图实施报复。

这时,希腊人又获悉阿波罗的一则神谕:他们必须向斯冥堤俄斯神祭供一百头牲口。斯冥堤俄斯是特洛伊地区尊称阿波罗使用的别名,祭供的牲口就置放在他的神庙以及神柱前。神选中了帕拉墨得斯,让他赶着牲口前往圣地祭供。神的祭司克律塞斯等候在那里,准备主持隆重的祭祀仪式。

这个地区对阿波罗尤其敬重,这类风俗自然还是有一段古怪的来历的:

从前,当国王透克洛斯率领古老的透克洛斯人从克里特来到小亚细亚海湾时,一则神谕命令他们,就在地下钻出敌人来的地方驻扎下来。等到他们到达本地的哈马席拖斯城时,地下钻出许多老鼠,一夜之间把他们的盾牌全都咬坏。他们认为这就是神谕的意思,于是便驻扎下来,给阿波罗神造了一根神柱。神柱脚下躺着一只老鼠——当地伊俄利斯方言称作斯冥塔。

人们向斯冥堤·阿波罗祭供一百头绵羊。帕拉墨得斯亲自操办祭礼,为此获得很大荣誉。不料荣誉却加速了他的毁灭,因为奥德修斯十分妒嫉他。奥德修斯想出了一条阴险对策。首先,他亲自把一笔黄金悄悄地埋在帕拉墨得斯的营帐内;然后,他又以普里阿摩斯国王的名义写了一封给希腊英雄的回信,巧施离间计。信中谈到赏赐的黄金和感谢帕拉墨得斯的话,感谢帕拉墨得斯泄露了希腊人的军事秘密。奥德修斯把信交在一名夫利基阿的俘虏士兵手上,然后又转弯抹角地亲自从他手上发现了这封信,最后又把无辜的转信人杀害灭口。奥德修斯这才放心地把信交给希腊军营的诸侯会议。

帕拉墨得斯立即被愤怒的希腊人召唤进来。阿伽门农亲自主持军事会议。奥德修斯荣幸地担任主席。军事会议的成员是一些最重要的参战诸侯。奥德修斯命令在帕拉墨得斯营内彻底搜查,最后掘地三尺。狡猾的奥德修斯埋在那里的黄金终于被发现了,帕拉墨得斯似乎无可抵赖。

法官们不问事情的来龙去脉,也不问案件的是非曲直,一致同意宣判帕拉墨得斯死刑。帕拉墨得斯不作任何答辩。他看出了这场欺骗,可是却无法举出自己无罪以及对方有罪的佐证。等到听说判决他该被乱石击死时,他只是说了句:"啊,希腊人啊,你们杀害了博学、无辜而又歌声嘹亮的夜莺!"在场的诸侯无不嘲笑他那莫名其妙的辩护词。他们推搡着把这位高尚人带到希腊军营内执行残酷的死刑。

帕拉墨得斯临危不惧,英勇地忍受着这一可鄙的酷刑。一阵乱石雨点般地朝他投掷过来,他大声呼喊:"真理啊,你为自己而高兴吧,你终于死在我的前面!"他还在呼喊的时候,奥德修斯拼尽全力朝他的太阳穴上投去一块石头。帕拉墨得斯顿时被砸倒在地,死了。

正义女神涅墨西斯从天上目睹这一切。她决心向希腊人以及他们的骗子手奥德修斯报复这一罪恶勾当!

阿喀琉斯和埃阿斯的业绩

特洛伊战争绵延不断,整整过去了几个年头。

希腊人驻扎在特洛伊城前,一天到晚十分忙碌。城内的居民爱惜自己的力量,为了避免吃亏,很少出城迎战。丹内阿人趁机组织兵力,袭击周围邻近的地方。阿喀琉斯率领船队从海上抢夺了十二座城市,还从陆上攻占了十一座城池。一次,在讨伐密西埃的战斗中,他劫持了祭司克律塞斯的漂亮女儿克律塞伊斯。攻占吕耳纳索斯时,阿喀琉斯逼得国王和祭司勃里塞斯走投无路,最后双双自杀身亡。国王的女儿勃里撒厄斯,又说是布洛达弥亚,成了他的战利品,被他一起带回希腊营房。阿喀琉斯还统兵攻击列斯堡岛和密西埃的底比斯城。这两处险要之地位于泼拉科斯山脚下,那里的国王厄厄提翁是普里阿摩斯的女婿。厄厄提翁的女儿安德洛玛刻嫁给闻名于世的特洛伊英雄赫克托耳。

阿喀琉斯攻入厄厄提翁宫殿时烧杀抢掠,无所不为。他杀掉厄厄提翁及其七个儿子。厄厄提翁身材高大,相貌威严。阿喀琉斯在他的尸体前顿时害怕起来。他十分羞愧,不敢夺下死者的武器占为己有。于是,他命人把国王的尸体连同全部的兵器珍宝统统烧成灰烬。阿喀琉斯给厄厄提翁建造一座巨大的纪念碑,周围栽种一片榆林。后来,他把国王厄厄提翁的妻子,即安德洛玛刻的母亲带回营地,用作奴婢。奴婢按照当时规矩用赎金换得了自由之身,最后回到自己的故乡。一天,女神阿耳忒弥斯的弓箭射中了她,可怜厄厄提翁的王后当即死在织布机旁。

阿喀琉斯攻占城池以后还牵走了国王厄厄提斯的坐骑佩达索斯。佩达索斯虽然是一匹凡马,可是却能跟阿喀琉斯的神马比试气力和速度。阿喀琉斯踏进国王的珍宝馆时大为高兴。他搜罗了一堆珍奇古玩,尤其是一块巨形的铁饼更是了得,简直相当于一个农民在五年内所需的农具用铁。

就在这段时间里,特洛伊露斯也死在阿喀琉斯的手上。特洛伊露斯是普里阿摩斯和赫卡柏的儿子,他的命运跟特洛伊城息息相关。传说只要他还活着,特洛伊城便不会被攻陷。一天,文弱的小王子大胆地离开了特洛伊城,骑上骏马来到草地。他在一座水井旁被阿喀琉斯的士兵发现。阿喀琉斯立即赶了上来。特洛伊露斯急忙逃窜,来到阿波罗神坛前寻求佑护。阿喀琉斯不顾神坛的威严和特洛伊露斯的苦苦哀求,手起一枪,把小王子刺倒在地。特洛伊人闻讯赶了过来,赫克托耳首当其冲。他抢出了兄弟的尸体,带回城内安葬。从此以后,阿波罗对阿喀琉斯十分生气,因为阿喀琉斯竟敢肆意亵渎他的庙堂圣所。

除了阿喀琉斯以外,忒拉蒙的儿子埃阿斯是希腊人中又一位无比强大的英雄。当然,他也以抢劫而闻名四邻。在海途征伐中,他的船队一直到达色雷斯半岛。那里的国王波林涅斯托耳曾在岛上建造了一座华丽的城堡。特洛伊的国王普里阿摩斯对色雷斯国王非常器重,特地把自己宠爱的小儿子波吕多洛斯送到那里,使他免受兵役之苦。为感谢色雷斯国王收留自己的儿子,普里阿摩斯特地给他赠送了黄金和珠宝。不料色雷斯国王是个不讲信义的野蛮人。他把黄金白银、珍珠玛瑙连同人质波吕多洛斯统统交给兵困城下的希腊英雄埃阿斯,借此换取可怜的和平。波林涅斯托耳一口否定跟普里阿摩斯国王有任何的私交和友谊。因此,除了把黄金、珠宝以及男孩波吕多洛斯亲手交给埃阿斯,听凭发落以外,他还给希腊士兵散发了钱财和粮食。

埃阿斯带着战利品并没有马上回到希腊的战船营,而是乘风破浪,一路向夫利基阿海岸进发。他对国王忒耳特拉斯发动了猛烈的攻击,并在激烈的战斗中杀掉了国王,抢走了他的女儿忒克墨萨。忒克墨萨是个高尚的女子。埃阿斯仰慕她的美貌和气质,不久便将她收留在身旁,犹如自己的一房夫人。要不是希腊风俗严谨,不允许对异国他乡的野蛮女子求婚,他还真想热热闹闹地跟忒克墨萨举行婚礼哩!

阿喀琉斯和忒拉蒙的儿子从征途中满载而归。他们率领浩浩荡荡的船队同时驶进了特洛伊城下的战船营。两位将领八面威风,十分荣耀。丹内阿人一路迎将过去,欢呼着围住了两位英雄,用橄榄枝编扎花环,戴在他们的头上,感谢他们取得的胜利。

欢迎完毕,英雄们聚集一道,商量如何分配他们带回来的战利品。希腊人把战利品看作共同的财产,掳掠而来的女子也被推到面前,等候分配。丹内阿人称赞她们年轻美貌。阿喀琉斯理所当然地分到了勃里塞斯的女儿;埃阿斯拥有忒耳特拉斯国王的女儿忒克墨萨。阿喀琉斯还收留了妻子的使女狄俄墨得。狄俄墨得不愿离开从小在一起长大的国王的女儿,因此扑倒在阿喀琉斯脚下,含着眼泪苦苦哀求,别让她跟女主人分离。

祭司克律塞斯的女儿阿斯蒂诺墨归了阿伽门农,这样才符合国王威仪。阿喀琉斯也乐意割爱,主动地将她献给阿伽门农。

其他的一些战利品,无论是俘获的女子,还是抢来的给养,都在士兵中按人头合理分摊,希腊人十分高兴。

奥德修斯和狄俄墨得斯要求埃阿斯照章办理,从船上取出国王波林涅斯托耳的财产,分发给大家。阿伽门农自然又少不掉分摊到一堆黄金白银。

波吕多洛斯

最后，英雄们聚集一道，共同商量如何处置战利品中最贵重的部分，即国王普里阿摩斯的儿子，少年波吕多洛斯。经过一阵短暂的协商以后，大家一致决议，派奥德修斯和狄俄墨得斯当使者前往晋见国王普里阿摩斯，以送交他的儿子为条件，请他把海伦交给希腊的使者领回去。除了这两位使者以外，被抢王后的丈夫墨涅拉俄斯也一同前往，作为第三名使者。他们带着年幼的波吕多洛斯来到城前，按照各国使者礼节，三个人毫无阻挡地进入城内，受到特洛伊人的接待。

普里阿摩斯及其儿子们住在高高垒起的王宫深院，他们还没有听到外面的消息。使者们留在特洛伊的城内广场上，周围站着一圈特洛伊人。墨涅拉俄斯首先作了一通发言。他以撕心裂肺的语言控诉帕里斯无耻抢夺他的妻子，公然违背国际法，粗暴践踏自己神圣而又贵重的财物。他说得十分动情、中听，特洛伊人深受感动。他们含着同情的眼泪，认为他说得有道理。

奥德修斯见大家受了鼓动，也接过话头，说："特洛伊的居民们，你们应该知道，希腊人并不是一批轻举妄动的野蛮人。他们在一切举动中首先想到的是获得荣誉和摈弃耻辱。正如你们也还知道的，我们在拿起武器之前，为了妥当而又友好地处理这场纠纷，曾经派出过和平谈判的使者。直到谈判的尝试受到挫折，你们方面公然袭击我们的队伍，战争才由此而爆发。而现在，你们已经感到我们的力量。国内与你们结盟的城市都成了废墟，你们自身也在多年的围困以后面临重重困难。可是，幸运地结束战争的出路仍然把握在你们的手上！你们把抢夺的东西交出来，我们就在同时把营房拆走。我们愿意上船启锚，带着我们的船队永远地离开你们的海岸。我们今天不是空手而来。我们给你们的国王带来一件宝贵的礼物，那要远远地胜过一个陌生的女子。那个陌生的女子给他，给整个城市只会带来诅咒和谩骂。我们给国王送来他的最小的爱子波吕多洛斯。他被捆绑着站在你们面前，他期待着你们以及你们国王的决断，从而归还他的自由和生命。如果你们今天把海伦交出来，送到我们手中，那么男孩就会获得释放，并且跟父亲住在一起；如果你们拒绝交出海伦，那么你们的城池必将毁灭。而且，你们的国王还必须亲眼目睹一幕可怕的人间悲剧。”

奥德修斯结束讲话时，全场一片寂静。后来，智慧而又年迈的安忒诺尔发言，他说：“亲爱的希腊人，你们曾经当过我的客人！你们所说的这一切，我们都知道，而且在心底里也支持并赞同你们。我们并不是缺乏行动的愿望，而是力量。我们生活在一个国王的命令便是一切的国度里。根据我们的宪法，根据我们世世代代传承的信仰，以及民众的良心，我们是不能违背他的意志的。我们只在国王征求建议的时候才允许对公众事务表示意见。即使我们说了话，国王还是可以按照他的意志行事。为了让你知道民众中精英的意见，我们将举行老人会议，他们将当面给你们陈述清楚。”

事情果真如此。安忒诺尔召开老人会议，把使者引入会场。大会由他亲自主持。特洛伊城的头面人物先后发言，纷纷表示意见，把帕里斯的行为看成令人诅咒的罪孽。只有乐于战争而又心怀奸诈的安提玛科斯为抢盗希腊王后表示赞赏和进行辩护。帕里斯曾用许多礼物收买他，让他为自己出力，并且竭力阻拦交出海伦。安提玛科斯背着众位英雄作了一个丧尽天良的建议，说要把希腊人的使者，即三位最勇敢而又最聪明的英雄当场杀死。特洛伊人对他的建议不屑一顾。他无可奈何，又劝说大家把希腊使者拘押起来，直到希腊人愿意无条件归还捆绑的波吕多洛斯，把波吕多洛斯交到普里阿摩斯面前为止。这番建议又遭到众人抵制，被认为是背叛行为。安提玛科斯自然不愿善罢甘休，一再尝试着辱骂使者，结果被特洛伊人连骂带推地赶出了会场。

安提玛科斯忿忿不平地来到宫殿城堡，把希腊使者到来的消息汇报给国王。国王立即召集儿子们举行殿前会议，大家进行了很长时间的激烈争论。参加会议的还有上了年纪的潘托斯。潘托斯为人忠诚高尚，深得年迈的国王信任。他转向国王的诸位儿子中最勇敢、最正直而又最讲道德的赫克托耳，诚恳地请求赫克托耳采纳善心的特洛伊人的建议，交出引起战争的女子：“这么多年来，帕里斯已经有了足够的时间，”他大声地呼喊着说，“享受他的猎物！现在，与我们结盟的城市全被攻陷占领了。它们的陷落指明了我们的自身命运。此外，希腊人强力霸占着你的幼弟。我们不知道，如果不把海伦交出去，波吕多洛斯将会遭遇怎样的下场！”

赫克托耳只要想到兄弟帕里斯的恶行，顿时就会羞愧得满面通红。不过,他在国王的殿前会议上却并不主张交出海伦。“她是前来我们宫中寻求保护的人,”他回答潘托斯说,“我们接纳了她,给她和帕里斯建造了一座华丽的宫殿。他们两人乐在其中,度过了几年甜蜜的岁月。你们对此一直沉默不语,眼巴巴地看着这场战争渐渐逼近!我们现在有什么理由驱逐她?”——“我从来没有沉默过。”潘托斯回答说,“我的良心是平静的:我曾把父亲的预言告诉过你们,而且警告过你们;今天我再一次警告你们。不过,即使你们不听我的劝告,今后不管面临怎样的灾难,我还是会忠实地帮助你们,共同捍卫特洛伊城和国王!”说罢,他站起身,离开了会场。

最后,会议按照赫克托耳的建议作出决定。他们虽然不把海伦王后交出去,但是把那时候随着她而抢来的财物等价赔偿归还。墨涅拉俄斯可以从国王普里阿摩斯的女儿中挑选一人代替海伦,无论是聪明的卡珊德拉,或者是美貌的波吕克塞娜。此外,普里阿摩斯还答应以一份丰厚的宫廷嫁妆陪嫁女儿。希腊使者随后被引来面见国王和他的众位儿子。他们听到这一番交换条件,墨涅拉俄斯顿时大怒,说:“真有趣,我如果现在从敌人中间挑选一个女子,娶为妻室,那真是越陷越深,越走越远了!留着你们的野蛮女儿,还是归还我青年时代的妻子吧!”

这时候,只见国王的女婿,克瑞乌萨的丈夫埃涅阿斯猛地站起身来。他听到墨涅拉俄斯最后说话时带着讥笑,不由得粗暴地喝斥说:“倘若按照一切爱戴帕里斯和维护年迈的国王王室人的意见,你这个可怜的家伙既得不到这一份礼物,也得不到国王的公主。普里阿摩斯的王国里并不缺乏保护的人!好了,话已经说够了!你们如果不能立即率领船队退回去,那就应该领教一下特洛伊人的力量!我们在远方还有许多强大的同盟兄弟和久经沙场考验的英雄好汉。虽然邻近的许多弱小已被打败,可是远方的战斗力量即将到来了!”

埃涅阿斯的讲话在国王的殿前会议上受到热烈的欢迎。希腊使者只是在赫克托耳的保护下才免受了许多凌辱。他们怒气冲冲地带着捆绑着的波吕多洛斯离开远去,国王普里阿摩斯只能从遥远的地方看到自己的爱子随着希腊人一起回到他们的营房。希腊人听说他们的使者在特洛伊受到了阻扰,十分不满。军队中爆发出一阵喧嚣,大家狂怒地表示着希望报仇雪恨。军前特别会议没有过多征求诸位国王的意见,便决定让无辜的少年波吕多洛斯抵偿他的兄长和父亲造成的罪孽。他们迅速开往处罚无辜少年的现场。可怜的孩子被送到特洛伊城前。国王普里阿摩斯听到城外欢呼,也抑制不住好奇,率领他的儿子们一起登上城墙,不料却亲眼看到了奥德修斯威逼自己爱子的悲剧。一时间,石块从四面八方朝光头的孩子投掷过去。孩子的身体无遮无拦,终于吃受不起无数的投砸,残酷而又悲惨地死于非命。希腊国王们把砸烂的尸体交给可怜巴巴地哀求着的父亲,让他前去埋葬无辜的儿子。国王的仆人们在特洛伊的英雄伊特俄斯掩护下来到城外,含着眼泪和悲伤把孩子的尸体装上灵车,带回来交给绝望了的父亲。

不过,有人说如此惨无人道地谋杀波吕多洛斯的故事是后人强加上去的。按照荷马史诗上说,波吕多洛斯在很久以后才惨遭阿喀琉斯的毒手,被杀害至死。阿喀琉斯当时为了替帕特洛克罗斯报仇才动了杀心的。而且,关于波吕多洛斯的结局还有其他的说法,各种说法又互不一致。

阿喀琉斯勃然大怒

战争进入了第十年。希腊英雄埃阿斯又屡屡出征,取得了赫赫战果。他们看到跟特洛伊人和谈不成,一怒之下便杀掉了普里阿摩斯的小儿子波吕多洛斯。这一举措扇动了双方剧烈的仇恨情绪。天上的神也纷纷表态,加入了人间的这场纷争。有一部分神反对希腊人的残暴,倾向特洛伊人;另一部分神则决心保佑丹内阿人。两军对垒,阵线分明:赫拉,雅典娜,赫耳墨斯,波塞冬,赫淮斯托斯站在希腊人一边;阿瑞斯和阿佛洛狄忒帮助另一方。围攻特洛伊的战争随着第十年的到来渐趋激烈,战事和故事比以前九年的总和还要多。诗圣荷马正是从这里开始叙述阿喀琉斯的万丈怒火及其对亚各斯人采取的种种暴烈行动。

阿喀琉斯是由于这样的原因而被激怒的:

希腊人派出使者前往特洛伊要求进行和平谈判。他们遭到特洛伊人的威胁,回来以后不敢松懈,便在自己营房内加紧准备,迎接决战。正在这时,阿波罗的祭司克律塞斯走了进来。阿喀琉斯曾经抢走他的女儿,后来他又把掠夺来的女子献给阿伽门农。克律塞斯手中提了一根金色的和平杖,杖上裹着象征阿波罗的橄榄枝。另外,他还带来了一大笔赎金,请求希腊人释放他的女儿。他来到阿特柔斯的儿子和整个部队面前,说道:"阿特柔斯和亚各斯的儿子们,让天上的神明保佑你们攻占特洛伊,并且能够平安地回到自己的故乡。如果你们愿意接受我带来的赎金,归还我的女儿,我将虔诚地为你们祝福。看在阿波罗神的分上,把我的女儿交给我吧,我是阿波罗的祭司!"

士兵们对他的讲话报以热烈的掌声,国王阿伽门农却闷闷不乐。他不愿意失掉美丽的女仆,于是生气地说:"老东西,别让我在船上再看到你!你的女儿是我的仆人,这是永远不变的。她会迁到亚各斯,住在我的王宫里,终日给我纺纱织布!走开,别来刺激我,识相一点,好好地回家去!"

克律塞斯吃了一惊,顺从地退了出来,一声不吭,重新回到海边。到了那里,他禁不住朝苍天高举起双手,恳求着说:"斯冥堤耳,你统治着多么大的一块地方,请听我的祈祷吧!多少年来,我为你清洁庙宇,给你选送祭物,祭供牺牲,你应该给我报复亚各斯人,让他们知道你的金箭的厉害。"

他大声祈祷。阿波罗听到了他的请求,便愤怒地离开了奥林匹斯神山。阿波罗在肩上斜背着弓箭,箭袋里插着致命的箭羽。犹如黄昏薄暮一般,他悄悄地来到希腊人的战船上空,把毒箭一支支地射落下去。中了箭毒的希腊人全都患上瘟疫,悲惨地死去。开始时,阿波罗只是让希腊军营中的牲口和狗中箭。后来,他又把箭对准士兵。一刹时,瘟疫蔓延,尸横遍野。夜晚,军营地上飘浮着一团团阴绿的鬼火。连续九天时间,希腊士兵吓得毛骨悚然。第十天,阿喀琉斯依照赫拉的建议召开国民大会。他征询意见,希望找一名祭司长,或者找一名占卜和详梦的人,请教他们,通过什么祭供可以缓和阿波罗的愤怒,让大家防止出现更大的灾难。

随军的鸟儿占卜家,预言人卡尔卡斯立起身来解释说,如果阿喀琉斯恕他直言,他可以详细说明神为什么愤怒。珀琉斯的儿子一口答应,卡尔卡斯走上一步,说:"神并不因为缺乏誓言和祭供而生气。他只是不满意阿伽门农对祭司的虐待。如果女儿还没有回到父亲那边,阿波罗神就不会袖手旁观,不会抽回给我们降下灾难的双手。我们只有满足他的愿望,才能重新获得神的恩典。"

阿伽门农听到占卜人的话热血上涌,怒目圆睁,威胁说:"你这个不吉利的预言人,竟然讲不出一句让我中听的话来。你现在又来游说众人,说阿波罗给我们降下瘟疫之灾，是因为我拒绝克律塞斯交纳赎金，没有释放他的女儿的缘故。确实，我愿意将她留在这里，但是，为了避免士兵们的灭顶之灾，我愿意把她交出去。当然，我也有一个前提，即希望有一件荣誉的礼物，借以跟她交换！”

阿喀琉斯接着国王的讲话说：“不朽的阿特柔斯的子孙，贪婪驱使着你，你向亚各斯人还要索取怎样的荣誉礼物？从征服的城市掳掠来的战利品早就瓜分完毕了，现在根本无法从具体的个人手中再将它们聚集起来。还是放掉祭司的女儿吧！如果宙斯让我们攻占特洛伊城，我们愿意三四倍地补还你的损失！”

“勇敢的英雄，”国王对着他大声说，“别企图来骗我了！你以为你把自己的礼物保存得好好的，而我就会俯首帖耳地听命于你，把礼物交出来吗？不！希腊人不给我补偿，那我就从你们的战利品中平均分摊。不管你是埃阿斯，奥德修斯，还是你，珀琉斯的儿子阿喀琉斯，也不管你们生多大的气，光多大的火。有关这方面的话我们留待以后再说。你们先去准备一条大船和祭供，把克律塞斯的女儿送上船，而且要有一位诸侯，我的意思是你，阿喀琉斯，亲自指挥船只！”

阿喀琉斯神色阴晦地回答说：“无耻而又自私的君王！希腊人还有谁愿意听从你的指挥？特洛伊人并没有得罪于我。我跟你过来，只是愿意帮助你，给你的兄弟墨涅拉俄斯报仇。你不珍惜这一点，还要抢夺我的礼物。你可知道这些礼物都是我夺来的，是希腊人分给我的！无论攻占哪一个城市以后，我所得到的礼物都远远地不如你多，而我却往往承担最艰难的战斗任务，那是为了在瓜分礼物时让你获得最满意的部分。好吧，我现在回夫茨阿去！没有我在这里，你去试试，看你能积聚多少宝贝！”

“如果你乐意的话，那就请便吧！”阿伽门农大声叫唤起来，“没有你，我还有足够的英雄；有了你，我却增添了无数的口角！可是你要知道，克律塞斯虽然可以领回自己的女儿，我却要从你的营帐内领出可爱的勃里撒厄斯，以便让你明白，我毕竟比你高贵。而且，我还可以借此教训别人，让他们从今以后不敢违背我的意志！”

阿喀琉斯勃然大怒。他激烈地思忖着，要不要拔出剑来，把阿特柔斯的这个儿子当场砍翻在地，最后还是强忍住自己的怒火。正在这时，女神雅典娜悄悄地出现在他的身后，小声地说："你要镇静，别动用宝剑！如果你能听话，我答应给你三倍的礼物！"

阿喀琉斯顺从地把剑又推回剑鞘，可是却以尖刻的语言回答说："你真是个卑鄙的人。你什么时间获得天大的胆量，竟学会了同希腊国最高尚的英雄们明里暗里争斗一场？因为在这个营帐里有人敢于顶撞你，你就千方百计地想要抢夺他的战利品，以为这是一件十分开心的事！当着这根君王杖我跟你发誓：正像这根权杖不能再像树木发芽一样，你再也看不到我去沙场拼杀了！不管杀人如麻的赫克托耳如何地赶杀希腊人，你也别指望我来救你了。你将会对今天伤害我的尊严后悔，可是已经迟了！"

说完，阿喀琉斯把他的权杖扔在地上，重新坐了下去。正直的涅斯托耳反复劝解，希望争执的双方相互和好。可是他的一切努力都是徒劳的。最后，阿喀琉斯愤怒地对国王大声说："你就随心所欲地放手干吧，可是再也别指望我会听从你的调遣；我不能为了一个姑娘而跟你、跟其他英雄大动干戈。可是你却要记住，在我的船上不准你触动其他的任何财产和人员。如果你不以自己生命为重，到那时休怪我手下无情。"

会议不欢而散。阿伽门农命令把克律塞斯的女儿和祭供牺牲送上船去。奥德修斯奉命执行。不一会，阿特柔斯的儿子又命令传令官塔耳堤皮奥斯和欧律巴特斯从阿喀琉斯的营房里把勃里塞斯的女儿接回来。欧律巴特斯原来是奥德修斯的传令官，此人其貌不扬，却绝顶聪明；塔耳堤皮奥斯是阿伽门农的仆人，他的子孙们后来在斯巴达享受荣誉，世袭传令官的职务。两名传令官不敢违抗主人的命令，不情愿地来到战船营。他们看到阿喀琉斯坐在营帐门前，心里胆怯得不敢说明为什么来到这里。阿喀琉斯已经猜到了他们的来意，便说："你们别犯愁，你们是宙斯和凡人的传令官，请过来吧，过失不在你们，而在阿伽门农！好朋友帕特洛克罗斯，快把姑娘请出来，交给他们带回去！你们应该当着神、凡人和那位暴君给我作证，如果有人再来请求我的帮助而遭到拒绝，那么这一切都不是我的过错，而是阿特柔斯的儿子有负于我。"

帕特洛克罗斯唤出姑娘。姑娘怏怏不乐。她已经爱上了宽厚温良的主人。阿喀琉斯含着眼泪坐在海滩上，双眼注视着深暗色的海水，呼喊着母亲忒提斯，请求帮助。果然，波涛深处传来了母亲的声音："可怜哪，我的孩子，是我生下了你；你在短暂的生命里需要忍受多少苦难和侮辱！我亲自去找雷神，请他帮助你。昨天，他到俄刻阿诺斯海湾去了，虔诚的埃塞俄比亚人请他赴宴。他要过二十天以后才能回来。然后我就去找他，抱住他的膝盖，苦苦地向他哀求！你且坐在船旁，不要理睬他们，也不要去参予战事。"阿喀琉斯离开海滩，愤愤不平地坐在营帐内，两只手交叉在胸前，一言不发。

奥德修斯驾船来到卡律塞岛，把姑娘交给克律塞斯。克律塞斯看到喜从天降，便朝着蓝天伸出双手，感激不尽，请求福玻斯收回成命，不再给希腊人降灾。果然，他的祈祷十分灵验，希腊士兵营内的瘟疫立刻消除了。奥德修斯驾船回到营中，看到所有的病人全都治愈了。

到了第十二天，忒提斯不忘自己的承诺。她知道儿子仍然拒绝帮助阿伽门农，于是便趁着晨间薄雾浮上海面，一直来到奥林匹斯神山。她看到宙斯离开众神独自坐在高山悬崖的尖顶上。忒提斯凑过去坐下，按照时俗，用左手挽住他的膝盖，右手抚摸他的下巴，说："宙斯父亲，我全心全意地为你服务，请准许我的请求：我的儿子遭受折磨，他的荣誉快要枯竭了。这一切都是命中注定的。阿伽门农肆意地侮辱他，剥夺了他的荣誉礼物，而那些都是他的战利品。我斗胆前来央求你，众神之父，给特洛伊人降福吧，让他们取得辉煌战果，直到希腊人重新把荣誉归还给我的儿子为止！"

宙斯沉默良久，稳稳地坐着不动。忒提斯不断搓揉着他的膝盖，悄悄地耳语着："父亲，请准许我的请求吧；或者干脆拒绝我，让我知道自己在你心目中的地位！"

忒提斯迫使众神之父怏怏不乐地回答说："你强迫我跟众神之母赫拉发生矛盾，这是不对的！走开吧，别让她看到你！我只要作一个暗示就算是对你的回答。"宙斯垂下了眼睫毛，奥林匹斯山上响起地动山摇的声音。忒提斯心满意足地离开了宙斯，重新潜回大海。赫拉却在一旁埋怨宙斯。宙斯平心静气地回答说："别来违背我的决定。听从我的安排。别再多嘴！"赫拉见他决心已定，非常害怕。她不敢作声，悄悄地退到一旁。

阿伽门农考验他的人民

宙斯想起了他给海洋女神忒提斯曾经作过的暗示。为此，他派遣梦神潜入正在睡梦中的国王阿伽门农的帐篷。梦神变作涅斯托耳的模样，站在国王的头侧上方。国王在各位年迈的人中间最喜欢并且最尊重涅斯托耳。他模模糊糊地看到涅斯托耳走近自己说："怎么，阿特柔斯的儿子，你还在睡觉吗？一个给全体人民出主意的人不应该睡得那么久。听从我的建议吧，我是宙斯派来找你的使者。他命令你迅速武装亚各斯人。特洛伊已经临近被制服的时刻。天上众神决定让城市陷于毁灭。"

阿伽门农突然惊醒，匆忙离开营房。阿伽门农披上衣服，扎紧鞋袜，肩上背着宝剑，手中提着王杖，一路朝战船走去。传令官根据他的命令，从一座营房走到另一座营房，呼唤大家前来聚会协商。军队的统领们遵照涅斯托耳的建议，全部留在船上。阿伽门农在这里举行会议，他说："朋友们，你们听着！神刚才给我送来一个梦，梦中有一个人酷似涅斯托耳的模样。他走近我的身旁，告诫我，说宙斯决定让特洛伊毁灭。我们现在想看一下，我们能不能重新引导被阿喀琉斯的怒火涣散了斗志的部队走向战场。我愿意亲自考验他们一番，建议他们迅速上船，共同离开特洛伊海岸。你们在座的全部分布在士兵们中间，努力地动员他们留下来坚持战斗。"

阿伽门农讲完话以后，涅斯托耳站起身来，对诸位统领说："如果换了另外一个人叙述这样的梦境，我们会斥责他当面说谎，并且蔑视地离开他。可是今天看到这个梦的人却是我们丹内阿人的最高统帅。我们应该相信他，并且按计行事！"说完，涅斯托耳离开会场。统领和国王们跟着他 起来到集市广场，那里聚集着许多希腊人。喧哗声渐渐地平静下来。阿伽门农站在会场的中间，撑着国王的权杖，注视着全场说：

"亲爱的朋友们，聚集一堂的丹内阿人民的英雄战士们！残暴的宙斯从前曾经慷慨大度地向我发誓，让我征服特洛伊以后凯旋归国。现在他却让我陷于重重困境，我们白白地死伤了这么多人。宙斯命令我毫无体面地返回亚各斯。如果我们后代中有人听说伟大的希腊人民对付一个弱小的敌人都没有建树时，那真是无法洗雪的耻辱。当然，特洛伊人也有强大的同盟军，他们的力量由不得我们从容作战，我们也不能指望随心所欲地攻占他们的城池。战争已经经历了九个年头，我们船上的木板开始腐烂，缆绳一节节地断裂。我们的妻儿老小空守家园，热切地盼望着我们。这时候的最好办法也许就是遵循宙斯的主张，登上战船，扬帆启锚，返回我们的故乡。"

阿伽门农的讲话在士兵中引起一阵骚动。大家哗的一声朝战船涌了过去，搅得尘土飞扬。他们相互鼓励，相互唆使，一起把船只送入大海。士兵们七手八脚，这里拆除船下的横木，那里疏通流向大海的水道。

人间的这番阵势吓坏了奥林匹斯山上的众神，那些支持希腊人的神眼巴巴地看着下界的认真和忙碌。赫拉提醒雅典娜下凡去，阻止亚各斯人匆促逃跑。帕拉斯·雅典娜听从她的话，离开奥林匹斯高山，飞入希腊人的战船营。她看到奥德修斯直挺挺地站在自己的船前，不敢动弹一步。女神靠近上去，让他张开眼，然后友好地对他说："你们真的想逃走吗？难道你们真的愿意把荣誉留给普里阿摩斯，把海伦留给特洛伊人吗？为了海伦，多少希腊人远离故国家乡。不，聪明而又高尚的奥德修斯，你不能忍受这番耻辱！别再踌躇了！快去运用你的辩才，阻拦他们吧！"

听到女神的呼唤，奥德修斯扔下身上的战袍，急步朝混乱的士兵们走去。他的传令官欧律巴特斯拾起战袍，匆忙跟了上来。奥德修斯遇到一群迎面而来的统领和贵族，便说："难道你们也像懦夫一样灰心丧气了吗？你们应该安静地留下来，安顿好其他人。你们怎么知道阿特柔斯的儿子心里到底在想什么，他难道不会考验一番希腊人吗？"途中，他看到有的士兵大喊大叫，便生气地举起他的权杖挥打他们，一边还用粗暴的嗓音威胁说："可怜的家伙，不准离开原地半步！你们听听别人都在说什么吧！我们希腊人不能个个当国王！多头统治于事无益，宙斯只把权杖交给了一个人，其他人就该听从他的指挥！"

奥德修斯在军队中发号施令，终于劝阻了士兵，让他们离开战船，回到集会的广场。只有一个人还说着乌鸦般的丧气话，他就是忒耳西忒斯。忒耳西忒斯如同往常一样，以许多挑衅的话反对诸位国王。他是希腊国来到特洛伊城前的士兵中面貌生得最丑的人，斜着一只眼，跛着一条腿，尖头，驼背，头顶上稀疏地遮着几根残发。这位捣蛋不息的人尤其遭到阿喀琉斯和奥德修斯的憎恨，因为他常常有意无意地诽谤并且中伤他们。这一回他却对着阿伽门农谩骂："阿特柔斯的族人，你有什么抱怨呢？"他说话的嗓门越来越大，"你还要什么呢？你的帐篷里不是塞满了金银财物和美貌的女子吗？你在这里养尊处优，过着舒坦的日子，我们却被你推入种种烦恼和苦闷。士兵们，我们应该驾船回去。让他一个人留在特洛伊城前中饱私囊，怀抱里塞满荣誉的礼物！他不是侮辱了英勇的阿喀琉斯，私自占有了人家的礼物吗？可是这位没有猴气的珀琉斯的儿子也丢失了肝区的胆子，否则，这位暴君也许该轮到最后一次作孽了！”

奥德修斯听到骂声走上前来，阴沉地打量着忒耳西忒斯，然后举起权杖抽打着他的脊梁和肩膀，一边斥责着大声说：“你这个流氓，要是我再听到你胡说八道，而又没有把你的衣服从身上撕剥下来，然后痛打一顿，让你光着身子回到船上，我就不在自己的肩膀上长着这颗脑袋，忒勒玛科斯也不算是我的儿子！”忒耳西忒斯被打得弯曲着身子，肩上和背上血迹斑斑。他痛得大喊大叫，生气地逃窜出去。大家相互对笑着退让到旁边，高兴地看到这位无耻的人儿受到了应有的惩罚。

奥德修斯来到他的人民面前，旁边站着帕拉斯·雅典娜。她扮作传令官的模样，并且让周围的人逐渐地平静下来。奥德修斯把手中的王杖朝上举了举，让周围的人引起注意，然后说：“朋友们，你们还应该再忍耐一段时间。你们一定还记得当年我们离开奥里斯港时看到的吉像。那时候我们在一棵茂密的槭树下摆设百牲大祭。我感到这一切都好像发生在昨天一样。一条浑身乌黑鳞片的巨蟒从祭台下游了出来，曲伸着身子游上槭树。树上有一只鸟窝，鸟窝在一根树枝上晃荡着。八只小鸟紧紧地贴着树叶，第九只正是哺育它们的母鸟。母鸟悲鸣着在小鸟旁边飞来飞去，不料巨蟒转过头去，一口咬住它的翅膀。巨蟒生吞活剥地吃掉了母鸟和八只小鸟。宙斯把它变成一块岩石。原来是宙斯给我们送来了一条大蟒蛇。亚各斯人当场看得惊呆住了。预言家卡尔卡斯对你们大声地说：‘希腊人，你们为什么目瞪口呆地站在那里？你们难道看不出这正是宙斯给你们送上的神谕？九只鸟表示你们围困特洛伊的战斗要拖延九年，到第九年时你们才能攻占雄伟的城池。’卡尔卡斯的预言还响在耳旁。这一切都获得了应验！战争已经过去了九年，现在开始了第十年。胜利将随着它一起到来。你们应该再坚持一段时间，留下来，直到我们粉碎普里阿摩斯国王的城堡为止！”

集会的亚各斯人发出了一阵欢呼，算是答复奥德修斯的讲话。聪明的涅斯托耳趁机利用骤然变化了的会议气氛，向国王阿伽门农建议说，如果将来还有人思念家乡，那就让他一个人上船，放他回去就是了。国王从中可以确定无疑地知道，战士和统领中谁是英雄，谁是懦夫，而且知道妨碍夺取城池的到底是神的力量,还是缺乏战斗经验,甚至胆怯怕战。国王十分高兴,一口答应了这项建议。

“涅斯托耳,你是我们中间最聪明的人。如果希腊人的指挥所里有十个像你这样的人,那么高耸的特洛伊城堡早就被攻陷,夷为平地!我必须承认,为了一个姑娘而竟至于跟阿喀琉斯断了交情,我的行为实在欠考虑。宙斯在那时候让我盲目行事。如果我们两人重归于好,那么特洛伊的毁灭也就指日可待了。现在我们都应该披挂停当,每个人都饱餐一顿,准备好盾牌、长矛,给战马喂饱饮足。安排战车。设想战斗也许会一直延续到今天傍晚。倘若有人故意滞留战船,那就把他捣烂,喂猪狗鸟兽!”

丹内阿人欢呼雷动。好汉们跳跃起来,急忙奔向自己的战船。一会儿,营房内升起股股炊烟。阿伽门农给宙斯祭供一头公牛,邀请亚各斯的贵族们共同进餐。然后他命令使者前去发布命令,号令希腊人准备出发作战。统领们率领部队走上前来,阿特柔斯的儿子一马当先。阿伽门农相貌堂堂,十分威武。他的眼睛和头顶酷似众神之父,宽阔的胸脯如海神波塞冬的那样。他全身披挂,犹如勇敢的战神亲自下凡。

帕里斯和墨涅拉俄斯

按照涅斯托耳的建议,部队全都按所在地区的部落归列一道,做好一切作战的准备。这时候,特洛伊人也在积极备战,训练场上烟雾迷漫,尘土飞扬。希腊人急忙赶了上来。两支军队剑拔弩张,一场大战迫在眉睫。

王子帕里斯从特洛伊人队列中跳了出来。他身穿彩色的豹皮甲袍,肩上挂着硬弓,腰下佩着利剑,手中挥舞两根长矛。帕里斯高声叫阵,要希腊营内有胆量的人出来,单独跟他决一死战。

墨涅拉俄斯一看是他,心里大喜。墨涅拉俄斯如同一头饿狮发现了丰富的食物。他全副武装,跳下战车,扑过来准备收拾这位不知廉耻的偷盗女子的小贼。

帕里斯看到对手的英武气概,顿时吓得面如土色。他不由自主地又退归自己的营房去了。赫克托耳看到他如此胆怯,十分气恼,便大声地对他说:“兄弟,你难道看上去一副相貌堂堂的英雄相,而骨子里却是胆小的盗女贼吗？你没有看到希腊人如何笑话你吗？你没有胆量跟他对阵，却私自偷抢了他的妻子。像你这样的人物，即使现在遍体鳞伤地躺在地上挣扎、滚爬，在漂亮的卷发间沾满了泥土灰尘，我也不会同情你。”

帕里斯回答说：“赫克托耳，你的胆量超众，却心地冷酷。当然，你斥责我也不是没有道理。可是你却不应该笑话我的相貌，因为它也是神的赐予。你如果想让我做一殊死的决斗，那么先去请特洛伊人和希腊人安静下来。我愿意为了海伦及其财产跟墨涅拉俄斯决个高低。我们中间谁胜了，谁就带着海伦及她的稀世珍宝一起回家。为此，我们需要签订一项条约。我们在此安居乐业，平平安安地建设特洛伊；希腊人应该扬帆启航，退回到亚各斯去。”

赫克托耳令人意外地应声而出，愉快地来到阵前，挡住特洛伊人的一片混乱。希腊人看到他时，纷纷朝他投石、射箭、掷飞镖。阿伽门农连忙对着希腊士兵大声呼喊说：“亚各斯的士兵们，立即停止行动！赫克托耳有话要说！”希腊人果然立即停止射击，一个个双手垂立，一片安静。

赫克托耳大踏步走上前来，大声介绍了兄弟帕里斯的决心。希腊人一声不吭。最后，墨涅拉俄斯说：“请听我一句话吧！我希望亚各斯人和特洛伊人最终能够和好如初，罢兵息战。这一场争斗是由帕里斯挑起的，你们双方都受尽了祸殃。我与他两人之间必定要死掉一人，这是命运所定。其余的双方士兵，无论希腊人还是特洛伊人，都应该和平地生活。让我们祭供天地，立下誓言，然后开始这一场无可避免的决斗！”

双方士兵都很高兴。他们希望结束这一场不幸的战争，因此欢声雷动，拥护决定。两边的战马都停步不动，武士们跳下车，脱下盔甲，丢在地上。赫克托耳派出两名使者，让他们回到特洛伊城内取来绵羊和牺牲供礼，同时请国王普里阿摩斯迅速赶来。国王阿伽门农也派使者塔耳堤皮奥斯回船队牵来一头活羊。神的女使伊里斯变作普里阿摩斯国王的女儿劳迪克的模样，急忙回城，把消息告诉海伦公主。海伦正在织布机旁，赶织一件贵重的衣服。衣服的花纹表现特洛伊人跟希腊人战斗的生动图案。“快出来，你快出来，”伊里斯喊着，“你会看到千载难逢的好戏！特洛伊人和希腊人刚才还摩拳擦掌，两军对垒，现在却已经罢兵息战了。他们用盾牌垫在地上，长矛竖在一旁，战争已经结束了。只有你的两位夫君，帕里斯和墨涅拉俄斯披挂上阵,准备厮杀。谁赢得对手,就能把你带回去!”

女神一边说话,一边又在海伦的心内挑逗起无限的乡恋,让她惦念从前的丈夫墨涅拉俄斯和其他的朋友们。海伦迅速戴上一方银白色的面纱,忍住挂在睫毛上的眼泪,命令使女埃特拉和克吕墨涅跟随自己,一起来到中心城门。国王普里阿摩斯跟一批德高望重的特洛伊人坐在雉堞后面。他们由于年迈不再亲自参战,可是在国民议会中却全是重要的角色。老人们看到海伦走上前来,立刻为这个女人的天姿国色所折服,相互间悄悄地耳语着:“怪不得希腊人与特洛伊人为这个女人争斗了这么多年,她看上去就像一位不朽的女神!不过,还是让她带着姿色回到丹内阿人的船上去,免得我们的子孙再受灾难。”

普里阿摩斯友善地招呼海伦:“过来吧,”他说,“我的宝贝女儿,坐到我的身旁来!我要让你的第一个丈夫,让你的亲戚朋友们看一下,使他们知道你对这场苦难的战争是没有责任的。这场战争是众神加在我们身上的。来,告诉我,那个刚烈的男子汉叫什么名字?他长得又高大又粗壮,我还从来没有看到如此伟岸的国王形象。”

海伦走上一步,礼貌地回答说:“尊敬的公公,回顾往昔,我真愿意悲惨地死去。我离开了家乡、女儿和朋友,跟着你的儿子来到这里。想到这一切,我多么希望溶解在自己的泪水里!哦,你问起的那个人就是阿伽门农,高贵的国王,勇敢的武士。他曾经是我的姻兄。”

老人又问:“那边的人叫什么名字?他的个子没有阿特柔斯的儿子高大,却生得虎背熊腰,肩膀也分外宽阔。”

“这是拉厄耳忒斯的儿子,”海伦回答说,“狡猾的奥德修斯。他的故乡在伊塔刻,一座怪石嶙峋的海岛。”

听到回答,安忒诺尔也不由得接口说:“公主,你说得对。我认识他,也认识墨涅拉俄斯,曾把他们当作使者接待,安顿他们住宿用膳。他们两个人站在一起时,墨涅拉俄斯要比奥德修斯高大;可是当两个人都坐着的时候,奥德修斯显得更加威武。墨涅拉俄斯很少说话,说话时神色端庄,充满着思想。奥德修斯则不然,他要讲话时先站立起来,眼睛看着地上,手里拄着权杖,样子显得十分狼狈。人们不知道他是拘谨还是愚蠢。他如果热衷于某一件事,那么,话如喷泉,没有人能够比他更善于辞令。”

普里阿摩斯朝更远的地方看去。"那边的巨人是谁?"他大声地喊叫起来,"这个人高大如山,没有人赶得上他。"

"他是英雄埃阿斯,"海伦回答说,"亚各斯人的顶梁柱;伊多墨纽斯站在他的克里特人一起,看上去像神。我认识他,墨涅拉俄斯常常邀请他。我就是那样地一个一个地认识了他们。他们是我家乡的勇猛战将。如果时间允许,我可以一一地说出他们的名字。可是,我的兄弟卡斯托耳和波吕丢刻斯怎么不在这里?他们难道没有来吗?还是他们为自己的妹妹感到羞愧,不愿意参军作战?"说到这里,海伦突然缄默无言。她不知道,她的两位兄弟其实早已不在人世了。

两名使者抬着祭礼从城里走了出来。那是两只绵羊,还有当地的美酒作为祭供的饮料。酒装在软软的水袋里。使者伊特俄斯端着金光闪闪的酒壶和金杯。他们来到中心城门,其中一人找到普里阿摩斯,对他说:"请动身吧,国王,特洛伊人和希腊人的统领们都请你到外面空地上去,让你去签订一项神圣的协议。帕里斯跟墨涅拉俄斯单独作战。谁赢得胜利,海伦就带着财产跟他回去。丹内阿人回到希腊国,我们安心地建设特洛伊城。"

国王愣了一下,不过他还是下令备马。安忒诺尔跟他一起登上战车。普里阿摩斯抓住缰绳,他们一起驶出城门,来到两军站立的阵前。国王步下战车,率领随从走到两军的队列中间。阿伽门农和奥德修斯也急忙走了过来。使者们抬上签订盟约的祭礼,调制美酒,给国王们喷洒圣水。阿特柔斯的儿子从挂在身旁的剑鞘里抽出宝剑。如同平常的祭礼风俗一样,他割下绵羊前额的羊毛,呼唤众神之父前来为盟约作证。然后,他一刀割断绵羊脖子,把祭礼置放在地。使者们一边祷告,一边用金杯中的美酒浇祭,口中念念有词:"宙斯和不朽的众神在上,请你们明鉴:我们中间如果有人违背誓言,那么他的血,他的儿孙们的血将像杯中水酒一样,无可避免地流洒满地!"

普里阿摩斯却说:"特洛伊人和希腊人,我将重新回到高高的伊利阿姆古城堡去。我不能眼睁睁地看着我的儿子在这里跟墨涅拉俄斯作生死搏斗。只有宙斯知道,他们中间谁应该领受命运的惩罚!"老人命令使者把祭供的绵羊抬上战车,然后带随从一起上车坐稳,驾着马车朝城内急驰而去。

国王离开以后,赫克托耳和奥德修斯一起动手丈量决斗的场地。他们抽签决定哪一方先朝对方投掷长矛。签子放在头盔里，上面写着各自的名字。赫克托耳摇摇头盔，写着帕里斯名字的签首先跳了出来。两位英雄全副武装，走进已经测定的决斗区内，尝试着抖动他们的长矛。按照抽签的结果，帕里斯获先投掷。他猛地掷去一枪，枪尖正好碰在墨涅拉俄斯的盾牌上，撞成了一个弯钩。

轮到墨涅拉俄斯了。他从地上拾起长矛，大声地祷告说："宙斯，为了让天下人从此以后都不敢以德报怨，请允许我惩罚侮辱我的人！"祷告完毕，他投去一枪，枪尖击碎了帕里斯的盾牌，穿过盔甲，钻透衣服，击中大腿。墨涅拉俄斯拔出利剑，赶上一步，朝对方头盔挥去一剑。只听当的一声，剑断成两截。

"残酷的宙斯，你为什么不让我取得胜利？"墨涅拉俄斯大喊一声，朝敌人扑了过去。他抓住对方的头盔，将对手翻转身子，朝希腊人的阵地拖了过去。是啊，要不是女神阿佛洛狄忒前来帮助，断了拖曳的皮带，帕里斯一定早给墨涅拉俄斯卡住喉咙掐死了。结果，墨涅拉俄斯只在手上抓了一只空空的头盔。他把头盔扔在一边，又朝对方急奔过来。阿佛洛狄忒呼来一片浓雾，遮住帕里斯，把他送到特洛伊城去了。她自己则扮作斯巴达的老年女佣，走近海伦。海伦坐在城墙的塔楼里，周围簇拥着一群特洛伊女人。阿佛洛狄忒拉动一下她的衣角，对她说："过来，帕里斯喊你去。他穿着齐整的衣服，坐在宫中内室。人们还以为他要去赴舞会哩！谁也不会相信他刚从决斗场中失败回来。"

海伦抬起眼睛，看到阿佛洛狄忒突然消失在一片神光之中。海伦会意地点了点头，悄悄地离开大家，回到自己的宫殿，看到丈夫正坐在屋内的安乐椅上。阿佛洛狄忒早已将他打扮一新。海伦坐在他的对面，嘲笑着问丈夫："你就这样回来了吗？我宁愿看到你被杀死在战场上。你在不久前还自吹自擂，说无论投枪或是徒手作战，你都能轻而易举地战胜他！去吧，再跟他挑战一次！哦，不行，还是留在这里。你这回再上战场，一定会被他玩得身首分离！"

"请你别再用刺激话侮辱我了，"帕里斯回答说，"墨涅拉俄斯之所以能够赢我，是因为女神雅典娜的帮助。下一回我准保取得胜利。天上的神一定也没有忘掉我们。"

阿佛洛狄忒拨动了海伦的心弦,让海伦对丈夫产生无限的情意。她友好地看着丈夫,伸过嘴唇,谅解似地让他亲吻。

墨涅拉俄斯还在战场上寻找失踪了的帕里斯。可是,特洛伊人和希腊人都不知道他到哪里去了。最后,阿伽门农提高声音宣布说:“你们听着,丹内阿人和希腊人! 墨涅拉俄斯胜利了。现在请你们交出海伦和她的财产。此外,你们还应该向我们缴纳贡税!”

亚各斯人听到建议后一片欢呼。特洛伊人却一声不吭!

潘达洛斯

奥林匹斯神山上正在召开众神会议。赫柏不停地从一张桌子走到另一张桌子,给众神斟倒美酒。众神举起金色的高脚酒杯畅饮。他们俯视着特洛伊的战局发展。宙斯和赫拉最后定下了特洛伊失败的命运。众神之父转过脸,对女儿雅典娜发布命令,要他即刻去特洛伊战场,怂恿特洛伊人,说希腊人取得胜利后盛气凌人,不可一世,特洛伊人无需遵守协议。

帕拉斯·雅典娜变成劳杜科斯的模样来到特洛伊人中间,劳杜科斯是安忒诺尔的儿子。她找到了吕卡翁的儿子潘达洛斯。潘达洛斯是个倔强的人。雅典娜觉得他非常适合完成宙斯交予的任务,因为他是特洛伊人的盟军,率领士兵特地从吕喀亚赶来参战。女神拍着他的肩膀说:“听着,潘达洛斯,你现在可以建功立业,让特洛伊人永远对你感恩戴德,帕里斯还会对你厚礼相报。你看,墨涅拉俄斯一副骄横的神色,多么让人气恼? 拉开你的弓箭,把他射翻下去!”化了装的女神唆使着,说得娓娓动听,呆头呆脑的蠢夫果然言听计从,上了圈套。

潘达洛斯解开箭袋,挑选一根带羽毛的箭。他弯弓搭箭,嗖的一声射了出去。羽箭穿越空中,雅典娜趁势作法,让飞箭射中墨涅拉俄斯的腰带。箭镞穿过盔甲,划破一道表皮,伤口里却涌出了鲜血。

阿伽门农和伙伴们紧紧地围着他:“敌人践踏了盟约,”国王大声说,“他们是要加倍偿还的。你的死会给我带来巨大的悲痛。”

墨涅拉俄斯却安慰兄弟说:“请放心,飞箭没有给我造成致命伤。我的腰带保护了我的安全。”

阿伽门农立即派人去找圣医马哈翁。马哈翁急忙赶来,拔下墨涅拉俄斯腰带上的箭镞,松开腰带,脱下盔甲,仔细地查看伤口。他蹲下身子,用口吸出周围的瘀血,给墨涅拉俄斯涂上药膏。

正当医生和英雄们忙碌着照顾受伤的墨涅拉俄斯的时候,特洛伊的士兵们早已蜂拥着冲了进来。希腊人急忙武装抵抗。阿伽门农把战车交给欧律墨冬,自己则跟士兵们一起步行作战。希腊人士气大振。

丹内阿人一群一群地涌上前来,犹如大海的波涛,一浪赶着一浪。指挥员们颁发命令,士兵们纷纷行动,阵容齐整,毫无喧嚣。特洛伊人却如一群哞哞叫唤的绵羊,各种不同的语言混杂一团。众神也忙碌得不可开交,呼唤着安排战事。战神阿瑞斯鼓动特洛伊人。帕拉斯·雅典娜激励希腊人。双方摩拳擦掌,一场血战,迫在眉睫。

鏖　　战

特洛伊人和希腊人终于厮杀成一团。

盾牌相撞,铁矛与铁矛交织在一道,寒光嗖嗖。战场上马嘶人喊,杀声震天。特洛伊人埃锡波罗斯一马当先,杀入敌人重围。不料他被涅斯托耳的儿子安提罗科斯一枪刺中前额,倒在地上,成为第一个壮烈阵亡的特洛伊壮士。希腊君侯埃勒弗诺阿急忙抓住阵亡人的一只脚,冒着飞蝗一般的乱箭,想把死者拖到一旁,以便剥下他的盔甲。正当他弯腰的时候露出一处破绽。特洛伊人阿革诺耳看在眼里,赶上一步,挥枪刺中埃勒弗诺阿。埃勒弗诺阿顿时倒在血泊之中,死了。

双方士兵正在激烈地鏖战。

埃阿斯遇到西莫伊西俄斯,奋起一枪,从西莫伊西俄斯前胸刺进,枪尖斜着从他的肩膀上穿了出来。西莫伊西俄斯踉踉跄跄,倒在战场上。埃阿斯扑过去,剥下死者的盔甲。特洛伊人安底福斯见状挺枪赶了过来,朝埃阿斯一枪刺去。埃阿斯及时躲过,枪尖却早落在琉科斯的身上。琉科斯是奥德修斯的朋友,一位勇猛的战将,可惜成了枪下冤魂。

奥德修斯悲愤万分。他仔细地观察战马,掷出一杆标枪。特洛伊人回头就逃。标枪击中国王普里阿摩斯的私生子特摩科翁,枪尖穿透了他的两旁太阳穴。王子轰然一声,倒毙在地。特洛伊的前排士兵吓得连忙后撤。赫克托耳身不由己,跟着溃逃。希腊人欢声雷动,把阵亡的士兵拖到一旁,往纵深进入特洛伊的阵营。

阿波罗非常愤怒,鼓励特洛伊人倾城而出:“你们不要轻易地撤离战场!他们既不是铁制也不是石铸的。阿喀琉斯是他们中最勇敢的英雄,但没有参加战斗。”雅典娜在另一方驱使丹内阿人前赴后继,勇猛冲锋。两边的英雄死伤无数,饮恨疆场。

帕拉斯·雅典娜大显神通,让堤丢斯的儿子狄俄墨得斯突然充满神力和勇气,让他大踏步地走上前来,不惜血战一场,也要建功立业。狄俄墨得斯的一身披挂更显出英雄本色,犹如秋夜的天狼星,闪闪发光。狄俄墨得斯饿虎一般地扑向敌人。特洛伊阵营中有一位勇敢而又慷慨的人,名叫达勒埃斯,是赫淮斯托斯的祭司。他把两个勇敢的儿子送上战场,两个儿子名叫菲格乌斯和伊特俄斯。他们两人驾着战车正遇狄俄墨得斯,而这位希腊英雄正在徒步作战。菲格乌斯朝他投去一杆长枪,枪从狄俄墨得斯的左肩下穿过,没有伤着人。相反,狄俄墨得斯奋起一枪,正好刺中菲格乌斯的前胸,把他挑下战车。伊特俄斯一看,害怕得不敢前去保护兄弟的尸体。他跳下马车,躲进赫淮斯托斯为他张起的昏暗的黑幕之中。赫淮斯托斯不希望让他的祭司一下子丧失两个儿子,急忙赶来保护伊特俄斯。

这时候,雅典娜连忙抓住他的兄弟、战神阿瑞斯的手说:“兄弟,我们在一段时间内不去理会特洛伊人和雅典人,看我们的父亲愿意把胜利交给哪一方?”阿瑞斯点点头,让妹妹牵着手,离开了战场。看起来,两方面的凡人似乎脱离了神的操纵,可是雅典娜明白,她的爱将狄俄墨得斯还带着神力留在那里。亚各斯人又发起对敌人的冲锋,阿伽门农追赶着荷迪奥斯,一枪刺中他的肩胛骨;伊多墨纽斯把菲斯掩斯斩杀在掩体内,机灵的斯康曼特律奥斯被墨涅拉俄斯一枪捅个窟窿,为帕里斯营造船只的菲勒克洛斯也死在迈里俄纳斯的枪下。冤有头,债有主,许多屈鬼都碰上了自己的克星,纷纷倒毙在地。狄俄墨得斯左右纵横,人们不知道他是希腊人还是特洛伊人,因为他到处出现,在战场上如入无人之境。

潘达洛斯瞅准机会,操起了箭,嗖的一声,射在狄俄墨得斯的肩膀上,鲜血从战车上滴流下来。潘达洛斯大声欢呼,鼓励士气,说:“前进,特洛伊人,策马向前！我把最勇敢的丹内阿人射翻在地了！他的威风已经完蛋！”

狄俄墨得斯并没有受到致命伤。他站在战车上，招呼着副将斯忒涅罗斯：“朋友，上车来，给我递上弓箭！”斯忒涅罗斯照计行事。他看到战车上淌满鲜血，狄俄墨得斯在向雅典娜祈祷：“宙斯的蓝眼珠女儿，你曾经保佑过我的父亲，请对我施加恩惠！保佑我的长矛刺中伤害我并在耀武扬威的那个人，让他再也无缘见到阳光！”

雅典娜听到他的请求，给他的手脚增添了力量，让他身轻如鸟似的又急忙返回战场。“去吧！”她吩咐狄俄墨得斯说，“我摘除了遮在你眼前的黑幕，让你在战场上分清谁是凡人，谁是神。你要记住，如果有神朝你走来，你就大胆地跟他一起去战斗！只有阿佛洛狄忒例外。她如果靠近你，你就应该举枪将她刺伤！”

狄俄墨得斯

狄俄墨得斯匆忙回到激烈的战场，重新获得了三倍的勇气和力量。那里早就杀作一团。他奋起一记，从肩胛骨上把阿斯堤诺俄斯打翻在地，然后又用长矛把许庇戎捅了个大窟窿；狄俄墨得斯打死了欧律达玛斯的两个儿子，打死了弗诺珀斯的两个儿子，接着又把普里阿摩斯的两个儿子，即克洛弥俄斯和厄肯蒙从战车上挑落下来，剥下了他们的盔甲。手下人趁机把缴获的战车统统运上战船。

埃涅阿斯是普里阿摩斯国王的女婿，一名勇敢的战将。他眼看着特洛伊人在狄俄墨得斯的打击和杀戮下渐见稀疏，便冒着飞蝗一般的乱箭往前扑了过来，迎面碰上潘达洛斯。埃涅阿斯大声喊叫：“吕卡翁的儿子，你的弓，你的箭，你的荣誉都到哪里去了？那个人杀害了我们这么多兄弟，如果他不是化成人形的神，你就应该瞄准他射去一箭！”潘达洛斯听到这话回答说：“如果不是有神，我相信刚才已经把堤丢斯的儿子狄俄墨得斯用弓箭射死了。大概有一位神保佑着他，而且现在还附着在他的身旁！我真是一名不幸的将军！我已经打伤了两名希腊统领，可就是没有能够把他们杀死。他们变得更加狂暴。真的，大概我是在一个不吉利的时辰带着弓箭来到特洛伊城前的！”

“别气馁！”埃涅阿斯鼓励他说，“快上我的战车。”潘达洛斯跃身上车，站在埃涅阿斯身旁。两个人驾着快马，飞驰一般地朝狄俄墨得斯驶去。狄俄墨得斯的朋友斯忒涅罗斯看到他们冲过来，朝着伙伴大喊一声：“两位勇敢的男子奔向你来了，是潘达洛斯和埃涅阿斯。埃涅阿斯是一位半神英雄，是阿佛洛狄忒的儿子！我们还是驾车逃走吧，你的暴烈是对付不了他们的！”

狄俄墨得斯阴沉地看他一眼，回答说：“别说有什么害怕！逃避战争或者胆怯地撤退，那不是我的性格。不，我要迎着他们走过去！如果我成功地杀死了他们，你就随后骑马过来，把埃涅阿斯的骏马当作战利品，牵着送回船去。”

潘达洛斯的长矛已经朝狄俄墨得斯掷过来。它穿过盾牌，却被盔甲挫了回去。“没有射中目标！”狄俄墨得斯对正在欢呼的特洛伊人大喝一声，而自己手中的飞镖正中对方的颌骨。潘达洛斯从车上翻倒在地，骏马往旁边奔窜而去。埃涅阿斯跳下战车，像一头勇猛的雄狮站在自己伙伴身旁，准备歼灭任何敢于触摸他的人。狄俄墨得斯举起一块巨石，石块很大，平常的两名男子都难以将它移动半步。狄俄墨得斯用石块击伤埃涅阿斯的髋关节，埃涅阿斯痛得人事不省，不由自主地跪倒在地。如果不是女神阿佛洛狄忒爱子心切，一把抱住儿子，把他塞在自己衣服的缝隙里带出战场，埃涅阿斯早就死于非命了。斯忒涅罗斯缴下了埃涅阿斯的战车和战马，送入船舱，然后驾乘自己的车辆又来到狄俄墨得斯身旁。狄俄墨得斯认出了女神阿佛洛狄忒，于是越过混乱的战场，追上带着儿子的女神。英雄奋力朝她刺上一枪，枪尖划着了女神的腕骨。女神手上滴出了神血。受了枪伤的阿佛洛狄忒痛得大叫一声，带在身边的儿子便滚落在地。她急忙去寻找兄弟阿瑞斯，看到战神正坐在战场的左侧。“噢，兄弟，”她恳求着大喊起来，“给我备马，让我回奥林匹斯山去。我的伤口疼痛难熬。是狄俄墨得斯，那个凡人伤着了我。他几乎能够亲自跟我们的父亲宙斯作战。”

阿瑞斯把战车让给她。阿佛洛狄忒跳上战车，一路来到奥林匹斯山的高峰顶上，哭着扑进了母亲狄俄涅的怀抱。母亲引着女儿来到父亲面前，父亲宙斯含着微笑接见了她，对她大声地说：“你不是操纵战争的料，我的可爱的女儿，你还是去主管婚礼，把厮杀留给战神去操心！”姐妹们帕拉斯和赫拉却在一旁嘲笑着看她，话中带刺地说："也许是漂亮的希腊女子把阿佛洛忒狄吸引到特洛伊去了。她去抚摸海伦的衣裳，不料被衣扣划破了手臂！"

下界战场上又是一番激烈的景象。狄俄墨得斯朝着埃涅阿斯扑了上去，三次使劲地想给埃涅阿斯以致命的打击，但是三次都被愤怒的阿波罗神用盾牌挡住。当他第四次冲过来时，阿波罗可怕地朝他喝斥一声："你这个凡人，别放肆想跟众神作战！"

听到这话，狄俄墨得斯畏惧而又心神不定地退了下去。阿波罗托着埃涅阿斯离开了混乱的战场，回到他在特洛伊的神庙，使他受到勒托，即拉托那，和阿耳忒弥斯的精心照料。勒托是阿波罗的母亲，阿耳忒弥斯是他的同胞妹妹。阿波罗没有忘掉在英雄埃涅阿斯刚才躺下的地方制造一个幻像，让特洛伊人和希腊人以为他还在原地，彼此间激烈争夺，相持不下。阿波罗提醒战神阿瑞斯，把胆敢与神作对的无耻之徒、堤丢斯的儿子从战场上清除出去。战神扮作色雷斯人阿卡玛斯的模样，趁着喧嚷来到普里阿摩斯的儿子跟前，嘲笑他们说："你们还要让希腊人再杀戮多久？难道你们想等到战场摆在特洛伊的城门前面吗？你们知道埃涅阿斯正躺在地上吗？起来，让我们从敌人的魔掌中救出这位高贵的伙伴！"

阿瑞斯重新扇起了特洛伊人的战斗热情。吕喀亚的国王萨耳佩冬走近赫克托耳，对他说："赫克托耳，你的勇气消失在什么地方了？你在不久前还夸口说，不要同盟军，不用士兵帮助，光靠你们兄弟几人和姐夫妹夫们就能保护特洛伊城。可是我却没有看到你们中有任何人身陷战场，你们像野狗看到雄狮一样往后退缩。还是让我们同盟兄弟们单独地把战斗进行下去吧！"

一番谴责深深地打动了赫克托耳。他挥舞着长矛，跳下战车，催促着将士们，急匆匆地穿过士兵的行列。他的兄弟几人以及特洛伊人也重新转向敌人。阿波罗让埃涅阿斯恢复了健康和力量，把他送上战场，让他突然毫无伤痛地站在大家一起。将士们非常高兴，可是谁也没有时间问他一声。他们成群结队，涌入战场，扑向敌人。

丹内阿人静静地等待着。他们站在狄俄墨得斯、两位埃阿斯和奥德修斯的身后。阿伽门农一马当先，朝着飞奔而来的特洛伊人投去一镖。埃涅阿斯的朋友，高尚的得伊科翁应声倒下。得伊科翁始终是亲临前线、积极作战的英雄。接着，埃涅阿斯也挥起巨手，亲自杀掉了两名丹内阿人克瑞同和俄耳西科罗斯。他们是狄俄克赖斯的儿子，从小一起在伯罗奔尼撒的弗赖城长大，兄弟两人犹如两头山间雄狮。为了报仇雪恨，阿伽门农的兄弟墨涅拉俄斯挥动长矛，疾风一般朝人群密集的战场扑过来。阿瑞斯亲自鼓励着他，战神心里担忧着，生怕埃涅阿斯把他砍翻在地。涅斯托耳的儿子安提罗科斯也在关心着国王的生命，急忙靠近墨涅拉俄斯。墨涅拉俄斯和埃涅阿斯各怀杀气，举起长矛，杀作一团。

埃涅阿斯看到对方又来一人，连忙退了下去。墨涅拉俄斯和安提罗科斯抢出了两位朋友的尸体，交给自己人去处理。他们又回头厮杀。

赫克托耳率领最勇敢的特洛伊人势如破竹地冲了过来，战神亲自与他一道作战。狄俄墨得斯看到战神逼近，惊得对士兵们大声呼喊："朋友们，别为赫克托耳的无畏而惊讶；他的身旁陪伴着一位神！"赫克托耳手起枪落，打死了战车上的两名勇敢的希腊人。忒拉蒙的儿子埃阿斯赶过来为他们报仇。他用长矛挑下了特洛伊人的同盟兄弟安菲俄斯。特洛伊人枪如飞蝗，朝他投掷过来，这才没有让他抢去尸体上的盔甲。

在战场的另一方面，可怕的厄运正驱使着赫拉克勒斯的儿子特勒帕勒摩斯朝吕喀亚人萨耳佩冬一步步走去。萨耳佩冬远远地看着他的对手，只听对方大声地喝斥着："娇生惯养的亚洲人，你竟敢夸口自己是宙斯的儿子，可知道赫拉克勒斯乃是我的父亲！你是一个胆小鬼，纵然你今天变得勇敢了，也难以逃脱前往哈得斯的下场！"萨耳佩冬不由得大怒说："如果我直到今天都没有取得任何荣誉，那么你的死将给我增添光彩！"说话间，两杆长矛早已舞动着交织一道。萨耳佩冬投去一枪，正中对方脖颈。特勒帕勒摩斯呀的一声倒在地上，死了。可是他先前也掷出飞镖，刺穿萨耳佩冬的左腿，镖尖直抵腿骨。也许只有宙斯才能免除他的死亡。朋友们急忙拖着萨耳佩冬离开战场。居然没有人发现，萨耳佩冬的腿上还拖着飞镖。

奥德修斯在群龙无首的吕喀亚人群中十分愤怒，快要临近正在逃跑的萨耳佩冬时，看到赫克托耳急忙赶来。萨耳佩冬以虚弱的声音对他喊着说："别让我落在亚各斯人的手里；保护我，让我在这座城里咽下最后一口气。我知道我已经无法再看到父辈们的国家，看不到我的妻子和幼小的儿子了！"赫克托耳一句话也没说，把蜂拥而来的希腊人统统赶回去，连奥德修斯也不敢再往前一步。萨耳佩冬的朋友把他搁在离中心城门不远的一棵大山毛榉树下。他的青年时代朋友珀拉工从他的腿上拔出枪头。受了重伤的萨耳佩冬痛得失去知觉。不久,他苏醒过来。一阵凉爽的北风又使他恢复了精神。

阿瑞斯跟赫克托耳并肩作战,一起努力,迫使希腊人逐渐地乱了阵脚,朝战船撤回去。他们中共有六位勇猛的战将栽在赫克托耳一个人手上。

赫拉站在高高的奥林匹斯山上,俯视着人间这一幕残杀,感到十分恐怖。那是阿瑞斯帮助下的特洛伊人正在赶杀他们的对手。按照女神的旨意,雅典娜的战车早已装备一新,车轮上裹铁包金,车辕上嵌着白银,轭具也闪发着珠光宝气。赫拉给战车套上她的快马。雅典娜披挂父亲的盔甲,头上戴着金盔,手执盾牌,盾牌上画着戈耳工的头像。她带着长矛,跃身跳上战车,坐在金链系扎的银椅上。赫拉在她旁边挥舞马鞭,催促快马飞奔往前。由时序三女神看守的天堂大门轰然一声自动开启。两位强大的女神穿过雄伟的奥林匹斯山。到达山的顶峰时,她们看到宙斯端端正正地坐在那里。赫拉勒住马缰,停息一会。她说:"你的儿子阿瑞斯违背天命,反对希腊人,滥杀无辜,想要毁灭英雄的希腊民族,你难道一点儿也不生气吗?阿佛洛狄忒和阿波罗唆使那位暴君作恶,你没看到他们多么地得意吗?现在你应该同意我去给这个无理的人一个沉重的打击,让他从此离开战场!"——"你可以如此行事,"宙斯大呼一声,"别忘掉派我的女儿雅典娜去对付他。雅典娜知道如何与他战斗。"战车自由地飞奔在繁星密布的天空和怪石嶙峋的大地之间,最后降落在西莫伊斯河与斯卡曼德洛斯河汇合处的地面上。

女神们迅速投入战斗。她们看到军士们团团围困着狄俄墨得斯。赫拉扮作斯屯托耳的模样走近他们,声如洪钟地大喝一声,原来斯屯托耳是一位亚加狄亚人,生来大嗓门,一声大喊,五十个人凑合在一起都还比他不上:"亚各斯人,你们真不害臊!要是阿喀琉斯跟你们一起战斗,你们将更加英勇无敌!"丹内阿人正在犹豫,一听呼喊,顿时受到鼓励,如虎添翼。雅典娜指出一条路,直通狄俄墨得斯。狄俄墨得斯正依在战车上,让风吹拂伤口,那是潘达洛斯给他添加的箭伤。宽阔的盾牌带压在身上,加上汗水流淌,使他感到一阵阵疼痛,两只手丝毫无力。他费力地拉开带子,擦干血迹。雅典娜伸出手臂,抓住骏马的轭具,说:"说真的,勇敢的堤丢斯的儿子一点儿也不像他的父亲。他的父亲虽说是个矮小的人，然而却是一位坚毅的战士。在底比斯城前他曾经违背过我的意志，可是我却无法拒绝对他的帮助。你在今天也可以得到我的保护和帮助，不过我却是不明白，你的四肢是因为打仗劳累而麻痹了，还是因为害怕——够了，你看上去不像猛如烈火的堤丢斯的儿子，你不配啊！"

狄俄墨得斯听到这番话，惊讶地朝女神看了一眼，说："也许我已经认出你了，你是宙斯的女儿，我不想对你掩盖真情。真正影响我手脚的既不是害怕，也不是懒惰，而是一位强大的神。是你从前给我一双慧眼，让我认出了他。他是战神阿瑞斯。我看他始终保护着特洛伊人。我毫无办法，只得退避到这里，而且让其他的希腊人一起下来。他们都在我的周围。"雅典娜听罢，回答说："狄俄墨得斯，你在将来既不用害怕阿瑞斯，也不必害怕其他神。我当你的后盾。大胆地驾起马车，迎着战神开过去！"

说完，她朝狄俄墨得斯的驾车副将斯忒涅罗斯使了个眼色，副将会意地从战车上跳了下来。雅典娜跨上去，坐在他的座位上，抓住缰绳和马鞭，驾着马车朝战神阿瑞斯径直扑了过去。阿瑞斯刚刚战胜了最勇敢的挨陀利亚人珀里法斯，准备剥取他的盔甲。他看到狄俄墨得斯站在战车上冲了过来，而女神雅典娜则把自己裹在密不见光的黑暗里。阿瑞斯放下珀里法斯，一面迎着堤丢斯的儿子走上前来，一面早把长矛瞄准对面英雄的胸脯。雅典娜神不知鬼不觉地用手悄悄地接住长矛，让它改变了方向。狄俄墨得斯从战车上站了起来，雅典娜接过他的长矛，让它击中阿瑞斯的小腹，刚好在铁腰带的下端。战神大叫一声，如同千万个人在吼叫。特洛伊人和希腊人听得毛骨悚然，以为听到了宙斯的雷声。狄俄墨得斯看到阿瑞斯裹在云团里，旋风一般地朝天空飞了上去。战神来到天空，坐在父亲身旁，把从伤口里滴落的血指给他看。宙斯面色阴沉地说："儿子，别再抱怨了！在奥林匹斯神的行列里，我最不喜欢的就是你了。你总是喜欢口角争斗。在倔强和执拗方面，你比任何人都更像你的母亲赫拉。不过，我还是不愿意看着你忍受创伤的折磨。众神的医生弗厄翁会给你治愈的。"

说话时，其他的一些神也回到奥林匹斯山，以便把战场留给特洛伊人和丹内阿人自己掌握。忒拉蒙的儿子埃阿斯首开记录，冲入特洛伊人的人群之中，用枪刺穿了强大的色雷斯人阿卡玛斯。接着，狄俄墨得斯一举杀死了阿克绪罗斯和他的副将。三位英勇的特洛伊人死在墨喀斯透斯的儿子欧律阿罗斯手下;奥德修斯杀死了特洛伊英雄庇底狄斯;透克洛斯杀死阿瑞塔翁;阿布勒洛斯倒在安提罗科斯的脚下;埃拉托斯倒在阿伽门农的脚下。阿达斯特洛斯在回城的途中被马匹摔落地上,被墨涅拉俄斯一把抓住。阿达斯特洛斯抱住墨涅拉俄斯的膝盖,苦苦哀求:“放我一条命吧,阿特柔斯的儿子,我的父亲会从他的珠宝中给你大笔的赎金!”墨涅拉俄斯几乎已经心动了,却看到阿伽门农走上前来谴责说:“墨涅拉俄斯,你对待敌人发善心吗?特洛伊城养大的任何人都逃脱不掉我们的报复,即使是母亲怀中的孩子也不例外!”墨涅拉俄斯转过身,把求饶的人推到面前。阿伽门农挺起长矛,把这个特洛伊人戳翻在地。人们在蜂拥而上的亚各斯人中听到涅斯托耳大声呼喊着:“朋友们,任何人不得停下来抢拿财物收集战利品。现在正是动手杀敌的时候!”

特洛伊人几乎要大败着逃回城里去了,只听普里阿摩斯的儿子,精通鸟儿占卜的赫勒诺斯对赫克托耳和埃涅阿斯说:“朋友们,一切都指望你们了。你们必须把逃跑的人都拦阻在城门口,然后我们就能战胜丹内阿人。埃涅阿斯,这首先是神给你的任务。赫克托耳,你现在先回特洛伊去,告诉我们的母亲,让她动员最高尚的妇女,到雅典娜的庙里去集合,将她们最宝贵的衣服盖在女神的膝盖上,答应给她祭供十二头肥壮的母牛,请女神怜悯我们特洛伊的妇女、孩子和她们的城市,打退这个可怕的狄俄墨得斯。”赫克托耳急忙朝特洛伊城走去。

格劳库斯和狄俄墨得斯

吕喀亚人柏勒洛丰的孙子和堤丢斯的儿子狄俄墨得斯斗志昂扬,同时跃出了各自的战斗行列,冲入战场。狄俄墨得斯就近打量着他的对手,说:“高尚的英雄,你是何方人氏?我在战场上从来没有见到你。现在,你却以超群的勇气,前来抵挡我的长矛。我一路上所向无敌,阻拦的人都成了我的枪下屈鬼。你如果是一位神,扮作凡人的模样,那么我就不跟你战斗。我害怕神发怒,不想跟与天地齐寿的神发生纠纷。你如果是一名凡夫俗子,那么就请放招过来,结果你也难免一死!”

希波洛库斯的儿子听罢这番话，回答说："狄俄墨得斯，你还要问我的身世吗？我们人类如同林中树叶，在风中凋零，又在春天重新发芽！你实在想知道，那就听着吧：我的先祖是埃洛斯，是赫楞的儿子。埃洛斯生下狡猾的西绪福斯，西绪福斯生下格劳库斯；格劳库斯的儿子是柏勒洛丰，柏勒洛丰的儿子希波洛库斯，我正是希波洛库斯的儿子，也叫格劳库斯。我的父亲派我前来特洛伊，我应该为列祖列宗争夺荣誉。"

"尊贵的王侯，你我原是世交，从先辈手上起就是朋友。我的祖父俄纽斯曾在自己家中接待过你的祖父柏勒洛丰，让他住了二十天。我们的祖先相互间赠送了许多礼物：我的祖父给你的祖父送一条紫金腰带，你的祖父回赠了一只双耳金杯。金杯现在还收藏在我的家中。因此，你如果到亚各斯来，当是我的客人；我倘若到吕喀亚去，就该投奔于你。我们在战场上应该各自让路。我有其他的特洛伊人可供杀戮，你也有足够的希腊人供你刺杀。让我们交换一下武器吧，也好使别人看到，我们原来是邻邦友好！"

两个人果然从马车上跳下，相互握手，立誓友好。格劳库斯把自己的金盔掉换狄俄墨得斯的铁甲。

赫克托耳在特洛伊城

赫克托耳来到了中心城门，走到宙斯的山毛榉树下。妇女们团团围住他，惊恐地向他打听丈夫、儿子、兄弟以及亲戚朋友的吉凶。他无法对每个人都答复一番，只是提醒大家恳求神。不过，很多人都从他那里听到了可怕的消息。不一会，他来到父亲的宫殿。这是一幢豪华的大楼，周围的厅堂宽敞明亮，厅内竖立着粗大的石柱，里面有五十间内室，装饰着光滑的大理石。这里是王子及其妻室们居住的地方。院内的另一边耸立着十二根大理石柱，那里是国王女儿女婿们生活的地方。宫殿的周围是一座高大的城墙，构成一座结实的城堡。赫克托耳在这里遇到了他的善良的母亲赫卡柏，母亲正要前去寻找爱女劳迪克。年迈的王后看到儿子，急忙走过来，抓住他的手，又是担忧又是爱怜地说："儿子，你怎么离开了战场？想必希腊人威逼太紧，你是回来恳求宙斯的。我要给你送上最名贵的葡萄酒，让你祭供众神之父宙斯和其他神，你自己也可以畅饮一饱。对一名疲劳的战士来说，酒是最好的补给！”

赫克托耳回答王后说：“亲爱的母亲，别给我端酒，否则我会失去力量的；我也不想用一双未曾洗过的手给众神之父祭供捐送礼物；母亲，你去吧，让最高尚的妇女们陪同你，带着香烛到雅典娜的庙宇去，把你的最华丽的衣服供祭在她的膝盖上，答应给她十二头肥壮的母牛，请她佑护我们。我把兄弟帕里斯喊去上战场。即使他被大地生生地吞吃下去，我也不怜悯他，因为他是为了让我们彻底毁灭而降临到人间来的。”

母亲走进收藏最美丽的丝绸衣衫的房间。那些衣衫是帕里斯与海伦回归途中从西顿带来的。她找出一件最大最漂亮的、花式又是最鲜艳的衣服，然后由高贵的妇女们簇拥着来到雅典娜的寺庙。安忒诺尔的妻子，帕拉斯在特洛伊的女祭司特阿诺给她们打开了女神的庙门。妇女们围着雅典娜的神像，恳切地举起双手。特阿诺从王后手里接过衣服，搁在圣像的膝盖上，对宙斯的女儿恳请着说：“帕拉斯·雅典娜，城市的佑护，高贵而又威力无比的女神，毁灭狄俄墨得斯，怜悯城市、妇女和孩子吧！为此，我们还将祭献十二头肥牛。”帕拉斯·雅典娜却拒绝了他们的请求。

赫克托耳已经来到帕里斯的宫殿。他也就在国王和赫克托耳的宫殿附近，因为赫克托耳和帕里斯都是单独居住的。赫克托耳右手执一根长矛，矛长丈余。铁矛和粗杆交接处有一道金箍。他看到兄弟帕里斯正在房间内检查武器，磨亮硬弓的角质。帕里斯的妻子海伦坐在一群妇女中间，做着日常的事务。赫克托耳嘲笑着看着帕里斯，大声地说：“你坐在这里无所事事，实在没有道理。兄弟，城里这么多人是为了你才投入战争的。如果有人逃避战斗，你也许会责骂他们。起来吧，趁着城市还没有被敌人烧成一片废墟，帮助我们共同去防守！”

帕里斯回答他说：“你说得不是没有道理，兄弟，我是因为心内悲伤才坐在这里的。刚才夫人已经劝说我，要我重上战场；你先去吧，我随后就来！”赫克托耳沉默不语。海伦面有愧色地说：“兄长，我带来了多少灾难啊！我真希望当年跟帕里斯回到这里以前就葬身于大海！现在已经面临灾难了。我多么希望是一位勇敢夫君的妻子，他应该记住由于自己而引起的耻辱和谴责。他没有任何的自豪，他的胆怯一定会带来可怕的后果。而你，赫克托耳，进来吧，先休息一下，战争的巨大压力正搁在你的肩膀上！”

“不,海伦,”赫克托耳回答说,“别再如此友好地强迫我休息并且坐一会,我不能休息。我必须回到特洛伊人那里去。劝说这个人,马上跟我一起去。我还得匆忙回去一下,看望我的家眷。”说完,赫克托耳回转身走开了。回家后他看到妻子不在家。管家的女仆告诉他:“当她听说特洛伊人遭受压力,希腊人将要取得胜利时,她就离开这里,希望登上城市的一座塔楼。她让女佣抱着孩子,跟在后面。她完全不能抑制自己了。”

赫克托耳又连忙走遍了特洛伊的大街小巷。当他来到中心城门时,他的妻子安德洛玛刻迎面赶来。安德洛玛刻是底比斯国王厄厄提翁的女儿,跟在她后面的女佣抱着男孩阿斯提阿那克斯。父亲默默地微笑着看着漂亮的儿子。安德洛玛刻含着眼泪走近过来,温柔地握着丈夫的手说:“可怕的男人,你的勇气一定会使你丧命。现在,你既想不到你的幼儿,也不会想到即将成为寡妇的妻子。阿喀琉斯杀害了我的父亲,阿耳忒弥斯的弓箭伤害了我母亲的生命,我的七个兄弟也全都死在阿喀琉斯的手上。除了你以外,赫克托耳,我什么人也没有了。对我来说,你就是父亲、母亲、兄弟。你还是留在这座塔楼上吧!命令部队开往那边无花果树的高地;那边的城墙防守不力,容易成为敌人的突破口;最勇敢的武士,如埃阿斯、伊多墨纽斯、阿特柔斯的儿子、狄俄墨得斯等已向那里发动了三次攻击;也许是占卜人给了他们启示,也许他们自己发现了这处薄弱环节。”

赫克托耳深情地看着妻子说:“亲爱的,我也关心着这一切。不过,我如果仅仅站在远方观望,那么我会在特洛伊的男女老少面前感到惭愧。我的内心总是响起一声命令,要我到最激烈的前线去战斗。虽然,我已经明白:特洛伊城终有一天会毁灭的,普里阿摩斯和他的人民也将在那一天彻底遭殃。可是这一切都不会使我心碎。但是,我如果想到,一位丹内阿人将你带回去,让你当佣人、做奴隶;你到了亚各斯以后坐在织布机旁,或者去挑水浇灌,而且有人看到你泪流满面,对你说:‘这就是赫克托耳的妻子!’——唉,想到这里,我更愿意现在就死掉!”

他朝儿子伸出双臂,孩子却哭着贴紧保姆的胸前,十分害怕父亲头上的铁盔和飘动的马鬃盔饰。父亲微笑着看着孩子和母亲,迅速脱下头上寒光嗖嗖的铁盔,将它搁在地上,然后吻着可爱的儿子,抱着他摇晃一阵。他仰望苍天求告着:“宙斯和诸神,让我的儿子跟我一样,成为特洛伊人的榜样吧;让他强大无比,统帅特洛伊,使得人们终有一天会说:'这个孩子比他的父亲更勇敢!'让他的母亲也为此而欣喜万分!"说完,他把儿子交在妻子的手上,妻子微笑着又含着眼泪把孩子抱在怀里。赫克托耳抚摸着妻子的双颊说:"可怜的妻子,别过分悲伤!没有人敢于违背神的旨意杀害我,但是任何人都难以逃脱自己的命运!"讲完这番话,赫克托耳戴上头盔走了。安德洛玛刻朝家走去,悲怆地哭了起来。

帕里斯也带着铮亮的武器穿过城市。他赶上了哥哥,看到哥哥正在跟他的妻子安德洛玛刻告别。"我磨磨蹭蹭地把你耽搁了,"帕里斯大声地说,"我来迟了,不是吗?"赫克托耳却友好地回答说:"亲爱的兄弟,涉及到讲客气话,你总是非常起劲的。不过你还是愿意回来了。特洛伊人民为你受尽了苦。如果我听到他们鄙视地议论你,就感到深受侮辱。好吧,我们以后再说吧。等到我们把希腊人赶出特洛伊,把盏饮酒,共同庆祝解放时再来议论这件事!"

赫克托耳和埃阿斯的决战

女神雅典娜站在奥林匹斯山上俯视下界,看到赫克托耳兄弟两人急忙朝战场走去。雅典娜抖动着翅膀,迅猛地飞向特洛伊城。她在宙斯的山毛榉圣树上遇到阿波罗。"狠毒的女人,什么风把你从奥林匹斯山上吹刮下来了?"阿波罗问她,"你还念念不忘让特洛伊人失败吗?让今天的决战就此平息吧。如果你们,我是说你和赫拉不甘寂寞,一定要使巍峨的城市变成废墟,那就让他们以后再寻机战斗吧!"雅典娜回答说:"好的,我是因此而从奥林匹斯山特地赶来的。可是,你如何才能使战斗平息下来呢?"——"我们希望强大的赫克托耳更加斗志旺盛,"阿波罗说,"让他挑战丹内阿人,要求寻找一个人与他决战。"

占卜人赫勒诺斯听到两位神的讲话,急忙找到赫克托耳说:"智慧的普里阿摩斯的儿子,你这一回愿意听从我的建议吗?你去要求特洛伊人和希腊人停止战斗,请亚各斯人找出一名最勇敢的武士跟你决战。你在这里毫无危险,因为命运还没有决定你就此死亡。"

赫克托耳听后大喜。他请大家停止战斗,然后手执长矛的中部,走到杀气腾腾的双方部队之间。士兵们看到这个信号，果然停止战斗。阿伽门农也招呼希腊人就此止步。雅典娜和阿波罗变作两头苍鹰，栖息在宙斯的圣树上，只听赫克托耳开始说话："特洛伊和希腊的士兵们，你们听听我内心的打算！我们不久前刚缔结的盟约没有获得宙斯的批准，他使我们两个民族做出恶毒的决定，让我们激烈奋战，其结果非常明显，征服特洛伊，或者让你们连同战船在我们的打击下彻底灭亡。希腊国最善战的英雄就在你们的兵营。谁有胆量跟我作战，请他出阵。我的条件很简单，我请宙斯在这里作证：如果我的对手用长矛战胜我，他可以取走我的武器，可是应该把我的尸体归还特洛伊，让它在家乡得到隆重的安葬；如果阿波罗赋予我荣誉，让对手死在我的矛下，我将把他的盔甲剥下来挂在特洛伊城的福玻斯神庙内。当然，你们可以把死者运回战船，隆重安葬，在赫勒持滂海湾给他立一墓碑，让后来的人说：瞧吧，这里是曾经跟神一般的赫克托耳作战而捐躯的人的坟墓！"

丹内阿人一声不响，因为拒绝战斗就是耻辱，可是接受挑战又意味着生命危险。正在大家左右为难的时候，只见墨涅拉俄斯走上前来，谴责自己的同胞说："你们这批吹牛的人，都像妇女似的，根本不是希腊人。如果没有人敢于跟赫克托耳决一死战，那真是一场无法洗雪的耻辱！我愿意亲自去迎战，让众神决定命运吧！"

说罢，他披挂起来。如果不是希腊的诸位王侯及时劝阻他，墨涅拉俄斯这回真是必死无疑了。阿伽门农握住他的手说："兄弟，你怎么想起来要跟这位强大的人作战？你可知道，连阿喀琉斯在战场上见到他也得回避！我们请你息怒止步，请你坐下来！"

涅斯托耳也对军队作了一阵批评式的讲话，还详细回忆起当年跟亚加狄亚人厄洛宇特哈利翁决战的亲身经历。"如果我还年轻，"他结束时还说，"还跟当年一样强壮，赫克托耳马上就会找到自己的对手！"

他的话音刚落，军队中同时站起来九位国王，阿伽门农一马当先，狄俄墨得斯也不示弱，然后是两位埃阿斯，接下去是伊多墨纽斯，他的伙伴迈里俄纳斯，欧律皮罗斯，托阿斯和奥德修斯。他们一致表示准备拼战。"抽签决定吧，"涅斯托耳又开始说话了，"不管轮到谁。如果抽到签的人能够从艰苦的战斗中得胜回来，全希腊人都会为他感到自豪和高兴。"结果，每一个人都在手上准备一份签,将它投入阿伽门农的头盔里。士兵们一起祈祷。涅斯托耳摇了摇头盔,从中跳出了忒拉蒙的儿子埃阿斯的签子。传令官来回走动,把签子拿给各位英雄过目。埃阿斯高兴地大喊起来:"朋友们,这是我的。我很高兴,因为我希望战胜赫克托耳。趁着我披挂武装的时候,为我祈祷吧!"

希腊人顺从他的意志。一会儿,埃阿斯身穿寒光嗖嗖的铁甲,巨大的身躯跃出队列,扑向战场。他挥舞着粗大的长矛,迈开稳健的步伐,阴沉而又严肃的脸上泛起一丝微笑。丹内阿人看到这副形象都很高兴,而特洛伊的士兵行列里却升起了一股恐惧。连威风凛凛的赫克托耳也感到心脏在加速跳动。可是他不能后退半步,因为这场决斗是他自己挑起的。

埃阿斯站到赫克托耳面前,威胁说:"赫克托耳,这下你该知道,丹内阿人民中间除了狮心豹胆的珀琉斯的儿子以外还有别的英雄。好吧,让我们开始血战!"赫克托耳回答说:"神一般的忒拉蒙的儿子,你别把我当一名弱小的孩子进行挑逗。我身经百战,自有足够的本领。你是一位勇敢的好汉,我不会使用奸计似的朝你投掷长矛;看吧,看它能否击中你。"

说罢,他急速地投出一杆长矛,长矛击中埃阿斯的盾牌,矛尖穿透了六层裹扎的牛皮,直到第七层时方才停止。现在轮到忒拉蒙的儿子了,他的投枪飞过空中。投枪击碎了赫克托耳的盾牌,撕碎了他的战袍。要不是赫克托耳及时躲闪,投枪一定会刺穿他的臀部。双方各自取回投枪,又重新对峙着站定位置。赫克托耳瞄准埃阿斯的盾牌中心,可是他的枪尖弯曲了,不能穿刺铁盾。相反,埃阿斯的投枪钻透了对方的盾牌,划破了他的脖子,里面流出一股黑血。赫克托耳往后退了两步,他的右手稳健地抓起一块石头,击中敌人的盾牌浮雕,发出一声金属撞击的巨响。埃阿斯从地上捡起一块更大的石头,飞速地朝赫克托耳掷去。石块打穿了赫克托耳的盾牌,砸伤了他的膝盖。赫克托耳不由得往后踉跄了几步。可是他仍然抓住盾牌,隐身在他旁边的阿波罗伸出手来,迅速扶住他,站定身子。两个人又拔出剑来,冲向对方,决定最后的胜负。这时候,只见双方传令官匆忙走上前来。特洛伊人方面的是伊特俄斯,希腊人方面是塔耳堤皮奥斯。他们举起棍棒隔开了两位激烈交战的英雄。"别再斗了,"伊特俄斯大喊一声,"你们两个都是勇敢的人,两个人都受到宙斯的喜爱。这是我们共同看到的!现在已是夜晚,回避一下黑暗吧!"

"跟你的同胞去讲吧!"埃阿斯回答说,"正是他向最勇敢的希腊人进行挑战!他如果同意停战,那么我也无所谓!"赫克托耳亲自转向他的对手说:"埃阿斯,是神给了你强壮的身体、力量和投枪的本领。我们还是推迟今天的决战吧,以后我们还要继续进行,而且一直斗到神把胜利交给任何一方为止!我们今天应该互换礼物,让特洛伊人和希腊人将来有理由说:你们瞧,他们战斗时想拼个你死我活,然而在分手时却是友情深厚!"说完,赫克托耳把银柄宝剑连同剑鞘和漂亮的剑扣递给他的敌人。埃阿斯解下他的紫金腰带,送给赫克托耳。双方各自分手。

休　战

丹内阿人的王侯们在他们最高统帅阿伽门农的帐篷里召开会议。这里祭供着一头五岁的肥壮公牛。欢宴时大家又把最好的牛排让给获胜的埃阿斯。等到王侯们酒足饭饱,涅斯托耳献上建议,要求明天休战,以便趁停战之机把阵亡的丹内阿人装上战车,运到战船旁火化。等到以后凯旋回国时,他们可以把骨灰交给阵亡人的子女。国王们一致同意,点头称是。

特洛伊人也悲伤混乱地在城堡内举行会议,商量决战的大事。智慧的安忒诺尔站起身来说:"特洛伊的朋友和同盟兄弟们!潘达洛斯撕毁了神圣的协议,使我们进行着一场违约的战争,它不会给我们的人民带来好结果。因此我建议把亚各斯女子海伦连同她的财物一起还给阿特柔斯的儿子。"

帕里斯表示不同意见,站起来说:"如果你是认真的而不是讲笑话,安忒诺耳,那也许是被神夺走了你的理智。我明确地宣布,我决不把海伦重新交出去。我从亚各斯带回的珠宝可以退给他们。而且,如果他们要求补偿的话,我还乐意从自己的财产中再给他们增加一些!"年迈的国王普里阿摩斯继儿子讲话以后宽慰大家说:"我们在今天不再议论其他事了,朋友们,让士兵们开始晚餐,你们也请宽衣解甲,好好休息。我们的使者伊特俄斯明天到希腊人的船上去,问他们是否愿意跟我们休战,让我们把死者火化掉。要是我们不能达成一致协议,也许马上又要重开战局。"

果然如此,伊特俄斯在第二天清晨作为使者来到希腊人面前,宣告帕里斯的赔偿计划和国王的停战建议。丹内阿人的英雄们听到这消息,沉默许久。最后,狄俄墨得斯打破寂静说:“你们可别指望得到财物珠宝,希腊人的朋友们,即使你们重新得到了海伦,也别想着财物的事。他们的建议只是表明特洛伊人已经感到了灭亡的威胁!”大家报之以一阵热烈的鼓掌。阿伽门农对使者说:“你亲自听到了希腊人对帕里斯计划的详细答复;但是,应该给你们时间,让你们去火化死者;执掌雷霆的天神可以明鉴我们的允诺!”说完,他举起权杖,指了指苍天。

伊特俄斯回到特洛伊,看到特洛伊人又在开会商议。随着令人高兴的消息,整座城市都显得忙碌起来。有的人收尸,有的人拾木柴。希腊人的战船营内也同样地忙碌着。一天前的敌人们在灿烂的阳光下平静地来来往往,在同一堆尸体中分拣着各自阵亡的士兵。特洛伊人含着热泪替他们的阵亡将士清洗肢体上的血污,默默地把尸体抬上车辆,送上高高的柴堆。希腊人也含着悲痛操办着同类事务。一直等到火焰熄灭时,他们才朝自己的战船走回去。他们忙碌着送走了白天,然后开始用晚餐。正巧碰上奥宇纳奥斯从雷姆诺斯岛用大船运来许多名酒,那是与希腊人沾亲带故的东道主赠送的礼物。奥宇纳奥斯是伊阿宋和妻子许珀茜伯勒所生的儿子。希腊人分外高兴,放怀畅饮,享用了一顿美餐。

特洛伊人也想趁着战争空隙和晚餐之际休息一阵。宙斯却不让他们平静生活。雷声隆隆,一夜未息。特洛伊人预感到又面临着新的灾难,内心充满着恐惧,连酒杯都不敢往嘴边凑。大家忙着给愤怒的众神之父浇奠祭供。

特洛伊人的胜利

宙斯突然改变初衷。“你们听着,”第二天清晨,他对前来与会的神男神女们说:“今天有谁胆敢帮助特洛伊人或者希腊人,我就把他扔入塔耳塔洛斯地狱,让他远离地面十八层。然后我再锁上地府的铁门,做坏事的人从今以后再也回不到我的身边。你们可以怀疑我的权力,不妨以身试法,试验一下:你们用一根金链条系在天空上,然后集中起来抓住链条的一端,使劲扯动,看看是否能把我拉下地面。结果很明显,一定是我把你们连同地球、海洋全都拉上来,将链条系在奥林匹斯山岩上,让地球永远吊挂悬荡着。”

众神听到宙斯愤怒的讲话,吃了一惊。宙斯登上他的雷霆马车,驶往爱达山去了。那里有他的一片小树林和祭坛。他坐在高高的山顶,骄傲地俯视着山下特洛伊城堡和希腊人船营。他看到双方士兵正在忙碌,准备战斗。特洛伊人数量不及对方,可是他们踊跃参战。他们明白这一仗关系着家室儿女的安危。一会儿,城门大开。步兵、骑兵呐喊一声冲了出来。他们战斗了一个早晨,双方杀得难解难分,血流成河,还是不分胜负。到了中午,太阳钻出了天空的云层,宙斯请了两位神坐上金车,然后让他们悬挂在空中。希腊人的命运突然艰难起来,特洛伊人却犹如升上天堂。

一道闪电落在希腊人的军队中间,雷声宣告了他们更变的命运。一股无名的恐惧威慑着希腊人,英雄们都开始动摇了。伊多墨纽斯,阿伽门农,甚至连两位埃阿斯也坚持不住了。不一会,人们又在前排行列里看到年迈的涅斯托耳。帕里斯一箭射中他的坐骑,战马惊恐地竖起前腿,然后又在地上打滚。涅斯托耳挥舞宝剑,正想制服身旁的坐骑时,赫克托耳驾着战车朝他猛扑过来。如果不是狄俄墨得斯及时赶来,这位高贵的老人必定会有生命之虞。狄俄墨得斯正想劝阻奥德修斯不要逃跑,没料想劝阻失败,却在无意中来到涅斯托耳的马前。他把涅斯托耳的马交给斯忒涅罗斯和欧律墨冬,让老人上了自己的战车,然后一起朝赫克托耳迎面驶来。他向对方投去一杆飞枪,枪没有打着赫克托耳,却刺穿了副将厄尼俄泼乌斯的胸膛。眼看着朋友死在自己身旁,赫克托耳十分悲痛。他让副将躺在车上,唤来另一名英雄驾驶战车,又迎着狄俄墨得斯扑了过来。

宙斯知道,赫克托耳果真跟堤丢斯的儿子较量,那是一定会彻底完蛋的。不过,一旦赫克托耳死了,战场形势顿时会出现危机,希腊人当天上午就会夺取特洛伊。宙斯不愿意看到这一局势,便抖手朝狄俄墨得斯的车前扔去一道闪电。涅斯托耳吓得连缰绳都从手上滑落下去,大声呼喊:“起来,狄俄墨得斯,快掉转马头!你看到了吗,宙斯不让你今天取得胜利。”

“是的,”狄俄墨得斯回答说,“可是,我只要想到,赫克托耳将来在特洛伊的国民大会上宣布说:堤丢斯的儿子在我面前吓得抱头鼠窜,心里就非常生气!”

涅斯托耳不以为然地说:“不管赫克托耳如何嘲笑你,特洛伊的男男女女们是不会相信的。你在战场上杀掉了他们无数的朋友和丈夫,他们敢于忘怀吗?”他一边说话,一边掉转了马头。赫克托耳见状立即追了上来,呼喊着说:“堤丢斯的小子,希腊人无论在会议或是宴席上都对你推崇备至,将来,他们会把你看作一位胆怯的女人!攻占特洛伊和抢占我们妇女的希腊英雄中一定没有你的名字!”

听到恶毒的嘲笑,狄俄墨得斯思考了再三。他想掉转马头,跟嘲笑自己的人较量一番,可是宙斯从爱达山上扔下三个炸雷。因此,他决定还是逃跑。赫克托耳在后面紧追不舍。

赫拉看着这一切,内心焦急,便想说服希腊人的佑护神波塞冬,要他前来助一臂之力。波塞冬不敢违抗兄长的意志,不敢逆天行事。一会儿,希腊人兵败如山倒,漫山遍野地逃了回来,纷纷上了战船。如果不是赫拉鼓励阿伽门农,把惊慌失措的希腊人重新集合起来,赫克托耳一定会涌上前来举起火把,把希腊人的战船营烧成一片灰烬。阿伽门农登上奥德修斯的大船。它位于众船的当中,看上去高高在上,又高大又威武。阿伽门农披着一件闪闪发光的紫金战袍,站在甲板上,看着下面营房内一片忙碌溃逃的景象,大声呼喊说:“真是丢人现眼,你们的英雄气概荡然无存,全是吹牛大王。赫克托耳只要一个人就足够把我们全给收拾了。他一会儿就会让我们的船营变成火海。哦,宙斯啊,你让我遭万人咒骂,成为千古的罪人!”说到这里,阿伽门农声泪俱下。他的这番举动感动了神之父。宙斯从天上给希腊人送上吉兆,那是一头雄鹰。它翱翔在天空中,爪下擒着一只幼鹿。雄鹰将幼鹿扔在宙斯的祭坛前。

丹内阿人又获得了新的勇气。他们重振旗鼓,踊跃向前,挡住接踵而来的敌人。狄俄墨得斯一马当先,跃过战壕,迎面碰上特洛伊人阿革拉俄斯。阿革拉俄斯眼见不妙,扭头便逃,被狄俄墨得斯一枪刺中后背。阿伽门农和墨涅拉俄斯随后而来,紧接着又有两位埃阿斯,伊多墨纽斯,迈里俄纳斯和欧律皮罗斯。第九位上来的是透克洛斯,他跟大埃阿斯都是国王忒拉蒙的儿子。大埃阿斯的母亲厄里玻亚,是忒拉蒙的正式王后。透克洛斯躲在异母兄弟大埃阿斯的盾牌后面弯弓搭箭,射倒了一个又一个特洛伊人。他在射翻第八个人以后,又瞄准赫克托耳射去一箭。箭射偏了,却打中了戈尔吉茨翁,那是普里阿摩斯的私生子。透克洛斯再射一箭。阿波罗让箭又偏离目标,只射中驾车副将阿尔茜泼托勒摩斯。赫克托耳忍着悲痛,让他的朋友躺在车上。他唤来第三人上车驾马,然后又以昂扬的斗志向透克洛斯扑了过去。透克洛斯正要张弓,被赫克托耳用一块尖利的长石砸在锁骨上,筋也断了,一只手僵硬地靠在踝骨旁,双膝弯曲着跪在地上。埃阿斯连忙伸出盾牌挡住兄弟,直到又来了两人,才把呻吟不已的透克洛斯抬离战场,送上大船。

宙斯又鼓起了特洛伊人的勇气。赫克托耳咆哮如雷,瞪着一双直冒火星的眼睛,赶追屠杀希腊人。希腊人只得逃上战船,惊恐万状地恳求神保佑。赫拉把这一切都看在眼里,心痛欲裂,转过脸去,对雅典娜说:“我们难道对垂危的丹内阿人还能保持缄默,见死不救吗?你瞧,赫克托耳是多么地猖狂,他砍瓜切菜似的把希腊人杀成一片血海!”

“是的,我的父亲很残忍,”雅典娜回答说,“他忘掉我从前如何热情地帮助赫拉克勒斯脱离险境,赫拉克勒斯是他的儿子。忒提斯以爱情为贿赂笼络他,他现在反而见恨于我了。可是这一切都会改变的,给我准备一下物品,我去见见父亲!”

宙斯见到这种情形十分生气,便命令伊里斯前去挡车。车上坐着两位女神,正要穿过奥林匹斯神山的前门。两位女神看到宙斯大发雷霆,只得转回车头。一会儿,宙斯自己乘坐雷车,神山的顶峰上地动山摇,他不听妻子和女儿的恳求。“你明天将看到特洛伊人展开更大的攻势。”他对赫拉说,“强大的赫克托耳一直把希腊人赶到船尾,压断船舵,方才善罢甘休。希腊人绝望了,只好重新请出受尽凌辱的阿喀琉斯,这就是命运!”赫拉听了一声不吭,十分悲伤。

特洛伊人趁着夜晚制订了新的战斗目标。赫克托耳召集武士们开会讨论。他说:“要不是天色已晚,我们说不定早把敌人彻底歼灭了!我们不用回城去了,而把牛羊搬来,从城里运来面包,美酒,周围烧起一片片篝火,防备敌人晚上前来偷袭。我们自己则开怀畅饮,包扎伤口,等到明天拂晓就开始进攻希腊人的船只。我要看一下,是狄俄墨得斯把我赶到城墙边上,还是我摘下他的盔甲和兵器!”特洛伊人欢声雷动。他们让周围燃起篝火,然后又吃又喝。连马儿也没有卸下鞍具。它们吃着燕麦和大麦,随时准备再上战场。

希腊人拜会阿喀琉斯

在希腊军营里,士兵们还没有从刚才落荒而逃的恐惧中恢复过来,阿伽门农又悄悄地召集诸位国王举行会议。国王们坐在一起,神情沮丧。阿伽门农作为各路盟军的最高统帅,叹了一口气说:"朋友们,各路统领,宙斯使我陷入深深的冤孽之中。他曾经仁慈地示意我,消灭特洛伊后凯旋返乡,现在却命令我丢下这么多勇敢的军士,耻辱地回到亚各斯去。我们违背了宙斯的意愿,虽然已经攻拔了许多城池,而且还会占领一些城市。可是我们却无法攻陷特洛伊。你们还是跟着我,让我们一起乘坐快船逃回我们祖祖辈辈生活的地方去吧!"

听完他的讲话,大家一言不发,沉默许久。最后,狄俄墨得斯打破寂静说:"国王,你刚才还当着希腊人的面嘲笑我的勇气和胆量!可是我却感到,宙斯赋予你权力,却没有给你胆识。你难道真的认为希腊国的好汉们是如此容易地被征服的吗?好吧,如果你在心里如此地思念家乡,那么你就回家去吧!路是自由的,你的船也已备好。我们其他人愿意留下来,直到摧毁普里阿摩斯的城堡为止。即使你们全部走掉了,我们,即我和我的朋友斯忒涅罗斯也要留下来战斗,我们深信正是神的意志才把我们带到这里来的!"

英雄们听到这番话齐声喝彩。涅斯托耳说:"按年龄,你可以当我最小的儿子,可是你在讲话时却像一位理智的长者。起来吧,阿伽门农,你应该邀请我们用膳。你的帐篷里有的是美酒。让守卫的哨兵在城墙前的沟道里注意动向,你却能从酒杯声中听到大家最好的建议。"

果然,国王们在阿伽门农处用膳,他们的信心在逐渐地增长。饭毕,涅斯托耳又说:"阿伽门农,你在那一天违背我们的共同心愿,从受了屈辱的阿喀琉斯营帐里抢出了勃里塞斯的漂亮女儿。你当然不会忘掉那一天的事情。现在已经到了重新思考我们应该如何与这位受委屈的人再度和解的时候了。"

"你说得有理。"阿伽门农回答说,"我不否认,这是我的过错。可是我愿意改正,愿意给受了侮辱的人很多赔偿。我准备赔偿十泰伦特的黄金,七只三脚祭鼎,二十只炊鼎,十二匹骏马,七名我从勒斯波斯岛亲自抢来的漂亮姑娘，包括退还美丽的勃里撒厄斯。我可以庄严宣誓，对勃里撒厄斯始终是以礼相待，十分尊重的。如果我们征服特洛伊，开始分发战利品时，我愿亲手给他的战船装满青铜和黄金，除了海伦以外，他可以在特洛伊挑选二十名最漂亮的女子。等我们回到亚各斯时，他可以在我的女儿中选一人为妻，成为我的乘龙快婿。我待他也如同我的独子俄瑞斯忒斯一样。我将给他七座城市作为女儿陪嫁的礼物。只要他愿意和解，我什么都答应办了。"

"你答应给阿喀琉斯的礼物真是不可小看了。"涅斯托耳回答说，"我们立即挑选最合适的人去见他。福尼克斯为首，然后是大埃阿斯，尊贵的奥德修斯，荷迪奥斯和欧律巴特斯也一起作为使者前往。"

涅斯托耳挑选出来的国王们隆重地浇奠祭供，离开会议，朝弥尔弥杜纳人的船队走去。他们看到阿喀琉斯正在弹奏一架微微拱起的美丽的古琴，琴上装饰着银制的琴弓。他在演唱古老英雄的胜利征战。阿喀琉斯看到使者临门，惊愕地站了起来。原来默默无声坐在对面看他弹奏的帕特洛克罗斯也站起身。两个人朝使者迎面走来。阿喀琉斯握住福尼克斯和奥德修斯的手，大声说："贵客临门，欣喜无比！虽然肯定是困难才把你们送到我的门上，可是我仍然热爱你们，欢迎你们。当然，我对希腊人还是十分气恼！"

帕特洛克罗斯急忙端来一大罐美酒。阿喀琉斯把一只山羊和一只绵羊脊背以及一条肥猪腿叉在火扦上烧烤。大家开怀畅饮，饱餐一顿。这时，只见埃阿斯朝福尼克斯使了一下眼色，奥德修斯却抢在他的前头说："祝你长寿，珀琉斯的儿子，你的餐食精美极了。可是，并不是要求物质享受才使我们前来找你的。我们遭遇了巨大的不幸。现在完全取决于你，取决于你愿意跟我们一起走，还是拒绝我们。它关系到我们获得拯救，还是走向灭亡。特洛伊人逼近了我们的围墙和战船；赫克托耳凭着宙斯的信任斗志昂扬，不可阻挡。虽说已经为时太晚，可是解救希腊人的重任还是落在你的肩上。克制你的傲气吧。请相信我，友谊总比争端强。你的父亲珀琉斯在你出征前不也是这样叮嘱你的吗？"然后，奥德修斯又如数家珍，把阿伽门农答应给他的赔偿一一列举，此外还做出许多其他的允诺。

可是阿喀琉斯却回答说："尊贵的拉厄耳忒斯的儿子，我必须直截了当地用一个不字来回答你的甜蜜的允诺。我恨阿伽门农就像恨哈得斯的地狱大门一样。无论是他还是希腊人都不能劝说我回心转意，进入他们的行列重返战场。他们曾经在什么时间感谢过我的功劳？我度过多少不安的夜晚和血腥的白天，只是为了替那个不知感恩的人夺回一个女人。我把战争中夺来的财物全部交给了阿伽门农；他收下珠宝财物，自己占有多数，仅把少量的财物分给大家；他甚至夺走了我的最心爱的礼物。因此，我在明天将给宙斯和众神摆设祭供；趁着天色黎明我们的船就会航行在赫勒持滂的洋面上。我希望三天以后就能回到夫茨阿。他欺骗了我一回，再想第二回那就难以成功了！你们回去吧，把消息告诉国王。可是我希望福尼克斯留下来。你愿意跟我一起回到祖辈们生活过的地方吗？"

福尼克斯是他的老朋友和教师。可是，无论他怎样努力，都不能使阿喀琉斯回心转意。只见埃阿斯站起来，说："奥德修斯，我们走吧！朋友们的友情打动不了阿喀琉斯，他的心是无法和解的！"奥德修斯也站起身来，他们共同向神浇祭致意，然后带领其他使者离开了阿喀琉斯的营帐，只有福尼克斯留下没走。

多隆和瑞索斯

奥德修斯传达了阿喀琉斯的回话，阿伽门农和其他国王们听了以后一言不发。整整一夜，他们没有合眼安睡。天还没有亮，阿伽门农和墨涅拉俄斯就心神不定地起床了。墨涅拉俄斯把英雄们一个个地从营帐内唤醒；阿伽门农则急忙来到涅斯托耳的住处，看到老人还躺在床上。老人从睡梦中惊醒，对阿伽门农大声喝问："你是谁？怎么深更半夜地潜入我的营帐，是寻找朋友呢，还是寻找走失了的牲口？你说，你到底找什么？"

"是我，涅斯托耳，"国王小声地回答，"我是阿伽门农，宙斯给了我许多莫名其妙的折磨。我一刻也睡不着，我为丹内阿人的命运而害怕。我们去看看外面的哨兵，他们是否会睡着了。而且谁能知道，我们的敌人会不会趁着黑夜计划偷袭呢？"涅斯托耳匆忙穿上羊毛燕尾服，又披上紫金大衣，抓起长矛，跟着国王在战船间的小道上巡视。他们先唤醒了奥德修斯。奥德修斯迅速把盾牌搁在肩膀上，跟上他们一起走了出来。涅斯托耳又走近狄俄墨得斯的营帐，把他推醒。"你这位不知疲倦的老人，"英雄半睡半醒地回答说，"你从来不让自己安宁片刻！不是有许多比你年轻的人吗？他们可以在深夜为你的军队站岗放哨,帮你唤醒睡梦中的诸位英雄。"

"你说得对,"涅斯托耳回答他,"我自己就有合适的儿子。他们可以去干这些事情。可是我们的困难很大,我宁愿亲自来担当。它涉及到生存或崩溃,因此还是起来,帮我们去叫醒埃阿斯和梅革斯吧!"狄俄墨得斯在肩头上披上一张狮皮,找来了两位英雄。大家一齐检查岗哨,看到哨兵精神振奋,没有人睡觉。

几乎所有的国王都从睡梦中被唤醒了。大家又在一起,举行协商会议。涅斯托耳首先发言:"朋友们,我提个建议,你们看看是否可行。如果有一个人大胆地潜入特洛伊人那里去,尝试着窃听会议,或者设法了解他们是停留在这里准备战斗,还是希望马上回城去驻守,那不是对我们很有帮助吗?对于这样大胆的英雄当然应该重赏!"狄俄墨得斯当即站起来,自告奋勇去执行任务,但是希望有一个人陪随前往。许多人都愿意,他们是:两个埃阿斯,迈里俄纳斯,安提罗科斯,墨涅拉俄斯和奥德修斯。狄俄墨得斯说:"如果容许我选择的话,我决定要奥德修斯。倘若他陪我去,我相信我们将会平安地回来,因为他是一个聪明无比的人!"——"别嘲笑我,也别夸奖我。"奥德修斯回答说,"我们动身吧,头顶上的星斗告诉我们,夜晚只剩下三分之一的时间了。"

两个人披挂停当,各自化装一番。狄俄墨得斯把自己的剑和盾留在营内,另外从英雄特拉斯墨得斯处借来双面剑、牛皮盾和既没有鸟饰也没有毛鬃装饰的战盔。迈里俄纳斯把自己的硬弓、箭袋、利剑、皮盔和饰有野猪獠牙的毡披都给了奥德修斯。他们离开了希腊军营,突然听到右上空飞过一只苍鹭。两人为帕拉斯·雅典娜送来了喜讯而高兴,请求得到女神的佑护,让他们取得今晚侦察的成功。

正当希腊英雄做出前往特洛伊营内侦察决议的时候,赫克托耳也在召集会议,共同商讨。他们居然也做出了同样的决定。赫克托耳派人到希腊军营观察动静,答应给有胆量完成任务的人奖励一辆战车和两匹最名贵的骏马。那是从希腊人处俘获的战利品。特洛伊人中有一位名叫多隆的,他对这笔奖励非常动心。多隆是著名使者欧墨得斯的儿子,身材一般,却十分富有。他听说可以得到阿喀琉斯的战车和骏马,便答应前去打探丹内阿人的国王会议消息。多隆急忙背上弓箭,裹上灰色多毛的狼皮,头上戴了一顶蛇皮盔,手上拎着一根飞矛。他走的路使他正好跟希腊来的英雄迎面相逢。奥德修斯从远处看到有人过来,悄悄地告诉随行的人:“狄俄墨得斯,特洛伊营房方向来了一个人。他可能是个探子,也可能是到战场上搬取尸体的。我们让他从身旁走过,然后跟踪他,把他抓住,或者把他送上大船去。”两个人商议已定,潜伏一旁,躲在尸体堆内。多隆毫不担忧地从他们身旁走过。走过一段路以后,他听到一阵响声。多隆停住脚步,以为赫克托耳差人前来召唤他回去。从后面上来的人离他只有一箭的距离了,多隆突然认出他们是对面的敌人。他吃了一惊,撒腿就跑,快得犹如一只被狗追赶着的兔子。“站住,否则我就朝你投枪了!”狄俄墨得斯大喝一声,声震如雷,顺手抓过一杆长矛。狄俄墨得斯故意朝旁边掷过去,矛尖飞过逃跑人的肩膀。多隆吓得面如土色,嘎的一声停住脚步,站在那里呆如木鸡。只见他的下巴抖动,牙齿发出格格的颤抖声。“把我活捉吧,”等两位英雄过来逮住他时,他大声呼叫,“我是一个有钱人,我可以给你们黄金。只要你们放我一条生路,不论你们要多少,全能满足!”

“别害怕,”奥德修斯说,“但要告诉我们,你在这里有什么任务?”多隆心惊胆战而又浑身颤抖着交待了一切真相,奥德修斯听后微微一笑说:“你的胃口真不错,小伙子,主意打到阿喀琉斯的坐骑上去了!现在却要告诉我:你在哪里离开赫克托耳的,他的骏马在哪里?他的兵器呢?其他的特洛伊人在哪里?同盟军都住在什么地方?”多隆回答说:“赫克托耳跟国王们在伊洛斯的坟墓旁举行会议;士兵们没有特别的准备,各自在烤火取暖;一些同盟军的首脑们因为没有家小的负担,分散睡在士兵一起,周围也没有增设特别的岗哨。你们如果要进特洛伊人的营房,将会首先遇到色雷斯人。他们的统领是瑞索斯,是阿埃俄纽斯的儿子。瑞索斯的战马高大雄伟,奔驰如飞,我从未见过这么漂亮的坐骑。他的战车镶金嵌银,而他本人则身穿灿烂的黄金甲,犹如神一般。行了,你们已经知道了全部的内容。你们现在把我送上战船,或者把我捆绑着留在这里,借以证明我说的全是实情。”

狄俄墨得斯神色阴暗地看了他一眼说:“我看出来了,你这个人想逃跑。可是我的手负有义务,要让你从今以后不再危害亚各斯人!”多隆听到这话,吓得抖索着伸出右手,想去恳求着抚摸英雄的下颌,不料堤丢斯儿子的剑已经割下了他的脑袋。两位英雄取下他的蛇盔和狼皮,解下硬弓,又从死者手上摘下长矛，然后把他的盔甲显眼地搁在几堆芦苇上，以作回去的路标。布置完毕，他们又朝前走去，碰上一群正在放心睡觉的色雷斯人。色雷斯的士兵每人都有一辆双匹骏马拉动的战车，脱下的盔甲整整齐齐地搁在地上，闪闪发光。瑞索斯睡在中间，他的战马被缰绳拴着，站在最后一排的战车中间。

"这就是我们所要寻找的人，"奥德修斯小声地告诉狄俄墨得斯，"现在就叫该敏捷的时候；你去解下马匹，或者，你干脆去杀人，把马交给我来处理。"狄俄墨得斯没有回答，却顿时野性发作，狂砍乱杀，不一会就打死了十二名色雷斯人。聪明的奥德修斯却立即拉开被打死的士兵，以便给马匹让开一条通道。狄俄墨得斯手起剑落，又杀死了第十三个人，那人就是国王瑞索斯。瑞索斯正被众神送来的恶梦缠身，呻吟一声便死了。奥德修斯趁着混乱解下车旁的骏马，拴上皮带，将它们赶出军营，然后给伙伴悄悄地打了一声唿哨。狄俄墨得斯犹豫着，想抓住车辕把国王的战车推出来，或者干脆把它搁在肩膀上扛走。女神帕拉斯走近来警告他，催促他迅速离开。狄俄墨得斯急忙跳上一匹骏马，奥德修斯用弓背赶两匹马并辔而驰。他们飞也似的朝战船营地撤了回去。

特洛伊人的佑护神阿波罗看到雅典娜与狄俄墨得斯为伍，心中十分不快。阿波罗唤醒瑞索斯最亲密的朋友，色雷斯人希波科翁。希波科翁来到国王拴马的地方，看到马已走失，人被杀害，不由得悲痛异常地大叫一声，呼唤着朋友瑞索斯的名字。特洛伊人急忙赶过来，看到眼前一幕惨象，顿时也惊呆了。

两名希腊人已经到了刚才杀害多隆的地方，狄俄墨得斯跳下马，把路旁的盔甲拾起来递给奥德修斯，然后又飞身上马。奥德修斯换骑了另一匹坐骑。不一会，他们就来到战船旁边。涅斯托耳第一个听到马蹄声，还没有来得及思考，两位英雄已经跳下马鞍，向周围站立的朋友伸手示意，给他们讲述这番幸运的战斗经历。奥德修斯赶着骏马走过工事掩体，后面跟着一群欢乐的亚各斯人，大家一齐朝狄俄墨得斯的营房走去。缴获的马匹跟国王的马儿拴在一起，面前堆放着可口的燕麦饲料。奥德修斯把多隆的血迹斑斑的盔甲扔在船上，留待给雅典娜举办感恩祭礼时再用。两位英雄在海水中洗涤满身的汗水和血迹，然后坐在温水池内休息一阵，再用香膏涂抹。浴毕，他们端起满满的大罐，愉快地享用早餐。

希腊人二度兵败

清晨，阿伽门农命令士兵们整装待发。他自己也披挂停当，身穿一件漂亮的盔甲。盔甲闪闪发光，显现十道蓝色的铁圈，十二道金圈，二十道锡圈，煞是漂亮。脖子间的金甲像是三条游龙。这身装束全是塞浦路斯国王吉尼拉斯赠送的礼物。阿伽门农在肩上斜背着一把利剑。剑上饰有金色的浮雕。金色的把手，银色的剑鞘，寒光嗖嗖。艺术品般的铁盾上还画有十道大圈，二十处锡制浮雕饰物。盾牌的中心呈现深蓝色，画着丑恶的蛇身人面魔女图像。盾牌的带子如一条蓝色的龙，带有三个弯曲的脑袋。阿伽门农戴上令人生畏的头盔，头盔显示四处高峰，用马鬃围成一圈，头盔的花翎虎虎生畏。他操起两根沉重的长矛，矛锋尖利，然后大踏步地来到战场。

赫拉和雅典娜从天空远远地祝贺这位一身披挂的人间国王，天上响起一阵欢乐的雷声。刹时间，步兵们首先跃出战壕，战车紧跟在后。士兵们发出一声呐喊，奋不顾身地扑向前去。

特洛伊人密密麻麻地站在对面的山坡上，他们的首领一字排开，赫克托耳，波吕达玛斯，埃涅阿斯。后面还有波吕波斯，阿蒙诺耳和阿卡玛斯，他们三人都是安忒诺尔的儿子，三位英勇善战的好汉。赫克托耳指挥队列。他穿一身金甲，浑身闪亮，犹如雷霆之火。

特洛伊人与丹内阿人厮杀成一团。他们用头顶，用脚踢，全力以赴，双方士兵凶猛得如同一只只饿狼。最后，希腊人摧垮了敌方阵营。阿伽门农手起一枪，把皮亚诺耳和他的副将全都挑翻在地。希腊人进入了敌方的纵深地带。

在鏖战中，宙斯亲自保护赫克托耳，不让受到箭羽伤害。他让赫克托耳顺着城池的方向，朝着山坡上国王伊罗斯的纪念碑逃奔而去，可是阿伽门农大声吆喝着紧追不放。赫克托耳到达中心城门前宙斯树林时率领人马停了下来。宙斯给他派出神的女使伊里斯，命令赫克托耳尽快地从战斗中脱身出来，让其他人混战一场，直到阿特柔斯的儿子受伤为止。到那时，神之父会亲自引导他取得胜利。赫克托耳点头答应，并在后卫战线上不断地鼓励士兵们勇猛冲锋。

双方士兵又展开了厮杀。阿伽门农一马当先,再次杀入特洛伊及其盟军的人群之中。他先遇到了安忒洛尔的儿子伊斐达玛斯。这是一位勇猛无比的大英雄,从小在色雷斯靠祖母养大,新婚不久回到故乡,直接前来参战。阿伽门农扔出的长矛没有投中目标。伊斐达玛斯的枪尖碰在阿伽门农的腰带上,连枪尖都刺弯了。阿伽门农一把抓住对方的长矛,猛地夺了过来,又挥去一剑,把伊斐达玛斯从背上劈翻在地。他剥下伊斐达玛斯的武装,高兴地炫耀着。安忒诺尔的大儿子科翁看到了,急忙奔过来,要给弟弟报仇。他斜刺了一枪,刺中阿伽门农的手臂,紧挨着手肘骨。阿伽门农感到一阵剧烈的疼痛。他不敢稍有怠慢,继续拼死战斗。科翁正要把倒地的兄弟拖出拥挤的人群时,被阿伽门农赶上去一枪刺翻在地,跟兄弟的尸体躺在一道,死了。

阿伽门农不顾自己的伤口里鲜血直淌,继续用枪挑、用剑劈、用石投掷,纵横驰骋在特洛伊人群之中,所向披靡,无人敢挡。等到鲜血在伤口止住时,他才感到一阵钻心的疼痛。他急忙跳上战车,离开战场,一溜烟朝战船营奔了回去。

赫克托耳看到阿伽门农撤离了战场,想到宙斯的命令,急忙奔到特洛伊人的前列队伍中,大声呼喊着:“朋友们,你们建功立业的时刻到了！希腊人中最勇敢的将军回去了！前进,朝着丹内阿人的英雄,冲啊!”赫克托耳喊毕又像一阵旋风似地扑向战场。不一会儿,希腊人中九位王爷以及无数士兵都死在他的手下。赫克托耳把希腊人几乎赶到他们战船旁边。这时,只见奥德修斯对狄俄墨得斯说:“我们的人为什么放弃了抵抗？来吧,朋友,你站在我的身边。赫克托耳快要占领我们的战船营了,我们要打退这一场耻辱的进攻!”

狄俄墨得斯点点头,用投枪击中特洛伊人蒂姆勃莱俄斯的胸脯。蒂姆勃莱俄斯从战车上翻倒在地,他的副将摩利翁也死在奥德修斯的枪下。

双方仍在激战,希腊人重新赢得了喘息的机会。在高高的爱达山上俯视下方的宙斯让双方拼杀得难解难分。赫克托耳终于从战斗的队列里看到两位骁勇异常的英雄,便率领人马朝他们冲了过去。

狄俄墨得斯看得真切,扔出一杆长矛,击中赫克托耳的头盔,长矛又嘣的一声弹了回去。赫克托耳却被打翻在地,双膝弯曲,右手撑地,眼前一阵发黑。等到堤丢斯的儿子狄俄墨得斯匆忙赶来时,赫克托耳已经恢复过来。他跳上战车,急忙奔回自己的阵营。狄俄墨得斯勃然大怒,把另一位特洛伊人打倒在地,剥下他的盔甲。

正在这时,狄俄墨得斯进入帕里斯的视线。帕里斯隐蔽在伊罗斯纪念柱的后面。帕里斯嗖地射出一箭,正中蹲跪在地上的英雄的脚跟。飞箭穿过鞋子,刺在脚骨上。帕里斯哈哈大笑,从隐蔽处跳了出来,嘲笑那位受了箭伤的敌人。狄俄墨得斯回过头来,看到了射箭的敌人,大声叫骂起来:“这不是你吗,采猎女色的英雄?你在公开的战斗中伤害不了我,却从背后伤了我的脚跟,还在吹嘘夸口,是吗?对我来讲,真像被孩子玩了一枪似的,根本算不上一回事!”正在这时,奥德修斯急忙赶了上来。他掩护着受伤的狄俄墨得斯忍痛拔出了脚上的利箭,保护他摇晃着身子登上战车,站在他的朋友斯忒涅罗斯旁边。他们一起朝船队飞驰而去。

现在,战场上剩下奥德修斯单身一人。他深深地陷入敌人重围,不过亚各斯人都不敢靠近他。大英雄思考着到底应该撤退还是坚持战斗。不久,他意识到必须坚持战斗下去。特洛伊人已经紧紧地围困住他,包围圈越来越小。他感到自己像一头奔窜的野猪,周围是一群跃跃欲试的猎人和呼呼逼近的猎犬。他盯着冲锋而来的敌人,毫不示弱,毫无畏惧。一会儿,就有五个特洛伊人倒在尘土里,死于他的枪下。第六个人又上来了,那是索科斯,他的兄弟刚才成了奥德修斯的枪下鬼魂。索科斯大叫一声:“奥德修斯,今天要么你创造奇迹,夸口杀死了希帕索斯的两个儿子,缴下了他们的武器;否则就轮到你在我的矛下丧生!”

说罢,索科斯奋起一枪,刺穿了奥德修斯的盾牌,枪尖刺破了肋骨边上的皮肤。雅典娜急忙保护,不让奥德修斯受到重伤。奥德修斯知道自己没有受到致命伤,便缓慢地退后两步,然后又出其不意地冲向对方。索科斯正想逃跑,不料却在双肩的中央背心上中了一枪,枪尖一直从前胸穿了出来。奥德修斯这才从自己的伤口里拔出长矛。旁边特洛伊人看到他血流如注,奋不顾身地冲了过来。奥德修斯急忙后退,大叫三声,连呼救命!

墨涅拉俄斯首先听到呼救声,连忙对身旁的埃阿斯说:“起来,我听到奥德修斯在呼救!”两人赶了回去,不久就找到了这位负伤的英雄,看到他正用长矛上下抵挡，保护身体，不让蜂拥般的敌人靠近自己。特洛伊人突然看到埃阿斯的盾牌，怕得犹如筛糠，浑身抖了起来。墨涅拉俄斯趁机抓住奥德修斯的手。帮助他登上战车。埃阿斯却冲向特洛伊人，犹如秋天暴发的山洪，卷吞着枯败的松树、栎树，直杀得敌人尸横遍野。

赫克托耳不知道这里的战事。他奋战在左侧阵线，靠近斯卡曼德洛斯河岸。赫克托耳看到英雄伊多墨纽斯身旁带领许多年轻士兵，便迎头赶了上去，砍瓜切菜一般，杀伤许多兵丁。特洛伊人轰的一声围了过来，准备报仇雪恨。如果不是帕里斯射出一支带有三根倒钩的飞箭，让丹内阿军队的大医生马哈翁噗的一声倒在地上，那些年轻的士兵也不会善罢甘休，就此撤退的。伊多墨纽斯见状十分着急，大声喊叫起来："涅斯托耳！快扶马哈翁上车！一个能够拔除箭伤、减轻痛苦、敷贴膏药的人要比我们几百名英雄更重要！"涅斯托耳急忙上车，带着受伤的马哈翁，朝战船奔驰而去。

埃阿斯正杀得起劲。赫克托耳的驾车副将看到特洛伊人的另一翼阵势大乱，连忙提醒赫克托耳。他们急忙驱车前往。赫克托耳犹如虎入羊群，在希腊人中左右戮杀。他只是记住宙斯的警告，避开同埃阿斯发生正面冲突。不过，这位神之父也许让埃阿斯的灵魂里产生了惊恐和畏惧。埃阿斯看到赫克托耳逼近过来，连忙背起盾牌，朝停泊战船的方向撤退下去。

特洛伊人见状，纷纷朝他背挂在肩膀上的盾牌投掷长矛。可是，他只要转过身来，特洛伊人看到他的颜面，便又会掉头逃跑。埃阿斯来到上船的路前，重新执拿盾牌，守住路口，抵挡着蜂拥而来的特洛伊人。

再说涅斯托耳带着受伤的马哈翁驾马车撤离了战场。他们上了船，在船尾的后甲板上遇到深受委屈的阿喀琉斯。阿喀琉斯静静地坐在那里，观看着他的同胞们被特洛伊人追杀得一路飞跑。他把帕特洛克罗斯叫到跟前，说："去吧，问一下涅斯托耳，他从战场上带回的伤员是谁。不知什么原因，可是我同情希腊人。"

帕特洛克罗斯遵命来到船队。老人看到他时连忙从椅子上站立起来，握着他的手，友好地想要给他让座。帕特洛克罗斯说："不必客气，尊敬的老人！阿喀琉斯派我来看一下，他想知道受伤的人是谁。现在我知道了，原来是神医马哈翁英雄。我得赶忙回去，向他汇报这一消息。你知道我那位朋友是个急脾气！"

可是涅斯托耳却十分动情地回答说："阿喀琉斯为什么如此关心亚各斯人呢？他们实际上都受了致命的重伤，所有英勇的武士都躺在营房里，闭门不出。狄俄墨得斯受了箭伤，奥德修斯和阿伽门农受了枪伤，而这位了不起的好汉也吃了一箭，我刚刚把他带离战场！可是阿喀琉斯不知同情！他难道想等到我们的船只被烧成灰烬，等到所有的希腊人都血流干净才行吗？呵，我多么希望自己像年轻时代一样身强力壮！那是我的黄金时代。我是一位胜利者，高高兴兴地居住在珀琉斯的家中。那时候我曾经见过你，你的父亲墨诺提俄斯和年幼的阿喀琉斯。年迈的老英雄告诫他，要他奋勇争先。而对你呢，你的父亲却反复嘱咐，让你当他的朋友和向导。告诉阿喀琉斯吧！也许你的劝说会打动他。"

帕特洛克罗斯在回去的途中经过奥德修斯的战船，在那里看到跛着腿走路的欧律皮罗斯。欧律皮罗斯走路十分艰难。他恳切地哀求帕特洛克罗斯，请他使用半人半马的肯陶洛斯人喀戎的医术治愈自己的箭伤。帕特洛克罗斯一把抱起他，走进营帐。他把欧律皮罗斯放在水牛皮褥子上，用刀挖去他大腿间的锋利的箭镞。然后，他又用温水冲洗黑血，把辛辣的药草碾碎，撒在伤口上，看着新鲜的血液慢慢地结成血痂。

争夺围墙的战斗

希腊人曾在自己的战船周围挖沟筑堤，垒起了一堵围墙。可是他们忘掉给神祭供，违背了天意，因此围墙不能起保护的作用。波塞冬和阿波罗决心终有一天要摧毁这一建筑。他们准备把排山倒海的巨浪引向围墙，每时每刻地用海水冲刷它。当然，这一切都得等到攻占特洛伊城以后才能付诸实施。

熊熊战火已经迫近这一围墙了。亚各斯人害怕赫克托耳的威力，心惊胆战地挤拥在战船上，不敢下地。赫克托耳如一头雄狮奔了过来，鼓励士兵们迅速越过战壕，寻机拼杀。可是战马却竖起前腿，不敢贸然跳越，因为这里的沟挖得又宽又深，沟边又密密麻麻地排着尖头木桩，只有步兵才尝试着准备渡沟作战。波吕达玛斯看到这里混乱，跟赫克托耳商议说："如果我们骑马作战，一定会落进深沟，惨死其中。还是让驾车的副将们把战车全都停留在沟坎的这一边，我们全部手执铁器，在你的率领下越过战壕，摧毁围墙。”

赫克托耳同意这项建议。英雄们听到号令都从战车上跳下来，只有驾车的将士们例外。大家围在一起，分作五队，第一队由赫克托耳和波吕达玛斯率领，第二队跟着帕里斯，第三队由赫勒诺斯和得伊福玻斯指挥，第四队的统领是埃涅阿斯，萨耳佩冬和格劳库斯率领同盟兄弟作第五队。久经沙场考验的英雄们迅速站到他们的国王一边，只有阿西俄斯一人例外。他不愿意放弃战车，于是转向朝左面驶去。希腊人在那里筑了一条通道，留给自己人的马车和战马使用。阿西俄斯看到这里的门扇开启，于是便催马冲进通道。许多特洛伊的士兵跟在后面，大声呐喊着冲了进来。希腊人在这里给逃窜归来的军士们留下一条回营的小路，在门口设立一道牢固的防卫。那是两位勇敢的好汉：波吕帕特斯和勒翁透斯。波吕帕特斯是庇里托俄斯的儿子。两位好汉朝蜂拥而来的特洛伊人扑了过去，围墙那边的塔楼里也雨点般地飞出一阵投石，战斗顿时激烈起来。

正当阿西俄斯和他的士兵面临遭遇战，许多人被打死的时候，其他的特洛伊人也步行过了沟壕，准备冲击希腊人的营房大门。亚各斯人不得不改变战略，集中力量保护战船。跟他们站在一起的诸神也十分忧伤，从奥林匹斯山上俯视下界，不知如何为好。可是赫克托耳和波吕达玛斯率领的最勇敢而又人数最多的第一队都迟迟不敢跨越沟坎，因为他们看到了令人顾忌的迹象。一只雄鹰从左侧飞临上空，鹰爪下逮住一条扭曲转动的火赤练蛇。赤练蛇拼命挣扎，头往上转回头，在鹰脖子处咬了一口。雄鹰疼痛难熬，扔下赤练蛇，独自飞走了。赤练蛇正好落在特洛伊人的中间。大家恐惧地看到它躺在泥沙地上，相信这件事就是宙斯送来的预兆。

“我们不能轻举妄动，”潘托斯的儿子波吕达玛斯惊恐地对赫克托耳说，“否则，我们也会像这只雄鹰一样，不能把猎物送回家去。”赫克托耳阴沉沉地回答说：“鸟儿往右面飞或者往左面飞跟我有什么相干？我只相信宙斯的决议！我的目标就是拯救祖国！你为什么害怕战斗，浑身发抖？不过你要知道，如果你逃避打仗，那么你会死在我的枪下！”赫克托耳说完话转身就走了，其他人跟了上去。宙斯却从爱达山上朝希腊人战船送去一阵飓风，直刮得尘土飞扬，天昏地暗，希腊人的斗志也被刮到九霄云外去了。特洛伊人相信雷霆之神对自己的看顾和军队的力量，准备奋力摧毁丹内阿人的巨大围墙，拆下塔楼的雉堞，推开防护墙，用铁钎破坏露在墙外的木桩。

丹内阿人寸步不让。他们手执盾牌排成人墙，坚定地站在防护墙旁，用投枪和石块痛击来犯的特洛伊人。赫克托耳又及时地得到了宙斯的帮助，否则他是不能攻破围墙城门的。原来宙斯把他的儿子萨耳佩冬激励起来，使他英勇威武得犹如一头饥肠辘辘的山狮。萨耳佩冬面对着敌人，迅速回过头来，对伙伴格劳库斯说："亲爱的朋友，我们只有在战斗的第一线显示自己的胆量和智慧，才能到吕喀亚的人民中寻找到荣誉的位置和受人尊重的酒杯，人民才会像对神一样尊敬我们。起来！今天我们要么亲自取得荣誉，要么让其他人在我们的身后歌颂荣誉！"

说完话，两个人率领吕喀亚人一马当先，冲了出去。梅纳斯透斯站在围墙塔楼上，看到吕喀亚人气吞万里地冲了过来，吓得目瞪口呆。梅纳斯透斯心惊胆战地盼望援助。他派使者拖忒斯前往寻找两位埃阿斯，请他们迅速率兵，帮助他解脱围困。大埃阿斯带领兄弟和潘狄翁从内墙急忙赶来。潘狄翁背着透克洛斯的弓箭，准备血战。他们刚到梅纳斯透斯的守卫处，看到吕喀亚人已在攀登胸墙了。埃阿斯从胸墙上拆下一块锋利多角的花岗石，猛地击中攀缘而上的厄庇克莱斯的头颅，厄庇克莱斯是萨耳佩冬的朋友。透克洛斯砸伤了格劳库斯攀登围墙时暴露在外的手臂。格劳库斯悄悄地退了下来，不希望让希腊人瞅见并且嘲笑自己受了伤。萨耳佩冬痛苦地看着他的兄弟离开了战场，他自己却继续攀登，举起长矛一枪杀死了忒斯托耳的儿子阿尔卡蒙，然后又奋力推摇防护墙，终于把墙掀塌在地，给后续部队开辟了多条通道。埃阿斯和透克洛斯坚决顶住潮水般涌上来的特洛伊人。萨耳佩冬回头看着吕喀亚人，大声地呼喊："吕喀亚人，你们忘掉了应该跟我而上吗？我一个人孤军奋战，那是抗不住反击的！我们必须齐心协力，才能开辟攻击战船的道路！"

吕喀亚人紧紧地团聚在他们的国王周围，旋风一般地冲了上来。丹内阿人也加强了兵力，顽强抵抗。双方军士隔着一堵围墙激烈地拼搏厮杀。

战斗进行多时，还没有分出胜负。宙斯终于又向赫克托耳伸出援助之手，让赫克托耳首先冲上围墙的城门。其他兄弟急忙跟上，有的人从旁边登上雉堞。赫克托耳看到城门紧闭，旁边竖立一块粗大而又顶部尖尖的岩石。

赫克托耳以超人的力量从地面上端起巨石，撞开门扇。结实的门栓果然抗击不住赫克托耳的威力打击，城门轰然一声倒在地上。赫克托耳跳进门洞，他的兵士们随后冲了进来，旁边又有几百名特洛伊人登上围墙的城楼。前沿阵地上一片混乱，希腊人急忙朝战船逃了回去。

争夺战船的战斗

宙斯让特洛伊人取得了极大的进展，却把希腊人推向了灾难的旋涡。宙斯坐在爱达山的峰顶上，看了一会希腊人的战船营，又不经意地把目光投向色雷斯人的国度，仔细地观察起来。这时候，海神波塞冬也不甘寂寞，坐在树林茂密的萨莫特拉克岛的山峰顶上看着怪石嶙峋的爱达山，看着眼皮底下的特洛伊城和丹内阿人的战船出神。突然，他惊恐地看到希腊人的防线已经被特洛伊人冲破了。他站起来，离开怪石嶙峋的山地，迈开神脚，走动四步，山峦和树林发出轰隆隆的震动声。波塞冬来到爱琴海的岸边，汹涌澎湃的波涛中间耸立着他那金碧辉煌的宫殿。他穿上金色的盔甲，套上金鬃马，然后手执金鞭，跃身跳上战车，驾着战马，冲过层层波浪，一路往前。海洋中的妖怪认出了他们的主人，海水愉快地分成两路，连车轴都没有沾湿。波塞冬来到丹内阿人的战马旁，卸下马匹，用金链锁住马脚，把它们拴在忒涅多斯岛和印布洛斯岛之间的大山洞里，并用吃了会长生不老的神料喂食它们。他自己则匆忙来到激烈的战场，看到特洛伊人紧紧地簇拥在赫克托耳周围，想要夺取希腊人的战船。

波塞冬变作预言家卡尔卡斯的模样，走进希腊人的队伍，看到两位埃阿斯正斗志昂扬，便说："特洛伊人在其他地方的战斗并不使我担忧，可是在这里却不一样。暴躁的赫克托耳犹如一团烈火，我真为这儿的局势担心。可是你们，英雄好汉们，如果你们意识到自己的力量，那么是能够拯救希腊人的。"说完，他用手杖点了两人一下，两位英雄顿时手脚轻捷，勇气倍增。海神突然消失不见了。俄琉斯的儿子小埃阿斯首先认出了波塞冬。"埃阿斯，"他喊了一声同名兄弟，"刚才那人不是卡尔卡斯，是波塞冬。我现在感到心底里如同燃烧着熊熊烈火，渴望着前去拼搏决战！"忒拉蒙的儿子大埃阿斯回答说："我的手激动地握紧了长矛，心情非常轻松，腿脚灵便，渴望着独自跟赫克托耳拼杀一场!”

波塞冬又鼓励着其他的英雄。他们原先都躺在战船上,灰心丧气。波塞冬骂他们一顿,结果大家又一鼓作气地来到两位埃阿斯身旁,沉着地准备迎头痛击赫克托耳及其率领的特洛伊士兵。丹内阿人的队伍密集地排列成行,长矛林立,盾牌相连,战盔接着战盔,战士们肩并肩,盔上的羽饰飘动着彼此联结。士兵们密密麻麻,人声鼎沸。特洛伊人也是杀气腾腾,斗志昂扬,跟着赫克托耳,呐喊一声,咆哮而来。“特洛伊人和吕喀亚人,你们要挺住!”赫克托耳往后大喊一声,“他们组织的队伍是不能持久的,他们将在我的长矛打击下溃退逃命,因为雷霆之神是我的主宰。”不过,他还是回到自己的士兵中间,得伊福玻斯连忙用盾牌把他遮挡起来。得伊福玻斯是普里阿摩斯的又一个儿子,英勇善战,十分了得。迈里俄纳斯把他看作目标,朝他投去一杆飞枪。得伊福玻斯用坚硬的盾牌挡住身体,飞枪也被碰断了。迈里俄纳斯悻悻地回到船上,要取一杆更加粗大的投枪。

战斗还在继续。混乱中,安菲玛库斯稍露破绽,被赫克托耳趁机打死。安菲玛库斯是波塞冬的孙子。原来,厄利斯国的国王阿克托耳娶妻摩利奥纳,她却跟波塞冬生下一对孪生儿子,取名欧律托斯和克雷阿托尔。他们按照母亲的名字称为摩利奥纳之子。安菲玛库斯是克雷阿托尔的儿子,塔耳庇俄斯是欧律托斯的儿子。波塞冬看到自己的孙子死了,十分愤怒。他匆忙来到营房,以唤醒和鼓励更多的希腊人前去迎战。途中,波塞冬看到伊多墨纽斯从对面走来。伊多墨纽斯刚把一位受伤的朋友送到医生那里,然后回营寻找自己的长矛。海神波塞冬变作托阿斯的模样走近他,谴责说:“克瑞忒人的国王啊,你知道大祸临头了吗?所有今天没有参加战斗的人,都不能从特洛伊返回故乡!”——“是这样的,托阿斯。”伊多墨纽斯对迎面而来的神大声说着,在营房里找到两杆长矛,又急忙走了出来。迈里俄纳斯正好从他旁边擦身而过,他的长矛刚才被得伊福玻斯的盾牌撞断了,现在要去寻找另一根。“我看出来了,你正处于极大的困境之中。”伊多墨纽斯喊了他一声,说,“在我的帐篷里搁了二十支缴获的长矛,它们就在墙边上。你去挑选一支最好的吧!”迈里俄纳斯果然找了一支粗大的长矛,他们两人一起回到战场。伊多墨纽斯虽说上了年纪,可是打仗时十分勇敢,犹如年轻人一样。

伊多墨纽斯遇到的第一个对手正是仰慕卡珊德拉并前来求婚的俄特律墨纽斯。俄特律墨纽斯被一枪投中，饮恨疆场。伊多墨纽斯大为高兴，欢呼着说："新郎倌，现在快去娶普里阿摩斯的女儿吧！其实，你如果站在我们一边，帮我们共同征服特洛伊，你也可以娶阿特柔斯的漂亮女儿为妻的！好吧，你跟我一起上船取嫁妆吧！"他正在冷嘲热讽，不提防阿西俄斯乘快马奔驰而来，要替死去的俄特律墨纽斯报仇。阿西俄斯拉开架势就要投枪，伊多墨纽斯手起一枪，刺中他的喉咙。他的副将看到这样的情景惊讶得目瞪口呆，双手不听使唤，忘掉了驱车逃回。涅斯托耳的儿子安提罗科斯举起长矛把他杀死，挑翻在车下。

得伊福玻斯朝伊多墨纽斯迎面扑来，决心为死去的朋友阿西俄斯报仇。得伊福玻斯看准机会，朝对面的克瑞忒人掷去一枪。克瑞忒人伊多墨纽斯机智地蹲下身去，用盾挡住身体。投枪从他头顶飞过，矛尖当的一声从盾边滑过，却一下击中国王许普塞诺耳的肝脏。"亲爱的朋友阿西俄斯，总算为你报了一仇。"这位特洛伊人高兴地喊了起来，"我给你送来一位侍候的仆人！"受伤的许普塞诺耳呻吟不已，被两位伙伴迅速抬离混乱的战场。伊多墨纽斯继续战斗，打死了安喀塞斯的女婿阿尔卡托斯，然后大喝一声："得伊福玻斯，我们的生意不是非常合算的吗？我给你来了个三比一！来吧，你可以亲自尝试一下，看看我是否真是宙斯的后裔！"伊多墨纽斯是国王弥诺斯的孙子，是宙斯的重孙。得伊福玻斯思量了一阵，不知道独自一人能否取得决斗的胜利，是否再去找来一位勇敢的特洛伊人。他觉得还是后一个想法比较明智，于是便和他的姻兄埃涅阿斯一起向伊多墨纽斯发起进攻。伊多墨纽斯毫不胆怯，看到两个对手迎面而来，便从容镇定地等候一旁。不过他也招呼伙伴们前来援助。埃涅阿斯对准伊多墨纽斯投去一枪，投枪从伊多墨纽斯身旁飞过，落在地上。相反，伊多墨纽斯却一枪击中俄诺玛俄斯致死。正当他趁机从死者身上拔出长矛的时候，特洛伊人又乱矢如飞蝗一般地朝他射去，伊多墨纽斯不得不往后撤退。得伊福玻斯愤怒地把长矛朝他掷去，但没有投中，却击倒了阿瑞斯的儿子阿斯卡拉福斯。迈里俄纳斯怒不可遏，飞去一枪，击中得伊福玻斯的手臂，得伊福玻斯的帽盔都被震落在地。迈里俄纳斯跳了过来，从伤者手臂上拔出投枪，急忙回到自己人的队列。波吕忒斯背着受伤的兄长得伊福玻斯撤离战场，越过战壕，朝等候一旁的战车走去。

其他人还在激战。

现在活该珀珊德洛斯倒楣,他遇上了克星墨涅拉俄斯。阿特柔斯的儿子墨涅拉俄斯投枪没有掷中,他的敌人却奋力投来一枪,正中墨涅拉俄斯的盾牌,枪尖撞断了。墨涅拉俄斯拔出宝剑,珀珊德洛斯从盾下抽出长柄战斧,两个人迎面扑去,相互砍杀。这位特洛伊人击中对方盔饰,却被对方一枪投中。珀珊德洛斯摇晃一下,扑倒在地上,奄奄一息。墨涅拉俄斯赶上一步,一脚踩在他的胸脯上,嘲笑说:“你们这批猪狗,竟敢前来抢夺我年轻的妻子,抢夺我的珠宝财产,现在又来破坏我们的战船,谋害我们希腊人。你们是否感到已经满足了呢?”

赫克托耳不知道左翼的战斗朝着希腊人的胜利发展着。他一路砍杀,所向无敌,闯入了亚各斯人的战斗行列。

特洛伊人这回几乎要受尽屈辱地被希腊人赶出营房,逃回城去,幸亏波吕达玛斯及时赶来,提醒倔强的赫克托耳说:“朋友,你难道以为总是跟勇敢的人一起战斗就可以鄙视别人的建议吗?你难道没有看到笼罩在我们头上的战局吗?召唤高贵的英雄们开一个会吧,让我们共同决定,看我们是应该继续深入战船的迷宫还是应该迅速撤退。我只是担心,希腊人会逼我们加倍支付昨天的欠债。他们那位最骁勇的战士还在船上时时刻刻地等候着我们!”

赫克托耳听从朋友的建议,委托朋友快去召集最高贵的人举行会议。说完,他又转身朝战场奔去。途中,他每遇到一位统领,就命令他迅速到波吕达玛斯那里去集合。后来,他在最前沿的战场上寻到了他的兄弟得伊福玻斯和赫勒诺斯,寻到阿西俄斯和他的儿子阿达玛斯。他看到有的人受了伤,有的人已经死了。突然,他看到了兄弟帕里斯,于是便愤怒地大喝一声:“我们的勇士都到哪里去了?我们的城市即将完了,你的厄运也快要来临。其他的人都去参加会议了,而你应该继续去战斗!”——“我喜欢陪着你,”帕里斯回答说,对兄弟表示不满,“你应该知道我的力量和胆识!”说完,他们两人一起来到战斗最激烈的地方。特洛伊人不顾对方的抵抗,英勇地砍杀。一会儿,赫克托耳又站在他们的最前列。可是,他已经不再像从前那样让希腊人感到畏惧和害怕了。勇敢的埃阿斯大胆地向他挑战。可是这位特洛伊人却对此不屑一顾，义无反顾地朝前冲了上去。

波塞冬激励希腊人

外面的战斗正在激烈进行，武器碰撞，乒乓作响，年迈的涅斯托耳却安静地坐在自己营房内，用美酒招待受伤的医生马哈翁。战斗的呼喊声越逼越近，涅斯托耳把客人交给女仆赫卡墨得，让女仆给他准备温水洗浴。涅斯托耳自己则操起长矛和盾牌走出营帐。他看到战斗正起着不祥的变化，于是犹豫着，不知道该投入战场，还是先去寻找大统帅阿伽门农。这时候，阿伽门农却带着奥德修斯和狄俄墨得斯正从海边的战船上走了过来。他们前来观战，并没有准备直接投入厮杀。三个人心事重重地走近涅斯托耳，开始商讨战争的局势。最后，阿伽门农说："朋友们，我没有办法了。我们花费多么大的精力挖掘的战壕和建设的围墙都不能保护战船，战斗早已进入了我们的腹地。也许宙斯决定让我们毁灭，让希腊人蒙受耻辱。我们应该甘心情愿地撤退。因此，我们可以拔锚起航，把战船开进深海中去，并在那里静候一夜。如果特洛伊人饶过我们，撤退回城，那么我们也可以连夜起航回去。"

奥德修斯听到这番建议，很不高兴地说："阿特柔斯的儿子，你实在不配当一位率领英勇人民的统帅。战斗正在进行，你却想把战船开走，那不等于毫无顾忌地把希腊人抛弃在战场上吗?"

"不，不，"阿伽门农回答说，"我也不是闭耳拒听别人的建议！如果有人做出更好的建议，我可以收回自己的主张。"——"最好的主意是这样的，"狄俄墨得斯大声地说，"我们立即返回战场。虽然我们不能拼搏厮杀，可是作为正直的军事统领，我们可以鼓舞士气。"

波塞冬高兴地听到这番话。他变作一位老兵，走近过来，握住阿伽门农的手说："阿喀琉斯坐观成败，眼看希腊人遭受失败而沾沾自喜，真是耻辱！可是你们请放心。神并不仇恨你们，会让你们看到特洛伊人即将溃退逃跑时尘土飞扬的狼狈景象！"说完，他转身朝战场冲了过去，一路上大声呼唤，声音宏亮，犹如千军万马。海神的鼓励让希腊的英雄们充满了勇气和信心。

赫拉也在奥林匹斯山上俯视下界的战场。她看到姻弟波塞冬介入战争，改变了战场形势，让希腊人获得转机，内心十分感动。可是等她看到丈夫怀有敌意地坐在爱达山山顶上时，她在内心又升起一股愤怒。赫拉思忖着如何迷惑丈夫，从而转移他对战争关注的视线。突然，她转念想出一个幸运的主意，于是便急忙走进儿子赫淮斯托斯为她特意建造的秘室。秘室的大门配有无可开启的多重门栓。赫拉在这里沐浴，用神油膏涂抹漂亮的身体，头上编织起闪亮的金发，穿上雅典娜给她制作的精致无比的锦袍，胸前别着闪闪发光的金扣，中间束了一根珠光宝气的腰带，耳旁挂着光芒闪烁的宝石耳坠，罩上极其轻柔的面纱，并在脚上穿着一双美丽的绊鞋。赫拉款款地移动轻盈的脚步，神采奕奕地来到爱情女神阿佛洛狄忒面前。"你别恨我，亲爱的女儿，"她温柔地说，"我知道你保佑特洛伊人，我保护希腊人，可是千万别拒绝我的请求。把你的那条爱情的魔术腰带借给我吧，它可以驯服人类和神。我要前往大地的极边，寻找我的养父母俄刻阿诺斯和忒提斯。他们始终不和睦，你争我夺的。我要让他们相互谅解，所以需要借用你的腰带。"

阿佛洛狄忒看不透这是一场骗局，毫不猜疑地回答说："母亲，你是女神之祖的王后，拒绝你的请求是不应该的。"说完，她从腰间解下五光十色的贵重腰带，腰带上集中了一切魔法的魅力。"拿去吧！"她说，"你一定会取得成功的。"

众神王后带上宝物来到遥远的色雷斯国，径直走进睡神斯拉芙的住宅，动员他在当天夜晚把众神之祖宙斯送入酣睡的梦乡。听到这话，睡神吓了一跳。他忘不掉上回听从赫拉的命令，把宙斯的头脑彻底闹糊涂的事情。那时候正是大英雄赫拉克勒斯从荒凉的特洛伊回来，而赫拉却想把他打入科斯岛去。等到宙斯明白这是一场欺骗时，他把众神全都召集一起，进入他的大厅。斯拉芙如果不是匆忙躲入黑夜的怀抱里，一定难逃厄运，会被宙斯废黜的。幸亏黑夜帮了大忙，她制服了众神和凡人。睡神想到这里仍然心有余悸。不料赫拉却安慰他说："你想到哪里去了？你以为宙斯爱特洛伊人如同他爱儿子赫拉克勒斯一样吗？你应该聪明一点，听从我的建议。我将把美惠三女神中最年轻、最漂亮的女子嫁给你为妻。"睡神让她指着冥河斯提克斯对自己的允诺发誓，然后才答应听从她的旨意。

赫拉神采奕奕地来到爱达山峰顶。宙斯看到她时，心里涌上一股甜蜜而又热烈的爱情，以至于一时忘掉了特洛伊人的战争。“你怎么到这里来了，”宙斯问妻子，“你把马车停在哪儿来着？”赫拉听后微微一笑，机智地回答说：“亲爱的，我希望到地尽头去走一遭，劝说我的养父母俄刻阿诺斯和忒提斯，让他们重新和解。”——“你难道在生我的气吗？”宙斯回答说，“这件事你以后也可以做的。还是让我们在这里一起观看两大民族的纷争吧！”

赫拉听到这话后吃了一惊，因为她看到，即使她那楚楚动人的美丽容貌以及阿佛洛忒狄的魔带也不能让丈夫分心，不能转移他对战争的注意力。不过，她还是抑制住自己的紧张，温柔地搂住丈夫，抚摸着他的脸颊，说：“亲爱的，我愿意按照你的意志行事。”赫拉一边说话，一边给隐身跟着她、站在宙斯身后的睡神斯拉芙使了个眼色。斯拉芙会意地点点头，俯下身子，朝宙斯的眼睫毛凑了过去。宙斯挡不住一股睡意，把头低下去，埋在妻子的怀抱里，进入了酣睡的梦乡。赫拉看到时机成熟，急忙派睡神作使者，前去看望波塞冬，并告诉他说：“现在到了认真办事情的时刻了，赶快给希腊人一身力量。宙斯无暇顾及战争，他正躺在爱达山顶上呼呼大睡，是我用计将他送入梦乡的。”

波塞冬获得信息，急忙来到战斗最前沿，扮作一位英雄的模样，朝丹内阿人大声呼喊着说：“军士们，难道我们甘愿把胜利拱手让给赫克托耳，让他摧毁我们的战船吗？我知道，他利用阿喀琉斯愤怒生气的机会横行霸道。可是，如果没有阿喀琉斯我们就只能从一场失败走向另一场失败，那实在是天大的耻辱！你们都振作起来，我们倒要看一下，看看赫克托耳能否挡得住我们！”希腊人十分高兴，愿意听从这位勇士的呼唤，连那些受了刀剑创伤的国王也振奋精神，重新投入战场。大家争先恐后，波塞冬成了他们的统帅。他一路往前，所向披靡，谁也不敢跟他较量。

赫克托耳却无所畏惧，率领特洛伊人义无反顾地投身战场。

赫克托耳首先朝大埃阿斯掷去一杆飞枪，正中目标。大埃阿斯幸亏在身上带着盾牌和宝剑的宽厚皮带，皮带在胸前交叉，交叉的皮带结保护他没有受伤。赫克托耳掷出了长矛，两手空空，不情愿地朝自己的士兵队伍退了回来。埃阿斯朝他身影投去一块巨石。赫克托耳没有提防，背上中了一记，啪的一声，倒在地上。盾牌和头盔散落在地，身上的铠甲叮当作响。希腊人齐声欢呼，长矛如雨点般地投掷过来，想把摔倒在地的赫克托耳抢过去。特洛伊方面的英雄也不示弱。埃涅阿斯、波吕达玛斯、高贵的阿革诺耳、吕喀亚人萨耳佩冬和他的同伴格劳库斯一齐出动，用盾牌挡住身体，从地上扶起赫克托耳，把他送上战车。战车飞也似的朝特洛伊城驰了回去。

希腊人看到赫克托耳逃了回去，更加英勇地投入战斗，反击敌人。埃阿斯十分了得，朝四面八方投枪刺杀，杀死许多特洛伊人。不过希腊人中也死掉几位英雄，大家哀痛不已。

小埃阿斯大显身手，伶俐乖巧，杀入特洛伊士兵群中如砍瓜切菜。这位洛克里斯人勇猛得犹如一团旋风。特洛伊人大受震动，军心散乱，纷纷退出战壕，越过寨栅，开始往后败逃。

阿波罗激励赫克托耳

特洛伊人一直逃到他们的战车附近才停住脚步。躺在爱达山顶上的宙斯这时也醒转过来，从赫拉的怀里抬起头来。突然，他一骨碌跳起身来，顿时便明白了当时的局面。他在希腊人的行列中间认出了自己的兄弟波塞冬。同时他又看到赫克托耳正在回去的途中。赫克托耳受了重伤，大口地吐着鲜血，呼吸非常困难。宙斯原是人类和神之父，满怀同情地把目光注视着赫克托耳，然后回过头来看着赫拉，面色顿时阴沉下来。“奸诈的女骗子，”宙斯忍不住大声地说，“你干了什么事呀？你难道毫无畏惧？当年你也曾经唆使风神反对我的儿子赫拉克勒斯。为了惩罚你的罪恶，结果把你的两只脚缚在两只铁砧上，双手用金锁链捆绑着悬吊在半空中示众，奥林匹斯山上任何神都不敢靠近你。难道你忘掉了这些惩罚，再也想不起来了吗？难道你还想第二次尝试这种惩罚吗？”

赫拉默不作声，过了一阵，才开口说：“上有天，下有地，冥河斯提克斯的波涛都可以为我作证，波塞冬并不是因为我的命令才反对特洛伊人的。他如果真的来征求我的意见，我一定会劝说他，要他遵循你的命令。”宙斯听完这番话，眉头顿时舒展开来，因为赫拉身上带着阿佛洛狄忒的爱情魔带，魔带正在起作用。停了一会，宙斯和颜悦色地说：“夫人，如果你我意见一致，那么波塞冬很快就会同意并支持我们的立场。而且，你倘若真心诚意，那就该传令请伊里斯和阿波罗前来见我，让他们给波塞冬捎信，请他离开战场回宫殿去。福玻斯·阿波罗快去医治赫克托耳,给他增添新的力量!”赫拉惊恐得脸色都变了。她离开了爱达山峰,来到奥林匹斯神山,进入众神正在用餐的大厅。女神们恭敬地从座位上站起来,争相朝赫拉端起酒杯示意。她接过女神忒弥斯的酒杯,美美地喝了一口琼浆玉液,然后告诉他们宙斯的命令。阿波罗和伊里斯急忙离开,伊里斯来到激烈而又混乱的战场。波塞冬听到兄长的命令,心中十分不悦。他说:“这是没有道理的,因为我跟他平起平坐,不相上下。当年抽签决定权力时,我主管灰色的海洋,黑暗的地狱归哈得斯统治,宙斯主宰金碧辉煌的天空。然而大地是属于我们共同管辖的!”——“我能把这番不服从的话转告众神之祖吗?”伊里斯犹豫不决地问他。海神波塞冬思考了一阵,大喊一声:“好吧,我走! 但是,宙斯必须明白:他如果离开了我,离开了佑护希腊人的奥林匹斯诸神,而且拒绝做出毁灭特洛伊的决定,那么在我们之间一定会燃起不可和解的怒火!”说完,他转过身,刹时便消失在万顷碧波之中。

宙斯派他的儿子福玻斯·阿波罗离开奥林匹斯山,一路来到赫克托耳身旁。阿波罗看到赫克托耳不再躺在地上,而是站直了身子,原来宙斯已经给了他精神和力量。赫克托耳感到身上的冷汗早已没了,呼吸也舒畅多了,他的意志顿时振奋起来。看到阿波罗满怀同情地走近自己,赫克托耳悲伤地抬起目光说:“仁慈的神,你对我嘘寒问暖,究竟是谁呀? 你是否听说,英勇的埃阿斯朝我掷了一块巨石,击中我的背部,阻拦了我取得战争的胜利? 我刚才还以为逃不过今天的厄运,必须去地府见冥王哈得斯了!”——“但请放心!”阿波罗回答说,“看吧,宙斯派我前来保护你,就像从前帮助你一样。我的手上有一把金剑,它将为你开路挥舞。你且登上自己的战车,我帮你一起把希腊人赶入大海波涛中去!”

赫克托耳听完阿波罗的讲话,一骨碌地跳起身子,登上自己的战车。希腊人看到赫克托耳英勇地扑了过来,顿时吓得目瞪口呆。第一个看到赫克托耳的是埃陀利亚人托阿斯。他迅速提醒希腊人的诸位国王,大声地呼喊说:“天哪,真是出了人间奇迹。我们都亲眼看到赫克托耳被忒拉蒙的儿子用巨石击倒在地,他怎么会又站立起来,驾着战车冲过来呢? 宙斯一定就在他的旁边! 快快听从我的劝告:命令部队迅速登上战船,往后撤退。让最勇敢的人跟我们一起断后,挡住他的进攻。”

英雄们听从他的明智的建议。他们召集最高贵的国王和战士，大家迅速聚集在两位埃阿斯、伊多墨纽斯、迈里俄纳斯和透克洛斯的周围。士兵们则在他们的掩护下全都撤退着登上战船。特洛伊人又以密集的队伍冲了过来。赫克托耳高高地站在战车上，率领士兵，一路上势如破竹。阿波罗裹在云层中间，手上举着可怕的盾牌，指引赫克托耳勇往直前。希腊英雄们摆开阵势，看着对方士兵排山倒海般地涌了过来，杀声震天。不一会，投枪呼啸，箭矢纷飞，双方英雄短兵相接，血战一场。特洛伊人箭不虚发，因为福玻斯·阿波罗始终跟他们在一起。只要他挥舞金盾，大声呼喝，希腊人就吓得心惊胆战，不敢举枪防卫。赫克托耳趁势作威，首先打死了俾俄喜阿人的国王斯提希俄斯，然后又枪挑梅纳斯透斯的忠实朋友阿尔刻西拉俄斯；埃涅阿斯杀死雅典人伊阿索斯和墨冬，缴下他们的武器和铠甲。墨冬是洛克里斯人埃阿斯的异母兄弟。墨喀斯透斯倒在波吕达玛斯的脚下；波吕忒斯杀死厄喀俄斯；克洛尼俄斯被阿革诺耳送入地府。得伊俄科斯刚从前沿阵地上逃出来，帕里斯看得确切，投去一枪，枪尖从得伊俄科斯后背直穿前胸。正当特洛伊人忙于剥取阵亡将士的衣甲时，希腊人乱作一团，向战壕和寨栅四处溃逃，有些已经退到了围墙后面。赫克托耳鼓励特洛伊人，大声呼喊："你们放下尸体，快去抢占战船。"说完，他驾着战马朝壕沟奔去，特洛伊的英雄们也各自驾着战车跟了上来。

阿波罗站在壕沟中间，抬起神脚，从战壕边上松动的地方踩了下去，沟土哗的一声倒了下去，趁势铺成一条通道。太阳神首先从通道上跨过战壕，用金盾推倒了希腊人的围墙。希腊人逃入停搁战船之间的狭弄，举起双手，向神叩求饶命。宙斯对涅斯托耳的祷告深表同情，用慈悲的雷声明明白白地作了回答。特洛伊人以为天降喜兆，便呐喊着连人带马冲过围墙的土桥，从战车上往下砍杀。希腊人逃入战船，在甲板上抵御敌人。

正当希腊人和特洛伊人在围墙上争持不下的时候，帕特洛克罗斯仍然坐在欧律帕洛斯的漂亮的帐篷里为他治伤。他听到特洛伊人奋力攻打围墙，喊杀声以及丹内阿人溃逃喊救命的声音不绝于耳。帕特洛克罗斯拍了一下大腿，大声地说："不，欧律帕洛斯，无论我如何想要继续给你医治，我也不能在这里久留了。外面声音实在太响，让我坐不安稳！我必须去找阿喀琉斯，希望凭着诸神的帮助，劝说他重新投入战场！"

争夺战船的厮杀越发激烈，双方势均力敌，不相上下。赫克托耳跟埃阿斯正在争夺一艘船只。可是，赫克托耳既不能把埃阿斯推下水去，也不能放一把火烧毁战船。当然，埃阿斯也无法击退赫克托耳的进攻。埃阿斯一枪刺中赫克托耳的亲戚卡莱托尔，把他挑翻在地；赫克托耳转身杀死埃阿斯的伙伴吕科佛翁。透克洛斯急忙赶来援助兄弟，从背后一箭射翻波吕达玛斯的副将克利托斯。波吕达玛斯徒步作战，奋力挡住迎面驰来的战马。透克洛斯看得真切，又朝赫克托耳射去一箭。宙斯让箭镞断裂，飞箭往斜刺里落在一旁。射箭人悲痛地发现原来是神在激烈地反对自己。埃阿斯提醒兄弟放下弓箭，操矛执盾。透克洛斯果然照办，并且戴了一顶重重的头盔。赫克托耳却大声地呼喊战士们奋勇向前："英雄们，别害怕！刚才我看到雷霆之神亲自折断了希腊人的箭矢！众神站在我们这一边！"

埃阿斯在另一方也大声呼叫："亚各斯人，你们面临着耻辱！要么死亡，要么救出战船，没有其他选择！如果赫克托耳毁灭了船只，你们就只能从波涛上步行回家！"说罢，他顺手一枪，结果了一名冲锋而来的特洛伊英雄。可是，每当他杀死一名特洛伊人时，赫克托耳就杀死一名希腊军士。

血腥混战的时候，墨涅拉俄斯杀死多罗普斯。大家蜂拥而上，抢夺他的武器和铠甲。拼战略微缓和一阵。赫克托耳号召他的兄弟和亲戚奋勇作战。埃阿斯和他的朋友们却用盾牌和长矛筑成一道坚实的围墙，保护他们的战船。墨涅拉俄斯看到涅斯托耳的儿子安提罗科斯，便大喊道："你是全军最年轻、最机灵的人，也是最勇敢的好汉！冲出去，杀一个特洛伊人回来！"墨涅拉俄斯挑动着小伙子，安提罗科斯果然从混乱中冲了出去，朝四周观察一阵，抖动着他那根寒光嗖嗖的长矛。当他开始瞄准时，特洛伊人四散奔逃。不过，他的投枪还是击中希克塔翁的儿子墨拉尼普斯。墨拉尼普斯噗的一声倒在地上。安提罗科斯立刻跳了出去，可是他看到赫克托耳迎面奔来，又匆忙逃了回去。特洛伊人朝他投枪射箭，安提罗科斯一直逃到自己的队伍中，才敢回过头来望一眼。

特洛伊人的主力朝战船冲了过去。宙斯似乎下了决心，要让忒提斯的无情的愿望彻底实现，因为她也跟儿子阿喀琉斯一样正在生气。宙斯等待着，要让一艘希腊船起火燃烧，然后以此为信号立即改变战场局势，把逃跑和被击溃的命运降临在特洛伊人的头上。他要把胜利重新交给希腊人。这时候，赫克托耳愤怒地大肆砍杀，一直杀得口吐白沫，双眼在阴沉沉的睫毛下闪闪发光，连战盔上的羽饰也在空中威武地飘动。宙斯知道赫克托耳死期在即，所以特地再授他一回神力和威严。帕拉斯·雅典娜正在一步步地引他走向残酷的厄运。可是现在却不然，赫克托耳看到丹内阿人密集成堆，便朝着敌人冲了过来。他苦战许久，均不能得逞获胜。丹内阿人紧密排列，如同一堵山岩，粉碎了迎面扑来的万丈巨浪。

希腊人又受到了沉重的打击，开始从前排的战船上退下来，不过他们并没有被彻底打败，而是坚持着在帐篷里继续战斗。希腊人相互鼓励，老英雄涅斯托耳更是不忘鼓励士兵。忒拉蒙的儿子埃阿斯抓紧时机检查战船。他借助一把二十二寸长的摇橹，橹上箍着铁环，然后从一条船跳上另一条船，召唤希腊人赶快下来。赫克托耳自然也不会空闲，朝着一条战船冲了过去。宙斯从他后面推了一把，使他健步如飞，士兵们跟着他扑了过来。

围着战船又是一场血腥的拼杀。希腊人宁死也不后退，特洛伊人却想一把火烧毁战船。赫克托耳趁机抓住一艘战船的舵梢。原来这是帕洛特西拉俄斯当年驾来特洛伊的大船，可惜他自己在这场战争中第一个丧身。战船犹在，只是不能载他返回故乡了。特洛伊人蜂拥而上，希腊人誓死拼战，战船上你争我夺，弓箭，投枪全部成了多余。大家挥舞着利斧、长矛和刀枪。赫克托耳紧紧拖住战船不放，等他稍微缓过一口气来，便大声呼唤："拿火来，烧！宙斯终于给了我们报仇雪恨的时刻！这些船只给我们带来如此多的折磨，让我们去占领它们，那是宙斯给我们的命令。"

埃阿斯似乎也阻挡不住赫克托耳的进攻了。箭矢如飞，他防不胜防，于是便从船舷上退避到舵手的坐板上。他在这里仍然坚持抵抗，挥舞长矛，奋勇抗击举着火把愈加逼近的特洛伊人。与此同时，他声震如雷地呼喊着他的伙伴及其士兵们："朋友们，现在到了你们争当英雄好汉的时刻！你们不像特洛伊人，没有凭借倚靠的城池，你们再也没有后退逃跑的尺寸之地！我们远离故土，蹲居在敌国土地上。我们的命运全都寄希望在两条强有力的胳膊上！"他一面呼叫，同时对举起火把靠近船只的特洛伊人枪挑剑砍。不一会，他的面前已经躺下了十二具特洛伊人的尸体。

帕特洛克罗斯之死

正当埃阿斯站在船上进行生死搏斗的时候，帕特洛克罗斯急忙去找他的朋友阿喀琉斯。他进入朋友的营房时，禁不住眼泪像脱线的珍珠一般滚落下来。阿喀琉斯同情地望着他说："朋友，帕特洛克罗斯，你哭得像个小姑娘一样。难道你给我们带来了夫茨阿的险情凶讯吗？我知道你的父亲墨涅提俄斯还在世，我的父亲珀琉斯也健在！或者你是悲叹亚各斯人的命运？他们的悲剧完全是自作自受。你爽直地说出来，让我知道这究竟是为了什么吧。"

帕特洛克罗斯叹了一口气，终于开口说道："高贵的英雄，请别生气，恕我直言！的确如你所料，希腊人的悲哀如同巨石一样，沉重地压在我的心头！最英勇的那批人或死或伤，全都躺在战船里不能动弹。狄俄墨得斯，奥德修斯和阿伽门农都受了枪伤；欧律帕洛斯的腿上中了一箭。他们都在接受医疗，不能直接参战。而你又寸步不让，毫不动摇。珀琉斯和忒提斯——那位凡人和女神，他们该不是你的亲生父母；想必你是阴沉的大海或是坚硬的顽石生养的，所以心肠如此冷酷！好吧，如果你母亲的话以及众神的命令让你不能参加战斗，那么至少应该让我和你的战士们前去帮助希腊人，把你的铠甲借给我。如果特洛伊人误把我看作是你，也许可以让他们吓一跳。我希望为此让丹内阿人获得一刻喘息休整的时间！"

阿喀琉斯听罢这番话，不乐意地回答说："既不是母亲的话，也不是神的命令妨碍着我。我在内心忍受着煎熬和痛苦，那是因为有一个希腊人竟敢藐视与他门庭相当的我，竟敢夺走属于我的礼物。这一场痛苦和煎熬咬食着我的灵魂。不过，我从来没有准备怀恨到底，而是从一开始就下定决心，等到厮杀接近战船的时候，将会采取必要的行动。至于我是否亲自参战，直到现在还难以作出决定。可是，你就穿我的铠甲，率领我们的士兵前去作战吧。你应该全力以赴地扑向特洛伊人，把他们从战船上赶走。只有一个人，你必须避免跟他作战，那就是赫克托耳。你还得当心，千万不要落在一位神的手里。你要明白，阿波罗是爱我们的敌人的！你在救出战船以后必须马上回来。让其他人逗留战场，相互厮杀去吧！我希望最好用不着任何丹内阿人的帮助,就剩下我们两个人,让我们逃脱毁灭的命运,亲自去摧毁特洛伊的城墙!”

战船旁的厮杀愈演愈烈,埃阿斯的呼吸越来越困难。敌人的枪矢撞在他的帽盔上,叮当作响。他那扛着大盾的肩膀也开始麻木了。埃阿斯浑身流着恐惧的冷汗,不敢稍事休息。当赫克托耳一剑挥来,把他的长矛从耳根斩断,矛尖噗的一声落在地面上时,埃阿斯才意识到,某一位神的暴力原来是冲着希腊人来的。赫克托耳趁势往船上扔了一根硕大的火把。一会儿,船尾舵把上就升腾起熊熊的火焰。

阿喀琉斯在自己的帐篷里看到外面战船上火光冲天,抑制不住一阵内心的苦痛。“起来,帕特洛克罗斯,”他大喝一声,“你快去,别让他们夺走我们的船只,切断我们的归路!我亲自去召集我的士兵!”帕特洛克罗斯急忙打起胫甲,在胸前系上色彩绚烂的护甲,肩头背着利剑,戴上飘拂着马鬃的战盔,左手执盾,右手提了两根结实的长矛。他当然希望借用朋友阿喀琉斯的长矛,那是用帖撒利国佩利翁山上一棵梣树削制成的。当年,半人半马的肯陶洛斯人喀戎担任珀琉斯的教师,把这根长矛赠送给珀琉斯,后来传到阿喀琉斯手上。长矛又粗又沉,没有其他的英雄能够挥舞得动。帕特洛克罗斯让他的朋友和驾车手奥托墨冬套上神马珊托斯和巴利俄斯,它们是鸟身女妖波达尔革为西风神生下的后代。奥托墨冬又在旁边带上追风马佩达索斯,那是阿喀琉斯专门从神秘的底比斯城带回来的战利品。阿喀琉斯亲自召集弥尔弥杜纳人组成一支部队,每条船出五十人,一共选择了五十条战船。率领这支军队的共有五位指挥官,他们是:孟斯提俄斯,河神斯佩尔锡俄斯和珀琉斯的美丽女儿波吕多拉生下的儿子;奥宇多洛斯,赫耳墨斯和波吕墨勒的儿子;珀珊德洛斯,迈玛洛斯的儿子,是仅次于帕特洛克罗斯的最英勇的战士;最后是双鬓斑白的福尼克斯和拉厄耳忒斯的儿子阿尔喀墨冬。五位将领,威风凛凛,大家整装待发。

阿喀琉斯看着临战的士兵们,大声地告诫:“弥尔弥杜纳的士兵们,你们别忘了在我恼恨之际曾经无数次地威胁过特洛伊人,你们还嘲笑我的愤怒。现在,你们渴望的时刻终于来到了。勇敢地战斗吧!”说完,他走进帐篷,从母亲忒提斯亲自搁在船上的箱子里取出一只精制的酒杯。箱内还盛放着大礼服、罩套、外衣和其他稀世珍宝。阿喀琉斯的酒杯非同小可,除他以外别人从未动用过。此外，阿喀琉斯还用它盛酒，特意给宙斯浇奠祭礼。现在，他又用它在院子中间向宙斯浇祭，祈祷着请宙斯保佑希腊人取得胜利，让他的朋友帕特洛克罗斯平安回来。宙斯听到了祷告，允准了阿喀琉斯的第一个请求，对第二个请求却面有难色地摇了摇头。阿喀琉斯却无法看到宙斯的种种表情。他重新走进帐篷，藏好酒杯，然后又快步出来，准备观看这场血腥的战斗。

帕特洛克罗斯率领弥尔弥杜纳人黄蜂一般地涌入战场。特洛伊人看到他扑了过来，心里都畏惧得打颤，顿时乱成一团，原来他们都以为来者就是阿喀琉斯。帕特洛克罗斯趁着特洛伊人恐惧之机挥舞着寒光嗖嗖的长矛，瞄准最集中的人堆杀过来。珀奥尼亚人皮赖克墨斯活该倒楣，被一枪刺穿右肩，踉跄着仰面倒下。珀奥尼亚人一声呐喊，从强大的帕特洛克罗斯面前四散逃走了。那条战船被烧毁一半。特洛伊人十分害怕，被丹内阿人驱赶着逃入船间的小道，丹内阿人又随后追了进来。周围响起了一片喊杀声。不一会，特洛伊人又镇定下来。希腊人只得徒步作战，双方扭打成一团。帕特洛克罗斯投去一枪，枪尖穿透了阿瑞吕科斯的大腿；墨涅拉俄斯挥上一枪，刺中托阿斯心口；菲洛宇斯的儿子梅革斯伤了安菲克罗斯的面颊；涅斯托耳的儿子安提罗科斯在阿蒂姆尼俄斯的臀部捅了个窟窿；玛里斯看到兄长阿蒂姆尼俄斯倒在地上，愤怒异常地朝安提罗科斯赶了过来，一面用身体挡住死者，一面挥舞着长矛，不让安提罗科斯靠近；涅斯托耳的另一个儿子特拉斯墨得斯举枪刺中他的肩膀。可怜的玛里斯也倒在地上，奄奄一息。这时候，只见小埃阿斯也敏捷地跳上前来，看到克雷沃波罗斯正在慌乱的人群中逃跑，便赶上去一剑从脖子上将对方砍翻在地；佩纳劳斯和特洛伊英雄吕孔各自执矛，面对面地奔了过来，都没有刺中对方，于是又拔出剑来，厮杀一场。希腊人佩纳劳斯占了上风，获得胜利；安忒诺尔的儿子阿卡玛斯正要登车逃跑，被迈里俄纳斯一剑砍在左肩，当时倒地死去；伊多墨纽斯举枪刺入厄律玛斯的口腔，让他送了命。

大埃阿斯一心想要刺中赫克托耳，可是赫克托耳是一位久经沙场的宿将，用盾挡住身体，让箭矢和投枪纷纷弹落回去。这位战场的英雄已经看出胜利偏离了自己，然而他还是毫不动摇地逗留在战场上，借以保护和拯救自己的亲密战友。后来，敌人的势力越来越大，他才不得已掉转车头，催促马匹逃越壕沟。其他的特洛伊人却没有如此幸运,许多战车都在壕沟内撞得粉碎。侥幸逃出战壕的人蜂拥一般地向特洛伊城退了回去。帕特洛克罗斯看到壕沟的这一边还有许多特洛伊人正在逃命,便趁势杀过来。不少人惊慌失措,一头栽倒在战车轮下,战车也轰然一声颠覆了。最后,阿喀琉斯借给帕特洛克罗斯的神马也拖着战车越过战壕,帕特洛克罗斯扬鞭催马,想要赶上驾车奔逃的赫克托耳。他一路追赶,势如破竹,在战船、围墙和人群中肆意砍杀,妄图阻挡他的人全部被他杀死:他们是帕洛诺斯、忒斯托耳、厄律劳斯等其他九位特洛伊的英雄好汉。

吕喀亚人萨耳佩冬看到这个情景又心痛,又气恼。他嘲笑着喝住自己的军队,然后全副武装地从战车上跳了下来。帕特洛克罗斯立即应战。两个人杀声震天,朝对方冲去。宙斯极其怜悯地垂下目光,注视着他的儿子萨耳佩冬。赫拉却在一旁讥讽他:"丈夫,你在想什么?一个凡人早就定下了死亡的命运,你想拯救他,是吗?你不妨考虑一下,如果众神把自己的儿子全部掳掠着拖出战场,那该怎么办?还是听从我的建议,让他死在战场上为上策。你把他交给睡神和死神,让吕喀亚人事后把他们的英雄抬离混乱的战场,在吕喀亚将他隆重安葬!"宙斯满足了女神的愿望,他的神眼中滴出一滴泪水,滚落在大地上。

两位勇士现在相距只有一箭之距。帕特洛克罗斯首先击中萨耳佩冬的伙伴,勇敢的特拉茜特摩斯。萨耳佩冬投出一枪,虽然没有刺到帕特洛克罗斯,却一下落在凡马佩达索斯的右肩。佩达索斯挣扎着喘着粗气倒了下来,旁边的两匹神马也惊恐不安,变得狂暴起来:轮具吱嘎作响,缰绳错乱地搅在一道。如果不是驾车的奥托墨冬及时从腰间拔出利剑,割断死马的皮带,两匹神马的缰绳几乎要被彻底拉断。

萨耳佩冬的第二杆投枪又没能击中对方,而帕特洛克罗斯却投中了萨耳佩冬的膈膜,他噗的一声倒了下去。萨耳佩冬绝望地呼唤着朋友格劳库斯,让他和其他朋友一起前来保护自己的尸体。说完,他就死了。

格劳库斯正在向福玻斯·阿波罗祈祷,请神治愈他在胳膊上的创伤。那是透克洛斯在攻夺围墙时让他受到的箭伤,伤口折磨着他,使他迄今不能参战。神怜悯他,立刻止住了他的疼痛。格劳库斯快步穿过特洛伊人的行列,召集英雄波吕达玛斯、阿革诺耳和埃涅阿斯,迅速前去保护萨耳佩冬的遗体。国王们听到这位好汉死去的恶讯都分外悲痛。萨耳佩冬虽说是他们的异姓兄弟，却像一根擎天大柱一样，支撑着他们的城市。国王们疯了一般地朝丹内阿人冲了过去，赫克托耳更是一马当先。帕特洛克罗斯鼓励希腊人奋勇作战。双方英雄迎面扑来，为争夺阵亡的萨耳佩冬的尸体各不相让，好一场血战。

宙斯仔细地观看这场战争。他思考了一阵，决定了帕特洛克罗斯的死亡。可是他依稀觉得还是应该让临死的人先取得一场胜利为好。于是，阿喀琉斯的这位朋友又击退了特洛伊人和吕喀亚人的反扑。希腊人剥下了阵亡的国王萨耳佩冬的铠甲。帕特洛克罗斯正要把尸体交给弥尔弥杜纳人时，只见阿波罗按宙斯的命令从神山来到战场。阿波罗把萨耳佩冬的尸体扛在自己的肩膀上，一直来到斯卡曼德洛斯急流旁，把尸体搁入河水，让水流把尸体冲洗干净。阿波罗在尸体上涂抹了一层神膏，然后才把它交给睡神和死神这一对孪生兄弟去处理。孪生兄弟带着尸体离开了湍急的河流，一直来到吕喀亚国，用故乡的泥土掩埋了客死他乡的国王萨耳佩冬。

帕特洛克罗斯继续追赶特洛伊人和吕喀亚人。他一连打死并剥取了九个特洛伊人的寒光嗖嗖的战甲，又一路砍杀，如入无人之境。如果不是阿波罗高高地站在坚固的城楼上保护特洛伊人，帕特洛克罗斯几乎要单枪匹马，独自一人夺取特洛伊城了。这位墨诺提俄斯的儿子连续三次攻城，阿波罗连续打退了他的三次进攻。他挡住帕特洛克罗斯的盾牌，大喝一声："退下去！"帕特洛克罗斯大吃一惊，急忙往后撤退。

赫克托耳一路逃到中心城门，让马车停了下来，思量着率领士兵重返混乱的战场还是引他们进入城内，锁住城门。正当他勒住马缰绳踌躇不决时，福玻斯变作赫卡柏的兄弟阿西俄斯的模样，凑近他说："赫克托耳，你为什么不敢继续战斗？驾着你的战马，迎着帕特洛克罗斯走去。有谁知道阿波罗不会把胜利当作礼物一般赠送给你呢？"阿西俄斯是赫克托耳的叔叔，可是他在说完话以后却神一般地消失在混乱的战场上了。赫克托耳顿时受到鼓舞，勉励驾车的开勃里俄纳斯重新催马回去。阿波罗在前引路，走入希腊人的行列，到处制造混乱。赫克托耳却不理睬任何亚各斯人，径直朝帕特洛克罗斯扑了过去。

帕特洛克罗斯看到他越发逼近，连忙从战车上跳了下来。只见他右手提了根长矛，又顺便用左手在地上拣起一块尖角大石。帕特洛克罗斯投出石块，正好击中开勃里俄纳斯的前额。可怜驾车的好汉顿时被砸倒在地死去。帕特洛克罗斯犹如一头雄狮，朝倒地阵亡人的尸体冲了过来。赫克托耳勇敢地保卫着异母兄弟的遗体，抓住死者的头不放，而帕特洛克罗斯拉住死者的双脚不松手。特洛伊人和丹内阿人各自在两边打了起来。直到傍晚，战况才逐渐明朗，亚各斯人稍占上风。他们冒着箭矢夺下了开勃里俄纳斯的尸体，剥下了穿在他身上的铠甲。

帕特洛克罗斯大受鼓舞，勇气倍增地朝特洛伊人扔出投枪，一连杀死了二十七名特洛伊士兵。当他再一次展开攻击时，死神已经悄悄地窥视着他，因为他的投枪竟然瞄准着福玻斯·阿波罗。浓雾笼罩着大地，帕特洛克罗斯没有在意神也来到战场。阿波罗站在他的身后，用手掌在他的背部和肩头拍了一记：帕特洛克罗斯立刻头眩目花，站不稳脚跟。神又趁势把他的头盔打落在地，头盔圆溜溜地滚在马蹄旁，盔饰上的羽毛沾满了灰尘和血污。阿波罗又把他的长矛从手中弹出，解开挂在他肩头的盾牌皮带。帕特洛克罗斯身上的铠甲也脱落在地。这时，只见潘托斯的儿子欧福耳玻斯从背后刺来一枪，枪尖一直从胸口透了出去。欧福耳玻斯是一位勇敢的特洛伊英雄，已经枪挑着杀死了二十个希腊人，现在又急忙回到自己人的行列。赫克托耳突然出现在战场上，挥动长矛又对着帕特洛克罗斯的腹部刺了进去，矛尖竟然从背后穿了出去。赫克托耳高兴地喊叫起来："哈哈，帕特洛克罗斯！你想把我们的城市变成一片废墟，把我们的妇女当作奴婢装在船舱里运到你们的国家去！今天，我至少把这个日期往后推迟了！"

帕特洛克罗斯濒临死亡，以微弱的声音回答赫克托耳说："你尽管幸灾乐祸去吧！宙斯和阿波罗把这场胜利送给了你。如果没有他们介入战争，我的长矛早已杀死你，另外又杀死了你的二十个士兵！福玻斯把我在神面前制服了，欧福耳玻斯把我在凡人面前制服了。你只能现成地占有我的武器和衣甲！可是有一点我要预先告诉你：你的厄运已经临近，而且我已经知道是谁会把你枪挑杀死！"帕特洛克罗斯说话愈加困难。一会儿，灵魂游离了他的身体，他悠忽着朝冥王哈得斯飞了过去。

特洛伊人欧福耳玻斯跟墨涅拉俄斯为争夺帕特洛克罗斯的尸体大动干戈。仇人相见，分外眼红，欧福耳玻斯大声叫了起来："你到了还债的时刻。

你打死了我的哥哥许普勒诺耳，让他的妻子成了寡妇，我怎能饶你！”说完，他挺着长矛朝墨涅拉俄斯冲了过来。枪尖撞在盾牌上，变成了一只弯钩。墨涅拉俄斯也不示弱，抬起长矛刺中对方的咽喉。欧福耳玻斯倒在地上死了。墨涅拉俄斯夺下他的武器。如果不是阿波罗嫉妒他，墨涅拉俄斯几乎剥取了欧福耳玻斯的衣甲。阿波罗让赫克托耳知晓，不能前去追赶阿喀琉斯的神马，因为那是不可能获得的战利品。赫克托耳重新回来看顾欧福耳玻斯的尸体。墨涅拉俄斯听到特洛伊大英雄高声呼喊的声音，知道自己无法抵挡率兵而来的赫克托耳，于是不情愿地丢下尸体和衣甲，在撤退的途中寻找着英雄大埃阿斯。墨涅拉俄斯在混乱的左侧战场看到了埃阿斯，连忙呼喊，请埃阿斯快去参战，共同抢夺帕特洛克罗斯的尸体。原来正值关键时刻，赫克托耳已经剥取了帕特洛克罗斯的衣甲，准备把尸体拖回自己的阵地去，却突然抬头看见埃阿斯挡着七层牛皮的盾牌冲了过来。赫克托耳放下尸体，急忙回到特洛伊人的战斗行列里去。赫克托耳跳上战车，把帕特洛克罗斯的衣甲交给士兵，让他们迅速把铠甲送回城去，保存起来，作为表彰自己赫赫战功的纪念品。埃阿斯如一头雄狮站在帕特洛克罗斯的尸体前，保护着它，不让特洛伊人靠近。墨涅拉俄斯站在他一旁共同战斗。

格劳库斯脸色阴沉地看着赫克托耳说：“赫克托耳，人们称赞你，那实在是没有道理的。看看你如此胆怯地从埃阿斯面前逃了回来就知道你的为人了！从现在开始，你只能独自一人地去保卫城市，至少你不能再指望吕喀亚人会在将来帮助你一起战斗。你把我们的国王、你的朋友和战友萨耳佩冬拱手送给丹内阿人，让他曝尸城外，不闻不理。军队中任何一个平平常常的人也不敢相信你能忠实地保卫他的安全，不是吗？如果特洛伊人也有我们吕喀亚人这样大的勇气，我们早就把帕特洛克罗斯的尸体拖进特洛伊城来了。亚各斯人为了重新得到帕特洛克罗斯的衣甲，一定会交出萨耳佩冬的遗体！”格劳库斯自然不知道，阿波罗已从希腊人手中夺走了萨耳佩冬的尸体，作了妥善的安置。

“你责怪我，好没有道理啊，格劳库斯，”赫克托耳回答说，“你认为我是害怕埃阿斯。我畏惧过哪一场战斗了吗？可是，宙斯的神意却远远地胜过我们的勇敢。我的朋友，你现在可以走近一步，看我是否真的如你所说的那样灰心丧气，毫无斗志！”说完，他朝着战友们一路追了过去。士兵们拿着缴获来的阿喀琉斯的武器,那是从帕特洛克罗斯手上夺下来的。赫克托耳换上阿喀琉斯的衣甲,拿来神的武器。这般武器原来是天上的神为庆祝珀琉斯的婚礼而赠送的礼物。珀琉斯娶海洋女神忒提斯为妻,生下儿子阿喀琉斯。珀琉斯后来把武器传给儿子。

神和凡人之祖宙斯在天堂里看到赫克托耳挥舞着神一般的英雄阿喀琉斯的武器,便阴沉着脸,严肃地摇了摇头,内心深处泛出了一串话:"你这个可怜人,还不知道死神已经在你的身旁打转了。你打死了阿喀琉斯的亲密战友,剥下了他的衣甲,又用女神儿子的神的武器装点自己。好吧,可惜你从战场上再也回不去,再也无法看到你的妻子安德玛洛刻。我就再赐你一回胜利,算是补偿吧!"随着这番讲话,赫克托耳感到铠甲在身上紧了一紧。战神阿瑞斯附在他的身上,他觉得四肢内充满着力量。赫克托耳发出一声呐喊,冲到自己的伙伴面前,率领他们挥舞着长矛朝敌人冲了上去。争夺帕特洛克罗斯尸体的战斗又开始了。赫克托耳勇猛异常,埃阿斯不由得回过头来对墨涅拉俄斯说:"我现在不再担心已死的帕特洛克罗斯的尸体,而是担忧我们自身了。赫克托耳率领人马四面包围住我们。你快试一下,看看丹内阿的英雄们是否听到了我们呼救的声音。"

墨涅拉俄斯果然大声呼唤。第一个听到喊声的是洛克里斯人埃阿斯。他是俄琉斯的儿子,一位敏捷的英雄。他急忙赶了过来,后面跟着伊多墨纽斯及其伙伴迈里俄纳斯。一会儿,又有无数军士扑了过来。希腊人用铁矛再一次保护住阵亡英雄帕特洛克罗斯的尸体。可是,特洛伊人又压着冲了过来。他们已经动手,要把尸体拖走了。埃阿斯终于又扭转了局势:特洛伊的同盟英雄珀拉斯癸人希珀拖乌斯用皮带捆住尸体的脚踝骨,准备把尸体拉走。大埃阿斯急忙赶上,一枪戳穿了希珀拖乌斯的头盔,使他倒地毙命。赫克托耳瞄准埃阿斯投出一枪,可是却打中了福喀斯人舍狄俄斯。弗诺珀斯跳过来保护希珀拖乌斯的尸体,不料却被埃阿斯用长矛刺穿衣甲,矛尖一直进入腹腔。特洛伊人只得撤退,赫克托耳也跟着退了下去。希腊人几乎违背宙斯的决议,取得了战斗的胜利。幸亏阿波罗及时赶了过来,变作年迈的使者珀里法斯,亲自把英勇的埃涅阿斯引来战场。埃涅阿斯认出了对方原来是神,有力地呼唤着激励自己的士兵,然后一马当先,奋勇战斗在最前线。特洛伊人重新回过头来,冲向敌人。埃涅阿斯一枪挑下了雷奥克律托斯。吕科墨得斯看到自己的朋友被打死，杀掉了对方的珀奥尼亚人阿庇萨翁作为报复。最后，希腊人终于又用长矛保护了战友的尸体。

这里的战斗几乎进行了整整一天，双方英雄都杀红了眼睛，战斗越来越激烈。其他地方的战斗也不平静，军士们汗流浃背，汗水甚至流到大腿，流到膝盖和脚跟。“我们宁愿让大地吞吃掉，”丹内阿人大声呼喊，“也决不把这具尸体让给特洛伊人后独自乘船返回故乡！”——“我们即使一个个地死净了，”特洛伊人也不示弱，“也不会有谁愿意放弃这场厮杀！”

正当他们狂砍滥杀的时候，阿喀琉斯的两匹神马却悄悄地站在一旁。它们听说驾车手帕特洛克罗斯死于赫克托耳之手，已经躺在尘土里时，不由得像人似的哭泣起来。奥托墨冬费尽气力，可是无论他用马鞭，说好话，还是进行威胁，两匹神马就是不肯回船去。它们也不愿意再上战场跟随希腊人一起拼命，而是像石柱一般静静地耸立在一个死者的墓前。两匹神马站在战车前，马头一直下垂到地，眼中滴落出一串串热泪。宙斯在天空俯视这幅悲惨的景象，非常同情地说：“你们两匹可怜的动物，我们为什么要把永恒的青春送给你们，又把长生不老送给平常的凡人珀琉斯哟！难道是为了让你们跟不幸的人类共同忍受悲哀吗？世间除了人以外，也许没有更值得同情的造物了。可是赫克托耳却休想制服你们，别指望能够将你们驾在他的车前。我决不会允许这样行事。”

说完，宙斯给神马赋予勇气和高贵的力量。两匹马突然抖了抖马鬃上的尘土，拖着战车，迅速来到特洛伊人和希腊人厮杀成一团的战场。奥托墨冬阻挡不住，只得留意着，任神马拉动战车，一路往前。可是，他独自一人在高高的战车上很难施展本领，不能一手驾马，一手朝敌人挥舞长矛。拉厄耳忒斯的儿子阿尔喀墨冬终于看到了，心里纳闷驾车的朋友奥托墨冬怎么驾着空车朝混乱的战场冲了进去。“我的战友帕特洛克罗斯被打死了，除了他以外，你是最好的驾车能手，阿尔喀墨冬，”奥托墨冬看他走了过来，连忙喊了一声，“如果你愿意的话，我把马交给你，让我腾出手来全力奋战。”

赫克托耳看到奥托墨冬从座位上一跃而起，便对埃涅阿斯说：“瞧，阿喀琉斯的神马奔入战场，可是它们的驾车人却很虚弱：别让这批战利品逃出我们的手去！”埃涅阿斯点点头，两个人举着盾牌冲了过去。克洛弥俄斯和阿勒托斯随后跟了上来。奥托墨冬向宙斯祈祷，宙斯使他在心内充满了无限的力量。"阿尔喀墨冬,紧紧地抓住马背!"奥托墨冬大喊一声,"埃阿斯,墨涅拉俄斯,你们快过来,把死者让其他的人去守护,我们应该粉碎活人的进攻!赫克托耳和埃涅阿斯纠缠着我们,他们是特洛伊人中最勇敢的两位英雄!"说完,他挥动长矛,一枪刺穿了阿勒托斯的盾牌,枪尖直射进去,阿勒托斯当即倒在地上死了。赫克托耳朝奥托墨冬掷出一杆投枪,投枪呼啸着从对方头顶上飞过。两个人几乎要拔剑再战,幸好大小埃阿斯同时赶到,分开了扭作一团的两位斗士,迫使特洛伊人又回到帕特洛克罗斯的尸体那里去。

那里的战斗又如火如荼地展开了。宙斯改变了他的主张。他派出了使者雅典娜女神穿过乌云来到下界。雅典娜扮作年迈的福尼克斯,来到墨涅拉俄斯身旁。墨涅拉俄斯看到老英雄来了,便说:"福尼克斯老人,如果雅典娜今天给我力量,那么我愿意帮助已死的朋友,因为我从充满谴责的目光中已经明白了一切。"女神听了这话非常高兴,感激墨涅拉俄斯在诸神中唯独尊崇自己,于是便给他在肩头和膝盖间增添了力量,让他心内充满了一股倔强的刚烈之气。墨涅拉俄斯挥舞长矛,朝帕特洛克罗斯的尸体扑了过来。赫克托耳的密友,即厄厄提翁的儿子波得斯眼看不妙,转过身子刚要逃跑,墨涅拉俄斯的枪尖已把他戳了个窟窿。阿波罗变作弗诺珀斯的形象,走近赫克托耳,提醒说:"赫克托耳,如果一个墨涅拉俄斯就能把你吓退了,将来在丹内阿人中还会有人畏惧你吗?他杀死了你最亲密的朋友,现在又要从你手上夺走帕特洛克罗斯的尸体!"一番话撩拨得赫克托耳怒火万丈,他急忙走上前去,身上的铠甲闪闪发光。宙斯摇了摇他的神盾,让爱达山笼罩在浓云密雾之中。一会儿,雷电交加,他给特洛伊人送去胜利的信号。

"墨涅拉俄斯,你看,"埃阿斯说,"不知道涅斯托耳的儿子安提罗科斯在哪儿?他最适宜作使者,前去告诉阿喀琉斯,说他的朋友帕特洛克罗斯死了。"墨涅拉俄斯果然前去寻找,在混乱的战斗人群中认出了安提罗科斯。"你难道还不知道吗?安提罗科斯,"他说,"有一位神从中帮忙,给丹内阿人带来灾难,而给特洛伊人却送去了胜利。帕特洛克罗斯已经阵亡,希腊人失掉了他们最勇敢的战士。现在还只有一个能超过帕特洛克罗斯的人还活着,那就是阿喀琉斯。你快到阿喀琉斯的帐篷里去,告诉他这一悲伤的消息。他也许会前来营救尸体,可惜衣甲已经被赫克托耳剥走了。"

安提罗科斯听到噩耗吓了一跳,他的双眼充满了泪水,目瞪口呆地站在那里，好久未能说出一句话来。后来，他把武器交给自己驾车的伙伴劳杜科斯，独自一人匆匆忙忙朝战船奔了过去。

墨涅拉俄斯再度来到帕特洛克罗斯的尸体旁，跟埃阿斯商量一阵，如何把被打死的战友运回去。他们不敢相信阿喀琉斯会赶来援助，因为尸体身上的铠甲都已经被抢走了。他们俩把尸体扶起来，搁在肩膀上，扛着就走。特洛伊人虽然在身后鼓噪呼喊，挥舞长矛追了上来，可是只要埃阿斯转过身子，他们就不敢与之争斗。两个人费劲地扛着尸体朝战船走去，其他的希腊人也赶紧撤离战场。赫克托耳和埃涅阿斯跟着追了上来。

阿喀琉斯悲痛异常

安提罗科斯找到阿喀琉斯的时候，看到他沉思般地坐在战船前发愣。他思考着战争的命运，不过他还不知道这场战争究竟是怎样的结局。阿喀琉斯抬起头来，看到希腊人从远处潮涌般地撤退下来，顿时预感到不祥之兆，心里默默地犯着嘀咕："亚各斯人为什么惊惶失措地朝战船撤退下来？我的母亲曾经预言过，在我活着的时候，弥尔弥杜纳人中最勇敢的英雄将会在特洛伊人的手上丧身，莫非这则预言要灵验了吗？"

这时，只见安提罗科斯哭着带来了噩耗。他从老远就大声地叫喊着走了过来："我们的帕特洛克罗斯已经阵亡。双方正在争夺他那光溜溜的尸体。他的武器被赫克托耳抢走了。"

阿喀琉斯听到凶讯，眼前突然一阵发黑。他用双手捧起了泥土，撒在自己头上、脸上和衣服上，然后又扑倒在地，揪扯着自己的头发。阿喀琉斯和帕特洛克罗斯作为战利品俘掠过来的女佣们听到响声，也从帐篷内奔了出来。她们看到主人躺在地上，便围了过来。等到听说发生了多大的事情时，女佣们捶打着胸脯大声号哭。安提罗科斯抓住大英雄的双手，害怕阿喀琉斯会突然拔出剑来寻了短见。

阿喀琉斯号啕大哭，连坐在大海深渊里，靠近年迈的外祖父涅柔斯旁边的母亲也听到儿子的悲哭。母亲不由得放声哭泣，哭声引来涅柔斯的其他儿女。他们涌入妹妹居住的银色洞府，捶打着胸脯，一起悲泣。"天哪，"忒提斯对站立一旁的兄弟姐妹们说，"我生了一个多么高贵、多么勇敢、多么英俊的儿子呵！他再也不能回到父亲珀琉斯的宫殿来了。他承受了无数的折磨，而我却只是爱莫能助！我现在要去看望我的爱子，要听听他遇到了怎样的苦难。他不是毫无损伤地坐在战船旁观看着战局吗？”

女神带着兄弟姐妹，分开了万顷碧波，来到弯弯曲曲的海岸旁，从战船间登上陆地，急忙朝哭泣着的阿喀琉斯走了过去。“孩子，你为什么在此失声痛哭？”母亲大声地问，“你的内心有什么痛苦？请什么也别瞒我！你所祈望的事情已经全部实现了！希腊国的男子汉们拥挤着躲进了战船，渴望着得到你的帮助！”

阿喀琉斯终于止住了哭泣说：“母亲，我的亲密的朋友帕特洛克罗斯已经死了，这一切还对我有什么用呢？残害他的凶手赫克托耳夺走了帕特洛克罗斯身上的衣甲和武器。那是我的武器，是众神在庆祝你的婚礼上送给珀琉斯的礼物。唉，要是珀琉斯娶了一个凡间的女子多好啊，那你就无须为自己的儿子无穷无尽地悲痛哀悼了！我再也不能回到生养我的家乡去了。如果我不能用长矛把赫克托耳前胸穿后背地戳个窟窿，将他一枪送命，并以此为帕特洛克罗斯报仇雪恨，我的心就不能安宁，它禁止我继续生存下去！”忒提斯听罢这番话，满面泪水地回答说：“我的儿子，赶快丢开这样的愿望。紧接着赫克托耳以后就是你自己的末日，那是命中注定的啊！”

阿喀琉斯却愤怒地喊叫起来：“如果让我马上去死，我也不在乎了。我不相信命中注定我不应该保护惨遭别人杀害的朋友。瞧，没有得到我的援助，远离自己的家乡，他就无缘无故地死了。我这短暂的一生对希腊人能够有什么帮助呢？我没有能够给帕特洛克罗斯和无数惨遭横死的人带来幸福。我立刻就去寻找残杀朋友的刽子手。特洛伊人必须明白，我已经休息过了！亲爱的母亲，你别阻拦我前去作战！”

“你说得有道理，我的孩子，”忒提斯回答说，“明天拂晓时分，当东方出太阳的时候，我给你送来赫淮斯托斯锻造的新的铠甲和武器。你得记住，在我没有回来以前，可千万不要过早地投入战场。”女神说完，招呼众位姐妹重新潜入海底宫殿，她自己则急忙来到奥林匹斯山，寻找神铁匠赫淮斯托斯。

特洛伊人又掀起了抢夺帕特洛克罗斯的尸体的战斗。赫克托耳来到旁边，三次抓住了尸体的脚，准备把它拖走。可是他又三次被两位埃阿斯挡住并且打退下去。他侧转身，狂暴地穿过喧嚣的战场，然后又重新站住，大声地叫唤起来。他决不希望就此罢休。两位同名的英雄埃阿斯想要把他从尸体旁逐退,可是没有成功。如果不是伊里斯接了赫拉的命令,瞒着宙斯和众神,把消息悄悄地告诉阿喀琉斯,让他迅速武装起来,赫克托耳早就把帕特洛克罗斯的尸体抢走了。“我该怎么投入战场呢?”阿喀琉斯问神的女使,“敌人抢走了我的武器。我的母亲前往赫淮斯托斯那里取新的衣甲了。她还没有回来,我不能投身战斗!”——“我们知道的,”伊里斯回答他说,“知道你的非凡的武器被人抢走了。可是你只要先走近壕沟,在特洛伊人面前显现一下。他们看到你的身影,也许会踌躇着不敢前进。希腊人可以趁机休息一段时间。”

伊里斯说完话走了。阿喀琉斯站立起来。雅典娜把自己的神盾挂在他的肩上,让他的脸上散发出神一般的光芒。阿喀琉斯走近壕沟,不过他在思想里仍然记住了母亲的警告,于是没有扑进战场,只是远远地站在那里大声呐喊。雅典娜凑着他的声音一起努力,让特洛伊人听上去似乎面临呼啸的战号一样。特洛伊人果然听到了珀琉斯的儿子的喊声,预感大事不好,战车和马匹立即掉转头撤退回去。驾车的人看到珀琉斯儿子的头上闪射出火光,暗自吃惊。等他在沟旁呼喊三阵以后,特洛伊人阵势大乱。他们中十二名勇敢的汉子竟然也吓得栽倒在混乱的马车轮下,死在自己人的乱枪之中。

帕特洛克罗斯的尸体终于到达了安全之地。希腊的英雄们把他搁在床上,大家围着尸休,悲伤地站着。阿喀琉斯看到他的亲密的战友躺在担架上,看到他那被枪尖戳烂的尸体,禁不住眼泪滚落。他一下扑倒在尸体上,放声痛哭。

阿喀琉斯重新武装

特洛伊人连连获胜,希腊人节节败退,帕特洛克罗斯也惨遭横死。经过激烈的战斗以后,双方军队重新驻扎下来,准备休息。特洛伊人从车前解下马匹,可是他们还没有来得及思考用膳,便急忙赶去参加会议。大家笔直地站立在那里围成一圈,没有人敢于席地而坐。他们心有余悸,畏惧阿喀琉斯,生怕他再度前来。

这时候只看到潘托斯的儿子波吕达玛斯走上前来。波吕达玛斯是个聪明的人，善知过去未来。他劝说大家不要等到天明，迅速班师回城。“如果阿喀琉斯重新武装起来，等到明天他就会在这里发现我们的。哼，那时候要是还有人能够逃回城去，那真是天大的幸运了。因此我建议，兵丁将领们回到城内广场上，大家共度一夜，那里有高墙大门，可以保护我们，明天早上我们再上城墙。如果他真的从战船上下来围攻城池，跟我们寻战，那我们也能跟他周旋抵挡！”

赫克托耳听完话站起身，神色阴暗地说：“波吕达玛斯，你的这番讲话真让我扫兴。目前，正是宙斯佑护我们取得节节胜利，是我们把亚各斯人逼回大海的时候了，你的讲话显得多么的愚蠢，没有一个特洛伊人会听你的话。我命令，把为今晚准备的食物全部发给士兵，加强哨位和警戒。如果有人担心他的钱财货物，那么就让他在宴席上把财产全部瓜分掉。当然，最为理想的是我们的士兵能够亲眼看到希腊人如此盲目地行事。明天清晨，我们就发起对希腊战船的攻击。如果阿喀琉斯果真重新参战，那是他选择了糟糕的命运！无论胜利属于我或者属于他，我都不会首先离开战场！”

特洛伊人不听波吕达玛斯的智慧建议，鼓掌欢呼赫克托耳。大家饥肠辘辘却又兴致勃勃地开怀用膳。

希腊人彻夜难眠，围着帕特洛克罗斯的尸体，悲恸哀悼。阿喀琉斯当众表示他的悲愤：“现在，命运已经注定，我们两个人必须血染异国他乡，因为我的年迈的父亲珀琉斯和母亲忒提斯再也不会在他的宫殿里接纳我了。特洛伊城前的黄土将会掩埋我的尸体。可是，帕特洛克罗斯，我是因为继你之后才入黄土的，所以我在没有缴下赫克托耳的武器并取得赫克托耳的首级以前，决不会先来参加你的葬礼。他是杀害你的凶手，我要拿他给你血祭。此外，我还要在你的遗体周围献上十二名特洛伊的贵族子弟作为牺牲祭供。亲爱的朋友，你且安静地在我的船上休息，让我去完成这一场事业吧！”

说毕，阿喀琉斯命令朋友们取来一口三鼎大镬，盛满温水，给阵亡的英雄清洗尸体，涂抹香油。然后，人们又将尸体抬起，放在床上，从头到脚盖上一条贵重的亚麻布尸被。死者身上还盖了一条绒毯。

再说忒提斯获得消息后，来到赫淮斯托斯的宫殿。宫殿内星光灿烂，富丽堂皇。这是跛腿的艺术家赫淮斯托斯亲自建造的铜质大殿，忒提斯看到他汗流浃背地劳动着。他要赶造二十只三鼎大镬，每只大镬底下都装着金轮。这样，三鼎镬用不着陌生人推动，便可以转动着滚进奥林匹斯大殿的众神面前，然后又能滚回它们自己的房间——这真是人间珍品，世上奇迹。三鼎镬除了耳柄以外均已完工。赫淮斯托斯挥舞锤子，要把钉子钉进合适的地方。他的妻子，温柔的司美女神卡律斯牵着忒提斯的手，领她坐上银交椅，并且推过一张矮凳，塞在她的脚下，然后把丈夫唤到跟前。

赫淮斯托斯看到海洋女神忒提斯，禁不住高兴得大叫起来："我多么高兴啊，最高贵的女神光临作客。正是她，在我还是婴儿时把我救出了绝境；因为我生就的跛腿，母亲不喜欢，把我遗弃在外。如果不是欧律诺墨和忒提斯把我捡回去，并在海边的岩洞里将我抚养长大，我可早就夭折惨死了。我的救命恩人今天来到舍下！亲爱的妻子，精心地款待客人！我把面前的杂乱收拾一番。"

煤烟蒙面的神赫淮斯托斯从铁砧旁站立起来。他跛着腿，费力地来来回回，把风箱从火边移开，把工具锁进一只银制的箱子，然后用海绵洗手、脸、脖子和胸脯，又穿上燕尾服，让女佣们搀扶着，一拐一拐地走出房间。这些女佣并不是真正的姑娘，她们几乎跟活人一样，只不过是赫淮斯托斯用黄金铸成的，具有力量、理解力、声音，还有艺术天赋，她们以轻盈的步伐离开主人。赫淮斯托斯接过一把漂亮的椅子，靠近忒提斯坐了下来，握着她的手，说："敬爱的女神，什么风将你吹到我的宅第？告诉我，你有什么要求，我将会满足你的任何愿望！"

忒提斯"唉"的一声，开始叙述她的忧愁，请他为厄运多灾的忒提斯的儿子阿喀琉斯赶制头盔，盾牌，甲胄，护脸和脚上的盖踝。阿喀琉斯从前曾有 副神盔甲，可惜他的朋友在特洛伊城下将它丢失了。

"放心吧，尊贵的女神！"赫淮斯托斯回答说，"你不用担忧！我马上就动手给你的儿子赶造盔甲。如果我造的盔甲能够让他幸免于难，我将会感到分外高兴。他会对盔甲感到高兴的。还有不少凡人，他们也会对此惊讶赞叹！"说完，他离开女神，跛着腿来到炉灶旁，架上二十只风箱，让它们一起扇风助火。坩锅里熔化着金、银、铜、锡。赫淮斯托斯把铁砧置放在坐垫上，右手抓起大锤，左手抓住钳子，开始铸造。他首先打制了一面五层厚的盾牌，背面有一个银把手，三道镶边，锃锃闪亮。他在盾牌的弧面上塑了地球，咆哮的大海，天空，太阳，月亮和闪烁的星星；远方是两座欣欣向荣的城市，一座城市里人们正在举行庆祝集会。那里有集市，争论着的居民，传令官和官方机构；另一座城池被两支军队围困着：城墙内部是妇女、孩子和老人；城外是男人，他们隐蔽地埋伏起来，不断地抢劫别人的财物；另一方面正是激烈的战斗场面：伤员，拼杀，尸体，盔甲，等等。他在远方还绘制了一幅广阔的原野图：农民赶牛耕地，麦浪起伏，到处是挥镰割麦的人，田旁有一棵大栎树，树下备着炊餐。

此外，盾面上还有一块葡萄园，枝蔓上挂满了银子制成的黑色的水淋淋的葡萄。周围是用蓝钢做成的沟渠，围着一圈锡制成的篱笆。一道浅洼通往葡萄园，一幅精美的采摘图：欢乐的青年男女，姑娘们背着美丽的箩筐，里面装满了甜蜜的果实，她们迈开轻盈的步伐，一步步地远去。人群中间有一个弹手琴的男孩，其他人围着他唱歌跳舞。另外，他又塑造了金和锡的牛群。它们沿着波浪起伏的河流，旁边有四个金子铸成的牧人，还有九条猎犬。前面是两头雄狮，雄狮跃入畜群，抓住一头小牛。牧人唆使猎犬，猎犬狺狺地乱叫乱咬，在狮子面前蹦跳不已；另外，他还塑造一座优美的山谷，银铸的绵羊放牧在山地谷间。牧人吆喝，草舍，牛棚，历历在目；最后是一群衣衫齐整的青年男女，他们跳着轮舞。女子头上饰着花环，男子身背银带，斜挎着金色的挂刀；两名滑稽丑角围着一名歌手转动着，歌手弹着竖琴。围观的人簇拥着，争先恐后，观看轮舞；盾面的外圈饰以一条湍急的河流，犹如一条巨蛇。

赫淮斯托斯造毕盾牌，又赶造盔甲。盔甲熠熠生辉，犹如一团火焰；然后再铸制漂亮的头盔，一直戴到太阳穴，大小正好合适，还有金色的发束；最后是一副护脸甲，选用精细的锡料加工而成。

等到这一切赶办完毕，赫淮斯托斯把装束全部交给阿喀琉斯的母亲。母亲接过盔甲等，再三称谢，带着它们走掉了。

天刚麻麻亮，忒提斯就赶到儿子身边。她看到儿子仍然在为朋友帕特洛克罗斯哀悼哭泣。忒提斯把武装放在阿喀琉斯面前。士兵们都不敢睁开眼睛观看女神。阿喀琉斯又是愤怒，又是欢喜。他把神工作品一件件地举到空中，目不转睛地看着，不忍释手。然后他开始一件件地穿戴起来，披挂停当。

阿喀琉斯来到海岸。他声如巨雷，呼唤丹内阿人一起集合。士兵们都涌了过来,连从未离过战船的舵手也赶来集合。狄俄墨得斯和奥德修斯拄着长矛,跛着腿走了过来。最后来的是阿伽门农,科翁曾用枪把他打落在地,所以他直到现在还忍受着创伤的剧痛。

等到大家集合完毕,阿喀琉斯毅然地站立起来,说:“阿特柔斯的儿子,忘掉过去吧,尽管过去的不愉快还在伤害着我们的灵魂;我的怒火已经缓和了。起来！奔向新的战斗!”

阿喀琉斯和阿伽门农和解

参加会议的人全部到齐了,只见阿喀琉斯站起身来说:“阿特柔斯的儿子,尽管我们在内心深处还感到受了委屈,可是,让我们一起忘掉过去吧。我的愤怒已经平息了。起来,共同去战斗!”

阿喀琉斯的话声刚落,希腊人就给他报以雷鸣般的掌声,经久不息。各国联盟的统帅阿伽门农也站起来说:“请大家安静！一片喧闹声中谁还能听清别人的讲话？希腊国的儿女们经常谴责我在那个不幸的日子里无礼的行为。可是我却要说,其实过失并不在我一边。宙斯,命运女神以及复仇女神让我在那次的国民大会上丧失了理智,变得糊涂起来。因此,我必定会犯下错误。当赫克托耳屠杀亚各斯人时,我不断地在思考自己的过失。我意识到,宙斯确实夺走了我的理智。现在,我愿意补偿自己的过失,以各种方式向你赔罪,阿喀琉斯。重上战场吧,我将把奥德修斯不久前点到的种种礼物全都交给你。如果你愿意的话,请在这里稍候,我让仆人把礼物全部搬到你的船上去。”

“尊敬的大统帅阿伽门农,”大英雄阿喀琉斯回答说,“我渴望着上战场去厮杀。让我们不要延误了战机,因为还有许多事情没有来得及做呢!”聪明的奥德修斯却建议说:“阿喀琉斯,给大家留出一点时间,让他们在船上饮酒用膳。阿伽门农可以趁此时间把礼物送到我们一边来,也好给丹内阿人开开眼,作个证明。然后,他还应该在大帐营内隆重地宴请你。”

“这是一个极妙的主意,奥德修斯,”阿特柔斯的儿子回答说,“阿喀琉斯,你从军士中亲自选一批身强力壮的小伙子,让他们到我的船上来给你搬运礼物。传令官塔耳堤皮奥斯快给我们搬一头公猪来,我们要给宙斯和太阳神上供祭礼,以此为我们重结盟好而宣誓。”

“你们想怎么干就怎么干吧,”阿喀琉斯说,“只要我还没有给朋友报仇雪恨,我就不会动一下饭菜,摸一下酒杯!”奥德修斯却在一旁安慰他:“希腊人的最光辉灿烂的英雄,你比我强大,战斗时也比我勇敢。可是在建议方面,我自认胜你一筹,因为我比你年长,比你经历得多。你这回还是听从我的劝告吧!丹内阿人无须用他们的肠胃来哀悼死者。人死了,将他安葬,大家为他痛哭一天。幸免于死的人,就该吃该喝,这样才能更加勇敢地投入战斗!”

说完,他带领涅斯托耳的儿子们,还有墨革斯、迈里俄纳斯、托阿斯、墨拉尼普斯和吕科墨得斯等人一起来到阿伽门农的营房。他们得到已经答应了的礼物:七只三脚祭鼎,二十口炊鼎,十二匹骏马,七个漂亮的姑娘,第八个正是美丽的勃里撒厄斯。奥德修斯称取了十泰伦特的黄金,走在大家前列,年轻人带着其他的礼物,紧紧地尾随在后。大家站成一圈。阿伽门农从座位上站了起来,传令官塔耳堤皮奥斯抓住公猪,准备用它祭供。他作了一番祈祷,然后割断公猪喉管。塔耳堤皮奥斯把宰杀的公猪扔进波涛汹涌的大海,让鱼儿啄食。这时候,阿喀琉斯站起身说:“父亲宙斯,你常常给人们送上多少的糊涂啊!如果你不想让如此多的丹内阿人死于非命,阿特柔斯的儿子一定不会激起我的万丈怒火,也不会使用暴力抢走属于我的美女!好吧,让我们现在去用膳,然后准备战斗。”

会议散了。诸位国王努力劝说阿喀琉斯多少进一点膳食,然而他却一再拒绝。“如果你们真的爱我,”他说,“就让我静静地留在这里,直到太阳落入大海为止。”说完,他请其他国王前去用膳。只有阿特柔斯的两个儿子,奥德修斯,涅斯托耳,伊多墨纽斯和福尼克斯没有走开。他们努力地想为他开解悲伤,阿喀琉斯却静静地站着,动也不动。宙斯高高地看着他,心内充满着同情。他转过身子,对女儿帕拉斯说:“你怎么一点也不关心这位高贵的英雄了呢?去吧,用琼浆玉液和长生不老的食物给他补养身体!”

正当士兵们准备战斗的时候,女神不知不觉地就把琼浆玉液和长生不老的食物灌注在英雄的腹内。帕拉斯完成任务以后回到万能的父亲居住的神宫。丹内阿人从战船上走了下来,战盔和战盔,盾和盾,胸甲和胸甲,矛和矛互相拥挤着,大地在他们的脚下发出隆隆的响声。阿喀琉斯披挂停当,武装一新。他接过神的礼物,首先穿上护甲,然后束起胸甲,背上利剑,提着闪亮的盾牌。接着他又戴上一顶沉重的头盔,头盔上飘舞着高耸的黄金羽饰,鬣毛飘动着往下垂。他试着转动一下身体:瞧吧,他的衣甲和武器如同鸟翼,让他好像要从地面上腾飞起来。阿喀琉斯挺起他父亲珀琉斯的长矛,长矛又粗又沉,其他的丹内阿人都无法挥舞。奥托墨冬和阿耳奇摩斯给马套上鞍具,在马嘴里放上嚼环,然后把缰绳拉到战车上。奥托墨冬跳上车,阿喀琉斯也一跃而上,站在奥托墨冬的身后。"你们这两匹神马啊,"他朝着父亲的战马呼唤着,"请把今天带上战场的英雄再安然无恙地带回家来!"他正在说话,突然出现一道神奇的灾象:他的战马珊托斯深深地埋下头来,飘动的鬃毛一直垂挂到地。它突然从女神赫拉处获得了说话的本领:"强大的阿喀琉斯,我们今天带你上战场,你戴盔披甲,神采奕奕。可是灾难的一天也已经日益临近了。我们可以跟迅疾的风神策菲罗赌比脚力,而且不会感到疲倦。可是,你却命中注定将要丧身于一位神之手。"战马张口还要往下说时,复仇女神的威力阻止住它,让它发不出声音来了。阿喀琉斯不高兴地回答说:"珊托斯,你为什么跟我说到死亡的事?这里不需要你的预言。我自己知道,厄运将会赶上我。可是,只要特洛伊人在战场上没有被杀够杀透,我不会急于去办那件事的!"说完,他大喝一声,催动战马勇猛向前,扑向战场。

神和凡人的战斗

宙斯在奥林匹斯山上召开众神会议,终于答应诸神可以自由地选择帮助特洛伊人或者希腊人。因为阿喀琉斯再度参加战斗,几乎独自一人就能违背神意立即占领特洛伊城。众神领受旨意,各自选择自己的道路:众神之母赫拉、帕拉斯·雅典娜、波塞冬、赫耳墨斯和赫淮斯托斯急忙朝希腊人的战船走去;阿瑞斯进入特洛伊人群之中,跟随他的还有福玻斯,阿耳忒弥斯和她的母亲勒托(即拉托那),众神称之为珊托斯的河神斯卡曼德洛斯,阿佛洛狄忒等。

诸神还没有混入突然而来的部队时,希腊人由于阿喀琉斯在他们的行列内,从而显得信心十足,勇气倍增。特洛伊人从远方看到阿喀琉斯,看到他的兵器和衣甲闪烁冷光，看到他犹如战神一般杀气腾腾，都吓得发抖。突然，诸神又不知不觉地附在双方军士之中，战场又顿时变得激烈和残酷起来，胜利不知将落于谁手。只见雅典娜一会儿站在围墙的壕沟旁，一会儿站在大海边，发出的吆喝声震如雷。在另外一方，阿瑞斯一会儿在高高的城墙上提醒特洛伊人，一会儿又如暴风一般呼啸着穿过西莫伊斯河的军士行列。播种不和的女神厄里斯在对立的双方阵营内肆意挑拨。宙斯也不甘寂寞，这位战争的主宰，从奥林匹斯山上发出隆隆的雷声。波塞冬从海底里掀得地动山摇，连爱达山都快被撕裂了。冥王哈得斯十分担心，害怕大地裂开以后，地府的秘密就全部暴露在神和凡人的面前了。众神终于面对面地介入战争，捉对儿地站在一起。于是：福玻斯·阿波罗举着箭矢遇到海神波塞冬；帕拉斯·雅典娜激战战神阿瑞斯；阿耳忒弥斯手操硬弓与众神之母赫拉对峙；勒托和赫耳墨斯交锋；赫淮斯托斯跟河神斯卡曼德洛斯厮杀。

正当众神杀成一团，不可开交的时候，阿喀琉斯单单寻找赫克托耳交战。阿波罗化装成普里阿摩斯的儿子吕卡翁的模样，把英雄埃涅阿斯一直引到阿喀琉斯面前。埃涅阿斯披着光闪闪的铠甲，雄赳赳地奋战在厮杀的最前线。即使在混乱的战场上，大英雄也难于逃脱赫拉的目光。众神之母立即召集与她友好的神，说："波塞冬和雅典娜，你们考虑一下，看看下一步该怎么办。由于福玻斯的唆使，埃涅阿斯朝阿喀琉斯扑了过来。我们或者逼使他退回去，或者给阿喀琉斯增添力量，让阿喀琉斯明白强大的神也站在他的一边。只是他在今天不能发生意外，我们就是为此目的而从奥林匹斯山上飞下来的。将来，他自会忍受命运女神给他编织的厄运。"

"请仔细思考一下吧，赫拉，"波塞冬回答说，"我不愿意跟你们站在一边反对站在另一方的神。这实在没有道理，因为我们是神，力量太大。我们应该闪在一旁，静静地观候。如果阿瑞斯或者阿波罗首先参战，如果他们妨碍阿喀琉斯，不让他放手作战，那时候我们就可以堂而皇之地介入战争！"

说话间大家来到宽阔的战场。两路英雄迎面扑来，大地在他们的脚下发出隆隆的响声。不一会，两个杀气腾腾的好汉来到面前：安喀塞斯的儿子埃涅阿斯和珀琉斯的儿子阿喀琉斯。埃涅阿斯跳出阵来，只见羽毛盔饰在沉重的头盔旁威武地抖动，胸前护着巨大的水牛皮盾牌，手中恐吓似的挥舞着投枪；阿喀琉斯也像一头庞然大物冲上前来。他走近埃涅阿斯时，大喝一声:“埃涅阿斯,你怎敢如此猖狂,来到我的面前?你是希望杀死我从而能够统治特洛伊人吗?难道有人许诺只要你能够战胜我就封赐给你一大块土地?你真的忘掉了,我在这场战争开始时如何把你从爱达山顶上驱赶下来的事吗?那时候你吓得没命地奔逃,连头也不敢回,一直逃到吕耳纳索斯才停了下来。我在帕拉斯和宙斯的帮助下征服了城市,把它夷为平地。众神之父怜悯你,才免你一死。可是,众神今天不会再饶你第二回了。我劝你从速退去,还是给我让路为妙!”

埃涅阿斯却在一旁反唇相讥,大声地回答说:“阿喀琉斯,你以为用几句话就把我像小孩子一样地唬住了?我们两人各自知道对方的底细。我知道你是海洋女神忒提斯的儿子;我却为自己是美丽女神阿佛洛狄忒的儿子,是宙斯的外孙而感到荣耀。让我们别在这里净耍嘴皮吧,我们的战争将会作出最后的决断!”说完,他投出一枪。矛尖只穿透对方盾牌的两层铁皮。盾牌的后层是锡片,埃涅阿斯的长矛被中间的黄金层阻挡住了。现在轮到阿喀琉斯投枪了。他的枪击中了埃涅阿斯的盾牌最外围的边缘部分,那是铁片和牛皮裹扎得最薄弱的地方。埃涅阿斯弯下腰去,吓得急忙举起盾牌。长矛呼啸着刺穿了两层裹盾的护皮,从他的肩膀上空笔直地飞过,落在他身后的泥土地上。阿喀琉斯拔出宝剑已经冲了过来。埃涅阿斯情急之中举起一块平常两个人也难以抬动的巨石,灵巧地投掷出去。如果他用巨石击中对方的头盔或者盾牌,那么他自己也难免撞在阿喀琉斯的剑下而死于非命了。

原来并不支持特洛伊人的诸神也顿生怜意。“这真是遗憾万分的事啊!”波塞冬说,“埃涅阿斯只是听从阿波罗的话,难道应该就此让他去地府面见冥王哈得斯吗?而且我担心宙斯会因此而生气,尽管他仇恨普里阿摩斯家族,但他决不会想彻底毁灭这一族人,而是通过埃涅阿斯,让他们香火鼎盛,延续这个强大的王族。”——“你怎么做都行,”赫拉回答说,“我和帕拉斯不一样,我们曾经郑重发誓,决不动弹半个手指,用以阻止特洛伊人遭受痛苦和不幸的命运。”

波塞冬飞到战场上。他先在阿喀琉斯眼睛前降下一阵浓雾,然后又不见人影地从埃涅阿斯盾牌上拔出长矛,将矛丢回主人的脚前。等到这一切完成以后,波塞冬再把埃涅阿斯推到战场的边沿,那是他的同盟战友考科涅斯人正在束装准备战斗的地方。“埃涅阿斯，是哪一位神，”波塞冬嘲笑着责怪他说，“蒙蔽了你的眼睛，竟让你对众神的宠儿开战？你在将来必须回避他，直到他完成命运规定的任务遭受报复以后，你才可以放心大胆地在最前线战斗！”

海神说完话离开了埃涅阿斯，顺便撩开了阿喀琉斯眼前的浓雾。阿喀琉斯纳闷他的长矛又在自己脚下，不明白对手怎么会消失不见了。“他一定是在神帮助下才得以逃脱的，”阿喀琉斯生气地说，“他见到我总是逃跑的。”说完，阿喀琉斯又回到自己的士兵行列中，鼓励他们奋勇作战。再说赫克托耳也在另一边督促他的军士，队伍中发出一阵激烈的喊杀声。福玻斯·阿波罗看到赫克托耳杀气腾腾地奔向阿喀琉斯，便在他的耳旁悄悄地警告一声。赫克托耳惊吓得顿时逃回自己的阵线。阿喀琉斯跃入敌人群中，手起枪落，首先杀死伊菲提翁和特摩莱翁。他看到希波达玛斯刚从战车上跳下来，又赶上一枪，枪尖从背上直刺进去，回头又一枪戳在普里阿摩斯的另一个儿子帕蒙脊骨上。帕蒙痛得大叫一声，跪倒在地上死了。行吟诗人荷马在他的诗里说的却不是帕蒙，而是普里阿摩斯的小儿子波吕多洛斯被阿喀琉斯戳在脊背骨上一枪致命的。

赫克托耳看到他的兄弟倒在地上，顿时感到眼前一阵昏黑。他不能再袖手旁观了，于是不顾神的警告，径直朝阿喀琉斯扑了上去。阿喀琉斯看到他，连连叫好。“正是这个人，”他说，“让我内心深处痛苦不已。赫克托耳，让我们彼此间再也不要相互逃避了。你赶快过来领死吧！”

“即使我站在离你很远的地方，”赫克托耳无所畏惧地回答说，“我也知道你是一个十分刚勇的人。可是谁知道神就不会站在我的一边，从而帮助我取得胜利呢？”他的话音刚落，就把长矛挥舞着投掷出去。雅典娜正好站在阿喀琉斯的背后，朝赫克托耳的投枪轻轻地吹了一口气，投枪顿时退了回去，软绵绵地落在赫克托耳的脚前。阿喀琉斯猛地冲了过来，举枪就想戳死赫克托耳。阿波罗眼看大事不好，扬起一片浓雾围住赫克托耳，又一把拉住他离开了战场。冲锋而来的阿喀琉斯一连三枪都扑了个空。当他第四枪又扑空的时候，禁不住威胁着大吼一声：“这下又便宜了你逃脱一回死亡。一定是福玻斯帮助了你。可是，只要有一位神辅佐我，你在下一回就难逃厄运。”

说完，怒火冲天的阿喀琉斯又如猛虎扑入羊群地杀进敌人的行列。十名英勇的特洛伊人刹那间死在他的手上。

阿喀琉斯激战河神斯卡曼德洛斯

当逃亡的特洛伊人和他们的追敌来到斯卡曼德洛斯河时，部队顿时分成两半。有一部分人朝着特洛伊城的方向落荒而去，那里是赫克托耳昨天取得胜利的地方。赫拉在他们头顶降下一层浓云密雾，阻止他们继续往前逃跑。另一部分人则跃入湍急的河水，漂浮在河面上，犹如飞蝗一般混乱不堪。整条河流拥挤着战马和士兵。阿喀琉斯把长矛靠在岸旁的一棵柽柳树旁，拔出宝剑，从后面跳上来赶杀特洛伊人。一会儿，河水被鲜血染红了。阿喀琉斯如同一头巨大的海豚，在港湾里逞威撒野，所有被它遇上的鱼类统统被它吞食干净。阿喀琉斯把自己的双手都砍杀得麻木僵硬了，可是他还趁便活抓了十二个年轻的俘虏。这些人将被活活地杀死，用于祭奠已死的朋友帕特洛克罗斯。

阿喀琉斯又一次冲入急流的时候，遇到了普里阿摩斯的儿子吕卡翁。阿喀琉斯不由得吃了一惊。从前在一次夜袭普里阿摩斯的果林时，吕卡翁曾经被阿喀琉斯俘虏过。他被卖身作奴，贩运到奥宇纳奥斯当国王的雷姆诺斯海岛。后来，他又被卖给印布洛斯岛的国王厄厄提翁。厄厄提翁将他带回阿里斯柏城。吕卡翁在那里生活了一段时间，趁人不防备时悄悄地离开阿里斯柏城，只身逃到特洛伊。他从长期的奴役中解放出来还只有十二天时间，现在又第二次落入阿喀琉斯之手。阿喀琉斯看到他时，心里疑惑地自言自语："真是奇迹呀！那些被我打死的特洛伊人一定也会从黑暗的地府潜逃回来的。好吧，我该用长矛在他身上重新尝试一回！"阿喀琉斯还没有提枪瞄准的时候，吕卡翁扑过来一把抱住他的膝盖说："阿喀琉斯，请可怜我吧！我曾经得到过你的佑护！那时候我给你一百头公牛，现在我愿给你三倍的赎金！我回到家乡只有十二天时间，经历了长期的奴役之苦。宙斯想必十分仇恨我，让我再度落入你的手中。可是请千万别杀死我。我是普里阿摩斯和拉俄托厄的儿子，不是赫克托耳的同母兄弟。赫克托耳杀死了你的朋友。"

阿喀琉斯皱了皱眉头，以毫不怜悯的口吻回答说："你这个蠢才，别跟我胡说赎金的事！帕特洛克罗斯没有死之前，我愿意赦免任何人，饶他不死。现在却是任何人也逃不脱我的手掌！这回你也得死。帕特洛克罗斯比你勇敢得多，不是也死了吗？看着我的眼睛，我明白，就连我也终会有一天死在敌人的手上！"吕卡翁听完后浑身发抖，伸开双臂，静静地等候阿喀琉斯给他致命的一枪。不一会，他果然得到了。阿喀琉斯抓起死者的脚，将尸体扔入湍急的河流，并嘲笑着在后面大喊一声："我想要看看，你们徒劳无益地给河流祭供了许多的牺牲品，河流会不会搭救你呢！"

他的话激怒了暴躁的河神斯卡曼德洛斯。河神是站在特洛伊人一边的。他变作人的模样从漩涡中探出头来，朝着英雄阿喀琉斯大喝一声："珀琉斯的儿子，你丧心病狂，行为可恶，已经超出了一个平常人的作为！我的河水里满是死人，湍急的河水几乎已经不能顺利地流入海洋了，多么残酷的事实啊！"

"你是一位神，我听从你的话，"阿喀琉斯回答说，"可是，只要特洛伊人没有被赶回他们的城去，只要我还没有跟赫克托耳比试一下气力，我的手臂是不会停下休息的。"说完，他朝逃跑的特洛伊人追了上去，把他们重新赶回河岸。特洛伊人纷纷跳入河水逃命，阿喀琉斯忘掉河神的命令，也跟着跳入急流。河流突然愤怒地暴涨起来，河水上涌，翻腾起浑浊的波浪，波浪咆哮着把死者全都推上河岸。河神的浪花猛烈地拍击着阿喀琉斯的盾牌。阿喀琉斯摇晃着身体，紧紧地倚靠在一棵榆树上，不料却把树连根拔起，最后幸亏攀缘着树枝才回到了河岸。阿喀琉斯拔腿就逃，在原野上没命地飞奔。河神咆哮着从后面追了上来，并且一把将他抓住。阿喀琉斯试着逃脱巨浪的袭击，可是河水却是铺天盖地地淹没了他，把他冲翻在地。大英雄阿喀琉斯指着苍天哀告说："父亲宙斯，难道就没有一位神可怜我，愿意救我逃脱河流的暴力吗？我的母亲欺骗了我，她曾经预言，说我会死在阿波罗的箭下。我多么愿意死在赫克托耳的手上，但愿强者死在强者的手上！可惜我现在却要惨死在波涛之间！"

他正在悲苦连天的时候，波塞冬和雅典娜变作人的模样来到他的身旁，握住他的手安慰他，因为命中注定他不会在河流中淹死。两位神又消失不见了，可是雅典娜却赋于他神的力量。阿喀琉斯获得神的帮助，高高地跳出波涛,猛的一下落在平地上。可是,河神斯卡曼德洛斯仍然不肯退却,一面卷起一重巨浪,一面又大声地召唤他的兄弟西莫伊斯:“快来,兄弟,让我们合力制服这个人的暴力。否则,他在今天就能摧毁普里阿摩斯的城池!起来!帮我一把,召来山间的泉水,鼓动每一条湍急的溪流,掀起你的波涛,将山石冲滚到这里来吧!今天,无论是他的气力还是他的武器都救他不得!”说完,河神咆哮着,挟裹起水花、鲜血和尸体一起朝阿喀琉斯滚来。不一会,波浪就淹没了他的头顶,而西莫伊斯河也急忙奔涌过来,声援河神,一起制服阿喀琉斯。

赫拉看到她的宠儿受难,惊吓得喊叫起来。赫拉急忙呼喊赫淮斯托斯,说:“亲爱的儿子,只有你的火焰才能征服滔天激流:快去帮助珀琉斯的儿子;我亲自从海滩旁吹来一股西南风,让风力把可怕的火苗一直吹送到特洛伊人的军队之中。你应该点燃河边的树木,把河水彻底烧干!希望你不要为威吓和利诱而后退。只有大火才能制止毁灭!”女神的话音刚落,赫淮斯托斯扇起的火焰就燃遍了整块大地。它先把特洛伊人的尸体彻底烧尽,那是被阿喀琉斯杀死的士兵;然后,火焰烘焦了原野,终于制止住了汹涌的激流。河旁的榆树、柳树、柽柳和各类青草全都燃烧起来。河中的鳗鱼和其他的鱼类惊恐地鼓动着鳃帮,喘息着寻求清泉。最后,河流也成了一片熊熊燃烧的火海。河神斯卡曼德洛斯呻吟着钻出波涛说:“喷吐火焰的神,我不再跟你斗了,让我们罢兵休战吧!特洛伊人和阿喀琉斯的纠纷跟我有什么关系呢?”他呜呜咽咽地说着,而他的诸多水域却在翻滚沸腾着,发出吱吱的声音,如同热锅上的油脂一样受着煎熬。最后,他又大声悲苦地转向众神之母,呼喊着:“赫拉,你的儿子赫淮斯托斯为什么苦苦地折磨我?我没有比任何帮助特洛伊人的神犯下更多的罪过。我现在愿意安静了,可是你需下命令,请他让我安静吧!”赫拉听到这番话,转身对儿子说:“停止吧,赫淮斯托斯,别为了凡人的缘故而长期地折磨一位长生不老的神!”火神果然听话地熄灭了他的火焰。河神滚动着回到了他原先的两岸之间。远方的西莫伊斯也十分满意,缓缓地退了回去。

神跟神的战斗

神之间的对立情绪达到了高潮。他们相互撞击，搅得大地在呻吟，连空中也好像响起了千百只战斗的号角。宙斯站在高高的奥林匹斯山峰上，听到了下界的喧嚣，看到众神正在相互攻击，内心陶醉得不禁颤抖起来。战神阿瑞斯首先上阵，挥舞长矛冲向帕拉斯·雅典雅，并且嘲笑着对她说："你为什么要挑动神相互厮杀？你还记得当年唆使堤丢斯的儿子用枪刺伤我的事吗？那就等于是你亲手使矛伤害了我的神体一样。今天我们要清算这笔孽债！"说完，他挥舞着可怕的神盾，举枪朝女神刺了过来。女神躲闪一下，在地上顺便抓起一块粗大的尖石掷了出去。石块砸在那位强人的脖子上，阿瑞斯噗的一声摔倒在地，头发上沾满了尘土。雅典娜微微一笑，欢呼着说："蠢货，你大概从来没有想过我比你强大多少倍。你怎敢与我较量？现在，让你的母亲赫拉去诅咒你吧，她对你非常恼怒。你竟然保护不自量力的特洛伊人，而对希腊人却一再施恶。"她一面说，一面将炯炯有神的目光从他身上移开。

阿佛洛狄忒搀扶着艰难呻吟的战神离开了战场。赫拉看到他们两位神时，连忙对雅典娜说："啊，帕拉斯，你看到主战场那边阿佛洛狄忒正扶着野蛮的阿瑞斯吗？真让人气恼！你难道不想去袭击他们吗？"帕拉斯·雅典娜答应一声朝他们追了过去。她来到温柔的女神面前，劈胸给她一掌。阿佛洛狄忒一个踹跚摔倒在地。受伤的战神也跟她一起倒在地上。"哈哈，让一切敢于支持特洛伊人的家伙都像你们似地摔倒在地！"雅典娜大喝一声，"如果我们的人都像我一样卓有成效地战斗，特洛伊城早已成为废墟，而我们也早已平安无事了。"赫拉看到这里，又听到雅典娜的话，脸上泛起了一丝满意的微笑。

接着，撼动大地的海神波塞冬对阿波罗说："福玻斯，我们为什么侧立一旁，无动于衷？你没有看到别的人都已经开始战斗了吗？将来，我们两人回到奥林匹斯神山，实际上根本没有跟别人较量过气力，那真是我们的奇耻大辱！"——"海洋的主宰，"福玻斯回答他说，"如果因为凡人的缘故，我必须跟你，仁慈而又威严的神动用武力，那真是作孽。"阿波罗说完了，实在不敢抬起手臂，跟他的父亲的兄弟同室操戈，混战一场。

阿波罗的妹妹阿尔忒弥斯在一旁耻笑，大声地讽刺说："福玻斯，你难道想逃离战场，把胜利拱手让给吹牛的波塞冬吗？你为什么在背上背一张弓呢？它难道是玩具吗？"赫拉听到嘲笑很生气地说："怎么，你以为背上有一把弓箭，就敢跟我比试吗？你这个不知羞耻的女人。"赫拉停了一会，又说："真的，你最好还是回到树丛中，在那里猎取一头公猪或者一头野鹿，那要比跟高贵的神战斗胜过多少倍！可是，你今天却要尝尝我的手掌的厉害！"说完，她用左手抓住女神的双手，同时伸出右手把女神的箭袋从肩上摘落下来，用弓背抽打阿尔忒弥斯的耳光。如同一位胆怯的孩子，阿尔忒弥斯顾不上自己的弓和箭，哭喊着一路逃了回去。要不是赫耳墨斯埋伏于左右，伺机威胁着，阿尔忒弥斯的母亲勒托真要拔刀前来报复了。赫耳墨斯看着这一切，说："勒托，我不想与你作战。而且，跟那些享受雷霆之神爱情的女人作战，是危险的。"勒托看他十分友好，便放心了。她匆忙过去，拾起女儿的弓和箭，追赶着女儿回到奥林匹斯神山。

阿尔忒弥斯坐在父亲的膝盖上，正在痛哭流泪。她的身体抽搐着，十分悲伤。宙斯慈爱地把女儿抱在怀里，微笑着跟女儿说："我的宝贝女儿，快告诉我，有哪一位神竟如此大胆，敢亏待你？"

"父亲，"她回答说，"你的妻子伤害了我。愤怒的赫拉，把所有的神都推入战争和纠纷，搅得天下大乱。"宙斯听后哈哈大笑，抚摸着女儿，给她说了许多的安慰话。

在下界，福玻斯·阿波罗匆忙走进特洛伊人的城市，真担心丹内阿人不顾命运的安排，在今天就要攻陷城池，撕碎防卫。其他诸神都回到了奥林匹斯山，他们中有的满怀胜利的喜悦，有的怒火满腔，大家团团围着雷霆之神宙斯坐成一圈。

阿喀琉斯和赫克托耳在特洛伊城前

年迈的国王普里阿摩斯站在城墙的塔楼里。他看到阿喀琉斯勇猛无比，特洛伊人节节败退，纷纷逃窜。任何神和凡人都阻挡不住阿喀琉斯的进攻。国王从塔楼上抱怨着走了下来，吩咐守卫城池的士兵："拉开城门，守住门口，让所有溃退奔逃的特洛伊人撤回城来。当心，阿喀琉斯就在下面逞凶，我感到大事不妙。士兵们一旦回到城内，那就迅速把城门关上，别让这位可怕的人随后冲进城来！”守城的士兵遵照命令拉开门栓，城门启开了。

特洛伊人饥渴难熬。他们灰尘满面，漫山遍野地溃逃回来，阿喀琉斯紧追不舍。阿波罗把这一切看在眼里。他离开特洛伊，前去帮助走投无路的逃兵。他首先唤醒阿革诺耳。阿革诺耳十分英勇，是安忒诺尔的儿子。阿波罗隐蔽在浓雾之中挨近宙斯的圣林，感应着阿革诺耳。于是，阿革诺耳在特洛伊人中第一个意识到在逃跑。他思索了一阵，觉得十分惭愧：“在你身后穷追不舍的人是谁？他的身体不也是可以被伤害的吗？他不也是跟其他人一样身属凡胎吗？”说着，他镇定下来，等着冲锋而来的阿喀琉斯。

阿革诺耳一只手拿定盾牌，另一只手挥舞着长矛，朝着阿喀琉斯大喝一声：“你别指望马上占领特洛伊城。我们中间不乏热血男子，他们准备着保卫父亲、母亲和妻子儿女！”说完，他投出一杆飞枪，飞枪正中对方新浇铸的胫甲。胫甲蹦的一声把飞枪弹落在地，没有伤着阿喀琉斯。阿喀琉斯猛扑过来。阿波罗看得真切，躲在浓雾之中，利用计策把阿喀琉斯引上追赶的崎途。原来阿波罗变作阿革诺耳的模样，急忙走进麦地，然后朝斯卡曼德洛斯河奔了过去。

阿喀琉斯紧随在后，希望追上对手。就在这时，特洛伊人幸运地从城门回到城内。他们争先恐后，谁也顾不上别人的死活，大家都直到知道进入城内才松下一口气。他们擦去满头大汗，饮水解渴，然后沿着城墙坐下或躺下休息。

希腊人背着盾牌，成群结队地朝城池涌了过来，而特洛伊人只有赫克托耳还独自留在城外。阿喀琉斯仍然在追赶阿波罗，把阿波罗始终看作是阿革诺耳。突然，阿波罗伸直身子，转过脸来，以神的宏亮声音开口说道：“你为什么苦苦地对我穷追不舍，却放弃了特洛伊人？你以为在追赶一个凡人，实际上却是在追赶一位神。你是伤害不了神的！”

阿喀琉斯恍然大悟，生气地叫喊起来：“残酷而又奸诈的神！你竟然把我从城墙边引开！你剥夺了我获得胜利的机会，轻而易举地救助了特洛伊人！作为神，你是用不着害怕报复的。可是我多么希望向你报仇雪恨！”说完，他转过身子，倔强地朝城池走去。

普里阿摩斯老态龙钟地站在塔楼的瞭望台上，看到阿喀琉斯紧逼过来。老人十分着急，连连捶胸，痛苦地呼唤着正在中心城门外站着的儿子。儿子斗志昂扬地等待着阿喀琉斯。"赫克托耳，尊贵的儿子！你为什么还在外面？你想无畏地阻挡已经杀掉我那么多孩子的人吗？快进城吧，进来保护特洛伊的男男女女。请怜悯我吧，宙斯折磨着你那可怜的父亲。他在生命垂危时刻还陷落苦难，还必须目睹无穷无尽的苦难！儿子们被杀了，女儿被抢走了，城堡里的珍藏被洗劫一空。最后我自己不知道会死于投枪还是长矛？我将会僵卧在宫殿的门边，由我亲手养大的狗撕扯我的尸体，舔食我的血迹！"

赫克托耳的母亲赫卡柏也站在那里，哭泣着向下呼喊："赫克托耳，可怜我的苦恼吧！打退那位可怕的人的进攻，可是你不能靠近他的身旁！"

父母亲的大声呼唤不能改变赫克托耳的主张。他站在原地，身子动也不动，静静地等候着阿喀琉斯。"那时候我几乎要流泪哭泣，"他自言自语地说道，"我的朋友波吕达玛斯劝说我把军队撤回城去。现在，由于我的指挥失误，我的人民陷于危险和困境，我更加愧对特洛伊的男女老幼。也许有人会说，赫克托耳由于逞一时蛮勇而糟踏了整个民族！因此，我更愿意跟那位可怕的追敌决一死战。要么我取得胜利，要么我阵亡墙下！——否则怎么办呢？难道我放下盾牌和盔甲，把海伦以及帕里斯抢夺来的珍宝财产全部拱手相让？……瞧，我都想到哪里去了？倘若我真的手无寸铁，他不会怜悯我的。相反，他一定会把我打翻在地。看来还是激烈地战斗一场为上策。决个高低胜负，看看奥林匹斯众神到底把胜利归属哪方！"

赫克托耳之死

阿喀琉斯愈加逼近，犹如战神一样光辉灿烂。赫克托耳看到他时，心里不由自主地颤抖起来。他几乎站立不住，于是转过身子朝城门走了过去。阿喀琉斯顿时扑了过来。湍急的斯卡曼德洛斯河流两旁是宽阔的车马路面，赫克托耳围着城墙，沿着大路没命地逃跑。阿喀琉斯接踵而至，他们围绕着城墙奔跑了三圈。众神在奥林匹斯山上俯视着这一惊心动魄的追跑场面。

“仔细思考吧,各位神,”宙斯开口说话了,“决定性的时刻来到了:应该让赫克托耳再一次逃脱死亡,还是让他在阵前丧生?”

帕拉斯·雅典娜接过话头,说:“父亲,你想到哪儿去了?难道你想让一位凡人超脱死亡吗?何况他在命中早已注定了这一结局。随你的意思吧,你想怎么做都可以,可是别指望众神会同意你的动议!”

宙斯朝他的女儿会意地点了点头。她立即从奥林匹斯山峰上消失了,不一会便来到特洛伊的战场。

赫克托耳仍在奔跑,后面追赶的人紧随在后,不让他有喘息的机会。阿喀琉斯示意他的士兵,不得朝赫克托耳投掷飞镖和长矛。

他们围着城墙跑了四圈,又挨近斯卡曼德洛斯河流的时候,宙斯从奥林匹斯山上站立起来,取出黄金天平,放进两枚生死砝码,一枚代表珀琉斯的儿子,另一枚代表赫克托耳。然后,他把天平端到中间,开始称量:赫克托耳的称盘开始往冥王哈得斯倾斜。在一旁保佑的福玻斯·阿波罗随即离开了他的身旁。

女神雅典娜却走近阿喀琉斯,在他耳边悄悄地说:“你且站住,稍事休息!我去劝说赫克托耳,让他大胆地投入决战!”阿喀琉斯遵从了女神的命令,立即收住身子,倚靠在插在地上的长矛旁,看着雅典娜朝赫克托耳走了过去。

雅典娜变作得伊福玻斯的模样来到赫克托耳身旁,说:“兄弟,我们愿意共同抗击阿喀琉斯!”赫克托耳一见,十分欢喜地说:“得伊福玻斯,你永远是我最亲密的兄弟。现在,其他人都躲在安全的城墙后面,你却敢于大胆地跃出城门,为此,更赢得了我的尊重。”雅典娜示意英雄过来,然后高举着长矛,跨着大步,往前面走了过去。赫克托耳向着阿喀琉斯大声呼喊:“珀琉斯的儿子,我不会永远地避让你!现在我跟你拼个死活。我或者杀死你,或者自己阵亡!可是,让我们凭着头顶众神立一誓言:如果宙斯垂青于我,让我获得胜利,我除了取下你的武装以外,保证把你的尸体还给你的阵营。你也应该答应同样待我!”

“别再扯谈诺言的事!”阿喀琉斯面色阴沉地说,“如同狮子跟人之间不能存在同盟一样,我们也成不了朋友。我们之间必须死掉一个人。镇静着放招过来吧,你逃不脱我的手掌。你对我的士兵们造成巨大损失,现在到了由你偿还的时刻了!"阿喀琉斯说完扔出一杆飞枪。赫克托耳急忙弯下身子,投枪从他上空飞了过去。雅典娜把投枪拾了回来,重新交给珀琉斯的儿子。可惜这一切赫克托耳都无法看到,无法知道。他愤怒地跳起来,投出一杆飞标。标枪不偏不倚,正好击中阿喀琉斯的盾牌,不过又弹落在地上。赫克托耳吃了一惊,回头寻找兄弟得伊福玻斯,想要找第二杆长矛,可是得伊福玻斯却消失不见了。赫克托耳这才意识到原来是雅典娜骗了他。他知道大限将近,命运已经决定。这时候他只是思考着不能让对方轻而易举地得手,于是他抽出自己的巨剑,向前扑了过去。

阿喀琉斯也迫不及待地准备厮杀,用盾牌掩护着冲了过来。头盔在点动,头发在风中飘散着,长矛闪烁着寒光。阿喀琉斯睁大眼睛,寻找赫克托耳的身体上未被遮盖且又有机可乘的地方。可是从帕特洛克罗斯那里抢去的盔甲把赫克托耳的身体保护得严严实实,只有在连接肩与脖子的锁骨旁边露出一丝空隙,使得他的喉咙稍有一点暴露在外。阿喀琉斯看得真切,一枪刺过去,枪尖刺穿赫克托耳的嗓子,竟从颈项内穿透了。

赫克托耳倒落尘土。他身受重伤,呼吸越来越困难,可是还能勉强说话。看着阿喀琉斯在一旁高兴得手舞足蹈,赫克托耳开口央求说:"向着你的生命,阿喀琉斯,我请求你,千万别让恶狗撕扯我的尸体!无论你要多少黄金和青铜都行,只要把我的遗体送往特洛伊,让那里的人隆重地将我安葬!"

阿喀琉斯却只是摇摇头说:"你用不着哀求,你是杀害我的朋友的刽子手!即使普里阿摩斯愿意拿出黄金前来赎你,也决不会有人把撕扯你的尸体的野狗赶走!"

"我知道你,"赫克托耳濒临死亡,呻吟着说,"我知道,你是一个铁石心肠的人,不会同情我的。可是,等到众神为我报仇,阿波罗在特洛伊的中央城门前把你击倒在地,在你奄奄一息的时刻,但愿你能想到我!"说完了这一番忏悔般的预言,赫克托耳的灵魂离开了身体,倏地飞进地府,寻找哈得斯去了。

阿喀琉斯却在一旁大声叫唤:"你只管放心地去死!不管宙斯和众神如何安排我的命运,我都会接受的!"说完,他从伤口中拔出长矛,将它放在一旁,然后从死者肩上剥下那件原来属于自己的血淋淋的盔甲。

希腊人潮涌般地围拢过来,观看死者高贵的形象和巨大的身躯。阿喀琉斯站在人群中间说:“朋友们,英雄们!感谢众神的赐福,让我在这里制伏了这个恶魔。他对我们的祸害远远超过任何其他人。让我们一鼓作气,兵困特洛伊城。我们要看一下,他们到底是把城池腾挪给我们,还是在没有赫克托耳的时候也敢抵抗我们。可是,你们瞧我在讲什么话哟?我的朋友帕特洛克罗斯不是还躺在船上没有得到安葬吗?因此,士兵们,唱起凯旋歌,让我们首先把这件祭品供奉给我的朋友!”

说毕,这个残酷的胜者走近躺在地上的尸体,用刀把尸体踝骨和脚踵之间戳了个窟窿,用皮带穿进洞口,拉过来捆在战车的座位旁边,然后拖着尸体,挥鞭策马,朝停泊在大海的战船飞驰而去。

赫克托耳的母亲赫卡柏站在城墙上看着这一幕惨烈的人间悲剧。她从头上撕去面纱,嚎啕大哭。国王普里阿摩斯也泪流满面。全城哗然,一片恐惧。大家费尽力气才勉强劝住年迈的国王,没有让他忍着悲愤跳下城墙,前去追赶杀害儿子的凶手。

赫克托耳的妻子安德洛玛刻对整件事情还不知道。她安安静静地坐在宫殿里,专心致志地绣绘花卉。突然,只听到城楼上传来一片哭声,安德洛玛刻预感到大祸临头,便惊叫了起来:“天哪,我担心阿喀琉斯威胁着我的丈夫。来人哪,快跟我去查看一下,究竟发生了什么事?”

安德洛玛刻穿过宫殿,急步朝城楼奔去。她看到阿喀琉斯的马车正拖拽着她丈夫的尸体在野地里飞跑。安德洛玛刻顿时不省人事,往后倒了下去。她的姑嫂兄弟们急忙扶住。当她终于又苏醒过来时,她撕心裂肺地哭泣着哀悼死者。其情其景,惊天地,泣鬼神,令人痛绝。

帕特洛克罗斯的葬礼

阿喀琉斯带着他的仇敌的尸体回到自己的战船,把尸体脸朝下扔在帕特洛克罗斯营房的泥地上。丹内阿人脱下他们的战袍,坐在阿喀琉斯的船上吃喝一顿,举行隆重的安葬仪式。杀猪、杀羊,还杀了公牛。阿喀琉斯吩咐美美地犒赏战士们。伙伴们架着不肯走的大英雄离开停放帕特洛克罗斯尸体的营房,来到国王阿伽门农的帐篷。帐篷里生着一堆大火,火上架着一口大锅,烧着满满的一锅热水。大家尽力劝说阿喀琉斯洗去身上的尘土和血污。他顽固地拒绝了,而且还郑重地立下誓言:"宙斯在上,只要帕特洛克罗斯还没有被送上火葬的木柴堆,只要我的头发还没剪下,还没有给他建立纪念碑,我就不该用水洗澡。要是按照我的意思,我们现在就举行悲哀的仪式。阿伽门农国王,明天去树林伐木,按照礼仪准备好给我的朋友举行葬礼。"国王们都尊重他的意见,坐下开怀畅饮,愉快地享用一顿美餐,然后都去安寝休息。阿喀琉斯躺在海滩上,周围是一批弥尔弥杜纳人,沙滩被海水冲涮得干干净净。

阿喀琉斯刚要合眼睡觉,只见可怜的帕特洛克罗斯在梦中走近他说:"怎么,阿喀琉斯,你睡了,把我忘了吗?给我立一座坟吧,我想通过大门进入哈得斯的地府!那里有两位幽灵守卫着,威胁着我,不让我走近!我还没有搁在柴堆上被烧成灰烬,因此还难得安宁。可是你要知道,朋友,你将死在离特洛伊城墙不远的地方,这也是命中注定。你在给我造坟的时候要留有余地,使得我们的骸骨能够并排搁放,就像我们从小一起长大一样,死后也埋葬在同一墓穴。"

"我发誓,将按照你的要求去办事,兄弟!"阿喀琉斯大声回答着朝阴影伸出双手。影子像一团烟云,倏忽一声消逝了。

天刚拂晓,大家按阿伽门农的命令牵着牲口离开了营房。他们在爱达山峰顶上砍伐贵重的树木,劈成木柴,让牲口驮着,一起回到战船营。阿喀琉斯命令他的弥尔弥杜纳人穿上衣甲,驾上战车。一会儿,送葬的队伍走动了:国王们、武士们和驾车的人走在头列,几千名士兵步行殿后。帕特洛克罗斯的朋友和伙伴抬着他的遗体,遗体上盖满了大家各自剪下的卷发。

隆重的队列来到阿喀琉斯为他的朋友选定坟址的地方。大家停下灵柩,把木柴垒成一大堆。阿喀琉斯退后一步,离开木柴堆,剪下一绺褐色的卷发,然后望着黑压压的海浪说:"啊,斯佩尔锡俄斯河神,我的家乡河,我的父亲曾经发愿,等我凯旋回国时应该剪下头发给你祭奠,并将在有你的圣林和祭坛的你的源泉处,给你上供五十头肥羊。可惜他的愿望付诸流水,不能兑现了!河神啊,你没有接受我的请愿!你不让我重返故里,回到祖国去了。现在,请你别见怪,我只得把头发剪给帕特洛克罗斯,让他带着去见冥王哈得斯!"说完,他把一绺粗发塞在朋友的手上,然后走近阿伽门农说:"让大家宴饮吧,过一会再结束葬礼仪式!"

阿伽门农一声令下,战士们分头回到各条战船,只有国王们留下来。他们开始搬运砍伐的树木,垒成一个百英尺见方的巨大的柴堆,把尸体停放在最顶层。接着,他们在柴堆前剥下几头绵羊和活牛的皮。祭供的牲口堆放在木柴的周围,灵柩旁搁着蜂蜜和油罐,支架上还拴着四匹活马。人们又从帕特洛克罗斯养的九条家犬中选出二条杀掉,祭于灵前。最后,又用剑杀死了十二个特洛伊青年。这一切都是因为阿喀琉斯发誓要为朋友之死报仇雪恨。

木柴被点着了,阿喀琉斯朝着死者大声说:"让愉快伴随你进入冥府吧,帕特洛克罗斯!我所立下的誓愿,已经全部实现了。大火烧却了十二个祭供者的牺牲。只有赫克托耳没有被烧成灰,他将用于喂狗!"阿喀琉斯讲话时气势汹汹,杀气腾腾。可是众神却不让他的愿望得逞:阿佛洛狄忒日夜守卫着,不让一群饥肠辘辘的饿狗扑近赫克托耳的尸体。她又用玫瑰香油和长生不老膏涂抹在尸体上,使得赫克托耳周身上下没有一处遭受凌辱的痕迹。阿波罗拉来一片浓云,遮住停放赫克托耳尸体的地方,免得让太阳把尸体烘晒干。

焚烧帕特洛克罗斯的柴堆虽然点着了,可是还未能形成熊熊烈火。阿喀琉斯又一次退到一旁,答应给北风神波瑞阿斯和西风神策菲罗斯祭供牺牲。他用金杯浇奠美酒,请风神帮助,让木堆烧成团团大火。伊里斯把消息传给风神。两位风神从海面上呼啸而来,直扑柴堆。整整一夜,他们都围着柴堆上下飞舞,扇起熊熊烈火,阿喀琉斯则不停地把美酒从金罐倒入金杯,然后给死去朋友的灵魂浇祭。直到清晨,风神和火焰才停息下来,柴堆被烧成灰烬。帕特洛克罗斯的骸骨卧躺在柴灰中间,外围混杂着动物和人的骨灰。珀琉斯的儿子一声令下,众位英雄用美酒浇熄了还在闪烁火星的热灰。他们含着眼泪,拾起朋友的白骨,将骨殖藏在一只金瓮里,放在营帐中间。然后,大家用石块和泥土给死去的帕特洛克罗斯垒起一座大坟。

等到这一切都完毕以后,希腊人举办了隆重的殡葬赛会。阿喀琉斯命令亚各斯人都聚拢来,坐成大圈。他摆出炊鼎、三脚祭坛、牛、羊、宫女和珍贵的金属礼品,作为对胜者的奖励。阿喀琉斯因为悼念已死的驾车手,所以没有参加一开始就举行的战车竞赛。随后又进行拳术、徒步和掷铁饼的比赛。英雄们经过多次角逐,获得许多奖励。最后结束了殡葬帕特洛克罗斯的赛会。

普里阿摩斯会见阿喀琉斯

当参加竞赛的人散去之后,阿喀琉斯怀念着被埋葬了的朋友,整整一夜未曾合眼睡觉。第二天清晨,他套上骏马,把赫克托耳的尸体捆在马车的座位旁边,拖着尸体围着帕特洛克罗斯的纪念碑奔跑三圈。阿波罗于心不忍,用神盾像金伞一般地护佑着赫克托耳,不让尸体损伤。阿喀琉斯驾车转过以后,让尸体躺在地上,独自一人离开了。奥林匹斯神山上除了赫拉以外,大家都怜悯赫克托耳。宙斯派人寻找忒提斯,命令她迅速下凡去希腊人的营房,告诉她的儿子阿喀琉斯,众神,包括宙斯在内都愤恨他竟敢肆意虐待赫克托耳的尸体,而且还始终把尸体扣留在船上。忒提斯听从命令,走进儿子的帐篷,凑近他坐下,温和地说:"亲爱的儿子,你悲愤叹息,不吃不喝,你还能折磨自己多久呢?听着宙斯要对你说的话吧:他和众神都很愤怒,恨你虐待赫克托耳的尸体,并且始终把它扣在船上。还是索取一笔丰厚的赎金,把尸体交出去吧!"阿喀琉斯抬起眼睛看了看母亲说:"那就这样吧,按宙斯和众神的意见行事吧!谁给我赎金,谁就把尸体领回去。"

就在同一时辰,宙斯又派出伊里斯来到普里阿摩斯的城里。她怀着沉重的心情,看到那里又是悲叹,又是哭泣。伊里斯走到国王面前,悄悄地对他说:"请镇静,达耳达诺斯的儿子,别沮丧!宙斯怜悯你:他允许你去找阿喀琉斯,用礼金赎回你儿子的尸体。你必须一个人去,只带一名年老的使者。使者给你驾车,然后再将尸体运回城来。别害怕,宙斯派了英勇的赫耳墨斯保护你!"

普里阿摩斯相信女神的话,命令众位儿子给他备马驾车。他自己走进香气扑鼻、柏木护墙的珍宝间,那里藏着各式各样的珍奇古玩,价值连城。他唤来妻子赫卡柏,把宙斯令人送来的消息告诉妻子。赫卡柏听后竭力劝阻他,让他放弃这个念头。

"你别拦阻我,"普里阿摩斯坚定地回答,"即使死神就在船上等候我,我只要能够把最亲爱的儿子抱在怀里,那就令我心满意足了。"说完话,他打开一只箱盖,挑出十二件礼服,十二块地毯,以及同样多的睡衣和锦袍。然后,他又称出十泰伦特的黄金,选了四只光亮闪闪的池盆,两口三脚鼎以及一只宝贵的酒杯。这只酒杯正是色雷斯人赠送给他的礼品。普里阿摩斯又斥去前来劝阻他的特洛伊人:“你们在各自家中难道还不够悲哀,非要过来劝阻我不行吗?你们这批胆小如鼠的人,要是你们取代赫克托耳被杀死在那边的船上就好了!好人都死了,剩下来一批坏蛋。快去给我驾车,把这只篮子放在车上,让我迅速上路!”儿子们都十分担心,但只得从命,于是把牲口牵到车前,把赎金和礼品搁在车上。他们把名贵的骏马驾在普里阿摩斯的车前。伴随国王的使者老态龙钟地站立一旁。

赫卡柏心事重重地把金酒杯递给国王,让他举行浇奠祭礼。女管家端着水壶和水盆走了过去。国王普里阿摩斯用净水洗了洗手,端起酒杯,然后走动着站到院子的中央,往地上浇洒美酒,大声祈祷着说:“父亲宙斯,爱达山的主宰,让我在珀琉斯的儿子面前得到怜悯和恩惠吧!请显现一道预兆,让我放心大胆地到丹内阿人的战船上去!”国王的话还没有说完,只见从右面高空的云端里飞来一只黑鹰,黑鹰平展着硕大的翅膀,掠过城市而去。特洛伊人看到它非常高兴。年老的国王满怀信心地跳上战车,坐了下来。

车辆来到城外,普里阿摩斯和使者看到旁边是国王伊洛斯的纪念碑,便招呼让两辆车稍停一会儿,以便拉车的牲口能在河里饮水。时近黄昏,大地笼罩着一片朦胧。传令官伊特俄斯突然看到旁边有一个男人的身影,吃了一惊,对普里阿摩斯说:“你瞧那边有一个人。我担心他是前来谋害我们的。”说话间身影已经走近过来。原来他不是敌人,而是宙斯派来的使者赫耳墨斯。

普里阿摩斯喘了一口气,说:“果然,我现在看到了,有一位神的手始终保护着我,那位友好而又明智的人一路上陪同我,我真是感激不尽。可是,请告诉我,你是谁?”——“我的父亲名叫波吕克托耳,”赫耳墨斯回答说,“我们兄弟七个,我是最年轻的,又是弥尔弥杜纳人,阿喀琉斯的朋友。”——“如果你竟是可怕的珀琉斯的儿子所结识的朋友,”普里阿摩斯变得不耐烦了,“那么请告诉我,我的儿子是否还在战船上,阿喀琉斯有没有将他投去喂狗?”

“没有,”赫耳墨斯回答说,“他还在阿喀琉斯的营帐里。虽然已经过去了十二个早晨,大英雄对他一点也不怜悯,每天早晨拖着他在朋友的坟前转圈,不过他的尸体受到神的保护,没有腐烂。如果你看到他仍然栩栩如生,浑身上下没有一点血迹,所有的伤口全都结了痂,你会觉得这是奇迹。即使他死了,众神也还是看顾他的。”普里阿摩斯高兴地取出随身带在车上的美丽的酒杯。“拿上它吧,”他说,“陪同我去见你的主人。”

赫耳墨斯拒绝收下礼物,似乎害怕背着阿喀琉斯收受礼品,然而却跳上战车,凑近老人,双手抓住缰绳。不一会,他们就穿过战壕和围墙。守卫的士兵正在用晚餐。神打了一个手势,士兵们顿时埋下头来呼呼大睡。他又用手一指,围墙的城门呀的一声开了。普里阿摩斯乘坐战车,一路平安地来到珀琉斯儿子的营房门前。赫耳墨斯跳下车,说自己就是神。他劝告普里阿摩斯抱住英雄阿喀琉斯的膝盖,并指名英雄的父母亲向他求情。说完,赫耳墨斯倏忽一声便消失不见了。

国王跳下战车,把马匹和车辆交给伊特俄斯,自己却径直朝住房走了过去。他在室内遇到阿喀琉斯,看到阿喀琉斯离开他的同伴们独自一人坐在那里,相随左右的还有奥托墨冬和阿耳奇摩斯。阿喀琉斯刚用膳完毕,餐桌还铺着没有收拾好。普里阿摩斯悄悄地走了进去。他急忙来到阿喀琉斯面前,抱住他的膝盖,吻着他的那双杀了自己这么多儿子的双手,望着他的脸。阿喀琉斯和他的朋友们望着老人。老人开口说话:“神一般的阿喀琉斯,想想你的父亲吧,他跟我一样年迈无力,也许他也受着邻人的仇视和威逼,像我一样孤立无援而又提心吊胆。可是他还时时刻刻残留着见到自己儿子的希望,希望儿子能够从特洛伊凯旋回国。而我呢?当亚各斯人前来特洛伊城时,我有五十个儿子。我是这场战争中损失最为惨重的人。现在,你又夺走了唯一能够保护我、保护城池的儿子。因此,我来到你的战船,希望赎回我的赫克托耳。我给你带来一大笔赎金。珀琉斯的儿子,听从神的劝告,想想你自己的父亲,可怜我吧!”普里阿摩斯的一番话在大英雄的心灵深处唤起了无限的乡恋之情,他渴望着能够见到身处远方的父亲。阿喀琉斯温和地握住老人的手,往后退了一步。最后,他终于把老人扶了起来,无限同情地说:“可怜哪,你忍受了许多的折磨。你显示了多么大的英勇气概,因为你竟敢独自一人来到丹内阿人的战船,只是为了见一个杀了你的这么多儿子的人。你的儿子都是英勇善战、十分了得的。你一定有颗花岗岩般的坚实心肠!好吧,请坐,让我们平静下来。凭着我们的忧郁和悲伤,我们将难以改变任何局面。忍受悲愤是众神给可怜的凡人定下的命运,尽管众神自己却是无忧无虑的。因为宙斯的家门前置放两只罐子,一只罐内装着灾难和不幸,而另一只罐内则装着愉快和幸福。众神给珀琉斯送上美丽的礼物:财富,权力,甚至还有一房神的妻子。不过,有一位神也给他办了一件恶事,那就是他的儿子将会早死。而你呢,老人哪,人民当年歌颂你,祝愿你幸福,可是奥林匹斯山的众神给你送上这份苦难。从此以后,你的城墙前战争不断,厮杀不绝。忍受这份苦难吧,你再也无法唤回你的高贵的儿子了!"

普里阿摩斯回答说:"宙斯的宠儿,只要赫克托耳还躺在你的营房里没有得到安葬,就请别给我让坐。把他交给我吧。你应该为一大笔赎金而高兴,饶了我,回你自己的祖国去吧!"

阿喀琉斯听到后面的话,皱起眉头说:"老人家,请别来刺激我!我愿意慷慨地把赫克托耳还给你,因为我的母亲曾经把宙斯的主意告诉了我。而且,我也明白,是神帮助你,把你带上我们的战船。否则,一个凡人怎么会有如此的胆量?"

他们在帐篷外解下牲口,引使者进入内室,然后从车上抬下用作赎金的礼品和钱财,只留下两件锦袍和一件内衣,准备披盖赫克托耳的尸体。阿喀琉斯命人给赫克托耳清洗尸体,涂抹香油,穿上衣服。他亲自把尸体抱上一张搁床。当其他的朋友们抬着赫克托耳送上已经备好的战车时,只听阿喀琉斯大声说道:"帕特洛克罗斯,如果你在地府的黑暗之中听说我把赫克托耳的尸体还给了他的父亲,那么请别生我的气!他带上一大笔赎金,你也会获得应有的一份!"

阿喀琉斯走进营房,坐在国王的对面,说:"瞧吧,你的儿子完全如同你的愿望一样获得了解脱。他身穿名贵的衣服。等到天明,你就可以带他回去了。现在让我们一起用膳吧!你还有足够的时间为可爱的儿子伤心落泪。只要你把他运回家去,你就去开怀痛哭吧!他是值得痛哭一番的人。"说完,大英雄又站起身,匆忙走出去,杀掉一只绵羊。朋友们剥下绵羊皮,把羊肉切成小块,串在铁扦上精心烧烤。然后,大家又坐在桌旁。奥托墨冬分发面包,阿喀琉斯分羊肉,大家饱餐一顿,吃喝得酒足饭饱。普里阿摩斯惊奇地打量着主人的高贵身材,觉得阿喀琉斯真像一位天神。阿喀琉斯看到国王威严的面貌,听到他明哲的讲话也暗暗地称奇。宴饮已毕,普里阿摩斯对阿喀琉斯说:“高贵的英雄,请让我去休息吧,我们应该睡一觉休养身体。自从我的儿子战死以来,我还没有合过一次眼。而且,今天还是我第一次喝酒吃肉呢!”

阿喀琉斯命令他的伙伴和女仆在厅内安排两张床铺,垫上紫金被褥,铺上毯子,又把毛皮锦袍搁在床上当作盖被。阿喀琉斯友好地问道:“请告诉我:你为高贵的儿子举办葬礼,前后一共需要多少天?我们在这段时间里将停止一切战争!”——“如果你如此仁义地对待我,”普里阿摩斯回答说,“让我从容地安葬我的儿子,那么请允许我有十一天的时间。你知道,我们全被围困在城里,要到城外遥远的山区去砍伐木柴。我们为此需要九天的准备时间。我们在第十天安葬赫克托耳,举办丧宴,第十一天时给他立座坟墓。等到第十二天,如果必须进行的话,那么我们可以继续战斗。”——“行了,就按你说的意见办事。”阿喀琉斯回答说,“我将劝阻部队,直到那时才重新开战。”说完,他有力地握了握老人的右手,借以打消他的各种顾虑,然后让他去床上安寝。他自己则在最里面的房间躺下。

当一切都进入梦乡的时候,只有神赫耳墨斯毫无睡意。他思量着如何才能神不知鬼不觉地把特洛伊的国王从众多的士兵面前送回城去。接着,他悄悄地走近老人安寝的床头,对老人说:“年迈的国王,你在敌人的营房内睡得无忧无虑。是的,你用重金赎回了儿子。可是,等到阿伽门农和其他的希腊人知道了这件事,那么你的在家的儿子们将用比现在多三倍的赎金才能买回你的贵体!”普里阿摩斯听了大吃一惊,急忙唤醒使者。赫耳墨斯亲自给他们驾马,并跳上马车,凑近国王坐在一旁。伊特俄斯引着牲口,他们带着尸体悄悄地穿过希腊人的士兵营驶了出去。不一会,希腊人的帐营已经被远远地甩在车后了。

赫克托耳的尸体在特洛伊城

赫耳墨斯陪着国王来到斯卡曼德洛斯河的浅滩。他在那里告别国王,回到高耸的奥林匹斯神山。普里阿摩斯和使者继续朝城市驶去。正值拂晓时分,一切都还在沉睡之中,没有任何人看到他们回来了。只有普里阿摩斯的女儿卡珊德拉登上城堡,看到坐在车上的父亲,看到使者和战车上搁放的尸体。卡珊德拉大声地悲悼起来,她的声音在安静的城内到处回荡:“你们看吧,特洛伊的男人们和女人们,赫克托耳回来了,不过这是一个死掉的赫克托耳!从前,当他从战场上凯旋而归时,你们都欢呼着向他致意。今天,你们也去迎接这位死者吧!”

随着卡珊德拉呼喊,特洛伊的男男女女统统涌向城门。赫克托耳的母亲和妻子一路领先,共同期待着装载尸体的战车回城。

赫克托耳的尸体进入国王的宫殿,被搁置在一张结实的尸床上,周围响起了低沉的哀乐。年轻的王后安德洛玛刻一把抱住赫克托耳的头,忍不住放声大哭:“亲爱的丈夫啊,你让我成为可怜的寡妇,留下我孤身一人,带着可怜的孩子。唉,你的儿子也许难以长大成人!因为特洛伊马上就要被毁灭了,你再也无法保卫城池,保护妻儿老少和满城的男男女女。不久,我们将会被押送到希腊人的战船,我也会被他们俘虏的。而你,我的可怜的儿子阿斯提阿那克斯,将来也会在一名残酷的管家看管下跟你的母亲分担耻辱和劳役。也许有一位希腊人会把你从城楼上推下去,因为你的父亲杀害过他的兄弟、父亲或者儿子。赫克托耳在战场上是从不轻易放过任何人的,难怪满城的人悲愤地哀悼他。唉,赫克托耳,你给自己的父母亲带来难以诉说的悲哀,给我带来了无穷无尽的绝望!”

继安德洛玛刻哭诉以后,赫克托耳的母亲赫卡柏也高声地哀悼自己的儿子:“赫克托耳,我的心肝儿子,天上的神是多么地喜爱你啊。他们在你惨死以后也没有忘掉你。你被敌人的利剑杀死,被他反复拖着转圈。可是,你现在却光彩照人地躺在我们的宫殿里,好像是被阿波罗的弓箭无意之中伤害了似的。”海伦也接过话头说:“赫克托耳,在我的丈夫的各位兄弟中,你是我最敬爱的人。自从帕里斯把我这个不幸的女子带来特洛伊以后,已经整整过去了二十年!在这段时间里,我从来没有听到你说过一句恶毒的话。虽然有国王普里阿摩斯像父亲一样保护我,可是一旦出现兄弟间的纠纷,一旦有我的丈夫的兄弟姐妹出来责骂我时,你总是站出来劝解他们。你死了,我失掉了一位朋友和安慰自己的兄长。现在,他们都会嫌弃我,不再理睬我!”

说到悲哀处,海伦禁不住涕泪俱下。聚集一旁的特洛伊人叹息不已。普里阿摩斯对着人群大声地说:“特洛伊的国人们,请你们现在出城去砍伐木柴。你们别担心丹内阿人会埋伏并且暗算你们,不会的!珀琉斯的儿子曾经答应过我,直到第十二个拂晓到来之前,他不会向我们发动进攻的!”

特洛伊人听从国王的吩咐,迅速备马驾车。大家集中在城前,准备出发。他们忙碌着运载了九天的木柴。到了第十天时,大家哭声震天地把赫克托耳的尸体送上高高的木柴堆,然后点火烧柴。全城的人围着熊熊燃烧的火堆,看着它烧成一堆灰烬。然后,他们用美酒浇熄了还在冒烟的火灰。赫克托耳的兄弟和朋友们含着眼泪在灰中拾起了他的白骨。白骨裹扎在紫锦衣料中,装在一只小金盒里,沉放在深深的墓穴内。墓穴周围砌以细长的条石,再垒成一座高耸的坟墓。特洛伊人在坟墓附近设立哨兵,防备希腊人突然袭击,防止破坏隆重的葬礼。等到一切就绪,大家回到城内,国王宫殿里开始了严肃而又庄重的殡葬宴会。

特洛伊人的胜利和特洛伊城的毁灭

彭忒西勒亚

赫克托耳的葬礼结束以后，特洛伊人又关上城门，禁闭不出。他们感到危机四伏，似乎特洛伊城已经毁在征服者的火焰之中，成了一堆废墟。

正在绝望的时刻，兵困城内的特洛伊人突然盼到了援助。原来在小亚细亚靠近忒耳莫冬河的本都地带住着亚马孙女王彭忒西勒亚，她也是战神阿瑞斯的女儿，这回率领一群女英雄，前来救援特洛伊。她的这番举动一半出于乐于冒战争险的厮杀嗜好，那样的乐趣符合这一女子民族的天性，而另一半则出于赎回无意之中造成的血债。彭忒西勒亚在一次打猎时看到一头梅花鹿，举起投枪朝梅花鹿扔了过去，不料一枪误伤了心爱的妹妹希波吕忒。妹妹当场身亡，这笔血债从此就像石头一样堆积在彭忒西勒亚的心上。复仇女神纠缠这笔债务，任何祭供和牺牲都难以平息她的怒火。彭忒西勒亚希望借助讨好神的战争摆脱心灵的折磨和困境，于是挑选了十二名女英雄，一起来到特洛伊城下。十二名女英雄花枝招展，然而比起她们的女王彭忒西勒亚又大为逊色。女王犹如施放朝霞的女神，在时序女神的陪同下仪态万千地离开了奥林匹斯山，到达人间大地。

特洛伊人站在城墙上，看到美丽而又强大的女王从远方一步步走来。女王身披铠甲，率领一群妇女，个个如天仙女神一般。特洛伊人从四面八方拥上前来，对女王的美貌惊叹不已。在她的优美身段里神奇地交织着一股杀气:她的嘴角边上泛起一丝迷人的笑容,长长的睫毛下亮晶晶地闪烁着一双神奇的眼睛,犹如光芒万丈的太阳,姑娘般的脸上透现着搏击战争的烈焰。特洛伊人看到女王时大声喝彩,就连国王普里阿摩斯也稍展愁眉,略微感到了一线希望。他抑制住高兴的情绪,又想到了死去的儿子们。他们也是威风凛凛、神采奕奕的。普里阿摩斯迎接女王,把她引入自己的王宫,待她犹如亲生女儿一般,端出最精美的食品款待她。随着国王的旨意,仆人们又送上极色礼物。国王答应等到特洛伊获得解救以后,将给女王赠送更多的礼品。亚马孙女王彭忒西勒亚从贵宾席上站起来,立下一个大胆而又可怕的誓言,表达了一个凡人连想都不敢想的决心。她答应国王要杀死神一般的阿喀琉斯,清除进犯的亚各斯人,烧毁希腊人的战船。安德洛玛刻听到这番话,不由得内心犯起了嘀咕:你可知道你到底讲了些什么吗?你难道丢掉了灵魂,看不到死亡已经在面前向你招手?特洛伊人几乎全都把我的丈夫赫克托耳看作一位神,可是珀琉斯的儿子却用长矛把他杀死,让他饮恨沙场!

亚马孙的女英雄们旅途困顿,愉快地休息一阵,又美美地用了晚餐,然后让女仆们领着进入内室安寝。彭忒西勒亚躺在舒适的眠榻上,不一会便酣然入睡。雅典娜趁机给她送来一场迷梦。梦中,女王看到自己的父亲阿瑞斯,阿瑞斯催促她立即同性急如火的阿喀琉斯开战。彭忒西勒亚醒来后感到一阵激烈的心跳。她看到天色已亮,便希望当天就能实现誓愿。女王一骨碌从床上跳下来,穿上寒光嗖嗖的铠甲,那是父亲阿瑞斯送给她的礼物。她扎紧胫甲,束紧胸铠,佩上利剑,利剑的一面剑鞘完全用白银和象牙制成。等到披挂停当,她再取出盾牌,戴上头盔,头盔上闪亮着金黄的羽饰。彭忒西勒亚左手提着两根长矛,右手握着一把双面利斧,这是不睦女神送给她作为战争武器的。一切就绪以后,女王冲出国王的宫殿,其势如同宙斯抖落大地的猛雷快闪。

彭忒西勒亚吆喝一声冲出城外,竭力鼓励特洛伊人奋勇作战。女王跳上一匹美丽的快马,那是风神波瑞阿斯让妻子送给彭忒西勒亚的礼物。其他的女英雄们急忙骑马赶上。国王普里阿摩斯留在宫殿里,朝苍天举起双手,祈祷着说:“父亲宙斯,请听我的心迹,让阿开亚人今天统统败于阿瑞斯的女儿手下,让她今天平安地回到我的宫殿。为了你的强大的儿子阿瑞斯的荣誉，为了佑护他的女儿，也为了我的缘故，请满足我的愿望吧！我忍受了无数的折磨，亲眼看到这么多儿子死在希腊人的手上，我是一个多么需要神保佑的人啊！”祷告完毕，他看到许多勇敢的特洛伊人也聚拢起来，跟着亚马孙女王彭忒西勒亚前去迎战阿喀琉斯，而他们原先已经被阿喀琉斯吓破了胆，惶惶不可终日。可是，国王突然又看到左上方盘旋飞来一只苍鹰，苍鹰爪下抓着一只被撕碎了的鸽子。国王看到恶兆临头，顿时感到心凉如冰，陷于绝望的境地。

希腊人在战船营看到特洛伊人突然前来袭击，急忙披挂上阵，杀气腾腾地冲了出来。好一场血战，长矛挥舞着乒乓作响，铠甲相撞，盾牌互击，头盔直碰，特洛伊的大地上顿时鲜血淋漓，惨不忍睹。彭忒西勒亚在希腊人群中大肆砍杀，她率领前来参战的女英雄也个个争先，毫不示弱。女王一连杀死摩利翁和其他七名希腊英雄。亚马孙女英雄克罗尼亚一刀砍下帕达尔克斯的朋友墨尼波斯时，帕达尔克斯大怒，奋起一枪，刺伤了克罗尼亚的臀部。彭忒西勒亚一刀斩断帕达尔克斯伸出的手，但已来不及拯救她的朋友了。克罗尼亚倒于尘土之中死了。希腊人也急忙救回了自己的朋友。

彭忒西勒亚又不可阻拦地杀入希腊人的阵营，而希腊人十分害怕，节节败退。大获全胜的女王在后面扬扬得意地呼喊着：“今天要你们为普里阿摩斯洗雪耻辱。狄俄墨得斯在哪里？埃阿斯在哪里？阿喀琉斯到哪里去了？他们为什么不来与我较量一番？”说完，她又满不在乎地杀入亚各斯人的士兵队伍，举斧砍，用枪挑，还弯弓搭箭射杀敌人。普里阿摩斯的儿子们跟着她，随后又是一批特洛伊的士兵。希腊人面临沉重的打击，几乎抵挡不住了，一批一批的士兵倒了下去。特洛伊人的战车到处碾轧，压死了许多希腊士兵。特洛伊人明显地感觉到，似乎有一位神自天而降，正在帮助他们。他们几乎相信即将彻底战胜希腊人了。

可是，战斗的喧嚣声还没有传到强大的埃阿斯和神的儿子阿喀琉斯的耳中。他们两人正在帕特洛克罗斯的墓旁，深深地怀念着这位死去了的朋友。

特洛伊人越逼越近，已经快到战船旁边，而且摆出阵势准备焚烧船只了。埃阿斯突然听到激烈的厮杀声，对阿喀琉斯说：“耳中似乎听到一场危险的战斗声！我们走吧，别让特洛伊人烧掉了我们的船只！”阿喀琉斯也听到了。他们急忙披挂,顺着厮杀声追了过来。

亚各斯人几乎吓破了胆,现在看到两位勇士冲了过来,又勇气大增。阿喀琉斯和埃阿斯高举火把,如饿虎扑食一般投入战斗,在特洛伊人的军队中狂砍乱杀。埃阿斯一马当先,挥舞长矛一连杀死四个特洛伊人。阿喀琉斯回过身子收拾亚马孙人,四个年轻的女子已经丧身他的刀剑之下。然后,他们两人又合兵一起,朝敌人营垒的主力冲杀过去。不一会,特洛伊人就倒下一大片。

彭忒西勒亚看到战局有变,愤怒地朝两个男人扑了过去。女王首先朝阿喀琉斯投去一枪。大英雄举起盾牌挡住,长矛噗的一声弹落下去,好像撞在一块岩石上似的。她又举起第二杆长矛,瞄准埃阿斯,口中还对两位英雄大吼着:"你们这批吹牛大王,竟敢夸口是最强大的英雄。我的第一枪饶了你们,第二枪却要夺下你们的生命!你们将会看到,一个女人要比你们两人强大得多!"两位英雄听罢这番话哈哈大笑。女王的投枪击中埃阿斯腿上的银甲护胫,没有伤着皮肉,落在地上。埃阿斯顾不上跟这位亚马孙女人计较,冲向特洛伊人的士兵行列去了,把彭忒西勒亚留给阿喀琉斯收拾。他毫不怀疑阿喀琉斯即将扫落女王的威风。

彭忒西勒亚看到第二杆投枪又没能生效,发出重重的一声长叹。阿喀琉斯朝她大声喝道:"你怎敢跟地球上最强大的英雄对阵?你没有看到赫克托耳都在我们面前发抖吗?你大概歇斯底里发作了,竟然耍无赖,用死亡来威胁我们。贼婆娘,你的最后时辰来到了。"说完,他朝亚马孙女人冲了过来,挥舞着掷出手中那杆战无不胜的长矛,那是他的师傅,肯陶洛斯人喀戎送给他的礼物。投枪正中女王的右前胸,伤口中顿时血流如注。彭忒西勒亚连手中的战斧都震落在地,不由得感到眼前一阵漆黑。女王挣扎着又站立起来,死死地盯住她的敌人。阿喀琉斯饿虎扑食一般地冲了过来,要把女王拖下马。她激烈地思考着是拔出剑来进行抵抗,还是向胜者求饶,放自己一条生路。可是阿喀琉斯并不给她时间。他恼恨女王的狂横,手起一枪,连人带马把女王戳翻在地。女王倒落尘土死了。

特洛伊人看到女英雄翻落马下,顿时军心涣散,狂乱地朝特洛伊城退了回去。珀琉斯的儿子兴奋地喊叫起来:"让这个女人倒在那里,留着喂猛禽,喂野狗!谁让你来跟我战斗的呢?"他摘下死者的头盔,打量着死者的面容。

尽管女王的脸上沾满了血迹和尘土,可是她在死后仍然十分妩媚安详。希腊人围着尸体站着,惊叹这位年轻妇人的绝色容貌。连阿喀琉斯也深感痛心。他久久地注视着女王,心想:这位花容月貌的女王真是值得带回夫茨阿,可以给自己当一位令人艳羡的夫人。阿喀琉斯呆呆地站在那里,一动也不动。

丹内阿人越聚越多,围着彭忒西勒亚的尸体,动手剥夺她的武器。阿喀琉斯痴呆呆地站在那里,目不转睛地看着被自己杀害的女王。他沉痛悲哀,犹如先前哀悼他亲密的朋友,战死沙场的帕特洛克罗斯。

而天空上的战神阿瑞斯,亚马孙女王的父亲却深深地陷于悲痛之中。伴随着隆隆雷声,他犹如电闪一般朝着大地冲了下来。如果不是宙斯及时降下一场雷雨,在阿瑞斯的头顶响起阵阵炸雷,警告他不得造次,阿瑞斯一定会彻底扫灭希腊人。他看到宙斯作主,不敢违背众神之祖的心意,便无可奈何地站在那里。

这时候,只见面貌丑恶的忒耳西忒斯走上一步,嘲笑着看着直立不动的阿喀琉斯说:"你这不是犯傻吗,苦苦地为这样一位年轻的女子折磨自己?要知道,正是她给我们造成许多的灾难!你看上去真像一个寻花问柳的好色之徒!你如果以为所有的女人都该成为你的战利品,难道就不担心她的长矛也会在战场上把你杀死?你真是个贪得无厌的男人!"阿喀琉斯听到这番话,心中升起一股怒火。他朝忒耳西忒斯迎面一拳。忒耳西忒斯牙齿脱落,口中吐血,挣扎一阵便倒在地上死了。没有任何人同情他,因为他是一个只知道贬低别人,而在战场上却胆怯如鼠的无耻之徒。

可是,也有一个人对忒耳西忒斯的死不能无动于衷。那就是狄俄墨得斯。狄俄墨得斯是堤丢斯的儿子,跟忒耳西忒斯有亲戚关系。狄俄墨得斯非常愤怒。如果不是有几位丹内阿人的英雄共同在场,他几乎要拔刀跟阿喀琉斯拼杀一场。珀琉斯的儿子也准备为伤害了忒耳西忒斯而向狄俄墨得斯表示歉意。于是,两方面各自平静下来。

普里阿摩斯见女王彭忒西勒亚战败身亡,派人前往希腊人的营房,要求将尸体归还特洛伊人。阿特柔斯的儿子们非常同情和赞颂女王,也乐意把女王的尸体交还给普里阿摩斯。国王普里阿摩斯命人在城前垒起一座高大的柴堆,女王的尸体架放在柴堆上,周围搁置许多珠宝礼品。他点燃木柴,顿时烈焰腾空，熊熊燃烧。等到尸体被烧成灰烬时，周围站立的特洛伊人用香甜的美酒浇熄了火焰。他们捡起彭忒西勒亚的骨殖，将骨殖置放在小箱内。大家排着队，隆重地把骨灰箱送入国王拉俄墨冬的墓穴。墓穴位于城内的一座塔楼内。彭忒西勒亚的骨灰箱旁排着身死战场的十二位亚马孙女友。

而另一方，希腊人也在忙碌着掩埋阵亡的死者。

门　　农

第二天，特洛伊人站在城墙上四下瞭望。他们担心强大的胜利者阿喀琉斯随时随地会发动对特洛伊城的攻击，会架着云梯，登上特洛伊的城头。将领们正在举行会议，只见年迈的特洛伊人蒂密忒斯立起身来说："朋友们！我一直思考着如何摆脱目前棘手的困境，可是始终拿不出一个主意来。自从赫克托耳被不可战胜的阿喀琉斯杀死以后，我相信，即使是一位向着我们的神，也会在战场上打败仗。阿喀琉斯这回又制服了亚马孙女王，可是在刚开始时多少丹内阿人败在她的斧下。现在的问题是，我们是否应该放弃这座不幸的城市，干脆到另一处地方寻个安全才算上策？"

普里阿摩斯听罢这番话，站起来说："亲爱的朋友，还有你们，特洛伊人和各位同盟兄弟！我们不能胆怯地离开可爱的家乡，去冒更大的风险。我们必须在激烈的战场上去寻找打败敌人的途径。现在，我们可以等待埃塞俄比亚国王门农前来援助我们。他率领一支强大的队伍，已经在行军途中。我早就派使者前去找他了。因此，让我们耐心地稍待片刻！"

原来，门农是普里阿摩斯的侄子。他的父亲名叫提托诺斯，是拉俄墨冬的儿子。一天，提托诺斯突然被朝霞女神厄俄斯（又名奥罗拉）劫去，并让他当了自己的如意夫君。厄俄斯请宙斯降福，给提托诺斯长生不老之身。她的愿望果然实现。可是，女神却因一时疏忽，忘了请宙斯赐他永远年轻。因此，提托诺斯虽然寿比天地，容貌却一天老似一天。现在看起来就已经像古老的岩石。

正在大家争得不可开交的时候，只见一员好汉深思熟虑后站起身。他就是英雄波吕达玛斯。波吕达玛斯建议说："我的主人和国王，如果门农真的会来，我也不会反对。可是，我却担心他和他的伙伴会到我们这里前来找死，会给我们带来更大的祸害。当然，我也不会同意从此离开我们祖辈世世代代生活过的国土。因此，当务之急应该是，虽然说起来已经为时嫌晚，不过还仍然是最好的办法，就是把引起战争的原因，我指的是海伦公主，连同她从斯巴达带来的一切，统统交还给希腊人，而且越快越好，免得敌人一把大火把我们的城市焚烧得荡然无存！”

特洛伊人心底里都同意他的主张，只是不敢当面向国王公开陈述。海伦的丈夫帕里斯急忙站起来，称波吕达玛斯是希腊人的说客，指责波吕达玛斯胆小如鼠。“提这种建议，说这类话的人，一定是在战场上第一个想到逃跑的人。”帕里斯说，“你们想一想，特洛伊人，听从这种人的建议是否是明智的行为？”

波吕达玛斯知道帕里斯不愿离开海伦，宁愿部队哗变，宁愿自己死掉，也不愿放弃海伦。于是，他沉默不语。会场上鸦雀无声。大家默默地静坐，并无良策。突然，外面传来喜讯，说门农已经发兵前来救援了。特洛伊人犹如在历经海难的大船上又看到了满天星斗。国王普里阿摩斯更是高兴。他一点儿也不怀疑，认为埃塞俄比亚的军队肯定会打败敌人，烧毁他们的战船。

朝霞女神厄俄斯的高贵儿子门农终于来到特洛伊，国王普里阿摩斯设盛宴并赠送极其珍贵的礼物，热烈欢迎门农和他所率领的英雄好汉。紧张的气氛一扫而净，大家怀着敬意，共同纪念阵亡的特洛伊英雄。门农又讲述了从彼海岸到爱达山峰，再到国王普里阿摩斯居住的城市所经历的遥远的路程，讲述他一路上的英雄业绩。特洛伊的国王听得津津有味，眉开眼笑。他热情洋溢地握着门农的手说：“门农，我多么感谢众神，他们让我荣耀地在宫殿里为你接风！你比任何凡人都更像神。因此，我满怀胜利的信心，你一定会大肆地砍杀我们的敌人！”说完，国王端起一盏纯金的酒杯，为新来的同盟兄弟干杯。门农仔细地观看这只珍贵的酒杯。那是赫淮斯托斯的杰作，又是特洛伊王室的传家之宝。门农看了一阵，然后回答说：“人们不作兴在宴会上吹牛说大话，只有在战场上才能显示谁是英雄。让我们现在去就寝休息吧，因为明天还有一场激战等待着我们。”

接着，稳重的门农站起身来。普里阿摩斯还在殷勤地为客人递杯劝酒。

夜幕笼罩了大地，凡夫俗子们都沉入酣睡的梦乡。奥林匹斯山上的众神却还在一边用膳，一边议论着特洛伊的战局。宙斯，这位克洛诺斯的儿子，这位通晓未来犹如知道现在的神首先讲话。他说："其实，你们双方无论为希腊人还是为特洛伊人担惊受怕，都是徒劳的。还有无数的战马和男子将会参加双方的战斗，而且会永远留在战场上不再回来。你们挂念着一些人的安危，可是你们休想为他的生命向我求情。命运女神是无情的，对我也不例外。"

众神中谁也不敢违背宙斯的旨意，一声不吭地离开餐桌。每位神都回到自己房中，悲哀地躺在床上，渐渐地合上眼睛，进入梦乡。

第二天清晨，朝霞女神厄俄斯不情愿地步入天空。她也听到了宙斯的讲话，而且明白她的爱子门农将面临怎样的厄运。门农却趁着拂晓醒过来，揉了揉眼睛，一骨碌跳下床铺。他准备今天为朋友而跟敌人决一死战。特洛伊人也披上衣甲，跟埃塞俄比亚前来的无数客人编成战斗大队。他们毫不迟疑地冲出城门，扑向平坦的战场。

希腊人看到远方冲来一队人马，感到十分惊讶，便急忙全副武装，冲出战营。受到众人信任的阿喀琉斯正在大家的中间，高高地站在战车上。特洛伊军队中的门农也不逊色，威风凛凛，犹如战神一般。士兵们紧密地围着他，斗志昂扬。战斗开始了。两支军队相撞，好似两个海洋激起了万丈狂浪。长矛呼啸，利剑铿锵。不一会，特洛伊人便一个接一个地倒在阿喀琉斯的枪下。对面的门农也很得手，战果辉煌。涅斯托耳的两个伙伴已经死在他的手下。门农渐渐地接近老人涅斯托耳。只差一步，这位埃塞俄比亚国王的长矛就要刺中涅斯托耳了。原来帕里斯一箭射翻了涅斯托耳的骏马，战车嘎的一声突然停住。门农伸出去的长矛没有碰上涅斯托耳。老人大吃一惊，急呼儿子安提罗科斯前来救援。儿子应声前来，站在父亲面前守护着，并向埃塞俄比亚国王掷去一杆投枪。门农侧身躲过，投枪击中他的朋友、珀哈索斯的儿子厄索普斯。门农大怒，扑向安提罗科斯，一枪刺中他的心脏。安提罗科斯以死救了他的父亲。阿开亚人看到他倒下去，感到悲痛无比。尤其是父亲涅斯托耳，因为儿子是为他而死，并且当着他的面被人杀死的。可是他还保持着镇定，又呼唤另一位儿子特拉斯墨得斯前来救助，要他把杀人凶手从安提罗科斯的尸体旁边赶走。特拉斯墨得斯在混战中听到父亲的呼喊声，跟斐瑞斯应声前来，准备抵抗厄俄斯的儿子，抑制他的嚣张气焰。门农放心大胆地让他们走近，巧妙地躲过对方接二连三投来的长矛。有的矛尖碰在他的铠甲上，都被弹落回去，因为这身衣甲是他的神的母亲用神法灌注过的。门农开始剥取已死的安提罗科斯的铠甲，希腊人无法阻挡他。涅斯托耳看到这里，大喊一声，呼唤他的朋友们快来救援。他自己则从战车上跳下来，以其微弱的力量想去跟门农争夺儿子的尸体。门农看他走了过来，连忙自动地退避一旁。他对面前的这位老人十分敬畏。

“老人家，”他说，“我不能跟你寻衅挑战！刚才在远处时我把你当作一位英勇善战的年轻人，于是我朝你瞄准。可是我现在看清楚了，你实在年龄太大。快离开战场吧，免得我在混战中误伤了你。”涅斯托耳果然往后退了几步，看着他的儿子躺在尘土之中，无可奈何。特拉斯墨得斯和斐瑞斯也往后撤。门农和他的埃塞俄比亚人趁势发威，亚各斯人惊恐四散，到处躲避呼啸而来的投枪。

涅斯托耳只得向阿喀琉斯求告。“你看，我的儿子被杀死了，躺在那里。门农剥下了他的衣甲和武器。可怜我的儿子马上就会被拖去喂狗！快去救他吧，真正的朋友才敢于两肋插刀，肝胆相照呢！”阿喀琉斯立即朝门农冲了过来。门农看到他，连忙从地上拣起一块石头，朝他猛地扔了过去。石头从阿喀琉斯的铠甲上弹落下去。阿喀琉斯跳下战车，急步走上前来，举起长矛直取门农。长矛刺伤门农的肩膀。门农不顾伤势，扑过来一枪刺中阿喀琉斯的手臂，使之鲜血直冒滴落在地。门农扬扬得意，大声呼喊：“可怜的家伙，现在站在你面前的是一位神的儿子，你不是他的对手，因为我的母亲厄俄斯是奥林匹斯山上的女神，她比你的母亲忒提斯高明十倍！”阿喀琉斯微笑着说：“今天的结果会告诉你，我们之间究竟谁的出身更为高贵！我将要用你为年轻的英雄安提罗科斯补偿损失，就像要用赫克托耳为我死去的朋友帕特洛克罗斯报仇雪恨一样。”

说完，他用双手执定巨大的长矛，门农也做好相应的准备。他们相互冲去。宙斯亲自主持，让他们在这一时刻变得又高大又强壮，胜过平时十倍。结果，他们两人谁也没有伤着对方。他们又寻找机会，想杀伤对方的腿部或腹部，可是都未能奏效。两个人你来我往，碰撞得铁甲叮当作响。埃塞俄比亚人、特洛伊人和亚各斯人喊杀声直达天庭，震得地动山摇，脚下踩踢起飞扬的尘土,笼罩着战场。好一场苦战!奥林匹斯山上的诸神居高临下,观看这一场不分胜负的战斗,感到非常愉快。宙斯命令两位命运女神,司黑的前去寻找门农,布白的再去造访阿喀琉斯。诸神听到命令时大声呼喊,一部分神喜形于色,一部分神怒从悲来。

地面上的两位英雄还在苦斗,没有瞅见命运女神已经临近身旁。门农和阿喀琉斯用矛、用剑,甚至用石头对打,他们站在地上犹如磐石一般。左右两面的士兵们也厮杀成一团,难解难分。鲜血伴着汗水,浇洒一地。地面上堆满了兵丁的尸体。命运之神终于介入了争斗。阿喀琉斯奋起一枪,刺中对方胸脯,枪尖直穿后背。门农倒在战场上死了。

特洛伊人见势不好,掉头就逃。阿喀琉斯随后赶来,紧追不舍。厄俄斯在天空中发出一声长叹,躲进乌云之中,大地顿时成了一片黑暗。她的孩子们,即众位风神,奉了母亲之命席卷着来到地面,从敌人的手中吹落死者的遗体,又裹挟着尸体从空中飞了回来。当尸体被吹到空中时,许多鲜血滴洒到地面上。后来,鲜血变成一条通红而又永不枯竭的急流,蜿蜒曲折地流经爱达山山脚,河水中泛起一股强烈的血腥味。风神把尸体抬离地面,埃塞俄比亚人不愿离开他们的国王,于是便追着尸体一路走了下去。特洛伊人和亚各斯人惊讶不已,看着尸体从头顶飞过,越飞越远,最后不见踪影。风神把门农的尸体一直带到河神阿索甫斯身旁才降落下来。河神的女儿在圣林丛中为他垒起一座坟墓。门农的母亲厄俄斯也从天空降落下来,随同前来的还有许多女仙,她们含着热泪看着英雄的遗体。而退归城内去的特洛伊人虽然不知道门农的尸体被风吹到哪儿去了,可是他们也沉痛地悼念门农英雄。

据神话传说,门农的战友们全都变成飞鸟。他们每年都从自己的故国家园飞来墓地,悲悼他们的国王,并在墓前举办纪念比赛。门农的母亲恳请宙斯给他赐福,让他具备不老之身。宙斯也答应了。后来,人们在底比斯附近看到一根巨大的石柱,上面雕刻着一位国王的坐像。石柱在日出前会发出一种奇妙的声音。据美丽的传说,这就是门农,他在欢呼并祝福悠然升起的朝霞女神,那是他的母亲。母亲看到自己的儿子还活着,悲叹儿子的苦难遭遇,忍不住流下一串串清澈的眼泪。她的眼泪滴落在花草树木上,那就是晶莹浑圆的朝露。

阿喀琉斯之死

战争进入了胶着状态,双方你来我往,互有损失。一天,安提罗科斯为救父亲涅斯托耳而被特洛伊方面的英雄门农杀死。安提罗科斯是阿喀琉斯和帕特洛克罗斯的一位诚挚的朋友。

第二天清晨,皮洛斯人抬着他们国王的儿子,安提罗科斯的尸体朝战船走去。他们把尸体下葬在赫勒斯篷托斯海峡的岸边上。年迈的涅斯托耳竭力不让他的悲痛流露于外。阿喀琉斯却难以平静,朋友的死带给他巨大的悲愤。天刚破晓,他就扑向城来。特洛伊人虽然害怕阿喀琉斯,却也跃跃欲试地离开了城池。一会儿,双方就开始了激烈的战斗。阿喀琉斯大显威风,杀死无数敌人,把特洛伊人一直驱赶到城门前。他深信自己超人的力量,于是准备扳起门板,拉开门栓,冲开普里阿摩斯的城门,让希腊人潮水般蜂拥而入。

福玻斯·阿波罗在奥林匹斯山上把这一切都看在眼里。特洛伊城前尸横遍野,血流成河。他看到这么多人被打死,心中十分生气,于是从神座上站立起来,背上背着百发百中的神箭。阿波罗迎着珀琉斯的儿子走过去,并且让英雄的背后传来一阵可怕的说话声:“快快放掉达耳达尼亚人!你要注意,别让一位神把你消灭掉!”

阿喀琉斯也许听出了这是神的声音,可是他毫不畏惧。他不顾警告,大声地叫喊说:“难道你想要挑拨我去跟神作战吗?上一回你帮助赫克托耳逃脱死亡,为此我十分愤怒。我劝你还是回到众神中去,否则,尽管你是神胎,但愿我的长矛不会投中你的贵体!”

说完,他转过身子,离开了阿波罗,又去赶杀敌人。愤怒的福玻斯钻进一朵乌云,趁着浓雾,弯弓搭箭,朝着珀琉斯的儿子可以被伤害的脚踵嗖地射去一箭。阿喀琉斯感到一阵钻心的疼痛,轰然一声,扑倒在地。躺在地上,阿喀琉斯愤怒地叫骂起来:“谁敢躲着我,向我卑鄙地施放冷箭?如果他胆敢与我明斗,我将让他鲜血流尽,把他卑鄙的灵魂一直送入冥王哈得斯的手中!懦夫总是在暗中加害勇者!我可以明确地这样说,即便他是一位神,他也实在让我气恼!我想,这是阿波罗干的事。我的母亲忒提斯曾为我算过命，她预言我在中央城门前遇阿波罗箭伤。她说出了今天的事实！”

大英雄说完话，呻吟着从致命的伤口里拔出毒箭，愤怒地一把摔开。脚踵间随即流出了一股污黑的血。阿波罗收下箭羽，隐藏在云雾中间，悠然回到奥林匹斯山。到了山上，他钻出浓雾，重新混入奥林匹斯众神中。赫拉看到他，讥笑着说：“福玻斯，这是没有道理的！你也参加了珀琉斯的婚礼，如同其他神一样歌颂欢呼，祝愿他子孙满堂。现在你却把好处送给特洛伊人，无端剥夺了珀琉斯的唯一的爱子。你这样做是出于嫉妒！将来你该怎样在众目睽睽之下面见涅柔斯的女儿呢？”

阿波罗一声不吭，坐在边侧，目光下垂地看着地面。诸神中有的生气，有的还悄悄地感谢他哩！浑浊的血液在阿喀琉斯的肢体里犹如燃烧般地沸腾着，他抑制不住一股战斗的欲望。特洛伊人谁也不敢靠近这位伤员。阿喀琉斯又从地上跳起身子，挥舞着长矛，扑向敌人去了。他一枪刺中了老对手赫克托耳的朋友俄律塔翁，枪尖从太阳穴一直刺透进去，然后又刺中希波诺斯的眼睛。他枪挑阿尔卡托斯的面颊，赶杀许多逃跑的特洛伊人，可是他的肢体和身躯在逐渐地变冷。阿喀琉斯不得不停止脚步，用长矛支撑着身体。特洛伊人听到他的声音，看到他的身影，吓得没命地奔跑。阿喀琉斯声震如雷，看着特洛伊人逃跑的背影，大声地吆喝说：“你们去逃吧！纵然我死了，你们也难逃我的投枪。我的复仇之神将会惩罚你们！”

特洛伊人听到吆喝，浑身打颤。他们不知道阿喀琉斯已经负伤。突然，他的肢体僵硬起来。阿喀琉斯又倒了下去，倒在其他的死者身上。他的盔甲和武器掉在地面上，大地发出一阵沉闷的轰隆声。

阿喀琉斯的死敌帕里斯第一个看到他倒了下去。他喜出望外，高兴地欢呼着，鼓励特洛伊人快去抢夺尸体。说话间又有一队武士赶过来围住死者，他们从前为阿喀琉斯铸造长矛，随后相互熟悉起来，成为朋友。埃阿斯不仅单纯地防御，还主动地朝特洛伊人进攻，直杀得血流成河，惨不忍睹。吕喀亚人格劳库斯被埃阿斯一枪刺杀在地，特洛伊的英雄埃涅阿斯也受了重伤。

随同埃阿斯一起战斗的还有奥德修斯和其他的丹内阿人。可是特洛伊人也在顽强地抵抗着。帕里斯大胆地举起长矛，突然瞄准埃阿斯刺了过去。埃阿斯瞅准机会，抓起一块山石，猛地砸了过来，打在帕里斯的头盔上。帕里斯应声倒地，箭袋里的箭羽散落一地。他的朋友们刚好赶上，大家把他抬上战车。帕里斯已经气喘吁吁，连呼吸都感到困难了。赫克托耳的骏马拖着战车朝特洛伊飞奔而去。埃阿斯把所有的特洛伊人统统赶进城内。然后，他踩着尸体、血迹和满地散落的武器，匆匆忙忙地朝赫勒持滂，即达达尼尔海峡奔了过去。

各路国王趁着战斗的空隙把阿喀琉斯的尸体抬离战场，一直送上战船。大家围着他，无限沉痛悲哀。

年迈的涅斯托耳终于劝住了大家的悲伤。他提醒应该洗浴英雄的尸体，将他置入营帐，给他送葬追悼。大家依照吩咐行事：用温水给珀琉斯的儿子洗澡，让他穿上漂亮的衣服，这是他的母亲忒提斯特意送给他的出征战袍。就这样，阿喀琉斯静静地安卧在营帐内。雅典娜从奥林匹斯垂下一瞥同情的目光，洒落几滴美味甘露，直接落在死者头上，它能够防止遗体腐烂或变形。得到神的妙药以后，阿喀琉斯的尸体顿时改观，看上去犹如活人一样。亚各斯人十分惊讶。他们看到大英雄容光焕发，神采奕奕地躺在营帐内，好像平静地安睡，而且不一会儿又会醒过来似的。

希腊人失声痛哭，哀悼他们的伟大英雄。哭声传进汪洋大海，母亲忒提斯和涅柔斯的女儿们听到悲哀声，心痛欲裂，放声痛哭。赫勒持滂海峡回荡着他们的悲戚之声。忒提斯率领着女儿们趁着黑夜驾着巨浪来到海边。那里停泊着希腊人的战船。大海里的妖魔鬼怪们跟她们一起咆哮，她们悲切万分地来到尸体旁边。忒提斯双手抱住了儿子，吻着儿子的嘴唇。她泪如泉涌，一会儿就把大地沾湿了。

丹内阿人在众位女神面前无限敬畏。他们回避在外，直到女神们离去，天又破晓时，大家才重新来到阿喀琉斯的尸体旁边。然后，他们从爱达山上取来树木，高高地垒成一堆。柴堆上置放着许多亡者的战袍和武器。大家宰杀牲口，祭供黄金和名贵的物品。希腊的英雄们纷纷割下他们的头发，死者平素宠爱的女佣勃里撒厄斯剪下自己的一头鬈发，送给主人当作最后的礼物。他们还在堆砌的木柴上浇上许多桶香油作为祭祀的饮料，供上大碗的蜂蜜和美酒。帐内散发出甘露般的醇香，里面掺和着名贵的佐料。英雄的尸体被搁置在柴堆的顶端。然后，将士们全副武装，有的骑马，有的步行，大家围着巨大的柴堆绕圈而行。礼道完毕，他们放火点燃了柴堆。火苗舔食着木柴,呼地往上窜了起来。遵照宙斯的旨意,埃洛斯派出了最快的风力,呼啸着扑进噼啪作响的木柴堆。不到几个时辰,熊熊的烈火就把木柴连同阿喀琉斯的遗体彻底化为灰烬。英雄们用酒浇熄了木柴的余火。阿喀琉斯的骨殖舒展地躺在灰烬之中,如同一位巨人的骨架。伙伴们捡拾起他的遗骸,把它们装进一只宽畅的金银箱盒中,下葬在海岸的最高处,旁边是他的朋友帕特洛克罗斯的尸体。两位朋友合葬在一座高大的坟丘里面。

阿喀琉斯的几匹神马大概意识到主人已经死去。它们挣脱了束缚已久的轭具,不再愿意分担人类的艰难和辛劳。死者的朋友们好不容易才重新追上烈马,将它们安顿下来。

大埃阿斯之死

为纪念阿喀琉斯,希腊人举办隆重的殡葬比赛。首先开局的是角力竞赛。埃阿斯和狄俄墨得斯一马当先,角逐得势均力敌。其次是拳术比赛,后来又进行跑步竞赛、射箭比赛、掷铁饼、跳远、战车竞赛等。赛事激烈,十分隆重。

忒提斯准备把儿子的神的武器分发给作战有功并获胜的英雄。现在,她无限悲痛地对丹内阿人说:“请最优秀的希腊人站出来,他救出了我儿子的尸体,我愿把儿子用过的武器送给他。这些都是神的礼物,而且诸神也很羡慕这批宝贵的物品。”

说话间从队列中跳出两位英雄:拉厄耳忒斯的大儿子奥德修斯和忒拉蒙的儿子大埃阿斯。埃阿斯伸手抓过武器,请伊多墨纽斯、涅斯托耳和阿伽门农为自己的功勋作证。奥德修斯也请他们为自己说话,因为这批人是全军最聪明并且最受尊重的人。涅斯托耳拉着两位被要求当证人的英雄来到一旁,神色忧虑地说:“如果两位英雄为争夺阿喀琉斯的武器而反目,那么我们就会面临一场巨大的灾难!他们中间无论谁感到受了冷遇,谁就会委屈地撤离战场。我们都得为此受到惩罚。因此,你们还是听从我的建议:我们俘虏了许多特洛伊人,还是让特洛伊人充当仲裁,裁决埃阿斯和奥德修斯的纠纷。他们是没有偏见的,不会偏袒任何一方!”两位好汉听了建议点头称是。他们在俘虏群中挑选几位正直的特洛伊人,坐在上首充当法官。

埃阿斯首先亮相。“哪个妖魔蒙蔽了你的眼睛,奥德修斯,”他生气地大喝一声,“你竟敢跟我比个高低?你跟我比,就像一条狗想跟狮子比试一样。你难道忘掉了,当年希腊人征伐特洛伊前,你感到多么地为难?呵,要是当年你干脆没来该多好啊!而且,也正是你,说服我们,趁着菲罗克忒忒斯危难之机将他遗弃在雷姆诺斯海岛上;帕拉墨得斯比你强大,比你聪明,你却因为私仇而对他诬陷,将他害死;现在,你又忘掉我对你的救命之恩,全然不顾在战场上仓皇逃走、无路可寻的悲惨境地;争夺阿喀琉斯尸体的时刻,不是我独自一人扛着尸体又扛着武器走回来的吗?你根本没有气力扛动大英雄的武器,更不消说扛他的尸体了!赶快知趣一点退下去,我不仅比你强大,而且出身也比你高贵,并且还跟阿喀琉斯沾亲!”

埃阿斯说着话,不由得激动起来。奥德修斯却微笑着讥讽说:“埃阿斯,你何必浪费这一番噜苏话?你骂我胆怯无力,却不知道只有智慧才是真正的强大。正是智慧和聪明教会水手穿过惊涛骇浪,教会人们驯服了多少野兽、雄狮和猛豹,又迫使公牛为人类服务。因此,无论在危难中还是在会议上,一个理智的人永远比一个愚蠢蛮力的人更有价值。狄俄墨得斯称我是伙伴中最机智的人,带上我一起前往瑞索斯的营房,究其原因呢,也就在这里。是啊,希腊人应该感谢我的智慧,我给他们说服了珀琉斯的儿子前来征伐特洛伊。而今天,我们却在这里为争夺他的武器而争吵不已。倘若丹内阿人真的再需要一位新的英雄,请听我一句话,既不是你那粗大浑圆的胳膊,也不是军中任何人的滑稽玩笑能给你们任何的帮助,而必定是我的动人言语才能把他吸引过来。再说,众神不仅赋于我智慧,也给了我一身力量。根本就不存在你把我从敌人手中救出来、我到处逃命奔跑的说法。相反,我常常迎着敌人冲上前去,杀掉一切敢于抗拒我的敌人。你却袖手旁观站在那里,如同一棵庄稼一样,只是为了自己的安全!”

两个人唇枪舌剑,语言激烈,争论了好一阵,互不相让。最后,担任裁判的特洛伊人比较看重奥德修斯的理由,一致同意把珀琉斯儿子的华丽衣甲送给奥德修斯。

埃阿斯心中燃烧着万丈怒火,听着判决词,站在那里犹如一根石柱。他的血液在血管内急剧地膨胀,胆汁掺合着,恶气难咽。一阵钻心的疼痛冲激着头脑,身上的每一根纤维都在打战。最后,朋友们好言相劝,才把他架着拉到了船上。

黑夜笼罩着大海。埃阿斯坐在营帐内，不思茶水，不想安寝。相反，他却全身披挂，手执利剑，思量着是否应该去把奥德修斯碎尸万段，或者干脆一把大火烧尽战船。恼怒之中，他只想挥剑，把希腊人全都杀死。

如果不是雅典娜顾忌朋友奥德修斯的安危，让英雄埃阿斯突然疯癫发狂，他一定会完成三项计划中的任何一项。

折磨如同一堆荆棘塞在埃阿斯的心里。他冲出营帐来到丹内阿人的牧群中。女神蒙蔽了他的双眼，他把羊群看作希腊人的军队。羊倌们看到对面冲来一位疯狂的人，都四散奔逃，躲了起来，深深地藏在斯卡曼德洛斯河旁的灌木丛中不敢动弹。埃阿斯冲入羊群，挥舞利剑，左一下，右一下，如同砍瓜切菜，在羊群中大肆戮杀。同时，他又放声嘲笑，尖刻地说："你们这批猪狗，快快进入尘埃去吧！你们再也看不到实现不合理判词的时刻了！还有你，"他停了一刻，继续说，"你躲在角落里，昧着良心把头偏向一旁。现在，你从我那里偷去的阿喀琉斯的武器也帮不上忙了。一件盔甲能给懦夫什么帮助呢？"说完，他抓住一头大绵羊，拖着它回到自己的营房，把它绑在门柱上，取来一根皮鞭，使尽全力朝绵羊鞭打起来。

这时候，雅典娜从身后走近他，抚摸着他的脑袋，命令疯癫及时从他身上退去。不幸的英雄突然眼前一亮，看到自己站在一头捆绑着的公羊面前，公羊背脊早被抽打得皮开肉绽。这一眼使他明白了一切，他的双手顿时垂下去，一股英雄气概也消失殆尽。埃阿斯软软地瘫倒在地上，知道众神一定在恼恨自己。等他终于又站起来时，他动也不动地思忖着，最后发一声长叹说："天哪，不老之身的众神为什么如此恨我？他们为什么将我推入耻辱的汪洋大海，而独独偏爱狡猾的奥德修斯？现在，我站在这里，双手沾满了绵羊的鲜血，这将成为全军的笑柄，被敌人讥讽一辈子！"

夫利基阿的公主忒克墨萨也在怀中抱了个孩子，走遍了全营上下，到处找他。埃阿斯攻占夫利基阿国时把她掠为战利品带回营来，作了自己的妻子。忒克墨萨对丈夫十分温顺体贴。她看到丈夫闷闷不乐，却不知道为何原因，丈夫也没有回答她的任何问题。一会儿，她看到丈夫离开了营房，心里升腾起一股不祥的预兆。后来，她亲眼看到丈夫在羊群中的作为，便急忙跟着一起回到营房，发现丈夫满面羞愧地站在那里。埃阿斯绝望了，呼喊着兄弟透克洛斯和儿子欧律萨克斯的名字，然后又动了寻死的念头。忒克墨萨一把抱住他的膝盖，恳求他别把自己的生命伴侣留给敌人当俘虏。她提醒埃阿斯还有年迈的父亲和在萨拉密斯的母亲，并把儿子塞在埃阿斯的怀里，告诉他，如果孩子尚未成年便丧失父亲，那么孩子如何才能长大成人？

埃阿斯十分感动地接过孩子，吻着他说："孩子，希望你比父亲享有更多的幸福，而在其他方面则像你的父亲一样！只有这样，你才能成为一个真正的人。我的兄弟透克洛斯将会把你抚养成人。现在，我的士兵要把你送往萨拉密斯，我的父母亲会看顾你，你在那里一定会享受童年的欢乐。"说完，他把孩子交给仆人，又让兄弟照应他的妻子忒克墨萨，然后从她的拥抱中挣脱出来，抽出从前在赫克托耳处缴获来的宝剑，将剑猛地插在营房的地上。接着，他又朝苍天举起双手，祈祷着说："父亲宙斯，我求你赐给我一件善举：在我阵亡以后，请让我的兄弟透克洛斯迅速前来我的身旁，免得敌人将我的身体喂食猪狗鹰鸟。而你们，众位厄里倪厄斯复仇女神，我在这里求告你们：如同我的惨死一样，请让阿伽门农也鲜血淋漓地死于战场！来吧，请不要饶恕任何人，随心所欲地去向他们施行报复吧！还有你，太阳神，你在灿烂的天空飞越而过，请你驾车经过我的祖国萨拉密斯上空时稍微停顿一下，把我的艰难的命运告诉我那年迈的父亲和我的可怜的母亲。再见了，神圣的光束！再见了，萨拉密斯，家乡的原野！再见了，雅典城，我的故乡山水！再见了，还有特洛伊的广阔田野，你们收留了我，让我经历了这么多激烈的战斗！死亡，请你来临吧，给我投一束同情的目光！"说完，他举起宝剑，自刎而尽。

听到埃阿斯自刎的消息，丹内阿人成群结队地拥了过来。他们扑倒在地，无限悲伤地举起泥土，撒在自己的头上。透克洛斯记住他的父亲的嘱咐，如果没有埃阿斯便不准他从特洛伊单独回来。他看到兄长已死，便想就此死在一旁。幸亏希腊人及时取走了他的利剑，否则他也跟着埃阿斯一起去了。透克洛斯扑在兄长的尸体上，放声痛哭。一会儿，他又重新镇定下来。透克洛斯转过头来，看到忒克墨萨僵直地坐在死者身旁，陷于绝望之中，手上还抱着仆人们又递给她的孩子。透克洛斯急忙上前安慰，答应保护她，并像父亲一样抚养她的孩子。他吩咐将母子两人迅速送往萨拉密斯，而他自己则留在营内，因为他害怕父亲忒拉蒙会大发雷霆。

接着,他又准备安葬胞兄的遗体。可是,墨涅拉俄斯却站出来阻拦说:“他的行为比我们的敌人,比特洛伊人更为恶劣!一个图谋凶杀的人不值得受到隆重的安葬。”阿伽门农也走上前来,支持兄弟的意见。他看到双方争执不下,便骂透克洛斯是奴隶的儿子。透克洛斯提醒他们不要忘掉埃阿斯的英雄业绩,讲到特洛伊人的火焰烧到丹内阿人的战船时,埃阿斯拯救了军队,说希腊人应该感谢埃阿斯。可是,这一顿剖白都不能说服在场的人。“你们应该明白,”他大喝一声,“你们亏待了阵亡的英雄,那就等于把他的遗孀忒克墨萨,他的儿子,他的兄弟统统赶出了营房!你们想过没有,你们的行为将给你们带走多少人间的荣誉和天堂的幸福?”

大家争执不下。聪明的英雄奥德修斯走上一步,转过头来,对阿伽门农说:“你能容许一位忠诚的朋友冒昧地讲两句真话吗?”——“请讲吧!”阿伽门农见他神色紧张,便奇怪地看了他一眼,“我把你看作军队中最忠诚的朋友!”——“好吧,那就听我的,”奥德修斯说,“凭着众神高高在上,你千万不能疏忽了安葬就把这位英雄拖出营房!你不能动用你的权力给自己带来别人的仇恨!你想,如果你对这样的英雄都不屑一顾,他果然受到不公正的待遇,那么你就是以此践踏了公平和神的意志!”

阿伽门农听了这番话,惊讶得哑口无言。最后,阿伽门农大声问道:“奥德修斯,你愿意为了这个人而违背我的意志吗?你难道没有想到,你现在为他求情,而他却是你的死敌吗?”——“他的确是我的敌人,”奥德修斯回答说,“我过去恨过他。现在,他已经倒下去了,我们应该为失掉一位高尚的英雄而悲哀。这时候,我不能,也不允许再把他当作自己的敌人。我同意安葬他,支持他的兄弟完成这一神圣的义务。”

透克洛斯原先看到奥德修斯走上前来便厌恶地退避一旁,当他听到这番话时,便连忙朝英雄走了过去,谅解地伸出了双手。“高尚的英雄,”他大声说,“你是他的最大仇敌,现在却只有你才为死者讲话!可是我仍然不希望你触摸尸体,因为他的灵魂还在,他是不愿意和解的。我为得到你的帮助而高兴,凭着你的高贵的勇气还有许多事情等待办理呢!”说完,他又朝忒克墨萨努了努嘴,忒克墨萨还始终默默无言地坐在一旁。奥德修斯转过身子朝她走去,坚定地大声宣布:“任何人都不得再占有你,把你当作他的女佣。只要透克洛斯和我还活着,你和你的孩子便会得到安全,如同埃阿斯就在你的身旁一样。”

阿特柔斯的儿子们听了非常惭愧。大家一致用力扶起了埃阿斯的巨大身体，把他送上战船，洗去身上的泥土和血迹。最后，人们又把他抬上巨大的柴堆，让熊熊烈火焚化了他的尸体。

预言家的建议

第二天，丹内阿人一起赶来参加墨涅拉俄斯召开的会议。等到大家坐定，他开始发言：“听我劝一句吧，国王们！我看到我们的人日渐减少，我的心在淌血。他们是为了我才投身战争的，而最后必定是谁也不能回到自己的家乡。趁着为时不晚，让我们离开这块不祥之地。阿喀琉斯和埃阿斯都已经死了，我们再也不能指望战争的胜利了。对海伦，我的那位不贤的妻子，我也不再牵挂了。让她留在帕里斯的身旁吧！”

墨涅拉俄斯讲这番话，只是想试探一下希腊人，因为他在心里比任何人都想消灭特洛伊人。狄俄墨得斯没有看穿他的计谋，不满地从座位上站起身，讥笑着说：“你是多么可鄙和胆怯啊！希腊人的勇敢子孙们却是不愿离开半步的，他们要笔直地冲上特洛伊城头！”

狄俄墨得斯刚刚坐下，预言家卡尔卡斯站起身来，作了一个明智的建议，借以调和这一看起来似乎矛盾的激烈争端。“你们都知道，”他说，“九年前，当我们出发准备讨伐这座可恶的城市时，我们不得不把高尚的英雄菲罗克忒忒斯遗弃在荒凉的雷姆诺斯海岛上。虽然，当年他的伤口恶臭难闻，他的呻吟让人难以忍受，可是我们毕竟做得无情无义，有失公道。我在特洛伊人的俘虏中认识一位预言家，他认为，只有依靠菲罗克忒忒斯从朋友赫拉克勒斯处继承得到的神箭，特洛伊城才可指日而下。此外，还必须有菲罗克忒忒斯和阿喀琉斯的儿子皮尔荷斯亲自在场。特洛伊人把这则预言告诉我，是因为他自己也不相信预言会灵验。我的建议是，迅速派出最勇敢的英雄狄俄墨得斯和最善辩的好汉奥德修斯，让他们前往斯库洛斯岛搬取阿喀琉斯的儿子皮尔荷斯。皮尔荷斯在那里承受外祖父的教诲。我们希望通过他说服菲罗克忒忒斯，请菲罗克忒忒斯携带赫拉克勒斯的神器帮助我们。这样，特洛伊城指日可下了。”

希腊人听到建议后齐声欢呼，两位英雄当即乘船，扬帆而去。军队再度武装，准备迎战。特洛伊方面也在着手备战，忒勒福斯的儿子欧律皮罗斯从密西埃引一队士兵前来救援。特洛伊人大为高兴，又增添了新的力量。希腊人的营中丧失了两位能征惯战的英雄，战局的发展似乎明显不利于他们了。

涅俄普托勒摩斯

战事还在继续，希腊人的使者狄俄墨得斯和奥德修斯平安地来到斯库洛斯岛。他们看到皮尔荷斯正在操练弓箭和投枪。皮尔荷斯是阿喀琉斯的小儿子，希腊人后来把他称作涅俄普托勒摩斯，意思为“青年战士”。他从小跟外祖父一起生活，今天正在外祖父的门前练武。两位使者走近一看，十分惊讶，因为面前的少年酷似他的父亲阿喀琉斯的容貌。皮尔荷斯走上一步，前来问候。“衷心地欢迎你们，陌生的来客，”他说，“你们是谁，从哪里来?”奥德修斯见他提问，便回答说：“我们是你的父亲阿喀琉斯的朋友，因此一点也不怀疑地认为，我们正在跟他的儿子讲话。你无论在身段和面貌上都跟阿喀琉斯十分相像。我是伊塔刻来的奥德修斯，拉厄耳忒斯的儿子；陪同我来的人名叫狄俄墨得斯，是神堤丢斯的儿子。我们听从预言家卡尔卡斯的预言，前来请你一起参加讨伐特洛伊的战斗，以便能尽快地攻陷城池，取得战争的胜利。希腊的子孙们将会重重地封赏你，我愿把你父亲的神的武器还给你，虽然这些武器已经判归我享有了。”

皮尔荷斯高兴地回答他说：“如果阿开业人奉神命召唤我，那就让我们明天出海启程。现在请你们随我去外祖父的宫殿用膳!”在国王的宫殿里，他们看到了阿喀琉斯的遗孀得伊达弥亚，她还陷于深深的悲哀之中。儿子走上一步，说有陌生来客，却对客人的来意只字不提，为的是不让母亲更多地生疑担忧。得伊达弥亚却彻夜难眠。她想起了正是现在款待着的两位来客，才是她居孀守寡的原因。当年，他们劝说丈夫前去参战，征伐特洛伊。她预料儿子也将卷入同样的旋涡。第二天拂晓，得伊达弥亚扑在儿子的怀里，大声疾呼：“啊，我的孩子，我知道，尽管你不愿意对我承认，你将跟陌生人一同前往特洛伊，那是许多英雄、包括你的父亲献身的地方！可是你还年轻,缺乏战斗的经验!听我的话,留在家里吧!我不愿意让自己的儿子丧身战场!"皮尔荷斯却回答说:"母亲,丢开这番话吧!没有人会在战场上违背命运的旨意从而饮恨沙场的。如果我命中该死——那么,还有什么比为希腊人去死更为美好的事业呢?"

这时候,只见外祖父吕科墨得斯从安乐椅上站起来。他刚才似乎倚在椅子上睡着了,现在却说:"我看你真像你的父亲。可是,即使你幸运地经历了特洛伊战争,在凯旋回国的途中也还有灾难窥视着你。海上旅行永远是危险的!"外祖父走上一步,吻着皮尔荷斯,并不阻拦他。皮尔荷斯从泪汪汪的母亲怀抱里挣脱出来,离开了父亲的宫殿。两位希腊英雄和二十名得伊达弥亚的忠诚义仆、坚强的好汉,跟在皮尔荷斯的身后。大家在海滩旁登船启程。

海神波塞冬给他们顺风顺水。拂晓时分,他们已经看到爱达山的山峰耸立眼前。他们一行驾船直到特洛伊城前的海滩旁。希腊人的战船旁正厮杀得不可开交,欧律皮罗斯正在狂砍烂杀。如果不是正在靠岸的狄俄墨得斯从船上一步跳下海滩并大吼一声把船上的勇士们招呼到自己身旁,欧律皮罗斯几乎要彻底推倒战船营四周的围墙而大功告成了。

大家毫不迟疑地奔向离海滩最近的奥德修斯的大营。那里除了他的兵器以外还堆放着许多缴获来的盔甲。他们各自取用需要的物件。涅俄普托勒摩斯——我们现在就这样称呼他——套上父亲阿喀琉斯的衣甲。这身装束对其他任何人都嫌肥大而不合身。他的儿子却英姿焕发,扑入激烈的战斗,跟他一起来的好汉们也纷纷以他为榜样,跃身战场。特洛伊人开始撤离围墙,从四面八方溃退下来,拥挤在欧律皮罗斯的周围。

涅俄普托勒摩斯十分了得,箭无虚发,杀伤不少特洛伊人。特洛伊人绝望地认为眼前的这位好汉就是强大的英雄阿喀琉斯。父亲的灵魂果然附在他的身上;还有女神雅典娜,他父亲的女友,也佑护着他。飞箭、投枪在他身前身后呼啸而过,可是却伤害不了他的身体。士兵们看到阿喀琉斯的儿子参战,军心大振,一鼓作气杀死了无数的敌人。傍晚时分,欧律皮罗斯和特洛伊的军队只得撤退回城。

涅俄普托勒摩斯从恶战归来正在休息,年迈的老英雄福尼克斯来到年轻的英雄面前,惊讶地打量着跟阿喀琉斯十分相像的珀琉斯的后代。福尼克斯是涅俄普托勒摩斯的祖父珀琉斯的朋友，又是他的父亲阿喀琉斯的教师。他吻着少年英雄的头和胸脯，大声地说："呵，儿啊，我感到似乎又跟你的父亲在一起！你将会杀掉忒勒福斯的儿子，他是个特别暴怒的人，给我们造成这么大的损失。你的体魄健壮，一定会胜过他！"年轻人谦虚地回答说："谁是真正勇敢的人，上了战场才会见分晓！"说完，他转身朝战船走去，径直回到了营房。夜幕已经布上了天空。

第二天清晨，战斗就激烈地开始了。大家拼杀了许久，还不分胜负，双方各有伤亡。欧律皮罗斯看到一位朋友被打死，顿时怒火燃烧，一连杀掉了许多敌人。终于，他来到涅俄普托勒摩斯的面前。两个人一起抖手挥舞长矛，一场血战不可避免。"你这小儿，是何方人氏，怎么敢突然冒出来与我作战？"欧律皮罗斯朝对方大喝一声。"不错，今天该是你败运的时刻到了！"涅俄普托勒摩斯回答说，"你是我的敌人，为什么需要知道我的来历？告诉你吧，我是阿喀琉斯的儿子，他曾经杀伤过你的父亲。这根矛是我父亲的兵器，来自佩利翁山的峰顶。你来尝尝它的厉害！"说完，他从战车上跃身跳下，挥舞着粗大的长矛。在另外一方，欧律皮罗斯急忙从地上捡起一块巨石，朝敌人的金盾奋力投了过去。可是金盾一点也不抖动。一刹时，两位英雄如同两头猛兽，相互对撞过去。他们的身后跟随两支眼睛都杀红了的军队。盾牌相碰，粉碎一团，接着又相互撕碎了衣甲和头盔。两个人愈斗愈勇，力量倍增，因为他们都出身于神的家庭。欧律皮罗斯是赫拉克勒斯的孙子，宙斯的重孙，而涅俄普托勒摩斯是女神忒提斯的孙子。最后，欧律皮罗斯露出一处破绽，涅俄普托勒摩斯看得真切，挺上一矛，刺中对方的喉咙。一股热血，哗的一声从伤口里喷涌出来，欧律皮罗斯噗地倒在战场上死了。

欧律皮罗斯死了，涅俄普托勒摩斯指挥军队正要追杀过去，眼看着特洛伊人犹如牛犊遇上雄狮一般不可收拾的关键时刻，战神阿瑞斯及时地离开奥林匹斯山，驾着战车来到混乱的战场，看到特洛伊人慌乱地朝围墙后奔逃。战神挥舞巨大的长矛，大声呼喊，激励特洛伊人顶住敌人。特洛伊人听到神的声音，却因为浓雾笼罩看不到神的身影，感到十分奇怪。普里阿摩斯的儿子，就是那位声誉卓著的预言家赫勒诺斯，第一个认出了战神阿瑞斯，对特洛伊的同胞们大声地说："你们别怕！你们的朋友，强大的战神阿瑞斯正跟大家在一起。你们难道没有听到他的呼唤吗？"特洛伊人重新稳住阵脚，又跟追赶而来的希腊人展开了激烈的厮杀。阿瑞斯朝特洛伊人吹上一口气，让他们具有巨大的勇气。最后，希腊人的队列开始动摇了。不过，战神阿瑞斯不愿意吓退涅俄普托勒摩斯的进攻。小英雄继续战斗，杀死一个又一个的对手。阿瑞斯大怒，正要撕开裹在身上的乌云，向小英雄露出自己的神貌时，女神雅典娜从奥林匹斯山来到战场。大地颤抖，斯卡曼德洛斯河的河水在汹涌地上涨，闪电飞舞，她的武器散发着灿烂光芒。雅典娜手执戈耳工盾牌，盾牌上的腹蛇正在向外喷吐火焰。女神的脚跟刚刚着地，她的头盔就触撞到乌云，不过下界的凡人却是看不到她的。如果宙斯不是警告性地朝两位神中间投去一声炸雷，两位神一定会进行一场血战决斗。现在，他们都遵循宙斯的旨意，阿瑞斯撤回色雷斯，帕拉斯回到雅典。战场又重归凡人之手，特洛伊人终于抵挡不住，朝城内飞奔而去，希腊人尾随在后，紧追不舍。特洛伊人关闭城门，站在城头，英勇地反击希腊人的激烈攻打。丹内阿人眼看着就要攻破城门占领特洛伊了，宙斯预知命运，扯来一片乌云，裹住特洛伊城，阻止了丹内阿人的继续进攻。贤明的涅斯托耳规劝希腊人迅速后撤，以便掩埋尸体，休息再战。

第二天，丹内阿人惊讶地看到特洛伊城又耸立在蓝天白云下，这才相信昨晚的浓雾原来是宙斯的神作，真是天底下的奇迹。这一天双方罢兵息战。特洛伊人利用机会，隆重安葬密西埃人欧律皮罗斯。涅俄普托勒摩斯祭祀父亲的坟墓，含着眼泪说："父亲，尽管你已去世，我还是向你问候，因为我永远也不会忘掉你！呵，如果我能在活着的希腊人中看到你，那该多么好啊！现在，你看不到你的儿子，我看不到我的父亲！不过，你却永远活在我的心里，活在你的枪矛上！丹内阿人说我无论在体魄还是行为上都酷似父亲！"

他直到很晚才回到战船。过了一天，双方又在特洛伊城前展开激烈的争夺。希腊人仍然未能攻克城池。预言家卡尔卡斯提醒丹内阿人撤回战船，他说："朋友们，只要预言的另一部分尚未实现，只要菲罗克忒忒斯带着他的战无不胜的神箭还在雷姆诺斯海岛，那么你们在这里攻打城池都是徒劳的。"

大家迅速议定，派聪明的奥德修斯和勇敢的少年英雄涅俄普托勒摩斯前往雷姆诺斯搬取救兵。两位英雄奉命行事，立即登上一艘快船，驾船而去。

菲罗克忒忒斯在雷姆诺斯岛

英雄们来到荒凉的雷姆诺斯岛，踏上无人居住的海滩。不一会，奥德修斯就重新找到了遗弃菲罗克忒忒斯的地方，一切都还跟从前一样。菲罗克忒忒斯的住地却空无一人。只有一堆树叶摊压得平平的，像是被人睡压过似的，另有一只利用木头胡乱刻制的杯子和一堆柴禾。这一切表明这里尚有人居住。门外的太阳下晒着许多沾有脓血的破布。毫无疑问，患病的菲罗克忒忒斯就在附近。

"让我们利用这个人不在这里的机会，商量一下我们的行动计划。"奥德修斯对涅俄普托勒摩斯说，"我们只有通过计谋才能说服他。你们跟他见面时，我不能在场，因为他有足够的理由将我恨死了！他如果问你是谁，问你从哪儿来，你可以据实回答，告诉他，你是阿喀琉斯的儿子。然后，你对他说，你愤怒地离开了希腊人，准备返回家乡。因为希腊人曾经再三请求，把你从斯库洛斯岛接到特洛伊城前，帮助他们攻取城池。可是，他们却拒绝把你父亲的武器交还给你，相反却给了我，给了奥德修斯。这时，你可以谩骂我一通，想怎么骂都行，我不会感到深受侮辱。不用计谋我们就不能获得这个人，不能获得他的箭矢。因此，你必须思考，如何才能从他身旁取得无可战胜的武器。"

涅俄普托勒摩斯接过话头说："拉厄耳忒斯的儿子，听你这样讲话，我就感到厌烦，我实在不能如此行事。我和我的父亲都不善行诈。我宁愿战胜这个人，也不愿意在这里施行奸计。他在这里单身一人，而且还只有一条腿，他怎么可能伤害我们这么多人呢？"——"凭着他那从无虚发的弓箭！"奥德修斯平静地回答说，"我知道，孩子，你从小就不搞欺骗，我在年轻时也是手脚灵敏、口舌笨拙的。可是经验告诉我，世界往往是受语言而不是行为所左右的。你只要想到，只有赫拉克勒斯的硬弓才能制服特洛伊城，那么你一定不会拒绝说几句骗人的谎话！"

涅俄普托勒摩斯终于被他年长的朋友罗列的一大堆理由说服了，于是奥德修斯躲避一旁。不一会，人们听到远处传来身受折磨的菲罗克忒忒斯的呻吟声。他也从远方看到了停泊在海滩旁的船只，于是朝涅俄普托勒摩斯及其随从走了过来。“你们是什么人?”他大声地问道，“怎么会来到这块不毛之地、荒山野岛？我虽然看到你们身穿希腊人的衣衫，却仍然想听到你们讲话的声音。我一身褴褛如野人，你们千万别害怕，为我这个可怜人悲叹吧。我被朋友们遗弃在这里，成为一个苦恼的人。”

涅俄普托勒摩斯按照奥德修斯教他的话学说了一遍。菲罗克忒忒斯听到以后高兴地大叫一声:“啊，我在耳中听到了地道的希腊人讲话！啊，亲爱的阿喀琉斯的儿子！亲爱的吕科墨得斯！还有你，老人扶养的孩子，你刚才说了些什么？丹内阿人对待你也像当年对待我一般！我当时无忧无虑地躺在那座高山下面的海滩上睡觉，他们就毫无情义地离开了我，只给我留下几件可怜的破衣烂衫和少量的伙食给养，如同打发叫花子一样。我的这把硬弓帮助我弄得必要的食物，可是我打来一些猎物该是多么艰难啊！如果要去源泉取水，冬天砍伐木柴，我都得自己动手。我这里又没有火，直到花了很长时间才找到一块真正的火石。这座海岛是地球上的一块贫瘠之地，从来没有一条船愿意自动地靠上岸来。上这座岛的人，一定是遇到了海难被迫而来的。偶尔前来的船夫虽然同情我，偶尔也给我一点膳食，一件衣服，可是却没有人愿意带我回去。我在这里忍饥挨饿，几乎过了十个年头。这一切都是奥德修斯和阿特柔斯的儿子们给我造下的冤孽，愿神给他们施以同样的报复!”

听到这里，涅俄普托勒摩斯的心情十分感动，可是他想起了奥德修斯的提醒，于是又强忍住内心的激动。他告诉患病的英雄，说自己的父亲死了，还告诉他许多有关家乡和朋友的珍闻趣事，然后又把奥德修斯委托他讲的故事叙述一遍。菲罗克忒忒斯听得十分动情，后来他抓住涅俄普托勒摩斯的手说:“现在，亲爱的孩子，凭着你的父母亲，我央求你，别让我再受折磨了。我知道我不是一个方便的旅伴，可是还请你带上我，别让我陷于这片可怕的荒凉之中。带我回到你的家乡去:从那里到俄塔，到我的父亲居住的地方，只有不远的一段航程。”

涅俄普托勒摩斯怀着沉重的心情，假意地答应了病人的请求，大声说：“只要你愿意，我们可以立即上船去。但愿有位神赐予我们顺风顺水，让我们离开这座孤岛，平安地到达目的地，那是我们该去的地方!”菲罗克忒忒斯尽管腿部患病，还是腾的一下跳了起来，高兴地欢呼着抓住年轻人的手。这时候，他们派出去探听消息的人突然出现，那人化装成希腊水手的模样，同来的还有另外一个水手。他们告诉涅俄普托勒摩斯—— 这一切当然也是奥德修斯想出来的花招——狄俄墨得斯和奥德修斯已经登船出海，他们前去寻找一位名叫菲罗克忒忒斯的人。按照预言家卡尔卡斯的判断，他们只有抓到菲罗克忒忒斯，把他送到特洛伊城前，那座城池才能被攻破。菲罗克忒忒斯听到消息后十分担忧。他完全相信年轻的英雄涅俄普托勒摩斯，于是便急忙拿出赫拉克勒斯的神箭，交给年轻人代为保管，然后跟他一起走出洞口。涅俄普托勒摩斯再也忍不住了，说真话的天性在年轻英雄的纯洁心底里战胜了说谎话的邪恶。他们刚到海岸旁，他就说："菲罗克忒忒斯，我再也不能对你隐瞒了，你现在必须跟我一起前往特洛伊，希腊人和阿特柔斯的儿子们正在那里等你！"菲罗克忒忒斯吓得往后就逃，一边诅咒，一边哀求，十分可怜。

年轻的英雄还没有来得及对他表示同情的时候，奥德修斯猛地从树丛中跳了出来。他命令仆人们把已经成为俘虏的不幸的老英雄捆绑起来。菲罗克忒忒斯立即认出了他。"呵，天哪！"他大喊一声，"我被出卖遭背叛了。现在拉扯我的人正是从前遗弃我的人，他用谎话偷走了我的神箭！——好孩子，"然后他又谄媚似的转向涅俄普托勒摩斯说："请把弓箭还给我！"可是奥德修斯接过话头说："不行！即使小英雄答应了，也还是不行！你必须跟我们一起走，必须走。这里牵涉到希腊人的幸福和特洛伊的灭亡！"说完，他把病人交给手下的仆人，拉着一声不吭的涅俄普托勒摩斯往前走了。菲罗克忒忒斯站在洞口前不肯移动脚步，抱怨这场无耻的骗局，请求神降下报复。突然，他看到两位英雄相互争论着走了回来。菲罗克忒忒斯听到年轻人愤怒地喊叫："不，我自己作孽，用可耻的奸计欺骗了一位高尚的人！我愿意弥补这一罪恶的行为，你只能通过我的尸体才能把这个人带到特洛伊！"两个人都拔出利剑，形势十分紧张。菲罗克忒忒斯却一下扑倒在涅俄普托勒摩斯脚下。"答应救我吧，我的朋友赫拉克勒斯的神箭将会保卫你的祖国，打退任何人的进攻！"——"跟我来！"涅俄普托勒摩斯说着，又从地上扶起年迈的英雄，"我们今天就回夫茨阿，回到我的祖国去。"

英雄们正在争执不下，头顶蔚蓝的天空突然变成一片漆黑。他们抬头观看，菲罗克忒忒斯第一个认出了脚踩乌云飘浮空中的朋友赫拉克勒斯。赫拉克勒斯已经成为神。

“别走了！”赫拉克勒斯从空中以神的隆隆声向下招呼着。“听着，我的朋友菲罗克忒忒斯，我口中说出了宙斯的决议，必须遵循照办！你知道我花了极大的努力才赢得了不老之身，你也是命中所定身受痛苦，后来才能享受荣华富贵。如果你跟这位少年一起去特洛伊，你才能摆脱疾病困扰；此外，众神就是选中你，让你去杀死帕里斯，他是这场灾难的源泉；你将会冲进特洛伊城；最好的战利品都归属你自己；你会满载而归，装运着稀世珍宝去见你的父亲帕阿斯，他还活着。如果战利品中尚有剩余，你就将它们搁在柴堆上，焚烧在我的墓旁，用于祭祀。再见了，好自为之！”菲罗克忒忒斯听到这番话，朝渐渐远去消逝的朋友伸出双臂。“幸运啊！”他大呼一声，“上船，英雄们；让我们握手言和，阿喀琉斯的高贵儿子；还有你，奥德修斯，来吧：你所祈愿的正是众神的愿望！”

帕里斯之死

希腊人围困特洛伊城，久攻不下，热切地盼望着援助。

一天，他们看到等待已久的船只进入赫勒持滂的港口。他们欢呼雀跃，急忙朝沙滩奔了过去。菲罗克忒忒斯伸开虚弱的双臂。他被随从们高举着抬到岸边，大家费力地引着这位跛腿的英雄走近在一旁迎接的丹内阿人。这时候，人群中跳出来一位英雄，他仔细地检查了一番英雄的伤口，满怀信心地答应说，凭借神的帮助，他能很快地治愈伤口。这就是医生帕达里律奥斯，与菲罗克忒忒斯的父亲帕阿斯是世交。医生即刻拿来药物，亚各斯人替老英雄沐浴洗澡，擦抹香油。众神给他降福去灾，于是肢体上的各类疾病顿时去除。菲罗克忒忒斯又能够运动自如，感到非常高兴。阿特柔斯的儿子们，这支军队的统领，看到他迅速摆脱死亡，也为之惊讶不已。等到菲罗克忒忒斯酒足饭饱以后，阿伽门农走近他，握着他的手，满怀愧意地说：“亲爱的朋友！从前是我们精神上的愚昧。可是，我们将你遗弃在雷姆诺斯也是应了神之愿。不要再生我们的气了，众神对我们已经惩罚够了！请接受我们的礼物吧，这里是七名特洛伊姑娘，二十匹骏马，十二只三足鼎。但愿你能感到高兴，并请你在我的营帐内休息。”

“朋友们，”菲罗克忒忒斯大度地回答说：“我不再生你们的气了。包括你，阿伽门农，也包括其他的任何人！”。

第二天，特洛伊人正在城外掩埋尸体，看到希腊人又来寻衅挑战。已故的赫克托耳的朋友波吕达玛斯是个聪明的人，他建议大家迅速撤到城内去，再图坚持。可是特洛伊人不听他的劝告，却为埃涅阿斯的建议欢呼。埃涅阿斯号召战士们要么争取光荣的胜利，否则宁愿马革裹尸，战死沙场。

一会儿，双方又激战成一团。涅俄普托勒摩斯挥舞着父亲的长矛，一连杀死十二个特洛伊人。可是埃涅阿斯和他的勇猛的战友欧律墨涅斯也在希腊的兵营中撕开了几个血淋淋的大口子。帕里斯杀死了斯巴达的特摩莱翁，特摩莱翁是墨涅拉俄斯的随从。而菲罗克忒忒斯在特洛伊人群中纵横赶杀，如同不可战胜的阿瑞斯一样。最后，帕里斯大胆地朝他扑了过去。他射出一箭，不料飞箭从菲罗克忒忒斯身旁穿过，却击中了与之一旁战斗的克勒俄多洛斯的肩胛骨。克勒俄多洛斯退让一步，挥舞长矛继续战斗。可是帕里斯的第二支箭又接踵而至，克勒俄多洛斯当即死于非命。

菲罗克忒忒斯看到这一切。他执弓在手，指着帕里斯，声震如雷地大喝一声：“你这个特洛伊的贼子，我们一切灾难的祸首，现在到了该你偿还的时刻了！”说完，他把转动的弓弦扯了个满怀，弯弓搭箭，箭镞几乎淹没在弓弦内。只听嗖的一声，羽箭呼啸着飞了出去，正中目标，不过只在帕里斯身上划开一道小口子。帕里斯急忙举弓欲射，第二箭又飞了过来，射中他的腰部。他浑身抖动着，一阵剧痛，急忙掉转头来奔逃回去。

战斗还在血腥地进行，医生们围着帕里斯的伤势忙乱不堪。一会儿，夜幕降临，特洛伊人全部退到城内，丹内阿人也回到船上。帕里斯呻吟不已，彻夜难眠。箭伤一直深透到骨髓，那是赫拉克拉斯以前浸透剧毒的飞箭，中箭后的伤口腐烂发黑，任何医生都难有回天之力。受伤的帕里斯突然想起一则神谕，只有被遗弃的妻子俄诺涅才能救他于苦难之中。从前，当帕里斯还在爱达山上当牧人时，曾和妻子俄诺涅一起分享过美好的时光。那时候他从妻子口中亲自听得了这一则神谕。他虽然绝不情愿，可是由于疼痛难熬，还是由人抬着送往爱达山。他的前房妻子还一直住在那里。

仆人们抬着他一路往上，山顶上传来凶兆之鸟的啼号，鸟叫声使他十分恐惧。就这样,他来到妻子的住房。女佣和俄诺涅对他唐突前来造访感到惊讶。他却扑倒在妻子的脚前,大叫一声:“尊贵的妻子,在我的苦难之中别再拒绝我了!残酷的命运女神把海伦引到我的跟前。现在,我对着诸神和我们间从前的爱情哀求你,请你同情我,用药物医治我的创伤,免除我难熬的疼痛。按照你的亲口预言,只有你的药物才能救我一命!”

可是,他的苦苦哀求丝毫不能让遭受遗弃的妻子回心转意。“你为什么来找我,”她不无嘲笑地说,“我是被你遗弃的人,难道又是海伦的永恒青春迷惑了你不成?去吧,还是找她去,看看她能否帮助你。可是不要指望用你的眼泪和哭诉能够换取我的同情!”说完,她将帕里斯送出门外,她不知道自己的命运跟她的丈夫是紧密相连的。帕里斯由仆人们搀扶着,抬着,痛苦不堪地沿着茂密的爱达山树林,穿过高坡往下走去。在半路上,他因为箭毒发作而咽下最后一口气,死了。

一位牧人把他惨死的消息告诉了他的母亲赫卡柏。普里阿摩斯还不知道这件事。他悲悲戚戚地坐在儿子赫克托耳的坟旁,听不到外面发生了什么大事。与之相反,海伦则痛哭失声,无限悲伤。

俄诺涅的心灵上感到难以名状的悔恨,与帕里斯耳鬓厮磨的青春时日使她回忆起往日的恩情。她感到心痛欲裂,止不住泪流满面。她在山上东奔西跑,从一座山岩到另一座山岩,穿过山谷和激流,任凭自己的双腿,整整地奔波一夜。月亮女神塞勒涅穿过皎洁的夜空,无限同情地看着她,不由得掩住了自己的脸面。俄诺涅最后来到了架设木堆,准备焚烧她的丈夫尸体的地方。牧人们向他表示了最后的悼意。俄诺涅看到自己丈夫的遗体,便用衣袍蒙着自己的颜面,迅速跳进熊熊燃烧的柴堆。站在一旁的人还没有来得及拉她,她已经成为火焰的祭品,烧成灰烬。

围攻特洛伊

次日清晨,希腊人离开战船又来到特洛伊城下。他们这回准备攻城。希腊人兵分多路,每一路攻打一座城门。特洛伊人坚守城墙和塔楼,顽强抵抗。卡帕涅斯的儿子斯忒涅罗斯一马当先,跟战绩卓著的狄俄墨得斯奋勇攻打中心城门。得伊福玻斯和勇猛的波吕忒斯联同其他英雄,站在高高的城门上，用箭矢和石块打击蜂拥而上的攻城部队。涅俄普托勒摩斯率领阿喀琉斯的部下在伊达城门旁激烈攻打。特洛伊英雄赫勒诺斯和阿革诺耳鼓励士兵们进行不懈的战斗。面向平地和希腊人战船营的城门遭到欧律皮罗斯和奥德修斯的不断冲击，勇敢的埃涅阿斯站在高高的城墙上镇守若定。他指挥投掷石块，无人敢靠近。在西莫伊斯河旁，透克洛斯冒着种种艰难困苦，奋勇作战。

奥德修斯正在战斗。忽然，他灵机一动，想一个幸运的好主意。他命令战士们把盾牌拼凑在一起，顶在头上，整体上看起来好像一间房子的屋顶一样。大家趁着这一座盾牌屋顶聚成一堆，犹如一个整体。丹内阿人大胆地向城门冲去。他们听到无数石块、飞箭和投枪从城墙上射落下来的声音，可是却没有伤害到任何人。于是，大家放心大胆地如同一垛黑压压的城池一样往前推进。大地在他们的脚下发出吱吱的呻吟，阿特柔斯的儿子们充满了喜悦 。他们看到士兵们组成的堡垒已经坚定不移地往前推进。他们催促武士们对城门发起攻击，准备把门从铰链上卸下来，再用双面斧把门扇劈开。大家深信，奥德修斯的计谋一定会使他们取得胜利。

奥林匹斯山顶上不乏支持特洛伊的神。他们给埃涅阿斯的手臂上增添了神力，让他端起一块巨大的石头朝着盾牌屋顶愤怒地投掷下去，产生了巨大的杀伤效果。一批冲锋而来的人被砸成肉饼，躺在他们的盾牌底下，不能动弹。埃涅阿斯站在城墙上，他的盔甲熠熠生辉。强大的战神阿瑞斯身裹一朵乌云，不露声色地与他并肩站立着，帮助埃涅阿斯投掷石块以后，又百发百中地把箭送往正确的方向。希腊人中箭倒地，一片惊慌。埃涅阿斯在城头上大声呼喊，鼓舞士气。城下，涅俄普托勒摩斯也激励士兵们坚决顶住。血腥的战斗整整进行了一整天，没有停息过半刻。

在另外一端攻城的希腊人比较得手。勇敢的洛克里斯猛将埃阿斯一步步地清除了在雉堞上抵抗的武士。他舞枪射箭，左右逢源，势不可挡。突然，他的战友和同乡，即勇敢的阿尔喀墨冬看到城墙上有一处无人防守的地方。他急忙架起云梯，沿着梯级拾步而上。阿尔喀墨冬把盾牌顶在头顶上，愿意以此为伙伴们开辟进城的道路。

埃涅阿斯在远处看得真切。阿尔喀墨冬刚刚露出城墙，一块石头飞过来，正好击中他的头颅。阿尔喀墨冬仰面倒下，云梯经不住重压，也断成几截。如同一支离弦的飞箭，阿尔喀墨冬在空中翻滚着，还没有着地，就已经死了。

菲罗克忒忒斯正在一旁督战，看到安喀塞斯的儿子犹如一头猛兽沿着城头狂奔咆哮。菲罗克忒忒斯端起神弓，嗖地射出一箭，正中目标，然而只在对方的盾牌上撕下一道小口，不过这一箭却主要射中特洛伊人墨蒙。墨蒙从城上翻身落下。埃涅阿斯用投石击碎了菲罗克忒忒斯的得力助手托克石雪墨斯的头颅和躯体。

菲罗克忒忒斯愤怒异常地抬头看着城楼上的仇敌，大声呼喊说："埃涅阿斯，你以为你是世界上最勇敢的人了？可是，只要你还从城楼上往下扔石头，照你那副模样像不像虚弱的女人？你如果是个好汉，那就走出城门来，跟我比试弓箭、长矛。我就是帕阿斯的儿子！"

这位特洛伊人连回答他讲话的时间都没有，因为城池的另一处又在告急，迫切地需要他。他大步流星地奔了过去。

木　马　计

希腊人围困特洛伊城，激烈攻打，可是长久以来一直没有成效，各路进攻都被击退了。这时候，一则神谕告诉他们，伊利阿姆的命运取决于帕拉斯的神像，那是女神雅典娜的神奇神像。奥德修斯和狄俄墨得斯一致决定，把肖像偷回来。两位英雄化装成可怜的乞丐模样，潜入敌人城池。他们趁着夜深人静摸进寺庙大门，那里果然有一神像。次日拂晓，两人就高高兴兴地带着掠物回到营帐。可是接下来的一场攻城战也还是被特洛伊人打退了。

占卜家和预言家卡尔卡斯召开会议。他说："你们用这种办法难以奏效。听着，我昨天看到了一则预兆：一只雄鹰追逐一只小鸽子。小鸽子飞进山岩缝隙里躲了起来。雄鹰在山岩旁等了许久。小鸽子就是不出来。雄鹰思量计策，躲在附近的灌木丛中。瞧吧，小鸽子呆头呆脑地竟然中计爬了出来。雄鹰瞅准机会，飞箭般地扑上去，一把抓住了不知所以的小鸽子，毫无怜悯地将它勒死。我们应该以这只雄鹰为榜样。对特洛伊城不能强攻，而应智取。"

话是这样说，可是没有一位英雄寻思得出良谋奇策，借以尽快结束这场残酷的战争。最后,奥德修斯灵机一动,说:“朋友们,你们知道怎么办吗?”说着,他的声音禁不住大了起来,“我们用木头赶制一匹大马,让它的腹内隐藏许多希腊人,其余的士兵在这时都必须驾船离开特洛伊海岸,前往忒涅多斯岛。我们把这里的营房彻底烧毁,让特洛伊人在城墙上看到以后敢于放心大胆地出城活动。我们却在木马外留一位特洛伊人不认识的士兵,装作逃难似地混进城去,伪称自己好不容易才逃脱厄运。他说希腊人为了安全撤退,准备把他宰杀以后祭供神。另外,他又说希腊人向特洛伊人的女敌帕拉斯·雅典娜敬献了一匹工艺精巧的木马。士兵谎说自己就是躲在马腹下面,等到敌人全部撤退以后才敢露面的。那位士兵必须反复叙述这番经历,借以消除特洛伊人的种种疑虑。特洛伊士兵一定会同情这位可怜的陌生人,把他引进城去。他再趁机活动,劝说特洛伊人把木马拉入城内。等到我们的敌人全部睡着了,这位士兵再给我们发出预定的信号。我们迅速离开藏身的角落,并且用点燃的火把召唤忒涅多斯岛的伙伴们。这样,我们就能用剑与火一举摧毁特洛伊城。”

奥德修斯如此这般地叙述完毕,大家一致称赞他见识高明。预言家卡尔卡斯更是兴奋,为这位狡猾的英雄能够全盘理解自己的意图而高兴。他提醒大家注意机缘巧合的雄鹰启示和赞同认可的宙斯响雷,催促希腊人从速行事。不料涅俄普托勒摩斯站立起来,不情愿地回答说:“卡尔卡斯,勇敢的男子汉习惯在公开的战场上制服敌人。让特洛伊人胆怯地躲在城楼上进行他们的战争吧!我们却是应该放弃使用奸诈或者其他不甚磊落的方式。我们必须在公开的战斗中表明自己是硬朗的好汉!”

听了这番话,连奥德修斯也不由得赞赏他的高尚磊落和光明正大。不过,他又提醒说:“你不愧为大无畏父亲的优秀儿子。你的讲话表明了你是一位勇敢的男子汉。可是,包括你的父亲,这位半神式的人物都未能攻下这座漂亮的堡垒。你应该知道,勇敢在世界上并不是到处可以建树,可以实现目标的唯一东西。因此,我吁请你们,众位英雄,遵照卡尔卡斯的劝告,听取我的建议,毫不犹豫地立即着手工作!”

英雄们几乎一致鼓掌赞同奥德修斯的建议,只有菲罗克忒忒斯心存异议。他站在涅俄普托勒摩斯一边,而且渴望着隆隆的战鼓和激烈的拼杀。他的英雄之心尚未得到满足。最后,两个人几乎把丹内阿人拉到自己一方,可是宙斯再度动摇了整个天庭运转。他让劈雷轰鸣,又把电闪一道道地扔在辩驳激烈的英雄脚下,使之明白,宙斯的意志与预言家和奥德修斯的建议如出一辙。两位英雄见天意如此,不得不表示顺从。

希腊人全部回到战船上。他们着手工作以前,都躺在船上美美地睡了一觉。半夜时分,雅典娜托梦希腊英雄的首领厄珀俄斯,委托他用粗木赶制巨马,并且答应帮助他尽快完成任务。厄珀俄斯认出女神雅典娜,满怀高兴,一骨碌从床上跳了起来,念念不忘女神的委托。天刚拂晓,他就对大家讲起女神梦境的事。希腊人一听,急忙来到爱达山林木茂盛的山谷,看准高大粗壮的松木,一根根地砍伐下来。木料很快运下来,堆放在赫勒持滂的海岸上。一群人围着厄珀俄斯,帮助他一起干活。有的锯木头,有的削枝叶,大家忙碌操作。厄珀俄斯首先造了马脚,然后拼凑马腹,尔后在马腹上方做了一只圆拱形的马背,后面是侧腹,前面是马颈。厄珀俄斯还在马颈上安装了似乎正在风中飘动的马鬃,马头和马尾上贴满了细密、雪亮的绒毛。竖立的马耳朵,圆溜溜的玻璃马眼睛镶嵌在额下,一句话,一应俱全,什么也不缺少。在雅典娜的帮助下,他用三天的时间完成了赶制木马的任务。全军都在称赞艺术家的神奇作品。人们每时每刻都认为这匹马将会嘶鸣奔跑 。厄珀俄斯朝着苍天举起双手,当着众位士兵的面祈祷说:“强大的帕拉斯,请听我的祷告:高贵的女神,看顾你的木马和我吧!”希腊人随声附和,都加入了祈祷。

这段时期,特洛伊人紧闭城门,躲在城内。众神意见不一,议论纷纷,大家对特洛伊的命运各执一词,互不相让。他们分作两支队伍来到人间,站在斯卡曼德洛斯河岸旁,森严壁垒,严阵以待,只是凡人肉眼看不出他们而已。大海的诸位神仙也面临这样的选择:站在这一边,或者站在另一边。五十名海中仙女因为是涅柔斯和多里斯的女儿,自认为是阿喀琉斯的亲戚,与希腊人亲近;其他的海洋神仙站在特洛伊一边,掀起滔天巨浪,把战船推上海岸。如果命运允许他们的话,他们真想把那匹大木马一举摧毁。

神仙们的战斗开始了。阿瑞斯朝雅典娜冲了过去。这是一场混战的信号,神仙们立时捉对厮杀,各不相让。黄金盔甲碰撞在一起,铿锵作响;脚下的大地在抖动,神仙们大声疾呼,喊杀声一直传到地府。塔耳塔洛斯地狱里的提坦神也为之心惊胆颤。神仙们是选准机会进行战争的, 因为宙斯正打算去大海边旅行,那里的人间王府有事与他相商。宙斯是天上神仙和地上凡胎之父，主管一切。可是，大地表面上发生的一切,无论在多么遥远的地方,都逃脱不掉他那锐利的慧眼。宙斯马上看到神仙们正在厮杀,便迅速坐上雷车,催动带翼的追风马,由伊里斯率领着,回到奥林匹斯神山的上空,然后朝杀在一团的神仙中间扔下几道闪电。神仙们大吃一惊,立即停止了战斗。法律女神忒弥斯是唯一游离这场战斗的人。她来到神仙中间,将他们隔开,大声宣布说,宙斯已经作出决定,一旦众位神仙不听号令,他将使之彻底毁灭。神仙们害怕重新堕入生死轮回,压制住心头怒火,忿忿不平地撤离了战场。

希腊士兵们在营房内做成了一匹木马。奥德修斯召集英雄们举行会议。他站起身来,说:“丹内阿人民的首领们,现在已经到了显示真正力量和勇气的时候了。因为钻进马腹以后,我们将在那里迎接和度过一段没有阳光的时期！可是,请大家相信我,钻进马腹去需要的胆量,将远远超过在公开的战场中冒死一战！因此只有最勇敢的人才敢于尝试！其余的人可以先乘船退避到忒涅多斯岛去。我们要在木马附近留一个胆大机灵的人,他的任务就是我曾经讲过的。谁愿意来完成这项任务呢?”

英雄们犹疑不决。这时,勇敢的希腊人西农挺身而出。他说:“我做了一切准备！让特洛伊人折磨我,让他们把我活活地扔进大火烧死吧,我的意志是坚定的!”大家一阵欢呼,投给他不少赞赏的目光。可是有些人却在犯嘀咕,他们说:“这位年轻的汉子是谁啊？我们从来没有听到过他的名字,他也从来没有过任何建树！这一回大概是魔鬼贴在他的身体里,使他作出或者让特洛伊人,或者让我们彻底遭殃的决定!”涅斯托耳立起身来,对丹内阿人说:“现在需要更大的勇气,因为神给我们定下十年灾难的目标。让我们迅速钻入木马腹中去！我感到自己的肢体内涌流着年轻人的力量,跟当年想陪伊阿宋乘坐阿耳戈号战船一样。可惜珀利阿斯国王那时候竭力劝阻我,不让我上船!”

老人一马当先,想从敞开的边门旁跳进木马肚腹。而阿喀琉斯的儿子涅俄普托勒摩斯则坚决希望把此番荣誉让给他,而让老人带领人马前往忒涅多斯岛。涅斯托耳好不容易才被说服。涅俄普托勒摩斯全副武装,第一个走进虽然宽敞却漆黑的马腹。后面一批人鱼贯而入,他们是墨涅拉俄斯、狄俄墨得斯、斯忒涅罗斯和奥德修斯。尾随而来的还有菲罗克忒忒斯、埃阿斯、伊多墨纽斯、迈里俄纳斯、帕达里律奥斯、欧律玛科斯、安提玛科斯、阿伽帕诺尔和其他许多英雄。他们紧紧地挤在马腹内。最后,造马的厄珀俄斯也爬了上去。他顺便抽起梯子,把梯子拉进马腹的空当处,然后从里面将门锁上,自己坐镇在门栓前面。马腹内一片漆黑,大家静静地挨坐着,一声不吭。

其余的希腊人听从首领阿伽门农和国王涅斯托耳的命令,放火烧掉了帐篷和营具,然后拔锚启航,朝忒涅多斯岛驶去。到达忒涅多斯岛时,他们抛锚停泊,又一起登陆上岸,急切地盼望着远方能够传来火光信号。

特洛伊人站在城头,很快发现前方海岸上烟雾弥漫,看到海面上的希腊战船也全部消失了。特洛伊人非常高兴,成群结队地涌到海边。当然,他们也没有忘掉披挂执刀。大家看到原来敌人营盘的广场上站着一匹光溜溜的木马。他们不知所以,围着木马,十分惊讶,因为它实在是一件巨大的劳作。士兵们议论纷纷,争论这件稀奇的物品到底是干什么用的。有的人想把它搬进城去,将它置放在城堡上,当作胜利碑,激励后来人。有的人劝告说,把希腊人留下的这件莫名其妙的礼物推入大海,或者干脆一烧了之。藏匿在马腹内的希腊英雄们听到这话都吓得毛骨悚然。

这时候只见特洛伊的阿波罗祭司拉奥孔走上前来。他打老远就劝阻大家说:“不幸的人们,哪个魔鬼的主张驱使着你们?难道你们真的以为希腊人已经离开,以为丹内阿人的礼品中并不包藏祸心吗?你们不了解奥德修斯吗?马腹中一定隐藏着危险。否则,它一定是一种战争的机关,埋伏在我们附近的敌人发动这架机器,用以对付我们的城市!可是,不管它到底是什么,你们决不能相信希腊人!”说完,他从站立一旁的武士手中夺过一把铁矛,挥舞着刺入马腹,长矛在木马中抖动着,里面传出一阵回声,空荡荡的,像从地下室传来的声音一样。然而特洛伊人忘乎所以,他们的精神都已经麻痹了。

突然,有几个牧人在木马腹下发现了狡猾的西农。大家把他拖了出来,当作战俘,押送到国王普里阿摩斯的面前。一会儿,特洛伊的武士们都聚拢过来。他们原先都在看木马,现在又重新围成一圈。西农精彩地扮演着奥德修斯委托他的角色。他可怜地朝着天空伸出双臂,泣不成声地请求说:

“天哪，何方土地，何方海洋该是我可以信任的场所？希腊人将我赶出来，而特洛伊人又要把我杀头示众！”接着，他娓娓动听地叙述了一个感人的故事，说他如何成为牺牲品，又如何在最后时刻逃了出来。“我已经无法回到我的故国乡里去了，”他顿了顿又说：“我落入你们的手中，现在完全取决于你们的仁慈和慷慨，你们是赏我一条命，还是要我这条命。我的战友们已经用双手准备处死我了！”

特洛伊人深受感动。普里阿摩斯说了一番好话，答应给这位假仁假义的人在城内找一块安身之处，只是要他说出这匹木马到底是怎么回事，因为他刚才说到马时也是十分虔诚敬畏的。西农立即举起双手，神色疑虑地祈祷说：“诸神在上，我已经当作牺牲给你们祭供过了，还有威胁我生命的祭坛和该诅咒的宝剑，你们都是我的见证，证明把我同我的民族紧密相连的纽带已经裂断。因此，如果我现在泄露他们的秘密，那也根本算不上是一桩罪孽！丹内阿人历来把他们的希望建筑在女神帕拉斯·雅典娜的帮助之上。自从她在特洛伊的神像被盗窃以后，而且——也许你们特洛伊人第一回听说吧——出自狡猾的希腊人之手，一切都开始糟糕起来，女神十分愤怒。幸福从此就远远地离开了丹内阿人。预言家卡尔卡斯看到这一切。他解释说，人们应该立即乘船回去，在故国重新聆听神的命令。只要神像还没有退回原处，他们就无法指望战争的胜利。这则预言促使丹内阿人作出逃跑的决定。临跑前他们又按照预言家的建议造了这匹巨大无比的木马。这是留给受了委屈的女神的礼物，借以消除她的愤怒 。卡尔卡斯要求把马身造得特别庞大，那是生怕特洛伊人把马拖进城门，按在城头，免得雅典娜对你们的佑护过多过大！相反，如果你们糟踏了这匹木马——让丹内阿人止中下怀——那么你们一定会遭殃。丹内阿人相信他们在亚各斯听取新的神的命令以后不久就能返回，而且相信会夺取你们的城池，把女神的神像重新归还原处。”

一番谎话，编得天衣无缝，普里阿摩斯和特洛伊人都对这位谎话里手深信不疑。雅典娜却始终关怀着她的那些朋友的命运。自从拉奥孔作出建议以来，他们命如游丝，惊恐不定。天有巧意，一场奇迹帮助英雄们逃脱了这场厄运。

原来阿波罗的祭司拉奥孔自从波塞冬的祭司死后又获得了新的荣誉，

兼任职务，于是他在海边给海神祭供一头大公牛。这时从忒涅多斯岛的方向游来两条大蛇，它们穿过平滑如镜的海面，一直朝海岸游过来。蛇腹和血红的蛇头高耸在清澈的海面上空，蛇身的其余部分在波涛中蜿蜒摆动。它们游上岸，吐伸着蛇信子，吱吱有声，火焰般的蛇眼前后左右环顾不定，阵势实在吓人。

特洛伊人正围着木马，见状吓得面如土色，掉头就逃，两条蛇盘旋着游到海神的祭坛。拉奥孔和他的两个儿子正在那里忙碌祭供的事。毒蛇困住了两个孩子，吐出毒牙，深深地咬进他们柔嫩的肌肉。孩子受伤后大声急叫，父亲拉奥孔抽出宝剑，赶来援助。不料毒蛇也把他一起盘锁起来，而已被砍上一斧的公牛鲜血淋漓地奔逃出来，站在祭坛前哞——哞——地咆哮呼唤，抖落了砍在脖子上的斧头。可怜拉奥孔和他的两个儿子都被毒蛇活活地咬死。后来，两条巨蛇游进高高的雅典娜神庙，盘绕着躲在女神的脚下。

特洛伊人把这场骇人听闻的事件看作是天理报应，认为是对祭司罪恶怀疑的惩罚。他们急忙退了回去，一部分人忙着拆卸城墙，另一部分人给木马脚下装置轮盘，第三部分人搓制粗大的麻绳，用麻绳套在木马的脖子上，然后一起使劲，成功地把木马拖回城去。男孩和女孩们兴高采烈，唱着节日的歌曲。这件机械装置通过城门门槛往里滚动时，一共颠簸了四回。马腹中每回都传出了金属撞击的声音。可是特洛伊人什么也没有发现，他们欢呼着把这件庞然大物迎进神圣的城堡。高兴的人群中只有预言女子卡珊德拉耷拉着的目光十分呆滞，她的预言从来没有失误，奇怪的却是人们都不相信她。她观看天象，自然发现许多不吉之兆。预言未来的精神驱使着她，卡珊德拉披头散发地冲出了王宫，她的眼里冒着灼热的火花。预言女子摇摇晃晃地穿过大街小巷，一路呼喊着："你们看到我们的道路直通哈得斯的地府了吗？我看到城市充满着血腥和烈火，我看到木马的腹中涌动着厄运！你们却兴高采烈地将它迎入我们的城堡，可是你们却不相信我的话，纵然我披肝沥胆讲上千万句也不能打动你们 。复仇女神因为海伦而决定向你们报复，你们已经成为她们的祭供和牺牲了。"

她的话只是引起一阵阵嘲笑和讽刺。

特洛伊的毁灭

特洛伊人大吃大喝，隆重庆祝了半夜。他们吹笛子，弹竖琴，伴随着欢宴人的热烈歌声。美酒斟满，一饮而尽。士兵们酒醉糊涂，思想也已经彻底地麻痹。最后，大家都呼呼大睡，沉入梦乡。

半夜时分，跟特洛伊人在野外一起就餐的西农起先装作不胜酒力，竟然睡着的模样，现在却站起身子，悄悄地摸出城门，点着一杆火把，让燃烧的火苗直冲夜空，给远方的船只发出了约定的信号。然后，他又熄灭了火把，潜近木马，轻轻地敲了敲空空的马腹。英雄们听到声音，奥德修斯提醒大家别出声，叫大家尽量小心地准备出去。他自己则轻轻地拉开门栓；伸出脑袋，向周围探望一阵，看看是否还有特洛伊人没有入睡。接着，他又悄悄地放下厄珀俄斯早就准备好的木梯，让它一直伸到地面。英雄们跟在他后面鱼贯而下，内心紧张得怦怦作响。到了外面以后，大家挥舞着长矛，拔出宝剑，分布在城门的各条街道，把守着房屋，开始对酒醉入睡或朦胧犯傻的特洛伊人大规模地杀戮。这真是一场可怕的屠杀！他们把火把扔入特洛伊人的住房。不一会，许多屋顶着火，连成一片火海。

藏匿在忒涅多斯岛附近的希腊人看到西农发出了火把信号，趁着顺风顺水立即拔锚起航，驶入赫勒持滂海峡。丹内阿人的军队很快从城墙的缺口冲进了城内，那是一天前拖拉木马时砸开的洞口。不一会，特洛伊城被占领了，整座城市变成了废墟，到处是尸体。残废和受伤的人在死人中间来回爬行。丹内阿人偶尔遇上一个直立奔跑的人，便从背后刺去一枪，将他杀死在地。受了惊吓的狗呜咽叫唤，声音传遍了大街小巷。它们跟伤员的呻吟和妇女儿童的啼哭交织在一起，十分恐怖。

当然，希腊人的战斗也并不是一帆风顺，不流一滴鲜血的。尽管大部分敌人都已经手无寸铁，可是他们却仍然奋勇抵抗。有的人扔杯子，有的人摔桌子，有的人抓起灶膛洞的柴火朝迎面冲来的丹内阿人丢了过去。有的人用炙叉和斧子武装自己，或者顺手拿起武器。正当希腊人围攻普里阿摩斯城堡的时候，许多特洛伊人潮水般地败退下来。他们中的许多人又立即参加战斗，进行着殊死而又绝望的拼杀。

时近半夜，城里却火光冲天，照耀得如同白昼。房屋和宫殿上烈火熊熊，阿开亚人挥舞着火把，整座城市成了一片激烈的战场。战斗愈来愈壮烈，愈来愈残酷。

涅俄普托勒摩斯视普里阿摩斯为仇敌。他一连杀了他的三个儿子，其中包括阿革诺耳。从前，阿革诺耳竟然敢于向阿喀琉斯挑战。后来，他又遇到了威严的国王普里阿摩斯本人，国王正在宙斯祭坛前忘情地祷告。涅俄普托勒摩斯一见大喜，抽出宝剑，扑了过来。普里阿摩斯无所畏惧，看着涅俄普托勒摩斯，平静地说："杀死我吧！勇敢的阿喀琉斯的儿子！我已经受尽了折磨，几乎亲眼看到我的全部儿子的死亡。为此，我也用不着再看到明天的阳光了！"

"老头子，"涅俄普托勒摩斯回答说："你在提醒我应该完成的事！"说完，他一刀挥去，让国王身首分离，普里阿摩斯人头落地。希腊军队的武士们杀戮得更为残酷。他们在王宫内找到了赫克托耳的小儿子阿斯提阿那克斯。武士们把他从母亲怀抱里一把夺下来，满怀对赫克托耳及其族人的仇恨，把孩子从塔楼上掷了下去。孩子的母亲朝着他们大声呼叫："你们为什么不连我也一起推下去，或者把我扔进熊熊燃烧的火堆？自从阿喀琉斯杀死我的丈夫以来，我只是为了孩子才生存下来。请你们动手，把我从生活的折磨中解脱出来吧！"可是刽子手们都不听她的话。

只有一间房子避免了死亡的惩罚，那里住着特洛伊的老人安忒诺尔。墨涅拉俄斯和奥德修斯来到特洛伊城时曾经受到过他的庇护，受到过热情的款待。丹内阿人为了感谢他，特地敕令保护他的生命财产。

埃涅阿斯是一位杰出的英雄。几天前他还精神抖擞地从城墙上打退了围城的进攻。可是，当他看到特洛伊城火光冲天，经过多时的拼杀仍然不能退敌时，他犹如历经风暴的勇敢的水手。水手驾着大船，一旦大船翻沉，他便会登上划船，逃命而去。他扶起年迈的父亲安喀塞斯，把他背在自己的背上，然后一把抓住儿子阿斯卡尼俄斯的手，匆忙逃了出去。孩子紧紧地跟在父亲身旁，几乎双脚都不着地。埃涅阿斯跳过许多尸体，他的母亲阿佛洛狄忒也跟随着佑护他们。一路上，火焰避让，烟雾让道，丹内阿人射出的箭和投掷的矛枪全都远远地偏离目标而坠落地下。埃涅阿斯成了唯一拖带老小逃出城市的人。

墨涅拉俄斯在不忠诚的妻子海伦的房间前遇到普里阿摩斯的儿子得伊福玻斯。自从赫克托耳死了以后,他成了家室和民族的擎天大柱。帕里斯死后,人们又把海伦下嫁给他为妻。他正沉浸在夜晚的酒宴欢乐之中,迷迷糊糊听到阿特柔斯的儿子们杀来的消息,便急忙从地上爬起来,穿过宫殿的走廊,准备逃走。墨涅拉俄斯赶上一步,一枪刺入他的后背。“请你就死在我妻子的门前吧!”墨涅拉俄斯大喝一声,声震如雷,“我多么希望能亲手杀死帕里斯!任何罪孽都难逃正义的女神忒弥斯的巨掌!”

墨涅拉俄斯把尸体踢到一边,朝宫殿的走廊走了进去,内心充满了对自己的结发妻子海伦的矛盾感情。海伦由于害怕丈夫而浑身发抖,悄悄地躲在屋子的昏暗的角落里,许久以后才被丈夫墨涅拉俄斯发现。看到妻子就在眼前时,墨涅拉俄斯醋意大发。他想把海伦一剑砍死,多亏阿佛洛狄忒的保佑,用妩媚把海伦打扮一新,又从他的手中夺下宝剑,舒平了他隐藏在胸间的怒气,在他心里唤起了陈情旧爱。一刹那间,墨涅拉俄斯忘却了妻子的一切过失。突然,他又听到身后亚各斯人一片喊杀声。墨涅拉俄斯感到面红耳赤,羞愧难当。他重新违背意愿地拾起先前扔在地上的宝剑,朝妻子一步步紧逼过去。不过,他还是不忍心顶真行事。因此,他的兄弟阿伽门农来得正是时候。阿伽门农突然将手搁在他的肩膀上,对他大声说:“兄弟,放下武器!你不作兴杀死自己的妻子。我们为了她受尽了苦难。在这件事上,海伦的过失小于帕里斯。帕里斯滥用客人的权利,不如猪狗。他,他的族弟,甚至他的民族,都为此受到了惩罚,被彻底地毁灭了。”

墨涅拉俄斯愉快地听从了劝告。后来,他与海伦一同回到斯巴达。墨涅拉俄斯死后,她被驱逐到罗德岛,那当然是后话了。

人间正在鏖战。天上诸神裹挟在层层乌云之中,激烈地抱怨着特洛伊城的陷落。只有赫拉、特洛伊人的死敌以及早已阵亡的阿喀琉斯的母亲忒提斯对此发出由衷的欢呼。但是,即使希望特洛伊失败的帕拉斯·雅典娜也止不住泪流满面。她看到埃阿斯竟然一把抓住虔诚的卡珊德拉的头发,把她从雅典娜的神庙里拖了出去。卡珊德拉是雅典娜的祭司,是为了寻求保佑才逃进神庙去的。女神虽然无法支持她的仇敌的女儿,可是忿怒和羞愧却使得她面如火炭,灼热难忍。她的神像吱嘎作响,神庙下的地基在呻吟,她发誓要报这亵渎之罪。

燃烧,屠杀,犹如野兽一样难以抑制。熊熊的火柱直冲天空,宣告了这座不幸城市的彻底毁灭。

墨涅拉俄斯、海伦、波吕克塞娜

特洛伊城内的居民或者被杀害,或者被俘虏,到天明时,丹内阿人再无遇到任何抵抗地占领了城市,占有了城内无数的珍宝。士兵们纷纷出动,搬运战利品回到海边的战船。战利品有:黄金、白银、琥珀、豪华的家具、俘虏的少女和儿童。人群中,墨涅拉俄斯带着他的妻子离开了还在燃烧着的特洛伊城。墨涅拉俄斯面有愧色,可是心里却十分满意。他的兄弟阿伽门农走在一旁。阿伽门农从埃阿斯的怀抱中抢出了高贵的卡珊德拉,此刻两人并肩走着。赫克托耳的妻子安德洛玛刻已经被阿喀琉斯的儿子涅俄普托勒摩斯俘获带走了;迈着艰难的步伐正走在途中的王后赫卡柏成了奥德修斯的俘虏。无数的特洛伊妇女跟在后面,一路悲哀哭泣。只有海伦沉默无言,深深的愧意使她紧绷着嘴唇一言不发;她的一双眼睛盯在地上,脸上火烧火燎地一片通红;她的心在激烈地颤抖,想到了在战船上可能会有的遭遇和命运,内心涌上一股可怕的恐惧;她急忙把面纱拉到头顶,浑身哆嗦着牵着丈夫的手往前移动着脚步。

当他们来到战船时,丹内阿人立即为海伦的美貌所倾倒,大家惊叹不已。他们悄悄地说,他们跟着墨涅拉俄斯出海远征,经历了十年煎熬,可是为了眼前的这位美女,花费的任何代价都是值得的。任何人都不想加害这位美丽的女子,都愿意把女人交给自己的首领,而墨涅拉俄斯国王一颗仇恨的心也早给女神阿佛洛狄忒熨帖平整了。

战船上举行了欢乐的宴会,英雄们各自用膳。席间坐着一位弹奏齐特儿琴的歌手,他的嘹亮歌喉再现了大英雄阿喀琉斯当年的英武气概和传奇事业。他们一直欢宴到深夜,然后各自回营歇息。

当海伦与她的丈夫墨涅拉俄斯单独待在主帅营房时,她扑倒在丈夫的脚下,抱住他的双膝说:“我知道,你有权以死惩治我的不忠不贞!可是你该想一下,我并不是自愿离开你的宫殿的,帕里斯趁你不在,用暴力把我劫持而去。我在那时候也想结果自己的生命,可是周围的女仆成群,她们竭力劝阻我，要我想想你和我们的小女儿赫耳弥俄涅。愿怎么处置就怎么处置我吧，我后悔无限地躺在你的脚下！”

墨涅拉俄斯爱怜地把她从地上扶起身来，回答说：“别再想从前的事了，海伦，别怕！以往的事都已归入遗忘的黑夜，将来我再也不会想起这件事！”说完，他把妻子拥入怀中，在她的樱桃小口上烙下一个甜蜜的吻。

阿喀琉斯的儿子涅俄普托勒摩斯这时候正在酣睡。突然，他的父亲的灵魂来到营中。父亲吻着他的胸脯、嘴唇和眼睛，然后说：“别忧伤，亲爱的儿子，我虽然死了，可是现在却跟众神生活在一起；无论在战斗还是在会议上，你都要以你的父亲为榜样：战斗时必须身先士卒，站在前列，在会议上却应该不耻下问，乐意听取老人们的哲理明言。像你的父亲一样去争夺荣誉，为自己的幸福而高兴，遇上不幸也毋需忧虑。我早年去世，你从这件事上应该明白，生命与死亡的大门只有一步之隔，因为整个人类犹如春天的花卉：一部分鲜花盛开，一部分枯萎黄落。最后，请你告诉大统帅阿伽门农，应该挑选全部战利品中最精、最美的珍宝祭献给我，别让我在奥林匹斯神山上囊中羞涩！”

说完，阿喀琉斯的英灵离开涅俄普托勒摩斯的睡梦，宛如一道青烟转逝而去。小英雄醒转过来，十分高兴，好像跟他的父亲生前谈话后一样。

第二天清晨，丹内阿人迫不及待地跳下床，思乡的热情迫使他们难得片刻安宁。他们最希望马上启锚航行。这时候，涅俄普托勒摩斯来到聚集一道的人群中间。

“你们听着，丹内阿的兄弟们，”他以年轻有力的声音大声地说，“我把今天夜里亡父灵魂对我的委托告诉你们：你们应该把从特洛伊缴获的战利品中挑取最精美的珍宝祭献给他，让他也为特洛伊的毁灭而感到自豪和满足。你们在完成对死者应尽的神圣义务之前不得离开海滩半步。如果不是他战胜了赫克托耳，你们怎能有今天的胜利？”

丹内阿人虔诚地决定满足已故英雄的遗愿。海神波塞冬十分同情阿喀琉斯，掀起了万丈狂浪。希腊人即使愿意，也无法离开海滩。希腊人看到大海动荡，相互间悄悄地说：“阿喀琉斯果然是宙斯的后代；你们看，天地自然跟他的命令配合得多么密切！”于是，他们更加愿意听从亡灵吩咐，大家蜂拥而上，都朝英雄的坟墓走去。阿喀琉斯的坟墓高高地耸立在海岸边。

现在的问题却是：什么才是战利品中最精最美的东西，人们拿什么来祭献阿喀琉斯呢？每个希腊人都把自己占有的珠宝和俘虏交了出来。当一切凑齐以后，人们一打量，黄金、白银、琥珀和各类珍奇古玩都在年轻姑娘波吕克塞娜的天姿绝色面前显得逊色多了。波吕克塞娜是国王普里阿摩斯的女儿。希腊人一致认定，她是全部战利品中最精最美的。姑娘看到大家把眼光都投向她，并没有吓得面如土色。从前，她曾在城头多次看到阿喀琉斯前来搦战。虽然，阿喀琉斯是她的人民的死敌，可是他那魁梧的身材和超人的胆量却深深地留在姑娘的脑海里。据说，阿喀琉斯曾经有一回靠近被围困的城门，他抬头看到城墙上站着美丽的姑娘，内心立即燃起一股对姑娘的爱情火焰，以致于当场大喊一声："普里阿摩斯的女儿，你如果归属于我，也许我会让你的父亲跟丹内阿人罢兵息战呢！"大英雄虽然很快就感到失言，觉得后悔，可是据说姑娘波吕克塞娜却把这番话深深地埋藏在心底里。从此以后，她就怀着对自己民族的敌人的爱慕之情。

据后来的一则神话传说，阿喀琉斯果然愿意与波吕克塞娜婚配，还准备在特洛伊人和希腊人之间重建和平。可是，他却在婚礼上被帕里斯卑鄙地杀害。从此以后祸端又起，双方视如寇仇，再不罢休。

现在却是另外一回事：大家都认为她是献给大英雄的最好礼物，姑娘却十分沉着。阿喀琉斯的墓旁树起了高大的祭坛，各式祭皿一字排开。国王的女儿从被俘虏的妇女中一步跳上前来，从祭坛前的各类器具中抽出一把锋利无比的尖刀，把尖刀奋力朝心脏戳去。

周围站立的人发出一声恐怖的惊叫。年迈的王后赫卡柏哭着扑倒在女儿的尸体上。

波吕克塞娜倒地的时刻，火海一片宁静。涅俄普托勒摩斯满怀同情地跳上前去，帮着把奄奄一息的姑娘从祭坛旁搬开，设法以王家礼仪将她安葬。

接着，亚各斯人举行会议。涅斯托耳站起身来说："回乡返里的时刻终于来到了。海洋的主宰平息了滔天巨浪，阿喀琉斯也已经心满意足地接受了波吕克塞娜的祭礼。动身吧，大家推船下海！"

不幸的返程

听到涅斯托耳的建议,希腊人欢呼雀跃,完全支持。战船已经备好,所有的货物和俘虏全部装载上船。丹内阿人也一致同意。

只有预言家卡尔卡斯不跟他们同行。他劝说大家还不能就此启航,因为他预感到希腊人在经过卡法尔山时将会遇上不幸。卡法尔山位于攸俾阿岛的前沿山脉。

可是没有人愿意听他的建议。要求返归故里的热情尤其高涨。只有著名的预言家安菲阿拉俄斯的儿子安菲罗科斯例外,他已经登上船只,又把脚收了回来。他的父亲的预言天赋又在他的心底里朦胧发芽,他也跟卡尔卡斯有着同样的预感。可怜他的父亲已经在底比斯城前饮恨沙场。于是,他也留了下来。他们两人不能重返希腊,这也是命中所定,难以违抗的。他们将在小亚细亚的喀里喀亚城和潘费利亚城安家立业。后来,跟他们一起留在亚洲的还有帕达里律奥斯、波吕帕特斯和勒翁透斯。关于卡尔卡斯的死因另有传说:吕狄亚国王安菲玛库斯请教卡尔卡斯和另一位有名的预言家莫珀索斯,不知国王是否可以前往征讨他的敌人。莫珀索斯反对,而卡尔卡斯则主张讨伐。最后,征战失利,卡尔卡斯忿恨不已,终于拔刀自尽。

希腊人解下系扎在陆地上的缆绳,登船拔锚。不一会,浩瀚的大海载着归心如箭的希腊军士一路而去。船头上堆满了缴获而来的武器,桅杆上悬挂着无数胜利的纪念品,战船上簇拥着鲜花;胜利了的士兵们把花编织在盾牌、长矛和头盔上,五颜六色,十分气派。大家站在船的前舱,向大海浇下甜蜜的美酒。他们虔诚地祈求神赐福,让他们平安地回到家乡。

可是,他们的祈祷没有找到听主:空气和风儿托着它们,将它们刮入浮风流云,根本没有抵达奥林匹斯神山。

大海上,英雄们满怀希望与思乡之情,盯住前方,翘首相望,而被俘的特洛伊的妇女和姑娘们则相反,她们心情沉重,始终看着渐渐远去的特洛伊城,城内还冒着缕缕青烟。姑娘们把交叉的手搁在胸前,年轻的妇女把孩子抱在怀里。卡珊德拉站在她们中间,高贵的身材仍然透现着雍容华贵。她的眼中无泪,相反却在嘲笑周围那些抱怨不绝的人:现在所发生的这一切,都是她以前早就料到并且提醒过大家的。她们现在叫苦不迭,从前却是讽刺挖苦,坚决不信的。不过,她虽然嘲笑,可是在心底里却为降临在特洛伊城头的悲惨命运而流淌着鲜血。

特洛伊变成一堆废墟,有几位老人和受伤的士兵惘然失措地还在那里转悠着,为首的是安忒诺尔。他们一起动手准备埋葬死者。这项工作进行得非常缓慢。少数幸存的人搬来无数的木柴,垒成一个大堆。后来,他们又把所有的尸体全部扛过来,搁在柴堆上,点燃柴堆,烧起了熊熊大火。

丹内阿人早已乘船离开了阿喀琉斯的坟墓和特洛伊海岸。他们驶经了一个又一个的海岛与海岸:忒涅多斯岛,克律萨岛,阿波罗·福玻斯神庙,神圣的基拉岛,爱达山延伸在海洋中最外端的部分,即雷克同半岛,最后又经过勒斯波斯岛。海风呼啸,吹送船帆,波涛汹涌,卷起层层黑浪。希腊人的战船乘风破浪。海水撞击船头,又在身后的洋面上留下了雪白的水花。

如果不是帕拉斯·雅典娜因为对洛克里斯人埃阿斯的作为表示不满,胜利了的希腊人一定会平安地到达希腊海岸。现在,当大队人马驾船来到汹涌澎湃的攸俾阿岛时,女神看到时机已到,决意报复他们。她向奥林匹斯山上的众神之父诉说埃阿斯在她的神庙里对女祭司卡珊德拉施行的罪孽。维护人间正义的宙斯依准行事,没有违背女神的意愿;此外,他还把库克罗普斯为他新铸的雷电借给女儿,准许女儿给希腊人掀起一场阻止前进的狂风巨浪。

雅典娜让奥林匹斯山响起了隆隆雷声,让山头上乌云密布。大地和海洋顿时成为一片漆黑。接着,她又派出女使伊里斯前往寻找风神埃洛斯。

风神听到命令立即行事。他把巨大的三叉戟竖在山顶上,那里是狂吼怒号的风源。各等飓风争相从山洞里奔蹿而出。风神命令它们迅速组成摇天撼地的飓风,让它们一路呼啸着飞往卡法尔山。风神的话还没有讲完,风儿们就急速上路了。大海在它们脚下掀起万丈狂浪,犹如万山连绵。亚各斯人看到滔天巨浪,惊慌失措,吓得不知如何才好。一会儿,大家不敢划动船桨了。暴风撕碎了船帆,桅杆上只剩下几片破布向下悬垂着。最后,掌舵的人也精疲力尽,眼看着黑夜笼罩下来。波塞冬也在帮助帕拉斯·雅典娜。雅典娜毫不怜悯地从奥林匹斯山下来,周围雷声隆隆,闪电交加,着实威武。不少船只被风浪颠簸得裂断了。有人听到附近船只的断裂声,赶紧划桨前去救援,可是他们也给风浪送入万顷碧波。

最后,雅典娜把一串最激烈的炸雷扔入埃阿斯的战船,船只顿时成了千万片碎块。空中传来一声爆炸的巨响,大浪铺天盖地地席卷过来,掩埋了即将粉碎的破船。士兵们慌乱地跳入水中。最后,他们也被海水吞没了。

埃阿斯紧紧地抓住一根漂浮的木头,顺着波浪漂动着。他挥动有力的臂膀,分开波浪,试图避免灭顶之灾。他一会被巨浪推上峰尖,一会儿又被送入谷底。闪电从他头顶上忽地滑入海水,身后留下隆隆的雷鸣。不过,雅典娜还不让他通过死亡而得以超脱。再说,埃阿斯的勇气还没有彻底丧尽。他碰到了一块耸立波浪之上的礁石,便一把抓住,双臂紧紧合拢。埃阿斯夸口宣称,即使奥林匹斯山上的全部神唆使波浪冲击他,他也不会松手遇难。

摇撼大地的海洋神波塞冬听到消息,不由得心中大怒,便同时作法,直搅得海洋呼啸,地动山摇。卡法尔山的前部山崖在抖动,海岸在他的鞭啸声中崩裂了。最后,埃阿斯紧抓不放的山岩被连根动摇,这位洛克里斯人又被拖入大海。波塞冬推来一块巨大的泥团堆压在沉海落难的埃阿斯身上。埃阿斯深陷其中,被大地和海洋同时制服。

丹内阿人的战船散乱在洋面上,许多船已经断裂,还有许多船葬身鱼腹。大海怒号,暴雨如注,仿佛丢卡利翁的洪水又会第二次袭击附近的大地。

希腊人从前曾用乱石砸死帕拉墨得斯,现在也遭到了猛烈的报复。这位英雄的父亲瑙普利俄斯国王还仍然统治着攸俾阿岛。国王看到希腊船队经过自己的海岸,不禁想起惨遭杀害的儿子。多年来,一颗悲伤的心使他从未忘掉儿子帕拉墨得斯。国王急忙来到海滩旁,让手下人沿卡法尔山的前沿最危险的礁石区树立一排火把,让希腊人误解为海岸上人因为同情而发出的救命信号。丹内阿人果然朝礁石区驰来,许多船只又在这里触礁沉没。

与此同时,波塞冬又传令让大海淹没特洛伊城前的土地,摧毁了希腊人停泊战船以及围攻城池所建立的堑壕和围墙。不一会,希腊人获得巨大胜利的各类标志都被海洋神破坏完了,只剩下一堆废墟和几艘装载英雄们和特洛伊女俘的船只。这些人又经过长途跋涉和艰难险阻才回到希腊海岸。而实际上平安到达家乡的只有下列英雄:狄俄墨得斯回到亚各斯;涅斯托耳回到皮洛斯;菲罗克忒忒斯回到墨里波阿;涅俄普托勒摩斯回到夫茨阿;伊多墨纽斯和迈里俄纳斯回到克里特;透克洛斯因为遭到年迈的忒拉蒙的拒绝,不能在萨拉密斯登陆。忒拉蒙责怪他未能为大埃阿斯之死报仇雪恨,他只得转道前往塞浦路斯,并在那里建功立业。

第 三 卷

坦塔罗斯的后裔

坦塔罗斯的后裔

阿伽门农的族第

特洛伊城摧毁了。希腊人凯旋回国的船只被海浪葬送了一半，剩下的战船重新拼凑在一起，大家又在风平浪静的洋面上朝家乡驶去。阿伽门农的战船受到赫拉的佑护，并没有遭受损失。他指挥着船只朝伯罗奔尼撒海岸笔直驶去。一行船队已经到了拉哥尼亚的玛勒阿山的前沿，大家看到岛上山高险恶，却不料一阵飓风又把船只全部吹入汪洋大海。大统帅阿伽门农朝苍天举起双手祈求神赐福，别让自己经历无数苦难努力奉行神命之后又全军覆没葬身海底，因为家乡就在眼前了。他不知道这场风暴就是神赐予的；按照神的旨意他本应该在遥远的异国他乡安身立命，在流浪中度过一生，而不能重新涉足迈肯尼国的王宫宝殿。

阿伽门农的族第背负一场诅咒，这还要追溯到他的曾祖坦塔罗斯时代。他的先辈动用无耻的暴力，有的成为座上客，有的沦为阶下囚。阿伽门农原来也将由于族第间的罪孽而身亡。从前，他的曾祖坦塔罗斯邀请神赴宴，却把自己的儿子珀罗普斯剁成碎块端上餐桌。神的奇迹让珀罗普斯恢复了生命。珀罗普斯应属清白无辜，可是他却杀害了善良的密耳提罗斯，使得家族的罪孽更加深重。密耳提罗斯是赫耳墨斯的儿子，在国王俄诺玛俄斯宫中当御使。珀罗普斯跟国王打赌赛车，他如果取得胜利便能娶国王的女儿希波达弥亚为妻。为此，珀罗普斯说服密耳提罗斯，让他拔出国王车上的铁钉,换上蜡制的假钉。国王俄诺玛诺斯的赛车果然裂断,珀罗普斯胜利了,赢得了年轻的妻子希波达弥亚。可是,当密耳提罗斯追讨应得的报酬时,珀罗普斯竟然杀人灭口,把密耳提罗斯推入大海。后来,他再三请求忿怒不已的赫耳墨斯原谅自己的罪孽,又给被害的密耳提罗斯建造坟墓,给赫耳墨斯建立寺庙,但这一切都无济于事:珀罗普斯及其族人难逃神的报复。

珀罗普斯生有两个儿子:阿特柔斯和堤厄斯忒斯。他们两人的罪孽更为深重。阿特柔斯是迈肯尼的国王;堤厄斯忒斯统治亚哥利斯的南部地区。兄长阿特柔斯养了一头金毛公羊。堤厄斯忒斯垂涎欲滴,千方百计想要得到金毛羊:他诱骗兄长的妻子埃洛珀并与之通奸,从她那里得到金毛羔羊。阿特柔斯看到兄弟二罪俱发,立即采用祖父曾经使用过的报复手段。他悄悄地俘获了堤厄斯忒斯的两个儿子坦塔罗斯和普勒斯忒涅斯,将他们杀掉,烧成肴馔,端给堤厄斯忒斯,请他用膳。另外,他又将孩子的血拌和美酒,请堤厄斯忒斯饮用。太阳神看到如此残忍的人间悲剧,惊吓得把金车往后退转回去。堤厄斯忒斯害怕不已,最后逃往厄庇洛斯国,投奔国王忒斯普洛托斯。

阿特柔斯的国度里遭受着干旱和饥荒。国王从神谕中获悉,只有把驱赶出去的兄弟重新接回来,国内的灾难才会消失。阿特柔斯亲自上路,并在堤厄斯忒斯的藏匿地点找到了他。他们一起回自己的故乡,堤厄斯忒斯的儿子埃癸斯托斯一道回来。埃癸斯托斯早就发誓,一定为父亲而向阿特柔斯和他的孩子报仇雪恨。兄弟两人一起回到迈肯尼,可是他们的友谊只维持了短短的一段时间。阿特柔斯把他的弟弟投入监狱。埃癸斯托斯想出一道奸计,假意主动地请求去杀害生身父亲。等到他获准进入监狱时,他跟父亲密谋如何报复的良策。后来,他把一柄鲜血淋漓的利剑献给阿特柔斯。阿特柔斯见到血剑,以为兄弟已死,心中大喜,便在海岸边设祭浇奠。埃癸斯托斯抽出血剑,朝阿特柔斯奋力刺去。堤厄斯忒斯从监狱中释放出来,占领了兄长的王国。可是阿特柔斯的长子阿伽门农后来又举刀报了杀父之仇。阿特柔斯死后,他的儿子阿伽门农和墨涅拉俄斯前往斯巴达投奔国王廷达瑞俄斯,即勒达的丈夫,而勒达生下女儿海伦。阿伽门农在那里娶妻克吕泰涅斯特拉;墨涅拉俄斯则与海伦婚配。廷达瑞俄斯临死前立墨涅拉俄斯为继承人;阿伽门农回到迈肯尼,杀掉堤厄斯忒斯,当了迈肯尼的国王。

埃癸斯托斯获得赦免。众神保全他，让他继续这个族第的凶杀之灾。于是，他又回到父亲从前在南方统治的地区做了国王。

阿伽门农前去讨伐特洛伊，而他的妻子克吕泰涅斯特拉因为丈夫祭供了女儿伊菲革涅亚而十分悲伤地留在宫中。埃癸斯托斯看到时机已到，决意向阿特柔斯的儿子报仇。他来到迈肯尼王宫。克吕泰涅斯特拉希望报复丈夫的残酷无道，经过一段时间的踌躇，终于抵制不住恶意的诱惑，把阿伽门农的王国和宫殿统统交给了这位后夫。当时宫中还有三个合法丈夫与她生养的孩子。继伊菲革涅亚之后的是厄勒克特拉，然后是妹妹克律索忒弥斯，最后是小男孩俄瑞斯忒斯。埃癸斯托斯当着他们的面霸占了他们的母亲和父亲的宫殿。特洛伊战争临近结束的时候，这里的夫妻两人心事重重，担心回国以后的阿伽门农会举大兵袭击自己。从此以后，他们就在宫殿城墙上设立烽火哨。哨兵手执火把，必须及时汇报征服特洛伊的战况以及国王是否临近边境回国的消息。这样，他们就能有足够的时间，准备隆重迎接阿伽门农，引诱他落入陷阱，阻止他在国内获悉真实的情况。

一天深夜，树立的火把终于点燃了。哨兵急忙走下城墙，向女主人汇报信息。克吕泰涅斯特拉和埃癸斯托斯急不可耐地坐待天明。第二天，太阳刚刚升上天空，凯旋回国的阿伽门农就派出使者手持橄榄枝来到迈肯尼的宫殿。王后假心假意地前去迎接，实际上却只是关心不让使者在宫殿里东张西望，以免看出破绽。当使者准备向王后叙述轰轰烈烈的战争细节时，她急忙打断使者说："你就别忙了！这一切我都会从国王丈夫的口中亲自听到的。你只要回去告诉他，让他迅速回来！而且别忘了说，我将以最隆重的礼节迎接他凯旋归来。"

阿伽门农的结局

国王阿伽门农在玛勒阿山前遇到风浪，海浪把他的船队一直吹刮到埃癸斯托斯治理的王国南海岸。阿伽门农命令抛锚，在安全的港湾内等待顺风启航。派出去的探子给他带来消息，说该地的国王埃癸斯托斯很早以前就以王后的名义帮助治理阿伽门农的王国。大统帅听到消息后十分高兴，内心一点儿也不怀疑。相反，他还感谢众神佑护，以为族里的不睦从此便被埋葬了。他本人由于在特洛伊城前受尽了战争的创伤，再也不图报复血仇了。他不再想惩罚杀父的仇人。当然，他的父亲也的确遭受了公正的报复。另外，他深信妻子经历了如此长时间磨砺一定已经心平气和了。阿伽门农看到顺风顺水，便命令船队启锚，带着武士们高高兴兴地驶入迈肯尼的港口。

他们在海上举行浇奠祭礼，感谢众神救下自己并赐予一路平安。后来，阿伽门农跟着使者率领军队进入城来。城内的居民迎向前来，为首的正是侄儿埃癸斯托斯。大家都知道他是王国的主宰。接着，王后克吕泰涅斯特拉在族第的妇女簇拥下带着严密看管的子女走上前来。她以各式隆重的礼节和超乎寻常的敬畏迎接丈夫。王后没有拥抱国王，却噗地跪倒在他的面前，说尽了人间祝福和歌功颂德的语言。阿伽门农兴冲冲地急步往前，把她从地上扶起，拥抱着她说："勒达的女儿，你想到哪里去了？你怎么可以像一位女佣似的跪倒在地迎接我呢？我的脚下为什么铺垫着如此华丽的地毯？人们以这样的礼仪迎接不朽的神，而不是对待普通的凡人。去掉这些隆重的礼节吧，否则会有神妒嫉我的！"

他吻过妻子，又拥抱着孩子，吻了他们，然后朝埃癸斯托斯走去。埃癸斯托斯谦逊地站立一旁，身后跟着一批城里的头面人物。阿伽门农兄弟般地跟他握着手，感谢他对王国的精心治理。然后，他弯下腰去，解开鞋带，赤着脚踏在贵重的地毯上，一行人穿过全城朝宫殿走去。卡珊德拉是普里阿摩斯的女儿，通晓占卜，也紧随阿伽门农身后。她是分归大统帅的战利品，现在却低头合着眼，坐在高高的战车上。克吕泰涅斯特拉看到她高贵的身影，内心顿时升起一股嫉妒之意。自然，这股醋意在她说来却是毫无道理的。等到听说女囚的名字时，王后吓了一跳。她知道如果再推迟罪恶的计划，那是十分危险的。于是，她当即卑鄙地作出杀害丈夫也杀害这位陌生女人的决定。不过，当大队人马来到迈肯尼王宫前时，王后却走到车前，友好地迎接卡珊德拉，说："请下车，忘掉你的忧伤吧！甚至连阿耳奇墨纳斯的儿子、战无不胜的赫拉克勒斯也不得不降身为奴，低头听命陌生的女主人，为她服务呢！"

卡珊德拉不动声色，呆呆地坐在车上，女佣们只得拉她下车。最后，她十分害怕地跳下座位。她知道面临着怎样的命运，而且明白那是无法更改的。即使她能改变结局，她也不想提醒阿伽门农——这位特洛伊人的仇敌。她不惜与敌人一同去死。

回到宫殿，阿伽门农和随他一起前来的人共同参加宴会，豪华的宴会把他们彻底蒙蔽住。其实，阿伽门农将在宴会上被埃癸斯托斯雇佣的奴仆像一头公牛似的用刀杀死。女预言家的到来促使王后和夺人妻子的恶徒加速行事。

阿伽门农看到自己浑身泥土，感到旅途困顿，便要求沐浴。克吕泰涅斯特拉温柔地告诉他，说这一切都早已备下，请他去洗温水澡。国王不知就里，踏进宫殿的浴室，解下铠甲，脱去衣服，把武器搁置一旁，然后赤身裸体毫无防备地躺在澡盆里。突然，埃癸斯托斯和克吕泰涅斯特拉从藏匿的地点跳了出来，用一张网罩住国王，然后乱刀砍杀。国王急呼救命，可是没有人听到动静。接着，他们又袭击了卡珊德拉。卡珊德拉正在国王宫殿的前厅里不知所措，被一刀砍杀在地。

做完这件事后，这对奸夫奸妇认为，他们凭着忠诚的随从，毋需隐瞒这场残酷的杀戮。于是，他们在宫中暴露了两具尸体。克吕泰涅斯特拉召集城内的头面人物，无所顾忌地说："朋友们，请不要责怪我迄今为止的伪装！我对家族的死敌，杀我爱女的刽子手无法悄悄地报仇雪恨。是的，我把他诱入圈套，像一条鱼似的将他逮住，以冥府普路同的名义戳了他三刀，从而为我的女儿报了仇。我亲手杀死了阿伽门农，他是我的丈夫，我不否认这场公案。为了减缓在色雷斯的风力，他竟然像屠杀一头牲口似的祭供了自己的孩子。这样的恶人还有权利活下去吗？难道他还有资格统治如此美丽的国家吗？埃癸斯托斯治理着国家，他在良心上没有背负杀子的罪恶。他杀死了阿特柔斯和他的儿子，只是惩罚了自己父亲的死敌。他不是做得很公平吗？是的，我非常廉价地嫁给了他，与他共掌王国。可是，他毕竟帮助我完成了这桩正义事业。只要他和他的随从还在保护着我，那就没有人敢来过问我。至于那位女奴，"说话时她朝卡珊德拉的尸体努了努嘴，"她是那个无情无义的人的女姘头。她破坏婚姻，罪有应得，应该让尸体喂狗。"

城里的头面人物们一声不吭。反抗是不可能的，埃癸斯托斯带领武士包围了宫殿，武器碰撞，发出可怕的威胁声。阿伽门农的士兵中只有少数人从特洛伊战场上生还回家，已分散在城内，无忧无虑地卸下盔甲，丢下武器。

埃癸斯托斯的随从全副武装,野蛮地搜遍全城,把阿伽门农的士兵统统杀死。任何人也不敢为杀害国王的可耻罪行声张报仇了。

这对孽种不忘巩固他们的统治。一切荣耀的职务,所有的军官全都是他们的亲信。他们不惧怕阿伽门农的女儿,而且也根本没有料到,阿伽门农的幼子,即年轻的俄瑞斯忒斯后来竟成为替父报仇的英雄。当时他还只有十二岁,如果奸夫奸妇干脆把他除掉,那就彻底去了心头之患。他的姐姐,聪明的厄勒克特拉在事后迅速把弟弟托交给一位心腹仆人。仆人把他送往福喀斯,投奔在法诺忒的国王斯忒洛菲俄斯。斯忒洛菲俄斯是阿伽门农的妹夫。他犹如父亲一般对待俄瑞斯忒斯。俄瑞斯忒斯跟国王的儿子皮拉德斯一起生活,并受到了良好的教育。

为阿伽门农报仇雪恨

厄勒克特拉在被谋害的父亲的宫殿里过着悲惨的日子。她的心里始终希望兄弟快快长大成人,以便为父亲报仇雪恨。母亲极其仇恨她。厄勒克特拉必须忍受与杀父仇人共一屋顶的耻辱,必须服从他们的意志。她必须眼睁睁地看着埃癸斯托斯动用父亲阿伽门农的显赫王权,看着无耻的母亲对罪孽人表示种种的柔情蜜意。母亲每年在阴谋杀害丈夫的忌日里都要举办隆重的庆典,每个月都给佑护自己的神宰杀许多牲口祭供。

多少年过去了,厄勒克特拉期望着兄弟俄瑞斯忒斯迅速前来。虽然,他在当年还很年轻,可是他在逃跑时对姐姐发誓说一定会回来的。只要他的双臂有足够的力量,让他完成报仇的计划,他决不会忘掉父亲的血海深仇。现在,兄弟迟迟不露面,悲伤的姐姐在绝望的心田里渐渐熄灭了希望的火苗。

阿伽门农的忠诚的女儿在自己年轻的妹妹克律索忒弥斯处却找不到任何的支持和帮助,也找不到体贴苦痛的安慰。这不是妹妹的绝情,而是她的软弱。克律索忒弥斯听从母亲,不敢像厄勒克特拉似的违背母亲的命令。一天,她带着祭祀的器具和为死者供奉的礼品走出宫殿大门,路上遇到姐姐厄勒克特拉。厄勒克特拉嘲笑她对母亲言听计从。“可是,你难道希望永远无边无际却又毫无成果地悲悼哀伤吗?”克律索忒弥斯回答说,“请相信我,我所见到的这一切也使我深感侮辱。我有什么办法呢?你如果不停止抱怨,就会被那一对残暴的男女推入暗无天日的监狱。你想一下吧,如果真的遇上这种惩罚,到那时别怨怪我从来没有提醒过你!”

“让他们去做吧,”厄勒克特拉又自豪又冷淡地回答,“我最希望尽可能远地离开你们,单身一人,自由自在!不过,妹妹,你给谁去祭供?”——“母亲让我去给死掉的父亲祭供牺牲。”——“什么,给被她谋杀的人?”厄勒克特拉惊讶地叫了起来,“什么原因促使她如此动作呢?”——“夜间的一场恶梦!”妹妹说,“听说她在梦中见到了我们的父亲,父亲操起了从前由他而现在却被埃癸斯托斯执掌的王杖,将它栽种在地上。王杖长成一棵树,枝叶茂密,荫庇迈肯尼全国。母亲觉得梦境奇异,吃了一惊,便命我今天去给父亲的亡灵祭供牺牲,埃癸斯托斯正好不在家。”

“忠诚的妹妹,”厄勒克特拉突然央求说,“别让这个女人的祭物触碰我们父亲的坟墓!把祭物深深地埋进土地,祭供风神。你以为坟中的死者会乐意接受杀害他的女刽子手的祭礼吗?把这一切都扔掉,但剪下你我的一束头发。另外,我这里还有唯一一根皮带。用这些作祭品,那一定是他乐于接受的。你在那里跪下,求他从土堆中升腾而出,前来佑护我们。他的儿子俄瑞斯忒斯即将迈开骄傲的步伐前来报仇雪恨。到那时,我们再用丰富的祭品供在他的坟墓前!”克律索忒弥斯听了十分感动,答应听从姐姐的主意,带着母亲的祭品匆匆忙忙地离开了。

不一会,母亲克吕泰涅斯特拉走出宫殿,又像平常似的骂开了大女儿。“你独自走出门外,在进进出出的女佣面前诬蔑我,难道不感到害臊吗?你还把父亲的死作为对我攻击的把柄吗?嗯,我不否认这件事,当然我也不是独自一人敢于完成的。正义女神站在我的一边。你如果知趣一点,也应该站在她的一边。你所为之哀悼不绝的父亲不是把你的姐姐祭供给她了吗?这样的父亲难道不是残酷无情的吗?如果死者能开口说话,他们一定会支持我的!至于你,一个愚蠢的女子,该如何嘲笑我,我是不在乎的!”

“你听着!”厄勒克特拉回答说,“你承认杀死了我的父亲。不管这场杀害有理还是无理,你都难逃滔天罪责。可是你却不是为了正义才杀他的!那位可怜虫的谄媚驱使你谋杀亲夫,你现在成了他的怀中玩物。我的父亲是为了全军而不是为自己,也不是为墨涅拉俄斯祭供牺牲的。他违心而又被迫行事，只是出于对人民的忠诚和爱戴。即使他为自己，为他的兄弟做了这件事，他难道就该死在你的手上吗？你必须认同谋的凶杀犯为自己的丈夫吗？也许你把这些也称作对杀女之仇的报复，是吗？”

“你会对我忏悔的！”克吕泰涅斯特拉怒火万丈，气恼得大叫大喊，“你记住，埃癸斯托斯将要回来的。”

克吕泰涅斯特拉转身离开女儿，来到阿波罗的祭坛前。阿波罗祭坛是希腊人家家户户凑钱修建在宫殿门口，借以保佑住宅和街道的。她的祭礼是为了取悦于预言之神，那是她在昨夜梦中听来的消息。

果然，神似乎听到了她的请求。这里的祭祀尚未结束，那里便有一位陌生人朝女佣们走去，要打听去埃癸斯托斯宫殿的道路。女佣告诉他王后在此，陌生人跪倒在地说：“王后，祝你长命百岁。法诺忒的国王斯特洛菲俄斯派我前来告诉你：俄瑞斯忒斯已经死了。我的任务到此完成。”——“这句话宣判了我的死刑。”站在一旁的厄勒克特拉听了惊叫一声，跌倒在宫殿的台阶上。

“你说什么，朋友？”克吕泰涅斯特拉激动地大声问道。

“你的儿子俄瑞斯忒斯，”陌生人开始叙述，“为追逐荣誉，前往特尔斐参加神圣的比赛。传令官宣布准备赛跑时，他一步走上前来。俄瑞斯忒斯的高大身材引起各方面的惊讶和注意。人们刚看到他起跑，他就风驰电掣般地到达终点，取得了桂冠。在双跑道的五项比赛中，胜利者每次都是讨伐特洛伊的大统帅阿伽门农的儿子俄瑞斯忒斯。刚开始比赛的情形是这样，就是到后来，他也始终不愧为命运的强者。第二天，太阳刚出，赛车开始了，他也跟许多驾车的人一样来到赛场。裁判员分别让大家抽签，赛车排定次序，喇叭发出信号，大家执缰挥鞭，大声吆喝着马匹往前冲了出去。金属的战车乒然震响，车轮下尘土飞扬，赛车人挥动马鞭不停地抽打。开始时赛车跑得相当平稳，不料一位埃尼阿纳人的马突然失去控制，胡乱奔跑起来。埃尼阿纳人的赛车撞在利比亚人的车上。这一来闯了大祸，一切都乱了套，赛车纷纷倒下来，堆在一起。俄瑞斯忒斯走在最后。当他看到当时除了他还有另一位希腊人正在比赛时，便扬鞭朝马耳抽打起来。两个人各不相让，比赛渐渐激烈起来。俄瑞斯忒斯在所有的比赛中又稳重又谨慎，可是这时却放松了左边的缰绳。马儿在转弯时，马车不小心撞在路旁的柱子上。车轮破碎了,俄瑞斯忒斯从座位上滑落下来,被吊在车后拖着,赛马在跑道上狂奔乱跑;观看比赛的人大声疾呼,别的驾车人好不容易才使马匹停下来。俄瑞斯忒斯的身体被拖得血肉模糊,连自己的朋友也难以辨认。他的尸体很快被搁在柴堆上烧掉了。从福喀斯派来的使者用一只金属骨灰小瓮装着他的骨殖,希望把他安葬在自己的故国家乡!"

使者讲完了。克吕泰涅斯特拉陷入了复杂的感情危机。本来,她应该为可怕的儿子的死感到高兴。可是,母亲的血液又在周身奔腾流动起来,她在心中泛起一股难忍的悲痛。厄勒克特拉彻底绝望了。"我该逃到哪里去呢?"她看到克吕泰涅斯特拉带着福喀斯来的陌生人走进宫去,自己不由得惘然起来,"我直到现在才感到孤独,才感到被剥夺了父亲。我现在必须在杀害我父亲的凶手那里当女佣。不,我并不愿意将来跟他们共一个屋顶生活。我宁愿凄凉度日,流落异乡,惨死在外。生活只会给我带来新的苦难,死亡倒成了更受欢迎的客人!"

她陷入沉思苦想,一个人坐在大理石的台阶上,苦苦地思索了几个时辰。突然,妹妹克律索忒弥斯满怀喜悦地奔跑过来。她一声欢呼,把姐姐从思索的忧虑中惊醒过来。克律索忒弥斯情不自禁地看着姐姐说:"俄瑞斯忒斯回来了!"厄勒克特拉抬起头,睁大眼睛,终于充满疑虑地问了一声:"妹妹,你是痴人说梦吧?你想嘲笑你我的苦难吗?"

"听着!"克律索忒弥斯大喊一声,涕泪交加,又笑又哭,"我将告诉你是怎么知道实情的!当我经过杂草丛生的父亲的坟墓旁时,我看到那里有浇祭新鲜牛奶的痕迹,坟墓周围置放着一圈鲜花。我又惊又怕,向四面环顾一阵,旁边连人影也没有,我大着胆子走近墓地。这时,我又看到墓碑前面有一束新剪下的卷发。不知道为什么,我在心中突然想起弟弟俄瑞斯忒斯的身影。我肯定地知道,是他,而且也只有他才留下这道痕迹。瞧,这就是祭在墓前的卷发。这是我们弟弟头上剪下来的!"

厄勒克特拉还是不相信地摇摇头。"你错了,妹妹。"她说,"你不知道我所听到的消息。"接着,她把福喀斯人带来的噩耗讲给妹妹听。"毫无疑问,"厄勒克特拉又说,"那束头发一定是弟弟的朋友剪下的。他把自己的头发搁在父亲墓前,借以寄托对弟弟的哀思!"

这次谈话给姐姐带来新的勇气。她给妹妹作了个大胆的建议:随着俄瑞斯忒斯的不幸消息,她已经不敢指望弟弟为父亲报仇了。她们两人要亲自动手,实行计划,杀掉刽子手埃癸斯托斯。“你想,”她说,“你一定热爱生活,克律索忒弥斯,是吗?可是别指望埃癸斯托斯会支持我们嫁人结婚。阿伽门农的家族对他和他的族第是一大隐患,因此他不愿意看到我们香火鼎盛,后继有人的。凭着对父亲和兄弟的忠诚,请你能够听从我的劝告。将来,你一定会享受自由,嫁一个门当户对的丈夫,幸福地生活。我们动手吧!帮助父亲,帮助兄弟,拯救我,也拯救你自己!”

克律索忒弥斯觉得建议不可靠,不谨慎,难以实施。“你凭什么可以相信行动一定会成功?”她问。“我们面临强大的敌人,他们的权力和地位日益巩固。不错,我们的命运遭受着悲惨的折磨。可是,如果我们失败了,我们的命运将更为险恶。那时候只给我们剩下死路一条!也许死亡还不如它糟糕。他们会想出一切花招收拾我们的。姐姐,趁着我们还没有面临灭顶之灾,请相信我的话吧!”

“对你的话,我并不感到意外。”厄勒克特拉长叹一声。回答说,“我早就知道,你会拒绝我的建议。现在,我必须独自一人完成这桩事业。”克律索忒弥斯哭着拥抱姐姐。厄勒克特拉却心狠如铁。“走吧,”她冷冷地说,“把这一切都告诉给你的母亲听。”妹妹流着眼泪摇摇头,走开了。看着妹妹的身影,厄勒克特拉大声喊着,“你走,你走!我决不会动摇!”

厄勒克特拉始终动也不动地坐在宫殿的门槛上。突然,一群人陪着两位年轻人捧着骨灰坛走了进来。其中一位高贵的人转身问厄勒克特拉,国王埃癸斯托斯的住宅在哪里。高贵的人自称是从福喀斯派来的使者。厄勒克特拉跳起来,朝着骨灰坛伸出双手。“看在众神的份上,陌生人,我恳求你,”她大声地说,“如果坛内装的是他,那请交给我吧!让我带着他的骨灰悲悼我们整个不幸的家族!”

“不管她是谁,”年轻人仔细地打量着她说,“把骨灰坛给她吧。她一定不会对死者怀有敌意的。”厄勒克特拉用双手捧着骨灰坛,紧紧地塞在怀里说:“呵,这是我最亲爱的人的遗骨!我怀着多么大的希望把你送走的。唉,我情愿自己去死,也不应该把你送往一块陌生的地方!我的一切努力都白费了!一切都跟着你死掉了!父亲死了,我自己死了,你也死了。我们的敌人胜利了!呵,你带着我一起进入骨灰坛多好哇!让我跟你分享死亡吧!”

这时候，站在使者前头的年轻人再也忍耐不住。他已经无法再装扮下去了。“这个悲伤的人难道不是厄勒克特拉吗?”他大声地说，“谁把你搞成这个样子的?”——厄勒克特拉奇怪地睁大眼睛，看着他说:“问题在于，我必须在杀害父亲的凶手家里作奴当差。这个坛里的骨灰葬送了我的全部的解放希望!”

“把这个骨灰坛丢开!”年轻人呜咽着大喊一声。他看到厄勒克特拉没有接受建议，相反却把骨灰坛更紧地搂在怀里，又忍不住地说:“骨灰坛内是空的，这一切都是为了摆样子的!”厄勒克特拉听完果然把手中的空坛扔掉，绝望地大喊一声:“天哪！他的墓在哪里?”

“根本没有。”年轻人回答说，“用不着为活人筑墓!”——“怎么，他还活着，他还活着吗?”——“他就像我似的还活着。我叫俄瑞斯忒斯，是你的弟弟。看我身上的这块标记，这是父亲当年烙在我手臂上的。你现在该相信我了吧?”

他们正在说话，从宫中走出先前给王后送来噩耗的使者。他就是服侍俄瑞斯忒斯的使者，当年奉厄勒克特拉的命令陪送弟弟前往福喀斯的人。“时间紧迫，”他看着俄瑞斯忒斯说，“报仇的时刻来临了，迅速进攻！现在只有克吕泰涅斯特拉在宫中，埃癸斯托斯还在远方没有回来呢!”俄瑞斯忒斯点点头，带着从福喀斯陪他一同前来的国王斯特洛菲俄斯的儿子，忠诚的朋友皮拉德斯，朝宫殿奔去，后面紧跟着一群随从。厄勒克特拉急忙朝阿波罗神坛虔诚地祈祷一会，然后也奔进宫去。

稍过一个时辰，埃癸斯托斯回到宫中，急忙打听福喀斯人在哪里。他在途中已经听到俄瑞斯忒斯身亡的喜讯。进入内宫，他首先看到的是厄勒克特拉，于是嘲笑着问她:“那些陌生人在哪里？听说他们毁灭了你的一切希望，是吗?”厄勒克特拉抑制住自己的感情，平静地回答说:“他们在里面!”——“那是真的吗?”他又接着问，“他们到这里来，只是为了报告他的死讯?”——“是的，”厄勒克特拉回答说，“不仅如此，他们甚至还把他带回来了。”——“这是我从你的口中听到的第一句愉快的话!”埃癸斯托斯笑着讽刺道，“他们当然带着死人啰!”

埃癸斯托斯满怀喜悦地朝俄瑞斯忒斯和他的随从走去，他们果然扛着一具卷裹着的尸体从内室向前厅走来。“迅速拉开裹尸布!”国王大声地命令,“礼仪要求我为他悲悼一番,他毕竟是我的亲戚。”俄瑞斯忒斯回答说:“君王,还是你自己来打开吧。只有你才能享受这番荣誉!”——“好的,”埃癸斯托斯说,“可是快请克吕泰涅斯特拉过来,让她也看着欢喜一回。”——“克吕泰涅斯特拉就在面前。”俄瑞斯忒斯大声地说。国王轻轻地打开一角裹尸布,惊恐地大叫一声,连忙把手缩了回来。他面前躺着的不是俄瑞斯忒斯的尸体,相反却是王后克吕泰涅斯特拉的血肉模糊的躯体。俄瑞斯忒斯大吼一声,如雷霆霹雳:“你难道不知道跟你说话的活人就是你所认为的死人吗?你看到没有,俄瑞斯忒斯就站在这里?他要为父亲报仇雪恨!”——“你且听我解释——”埃癸斯托斯慌作一团,恳求着。厄勒克特拉却劝说弟弟别听他废话。随从们一起动手,把国王推入内宫。就在阿伽门农惨遭杀害的浴室里,埃癸斯托斯被复仇的人砍得鲜血淋漓,倒在地上死了。

俄瑞斯忒斯和复仇女神

俄瑞斯忒斯按照神意完成了一项事业,那是阿波罗的神谕命令他如此行事的。可是,对父亲的孝顺却使他成为残杀生母的凶手。事后,他天良发现地在心中涌起一股对母亲的爱心。他的行为实在是一场违反自然的罪孽。俄瑞斯忒斯深深地陷入厄里倪厄斯或者复仇女神的怀抱。希腊人由于敬畏她们,把她们称作欧墨尼得斯,希腊语中“对我们仁慈”的意思。她们是黑夜的女儿,漆黑一团,和她们的母亲一样,身材高大可怕,血红的眼睛,头发间蠕动着条条毒蛇。复仇女神一手举着火把,另一只手上操着由长蛇交织而成的鞭子。她们步步紧逼,威胁着杀害母亲的凶手,使他咬食着良心,忍受着后悔的煎熬。

杀害母亲以后,复仇女神迅速把他赶出现场。他半痴半呆地离开了重新找到的姐姐,离开了父亲的宫殿、迈肯尼和自己的祖国。他的忠诚的朋友皮拉德斯与他同甘共苦,始终不离半步。俄瑞斯忒斯在精神清醒的时刻把姐姐厄勒克特拉许配皮拉德斯,并让他们订了婚。除了这颗忠诚的灵魂以外,俄瑞斯忒斯在患难中几乎没有任何别人的援助。阿波罗曾经命令他前去执行报仇的计划,现在他时隐时现地附着在俄瑞斯忒斯的身旁,挡住咄咄逼人的复仇女神,不让她们加害俄瑞斯忒斯的身体。每当神阿波罗在他附近时,俄瑞斯忒斯就感到平静清醒。否则,他又忍不住地癫狂起来。

这一对不幸的逃难人通过长途跋涉终于来到特尔斐地界。俄瑞斯忒斯避居在阿波罗神庙里,得到一刻清闲。这里是复仇女神不能进入的地方。阿波罗满怀同情地站在俄瑞斯忒斯的身旁,看他休息得精神抖擞,便重新鼓励他,给他勇气和希望:"不幸的人啊,请放心吧!我不会离开你的。不管我离得多么近或多么远,我总会照顾你,决不向迫害你的复仇女神让步!你虽然又得往前走去,可是你不会永远毫无目的地胡乱奔走。迈开脚步,到雅典去。我将在那里给你筹备一所公正的法庭,你可以在那里扬眉吐气地为自己辩护。你不用害怕。我现在离开你,可是我的兄弟赫耳墨斯自会照顾你的。"

复仇女神们在庙前昏睡不醒,这是阿波罗送给她们的礼物。突然,她们在梦中见到克吕泰涅斯特拉的幻影,她恼怒地谴责复仇女神:"你们怎么会沉睡不起的?听着,你们这批阴间的客人!我就是你们准备为之报仇的克吕泰涅斯特拉!俄瑞斯忒斯,这位杀母凶手,已经逃走了!"说完,她把女神们从梦中摇醒。复仇女神一骨碌从床上跳起,毫无顾忌地冲进庙门。"宙斯的儿子,"她们大叫一声,"你不要欺人太甚!你竟敢护着这个杀害母亲的凶手,不让我们接近他,把他从我们手中偷盗而去!这一切难道在神面前是公正的吗?"

阿波罗把夜晚一般的女神们从自己的圣地上赶走。"离开这座门槛!"他大声地说。复仇女神狂呼乱叫,想要讨回权利和公道,可是这一切都没有效用。阿波罗神解释说,被迫害的人接受他的佑护,是他命令俄瑞斯忒斯为父报仇的。说完,他把复仇女神从庙前的门槛上统统赶了出去。

接着,他把俄瑞斯忒斯和朋友皮拉德斯托付给赫耳墨斯,让赫耳墨斯保佑他们旅途平安。吩咐完毕,阿波罗回到奥林匹斯神山去了。俄瑞斯忒斯按照神的命令,急忙朝雅典走去。复仇女神害怕神的使者赫耳墨斯的金鞭,只能远远地尾随在后追上去。不过,她们也越来越胆大。等到兄弟两人平安地进入帕拉斯·雅典娜的城市时,复仇女神已经到了他们身后脚旁。俄瑞斯忒斯带着他的朋友皮拉德斯刚刚踏进雅典娜的庙门,可怕的女神就从敞开的大门一拥而入。

俄瑞斯忒斯扑倒在雅典娜的神柱前,朝女神伸出双手哀求着说:"雅典娜女神，我奉阿波罗之命前来寻找你的佑护。请仁慈地接纳一位可怜的被告吧。我的双手并没有沾上无辜的鲜血。我被这场毫无正义的迫害追逐得精疲力尽。我穿过无数的城市和荒地来到你的身旁，这一切都是你的兄弟的旨意。我在你的像前静候你的判词！”

复仇女神们突然在他身后大声地叫唤起来：“你这罪犯，我们顺着你的足迹尾随而来！如同猎犬追逐牝鹿，我们跟着你的淌血的脚印走进庙门！残杀母亲的凶手，你永远也找不到避难的地方！阿波罗和雅典娜的权力都不能让你摆脱永恒的痛苦！——来吧，姐妹们，让我们欢乐起舞，用歌声把他的灵魂重新驱入癫狂！”

正当她们放开可怕的歌喉准备欢唱时，一道神光突然照亮了庙宇，神柱倏忽一声消失了，那里站着雅典娜的真实身影。雅典娜睁开蔚蓝的眼睛，神情严肃地看着庙内的一群客人。

“是谁胆大包天，竟敢擅自进入我的圣庙？”女神喝问一声，“我在庙内看到了怎样的一群不平常的客人呵！一个陌生人抱住我的祭坛，几位不像地面凡人的女子威胁着站在他的背后。说，你们到底是谁？你们想要干什么？”

俄瑞斯忒斯吓得直哆嗦，伏在地上，一句话也不敢说。复仇女神们却直接回答：“宙斯的女儿，我们是漆黑夜晚的女儿，是灾难的女神。这个玷污你的神坛的男人杀掉了自己的亲生母亲。给他判决吧，我们将承认你的判词。我们知道，你是一位严厉而又公正的女神！”

“如果你们都委托我裁判公案，”帕拉斯·雅典娜回答说，“那么，陌生人，你对这批地下来客的起诉有何辩护？请首先告诉我关于你的祖国、你的家族和你的命运的情况。然后，你才能洗刷旁人加给你的罪孽！”

俄瑞斯忒斯直到这时才敢于抬起低垂的目光。他直了直腰，仍然双膝跪在女神面前说：“女神雅典娜！我并没有犯下不可饶恕的谋杀罪；我也不是用一双不洁的双手抱着你的神坛！我是亚各斯人。你也许认识我的父亲。他叫阿伽门农，是讨伐特洛伊的军事大统帅和希腊战船的统领。你跟他一起努力，共同摧毁了伊利阿姆的堡垒。可是，他在回国以后却惨遭横死。我的母亲与一位邪恶的男人勾搭成奸，趁我的父亲不备之机，阴险地用一张网将他罩住，并用乱刀杀害了他。我长期流放在外，然后回到祖国为父亲报仇雪恨。我不否认,我以杀害母亲报了杀父之仇。你的兄弟阿波罗鼓励我大胆行事。他的神谕告诉我,如果我不去惩罚杀害父亲的凶手,我一定会经受更大的灵魂折磨。女神,现在请你仲裁,我是做得有理还是无理?"

女神一言不发,沉思了一会,然后说:"有待判断的这件事十分复杂,一座人间的法庭几乎无法解决。我仍将为你们找寻人间法官,不过,你们幸亏先来找我。我自己也要组织庭审,在庙内主持裁判,在左右难定的判决中指示出路。在这段时间内,陌生人接受我的庇护,将住在我们的城里;而你们这批暴虐的黑咕隆冬的女神,请别因为你们的存在玷污了我的神庙。你们回到地下阴府去,你们在法庭开庭前不能再到这里来。双方都应该为自己寻找证据和证人。我要挑选城内最优秀的男人,任命他们审理这场纠纷,因为这座城市是以我的名字命名的!"

开庭的日期到了,使者把从城内挑选出来的男人请到城前的一座山坡上。山坡祭供给战神阿瑞斯,所以被称为阿瑞斯山。女神雅典娜正在山上等候大家。原告和被告都已经到齐。这时又来了第三方面的人,他站在被告一边,那就是阿波罗神。复仇女神们看到阿波罗时非常害怕,愤怒地齐声大喊:"阿波罗国王,你应该去处理自己的事情!你到这里来干什么?"——"这个人,"神回答说,"是我应该保护的。他曾经逃到特尔斐,到我的神庙去避难。我赦免了他的这场血案。因此,我应该跟他站在一起。我曾经劝说他杀掉母亲,把它称为造福于神的虔诚举动!"

雅典娜站起身来,要求复仇女神们提交讼词。"我们可以做得十分简洁明了,"复仇女神中年龄最大的一位开口说,"被告,请你回答我们的问题:你杀害了自己的母亲吗?你想否认这一事实吗?"——"我不否认它。"俄瑞斯忒斯说,可是他已经吓得面如土色。"你是如何进行的?"——"我把她,"被告回答说,"用利剑割断喉管。"——"谁指使你这样做的?"——"站在我身旁的这位神以一则神谕指示我,让我行事的。他就在这里,可以亲自作证。"俄瑞斯忒斯回答说。接着,他又为自己辩护:他并不把克吕泰涅斯特拉看作自己的母亲,而是杀害父亲的凶手。阿波罗作为他的辩护律师也作了精彩的辩护发言。复仇女神不甘示弱,听到阿波罗神把谋杀父亲的罪行向法官们描述得罪恶滔天,于是便绘声绘色地把残杀母亲的罪行控诉得十恶不赦。等到他们的辩论完毕,主持审判的女神发言:"让我们现在静候法官们的判决!”

雅典娜吩咐把黑白两种表决投票的石子分发给众位法官,黑石子表示有罪,白石子表示无罪。盛放石子的小钵搁在屋子的中间,四周围着栅栏。女神亲自主持审判。她坐在王位上,看到法官们准备投票,便说:“雅典的居民们,请你们静听缔造你们城市的女神决定吧:今天,你们开始了第一场法庭审判。今后,这座法庭将永远存在于你们的城内,就在这座神圣的阿瑞斯山上。从前,在反对忒修斯的亚马孙战争中,敌方的女英雄们曾在这里驻扎营盘,给战神祭供牺牲,这座山因此得名。将来,这里就是审判谋杀亲人罪的庄严所在。法庭将由城内无可指责的男人组成,它拒绝贿赂,廉正严明,警惕地护卫着全国尚未觉醒的人民。你们都应该维护它的尊严,把它当作城内的一块重要所在,希腊国的其他人和外国人都还没有这块神圣的法地。它还必须延伸到将来。行了,法官们,站起身来,切莫忘掉自己的誓言,为仲裁这场纠纷而投票表决吧!”

法官们从座位上站起来,一声不吭,排着队从小钵旁边走过,把表决用的石子投入钵内。等到大家投票完毕,另有一批被选出来的居民走进大厅,清数投入钵内的黑白石子。结果发现两种石子的数目相等,正如女神在开始审理前所说的,决定的一票握在她自己的手上。雅典娜从座位上站起身说:“我不是由母亲胎生的,我是从父亲宙斯额间跳出来的孩子,是一名男性的姑娘。我不知道婚姻,却天生是男人的佑护女神。我不能站在一位无耻杀害自己丈夫的女人一边。我认为俄瑞斯忒斯行之有理。他杀掉的不是自己的母亲,而是残杀自己父亲的凶手。他应该活着!”说完,女神离开审判桌,带着一粒白石子,投在其他的白石子一起。“这位男子,”雅典娜回到自己的神位上,庄严地环顾四周,然后宣布说,“经过投票表决洗清了无理残杀的罪名。他获得自由了!”

俄瑞斯忒斯等宣判完毕便请求发言。他十分动情地说:“帕拉斯·雅典娜,我是一个被剥夺祖国的人,你救了我,救了我的整个的家族。全体的希腊人都会歌颂你的恩德。他们会说:那位亚各斯人重新回到了父辈的宫殿,是神雅典娜、阿波罗和众神之父的正义拯救了他,否则,那是根本不可设想的。我即将回国,趁此机会我愿向这里的国家和人民宣誓,亚各斯人永远不会对雅典人发动战争。如果在我死了很长时间以后,我的国人胆敢违背我的誓言，那么我的灵魂将从坟墓中跨越出来，我会惩罚他们！再见了，杰出的捍卫正义的女神！再见了，虔诚的雅典娜人民！祝愿你取得每场战争的胜利，愿你在任何事业中都能顺应神的意志一帆风顺，永葆青春！”

说完，俄瑞斯忒斯带着朋友离开了神圣的阿瑞斯山。复仇女神不敢冒犯被宣判无罪的人，看到阿波罗在场，更加不敢胆大妄为。可是，她们中的发言人却还是站起来，以黑夜一般恐怖而又嘶哑的声音倔强地反对已经作出的宣判。她说：“天哪！你们年轻的神践踏了古老的法律。可是，你们这些雅典人将会后悔今天的判决！在我们愤怒的心脏里流淌着剧烈的毒液。我们将把毒液洒遍这块让正义普遍地遭受抵制、受到蔑视的土地。我们将把祸殃传染给各种生命。让城市和乡村寸草不生，让瘟疫蔓延流行。我们受尽屈辱，遭尽谩骂，是歇斯底里的黑夜女神！”

阿波罗抬起头，看到复仇女神的身材跟自己一般高大。听到如此可怕的咒骂，阿波罗十分担忧，尽力安慰强大的女神们说：“你们不该对判决生气！这里并不牵涉你们的输赢。在钵子内黑白石子的数量是相等的。法庭并不希望委屈你们。同情在这里取得了胜利。被告必须在两种神圣的义务中选择，肯定得不到两全其美的结果。我们神承担判决的责任，不能埋怨法庭的法官。这是宙斯的旨意！你们不应该把自己的愤怒发泄到无辜的人民头上去。我以人民的名义答应你们，你们将在这个国度里获得显赫的地位，享有你们的神圣荣誉；这座城市里的居民崇敬你们，把你们称为正义复仇的无情女神！”

雅典娜也重申这一诺言：“尊敬的女神们，请相信我，这座城市的居民准备献给你们崇高的荣誉；男女老少庆贺你们的无尚光荣；他们将在成为神的国王厄端克透斯的庙旁建立你们的神庙！如果不对你们表示尊重，任何人家都难以获得幸福！”

复仇女神听了这番允诺才慢慢平息了怒火。她们知道厄瑞克透斯是雅典娜抚养长大的雅典国王，是雅典守护神庙的建造人。女神们仁慈地答应在这个国度占有一席之地。她们感到能在最有名望的城内得到一座神庙，神庙紧挨着雅典娜和阿波罗的祭坛，那是至高无尚的荣誉。她们的情绪缓和下来，竟至于当着神的面立下了庄严的誓言，共同保佑城市，驱逐炎热、瘟疫和险恶的狂风暴雨，保护畜牧，维系幸福的婚姻纽带。她们还跟自己的异母姐妹命运女神通力合作,以各种方式促进全国的幸福和繁荣。她们祝愿全国人民和睦安宁。宣誓完毕,这一群黑色的女神倏忽一声离开了城市。雅典娜和阿波罗对她们再三称谢,希腊的市民们交口称颂,不忘众神佑护自己的大恩大德。

伊菲革涅亚和陶里斯人

俄瑞斯忒斯和皮拉德斯两人离开了雅典,结伴同行来到特尔斐的阿波罗神庙前。俄瑞斯忒斯请教神,希望知道自己未来的命运。女祭司们告诉他,作为迈肯尼的王子,他必须首先前往斯佐登附近的陶里斯半岛办事。阿波罗的妹妹阿耳忒弥斯在岛上有一座神庙,俄瑞斯忒斯必须动用各种方式,无论是暴力还是计谋,把庙内女神的神像偷盗出来送往雅典。据当地蛮族人传说,这幅神像是从天而降的宝物。可是女神不喜欢那里的蛮荒之地,希望寻找一块友好的地区安居乐业。

危难之中,皮拉德斯一如既往地伴陪他的朋友。陶里斯人是一个野蛮的民族,把一切登上陆地的陌生人统统杀死,用于祭供处女神阿耳忒弥斯。陶里斯人习惯于把俘虏的人割下脑袋,把割下的脑袋挑在木棍上,搁在屋顶的烟道口上,让它担任房屋的守卫。据说,那样的脑袋可以居高临下,综观一切,为他们祛灾避祸。

神谕昭示俄瑞斯忒斯前往蛮荒之地陶里斯岛,还有另一重原因。从前,当阿伽门农和克吕泰涅斯特拉的女儿伊菲革涅亚应希腊预言家卡尔卡斯的建议,被送往奥里斯海滩祭供天神时,动手开刀的人突然发现手下竟是一头母鹿,伊菲革涅亚却不见了。那是阿耳忒弥斯女神同情姑娘,用双手抱起姑娘,带着她飞越大海和陆地,一直来到陶里斯岛上的女神庙。

伊菲革涅亚在这里遇到蛮族国王托阿斯,国王任命她为阿耳忒弥斯庙的女祭司。按照古老的地区风俗,她必须把每个踏上海岸的陌生人祭献给女神阿耳忒弥斯。可惜被祭供的大多数是她的同乡,是希腊人。女祭司主管祭供的礼仪,而下面的仆人则往往把被祭供的人拖进神庙,捆在屠杀人的长凳上。

多少年过去了,姑娘一直忠于职守,行使这一可恶的职务。她受到国王的尊敬。陶里斯人称赞她温顺可亲,对她十分喜爱。一天夜里,她似乎梦见自己远离这块蛮族之地,回到了可爱的故乡亚各斯。梦中,她睡在父母亲的宫殿里,周围簇拥着一群女仆。突然,脚下的大地开始震动和颤抖。慌乱之中,她好像逃出宫殿,来到野外,亲自听到并看到宫殿摇晃着倒坍下来,宫殿的大柱也一根根地断裂了。可是,父亲房内的有一根柱梁却仍然支撑着。一会儿,柱梁呈现一个人的模样,柱顶上出现一个脑袋,满头金发,好像要开始讲话了。等到姑娘重新醒来的时候,她已经忘掉了柱梁人说了些什么话。她只记得梦中仍然忠于祭司的职务,把那位曾是父亲房内柱梁的人拖来祭供女神。伊菲革涅亚给他洒上圣水,哭得十分悲伤。

第二天清晨,俄瑞斯忒斯和他的朋友皮拉德斯登上陶里斯国的海岸,两个人跨着大步朝阿耳忒弥斯的神庙走去。他们终于在庙前站立下来,这座庙看起来更像一座监狱。俄瑞斯忒斯终于打破寂静,十分沮丧地说:“我们现在怎么办?我们是否顺着楼梯走上去?可是,我们一旦在这座陌生的建筑物里迷路了,那该怎么办?如果不能进入这座宫殿的内室,在门边遇上守卫,被守卫抓住,我们不是必死无疑了吗?毫无疑问,这里一定会有卫兵的!我们都知道许多希腊人的鲜血曾经洒落在这位残暴的女神的庙前!现在回船去,不是更为上策吗?”

“这却是我们第一次逃跑,”皮拉德斯回答说,“阿波罗的神谕会给我们保护的!不过,我们必须离开这座神庙!我们不妨躲藏在四面是海的岩洞里。等到夜深人静时,我们便可以精神抖擞地行事。我们已经熟悉了神庙的位置。我们总会寻出一道进门入内的计策。只要我们把神像取到手,我们就不愁找不到回去的路!”

“说得对!”俄瑞斯忒斯大声称赞,“我们应该躲起来,等到白天过去,黑夜自会方便我们办事的。”

可是,当太阳还在天空的时候,一位牧牛人匆忙从海滩上走过来,迎面遇上阿耳忒弥斯神庙的女祭司。女祭司站在神庙的门槛旁。牧牛人带来消息,说有两位陌生的年轻人已经登陆上岸。“高尚的女祭司,请准备神圣的祭供洗礼吧!”

“他们是从哪里来的陌生人?”伊菲革涅亚悲伤地问了一句。

“都是希腊人,”牧牛人回答说,“我们只听到其中一个人名叫皮拉德斯,现在都被我们俘虏了。”

“仔细讲讲吧,”女祭司又问了一声,“这到底是怎么回事呀?”

“我们正在海里给牛洗澡,”牧牛人叙述着,“我们把牛一头头地推入海水。海水汹涌地从礁石旁顺流而下,当地人把它称作高山巨岩。岩旁有一座简陋的山洞,那是捡拾海螺的渔夫常常休息的地方。一名牧人看到洞内有两个人的身影,我们便准备抓获他们。突然,其中一人从山洞里跳了出来,摇晃着脑袋,双手剧烈地抖动着。他完全疯癫了,呻吟着说:“皮拉德斯!皮拉德斯!瞧那里的黑猎女,她是冥王哈得斯的毒龙,她正要来杀我!你看,她的浑身上下盘旋着条条毒蛇,已经朝我扑了过来。看,那边还有一位喷吐火焰的女妖,她抓住我的母亲,还想把母亲扔给我哩!天哪!她要扼死我了!我如何才能逃脱她的魔掌呢?”牧牛人停了一会,继续说,“周围其实根本没有他说的这种可怕的景象。他也许把牛的哞叫和狗吠都当作复仇女神的声音。我们感到一阵恐怖,然后又看到那位陌生人挥舞利剑疯狂地冲向牛群,把剑戳向牛腹。我们终于鼓足勇气,吹响海螺,召集附近的乡民,一起朝武装的陌生人冲了过去。疯子逐渐摆脱了歇斯底里的亢奋,口吐白沫,倒在地上,不省人事了。我们不知就里,仔细地盯着他,只见他的伙伴为他擦去口中白沫,给他裹上大衣。不一会,他又从地上跳起身,坚持抵抗防卫。最后,他们看到我们人多势众,于是放弃了抵抗。我们把他们送去见国王托阿斯,国王命令把俘虏杀掉祭神。希腊国必须以此抵偿对你的残暴和虐待。我们为你洗雪当年在奥里斯海湾所受的耻辱。”

牧人叙述完毕,静静地等待女祭司发下命令,让他把陌生人送来神庙。伊菲革涅亚等到剩下自己一个人时,自言自语地说:“呵,我的心啊,从前你总是同情陌生人的。每当希腊人落在你的手上时,你总是痛哭不已!现在呢,昨夜的梦给我带来噩耗,我的可爱的兄弟俄瑞斯忒斯不在人间了,来吧,你们该要尝尝我的厉害!”

两个俘虏被手镣脚铐地解来了。“来人,给陌生人松绑!”伊菲革涅亚大声呼唤,“不能把捆绑着的牺牲用于祭供神!你们快到庙内去,把一切都准备好。”然后,她又回转身来,朝着两个俘虏说:“快说出你们的父亲母亲是谁!你们有没有兄弟姐妹,今天从何处而来?你们大概长途跋涉才到达陶里斯。不过你们面临着更加遥远的路程,那是一条通往地府的黄泉之道!”

俄瑞斯忒斯回答说:“我们会听你的同情话吗?挥舞斧子的刽子手在杀人以前是不屑安慰自己的牺牲品的。面临死亡的人也用不着哭泣悲哀!你和我们都不用流泪!执行命运的旨意吧!”

“你们两人中谁的名字叫皮拉德斯?”女祭司问道。

“就是他!”俄瑞斯忒斯回答着,用手指了指朋友。

“你们是兄弟两人吗?”

“不是同胞兄弟,感情上却胜似兄弟。”俄瑞斯忒斯说。

“你叫什么名字?”

“你就称我为可怜的人儿,”俄瑞斯忒斯又说,“我情愿无名无姓地死去!”

女祭司见他蛮横不讲理,非常生气。她要他至少讲出自己出生的地方。当她听到亚各斯城时,禁不住激烈地叫喊起来:“众神在上,朋友,你真的是在那里出生的吗?”

“是的,”俄瑞斯忒斯说,“我是迈肯尼人,我们的家族曾经又显赫又庞大,是一个幸福的家族。”

“陌生人,如果你从亚各斯城来,”伊菲革涅亚怀着紧张的期待追问说,“你一定会知道特洛伊的消息。听说这座城市彻底被摧毁了,是吗?海伦回来了吗?”

“是的,你说得都对。”

“那位最高统帅的境遇好吗?我想,他的名字叫阿伽门农。”

俄瑞斯忒斯听到提问非常惊讶。“我不知道,”他一边回答,一边把头别转过去,“请你别再提到这些人和事了!”

他看到伊菲革涅亚苦苦地央求,只得又回答说:“他已经死了,死在他的妻子的手上!”

女祭司发出一声恐怖的惊叫,可是她立即又镇静下来问道:“她还活着吗?”

“不,”回答是明确的,“她的亲生儿子让她进了地府,他为被害的父亲报了仇。不过,他必须为此承受报复!”

“阿伽门农其他的孩子还活着吗?”

“还有两个女儿，厄勒克特拉和克律索忒弥斯。”

“听说那位被宰杀的大女儿了吗?”

“一头母鹿代她被杀死了，而她自己则无影无踪了。也许她早就死了!”

“阿伽门农的儿子还活着吗?”女祭司内心不安地问道。

“还活着呢，”俄瑞斯忒斯说，“活得很艰难，到处被驱逐，没有归宿。”

伊菲革涅亚听到这里立即命令仆人们离开。等到她跟两位希腊人单独在一起时，她小声地对陌生人说：“年轻人，我愿意救你一命，只要你帮助我把一封信送到你和我的共同的家乡迈肯尼!”

“我不愿意独自一人得到拯救，却让我的朋友死在这里。”俄瑞斯忒斯回答说，“我遭受命运的折磨，他从未抛弃过我。我怎么能够让他悲惨地死去?”

“高尚的朋友，”姑娘惊喜地说，“但愿我的兄弟也像你一样! 告诉你们，两位陌生的朋友，我也有一个弟弟，可惜他在遥远的地方——遗憾的是，我不能同时放走两个人，国王无论如何也不会答应的。那么你去死，让皮拉德斯出去。我是无所谓的，不管你们中是谁给我送信，都可以。”

“谁来杀死我呢?”俄瑞斯忒斯问。

“我亲自动手，那是奉了女神的命令。”伊菲革涅亚回答。

“怎么，你能挥剑斩杀男人?”

“不，我只是用圣水浇洗他的头顶! 庙里的仆人用利斧砍杀祭祀的陌生人。你的骨灰将被撒在山坡上。”

“啊，天哪。但愿我的姐姐能将我安葬!”俄瑞斯忒斯叹息着说。

“那是不可能的。”姑娘非常感动地说：“你的姐姐住在遥远的亚各斯。可是，我的乡邻，你别担心，我会用香油浇熄灰烬，用蜂蜜涂抹你的骨殖，像你的亲姐姐一样用鲜花装点你的坟墓! 我现在该走了。我想给我的族人写一封信!”

等到两个年轻人单独在一起时，虽然他们还远远地被仆人监视着，皮拉德斯却不由得生气地叫了起来。“不行，如果你死了，我就不会活下去的! 这件事不容商量。我陪着你走南闯北，也一定陪你去死。否则，福喀斯人和亚各斯人都会称我为懦夫，满天下的人都会说我背叛了你，嘲笑我为了自己而杀死你。他们会指责我贪图遗产,因为我是你的未来的姐夫,并且没要厄勒克特拉的任何嫁妆。总之,我愿意,而且必须跟你一道去死!"

俄瑞斯忒斯不要听这番解释。他们正在争论不休,突然看到伊菲革涅亚手上拿了一张写满的信纸回来了。她让皮拉德斯起誓,一定要把信送到。伊菲革涅亚也发誓一定要救他一命。她思索了一会,想到信纸也许会遇上意外遭受失落,于是便把信上的内容向皮拉德斯口授一通。"记住,"她说,"告诉俄瑞斯忒斯,他是阿伽门农的儿子:在奥里斯海湾祭坛上失散的伊菲革涅亚,她还活着呢,她请你……"

"什么,什么?我听到什么了?"俄瑞斯忒斯打断她的讲话,问道,"她在哪里?她难道从死亡的灰烬中复活了吗?"

"她正站在这里呢!"女祭司说,"可是请别干扰我——亲爱的兄弟俄瑞斯忒斯!"她又重复地口授信的内容,"在我死以前,请接我回去,把我从祭祀牺牲的火灶旁解放出来。我在这里为女神服务,但要忍受杀害陌生人的苦痛。俄瑞斯忒斯,你要是完成不了这项任务,你和你的家族将会遭人唾骂!"

两位朋友惊讶得目瞪口呆,说不出一句话来。最后,皮拉德斯从她手上接过信纸,把信纸递给自己的朋友,大喊一声:"是的,我要当场兑现自己宣立的誓言。哎,俄瑞斯忒斯,收下吧,我交给你的是一封信,这是你的姐姐伊菲革涅亚写给你的。"俄瑞斯忒斯把信纸扔在地上,走上一步,热烈地拥抱重新找得的姐姐。伊菲革涅亚不相信,直到他把阿特柔斯家族的历史细节都讲述完毕,她才惊叫起来:"呵,亲爱的弟弟,是的,你是我的弟弟!"

俄瑞斯忒斯已经恢复了神智,只见他满面忧愁。"我们现在很幸福,"他说,"可是这样的幸福能够维持多久?我们不是已经作了祭品了吗?"

伊菲革涅亚也心情不安地想到了危险的处境。"我该想出个怎样的主意来,"她连说话的声音都在发抖,"我如何才能把你从野蛮国王的手上救出来,把你送往亚各斯呢?不过,趁着国王还没有到来的机会,你快给我讲讲我们这一不幸族第的可怕经历吧!"

俄瑞斯忒斯把家中发生的变故原原本本地告诉姐姐,还提到了厄勒克特拉跟他的朋友皮拉德斯订婚的喜事。伊菲革涅亚虽然聚精会神地听着,可是心里却在盘算着营救弟弟的事。最后,她突然灵机一动说:"我终于找到了一条途径。你在海边上被他们抓住时曾经出现过精神障碍，我可以用它作借口，然后禀报国王，说你是杀掉母亲的人，从亚各斯来。当然，这也是事实。我再告诉国王，说你是不干净的人，不能赎罪，因此不能给女神上供当祭品。我再建议你必须下海洗浴，洗去身上的血污，那是你在杀害母亲时沾在身上的孽迹。因为你在庙内曾经接触过女神的神像，所以它也成了不洁之物，必须到大海里去洗涤。我是女祭司，神像只能由我捧着送往海边。而且我把你，皮拉德斯也称作沾染血债的从犯。只有这样，我们三人才能走到藏匿你们船只的海湾。至于计划将如何进一步地取得成功，那就是你们的事了！”

伊菲革涅亚把俘获的陌生人交给仆人看管，引着大家一直走进神庙的内厅。

拯救女祭司

国王托阿斯带着一群人来到神庙，打听女祭司在哪里。国王不明白为什么没有把陌生人立即搁在柴堆上烧掉祭神。伊菲革涅亚走出庙门，手上捧着女神的画轴。“这是怎么回事，阿伽门农的女儿？”国王十分惊讶地问。

“国王，这里发生了可怕的事情！”女祭司回答说，“海边抓来的祭供物是不净的。当他们走近神像，抱住神像请求保佑时，女神竟然从画面上转过身子，合上了眼睛。你要知道，这两个人犯下了可怕的罪行。”于是，她把大体真实的故事讲了一遍，说自己正想给陌生人以及神像洗涤干净。为了让国王放心，她要求将两位陌生人重新戴上镣铐，因为他们获罪于天地，所以要用布把他们的头罩起来，不让他们见到阳光。此外，她还要求国王把随从的士兵留下来，帮助她看管俘虏。女祭司十分聪明，又想出主意，让国王派一位使者进城，命令市民们全部留在城内，避免传染上谋杀亲人的罪孽。在她离开神庙的时候，国王必须在庙内负责焚香事务，使得庙宇重新洁净。俘虏在离开庙门时，国王应该头顶一块罩布，借以避邪祛灾。“如果你感到我在海边逗留的时间太长了，”女祭司在临动身时吩咐说，“那也得耐心等待。国王，你想一下，这是洗涤多大的一桩罪孽啊！”

国王同意这些安排。俄瑞斯忒斯和皮拉德斯被推出庙门时，国王果然蒙着脑袋,什么也没有看到。

过了几个时辰,一名使者从海滩上奔跑回来。当他满头大汗,气喘吁吁地站在庙门前,举手敲打紧闭的庙门时,禁不住在心里骂了起来。"喂,里面的人快开门!"他高声大喊,"我给你们送来了糟糕的消息!"

庙门开了,托阿斯国王从庙里走出来。"是谁胆敢破坏神庙的清静?"他问。

"是那位寺庙的女祭司,"使者回答说,"这个希腊婆娘,她带着陌生人和我们佑护女神的神像逃走了。整个洗涤罪名的活动原来是一场骗局!"

"你说什么?"国王惊骇不已,"这个女人中了什么邪?她跟谁一起逃走了?"

"跟她的弟弟俄瑞斯忒斯。"使者回答说,"事情是这样的:我们到达海边的时候,伊菲革涅亚吩咐我们停止前进,把我们隔开在神圣的牺牲物很远的地方。她打开陌生人的镣铐,让他们继续往前。我们虽然感到怀疑,可是国王啊,你的仆人们却认为我们应该接受这一事实。接着,女祭司哼唱咒语,以一种陌生的语言念诵种种祷告。我们原地坐下等候着。最后,我们突然想起,两位陌生的男子也许会杀掉手无寸铁的女祭司,再趁机逃走。我们急忙赶过去,从山崖的峡谷处就看到了女祭司和陌生人。等我们来到山脚时,看到海边停泊一艘大船,船上坐着五十名水手。两个陌生人还站在岸边,命令船上的水手给他们放下扶梯。我们不容多想,马上抓住那位婆娘,她也站在海滩旁等船。俄瑞斯忒斯大声告诉我们有关他的家世和意图。他看到我们拖着女祭司,便准备跟皮拉德斯一起夹击我们,救出女人。我们和他们都没有兵器,双方进行了一场激烈的拳斗。船上的人带着弓箭奔了下来,我们被希腊人左右夹攻,只得撤退。俄瑞斯忒斯一把抓住伊菲革涅亚,领着她跳入海水,沿着放下的扶梯登上海船。伊菲革涅亚在身上带着女神阿耳忒弥斯的神像。皮拉德斯跟他们一起上船,水手们很快把船摇离了港湾。可是,等到船进入洋面时,突然刮起一阵飓风。水手们虽然努力摇橹,海船却还是被推向岸边。只见阿伽门农的女儿跳起来,大声地恳求说:"勒托的女儿阿耳忒弥斯姑娘,阿波罗是你的兄弟,你以他的神谕要求回到希腊国去。我是你的女祭司,请保佑我领着你一起回去。请原谅我对这里国王的欺骗。"听到姑娘祷告时,水手们齐声附和。他们光着胳膊摇动船橹,可是船却离海滩越来越近。我急忙回来,给你汇报消息。赶快派人到海边去,海水正在奔腾咆哮,陌生人连一条退路也找不到。海洋神波塞冬愤怒地想起了特洛伊的毁灭,这是他亲手制造的杰作。他是希腊人的死敌,尤其跟阿特柔斯的族人结下了不解之仇。如果我没有理解错,他今天要亲自把阿伽门农的孩子送交在你的手上!”

国王托阿斯早已听得不耐烦了,刚听完叙述,便当即命令蛮人们立即骑马奔往海滩。他命令,如果希腊人的船已经到达岸边,就迅速占领战船,活捉逃跑的希腊人;如果海船沉没,国王命令把两个陌生人连同女祭司解送回来。他要看着他们从峻峭的山岩上被推入无情的大海。

国王领着一队骑士已经到达海边。突然,他看到眼前一道天象,于是停下坐骑不敢往前了。那是帕拉斯·雅典娜的巨大身影显现在空中,她声震如雷地朝地下喝斥说:“托阿斯国王,你率领人马要到哪里去?请记住女神今天对你讲的话:让受到我保佑的人脱身而去!阿波罗曾给俄瑞斯忒斯一则神谕,让他前来陶里斯,从而可以摆脱复仇女神的纠缠,又把他的姐姐带回故国家乡。阿耳忒弥斯的神像应该送往我所喜爱的雅典城去,这也是她自己的愿望。波塞冬必须为了我把这批难民风平浪静地送回去。俄瑞斯忒斯将在雅典的圣林里找到一座新庙,把神像重新挂在那里。伊菲革涅亚将在那里担任女祭司。托阿斯和陶里斯人,请你们服从命运,你们不必生气!”

托阿斯国王是一个虔诚的人。他跪在天象面前说:“啊,帕拉斯·雅典娜,如果有人听到神的吩咐而又充耳不闻,甚至反其道而行之,跟万能的神作对,是不会得到荣誉的。让受到你佑护的人带着女神的神像平安地回去吧。我决不会在神面前举动长矛!”

事情果然如雅典娜吩咐的那样。在陶里斯的女神阿耳忒弥斯在雅典得到一座新庙,伊菲革涅亚还是寺庙的女祭司。俄瑞斯忒斯继承迈肯尼的父辈王位。他娶了墨涅拉俄斯和海伦的唯一的女儿赫耳弥俄涅为妻,为此他又掌管了斯巴达的王位。赫耳弥俄涅从前跟阿喀琉斯的儿子涅俄普托勒摩斯订立婚约。涅俄普托勒摩斯被俄瑞斯忒斯杀了,赫耳弥俄涅成了俄瑞斯忒斯的妻子。后来,俄瑞斯忒斯又征服了亚各斯,因此他的王国要胜过父亲阿伽门农时代的地盘。他的姐姐厄勒克特拉和丈夫皮拉德斯共享福喀斯的王位。克律索忒弥斯终身未嫁。俄瑞斯忒斯一直活到九十岁,传统的灾祸又降临到坦塔罗斯的家族头上：一条毒蛇咬了他的脚踵，他中毒死去。俄瑞斯忒斯的儿子蒂萨梅诺斯继承王位，统治伯罗奔尼撒。后来，伯罗奔尼撒半岛又被赫拉克勒斯的子孙夺去，神话再掀开了新的页次。

第四卷

奥德修斯

奥德修斯

忒勒玛科斯和求婚人

希腊人终于攻克了特洛伊城。他们欢呼庆祝,然后整理战船,胜利地回到故国家乡。那些在战场上以及后来在返程的航海途中幸免于难的希腊英雄一家团聚,享尽天伦之乐。可是,奥德修斯却不幸迷途,还在长途跋涉。他是拉厄耳忒斯的儿子,伊塔刻国国王,这回又经历了一场奇异命运的磨难。经过一番周折以后,他来到俄奇吉亚岛。岛上怪石嶙峋,古木参天。有位仙女卡吕普索,是提坦巨人阿特拉斯的女儿,把他抢入山洞,愿意委身嫁给奥德修斯。仙女答应让他与天地同寿,而且永葆青春。奥德修斯却难动心意,保持着对妻子珀涅罗珀的忠诚。珀涅罗珀是一位高尚的女子。奥德修斯的诚意感动了奥林匹斯的众神,大家都同情他。只有海神波塞冬还记着希腊人的前仇,不愿谅解他。波塞冬虽然不敢毁灭英雄奥德修斯,却在他的归国途中千方百计地制造障碍。其实,就是因为波塞冬的缘故,奥德修斯才被抛到这座偏僻的荒岭野岛上来的。

众神会议上作出决议,奥德修斯必须摆脱卡吕普索女仙的羁绊获得解放。雅典娜派神的使者赫耳墨斯来到地面,给美丽的仙女传达宙斯的决定,让奥德修斯返回家乡。赫耳墨斯强调说,宙斯的决定是不可违抗的。雅典娜也从奥林匹斯神山的峰顶上降落下来。不一会,她来到伊塔刻岛,站在奥德修斯从前的宫殿旁。雅典娜隐去神的身影,手执长矛,看上去好像是勇敢的门忒斯一样。门忒斯是塔福斯人的国王。

奥德修斯的宫殿里一片悲哀和混乱。美丽的珀涅罗珀和她年轻的儿子忒勒玛科斯已经不能住在自己的宫殿了。珀涅罗珀是伊卡里俄斯的女儿，而伊卡里俄斯是珀里勒斯的儿子，廷达瑞俄斯、阿法洛宇斯以及洛宇契珀斯的兄弟。他曾经让前来向女儿求婚的人竞赛比武，奥德修斯比赛取胜，赢得了最聪明、最漂亮的姑娘珀涅罗珀。珀涅罗珀忠于爱情，遵守风纪，是一位杰出的女子。奥德修斯带着妻子离开拉西提蒙回伊塔刻时，伊卡里俄斯急忙赶来，恳请女儿不要离开他。奥德修斯请妻子自己决定。珀涅罗珀默默无言地把新娘的头纱罩住自己的脸面，表示愿意随丈夫回去。正因经历了这场艰难的灵魂斗争，珀涅罗珀一生都忠诚于爱情。伊卡里俄斯却在当地竖立一根羞辱柱，借以纪念自己的孩子。珀涅罗珀早就听说特洛伊城被占领了，看到其他英雄纷纷回到家乡，只有奥德修斯还不知下落。时间长了，人们传说他已经死了。于是，一下子涌现了许多求婚人，从伊塔刻来了至少十二位，从邻近的萨墨岛来了二十四人，查契斯岛二十人，杜里其翁五十二人。他们还带了一名使者，一位歌手，两个厨子以及一大群随从。大家来到珀涅罗珀面前，借口向年轻的遗孀求婚，从而住在宫殿里，无耻而又蛮横地享用奥德修斯的财产。这样的混乱已经延续了三年时间。

雅典娜变作门忒斯的模样走进宫殿，看到求婚人正在宫中对弈游戏。他们或躺或坐在牛皮上，那些牛都是从奥德修斯的牛棚里牵出来宰杀掉的。使者和仆人们来回奔跑，有的用大罐调制美酒，有的擦抹桌子，有的斩切端上来的大块牛肉。宫殿的主人忒勒玛科斯悲伤地坐在求婚人一道，思念着父亲，希望父亲早日回来收拾掉这一群无赖，重登国王的宝座。突然，忒勒玛科斯看到一位陌生的国王走进宫来，急忙朝国王走过去，抓住国王的右手，热烈地欢迎他。两个人一起踏入宫殿，雅典娜把长矛搁在大柱旁边的枪架上，那里还有奥德修斯的武器。忒勒玛科斯把陌生人引至桌旁的王位上就坐，王位上铺着花纹美丽的软垫。他还把一张小凳拉过来塞在陌生人的脚下，然后靠着他一起坐了下来。一名女仆用黄金盆端来热水洗手，女管家送来面包和肉，仆人把菜肴一一分开，另一个使者把酒倒在金杯内，侍候大家就餐。不一会，求婚人鱼贯而入，在餐桌旁就坐，津津有味地大吃大喝。仆人们在旁端酒送水忙碌不已，求婚人吃得酒醉饭饱。饭后，他们又想唱歌跳舞。使者把精巧的竖琴递给歌手菲弥俄斯。菲弥俄斯调了调琴弦，演奏起来。

正当大家聚精会神倾听歌曲的时候，忒勒玛科斯站起身朝客人鞠了一躬，然后凑近变了形的女神耳旁，悄悄地说："你看到这批人在这里挥霍别人的财物了吗？——这是我父亲的财产。他的骨殖也许暴露在海滩上，遭受日晒雨淋，也许被海浪冲击着随波逐流！父亲还能够回来惩罚他们吗？可是，高贵的陌生人，请告诉我，你究竟是什么人？"

"我是门忒斯，"雅典娜回答说，"是安喀阿罗斯的儿子，统治着塔福斯海岛。我从海路来到忒墨萨，做铁和黄铜交换的生意。你可以去问你的祖父拉厄耳忒勒，听说他住在远离城市的乡下，经受着精神的折磨和苦闷。他会告诉你，我们两家世代友好，友谊深远。我到这里来，原以为你的父亲在家哩。现在却不在这里，不过他还活着。他被抛入一座野蛮的荒岛上，被迫停留在那里。我有一种预感，他在那里不会逗留太久，不久便会动身回来的。忒勒玛科斯，你不愧为你那父亲的儿子，跟他非常相像。你也有一双友好的眼睛。告诉你，我在你的父亲出征特洛伊之前就认识他，后来我再也没有见过他。当然，我仍然不明白，今天在宫殿里如此地热闹，这究竟是怎么回事？你是在宴请宾客还是在举办婚礼？"

忒勒玛科斯长叹一声，回答说："啊，亲爱的朋友，我们的家族从前可称是显赫而又富裕，现在却完全不同了。邻国来了这么一大群人，你都看到了。他们前来向我的母亲求婚，挥霍我们的家产。母亲不想再嫁了，可是她却驱散不了这批人。这群家伙破坏了我们的宫殿和宁静，不久还会把我杀死的！"

女神听到这里又悲伤又愤怒地说："啊，你是多么需要父亲啊！让我给你一个建议吧！明天，你起床以后对求婚人说，让他们统统回去；如果你的母亲希望再度嫁人，你告诉她，让她回到她的父亲的宫殿去。那里可以准备她的嫁妆，并且为她筹备举办婚礼。你自己则挑选最好的海船，再选用二十名水手，迅速出海去寻找父亲。你首先到皮洛斯岛，在那里请教德高望重的老人涅斯托耳。如果你在那里一无所获，那么再掉转船头前往斯巴达国寻找英雄墨涅拉俄斯，他是最后一个离开特洛伊的希腊人。你在那里也许会知道你的父亲还活着，而且知道他即将回来。你必须在那里再耽搁一年。

如果有人告诉你，说他已经死了，你可以马上回来，给死者举办祭供，给他建立一座纪念碑。要是求婚人直到那时还在你家中待着不离开，你可以想一个计划，或用暴力或用诡计把他们统统杀掉。你已经是成年人，脱离了儿童年代！你难道没有听到年轻的俄瑞斯忒斯取得多么辉煌的荣誉？他为了替父亲报仇，坚决地杀掉了杀父凶手埃癸斯托斯。你看，后辈人一定会赞美你的！”

忒勒玛科斯感谢陌生的客人给出的建议，感谢他的父亲一般的见解和安排。他看到客人动身要走，便想送他一件礼物，让他带在路上。装成门忒斯的女神却答应以后再来，届时再把礼物带回去。

女神说完话不见了，像一只小鸟从烟囱里飞走了。忒勒玛科斯看到陌生人消失，顿时感到十分惊讶。他知道这是一位神，于是又专心致志地想起他的建议和计谋。

宫殿的大厅里还在弹奏乐器，演唱歌曲。歌手如怨似诉，叙述希腊人离开特洛伊返回家乡的悲惨历程。求婚人听得津津有味。珀涅罗珀独自一人寂寞地坐在阁楼上，歌声一直传到她的耳边。珀涅罗珀带了两个女仆从楼上走了下来。她头顶面纱，走入大厅，来到求婚人面前。一位女仆站在她的身旁。珀涅罗珀流着眼泪对歌手菲弥俄斯说：“善良的歌手，你会唱很多让听众愉快的歌。请你唱另外一支，别唱现在的这支歌了。它使我心碎，并且使我想起一个人来，那个人的荣誉传遍全希腊，可是他还没有回到家乡！”

忒勒玛科斯友好地对母亲说：“请别责备歌手，他以一支由衷的歌让我们感到欢乐。我们不能把责任归咎于歌手而应该归咎于宙斯，是他让歌手们想起许多的歌曲！奥德修斯不是唯一没有回来的人，多少希腊人留在特洛伊城前啊！亲爱的母亲，回到你的房间去，操掌你的针线女红吧。发号施令是男人的事，首先是我的事，我是宫殿的主宰。”

珀涅罗珀听到孩子果断的讲话非常吃惊，感到孩子已经长大成人了。珀涅罗珀回到自己的房间，哭泣着哀悼自己的丈夫。忒勒玛科斯朝那些过分放纵的求婚者走上一步，大声说：“求婚的朋友们，请高高兴兴地用餐吧，可是别喧嚣不已。倾听歌手的动人歌喉是一场愉快的享受。我们明天召开国人大会。我建议你们各自回家，因为你们都必须关心自己的家财，不应该总是挥霍一位陌生人的遗产！”

求婚人各自咬着嘴唇，都不作声。可是，他们坚决不答应到珀涅罗珀的父亲，即伊卡里俄斯家里去向她求婚。最后，大家都一哄而散，忒勒玛科斯也回房休息。

第二天清晨，忒勒玛科斯准时起身。他穿上衣服，佩着利剑，然后走出房间，传令召开国人大会，还邀请求婚人一起到场。等到人员到齐，国王的儿子手执长矛来到会场。帕拉斯·雅典娜使他的身影和形象更加高大和端庄，与会人都对他表示钦佩和敬仰，连老人都恭敬地给他让路。他坐在父亲奥德修斯的位置上。只见上了年纪而弯腰曲背的老英雄埃古普提俄斯首先站起身发言。埃古普提俄斯富有经验，他的大儿子安提福斯跟随奥德修斯一起出征特洛伊，可惜在回国途中遇难身死；他的第二个儿子名叫欧律诺摩斯，也在求婚人之列；他还有两个小儿子，在家操执父亲旧业。埃古普提俄斯在会上说："自从奥德修斯离开以后，我们从来没有举行过集会。今天是谁突然想起，召集我们前来开会呢？难道是敌人犯境了吗？还是他有什么利国利民的好主张？喏，这一定是位正直的人。愿宙斯给他赐福，让他心想事成！"

忒勒玛科斯对话中包含的吉兆表示高兴，从椅子上站起来，走入会场中间，首先看着年迈的埃古普提俄斯说："尊敬的老人，召集你们前来开会的人正是我。我深受忧伤和困苦的烦恼。首先，我失掉了可爱而又杰出的父亲。现在，我们的家室又面临着灾难，我的财产即将被侵蚀一空。我的母亲珀涅罗珀违心地被求婚人困扰着，他们又拒绝接受我的建议。我劝说他们到我的母亲的父亲伊卡里俄斯家中去，那是他们向珀涅罗珀求婚的地方。他们不听，却天天到我们家来，宰猪杀羊，不顾廉耻地把我们储藏的美酒统统喝光。他们人多势众，我如何对付得了？你们这批求婚人哪，请你们认识自己的无理，在人前意识到自己的可耻，担心别遭神的报复吧！难道我的父亲欺侮过你们吗？难道我曾经给你们造成过损失吗？"

说完，忒勒玛科斯把他的王杖扔在地上。求婚人静悄悄地围坐一堂。只有奥宇弗忒斯的儿子安提诺俄斯一个人敢于站起来回答："小伙子，你竟敢辱骂我们！造成今天这场过失的不是我们求婚人，而是你的母亲。三年，不，几乎四年已经过去了，可是她仍然在戏弄我们阿开亚人的感情。她对每一个人都亲口答应，一会儿给这位男人，一会儿给另一位男人送去一则消息。不过她在心里想的又不一样。我们看穿了她的诡计。她在房间内支起一架织布机，对求婚人说：‘年轻人，你们等候决定和婚礼吧。我必须先为我丈夫的亡父拉厄耳忒斯织造尸布。我不能让希腊的女人们指责我，说我没有给显赫而又年迈的人在死后隆重地穿上裹尸布！’她以这样的借口唤起我们的理解和同情。后来，她果然白天坐在布机旁织造大块的布料。可是，等到夜幕降临，她又点起蜡烛，把白天织造的布段重新拆开。她就以此蒙骗了我们三年时间。一名女仆把消息暗暗地捅给我们，我们趁她在夜晚赶拆布料时突然闯了进去，戳穿了她的把戏。我们迫使她完成工作。忒勒玛科斯，我们理解你的要求，你也可以把你的母亲送往她的父亲那里去。可是，你必须明确地告诉她，如果她的父亲选中一位合适的求婚人，或者她已经有了意中人，她就必须与之结婚。倘若她一意孤行，继续戏弄高尚的希腊人，继续玩弄骗人的织布把戏，我们就一直住在你的宫殿里，挥霍你的家财和产业，直到你的母亲嫁给我们中任何一个人为止。否则，我们是不会让步的。”

忒勒玛科斯回答说：“安提诺俄斯，我不能把生养我的母亲赶出家门，不管我的父亲今天是否还活在世上。无论是她的父亲伊卡里俄斯还是天上的神都不会赞美这样的行为。不，你们如果还有一丝公正和廉耻的感觉，那就应该离开我的家，到别处去欢宴用餐，或者挥霍你们自己的家财。如果你们感到消耗一位显赫男子的遗产更为舒心，可以不用偿还，那么就请自便吧！我会祈祷神，请宙斯帮助我匡扶正义！”

正当忒勒玛科斯说话的时候，宙斯在天上给他送来一道预兆：两头雄鹰展翅从山间飞起，飞临与会人的上空，于是威胁似地在天空打着旋。突然，它们俯冲下来，用利爪相互撕扯各自的脖子和脑袋。最后，它们又飞上蓝天，在伊塔刻城的上空自由飞翔。凭鸟儿占卜的老人哈利忒耳塞斯解释说，它表示求婚人即将面临灭顶之灾，因为奥德修斯还活在人间，即将回来了。求婚人欧律玛科斯听了不以为然，讥笑说：“多嘴多舌的老家伙，你还是回家，给你自己的孩子去占卜算命吧！你骗不了我们。天上盘旋着无数鸟儿，可是并不等于所有的鸟儿都表示着人间祸福！至于奥德修斯，他肯定是死在远方了！”欧律玛科斯是波吕波斯的儿子。求婚人一致要求，希望忒勒玛科斯的母亲迅速离开宫殿，前往她的父亲伊卡里俄斯处，并在那里挑选自己的夫婿。

忒勒玛科斯不再威逼他们，而是要求迅速挑选二十名水手，备下一艘快船，他要前往皮洛斯和斯巴达打听父亲的消息。忒勒玛科斯告诉大家，如果父亲还活着，他将在宫中再等一年；如果父亲死了，他将劝他的母亲再嫁。这时候，只见奥德修斯的老战友门托尔站起身。他十分憎恨求婚人，愤怒地说："如果一位国王忘掉了公平和道义，常常发怒，暴虐无道，毫无疑问，他会受到人民的唾弃，那是别无选择的道路！你们中间还有谁想到我们的和善而又父亲般的奥德修斯呢？这些求婚人穷奢极欲地消耗他的财产，以为不受任何惩罚！我并不抱怨他们，因为他们疯狂地以为奥德修斯再也不能回来了！然而我却要指责那些沉默静坐、袖手旁观的人。他们不作任何的努力，借以制止求婚人的胡作非为。这些人虽然是多数，我却要批评他们。"奥德修斯在出征特洛伊前，曾把管理宫殿家务的责任托付给门托尔。

可是有一位厚颜无耻的求婚人雷奥克律托斯却嘲笑他说："你就静静地等待奥德修斯回来吧。我们倒要看看，一旦他回来时看到我们正在用膳，他是否会跟我们大动干戈。请相信我的一句话，珀涅罗珀尽管渴望他的归来，可是等到他真的回来了，珀涅罗珀一定不会感到特别地高兴。让邪恶的命运将他吞食了吧！行了，男子汉们，我们散会吧！让门托尔和鸟儿占卜家哈利忒耳塞斯去为忒勒玛科斯的旅行加油出力。我们要打赌吗？过不了几个星期，他准得又跟我们坐在一起，等候他的父亲的消息。"

求婚人喧闹着一哄而散，国人大会也结束了，没有作出任何决议。大家各自回到自己的住宅。求婚人又在奥德修斯的宫殿里摆开餐桌，大吃大喝，逍遥自在。

忒勒玛科斯和涅斯托耳

忒勒玛科斯来到海边，向日前变作人形的陌生神祈祷。帕拉斯·雅典娜重新变作门托尔的模样，走上前来说："忒勒玛科斯，如果你还具备你的父亲，即聪明的奥德修斯的精神，那么我希望你迅速执行自己的决定！我是你父亲的老朋友，我去张罗一艘快船，然后陪你一同旅行！"

忒勒玛科斯急忙回家，在路上遇到年轻的求婚人安提诺俄斯。安提诺俄斯笑着伸出手说："别再跟我们生气了！你该吃饭喝水才是！让大家为你准备旅行事务吧。等到他们找来大船,凑齐水手,我看你就可以驾船前往皮洛斯了!”忒勒玛科斯却回答说:“不,安提诺俄斯,我不能长期默默无声地看着你们胡作非为！我不再是孩子了,航行的事已经决定!”

说完,他迅速走进父亲的库房。这里堆满着黄金珠宝,箱内装着贵重的衣服,香油满罐,美酒成坛,放置周围,琳琅满目。他在这里遇到忠于职守的女管家欧律克勒阿。忒勒玛科斯进屋后拉上门栓,对她说:“女管家,请给我准备十二只双耳大坛的美酒,并扎好封口,再用皮袋装二十石上等细面粉。天黑以前我就来取。十二天以后,或者我母亲问起,你才可以告诉她,说我外出寻找父亲去了!”

这时,雅典娜又变作忒勒玛科斯的模样,亲自挑选旅途的伙伴。她在一位富裕的居民,即诺蒙处借得一艘大船。她让求婚人酩酊大醉,连酒杯都从手中滑落在地,酣睡不醒。雅典娜再变作门托尔,走近忒勒玛科斯。一会儿,两人来到海边,伙伴们已经到齐。大家一起动手,把路粮装运上船,然后登上船舱。当海风鼓满船帆的时候,他们给神浇祭美酒。一夜顺风,船行如飞,十分便当。

等到太阳初升,涅斯托耳的城市皮洛斯已出现在航海人的眼前。皮洛斯人正在忙碌地准备给海神祭供牺牲。他们宰杀了九头黑牛,焚烧了一部分,其余部分则分享食用。伊塔刻的男子汉们驾船来到海边。忒勒玛科斯跟变作门托尔的雅典娜下船朝人群走来。涅斯托耳正和他的儿子们坐在人群之中。皮洛斯人看到从海滩旁走来一群陌生人,急忙朝前走去迎接,并请忒勒玛科斯和他的随从在桌前就坐。涅斯托耳的儿子珀西斯特拉托斯友好地邀请他们一同进餐。他请两人在厚实的地毯上坐下,左右是他的父亲和他的兄弟特拉斯墨得斯相陪,地毯铺设在海滩的堤岸上。接着他又挑最好的牛肉递给忒勒玛科斯,给他们斟了满满两盏美酒,又相互碰杯敬酒。珀西斯特拉托斯对变了形的雅典娜说:“陌生人,快给波塞冬祈祷,给他祭供美酒,让你的朋友也一起进行！一切凡人都需要神的帮助!”雅典娜端起酒杯,请求海神给涅斯托耳及其子孙和皮洛斯人降福,请海神帮助完成忒勒玛科斯越海而来的使命。说着,她把杯中美酒稍稍倾洒一点在地上,同时示意她那年轻的朋友也照此办理。

大家一起欢饮用餐。年迈的涅斯托耳看到大家酒足饭饱,便友好地问起陌生人的身世和此行的意图。忒勒玛科斯承认自己是奥德修斯的儿子，前来打探父亲的消息。

老人听说后长叹一声，像其他老人一样，思绪又回到遥远的往昔，于是讲起许多大英雄的战死以及自己的凯旋返回。可是他对奥德修斯却知道得并不比忒勒玛科斯更多。接着他又滔滔不绝地讲起阿伽门农之死和俄瑞斯忒斯的复仇故事。最后，他劝说忒勒玛科斯前往斯巴达寻找国王墨涅拉俄斯。墨涅拉俄斯刚从远方海岸回来，是一场风暴将他吹逐到那里去的。他也许知道一点点奥德修斯的命运呢！

雅典娜同意这项建议，回答说："夜幕已经降临，请让我年轻的朋友在你的宫殿里休息一晚。我要回船去看一下，然后在船上安寝。明天我将去考科涅斯人那里催取一笔欠债。请国王让你的儿子陪伴我的朋友忒勒玛科斯取陆路前往斯巴达。"涅斯托耳答应按照吩咐办理。

突然，雅典娜变成一只雄鹰，展开翅膀直飞蓝天。大家抬起头，惊讶地看着天空里的奇迹。涅斯托耳握着忒勒玛科斯的手说："亲爱的孩子，你不应沮丧，神保佑着你。雅典娜伴随着你。从前，她在所有的亚各斯人中特别器重你的父亲！"说完，老人向女神祈祷一番，答应在第二天清晨祭供一头小牛。然后，他领着客人回到王宫。

第二天，精力充沛的老人涅斯托耳趁着黎明的曙光就从床上一骨碌起身了。他走出门槛，在美丽而又雪白的大理石石级上坐了下来。那是位于宫殿边门前专供休息的地方。他的六个儿子围坐一起。珀西斯特拉托斯还把伊塔刻的客人带了过来。仆人牵来一头母牛，那是涅斯托耳亲口给雅典娜许诺的祭供牺牲。人们唤来了金匠拉厄耳克斯，让他给牛角镀金。女仆们在宫殿忙碌着准备宴会，摆设桌椅，搬来木柴，端上新鲜的水。礼仪所需，一应俱全。忒勒玛科斯的朋友们也从船上来到宫殿的门前。涅斯托耳的两个儿子各自扶着一只包金的牛角把牛牵来了，第三个儿子端来水盆和祭供的大麦，第四个儿子寻来利斧，准备杀牛，第五个儿子凑上一只大盆，用来接取牛血。

大家把最好的牛肉用来祭供女神，还端上甜蜜的美酒。其余的牛肉被穿在铁扦上，烧烤得金黄香脆，十分可口。

忒勒玛科斯没有参加祭供。他由于旅途疲劳，所以去用温水沐浴，现在穿着齐整的内衣，外面披一件华丽的长袍，重新来到聚集的人群中间。大家在桌前就坐，开怀畅饮。宴毕，仆人们备马驾车，要把年轻的客人送往斯巴达。女管家准备了面包、美酒和其他食品，把这些路粮全都搁在车上。忒勒玛科斯登上马车坐了下来。珀西斯特拉托斯坐到他的身旁，手执缰绳，挥动马鞭。骏马飞也似的朝前奔去。不一会，皮洛斯城就远远地落在他们的身后。

忒勒玛科斯在斯巴达

斯巴达的国王正在宫殿里与朋友们欢宴取乐，大家开怀畅饮；一名歌手拨动着竖琴，两位杂耍蹦跳逗乐。国王设宴庆祝两个儿子的订婚典礼。正在欢闹之际，忒勒玛科斯和珀西斯特拉托斯叩响王宫的大门。一位武士报告墨涅拉俄斯，说有陌生人求见。墨涅拉俄斯立即下令接待。

骏马奔跑得大汗淋漓，被解下马车，牵入马厩。马槽内堆放着燕麦饲料。马车也被推进车棚。仆人领着贵宾步入华丽的宫殿。他们已经温水沐浴，洗去了旅途困顿，现在兴致勃勃地来到国王面前，坐在他的身旁，共享盛宴。

忒勒玛科斯惊讶地打量着华丽的宫殿，凑近朋友的耳朵，小声地说："你瞧，拱圆的大厅闪烁着珠光宝气，镶金嵌银，晶莹的象牙多么美丽！无数的珍宝价值连城啊！宙斯在奥林匹斯神山上的宫殿也不会比它更漂亮！"忒勒玛科斯尽管说话声音不高，墨涅拉俄斯却听到了最后一句话。"亲爱的孩子，"他微微一笑说："任何凡人都不该跟宙斯比高低！宙斯的宫殿如同他的任何物件一样都是不朽的！在世人中间也许只有少数人比我更富裕。不过，我是通过许多苦难和迷途才赢得了自己的财产。我花费了八年时间，最后才衣锦还乡。我在塞浦路斯、腓尼基、埃及、埃塞俄比亚和利比亚生活过。朋友们，那是一个怎样的国度啊！羊羔刚生下就长出了羊角；绵羊一年生三胎。人们从不缺衣少食，有肉，有奶，有乳酪。可惜啊，当我在这些国家获得大笔财富时，有人，残酷的刽子手，会同一位不忠诚的女子，却在迈肯尼杀掉了我的一位兄长。我虽然富有财产，却难得欢欣！不管你们来自天南海北，你们一定从父辈那里早就听说了这些故事。如果在特洛伊城前阵亡的人都能活到今天,我即使拥有现在三分之一的财产,也是十分欣慰的！当然,我对其中有一个人更为悼念！任何一个希腊人所经历的苦难都没有超过奥德修斯的。可是我却不知道他现在到底活着还是死了！"

说话间,王后海伦走出她的房间。海伦仍然如同一位女神。她坐在丈夫身旁,好奇地打听着新来客人的身世。"这位年轻人酷似高尚的英雄奥德修斯。"海伦悄悄地对丈夫说,"我也这样想呢！头,手,脚,眼睛,一切都像奥德修斯。"珀西斯特拉托斯在一旁听到谈话,高声地回答说:"你说得对,墨涅拉俄斯国王,这位就是奥德修斯的儿子忒勒玛科斯。我的父亲涅斯托耳派我们前来找你,希望从你这里获得关于奥德修斯的消息。"——"众神保佑,"墨涅拉俄斯大呼一声,"这位客人真是我的好友的儿子！"

第二天清晨,国王又向客人朋友打听奥德修斯在伊塔刻的家庭境遇。当他听说求婚人在那里胡作非为时,他愤怒地大声说:"哼,这批可恶的家伙竟在一位巨人的家中作威作福！奥德修斯会回来的,会狠狠地收拾他们。你们该知道,海洋神普洛托斯在埃及讲到有关他的神谕。那时候我迫使他预言希腊英雄们在凯旋回国时的遭遇和命运。普洛托斯说:'我在脑海里看到奥德修斯困在一座荒岛上,洒落着思念家乡的泪水。仙女卡吕普索强行留下了他。他举目苍天,找不到一条载他回国的船。'亲爱的年轻人,你该明白,这就是我能够告诉你的有关奥德修斯的全部消息。"

求婚人的阴谋

求婚人在伊塔刻岛奥德修斯的宫殿里一如既往地大肆挥霍。一天,他们中最健壮而又最英俊的安提诺俄斯和欧律玛科斯单独坐在一旁闲谈时,只见诺蒙走上前来说:"你们知道忒勒玛科斯何时从皮洛斯回来吗？我借给他一条大船,我现在需要用它到厄利斯去。"

两个求婚人听到消息吃了一惊。他们不知道忒勒玛科斯外出的事,还以为他退回内地自己的住所去了呢！两个人再也坐不下去了。他们站起身,朝其他人走去。安提诺俄斯圆睁着双眼说:"我们根本不敢相信,忒勒玛科斯真的外出航行了。但愿宙斯彻底除掉他,免得他加害我们！为此,朋友们,如果你们给我寻来一艘快船,找到二十名水手,我愿意驾船埋伏在伊塔刻和萨墨岛间的海峡上,用死亡来结束他的狂妄和旅行!”大家一致鼓掌,答应给他需要的条件。

隔墙有耳,他们的话被人听到了。在一旁服务的使者墨冬从心底里鄙视这批求婚人。他听到了安提诺俄斯讲的话,便急忙朝珀涅罗珀的房间走去,把听来的消息告诉女主人。王后听到险恶的变故猛地一惊,站在那里许久没有出声。最后,她说:“为什么他也外出了呢? 难道我们的族第必须从地球上根除了吗?”墨冬无法对她解释,只得眼睁睁地看着她哭泣着瘫倒在门槛上。“快去把老仆人多利俄斯唤来见我,他必须迅速去找拉厄耳忒斯,把这里的情况汇报给老国王。也许老人会想出补救的办法!”珀涅罗珀大声地吩咐着。这时,只见年迈的女管家欧律克勒阿走上一步说:“王后,你把我杀死吧,我对这一切都是知道的。我完全按照他的要求行事。可是我曾经对他发誓,在他外出第十二天以前,或者你没有亲自查问他时,我不对任何人讲起他出海航行的事。我劝你现在离开这里,前去请求雅典娜保护你的儿子。”

珀涅罗珀听从女管家的意见。她隆重而又虔诚地做完祷告,然后平静地躺下睡觉。雅典娜果然让伊菲提墨前来与她梦中相会。伊菲提墨是珀涅罗珀的姐姐,嫁给英雄奥宇梅洛斯为妻。梦中,伊菲提墨安慰着妹妹,还告诉妹妹关于儿子一定会回来的消息。“别担心,”她说,“你的儿子有一位令天下人羡慕的伴侣。帕拉斯·雅典娜跟他在一起,保佑着他。正是帕拉斯·雅典娜派我前来找你的。”

珀涅罗珀惊醒了。她这才知道原来竟是一梦,于是十分高兴,也增添了新的勇气。她深信,梦中给她披露了真情。

求婚人准备了船只。安提诺俄斯率领二十名水手,一起登上大船。伊塔刻岛和萨墨岛间水势汹涌,还有一座暗礁林立的小岛。安提诺俄斯驾着船只来到海峡的岛前,潜伏在乱石丛中,准备袭击随时出现的目标。

奥德修斯离开卡吕普索又翻船落水

宙斯的使者赫耳墨斯从蓝天一直飞入海洋。正如众神会议上的决定一样,他来到俄奇吉亚岛。那是卡吕普索生活的地方。赫耳墨斯在家中找到美丽的仙女。她马上就认出了神的使者。奥德修斯不在一旁。他如同往常一样坐在海滩上,泪眼汪汪地眺望着远方茫茫大海,心中涌起一股无限眷恋的怀乡之情。

卡吕普索的内室非常迷人:炉子里燃着熊熊炉火,香木的芬芳随着一缕青烟在岛上袅袅上升。仙女一面唱着动人的歌曲,一面用金梭织着精致的绫罗。她的仙府坐落在满是杨树和松柏的绿色丛中,树上巢居着歌喉清越、羽毛美丽的鸟雀,还有雄鹰和乌鸦。葡萄藤盘缠岩石间,翠绿的枝叶下面悬挂着晶莹透亮的葡萄。这里还有几道山溪,它们流过长满紫堇、香芹和毒草的草地。真是天上人间少有的洞天福地。

她听到众神的决定时,不禁为之一惊,最后终于抑制不住地说:“你们真是一批残酷而又满怀妒意的神,难道你们真的不愿意看到一位天仙匹配凡人丈夫吗?我从死亡中把他拯救出来,当时他被夹在破船的板缝间,随波逐流,一直漂泊到我的海岛旁。今天,你们却在责怪我为什么与他来往,是吗?他的勇敢的伙伴们全都葬身鱼腹,雷电击中了他的大船,他孤独一人,随着命运来到海岛。我友好地接待了这位落难的船夫,调理喂养他,还答应让他永葆青春,享受与天地同寿的神之福。可是,任何人都不愿违背宙斯的旨意,那就只能让他再度出航,去过无边无际的漂流生活。你们可千万不要以为是我放他出去的。我也无法给他增派水手,不能帮他整理船只!我没有礼物送他上路,只能给他出个好点子,以保他平安无事地回到家乡。”

赫耳墨斯对这番回答很满意,又急忙回到奥林匹斯山。卡吕普索走近海滩,对奥德修斯说:“可怜的朋友,你就别再忧愁悲伤了,我放你回去。你只能得到一只筏子!我给你搁上一些酒料和路粮,给你沿途穿用的衣服,再从岸上给你送上顺风。让众神陪同你平安地回到家乡!”

奥德修斯不信任地朝女仙瞅了一眼说:“美丽的仙女,你在脑子里想的一定又是另外一回事!你只有立下仙誓,声明不给我设立陷阱,我才敢于登上筏子,出海远行!”卡吕普索温柔地微微一笑说:“你别害怕!天、地和冥府都可为我作证,我一定不会恶意地戏弄你!”说完,她率先走了出去,奥德修斯跟在她的身后。回到洞府时,卡吕普索柔肠寸断,依依不舍地告别了奥德修斯。

筏子终于做成了,像是一条小船。第五天,奥德修斯扬帆启锚,出海航行了。他坐在船舵旁执掌舵柄。一路上,他不敢睡觉,始终注视着天空,沿着卡吕普索在告别时教给他的识别记号奋勇往前。他在那一望无际的大海上航行了十七天。到了第十八天,眼前终于出现了淮阿喀亚国的幽暗的山影。山地犹如一架盾牌漂浮在昏暗的海面上。

波塞冬突然发现了海上的奥德修斯。他刚从埃塞俄比亚回来,正好路过索吕默国的丛山峻岭。波塞冬没有参加奥林匹斯的众神会议,不知道众神已作出决议。可是,他却发现众神利用他缺席的机会,有力地帮助了奥德修斯。"好吧,"波塞冬自言自语地说了声,"他必须再经历几番苦难!"说完,他召来各路云彩,又挥动三叉戟搅动大海,并且还唤来暴风雨共同参战,极力为奥德修斯制造困难。霎时间,各路风神齐力袭击奥德修斯的小船。奥德修斯的双膝和心脏都在发抖。他抱怨自己为什么没有死在特洛伊人的枪剑之下。一阵波浪铺天盖地地迎面扑来,小船顿时被打翻了。奥德修斯被扔出船舱,船舵也从手中脱落了,小船的桅杆和船篷也在空中飞舞。奥德修斯掉入波浪,湿透了的衣衫拖累不堪,裹挟着他往海底下沉。

他挣扎着又冒出了水面,连忙吐出了呛在腹中的海水,朝着破碎的小船游了过去。奥德修斯费尽气力才抓住小船,然后顺着小船一起漂流着。奥德修斯正在危急不堪时,突然又遇到了海洋女神洛宇科忒阿。洛宇科忒阿又叫伊诺,是卡德摩斯的女儿。女神非常同情奥德修斯,飞进了汹涌的漩涡,坐在破碎的小船上说:"奥德修斯,请听我的劝告!快脱去衣服,迅速离开木船,用我的面纱裹住你的身体,然后——游泳前进!"奥德修斯接过面纱,女神倏忽一声不见了。他虽然满腹狐疑,不相信眼前的事实,可是他仍然听从女神的建议。波塞冬把他交付给狂风恶浪的时候,小船又更加碎裂了。他像骑士一样跨坐在一根漂浮的木杆上,顺手脱去了裹在身上的卡吕普索送给他的长衣大衫。奥德修斯围上面纱,纵身跳进汹涌澎湃的海浪中。

波塞冬看到他真的跳入海中,不由得摇了摇头说:"那就在风浪中随波逐流去吧!你得忍受更多更大的痛苦!"说完,海神波塞冬回自己的宫殿去了。奥德修斯在海上漂荡了两天两夜。他终于又瞅见一道多林的海岸,波涛在礁石间轰鸣作响。他还没有来得及作出决定,一阵波浪便把他掀上了岸滩。他用两只手紧紧地抓住一块岩石,可是另一道波浪又把他拖回大海。他只得积聚力量,又划动手臂往前游泳。后来,他被漂入一道安全的浅湾,那是一条小河流入海洋的出口处。奥德修斯恳求河神。河神同情他，听从他的祈祷，让水流缓慢。奥德修斯趁势游近河岸，精疲力尽地一头倒在河滩旁，口中和鼻中都流出了海水。奥德修斯以神也无法想象的毅力作出了巨大的努力，等到双腿站上泥地时，不由得晕死过去了。

一阵冷风又把他唤醒过来。奥德修斯恢复了知觉，从身上解下女神的面纱，感激地把它扔回波浪，让它重新回到女神的身旁。奥德修斯赤身裸体，寒冷难当。夜风刺骨冰凉。他决定登上山坡，在就近的树林里休息一阵。他在林间果然找到一块安静的地方。那里有两棵相互交叉生长的橄榄树。橄榄树枝叶茂密，避风挡雨，还能防止太阳暴晒。奥德修斯用树叶给自己铺了一张睡觉的床，舒坦地躺了上去，又抓起一些树叶盖在身上。甜蜜的睡意随即爬上了他的眼皮。他忘掉了经历过如此巨大的磨难，安然地进入了愉快的梦乡。

瑙　西　卡

奥德修斯又困又累地躺在地上，他的佑护女神雅典娜关心着他的安危。女神匆忙走去寻找居住在舍利亚岛的淮阿喀亚人。淮阿喀亚人在岛上建造了一座城市。女神走进国王的宫殿。这里的国王十分贤明，名叫阿尔喀诺俄斯。雅典娜找到了国王的女儿瑙西卡的闺房。瑙西卡生得美丽端庄，真像一位漂亮的女神。她睡在宽敞而又明亮的房间内，门旁有两位使女看护守卫着。雅典娜如同一道青烟来到姑娘的床前，站在瑙西卡的头旁，自己却变作姑娘的使女模样。雅典娜对梦中的姑娘说："你这位懒姑娘，你的母亲会嘲笑你的，你的美丽的衣服还搁在橱内没有洗净呢！起来，快去洗衣服。我陪你去，帮你一起洗，让你尽快完成任务。"

姑娘突然醒来，急忙起床，在父母亲的住处内寻到了他们。母亲跟女仆们正坐在灶旁纺织紫线，国王却站在门槛旁，看到女儿匆忙走来。瑙西卡抓住父亲的手，撒娇似的说："父亲，你愿意让人给我套一辆马车，让我到河边去洗衣服吗？我把你的和兄弟们的衣服一起带去洗。"

姑娘其实想起了自己订婚的喜事，不由得在脸上泛起一阵红晕。她的父亲知道女儿的心事，于是微笑着说："去吧，我的孩子，命仆人们驾车！"瑙西卡果然从房中取出衣服，搁在马车上。母亲把甜酒给她装在皮袋内，又给她备上了面包和别的食品。她还给女儿一瓶香油，让女儿和女仆们沐浴以后搽抹。瑙西卡是一名熟练的驾车手，安排就绪，登上车，执缰挥鞭，驾着马车直奔河边。来到河边时，她们卸下车马，让马儿在肥美的草地上自由走动。姑娘们把衣服搁在洗衣处的小沟内，沟里注满了河水。姑娘们将衣服洗涤并敲击干净，然后用清水漂，再把衣服一件件地晾在被海水冲刷干净的沙滩上。最后，她们自己又洗了个凉爽的清水浴，涂上香油，在岸旁愉快地用完了带来的膳食。大家尽情地欢乐戏耍，等候衣服在阳光下晒干了为止。

早饭以后，姑娘们跳舞、打球，享受着美好的时光。瑙西卡唱起了一首歌，大家跟着一起唱了起来。姑娘们是多么地欢乐！当瑙西卡接过球准备给姑娘们回掷过去时，隐在一旁未曾露面的女神雅典娜把球引向河水的急流之中。球掷偏了，姑娘们一阵喧闹，却把睡在一旁橄榄树下的奥德修斯惊醒了。他站起身，心想：我在什么地方？我深信刚才听到了姑娘们欢乐的笑闹声。

想罢心思，奥德修斯从茂密的树林里拉断一根多枝叶的树枝，用它挡住自己的裸体，然后走出树丛。他的身上仍然沾附着海草和海水的泡沫，浑身上下犹如野人一样。姑娘们以为遇上了海中妖怪，吓得四处逃窜。只有阿尔喀诺俄斯的女儿站立原地不动，雅典娜给了她勇气。

奥德修斯思考着，应该抱住姑娘的膝盖还是虔诚地站在远处向她恳求一件衣服，然后再请她指出寻找住处的道路。想来想去，他觉得还是后一种办法比较明智，于是便在远处对她大声呼喊："喂，不管你是仙女还是凡女，我都向你恳求援助！如果你是仙女，那么你的体态端正美丽，我相信你就是阿耳忒弥斯；如果你是凡间女子，那么我要赞美你的父母和兄弟姐妹！能够娶你为妻，把你带回家中去的人该有多么幸福啊！请怜悯我吧，我受尽了人世间少有的折磨。二十天前我离开了俄奇吉亚岛，被海浪卷入大海。最后，我这个可怜的沉船落难人被冲上了这座海滩。我举目无亲，也没有人认识我。请给我一块遮避身体的布吧！告诉我，你住在哪座城内！愿神保佑你心想事成，使你得到一位如意郎君，一幢美丽的住房，让你获得生活的和睦和平静！"

瑙西卡回答说："陌生人，看上去你像是个高尚的人。你既然来到我们的国度，来到我的面前，那么你就不能缺衣少食。我愿意告诉你我们住在哪里，告诉你关于我们民族的事迹。这里居住着淮阿喀亚人。我是国王阿尔喀诺俄斯的女儿。”说完，她唤来四散逃奔的女仆，安慰她们，劝她们不要怕陌生人。女仆们却仍然惊恐地站在那里。等她们看到奥德修斯在隐蔽的河水里洗毕浴罢，才听从公主的吩咐，给他送上长袍和短衫。她们把衣服搁在树丛上。大英雄穿上衣服。这是公主送给他的礼物，大小长短正合身。奥德修斯的女佑护神雅典娜又让他装扮得更为漂亮。他顿时显得神采奕奕，气宇轩昂，大步流星地从岸旁树丛间走了出来，坐在略略离开姑娘们的地方。

瑙西卡惊讶地打量着眼前的美貌男子，对陪同左右的女仆们说：“这个人一定拥有神的朋友。也许有一位神跟他做伴，把他引到淮阿喀亚人的国家。刚才他又脏又丑，现在却如同从天而降的神一般。如果我们国内有这样一位出色的人才，让他命中注定该是我的丈夫，我将会多么幸福啊！行了，姑娘们，去吧，给陌生人送上饮料和膳食！”女仆们立即办理。奥德修斯又吃又喝，他长久忍受的饥渴得到了愉快的满足。

接着，大家把晒干的衣服装在马车上。她们套上马，瑙西卡仍然执掌缰绳。陌生人跟女仆们一起步行跟上。“这里离城不远，”她抱歉似的对奥德修斯说，“城的周围是一垛高墙。两旁有个港口，港口内一条狭长的通道。那里是一个繁华的贸易市场，还有海神波塞冬的神庙，庙旁展出并出售缆绳、帆布、桨橹和其他船具。淮阿喀亚人是勤劳的海上水手。因为我们离城不远了，所以我要回避众人的胡言乱语。这个民族是十分骄傲的，甚至只要遇到我们的一个农民，他就会嘲笑说：‘啃，瑙西卡身后的那位漂亮的陌生大个是谁呀？他大概是瑙西卡的丈夫吧！’听到这类闲言碎语时我会十分狼狈的。等我们到达城前那棵献给雅典娜的白杨树跟前时，你得在那里稍站一会，只要等到你觉得我们已经进城了为止。然后，你赶紧跟上来。你很快会从许多住房中找到我父亲的宫殿。你在那里抱住我的母亲的膝盖，让她喜欢你，那样才能得到她的支持和帮助！”

瑙西卡说着，慢慢地赶动马车。奥德修斯和女仆们随后跟上。来到雅典娜的白杨树时，奥德修斯一人留下。他虔诚地向保护女神雅典娜祈祷，然后又慢慢地跟了上去。

奥德修斯和淮阿喀亚人

瑙西卡已经回到父亲的宫殿。奥德修斯离开了圣树，取道朝城内走去。雅典娜不失时机地继续帮助他。为了防止骄傲的淮阿喀亚人伤害他，雅典娜在他周围布施了一道浓雾，而他自己却仍然毫无察觉。等到临近城门的时候，她不得不变作一位淮阿喀亚姑娘的模样，手里提着一只水罐，来到奥德修斯的面前。“小姑娘，”大英雄招呼她说，“你愿意给我指一下寻找国王阿尔喀诺俄斯住宅的路吗？我是陌生人，不认识任何人！”——“乐意为你服务，你是好人，”女神回答说，“我的父亲就住在附近！你可以放心地跟着我走。这里的人不太喜欢外乡人。艰难的海洋生活让他们的心肠也变硬了！”说完，雅典娜迅速走在头上，奥德修斯随后跟着，淮阿喀亚人却看不见他的身影。一路上，他高高兴兴地欣赏着码头、船只、高大的城墙和活泼的人群。最后，他们来到一处地方，雅典娜说：“这里就是阿尔喀诺俄斯居住的地方，你放心地进去吧。有一件事需要提醒你，你必须首先寻找王后！她的名字叫阿瑞忒，原来是她的丈夫的侄女。阿尔喀诺俄斯十分器重她，淮阿喀亚人也非常尊敬她。她聪明贤慧，善于用智慧缓和男人间的争斗。你要是赢得她的同情，那就根本用不着担忧和害怕了。”

女神说完话就离开了。奥德修斯沉思着站在门前，打量着这座华丽的宫殿。高大巍峨的房屋金光灿灿，犹如光芒万丈的太阳一般。镶嵌青铜花纹的墙壁朝着左右两旁延伸过去。内庭有黄金大门，门柱是银铸的，柱旁有一道黄金的花环，底座一律用金属制成，门上配着金环，门的两旁立着赫淮斯托斯锻制的金狗银狗，好像守卫王宫的的武士一样。奥德修斯走入大厅，看到周围搁着一排软椅，椅子上铺着织造精致的坐垫。这里是王侯和淮阿喀亚人举行国宴就坐的地方。淮阿喀亚人喜欢热闹和交往。高高的托架上站立着金童人像，手中举着熊熊燃烧的火把。王宫内共有五十名女仆。她们中有的用手磨磨面，有的织布，有的坐着纺线。这里的妇女能织善纺，就像淮阿喀亚男人都是优秀的水手一样。庭外是一个花园，园外砌有围墙，园内栽种着多汁的梨树、无花果、石榴、橄榄和苹果。淮阿喀亚国一年四季吹着温暖的西风，不管冬天还是夏天都有水果上市。有时候一部分树木开花，另一部分树木则结出鲜美的果实。旁边有一块葡萄园。阳光下,晶莹的葡萄闪闪发亮。有的葡萄已经采摘了,另有一些刚从花中绽出,逐渐显露馋人的鲜艳色彩。花园的另一头延伸着一畦畦、一簇簇芬芳美丽的鲜花。两道水溪蜿蜒曲折,一道溪水流经花园,另一道溪水则从宫殿的门槛旁穿过。居民们正在那里汲水。一派富足升平的欢乐景象。

奥德修斯观赏了好一会,又抬腿朝国王的大厅走去。淮阿喀亚的显赫名人正聚集欢宴。天色将晚,大家意欲结束宴会,于是又一起给神的使者赫耳墨斯举行浇奠祭礼。奥德修斯仍然裹着浓雾。他穿过人群,来到国王夫妇面前。雅典娜一道旨意,裹挟在奥德修斯周围的浓雾顿时消失不见了,奥德修斯暴露在大家面前。他抢上一步,跪在王后阿瑞忒的脚下,一把抱住她的膝盖,哀怜地恳求说:"啊,阿瑞忒,我恳切地匍匐在你和你的丈夫面前!愿神赐予你们幸福和欢乐,请你们帮助我,一位迷失方向的可怜人,重新回到我的家乡!我已经在迷途上奔波多时了。"

淮阿喀亚人被眼前意外的景象惊住了。最后,客人中年龄最大而又阅历丰富的英雄厄刻纳俄斯打破沉默说:"天哪,阿尔喀诺俄斯,应该邀请陌生人入席就坐。命令使者重新调制美酒,让我们给宾客的佑护神宙斯举行浇祭祈祷。女管家必须给新来的客人端上酒饭菜肴!"

国王对这番话很满意。他抓住英雄奥德修斯的手,让英雄坐在自己身旁的椅上。这里原来坐着国王的爱子拉俄达马斯。拉俄达马斯连忙给客人让座。祭供宙斯的礼品摆上了,全场的人起立。国王当众邀请全体客人第二天再赴友谊宴会。他还向陌生人保证,不管陌生人是谁,也不管陌生人来自何方,都能得到帮助,从而平安地返回自己的家乡。说完,他又仔细地打量起陌生人来。雅典娜不失时机,给奥德修斯增添了神一般的仪态和光辉。国王端详了一会,说:"如果你是一位不朽的神,有时以凡人模样前来参加节日的活动,那么你就用不着我们的帮助。我们倒是应该请求你的佑护!"

"你快别这样想!"奥德修斯很不好意思,连忙站起身回答说,"我跟你们一样,都是凡夫俗子!此外,我还是人间最受苦难折磨的倒楣蛋。"

等到客人全都离开,宫殿里只剩下国王夫妇两人和陌生人时,阿瑞忒看着陌生人身上漂亮的衣服,突然认出了这是自己织造的,便感到非常奇怪地说:"陌生人,我首先想问你从哪儿来,是谁送给你这一身漂亮的衣服?"奥德修斯如实回答了自己的情况，讲到在俄奇吉亚岛上跟仙女卡吕普索相遇的故事以及悲惨的海中漂泊。当然，他也没有隐瞒跟瑙西卡会面的事。

“这真的是我女儿送给你的。”国王阿尔喀诺俄斯微笑着说，“可是，她却违反了一项义务。她应该跟女仆们一起马上把你领回我们的宫殿！”

“国王，可别埋怨她，”奥德修斯回答说，“她已经准备这样做了，可我拒绝了。我担心你会怀疑我们！”

“哎，我不会勃然大怒的，”国王说，“但在一切方面总得有个规矩，这是好事。现在，如果出于神的意愿，有像你这样的人准备娶我的女儿为妻，我多么愿意让你留下，给你宫殿和财产！不过我可不能强迫任何人留在这里。明天，我给你挑选海船和水手。随你想到什么地方去，我们都可以帮助你。”

奥德修斯听到这个决定，内心非常感激。他告辞出来，睡在一张柔软的眠床上，解除了一切疲乏和困倦。

第二天清晨，国王起大早便召集人民在市场上举行会议。国王一直还不知道来自何方的客人，也陪同一起前往。大家都惊奇地打量着拉厄耳忒斯的儿子，雅典娜仍然给予他非凡的品貌和威严。国王以隆重而又热烈的致辞把陌生人向他的人民作了介绍。他要求市民们准备一艘配备五十二名淮阿喀亚青年水手的海船，随时听候调遣。同时，他还邀请在场的头领共赴专为陌生人在王宫内举行的宴会。国王命令歌手特摩多科斯宴前献艺，给阿波罗唱歌祭颂。

集会结束以后，年轻的小伙子们预备坚固的大船。他们装上桅杆和船帆，用皮带紧紧地缚着船桨，并且张起了帆布。等到一切准备就绪，大家再回到国王的宫殿。宫殿的大厅、庭院和房间内拥挤着应邀的贵宾。宴席上杀掉十二只羊、八只猪和两头公牛。宴会结束后，盲人歌手开始了他动人的歌艺。他以嘹亮的歌喉歌颂已经扬名四海的特洛伊英雄。歌词叙述了脍炙人口的两位英雄激烈争斗的故事。这两位英雄不是别人，正是阿喀琉斯和奥德修斯。委婉的歌声和盘托出了当年的争执：赫克托耳死后，希腊的诸位国王召开军前会议，商量如何攻占特洛伊城。阿喀琉斯和奥德修斯意见相左。一方坚持强攻，一方坚持智取。阿伽门农为双方争执不下感到高兴，因为特尔斐的神谕曾经说到，当希腊的英雄们激烈纷争的时候，希腊人即将攻克特洛伊城了。

奥德修斯听到歌中对自己名字的赞扬，不得不把头缩在衣服里面，免得让别人看到他在流泪。坐在一旁的国王看到他老泪纵横，便命歌手暂停唱歌。他传令进行体育竞赛，以此表示对客人致敬。“我们的客人，”国王说，“回国以后将不忘对家乡的人们说起，我们淮阿喀亚人在拳击、摔跤、跳远、赛跑等方面都是超一流的人。”随着国王一声令下，大家都匆忙赶到市场。许多贵族青年竞相报名，其中包括国王阿尔喀诺俄斯的三个儿子。他们是：拉俄达马斯，哈利俄斯和克吕托尼奥斯。三位少年英雄先入沙土跑道比试赛跑。克吕托尼奥斯一马当先，首开记录；接着进行摔跤比赛，淮阿喀亚人阿姆菲亚洛斯取得胜利；厄拉特柔斯掷铁饼夺魁；国王的儿子拉俄达马斯赢得拳击桂冠。

后来，拉俄达马斯站起身，对比赛的年轻人说：“朋友们，我们希望看一下，不知陌生人是否理解我们的比赛！”

“对，你说得有理，”欧律阿罗斯回答说，“你应该向他挑战，跟他进行比赛！”拉俄达马斯果然礼貌地走到陌生人跟前，邀请客人一同献艺。

奥德修斯推辞说：“年轻人，你们该不是想侮辱我吧？我很悲伤，根本没有兴趣参加比赛。我忍受了多少折磨，现在只是渴望着能够回到我的祖国，我的故乡！”

欧律阿罗斯不高兴地回答说：“天晓得，陌生人，你的讲话并不像出于一位武士的口中。你也许是一名优秀的船长或者是一个聪明的商人。你不是一位英雄。”

奥德修斯听到这话皱了皱眉头说：“我的朋友，这可不是一句好听的话。我可不是竞技场上的新手。我在年轻力壮的时候，总是跟最强的选手斗技，接受他们的挑战。现在不一样了，多年的战斗和海上的风浪折磨得我精疲力竭。不过，你既然向我挑战了，我也不妨试一下！”

说着，奥德修斯从座位上站起来。他连长袍都没脱下，伸手抓起一只铁饼，又大又厚又沉，惊得淮阿喀亚年轻人自叹不如。奥德修斯猛地将铁饼掷了出去。铁饼嗖的一声，围站一旁的淮阿喀亚人看着铁饼凌空飞过，急忙弯下腰，低着头，铁饼远远地超过了标志线。雅典娜变作淮阿喀亚人，急忙在铁饼落地的地方做了个标记，然后大声说：“连盲人都得承认你的记录，好家伙，你比任何人都要掷得更远。在这项比赛中谁也不会超过你了！”

奥德修斯非常高兴，感谢在淮阿喀亚人中能够找到一位好朋友，于是轻松地说："行了，年轻人，你去掷吧！你讥讽了我，那就请到这里来。你还想举行哪些项目的比赛呢？我决不向任何人认输，决不退让半步！可是我不会跟拉俄达马斯比赛的。作为客人，谁愿意跟款待他的主人角逐呢？"

年轻的淮阿喀亚人听到这话，都怔住了，一言不发。只有国王说："陌生人，你向我们显示了勤奋和力量。从现在开始，任何人都不能谴责你。今后，你跟妻儿老少团聚时，你也应该对他们讲起我们的风仪和道德。我们在拳击和摔跤方面也许并不出色，在航行方面却是相当高明的。我们在欢度节日时弹奏弦琴和跳舞，我们有最美丽的首饰，最舒适的浴地，最柔软的眠床。你都看到了，我们不愧为这些方面的大师。来吧，舞伴们，船员们，歌手们！给陌生人表演一下你们的技艺！别忘了把特摩多科斯的竖琴也送过来。"

一个使者随即出去，取来了竖琴。九个男人收拾着组成了临时的舞场。他们圈好了场地，把一切都准备就绪。弹竖琴的人走到中间，舞蹈开始了。奥德修斯很惊奇，他还从来没有看到过如此轻快而又美妙的舞蹈。接着，歌手唱起一首动人的歌，歌颂神的生活的欢乐情景。跳过一场轮舞以后，国王命令他的儿子拉俄达马斯和伶俐的哈利俄斯再跳双人舞。他们手上捧了一只小球，一个人仰起身把球往空中掷去，另一人跳起来在空中把球接住。他们轻松地交换着脚步，愉快地舞蹈着。一旁观看的人热情地鼓掌，为他们添助舞兴。

奥德修斯非常钦佩地转向国王说："千真万确地说一句吧，国王阿尔喀诺俄斯，你们有地球上最优秀的舞蹈家！"阿尔喀诺俄斯听了这番评论非常高兴。他对淮阿喀亚人说："你们都听到了吗？你们听到这位陌生的朋友对你们的赞美了吗？他是一个眼力很好的人，我们应该给他赠送丰富的礼物。我们国内一共有十二位王子，连我在一起共有十三人，我们每人都带来一件披风，一套紧身服和一泰伦特的黄金。我们把这些礼物全部送给他，作为临别的纪念，他一定会感到高兴的。当然，欧律阿罗斯应该向陌生人赔礼道歉，别让他对我们留有丝毫的怨恨。"淮阿喀亚人听到国王的讲话都齐声喝彩。一位使者起身去收集礼物。欧律阿罗斯还把那柄象牙剑鞘和银把宝剑赠给外乡的陌生人。他说："倘若我的话冒犯了你，那就让它随风飘散了吧。

愿神保佑你平安地回到家乡！淮阿喀亚人祝愿幸福与你常在！”

“但愿你不会懊悔送给我贵重的礼物！”奥德修斯一面说话，一面将宝剑佩挂在自己的身上。待到日落时，所有的礼物全都收齐，一起放在王后的面前。国王阿尔喀诺俄斯向王后要了一只精致的箱子，把衣服和黄金装在箱内，然后把箱子送往奥德修斯的住处。国王还送了他许多衣袍和一只贵重的金杯。奥德修斯小心翼翼地关上箱盖，用绳结将箱子捆扎结实，最后又用温水沐浴。浴毕，他正想再回豪饮取乐的男子汉宴席，却突然看到瑙西卡站在大厅的门口。奥德修斯自从进入宫殿以来还是第一次见到公主哩！公主为人庄重，深居内庭，不参加男子们的宴饮。现在，她要跟高贵的客人亲自告别。公主深深地瞅着陌生人的魁梧身材，温柔地说：“高尚的客人，愿你健康幸福！希望你在故国家园时也能时常想到我！”奥德修斯很受感动，回答说：“尊敬的瑙西卡，如果神给我赐福，让我有朝一日回到家乡，我会把你当作神一样每天供奉，你是我的救命恩人。”

说完，他步入大厅，在国王身旁坐了下去。仆人们正在忙碌着倒酒分肉。盲人歌手特摩多科斯又被带了进来，坐在一旁。奥德修斯示意使者过来，亲自在搁在面前的烤猪肉中选取最精美的部分割了一块，放在盘内，对使者说：“朋友，请把这块肉端给歌手，我应该向他表示敬意。歌手应该处处受到尊重。他们是缪斯的学生，缪斯亲自领导着他们，教会他们歌唱。”盲人歌手收下了礼物，十分感激陌生的朋友。

饮宴完毕，奥德修斯又一次转向特摩多科斯说：“我在世人面前赞美你，亲爱的歌手，阿波罗或者缪斯亲自教会你唱歌！你是何等精彩地描绘了希腊英雄的命运，如同你身临其境，亲眼看到，亲耳听来一样。来吧，继续唱下去吧，唱一段关于木马计的故事，看看奥德修斯当年的所作所为！”

歌手愉快地听从了意见，大家都静静地听他歌唱。当英雄听到歌颂他的事迹时，又禁不住暗暗地流下泪来。国王阿尔喀诺俄斯看在眼里，制止了歌手，说：“我们最好还是不要拨动竖琴。自从歌声响起时，我们的客人愈加忧郁，愈加悲伤。我们根本无法让他欢乐颜开。喏，陌生人，请告诉我们，你的父母亲是谁，你的祖国在何方？我并非出于好奇而问你的，我们必须知道你的祖国，知道你的家乡。只有这样，淮阿喀亚人才能把你送回故乡。除此以外他们什么也不想知道。他们无需向导。他们只要知道地名。那么不管浓雾或者黑夜，他们都能驾船航行！”

奥德修斯听到友好的话很兴奋，也友好地回答说：“尊敬的国王，你不要以为歌手并没有给我带来欢乐！正好相反，能够倾听他那神一般的歌喉，那真是莫大的欣慰与幸福。瞧，一个民族的英雄事迹挂在歌手的口边，客人们坐成长长的一行，每个人面前堆着面包和肉类，斟酒的仆人到处巡行，我几乎不能想象还有比它更美好的生活了。亲爱的朋友们，我不能妨碍这组欢快的歌曲。可是，如果你们真想知道我的身世，我也愿意趁着酒兴给大家说个明白，借以感谢朋友们的深情厚意！”

奥德修斯叙述他的迷途境遇

“我叫奥德修斯，是拉厄耳忒斯的儿子。我的家住在春色明媚、阳光灿烂的伊塔刻岛。现在就请大家听听我如何从特洛伊人的国家回乡的悲惨故事。”

“我尤其想起了那一回——

险遇可怕的四大族人

顺风顺水。我乘船从伊利翁一直来到伊斯玛洛斯，那个被我们夺取的喀孔涅斯人的都城。守城的男人全部殉难，妇女们也连同她们的财物被一起瓜分完毕。如果按照我的建议，我们应该急速离开那里。可是鲁莽的朋友们却不以为然。他们留恋战利品，不肯放弃城池。溃逃在外的喀孔涅斯人跟聚在国内的兄弟们取得联系，从而加强了自己的实力。他们趁我们用饭之际突然发起攻击，以强大无比的力量取得了胜利。可怜我的六位朋友还没有站起身就已经死在餐桌旁，其他人也只是靠了匆忙逃走才幸免于难。

我们扬帆摇橹，一路往西，庆幸终于逃脱了死亡的威胁，可是内心却为死去的朋友们感到十分悲痛。宙斯看准机会，从北方给我们送上一阵飓风。海洋上波涛汹涌，天与海连成一片，战船被裹挟在天空和黑夜之中。大家忙着降下船桅，可是还没有等到收下船桅，两根桅杆已经断裂，船帆也被撕成碎片。我们好不容易才来到岸边，抛锚停靠了两天两夜，才重新把桅杆整修完毕,装上了新的船帆。然后,我们怀着迅速回到家乡的热切希望,又启锚航行。不料我们刚刚到达玛勒亚山脚下,正在彼罗普斯岛的南端准备掉头转弯时,北方突然袭来一阵飓风,把我们一直送进了浩瀚无际的汪洋大海。我们在风浪中颠簸了九天九夜。到了第十天,我们才终于登上了洛托法根人的海岸。那是一个以莲子为食的民族。我们上岸,补足了新鲜的淡水,然后才派出两位朋友随着一位使者前去打探情况。他们正巧赶上洛托法根人召开国民大会,因此受到了隆重而又热烈的接待。主人捧出了莲子,请来使们品尝。这里的莲子具有特殊的神效,比蜂蜜还甜,吃过一口的人就会乐而忘返,希望永远留在那里。我们不知就里,看到派出去的人久等不归,只好出去寻找,最后用强力才把他们带上大船。

我们又一路航行,遇到了野蛮的库克罗普斯人。他们不耕不织,一切听命神的安排。这里的土地十分肥沃,不用农民的耕种就能天然地长出各类作物。它们是小麦和大麦,纯净的葡萄藤上结成一串串晶莹而又饱满的果实。宙斯在和风细雨中给大地赐下幸福。他们没有法律,不知道应该召开国民参议会,大家都住在怪石林立的土山洞内。库克罗普斯人跟妻儿老小团聚一堂,极尽天伦之乐,从不关心别人家的路长水短。在绵绵不断的海湾外端,即库克罗普斯国的邻近地方,有一座丛林茂密的岛屿。岛上生长着一群野山羊。野山羊从来不惧怕猎人,长年累月无忧无虑地在岛上啃吃青草。岛上没有人迹,库克罗普斯人不懂造船艺术,没有人能够渡海上岛。肥沃的土壤使得岛屿很容易成为花果宝地。湿润而又茂密的草地遮盖着宽阔的海滩,未曾开垦的田野土质疏松,微微起伏的山岭间长满了水淋淋的葡萄。这里有四季适宜的天然海港,进入海湾的船只既不要解缆放锚,也无需傍岸系扎。佑护神把我们一直送上这座美丽的岛屿。破晓时分,我们踏上海岛。经过一阵欢乐的围猎,我们打到许多山羊。我们一行共乘坐十二条海船,每条船上都分到了九只山羊,最后还多下十只自然归我所有。在这天剩下的时间里,大家就高高兴兴地坐在海岸上。陈年葡萄酒,新鲜山羊肉,把我们一直送进甜蜜的黄昏。其实,这些葡萄酒还是我们在喀孔涅斯人那里掳掠而来的战利品。

第二天清晨,我饶有兴致地希望走上对面的陆地,前去考察一番那里的风土人情。我对那里的居民还一无所知。踏上岸边时,我们看到海滩的最外端有一座高耸隆起的山岩裂缝,周围是一片桂树,树下卧伏着成群的绵羊和山羊,旁边砌着夯得很紧的砖石,上面构筑着松树和栎树交织的高大篱笆。篱笆内站着一位身材巨大的人,他在广阔无垠的牧场上放牧牲口。巨人孤零零的,不跟任何人往来,即使对同类巨人也不搭理。他的脑子里充满着恶意。这就是库克罗普斯人。

我挑选了十二名最勇敢的朋友,吩咐其余的人都留在船上看守船只,然后搬过来一皮袋美酒。那还是在喀孔涅斯人那里,伊斯玛洛斯城内一座阿波罗神庙的祭司送给我的礼物,因为我们放过了他的生命和房屋财产。此外,我们又从旅途干粮中选择了一些上等精品,统统装在大筐内,希望以此能够赢得那位巨人的欢心。

来到山间裂缝的时候,我们看到巨人还没有回家,他仍然留在牧场上放牧。我们跨进洞口,对面前的陈设非常惊讶。大型的乳酪饼装了一筐又一筐,牲口棚内拥挤着绵羊和山羊,地上到处是箩筐,水桶里盛着满满的乳清,挤奶的桶罐满地都是。朋友们看到这里,非常高兴。他们怂恿我马上动手,把乳酪搬运一空,然后迅速离开。他们建议我或者把绵羊和山羊全部赶上海船,再一起回到海岛上的朋友处。我要是听从他们的意见该有多好啊!可是我抑制不住自己的好奇,一定要亲自认识这位山洞里的奇异主人。我希望得到一份作客的礼物,不愿意做贼做强盗,不光彩地离开这里。于是,我们点起一堆火,摆开祭祀的礼品。当然,我们也取来一点乳酪,吃得津津有味。大家等待着,希望主人马上回来。

他终于来了,宽阔无比的肩膀上扛了一捆巨大的干木柴。巨人把木柴扔在地上,地面上传来一阵可怕的轰隆声。我们惊吓得挤作一团,躲在山洞外厢的角落里,看着他把肥壮的牧群赶入山洞,而后又把公绵羊和公山羊拴在外面的院子里。最后,他把一块巨石滚动着搬过来,挡在山洞口。嗬,多大的山石呵,连二十二匹烈马也休想拉动它!巨人重重地坐在地上,开始给绵羊和山羊挤奶。他把一半的羊奶倒入凝乳酶中拌和。那是无花果树的树汁,制作乳酪时用它拌和奶品,可以促使牛奶或者羊奶很快地凝结聚块。巨人捞起乳酪,装在筐内,让它干燥。他又把另外的一半羊奶盛在许多大盆大碗内,那是他每天的饮料。巨人做完这一切,才起身点火。这时候他猛然看到我们拥挤在山洞的角落里。我们也清楚地看到,那是一个何等高大的巨人！如同一切库克罗普斯人一样，他只在额间长有一只闪闪发光的眼睛，两条大腿犹如千年古栎，双臂和双手又粗壮又强健，足以让他有力气举起山石当作皮球玩。

“陌生人，你们都是谁呀？”巨人粗暴地问了一句，声音如同山间的滚雷。“你们从哪里来？你们可是强盗，或者有什么不可告人的勾当？”我们被问得心惊胆颤，最后，我大着胆子回答说：“我们是希腊人，刚从征服特洛伊的战场上回来。回国途中我们在海上迷了路，请求你慷慨解囊，保护我们。好朋友，听从我们的劝告，神将会永远地伴随着我们！宙斯会佑护寻求保护的人，将严厉地惩罚那些违背他意愿的行为！”

库克罗普斯人发出一阵可怕的笑声。他说：“陌生人，你是一个傻瓜，还根本不知道在跟谁讲话！你以为我们在乎神和他们的报复吗？雷神宙斯和其他的神跟我们库克罗普斯人该是一种怎样的关系呵！我们比他们强大十倍！只要我不愿意，我就不会饶恕你和你的朋友！现在请告诉我，你们乘坐的船只在哪里？你究竟将它藏在什么地方？”

库克罗普斯人问得十分狡猾，可是我已经早有提防。“好朋友，我的船么，”我回答说，“已经被震撼大地的波塞冬扔在你们的海岸前的山岩上，撞得粉身碎骨了。我们几个人侥幸才逃出了灾难！”巨人听了以后一声不响，伸出大手，抓起我们的两个朋友，像扔两只小狗似的把他们掼在地上。两位朋友顿时脑浆迸裂，血肉模糊地倒在地上。巨人撕开了我的朋友，如同山间的饿狮一样，美美地吃了一顿晚餐。人肉，内脏，骨髓，甚至连同骨头都被他吃得干干净净。我们朝着宙斯高高地举起双手，大声地控诉巨人的罪孽恶行。

妖魔填塞了肚皮，又喝了一气羊奶，解除了干渴，然后仰面倒下，躺在山洞的地面上睡了。我思忖着，是否应该朝他走过去，朝他肝脏和横隔膜间狠狠地刺上一刀，干脆结果了他的生命。可是我很快又想起一个更好的主意，因为这一刀对我们实际上并没有好处。谁能把巨大的石块从山洞口搬开呢？我们将会活活地饿死在这里。因此，我们只能听凭他大声打鼾，恐惧不安地坐待天明。拂晓，库克罗普斯人起身了。他重新点上火，开始挤奶。等到这一切事情完毕，他又从我的伙伴队列里抓了两个人，左右撕扯着吃得津津有味。我们吓得魂飞魄散。巨人用完早餐，拉开洞口的山石，把肥壮的羊群赶出山洞，自己也跟着出去。然后，他又转过身体，用石头塞住洞口。我们听到他挥着响亮的牧鞭，吆喝着牧群上山去了。大家神色惶恐地留在山洞里，默默地等待着下一回挨着被撕吃的机会。

我寻思着报复的机会，思忖着该怎么行事，才能向这个恶魔讨还这一笔笔冤孽之债。我终于想到一个主意，而且觉得实在不差。羊圈里有一根库克罗普斯人使用的棒槌，青橄榄木做的，好像一条大船上的桅杆。我用棒槌做了一根长箭，如同一根大木桩，足有一托长。我请朋友们将它刨平，然后亲自动手把木桩的上端削尖，又让它在火上烧烤一阵，变得十分坚硬。木桩长箭削完以后，我把它藏在山洞的粪堆下面。山洞里肮脏不堪，到处都有粪便。这时候，我们一起抽签，决定谁应该跟我一起，把木桩长箭迅速戳进巨人的独眼中去，当然要等他睡着的时候。抽签结果轮到四个最勇敢的人。如果由我点选，我也会看中他们的。

晚上，恶魔巨人又带着牧群回来了。这一回他没有让牲口留在前面的院子里，而是统统赶入山洞。也许他嗅出了一些不对头的气氛，有点怀疑了，也许是佑护我们的神从中帮忙，你们马上就会听到故事的结局。

像第一天一样，巨人又用石头堵住洞口，并且伸手从我们中间抓了两个伙伴，准备撕吃。这时候，我解开盛酒的皮袋，把浓浓的美酒倒入木桶，然后走近恶魔说："拿去吧，库克罗普斯人，喝掉！喝这样的酒就人肉，那真是再好不过的了。你应该尝尝，知道我们在船上到底带了多么香醇的美酒。我把它送给你，希望你可怜我们，放我们回去。不过，你是一位十分可怕的暴君！"

库克罗普斯人接过木桶，一句话不说便咕咚咕咚地把酒喝个精光。看得出来，酒的芬芳和酒劲让他感到惊悸发颤。等他喝完美酒，他才第一次友好地开口说话："陌生人，再给我喝一桶，并且告诉我，你叫什么名字，让我以后也送你一件满意的礼物。我们，我们库克罗普斯人也有美酒。为了让你知道面前的人是谁，那么我告诉你吧：我的名字叫作波吕斐摩斯。"

我乐意再给他喝酒，于是连着给他倒了三桶。他趁着天黑连喝三桶。看他酒劲上涌，神志迷糊的时候，我灵机一动，狡猾地对他说："库克罗普斯人，你想知道我的名字，是吗？我的名字很奇特。我叫无人，大家都叫我无人。"库克罗普斯人接着回答说："你应该得到回报！无人，我将在最后一个吃你。无人,你对这份盛情满意吗?”

讲到最后这句话的时候,库克罗普斯人已经舌头僵硬,迷糊不清了。他往后靠过去,一跤翻倒在地上,肥胖的脖子歪在一边,酒醉后打起鼾来。我迅速把木桩长箭塞在火光闪烁的灰烬里,等到它刚被点着,又迅速把它抽出来,跟四个朋友一起,抓住木桩,狠命把桩尖戳在巨人的眼睛里。我转动着木桩,就像木匠转动木头的钻孔一样。巨人的睫毛和眉毛都已烧焦,发出吱吱的声音。他的那只被烫伤戳瞎的眼睛也嗞嗞作响,如同灼热的铁块浸入冷水一般。受伤的巨人大声咆哮着,声音分外恐怖。我们害怕地躲在山洞中靠近门口的角落里。

波吕斐摩斯从眼睛窟窿中拔出木桩,把木桩远远地扔了出去,暴躁狂怒得如同一个发疯的人。突然,他又发出一阵叫喊,召唤其他的库克罗普斯人,他的本族兄弟急忙前来。那些人全都住在山区,听到咆哮,果然从各个方向赶了过来,围着山洞,站成一圈。大家想知道他们的这位兄弟究竟怎么啦!巨人在山洞里声震如雷地说:“喂,朋友们,无人,无人谋杀我,无人奸诈地干这种勾当!”库克罗普斯人听到回答,便说:“既然无人伤害你,你在这里叫唤什么?你莫非病了吗?可是我们库克罗普斯人是不会治病的。”说完,大家又一哄而散。我却十分高兴,连心脏也在胸腔内发出了呵呵的笑声。

瞎了眼的库克罗普斯人摸索着来到洞口,痛苦万分地呻吟着,然后搬开门旁的巨石,自己坐在洞口,不时地伸出一只手,左右捞摸一番,看看是否有人会趁机偷盗他的绵羊。我左右思量,想了足足有一千个主意,又全部推翻,最后终于有了办法。我看到在我们山洞里有许多公羊,它们喂养得十分强壮,毛皮也特别厚实。这类牲口又大又结实。我悄悄地用柳条将它们三只一排地捆扎起来。中间一只公羊在肚腹下面载着我们的一个朋友,朋友紧紧地贴在羊毛上,不动声色。两边的公羊正好一左一右地保护当中的伙伴,使得肚腹下面的秘密负担不至于马上暴露。我给自己挑了那只最大的头羊。我抓住羊背,骑上去,慢慢地转动到它的腹下。一切都准备就绪,我们盼望着天亮。天终于亮了,牧群中的公畜领头,它们跳出山洞,前往牧场。母羊忍受着鼓鼓的奶胀,在圈内咩咩地叫声不绝。它们倒楣的主人仔细地摸着每一头往外奔窜的公羊背,想知道上面是否骑坐着逃跑的人。巨人十分愚蠢,绝对不会想到公羊的肚腹,也不会想到我的妙计。轮到我的头羊慢慢地来到门口了,波吕斐摩斯摸着它说:“我的好公羊,你怎么落在整个羊群的最后了?你从来不能忍受其他的绵羊赶在你的前面。你永远是第一个奔上鲜花盛开的草地,来到淙淙流动的溪边;晚上,你又总是第一个回到羊圈。你难道在为主人悲哀吗?是啊,如果你跟我一样,也有思想和语言,那么你一定会告诉我,那个可恶的人和他的团伙究竟藏在哪一个角落里。然后,他的脑浆将会在山洞的墙壁上碰撞飞裂,我的心才会因此而满足。”

巨人让这头公羊也走出山洞,我们都一齐来到野外。离开山洞不久,我第一个从羊腹下面钻了出来,然后帮助别的伙伴一一地离开了公羊。可惜我们只有七个人了,大家高兴地拥抱在一起,为失去了的兄弟们感到惋惜。我示意他们小声,并让他们带着公羊迅速离开这里,朝我们的大船走去。直到我们都坐在划桨的位置上,顺着波涛一路往外,离开岸边已经有了一段距离,我才朝着顺山坡而下领着牧群正要去寻找牧场的库克罗普斯巨人嘲笑着喊叫起来:“喂,库克罗普斯,你的对手并非等闲之辈,你的罪行得到了报偿,你已经领受了神的惩罚!”

恶魔听到了这番话,更加怒火万丈。他从山上抓起一块石头,顺着喊声朝我们的大船扔了过来。他投得很准,石头几乎落在我们的船舵上。巨石激起的波浪和水花把我们的大船又冲向岸边。我们为了不至于再次落入巨人的魔掌,奋力划动。尽管朋友们害怕再一次被石头击中,努力劝阻我,我又一次大声地呼喊起来:“听着,库克罗普斯人,”我还是叫喊起来,“如果有人问你,到底是谁把你的眼睛戳瞎的,你这回最好能给一个比上一回好一点的回答!告诉他:奥德修斯,攻陷特洛伊城的英雄,拉厄耳忒斯的儿子,伊塔刻的好汉,把你的眼睛戳瞎了!”库克罗普斯咆哮着回答说:“天杀我也!古老的预言在我身上验证了。欧律摩斯的儿子,预言家忒勒摩斯曾经说过,我将会由于奥德修斯而丢脸。我还始终以为那是一个牛高马大的家伙,跟我一样身材,而且力大无穷,敢于跟我比试一番。想不到来了这么一个小侏儒,用酒把我迷惑住,趁我酩酊大醉时戳瞎了我的眼睛!可是,奥德修斯,你重新过来吧!我会像宾客一样款待你,请求海神保佑你一路平安。你要知道,我就是波塞冬的儿子。”说完,巨人恳请父亲波塞冬,让他在我的归途上设置障碍。“即使他能够回到故国家乡,”库克罗普斯人祈求着,“也应该让他尽量地推迟，尽量地遭受不幸，被人遗弃，而且身陷一只陌生的海船；回家以后让他遇到的只是苦难和折磨！”

我深信，凶恶的神一定听信了儿子的祈祷。不久，我们回到了其他船只一起停靠的岛屿，朋友们焦急不安地在海湾上等候着我们。看到我们回来了，他们爆发出一阵阵热烈的欢呼。我们上岸以后，迅速把从库克罗普斯人那里抢来的公羊分给诸位朋友。朋友们把让我躲藏逃难的那头公羊又送给我，我把它祭献给宙斯，把羊腿彻底烧尽。可是神不屑这礼物，不愿跟我们和解。神已经下定决心，要毁灭我们所有船只，让我的朋友们一个也不能生还。只有我才能幸免于难，留得一条生命。

不过这一点我们并不知晓。每天，我们愉快地坐在一起，又吃又喝，直到太阳落进大海，我们似乎全都成了无忧无虑的人了。吃喝完毕，大家都在海滩上躺下睡觉。一会儿，天空又染成一片红色，我们又起身坐上大船，一路愉快地朝家乡划去。

埃洛斯的风袋，莱斯特律戈涅斯人，喀耳刻

——奥德修斯接着叙述

后来，我们又来到一座岛屿，那是埃洛斯居住的地方。埃洛斯是希波忒斯的儿子，众神的知心密友。这座岛屿好像漂浮在大海里一样，周围砌着铜墙铁壁。岛下的地基是一块光溜溜的岩石，岩石顺着岛屿的陆地走向一直延伸下去。埃洛斯在岛上建造了宫殿。他有六个儿子和六个女儿，每天都跟妻子儿女们一起欢度节日。好心的国王收留我们，让我们住了足足一个月。他热情地向我们打听特洛伊城，询问希腊人的力量和他们归国返里的情形。我详细地回答他的问题。最后，当我恳求他帮助我们回国的时候，他赠送给我们一只鼓胀得饱饱满满的大皮口袋，那是养了九年的老牛皮制成的皮袋。袋里装着各种各样的风，那都是世界上经常吹刮的。原来埃洛斯是宙斯的儿子，父亲命令他掌握各类风，因此他有权吩咐风儿按自己意向吹送，也可以命令它们重新停下来。他用银丝编织的粗绳亲自把风袋系扎在我们的船上，又把袋口捆住，不让一点儿风丝透到外面来。等到我们全部在船舱坐定，他给我们的船送上一阵西风，西风将把我们轻松愉快地送入故

乡。可是,情况又出现了变化。我们自己的过失和愚蠢让我们又一次陷入了巨大的不幸。

我们在海面上已经航行了九天九夜。到了第十天的晚上,我们已经来到家乡伊塔刻岛的附近,连岛上燃烧着的烟火也看得清清楚楚了。连日来,我劳累交加,这时候便放心地倒头睡着了。趁我酣睡不醒的时候,我船上的伙伴们纷纷猜测,不知道埃洛斯国王送给我的皮袋内藏着何种礼物。他们似乎都陷入狂想,以为我一定把金银财物藏在皮袋内。有一个自言自语地说了起来:“这个奥德修斯到处受到器重和尊敬!他一个人会从特洛伊带来多少战利品啊!我们呢,我们经历了同样的危险和艰苦,却落得两手空空地回来。埃洛斯这回又送给他整整一口袋的金银财物。怎么样,我们要不要往里面瞧一下,看看到底藏了多少财宝?”其他伙伴都听信了这一恶意的主张。他们刚把袋口的绳子松开,东南西北风都呼啸着挣脱了袋口,一股脑儿蹿了出来。飓风摇荡着大海,裹挟着我们的船只又进入波浪滔天的洋面上。

我从睡梦中醒过来。等我看到陷入如此不幸的时候,我真是绝望得宁愿跳出甲板,在波浪中寻得自己的坟墓。可是我重新振作起来,决定留在船上,承受一切可能的灾难。狂风肆虐,把我们又送到埃洛斯的岛屿旁。我让伙伴们留在船上,自己带了一位朋友随同一位使者前往国王的城堡。国王正和妻子儿女们用午餐。他们看到我们又回来了,吃惊不小。等到听说我们被风送回来的原因以后,管理各种风力的埃洛斯却生气地从座位上站立起来,大声地说:“真是个可恶的人,神会报复你的!你快从我的屋子里滚出去!”他以一顿臭骂把我赶了出来。我们悲伤地离开那里,又往前行驶。伙伴们十分气馁,一点儿勇气都没有了。我们在海洋上漂泊了七天,连一点陆地的影子都没有看到。

后来,我们又看到了海岸,来到一座多碉楼的城堡。它叫忒勒菲罗斯,是莱斯特律戈涅斯人居住的地方。我们在当时还不知道,而且也看不清城里到底有什么稀奇古怪。我们一直驶入港口,港口周围山岩林立,犹如一把雨伞遮盖下来。水势平稳,如同镜面。我登上海岸的岩石,放眼看周围平地,几乎没有看到一块耕种的庄稼。只有一座城池,烟雾缭绕,直冲天空。我派出两个朋友带上一名使者前往探询。他们登上陆地,不久便找到一条道路。道路穿过树林,通往冒烟的地方,把我的朋友带到城墙跟前。他们在这里遇到一位年轻的妇女，那是统治莱斯特律戈涅斯人的国王的女儿，国王名叫安提法忒斯。她正要前往城里居民取水的地方阿尔塔奇亚水源。姑娘生得高大无比。她友好地给他们指出父亲居住的地方，自愿地介绍这里的田野，城市和君王。大家听了介绍来到城内，走近宫殿，却猛地惊吓得呆住了。莱斯特律戈涅斯人的王后突然出现在他们面前，高大得犹如一座山峰。原来莱斯特律戈涅斯人不仅巨大无比，而且专门以吃人为生。王后迅速唤出丈夫，丈夫出来，命令把使者抓起来洗剥干净，留着烧煮以后当晚餐使用。另外两人吓得魂飞魄散，掉转头来，急忙朝大船奔过来。国王咆哮着号令全城武装。一千多名莱斯特律戈涅斯人，清一色人高马大的巨人，一边从后面追了上来，一边还朝我们投掷巨大的石块。船只被砸碎了，垂死人的号叫充斥空间。我把自己的船拴在一块岩石的后面，避免了可怕的飞石。等到其他船全部沉没，我收罗了尚未受伤的伙伴，跟他们一起驾船逃离了港口。海面上一片惨象，已死的、将死的人漂浮其间，随波逐浪。

我们拥挤在唯一的一只海船上，继续航行，不日又经过一座名叫埃埃厄的海岛。这里住着一位美丽的半仙女子，那是太阳神跟海洋女儿珀耳塞所生的孩子。她的名字叫喀耳刻，是国王埃厄忒斯的妹妹。喀耳刻在岛上有一座漂亮的宫殿。我们并不知晓，驾船进入港湾，停泊抛锚。我们疲劳不堪，又十分悲哀，大家闷闷不乐地躺在岸边的草丛里，一直睡了两天两夜。第三天清晨，我佩着宝剑，提着长矛，动身前去探询情况，终于发现了一缕青烟，那是从喀耳刻的宫殿中升腾起来的。可是我没有立即朝那个方向走去，由于吸取了往昔的教训，我首先回到朋友中间，决定派人先去侦察一番。我们早就缺乏粮食，大家开始忍饥挨饿了。一定是神在我归来的路上可怜我们，给我送来一头高大的雄鹿。我用投枪击中雄鹿的肩胛骨，以至于枪尖从另一边穿了出来。雄鹿尖叫一声便倒在地上。我拔出长矛，用柳条编成绳索，捆住鹿脚，然后将它扛在肩膀上，朝海船走去。

伙伴们看到我在肩膀上扛了一头漂亮的猎物非常高兴。大家动手，将猎物洗剥干净，烧烤得喷香诱人。我们寻找着，看看能否找到面包和美酒。我给他们讲起看到冒烟的事，可是朋友们却谁也没有勇气，都还记得库克普罗斯人的山洞，记得莱斯特律戈涅斯国王的海港，我们的希望遭到两次破灭。我是唯一没有丧失勇气的人。于是，我把伙伴们分作两组。我率领第一组，欧律罗科斯率领第二组。然后我们在帽盔里拈阄，欧律罗科斯抽签抽中，于是带着二十二名伙伴。他们心惊胆战地跟着欧律罗科斯，朝着我看到冒烟的地方一路走了过去。

不久，他们就找到了那座华丽的宫殿。宫殿坐落在悠静的山谷里，周围砌着漂亮的砖石。女神喀耳刻就住在这里。伙伴们走近宫殿的栅栏，来到住房门口的时候，突然看到那里跑动着野狼和猛狮。狼露出尖尖的牙齿，狮子抖动着蓬乱的鬣毛。伙伴们非常害怕，正想掉头逃跑时，不料已经被野兽们团团围住了。奇怪的是那些野兽并不伤害人，也不像野兽那样朝我的伙伴们猛扑过来。它们只是慢慢地围拢过来，谄媚似的摇动着长长的尾巴，如同驯养的狗朝着主人走过去，准备接受主人赏赐的一块精美的食物。我们后来才明白，它们原来全部是人，喀耳刻用魔法将这些人变成野兽的。

因为野兽没有伤害他们，伙伴们重新鼓起勇气，走近宫殿的大门。他们听到宫殿里传来喀耳刻的声音。喀耳刻是一名杰出的歌手。她一边劳动，一边唱歌，因为她正在赶织一件巨大而又神奇漂亮的衣裳。只有仙女们才有织造这类衣服的本领。波吕忒斯第一个朝宫殿深处张望了一阵，看到这番景象，非常高兴。波吕忒斯是我特别器重的人。听从他的建议，我的朋友们一齐呼唤女主人出来。喀耳刻果然来到门口，显得十分友好，请来客们进门叙话。除了欧律罗科斯以外，大家都走了进去。欧律罗科斯是一个特别谨慎的人，他接受以往事件的教训，似乎嗅出了一点欺骗的味道。

喀耳刻把众人领进宫殿，请他们一个个在高高的沙发上就座。下面人端来乳酪、面粉、蜂蜜和味浓醇厚的美酒。喀耳刻把它们掺和一道，捏做可口的糕饼。她趁人不注意的时候在面团里滴进一点灾难的汁液，吃过这种糕饼的人将会神志不清，从而忘掉自己的故国家园。我的伙伴们不知就里，刚刚咬上一口诱惑人的糕饼，不料全部变成了蓬乱而又粗鲁的猪猡，发出了"哄、哄"的叫声，被女魔法师喀耳刻赶入猪圈。这里再也没有可口的食物，如同喂食其他猪猡一样，喀耳刻扔给他们一些僵硬的橡实和野果。

欧律罗科斯从远处把这一切都看在眼里。他掉转头，拼命朝我们的海船奔了回来，要把朋友们遇难的悲惨命运告诉我以及留在船上的弟兄们。回到我们身边时，他焦急得上气不接下气，紧张得连一个字也说不上来。刚才恐怖的一幕吓得他说不出话来了。最后，他把那里发生的事情叙述一遍。

听到可怕的消息，我急忙背上宝剑，拿起弓箭，命他迅速带我去寻宫殿。可是，他却用双臂抱住我的膝盖，恳求我留在这里，不能前去惹事。“请相信我，”他呜咽着说，“你将回不来了，而且也救不回已经丧失的朋友。让我们还是赶紧离开这块可诅咒的魔地！”我二话没说，把他留在那里，独自一人上路去了。我正在赶路，突然遇到一位年轻人，他递给我一根金杖。我从金杖上认出，原来年轻人正是赫耳墨斯，天堂众神的使者。他友好地抓住我的手说：“你这个可怜的人儿，在这里寻找什么呢？你的朋友们全都在女魔法师喀耳刻的猪圈里。你想解救他们吗？我劝你最好先跟他们躲在一起。我这里送你一样防身的东西。你只要带上这一株神草……”他说了一番话，然后从地上挖出一株开着乳白小花的黑根草，告诉我草名叫魔厉，白花黑根魔草的意思。“只要防身草在身，她的魔法就不能伤害你。喀耳刻会给你调制一种甜蜜的浓酒，会趁机把魔汁掺合在里面。不过这株神草可以保护你，使她不能将你变成一头猪。如果她用长长的魔棒触摸你，你必须迅速抽出宝剑，朝她走过去，装作准备刺杀她的模样。情急之中，她会乞讨求饶，你应该迫使她立下重誓，保证将来决不伤害你的生命。等到这一切完成以后，你就可以放心大胆地跟她住在一起，与她耳鬓厮磨。相互之间熟悉了，她一定不会拒绝你的请求，相反会把你的朋友重新归还给你！”

赫耳墨斯说完话便离开我，无影无踪了。我惊惶不安却又思虑万千地朝宫殿匆忙走去。来到宫殿门前，我大声呼唤。女魔法师打开大门，友好地招呼我进去。她引着我走近富贵华丽的王位，请我坐下，并且在我脚下塞一张小凳，然后迅速在一只金碗内制作甜蜜的浓酒。等我把浓酒一饮而尽时，她几乎毫无怀疑地相信马上就要出现变化，于是用她的魔杖抵触我一下，说：“快进猪圈找你的朋友去！”我却不动声色，一边从腰侧抽出宝剑，朝女魔法师奔了过去。她大惊失色地叫喊一声，便倒在地上，伸出手，抱住我的双膝哀求说：“可怜我吧！强大无比的人，你究竟是谁，怎么能够抵挡得住魔饮浓酒而不出现变化？任何凡人都难抵挡我的魔法神力。莫非你就是富有创造才能的奥德修斯？赫耳墨斯早就告诉过我，说你将会过来的。如果真是这样，那么就请收起宝剑，让我们成为朋友吧！”可是我却并不改变威胁着要杀掉她的模样，回答说：“喀耳刻，你把我的随从骗进宫殿，将他们用魔法变成猪，怎么还能指望我对你友好？只有你在这里立下重誓，保证不伤害我，那么我才可能做你的朋友！”女神如我所愿地宣立誓言。我对此十分满意，安安心心地休息了一夜。

第二天清晨，四位侍女忙碌着打扫女主人的住宅。她们全是漂亮而又高贵的仙女。第一位仙女用紫金色的华丽坐垫铺垫王位；第二位仙女把银桌搬到王位前，然后在桌子上搁放许多金筐；第三位仙女用一只银罐调酒，分盛在金酒杯内，摆在桌席上；第四位仙女端来了新鲜的泉水，把锅搁在三脚架上，底下再升起一炉旺火，直到把水烧开。她为我准备了清净的洗澡水。我洗完澡，搽抹香膏，穿上衣服，轮到跟喀耳刻一起享用早餐了。虽然，在我面前的桌子上摆满了美味佳肴，然而我并不动手，只是默默地坐在漂亮的女主人的斜对面，满面愁容。她终于禁不住地问我，我告诉她说：“哪一个男人明明知道自己的朋友正在苦难之中却能有心思和情绪，在这里高兴地又吃又喝呢？如果你希望我能够高高兴兴地享受一番，就请让我重新见到那些患难与共的朋友！”

喀耳刻没等更多地央求便拿起魔杖，离开了厅堂。她在外面打开猪圈门，把我的朋友尽数赶了出来。朋友们围着我，一个个看上去都像九年的老猪一样。喀耳刻用另一种汁液给他们涂抹一下，朋友们立即蜕去蓬乱的猪皮，都重新变成男人，而且比以前更年轻、更英俊。接着，女神殷勤地对我说：“我满足了你的愿望。请你也让我满意一回，把你的船拉上岸来，将舱内的货物藏在岸边的山洞内，你和你的可爱的伙伴们都在我这里愉快地生活吧！”

喀耳刻的殷勤和讲话赢得了我的心。我动身前去寻找海船和留守的朋友。他们以为我早就死了，现在看到我，欢呼着冲了过来。我建议他们迅速把船拉上岸，然后都到喀耳刻女神那里去。除了欧律罗科斯以外，大家都同意。欧律罗科斯说：“你们愿意进女魔的宫殿，可她能够把我们全部变成狮子、野狼和猪猡，强迫我们以这种可怕的形象替她看守家园。你们怎么会有这么大的兴趣，甘心情愿地扑向毁灭？奥德修斯冒险兴趣浓烈的时候，把我们交到了库克罗普斯人的手上。还记得库克罗普斯是怎样摆布那些朋友的命运的吗？”听到这番讲话，尽管他跟我沾亲带故，我却不由得直想拔出剑来。朋友们看到我的举动，冲过来抓住我的手，使我重新恢复了理智。

我们收拾一番，全部动身。欧律罗科斯架不住我的威吓，也跟着大家走了。这时候,喀耳刻让我的朋友洗过澡,擦抹香膏,穿上华丽的衣服。等到我们进入宫殿的时候,他们正在高高兴兴地用早餐。朋友们意外相聚,抱头痛哭,互相祝贺庆幸!女神让大家放心,对我们十分喜爱。我们一天比一天欢乐,在她那里整整过了一年。一年过去了,伙伴们提醒我回国返里的事。我自己在心底里也升起了思乡的渴望。就在当天晚上,我抱住喀耳刻的双膝,恳求她信守诺言,放我回去。喀耳刻回答说:“你说得对,奥德修斯。我不应该久留你。可是在你回家以前,你们还应该绕道转一个圈子。你们应该前去哈得斯和珀耳塞福涅的王国,世界上的地府,你们将会遇见底比斯的预言家提瑞西阿斯,不过那里只有这位瞎子老人的灵魂。你们应该向他打听自己的未来,因为老人虽然死了,但是获得了珀耳塞福涅的帮助,继续保留了预言未来的本领。”

听到这样的决定,我放声大哭,抱怨不止。我害怕看到死者的住宅。此外,我又问谁可以当我的向导,因为还没有一个凡人在生前就已经游历过地府。“别担心,”女神回答说,“只管放心大胆地树起桅杆,张起船帆!北风将会把你们吹送到那里。等你到达包围地球的大河,俄刻阿诺斯海滩时,你就登上一片岸边长着桤树、白杨和柳树的低矮的海岸。那就是珀耳塞福涅的圣林,也是进入冥府的入口处。你在山谷的一块岩石旁边可以找到一处裂缝,那里有路直通地府。那里又是两条黑河,即菲律弗勒格通和库奇托斯流入阿赫隆河的地方,两条黑河实系冥河的支流。你必须立即挖一个坑,供上蜂蜜、牛奶、水和面粉,给亡灵祭供牺牲,而且答应回到伊塔刻时也会宰杀牲口,再度祭祀。当然,给提瑞西阿斯应该祭供一只黑色的公羊。你还应该祭供两只黑羊,一公一母,然后通过两条河流的汇合点放眼朝深处张望,你的伙伴们抓紧时机烧尽祭供的牲口,同时向各路神祈祷。这时候,死者的灵魂就会出现在你的面前。空中的幻影争相朝光亮处挤过来,希望尝饮祭祀牲口的鲜血。你应该用剑将它们挡住,别让它们靠近,而专心地向提瑞西阿斯打听前程。他很快会走近你的身旁,给你指点回家的路程。”

这番话给了我不少安慰。第二天早晨,我把朋友们召集在一 起,想催促他们尽快动身。可是他们中有一个人,名叫埃尔朋诺尔,是朋友中最年轻的。此人既不特别勇敢,又不特别聪明,却贪杯多喝了喀耳刻的甜酒。他在头天晚上离开了大家,外出呼吸新鲜空气,独自一人躺在宫殿的屋顶上。他在平坦的屋顶上睡着了，过了整整一夜。朋友们准备动身的喧哗把他突然惊醒，他跳起身来，却忘掉了自己身在何处。埃尔朋诺尔没有去找楼梯，踉踉跄跄地从屋顶栽倒下来，摔断了脖子。

我把随从的伙伴们召唤过来围住我，说："尊贵的朋友们，你们一定以为我们现在直接回家了。可惜情况不是这样的。女神喀耳刻建议我们走另外一条路。我们应该往下走，前往哈得斯的可怕王国，到那里寻找底比斯预言家提瑞西阿斯的幽灵，跟他打听我们的归程！"伙伴们听到这话，心脏都几乎碎裂了。他们纷纷抱怨，各自揪扯着自己的头发。可是这些抱怨都无济于事。我命令他们立即动身，跟我一起去找海船。喀耳刻走在我们前头，把两头祭供的绵羊送上船，捆扎在船上，还给我们备下了充足的蜂蜜、美酒和面粉做牺牲用物。我们把船推入大海，竖桅张帆，心情沉重地坐在摇橹的位置上。喀耳刻给我们送来一阵顺风，鼓起了船帆。不一会儿，我们又重新进入汪洋大海。

奥德修斯继续叙述
——访问地府

太阳落进了大海，我们乘长风破海浪，一路来到世界的尽头——奇墨里埃人的海岸。这里终年浓雾，是阳光永远也照射不到的地方。奇墨里埃人原来是一个神话般的民族，在人们意识中是极乐西方，也许是世界最西端的标志。当然，我们后来才知道，其实，历史上的奇墨里埃人原先居住在墨俄堤海沿岸。我们来到山前，寻到冥河的汇合处，完全如同喀耳刻描述的那样。然后，我们又按她的指点摆供设祭。当绵羊血从切开的喉咙里往土坑流动的时候，从底下世界里涌出了一批死者的灵魂。男男女女，老老少少，有许多英雄带着裂开的伤口，身上披着沾满血迹的征袍。弄虚作假者，英勇拼杀者，形形色色，不一而足。他们成群结队，大声呻吟，围着祭供的土坑飘动。我大为惊恐，一时不知如何处置才好。伙伴们急忙提醒我，按照喀耳刻的建议焚烧祭供的绵羊，并且恳请众神保佑。我抽出宝剑，把空中的幻影隔开，在我请教提瑞西阿斯之前，不能让那些鬼魂舔食羊血。

最先来到我身旁的灵魂是埃尔朋诺尔。他的遗体躺在喀耳刻的宫殿里，还没有埋葬。埃尔朋诺尔眼中饱噙着泪水，向我悲诉他的厄运，请我回到埃埃厄岛的时候将他隆重入葬。我答应了他的请求，埃尔朋诺尔的悲灵就坐在我的斜对面。我们坐着，进行着沉痛的对话，那边是一个幻影，这里是我，手上抓一把剑，隔着祭供的鲜血，不让舔食。不一会，我的已故母亲安提克勒亚的灵魂也来到我的面前。当年我出发征讨特洛伊的时候，她还健在。看到她时，我不由得失声痛哭。可是我仍然守护着，不让她走近喝血。

提瑞西阿斯的灵魂终于出现了。他右手拎了根金杖。他马上认出了我，说："尊贵的拉厄耳忒斯的儿子，是什么驱使你离开了阳光，寻到了这块令人恐怖的地方？请把宝剑从土坑上移开，让我喝一口祭供的鲜血，从而能够告诉你有关未来的命运。"听到这话，我往后退了一步，把剑推入剑鞘。幻影俯下身去，舔饮着黑色的羊血，然后开始预言算命："奥德修斯，你想知道关于返归祖国的喜讯。这里有一位神从中阻梗，你却难以逃脱他的手掌。你曾经深深地伤害过他，把他的儿子波吕斐摩斯的眼睛戳瞎。因此，你的归程不会平安无险。带好你自己的伙伴们。你们首先在特里纳喀亚岛登陆。如果你们不动那里的圣牛和圣羊，那么你们就能够平安回家。你们如果伤害它们，那么你的船只和你的朋友从此就会遭殃。即使你一个人侥幸逃脱，那也只能孤寂可怜地踏上一条陌生的海船，最后还不能准时地回到家乡。回家以后，你得到的只是继续悲愁的充足理由：骄横的男人挥霍你的财产，追求你的妻子珀涅罗珀。如果你能制服他们，不管是用计谋还是使用暴力，把他们统统杀掉，那么平静而又安宁的幸福就会朝你微笑。在你生活的晚年，你应该肩扛摇船的橹，远远地离开自己的家乡。途中，你会遇到一批人，他们不知道大海，不认识船只，不知道在食物中投放盐巴。在那个陌生的国度里，看到你的人会奇怪地问你为什么在肩膀上扛一把木铲。这时候，你可以把船橹插在地上，给海神波塞冬摆设祭供，请求海神谅解。你把航船的知识传授给一个陌生的民族，海神将会平息他的愤怒。做完这一切以后，你便重新返归故里。最后，在你的国家繁荣昌盛欣欣向荣之际，你将平安地离开大海，以一位德高望重的年迈之人离开世间。"

这就是他的预言。我感谢他的直言，说："瞧，那里坐着我的母亲的灵魂，可是她对我一言不发，也不对我正眼看一下。告诉我，我该怎样行动，才能使她重新认出自己的儿子？"——"请让她喝祭供的鲜血，"提瑞西阿斯回答说，“那样，她就会跟你讲话，对你披露真相。”说完，预言家的灵魂倏的一声，消失在哈得斯的阴暗王国里。我的母亲的身影渐渐过来，饮吮鲜血。突然，她认出我来。她眼睛盯着我说：“亲爱的儿子，你怎么活生生地来到这座死亡的国度？你还仍然迷失在从特洛伊回国的途中吗？”我给她详细叙述了一番，然后问起她怎么会死的，问起家中的诸多情况。母亲的身影回答说：“你惊恐不安地问起你的妻子的消息，她仍然在你家中，坚贞不渝地忠诚于你，等待你回去。她日日夜夜地为你流泪痛哭。你的儿子忒勒玛科斯管理着你的财产。父亲拉厄耳忒斯搬居在乡下，再也不愿意回城去了。整个冬天，他像仆人似的躺在灶膛火旁的稻草上，衣衫褴褛，生活艰辛；夏天时，他露宿野外，背下铺垫一堆树枝；他是因为悲叹你的命运才这样生活的。我的可爱的儿子，我也是为你悲哀而死的。”

我的内心为之震动。我张开双臂，想把母亲抱入怀中，可是她却像梦中幻影一样消失不见了。其他的鬼影聚拥过来，全是著名英雄们的妻子。她们饮用了祭供的羊血，向我叙述各自的命运。女人的身影也消失了。我抬起头来，又看到了令我心动的事情。原来那是大统领阿伽门农的灵魂过来了。巨大的身影缓慢地向祭供的土坑移动过去，吸饮着鲜血。饮毕，他抬起眼睛，认出了我，悲怆地哭了起来。他徒然地朝我伸出双手，身体内部却早已失却了任何的支撑力量。他仰面倒向身后的黑暗，从那里回答我的迫切的提问。“尊贵的奥德修斯，”他说，“我并不是如你所相信的那样，并不是死于海神的愤怒，我并没有被敌人所制服。我因为渴望妻儿老少才风尘仆仆地赶回家来。我的妻子克吕泰涅斯特拉和她的情夫埃癸斯托斯趁我洗澡时谋杀了我。因此，我劝你，奥德修斯，千万要小心，别因为妻子的万般媚态而把任何秘密都告诉她。不过，你是一位幸运的人，你有一位聪明而又贤淑的妻子！尽管如此，我仍然建议你悄悄地返回伊塔刻。能够相信的女人几乎是没有的啊！”

说完这一番丧气晦涩而又让人摸不着边际的话，鬼影转过身去消失了。刹时间，阿喀琉斯和他的朋友帕特洛克罗斯的灵魂双双来到我的面前，后面跟着安提罗科斯和大英雄埃阿斯。阿喀琉斯首先俯下身去吮吸鲜血，然后认出了我，觉得十分奇怪。我向他说明前来的原因，并且夸奖他幸运，说他生前受到人们尊重，如同神一般，死后在哈得斯王国也能统辖死者。他听了却闷闷不乐地回答说:"奥德修斯,千万别再对我讲死亡的事了!我宁愿在阳间活着当长工,也不愿死去统治整个阴间世界。"我忍住悲伤,对他讲起他的儿子涅俄普托勒摩斯的英雄事迹。他听到了许多关于儿子的善举和荣誉,满意得身影也高大起来。阿喀琉斯朝着阴暗的深处走了过去,一会儿就不见了。

其他死者的灵魂也都吸食了鲜血,现在又站立一旁,与我交谈。只有埃阿斯的幻影立于一侧,十分生气。我在特洛伊城前与他争夺阿喀琉斯的武器,他是因此而自尽身亡的。我好言与他攀谈:"忒拉蒙的儿子,你难道到了地府也忘不掉我们的争斗?这是宙斯赐给你和我的共同命运。因此,尊贵的君王,走近过来,跟我谈话吧!"可是身影还是一言不发,一步步朝着黑暗走过去,那里有许多熟悉的逝者身影。

无数死去英雄的幽灵拥挤着钻了过来。我突然担忧并且害怕了,赶紧率领伙伴们离开了裂口,朝我们的大船走了过去。伙伴们张帆,我如同对埃尔朋诺尔的鬼影允诺的那样,催促大船又朝喀耳刻女神的岛屿一路驶去。

奥德修斯结束了他的叙述

——塞壬,斯策拉和卡律布狄斯,太阳神的牛群

"我们在埃埃厄岛火化并且安葬了遇难的伙伴,"奥德修斯又接着往下叙述,"然后再给死者垒起了一座坟墓。喀耳刻对我们优礼款待,临行时她警告我们前程有险,不过她给我们准备了充足的食品。我们扬帆出海,又投入了征途。"

我们在途中经历的第一场险遇发生在塞壬女妖们生活的海岛上。她们其实是一群歌喉悠扬迷人的仙女,每个听到歌声的航海人都会着魔上当。女妖们坐在绿色的海岸上,唱起动听的魔歌。被歌声吸引过去的人从此就步入了死亡的路程。塞壬居住的海岛上尸骨累累,十分恐怖阴森。我们的船在迷人的女妖海岛旁突然停了下来,原来是推动我们顺水前进的海风猛地刹住了。波光粼粼,水面平静得犹如一面镜子。我的随从们把帆布从桅杆旁卷落下来,坐着摇桨,想以此经过塞壬海岛的水域。我想起了喀耳刻的预言。她说过:"当你经过塞壬女妖居住的海岛,你们受到女妖歌声的威胁

时,你必须用蜡把朋友们的耳朵统统堵塞住,别让他们听到任何声音;如果你自己想听她们的歌声,你就命令朋友们先把你的手脚捆住,绑在桅杆上。你越是央求他们放下你,他们就越是应该把绳子勒得紧紧的,舍此别无它法!”

我果然割下一大块蜡,将它搓软拉长,又把柔软的蜡条塞在随行朋友们的耳中。他们也遵照我的吩咐,把我直挺挺地捆绑在桅杆上,然后又一起坐在船橹旁摇橹前进。塞壬女妖们看到船只摇近,都变作婀娜多姿的少女模样,一字排开,站在海岸边,甜蜜而又嘹亮的歌声穿云裂石,连海水都给她们唱活了。她们赞美地唱着:

来呀,奥德修斯,卓越的希腊人,
请停止前进,前来倾听我们的歌声!
没有一只船可以通过美丽的塞壬岛,
所有舵手止步不前迷恋我们的声音。
美丽的歌儿送出快乐与智慧,
伴随你们平安幸福地破浪前进。
塞壬女仙们明白在那特洛伊的原野,
众神让双方的英雄遭遇生活的艰辛。
我们的睿智如普照全球的日月光明,
深明人间大地经历的战争与爱情。

我的心突然膨胀起来,产生一股抑制不住的愿望,想要停船听唱。我用头向朋友们示意,请他们给我松绑。耳朵被紧紧地堵塞住的朋友们却根本听不到任何声音,一鼓作气地摇橹前进。其中有两位朋友,欧律罗科斯和珀里墨得斯不忘我的吩咐,真的走过来,把捆绑我的皮带勒得更紧。直到我们平安地通过塞壬岛,完全脱离了她们歌声的范围,朋友们才从耳中取出蜡条,把我从桅杆上松绑解放。我衷心地感谢他们坚持摇橹,终于脱离了塞壬女妖的迷惑。

我们又一路往前。突然,我又看到远方水花弥漫,一股汹涌的波涛迎面扑来。这里就是卡律布狄斯大漩涡。它每天三次从悬崖下奔涌而出,最后在退落时报复般地将通过的任何船只全部吞没。我的随从们大吃一惊,吓得连手上的橹都掉下去了。船蓦地停下不动了。我从座位上跳起身,来到船头，给我的朋友们鼓气："男子汉们，"我说："今天我们不会遇到比下库克罗普斯的地狱更为悲惨的结局；而我们正是从那里回来的人。大家都不要慌，听我的安排！你们都坐在各自的凳子上，勇敢地朝漩涡摇橹前进。我想，宙斯一定会帮助我们脱离这场危难。你，掌舵的朋友，请多加小心，拿出本领来，驾驶我们的大船穿过水花连天的大漩涡！"喀耳刻曾经对我讲起过卡律布狄斯大漩涡。我再三提醒朋友们注意危险。为了不致于过分地让朋友们胆战心寒，我对在另外一边威胁着我们的海妖斯策拉故意明智的一声不吭。

喀耳刻提醒我的一件事，却被我彻底忘却了。她曾经禁止我跟海妖厮杀拼博，可是我却全身披挂，手上提了两根长矛，站在甲板上，准备迎头痛击冒出水面的海妖。我不知道海妖从哪里出来，于是便惊恐地四处打量。我们的船渐渐地逼近隘口。记得喀耳刻向我描述斯策拉的模样时说："她不是凡胎，而是成仙得道的妖孽。人们光凭蛮力和勇敢是制服不了她的。唯一的办法就是避开她。她住在卡律布狄斯大漩涡对面的山岩上，山峰高耸入云，周围一片阴暗，那是太阳光永远也照不到的地方。那里山势陡峭，怪石嶙峋，山腰间有一道口子，口子往后延伸，形成一个漆黑如夜的山洞。海妖斯策拉就住在那里，时常发出一阵可怕的叫声，叫声顺着波浪流淌到很远的地方，好像是一条新生的小狗在哀鸣。海妖长了十二只无规则的脚，长了六个蛇一般的脖了，每个脖子上都有一颗丑恶的脑袋，张着血盆大口，露出三排密密麻麻的利齿。她等待着把猎物撕碎嚼烂。斯策拉把一半的身子潜伏在山洞内，而把头伸出洞外，窥视左右，吞吃海豹、海豚和其他大型的海中动物。还从来没有一艘海船可以平安地从她眼下驶过。她以迅雷不及掩耳之势就把水手从船上抓起来丢入口中。巨牙利齿，犹如监狱的栅栏，看了让人着实害怕。"

我在脑中想象着这副模样，瞪大着眼睛四面张望。这时候，我们已经接近卡律布狄斯大漩涡。它真像架在熊熊大火上的一锅沸水。波浪铺天盖地地滚落下来，激起一层层雪白的水花。等到浪花溅落水面，又撮合成混浊的海水往海底沉落下去，涛声如雷，惊天动地。顺着水壁，人们看到下面是一片黑暗混浊。我们目不转睛地注视着这一可怕的景象，不料船只却往左偏斜着退下去。突然，我们看到海妖斯策拉就在眼前，她在口中已经叼去了我们的六位水手。可怜六位勇敢的水手在妖怪的牙齿缝间挣扎摆动着双手双脚。不一会,他们就被嚼碎,成了血肉模糊的一团。

我们坚定不移地摇橹前进,终于平安地穿过了卡律布狄斯大漩涡和海妖斯策拉的危险山岩。船只航行在平静的海面上。特里纳喀亚岛又呈现在眼前。阳光下,海岛熠熠生辉,涌现万般春意。那里传来神牛的吼叫和绵羊的咩咩声,它们是太阳神的牧群。吃一堑,长一智,生活的磨练让我们变得聪明多了。我想起了盲人提瑞西阿斯在冥府时的警告,于是便连忙吩咐伙伴们必须回避赫利俄斯的海岛,因为最悲惨的命运将在那里威胁着我们。伙伴们听了却是一脸的不高兴。欧律罗科斯说:“奥德修斯,你是一个残暴的人。我们劳累过度,已经精疲力竭了。你还不允许我们把一只脚往泥地上踩一下,不让我们去岛上吃一顿喝一口,你难道不嫌做得太过分了吗?我们难道应该在漆黑的夜晚启锚扬帆,驶入茫茫的大海去吗?如果趁着夜晚突然刮起了一阵巨大的南风,或者西风呼啸,我们该怎么办?让我们至少在岸上度过今天夜晚,这里的海岸多么友好,多么盛情!”

反对的意见渐渐地大了起来。我发现,一定有一个敌对的神想要加害我们。于是,我只得说:“欧律罗科斯,你们不应该迫使我前去登陆。我是唯一反对这项建议的人。我可以对你们让步。但是,你们应该对我庄严宣誓,决不宰杀太阳神的一头牛或一只羊。你们只吃善良的喀耳刻送给大家的食品!”大家果然立下誓言,我们便让船驶入海湾。这是甜水流入咸水的地方。大家都离开船步上海岛。不一会,我们都欢乐地用完晚餐,后来,我们又都悲哀地想起被海妖斯策拉吞吃了的伙伴。大家禁不住流下泪来,最后进入了绵绵软软的梦乡。

已经是后半夜了,宙斯送来一阵可怕的飓风。我们趁着黎明迅速把船驶入一座岩洞,借以避开风浪。我看到气候骤变,便再次警告伙伴们,千万不能杀害牛羊。没有想到我们在那里逗留了足足一个月。海面上盛吹南风,间或转一阵东风。对我们来说,无论东风还是南风都是不利的。而且,我们还面临着一重威胁:只要喀耳刻送给我们的路粮还没有全部吃完,我们就不会忍饥挨饿地遭受灾难;等到所有的食品全部耗尽,出现饥荒的时候,伙伴们只得四下外出,捞鱼捉鸟,充塞饥肠。我也忍不住顺着海岸一路走下去,看看能否在途中遇上一位神或圣人能给我指点迷津,让我找到出路。我在这远离朋友的地方找了块浅滩走近海边,然后把双手伸进海水。洗干净,为的是向苍天祈祷时能够伸出一双清洁的手。我谦恭地跪在地上,祈求各路神明,给我们放一条生路。众神把我送进了愉快的梦乡。

趁我不在的时候,欧律罗科斯从朋友中站起身来,对他们提了一个极其危险的建议:"朋友们,你们听着,"他说,"虽然每一种死亡对人都是可怕的,可是,活活地饿死却是最难受的。我们无需再犹豫不决了,先去杀几头赫利俄斯的神牛,拿最好的部分用来祭供神,剩余的牛肉可以让我们一饱口福。我们将来回到伊塔刻时再给神赫利俄斯赔礼道歉,给他建造一座漂亮的庙宇。如果他马上要给我们降下风暴,让我们的船只葬身海底,那么,我宁愿爽爽快快地淹死在大海里,也不愿悲惨地缓缓饿死。"

这番话让我的饥肠辘辘的伙伴们十分满意。他们翻身跃起,从太阳神的牧群中选取几头肥牛,把它们从附近放牧的草地上赶过来。伙伴们对众神祈祷,然后杀牛洗剥,把内脏跟牛油裹着的里脊肉献给神。船上的酒早就喝完了,他们不能给神浇酒祭奠,只好用清水冲洗内脏和腿肉。剩下一大堆牛肉全被穿在铁钎上烤熟,等我回到船边时,大家正围坐一圈,撕扯牛肉,吃得津津有味。我早在远处就闻到了祭物的香味。看着这一切,我仰望苍天,大声呼喊着:众神之父宙斯和诸神,你们为什么打发我入梦乡?我的朋友们犯下了何等的罪孽啊!

太阳神果然听说了在他圣地上所犯的亵渎罪行。他生气地来到奥林匹克神山,向众神汇报事情的前后经过。宙斯听了,愤怒地从神位上站立起来。太阳神威胁说,如果偷牛的犯人们得不到惩罚,他就准备把太阳车驾入地府,从此就要断绝给大地输送光明。"赫利俄斯,你还是给众神和凡人照耀光明吧!我将用雷霆打击强盗们的海船,让它粉身碎骨,沉入海底。"这番话是高尚的女神卡吕普索事后告诉我的,她是从神的使者赫耳墨斯那里听来的。

我来到船边,看到伙伴们胡作非为时,不由得又恨又怕。我谴责他们,把他们狠狠地骂了一顿。可是这一切都已经晚了,切碎的牛肉堆放在我的面前。可怕的预兆伴随着杀牛的罪恶而来:剥下的牛皮满地爬行,好像它们是活的一样;生牛肉和烤牛肉在铁钎上哞哞吼叫,跟活牛的吼叫没有丝毫差别。可是,我的那些饿昏了脑袋的伙伴们顾不上这些。他们放开肠胃,大吃大喝,一直快活了六天六夜。到了第七天,大家看到风势减退,便重新登上大船,朝着汪洋大海驶进去。海岸渐渐地远去,最后完全看不见了。宙斯感到时机成熟,在我们头上堆起重重乌云,我们脚下的大海变得愈加昏暗。一股猛烈的西风直扑过来,船桅上的两道缆绳砰的一声断裂了,桅杆轰然倒下,砸在舵手的头上。可怜掌舵的朋友当场毙命。天空中又是一道闪电,雷声如炸,轰击着船只,空中充满硫黄烟火的气味。我的朋友们都跌落水中,奋力挣扎。可是波浪却铺天盖地地倾倒下来。最后,他们一个个地沉入海底。船上只剩下我孤身一人,随着船只随波逐流。船也被雷电击坏,船的两舷从船基上脱落下来,漂流水中。桅杆插在光裸裸的船体中间,迎着风浪左右摇晃。海面上残留着破损的船体,犹如一片树叶,在波涛汹涌的海水里上下翻滚。我还没有失去知觉,于是跳起身,顺手抓住荡在桅杆上的皮带绳索,把桅杆和船体捆绑结实了。我重新坐了下来,任凭狂风怒吼,只得眼睁睁地随着木船上下颠簸。

飓风终于平息了。海面上吹起阵阵南风,使我又产生新的恐惧。我面临着再度卷入斯策拉的山岩和卡律布狄斯大漩涡的危险。而且,危险还成为现实:拂晓时分,东方刚出现一点鱼肚白,我突然认出了耸立眼前的斯策拉巉岩和可怕的卡律布狄斯大漩涡。我还没有来得及思考,漩涡便呼的一声把小船拖下水去,水面上只剩下桅杆和顶端。我眼看大祸临头,纵身往上一跳,抓住悬挂下来的无花果树的树枝,沿着树枝爬了上去,然后像蝙蝠一样吊在空中。我在卡律布狄斯漩涡的上方悬荡着,心中惊恐万分。我正在不上不下、左右为难的时候,看到我的舢板一样的小船连同桅杆又从漩涡中冒了上来。我抓住时机,往下一跳,重新坐到我原先的位置上。船体又窄又小,我以双手当作船桨,在海水中划动着前进。天哪,如果不是宙斯开恩,把我的舢板船从海妖斯策拉的岩石旁引开,让我平安地划离了岩石山洞,我这回真是难逃厄运了。

我在汪洋大海里漂泊了九天九夜。等到第十天夜幕降临时,众神才给我降下幸福,把我推上俄奇吉亚岛。这里是卡吕普索居住的地方。女神卡吕普索崇高威严,令人敬畏。她把我收留下来。

哦,尊敬的国王,我怎么对你们又讲起这件事了呢?昨天,我已经给你和你的夫人叙述过了我的最后一场历险。是啊,那真是惊天动地的险遇。

奥德修斯告别淮阿喀亚人

第二天早晨,淮阿喀亚人把珍贵的礼物送上大船。阿尔喀诺俄斯把礼物小心翼翼地塞在长凳下面,免得它们妨碍水手摇橹前进。接着,朋友们都回到国王的宫殿,殿里举行着盛大的告别宴会。大家先给宙斯祭礼,然后开怀畅饮。盲人歌手特摩多科斯欢乐地唱起了最美好的赞歌。

奥德修斯的思想已经飞向了明天。他不断地透过大厅的窗子张望阳光下的海滩,渴望夜幕降临。最后,他毫无畏惧地对国王说:"尊敬的英雄阿尔喀诺俄斯,请向大地浇酒祭礼,让我平安地驾船离去!一切都已经准备就绪。礼品搁在我的船上,船可以开航了。让众神给你赐福,让众神保证我在家中愉快地寻得我的妻子、儿子和朋友!"

淮阿喀亚人衷心地为他祝福。阿尔喀诺俄斯命令使者篷托诺俄斯再给客人们斟满美酒。客人们感激不尽地站立起来,给奥林匹克众神浇酒祭供。奥德修斯把自己的酒杯递给王后阿瑞忒,说:"再见了,高贵的王后!祝你健康长寿!为你的孩子、你的人民和你的英雄的丈夫而高兴吧!"

宴饮完毕,奥德修斯离开了宫殿。应国王的命令,一位使者和三名女仆陪他来到船上。她们中一人托着美丽的长袍、披风和上衣;另一人扛着箱子;第三人端着膳食和美酒。这些礼物也在船上放置安全。奥德修斯默默无声地登上船,平静地躺下身子。水手们坐在橹旁木凳上。缆绳解开了,海船乘风破浪,随着摇橹水手们的奋力摇动,欢快地一路前进。

奥德修斯回到伊塔刻

奥德修斯睡得又甜又熟。大船在海面上航行得又快又稳。当晓星在东天升起,晨光又预示一天到来的时候,船儿已经朝伊塔刻岛驶去。不久,它就进入了平稳的港湾。那儿是祭献给海神福耳基斯的圣地。港湾中段的岸上长着一棵高大的橄榄树,树旁有一座山洞。幽暗的山洞是海洋女仙们的住所。洞中有不少石罐石坛,嗡嗡的蜜蜂在这里酿造蜂蜜。一旁还有几架巨大的织布机。仙女们用紫金线织出无比漂亮的衣裳。两个永远不会枯竭的源泉里往外突涌着清澈的泉水。山洞有南北两个进口:北边的门供凡人进出;南边的门隐蔽曲折,仙女们在这里自由出入。淮阿喀亚人下船后来到山洞,把奥德修斯连同床褥和被子一起抬了起来,把他放在洞前树下的泥地上。国王阿尔喀诺俄斯和其他王侯们赠送的礼物也全部抬下船。大家把礼物搁在离开路口稍远的地方,生怕偶然路过的行人生下歹意,趁人熟睡时抢走财物。他们不敢把奥德修斯从梦中唤醒。他们相信甜蜜的熟睡是众神送给奥德修斯的礼物。大家悄悄地告别了他,又坐在船上,划动着往家乡驶去。

海神波塞冬对淮阿喀亚人十分生气,因为他们凭借帕拉斯的帮助竟敢夺走他的猎物。他向众神之父宙斯请求,想要对淮阿喀亚人的船只报复。宙斯点头同意。等到船只驶近舍利亚岛时,波塞冬猛地从波浪中跳了出来,朝着大船击上一掌,又像来时一样猛地沉入海底。舍利亚岛离淮阿喀亚国很近,船只正在扬帆前进,没提防受此灾难。刹时,船只和船上装载的一切都蓦地变作一团岩石。岩石生根海底,不再动弹了。淮阿喀亚人正在岸边翘首相望。他们热切地等待亲人回来,不料看到了人间悲剧。大家都惊吓得不知如何是好。

国王阿尔喀诺俄斯看到这一切,叹息一声说:"天哪,我曾经听我父亲说起过一则古老的预言,它今天果然应验了。父亲告诉我说,波塞冬在心底里对我们很生气,因为我们是上等的船员和水手,可以把任何陌生人平安地送回自己的故乡。将来终会有一条淮阿喀亚人的船,在载客回来的途中会在岸旁变作石头,它将像一座小山似的突兀在我们的城前。为此,我们必须明白:将来如果还有到我们城内寻求保护的陌生人,我们不能给他们驾船送行。今天,我们应该宰杀十二头公牛,祭供盛怒的海神波塞冬。我们向他祈祷,请他原谅我们,别在以后把所有的船只都变作小山,以致于群山环立,彻底封锁了我们的城市。"

淮阿喀亚人听到有这则预言,心中都很害怕。他们匆忙去办理祭品,准备祭供海神。

奥德修斯在伊塔刻的海滩上醒了过来。他离家久远,已经认不出这块地方了。帕拉斯·雅典娜施云布雾,严严实实地盖在他的身上,借以保证他的安全,不让国人及早地认出他来。在他的宫殿里胡作非为的求婚人还没有得到惩罚呢！奥德修斯环顾四周，敲敲自己的额角，痛苦地喊叫起来："我是多么地不幸啊，又到了一个陌生的国度。这回该遇到怎样的怪物呢？我要是留在淮阿喀亚国，和淮阿喀亚人生活在一起，该多么理想啊！他们是何等地友好，而现在却也背叛了我。他们答应把我送回伊塔刻，却把我扔在这块陌生的地方。宙斯应该惩罚他们。他们一定也偷窃了我的货物！"

奥德修斯再朝四周张望了一阵，看到铜三脚鼎、锅盆、黄金、衣服等都整整齐齐地堆放在那里。奥德修斯清点了一回，发现什么也没有短少。他沉思着在海滩上走来走去，看到迎面走来一个牧羊人。奥德修斯不知道牧羊人是女神雅典娜变的，不过他很高兴，终于在这里遇到了一个人。他友好地问了一声，他们现在什么地方。"你一定是从远方回来的客人，"女神回答说，"因为你首先问到这是什么国家。无论在东方还是在西方，谁都认识这座著名的海岛。它名叫伊塔刻！"

奥德修斯听到他日夜渴望的祖国的名字，内心幸福得猛地激动起来。可是他仍然提防着，没有立刻把自己的名字告诉对面的牧人。他假意地说自己带了一半的财物从克里特岛过来，而在那里给儿子们留下了另一半的财产。克里特岛匪患成灾，强盗们抢劫他的财产，他不得已才离家出走。等他把故事讲完，帕拉斯·雅典娜微微一笑，爱抚地摸着他的脸颊，而自己却突然变作一位美丽修长的年轻姑娘。"的确，"她温柔地说，"为了战胜你的智慧和奸诈，人们必须精细到了极点才行！你回到了自己的祖国，却仍然不脱下自己的伪装！我们不谈这些了；如果说你是凡人中最聪明的，那么我是众神中最明智的了。你还没有认出我，而且还不知道正是我帮助你度过了种种危难关头，给你创造了在淮阿喀亚国的友好气氛。我现在特地赶来，想帮助你藏匿财物，另外再告诉你，你在自己的宫殿里还面临着怎样的斗争和考验。"

奥德修斯十分惊讶地抬起头，仰望着女神，回答说："你是尊敬的宙斯的女儿，你可以变作多种模样，一个凡人怎能认出你来？自从特洛伊攻毁以来，我再也没有看到过你的真身。现在，看在众神之父的份上，我请问你：我难道真的回到了可爱的祖国？你该不是为了安慰我吧？"

"你用自己的眼睛去证实吧！"雅典娜说，"你看，这不是福耳基斯海湾，那不是橄榄树吗？你在前面的仙女洞中曾经祭供了不少的礼品。而涅里同山上长满了高大的树木，你也许没有忘掉吧？”说完，雅典娜撩去英雄眼前的层层迷雾，家乡的山水清晰如画，呈现在奥德修斯的眼前。奥德修斯兴奋异常地跪倒在地，吻着母亲般的大地，默默地对着佑护当地的女神女仙们祷告。雅典娜帮助他把带回来的礼物隐藏在山洞内。等到一切藏匿利索时，他们又一起推来一块巨石，挡住财物。接着，他们又共同坐在橄榄树下，商量对策，好让奥德修斯回宫殿以后对付并且消灭求婚人。雅典娜详细叙述了求婚人的无耻行径，称赞奥德修斯的妻子的贤慧和忠贞。

“天哪，”奥德修斯听到这一切以后，望着苍天大叫一声，“仁慈的女神，如果你没有把这一切都告诉我，那我回家以后一定会像阿伽门农回到迈肯尼似的惨遭横死。如果你还愿意助我一臂之力，我即使面临三百个敌人也不会害怕。”

女神听后微微一笑，回答说：“请放心，我的朋友，我绝不会离开你。现在，我的当务之急是不让岛上的任何人认出你来。你的魁梧的身材必须干枯缩小，炯炯有神的目光必须变得黯淡，头上棕色的头发也尽数脱落。我用一件褴褛的外衣给你套上。这样，你不仅在求婚人面前，纵然在你的妻子和儿子的眼中也只是一个陌生的异乡客。你第一个需要寻找的正是正直的猪倌。他虽然在放牧猪群，心中却始终保持着对你的忠诚。他现在在阿瑞图萨山泉流经的柯刺克斯山麓放牧。你可以坐近他的身旁，向他打听家中所发生的一切事情。我利用这段时间赶往斯巴达，召回你的儿子忒勒玛科斯。他住在墨涅拉俄斯国王处，正在寻找你的下落。”

女神果然用她的神杖轻轻地点触奥德修斯。奥德修斯的肌体顿时收缩干枯，他变成了衣衫褴褛的乞丐。女神交给他一根棍子和一个背在肩上的破口袋。做完这一切，她又倏忽一下隐去了。

奥德修斯和牧猪人

奥德修斯一身褴褛，早已失掉了当年英雄的模样。他穿过茂密的山林和高地，来到指定的地点。他在那里果然找到了他忠心的仆人，牧放猪群的欧迈俄斯。欧迈俄斯在山坡上用巨大的石块垒成一圈牧区。这里共有十二座猪棚，每座猪棚内圈养着五十头母猪。公猪的头数明显少于母猪，都散放在猪圈外。宫殿里的求婚人每天都要宰杀一头肥猪,因此只剩下三百六十头了。帮助看守猪群的还有四条猛犬,它们看上去凶狠得如同四条恶狼。

牧猪人正在切割牛皮,准备制作绊鞋。他的助手都不在这里:三个人赶着猪去放牧了;而第四个进城给骄横的求婚人送猪肉去了。

看猪的狗发现了奥德修斯,吠叫着扑了过来。奥德修斯把棍子放在地上,就势坐了下去。如果不是牧猪人及时从门内赶出来,用石头把狗驱逐出去,奥德修斯几乎被自己家的狗咬伤撕碎。牧猪人转向他的主人,不过他把眼前的陌生人还始终当作一名乞丐。他说:"真的,老人家,你差一点被狗撕碎。进屋来吧,可怜的陌生人,我给你一点吃喝,让你从惊吓中缓过神来。等你吃饱喝足的时候,你不妨告诉我,你从哪里来,受到过哪些折磨。你看上去真是非常可怜!"

两个人说着走进了草房。牧猪人给陌生人在地上铺了些树叶和树枝,又在上面垫了一张粗陋的野羊皮,然后请奥德修斯在羊皮上就坐。奥德修斯非常高兴地感谢牧猪人的盛情接待。欧迈俄斯听到感谢,便回答说:"你看,老人家,人们不能亏待客人,一丁点儿也不能。当然,我只有一点儿财产。可是,如果我的主人在家,我一定大为改观了。他会赐给我房屋、田地和妻子。那样,我就能慷慨地款待陌生的朋友!"

说完话,牧猪人走进满是猪仔的猪圈。他顺手抓了两只杀掉,准备招待客人。牧猪人把肉切开,穿在铁钎上,然后撒上面粉,烧烤得喷香,递给陌生的客人。他又从罐内把甜酒倒在木碗内,放在陌生人面前说:"吃吧,来自异乡的朋友,请尽情地享受!这是小猪仔肉,大肥猪都被无赖的求婚人吃光了。他们也许听到我的主人确实已死的消息,因为他们前来求婚的方式完全不同于平常,而是放肆地挥霍别人家的财物。他们每天不是宰杀一两回猪羊,而是多回地过来叨扰。他们在宫中喝光了一桶又一桶的美酒。啊,我的主人曾经像二十个君主那样富裕!他拥有十二群牛、十二群绵羊、山羊和猪猡,它们都自由地牧放在草地上。这儿附近就有十一群山羊,正直而又勇敢的仆人们看守着它们:他们必须每天给求婚人送上一头肥羊。我是放牧猪群的总管,可是也必须每天挑选一头肥猪,送给那批贪得无厌的求婚人!"

牧人说话的时候,奥德修斯又吃又喝忙个不停,一句话也没说。他在思想里却转动着复仇的念头，他不能忘掉这群无耻之徒。等到他吃饱喝足，牧人再给他斟上一杯美酒时，只见他友好地喝了下去，然后开口说话："亲爱的朋友，给我详细地叙述一下你的主人吧！我也许认识他，也许在什么地方曾经遇到过他。我算得上在异国他乡周游转战的人了！"

牧猪人不相信地摇摇头，回答说："你以为，谁只要讲述一点有关主人的故事，我们就会相信他吗？已经出现多回了，有的外乡游客只想借住一宿，却编讲了一通关于主人的童话。我们的王后和她的儿子听到故事，激动得泪如雨下。我们忙着给外乡人赠送长衣短衫，款待他们喝酒吃肉。唉，他一定不在人世了。我再也不会有如此善良的主人了。当我想起奥德修斯的时候，我并没有觉得是在想一位君主，心灵里却感到他是一位仁慈的兄长。"

"喏，我亲爱的朋友，"奥德修斯回答他说，"尽管你在心里不相信他会回来，可是我却要对你发誓：奥德修斯一定能回来。我要等他回来以后，才会向你们要求报酬，要求你们赠送长衣短衫。再说，我虽然贫穷，但我绝不会使用谎话来骗取报酬的。我恨死了说谎的无赖。你听着，我当着宙斯，当着丰盛的餐桌和奥德修斯的全家向你发誓：等到这个月结束的时候，他将会踏进自己的宫殿，收拾那批胆敢骚扰他的妻子和儿子的流氓。"

"呵，老人家，"欧迈俄斯回答说，"你安静地喝酒，别再讲其他的故事了。我已经不指望奥德修斯了，我现在只担心着他的儿子忒勒玛科斯。我希望他长得跟父亲一模一样。可是有人，也许是一位神搅乱了他的思想：他到皮洛斯寻找他的父亲去了。求婚人却趁机给他设下了埋伏，将根除古老的家族阿耳喀西俄斯的最后一棵根苗。阿耳喀西俄斯是拉厄耳忒斯的父亲，奥德修斯的祖父。好吧，现在请你讲一讲自己了。你是谁，什么风把你吹来伊塔刻？"

奥德修斯听到问话心中暗暗一动。他开了个玩笑，给牧猪人编造了一则长长的故事，借以介绍自己的身世。他称自己是富家的没落子弟，家住克里特岛，然后又天花乱坠地吹嘘了一通离奇的冒险经历。他在故事中提到了特洛伊战事，说在那里认识了奥德修斯。陌生人说在回家途中遇到风浪，风浪把他送上了忒斯普洛托斯人的海岸。那里的国王又对他讲了一点关于奥德修斯的事迹。奥德修斯曾在忒斯普洛托斯作客，在陌生人到达那里前离开了，据说要到多度那的神坛祈求宙斯的神谕。

等他把自己的谎话编织完毕，牧猪人深受感动地说："不幸的陌生人，你的迷途充满着荆棘和苦难，几乎把我的心都从体内搅动出来！可是我对有一点却不能相信：那就是你所编的关于奥德修斯的故事。你何必凭空捏造呢？自从一位挨陀利亚人骗过我以来，我再也不想打听我的主人了。那位挨陀利亚人也是流浪中路经这里的。他对我保证，说他在克里特岛的国王伊多墨纽斯处看到奥德修斯，说奥德修斯正在补修被风浪打坏的航船。他还讲到奥德修斯在夏天或者秋天一定会带领伙伴和丰富的战利品回到自己的家乡。因此，你无需用这些谎话取悦于我。款待客人的天职不会漏过你的。"

不一会，助手们都赶着猪猡回来了。老牧人下令宰杀一头五岁的肥猪用来招待客人。大家取出一部分猪肉祭供仙女和赫耳墨斯神。老牧人把另一部分猪肉递给他的助手，可是他却把最好的里脊肉端给客人，尽管这位客人在他的眼中不过是一名乞丐。

奥德修斯深受感动，感激地大声说："友好的欧迈俄斯，我如此落魄地站在你的面前，你却十分敬重我，衷心地愿宙斯保佑你。"牧猪人友好地坐了下来。他们一起用膳，吃得津津有味。

正当他们欢乐吃喝的时候，一团乌云遮住了月亮，西风呼啸着迎面扑来。不一会，又下起了一场瓢泼大雨。奥德修斯衣衫褴褛，难以抵挡阵阵寒意。他不由得裹紧衣衫，狼狈得抖抖索索，十分寒酸。

欧迈俄斯连忙站起身，在离火炕不远的地方给客人铺下一张床，床上垫着厚厚的山羊皮和绵羊皮。等到奥德修斯躺下睡觉时，他又给奥德修斯盖了一件厚厚的长袍。奥德修斯暗自庆幸自己有一位忠心的仆人，他即使认为主人已经死去，却仍然小心谨慎地为主人看守家财。

忒勒玛科斯离开斯巴达

帕拉斯·雅典娜前往斯巴达，在国王墨涅拉俄斯的宫殿里找到了来自皮洛斯和伊塔刻的两位青年。他们已经安寝休息了。涅斯托耳的儿子珀西斯特拉托斯酣睡不醒。忒勒玛科斯却彻夜难眠，为父亲的命运痛苦不安。突然，他抬头看到宙斯的女儿正站在自己床前，耳中又听到女神吩咐说："忒勒玛科斯,你不能在异国他乡到处转悠,求婚的男人们正在你的宫殿里肆无忌惮地瓜分你的财产。你必须禀明国王墨涅拉俄斯,要求迅速赶回去。否则,你的母亲就将成为求婚人的猎物。她的父亲和她的兄弟们纠缠着她,要求她选择欧律玛科斯为自己的丈夫。欧律玛科斯为了达到自己的目的,不惜重金送礼,超过任何一个求婚人;而且,他还答应了更隆重的婚礼。赶紧回去吧! 可是要记住:在伊塔刻和萨墨岛的海峡上埋伏着求婚人的船只,他们想要加害于你。你必须绕道而行,并且只在黑夜里行进,有位神会给你送去顺风。到达伊塔刻岛时,你让伙伴们迅速进城,而你则去寻找看管猪群的牧人,留在他那里直到天明,然后派人告诉你的母亲珀涅罗珀,说你已经平安地回到家乡!"

忒勒玛科斯听罢吩咐,立即唤醒珀西斯特拉托斯,说:"快起来,套马,让我们一起回去吧!"

"怎么了,"涅斯托耳的儿子睡眼蒙眬地问了一声:"我们该不是在半夜里动身吧? 等一会吧,天快亮了,说不定国王墨涅拉俄斯会在告别时送给我们许多美好的礼物呢。"

两个人正在商量归程的事,美丽的晨曦已经布满天空。墨涅拉俄斯早就赶在两位小伙子前面起来了。忒勒玛科斯看到国王正在大厅里走动,便迅速穿起贴身衣服,披上大衣,走了过来。他请求国王恩准还乡。墨涅拉俄斯友好地回答说:"亲爱的客人,如果你惦念着家乡,我自然不应该强留你。请略微等候片刻,让我把送给你的礼物装上马车。另外,我应该吩咐女厨们给你准备早餐。"

墨涅拉俄斯说完,命令迅速备饭。然后,他带着海伦和儿子墨伽彭忒斯走进珍宝馆。他找出一只金杯,又让儿子端着一把美丽的银壶。海伦从箱笼内翻寻出一件她亲自织造的最漂亮的衣服。三个人带着礼物朝朋友走了回来。墨涅拉俄斯递上金杯,墨伽彭忒斯把银壶搁在他的面前。海伦把衣服塞在他的手上说:"亲爱的孩子,从海伦的手中接过这份纪念性的礼物吧。你的未婚妻将穿着它参加婚礼。在那一天到来之前却应该把它锁在你母亲的房间里。祝愿你满怀喜悦地回到祖祖辈辈居住的地方。"

忒勒玛科斯收下这些礼物,表示诚挚的感谢。他们用完临行的早餐,都愉快地坐到马车上。只见墨涅拉俄斯右手端着满满一杯美酒,来到马前,把酒倒在地上，祭奠众神。忒勒玛科斯再次表示感谢。他看到宫中飞来一只雄鹰，鹰爪下抓着一只驯服的白鹅。一群男女呐喊着追了上来，雄鹰一直飞到两位年轻英雄的马前。大家看到神奇的征兆都很高兴，而海伦却说："朋友们，请听我的详示吧！正如雄鹰抓得的白鹅一样，那是在宫中喂养长肥的；它表示奥德修斯经过长途跋涉和苦难，必将以复仇者的身份回到自己的家乡。也许他已经回去，准备收拾那批喂养得滚瓜溜圆的求婚人！"

"如果这真是出于宙斯的意思，"忒勒玛科斯回答说，"那么，尊敬的王后，我将在家中像敬奉女神一样敬奉你。"

两位客人告别后驾车离开了。他们没有料到从此再也见不到殷勤的主人了。两名主人并不是去世了。海伦作为最高贵的神的女儿，墨涅拉俄斯作为他的女婿来到厄利斯翁的洞天福地。它在俄刻阿诺斯大海边上的宝岛，位于遥远的西方。忒勒玛科斯和他的朋友赶紧在第二天平安地到达皮洛斯城。应忒勒玛科斯的请求，珀西斯特拉托斯驾着马车绕过城市，把朋友直接送到海边的大船上。他在这里衷心地跟朋友告别："迅速上船，启锚航行吧！如果让我的父亲知道你在这里，他一定会赶过来，强行留下你，让你回到他的宫殿去的。"说话间，伙伴们都上了船。他们在摇橹的长凳旁坐了下来。忒勒玛科斯坐在船舵旁，给佑护自己的女神雅典娜祈祷着祭供礼品。

突然，又有一人迈着急步走近过来。他伸出双手，大声呼喊着："年轻人，对着你的祭品，当着众神以及你们的幸福，我恳请得到你的庇护：让我登上你的大船吧，我受到别人的迫害，他们就在后面跟踪而来了。我是预言家忒俄克吕摩诺斯，我的家族在皮洛斯，我从前生活在亚各斯。我在那里由于气愤和争斗打死了一个人。死者的亲戚权势巨大，他们执意要向我索命复仇。我费尽心机才逃脱了他们的追赶。"

忒勒玛科斯非常同情这位陌生人，便乐意让他上船同行。他答应陌生人，即使到了伊塔刻也会照顾他的生活。忒勒玛科斯先从陌生人的手中接过长矛，跟他一起坐在船舵旁。系扎大船的缆绳解开了，桅杆高高地竖起，顺风鼓满着白帆，船舶悠悠地航行在万顷碧波的大海上。

与牧猪人的谈话

奥德修斯在伊塔刻住在牧猪人欧迈俄斯的草棚里，和几位牧人一起愉快地用过晚餐。为了试探一下他的东家还愿意款待他多久，奥德修斯在饭后对欧迈俄斯说："我的朋友，为了不至于过多地打扰你们，我想明天进城去。我要去国王奥德修斯的宫殿，把我所知道的有关奥德修斯的情况告诉他的妻子珀涅罗珀。当然，我也愿意向求婚人提供服务，借以换取在那里住宿和膳食。我能够非常熟练地劈柴，生火，翻动铁钎烤肉，端菜，斟酒等等。"

牧猪人听到这话，皱了皱眉头，回答说："你在脑子里装了些什么呀？你该不是为了去寻死吧？你以为求婚人稀罕你的服务吗？他们有的是仆人，年轻美丽的仆人穿着漂亮的衣服；他们在雅致的餐桌旁大展身手，桌上摆满了肉、面包和甜酒。还是留在这里等候奥德修斯的儿子回来吧，他一定会照顾你的衣食！"

"善良的牧猪人，"奥德修斯又接着问，"你是哪里人？你是怎样进这座住房来服务的？"

牧人给陌生的朋友又斟满美酒，回答说："喝吧，我的老朋友，反正夜长着，又没有人强迫我们早早安寝，就不妨听听这段漫长的故事吧。我们可以唠叨整整一夜。在俄耳堤癸亚海外有一座岛，名叫绪里亚。那里人口不多，土地却十分肥沃。岛上有两座城市。我的父亲，俄耳墨诺斯的儿子，克忒塞俄斯治理着两座城。父亲是一位强大的君主。那时候我们还小，从腓尼基来了一群骗人的海员。他们在船上装载着许多漂亮的货物，上岸以后一直逗留在我们的岛上。后来，我们买了一位腓尼基女子，她到宫殿来给我的父亲当女仆。这位女子漂亮修长，手艺精巧，深得大家的称赞。女人爱上了一个腓尼基的商人。商人答应娶她，并把她带往南方自己的家乡。这位不忠诚的女仆向他发誓，不仅要从我父亲的宫殿里带走黄金，权充路资，还要带走一些更好的东西。她说：'我负责调养国王的小儿子，他十分聪明。我如果存心的话，他会始终跟着我的。我将把小王子送上你们的船。你们在他身上一定不会赢利太少的。'

"这位心怀鬼胎的女人说完就回到了宫殿，似乎什么也没有发生一样。

商人们在岛上又住了整整一年。当他们终于赚够了货物，装满了大船，准备回去时，果然有一位奸诈的商人来到父亲的宫殿。他在手上拿了一串黄金项链。我的母亲和仆人们争相观看，十分喜欢。项链从一只手传到另一只手，大家讨价还价，生意做得很热闹。其实商人正是腓尼基人的使者，他趁着混乱给那个女人使了个眼色。那个商人前脚刚走，这个女人就手牵着我，把我劫持出了宫殿。她在前厅里看到摆好了宴请客人的酒席，便迅速拿了三只金杯，藏在衣内。我看到了这一切，可是幼稚而又善良的我一点儿也没有怀疑，相反还跟着她走了出来。我们来到海边码头时，太阳已经西沉了，大家一起登上船。

"一路上顺风顺水，我们在海上航行了六天六夜。这个腓尼基的女骗子却突然中了阿耳忒弥斯的神箭，倒在船上死了。人们将她扔入大海喂鱼去了。我孤苦伶仃地留在船上，没有人愿意接受并抚养我。腓尼基人经过长途跋涉，终于来到了伊塔刻岛。多亏了拉厄耳忒斯把我买了下来。"

奥德修斯听到拉厄耳忒斯的名字，便请问牧猪人他们近况可安好。"拉厄耳忒斯，这位老父亲么，他还活着。"欧迈俄斯回答说，"他无限地怀念奥德修斯和自己的妻子安提克勒亚。安提克勒亚因为思子心切，最后心力交瘁地死了。我也为失去一位善良而好心的女主人而悲恸。她把我跟她的女儿克提墨涅一起抚养长大，待我如同她的亲生儿子一样。后来，她的女儿嫁到萨墨岛去了。老母亲给我许多礼物，让我来到这里负责牧放猪群。当然，我现在很贫困，只得尽力地劳动，养活自己。而王后珀涅罗珀则无力帮助我了。她被求婚人纠缠看守着。一名正直的仆人是无法近她的身的。"

奥德修斯听后很受感动地说："你还不能过多地抱怨自己的命运。宙斯毕竟为你作主，让你脱离苦海，把你交在一位善良人的手上，使你没有缺衣少食。你平静安详地生活在他的土地上，而我却迷途难返，始终遭受着命运的流放，漂泊在外，难回故乡。"

说话间，夜已深沉。他们只睡了一会，满天的朝霞已经把他们唤醒了。

忒勒玛科斯回到伊塔刻

就在这天早晨，忒勒玛科斯回到了伊塔刻。遵照雅典娜的吩咐，他打发朋友们先进城去,并答应在第二天邀请他们共赴欢乐的便宴。等到一切安排就绪,他就动身去找牧猪的总管。

“可是,我该到哪里去呢,我的孩子?”忒俄克吕摩诺斯问忒勒玛科斯,“城里有谁会接纳我呢?我可以一直走进你的母亲的宫殿吗?”

“如果在另外的情况下,你可以放心大胆地这样做。”忒勒玛科斯回答说,“而现在则不同了,求婚人会阻拦你,不让你走近她。”

他们正在说话,一只雄鹰从面前飞过,雄鹰用利爪抓住一只鸽子。预言家忒俄克吕摩诺斯把忒勒玛科斯拉到一旁,凑近他的耳朵,悄悄地说:“孩子,如果我的观察不错,这道吉兆正好应着你们的家族。其他的族第永远也不可能统治伊塔刻。你们始终是这块土地的主人!”

忒勒玛科斯跟忒俄克吕摩诺斯分手前又把他推荐给自己可靠的朋友克吕蒂沃斯的儿子庇埃俄斯,由他负责把陌生人带回自己的住所,一直等到忒勒玛科斯回到城内。

说完,他挥手跟大家告别。伙伴们也进城去了。

奥德修斯和牧猪人正在草棚内准备早餐,助手们忙碌着把猪赶了出去。他们舒适地坐下来,一起愉快地用早餐。突然,他们听到门外一阵阵脚步声,几条狗都叫了起来,不过没有激烈的狂吠;它们似乎在摇头摆尾地迎接一个渐渐走近的人。“一定是朋友或熟人前来看望你,”奥德修斯对牧猪人说,“否则,这些狗对待陌生人完全是两样的。对这一点我是有经验的!”

他的话还没有说完,只见他的儿子忒勒玛科斯已经站在草棚的门槛旁了。牧猪人高兴得连手中的杯子都从手中掉落下来,急忙朝他的年轻的主人走去,拥抱他,泪水洒落在他的脸上。牧猪人还吻着忒勒玛科斯的双手,好像他死而复生一样。即便是一位在外漂流十年重回故土的年老的父亲,对待他的唯一的老来之子也不会比现在的迎接更加令人动情。忒勒玛科斯直到从仆人处听说家里没有出现变故,才跨进门槛。他把长矛交给牧猪人,走进草棚。他的父亲奥德修斯准备给进来的儿子让坐,忒勒玛科斯连忙制止住他说:“请坐下,陌生人,这里的人会给我位置的。”

这时,欧迈俄斯已经用绿叶给年轻的主人准备了一张柔软的坐垫,还在垫子上盖了一块羊皮。忒勒玛科斯凑近两人坐了下来。牧猪人端上一碗烤肉,递上面包篮,用木罐调制着美酒。三个人吃得津津有味。后来,忒勒玛科斯问他的仆人,面前的陌生人是谁。牧猪人把奥德修斯编造的故事照原样简短地叙述了一遍。"最后,"他结束时说,"陌生人逃离了忒斯普洛托斯的船来到这块地方。我把他交给你了,随你怎么安排吧。"

"你的话使我感到不安,"忒勒玛科斯回答说,"我如何在目前的处境下保护一个陌生人呢?你还是把他留在这里吧。我将给他上衣长袍,还送给他一柄两面锋利的长剑,当然也有足够的食品,让他不至于成为你和你的伙伴们的负担。我只是不能让他撞见求婚人,那批人无耻地滞留在我的家中为非作歹,即使是一个更强大的人也是拿他们没有办法的。"

奥德修斯,一位陌路而来的乞丐,十分不理解。他奇怪地问,这些求婚人怎么如此大胆,无视主人的儿子,敢于为所欲为呢。"难道是人民仇恨你?"他追问了一句,"你跟众位兄弟正在内讧?为什么别人对你如此蔑视呢?如果我像你一样年轻,又是奥德修斯的儿子或者是奥德修斯本人回来了——顺便说一句,奥德修斯能够回来的希望还没有彻底消失呢——那么,我宁愿被一位陌生人把脑袋砍离了肩膀,宁愿死在自己的家中,也不愿意屈辱地只在一旁观望!"

忒勒玛科斯回答说:"不,亲爱的客人,人民并不恨我;我也没有兄弟,所以也没有人与我争夺,我是家中唯一的儿子。可是心怀恶意的男人们来自伊塔刻和周围的岛屿。他们人数众多,都来向我的母亲求婚。她回避着,可是抵挡不住他们的纠缠。不久,我的家和我的家产就将成为一片废墟了。"说完,他转向牧猪人,又说:"你,我的父亲般的朋友,请帮我一把,迅速进城去找我的母亲,告诉她,我在这里。请当心,别让任何求婚人知道这件事。"

"我是否需要绕道先去找你的祖父拉厄耳忒斯?"欧迈俄斯问道,"自从你去了皮洛斯,有人告诉我,他焦急得不吃不喝,十分悲伤。"

"非常抱歉,"忒勒玛科斯回答说,"绕道过去太费时间。我希望让母亲尽早地知道我回来了的消息!"

牧猪人听说后立即取出鞋子,在脚上把鞋系紧,抓起一根长矛,匆忙上路去了。

奥德修斯对儿子点明身份

女神帕拉斯·雅典娜就等待着这一时刻。她变作一个绝色美女出现在门口,不过只有奥德修斯和猛狗才能看到她的身影。猛狗并不吠叫,却是低声叫着蜷缩到屋角里去了。女神向奥德修斯丢了个眼色,他立即会意并迅速离开了草屋。雅典娜站在院墙旁说:"奥德修斯,你现在无需向儿子隐瞒自己了。你们应该一起进城去,我随后就来;我在心里也燃烧着一股怒火,希望消灭这帮求婚人!"说罢,女神用金杖在乞丐身上点了点,面前立即呈现了一个奇迹:奥德修斯顿时变得年轻起来,身材高大,一如往昔。奥德修斯面色黝黑,双颊饱满,头发浓密,腮边又长出一层胡须。帕拉斯·雅典娜倏忽一下就不见了。

奥德修斯重新走进草屋的时候,他的儿子惊讶地注视着他。他以为遇到了一位神,便谦恭地低下头来说:"陌生人,你的模样变了。你一定是天上的神!让我给你祭供,请你保佑我们!"

"不,我不是神,"奥德修斯大声说,"你该认出我来,儿子,我是你的父亲!"说着,奥德修斯忍不住泪流满面,急步上前,一把抱住儿子吻着。忒勒玛科斯却是不敢相信。"不,不,"他连连呼喊着说,"你不是我的父亲奥德修斯。一定是凶恶的魔鬼在欺骗我,让我在日后感到更大的失望。平常的人怎么能像你似的依靠自身的力量变化长相呢?"

"我真是你的返归故里的父亲,"奥德修斯说,"我离家整整二十年,现在才得以回家。奥德修斯就是我,而不是别人。这里的奇迹是女神雅典娜的杰作。她将我变化着,让我一会儿像乞丐,一会儿像少年;让一个凡人变高变矮,对神来说,是不费吹灰之力的容易事。"

儿子直到现在才敢含着滚烫的热泪拥抱父亲。后来,忒勒玛科斯问父亲是从哪条路上回到家乡的。奥德修斯一声长叹,便把迷途在外的险遇一一地告诉儿子。最后,他结束了叙述:"现在我到了这里,我的儿子。按照雅典娜的命令,我们应该商量如何处死那批无赖的求婚人。你是否逐一把他们的名字告诉我,让我估计一下他们有多少人,看我们两人能否对付他们,或者我们应该去寻找同盟兄弟的帮助。"

“父亲，我虽然经常听到你的荣誉，”忒勒玛科斯回答说，“可是，我们两个人是无法对付这么多人的。这里不是十个二十个人，远远不止这个数目。光从杜里其翁就来了二十五个勇敢的青年，他们带了六个仆人；萨墨岛来了二十四人；查契斯来了二十人；伊塔刻岛来了十二人；随同他们一起的还有使者墨冬，一个歌手，两个厨师。因此，我们必须尽可能地前去寻找能给予帮助的人。”

“你不要忘掉，”奥德修斯接着说，“雅典娜和宙斯是我们的同盟军，他们答应帮助我们的。你明天就进城去，跟求婚人坐在一道，装做什么事也没有发生的一样。我仍然会变作年迈乞丐的模样，和牧猪人一起随后而来。不管他们在大厅里如何地辱骂我，即使他们朝我冲过来，拖着我的双脚要往门外拽，你都得努力地忍住气：他们的毁灭是天定的命运。到关键时刻我给你打一个眼色，你就把靠在大厅墙跟前的装备和武器统统搬走，搁在楼上的房间内。如果求婚人发觉了，询问他们的武器和盔甲，你可以告诉他们，说你将它们搬到外面去了，因为它们离烟囱太近，被烟熏黑了，失掉了光泽。你要给我们两人留下两柄利剑，两根长矛，两面牛皮盾牌。别让任何人知道奥德修斯回来了的消息，包括祖父拉厄耳忒斯，牧猪人，甚至连你的母亲珀涅罗珀在内，都不能让他们知道。我们应该考验一下，看我们的男仆和女仆们还能不能忠诚地站在我们这一边。”

“亲爱的父亲，”忒勒玛科斯回答说，“你所说的这一切都应该付诸实践。可是我想，如果你只在国内转悠，反复地去询问路人，征求民意，这要花费很多时间。宫中的女仆由我去审查，而散居在各宫各殿的男仆么，那就留给我们将来重新当了宫殿主人时再去办理吧。”

奥德修斯点点头，认为儿子说得有理，并为儿子的深思熟虑感到高兴。

城内和宫中

忒勒玛科斯和他的伙伴们从皮洛斯派往伊塔刻的船已经驶入城内的码头。随从们派出一名使者前往宫殿，把儿子回来的消息告诉了忒勒玛科斯的母亲珀涅罗珀。牧猪人也在同时进入宫内。他听到使者当着女仆的面大声地禀告珀涅罗珀：“啊，王后，你的儿子已经回来了。”欧迈俄斯却趁着周围无人的时候悄悄地禀报了年轻主人给他的嘱咐。他还转告王后,忒勒玛科斯请她速派人告诉祖父拉厄耳忒斯,说他顺利地回到了伊塔刻。牧猪人办妥了这些事后,又急忙赶了回去。求婚人从饶舌的女仆们那里知道忒勒玛科斯回来了。他们不乐意地凑坐在一起,欧律玛科斯首先开口,说:"谁能料到这个孩子竟然顺利地完成了这趟旅行。让我们迅速备一条快船,通知埋伏在海岸上的伙伴们,请他们不要枉费心机了。"

正当欧律玛科斯说话的时候,另一位求婚者,安菲诺摩斯不经意地朝城市的码头方向看了一眼。人们坐在宫殿的前厅可以清楚地看到码头上的动静。安菲诺摩斯突然看到求婚人出海埋伏的船正鼓着风帆驶回了港口。"这下可用不着去通知我们的朋友了,"他大喊一声,"他们就在那里。"求婚人急忙朝海滩走去。后来,他们又同回来的人一起走进教堂广场,城内的居民谁也不准在一旁逗留。安提诺俄斯为自己辩护说:"朋友们,这个人之所以逃脱了伏击圈,并不是我们的过失。我们派出的侦察整天守候在岸边的山顶上;等到太阳入海以后,我们又驾船在海面上游弋,不让忒勒玛科斯漏过去。也许有一位神陪着他一起回来了,我们可是压根儿没有见到过他的船!我们想把他结果在城内,因为他已经逐渐长大,并且将会胜过我们了。人民也会反对我们。如果他把消息捅出去,说我们埋伏海岸袭击他,准备把他杀死,那么他们一定会反对我们,把我们赶出国去。我们还是趁着在一切发生前就把他清除掉,把他的财产瓜分完毕。我们只把宫殿留给他的母亲及其未来的丈夫。如果你们不赞成我的建议,愿意留他一命,那么大家最好不要再留在宫中,而是各自回家,从自己的家乡给王后赠送礼物,向她求婚。她则按照命运挑选自己的如意郎君!"

求婚人沉默许久,大家都不作声。最后,来自杜里其翁的安菲诺摩斯站起来。他是尼索斯的儿子,也是求婚人中最高贵的人。他说:"朋友们,我不想悄悄地杀害年轻的忒勒玛科斯!杀害一个王族的最后独苗,无疑是残忍而又丑恶的事。我们还是询问一下神意:宙斯如果降下有利于我们的神谕,我就愿意亲自动手,杀死忒勒玛科斯;如果我们的行动有悖神意,那么我劝你们及早断却这重念头。"

安菲诺摩斯能说会道,连王后珀涅罗珀也对他的聪明和才智十分在意。他的这番话深得求婚人的支持。大家推迟了实施自己的打算,回到宫殿。

而他们的使者墨冬果然又把听来的消息对王后做了详细的汇报，墨冬是王后珀涅罗珀的内线。珀涅罗珀想到这些人都是装着世界上最慈悲的面孔，而内心却是充满恶毒和仇恨的伪君子，她非常气愤。珀涅罗珀回到内庭，伏在床沿上放声大哭。她为自己的丈夫悲哀哭泣，直到女神雅典娜使她昏昏然地坠入梦乡。

忒勒玛科斯一行三人来到城里

当天晚上，牧猪人回到了他的草屋，而奥德修斯正和他的儿子忒勒玛科斯忙碌着洗剥一头宰杀了的猪，准备着晚餐。奥德修斯又被雅典娜的金杖点触过，重新萎缩成一个衣衫褴褛而又可怜巴巴的乞丐模样。“你从伊塔刻带来什么好消息？”忒勒玛科斯大声地问，“求婚人还一直准备着袭击我吗？”欧迈俄斯把从船上看到的内容全部告诉他。忒勒玛科斯躲在牧猪人的背后偷偷地朝着父亲笑了笑。他们一起用餐，餐后便躺下休息。

第二天早晨，忒勒玛科斯收拾完毕，准备进城去，于是便对欧迈俄斯说：“老人家，我现在要去探望我的母亲。你跟这位可怜的陌生人随后赶来，以便他在城内乞讨得更多的美酒和面包。我无法做到接济每一个贫苦的人，我自己所要承担的苦难已经够沉重的了。”

奥德修斯对儿子的聪明和伪装感到十分满意。他说：“亲爱的小伙子，一个乞丐在城里转悠，总会比在乡下收获大。你先走吧，我的衣衫褴褛，难抵寒冷，还想在火旁烤一会哩。”

忒勒玛科斯急忙走了。他来到宫殿门口时，只见天色还早，求婚人都还赖在被窝里没有起床呢！他把长矛搁在门口的柱子上，沿着石级走进大厅。女管家欧律克勒阿正在忙碌着给王位上铺设美丽的坐垫。她一瞅见小伙子走进门，便含着欢乐的泪花朝他走去，热烈地欢迎他。其他的女仆们也围着他，纷纷地吻着忒勒玛科斯的双手。他的母亲珀涅罗珀走出房间，她那修长的身材恰如阿耳忒弥斯，漂亮的身段好似阿佛洛狄忒。她哭泣着把儿子拥入怀抱，吻着他的面颊。“我的亲爱的儿子，你终于回来了，”珀涅罗珀呜咽着说，“我真担心再也见不到你了，因为你竟然悄悄地、事先不让我知道就到皮洛斯去了！你带来怎样的消息呢？”

“啊，母亲，”忒勒玛科斯努力忍住了自己的真实感情，回答说：“别在我的心底里翻动对父亲的烦恼了。你去沐浴吧，穿上干净的衣服，在房间内跟女仆们一起答应给神敬献最贵重的祭礼。如果他们赐给我们机会，就让我们清算所忍受的种种耻辱。我现在到广场去接一位陪同我一起航行的陌生人。我让朋友们看顾他的。”

珀涅罗珀听从他的建议。忒勒玛科斯手执长矛，急忙朝广场走去，后面尾随着一群猛狗。雅典娜赐予他特殊的优美姿态，让市民们都羡慕并赞许地望着他的背影。求婚人也因为他而聚集一道，对他说了许多恭维的话，不过心里却在暗暗地盘算着恶毒的计划。忒勒玛科斯看着人群拥挤，没有久留，只是同他父亲的三位故交，门托尔、安提福斯以及哈利忒耳塞斯坐在一起，跟他们讲述一些允许提及的内容。庇埃俄斯也领着他的朋友忒俄克吕摩诺斯赶了过来。忒勒玛科斯迎接两位，庇埃俄斯走近他说：“亲爱的忒勒玛科斯，墨涅拉俄斯给你赠送了许多礼物。你让女仆们到我家去，快把礼品搬回来。”

“好朋友，”忒勒玛科斯回答说，“把礼品暂时寄放在你家。我们还不知道事情将会出现什么转机。我如果落入求婚人的手里，他们会瓜分我的财产，那么，这么一批宝贵的礼物与其送给他们，还不如送给你呢！如果我占了上风是个赢家，你可以亲自前来，高高兴兴地送上那些宝物！”

说完，忒勒玛科斯又抓起远逃在外的预言家忒俄克吕摩诺斯的手，把他引进宫殿。两个人沐浴完毕，一起走进大厅，跟珀涅罗珀共用早餐。珀涅罗珀十分悲伤地对儿子说：“忒勒玛科斯，我最好还是到楼上的卧室里去面对自己的寂寞，因为你肯定不会告诉我关于你父亲的任何消息的。是吗？”

“亲爱的母亲，”忒勒玛科斯回答说，“只要有一点让你宽慰的内容，我一定会对你全盘托出的。涅斯托耳已经年迈，在皮洛斯非常热情地接待了我，可是对父亲的事却一无所知。他让我再去斯巴达，寻找他的儿子。我在那里受到大英雄墨涅拉俄斯的盛情款待，还看到了海伦。特洛伊人和希腊人为她作出多大的牺牲呵！我到那里才听说，原来在埃及时海神普洛托斯曾经告诉君王墨涅拉俄斯，我的父亲在俄奇吉亚岛不情愿地被仙女卡吕普索扣留住了，他找不到回家的船，只得无可奈何地蹲在那里。”

王后听到消息十分激动，预言家忒俄克吕摩诺斯却打断了主人的话说：

“王后，你的儿子并不知晓全部信息。记住我的预言吧：奥德修斯已经回到了他的家乡，他在思考报复求婚人的计划。那是一只飞鸟给我的详示，我当即就把消息告诉了你的儿子。”

“但愿你的话得以应验，”珀涅罗珀长叹一声回答说，“到时候我不会忘掉感谢的。”

欧迈俄斯和他的客人也抓紧时间上路进城。奥德修斯一副乞丐模样，身上背着破口袋，着实难看。牧猪人还不忘给他手上塞了根拐杖。两个人结伴而行。他们到达城旁一口水井的时候，突然遇到羊倌梅兰梯俄斯。梅兰梯俄斯带着两个仆人，从牧群中挑选几头最肥的羊儿，给求婚人送进城去，让他们挥霍作乐。羊倌看到蹒跚而来的猪倌背后还跟着一个拖沓褴褛的伙伴，不由气得大声地骂了起来：“真见鬼，活如人们所说的，物以类聚，人以群分，饭桶领着饭桶，这句话再也错不了。下地狱的猪倌，你领着一个贪婪的乞丐到哪里去呀？他难道在城里也沿门挨户到处行乞吗？把他交给我，让他看守圈栏，打扫羊棚，给山羊喂草添料。这样，他至少还派一点用处！可是，他也许什么也没有学过，什么也不会，只知道填塞肚腹吧！”说完，他朝奥德修斯的屁股踢上一脚。奥德修斯冷不防挨了一脚，不过他却没有离开道路半步，而是稳稳地站在那里，动也不动。他虽然思量着是否应该把对方打翻在地，最后还是迫使自己忍受这番耻辱。

牧猪人欧迈俄斯瞧着恬不知耻的羊倌，十分生气。他转过脸去，对着水井说：“神圣的源泉仙女，我的主人在从前曾给你们祭供许多宝贵的礼物，请容许我祈求你们，保佑我的主人平安地回来吧！他会制服这个无赖的傲气。这个羊倌几乎是世界上最无用的牧人，一天到晚在城里闲荡，是个游手好闲的懒坯！”

“你是猪狗，”梅兰梯俄斯骂着回答，“你只配卖到对面的岛上当奴隶。但愿阿波罗的弓箭和求婚人的利剑杀掉你的忒勒玛科斯，不管你如何地依仗他，他也跟奥德修斯一样，难逃失败的命运！”说完，他从两人面前走了过去。到了宫殿，他凑近求婚人，坐在他们的餐桌上一起用膳。求婚人对他很满意，时常让他一起共享膳食。

奥德修斯和牧猪人也来到国王的宫殿。大英雄离家久了，猛地看到自己的故居，心里不由得激动起来。他抓住跟他一起到来的人的手说：“天哪，欧迈俄斯,这里就是奥德修斯的宫殿吧！多么漂亮啊！实际上,这座宫殿是不容制服的！我看到里面坐着许多人,他们正在用膳。酒香扑鼻,一直透出门外,传到我们跟前!"

他们商量了一阵,决定让牧猪人先进去,帮助陌生人察看形势,而陌生人暂时就等候在门外。这时,只见躺在门外的一条老狗突然站立起来,竖起耳朵。这条狗名叫阿耳戈斯,是奥德修斯一手喂养长大的。从前,它伴随英雄们外出打猎,现在老了,只能伏在门外的垃圾堆上,毛皮肮脏不堪。家犬看到奥德修斯,似乎透过化装认出了主人,于是俯首帖耳,摇着尾巴。可是它毕竟虚弱不堪,竟然走不过来。奥德修斯看到这里,不由得暗暗地抹去一丝泪花。然后,他又强忍悲痛,对牧猪人说:"躺在粪堆上的那条狗从前该不会这样难看吧,你看它的架势和体格!"

"是的,"欧迈俄斯回答说,"它是我那不幸主人的爱犬,是一条绝顶漂亮的猎狗。可是现在时过境迁,主人不在了,狗也受欺凌。女佣们从来不给它一餐饱食!"

牧猪人说完进宫殿去了。家犬毕竟认出了二十年前的主人。它低下头来,满意而又悲哀地死了。

乞丐奥德修斯来到大厅

忒勒玛科斯正在宫殿的内室,首先看到了牧猪人,便大声呼唤他过来。欧迈俄斯小心翼翼地向四周环顾了一阵,抓过一把空椅,坐在他的主人一旁。这把椅子通常是切肉人在餐前坐的。使者看到牧猪人坐了下来,便给他递上烤肉和面包。过了一会,乞丐奥德修斯也拄着拐杖,踉踉跄跄地走了进来,坐在屋旁的门槛上。忒勒玛科斯看到他时,便从篮里掏出一整条面包,又捧了一大把烤肉交给牧猪人说:"我的朋友,请把这份礼物交给陌生人,并告诉他,他用不着害羞,可以径直到求婚人面前去乞讨!"

奥德修斯用双手接过礼物,十分感激,把食品搁在脚前的背包上,津津有味地吃了起来。餐间,歌手菲弥俄斯放开歌喉,给客人们献艺助兴。后来,他又停下不唱了。人们只听到求婚人在厅堂里大声畅叙。

女神雅典娜也悄悄地走了进来,只是没有人看到她的面容。她凑近奥德修斯,驱使他快去跟求婚人乞讨礼物,借以把那批人认识清楚,看谁更加粗鲁恶劣。虽然,女神决意严厉地报复他们,不过也有轻重缓急之分,有的人应该死得平稳一点,有的人必须横死在刀下。

奥德修斯果然乞讨着从一个求婚人走向另一个求婚人。他伸出双手,好像从来就是一名乞丐一样。有些求婚人同情他,给他一点施舍。求婚人问他是哪里人氏。只见羊倌梅兰梯俄斯对他们说:“我刚才看到过这个家伙,是牧猪人把他带到这里来的!”

求婚人安提诺俄斯十分生气,斥责牧猪人说:“你为什么把这个人带进城来?我们这里的流浪人还嫌不多,你要给我们多添一个吃饭的家伙吗?”

“你真是残忍的人,”牧猪人欧迈俄斯大胆地抗争说,“大人物们把预言家、医生、建筑师和歌手招唤进宫,就像歌手刚才给我们欢娱取乐一样,让他们争献本领。没有人唤乞丐进宫,他是自己进来的。可是,人们也不应该把他赶出宫门——再说,只要珀涅罗珀和忒勒玛科斯还是这座宫殿的主人,这里也不该发生这样的事情。”

忒勒玛科斯连忙止住他的话:“欧迈俄斯,别在那里费神回答了。你要知道,这个人总是寻机侮辱别人的。可是,安提诺俄斯,我却要对你说:你不是我的监护人,因此你也无权命令我把这位陌生人赶出宫去。你就慷慨地施舍吧,用不着吝啬我的财产!不过,你却是个喜欢独占独吞的人!”

“你们看,这个小伙子多么固执啊!”安提诺俄斯大叫起来,“如果每个求婚人都给这位乞丐一点施舍,那就足够他享用三个月了!”说着,他抓起一张小板凳,看着奥德修斯走近来向他乞讨。安提诺俄斯不高兴地说:“讨厌的寄生虫,听说你从埃及一直流浪到塞浦路斯,现在是哪位神把你送到我的面前来的?快从我的餐桌旁滚出去!当心我把你再送回塞浦路斯或者埃及去!”

奥德修斯忿忿不平地退了下去。安提诺俄斯还不甘心,把小板凳朝乞丐掷了过去,板凳正好打在奥德修斯的右肩上。奥德修斯如同山岩一样屹立不动。他沉默着摇了摇头,然后回到门槛旁,摊开装满吃食的背包,对着求婚人数落安提诺俄斯施加给他的侮辱。安提诺俄斯却大声地制止行乞人说:“快闭上嘴巴,像猪一样地吃饭吧!否则,就会有人把你捆绑起来,或者拖住你的手脚,把你掷出门去!”

他的粗暴甚至都激怒了求婚人。其中一个人站起身来说:“安提诺俄斯,你朝一位不幸的人投掷板凳,是不对的。如果他是一位扮作凡人模样的天神,你该怎么办?”

安提诺俄斯哪里听得进这番忠告。忒勒玛科斯一声不吭地看着别人欺侮他的父亲,强忍着满腔怒火。

王后珀涅罗珀正在自己的卧室,透过窗户听到外面的吵闹声,明白厅堂里发生的一切。她听到有人欺侮一个乞丐时,顿生一股同情心,把牧猪人悄悄地唤进内室,命令他把乞丐带进来。“也许,”王后补充着说,“他还知道关于我的丈夫的事情哩!”

“是的,”欧迈俄斯回答说,“如果求婚人停止喧闹,愿意倾听的话,他的确可以叙述许多内容。我招待他住过三天,他叙述的情况听起来真像歌手唱的一样。这个人从克里特岛来,据他说跟你的丈夫是世交。他还知道你的丈夫现在忒斯普洛托斯人的国度里。听说他不久就要回来了。”

“去吧,”珀涅罗珀十分感动地说,“把陌生人给我叫来。他应该亲自对我叙说!这批求婚人真不知耻!我们只缺少一位像奥德修斯那样的人。一旦他能够回来,忒勒玛科斯与他合作,这批无耻的求婚人就够瞧的了!”

欧迈俄斯把王后珀涅罗珀的命令告诉陌生的乞丐,乞丐却回答说:“我多么愿意把我知道的关于奥德修斯的故事讲给王后听,我知道他的许多事。可是求婚人的行为让我十分担心。珀涅罗珀应该稍加忍耐,等到晚上我可以把一切都告诉她。”

珀涅罗珀听到回话认为有理,决心等到晚上再说。欧迈俄斯悄悄地走近忒勒玛科斯,凑近年轻的主人耳边说:“主人,我现在应该回到自己的草房去了。你在这里照料一切,我希望你千万注意自己的安全。这批求婚的人狡猾而又狠毒。他们想要谋害你呢。”

忒勒玛科斯请他稍等片刻,直到用过晚餐再走。欧迈俄斯答应了,离去时约定他第二天再来城里,给宫殿送上最大的肥猪。

奥德修斯和乞丐伊洛斯

奥德修斯受尽命运的折磨,终于形单影只地回到伊塔刻,乞讨着进了自己的故居,只见家中还挤着一群向妻子求婚的人。这时候,又从城里走来一名臭名昭著的乞丐,乞丐一步跨进大厅。乞丐身材高大,肚腹大得惊人,特别能吃饭,可是浑身无力。家里人唤他阿耳奈俄斯,城里的青年人称他伊洛斯,即使者的意思,因为他习惯于提供使者的服务,从而赚取一点报酬。伊洛斯听说又来了一名乞丐,十分嫉妒,于是匆忙赶来,准备把奥德修斯从自己的家中驱逐出去。“老人家,请从这门口走出去,”伊洛斯刚跨进门就喊叫起来,“否则,我将抓住你的双脚,把你拖出门去!还是自觉地出去,免得我亲自动手!”奥德修斯阴沉沉地看了他一眼说:“门槛朝天,各走一边。你看上去跟我一样贫穷。用不着嫉妒我,我也不会侵犯你的利益。”伊洛斯听罢更加生气地说:“你这个吃现成饭的家伙,竟敢在这里胡说八道。我只要略微动手,几下子就会撕裂你的狗嘴,让你的牙齿脱落地上,就像掉落猪牙齿一样。你有胆量跟一个年轻人试试吗?”

求婚人看到热闹,大笑着朝争执着的两个乞丐走来。安提诺俄斯说:“众位朋友,你们知道吗,那边火炉上烧烤着鲜美的血肠?我们愿意给两位高贵的争斗人提供一份奖励:两位中获得胜利的人可以尽情享受这一份鲜美的血肠,而且除他以外,将来不许其他乞丐踏进这个大厅!”

这番建议深得众位求婚人的心意。奥德修斯却装得像被苦难折磨得毫无气力的老人似的,显得十分可怜。他请求婚人向他保证,他们决不在争斗中偏袒伊洛斯。求婚人乐意向他担保,忒勒玛科斯立起身来说:“我是主人,如果有人欺侮你,我会亲自找他算账。”求婚人纷纷点头赞许。奥德修斯束了束腰带,把衣袖向上卷了一卷,顿时露出了有力的胳膊。求婚人看到他原来虎背熊腰,肩阔腿壮——他们不知道雅典娜暗中保佑,让他变得高大英俊了。求婚人惊讶地说:“这位老人肌肉健壮,可怜的伊洛斯这下可就够受的了。”伊洛斯早已吓得发抖,他的关节抖索得几乎脱落,旁边的人不得不用力地将他扶住。安提诺俄斯不相信这场争斗的结果,十分生气说:“吹牛的家伙,在一位气力全无的老人面前抖得这种熊样,你还算得上是个人吗?我告诉你,如果你被打倒,那就干脆坐上我的海船前往厄庇洛斯,亲自去投奔国王厄刻托斯。他是以残暴闻名的暴君,曾经把他女儿的双眼戳瞎,是人间的恐怖标志。他会割下你的鼻子和耳朵扔给狗吃!”

伊洛斯的身体抖得像筛糠。人们还是把他推到前面。两个人扬起双手准备拼斗。奥德修斯思忖着，是一举杀死这个可怜的乞丐，还是免得引起众位求婚人的怀疑，只给那人轻轻地教训一下。他感到还是后一种想法更为聪明。于是，当两人终于交手打作一团，伊洛斯在他的右肩上落下一拳时，他只是轻轻地朝伊洛斯耳后挥去一掌。可是这一掌非同小可，打断了伊洛斯的骨头，伊洛斯口吐鲜血，倒在地上。厅堂里爆发一阵哄然大笑，求婚人鼓掌称好。奥德修斯把伊洛斯拖出前院，拖出大门，让他靠在院墙脚下，同时在他的手上塞了一根乞杖，嘲笑说："你就坐在这里，给大家看守猪狗，别让它们走近过来！"说罢，他又走回大厅，重新倚在门槛上坐了下来。

奥德修斯的胜利赢得了求婚人的尊重。他们笑着朝他走过来，向他伸出手说："你给我们除掉了那个可恶的家伙，但愿宙斯和各位神能够满足你的任何愿望！"奥德修斯把大家的祝愿看作一重吉兆。连安提诺俄斯也亲自给他送来一大块羊肚，安菲诺摩斯从篮里掏出两只面包，倒了一杯酒，为胜利者干杯："祝愿你幸福，陌生的老人，但愿你从此摆脱一切忧愁和烦恼！"

奥德修斯认真地看着他的眼睛，回答说："安菲诺摩斯，我觉得你是一位正直的青年，你是一个有威望的人的儿子。请记住我的讲话！世上反复无常且又虚荣自负者莫过于人。如果神佑护他，他便以为前程从此无凶险；如果悲伤临近，他便没有承担苦难的勇气。我自身有此经验，而且凭借少年气盛，在顺利的日子里也曾做过一些其实不该做的事。为此，我警告一切目空自大而又胡作非为的人，对于神的佑护应该恭敬取之。求婚人行为如此无耻，对有夫之妇多行不义，实在不是聪明的举动。何况此妇的丈夫恐怕也归家日近，或许已在尺寸之距！安菲诺摩斯，但愿你在遇见他之前会有一种良好的意愿引导你离开这幢房屋！"奥德修斯说完，倒了一杯酒饮下，然后把杯子递还给年轻人。年轻人沉思着低下了头。可是，他还是难以逃脱前程中的磨难和厄运。

珀涅罗珀与求婚人

帕拉斯·雅典娜隐现在王后珀涅罗珀的灵魂深处，促使她来到各位求婚人的面前，让他们在内心充满着热切的渴望，同时又在自己的夫君和儿子忒勒玛科斯面前以熠熠生辉的姿态显示自己的美貌和忠诚。

年老而又可信的女管家支持她的决心。“去吧，女儿，”她说，“站在你的儿子身旁。可是你应该首先沐浴，搽抹香膏。”珀涅罗珀却摇了摇头说：“善良的老人，别强迫我干这种事情！自从丈夫前往特洛伊以来，我已经丧失了任何打扮自己的兴趣。”

当欧律克勒阿去唤女佣们陪同王后外出时，雅典娜立即给奥德修斯的妻子送上一阵短暂而又甜蜜的困意。趁她假寐之际，女神让她成为盖世的绝色美女。两名女佣走过来时，珀涅罗珀突然醒来，揉了揉双眼，从椅子上立起身，走出楼上的卧室，来到求婚人的面前。当她悄悄地出现在拱形大厅的门下时，她在头顶罩了一块面纱，浑身透现了一股难以描述的青春美意。求婚人看到她时，心都在剧烈地跳动。每个人都心动并发誓要把她带回家去娶作妻子。王后却转过身子，走近她的儿子身旁说：“忒勒玛科斯，我不识你的奥妙了。你也许在小时候还比现在聪明一点！你为什么容许刚才在大厅里争斗拼杀？一个外乡人，只不过希望在这里寻得片刻安宁，你怎么可以对他进行肆意的侮辱？”

“母亲，”忒勒玛科斯回答说，“我知道这是不对的，可是这批人把我搞糊涂了，没有一个人支持我。至于这位陌生人跟伊洛斯的拼斗，结果完全出乎求婚人的意料之外。但愿他们不久也像门外那个可怜虫一样，垂着脑袋受尽屈辱！”忒勒玛科斯说话时声音很低，求婚人都没有听到。欧律玛科斯大饱眼福，看着动人的王后，晕晕乎乎地叫喊起来：“伊卡里俄斯的女儿，如果全希腊的阿开亚人都能够看到你，那么明天前来求婚的人将会更多。你的体态和精神胜过天下所有女子！”

“呵，欧律玛科斯，”珀涅罗珀回答说，“自从我的夫君跟希腊人一起征讨特洛伊起，我的美貌就已经结束了！如果他回来了，是啊，我的生命之花才会重新开放！现在，我却只有悲哀。奥德修斯最后告别我时，向我伸出手来说：‘亲爱的妻子，希腊人不可能全部都从特洛伊回来的。特洛伊人是久经沙场的男子。我不知道命运是否让我重返家乡。管理好我的房子，照顾好我的父亲和我的母亲，就像你现在所做的一样。等到你的儿子长大成人，而我又没能活着回家时，如果你愿意，那么也可以重新婚嫁。’他当时讲了这番话，现在一切都成为现实！可怜啊，可怕的结婚日期日益临近。我以多么大的悲伤盼望他能归来啊！这里的这批求婚人完全是另外一种样子。天底下怎会找到这样的求婚方式？其他的求婚人如果看中某一有名望人家的女儿，希望娶她为妻，那么将会送上牛、羊等礼物，赠给未婚妻。他们从来不会挥霍别人家的财产！”

奥德修斯听她说出这一番贤慧而又聪明的话，心中十分满意。安提诺俄斯代表求婚人回答说：“尊贵的王后，我们每一个人都想给你送上最贵重的礼物。我们只是请求你不要推辞接受聘礼！我们希望你首先从我们中间确定你的夫婿，除此以外我们决不返回自己的家乡。”求婚人纷纷点头。他们派遣仆人回去。不一会，大家送来了大宗的礼物。安提诺俄斯送上一件美丽的彩服，上面镶嵌十二排黄金钮扣，钮扣用玲珑曲钩相互联结，煞是漂亮；欧律玛科斯送上一支金胸针，上面布满名贵宝石，闪闪发光，犹如太阳；欧律达玛斯捧上一副耳环，上面嵌着三颗珍珠；珀珊德洛斯的宫殿里送来了一根项链，无数名贵的钻石洋溢着珠光宝气；其他的求婚人也各自呈上了特殊的礼物。女佣们一一收下了大家献上的礼物。珀涅罗珀款款地离开了大厅，回到自己的阁楼。

奥德修斯遭讥讽

求婚人兴高采烈，放肆地欢舞庆祝。等到夜幕降临时，这批人更加放纵。天逐渐暗了下来，女佣们在厅堂里点起三盆火借以照明，把松木火把搁在里面。奥德修斯看到她们点上火把，凑近过去说：“女佣们，如果你们现在回去陪伴慈爱的王后，那就更尽礼数了。厅堂里点火照明的事就交给我来办吧！即使求婚人逗留到天明，我也不会疲倦的！”

女佣们相互看了一眼，高声笑了起来。最后，美丽而又年轻的梅兰托走上前来，回答说：“你不去别的地方寻一块藏身之处，真是一个十足的傻瓜。不过，你在这里却不能对我们指手划脚，给我们立规距。你莫非喝醉了，或是神经错乱？看你战胜了伊洛斯高兴得这副模样！你可要当心，别让一位强者站起来，给你左右开弓，扇上几个耳光。”梅兰托是珀涅罗珀亲手带大的，珀涅罗珀待她如同亲生女儿一般。可惜梅兰托现在却跟求婚人欧律玛科斯勾勾搭搭，关系暧昧，纠缠不清。

“你这只小母狗，”奥德修斯阴沉沉地回答说，“我将向忒勒玛科斯告发你的无耻讲话。”女佣们匆忙走了下去。奥德修斯走近火盆，拨弄一阵火苗，寻思着报仇的计划。雅典娜唆使求婚人再度显示他们的骄横和傲气。欧律玛科斯哗众取宠，惹起一阵哄笑。他说：“这个人也许是某位神给我们送来的活灯盏。你们瞧他的头顶光秃秃的，一根细毛也没有，真像一盏闪亮的挂灯，不是吗？”说完，他又转过身来，朝着奥德修斯说：“听着，伙计！你不是愿意给我当长工吗？那么你就不会担心忍饥挨饿了。可是，我觉得你好像喜欢行乞讨饭，宁愿靠别人的施舍填饱肚皮，也不愿意出力淌汗动手干活。”

“欧律玛科斯，”奥德修斯以坚定的声音回答说，“我希望现在已经到了春天，我们一起下地，相互比赛割草。那样，人们就会看得出，到底谁能够坚持得更久更长！你也许愿意在战斗中看看我究竟是怎样的人。你肆意地嘲笑我，自会得到报应的。你以为自己高大强壮，那是因为你迄今为止碰到的全是弱者。等着吧，奥德修斯自然会回来的。”

欧律玛科斯勃然大怒。“倒楣的家伙，”他大叫一声，“我将以此来报答你。”说完，他端起一张矮凳朝奥德修斯扔了过去。奥德修斯弯下腰去，矮凳飞过他的头顶，把后面掌酒侍者砸了一下，酒壶也从手中打翻了。

求婚人一片哗然，齐声责骂陌生人，说他破坏了大家的欢乐情绪。最后，忒勒玛科斯礼貌却又坚定地要求客人们回去休息。安菲诺摩斯站起来说：“忒勒玛科斯说得有理。朋友们，我们再满满地饮上一杯，然后各自回家就寝。”

奥德修斯和忒勒玛科斯、珀涅罗珀在一起

奥德修斯和他的儿子留在大厅里。“让我们赶快把武器和装备藏匿起来。”父亲建议说。忒勒玛科斯唤来欧律克勒阿，吩咐着：“老人家，让女仆们都留在里面不要出来，直到我把武装装运完毕。”

“是！”乳妈欧律克勒阿回答。

父子两人立刻扛着头盔、盾牌和长矛走进里间，堆藏完毕。“你现在去休息就寝。”奥德修斯对儿子说，“我在外面稍待一会，试探一下你的母亲和女仆们。”

忒勒玛科斯离开了。珀涅罗珀从卧室走了出来。她身段漂亮，光彩夺

目，真像阿耳忒弥斯和阿佛洛狄忒一样。珀涅罗珀端过一张镶嵌白银和象牙的安乐椅，将它凑近火炉，坐了下来。女仆们在桌上摆起面包和酒杯。珀涅罗珀开始讲话。“陌生人，首先请你自报家门，”她说，“告诉我，你是哪里人氏？”

“王后，”奥德修斯回答说，“你可以问我其他的内容，只是不要问起我的家世和我的故乡。我这一生遭受了许多苦难，所以不愿意回忆往昔的时光。”

珀涅罗珀接着说：“陌生人，你看，我自从丈夫外出以来，也一直没有过上好日子。你已亲自看到那些前来向我求婚的男人纠缠我。前三年内，我只得用计谋摆脱他们，而现在却不行了，我已经到了山穷水尽的地步。”接着，她把自己的计划以及后来如何被女仆们泄密的故事重述了一遍。“我再也无法推脱了，”她结束时说，“我的父母亲催促我，我的儿子为了求婚人挥霍他的家财而生气。你可以想象我的境遇如何了。男子汉，你无需再向我隐瞒你的家世。你毕竟不是树木和山岩所生的儿子吧！”

“如果你需要我说，”奥德修斯回答着，“我就不妨告诉你。”于是，他把那个克里特岛的童话又重新讲了一遍。他的故事几乎以假乱真，珀涅罗珀听得泪流满面，在内心深处为奥德修斯感到痛苦。她却克制自己，显得无动于衷。

“陌生人，我却想小小地考你一回，”珀涅罗珀说，“看看你是否真的在家中款待过我的丈夫。请告诉我，他当时穿什么衣服？他的模样如何？另外还有谁跟他在一起？”

“时间过去太久，已经很难说清楚了。”奥德修斯回答说，“大英雄在我们克里特岛登陆，是足足二十年前的事了。可是，我还能记得的是：他的衣服是双重的，紫金色的羊毛织造而成，一副金扣，底下紧锁着两个钮扣洞。前襟绣织着华丽的图案，是一只猎犬，它的前脚抓住一只正在挣扎的野兽。紫金外套的里面则是一件细白的紧身服。另外，他的随从是一位驼背的使者，黝黑的脸膛，卷发，随从名字叫欧律巴特斯。”

王后听了又泪流满面，因为这一切都跟当年的情况吻合。奥德修斯为了安慰她，又给她讲了一段离奇的故事，故事中自然掺杂了不少真实的内容。他讲到当年在特里纳喀亚岛登陆，在淮阿喀亚人的国度里的生活。装作乞丐的奥德修斯宣称这一切都是从忒斯普洛托斯人的国王那里听来的，说奥德修斯前往多度那求取神谕时曾去那里，他还留下了一大宗财物。乞丐说自己也亲眼看到过那宗财产，因此他深信奥德修斯一定会回来的。

珀涅罗珀却不愿相信他的话。“我有一种预感，”她低垂着头说，“你所说的这一切都从来没有发生过。”说完，她吩咐女仆们给陌生人铺垫温暖的床褥，并给陌生人洗脚，让他安寝。奥德修斯拒绝了心肠歹毒的女仆们，只希望有一张简单的草床。“而且，如果你有一位年老而又正直的女佣，王后，”他说，“女佣一生经历了跟我一样多的苦难，她才可以给我洗脚。”

“既然如此，诚实的欧律克勒阿，你就起来吧，”珀涅罗珀大声吩咐，“从前，你亲自把奥德修斯带养长大；今天，你去给陌生人洗脚吧，他跟你的主人一样年龄。”

“好的，”欧律克勒阿答应着，朝乞丐看了一眼，又说，“瞧这双手，这双脚，就像奥德修斯的一样。人在不幸之中会更见衰老！”年迈的女佣说到这里禁不住流下泪来。当她刚要动手给陌生人洗脚时，她又仔细地朝面前的乞丐看了一眼，说道：“迄今为止已经来过许多陌生人，可是从来没有一个人像你，你跟我们的主人奥德修斯长得一模一样。”

“是啊，认识我们俩的人都曾经说过这种话。”奥德修斯随意地回答了一声。他看到老人准备温水去了，便连忙小心翼翼地退到阴暗处。奥德修斯知道自己的右膝上有一道深深的疤痕，那是年轻时围猎野猪，被野猪獠牙咬伤后留下的。他担心这回被老人认出伤疤来。可是这一切都是徒然的。年迈的女佣用扁平的双手擦过右膝，立即认出了疤痕。欧律克勒阿又惊又喜，禁不住从乞丐的腿上滑下水盆，溅起了一地的水。

“奥德修斯，我的孩子，这正是你。”她大喊一声，“我用自己的双手认出你来了。”奥德修斯急忙伸出右手捂住老人的嘴巴，又用左手把老人拉到身旁，小声地告诉她：“老人家，你想看到我立即死去吗？你没有看错，可是还不到时候，宫中谁也不能知道这件事！如果你不立即住口，你也会惨遭不幸的。”

“你说什么呀，孩子？”女管家平静地回答说，“你难道不知道完全可以信赖我的吗？你可得千万提防别的女仆啊！”

奥德修斯洗过澡，搽抹了香油后，珀涅罗珀又跟他叙谈一会。“善良的陌生人，请你给我说一个梦吧。”她说，“看来你是一个聪明的人。我在宫中养了二十只鹅，常常欣赏它们如何吃食用水拌和的小麦。近来，我做了一个梦，梦中看到崇山峻岭之中飞来一只雄鹰，雄鹰拧断了二十只鹅的脖子。所有的鹅都死了，躺在院子里，而雄鹰却扶摇着身子，直飞蓝天。我大声地哭泣。梦，还在继续下去。我感到邻近来了一群妇女。她们安慰我，劝我不要烦恼。突然，那只雄鹰又飞了回来，停在旁边的窗台上，以人一般的讲话声对我说：‘切莫烦恼，伊卡里俄斯的女儿，这是一种预兆，而不是做梦：求婚人正是这批蠢鹅，而我，奥德修斯，就是翱翔万里的雄鹰。我回来了，准备杀掉全部的求婚人。’听罢这话，我突然醒来，立刻出去看我的鹅群。二十只鹅全部在院子里争食饲料。”

“王后，”伪装的乞丐回答说，“奥德修斯在你梦中的预言一定会实现的。你的梦中幻景并无其他解释。他会回来的。求婚人都难逃一命。”

珀涅罗珀叹息一声说：“梦境恰如浮光掠影。明天就是决定我到底嫁给谁的可怕日子。我让他们举行一场比赛。我的丈夫从前喜欢把十二把斧子依次排列，然后他从很远的地方拉弓射箭，让飞箭一下子穿过十二个斧孔。求婚人中如有人使用奥德修斯的硬弓完成这项技艺，我就决定嫁给他。”

“尊敬的王后，大胆行事吧，”奥德修斯说，“定下明天的赛期！还没等到那批人弯弓搭箭，还没等到飞箭穿过十二个斧孔时，奥德修斯一定早已回来了。”

宫中的黑夜和清晨

王后向陌生人道了声晚安，走了。奥德修斯来到前厅，女管家欧律克勒阿给他铺好床褥。厚厚的羊皮铺在生牛皮上。奥德修斯躺在床上，身上盖了一件长袍。他在床上翻来覆去，久久不能入眠。轻浮的女仆们跟求婚人一起嬉闹，不时地从他床前走过。奥德修斯强忍住满腔怒火，对自己安慰着说：“我的心啊，忍耐着吧，你已经忍住了多少苦难！”可是他还是翻动着身子，思量着报复，不能进入梦乡。

这时候，雅典娜变作一位姑娘。她来到奥德修斯的床前倾下身子，给他指点迷津：“沮丧而又怯懦的人，人们对一个凡间的朋友都可以信赖，何况我是一位女神。我曾经答应过，不管任何危险和艰难，都会一如既往地保护你。你可以放心大胆地睡觉。”说完，她用甜蜜的睡意抹在奥德修斯的眼睑上，奥德修斯安静地睡着了。

清晨，宫殿里早就喧闹起来。女仆们过来给灶膛生火。忒勒玛科斯穿起衣服，急忙赶赴广场上召开国民大会。一群家犬簇拥着跟在他的身后。女管家吩咐女仆们准备祭祈新日。求婚人带来的男仆也来了，在院子里赶劈木柴。牧猪人送来了上等肥猪，友好地问候老朋友。羊倌梅兰梯俄斯吆喝着赶来了精挑的山羊，仆人们把山羊系在大厅里。经过奥德修斯面前时，羊倌讥笑说：“老乞丐，你还赖着没走吗？我有一种感觉，你大概要等到吃过我的一顿老拳以后才走吧！”奥德修斯一声不吭。

又有一位诚实的人走进宫殿，他就是牧牛人菲罗提俄斯。他曾经赶着一头牛和几只肥壮的山羊，给那些求婚人送上船去。他在路过时偶尔问了问猪倌：“欧迈俄斯，那个陌生人是谁？他跟我们的国王奥德修斯十分相像。”说完话，他又朝大英雄走过去，握着他的手说：“陌生的老人，你好像遇到了不幸，但愿你在将来一帆风顺！看到了你，我就不由得流下眼泪。你使我想起了奥德修斯。他现在也许正是一身褴褛，流浪异乡，漂泊远方，乞丐般地活在人间。我在年轻时就替他看管牛群。可是，虽说现在牧群兴旺，我却必须把肥牛一头一头地送来供奉求婚人。我只是希望奥德修斯有朝一日会回来，收拾这批无赖之徒。否则，我兴许早就离开这个国家了呢！”

“牧牛人，”奥德修斯回答说，“看来你不是一个坏人。是的，我当着宙斯向你发誓，奥德修斯今天就能回来。你将会亲眼看到，他是怎样惩罚这批求婚人的！”

“但愿宙斯保佑，让你的话成为真实。”牧牛人说，“到时候，我不会袖手旁观的！”

宴　会

求婚人举行会议，一致决定谋杀忒勒玛科斯。作出决议以后，大家又一起来到宫殿大厅。宫中宰杀牲口，烧烤喷香，然后分别盛给客人。仆人们在罐内调制葡萄酒；牧猪人到处走动，给大家送去酒杯；牛倌菲罗提俄斯从精致的篮筐里掏出了面包;羊倌梅兰梯俄斯给客人们斟上美酒。一场寻常的宴会开始了。

忒勒玛科斯故意让他的父亲奥德修斯坐在大厅的门槛边上,给奥德修斯端去一张破椅子,桌子也是一副穷酸模样。他让人端来烤内脏,然后又给奥德修斯的杯中斟满葡萄酒说:“你可以安安静静地在这里用膳,我不会让任何人前来辱骂你的。”甚至连安提诺俄斯也提醒诸位朋友,别去麻烦陌生人。他感到陌生人似乎处处受到宙斯的佑护。可是雅典娜却怂恿求婚人继续恶作剧,嘲笑陌生人。萨墨岛来的求婚人克忒西波斯抑制不住作弄一番的愿望。“你们这些求婚人请听着,”他从嘴角边上泛起一丝讥笑,说,“陌生人早就得到了他自己的份额,吃得津津有味的。忒勒玛科斯没有冷落这位高贵的客人,自然完全正确!不过,我却愿意给他赏赐更多的礼物!”说着,他从锅里捞起一大块猪蹄,朝乞丐当头扔了过去。奥德修斯机灵地躲了过去,恶毒地笑了笑,强忍着满腔怒火。扔来的猪蹄滚落在墙根下,沾了一地油渍。

忒勒玛科斯站起身来,大叫一声:“克忒西波斯,你应该庆幸没有扔着陌生人,否则,我的长矛一定早就戳在你的身上,而你的父亲就不能为你举办婚礼,却只好操办葬礼了。我在这里警告你们众人,我不容许在我的家中出现这类行为!”大家哑口无言。最后,阿革拉俄斯站起来说:“忒勒玛科斯做得对!可是他和他的母亲现在应该相互理智地讨论一次。如果奥德修斯还有一丝回来的希望,那么把这批求婚人拖着,让他们继续等下去,还能让人理解。现在已经确信无疑,他是肯定不会回来了。忒勒玛科斯,劝说你的母亲,从我们求婚人中间选取一位最高贵者,嫁给他;这样,你也最终可以继承父亲的遗产!”

忒勒玛科斯从他的座位上站起身说:“我对着宙斯起誓,我也并不希望把挑选无限期地拖延下去。我早就对母亲劝说,从她的追求人中选出一位。可是,她却不愿意这样干,我当然不能把她从屋子里驱逐出去。”求婚人听了大笑起来,帕拉斯·雅典娜彻底搅乱了他们的精神。他们冷笑着扮起了鬼脸,把半生不熟、鲜血淋漓的肥肉往口里塞咽着。突然,他们的眼中流淌出眼泪。顷刻之间,大家的情绪从极端的放荡变作无限的悲哀。预言家忒俄克吕摩诺斯把这一切都看在眼里。“你们怎么啦?”他说,“你们的精神都彻底错乱了,你们的眼里饱噙泪水,口中哀苦不绝！我的眼力所至,墙上到处沾满了鲜血！大厅和前院里转悠着无数哈得斯的幽灵,天上的太阳熄灭了它的光辉!”求婚人却再度陷入极度的亢奋之中,开始疯狂地大笑起来。

最后,欧律玛科斯对大家说:“不久前进入我们中间的这位陌生人也许真是个傻瓜。快,仆人们,他既然在这座大厅里看到的只是黑夜,那就干脆引他出去吧!”——“我不要你派人陪同,欧律玛科斯,”忒俄克吕摩诺斯回答说,“我自己会走。神灵告诉我,你们面临着不幸和灾难,而且没有人能够逃脱厄运。”说完,他急速地离开了宫殿,一转眼就不见了。

赛　箭

珀涅罗珀也觉得时机渐趋成熟。她带上一圈镶有象牙柄的铜钥匙,由女仆们陪着匆忙来到奥德修斯搁置宝物的后库房。她看到钉子上挂着硬弓和箭筒,便伸出手臂,把两样东西取了下来。奥德修斯的武器搁在一只木箱内,她让女仆带上,一起离开了库房。珀涅罗珀跨进大厅,请大家安静,然后说:“喏,求婚的人请听着,谁愿意拥有我,必须有所准备,现在就要开始一场比赛！这里有一把硬弓,它是我杰出的夫君的宝物。那里先后树立着十二柄斧子,如果有人轻松地拉开硬弓,让箭矢射过十二柄斧子的穿孔,我就跟随他,做他的妻子。”

这时候只听安提诺俄斯开口说:“各位求婚人,来吧,我们愿意进行这场艰难的比赛。当然,扯动这张硬弓,可不是一件容易的事。我们中间没有强健如奥德修斯的男子汉。”安提诺俄斯口头上如此说,精神上却似乎看到弓已拉开,飞箭正一支支地穿过斧孔。

大家正要回话,只见忒勒玛科斯站起身说:“好吧,诸位求婚人,你们为了一个妇人而冒险进行一场比赛,这样的比赛在全希腊还没有先例。当然,你们自己都清楚,我无需对你们再来夸赞我的母亲。因此,请别再耽搁时间,张弓射箭吧！我自己也十分愿意参加比赛;如果我赢得比赛,我的母亲就能始终留在家里了!”说完,他扔下紫金长袍,从肩上解下宝剑,在大厅的地面上划了一道土沟,然后把斧子一一地插入泥地,重新把土培上夯紧。等到这一切完成以后,他又亲自抓起硬弓,站在大厅的门槛上,连续试着扯动三次,可是都因为力气太小,失败了。他又作了一次努力。他在第四次时也许会取得成功,可是他的父亲却使了一下眼色,忒勒玛科斯终于放下硬弓。“众神在上,”他大声呼喊着,“也许我是一位弱者,也许我还年轻!现在轮到你们其他人了。你们的气力胜过我,就请前来试试看吧!”

只见安提诺俄斯面露得意地说:“朋友们,那就开始吧!”第一个站起来的是勒伊俄得斯,他是唯一地对求婚人胡作非为表示不满的人,对这帮子家伙十分愤恨。勒伊俄得斯走近门槛,徒劳无益地试着想把硬弓拉开,可一次也没有成功。“还是让其他人来吧,”他大声地说,“我不是合适的人选!”说完,他把弓和箭筒倚在门旁,两只手却累得早已举不起来。求婚人一个个地试着拉扯硬弓,全部失败。最后,只剩下安提诺俄斯和欧律玛科斯这两位强壮的人。

奥德修斯向忠实的牧人亮明身份

牧牛人和牧猪人走了出去。奥德修斯在后面追了上去。等到他们远远地离开宫殿大门和前院的时候,奥德修斯赶上他们,轻轻地对他们说:“朋友们,如果我没有看错,并且可以信任你们的话,我想告诉你们一番话。否则,我宁愿把它们藏在肚内,一声不吭。倘若有一位神突然把奥德修斯从异国他乡送回故里,你们将怎么办?你们将捍卫求婚人,还是保护奥德修斯?你们大胆地说心里话吧!”

“呵,看在奥林匹斯神山上的宙斯的分上,”牧牛人脱口而出,“但愿能够实现这重愿望!你将会看到我的双臂是如何运动的。”牧猪人欧迈俄斯恳请各路神明,保佑奥德修斯平安回来,算是对陌生人提问的回答。

奥德修斯看到已是时候,便说:“那么,你们就听着:我就是奥德修斯!经历了二十年的无限折磨,我终于回到了自己的家乡。我看到,在当年成群的奴仆中只有你们两人是忠诚的。因此,等我制服了求婚人以后,我将给你们每人娶一妻室,向你们赠送土地,在我的宫殿旁边给你们砌造房屋。将来,忒勒玛科斯会像亲爱的兄弟一样善待你们。为了向你们证实我的讲话的真实性,我给你们出示一下那道伤口的疤痕,那是我在孩童时期围猎野猪时留下的。”说完,他撩起破烂的衣服,露出了那道大伤疤。

两个牧人激动得哭了起来。他们冲上前来，拥抱着主人，吻着他的肩胛和面颊。奥德修斯也吻着两位忠诚的仆人，然后叮嘱他们说："亲爱的朋友，千万要小心，不能对宫殿泄漏我们的事情！我们必须单独一个一个地走回去。今天，求婚人一定不会同意我参加比赛的。而你呢，欧迈俄斯，大胆地从厅堂里拣回硬弓，把弓交给我。同时，你也别忘掉命令女佣们把后房的大门紧紧闩住。不管大厅里如何喧闹叫喊，任何人都不得从外面挤进来。而你，忠诚的菲罗提俄斯，亲自把守宫殿的大门，把大门锁上，用绳子把锁扎住捆紧，不能疏忽。"

吩咐完毕，奥德修斯走回大厅。一会儿，牧人也跟着进来了。欧律玛科斯把弓架在火上翻动着烘烤，想给它加热使其松软。可是，他却扯不动弓弦。欧律玛科斯十分不悦，叹息一声说："其实，不能娶珀涅罗珀也无所谓，这并不让我气恼。伊塔刻和其他地方有的是希腊女人。难堪的却是，我们比起奥德修斯来逊色太多，恐怕子孙后代都会嘲笑我们！"

安提诺俄斯斥责他的朋友说："欧律玛科斯，别这样说。今天是一个盛大的节日，大家都在庆祝，因此不宜张弓搭箭。让我们推迟比赛，先去喝酒吧。把斧子都留在这里，我们明天再来比赛。"

只见奥德修斯走上一步，面对着求婚人说："你们今天可以休息一阵，明天也许会遇上好运，强大的阿波罗神大概会把胜利的桂冠捧着送给你们。不过请你们格外开恩，容许我试试这把硬弓，看看我的可怜的肢体里是否还残留着一丝老力。"

"陌生人，"安提诺俄斯喝斥一声，"你是否精神错乱，酒醉糊涂，想要引起一场厮杀？"

珀涅罗珀却及时地介入了纠纷。"安提诺俄斯，"她说，语气温和而又平静，"你太过分了，竟然排斥陌生人参加比赛！莫非你害怕乞丐成功地弯弓搭箭，从而把我当作妻子领回家去吗？我不相信他会怀有这样的希望。不必如此担心。"

"王后，我并不担心，"欧律玛科斯回答说，"不，不是这个意思！我是说人言可畏，希腊人会说那批无赖的求婚人竟然没有一个能够扯动不朽英雄的硬弓，谁也不能求娶王后珀涅罗珀。最后，恰恰是一名来自异乡的陌生乞丐，毫不费力地扯起硬弓，一箭穿过十二个斧孔。那不是天大的笑话吗？"

忒勒玛科斯也走上前来说:“母亲,关于弓箭的事,宫中除了我,谁也不能作主。谁也不能阻止我把弓箭交给谁,我现在就把它交给这位陌生的乞丐。而你,母亲,最好进内房去吧。射击是男子汉的事。”珀涅罗珀听到儿子的话十分惊讶,顺从地退了进去。

牧猪人把弓箭拾了起来,求婚人发出一阵愤怒的叫骂声。他顺手把弓交给乞丐,同时命令女管家,迅速闩上后门的门栓。菲罗提俄斯急忙离开宫殿,小心翼翼地锁上前院的大门。

奥德修斯翻来覆去地端详着这把熟悉的硬弓,看它在这么长的时间里是否遭虫蛀,是否损坏了。求婚人议论纷纷,有几个人悄悄地说:“看那个人的架势,好像会操练弓箭似的!”奥德修斯轻轻地拉动一下,要检查弓弦的张力。弓弦发出一声清脆的响声。求婚人一阵惊慌,吓得面如土色。宙斯在天上发出一串雷霆轰鸣,预示着大吉大利。这时,只见奥德修斯拾起箭,抓住弓,把弓弦扯满,又用一只眼睛稳稳地瞄准着,最后沉着地射出箭。飞箭穿过第一把斧子的耳孔,从最后一把斧子的孔中飞了出去。射毕,大英雄不动声色地说:“忒勒玛科斯,陌生人没有辱没你的愿望!我的力气还不减当年。现在到了给阿开亚人上晚餐的时候。趁着天色未晚,我们还可弹奏竖琴,举办一次节日的晚餐!”

这是他跟忒勒玛科斯悄悄商定的暗语。忒勒玛科斯急忙抓剑执矛,全身披挂,来到父亲的面前,站在奥德修斯的桌椅旁边。

复　仇

射箭比赛接近尾声。只见奥德修斯把破衣袖往上卷了卷,手上操起一把硬弓,带上满筒的箭矢,站到高高的门槛上。他把箭矢倾倒在脚跟前,大声地说:“第一轮比赛已经结束,求婚人,接下来进行第二轮比赛。现在看我选择目标!”他把硬弓拉满,瞄准安提诺俄斯。安提诺俄斯不知就里,正把高脚酒杯往口中送着,不料奥德修斯的飞箭正中他的咽喉,箭镞从脖子后面穿透出来。酒杯当啷一声从手中掉落在地。他往旁边倒下去时,顺手掀翻了餐桌,菜肴洒落,杯盘狼藉。求婚人看他倒了下去,都从舒适的安乐椅上跳起身来。他们在墙边寻找武器,可是这里既没有矛,也没有盾。于是,大家都以激烈的语言发泄自己的怨愤:“该死的陌生人,你为什么瞄准我们射击?你杀死了我们中间最高贵的人。可是,这是你的最后一箭!”原来,大家认为陌生人由于疏忽而不经意地伤害了安提诺俄斯。他们不知道自己其实都面临着共同的命运。奥德修斯俯视着他们大吼一声,声震如雷:“你们这批猪狗,你们以为我再也不会从特洛伊回来了!你们挥霍我的财产,诱骗我的女佣,还在我活着时就来追求我的妻子。你们真的不知道在神和众人面前感到害羞!清算你们的时刻现在已经来临了!”

顿时,求婚人吓得面如土色,各自寻找着逃跑的途径。只有求婚人欧律玛科斯振作精神说:“如果你真是奥德修斯,那么你就有权利痛骂我们一顿;因为无论在宫殿,还是在国内,确实发生了一些不该发生的事情。可是,主要应该承担责任的人已经死在你的箭下了。是安提诺俄斯唆使我们的。他其实并不真心地追求你的妻子,而是想当伊塔刻的国王,并且准备悄悄地谋害你的儿子。他现在受到惩罚,咎由自取。我们是你的同族兄弟,应该受到宽恕。请你息怒!我们每个人都给你补偿二十头肥牛,青铜黄金,你要多少,我们赔偿多少,直到你谅解为止!”——“不!欧律玛科斯,”奥德修斯阴沉沉地回答说,“即使你们把所有的家产全部赔上,甚至拿出更多的财物,我也不会平息满腔怒火,一直到你们以死亡抵偿自己的罪孽为止。任何人也休想逃出我的手掌!”

求婚人吓得心惊胆战,连膝盖都在打颤。欧律玛科斯迫于无奈,回过头来朝着朋友们说:“这个人是阻挡不住的,拔出剑来,用桌子挡住他的飞箭。我们必须制服他,把他推出门外去;到了城里就是我们的天下,我们可以招呼朋友前来帮助。”说完,他抽出宝剑。可是,他还没有来得及挥舞,英雄的飞箭已经穿透了他的肝脏,宝剑从手中当啷一声落下地来。欧律玛科斯在地上滚动着,用前额撞击着地面。安菲诺摩斯朝奥德修斯扑了过去,想用宝剑杀开一条血路。忒勒玛科斯手起一枪,从他手背刺了进去。然后,他拔出长矛,站到门槛上,靠着他的父亲,并且给父亲递上一块盾牌,两根投枪,一顶铜盔。忒勒玛科斯又急忙奔进武库,给自己以及朋友们寻找了四块盾牌,四顶飘动着马鬃的铜盔,八根投枪。他以此武装了自己,还给两个忠诚的牧人武装一新。他们把第四套盔甲交给奥德修斯。于是,四个人并肩站立,共同战斗。

奥德修斯箭不虚发,每箭射翻一个求婚人。然后,他把硬弓靠在门框上,用盾把挡住双肩,戴上头盔,盔饰剧烈地抖动着。他一把抓起两根粗大的投枪,四面环顾着。厅堂里还有一扇边门,边门直通房子的过道。门洞很小,只容一个人进出。奥德修斯把这道门交给猪倌欧迈俄斯。欧迈俄斯刚刚离开位置,前去穿戴武装。求婚人中的阿革拉俄斯看到门口无人,便大声喊叫:“朋友们,我们快穿过边门进城,发动人民。只有这样,才能尽快把这个人消灭!”——“别犯傻了,”羊倌梅兰梯俄斯说。他就在旁边,显然是跟求婚人一鼻孔出气的,“边门和过道非常狭窄,只容一个人自由进出。如果他们四个人中有一个人站在前头,那就足够把我们彻底杀光。还是让我悄悄地钻出去,从仓库里给你们搬来武器。”他果然搬来十二块盾牌、十二顶头盔和十二根投枪。奥德修斯突然看到对手们武装一新,吃了一惊,回头对忒勒玛科斯说道:“这一定是不忠诚的女佣或者骚羊倌做的好事!”

“啊,父亲,这是我的过失,”忒勒玛科斯回答说,“刚才我去武库取兵器,匆忙之际把库门虚掩着,没有关上。”猪倌听说,急忙朝武库走去,准备关门。他从敞开的门洞里看到,羊倌正在里面起劲地取武器。他赶紧回来报告消息。“我是否应该把这个家伙当场抓住?”他问主人。“对,”主人说,“带上牛倌一起去,在武库里袭击他,把他的双手和双脚反捆在背上,再用粗大结实的绳子将他绑在库房的中心柱上。让他在那里期待自己的命运吧!把门关起来,回来。”两个牧人很听话,悄悄地摸近那个小流氓,抓住他,将他一把掀倒在地上,用绳索把手脚捆在背上,再用一根长绳系在屋顶的钩子上,让绳子垂下来,套住羊倌的身体。两个人一使劲,早把羊倌吊了起来,一直让他高高地挂在横梁旁边。等到完成这一系列动作,猪倌和牛倌关上库房门,重新回到自己看守的地方。这时,又来了第五个一起参战的人:那是变作门托尔模样的雅典娜。奥德修斯认出了女神。求婚人看到新来的参战人,十分愤怒。阿革拉俄斯大叫一声:“门托尔,我警告你,你别上奥德修斯的当,前来跟我们作对。否则,我们杀了你, 毁了你的房子!”雅典娜生气地对奥德修斯说:“你的勇气似乎从特洛伊征战回来后变得越来越小了。你的计谋让你赢得了这座城市。现在,正是你起来捍卫你的宫殿和财产的时刻,你难道还要犹豫吗?”她希望激起奥德修斯的勇气。当然,她也并不希望介入这场斗争。因此,她突然像一只鸟儿一样迅捷地飞起来,蹲坐在大厅屋顶的横梁上。横梁上沾满了煤灰,一片漆黑。“门托尔又走掉了,”阿革拉俄斯喊着告诉朋友们,“只剩下他们四个人了。让我们好好地思考一下。你们别一下子把投枪全部扔出去,而是先扔六根,集中精力瞄准奥德修斯!如果他倒下了,那么我们就能轻易地对付其他人!”可是雅典娜却让他们的投枪都歪了方向。一杆枪钻透了门柱子,另一杆投枪砸在门板上,其他人的投枪纷纷从墙上弹落下来。奥德修斯大声招呼朋友们:“注意瞄准!”四个人一起把投枪扔了出去,没有一杆枪偏离目标。一时间,没有受伤的求婚人全都挤在大厅的角落里;不一会,他们从死者身上拔出长矛,又大胆地从角落里冲了出来。求婚人顽强抵抗,展开又一轮投枪拼杀。大部分投枪都没有打中目标。只有安菲摩冬的投枪擦过忒勒玛科斯的手背,碰破了一块皮;克忒西波斯在猪倌的肩膀上划了一道口子。他们两人都遭到了惩罚,被忒勒玛科斯和猪倌用投枪杀死。

奥德修斯和他的朋友们从门槛上跳下来,肆意地在大厅里劈砍,地面上血迹斑斑,惨不忍睹。求婚人勒伊俄得斯扑倒在奥德修斯的脚前,抱住英雄的膝盖,苦苦求饶:“可怜我吧!我始终试着阻止他们,可是他们不听我的劝告!我是他们的牺牲品,从来没有干过坏事!”——“如果你真是他们的牺牲品,”奥德修斯阴森森地回答说,“那么你至少为他们做过祈祷!”说着,他挥去一剑,勒伊俄得斯顿时人头落地。

歌手菲弥俄斯吓得魂飞魄散,思忖着是从边门穿出去逃命,还是抱住奥德修斯的双膝求饶为上策。最后,他把竖琴搁在地上,扑倒在奥德修斯面前。“请饶恕我吧!”菲弥俄斯大叫一声,“如果你杀死个用歌儿让神和人娱乐的歌手,将会后悔无穷。你的儿子可以作证,是他们强迫我前来唱歌的!”奥德修斯挥动宝剑,不过他还在踌躇。忒勒玛科斯跳上前来,大声喊叫:“父亲,住手!别伤害歌手,他是无辜的。另外,使者墨冬如果还活着,没有被杀死的话,我们也应该饶恕他。他照顾我如同自己的孩子,对我们始终是很善良的。”再说墨冬已裹在一张新剥下的牛皮内,趴在椅子底下躲藏起来。他听到有人替他求情,连忙钻出牛皮,趴倒在忒勒玛科斯的脚前。奥德修斯阴沉沉地冷笑一声,说:“歌手和使者,你们两人放心吧,忒勒玛科斯保佑你们。出去告诉人们,如果有人不忠诚,那么他该支付多大的代价,才能补偿自己的过失。”两个人听说饶放,连忙奔出大厅。他们心惊胆战,浑身发抖,刚到前院，又重新坐了下来。

惩罚女仆

奥德修斯环顾四周，没有再看到一个活着的敌人。他们躺满一地，就像渔夫从网里倒出的鱼一样。奥德修斯让他的儿子唤来女管家。女管家进入大厅，看到主人正在尸体堆中，犹如一头雄狮——满身血污，却瞪着一双闪光的眼睛。“为此而高兴吧，”大英雄看到女管家，大声地说，“可是别为之而欢呼。凡人都不能在死人面前拍手称快的！众神的法庭宣告了这些人的下场。好吧，现在请把你知道的女仆们的情况告诉我，哪些人站在求婚人一边，哪些人还保持着良心上的忠诚。”

“宫中共有五十名女仆，”女管家欧律克勒阿回答说，“她们中有十二人已经背离了你们，既不听我的吩咐，又不听珀涅罗珀的命令——国王，让我快去唤醒正在酣睡的女主人，把这愉快的消息告诉她吧！”

“暂时别去惊动她，”奥德修斯回答说，“快去把十二名无情无义的女仆给我赶下来。”

欧律克勒阿依令行事。女仆们颤抖着身子走了进来。奥德修斯把儿子和两名忠诚的仆人叫到跟前，吩咐说：“你们快把死者扛出去，让女仆们帮助你们一起进行。然后命令她们用海绵把桌椅擦洗干净，把大厅整理清洁。等到这一切完成以后，就把这批女仆押出去，用利剑把她们全部杀掉！”

女仆们哭泣着，吓得挤作一团。奥德修斯却吆喝着赶她们去劳动。他还跟在后面，直到她们把死者全部抬走，把桌椅擦洗干净，又清除了地面的血迹，还把破烂什物统统扫出大厅。最后，这批女仆被牧人带出宫殿，送到厨房和宫殿院墙的空地上。这是一条死胡同。忒勒玛科斯说：“这批女佣实在无耻，让她们都不得体面地死去！”

说完，他选择沿着厨房的几根大柱子，把一根粗大的绳子系在柱子上，然后把女仆们用绳结扣住咽喉，再把另一头跟粗绳相联结。十二名女仆一字排开，顺着徐徐拉动的绳子，全部吊死在柱子旁。最后，恶毒的羊倌梅兰梯俄斯也被解送过来，被一顿乱刀砍成一堆碎泥。复仇的工作直到这时才彻底完成。

接着,奥德修斯吩咐欧律克勒阿,把炭火和硫黄放在平底锅上端进来,把大厅、宫殿内室和前院彻底烟熏一回。女管家动手干活前,先给主人递上长袍和紧身服说:“你再也不必用一身褴褛衣衫遮蔽自己了。”奥德修斯把衣服搁在一旁,让女管家从速行事。

欧律克勒阿把大厅和内室彻底烟熏了一遍,然后又召来所有忠诚于主人的女仆。女仆们蜂拥而来,流着欢乐的泪水,围着主人,热烈地欢迎他凯旋归来。女仆们还拉过奥德修斯的双手,用他的双手贴在自己的脸上,吻着,哭泣着,令人十分感动。奥德修斯也流出了激动的泪花。

奥德修斯和珀涅罗珀

奥德修斯的保姆欧律克勒阿熏香完毕,上楼来到内室,告诉慈爱的主人,奥德修斯终于回到了自己的家乡。欧律克勒阿走到珀涅罗珀的床前说:“可爱的王后,快快醒来。你日日夜夜盼望的,终于来临了:奥德修斯已在家中!奥德修斯终于回到了自己的宫殿!他把曾经让你担惊受怕的求婚人全部打死了!”

“王后,请你别生气,”女管家走上一步说,“那个陌生人就是奥德修斯,就是那个乞丐,大家都在厅堂里嘲笑过他。你的儿子忒勒玛科斯早就知道了,可是必须保守秘密,直到他们完成对求婚人报仇雪恨为止。”

王后听到这个消息,一骨碌从床上跳起来,抱住老人,眼泪顿时流满了面颊。“嬷嬷,如果你说的这一切都是真情,如果奥德修斯真的在宫殿里,那么告诉我:他孤身一人,怎能战胜数量众多的求婚人?”——“我既没有看到,也没有听到,”欧律克勒阿回答说,“我们女人家全都惊恐地坐在房门紧锁的里屋。后来,你的儿子赶来召唤我们,我们看到你的丈夫正站在一堆尸体的中间。尸体已经拖运出去了。我把整幢房子用干净的硫黄彻底烟熏一番。你可以放心大胆地走进去。”

“那么我们下去吧!”珀涅罗珀说着,浑身发抖,满怀恐惧和希望。珀涅罗珀一言不发地走入大厅,迎着灶膛的炉火,站在奥德修斯的面前。奥德修斯低垂着双眼,等待她开口说话。王后又惊又疑,沉默无言。一会儿,她似乎认出了丈夫的脸面,顿时又感到陌生和不安。她的目光盯住了乞丐的破烂衣服。忒勒玛科斯忍不住了,朝着母亲半是微笑半是嘲笑地说:“母亲,你为什么动也不动地站在那里?坐到父亲身旁去,看个仔细,盘问他一番!哪一位妇女跟丈夫分离二十年以后,还像你似的看到丈夫回来仍然无动于衷?难道你在胸膛里搁着一块石头而不是活生生的心脏?”

“呵,亲爱的儿子,”珀涅罗珀回答说,“我已经乱了方寸;我不能问他,我也不能正面地看他一眼!可是,这真的是他,是他,我的奥德修斯,他回来了,回到了自己的家中!不过,我们自会相互认出来的,因为我们有秘密的信号,那是别人不知道的。”奥德修斯听到这里,转过身子,朝儿子温和地微微一笑说:“让你的母亲考验我一番吧!她鄙视我,因为我穿了一身讨厌的破烂衣服。现在,我们要看一下,该如何使她相信我。可是,我们首先要思考一些其他的事情。如果有人,即使他在国内杀了一个人,那也必须弃家逃走,虽然他的权势巨大,不怕有人会来报复。我们打死了国内、岛内以及邻国的擎天大柱,杀掉了他们最高贵的年轻人,这可不是一场儿戏。我们现在该怎么办?”——“父亲,”忒勒玛科斯说,“你是世界上最聪明的人。应该由你做决断。”——“我愿意告诉你们,”奥德修斯回答说,“最聪明的办法应该是这样的:儿子,你,还有牧人,以及一切屋子里的人,你们首先去洗一个澡,打扮一番。女佣们也应该穿上最漂亮的衣服,歌手弹起竖琴,弹奏歌舞乐曲。如果这时候有人从街上走过,他一定以为我们这里还在举行庆祝。我们自己做好准备,等到我们在国内掌握局势以后,我们就不必惧怕走漏风声,说我们杀害了那些求婚人。将来,一定会有神启发我们,让我们知道该怎么继续行事。”

不一会,宫殿里传来了竖琴声、歌声和舞蹈声。门外街道上挤满了人,他们说:“毫无疑问,珀涅罗珀又重新结婚了。宫殿里正在举行婚礼呢!”直到傍晚时分,人群才陆续散去。

奥德修斯趁此时间洗了一个澡,搽抹上香膏。雅典娜又把优美的体魄浇铸在他的身上。奥德修斯的头上又长满了乌黑的卷发,看上去犹如一尊神,刚从香汤沐浴中升腾而起。沐浴已罢,奥德修斯重新跨进大厅,坐在他的妻子对面。

“奇怪的女人,”他说,“一定是神给了你一副铁石心肠;其他的女人如果知道丈夫受尽折磨后重新回到家乡,肯定不会顽固地否认自己的丈夫。”

“难以理喻的男人，”珀涅罗珀回答说：“并不是自负，也不是蔑视让我不敢认你。我清楚地记得，你离开伊塔刻时是一副何等英俊的模样。好吧，欧律克勒阿，在卧室门外给他准备休息就寝，把他的床搬出来。”

珀涅罗珀希望以此考验丈夫。奥德修斯不情愿地瞅了她一眼说：“你是想侮辱我一番。任何凡人也休想有气力搬动得了我的床。它是我自己建造的，那里有一个大秘密。我们建造的宫殿中间有一棵橄榄树，它长得如同一根大柱。我在这里造了一幢房子，让那根大柱正好搁在卧房里。等到宫殿建造完毕，周围砌上砖石，上面盖着木板时，我把橄榄树冠锯去，留下树干。后来，我把树干从根上修刨整洁，用它做了床脚，用凿子雕刻花纹，镶嵌黄金、白银和象牙，再用公牛皮的皮带绷紧。这就是我的床，珀涅罗珀！它是否还在那里，我不知道。可是我知道，如果有人想要移动它，他就必须把橄榄树从根上锯断。”

王后听罢，立即认出了他们之间的秘密信号，激动得双腿都在发抖。珀涅罗珀哭着从椅子上站立起来，朝丈夫奔过去，一把抱住他的颈项，反复地吻着他的头说：“奥德修斯，你永远是如此善良和聪明，千万别生我的气！永恒的神在我们头顶上散布了多少苦难和厄运，因为我们年轻而又和睦的生活一定让他们感到过分幸福。我没有立即温柔地投入你的怀抱，没有立即欢迎你，你千万不能生气。我的一颗可怜的心始终担着惊恐，说不定哪一位骗子又来狡猾地行骗欺侮我。现在，我彻底相信了。刚才你说的那番话，除了你和我以外，任何人都不知道这个秘密的！”奥德修斯高兴得心都在打颤，热泪盈眶地拥抱住可爱而又忠贞不渝的妻子。

夫妻两人互吐衷情到半夜，各自叙述过去二十年时间里所经历的苦难。丈夫把自己迷途经历详细讲完前，王后珀涅罗珀一点没有倦意，他们没有上床就寝。

奥德修斯和拉厄耳忒斯

第二天清晨，奥德修斯赶大早就做好了出门的准备。“我们俩迄今为止已经满饮了人生的苦酒。”他对珀涅罗珀说，“现在，我们又重聚，重新稳定了我们的统治和财产。你不妨清点一下宫中留下的财物。我现在却想动身到乡下去。求婚人统统被杀的消息一定会不胫而走,传遍全市,因此我劝你,最好跟女仆们退归内室,免得到处遇到好奇的人,他们一定会缠住你打听不休的。”

说完,奥德修斯背上利剑,又唤醒忒勒玛科斯和两个牧人。大家各自操起武器,趁着黎明的微光,一起穿过城市,走了出去。帕拉斯·雅典娜施下一层浓雾,遮住他们一行四人。一路上,谁也没有认出他们。

不一会,四个人来到年迈的拉厄耳忒斯的庄园。那是一座美丽的田庄。说起来还是奥德修斯的父亲买来扩展祖业的第一块土地。庄园的中心是一排住宅,周围是厨房、马厩、仓库等杂用房舍,是耕种田地的长工们吃住休息的地方。一个年老的西西里女仆给年迈的主人在这块寂寞的田地上料理杂务。奥德修斯回过头去,对着跟随而来的人说:“你们先进屋去,杀一口肥猪,给我们备下中午饭食。我下地去,善良的父亲肯定在地上劳动。我将要试一下,看他能否认出我来。我会马上领他回来的,然后再一起欢欢喜喜地用餐。”

说完,他沿着庄稼地一路过去,首先来到了果园。他在这里左右张望,只是没有看到任何干活的人。大家都下地去砍伐刺树,准备编篱笆。奥德修斯终于在地头找到了年迈的父亲,他果然正在劳动。老人看上去像一名长工:他身穿一件粗糙而又肮脏的上衣,衣服上打着许多补丁;腿上打着一副皮绑带;手上戴着手套;头上随意地戴了顶山羊皮的便帽。奥德修斯看到父亲一副可怜的形象,被岁月压弯了腰背,脸上布满了痛苦的怨恨,自己也禁不住一阵心痛。他真想扑上前去,拥抱着父亲,吻他的脸颊。可是,他担心突如其来的欢乐会伤害父亲的身体。于是,他决定让父亲先有一点准备,所以他就小心翼翼地试探起来。

他走上一步,开始说:“老人家,你看来的确精通果园耕种。葡萄藤,橄榄树,无花果,梨树,苹果树,都长得挺拔茂盛;瞧这里的花畦和菜畦,多么清葱可爱。不过,你似乎还缺乏一点什么,请恕我直言,千万不要动气:你好像没有受到应有的照顾,身上的衣服又褴褛又肮脏!你的主人待你不恭。你能否告诉我,你的主人是谁,你为谁在耕种果园?刚才我遇到一个人,他告诉我,这里就是伊塔刻国。这难道是真的吗?不过,刚才那个人非常不友好。我向他打听我的朋友是否还健在时,他竟然不愿意回答我。这个人自称是伊塔刻人。他告诉我,他是拉厄耳忒斯国王的儿子。我精心而又大方地款待他,临别还送给他一大宗宝贵的礼物呢!"

奥德修斯生性喜欢编造,不费气力地滔滔不绝。拉厄耳忒斯听到这番话连忙抬起头来。他饱噙眼泪说:"善良的陌生人,你的确到了希望寻找的国度。不过在这里也住着许多喜欢恶作剧而又罪孽滔天的人。他们的贪婪就如深渊大海,你用多少礼物也是难以填塞满的。你说的那个人可惜不在人间了。如果你能在伊塔刻遇到那个人,他会怎样报答你的礼物呵!你恐怕自己也难以相信呢!可是,你且说说,我的儿子在什么时候遇到你的?唉,我那个可怜的儿子,他现在也许如同石头一样,静静地躺在大海深处难见天日呢!哦,我忘了问你,你是谁?你从哪里来?你到哪里去?你的船停在哪里?伙伴们呢?"

"尊敬的老人,"奥德修斯回答说,"我不想跟你隐瞒任何情节。我的名字叫厄珀里托斯,父亲阿菲达斯,我们是阿吕巴斯人。一场风暴将我不情愿地从西卡尼亚刮到你们的海岸上。我的船现在停泊在远离城市的地方。奥德修斯离开我的家乡已有五年时间了。他临走时非常高兴,天空中飞翔着一群吉祥的鸟儿,陪伴他走了很远的路程。我们彼此都希望常常见面,相互馈赠了丰厚的礼物。"

年迈的拉厄耳忒斯突然感到眼前一阵漆黑,用双手抓了一把黑土,将土洒落在自己雪白的头发上。拉厄耳忒斯大声地哭泣起来。他的儿子感到心肝欲裂,胸腔里沉闷得几乎喘不过气来。他猛地朝父亲冲了上去,抱着他吻着,一边又大声地说:"父亲,我就是,我就是你打听的人!二十年以后我重新回到家乡。擦干你的眼泪吧,一切苦恼都已经过去。我告诉你吧!所有的求婚人都被我在宫殿里消灭了。我是奥德修斯!"

拉厄耳忒斯惊讶地瞅着他,终于忍不住地大喊一声:"如果你真是奥德修斯,如果你真是我的回来了的儿子,那么就给我显示一个无误的证据,使我可以相信你。"

奥德修斯回答说:"亲爱的父亲,你先看一下这里的伤疤吧,这是一头野猪给我留下的伤痕。而且,你还可以得到第二个证据:我想把你赠送的树木指给你看。当我还是小孩的时候曾经陪你到果园来,我们在树木丛中走动着。你把各种不同的果树指给我看,告诉我它们是什么树。最后,你说赠送给我十三棵梨树、十棵苹果树、四十株无花果小树和五十株葡萄藤。秋天，这里结满了晶莹的葡萄。”

老人再也不怀疑了，一下扑在儿子的怀里，激动得晕了过去。奥德修斯伸开强壮的手臂，把父亲紧紧地搂在怀里。最后，老人终于恢复了知觉，大声地叫喊起来：“啊，宙斯和众神，你们都还停留在我们的头顶上。否则，那批求婚人就不会受到惩罚！可是，我现在又为你担惊受怕了，我的儿子。在伊塔刻和其他邻近的海岛上现在增添了许多居丧的人家，他们都是当地的大户和贵族。因此，整座城市和它的邻近地域都会联合起来反对你的统治。”

“亲爱的父亲，请放心吧！”奥德修斯安慰他说，“你千万别为此而担心。跟我回你的住房去吧。忒勒玛科斯、牧牛人和牧猪人等在那里，已经准备了午餐。”

说完，他们两人一起回到庄园的房屋内。忒勒玛科斯和两个牧人已经切完了肉，酒杯内斟满了晶莹的甜酒。拉厄耳忒斯先去沐浴，擦抹香膏，然后在多少年以后第一次穿上美丽的国王服装。正当他在穿衣时，女神帕拉斯·雅典娜悄悄地走近国王。她给老人送上挺直的身躯和国王的威仪。老人整装完毕，与随从们一起走了出来。奥德修斯惊异地看着他的父亲。最后，他们高高兴兴地坐在一起，欢乐地畅叙着，共进午餐。

城里的骚乱

伊塔刻的城里谣传纷纷，说到求婚人被杀的残酷命运。死者的亲属从各个方面拥入奥德修斯的宫殿，在宫院的角落里找到了一大堆尸体。亲戚们大声哭泣，语言中流露了种种威胁。他们抬走了尸体。伊塔刻来的求婚人被葬在城外，从其他城市和岛屿过来的求婚人被抬上快船，运回各自的故乡安葬。

葬毕，求婚人的父亲、兄弟和亲戚们聚集在广场上，举行国民大会。参加会议的人很多，求婚人安提诺俄斯的父亲奥宇弗忒斯对着黑压压的人群大声控拆。

安提诺俄斯是最年轻而又最无赖的求婚人，也是第一个丧身奥德修斯箭下的死鬼。他的父亲奥宇弗忒斯是一个强大而又受人尊敬的国王。他的精力充沛,为儿子的死跟奥德修斯结下了血海深仇。奥宇弗忒斯当着众人的面抛洒下滚滚的泪珠。他说:“朋友们,你们想一下,我现在向你们控拆的这个人,给伊塔刻和邻近的城市带来多少灾难和不幸啊!二十年前,他劫持了我们中的英勇男子,把他们装上海船。今天,他丢失了船只,丧失了伙伴,孤身一人回到伊塔刻。回来以后,他马上杀掉了我们民族中的高贵的青年。大家起来,趁他还没有来得及登上伯罗奔尼撒的岛屿,还没有逃往皮洛斯和厄利斯前把他抓住!”

与会的人看到他声泪俱下,都同情他。正在群情激奋的时候,歌手菲弥俄斯和使者墨冬从国王的宫殿走出,来到广场的人群中间。人们看到宫中还走出两个活人,吃惊不小。墨冬请求发言,他对着会场大声说:“伊塔刻的男人们,请听我一番忠告:奥德修斯所进行的这件事,我敢发誓,是得到神的指示和决议的。我亲眼看到一位神扮作门托尔的模样,始终保护着奥德修斯。这批求婚人必死无疑,这是天上神的旨意!”

听到使者的讲话,大家暗暗地思忖起来,心里都很害怕。一位年迈英雄随即发言,他就是玛斯托耳的儿子哈利忒耳塞斯。哈利忒耳塞斯能够占卜过去和未来,他说:“伊塔刻的居民们,请听着,现在这一切,都是你们的过失引起的。你们为什么如此懒惰?为什么不听我和门托尔的忠告?你们的儿子不可一世,无拘无束地出入宫殿,一天又一天,趁人之危,大肆挥霍别人的财产,对他的妻子提出许多无理的要求,好像他永远不能回来似的!宫中的这一幕恶剧真是咎由自取,是你们的罪孽。你们如果是聪明的,那么就跟那个人相安无事,不要去迫害他;他只是尽了安定家室的应尽义务。否则,你们逆天理而行,我敢告诉你们,更大的灾难将会等待你们。”

说完,哈利忒耳塞斯便退了下去。广场上顿时意见纷纷,难以一致。

一半人既愤怒又冲动,另一部分人则坚持继续商量。被扇动起来的人支持奥宇弗忒斯的建议。他们全身披挂,集合在城前的空地上。奥宇弗忒斯一马当先,站在队伍的前列,决心为死者报仇雪恨。

帕拉斯·雅典娜在奥林匹斯神山上俯视一群人跃跃欲试,便来到父亲宙斯面前说:“众神的主宰,请告诉我,你的决定是什么?你想通过战争和矛盾从而规范伊塔刻人的行为,还是通过和平解除这场争端?”

“女儿,你想要听到怎样的决定呢?”宙斯回答说,“你不是按照我的意愿亲自作出了决定并实现了吗? 奥德修斯终于回到故国家乡, 为自己报了深仇大恨。我让你尽了这份心意,因此,我也会支持你采取的必要行动;可是,你如果愿意征求我的意见,那就听着:奥德修斯业已惩罚了求婚人,现在该缔结一个神圣的联盟。他仍然是,并且永远当大家的国王。我们应该负责让大家忘却精神上的痛苦,让他们忘掉被杀害的儿子和兄弟。他们应该像从前一样建立相互间的感情,坚定不移地保持统一和富裕。”

女神对这个决定非常满意。她离开奥林匹斯神山,飞过层层云空,最后降落在伊塔刻的海岛上。

奥德修斯的胜利

在拉厄耳忒斯的庄园里,大家高兴地用毕午餐。餐后,他们还团团围着桌子坐着叙聊。奥德修斯忧虑地对朋友们说:“我有一种预感,我们的对手不会在城里欢庆他们的节日的。我们最好派一个人出去,观察外面的动静。”一个仆人站起身来,立即执行命令去了。他还没有出去多远,就看到迎面奔来一支强大的队伍。仆人惊恐地奔回庄园,向餐桌旁的朋友们汇报险情。他大声地说:“他们来了,奥德修斯,他们已经到了门前! 你们快准备战斗!”

用餐的伙伴们果然从餐桌旁站起来,立即披挂,个个在手上拿起了武器。他们当中有奥德修斯,他的儿子和牧人,然后又有仆人总管多利俄斯的六个儿子,最后还有虽然年迈却并不力衰的多利俄斯和拉厄耳忒斯。奥德修斯站在大家的前面。一支精悍的小队伍斗志昂扬地走出了大门。

他们刚刚到达野外,高贵的女神帕拉斯·雅典娜就变作门托尔的模样与他们一起为伍。大英雄奥德修斯一眼就认出了女神,十分高兴,内心充满了希望。“多么美好的一天啊,众位天上的神,”拉厄耳忒斯也大喊一声,“我的心是多么的欢乐! 我们,父亲、儿子和孙子,并肩战斗哩!”

帕拉斯·雅典娜悄悄地凑近老人,对着他的耳朵说:“阿克里西俄斯的儿子,你是我最看中的英勇战士,快向宙斯和宙斯的女儿祈祷吧,然后大胆地掷出一杆投枪。”拉厄耳忒斯立即向宙斯和雅典娜祷告一番,然后掷出一杆长矛。他的投枪一举中的:长矛击中敌人首领奥宇弗忒斯的头盔,穿透了他的面颊。奥宇弗忒斯跌落在地,死了。

奥德修斯和忒勒玛科斯及其伙伴们如愤怒的狮子跃入羊群,用矛挑,用剑劈,在敌人堆里砍瓜切菜一般,几乎把敌人全部杀死。幸亏帕拉斯·雅典娜及时出来制止,把神的声音传遍各人的耳中:“退出这场不幸的战斗吧,伊塔刻人,赶快退出战斗!你们已经流够了鲜血,迅速脱离接触!”

迎面而来的敌人听到雷鸣般的讲话声都吃了一惊,连武器都吓得滚落在地上。他们左右环顾一阵,便争先恐后地朝城内逃去,唯恐不能尽快地撤离战场。

奥德修斯和他的伙伴们听到女神的声音却受到了鼓舞,一路朝城内追了过去。雅典娜仍然变作门托尔的模样,一马当先,走在最前面。可是,宙斯的旨意必须实现,和平不能再遭损害。这时,这位众神之父朝奔跑着的女神脚前投去一道闪电。女神见到一道光亮,心内一惊,止住了脚步。“拉厄耳忒斯的儿子,”她对奥德修斯说,“撤离战斗,抑制自己厮杀的心绪吧!否则,你会惹怒了无比强大的雷霆之主。”奥德修斯和他的伙伴们听从了劝告。雅典娜带领他们回到城内。

宙斯的允诺实现了。大家都心平气和,脱离了愤怒。帕拉斯·雅典娜以门托尔的身段和声音重申了奥德修斯和城内头人们的千年联盟。大家都尊奉奥德修斯为他们的国王和佑护主。人们欢呼着,簇拥着奥德修斯回到自己的宫殿。珀涅罗珀头戴花冠,身穿节日的盛装,率领着一群女仆从宫中迎了出来。

这对重新团聚的夫妇又幸福地生活了许多年。直到后来,奥德修斯年事已高,才安详逝世。这也是应了盲人占卜家提瑞西阿斯在冥府中有关大英雄命运的预言。

第五卷

埃涅阿斯

埃涅阿斯

寻找新的家园

那还是特洛伊城被攻陷的时刻。特洛伊的英雄埃涅阿斯眼看形势危急，便急忙背上父亲安喀塞斯，牵着儿子阿斯卡尼俄斯的手，凭着母亲维纳斯①的帮助，逃离了被占领的城市，逃离了熊熊燃烧的一片火海，来到爱达山下的港口小城安唐特洛斯。一群逃难的人围着他，其中有男人、女人，还有小孩。大家都愿意在他的率领下，寻找一块新的家园，借以安身立命。他们一起动手，建造了一支船队。等到春暖花开的时候，大家扬帆出海，准备寻找新的家园去了。他们中间年龄最大的是年迈的英雄安喀塞斯，他登船以后发出启锚的命令。码头上一片哭泣和抱怨，大家难分难舍，最后告别了故乡。

船队在海上航行多天，最后来到色雷斯地界，那是国王莱克格斯统治的地方。他是极端蔑视酒神巴克科斯的人。莱克格斯是色雷斯地区埃多纳人的国王得律阿得斯的儿子。据古老的传说，他曾经把巴克科斯的女祭司们赶出了尼萨地区的圣林。那时酒神还年幼，一直被赶到海边，最后跳入大海，幸亏海洋女神忒提斯相救，才活了下来。宙斯大怒。为了惩罚莱克格斯，宙斯让他双目失明，还给他缩短了生命。

---

① 埃涅阿斯的传说明显带有罗马神话的烙印，其中的神名大多采用拉丁文。

不久前,眼前的这个国家由于相同的祭供仪式和热情好客的传统跟特洛伊结成了亲密的联盟。当特洛伊上空的福星动摇,忒拉蒙的儿子埃阿斯驾船在海上巡逻,借以防范与普里阿摩斯结盟的色雷斯人时,国王波林涅斯托耳把受托抚养的特洛伊的王子波吕多洛斯毫无情义地交给希腊人,为此换得了和平。可怜的波吕多洛斯被攻城的士兵们当着父亲的面用乱石击死。

埃涅阿斯不知道眼下抛锚的地方是什么国家。他们高兴的是终于来到一个有人居住的海岸,于是便奠基准备建造新城。虔诚的英雄埃涅阿斯想为自己的事业寻求神的保佑。他看到附近有一座山坡,坡上长着茂密的桃金娘和山茱萸,便连忙走了过去。他想用树叶和树枝把这座天然的草地祭坛装饰美丽,不料猛地出现了令人恐怖的事情。当他正在拔动一簇灌木的时候,却见里面渗出了一滴滴黑色的污血,污血滴落在青青的林地上。埃涅阿斯非常害怕,连忙跪在地上,恳求森林女仙和色雷斯的山野保护神巴克科斯,请他们帮助制止这一异象所显示的灾难。求毕,他又抓起一棵小树,自己却用膝盖抵住地面。试着把小树连根拔起。这时,他听到地下传来一声抱怨似的呻吟。他渐渐地听清了,原来下面竟是活人的讲话声。“不幸的埃涅阿斯,你为什么要折磨我?”声音说,“我的灵魂停住在这块土地,逗留在这片树林的根须和枝叶上,这里是我孩童时期的游玩胜地。我是波吕多洛斯,普里阿摩斯的儿子。我是遭养父背叛,被押送给希腊人的。同情我的色雷斯人捡拾了我的骸骨,把我埋葬在他们的国土上。别伤害我的领地,我还要劝说你离开这片海岸。它对你,对所有的特洛伊人,都是十分危险的,毕竟,是叛徒的家族统治着这片土地。”

逃难的人们记住这番忠告。大家都同意离开这里。已经开始的工作立刻停止了。他们为不幸的波吕多洛斯举办了一次追悼仪式,然后把船只推入海滩。大家各自登船,一起离开了码头。一阵顺风把他们送入了宽阔无垠的汪洋大海。一路上,他们经过了许多岛屿。突然,他们又在眼前看到一座美丽而又可爱的小岛。从前,它曾经是一座漂流的岛屿,名叫特洛斯。阿波罗就诞生在岛上,自然对它十分眷恋。他把海岛固定在库克拉登岛屿中间的海底上,使它能够经历种种狂风巨浪的袭击而毫不动摇。移居这里的岛民感激地把它祭献给阿波罗神。他们热情好客,是一群善良的人。

埃涅阿斯指挥船队向海岛驶去，一座坚固的码头接纳了疲惫不堪的海上难民。国王阿尼乌斯同时兼任福玻斯的祭司，他看到年迈的安喀塞斯时，立即认出他原来是当年的老朋友。埃涅阿斯和他的伙伴们被热情地接到城内去了。他诚惶诚恐地拜倒在阿波罗的庙前，祈祷着："特洛伊民族的伟大佑护，给我们一块栖身之处吧！别让你佑护的子孙死净灭绝，帮助他们建立第二座特洛伊城！"

这时，只见神庙、桂树和整座山都颤动起来。从敞开的寺庙厅堂前的三脚香炉方向传来了神谕的声音："寻找家乡的达耳达尼亚人，你们将回到一块土地上去，那是你们先祖诞生的地方。埃涅阿斯的子孙将在那块土地上成为世界万国的主宰。"

大家听到吉祥的神谕，高兴得欢呼起来。他们相互探问着，阿波罗指的是哪个国度。

年迈而又德高望重的英雄安喀塞斯提高声音告诉大家："在群岛环列的海洋中间有一座岛，那是众神之父朱庇特诞生的地方，叫克里特岛，也是我们族第的摇篮。

我们的先祖透克洛斯就是从那里前往特洛伊国，而现在，阿波罗指示我们到那里去。让我们遵循神意吧！再说，到克里特岛的路途不远。如果朱庇特赐给我们顺风顺水，我们只需要三天航程。"

意大利又成了难民们的希望

第三天清晨，船队果然如安喀塞斯预言的那样到达了克里特岛的海滩旁。海滩上明亮清静，分外喜人。难民们登陆以后受到当地居民的热情接待。埃涅阿斯又以巨大的努力开始建造城市的工作。船只被拖上了海岸。不久，平地上耸立起城墙和房屋。埃涅阿斯按照特洛伊的城堡柏加摩斯把新建的城市称为柏加马斯，也在一座山坡上单独地建造了城堡。难民们已经被安顿下来，婚配生育，耕种田地。首领们一起商讨制定新法律。不料一场灾难又重新威胁着可怜的难民。

那年夏天分外炎热，大地被太阳烧烤得一片焦黄。秧苗青草都枯萎了。果树上花蕾干黄，根本无法生长果实。大批的人死亡了，幸免于难的灾民也拖着病躯,左右摇晃,十分绝望。一天,一小堆人集会讨论他们的处境。安喀塞斯站起身发言,他劝说不幸的伙伴们赶快登船,重新回到特洛斯岛去聆听神谕,最终弄明白他们究竟该漂落何方。与会人一致同意他的建议。他们决定把一切可动财产装运上船,离开这座几乎快要竣工的城市。

这是最后一个夜晚了,大家顶着克里特岛上的不幸天空,心里却还依依不舍呢!埃涅阿斯疲倦地躺在床上,满怀忧虑地在床上翻来覆去,毫无睡意。突然,他的眼前呈现了一抹幻影 。天上是一轮满月,它透过云空,把柔和的月光轻泻在埃涅阿斯的卧室里。特洛伊人的几位家神趁着晶莹的光亮站在半睡半醒的埃涅阿斯的床前。那些家神都是埃涅阿斯从家乡城市的火海中抢救出来的,他们一起张口说话,安慰他:"阿波罗亲自派我们到你的房间来,你应该信任我们。我们逃离了特洛伊的大火,跟随着你转战南北,又跟你一起在船队上冲破了惊涛骇浪。我们将为你的子孙后代寻找一块聚居之地,让你的子孙们光宗耀祖,让他们执掌统治世界的权柄。你就是命运选定的人,注定要为显赫的后代准备住址的。甘心情愿地承受长途跋涉的辛劳吧!当然,你应该建造的住址不是在克里特岛。不是的。神谕给你指示的国家还在遥远的地方,希腊人把它称作西国赫斯珀尼亚:这是一块古老的土地,居民的武器使它成为一个强大的国家;土地肥沃又使它成为一个富庶的地区。它的第一批居民是安诺特利亚人,年轻人喜欢称那里为意大利。这个民族叫作意大利人,那是根据当地的国王意大罗斯命名的。意大利是你们的祖先居住的地方,你们的父辈达耳达诺斯和伊阿索斯就是那里过来的。相传他们两人从亚加狄亚动身前往萨莫特拉克,所以后世的罗马人喜欢把意大利称为两兄弟的故乡。告诉你年迈的父亲:他应该去寻找意大利;朱庇特拒绝你们在克里特岛安身立命的打算。"

听着众神讲话的时候,埃涅阿斯的额上渗出了一层冷汗;等到他们消失不见时,他却神奇地感受到了极大的安慰。他从床上一骨碌跳起来,朝苍天伸出双手祈祷,还给家神浇奠祭供,以示感谢指点迷津。埃涅阿斯完成这些以后,急忙来到年迈的父亲跟前,把幻觉中听到的声音告诉他。安喀塞斯顿时大悟,明白了特洛伊人的双重祖籍:一方面随达耳达诺斯,另一方面随透克洛斯。此外,他也意识到原来是误解了神谕。"亲爱的儿子,"安喀塞斯说,"我直到现在才想起,从前卡珊德拉曾给我一则预言,她正确地预示了我的未来。卡珊德拉昭示我们族第将住在一块地方，她一会儿称之为西国赫斯珀尼亚，一会儿又称之为意大利。那时候还存在着特洛伊，有谁会当真地认为我们将会弃家远走，一直寻访到赫斯珀尼亚的海岸？是啊，那时候有谁会重视卡珊德拉的讲话，大家都把她当作一个愚蠢的女人！”

伙伴们做好了开往特洛斯的准备。他们听到神的最新谕示，高兴得大声欢呼起来。一切都装备停当，只有病人和刚痊愈的人留在新建的城里。他们保留了特洛伊人建筑的住宅区。时逢好运，一支宗脉不断地繁衍生长，克里特岛上的特洛伊城——柏加马斯保留了很长时间。

而另一批人马则扬帆启锚。不一会，他们又驾着船队驶入了汪洋大海。

风浪、迷途和飞妖哈尔庇亦恩

一支船队渐渐地驶入大海。海岸在身后退隐不见了，周围水天一色，无边无际。不一会，船队当空聚起层层乌云，乌云带来了黑夜和风浪。海水趁着恐怖的夜幕掀起了万丈狂浪。呼啸的飓风扫荡着大海，波浪排山倒海地凌空扑来，船队几乎要被卷入旋转不止的海底。骇人的风浪在大海上肆虐了三天三夜。这时，就连有经验的船队舵手帕里奴鲁斯也不知道到处漂泊的船只在往什么方向航行着。

到了第四大，风浪终于平息了。远方的地平线上又呈现了层层山影。绝望的人看到陆地，心里顿时增加了新的勇气。他们努力地朝岸边驶去，最后降下风帆，迎着波浪，一起摇橹前进。

迷途人踏上土地时才知道，原来这里属于斯特洛法登岛。它与珀罗普斯岛遥相对望，都位于爱奥尼亚大海上。这是一块声名狼藉的不毛之地。贪婪的飞妖哈尔庇亦恩自从离开国王菲纽斯，从他的餐桌上被吓走以后，就在这块荒山野地上驻扎下来。

埃涅阿斯和他的伙伴们既不熟悉海岸，也不知道这里住着一群飞妖女子。他们朝面前的码头走了过去，大家都很高兴，终于又来到坚固的陆地上。一眼望去，海岸也没有特殊的地方。草地上活跃着一群群肥壮的牛羊，附近不见看守的牧人。登上陆地以后，大家又渴又饿。他们没有多加犹豫，便提着剑走入牧群，首先给朱庇特和各路神明摆设牺牲祭供，然后围坐一起，烧烤吃喝，十分惬意。

可是好景不长。他们听到附近的山坡间一阵翅膀扇动的响声，好像有许多鸟儿飞来一样。随即在天空间飞来一群哈尔庇亦恩。她们恰如被旋风送来似的，纷纷朝膳食扑了下去，又撕又咬，把桌面糟踏得杯盘狼藉，肮脏不堪。她们发出一阵阵丑恶的叫喊声，身上冒出一股股瘟疫般的臭气。餐桌旁的人急忙端起膳食逃到了一块偏远的地方。那里头顶巨石，周围长着浓浓密密的高大树木。他们在草地上摆设祭供，重新生起一堆火焰，把膳食一一摆上。没料想从另一个方向以及各个角落里又飞来了哈尔庇亦恩女妖。她们伸出脚爪，扑食桌面，把膳食玷污得不堪入目。

埃涅阿斯和他的伙伴们不得不采取最后的办法。他们身藏利剑，手执盾牌，埋伏在茂密的青草丛间。等到丑恶的飞鸟再度降临的时候，伙伴们从草丛间一跃而起，试图用利剑扑杀妖孽。令人不解的是，任何利剑都不能伤害这群飞妖，连一处伤口都没能留下。她们在餐桌上又吃又吐，还到处留下了粪便的痕迹。

哈尔庇亦恩中只有一名女妖坐在高高的岩石上。她给大家送来诅咒的预言：“你们这批特洛伊的陌生人，难道还没有杀够我们的牛和羊吗？难道你们想把我们这一群无辜的哈尔庇亦恩赶出自己的家园？听着，福玻斯让我传达他的神谕，我作为复仇女神可以对你们照直宣告：你们要到意大利去，你们也会到达那里，踏上意大利的码头。不过，你们还没有给未来的城市砌上城墙的时候，一场可怕的饥饿将会惩罚你们今天的无理作为，会迫使你们啃食自己的餐桌。”

说完，她又一声不响地鼓动着翅膀，飞回茂密的树林中去了。特洛伊人惊讶得连血都凝固在血管里了。他们不知道今天到底撞在善于咒骂人的鸟儿脚下，还是撞在一群强大的女神手上。最后，安喀塞斯举起双手，祈求神保佑，让大家避免这场灾难。祈祷完毕，他又劝说儿子和伙伴们迅速登上海船，准备扬帆出航。

埃涅阿斯来到意大利海岸

又是一次漫长的迷途航行，又经历了许多的冒险，船上的难民们终于看到遥远的地方绵延着朦胧山脉的海岸线。“意大利!”英雄阿赫脱斯首先看到陆地,激动地喊叫起来。“意大利!”伙伴们欢呼着,快乐地大声呐喊。安喀塞斯把花环套在酒杯上,斟了满满的一杯酒,然后站在船的后甲板上,祈求海神送上顺风,让海船平安航行。他们很快地靠近码头,看到山坡上有一座密涅瓦的漂亮寺庙。大家放心地卷起了船帆,驾着船朝海滩驶来。

港口的东部受到海浪的冲击,被掏空了,形成一道大弯弧。汹涌而来的潮水在伸至外端的礁石旁撞击得支离破碎,扬起了阵阵水花。石砌的围墙左右分开,一直朝大海伸去。密涅瓦的寺庙位于海湾的中端,背后迎向波涛汹涌的大海。大家站在船头,不料首先看到的却是四匹雪白的骏马,骏马牧放在海滩旁的草地上。

“骏马意味着战争,”安喀塞斯惊叫起来,“这块土地看起来热情好客,却潜伏着战争的威胁。让我们一起对密涅瓦女神求拜,然后掉转船头,另谋出路!”

他们执掌着船舵,果然又驶过了许多海岸,一直往南行驶。一路上经过了塔楞特海湾,经过克洛通城,看到一座朱诺女神的神庙,后来又驶过了西拉险礁。这时只见西西里岛上的埃得纳火山正在前面,耳边又听得一阵阵轰然的咆哮声。波浪从海底滚涌而来,含有泥沙的水花布满天空。“这里就是卡律布狄斯大漩涡!”安喀塞斯大声说,“可怕的山岩。伙伴们,赶快摇橹!”大家一起努力,引导船队绕向右方航行。船只在海面上动荡不已,一会儿随波浪飞上云天,一会儿又顺着波浪落入深谷,犹如进入冥府地界一般。

当他们终于幸运地逃脱危险时,大家全然不知道到底身处何方。后来,他们到了库克罗普斯的海滨,进入一个宽敞的码头。他们听到附近的埃得纳火山正在喷发火焰,发出雷鸣般的响声。空中弥漫着黑云黑雾,火星和火灰直冲九霄云空。火山口上还喷吐着熔化了的岩浆和石块。传说当地地底下躺着巨人恩克拉杜斯的躯体,又有人说是大地之母该亚的儿子堤丰躺在地下,他们都是被朱庇特的雷电送来这里的。人们说猛烈的埃得纳火山喷发的其实正是巨人口中的火气。每当巨人受到重压感到疲倦,想要转动一下身子的时候,整座岛屿就被搅得地动山摇,火气布满了天空。其气势果然壮观,不可等闲视之。

西西里和库克罗普斯海滨

埃涅阿斯和他的伙伴们是在深夜到达海岛的 。山上布满了树林。浓云密布，天空一片漆黑。整整一夜，他们都听到了可怕的咆哮声，却猜不透究竟是什么原因。当朝霞赶走黑暗时，驻扎在海滨的难民们突然看到一个少有的陌生人。他衣衫褴褛地从树林中走了出来，祈求似的朝大家伸出双手。陌生人浑身肮脏，衣服的碎片上沾满着树刺，杂草般的长须在风中飘拂。尽管他的模样可怜，人们还是认出他原来是曾在特洛伊城前战斗过的希腊人。陌生人在远处看到特洛伊人的装束时怔了怔，放慢了脚步。不一会，他又大胆地朝海岸奔了过来，对着人群喊着："当着这里的层层山峦，当着诸神和一抹朝霞，我请你们，特洛伊人，收留我。不管你们走到哪里，都不要丢下我！我知道，我是丹内阿军队的人。我围困过你们的城市，帮着破坏了那座城市。如果你们把我看作敌人，那就杀掉我。能够死在特洛伊人的手上，这对我至少是个安慰！"

不幸的陌生人抱着英雄埃涅阿斯的膝盖，受人尊敬的老人安喀塞斯朝他伸出一只手，扶着他站起来。可怜的人慢慢地缓过神来。"我出生在伊塔刻，"他说，"是奥德修斯的朋友。我的名字叫阿喀墨尼得斯。我的父亲阿达玛斯托斯是个贫困的人，所以我决定随军出征特洛伊。这是我的灾难。我虽然平安地逃离了战争的危险，却陷落在库克罗普斯巨人的魔窟里。奥德修斯和其他一些伙伴们设计离开了这座地狱，我们侥幸没有落入食人妖孽的魔口。我那时候又累又病，可怜兮兮地躺在魔窟的墙角里。我亲自看到妖孽如何吞咽了几个可怜的朋友。当奥德修斯戳瞎独眼巨人的时候，我从中助了一臂之力。我自己也是奇迹一般地逃出了他的窠穴。可是从此以后，我却时常遭到未曾杀死的巨人们的迫害和追赶。我东躲西藏，忍饥挨饿，惊惶失措，过着不是人的日子。亲爱的朋友们，如果你们不想成为这批巨人孽障的口中猎物，那就迅速解开系在海滨的缆绳，驾船离开这里！"

他的话音刚落，特洛伊人已经看到库克罗普斯巨人波吕斐摩斯。巨人站在山顶上，手上拄着一棵参天大树削成的拐杖，身后放牧着他的羊群。波吕斐摩斯来到海边，径直走入汹涌的波涛，奔腾的海水只到他的腰间。他弯下背来,用手捧起海水清洗那只被戳瞎却又始终流着鲜血的独眼。看到这副可怕的模样,特洛伊人急忙逃走。他们拉着值得怜悯的陌生人一起上了船,尽可能毫无声息地解下缆绳,摇橹而去。巨人听到摇橹声,站在波涛间辨了辨方向,顺着声音追了上来。特洛伊人使尽气力,最后一条船好不容易才逃脱了巨人寻找摸索的双手。波吕斐摩斯摸了个空,发出一声可怕的叫喊,引得埃得纳火山间回荡着一阵阵雷鸣般的响声。库克罗普斯巨人们闻声赶来。他们站在海边上,无可奈何地看着船队远远地驶入了大海。

为了绕过西拉险礁和卡律布狄斯大漩涡,船队张帆沿着岛屿的滩岸航行。阿喀墨尼得斯可以随时提醒他们,因为他从前曾跟奥德修斯一起走过这段路。埃涅阿斯在航行途中却受到了异常悲哀的打击:他的父亲,年迈的安喀塞斯一路上劳累交加,又受到巨人的惊吓和威胁,终于体力不支,难以到达意大利那块老人梦寐以求的圣地。他明显地变得虚弱,意识模糊,舌根僵硬。结果,连一声再会都没有来得及说,他就躺在儿子的怀里咽气了,当时,船队正好驶进西西里岛的城市得勒帕诺姆的码头。

特洛伊的难民们在这里为他们首领的父亲举行隆重的安葬仪式。埃涅阿斯没有时间耽于对父亲的悲悼。神的旨意驱使他率领人群朝祖先的土地驶去,他要在那里建立一个新国家 。

埃涅阿斯随船漂往迦太基

埃涅阿斯的船队刚刚离开西西里岛,特洛伊人的女宿敌朱诺在奥林匹斯神山上往下俯视,看到了船只。她自言自语地说起来:“怎么,难道我应该半途而废吗?特洛伊不应该被彻底粉碎?它的人民和从事战争的族第不应该被连根铲除吗?普里阿摩斯的女婿以及外孙真的要在意大利重建家园吗?密涅瓦女神为什么不把特洛伊人回来的船队撕扯粉碎?为什么不搅起滔天巨浪,以报复埃涅阿斯的过失呢?我,作为诸神的王后,难道应该徒劳地与这个民族战斗几年?”

说完,她急忙来到风源的领地,寻到了埃洛斯的山洞。埃洛斯是天下各路风神的国王。朱诺软硬兼施,还掺杂许多诱人的允诺,埃洛斯果然从禁锢中放出了全部的风神。各路飓风冲出来,陆地上顿时飞沙走石。他们又从东南西北四个方向涌入大海，掀起了万丈狂澜。特洛伊人的船队上鬼哭狼嚎，悲苦不迭。粗大的缆绳撕裂着，闪电惊悸，雷声隆隆，天像要塌下来一样。船橹摇断了，海水倒灌进来，船只倾斜着倒向一边。南风把三艘海船送上了隐在水下的礁石，东风把三艘海船推上了平静的浅滩。一道巨浪铺天盖地地扑面而来，摇动了一艘海船，又顺便让船只在漩涡中转动三圈。船只成了碎片，葬身海底。

海神尼普顿被咆哮的海洋搅得坐立不安。他不明白为什么各路飓风都被释放出来，于是便从汹涌的波涛间伸出脑袋，往四面观看一阵。他看到埃涅阿斯的船队支离破碎地漂泊在海面上，他所宠爱的特洛伊人的船只遭受着巨浪的威胁，被淹没在瓢泼般的海水里。

他明白，这是他的妹妹朱诺玩弄的把戏。尼普顿下命令把东风和西风唤到跟前，对他们说："你们真是胆大妄为，没有我的命令竟然把苍天和大海搅作一团，还差一点把波浪送上了星空。你们必须立即离开海面，回去告诉你们的主人，神圣的三叉戟和执掌海洋的权柄不是交给他，而是交给我的。岩石和山洞归他管，他应该在那里统治你们。"

说完，他用双手抚平了起伏动荡的波浪，把成团的乌云从海面上赶走，让灿烂的阳光重新照耀着平静的大海。几位海洋神把搁在暗礁间的船只牵引下来。尼普顿亲自用三叉戟抬起了搁浅的三艘海船，让它们重新漂浮起来。后来，他驾上战车，任凭大海的骏马拉动着，轻松地穿越在波涛的水花间。神驾驶的马车所到之处，大海顿时安静下来；神的目光所及之处，水面驯服得如同乖乖的孩童。

精疲力竭的难民们看到前面有道海岸，便使足最后的气力，驾着船只朝陆地驶去。这是非洲的海岸。一会儿，一座安全的港口接纳了他们。他们看到岸的一旁是平缓的山坡，坡上长满了树木。阳光下，树木青翠茂密；而另一旁则是陡峭的山峦。山峦上长着一丛灌木，投下阴暗的树影；海湾的深处有一座山洞，洞间流出了清澈的泉水，四周是一道道长着苔藓的浅滩。埃涅阿斯率领仅剩下的七条海船朝山洞驶去。

特洛伊人到达岸边下了船，身上的衣服还在滴着风浪中淋湿的海水。英雄阿赫脱斯取过一块石子打火，火星滚落在干透了的树叶上顿时燃烧起来。他凑上一些干树枝，略加扇动，熊熊的火苗蹿了上来。大家又从船上取下烘烤的锅具以及被水浸湿的粮食。他们架上磨石,人多手快,一会儿便把粮食谷粒磨成面粉。

埃涅阿斯登上一座山峰,翘首远望,希望在遥远的海面上发现被风浪打散的船只。可是他只看到下面海滩上三头梅花鹿,后面还跟着整整一群。埃涅阿斯立即让人送上弓箭,把头鹿一箭射倒。这是一头美丽的雄鹿,高耸的鹿角犹如茁壮的树枝 。埃涅阿斯还不停下,一连射杀七头鹿,要给每条船分去一头。

然后,他又回到海湾,把猎物收拾起来,分给众位朋友。埃涅阿斯还让人从船上搬来大罐的美酒。“朋友们,”他说,“我们经历了许多困难,因此有权利指望一位神帮助我们结束这重灾难。我们不能丧失勇气。将来,你们一定会饶有兴致地回忆起现在的冤枉磨难。你们必须始终想着,我们的目标是意大利,我们将在那里建设起第二个繁荣昌盛的特洛伊!”

维纳斯向她的儿子显形

众神之父朱庇特站在奥林匹斯山的峰顶,把目光始终盯在非洲的海岸上,盯着女王狄多统治的利比亚王国。埃涅阿斯刚刚踏上那块土地。

朱庇特的女儿维纳斯朝他走上一步,她的眼眶里闪烁着晶莹的泪珠。维纳斯十分悲伤地说:“我的埃涅阿斯在哪里伤害你了?他围着意大利几乎在地球上转了一圈,受尽了种种苦难,可就是不能到达目的地,这一切都是为什么?你不是亲口告诉过我,说特洛伊祖先的血液将会随着时间的推移凝结而形成罗马民族,从而执掌对陆地和海洋的统治吗?自从特洛伊陷落以来,你的这番话才终于平息了我的怨气。为什么你又突然改变主意了呢?”

父亲微微一笑,衷心地吻了吻女儿说:“放心吧,亲爱的女儿,受你佑护的人命运是不会改变的。拉维尼乌姆的城墙将在意大利建立起来。埃涅阿斯能够胜利,会驯服倔强的人民,制定法律,建立秩序。他将在拉维尼乌姆统治三年。后来,他的儿子阿斯卡尼俄斯或者叫作尤鲁斯将把国都从拉维尼乌姆迁移到阿尔巴隆伽。普里阿摩斯的子孙将在那里安稳地执掌三百年王位,直到王室中有一位女祭司给战神生下一对孪生儿子。他们的名字叫洛摩罗斯和瑞摩斯。孪生兄弟生下后被装在一只篮子里扔到河中,后来被一只狼救起。母狼给他们喂奶,把他们抚养长大。洛摩罗斯将给他的父亲玛斯建造新的城池,他是罗马民族的先祖。我要让罗马人成为世界的主人,他们的统治将永无止境。连一直折磨着你的儿子的朱诺女神也会跟他的子孙们和解。最伟大的罗马人就是尤鲁斯的后裔,他的名字该叫尤利乌斯。尤利乌斯的荣誉将高达星云,而他自己呢,也会被接纳到天空成为神。啊,我的女儿,他还是你的后代呢!从此以后,人间将会实现永久的和平。不睦和战争的大门将用铁栓彻底锁住。"

说完,朱庇特迅速派神的使者墨丘利前往迦太基,给特洛伊人热情地备下住处。那块土地原来是腓尼基农民的住址。朱诺极尽恩惠地保佑着它。她的盔甲和战车保存在那里。女神希望并致力于在这里建立一个世界帝国。从前,腓尼基人茜克奥宇斯的遗孀狄多曾统治利比亚帝国。她在那里扩建了新城和迦太基的城堡。

第二天清晨,埃涅阿斯动身去考察这块土地,是一场风暴把他吹来的。他手上带了两杆投枪,身后跟着朋友阿赫脱斯。他在树林的深处却遇到了母亲维纳斯。维纳斯变成全副武装的女猎手模样,肩上背着一张弓,头发自然飘拂着,一件轻袍卷至膝盖。

"姑娘,你是谁?你的颜面和声音中透现出超人的魅力,你是仙女,是女神吗?好吧,不管你是谁,请告诉我们,这是什么地方!一场风暴把我们送上海滩,我们在世界上迷航很久了。"

维纳斯微笑着回答说:"我们泰尔姑娘都习惯于这样的装束。你看到我背上了箭袋,因此我就不是阿波罗的妹妹了。陌生人,你现在跟泰尔人在一起,这是腓尼基人的王国。你脚下的这个世界叫非洲,所在的国家叫利比亚。这里的民族野蛮而又好战。狄多是我们的女王,她也出生在泰尔,是一位富裕的腓尼基人茜克奥宇斯的妻子。她的先弟皮格马利翁是泰尔国的国王,一个不仁道的暴君。他仇恨自己的妹夫,又贪婪地想要黄金,于是就把妹夫悄悄地杀害在众神的祭坛前。死者的幽灵苍白地出现在妻子的梦中。他在胸脯上有一道深深的剑伤,还向妻子揭露了这一隐秘的罪行。丈夫劝说妻子迅速逃离祖国,又把国王从前埋藏黄金白银秘密地点叙述一番,让妻子起出财物,以供路上花费。狄多听从他的示意。对暴君的仇恨使她赢得了很多伙伴，而在她的船上恰恰装满了贪心不足的国王皮格马利翁藏匿的金银。他们一路航行，来到非洲海岸。你将在这个地方看到迦太基城的高大城墙和耸立云天的城堡。开始时，她只买了一块叫作比尔萨的土地。那是一块公牛皮的意思，而实际上，她当时也只要求有一块蒙张公牛皮的地方。她把这张公牛皮削割成许多薄薄的皮带，然后在皮带围住的地方建立了迦太基城堡。她以自己的财物为基础，赢得了越来越大的地区。狄多创建了现在由她统治的强大王国。行了，你们知道在什么地方了！可是，你们究竟是什么人？你们从哪里来？现在到哪里去？”

她的儿子向女神叙述了自己的命运和经受的打击。她却打断儿子的悲诉：“如果我的父母亲没有白白地教会我详示鸟儿的飞行，那么让我告诉你关于拯救失散船只和朋友们重新回来的预言吧。从前，我在蔚蓝的天空里看到十二只天鹅飞成一行；突然又飞来一只雄鹰，那是天神朱庇特的鸟儿。雄鹰把天鹅吓得各奔东西；它们在空中仓促地飞行着，希望寻找一块陆地；有的天鹅已经飞临陆地的上空：它预示着你的一部分伙伴进入码头，而另一部分伙伴则扯满船帆，快要到达港口了。你可以继续在已经踩平了的田间阡陌上走下去。”

说完，姑娘转过身去。她那玫瑰色的颈脖裸现在非凡的光辉里，头发间散发出天神的香味。姑娘的衣服熠熠生辉，波浪似的飘散到脚跟。她的身影和她的步履显示了她是一位女神。埃涅阿斯突然认出了他的母亲，大声疾呼，召唤母亲回来，可是这一切都没有用。维纳斯布下一阵浓雾，让浓雾密密麻麻地笼罩在浪游人的头顶，裹住了他们。

埃涅阿斯在迦太基

两个男子汉迎着浓雾一路走着。他们精神饱满，沿着田间阡陌一直往前。不一会，他们登上山坡。山坡就在城旁，站在城上可以俯视对面的城堡。埃涅阿斯惊奇地观看气势宏伟的宫殿建筑，看着高耸的石头城门和宽阔的街道，街道上铺着石板石块，听着城内传来杂乱的喧哗和吵闹声。城市还在扩建，泰尔人正在起劲地忙碌着：有的人在砌造城墙，有的人在吊运方石建造城堡，还有人在丈量土地，准备建造房屋。城里的居民大都集合在广场上，为新的国家商定种种法律条文。

埃涅阿斯和他的随从趁着浓雾裹身也走进人群中间，没有人认出他们。城中有一片绿色的树林，树荫下清香凉爽。腓尼基人在树林下挖出了一个朱诺送给他们的吉祥物：一个马头，马头预言他们会取得战争的胜利，答应给他们供应食品。女王狄多给朱诺建造一座漂亮的神庙。台阶、门柱和门板全是石制的。看到树林以后，英雄埃涅阿斯在心中又燃起了新的希望。他在环顾庄严而又华丽的神庙时发现了许多壁画，画中再现了特洛伊的战争场面。

正当他又惊又喜地打量这一切的时候，女王狄多走了进来。女王透现着青春美貌的闪闪光芒，身后跟着一群泰尔青年随从。她来到拱形的大门旁坐下，四面是武装的警卫。狄多在高高的王位上吩咐周围的人群加速建设新城。她审判是非，制定法令。埃涅阿斯和阿赫脱斯突然看到混乱的人群中站着失散了的朋友和伙伴，其中有塞尔盖斯托斯、克洛安托斯和几个特拉人。他们是被风浪打散而又被送上其他海岸的伙伴。看到这里，他们又高兴又害怕。埃涅阿斯和他的朋友趁着雾气又等了一会，希望多知道一点关于朋友们命运的消息。他们发现，这些人都是从每条船上挑选出来的代表。代表们走出拥挤的人群，进入庙宇的前厅。等到他们有机会向女王发言时，只听到首席代表伊里俄纽斯开始说："高贵的女王，我们是可怜的特洛伊人。风浪把我们从一片海洋抛向另一片海洋。我们驾着船队正在开往远方意大利的途中，一场飓风把我们扔进寸步难行的暗礁丛中，许多船只被撞碎了，伙伴们葬身鱼腹。可是，我们遇到了怎样的一群人呵！有哪一个野蛮的民族可以容忍这些风俗？人们阻止我们踏上海岸，用战争威胁我们，扬言要烧毁我们的船只。如果你们不重视人性，那么至少应该敬畏诸神！埃涅阿斯是我们的首领。再也没有比他更伟大和更虔诚的英雄了！如果命运给我们留下了这位好汉，你们就绝对不会后悔今天给我们提供的种种服务。因此，请让我们的漏水船只靠岸，在你们的树林里挑选木材制作船梁和船橹。我们只要重新找到我们的国王和伙伴，就能平安到达意大利；如果是波浪吞没了他，我们的希望破灭了，那么请安全地护送我们回到西西里海岸。尊敬的女王，那里有我们的朋友。"

女王低垂着目光，简短地回答说："特洛伊人，你们不用害怕！由于命运艰难,而且我们的王国还年轻,我只得对国境严加保护。我们早就知道特洛伊的城市,知道它那不幸的民族、它的英雄和英雄们的赫赫战功,我们还知道这座城市遭到了可怕的打击。你们到底选择西国赫斯珀尼亚还是西西里岛作为栖身之处,我都会同意你们,让你们平安地进入这些地域——你们只是不能在这里居住繁衍!你们可以自由地建立一座城市。我的法令保护你们,就像保护我的臣民一样。至于你们的国王,我立刻派人到我的王国的海岸和国内去寻访,也许他已经上了岸,迷失在树林或者别的城市了呢。”

女王的话刚刚说完,笼罩四周的浓雾顿时消失了。埃涅阿斯神采奕奕地站在阳光下,他的双肩和头顶闪现着阵阵光芒,犹如一位神。埃涅阿斯奇迹一般地站在女王面前说:“我就是你们所要寻找的人,我叫埃涅阿斯。尊敬而又伟大的女王,你无比仁慈地在你的城市里接纳了一个不幸民族的残余人员,分布世界各地的特洛伊人都对你的恩德没齿难忘;让神保佑你们吧!只要天地存在,你的英名就在我们中间闪发着荣誉的光芒!”

狄多女王惊讶得不能自已,稍稍过了一会,才缓过神来,于是说:“女神的儿子,你的一生经历了如此多的危难,这是怎样的命运啊?你正是那个埃涅阿斯,是高贵的女神维纳斯从前给特洛伊人安喀塞斯在西莫伊斯河的波浪间生下的儿子!我从父亲柏洛那里听到许多关于你们族第以及你们民族的命运。男子汉们,大胆地进入我的家园吧;我也是被驱逐的人,经过艰难而又多年的跋涉才终于找到了宁静。我知道什么是不幸,知道该怎样帮助不幸的人们。”

说完,狄多女王把英雄引进宫殿。她吩咐各个庙内都摆设祭品,隆重祭祀。城堡内装饰一新,宫殿的厅堂里摆起了节日的宴席。艳丽的紫金壁毯闪闪发光,餐桌上端来了沉甸甸的银盏和雕刻着艺术花纹的金杯。

埃涅阿斯吩咐忠实的仆人阿赫脱斯立即回船队,把喜讯告诉儿子阿斯卡尼俄斯,并把他迅速接到宫殿。他还命令把从特洛伊的废墟中抢救出来的一批珍贵礼物也护送过来。其中有:一件华丽的长袍,袍面上镶嵌着金丝图案;海伦的一条面纱,那是她的母亲勒达赠送的神奇礼物,海伦把它从斯巴达带到特洛伊;普里阿摩斯的长女伊利俄纳的节杖;一串珍珠项链和一顶黄金和宝石制作的王冠。

狄多和埃涅阿斯

英雄埃涅阿斯的神的母亲对儿子的命运还不放心,对泰尔人的两面派行为和王室的欺骗行径都很担心。而朱诺,这位埃涅阿斯的宿敌,脚下这块土地的佑护女神也让他母亲惶恐不安。为此,她又思量出一条新的对策。她让儿子,即爱神阿摩尔变作少年阿斯卡尼俄斯的模样。如果狄多女王把漂亮的男孩抱在怀里,毫不介意地拥抱并亲吻,阿摩尔可给她灌注一身欲火和爱情迷毒。

爱神阿摩尔听从母亲的吩咐,急忙隐去双翅,满意地扮作新的角色,跟少年尤鲁斯或叫作阿斯卡尼俄斯没有两样。阿赫脱斯牵着他的手,一路上朝国王的宫殿走去。维纳斯将真的阿斯卡尼俄斯催眠了藏在她自己的领地,劫持到伊达利乌姆的圣林里,让他躺在芳香扑鼻的薄荷叶茎的阴影下。伊达利乌姆是塞浦路斯的一个城市,那里有维纳斯的神庙和圣林。

阿赫脱斯带着变作孩童的爱神进入迦太基的城堡时,女王狄多已经在大厅的中央坐了下来。她的王座镶嵌黄金,用贵重的毛毯铺垫座位。埃涅阿斯和特洛伊的英雄们从四面八方赶了过来,围着桌子坐在紫金软垫上休息。仆人们递上用水和毛巾,又从篮筐内取出面包。厨房间一字排开站着五十名女仆,正在炉灶前准备热气腾腾的膳食。另有一百名女仆和一百名漂亮的男佣把饭菜佳肴端上餐桌,把金酒杯搁在客人的面前。泰尔人也成群结队地走了过来。围着桌子坐下。埃涅阿斯赠送的礼物在大厅里传来传去,大家十分赞赏。然后,他们又把目光一起投向名叫尤鲁斯的少年。尤鲁斯扑向父亲的脖子,吻着他的双唇,说了一番聪明伶俐的乖巧话。

狄多尤其可怜。神已经把她祭供在不可收拾的愚昧祭坛上了。她眼睁睁地盯着尤鲁斯,上上下下地看不够。一会儿,她又看着珍奇的礼物,心情十分激动。爱神终于从埃涅阿斯身旁走开,急忙朝女王走去。女王毫不介意,一把抱住孩子,慈爱地看着他,一边又温柔地抚摸着孩子。阿摩尔趁机作法,逐渐地抹去女王心中关于死去的丈夫的形象,在她的冷灰般的心灵里重新拨起了向往生活的火花。

宴毕,餐具从桌席上收拾下来。仆人们又摆上大坛美酒,重新摆开了酒杯。夜幕渐渐地拉上，金色的屋顶上垂挂下枝状的吊灯。狄多让人递上珍奇的酒碗，碗上嵌着宝石和黄金。她斟上满满的一碗酒。这只酒碗是泰尔国王的传统酒器。狄多女王从王位上站起身来，右手高高地举着酒碗。宫殿的厅堂里顿时鸦雀无声。“啊，朱庇特，佑护客人的强大天神，”她神色庄严地说道，“让今天给泰尔人和特洛伊的朋友们带来吉兆吧，我们的子孙后代将会愉快地怀念这一天！还有你们，赐人欢乐的酒神巴克科斯和仁慈谦和的朱诺女神，永远跟我们在一起吧！”说完，她在席间祭酒供神，从金碗里抿了一口美酒，然后把酒碗递给邻座。酒碗在泰尔人和特洛伊人中传过几巡。一位歌手弹奏着齐特尔琴，放开歌喉，唱起了世界、人类和动物由来的动听故事。等到唱歌完毕，埃涅阿斯开始叙述他的遭遇。狄多女王忍住激烈跳动的心，聚精会神地听着，听着……

狄多的爱情迷惑了埃涅阿斯

客人早已离开了宫殿，狄多躺在床上，几个时辰过去了，还是毫无睡意。狄多无可奈何，起身寻到自己喜爱的妹妹、知心女友安娜面前，对她吐露了自己的心意。“妹妹，”狄多说，“我做了神奇的梦，心里十分害怕。我们的住宅里进来了怎样了不起的客人啊！多好的武器，多大的勇气，多神的目光！人们从他的身上看出来，他是神的后代！他经历了几多厄运，几多战争，经历了几多旅程！真的，妹妹，可惜我无可挽回地做过决定，因为死亡已经骗走了我的初恋，所以再也不愿委身于任何男人——否则，我完全可能屈从于这个人。可是，我宁愿让地球吞咽我，让雷电劈死我，也不能破坏对已故丈夫的忠诚。他带走了我的爱，即使躺在坟墓里，他也应该拥有我的爱情。”说到这里，眼泪早就淹没了自己讲话的声音，她再也说不下去了。

她的妹妹同情地看着狄多，回答说：“狄多，我爱你胜过爱我的生命；你难道就以守寡来消磨你的青春？你以为你的丈夫的灰泥会在乎你的冰清玉洁吗？请相信我，这是我们佑护女神朱诺的恩典，是她让特洛伊的船只来到这里。姐姐，这场婚姻将给我们的城市带来强大，给我们的国家带来富裕。如果有特洛伊人的武装帮助，我们的荣誉将会与日俱增。还是聪明行事吧，姐姐，给众神祭供牺牲吧！向客人赠送礼物，迷惑住英雄们，让他们放弃继续远航的念头。”

安娜的一番话把狄多的热情煽动得烈焰腾腾，让她放弃了种种的女性骄傲。她们一起走进神庙，给神摆上祭供。接着，狄多女王亲自带着自己爱恋的英雄穿过城市，给埃涅阿斯解释西顿的国王广场，还以隆重的仪式欢迎她的骄客。狄多重新抱起恰似其父缩影的少年阿斯卡尼俄斯，喜滋滋地听着英雄叙述特洛伊苦难的故事，一点也不厌烦。

这一切自然躲不过众神之母朱诺的目光。她感到时机已到，决意把英雄埃涅阿斯骗离该去落脚的意大利，以便让特洛伊人最终消失在陌生的民族中间。朱诺找到女儿维纳斯，激烈而又不失友好地对她说：“真是天晓得，你和你的儿子，你们取得了辉煌的胜利！我不愿再赌斗下去了！让我们从中缔结婚姻并建立永久的和平吧！你将得到梦寐以求的目标：狄多火烧火燎地爱恋着埃涅阿斯。我们让这些人民融合一道吧。”

维纳斯虽然感到对方的话虚伪，却温柔地回答说：“母亲，我怎么敢愚蠢地违背你的意志呢？而且，我怎么敢无休止地跟你抗争？我只是担心朱庇特不会同意两个民族的合并。不过，你是他的妻子，你可以试着把他的心朝着偏转你的方向扭转过来。你愿促成的事，我都会从命。”

“那就让我去试试吧，”朱诺满意地回答说，“应该缔结盟约。让命运自己去做主。等到大功告成，朱庇特自然不会从中作梗。”

库泰瑞亚[①]满意而又友好地点了点头。她在心底里却在嘲笑这是一场骗局。

第二天清晨，女王狄多为迎接客人组织了大规模的狩猎。一队人马进入山区以后，马上便分散开了，站在山头上。人们顿时看到羚羊满山遍野地上下奔跑，鹿群在山间急速地奔逃。它们纷纷来到宽阔的田野上。

猎人们尽情追赶。他们甚至都没有发现，原来夜幕早降，白天已经过去了。直到树林间狂风呼啸，雨点和冰雹自天而降时，他们才看到一场风暴已经可怕地威胁着大家。

泰尔人和特洛伊人各自在树下寻找避风挡雨的地方。朱诺急忙穿针引线，让女王和埃涅阿斯寻到了同一个岩洞，借以躲避愈加凶猛咆哮的风暴。

---

① 库泰瑞亚是维纳斯的别名——译者。

大自然在激烈地动荡，雷声隆隆，电光闪闪，女王终于抑制不住迄今为止始终强压心底的爱情。她忘掉一切畏惧，对英雄吐露了烈火熊熊般的心意。

埃涅阿斯被爱情迷惑得心如奔鹿，忘掉了神的指点，接受了女王的柔情蜜意。两个人激情如火，立下了山盟海誓，各自烙下了爱情的印记。

埃涅阿斯遵命离开迦太基

埃涅阿斯跟狄多女王肩并肩地走进宫殿。宫中举办了一场场的欢乐庆祝。大家再也不想航行的事了。不知不觉地已经到了冬天。

这下忙坏了谣言女神发玛，她飞遍了利比亚的各个城市。发玛是大地之母的女儿，乌拉诺斯的巨人儿子的小妹。她的身材是个奇异变化的东西。人们看到她刚从隐藏之处冒出来时又矮小又胆怯，可是慢慢地她就能站稳脚跟，变得又高大又强壮，不可一世。

这个丑陋的东西把谣言传遍非洲的各个国家。她到处幸灾乐祸地胡说八道，谣传天长地短，搅得人心慌慌。后来，她又取道前往格图利亚国寻找国王约尔巴斯。约尔巴斯先前向狄多求婚遭到拒绝，一直怀恨在心。发玛嘀嘀咕咕地紧扇慢扇，把他的那颗屈辱的心煽动得妒火燃烧。约尔巴斯是大神朱庇特和利比亚的女仙生下的儿子。他在世上给父亲建造了百来座庄严而又华丽的庙宇。这一回，他被恶毒的谣言撩拨得勃然大怒，于是来到庙前，跪倒在神坛前朝着苍天求告说："万能的朱庇特，摩尔人供奉的主神，你难道甘愿看着这一切而不朝地上扔一串响雷以示警戒吗？我们是愚不可及的蠢人，只知道不停息地在你的庙中添加供品，相信你对世界的公正统治！"

朱庇特听到他的话，在奥林匹斯神山上把目光投向下界迦太基。他招呼一声儿子墨丘利，愤怒地说："埃涅阿斯在敌人的国土里寻找什么东西？我不是为此才把他从希腊人手下救出来的。他应该建立罗马城！他还没有到达目的地，必须迅速前往！这才是我的旨意。儿子，你快去把这番意思告诉他！"

墨丘利整理一下鞋带，踏踩云空，犹如一只飞鸟，匆忙来到迦太基地面，找到了英雄埃涅阿斯。埃涅阿斯正在监守工场，建造新的宫殿。他在身旁佩着一柄长剑，剑鞘上闪烁着珠光宝气。埃涅阿斯的长袍散发着紫金色泽，是狄多女王亲手为他缝制的。埃涅阿斯看上去像泰尔人的国王,不再像特洛伊人了。墨丘利走近埃涅阿斯,别人却毫无察觉。埃涅阿斯听到他嘲笑着对自己说:"拜倒在女人裙下的奴隶,你在这里,完全忘了自己的任务和王国。你在给陌生人建城市。你难道不再考虑儿子阿斯卡尼俄斯,不再考虑建造罗马王国的事了吗?朱庇特特地派我从奥林匹斯神山下来,你必须继续往前走!"

埃涅阿斯还没有从惊悸中恢复过来,墨丘利神早已消失了。可是,墨丘利的命令却在埃涅阿斯的心中反复轰响着。他反复思量着,希望尽快地逃离这块是非之地。埃涅阿斯从各个方面考验了自己的决心,最后拿定了主意。他把忠诚的伙伴们召集到一块秘密的地方,命令他们悄悄地准备船只,把其他伙伴全部集合到海滨。他让大家准备各种武装和盔甲。而他自己则要寻找一个有利的时机,把命运的决定尽量婉转地告诉狄多女王,因为她直到现在还不知道天意已定的破裂和离散。

可是谁能够欺骗一颗爱恋着的心呢?女王终于发现了隐藏在身后的骗局。其实,她一直担心着会发生这一类的事情。奸诈的谣言女神告诉她,说特洛伊人在准备船队要出发了。狄多听了犹如发疯一般,在大街小巷里漫无目的地走着。后来,她终于看到了爱恋着的人,便忍不住地抢白说:"你这个不忠诚的人,你是准备悄悄地离开我的国家吧!我的爱,我的心,我的死亡都不能留住你吗?你为什么要逃避我,埃涅阿斯?凭着我们刚刚开始的婚姻,我请求你,如果我狄多待你不薄,如果我狄多还存可爱之处,那么你应该怜悯我,改变自己的主张。因为你的缘故,利比亚人,还有泰尔人,会仇恨我;因为你的缘故,我生无退路,必死无疑。我称你一声客人朋友,因为你已不是我的丈夫了,你将把我留给谁呢?我难道应该等待我的兄弟皮格马利翁前来攻打城池,等到格图利亚人约尔巴斯把我俘虏为止吗?"

狄多越说越激动,她绝望了。埃涅阿斯接受了朱庇特的警告,毫不动摇,只是咽下了巨大的悲伤。埃涅阿斯简单地回答说:"只要在我的肢体里还残存一丝气息,我就不会忘掉狄多的恩德。你不要以为我像小偷似的悄悄地逃出你的王国;我们还没有结婚。如果命运允许我自由地塑造生活,我将首先重建可爱的家园特洛伊,恢复普里阿摩斯的家族;可是,阿波罗神命令我前往意大利,那里是我的新祖国。我能够以命中注定的王国欺骗自己的儿子吗？朱庇特亲自阻止我，让使者墨丘利来到我的面前。别再用抱怨折磨你和我了；我并不是自愿离开你的！”

女王从头顶到脚背仔细地打量着埃涅阿斯，然后禁不住地说：“你还是一名乞丐的时候，我收留了你；我把船队，把伙伴们还给了你；我把你扶持着坐到我的王位上；可是你却把阿波罗的神谕以及神的使者来临的消息，把神的命令全都瞒着我，好像是他们造成这场破碎和分离似的；好了，我不再跟你争论了。我不留人，你去寻找你的意大利！如果天上还有神，他们将会给我报仇雪恨的！”

埃涅阿斯试图安慰狄多。他对女王的强烈爱情驱使着他的心，可是却不能动摇他的意志。过不了多久，他的船队准备就绪，升起了船帆。狄多站在城墙上，看到海岸旁一片忙碌的景象。“安娜，”她唤来了妹妹，说，“你看到那里的混乱了吗？听到船帆在风中哗哗作响了吗？你看，水手们正用花卉装饰海船呢！唉，我要是早知道有今天，我也就能够忍受今天的悲哀了。妹妹，我现在却是想请你帮助。你一向受到埃涅阿斯的器重，他把内心的秘密都会告诉你。你去找他，请他留下。他至少也要等到顺风顺水时才好远航。我并不要求他放弃意大利；我只是要有一个阶段，要有一点时间，让我学会理解命运，学会悲伤！”

安娜果然去了，把女王的请求转告英雄埃涅阿斯。可是，谁也无法改变他的主意了；他原来是一个感情丰富的人，耳中听不得任何的痛苦声，这一回却被神紧紧地塞住了耳门。

狄多直到这时才认清了命运的意图。她只求一死。另外，她在上回祭供时遇到苍天给予的可怕迹象也加剧了她情愿死亡的决心。原来，她把透明的美酒倒在碗里时，酒却变成了污秽的黑血。她没有把这个迹象告诉任何人，连妹妹安娜也没有说。自此以后，她反复地思量着如何瞒过别人，而又以最稳妥的办法安排自己的后事。这天，她以愉快的神色来到妹妹面前，说：“亲爱的安娜，为我祝福吧！我终于找到了一个途径，可以或者唤回这个无义的情郎，或者把自己从爱情中解放出来。我遇到了一个埃塞俄比亚的女子，她答应用魔歌赢来情郎的心，或者让我的心从此摆脱爱情的桎梏。为此，她也规定了必要的礼仪。我在涉及自己命运的问题上并不喜欢到巫术中去寻出路。因此，亲爱的妹妹，我只得央求你，如同巫女指点的那样，在我的内室里悄悄地堆上一个大柴堆，把这位不义男人的武器和盔甲，把那些留在屋内的衣服和被褥统统搁在柴堆上。我要彻底清除这位负心汉子的遗留物件。”

狄多说完不作声了。安娜没有料到狄多在这种少有的祭祀仪式后面隐藏着自杀的念头。

用松树和栎树堆砌的柴垛完成了。女王来到面前，用柏树枝围在柴堆的四周，然后再用花卉装饰。狄多亲自把埃涅阿斯的利剑、衣服和一张肖像架在木柴上，旁边还设了几座祭坛。陌生的占卜女子召唤地府的各路神，向地狱浇祭献礼。美酒洒滴在等待燃烧的干柴堆上。趁着月光割来的各种青草撒在上面，占卜女子念念有词，完成了各种仪式。等到一切事毕，悲伤的女王才回到自己的宫殿，在地上休息了最后的一夜。

埃涅阿斯躺在船的后甲板上睡着了。墨丘利神再度出现在他的梦中，告诫他说：“女神的儿子，如今形势危急，你怎能安然入睡？你没有看到周围有许多危险吗？你听到刮起了有利的西风了吗？欺骗和激烈的报复欲望如同滚烫的沸油在遭受遗弃的女王内心里煎熬着。你不想趁着尚有一线机会立即逃跑吗?”英雄猛地惊醒，从甲板上跳了起来，催促伙伴们即刻驾船远航。

东方透现了朝霞。女王狄多登上屋顶的露台，看到海滨空空如也，船队正在迎风破浪，驶向大海。她痛苦地捶打着自己的胸脯，揪扯着自己卷曲的金发。她当即命令乳妈贝尔克快去寻找妹妹安娜。等到屋顶上剩下她一个人时，狄多急忙走进城堡的内室，爬上高高的柴堆。这里搁着薄情郎的宝剑。她从剑鞘中抽出利剑，一下扑倒在用英雄的衣衫和被褥铺在柴堆上层的床上。她在高高的木柴堆上朝着空旷的田野告别着：“你们这些甜蜜的遗物，幸福时辰的见证，请收留我的生命，解除我的种种痛苦吧！狄多已经活够了，结束了她在命运中规定的旅程。她将以一片阴影下到地府！我建造了一座漂亮的城市，报复了我的丈夫茜克奥宇斯，惩罚了敌视我的兄弟！如果这个特洛伊人没有率领船队在利比亚的海岸登陆，我该是个多么幸福的人啊!”她痛苦得说不下去了，把脸埋在枕头间，用胸脯顶住利剑，狠命一使劲。

女佣们听到呻吟急忙奔出宫殿，看到女王鲜血淋漓地躺在柴堆上。宫殿里传来了一片哭声，哭声震动着女王亲自建造的城市。安娜捶打着胸脯，用指甲把自己抠挖得遍体鳞伤。穿过重重的人群，安娜冲进了王宫的内院。"姐姐，姐姐，"她打老远就对奄奄一息的女王喊着，"你做了什么？你为什么骗我？你为什么不带着我，让我当你死后的伴侣？你这是杀死了我，杀死了人民，杀死了你的父辈和整个城市！"说着，她急步登上了柴堆，抱起了几乎不能呼吸的狄多。

狄多想站起身来，可是没能成功。她躺在妹妹的怀抱里，咽下了最后的一口气。

在意大利登陆

埃涅阿斯遵循神的旨意离开了狄多。可是，他的轻率酿成了女王的愤世悲剧，因此他只得以再度迷航和反复的灾难抵偿自己的罪孽。一场风暴将他吹回了西西里岛，他却在岛上受到国王阿刻斯忒斯的热情接待。阿刻斯忒斯的母亲是特洛伊人。这时候，特洛伊人中的妇女受到朱诺的女使，伊里斯女神的唆使，对长途航行表示厌恶，于是纷纷举起火把，投掷在航船上。四艘漂亮的大船被当场烧毁。其他的船只被朱庇特降下一场大雨才幸免于难。就在当天夜里，埃涅阿斯的父亲来到他的梦中，把朱庇特的命令告诉愁绪满怀的儿了，要他让年龄较大的特洛伊男人和女人留在西西里岛上。埃涅阿斯自己则应该率领核心伙伴迅速前往意大利。

埃涅阿斯立即听令。为了感谢国王的深情厚意，他在西西里岛上建造了一座城市。城市名叫阿刻斯塔，后来又改称为塞盖斯塔。留在岛上的特洛伊人全部移居在城里。埃涅阿斯率领身强力壮的男子、少年、妇女、姑娘和许多儿童离开了海岸，又踏上了新的航程。他在这回受到了海神尼普顿的优待。由于爱情女神的执意恳请，海神尼普顿保持着大海的平静，让埃涅阿斯一路平安。

经过一路劳顿，船队终于到达了意大利海岸。埃涅阿斯驾船沿着海岸航行，最后在一处港口登陆。可惜大英雄的年迈而又忠诚的乳妈死在那里，被隆重地埋葬在当地。这座港口就按乳妈的名字命名，被称作卡页塔。丧葬完毕，埃涅阿斯又率领伙伴们登上海船，一路航行，最后平安驶入俄斯蒂亚港。埃涅阿斯从海上看到岸间有一片大森林。汹涌湍急的台伯河带着混浊而急速的漩涡穿过林间直扑大海。

特洛伊的移民们现在踩在脚下的意大利的地面原来是古老的拉丁姆地区,是劳伦特人生息的地方。一个上了年纪的国王拉丁奴斯统治着平静的城市和山川,拉丁奴斯是法乌诺斯神的儿子,农神萨图恩的曾孙。其实,法乌诺斯和萨图恩是两位意大利的古老神;法乌诺斯是皮鲁斯的儿子,萨图恩的孙子。他教给拉丁姆人学会农耕,被尊奉为田野和种子神。于是,他也常常被人跟希腊的山林和畜牧神潘混为一谈。后来,人们相信有许多农牧之神,有许多幽灵式的和滑稽逗人的森林妖精。可是命运偏偏捉弄拉丁奴斯国王,让他膝下荒凉,身后无子。他跟王后阿玛塔生下了唯一的女儿拉维尼亚。前来求亲的王子们来自拉丁姆和邻近的地区,络绎不绝,几乎踏平了宫殿的门槛。最后,罗图勒人的国王道奴斯的儿子图尔奴斯由于人材出众,被王后阿玛塔相中,招为女婿,可是,众神却给这桩姻缘投下了恐怖的阴影。拉丁姆的城堡里长着一棵桂花树。老国王看到桂花,就把桂树祭供给太阳神福玻斯当作建造宫殿的奠基礼。不料在树冠上突然出现一个硕大的蜂窝,蜜蜂飞舞时发出的嗡嗡声传遍了宫殿的四面八方。桂树的绿色枝叶上叮满了一群群的蜜蜂,犹如伞形的花簇往下垂挂着。

人们唤来了一个占卜的人,请他解释这种迹象,占卜人说:“我看到有一个人和一支军队正从外国开进来,看到他最后将要统治这座城堡!”

后来,宫殿里又出现了新的征兆。当姑娘拉维尼亚跟着她的父亲站在祭坛旁,看父亲撩拨祭祀的火苗时,姑娘的卷发像是着了火一般。拉维尼亚不仅像是烧着了头发,烧着了黄金宝石编织起来的冠带,更像裹在熊熊燃烧的烈焰之中,把火焰撒遍了整座宫殿。宫殿上下都认为这是稀罕而又恶毒的凶兆。按照占卜人的详示,它将给拉维尼亚带来荣誉和吉祥,可是它对人民却意味着一场可怕的战争。拉丁奴斯向父亲法乌诺斯请示神谕,父亲断言他将会有一个陌生的女婿,后来又会造成一个统治全世界的巨大族第。

再说埃涅阿斯登陆以后在台伯河旁的一棵高大叶茂的树的树根旁驻扎下来,随他一起的还有儿子尤鲁斯和其他的特洛伊英雄。他们准备着一起用膳。仓促之间,他们没有时间把碗盏从船上搬下来,而是煎烤了几张宽大的小麦面饼,面饼既当餐桌又作盘盏。他们吃完了带来的路粮,可是还没有止住满腹的饥饿。于是，大家抓起小麦面饼，有力地咬嚼起来。小儿子尤鲁斯哈哈大笑着说："我们在吃自己的餐桌了！"

埃涅阿斯听到玩笑话高兴地跳了起来，大声地说："祝福你，陌生的国度！你正是我命中注定的地方！飞妖策莱诺给我们预言了可怕的命运，可是它却以欢乐的方式灵验了。她在那时候说：饥饿将会迫使我们啃食自己的餐桌，你们看，果不其然，预言实现了。我的父亲安喀塞斯也对我讲过：等到预言实现的时候，我们的辛劳就告结束，然后就开始建造房屋！"

特洛伊人喜出望外。他们在陌生而又肥沃的国土上走动着，不久就看到了密集的住宅。特洛伊人打听这里的人民和国王，并且迅速派出了使者，前去拜见国王拉丁奴斯。

拉维尼亚许配给埃涅阿斯

安喀塞斯的儿子挑选了一百个强壮的国人，作为使者派去朝见劳伦特人的国王。使者们如同寻求避难的人一样，手上各自拿了一把捆扎着的橄榄枝启程前往。不久，他们就到了劳伦特人的城市。城外，拉丁姆的青年们或赛车，或赛马，逗耍取乐；另有不少人投枪射箭，拳击赛跑，十分热闹。人们看到陌生的人群，立即派了一名使者骑马进城，把消息告诉年迈的国王，说有一队高大而又壮实的男子汉彬彬有礼地来到城前。

国王听到这个消息，命令把来人带进宫殿。另外，他又召集自己人，让他们站在国王坐椅的周围。

宫殿设在城内最高的城堡内，又宽敞又华丽。一百根柱子支撑着宫殿，周围是一道圣林，林中长着高大而又令人敬畏的树木。国王拉丁奴斯坐在高高的王位上，召见特洛伊人。他见到大家在厅里站定，便友好地开口说："我并不熟悉你们的家族。当你们还在海上漂泊的时候，有人告诉我，说你们就是达耳达尼亚人。无论你们是被风浪打上海岸，还是故意来到这里，你们都应该知道，你们登上的并不是一个吝啬的海岸。我们拉丁姆人是农神萨图恩的族第，我们心悦诚服地执掌公平，甘心情愿地遵循古老而又虔诚的神的习俗！我记得，你们的先祖达耳达诺斯也是出生在这个地方。"

特洛伊人选举伊里俄纽斯作为发言人。他回答说："尊敬的法乌诺斯的儿子,我们不是被飓风刮上你的海岸的！我们是自愿寻来的。我们被驱赶着离开了一个美丽的王国,我们家族的始祖就是天神朱庇特。而我们的国王和首领埃涅阿斯就是女神维纳斯的儿子,是朱庇特的孙子。朱庇特把我们送上你的宫殿。现在,普天下的人都知道特洛伊被一场风暴摧毁了。我们及时逃离了这场蹂躏。请你们施舍一块地方,让我们能够供奉从家乡带来的神的肖像。我们只求一块安全的海滨,需要世间俗人的共同财产水和空气！意大利不会后悔把特洛伊人收留在自己怀抱里的。达耳达诺斯出生在这里,他把我们呼唤回来了。另外,诸神给我们下达了特殊的命令,驱使我们寻找这块土地。呵,亲爱的国王,为了让你知道我们真是刚才所说的人,请看看我们的首领埃涅阿斯给你带上的礼物。当然,它们是从特洛伊的大火中抢救出来的一小部分残留物品:这只高脚金酒杯,是英雄的父亲,安喀塞斯习惯用来祭洒神明的见证;这是高贵的国王普里阿摩斯的衣服,国王穿上它向聚会一堂的人民讲述法律和公平;这里还有他的神圣的头饰、王杖和其他的衣服,包括特洛伊妇女制作的艺术精品。”

伊里俄纽斯讲话的时候,年迈的国王拉丁奴斯陷于深深的沉思,目不转睛地注视着地面。国王并不在意贵重的礼物,他在内心深处翻腾着父亲法乌诺斯从前讲过的预言。拉丁奴斯突然明白了,正是他而不是别人,将成为女儿的新郎,将参与共同统治王国;从他身上将发展起整个家族,命中注定他会掌管全球的统治。想到这里,国王的面色开朗起来,抬起头说:“让众神为我们的事业和我们的命运祝福吧！特洛伊人,我满足你们的愿望,收下你们的礼物。埃涅阿斯应该亲自来见我。你们可以把我的允诺告诉他。我只有一个女儿;涉及其他奇异迹象时,我父亲曾经预言说,我不能把女儿嫁给当地的青年。按照命运的预言,我的女儿应该嫁给一个来自国外的丈夫。”

说罢,国王命人从王室马厩内挑选良马,给每个特洛伊人送上一匹马,马背上驮着紫金马鞍,脖子间挂着金缰链,连马勒也是黄金制成的。他给埃涅阿斯还专门赠送一辆两匹神种快马拉动的战车。

朱诺扇动一场战争

埃涅阿斯的女敌朱诺不能对他的幸运等闲视之。她把复仇女神阿勒克托从地府叫上来,让她把那里的和睦毁于萌芽之中。阿勒克托听从吩咐,首先飞往拉丁姆,在王后阿玛塔的安静卧室里住了下来。阿勒克托的头发是条条毒蛇组成的。她从中取出一条蛇来,想把蛇掷在王后的胸脯上。她想,王后被这种怪物咬伤以后,整座宫殿就会混乱。毒蛇离开了阿勒克托,迅即变作阿玛塔的金项链,又变作她的长面纱和发饰。它终于盘住了王后,又悄悄地把剧毒注进王后的皮肤。蛇毒流遍了全身,不过它还没有进入骨髓,因此还没有立刻发作,但已出现表面上看起来好像是正常的情绪变动:阿玛塔放声大哭,抱怨数落着女儿的婚事。“残酷的丈夫啊,”她说,“你既不同情我,也不同情你的女儿!你从前对我们的关心到哪里去了?你难道忘掉对你的血缘亲属图尔奴斯讲过神圣的话吗?你想把我们的孩子送给一位无家可归的难民吗?”

当她的丈夫毫不动摇地坚持自己的决定时,蛇毒在王后身上发作了。她疯子一般地在城内狂奔乱跑。阿勒克托对此十分满意,因为她完成了朱诺交给的任务。于是,她又来到罗图勒人的首府。那是朱庇特的情人达那厄建造的城,历来被叫作阿尔特阿。据罗马传说,达那厄是珀耳修斯的儿子。他曾经被装在木箱里,让父亲阿克里西俄斯把木箱推入大海,后来在意大利被人捞起。达那厄在那里建造阿尔特阿城,又与婚姻神庇鲁姆奴斯结婚,生下道奴斯,即图尔奴斯的父亲,又有人传说是他的祖父。

复仇女神阿勒克托走进国王图尔奴斯的深宫大院,看到国王正在呼呼大睡。阿勒克托脱下复仇女神的衣衫,变作一个年老女人的模样,额角间布满了难看的皱纹,长着一头白发,手上戴着一根橄榄枝。她的这身装束让她看起来很像朱诺的神庙女祭司卡吕柏老人。她走近酣睡的少年说:“图尔奴斯,难道你真的可以毫不气恼地看着自己的希望化作泡影,看着理该属于你的权杖转送给特洛伊人吗?朱诺派我来见你:你应该武装你的人民,进行征伐,彻底铲除夫利基阿人!”

图尔奴斯听了这番话,在梦中笑了起来说:“老人家,我早就知道特洛伊的船队驶进台伯河,知道朱诺想起了我;其余的全是你的幻觉,你的年龄折磨着你,让你生出了许多是非。还是去关心神像,关心神庙吧;把战争与和平让给男人去决定!”

阿勒克托十分生气,图尔奴斯也立即察觉了她的不快。当他看到眼前黑夜般的身影突然变得巨大起来，看到她从头发间抽出两条蝮蛇，而且拎着毒蛇犹如拎着皮鞭一般时，图尔奴斯的目光顿时呆住了。他看到女人口吐白沫，又听到她说："你还以为我是陈腐发霉的老女人，以为我不是挑动国王间不睦的元凶吗？看吧，我就是手中执掌战争和死亡的复仇女神！"说着，她扬起手中的鞭子朝图尔奴斯的赤裸的胸膛间抽上一记，皮肤上顿时烙下了发出浓雾的黑色火印。图尔奴斯惊出一身冷汗。"拿武器来！"他还在梦中便大声地呼喊起来。醒来以后，他连忙下床，到室内去寻找武器。一股狂暴的战争欲望在他的胸间翻滚着。他还没有等到天亮，便立刻命令民众的首领迅速进宫，吩咐他们拿起武器，披挂上阵，要跟拉丁姆人和特洛伊人决一死战。

复仇女神看到图尔奴斯正在鼓励士气，便又飞着来到台伯河岸。尤鲁斯正带着随从在密林里狩猎。阿勒克托让猎狗突然疯狂起来。她用一种熟悉的气味抹在狗鼻子上，然后唆使它们去追逐一头雄鹿。这是一头特别漂亮的动物，头顶高耸着鹿角。国王拉丁奴斯的牧场总管蒂耳荷斯让孩子们亲自牧放它。雄鹿从小从它母亲的乳房下抱出来，被投放在国王的森林里长大。蒂耳荷斯的女儿西尔维亚把雄鹿驯服了，给鹿梳理毛发，在林中清泉里为它洗澡，用花环装饰鹿角；雄鹿常常依偎在姑娘的身旁，由她抚摸着；它还喜欢走近主人的餐桌，在森林里散步；晚上，它又自由自在地回到牧人的屋旁。

复仇女神率领阿斯卡尼俄斯的猎犬沿着雄鹿的踪迹一路追赶下来，而雄鹿则刚刚离开滚烫的沙地，在台伯河中游泳纳凉。阿斯卡尼俄斯看到漂亮的动物，屏住气，弯弓搭箭，一箭射中雄鹿的内脏。受伤的雄鹿从水中跃起，鲜血淋漓地来到熟悉的主人屋前。鹿拖着身子，呻吟着走进鹿厩。好像求告同情一样，它的哀鸣声响彻了整幢房子。西尔维亚首先看到了自己的宠鹿，大声哭诉着请周围的农民前来帮助。农民们闻声赶来，用烧焦了的柱子和棍棒武装自己。蒂尔荷斯招呼用斧子劈栎树的伙伴迅速向自己靠拢。大家虽然不知道发生了什么事，可是都跃跃欲试，准备战斗。

阿勒克托感到时机已到，于是站在大楼的山墙上，用螺旋式的号角让牧人的呼唤响彻整个地区。农民听到号角声，从四面八方涌了过来。阿斯卡尼俄斯也赶来援助特洛伊人。两军对阵，势均力敌。农民们也不再是一支单纯的棍棒队伍了。大家拔出利剑,用弓箭摆开架势。

特洛伊人瞄准对方,嗖地射出一箭,正中蒂耳荷斯大儿子阿尔摩的咽喉。阿尔摩翻身落地死了。牧人间顿时展开了一场混乱的杀戮。伽莱索斯老人是拉丁姆地区最诚实、最富裕的农民。他拥有五个牧牛场,五个牧羊场,田地里有一百张耕犁。老人从农民中走了出来,希望调停纠纷,可是没有人理睬他的话。最后,伽莱索斯也死在如蝗的箭矢之中。复仇女神趁机扇动拉丁姆人反对特洛伊人。被打败的牧人于心不甘,抬着被打死的阿尔摩,伽莱索斯和其他人哭诉着冲向城来,拥进城门。他们大声呼喊众神救援,一路来到王宫,团团围住国王拉丁奴斯。图尔奴斯也叫苦不迭,抱怨王权旁落,被高价卖给特洛伊人了。大家威胁着包围了老人的城堡。老人却毫不动摇,好像屹立于大海的山岩一样。不过,面对着盲目的愤怒和咆哮,他也坚持不了多久。“天哪,”最后,他大声地说,“我感到一场风暴正在撕扯我们。可怜的人民,如果你们违反神意,你们将以自身的鲜血抵偿罪孽!还有你,图尔奴斯,你也难逃上天的惩罚!我以为能够太平地离开人间,可是你们却不让我平安地死去!”

众神王后朱诺不愧为特洛伊人的宿敌。她嫌这一切费时太久,感到不耐烦。拉丁姆人的城里有一座战争庙,设有双重大门,门后锁着一百条铁门栓。看守庙门的是亚奴斯,拉丁姆人的城市起始神。据说亚奴斯原来是门神和过道神,看守房屋和城市;他又是起始神和幸福的结局神。人们在各种场合,尤其出现战争时都向他祈求帮助,还把每年的第一个月份祭供给亚奴斯。作为看守神,亚奴斯在一颗脑袋上长着两张脸,看着两个不同的方向。按照拉丁姆人的规矩,当民间的首领决定浴血奋战时,国王应该身穿战争的衣衫,亲自打开嘎嘎作响的双重庙门。现在,人民正在要求国王从速行事,不料遭到国王的拒绝。他步入后宫,甘愿领受深深的寂寞。朱诺却亲自从天上飞下来,用手推了一把沉重的庙门。门栓转动一下,战争神庙的铁门轰然一声打开了。

埃涅阿斯向埃汪特耳国王求援

整个意大利陷于一片混乱。多少人家在擦拭战盾,削尖长矛,磨亮利斧。旌旗飘扬，战号嘹亮，召唤着人民。男人拿起了武器。西国赫斯珀尼亚的各个城市里涌现了一批古老英雄族第的杰出代表，他们的祖先曾经是神，或者是神和凡间女子生下的儿子。图尔奴斯果然一马当先。他比别人高出一头，且又一表人材，英雄仪态非凡。图尔奴斯和他的英雄们率领着拉丁姆人、罗图勒人、奥龙克人、西卡尼亚人和奥索尼亚人派出的代表。步兵后面还有佛尔西安人的骑兵队。骑兵队身穿寒光嗖嗖的铁甲，领队的是年轻的女王卡弥拉。卡弥拉是在与粗野的男人战斗中长大的。男女老少望着她的身影，看到她率领队伍穿过城市和乡村，都感到奇怪。卡弥拉身披国王紫金袍，一根金发针夹住了满把的头发，腰间佩上硬弓和箭袋，手上提着锐利的长矛。

这个强大的对手给埃涅阿斯和特洛伊人带来了巨大的烦恼。一天夜里，河神台伯律奴斯来到埃涅阿斯的梦中。他身穿海蓝色衣服，发间装饰着芦苇圈环，慢慢地从急流中升腾起来，来到白杨树丛间，俨然是一位老者的模样。"神一般的英雄，"他说，"别气馁！众神对你的愤怒已经消失了。为了不让你错误地认为我只是无足称道的梦影，我想给你一道吉兆：在河岸旁的栎树丛中，你将找到一头大母猪，它一胞生下了三十只小猪。这就是三十年以后你的儿子阿斯卡尼俄斯在那里建造阿尔巴城的地方，它将是罗马的首府。可是现在，你该怎样对付突然而来的危险呢？且听我告诉你：离这里不远有一个图斯克国，那里是亚加狄亚的珀拉斯癸人移居的地方。他们是老国王帕拉斯的后裔，现在的国王名叫埃汪特耳。他们还在一座高耸的山坡上建造帕朗图姆城。那里虽然是希腊人，可是你不用害怕，因为他们跟拉丁姆人结下了不共戴天的怨仇。你应该和他们结成联盟，他们将成为你的伙伴。等你醒来时别忘掉给众神之母朱诺摆设祭礼，想法用恭敬消除她的怒气。"

说完，神消失了。埃涅阿斯按照他的建议思量办事。他在海岸旁挑选两艘海船，召集了众位朋友。可是，还没有等到英雄启航，上述的吉兆就应验了。人们在树林旁的一棵大栎树下果然看到一头母猪，母猪生下三十头小猪。遵照河神的嘱咐，埃涅阿斯把母猪和一窝小猪全部祭献给强大的女神朱诺。祭毕，他们驾着船沿着台伯河溯流而上。河面平滑如镜，他们昼夜兼程，经过许许多多的河道湾。埃涅阿斯站在船头，看着清澈见底的河水和层林尽染的树林往后退了下去。最后,他们终于看到了远方的城墙和房屋,看到耸立在高山坡上的城堡。

这一天正值亚加狄亚国王埃汪特耳带着护城的首领和有威望的人士在一座圣林里向赫拉克勒斯摆设隆重的祭礼。圣林就在帕朗图姆城旁。国王的儿子帕拉斯不离他的左右。祭坛上血气四溢,香烟弥漫。祭餐开始了。突然,亚加狄亚人看到两艘大船随着轻轻的摇橹声穿过岸旁深黛色的树林迎面驶来,大家吃了一惊,停止了用餐。勇敢的帕拉斯示意大家坐着别动。他抓起长矛,朝大船走了几步,站在山坡上对着下面高声问道:"你们这群男人,怎么到这里来了?你们从哪里来,到哪里去?你们想给我们带来战争还是和平?"

埃涅阿斯站在高高的船头,用右手高举着和平象征的橄榄树枝说:"我们是特洛伊人,是准备跟拉丁姆人战斗的男子汉。我们是难民,他们想用暴力把我们赶出去。我们前来寻找国王埃汪特耳,希望跟他结成联盟并请他帮助我们。"

帕拉斯听到如雷贯耳的名字"特洛伊"时十分惊奇,高兴地喊叫起来:"欢迎你们,尊敬的客人。不管你是谁,请来见我的父亲,但愿你喜欢住在我们这里!"

埃涅阿斯对国王重述了自己的意图,不过没有说出自己的名字。国王仔细地打量着讲话人,终于回答说:"特洛伊的勇士,我多么喜欢收留你啊!你的家族,你的名字对我并不陌生。我的心灵里又重新浮现了你的父亲的音容笑貌,他是一个伟大的英雄。我还清楚地记得普里阿摩斯国王的形象,他那时候率领武士们前往萨拉密斯拜访妹妹赫西涅俄的王国。普里阿摩斯在途中还经过并顺访了我们亚加狄亚国。我曾以敬畏的心情看着国王和他的众位首领,当然我更不能忘掉英雄安喀塞斯。他做过我的客人,临别时向我赠送了箭袋和箭矢,还送了一件金丝织成的战袍和金辔具。这些珍贵的礼物现在都归了我的儿子帕拉斯。所以,你们可以优先作为我的同盟兄弟。明天一早,你们就可以带着我们的帮助返回营地。今天,我们在这里一起庆祝美好的年节,这是不能往后推迟的。"

席间,国王埃汪特耳为了给丰盛的宴会助兴,又给大家讲述了这一美好节日的来历。他把一个山洞指给客人们看,那是丑恶的半个人形的巨妖卡库斯曾经居住的地方。卡库斯是火神伏尔甘的儿子。他从赫拉克勒斯那里偷走了由巨人革律翁猎取的牛群,后来被赫拉克勒斯制服。为了纪念赫拉克勒斯的胜利,这些知恩图报的亚加狄亚人把他当作当地的保护神,每年给他祭供礼品。

后来,大家都动身进城。城还很小。可是有谁能够想到,作为世界名城罗马将会耸立在这里呢?亚加狄亚人是乡村牧民,从家乡并没有带来珍玩珠宝。可是,埃涅阿斯住在埃汪特耳的屋里却感到很满意。它不像一座宫殿,更像一幢茅草房。躺在一张树叶铺起的床上,看到床上垫着毛茸茸的熊皮,埃涅阿斯深深地坠入了梦乡。

埃涅阿斯的盾牌

火神伏尔甘应他的妻子维纳斯的请求动身前往埃得纳火山,准备为埃涅阿斯锻造武器,帮助他打败拉丁姆人。埃得纳火山上一片忙碌:巨大的铁锤打在铁砧上,响声传到遥远的地方,厅堂里火花四溅,吱吱有声。在宽阔的山洞间,煤灰蒙面的库克罗普斯巨人们卷着衣袖摆开架式站在铁砧旁。他们是勃隆忒斯,斯忒洛珀斯和皮拉克蒙,三个人率领着帮佣日日夜夜地忙着打铁。

"放下其他的活吧!"伏尔甘一步踏进山洞,大声地说,"库克罗普斯的朋友们,你们现在应该给最勇敢的人打制武器。马上动手,刻不容缓!"

库克罗普斯巨人们明白了主人的命令,迅速动工,给埃涅阿斯制造武器。不一会,一块巨大的盾牌打好了,那是由七块烧红的铁板锻制而成的。

第二天早晨,埃汪特耳把四百名亚加狄亚骑士交给整装待发的客人朋友埃涅阿斯。埃汪特耳由于年迈而不能亲自出征,不过他的儿子帕拉斯却准备跟埃涅阿斯同行。国王还向特洛伊人赠送了许多马匹。埃涅阿斯得到一匹最好的骏马。骏马状如狮子,黄褐色的毛皮,马蹄上包裹着黄金。埃汪特耳抓住临别的儿子的手,拥抱着儿子,涕泪交加地说:"啊,要是朱庇特把过往的年月再还给我,那该多好啊!现在我只能把你和我们的朋友推荐给众神了。但愿他们听到我的祷告,保佑你平安归来!"

骑士们走出了敞开的城门。埃涅阿斯率领一部分特洛伊的兵丁随他们走在一起;他把另一部分人送上大船,顺急流回去了。不一会,他们来到一座偏僻的山谷,周围是黑魆魆的松树林。大家走得人困马乏,于是决定休息一阵。埃涅阿斯独自走到凉爽的小溪旁,在一棵高大的栎树下躺了下来。维纳斯女神瞅准机会,带着新锻制的武器从天上降落下来,并且把武器搁在儿子的脚边。女神显出原形说:“快看,这份礼物是我的丈夫送给你的。你现在可以放心大胆地去挑战,不用惧怕那些骄横而又野蛮的敌人。”

埃涅阿斯十分惊奇。他为神的母亲的到来感到幸福,对闪烁着阵阵光芒的武器爱不释手。埃涅阿斯把多棱的头盔,把稀罕的利剑、金护腰、铁铠甲和长矛掂在手上翻来覆去地看不够。一块战盾更是令人惊讶,盾面上布满了难以塑造的艺术彩图。火神在盾上画满了神谕,埃涅阿斯左看右看,总是不解其意。原来这是罗马人的未来命运和他们的战绩。罗马人将是埃涅阿斯的儿子尤鲁斯的后代。盾牌的中间刻着一头母狼,母狼哺育着一对孪生婴儿。然后又是一座城市图,一群勇猛的男人俘获了一批女人。这就是罗马城和抢劫赛拜恩妇女的故事。盾牌上还刻着许多其他的故事,埃涅阿斯只是百思不得其解;可是他为得到盾牌而高兴,犹如孩子得到一本精彩难忘的图画书一样。

图尔奴斯袭击特洛伊人的营房

朱诺女神对埃涅阿斯的怒火还没有消除,又派女使伊里斯前去寻找罗图勒人图尔奴斯。伊里斯告诉这位统领,说埃涅阿斯离开了营帐和他的伙伴,还说埃涅阿斯已经动身去找埃汪特耳了。她还传达了朱诺的命令,要图尔奴斯乘虚袭击特洛伊人的营盘。图尔奴斯立即听命,照计行事。于是,墨萨帕斯领兵先行,蒂耳荷斯和他的儿子们殿后,图尔奴斯率领军队居中,他们穿过田野朝台伯河岸一路疾奔。特洛伊阵营的前沿哨兵卡埃库斯突然看到旷野里尘土飞扬。“弟兄们,”他大声呼喊起来,“迅速拿起武器！敌人来了,你们快上城墙!”特洛伊人听到这个消息立即回到大营,聚集一道,按照埃涅阿斯先前的命令,迅速进入战壕,抢占城墙。当然,他们更希望去野外厮杀一场。现在,特洛伊人封锁住各座营门,一切都按照埃涅阿斯的吩咐行事。

图尔奴斯嫌士兵们行进速度太慢，自己带领二十名骑兵一路急驰，出其不意地来到营房前。“谁敢先去接近敌人？”他转过头来，问随他而来的伙伴们，同时，他又顺手拎起一根锐利的标枪朝敌人的方向投了过去。伙伴们学他的样，欢呼着扔出一排标枪，大声地嘲笑胆怯的特洛伊人，说他们只知道缩在城墙后面的战壕里，不敢到野外来拼杀。图尔奴斯骑着高头大马，头上戴着金盔，盔旁飘着通红的羽饰。他打量着营房前的城墙，希望寻到一处不受注意的突破口。最后，他的目光落在一排排船只上，船只的四周是一道道围墙和堤坝。他高兴地呼唤朋友们快去放火烧船，而他自己则一马当先，高举着火把冲了上去。迅速赶来的士兵也把附近的草房赶拆一空，做成火把，然后一起包围过来。如果不是神的奇迹驱散了敌人扔来的火把，特洛伊人的船队将会被彻底烧毁。

原来，埃涅阿斯从前在爱达山脚下赶造载运他前往外国的船队时，神之母库柏勒央求万能的朱庇特说：“儿子，满足我的愿望，给我一个帮助吧！有个达耳达尼亚人需要一支船队，我想把槭树和松树圣林交给他造船用。可是，我现在却担忧起来了；我的这些可爱的树木变成船只以后将会遭受风浪的冲击。我请你保佑船只，别让它们遭遇任何危险。”

“这一点可做不到，”朱庇特回答说，“我不能把经凡人之手造的船变成神船。不过，我将尽力帮助他们。那些到达目的地和进入奥索尼亚，即意大利的船只，可以脱去凡胎成为神器。如同涅柔斯的女儿们一样，这些船只作为大海的女神，也应该在波涛间享受永恒而又幸福的生活。”

这句话现在灵验了。当图尔奴斯想把火把扔上大船的时候，突然在东方出现一道亮光，接着就是一阵震耳欲聋的雷声。“特洛伊人，你们别去忙碌救助船只，”雷声中透出了人的讲话声，“图尔奴斯只有首先烧着了大海，然后才能烧毁船只！而你们，我的船只们听着，你们获得了超度，大胆地航行去吧！你们现在是海洋女神，那是神之母库柏勒的旨意。”听到这话，船只突然都活了起来。它们挣脱了拴系的缆绳，鸟嘴形的船头像海豚一样潜入大海，划游一阵，然后又冒上水面，如同美丽的姑娘在波浪中奋勇搏击。

罗图勒人大吃一惊。站在最前沿的墨萨帕斯吓得不知所以，他的坐骑连连倒退，连台伯河也带着波浪惊悸得从大海退了回来。只有勇敢的图尔奴斯保持着镇静。“朋友们，你们看到了吗？”他说，“这是反对特洛伊人的吉象。朱庇特剥夺了他们任何重新回家的希望。这个国家在我们的手上,成千上万的意大利人站在我们一边。我不害怕他们所吹嘘的神的命令和神的示意。我的命运已经确定,它要彻底铲除这一邪恶的族第!”

说完,图尔奴斯命令墨萨帕斯率领士兵包围各道大门,从围堤上放火烧船。英雄们把一千四百名士兵分成几个大队,其余的士兵们在草地上驻扎休息,大家饮酒作乐,等候战机。

特洛伊人站在围堤上看着这一动静,全副武装地守卫着各道雉堞。士兵们反复地检查城门的守备力量,在堡垒之间建筑通途桥梁,还把必要的贮藏品分发给伙伴们。率领特洛伊人组织防守的是姆纳斯透斯和塞勒斯图斯。埃涅阿斯在临行前任命他们为部队总管,执掌一切军务。

尼素斯和欧律阿罗斯

在特洛伊的军队中有两名特别勇敢的少年,他们是尼素斯和欧律阿罗斯。尼素斯是许耳塔库斯的儿子,是一位杰出的投枪和弓箭手;欧律阿罗斯是特洛伊人中十分标致的男孩,圆圆的面庞上刚刚长出男子的胡须。两位少年朋友非常友好,并肩战斗,现在又共同把守一座城门。

“我感到坐守营房是个愚蠢的举动,”尼素斯说,“你瞧,罗图勒人是多么地盲目自信!围墙外面只是偶尔亮着几堆火,其余的人全都喝醉酒睡了。外面一片寂静。朋友,听着,我想出一个主意。我们都想把埃涅阿斯立刻接回来。现在让你留在这里,我代你出去行事,你觉得意下如何?我会找到通往图斯克国和帕朗图姆山的道路的!”

欧律阿罗斯十分激动。他也难以抑制一股年轻人的逞强心理,于是回答说:“你想把我留下来?我怎能让你单独地去冒这等危险!我的父亲俄菲尔特斯不是这样把我养大的;你迄今为止认识的我也不是这等模样的。我并不看重自己的生命,荣誉高于一切!”

“我知道,”尼素斯说,“可是,如果我遇到任何灾难,或者有一位神把我送进地狱,那么我会因为你还活着而感到高兴。你还年轻。再说,我如果知道还有人从战场上给我收尸,或者用赎金买下并且安葬我的遗体,我会感到安慰。即使这一切都做不到,那么至少会有人向我祭供,给我立一块石碑。

当然，我也不能让你的母亲再去承受这种苦难和悲伤。她曾经是不愿留在西西里岛上的唯一的老人，跟你一路辛苦地来到这里。我们不能再让她忍受痛苦了。”

可是，欧律阿罗斯却执意不肯，他回答说：“不管你用什么办法，都不能把我留下来。我的决定是不可动摇的，让我们赶快动身吧！”说着，他又推醒了准备接班的伙伴。两个人交待一番，匆忙赶到特洛伊人的最高商议会请求任务。军队的首领们正在讨论关于迁移新居的重要事务，大家议论不决，一直讨论到深夜。“你们还是听听我们的想法，”尼素斯对众位英雄说，“考虑一下我们的建议。我们仔细侦察过这个地段。我们看守的门前有一条岔路，岔路就在大海的旁边，那里是敌人防守薄弱的缺口；我们可以从那里爬出包围圈。你们如果允许我们去试运气，我们愿意当使者去找埃涅阿斯。你们马上会看到我们搬运救兵回来的。”

英雄们听到两位少年的决心非常赞赏。他们中年龄最大的统领名叫阿勒脱斯。只见他把双手搁在少年英雄的肩膀上，称赞说：“谢谢你们，天上的众神，你们果然不想毁灭特洛伊人，因为你们毕竟给我们送来了如此英勇的后辈人才。”

众位英雄武装着陪同两位少年一起来到门边。他们两人很快越过壕沟，趁着夜幕的掩护接近了罗图勒人的哨位。哨兵们全都睡着了，醉醺醺地躺在草地上，东一摊，西一摊，周围堆满了战车的车轮、皮带和散乱一地的武器。

“机会非常有利，”尼素斯悄悄地对他的朋友说，“你给我守卫后方，我愿去杀开一条血路。”说罢，他挥动利剑，把对方的第一个哨兵连同三个仆人一起杀死在地。哨兵是替国王图尔奴斯占卜的人，名叫拉姆纳斯。他正在睡梦中大声打鼾，可惜成了剑下冤魂。尼素斯杀得性起，又把雷姆斯和扛武器的仆人也戳翻在地。

欧律阿罗斯也不示弱。他们两人咆哮着，犹如饿虎扑食，直杀得尸横遍野。欧律阿罗斯想要一直杀到罗图勒人的军事统领墨萨帕斯面前。那里烧着一堆堆守卫的篝火，尼素斯却把他叫住了。“你难道没有看到天快要亮了吗？”他警告说，“我们已经报了仇，杀开了一条血路，赶快离开这里。”说着，他们把缴获的物品全都放下。欧律阿罗斯只带着拉姆纳斯的马具和一条剑带。此外，他把偶尔捡到的墨萨帕斯的多棱刺的头盔戴了起来，大小正好合适。两人准备就绪，立即离开了敌人的营地，夺路而行。

这时，从拉丁姆城内也开来一支三百名武装的骑兵。伏尔斯肯斯率领队伍沿大路一直奔了过来。他们专程前来援助图尔奴斯，已经接近营房外的围墙。突然，他们从远方看到两个奔跑的人影。欧律阿罗斯正在无忧无虑地走着，可是他捡来的头盔却让他在月光下暴露了目标。“是武装的男人，”伏尔斯肯斯大喊一声，“看他们往哪儿去？”两个人也不搭理，逃进树林，躲进昏暗之中。

骑兵们认识附近所有的道路。他们派卫兵封锁住一切出口，然后在林中梳理一般地仔细搜寻。

树林中长着稠密的栎树和野生的灌木，通往树林深处的小路几乎难以辨认。欧律阿罗斯身背头盔剑带受着牵累，又惊又怕地迷失了方向。

尼素斯终于从林中逃了出来，沿着湖泊放心地朝前奔去。这就是后来被称作阿尔巴纳湖的地方。直到这里他才发现朋友不在身旁。“欧律阿罗斯，”他痛苦地叫喊起来，“你在哪里呀？”尼素斯重新回到树林，听到后卫队的骑马声、喧闹声和号声。不一会，他又看到整个骑兵队走了出来。骑兵们带着被制服的欧律阿罗斯。尼素斯该怎么办呢？他用什么方法可以救出朋友呢？难道他应该放弃任何希望，孤零零地扑向敌人的刀丛去寻死吗？他思忖着，然后举起投枪，仰望着惨淡的月亮，祈祷着说：“卢那女神，尊敬的森林佑护，你是拉托那的女儿，我的父亲为我对你作过祭供，我把打来的猎物给你祭奉过，请保佑我的投枪，让我击溃这支队伍！”

说完，他竭尽全力扔出了投枪。投枪从罗图勒人素尔摩的背上穿进去，又从他的胸脯前穿出来。素尔摩躺在地上抽搐着，痛苦万分。接着他又是一枪，又击中一名罗图勒人的太阳穴。骑士们惊恐地四周张望，他们的统领伏尔斯肯斯更是怒火万丈，因为他也看不到投枪手究竟藏在哪里。他生气地叫喊起来：“这回该用你的血来偿还两个罗图勒人了！”伏尔斯肯斯说着便举起明晃晃的宝剑朝欧律阿罗斯走了过来。

尼素斯大叫一声，惊恐地从藏身之地跳了出来。“我是投枪的人，把你们的利剑对准我来吧！这个计划也是我想出来的。我对你们保证，这个人是无辜的，他是因为爱我才跟着过来的！”可是他的呼喊已经迟了，伏尔斯肯斯一剑砍在男孩的胸前。尼素斯暴怒地冲向敌人，打退了敌人左右两面的进攻，顺着中路直扑伏尔斯肯斯，把寒光嗖嗖的利剑从伏尔斯肯斯的口中戳了进去。伏尔斯肯斯从马上滚落下来死了。

尼素斯看到杀死了伏尔斯肯斯，立即扑倒在朋友欧律阿罗斯的尸体上。骑兵们箭如飞蝗，尼素斯浑身箭伤，安详地躺在朋友一旁。两个人一起奔向地府去了。

击溃图尔奴斯的进攻

军号嘹亮，罗图勒人乘胜而来，势不可挡。营房内一声呐喊，四面山头上响起了一阵阵回声。敌人从四面八方冲过来，用盾牌挡着身子，艰难地往前推进。他们试图占领战壕，拆毁堡垒，并且在特洛伊人防守稀疏的地段竖起了云梯，准备攻城。特洛伊人在长期保卫家乡城市的战争中经历了足够的防守练习。他们把火器朝敌人的纵深投掷，又把石块朝挡着盾牌的敌人砸了下去。他们用长矛扫落了攀缘攻城的罗图勒人。进攻的罗图勒人准备用投枪把特洛伊人赶下城墙。最后，他们集中兵力攻打一座高耸的塔楼，塔楼通过浮桥与营房前的城墙相连。罗图勒人奋力进攻，想攻占塔楼。特洛伊人拼命死守，从城垛上投掷石块，组织弓箭手猛烈射击。

图尔奴斯看准机会，奋力掷出一根火把，火把掉在塔楼的一边，烧着了板壁。守卫的人还没来得及逃跑，下面被烧空的梁架已经塌了下来，塔楼轰然一声倒了。一部分士兵被自己的武器伤害了，另一部分士兵吊在塔楼木架的废墟上，没有受伤的特洛伊人眼看着图尔奴斯的兵丁一步步逼近，最后也被砍翻在地。

特洛伊人临危不惧，终于挡住了敌人的进攻。埃涅阿斯的儿子阿斯卡尼俄斯迄今为止一直在打猎时练习使用弓箭，现在却一箭射穿了罗图勒人雷姆罗斯。雷姆罗斯不久前刚与图尔奴斯的妹妹结婚，这时带着头上的箭伤死了。特洛伊人大声喝彩，敌人吓得往后退了几步。尤鲁斯想要追出去，阿波罗却及时地挡在他的面前。阿波罗扮作为尤鲁斯的祖父扛武器的人说："埃涅阿斯的儿子，你顺利地杀掉了对方的一位英雄，应该满足了。阿波罗赐给你这份荣誉，可是不能再战了！"伊利阿姆的军事首领们看到神显灵，连忙把尤鲁斯送离了战场。他们自己又扑了上去,跟敌人厮杀起来。

特洛伊人士气大振,敢于在敌人密集的地方战斗了。双方展开了一场激烈的搏斗,罗图勒人被打退了。图尔奴斯正在另一侧战斗,听到自己人败退的消息,便带领士兵冲了过来。图尔奴斯一马当先,顺着特洛伊人的尸体杀开一条血路,一直登上被打开的营房大门,手起一枪把皮梯阿斯挑翻在地。特洛伊人吓得逃进门去,罗图勒人乘胜直追,蜂拥而来。皮梯阿斯的兄长潘达洛斯看到弟弟的尸体躺在那里,同时又看到大门敞开着,便连忙用肩膀顶着,把大门关锁起来。结果,门外有许多特洛伊人,门内有许多罗图勒人,他们激战不已。被关在门内的罗图勒人有统帅图尔奴斯。特洛伊人认出了他可怕的面容,惧怕他那巨人一般的四肢。只有潘达洛斯毫无惧色,他体格高大,跟图尔奴斯一样威武强壮。

潘达洛斯看到弟弟死了,悲伤万分,于是愤怒地挡住了图尔奴斯的去路,大声地说:“这里不是你在岳母宫殿里当女婿的地方,你在敌人的营房里,休想活着逃出去!”

图尔奴斯微微一笑,平静地回答说:“如果你有胆量,就请过来,我们决一死战;如果你是赫克托耳,那么你就遇到了阿喀琉斯!”

潘达洛斯也不搭话,奋力投出一杆标枪。朱诺女神引着标枪,让枪飞在门扇上。图尔奴斯腾身跳起,挥舞着宝剑,大喝一声:“你难逃这一招了!”他话到剑到,顿时把潘达洛斯的脑袋劈了下来。

特洛伊人吓得浑身发抖,叫喊着四散逃开去。这时候,如果得胜的人冷静而有头脑,应该迅速打开大门,把自己的伙伴们接引过来,那就够特洛伊人好受的了。可是,图尔奴斯却被一股杀气笼罩着,率领几个人一路追下去,进入了营房的纵深地带。

特洛伊人姆纳斯透斯突然提醒正在逃跑的伙伴们:“你们往哪里逃?你们没有可逃的地方。在你们的营房里只有一个敌人,他难道可以毫无阻挡地横砍竖杀吗?你们难道忘掉了你们的祖国,忘掉了你们的首领埃涅阿斯和家乡的诸神了吗?”逃跑的人听到这番话后十分惭愧,重新投入战斗。

图尔奴斯虽然取得了胜利,可是也渐渐地疲倦了。他也不敢指望能够重新杀回大门,于是一路朝河边杀去。等他到达河边急流面前,只见他猛地又转回身来。他并没有想到逃跑,只是挥动利剑,把逼近自己的敌人赶杀回去。特洛伊人从各个方面朝他射箭、投枪，他的头盔上不时地被石块击中，发出哐啷的响声。他的盔甲被撕碎了，盾牌上插满了投枪，十分沉重，他用一只左手几乎举不动了。图尔奴斯且战且退。到达河边时，他才第一次地背朝敌人，穿着浑身甲袍，纵身跳进台伯河的急流。

台伯河平稳地流动着，接纳了图尔奴斯，又在流动中把英雄救出了特洛伊人的营地。

埃涅阿斯回到营房

朱庇特在众神会议上听到妻子朱诺的抱怨和女儿维纳斯的恳请后作出决定：神一律不介入凡人的战事，一切听凭命运。因此，围困特洛伊营房以及罗图勒人和特洛伊人之间争逐城墙的决斗又渐趋激烈起来。

埃涅阿斯率领亚加狄亚骑兵已经到达图斯克国的阿格拉城，城里一片火光。居民们赶走了他们的国王——残酷的墨策堤沃斯。墨策堤沃斯逃奔图尔奴斯去了，因此城里的居民跟罗图勒人和拉丁姆人结下了血海深仇。埃涅阿斯受到新国王特拉轰的拥抱欢迎。国王不仅把自己的部队跟埃涅阿斯的战士们合在一起，还号召所有伊特卢利阿人的同盟城市共同参战。不一会，埃涅阿斯吩咐亚加狄亚和图斯克国的骑兵在陆上先走，他自己率领一支巨大的船队离开了伊特卢利阿海岸。他们共有三十条大船，它们张着船帆，乘风破浪，一路前进。深夜，埃涅阿斯坐在船舵旁看守着船只航行。突然，一群仙女舞蹈般的声音在他的四周响起。原来这就是特洛伊人的旧船，库柏勒女神在台伯河的河口上把它们变作仙女的。船只都有生命和灵魂，它们认出了自己的主人。其中最会讲话的仙女用右手抓住他的船，用左手稳定了波涛，然后开口说道："你醒来了吗，神的儿子？哦，醒来吧，让风儿吹送船帆！我们是爱达山上的云杉，我们是你的忠诚的船只，仁慈的库柏勒女神把我们变成了大海的仙女。朋友，你要抓紧，你的儿子阿斯卡尼俄斯被罗图勒人包围了，城墙边的厮杀如火如荼。你的骑兵虽已赶到，就在营房的附近，可是，图尔奴斯已经看到了，决定切断骑兵的各条通道。你要从速行事！天亮时你将赶到台伯河口，然后迅速抓起火神伏尔甘送给你的金盾，朝着你的伙伴们的营房方向伸开。切莫担忧，明天你会取得一场胜利的！"

说完，仙女沉入水中，顺便推了一把大船，大船竟在波浪间飞驰起来。其他的船只也好像长了翅膀一样，竞相追逐。当东方曙光初现的时候，安喀塞斯的儿子已经看到自己的营房了。他想起了仙女的吩咐，抓起火光熊熊的金盾，坚定地站在船头的甲板上。埃涅阿斯用左手高举盾牌，把盾牌朝朋友们的方向伸过去。特洛伊人突然看到金牌，就好像从大海中升起万丈光芒的太阳一样，从城墙上看到了航行的船只。大家发出一阵欢呼，顿时勇气倍增，又纷纷把投枪朝敌人掷去。

罗图勒人和他们的首领都不明白敌人怎么会突然兴奋起来。等到他们突然看到海面上帆船如织，一支船队驶入码头时，为时已晚。埃涅阿斯犹如一颗血红的彗星，提着神的武器，势不可挡地降落下来。

图尔奴斯镇定如神，想把上岸的敌人从河岸上打落回去。“争取荣誉的时刻来到了，”图尔奴斯对手下人大声说，“你们一直盼望着杀敌的机会。现在，你们可以粉碎对面的敌人，战争之神把他们亲自交到你们的手中。在海滩上痛击他们，幸福是属于勇敢人的！”

与此同时，准备登陆的特洛伊人和从埃涅阿斯船上下来的同盟兄弟们一部分穿过浮桥来到野外，另一部分人拼命摇橹，或者任凭风浪把船只送上岸边。率领另外一支船队同来的国王特拉轰仔细地打量河岸，发现河口有一块平坦的沙地。国王命令船队转弯朝那里驶去。他大声地吩咐说：“朋友们，努力地朝前划过去，用船的龙骨钻出一条通往敌人的沟道来，让船只迅速靠上！”伊特卢利阿人听到命令，便一起奋力摇橹，催动船只往前，直到船队搁上陆地，船的龙骨全都稳稳地紧贴地面为止。只有国王特拉轰的船没有找准方向，挡在倾斜的沙滩上，随着波浪左右摇晃。船只搏击着波浪，波浪终于冲垮了船架，把船彻底颠翻了。大家费了好大的力，才把特拉轰和其他士兵救上岸。

图尔奴斯杀死帕拉斯

图尔奴斯看到敌人登陆，急忙调集部队，沿着河岸布置防守。同时又命令吹号进攻。埃涅阿斯也组织特洛伊人和同盟伙伴，首先冲向拉丁姆的牧民，游戏般地砍杀一回，把牧民们打得大败。接着，他又转向了敌人的精锐部队,战斗激烈起来。

国王埃汪特耳的儿子帕拉斯正在树林中一条小溪边厮杀。地面高低不平,亚加狄亚人无法骑马战斗。可是他们又不善于陆地作战,因此难以抵挡拉丁姆人和罗图勒人的进攻,只得转身逃跑。帕拉斯大声疾呼,慢慢地才把部队重新集合,带领他们冲向敌人。帕拉斯自己则像一头暴烈的雄狮。亚加狄亚人一步步地夺回了阵地,直到遇见劳素斯才被阻挡住。劳素斯是国王墨策堤沃斯的儿子,是一位勇敢的英雄。亚加狄亚人撤回阵地,回到伊特卢利阿人和特洛伊人那里,可是不少士兵死在了意大利的英雄劳素斯的剑下。最后,劳素斯跟帕拉斯遇上了。他们年龄相仿,都是体格强健的英雄,于是各不相让。

图尔奴斯看到两人跃跃欲试地准备拔剑相杀,便站在战车上大喊一声:"住手! 我想跟帕拉斯杀个你死我活,他今天必将死在我的手上;埃汪特耳可以亲自看到儿子的下场!"

帕拉斯抬起目光朝喊者惊奇地看了一眼,大胆地朝他回话说:"今天或者是我缴获一套首领盔甲,或者让我光荣地死去。这两者都是我的父亲所欢迎的,因此少说你的威胁话!"说完,他坦然地步入由于图尔奴斯的呼喊招引而至的人群中间。图尔奴斯也从双马拉动的战车上跳了下来。两人相距一箭之地时,帕拉斯使足气力掷去一根投枪,同时,他又迅速地从剑鞘中拔出利剑。投枪正中图尔奴斯的盾牌,钻穿盾边,把图尔奴斯拉伤了一道口子。

图尔奴斯抓过长矛在手中掂了掂,大喝一声:"当心,看看我的投枪是不是有力一点!"说完,他抖手扔了出去,投枪飞着穿过帕拉斯的盾牌、盔甲和胸脯,一直刺进心脏。帕拉斯忍痛拔出了投枪,他的灵魂随着喷涌的鲜血一起飞离了身体。帕拉斯翻身倒在地上死了。图尔奴斯走上一步,用左脚踩住死者,从尸体上解下了漂亮的腰带,腰带上用冷辗过的黄金刻着半人半马的肯陶洛斯人战斗的情景。"我并不反对给这个年轻人建一座坟墓,"他说,"你们把尸体送给他的父亲埃汪特耳去吧!"

亚加狄亚人大声哭诉着抬起已死的王子离开了战场。伊特卢利阿人和特洛伊人挡不住罗图勒人的进攻,混乱地跟在亚加狄亚人后面逃去。

埃涅阿斯正在另一侧激战。他听到了对面自己人溃逃时的混乱叫喊,连忙带着勇敢的伙伴们赶了过来。埃涅阿斯手执利剑，在敌人丛中杀开一条宽阔的血路，到处寻找着仇敌图尔奴斯。埃涅阿斯的眼中又浮现了埃汪特耳的宴会的盛大场面，含着眼泪想起了帕拉斯是如何热情友好。他的心里充满了悲痛和复仇的愿望。他从敌人阵营中抓来了素尔摩的四个儿子和伍芬斯的四个儿子，把他们带离了战场，准备为帕拉斯祭祀。一路上，他砍瓜切菜地杀将过去。有谁敢于挡路的，统统被他杀死在地。他的儿子阿斯卡尼俄斯看到时机已到，便率领被包围的特洛伊人从营房里杀了出来。

埃涅阿斯大败图尔奴斯

朱诺女神一看大事不好，急忙赶到奥林匹斯神山，低声下气地请求朱庇特，让她把图尔奴斯从埃涅阿斯的手中救出来，把他送离战场。“你如果只是要求拖延他的死亡，”朱庇特回答说，“那么还能通融！如果你想从此改变战争的结局，你的希望会落空的。”

朱诺很快来到劳伦特人的营房。她抓了一把松散的云雾，做了一个没有灵魂的幻影，幻影的模样酷似埃涅阿斯。朱诺还给幻影穿上盔甲、戴上头盔，让他手上提着盾牌。它们都是模仿神的儿子的华丽装束制造的。最后，她还不忘让幻影具有埃涅阿斯般的动作，只是没有他的灵魂和他的说话的声音。

幻影如同梦影一样，带着朱诺的嘱托，飞腾着来到前沿阵地，朝着图尔奴斯又是射箭又是投枪，刺激着他，要他出来交战。图尔奴斯急忙朝幻影扑了过来，还顺手投去一杆飞枪。幻影转过身去，夺路便逃。图尔奴斯提着宝剑，口中嘲笑谩骂着，跟着幻影追了下去。不久，他就追赶着离开了战场。

紧靠海边停留着一艘伊特卢利阿的大船。幻影朝大船逃了过去，心急慌忙地在船上寻找藏身之处。图尔奴斯急忙追上来，跳上浮桥，一直追上甲板。朱诺看到目的实现，心中十分欢喜。她等图尔奴斯一上船便急忙撕断缆绳，让船只顺着退潮一直漂入大海。

这时候，真正的埃涅阿斯还在激战中寻找仇敌。那个幻影已经离开了躲藏的角落，在空中融化了。图尔奴斯在船上找不到任何人，焦急地看着越离越远的海岸，心中急得毫无主张。他不明白也不感谢有人从中救了自己，于是拔出剑来想自杀了事。可是，他又寻思着能够重新回到伙伴行列中去，于是带着一身甲胄跳进了大海。朱诺朝他送去了层层波浪。大海裹挟着他，一直把他冲到故乡的阿尔特阿城，才让他上岸。

争夺城墙的战斗愈加激烈。特洛伊人占了上风，他们大声喝彩。可是，被赶出阿格拉城的伊特卢利阿人的国王墨策堤沃斯是帮助罗图勒人的元凶。他原来一直殿后，现在冲上前来扑向敌人。伊特卢利阿人看到他们的仇敌分外眼红，于是便集中力量从四面八方把他围困起来。墨策堤沃斯犹如屹立大海的山岩，杀退了伊特卢利阿人和夫利基阿人的一次次的进攻。他在寻找跟埃涅阿斯决战的机会。当他终于看到埃涅阿斯的时候，便朝他掷去一根投枪。投枪正好打中埃涅阿斯的盾牌，哐啷一声弹落回去，却不料打中安图勒斯。安图勒斯是亚各斯的浪游人，跟着埃汪特耳一起来到意大利的。

埃涅阿斯也朝对方回掷一枪，投枪穿透了敌人盾牌的三重铁皮，一直刺进墨策堤沃斯的下腹。埃涅阿斯看到他的对手血流如注，顿时高兴地抽出宝剑，朝他扑了过去。墨策堤沃斯中了一枪，痛得浑身无力，只得慢慢地往后败退。他的儿子劳素斯看到父亲伤得如此严重，不由心痛得眼泪直流。他冲上一步，迎着埃涅阿斯右手高举的利剑，舍身用盾牌挡住父亲。伙伴们高声呐喊，一起跟着劳素斯冲过来。大家纷纷射箭投枪，埃涅阿斯只得停下脚步，举起盾牌，掩护自己。他冒着密如冰雹似的投枪对劳素斯大声喊叫说："你难道疯了，竟敢前来找死？你的孝心让你过高地估计了自己的力量！"

劳素斯毫不退让，埃涅阿斯更加忿恨。他挥上一剑，拦腰斩在劳素斯的身上。劳素斯跌倒在地，临死的面容一片苍白。埃涅阿斯看到时心中十分同情。他伸出双手，大声地说："不幸的孩子，多么希望看到你的勇气让你获得别的好结果！你的盔甲应该给你保存着，我不会剥下来。你可以跟你的祖先们安葬在一起，至少应该让你明白，你毕竟死在一位慷慨的敌人手下！"说着，埃涅阿斯亲自把孩子从地上扶起来，不让孩子的头发沾上尘土和污血。他吩咐对方被吓得不知所措的士兵们，迅速把劳素斯的尸体装运回去。

墨策堤沃斯受伤以后一直撤退到台伯河边，靠在堤岸旁的一棵树下，用河水清洗伤口，给自己止血。他的头盔挂在树枝上，沉重的铁甲搁在草丛间。周围站着几个年轻的伙伴。他用手撑着脑袋,虚弱地喘着气。这时,又有一批朋友走了过来,他们用盾牌抬着已死的少年英雄。墨策堤沃斯打老远就听到他们的哭诉声,等他看清原来是自己的儿子时,不由得抓起一把泥土洒在灰白的头发上,朝着苍天伸出双手,然后又抱住儿子的尸体。"亲爱的儿子,你的死能够救我的活吗?"他大叫一声,"难道这是真的吗?我果然还能看到阳光和人群?可是我愿意离开他们!"

说完,他挣扎着站了起来,吩咐士兵备马。这匹马驮着他经历了多少次胜利的战斗。今天,它好像明白主人的心意和悲伤,于是低垂着头,站立一旁。"善良的太阳神福玻斯,我们长期相交,长期相处,经历了许多美好的时光。"受伤的英雄仰望苍天说,"你应该跟我一起去为劳索斯报仇,取回杀人凶手的首级和盔甲;否则,我愿意跟我的儿子一起阵亡。我希望你不会愿意背一个特洛伊人回来的!"说完,他迅速地武装起来,忍受着伤口的剧痛。士兵们看到他的头盔闪亮,马鬃飘扬,手上抓了一捆投枪。墨策堤沃斯飞身上马,他的心里充满着悲痛、疯狂和勇气。他又上了战场。

"这是朱庇特和阿波罗送来的良机,"埃涅阿斯看到他的对手又过来了,高兴得大叫起来,"来吧,我们再决一死战。"说完,他举着长矛冲了过去。

墨策堤沃斯毫不畏惧地回答说:"你以为在你夺走了我的儿子以后还能吓唬我吗?我不怕死,我不求任何神,我愿意死了。可是,在这以前你该尝尝我的厉害!"说着,他猛地掷出了一根投枪,又掷出了一根,再掷出了第三根投枪,然后催动坐骑冲了上来。埃涅阿斯转过盾牌,接二连三地挡住了投枪,然后取出自己的长矛朝敌人的坐骑投了过去。长矛击中战马的太阳穴。战马受了惊,竖起两条前腿在空中狂乱地划动,把背上的骑士掀在地上。最后,它沉重地摔倒在地,马背正好压在墨策堤沃斯身上。两面士兵发出一声惊喊,喊声震天。

埃涅阿斯跳上一步,拔出宝剑,嘲讽着大声发问:"野蛮的墨策堤沃斯在哪里,这位骄横得不可一世的人躲到哪里去了?"

"残酷的家伙,"倒在地上的墨策堤沃斯叹息一声说,"我的死期将至,你还笑话我。我想象不出还有比壮烈死在战场上更好的结果!我只有一件事央求于你:请把我的尸体归葬地下。你知道,我从前的臣下对我恨入骨髓,他们恨不能寝食我的尸皮。保护我吧,让我的坟墓紧挨着我的孩子!"说完,他伸出脖子,靠近了敌人的利剑。

停　战

一抹朝霞泻落在战场上,特洛伊人成了战场的胜利者。埃涅阿斯在山坡上竖起了胜利的信号。这是一棵巨大栎树的树干,枝叶全部修落。树干插在那里,披着墨策堤沃斯的战袍,战袍闪烁着冷冷的寒光,右面挂着鲜血淋漓的头盔,被盾牌撞碎了的投枪,他的盔甲,盔甲上中了十二道枪伤,几乎被撕成了碎片;左面挂着他的盾牌和宝剑,象牙的剑鞘上闪亮着珠光宝气。埃涅阿斯把这些缴获物祭献给战场的神。

祭毕,大家回到营房。年迈的亚加狄亚人阿屈忒斯正在那里看守着帕拉斯的尸体。阿屈忒斯是帕拉斯的先生,他作为给学生扛武器的人一路跟了过来。帕拉斯被安置在营房的厅堂里,周围站着一群仆人和特洛伊的男人与女人,大家都解开发髻,让头发悲哀地披散下来。埃涅阿斯看到死者躺在软垫上,死者的脸色苍白。看到死者在胸口上的枪伤,他不由得饱噙眼泪,大声地喊着说:"不幸的人啊,这场虚假的幸福并没有能够让你看到你为帮助朋友建立的王国,也没有能够让你凯旋返乡。天哪,正当我们为你的遗体祝福的时候,你的父亲也许正给神立誓,请神保佑你呢!"

说完,他吩咐把遗体搁在栎枝编织的担架上抬进营房。帕拉斯的尸体连同担架被置放在长满青草的高坡上。埃涅阿斯取来两件紫金色的节日服装,那是狄多女王亲自织造的,衣服上镶嵌着金丝银线。他把一件衣服盖在死者的身体上,又用另一件裹住死者的卷发。死者将以这样的装束被抬往帕朗图姆城去见父亲。跟着担架的有一队战俘和缴获的战马,马背上驮着各种武器和盔甲。阿屈忒斯老人和王子的坐骑埃通跟在一旁。最后是伊特卢利阿人和亚加狄亚人的首领们以及特洛伊人组成的送葬队,大家都把武器下垂着,缓慢地往前走去。埃涅阿斯目送着队伍,一直到看不见队伍为止。

正在这时,拉丁奴斯的城内走来一群使者,使者们手上擎着橄榄枝,请求允许安葬阵亡的伙伴。埃涅阿斯答应了他们的请求,仁慈地回答说:"你们这批拉丁姆人是多么盲目啊，竟然不屑于我们的友谊，将我们卷入了这么一场巨大的战争！你们祈求和平难道是为了死这么多人吗！我多么希望从一开始就给你们的活人提供和平啊！如果不是命运指示我这块住地，我是决不会到你们国度来的。只有你们的国王才不顾我们的盟谊而宁愿相信图尔奴斯的武器。图尔奴斯如果愿意用拳头结束战争，他应该穿上武装，跟我单独地拼搏一场。你们现在去吧，把那些可怜的伙伴们抬回去，搁到焚烧尸体的柴堆上去吧。”

当使者们从特洛伊人的国王口中听到一番温和的讲话时，他们十分惊讶，相互默默地对望着。最后，使者中的老人得朗策斯走上一步说：“特洛伊的英雄，我应该更多地赞赏你的哪一方面的美德，是战争的道德还是你的公平和正义？我们非常感激，将把你的意志带回我们的城市。如果可能的话，我们将促使国王拉丁奴斯与你和解。”得朗策斯历来与图尔奴斯不睦。使者们听到他的话都很高兴，报之以热烈的掌声。双方约定，停战十二天，各自处理丧葬事务。

拉丁姆人的民众会议

特洛伊人和拉丁姆人含着眼泪摆设祭礼，各自埋葬了阵亡的伙伴。悲哀的母亲、遗孀和孤儿们诅咒着战争，诅咒跟图尔奴斯的婚约。人们听到使者得朗策斯回来后说，埃涅阿斯只向图尔奴斯一个人挑战，要跟他决一高低。这时，他们仇恨图尔奴斯的情绪更为高涨。当然，也有人起劲地为图尔奴斯辩护，强大的王后阿玛塔全力以赴地维护他。他的荣誉和取得的许多胜利使他在民众的眼中成为光辉的象征。

不久，拉丁姆人的意志更为消沉，因为他们长期以来怀有的希望又成了泡影。事情是这样的：在意大利的南部道尼恩地区住着希腊的大英雄狄俄墨得斯。他从特洛伊征战回来以后由于妻子不忠诚只得离开亚各斯王国，在意大利建造了阿尔吉律帕城。其实，关于这位著名英雄的最后命运有许多传说，其中有一点几乎是共同的——他必须离开亚各斯。他的妻子埃癸阿勒阿是亚各斯国王阿德拉斯托斯的女儿。由于阿佛洛狄忒的唆使，埃癸阿勒阿背叛了对丈夫的忠诚，甚至想谋害他的生命。他只得离家，长期漂泊在大海上，一直来到利比亚和意卑里亚，最后在意大利的道尼恩驻扎下来。道尼恩位于亚得里亚海附近，狄俄墨得斯娶道奴斯国王的女儿为妻，在这里建立了王国，王国的首都是阿尔吉律帕。他死后被许多地方奉为半神，尤其在狄俄墨得斯岛上。

图尔奴斯在战争爆发以后立即派罗图勒人维奴鲁斯前去寻找狄俄墨得斯，希望得到他的帮助。图尔奴斯知道狄俄墨得斯是特洛伊人的宿敌。现在，维奴鲁斯从希腊人的移民地区回来了，并没有带来好消息。因此，老国王拉丁奴斯的最后一个希望也破灭了。他心事重重，决定召开国民大会，于是把方方面面的首领请到王宫。国王自己阴沉着脸坐在王位上，让使者介绍请求援助的结果。

"市民们，"维奴鲁斯开始说，"我们看到了大英雄狄俄墨得斯和亚各斯人的新城，城市位于伽尔伽奴斯山的美丽的高坡上，周围是高大的栎树林。我们把名字和家乡通报给他，把礼品搁在他的面前，还说了谁把战争强加在我们头上。他听了以后，以友好的神情回答我们说：'呵，你们是幸福的奥索尼亚人，在善良的农神萨图恩的佑护下过着平静的生活。是怎样的命运破坏了你们的安宁呢？我们是战胜特洛伊的人，是最高贵的凡人！唉，如果普里阿摩斯看到我们今天如何艰难地抵偿我们的骄傲，他也一定会同情我们的。洛克里斯人埃阿斯在大海里寻到了安葬自己的坟墓；阿伽门农被打死在自己的家中；墨涅拉俄斯在埃及到处流浪；奥德修斯在库克罗普斯巨人面前吓得发抖。神也没有给我赐福，没能让我回归自己的家乡。让我们停止这个故事吧！我自从在战斗中伤害了神维纳斯以后，从此就失掉了幸福，因此我再也不参加新的战争了！特洛伊被攻陷以后，我就不再是特洛伊人的敌人了，也不愿意再回忆起从前的胡作非为，那些都是我强加给他们的。你们给我的礼品最好还是送给埃涅阿斯！我曾在战斗中跟他交过手，我相信他是一个强大的人！如果赫克托耳死了以后在特洛伊还有两个像他这样的人，那么今天的世界就不会讲到我们的胜利。因此，趁着为时未晚，我劝你们还是跟他握手言和。'"

维奴鲁斯结束报告后，会场上出现一阵抱怨的咕噜声。等到会场再度安静下来时，国王拉丁奴斯坐在高高的王位上说："市民们，我们进行了一场不幸的战争，我们抗击着不可战胜的好汉，他们是神的后裔。请记住我要对你们说的话。我在离开台伯河不远的西部地区有一块土地，那是罗图勒人和奥龙克人耕种的，周围是连绵不断的云杉山地。我想把这块土地割让给特洛伊人，接纳他们为王国的同盟兄弟；但愿他们全都移居到那里，建造他们自己的城市。他们如果愿意迁移到另一个国家去，那么，他们可以获得我们赠送的金属、船只和工人。我们将为他们建造二十只摇橹的大船，给他们在船上武装一新。此外，我们还会从拉丁姆的高贵家族中挑选一百名使者，让他们高擎和平枝，给特洛伊人送去黄金、象牙、长袍和宝贵的王座，这些都是王国的珍宝！"

听完这番话，得朗策斯老人站起身来说："杰出的国王，这里还缺少一样！你除了给特洛伊人送上那些珍奇的礼物以外，还应加上你的女儿拉维尼亚的爱情。这样，你会给和平烙上永恒联盟的印记！"

图尔奴斯刚从他的首府回来。他也挤入国民大会，听到得朗策斯老人的话，不由得怒从心起。图尔奴斯深深地叹了一口气，说："得朗策斯，如果战争要求拳头，那么你是用舌头作战的！敌人包围了我们的城市，我们应该去战斗。如果埃涅阿斯真的单单向我挑战，我就是图尔奴斯，他会找到我的！"

拉丁姆人还在争执不下时，埃涅阿斯率领随从已突然到了。

卡弥拉阵亡，新的战斗开始

会议结束了，男人们急忙朝城墙走去。城门前构筑起战壕。人们运来了石块，筑起了栅栏。战号嘹亮，女人和男人全都登上城头。王后阿玛塔和她的女儿拉维尼亚乘坐高大的战车朝城堡驶去，准备在密涅瓦神庙摆祭祷告。人们相信拉维尼亚正是许多灾难的祸源。

图尔奴斯忙着装束，准备战斗。不一会，他身穿铁甲，腿绑黄金护甲，腰佩宝剑，头戴金盔，满怀信心地从城堡上走了下去。他在城门下遇见卡弥拉，卡弥拉率领着一队佛尔西安人的士兵。当她看到图尔奴斯时，这位年轻的女王跳下马来，对罗图勒人的首领说："图尔奴斯，如果一位强者有理由相信自己的力量，那么我发誓，今天要战胜埃涅阿斯，而且我将亲自率领佛尔西安骑兵去迎战他。"

"这样的豪情壮志将使你享有整个族第的荣誉,"图尔奴斯回答说,"你应该在男人的议团里占有席位和发言权。从现在起,你和我共同承担全部的战争事务。派出侦察的人告诉我,埃涅阿斯派出了轻骑队,他自己率领重兵穿过山坡朝城市扑了过来。我想在一个空旷之处给他设下埋伏,派兵占领狭隘山路的两头出路。你应该带领骑兵迎战伊特卢利阿的骑兵。我再给你一个由墨萨帕斯率领的拉丁姆骑兵中队。无与伦比的姑娘,最高指挥权执掌在你的手上!"

一条盘山小路曲折地延伸着直通一座狭窄的山谷,路的两旁是高峭的石壁,到处长着杂乱的树木,投下了阴暗的山影。山谷上端有一块高地,可以埋设伏兵。人们在这里可以左右进攻,再从高处往山谷砸石块。图尔奴斯引兵过去,在山坡和树丛间驻扎下来。

再说特洛伊人和他们的伊特卢利阿同盟部队带着骑兵中队离城墙越来越近。战马奔驰着冲上高地。对面埋伏着拉丁姆人,为首的正是墨萨帕斯、卡第鲁斯和库拉斯。卡第鲁斯、库拉斯和提波尔拖斯是著名的预言家安菲阿拉俄斯的孙子,他们在拉丁姆国建造了提波尔城。除了拉丁姆人以外,那里还埋伏着卡弥拉率领的佛尔西安人的骑兵队。等到双方军队相距一箭之地时,他们突然吃了一惊,随即爆发了一阵喊杀声。飞箭如蝗,投枪似雨。拉丁姆人的战斗队形开始动摇了 。接着,他们把盾牌背在背上,然后勒转马头朝城墙方向奔去。可是,他们的逃跑只是伪装的。等他们来到城墙前时,他们又转过身子,冲向迎面扑来的伊特卢利阿人,直到把追敌又逼了回去。这样又反复拉锯了两回,第三回时双方呈现胶着状态,士兵们捉对厮打,拼杀得难解难分。

卡弥拉装束得像一名亚马孙女子。她大声叫好,然后又弯弓搭箭,射向敌人行列。卡弥拉还提着战斧,又不时地掷出投枪,身后跟着一群勇敢的年轻妇女。她们是拉律娜、图拉和拉尔佩亚,是卡弥拉亲自挑选的女战友,无论在战争还是和平时期都是卡弥拉的忠实随从。许多夫利基阿人死在她们的手上。

可是对方阵营里也出现一位强大的英雄。伊特卢利阿人的国王特拉轰看到面前涌来一群敌人的骑兵,可是还不失时机地大声呐喊着,激励自己的部下奋勇杀敌。他呼唤着每个士兵的名字,鼓励后退的士兵要有勇气,他自己则毫不畏惧地引着战马冲入激烈的战场，刚好劈面遇见直扑过来的维奴鲁斯。特拉轰伸出右手，把维奴鲁斯拉在怀里，按在自己的马上，转身骑了回来。

拉丁姆人吃惊地看着他的背影。他们看到特拉轰国王在奔驰如飞的马上设法用维奴鲁斯断掉的枪尖刺他的脖子。维奴鲁斯抗拒着，用一只手护住自己的喉咙。

卡弥拉也遇到了伊特卢利阿人中的强手。英雄阿耳隆斯挥舞着长矛追逐着快速的亚马孙人般的女人，不管寻战的愿望把她引向哪里，他都不离卡弥拉的前后。卡弥拉正在追赶夫利基阿的库柏勒神的祭司克鲁洛宇斯。克鲁洛宇斯的铁甲编织着金丝，鳞光闪闪，穿在身上如同羽衣一般。此外，他在铁甲上还披了一件紫金斗篷。他的头盔和箭袋全是金制的。卡弥拉直瞪瞪地盯着这一身异国他乡的装束，紧追不舍。阿耳隆斯看得真切，向阿波罗祷告一番，然后出其不意地掷出一杆投枪。福玻斯朝少年点点头，答应了他的请求。佛尔西安人听到投枪呼的一声飞了过来，连忙睁开眼睛寻找女国王。女国王没有防备，投枪却戳入她的胸脯，鲜血从伤口中喷涌出来。她的随从们抖索着奔过来，用双手扶住卡弥拉。阿耳隆斯也被自己的作为吓了一跳。他又惊又喜，浑身抖动着逃走了。

卡弥拉奄奄一息地抱住了武器，她的眼神暗淡，脸上的血色渐渐退去了。卡弥拉呼吸困难地转过头去，看着最亲密的女友阿卡说："你快逃出去，对图尔奴斯转告我的最后命令，因为我这里的一切都完了！从现在起，他必须一个人坚持作战，保护城市，不让特洛伊人占领！"说完，她松掉了手中的马缰绳，从战马背上一头栽倒下来。

杀害卡弥拉的阿耳隆斯突然中了一箭，箭是从一只看不见的手上射出的。原来是月神狄安娜为自己宠爱的女猎手报了仇。死者的朋友们踩踏着尸体继续作战，死者躺在泥土上被遗忘了。卡弥拉的骑兵中队看到女王落马，便掉转马头逃回去了，后面跟着罗图勒人。逃兵和追兵几乎同时到达城门。追兵奋勇当先，拥进城内。另外几处城门被绝望的居民们关锁起来。逃奔归来的人留在门外，被后面的追兵包围，最后也全部被敌人用弓箭射死在城外。

卡弥拉阵亡的消息传到图尔奴斯埋伏的林中深谷。阿卡找到他，给他传达了女主人的最后嘱咐。图尔奴斯又悲伤又愤怒,立即离开树林,朝高地扑了下去。他刚刚离开埋伏的地点,埃涅阿斯已经率领队伍从山间冲入深谷。不一会,埃涅阿斯就站在城前的高地上,看着图尔奴斯的军队正在移动。图尔奴斯也听到身后人声嘈杂,战马嘶鸣。他回过头去,认出了愤怒的来者正是埃涅阿斯。图尔奴斯急忙调整人员,准备战斗。可是天色已晚,眼前一片漆黑,无法厮杀了。

破坏和约

当图尔奴斯看到拉丁姆人充满谴责的目光时,他似乎回忆起自己的诺言,于是羞愧得满面通红。他走上一步,来到拉丁奴斯面前说:"如果特洛伊人遵守诺言,那么这回战争就不是由我引起的了。父亲,请命人招来祭供的牲口,缔结条约吧! 今天,要么由我把埃涅阿斯送下地府,要么我死在他的剑下,让他娶你女儿拉维尼亚为妻!"

拉丁奴斯平静地回答说:"你要三思而行。你从你的父亲处继承了一个强大的王国,你还攻占了一些城市。不管真实情况如何地使你心痛,也让我详细地告诉你吧。神曾经警告过我,不能把女儿嫁给先前的求婚人。我因为喜欢你,所以打消了一切疑虑,接受了你的求婚,结果卷入了这一场不幸的战争。你知道我们的处境,你一个人成了实现和平的障碍。放弃我的女儿,别让我陷入一场毫无希望的决斗中去吧!"

可是这一切都不能改变那个罗图勒人的主张。他听了缓和的讲话以后变得更加粗野起来。王后再三请求,但是也不见成效。最后,拉维尼亚在母亲的威胁下也走了出来。图尔奴斯看着心爱的姑娘,脑子里出现了一阵混乱。然而,战胜情场角逐人的希望又让他产生一股抑制不住的厮杀欲望。他转过身来对王后说:"母亲,我请求你别用可怕的预料折磨我。我别无选择!"说定,他唤来一名伙伴,吩咐他:"伊特蒙,迅速前去找到特洛伊的统领,告诉他,请他在第二天早晨不要带特洛伊人前来作战,双方部队应该休息。等到太阳初升的时候,我们两个人可以血战一场,见个高低。"

第二天,太阳刚刚升起,罗图勒人和特洛伊人来到强大的拉丁姆人的城墙下,为双方首领进行决战选定了战场,并在战场中间给诸神建造了草台祭坛。祭礼用的水和火,祭司的花环,牲口和祭台都搬了过来。接着,意大利人从城门内一拥而出,对面特洛伊和伊特卢利阿的联盟军队也急驰而来。随着一阵信号,双方各自退回指定方向,中间留下一块宽敞的地方供决战用。士兵们把长矛插在地下,把盾牌搁放在一旁。

国王们纷纷来到战场。拉丁奴斯乘坐四马套驾的华丽战车,他的王冠上闪烁着十二道金光,标志着他是太阳神的后裔。拉丁奴斯自称是神法乌诺斯和仙女玛丽卡的儿子,玛丽卡是索耳,亦即太阳神赫利俄斯的女儿;图尔奴斯乘坐两匹战马犹如白雪的战车,手上举着两根投枪;埃涅阿斯的战袍和盾牌上闪烁着星星般的光芒,他的儿子阿斯卡尼俄斯站立一旁,充当国王的得力助手。

祭司送上一只猪鬃蓬乱的仔猪和一头长毛绵羊,把猪、羊架在熊熊燃烧的祭坛上。国王们面向初升的太阳,把拌过盐的面粉洒在祭礼上,再把猪羊头上的毛发剪净,最后用美酒祭洒祭坛。埃涅阿斯和拉丁奴斯庄严祈祷,然后订立盟约:如果埃涅阿斯输掉,特洛伊人应该立即离开拉丁姆,退归埃汪特耳的帕朗图姆城;他如果取胜,意大利人和特洛伊人将自愿联合,拉丁奴斯还是当国王,而埃涅阿斯娶国王的女儿为妻,他们将建造一座城市,城名为拉维尼亚。

罗图勒人看到埃涅阿斯高大而又刚健的身躯时,觉得战斗的结果一定于他有利。等到他们看清图尔奴斯面色苍白,脸颊瘦削,默默无言地走上前来,低着脑袋站在祭坛旁时,他们更担忧了。图尔奴斯的妹妹朱图耳那是一位仙女,她为此感到痛惜。仙女迅速变作英雄卡迈尔斯的模样,威风凛凛地站在罗图勒人一边,混杂在士兵们一道。“罗图勒的兄弟们,”她小声地说,“你们让他一个人前去对阵,难道不感到害羞吗?我们凭力量难道会惧怕对方吗?你们清数一下对方特洛伊人、亚加狄亚人和伊特卢利阿人,你们将会发现,我们的军队更加强大。当然,图尔奴斯如果阵亡,他会光荣地成为神。可是,我们却将丧失祖国,遭受压迫,承受命运的灾难。现在还为时不晚。我们怎能袖手旁观坐在草地上,我们是能共同战斗的人啊!”

朱图耳那还不罢休。她给意大利人送上吉祥的天兆。罗图勒人和拉丁姆人看到吉兆,高兴得欢呼起来。他们手执剑柄,倾听预言人特洛姆尼乌斯的解释。特洛姆尼乌斯认为天意帮助罗图勒人,鼓励大家拿起武器。说完,他首先拿起投枪朝站立对面的敌人瞄准起来。随着弓弦响声,大家的心情突然混乱起来,出现了一片喧嚣。特洛姆尼乌斯的投枪正中亚加狄亚人吉里泼斯的儿子的胸膛。吉里泼斯共有九个儿子。其他八个看到兄弟倒地死去,立即提枪执剑。亚加狄亚人、特洛伊人和伊特卢利阿人发一声呐喊,便一齐冲了上来。祭坛在混乱中被踩碎了。飞箭在空中呼啸,投枪如冰雹纷纷落下。拉丁奴斯带着神像急忙逃走。双方军队一场厮杀,直杀得天昏地暗。

埃涅阿斯朝天伸出右手,手中并无兵器。他光着脑袋走进士兵行列,大声呼喊说:“朋友们,你们奔往哪里去?你们必须立即站住。联盟已经订立,条件也已确立。谁在阻碍我们进行国王决战呢?”他的话还没有说完,从不知谁的手上射来一箭。埃涅阿斯负伤,只得离开了战场。

图尔奴斯看到埃涅阿斯撤离战场,看到特洛伊的首领们陷于一片混乱,于是便高举武器,催马驾车,扑进了战场。他在敌人士兵中大肆杀戮,特洛伊人纷纷倒毙。正当战场上尸体堆积时,姆纳斯透斯和阿赫脱斯保护着阿斯卡尼俄斯和受伤的埃涅阿斯回到营房。埃涅阿斯想设法拔出箭镞,可是没有成功。他命人把箭镞连肉一起挖去。

随营的医生伊阿壁斯闻讯赶来。伊阿壁斯医术高超,从不使用剧烈方式治病。他试着用神效的药草贴敷伤口,借以缓和箭伤,然后用钳子抓住铁镞,用手轻轻地摇动箭杆。可是,他的医术还不足以让他拔出箭镞。正当他还在努力拔箭时,士兵们看到远方尘土飞扬,敌人的骑兵已经迫近营旁了。空中箭如飞蝗,纷纷落在营内,喊杀声十分热闹,愈来愈近。又是一场无可避免的厮杀。

埃涅阿斯治愈箭伤

维纳斯知道儿子受了箭伤,知道儿子的病势很重,十分怜悯埃涅阿斯,于是便在克里特岛的爱达山上采集神药草,然后抓了一片云裹住自己,悄悄地摸进兵营,往医生煎熬草药的药罐内挤出草汁。挤罢药草的草汁,她还朝药罐内掺和几滴长生不老的食品汁和万灵药草。伊阿壁斯不知道事情原委,当他重新用草药汁清洗伤口时,箭伤的疼痛突然止住,血也全部凝住,而箭镞则轻而易举地被去除了。埃涅阿斯治愈以后，浑身上下感到力量猛增。“你们还犹豫什么?”医生大声呼喊，“快把武器递给英雄。感谢神保佑你创建伟大的事业!”

埃涅阿斯迅速披挂，绑上护腿甲。他高兴万分，庆幸自己终于又能头戴金盔，手执长矛，重上战场了。他请神作证，证明确实是意大利人破坏和约，然后率领特洛伊士兵朝敌人冲了过去。

他的母亲维纳斯劝说他从侧面进攻，这样可以搅乱拉丁姆人的阵线。埃涅阿斯步步紧逼图尔奴斯的战车，同时又把目光盯着城墙。他看到城内一片安静，于是便抢占了高地，呼唤随从姆纳斯透斯、塞尔盖斯托斯和塞勒斯图斯速来见他。特洛伊的士兵们随着众位英雄一起过来，大家站成一圈，紧紧地围着他们的首领。

埃涅阿斯站在中间的一块高坡上，朝大家发布命令:“你们不用迟疑，迅速执行我的命令！朱庇特站在我们这一边。如果敌人今天不投降，我就攻打拉丁奴斯的城池，把它夷为平地！难道我应该等到图尔奴斯再来跟我决战吗？不，我们的目标就在大家的眼前。快取过火把来，用火焰提醒他们遵守盟约!”士兵们十分踊跃，组成了战斗纵队，坚决地朝城墙进逼过去。士兵们架设了云梯，点燃了火把，反复冲击着各座城门，敌人的哨兵纷纷倒毙。埃涅阿斯朝天举起右手，把各种过失都归咎于国王拉丁奴斯。他大声呼喊，请各位神作证，谁是破坏和约的罪魁祸首。

王后阿玛塔站在宫殿的屋顶上看到敌人越来越近，看到攻城的战斗十分激烈，看到火把投掷在房屋中间。王后十分内疚，大声地抱怨咎由自取。最后，王后脱下紫金长袍，在卧室内悬梁自尽了。

图尔奴斯决战毙命

图尔奴斯跟着一小群逃跑的人一路来到战场的最外端，战马奔跑得大汗淋漓，十分疲倦。突然，他听到从城池的方向传来喊杀声和喧闹声，这才明白那里出现了怎样的不幸。他环顾四周，看到他的妹妹变作驾车的墨提斯科斯的模样坐在一旁。图尔奴斯从妹妹手上抢过缰绳，掉转方向，驾着马车往回奔去。他迎面碰上受了箭伤满面血污的罗图勒人萨克斯。萨克斯骑着马奔驰而来，看到图尔奴斯，大声呼喊着："快来，快来吧，你是我们最后的希望了！埃涅阿斯进了城，威胁着城堡。房屋失了火。王后自己结果了生命。只有墨萨帕斯和阿第纳斯还在城门坚持战斗。"

图尔奴斯迷惘地看着远方，终于停住僵直的目光看着城池。那里火光冲天，大火一层层地烧上了城墙的塔楼。这是他亲手选用粗大的木梁建造的塔楼，它用吊桥跟城墙相联。"现在，"他大声地叫喊起来，"幸福永远离开了我们。我们走吧，听从命运的呼唤！我决心跟埃涅阿斯决一死战。该发生的事情让它发生吧！"

说着，他跳下马车，冲破了特洛伊人的战壕。图尔奴斯冲过东奔西撞的骑兵中队朝城墙走去，那是战斗最激烈的地方。他用手示意一下，然后大声喊着："罗图勒人，请停止战斗！你们拉丁姆人，也请立即停止！由我一个人带着武器来决定盟约的大事！"战斗的双方听到喊声，停下手中的武器，站成两排，好像一条人造的过道一样。埃涅阿斯也听到了图尔奴斯的喊声，立即离开山坡，走近过来。拉丁奴斯虽然年迈，可是仍然抑制不住自己的惊讶。他看到两个粗壮巨大的汉子，出生于世界两个不同的地方，却相互朝对方走去，准备用宝剑决一雌雄。

两个人冲上前来，相互投掷飞枪，然后执盾舞剑，激烈地砍杀起来。图尔奴斯瞅准机会，紧逼一步，自信地砍去致命的一剑。特洛伊人和拉丁姆人害怕地大叫起来。可是，他们看到图尔奴斯的剑刚挥到一半就被对方挡了回去。他几乎丧身埃涅阿斯的剑下，吓得转身就逃。原来图尔奴斯准备再度决战时登上了马车，匆忙之际没有抽拔从父亲手上继承的奇剑，却拿起了驾车人墨提斯科斯的武器。驾车人的武器虽然适用于寻常的战斗，可是当它碰到由神伏尔甘制造的盾牌时，顿时成了软软的废铁。

图尔奴斯不知所措，急于寻找一条逃路，可是又不知道路在哪里。特洛伊人密密麻麻地站成两行，围住两边的路，第三方向直通沼泽地，第四个方向站着拉丁姆人和罗图勒人，他们的身后是城墙，不过这段城墙上没有城门。埃涅阿斯在后面紧追不舍。图尔奴斯如惊弓之鸟，招呼几个朋友，请他们快把他自己的真剑递上来。埃涅阿斯威胁着每个想要走近图尔奴斯的人。他扬言要踏平城市，把罗图勒人吓退了。

战场的中间有一棵野生的橄榄树。埃涅阿斯在第一次战斗时曾把一杆投枪掷在树上。经过橄榄树时,这位特洛伊英雄突然想到该从树上拔下投枪,然后朝逃敌掷过去。可是投枪在树上插得太深,他无法拔出枪来。正当他苦恼用力的时候,图尔奴斯的妹妹,仙女朱图耳那又扮作驾车人墨提斯科斯的模样,给她的哥哥递上自己的宝剑。维纳斯看着这一切,生气一名寻常的仙女竟敢作出这等大胆的事来。于是,她一步走上前去,帮助埃涅阿斯从树上拔出投枪。

两名斗士用新武器武装起来,斗志昂扬地又相互对峙着。一个人挥剑,另一个人舞枪,两个人再度展开了激烈的战斗。

朱庇特看到这场厮杀,回头对妻子朱诺说:"我们该结束这场战争了!你知道,并且也承认埃涅阿斯获得胜利的命运是符合天意的。你为什么还要支持他的敌人,让朱图耳那把宝剑递给图尔奴斯呢?你在陆上和海上迫害特洛伊人,你亲自扇动了这场战争。我不会容忍你再有进一步的意图!"

朱诺低垂着目光,对怒气冲冲的丈夫回答说:"我不再介入战争了,可是我请求你一件事:如果图尔奴斯阵亡,埃涅阿斯娶走国王的女儿时,你千万不要强迫拉丁姆人放弃自己原有的民族名称,改称特洛伊人。你也别强迫他们放弃自己的语言,改穿外国的服装,接受异国风俗。让他们保持原有的民族!让罗马人从意大利的根系上生长发展吧!特洛伊应该连同它的名字彻底绝迹!"

众神之父微笑着回答妻子说:"你所要求的,就让你得到满足吧。拉丁姆可以保留自己的语言、习惯和名字。特洛伊人应该移居到乡下去,和人民融合一道。他们应该接受国内的祭祀风俗,使自己完全同化于拉丁姆人。罗马人是由意大利人和特洛伊人的血统形成的新的族第,应该对你,朱诺女神,表示最大的敬意!"

听完这番话,女神朝丈夫满意地点了点头。

朱庇特希望图尔奴斯的妹妹离开战场。他派命运三女神中的一个从太空来到下界。女神迅速变作一只小枭鸟,那是一种不祥之鸟。它在图尔奴斯的面前飞来飞去,用翅膀拍击着图尔奴斯的盾牌。图尔奴斯吓得毛发直竖,四肢僵冷。朱图耳那更是揪扯着头发,捶打着胸脯,因为她已经感到了朱庇特的巨大神威。她绝望地纵身投进身旁的台伯河急流。

埃涅阿斯急步赶了过来,愤怒地抖动着大树一般的投枪,朝对手大喝一声:“图尔奴斯,你还犹豫什么? 我们约定的不是来比武,而是断杀。请把你的胆量全部拿出来吧!”

图尔奴斯摇了摇头,回答说:“你的大话吓不倒我。我担心的是刚才见到的神的预兆,担心会因此而跟朱庇特结下怨仇。”说完,他看到路旁有一块巨大的山石,原来是块界牌。十二个男子也休想搬动得了它。这位罗图勒英雄伸出一只手抓住石块,把山石举起来,准备朝敌人投掷过去。可是,他突然感到力不从心。他的手臂发软,双腿打颤,连血液都屏住不能流动了。山石没有砸着目标,图尔奴斯却无力地倒在地上。他好像做了一个噩梦,与准备起跑却不能迈步也不能说话一样。

特洛伊英雄埃涅阿斯并不迟疑。他竭尽全力投出了长矛,长矛如闪电一样呼啸而去。长矛钻透了盾牌和战袍,戳伤了图尔奴斯的腰间。高大的图尔奴斯中了枪伤,痛得缩做一团。

罗图勒人大声惊叫。图尔奴斯求饶似的躺在地上。他朝胜利者哀求似的伸出右手说:“这是我命该如此! 我并不求你原谅我;你享用你的幸运去吧! 可是,如果我的父亲的苦难能够使你动心——他跟我,就像你的父亲安喀塞斯跟你一样——因此请你怜悯年迈的道奴斯。请你把我,也许你不愿这么说,那就把我失去灵魂的躯体交还我的士兵! 我承认战败了。拉维尼亚属于你,你就放下这仇怨吧!”

埃涅阿斯站立一旁,准备挥剑杀敌。他的目光掠过了躺在地上的失败者,心里突然起了同情。埃涅阿斯刚想离开,又看到图尔奴斯在肩膀上披着亚加狄亚王子帕拉斯的剑带。帕拉斯是被图尔奴斯打死的。于是,埃涅阿斯的心中又燃起了悲伤和愤恨。他大喝一声说:“怎么? 你竟敢厚颜无耻地用帕拉斯的武装带装饰自己,还痴心梦想地企图逃脱我的惩罚? 帕拉斯,帕拉斯,我以这一剑给你祭祀,给你申冤报仇!”说完,他手起一剑,直刺敌人的心脏。图尔奴斯倒在地上,四肢渐渐地冰冷了。

希腊和罗马神系

天空诸神

宙斯,拉丁语称朱庇特。

宙斯在希腊众神中地位最高。诗人荷马把他称作“凡人和神的父亲”“最高的主宰”“最高而又最好的神”。在单神教时期,他是古老的天空之神。随着时间的推移,他获得各种不同的容貌。因此,他成了气象神,给人间降雨下雪,送去雷电。于是,荷马称他的别名为“雷霆之主”“掷送闪电的神”“聚集云彩的神”“乌云神”。

作为众神之王,他管辖世界,监守人间的风俗和社会秩序。人间国王和权力来自他的主宰。他是公平和忠诚的佑护神;胆敢违法的人,就会害怕他的雷霆之怒。他保护人间宅第,保佑家居安宁。他是陌生人和寻求保护人的佑护神。

作为战争的主管,他决定任何战争的胜负。他在一架金制天平上权衡死亡的运签,借以探知命运的愿望,知道战斗中的哪一方应该取胜,哪一方应该阵亡。

宙斯也是预言神,各类神谕和启示都由他而生。

虽然他是风俗秩序和凡人家庭的保护天神,可是他自己的婚姻也并不是无懈可击的。他跟他的妹妹赫拉婚配,而婚姻生活并不始终一致和平静。赫拉生下战神阿瑞斯、火神赫淮斯托斯、青春女神赫柏和众位生育女神。宙斯还跟不少女神一起生活，形如夫妇。从这类结合中产生了一系列的神。他让女神得墨忒耳成为珀耳塞福涅的母亲；提坦巨人的女儿勒托给宙斯生下阿波罗和阿耳忒弥斯；他跟亚加狄亚女神迈亚的爱情产生的甜蜜果实是神的使者赫耳墨斯；他跟提坦巨人的女儿狄俄涅生下了女儿阿佛洛狄忒。

宙斯还以多种形象接近凡间女子，让她们成为不少著名半仙和英雄的母亲。这一切都引起了赫拉的嫉妒，她让那些妇女感到自己的怒意，并且利用各种机会窥测和跟踪她们。

最古老的纪念宙斯的地点在古希腊西北部伊庇鲁斯的多度那。除了阿波罗在特尔斐的神庙以外，多度那也是希腊最古老的神庙所在。人们常来神庙向宙斯请示处理种种事务的办法，祭司根据庙中一棵神栎树的沙沙声向人们详示神意。在厄利斯的奥林比亚圣谷有一座宙斯的神庙。为了纪念宙斯，人们每隔四年都在那里举办一次大型体育运动会，即奥林匹克运动会。在奥林比亚的宙斯神庙里有最著名的雕刻，那是雕刻家菲狄亚斯的黄金象牙雕刻作品。雕刻反映了诗人荷马所描绘的光辉时刻，即宙斯恩准了阿喀琉斯母亲的请求："我答应你，克洛诺斯的儿子长着乌黑的睫毛，神似的头发直到额前，他会登上奥林匹斯山。"

在罗马，与宙斯相对应的神名叫朱庇特。他的最有名的庙在罗马的古城堡。取得战争胜利的首领们在这里隆重集会，向朱庇特浇奠祭礼，庆祝战争的胜利，并把战争中的缴获物祭供神。

赫拉，拉丁语称朱诺。

作为宙斯的妻子和妹妹，赫拉是最高的天堂女神，是宙斯的女参谋。她是维系婚姻和风俗的保护者，是妇女的佑护神。

罗马人把她称为朱诺女神，名叫朱诺·莫纳塔的女神在罗马古堡朱庇特庙旁有一座神庙。莫纳塔意为"警告人"。在朱诺神庙附近是一家官府造币厂。后来，人们把它也称作莫纳塔，竟至于把单独的钱币也叫作莫纳塔。在拉丁语中，Moneten（莫纳腾）是钱币的意思。因此，人们常把这一组名字放在一起逗趣玩乐。朱诺的圣鸟是鹅。相传在古堡朱诺庙里的群鹅因为发现高卢人偷袭罗马而大声叫唤，从而保护了罗马城。从此以后，朱诺被尊奉为"女警告人"，那是提醒人们的意思。

雅典娜,拉丁语称密涅瓦。

雅典娜,又名帕拉斯·雅典娜,本是雅典的城市女神。诗人荷马把她称作智慧女神。这在希腊人关于女神出生的故事中便可寻得佐证。宙斯跟识别女神墨提斯结合,根据命运预定,女神将生下一位权力胜过父亲的儿子。为了防止这样的后果,宙斯趁她生第一个孩子前就把她吞食腹内,可是自己却头痛难熬。宙斯不得已命令火神赫淮斯托斯用斧头把头劈开。等到宙斯的脑袋劈开时,雅典娜手执长矛从中跳了出来。她就犹如思想一般来源于神最英明的思考之处,而长矛意味着战争。当然,雅典娜并不是扇动战火的女神,而是运用计谋进行战争的神。她保佑聪明而又勇敢的男人,奥德修斯最受她的佑护。

雅典娜是智慧女神,又是和平和艺术的保护女神,尤其侧重保护妇女们的手艺。于是,她教会妇女们纺纱、缝制和织布。好胜心很强的阿拉喀涅是一名紫袍染料工的女儿,想胜过雅典娜的艺术。雅典娜变作一位老婆婆,劝说阿拉喀涅戒掉这份傲气,可阿拉喀涅不听劝告。雅典娜露出真面貌,决定跟她比赛。她们每人织造一块壁毯,壁毯上织进了许多艺术的图案。雅典娜以高超的艺术成为胜者。阿拉喀涅感到受了侮辱,不肯承认女神的荣誉,于是生气地自缢在一根绳索旁。为了惩罚她的虚荣心,雅典娜把她变作一只蜘蛛。

雅典娜也是发明船的女神。在她的指导下,人们造出了第一条大船,大船载着阿耳戈英雄前往科尔喀斯,英雄们取得了金羊皮。此外,雅典娜还发明了喇叭和笛子。可是她很快又掷掉了这些乐器,因为她从平滑如镜的水面上看到自己吹奏时的面貌非常不文雅。

作为城市和国家的保护神,雅典娜曾经跟波塞冬为阿提喀的归属发生纠纷。宙斯作出决定,能够向他的居民赠送最贵重礼物的人可以获得这块土地。波塞冬赠送马,而雅典娜赠送橄榄树,结果雅典娜获得胜利。种植橄榄树使阿提喀成为一块最最富裕的地方,因为油在古代起着重要作用,它不仅可用于照明,还可用于保养身体。

罗马人从希腊接受了雅典娜神像以后,把她视作当地的女神密涅瓦。

阿波罗和阿耳忒弥斯，拉丁语称阿波罗和狄安娜。

提坦巨人科俄斯和福柏的女儿勒托和宙斯相爱。当勒托（拉丁语中称拉托那）感到已有身孕的时候，赫拉对她十分嫉妒，千方百计地想要迫害她。勒托无处藏身，只得在地府下漂泊流浪。没有人愿意接纳这位可怜的女子。波塞冬愤愤不平，怜悯勒托，把特洛斯岛供她栖身。特洛斯原来是一座在海洋中的漂岛，波塞冬让它固定下来。勒托在岛上生下孪生儿女阿波罗和阿耳忒弥斯。本来，他们是两位死亡神。阿波罗手执银弓，射出飞箭，致男人们以死地；阿尔忒弥斯杀害女人。据荷马时代的人们传说，杀人的箭又分温和的和残暴的两种。因此，世上出现多种死相，有自然而死、疾病而死、惨遭横死等。人们奉阿耳忒弥斯为美丽的女猎手，她率领众女仙翻山越岭，徜徉自然，深受喜爱。后来，阿耳忒弥斯成为野外女神和狩猎女神。

阿波罗，又名福玻斯，拉丁语中称福玻斯·阿波罗，也被信奉为智慧之神。他的最著名的神庙在特尔斐。他通过女祭司皮迪亚向一切求卦的人施发神谕。预言的人从他那里获得预言的本领。他还传授歌唱和音乐的艺术。阿波罗本人也是艺术大师。后来，他位居众位掌管艺术、科学的缪斯之上，被奉为缪斯之祖，列作歌唱神、诗艺神和轮舞神。他的儿子阿斯卡勒庇俄斯是医药神。因此，阿波罗也被看作治愈降福神。此外，阿波罗还被信奉为农艺耕作和饲养牲畜的佑护神。如同他的妹妹阿耳忒弥斯一样，他也被称为狩猎神。在荷马时代，阿波罗逐渐取代了古老的太阳神赫利俄斯。他大约在公元前五世纪时被人们与赫利俄斯相提并论。

他追求美丽的仙女达佛涅引起了一个古老的风俗。达佛涅拒绝他的追求，从他面前飞走了。阿波罗紧追在后，达佛涅眼看着要被抓住，便急忙请河神父亲珀纳埃俄斯把她变成月桂树。从此以后，月桂就成了阿波罗的圣物。古时候，头戴桂冠成为艺术竞赛取得胜利的奖励。

阿波罗与太阳神赫利俄斯相提并论，阿耳忒弥斯跟古老的月神塞勒涅也融为一身，塞勒涅是赫利俄斯的妹妹。人们信奉她为魔术女神和贞洁女神，她严守贞操，一丝不苟。有一位美丽而又年轻的猎人名叫阿克特翁，他曾经看到阿耳忒弥斯与众位仙女一起沐浴。阿耳忒弥斯把他变作一头野鹿，最后被他自己的猎狗撕碎。

在面临爱琴海的小亚细亚古都以弗所也有女神阿耳忒弥斯。两者原来并无关系。以弗所的阿耳忒弥斯原是生育女神。后来,人们把她们相提并论,这从以弗所的阿耳忒弥斯雕像的描绘中也可得到佐证。为了表示她的生育福缘,以弗所的阿耳忒弥斯在胸脯上不是生有两个乳房,而是有二十个丰满的乳房。

罗马人把阿耳忒弥斯与古老的月亮和狩猎女神狄安娜相混淆。

阿瑞斯,拉丁语称玛斯。

阿瑞斯是宙斯和赫拉的儿子。他跟雅典娜相反,是摧毁破坏和鲜血淋漓的战神。为此,他遭致众神的仇恨。只有爱情女神阿佛洛狄忒才成功地使其陶醉。他们结合生下爱神厄洛斯。阿瑞斯尤其受到好战而又野蛮民族的敬奉。他的随从有恐惧使者得埃摩斯、威胁使者福玻斯和他的妹妹,争斗女神厄里斯。

阿瑞斯也是为被人谋杀者报仇雪恨的神。在雅典,人们把古老的刑事法庭所在地,即阿瑞斯山坡祭献给他。阿瑞斯坡又有避居之地的意思。

罗马人慢慢把他混淆为古老的玛斯战神。从前,玛斯不仅是战神,又是降福神。为纪念玛斯,他的祭司们,即萨利安僧侣,在祭祀给他的三月初,都会拿着武器跳舞穿过罗马城的许多街道。因此,萨利安僧侣又有“跳跃人”的意思。玛斯则成了罗马城的特别佑护神。

赫淮斯托斯,拉丁语称伏尔甘。

赫淮斯托斯是宙斯和赫拉的儿子,生得面貌丑陋又跛腿,于是被赫拉从奥林匹斯山推入大海。海中女神忒提斯同情地收留下他,把他抚养长大。等他长大以后,他很快学得一门非凡的手艺。他为母亲赫拉锻造了一张黄金靠椅,送给母亲作为贵重的礼物。赫拉不知情由,便高兴地坐了上去,结果却站不起来了。赫拉被艺术的枷锁扣住身子,没有人知道解锁的秘密。有人前来寻找赫淮斯托斯,赫淮斯托斯却不愿过去帮助她。

只有酒神狄俄尼索斯才成功地把他骗了过去。他让赫淮斯托斯喝酒,把他灌得酩酊大醉。赫淮斯托斯酒后壮胆,决定回到奥林匹斯神山去。他成了火神、艺术神和工匠神。一切在工作中使用火,尤其是铸铜件的人,都敬仰他。他在奥林匹斯神山上建造神的宫殿,给宙斯赶制一件工艺精致的胸甲,胸甲后来给雅典娜穿戴。赫淮斯托斯还给宙斯打制象征权力的王杖和其他种种艺术品。他给自己打造了金女佣。由于整天蹲坐炉灶,赫淮斯托斯看上去愈加煤灰染身。他虽然跛着腿走路,却娶了个漂亮的女神阿佛洛狄忒为妻。妻子并不忠实于他。有一回,赫淮斯托斯看到女神跟阿瑞斯热恋如火,就用一张金网罩住他们两人,而他们两人却全然不知。火神把两人举到众神面前,众神乐不可支,传为一时笑谈。

他的工场就在奥林匹斯神山。据后来的传说,他就在埃得纳火山下跟他的伙伴库克罗普斯一起劳动,为宙斯特制闪电。

罗马人把他看作古老的火神伏尔甘,他的任务是保护房屋和城市,免受火灾威胁。

阿佛洛狄忒,拉丁语称维纳斯。

阿佛洛狄忒是宙斯和提坦巨人的女儿狄俄涅生下的孩子。据另一个传说介绍,残疾的乌拉诺斯让自己的血流入大海,形成具有生命的泡沫。阿佛洛狄忒就是由泡沫生育而来的。她被尊奉为爱情女神和美丽女神。女神的魅力就在她的腰带上。一次,赫拉也向她商借腰带,用于迷惑她的丈夫宙斯。

阿佛洛狄忒也被信奉为春天女神、花园女神和花卉女神。她曾经深深地爱上美貌少年阿杜尼斯王子。女神担忧他的生命危险,于是恳请他再也别去狩猎。阿杜尼斯没有听从意见,有一回在打猎途中被野猪伤害,那是阿瑞斯出于妒意唆使而来的野猪。阿佛洛狄忒到处寻找王子的尸体。她在多刺的灌木丛中走动时划破了几处伤口,鲜血滴落在地上,从中长出了玫瑰花。她让王子阿杜尼斯的血液中冒出了银莲花。她的悲诉感动了宙斯,宙斯恩准阿杜尼斯每年仅部分时间蹲居在阴间,其余时间可以在地面上生活,享受她的爱情。

阿杜尼斯原来是众多的东方神明中的神,那是死后复生的神。后来,人们把这类传说看作大自然枯萎和复苏的象征。

阿佛洛狄忒还被看作海洋女神和海上交通的女神。人们祭奉她,希望保佑海途平安。

她的众位女佣就是司美女神,一群妩媚的女神。

罗马人把维纳斯女神跟阿佛洛狄忒相提并论。维纳斯被看作尤利乌斯·凯撒族第的始祖。

赫耳墨斯,拉丁语称墨丘利。

赫耳墨斯是宙斯和亚加狄亚女神迈亚的儿子。他作为神的使者给人间送去财富,尤其给人们送上一群群牲畜。后来,人们把他推崇为道路神、马路神和交通神。赫耳墨斯是商人的保护神,可是又是偷儿和骗子的佑护神。他在孩提时代就是一个机智伶俐的人。有一回,他趁着兄长阿波罗给神放牧牛群的时候悄悄地偷下五十头牛。他把牛藏匿起来,连阿波罗也无法找到。赫耳墨斯用树叶和树枝包裹着牛蹄,让雪地上的牛蹄印变得模糊不清。最后,他又把五十头牛倒拉着引进山洞。牛蹄印一律朝外,谁也不敢相信牛群就在山洞里。阿波罗寻找好久才终于找到被偷的牛。赫耳墨斯把自己创制的古琴送给阿波罗,兄弟俩这才尽释前嫌,和好如初。他曾经找到一只乌龟,用龟壳做成小音箱 ,然后又杀掉偷来的牛,取出牛的小肠,做成七股弦,绷在龟壳的音箱上,成了一把漂亮的古琴。

赫耳墨斯又是催眠神。他用一根金杖开闭人的眼睛。他陪伴着死者的灵魂走进地府。

人们在造型艺术中常把赫耳墨斯塑造成一位美貌少年。他头戴旅行帽,脚穿金草鞋,手上拎着一根拐杖。后来,人们又把帽子、草鞋和拐杖上装配起灵巧的翅膀。

跟希腊的赫耳墨斯神相仿的罗马神是墨丘利,两个都是商业神。而墨丘利(Mercurius)从其名字中便可知道,他是由拉丁字“merx”(商品、货物)引申而出的一个神明。

赫斯提,拉丁语称维斯太。

赫斯提是宙斯的妹妹,是家庭的灶膛火神。祭祀赫斯提女神的地方就是家中的灶。正如灶是一个家庭的中心一样,因此在相应的更大的居民团体中也有一座灶。位于雅典市参事大楼里的国灶燃烧着永恒的火焰。希腊城如果派出殖民队伍外出,殖民的人都从赫斯提圣灶中接取火苗,带进异国他乡,置放在新建立的城市的灶膛内,这是不忘祖先和传统的意思。

这一类习俗在罗马也存在。那里的灶火女神名叫维斯太。罗马城内有一座维斯太神庙。庙内的女祭司们看守着永远燃烧的火焰,那堆火焰绝不能止熄。担任女祭司的人选必须是堪称杰出的姑娘,在孩子时就被认定,然后连续服务三十年。女祭司们服务期间必须保持姑娘的童贞。如果女祭司,又称维斯太女子在服务期间失去了姑娘的贞洁,就会遭到活埋的惩罚。她们如果不慎让永明的火焰熄灭,顿时会被祭司长用皮鞭抽打。然后,人们再用钻木取火或者利用太阳光聚焦在镜面上生火的办法重新生出永远燃烧的火焰。

水域诸神

波塞冬,拉丁语称尼普顿。

波塞冬是宙斯的弟弟。划分世界权力时,他分得了海洋的主管权。波塞冬用巨大的三叉戟把大海搅得波浪滔天。他乘坐金车,让金鬃马拉动战车在狂风暴雨中破浪前进。他还用三叉戟摇动大地,希望搅得地动山摇。于是,诗人荷马称他为"摇撼大地的人"。可是,他不仅兴风作浪,沉船落难,还给人们送上顺水顺风。他在跟雅典娜比赛时曾给阿提喀国送去一匹骏马,骏马成为他的圣物。因此,波塞冬又成为奔马的驯手,被奉为骑士之神。为了纪念波塞冬,人们在科林斯的狭隘地带,即在地峡上举办地峡运动会。赛车常常是运动会的高潮。

罗马人的海神是尼普顿。

其他的水域神

除了波塞冬的妻子安菲特里特和他们的儿子特里同,除了海洋老者涅柔斯和他的五十个女儿,即涅柔斯女子以外,希腊人还有其他一些水域神仙。在埃及海岸外的法罗斯岛上,普洛透斯保护着安菲特里特的海豹。普洛透斯具有预言的本领。不过,他只在迫不得已的情况下才动用本领,预言祸福。为了逃避遭受迫不得已的狼狈局面,他常常变作各种模样。因此,他的名字对能变化的人说来直到今天还是不绝于口的。

海神格劳科斯又有别名叫波第俄斯,是一位能够预言的神。据说他原是俾俄喜阿地区的一个渔夫,由于魔草的作用而精神失常,以至于跳入大海,变成一位神。

属于水域神的还有许多河神和水中仙女。在古代的民间意识里,每条河都是一名男性神。仙女们是宙斯的女儿,她们不仅住在小溪、泉源、河流以及孤岛上,还生活在丛林、森林和许多的山洞里。因此,仙女们有纳亚登、德律亚登和俄瑞阿登之分。纳亚登指水域仙女,德律亚登指树木仙女,俄瑞阿登是山岭仙女,等等。在人们的想象中,她们都是美貌的姑娘,寿命很长,可是却不列入神的概念之中,不能与天地同寿。

陆地诸神

得墨忒耳,拉丁语称刻瑞斯。

得墨忒耳是果实女神,尤其是农艺果实女神。她给宙斯生下女儿珀耳塞福涅。冥府神哈得斯趁珀耳塞福涅在西西里岛的草地上跟俄刻阿诺斯的女儿玩耍时悄悄地劫持了她,把她带入地府,并且娶了她为妻。母亲得墨忒耳无限悲伤,在地球上到处转悠,漂泊了九天九夜,寻找她丢失的孩子。到了第十天,眼观八路的太阳神赫利俄斯向她透露了珀耳塞福涅的下落。得墨忒耳听到后悲伤万分。她躲开了众神,变作一个寻常的妇女,穿着破旧的衣衫来到人间,到处流浪。她在雅典附近的挨琉西斯被人认出真实身份,受到热情的接待。人们给她建造一座庙宇,供她栖身居住。

得墨忒耳对宙斯很生气,因为他同意让人劫持自己的女儿。于是,女神剥夺了大地上的任何果实,让田地里颗粒无收,人类面临着饿死绝种的威胁。宙斯感到事态严重,答应珀耳塞福涅每年三分之二的时间留在母亲身旁,另外的三分之一时间留在地府跟丈夫一起度过。从此以后,每当女儿跟她在一起时,得墨忒耳就让大地披红戴绿,鲜花怒发,果实累累;每当女儿离开她时,得墨忒耳就让冬天笼罩大地。

得墨忒耳为感谢挨琉西斯人对她的热情接待,便教会那里的王子学习农艺。挨琉西斯人尤其推崇得墨忒耳和珀耳塞福涅两位女神,每年举办庆祝会,即挨琉西斯神秘剧。神秘剧反映了两位女神的苦难历程。

罗马人把得墨忒耳看作他们的果实女神刻瑞斯。

狄俄尼索斯,拉丁语称巴克科斯。

狄俄尼索斯是茂盛作物神,尤其是葡萄酒神。荷马诗里还没有提到他的大名。对他的推崇是后人由色雷斯移到希腊去的。他是宙斯跟公主,即大地女神塞墨勒所生的儿子。宙斯变作凡人的模样接近公主。后来,宙斯应公主的愿望显示了神的原形,原来是一道闪电。可惜公主难以忍受闪电的火热,结果惨遭不幸。她的儿子由仙女们抚养长大。

狄俄尼索斯长大以后,带着一大群仙女和森林精灵萨蒂尔在世界上到处走动。森林精灵萨蒂尔长着山羊耳朵、山羊尾巴和山羊腿。他们在各地传播葡萄作物和狄俄尼索斯的礼拜仪式。

罗马人是在庆祝巴克科斯的名义下敬奉酒神狄俄尼索斯的。

潘,拉丁语称法乌诺斯。

潘是山岭和森林妖魔,是小动物的保护使者,是牧人和猎人的佑护。他的造型往往是满脸大胡子,一头蓬乱的散发,山羊蹄似的脚,头上长着多个触角。他在白天跟仙女们走遍群山和深谷,中午睡觉,被称为农神时刻。等到晚上,他在山洞前吹奏古牧笛。这种牧笛由他自己制造,通常有七个或九个芦笛按照大小排列而成,再用一根带子捆扎一道。人们把寂静中出现突如其来的响声从而使人惊恐的现象主要归咎于他。因此,语言中把惊慌失措的恐惧称为潘式害怕。

罗马人把农神潘看作生育神法乌诺斯。法乌诺斯既是畜牧神,又是农艺神。

阴司诸神

哈得斯,拉丁语称沃耳库斯。

哈得斯是宙斯和波塞冬的兄弟。他跟妻子珀耳塞福涅一起主宰死者王国。作为一切生命的敌人,他受到神和凡人的痛恨。在诗人荷马以后的时代里,人们又转意称死者灵魂居住的地方为哈得斯。

罗马的冥府神源于哈得斯,他的名字叫沃耳库斯。

赫卡忒

赫卡忒原是农民女神,希腊人把她看作灵魂生命的女神。她在深夜时分到街头,主要在十字路口和坟墓旁与死者亡灵和各式各样的幽灵飞舞戏耍,一起变幻许多魔术,在欧洲民间风俗中留下许多浓重的烙印。

厄里倪厄斯,拉丁语称复仇女神。

厄里倪厄斯是服务于地府诸神的复仇女神。她们不仅在阴间,也在阳间惩罚一切冤屈和过错。人们想象她们的头发上盘旋着条条毒蛇,她们龇牙咧嘴,用毒蛇当作腰带,手上举着火把和皮鞭。为了不刺激她们,人们用美丽的名字称呼她们为“友好亲善的女人”。

罗马人称她们为复仇女神。

原来的死亡神名叫塔那托斯,是睡神许普诺斯的孪生兄弟,厄瑞玻斯和夜女神的儿子。开伦是一群暴死女神。

经典译林

Yilin Classics

书名	单价	书名	单价
癌症楼	78.00 元	艾青诗集	35.00 元
爱的教育	39.00 元	爱丽丝漫游奇境	29.00 元
安娜·卡列尼娜	65.00 元	安徒生童话选集	42.00 元
傲慢与偏见	36.00 元	奥德赛	92.00 元
八十天环游地球	32.00 元	巴黎圣母院	42.00 元
白洋淀纪事	39.00 元	百万英镑	35.00 元
包法利夫人	38.00 元	悲惨世界（上、下）	98.00 元
背影	28.00 元	被侮辱与被损害的人	39.00 元
边城	36.00 元	变色龙：契诃夫中短篇小说集	39.00 元
变形记 城堡	38.00 元	草叶集：惠特曼诗选	39.00 元
茶馆	32.00 元	茶花女	35.00 元
查拉图斯特拉如是说	38.00 元	沉思录	29.00 元
城南旧事	29.00 元	大卫·科波菲尔（上、下）	79.00 元
当代英雄	45.00 元	稻草人	29.00 元
地心游记	32.00 元	飞鸟集·新月集：泰戈尔诗选	39.00 元
飞向太空港	39.00 元	福尔摩斯探案集	58.00 元
复活	42.00 元	傅雷家书	49.00 元
富兰克林自传	36.00 元	钢铁是怎样炼成的	39.00 元
高老头	39.00 元	格列佛游记	35.00 元
格林童话全集	49.00 元	给青年的十二封信	38.00 元

书名	单价	书名	单价
古希腊悲剧喜剧集（上、下）	118.00 元	海底两万里	38.00 元
红楼梦	69.00 元	红与黑	49.00 元
呼兰河传	35.00 元	呼啸山庄	39.00 元
基督山伯爵（上、下）	108.00 元	纪伯伦散文诗经典	42.00 元
寂静的春天	35.00 元	假如给我三天光明	32.00 元
简·爱	39.00 元	金银岛	35.00 元
经典常谈	29.00 元	荆棘鸟	45.00 元
静静的顿河	128.00 元	镜花缘	49.00 元
局外人·鼠疫	38.00 元	菊与刀	35.00 元
克雷洛夫寓言	32.00 元	宽容	32.00 元
昆虫记	39.00 元	老人与海	32.00 元
理想国	45.00 元	聊斋志异	55.00 元
了不起的盖茨比	38.00 元	列那狐的故事	39.00 元
猎人笔记	38.00 元	林肯传	39.00 元
鲁滨逊漂流记	39.00 元	鲁迅杂文选集	36.00 元
绿山墙的安妮	36.00 元	罗马神话	16.80 元
罗生门	39.00 元	骆驼祥子	32.00 元
美丽新世界	35.00 元	名人传	39.00 元
拿破仑传	49.00 元	呐喊	29.00 元
牛虻	38.00 元	欧·亨利短篇小说选	36.00 元
欧也妮·葛朗台	32.00 元	彷徨	32.00 元
培根随笔全集	38.00 元	飘（上、下）	88.00 元
普希金诗选	42.00 元	骑鹅旅行记	36.00 元
乞力马扎罗的雪	39.80 元	热爱生命·海狼	38.00 元

书名	单价	书名	单价
人间草木：汪曾祺散文精选	49.00 元	人类群星闪耀时	36.00 元
人性的弱点	39.00 元	日瓦戈医生	68.00 元
儒林外史	42.00 元	三个火枪手	59.00 元
三国演义	59.00 元	沙乡年鉴	42.00 元
莎士比亚喜剧悲剧集	49.00 元	少年维特的烦恼	28.00 元
神秘岛	48.00 元	神曲（共三册）	128.00 元
十日谈	68.00 元	世说新语（上、下）	89.00 元
双城记	45.00 元	水浒传	69.00 元
四世同堂（上、下）	78.00 元	苔丝	39.00 元
谈美	35.00 元	谈美书简	36.00 元
汤姆·索亚历险记	32.00 元	汤姆叔叔的小屋	45.00 元
唐诗三百首	39.00 元	堂吉诃德	78.00 元
天方夜谭	42.00 元	童年	38.00 元
童年·在人间·我的大学	49.00 元	瓦尔登湖	36.00 元
我是猫	39.00 元	乌合之众	35.00 元
物种起源	42.00 元	雾都孤儿	44.00 元
西顿野生动物故事集	38.00 元	西游记	62.00 元
希腊古典神话	49.00 元	乡土中国	36.00 元
小妇人	45.00 元	小王子	29.00 元
星星离我们有多远	35.00 元	喧哗与骚动	58.00 元
羊脂球	38.00 元	一九八四	36.00 元
一间自己的房间	36.00 元	伊利亚特	82.00 元
伊索寓言：555 则	36.00 元	尤利西斯	58.00 元
约翰·克利斯朵夫（上、下）	98.00 元	月亮和六便士	45.00 元

书名	单价	书名	单价
战争与和平（上、下）	108.00 元	朝花夕拾	22.00 元
中国民间故事	39.00 元	子夜	49.00 元
最后一课	36.00 元	罪与罚	66.00 元